W0379119

DICTIONNAIRE AMOUREUX
DE L'OPÉRA

DU MÊME AUTEUR

CHINE, UN ITINÉRAIRE, Olivier Orban
BASTILLE : RÊVER UN OPÉRA, Plon

Aux Éditions Albin Michel

ORIENT-EXPRESS, I
ORIENT-EXPRESS, II
DON GIOVANNI, MOZART-LOSEY
PANDORA
DON JUAN
MATA-HARI
LA VIE D'UN HÉROS
UNE VILLE IMMORTELLE, Grand Prix du roman de l'Académie française, 1996
ANNETTE OU L'ÉDUCATION DES FILLES
TOSCANES
CHINE
DE LA PHOTOGRAPHIE CONSIDÉRÉE COMME UN ASSASSINAT
ALGÉRIE, BORDS DE SEINE
QUI TROP EMBRASSE
UN CIMETIÈRE ROUGE EN NOUVELLE-ANGLETERRE
DÉSIR D'EUROPE
LE ROSE ET LE BLANC
CALLAS, UNE VIE
MES GRANDS BORDEAUX
ARIA DI ROMA
LA NUIT DE FERRARE
DEMI-SIÈCLE
ÉTAT DE GRÂCE
BERLIOZ
CHAMBRE NOIRE À PÉKIN

Chez d'autres éditeurs

LE SAC DU PALAIS D'ÉTÉ, Gallimard, Prix Renaudot, 1971
URBANISME, Gallimard
UNE MORT SALE, Gallimard
AVA, Gallimard
MÉMOIRES SECRETS POUR SERVIR À L'HISTOIRE DE CE SIÈCLE, Gallimard
RÊVER LA VIE, Gallimard
LA FIGURE DANS LA PIERRE, Gallimard
LES ENFANTS DU PARC, Gallimard
LES NOUVELLES AVENTURES DU CHEVALIER DE LA BARRE, Gallimard
CORDELIA OU DE L'ANGLETERRE, Gallimard
SALUE POUR MOI LE MONDE, Gallimard
UN VOYAGE D'HIVER, Gallimard
RETOUR D'HÉLÈNE, Gallimard
DIRE PERDU, Gallimard
ET GULLIVER MOURUT DE SOMMEIL, Julliard
MIDI OU L'ATTENTAT, Julliard
LA VIE D'ADRIAN PUTNEY, POÈTE, La Table Ronde
LA MORT DE FLORIA TOSCA, Mercure de France
LE VICOMTE ÉPINGLÉ, Mercure de France
LA PETITE COMTESSE, Le Signe
SI J'ÉTAIS ROMANCIER, Garnier
LE DERNIER ÉTÉ, Flammarion
COMÉDIES ITALIENNES, Flammarion
DES CHÂTEAUX EN ALLEMAGNE, Flammarion
COVENT GARDEN, Sand-Tchou
PAYS D'ÂGE, Maeght
PYGMALION, Maeght
L'AUTRE ÉDUCATION SENTIMENTALE, Odile Jacob
LONDRES : UN ABC ROMANESQUE ET SENTIMENTAL, Lattès
TRÉSORS ET SECRETS DU QUAI D'ORSAY, Lattès

PIERRE-JEAN RÉMY
de l'Académie française

DICTIONNAIRE AMOUREUX DE L'OPÉRA

Dessins d'Elsie Herberstein

Plon

© Plon, 2004
ISBN : 2-259-19802-3

Pour Sophie, au cœur de tous les opéras.

Préface

Amoureux de l'opéra ? Mais nous le sommes depuis nos quinze ans. Quand nous faisions la queue, dès cinq heures du matin, devant les grilles fermées du Palais Garnier pour obtenir l'une de ces fameuses « stalles de face » qui permettaient de tout voir et de tout entendre — fût-ce de très haut... Depuis aussi nos premiers disques légendaires : le *Don Juan* enregistré en 1936 au Festival de Glyndebourne par Fritz Busch et réédité (on disait alors : repiqué...) à l'aube du microsillon ; ou un premier acte de *La Walkyrie* dirigée un an plus tôt par Bruno Walter. Avec une distribution de légende : Lotte Lehmann, Lauritz Melchior, Emmanuel List... Amoureux de l'opéra ? Nous le sommes resté toute notre vie. Prosélyte, nous avons conquis tant d'amis à l'opéra, en un temps où ce n'était pas encore du dernier chic pour le public français de faire la roue à Salzbourg ou à Aix-en-Provence. Et puis, avouons-le, en ces temps héroïques, c'était aussi un moyen de piquer la curiosité des demoiselles : l'air de rien, on posait la question : aimez-vous Mozart ? Elles répondaient toujours oui... Mais Wagner ? Mais Verdi ou Puccini ? Alors, on abandonnait les stalles de face pour des troisièmes loges et l'on se persuadait que l'on pouvait tout espérer tandis que celle-ci ou celle-là, l'une de nos demoiselles, nous faisait presque croire qu'elle aimait aussi passionnément que nous Martha Mödl en Brünnhilde, voire plus encore que nous Joan Sutherland qui chantait Donizetti. Ainsi, de semaine en semaine, parfois de soir en soir, laissions-nous des petits messages sous les coussins alors défoncés des canapés de la rotonde dite des abonnés, qu'à la soirée suivante on leur faisait découvrir.

C'était aussi le temps où nous achetions à deux une même place pour tel cycle du *Ring* de Wagner à Paris, tirant au sort celui qui assisterait à deux actes et celui qui n'aurait droit à en voir qu'un. Ou bien nous allions de Paris à Munich et retour en Fiat 500 sur des routes verglacées pour écouter des *Maîtres chanteurs* dans une maison d'opéra qui n'était encore que le Prinzregenten Theater, puisque l'Opéra de Munich, le vrai, détruit par la guerre, n'avait pas encore été reconstruit. Nous étions alors amoureux fou, oui, d'Elisabeth Schwarzkopf ou d'Irmgard Seefried. Nous courions les disquaires de l'Europe entière en quête de ce qu'on appelait alors les enregistrements « pirates » de Maria Callas. Et comme tant d'autres, nous rêvions sur telle *Traviata* chantée à Lisbonne avec le grand Alfredo Kraus et qu'on croyait introuvable. Bref, l'opéra était devenu une manière de seconde vie...

Tout cela, nous l'avons dû, nous le devons encore, à un plus fou que nous, mais plus sage aussi, parce qu'il a su écrire sur l'opéra mieux que quiconque : à André Tubeuf, qui parle de l'opéra et des voix plus passionnément encore qu'il n'écrit sur elles. Salut, ici, André Tubeuf. Salut à d'autres, qui ne sont plus, Jacques Bourgeois, dont les critiques dans *Arts* nous ouvrirent davantage encore cette voie royale. Ou à Bernard Lefort, à qui nous devons tant. Aussi est-ce un peu, beaucoup, passionnément, pour les retrouver tous et retrouver les ferveurs que nous avions à dix-huit ans, qu'on a voulu tenter ce *Dictionnaire amoureux de l'opéra.*

Dictionnaire de l'opéra ? Il en existe d'autres, bien sûr, depuis le premier « Kobbé », son édition anglaise à jaquette rouge où nous avons appris à lire, jusqu'au formidable *New Grove Dictionnary of Opera*, quatre volumes de 1 400 pages chacun, et tout, ou presque, sur à peu près tout. Sans oublier celui, plus modeste, de Harold Rosenthal et John Warrack, proposé en France voilà trente ans par Jacques Bourgeois, précisément. Curieux d'ailleurs de noter, au passage, que tous ces ouvrages ont d'abord été publiés en Angleterre. Qui, à l'époque, aurait imaginé de se lancer dans pareille entreprise en France ?

Se lancer, dès lors, dans celle, beaucoup plus modeste, de ce livre ? C'est le mot « amoureux », bien sûr, qui importe. En classant par ordre alphabétique nos passions, nos amours et parfois nos regrets, c'est tout cela que nous tentons de faire partager à ceux qui les partagent déjà un peu, beaucoup, passionnément — ou pas beaucoup. Mais nous ne sommes ni musicologue ni historien de la musique. Nous ne nous hasarderons pas sur des terres qui ne sont pas les nôtres. Nous ne parlerons que de nous, face à des chefs-d'œuvre ou à de simples divertissements, en nous souvenant de voix aimées, de moments disparus. Mais en sachant regarder aussi en face le bel aujourd'hui.

Pourtant, nous avons choisi — la boulimie est notre moindre défaut — d'en dire le plus possible. Amoureux, certes, ce dictionnaire ne peut en aucun cas être exhaustif : le *Grove* lui-même ne l'est pas. Et nous en sommes bien plus loin encore ! Mais nous avons quand même le secret espoir que, référence pour référence et au-delà de son caractère souvent intime, ce volume permettra à quelques-uns de retrouver ceux qu'ils aiment, de se renseigner (un peu...) sur ceux qu'ils vont écouter, de choisir un disque, de redécouvrir une voix. Avons-nous, dès lors, joué le jeu qui est celui de cette collection ? Avec plus de six cents entrées, on en a peut-être trop fait. On dira à notre décharge que c'est par amour de l'opéra. Il est des enthousiasmes sinon intempestifs, du moins irrefrénés. Tels sont les nôtres.

Nous avons donc choisi de présenter par ordre alphabétique d'abord des opéras, des chanteurs et des chefs d'orchestre. Les premiers, parce que c'est là le cœur de ce dont nous voulons parler ; les seconds, parce que ce sont eux qui nous ont fait aimer ou qui nous font encore aimer tant d'œuvres. De même, nous sommes-nous attardé sur quelques hauts lieux, théâtres d'opéra et festivals, du monde lyrique d'aujourd'hui. Mais ce livre n'est pas un dictionnaire de musique. Pour en savoir plus sur les compositeurs, on ira voir ailleurs : très peu d'entre eux ont droit ici à une entrée. Encore, à un Mozart, par exemple, nous ne pouvons consacrer plus de quelques lignes — ou alors, ç'aurait été l'éternité plus un jour qu'il nous aurait fallu. Pour le reste, nous ne citons qu'une poignée de metteurs en scène, de directeurs d'opéras, de critiques ou de décorateurs — tout simplement parce que, plus que d'autres, ils comptent pour nous. On trouvera aussi, çà et là, quelques rubriques plus incongrues — « Valise », ou « Mouchoir »..., en les lisant on comprendra pourquoi.

Trois remarques encore. On a dit ordre alphabétique. Dans la plupart des cas, on a adopté ici le titre sous lequel les œuvres sont le plus connues : souvent en français, pas toujours. Aucune rigueur, donc, dans ce choix. On espère que le lecteur s'y retrouvera — ce n'est pas trop difficile.

On constatera, d'autre part, que nous avons fait la part belle, dans ces pages, aux chanteurs disparus ou, au contraire, à ceux des nouvelles générations — et tout particulièrement aux jeunes chanteurs français. Là aussi, c'est le même sentiment « amoureux » qui nous a guidé : qu'y pouvons-nous, si nous avons entendu depuis une dizaine d'années des voix nouvelles que nous avons aimées et dont nous avons eu envie de parler, tandis que d'autres, mortes depuis longtemps, palpitent encore en nous ?

Reste l'épineuse question des erreurs... et des absences ! Nous avons publié voici peu de temps une grosse biographie consacrée à un compositeur français. En dépit de dix relectures, on nous a signalé des erreurs. On a pu le faire, d'ailleurs, sans pitié. Eh bien, nous suggérons aux lecteurs qui découvriront ici que Mme X n'a pas chanté Tosca en telle année à l'Opéra de Y, contrairement à ce que nous affirmons, de nous le dire très vite, de nous écrire des lettres indignées à nous ou à notre éditeur, pour que la dix-septième ou la vingt-deuxième édition de ce *Dictionnaire amoureux* qui ne peut, bien sûr, que devenir un classique, puisse en tenir compte. Et nous parlerons de Gilbert et Sullivan comme de Zemlinsky, c'est juré ! Et de La Fenice...

Abbado, Claudio (né en 1933)
Chef d'orchestre italien

Immense Claudio Abbado, qui, à un titre ou un autre, domina la Scala de Milan de 1970 à la fin des années 1980. Tour à tour simple chef d'orchestre, directeur musical, directeur artistique, il en devint chef principal en 1980. Nous n'avons pas oublié les fantastiques tournées de la Scala sous sa direction, à Paris et à Londres. Et tout particulièrement certain *Requiem* de Verdi, frénétiquement applaudi par une salle de Covent Garden en délire. À nos côtés, une jeune fille qui ne connaissait que le *Requiem* de Fauré... Elle en pleurait d'émotion. Mais c'est peut-être son *Simon Boccanegra*, gonflé de toutes les voiles de la mer, qui nous a le plus passionné à Londres, à Paris. Ceux qui se trouvaient au Festival de Pesaro en 1985 n'oublieront pas non plus sa résurrection du *Voyage à Reims*, de Rossini. Abbado peut tout diriger, *Wozzeck* comme *Don Carlo*, la *Khovanchtchina* partout comme *L'Italienne à Alger.* Quand on pense qu'il se trouva un public aixois pour faire la fine bouche devant le *Don Giovanni* qu'il dirigea au théâtre de l'Archevêché et affirmer haut et fort — sur le ton de la divine surprise ! — lui préférer le jeune Daniel Harding (très bon, lui aussi), qui dirigea en alternance avec lui le chef-d'œuvre de Mozart cette même année. Plus snobs que certains publics français, même à Salzbourg, on ne trouve pas.

Abu Hassan

Carl-Maria von Weber. Livret de Franz Karl Hiemer

Munich, 1811

Pourquoi le sixième opéra de Weber figure-t-il dans ces pages ? On ne l'écoute, on ne le voit guère aujourd'hui. Mais lors de sa création au Hoftheater de Munich, ce fut un véritable triomphe. D'après un conte oriental des *Mille et Une Nuits*, le public bavarois se pâma devant un *Singspiel* orientalisant de la même veine que *L'Enlèvement au sérail*, de Mozart. Et c'est vrai que l'œuvre est divertissante. Mais pourquoi a-t-elle sa place ici ? Parce qu'on l'a rencontrée presque par hasard, trouvée dans le bac d'un disquaire alors qu'on voulait en savoir davantage sur Weber et qu'on eut la surprise, en ouvrant la pochette, de découvrir que le nom d'Elisabeth Schwarzkopf y figurait. C'est en réalité la première « intégrale » d'opéra jamais enregistrée par la grande Schwarzkopf. Comme beaucoup de nos découvertes d'alors, le disque était un disque Urania. L'enregistrement datait de 1942, c'était l'Orchestre de la Radio de Berlin qui, dans des heures qui commençaient à devenir sombres pour elle, avait fait éclater pour nous cette joyeuse farce. La jeune Elisabeth Schwarzkopf y était éblouissante... À une vingtaine d'années de notre première rencontre avec elle, ce furent de joyeuses retrouvailles... Et puis, c'était tout de même Leopold Ludwig qui dirigeait l'équipe d'alors.

Curieuse histoire, d'ailleurs, que celle des disques Urania de l'après-guerre : pour la plupart réalisées à partir d'enregistrements allemands, ces merveilles furent acquises par le vainqueur de 1945 au titre des réparations de guerre. Et l'on y trouva ainsi, souvent soldée à bon compte, toute la fine fleur de l'opéra allemand d'alors. Dont la jeune, la radieuse Elisabeth Schwarzkopf.

Adrienne Lecouvreur

Francesco Cilea. Livret d'Arturo Colautti d'après Eugène Scribe et Ernest Legouvé

Milan, 1902

Le nom de Cilea est passé à la postérité, du moins à celle qui nous intéresse ici, l'opéra, pour une œuvre. Il s'agit *d'Adrienne Lecouvreur*, créée à Milan le 6 novembre 1902. Pourtant, Cilea a au moins laissé un autre opéra, fameux en son temps, sa version à lui de *L'Arlésienne* d'après Daudet, créée à Milan en 1897 par Caruso qui embrasa le public avec un *lamento* fameux. Aujourd'hui, *Adrienne Lecouvreur* n'est sûrement pas une œuvre populaire. On la retrouve au programme de tel ou tel théâtre lyrique lorsqu'une interprète célèbre manifeste le goût de s'y faire entendre. Ce sera le cas de l'immense Magda Olivero qui chantera le rôle pendant trente-quatre ans, de 1939 à 1973, chaque fois avec le même bonheur. Et c'est vrai que l'histoire de la grande comédienne, tragédienne célèbre, amie de Voltaire et des philosophes, sociétaire de la Comédie-Française, qui s'y produisit plus de 1 500 fois avant de mourir, probablement empoisonnée, à l'âge de trente-huit ans, offre à une soprano qui sait aujourd'hui transcender le vérisme original de l'œuvre pour faire de la Lecouvreur un authentique personnage de tragédie, l'un des plus beaux rôles du théâtre lyrique.

Bien sûr, Scribe et Legouvé, l'ami fidèle de Berlioz, ont arrangé à leur manière les amours de la maîtresse de Maurice de Saxe, en butte à la jalousie de la méchante duchesse de Bouillon comme à celle d'une autre grande comédienne de son temps, la Duclos. Comme *Tosca* et *Fedora*, Sarah Bernhardt a joué la pièce au théâtre. C'est d'ailleurs le succès qu'elle y a remporté qui a poussé Cilea à en tirer un opéra. Nous sommes, en effet, au cœur d'un mélo magnifique. Adrienne est une immense amoureuse qui sait se montrer généreuse avec sa rivale, qui triomphe dans *Phèdre* et qui meurt en respirant le parfum empoisonné d'un bouquet de violettes démoniaque. D'Adrienne Lecouvreur à Marguerite Gautier, c'est-à-dire à la *Traviata*, il n'y a qu'un pas. Pourtant, Cilea ne le franchit pas. À la différence de la Violetta de Verdi, l'Adrienne de Cilea demeure un personnage de théâtre, une immense figure de femme amoureuse et morte d'amour, certes, mais pas plus. Elle ne connaît ni les humiliations ni les offenses subies par Violetta. Au contraire, c'est au sommet de son art, couronnée par tous les triomphes, qu'elle est foudroyée. Adrienne Lecouvreur, c'est un grand rôle, pas un mythe. Elle se déclare elle-même, au premier acte, « l'umile ancella del Genio Creator » : l'humble servante du Génie Créateur. Sa voix n'est qu'un souffle... Mais quel souffle, depuis l'Angelica Pandolfini qui créa le rôle d'Adrienne non pas à la Scala, mais au Teatro Lirico de Milan, en novembre 1902. Curieusement, les Adrienne Lecouvreur ont été beaucoup plus nombreuses dans la seconde moitié du XXe siècle qu'aussitôt après la création de l'œuvre. On a cité Magda Olivero, on se souviendra aussi de Renata Tebaldi, de Leyla Gencer, naturellement. Et de Montserrat Caballé, pourquoi pas ? Et encore de Mirella Freni qui chanta le rôle à plus de soixante ans sur la scène de l'Opéra-Bastille et qui, par télévision interposée, faillit faire découvrir l'opéra à un gamin de trois ans que nous connaissons bien. Au disque ? Joan Sutherland a enregistré le rôle trop tard, Raina Kabaivanska en a donné, après Olivero, la version la plus émouvante.

Affaire Makropoulos (L')

Leos Janáček. Livret d'après Karel Čapek

Brno, 1926

Et si c'était le chef-d'œuvre de Janáček ? Bien sûr, il n'y a pas là le charme désespéré et nostalgique de *Jenůfa* ; ni l'humour délicieux et sensuel de *La Petite Renarde rusée* ; pas plus que la gravité désespérée de *La Maison des morts.* Et pourtant... Et pourtant, pendant des années, nous avons porté *L'Affaire Makropoulos* dans notre cœur, comme une pépite précieuse que nous avions le sentiment d'être bien peu à connaître. Et c'est vrai qu'en France, l'avant-dernier opéra de Janáček a mis longtemps à s'imposer. Nous n'avions pas vu la première production française de l'œuvre, sous la direction de Charles Mackerras, infatigable champion du compositeur tchèque, donnée au théâtre des Nations en 1964. C'était Mary Collier — chère Mary Collier : voir à ce nom, on comprendra beaucoup de choses... — qui chantait le rôle d'Emilia Marty. En revanche, on avait entendu, sur le vif, la version de concert donnée en 1968 par Elisabeth Söderström, la plus grande Emilia Marty de la seconde moitié du XXe siècle. Mais, dans le monde entier et depuis la création au Théâtre national de Brno, cette œuvre étrange connaissait déjà un immense succès.

Œuvre étrange, en vérité. L'un des rares opéras véritablement fantastiques, au vrai sens du mot, du siècle qui vient de s'achever. Emilia Marty, l'héroïne, grande chanteuse de son temps, vit de nos jours à Prague. Enfin, presque de nos jours : en 1922. Mais en réalité, elle est née 337 ans plus tôt, en 1585. Son père était un alchimiste qui, au service de l'empereur Rodolphe II, a inventé un élixir de longue vie. Sa fille en a fait, si l'on ose dire, les frais. C'est ainsi que, de son véritable nom Elina Makropoulos, devenue Eliana McGregor, Elsa Müller, Ekaterina Miskine puis Eugenia Montez, elle a vécu six vies. Une sombre histoire de testament la mène à perdre tout goût de la vie et à prolonger une vie qui n'en finit pas. Toute l'action, comme dans la plupart des opéras de Janáček, est centrée sur un personnage féminin fabuleux. Ici, cantatrice comme Floria Tosca, Emilia Marty, en apparence froide, cynique, inhumaine, sent brûler en elle un feu qui va peu à peu s'éteindre.

Longtemps jouet des hommes, c'est elle qui va maintenant jouer d'eux à son tour. On a parlé d'Elisabeth Söderström, on a cité aussi Mary Collier. De nos jours, c'est le nom d'Anja Silja qu'il faut retrouver. On a pu l'entendre chanter le rôle dès 1970 à Stuttgart : plus de trente ans plus tard, au Festival d'Aix-en-Provence, elle est restée une Emilia Marty monumentale. C'est bien le mot : monumentale. Car Emilia Marty refoule en elle toute la tendresse dont déborde une Jenůfa. La grande silhouette énergique, peu à peu brisée d'Anja Silja dans ce rôle, est l'un de ces fantômes qui hantent nos nuits d'opéra. Il existe heureusement un enregistrement intégral, en vidéo, qui nous la restitue au Festival de Glyndebourne en 1995. Dès lors, faute de version audio de l'œuvre avec Anja Silja, on écoutera naturellement la version Mackerras, de 1979, avec Elisabeth Söderström.

On notera, enfin, que les plus récentes mises en scène jouent à la fois le fantastique et le surréalisme avec une belle allégresse. Dans le cadre d'une bibliothèque de Babel ou d'archives du Diable, Emilia Marty, immortelle malgré elle, meurt si glorieusement...

Africaine (L')

Giacomo Meyerbeer. Livret d'Eugène Scribe

Paris, 1865

Pendant des années, nous avons entendu des ténors s'époumoner à chanter un air — « O paradisio » — sans en savoir plus. C'est vrai qu'elle fut longtemps oublié, *L'Africaine.* Meyerbeer mit plus de vingt ans à se décider à la composer. Incertain du livret que lui proposa Scribe dès 1838, il préféra se lancer dans l'aventure du *Prophète*. En 1849, une première version de *L'Africaine* existait déjà. Mais Meyerbeer ne s'en trouva pas satisfait. Il remit l'ensemble du projet à plus tard et à sa mort, le 2 mai 1864, *L'Africaine* dans sa version actuelle, plus de quatre heures de musique, n'avait pas encore vu le jour. C'est seulement le 28 avril 1865 qu'eut lieu la première, un événement musical considérable, puisqu'il s'agissait de la création posthume de la dernière œuvre de celui qui avait dominé la scène du théâtre lyrique français pendant près de quarante ans. Un triomphe indescriptible. Fétis, auteur d'un *Dictionnaire universel des musiciens* et ennemi intime de Berlioz, avait achevé la partition pour Meyerbeer. D'où peut-être ce passage d'une lettre de Berlioz, en date du 26 avril 1865, à son ami Humbert Ferrand : « Que puis-je vous dire de ce qui se cuit dans la taverne musicale de Paris ? J'en suis sorti et n'y rentre presque jamais. J'ai entendu une répétition générale de *L'Africaine* de Meyerbeer ; de 7 h à 1 h. Je ne crois pas y retourner jamais... » Pauvre Berlioz ! Il faut dire qu'il venait de n'entendre que la moitié de ses *Troyens* et qu'à la mort de Meyerbeer, il le considérait comme son grand rival. Pauvre Berlioz ! Quatre ans plus tard, à sa messe d'enterrement, en l'église de la Trinité, on donnera par erreur un morceau de Meyerbeer à la place d'une pièce de lui qu'on avait choisie pour lui...

Heureux Meyerbeer mort qui connut une ultime gloire. Et une gloire durable. À la différence du *Prophète*, voire des *Huguenots, L'Africaine* a fort bien traversé les siècles. Ainsi la retrouve-t-on aux arènes de Vérone en 1932, avec le grand Beniamino Gigli, ténor vériste aux sanglots remarquables —

mais à la voix d'or. Ou au Metropolitan de New York, avec la formidable Rosa Ponselle. Dès la fin de la Deuxième Guerre mondiale, puis dans les années 1970, des chanteurs aussi considérables que Jessye Norman, Shirley Verrett ou Placido Domingo s'intéresseront aux rôles éblouissants de Vasco de Gama et de la petite esclave Selika. Une Grace Bumbry chantera d'ailleurs Selika à Covent Garden en 1978.

Entre Lisbonne et à peu près toutes les Indes occidentales ou orientales, *L'Africaine* est une œuvre qui sent bon la mer et l'exotisme. Un air au moins continue à faire le bonheur de tous les grands ténors du monde, c'est le formidable « O paradisio » qu'on a dit. Quant à l'histoire elle-même, elle met donc en scène Vasco de Gama, mais surtout le personnage de la gentille Selika, reine devenue captive que l'abandon de Vasco, à la fin de l'œuvre, conduira au suicide. Didon et Énée... Mais ce n'est ni l'épée ni le bûcher que choisira Selika, mais plutôt un sommeil empoisonné sous les feuillages d'un arbre aux senteurs mortelles... La mort, en somme, de la touchante Albine dans son Paradou embaumé de *La Faute de l'abbé Mouret*, de Zola.

Agrippina

Georg Friedrich Haendel. Livret de Vincenzo Grimani

Venise, 1709

On entre ici dans une nouvelle fièvre opératique d'aujourd'hui : la passion — Haendel. Le sort de l'*Agrippine* de Haendel, a suivi celui de tous ses opéras. Créée avec succès à Venise, avec ce qu'il faut de castrats et de rôles comiques, plus que comiques même, pour plaire aux petits enfants d'un public qui avait fait fête au *Couronnement de Poppée*, de Monteverdi, l'œuvre fut donnée encore une dizaine d'années au cours du XVIIIe siècle, puis totalement oubliée. Une reprise au Festival de Halle, devenu un festival Haendel, ne donna vraiment pas le coup d'envoi des représentations modernes. C'était en 1943. L'esprit devait alors être à autre chose... C'est à Londres, dans le sillage de Charles Mackerras, en version de concert d'abord, qu'*Agrippine* est vraiment revenue sur le devant des plateaux du monde entier. Et c'est en 1991, dans le bel enregistrement de Nicholas McGegan, que nous l'avons découverte. Il faut dire que Nicholas McGegan avait été à l'origine d'étonnantes saisons Philidor, à l'Institut français de Londres, en un temps où nous avions le bonheur de nous occuper de ces choses. Et son Agrippine s'appelait Sally Bradshaw, nous allions la voir souvent dans une petite maison près d'Oxford, elle était drôle, parlait le français avec un étonnant accent et devint vite une amie. C'est dire que l'*Agrippine* de Haendel n'est pas pour nous, et de loin, une inconnue. Elle ne l'est plus guère pour personne, d'ailleurs, puisque depuis 1966, les représentations s'en sont multipliées. On a parlé du *Couronnement de Poppée* : Agrippine en est, en quelque sorte, la première partie. Claude, Néron, Agrippine naturellement, Otton et bien sûr Poppée y conspirent et s'y affrontent dans une atmosphère de rires grinçants. On riait aussi, du côté de Monteverdi, mais la mort de Sénèque nous faisait trembler. Quant au dernier duo de Néron et de Poppée, quand bien même il aurait été puisé ailleurs par Monteverdi, il était d'une étrange gravité. L'*Agrippine* de Haendel, mijotée pour lui par un Grimani qui s'était peut-être amusé à y brosser un tableau de l'Italie contemporaine (les Habsbourg contre le pape...), est certes bien noir, mais les traits sont trop soulignés pour qu'on prenne vraiment tout cela très au sérieux. C'est Anna Caterina Antonacci qui a chanté, en 2003, le rôle de la mère de Néron au théâtre des Champs-Élysées comme à la Monnaie de Bruxelles. Qu'est devenue notre amie Sally Bradshaw ?

Aïda

Giuseppe Verdi. Livret d'Antonio Ghislanzoni, d'après Camille du Locle

Le Caire, 1871

Attention, malentendu immédiat. Pour 99,9 % des spectateurs pas vraiment avertis, l'œuvre donnée au Caire deux ans après l'ouverture du canal de Suez est un grand spectacle, un formidable déploiement de figurants, une succession de tableaux historiques, éléphants, chameaux et esclaves enchaînés compris. Les trompettes d'*Aïda*, plus fameuses que toutes les trompettes célestes du monde, sont d'ailleurs là pour donner le ton : extraordinaires et bruyantes, glorieuses sonneries de cuivres qu'on imagine rutilants, alignés en un ordre impeccable. C'est tout juste si, pour ces spectateurs peu avertis, les arènes de Vérone ou, à Paris, l'auditorium de Bercy sont suffisants pour accueillir ces déploiements de figurants en cortège. Pour un peu, on ferait la fine bouche à Orange : on n'a que la moitié d'un théâtre, et pas un théâtre entier !

Mais le malentendu est total. Hors une poignée de scènes, *Aïda* est une manière d'opéra de chambre. Eh oui, je cultive peut-être un peu le paradoxe. Mais la plupart des scènes les plus remarquables de l'œuvre sont des airs ou des duos murmurés dans l'intimité. Ou des affrontements brûlants de jalousie mais confinés dans l'atmosphère étouffante d'une salle de palais. Quant à la scène finale, elle se déroule ni plus ni moins que dans l'ambiance confinée, l'univers clos d'un tombeau.

C'est peut-être ce malentendu, que nous n'avons pas tout de suite perçu, qui nous a si longtemps éloigné d'*Aïda*. Pour beaucoup d'entre nous, et l'auteur de ces lignes le premier, *Aïda* était ce qu'un Berlioz aurait appelé une monstruosité pyramidale ! Un peu comme dans la *Norma*, de Bellini, les costumes de scène pouvaient d'ailleurs y friser le ridicule, les scènes d'ensemble sortir quelquefois d'un péplum revu et visité par les Marx Brothers. C'est peut-être la raison pour laquelle, aussi, au fond de nous, pendant longtemps, la plus grande *Aïda* de tous les temps fut celle qu'interprétait la voluptueuse Sophia Loren dans le film du même nom. Bien sûr, Sophia Loren était doublée, et de belle manière, mais elle, au moins, régnait sur un péplum grandiose. L'un de nos amis, Philippe Reliquet, a lui-même consacré à l'œuvre un article au titre sans ambiguïté : « *Aïda* : l'humour involontaire à l'Opéra ». Et pourtant, comme *Nabucco, Aïda* est un hymne à la liberté, un chant de guerre contre l'oppression en même temps qu'une histoire d'amour classique. Chant de guerre contre l'oppression, c'est celui des esclaves éthiopiens capturés par l'Égypte et qui, par la voix de leur patriarche Amonasro qui manipule habilement sa fille Aïda, tentent user de l'amour qu'a pour elle l'héroïque capitaine Radamès pour obtenir leur liberté. L'histoire d'amour, c'est un trio classique.

On assure volontiers que toute l'intrigue des opéras repose sur les amours d'une soprano et d'un ténor contrariées par un baryton. Eh bien, non, là, nous avons bien une soprano et un ténor, mais pas de baryton. Le jaloux, ou plutôt la jalouse, c'est Amnéris, fille du roi d'Égypte, mezzo-soprano quand même, c'est-à-dire voix plus sombre. C'est elle qui, amoureuse folle d'un Radamès qui a l'audace de s'enticher d'une petite esclave, fera sceller sur eux, à la fin de l'œuvre, la tombe obscure où les fougueux amoureux, une dernière fois, se crieront leur passion.

Naturellement, le trio Aïda, Radamès, Amnéris est l'un des plus fameux de l'opéra de tous les temps. Aussi, les plus grands ténors, les plus grandes sopranos, les plus grandes mezzo-sopranos s'y sont-ils frottés. Caruso, Giovanni Martinelli, puis Mario Del Monaco, Carlo Bergonzi ou, aujourd'hui, Placido Domingo, ont chanté avec la vaillance qu'on attendait d'eux le célèbre « Céleste Aïda... ». Adelina Patti, Emmy Destinn, Zinka Milanov ou Leontyne Price ont été des Aïdas de légende. La solide Montserrat Caballé, Renata Tebaldi avaient dans l'air du « Nil » des aigus flottants d'une douceur inouïe. Une Grace Bumbry, une Fiorenza Cossotto savaient être des Amnéris quasi habitées par le démon. Quant aux grandes mises en scène de l'œuvre, c'est pourtant l'une des plus spectaculaires, l'une des plus kitsch aussi qui reste dans nos mémoires : celle que Raymond Rouleau inventa pour l'Opéra de Paris dans les années 1960. Pour le reste, arènes de Vérone ou théâtres antiques un peu partout dans le monde, spectacles de plein air, gueulantes poussées très loin par des chanteurs minuscules dans des auditoriums inhumains, *Aïda* continue à traîner sa réputation de péplum à grand spectacle et, heureusement pour elle, à drainer les foules.

Aix-en-Provence

Festival d'été

C'est à la fin de 1947 qu'un groupe intrépide d'amateurs de musique, réuni autour de Gabriel Dussurget, depuis longtemps organisateur de concerts à Paris ; de son associé Henri Lambert et de la fière comtesse Pastré, propriétaire du domaine de Montredon, près de Marseille qui accueillit tant d'artistes réfugiés pendant la guerre, décide de créer un festival dans le sud de la France. Très vite, la cour de l'ancien archevêché, à Aix-en-Provence, s'impose comme un lieu idéal. Avec les moyens du bord, on donne dès 1948 un premier *Cosi fan tutte*, dont on doit remarquer au passage que le public français le connaissait à peine, tant l'œuvre avait été peu jouée au cours du XXe siècle. Le succès est certain et l'on récidive l'année suivante : cette fois Aix entre dans la légende. Le peintre Cassandre organise l'espace de l'archevêché et dessine les premiers décors de ce *Don Giovanni* qui, d'un coup, hissa une petite ville un peu endormie l'été autour de son cours Mirabeau au rang de premier festival de musique de France. Dès 1948, c'était le chef allemand Hans Rosbaud qui avait dirigé le premier *Cosi*. Les décors en étaient de Wakhevitch. Mais l'année suivante, avec « Le *Don Juan* de Cassandre » mis en scène par Jean Meyer et toujours dirigé par Rosbaud, spectacle offert pendant quelques soirées, est proche de la perfection. Don Juan s'appelle Renato Capecchi, il est jeune.

Elvire s'appelle Suzanne Danco, c'est alors l'une des plus belles voix du moment. Leporello s'appelle Marcello Cortis, il se révèle d'une bouffonnerie grave et superbe. Dans les années qui vont suivre, les trois opéras de Mozart et Da Ponte formeront le cœur d'un répertoire qui, peu à peu, va s'ouvrir dans d'autres directions. Dès 1950, on reprendra *Cosi*, dans les décors, cette fois-ci, de Balthus. Inoubliables, les saisons 1957 et 1961 verront, dans le rôle des deux sœurs, Teresa Stich-Randall, qui chantera Fiordiligi jusqu'en 1965, et Teresa Berganza, celui de Dorabella. De même, le *Don Juan* dit de Cassandre offrira la même Stich-Randall en donna Anna, la même Suzanne Danco en Elvire, le même Marcello Cortis et un Nicolaï Gedda ou un Luigi Alva en Ottavio. Quant aux *Noces de Figaro*, ce seront encore Stich-Randall, Berganza, Graziella Sciutti, Rolando Panerai ou Marcello Campo qui, jusqu'en 1957, sous la direction de Hans Rosbaud, trop vite disparu, ont fait l'objet de témoignages discographiques qui constituent encore, comme le célèbre *Don Juan* de Glyndebourne, des modèles de travail d'équipe.

Mais déjà, Aix s'était ouvert à Rossini, avec un *Barbier de Séville* dirigé en 1953 par Carlo-Maria Giulini dans des décors d'André Derain, une *Iphigénie en Tauride* de Gluck, toujours dirigée par Giulini, dans des décors d'André Masson. Et un *Mariage secret* de Cimarosa, avec la merveilleuse Graziella Sciutti et l'immense baryton français Gérard Souzay dans le rôle de Robinson.

En fait, tous les grands noms du théâtre lyrique européen se sont succédé sur la petite scène du théâtre de l'Archevêché pendant les années Dussurget. Dans le même temps, le répertoire s'ouvrait encore davantage, *Falstaff*, une *Ariane à Naxos* de légende, avec Irmgard Seefried puis Tatiana Troyanos ; la Zerbinetta de Mady Mesplé ; ou la Prima Donna de Stich-Randall et de Régine Crespin. Le Festival d'Aix s'est même décentré jusqu'aux Baux-de-Provence pour donner ce qui reste encore aujourd'hui, pour nous, la version de référence au disque de la *Mireille*, hautement provençale, de Gounod. De même, c'est au Tholonet, sur la route de la Sainte-Victoire, qu'on donnera une *Carmen* où l'Américaine Jean Madeira triomphera.

Puis, à partir de 1963, lorsque le quatrième complice de Gabriel Dussurget, Roger Bigonnet, administrateur du casino d'Aix-en-Provence, sera obligé de s'éloigner du Festival, et en dépit de derniers feux sublimes avec un Eric Tappy dans le rôle de Tamino de *La Flûte enchantée* ; du *Falstaff* de Gabriel Bacquier, la crise s'installera tout à fait. En 1972, Dussurget démissionne. C'est Bernard Lefort qui lui succède en 1973. Ancien chanteur (il a même chanté *Don Juan*), il a dû interrompre une belle carrière de baryton à la suite d'une grave maladie. Mais lui aussi connaît bien, ô combien, le monde de l'opéra, puisqu'il a dirigé le Festival de Lausanne et l'Opéra de Marseille. Pendant deux ans, avant ce qu'il est convenu d'appeler l'« ère Liebermann », il a codirigé avec Daniel Lesur l'Opéra de Paris. Avec Bernard Lefort, on entre dans l'ère triomphante et triomphale du bel canto. Rossini, Donizetti, Montserrat Caballé, Marilyn Horne, Jessye Norman ou Janet Baker sont au programme. C'est un festival de grandes voix, où de nouvelles venues comme Grace Bumbry ou Kiri Te Kanawa côtoient les habitués des lieux, les Troyanos, les Berganza. Et puis, de même que Dussurget faisait appel à des peintres de renom pour brosser ses décors, Bernard Lefort ouvre sa scène à toute une génération de nouveaux metteurs en scène : les Jean-Pierre Vincent, les Jean-Claude Fall. Et surtout, peut-être, un Jorge Lavelli pour deux productions qui laisseront les spectateurs émerveillés : l'*Alcina* de Haendel avec Christiane Eda-Pierre, Valerie Masterson, Teresa Berganza et Ann Murray. Et une *Traviata* dans laquelle le public français, ébloui, devait découvrir une star qui ne chanta, hélas, presque qu'un seul été : Sylvia Sass.

À Bernard Lefort, en 1982, a succédé Louis Erlo. Aujourd'hui, c'est Stéphane Lissner, avec une subvention qui lui permet de réorganiser le Festival autour de nouveaux espaces, qui a pris en main le destin d'Aix-en-Provence.

Mais c'est toujours le même charme qu'on éprouve à gravir lentement les petites rues étroites qui montent jusqu'au théâtre de l'Archevêché, à retrouver les mêmes amis, qui disparaissent pourtant un à un, aux terrasses des cafés alentour ; à voir la nuit envahir le ciel du théâtre, les dernières hirondelles passer avec un cri aigu qui semble faire naturellement partie de l'orchestre ; à deviner les chauves-souris qui se perdent parfois dans les décors. Puis, à se retrouver à l'entracte, redescendre ensuite jusqu'au cours Mirabeau, boire un dernier verre à l'illustre café des Deux Garçons, demeuré le même. Jadis, on s'habillait pour assister aux soirées du Festival d'Aix-en-Provence. Le smoking, la veste blanche y étaient bien vus... Seuls quelques ploucs ont encore la faiblesse de croire qu'ils doivent imiter les temps héroïques de la comtesse Pastré dont une Edmonde Charles-Roux est peut-être, en somme, la plus illustre descendante. Elle préside aujourd'hui le conseil d'administration du Festival d'Aix-en-Provence, grâces lui en soient rendues...

Alagna, Roberto (né en 1963)
Ténor français

Ténor français et bien français, né de parents siciliens, ce qui explique le Roberto. Sa carrière est un feu d'artifice permanent. En 1988, il a gagné le prix Pavarotti à Philadelphie et, dès 1990, il faisait ses débuts à la Scala de Milan. Depuis, Roberto Alagna est non seulement l'un des plus grands ténors de son temps, l'un des plus jeunes aussi, à l'heure où nous écrivons ces lignes, mais l'un des plus séduisants, l'un des plus intelligents... On pourrait multiplier à l'infini les superlatifs : Roberto Alagna est le ténor français que la France entière, naturellement, mais le monde aussi, attendait. Il chante à Covent Garden, au Metropolitan, à la Scala, à Monte-Carlo, à Barcelone, pas assez à Paris... Il faudra attendre octobre 2003 pour le découvrir, plein de flamme, dans *Le Trouvère.* Il y avait aussi été un Don Carlo fameux : en dépit de tous nos efforts, nous n'avions pas pu avoir de place pour l'applaudir au Châtelet. Le disque nous avait consolé, il chantait le héros de Verdi et Schiller en un français très pur, puisque toute l'équipe réunie pour l'occasion avait opté pour la version originale de l'œuvre. Un disque publié en ouverture de l'année Berlioz a montré quel ténor berliozien Alagna pouvait être. On ajoutera qu'il est aussi un Roméo selon Gounod d'une jeunesse et d'une ardeur sans pareilles. Et nous ne sommes pas près d'oublier ses deux incarnations du héros shakespearien en 2002. D'abord à Orange, où il nous enthousiasma ; puis dans une version de concert de l'œuvre donnée au Festival de Salzbourg. Un souvenir précis : ayant raté une note à l'extrême fin d'un acte, il revint alors que le rideau tombait et la poussa cette fois parfaitement, cette note unique. Une partie du public protesta, nous nous sommes amusé. Et n'oublions pas que Roberto Alagna chante, si l'on ose dire, en couple, puisqu'il est marié avec la belle Angela Gheorghiu et que la plupart des enregistrements que nous avons pu entendre récemment d'Alagna (*Carmen, Manon, Le Trouvère*) sont interprétés par Alagna et Gheorghiu.

Alceste, ou le Triomphe d'Alcide

Jean-Baptiste Lully. Livret de Philippe Quinault

Paris, 1674

C'est sur cette *Alceste* que Lully a commencé à bâtir sa réputation. Des *Alceste*, il y en aura beaucoup avant elle, il y aura aussi, plus tard, celle de Rameau. Mais d'entrée de jeu, Lully et Quinault découvrent le genre de la tragédie lyrique française, adaptant à une langue bien étrangère à l'italien la technique qui était, par exemple, celle d'un Cavalli ou d'un Monteverdi. Donnée de manière continue en France pendant tout le XVIIe siècle et les trois premiers quarts du XVIIIe siècle, l'œuvre de Lully n'a réellement disparu de la scène qu'à l'arrivée de celle de Gluck, en 1776. Il faudra attendra plus de deux siècles, en 1980 à Darmstadt, pour voir renaître la princesse de Thessalie, mais pendant le siècle entier où l'*Alceste* de Lully a connu la gloire, elle a fixé de manière définitive le modèle quasiment immuable d'un certain type d'opéra français.

L'intrigue s'éloigne sensiblement de celle à laquelle aura recours Gluck. Dans l'œuvre de Gluck, la belle Alceste fait seule tout le chemin qui la conduira en enfer pour le salut d'Admète, son époux. Chez Lully intervient le personnage d'Alcide, amoureux d'elle comme Admète et noblement généreux, qui aide la femme qu'il aime à recouvrer son époux puis ira lui-même, à son tour, la chercher dans le royaume de Pluton et de Proserpine. L'œuvre est longue, plus de trois heures, elle est d'une grande noblesse. C'est Jean-Claude Malgoire, l'un des premiers grands baroqueux français qui, avec la Grande Écurie et la Chambre du Roy, nous en a donné le premier une version convaincante. La découverte d'Anne-Marie Rodde en Céphise, celle du fougueux Bruce Brewer en Admète, celle de Felicity Palmer en Alceste, ont été des révélations. Pour le reste, nous revenons à l'*Alceste* de Gluck.

Alceste

Christoph Willibald Gluck. Livret de Raniero de' Calzabigi

Vienne, 1767 ; Paris, 1776

Comme *Orphée et Eurydice*, il existe deux versions de l'*Alceste* de Gluck. La première créée à Vienne et chantée en italien ; la seconde créée à l'Académie royale de musique le 23 avril 1776 et chantée en français.

Deux noms pour évoquer l'*Alceste* de Gluck. D'abord, Maria Callas à la Scala en 1954. Avec *Alceste*, l'histoire de cette reine antique prête à sacrifier sa vie pour sauver son roi de mari que les dieux ont condamné, Callas nous prouve — et un disque nous en est resté — qu'elle est capable du chant le plus classique et le plus sobre, de l'énonciation la plus rigoureuse qui se puisse imaginer, sans cesse sous-tendue par ce quelque chose en plus, ce sens du tragique (Euripide est là, derrière Gluck, présent à chaque mesure...) qui est et sera l'apport de Callas à l'histoire de l'opéra, même lorsque sa voix la trahira. L'œuvre, moins populaire qu'*Orphée* mais pourtant probablement plus belle, est la plus lyrique en même temps que la plus constamment noble et déclamatoire de Gluck. Là, et avec une hardiesse éclatante, Gluck apporte à l'opéra français sa plus authentique et sa plus radicale révolution. Quant à la mise en scène, à la Scala, de Margherita Wallmann et aux décors de Piero Zuffi, ils sont d'une beauté étourdissante. Sur un ciel qui ressemble à un lavis superbement irrégulier se détachent simplement des colonnades austères qui soutiennent une frise imitée de l'antique. Et là, avec une aisance et un naturel « antique » qu'on ne lui retrouvera plus qu'avec Visconti, Maria Callas se meut fabuleusement. Et sa voix... Son air « Divinités du Styx » — chanté, bien sûr, en italien, puisque nous n'en sommes encore qu'à la version italienne — est la plus claire invocation à la mort et, dans le même temps, à l'espoir, qui se puisse imaginer. La reine, drapée de noir et comme acculée aux colonnes brisées qui l'écrasent face à la foule de ses sujets, est une image d'une telle majesté que Callas, peu à peu, prend sa place dans ce royaume qui devient si bien le sien, où voix et visages se confondent, rôles et personnages, vie publique et vie privée. Quand bien même le son de l'enregistrement qui nous en est resté est loin d'être parfait, Callas, alors dirigée par Carlo-Maria Giulini, touche au sublime.

Le deuxième nom, c'est naturellement celui de Régine Crespin, dont les « Divinités du Styx » déjà citées sont peut-être l'un des plus grands morceaux jamais enregistrés par elle. La voix de Régine Crespin dans Gluck touche au drame intemporel. Toutes les chanteuses, surtout étrangères, soucieuses d'apprendre le chant français tel qu'on le doit idéalement chanter, devraient écouter chaque soir, tout au long de leur carrière, la longue plage de microsillon hier, de CD dans les multiples rééditions d'aujourd'hui, où Régine Crespin atteint à une grandeur élégiaque et terrible.

À ces deux noms, il faut encore en ajouter deux autres. D'abord celui de Germaine Lubin, qui chanta pour la dernière fois le rôle le 13 août 1944. Ceux qui savent sauront pourquoi elle s'est tue ensuite, à l'âge de cinquante-quatre ans... La seconde est naturellement celui d'Anne-Sofie von Otter, dont la présence lumineuse a traversé voilà si peu de temps la belle production de Robert Wilson au théâtre du Châtelet. Un disque, un DVD en sont restés. Plus claire que celle de Callas, plus légère que celle de Crespin, moins grave que celle de Lubin, la voix de la grande chanteuse suédoise et surtout son interprétation du rôle s'appuient sur des qualités différentes. *Alceste*, selon Robert Wilson et Anne-Sofie von Otter, semble renouer avec les sources qui furent celles de Gluck, l'*opera seria* transfiguré par le style français.

Alcina

Georg Friedrich Haendel. Livret d'Antonio Marchi

Londres, 1735

Des voiles qui flottent doucement dans le vent. Une jeune fille, qui s'appelle Morgane, sœur de la magicienne Alcina qui tourne et tourne encore, tournant lentement sur elle-même comme sur un air de valse. La magie d'un soir d'été, à Aix, qui rejoint celle, beaucoup plus ancienne, de féeries anglaises. Londres avec Charles Farncombe, c'était en 1957, Aix en 1978 : un long moment d'intense bonheur. Nous avons assisté à presque toutes les soirées de la mise en scène de Jorge Lavelli, ici au sommet de son art. Puisque Lavelli peut lui aussi être magicien... Et l'opéra féerique créé à Londres en 1735 nous est apparu pour ce qu'il était, l'un des chefs-d'œuvre du théâtre baroque. Sur la scène, Morgane tournait, tournait donc éperdument. Elle s'appelait Valerie Masterson, avec son beau visage de poupée de porcelaine. Teresa Berganza, la grande Berganza, semblait sortir du fond de la nuit lorsqu'elle émergeait de la grotte où la magicienne Alcina tient prisonnier le chevalier Ruggiero, chantant l'ineffable et lent, envoûtant « Verdi prati... ». L'un des plus beaux largos (nous tenons à franciser le mot) de la musique de tous les temps. Avec lui, nous flottons dans l'arrière-plan d'un tableau de Poussin. Christiane Eda-Pierre semblait diriger tout ce monde du bout de sa baguette magique. Et la magie a joué, comme jamais. Bien sûr, on avait le souvenir de Joan Sutherland dans des représentations londoniennes. Ou de la belle Monica Sinclair, au visage si pur, qui chantait le rôle de Bradamante à Covent Garden. L'enregistrement, aujourd'hui contesté par les baroqueux purs et durs qu'en fit Richard Bonynge en 1962 avec la même Monica Sinclair, la même Joan Sutherland, la même Teresa Berganza et, en prime, rien de moins que Graziella Sciutti, Mirella Freni et Luigi Alva, chantait encore dans nos mémoires. Rarement un ensemble de stars n'avait été réuni avec une telle maestria. Depuis, on a voulu se rapprocher davantage de la liturgie orthodoxe du théâtre de ce temps-là. Mais, Aix alors ou Londres bien avant, l'histoire tirée de l'Arioste qui voit s'affronter les purs chevaliers Bradamante et Ruggiero à l'enchanteresse qui transforme les hommes en pourceaux, n'a pas fini de hanter nos grands souvenirs de très grandes soirées... Avec un petit garçon et une petite fille qui s'appelaient Antoine et Bérénice, à qui Suzy Lefort, qui jouait les hôtesses, donna chaque soir des coussins pour s'asseoir sur les marches de bois de l'ancien théâtre de l'Archevêché, nous avons connu une forme irréelle de bonheur. Et le trajet pour revenir de nuit, à travers la combe de Lourmarin, paraissait si court...

Alfonso und Estrella *(Alfonso et Estrella)*

Franz Schubert. Livret de Franz von Schober

Weimar, 1854

À peu près contemporain de la *Genoveva* de Schumann, *Alfonso et Estrella* est une œuvre aussi déconcertante qu'elle. Au fond, les grandes œuvres lyriques de Schubert sont ses cycles de lieder. Et *Alfonso et Estrella*, pas plus que *Fierrabras*, n'a l'intensité dramatique d'un *Voyage d'hiver.* Quelques téméraires n'ont-ils pas, d'ailleurs, tenté de mettre en scène, comme un véritable ouvrage lyrique et scénique, ledit *Voyage d'hiver* ? Comme dans le *Voyage*, tout est surtout ici mouvements de l'âme, révoltes et espoirs. Le livret de Schober ne suffit pas à soutenir un ouvrage de l'importance d'*Alfonso et Estrella*, qui dure près de trois heures. Schubert, plus que Schumann, était hanté par le désir d'écrire pour la scène. Il a, d'ailleurs, composé un nombre impressionnant d'œuvres lyriques. Mais alors qu'ils sont si nombreux, ceux qui peuvent citer tant de lieder de Schubert, sortis de *Fierrabras* et d'*Alfonso*, qui pourrait donner le nom d'un, deux, trois opéras de Schubert ? Nous-même citerons encore un Singspiel : *Les Frères jumeaux* (« Die Zwillingsbrüder ») parce que Wolfgang Sawallisch en a donné une superbe version enregistrée par Dietrich Fischer-Dieskau, Kurt Moll, Helen Donath et Nicolaï Gedda. Pour en revenir à *Alfonso et Estrella*, le plus connu d'entre eux, nous ne l'avons entendu qu'au disque, avec Peter Schreier, grand habitué des oratorios et des *Passions* de Bach, mais aussi Edith Mathis, Hermann Prey, Theo Adam et, une fois encore, Dietrich Fischer-Dieskau... On aurait pu oublier *Alfonso et Estrella* dans ce dictionnaire, nous avons voulu quand même le citer : pour Schubert — et aussi pour Fischer-Dieskau, qui fut son plus fidèle zélateur dans la deuxième partie du XXe siècle.

Altmeyer, Jeannine (née en 1948)

Soprano américaine

Jeannine Altmeyer a beaucoup chanté à New York et un peu partout dans le monde. Elle a été une belle Isolde à Bayreuth en 1986. Elle a aussi chanté l'Agathe du *Freischütz* et elle a été une ardente Léonore de *Fidelio*. Notre vrai regret : ne jamais l'avoir vue chanter, et surtout danser, Salomé. Parce que, en 1979, elle fut la plus rayonnante, la plus sensuelle des

Sieglinde que nous ayons jamais vues sur une scène d'opéra. Heureusement, l'enregistrement vidéo, aujourd'hui le DVD qui nous rendent le fameux *Ring* du centenaire, dirigé par Boulez et mis en scène par Chéreau, nous rendent aussi *La Walkyrie* et sa Sieglinde de cette année-là. Une puissance charnelle, voire érotique, d'une incroyable force. Amoureuse au premier acte de la *Walkyrie*, désespérée au second, elle est là aussi rayonnante, remplie du même désir que celui qu'elle inspire à son Siegmund, Peter Hofmann. À coup sûr, le couple Altmeyer-Hofmann est le plus proche qu'on ait vu à la scène de l'image sensuelle des jumeaux incestueux, ces Wälsungen engendrés par un dieu pour s'aimer dans le péché. On l'aura deviné : nous avons été amoureux de Jeannine Altmeyer — et c'est bien ici le lieu de l'avouer, non ?

Ami Fritz (L') *(L'Amico Fritz)*

Pietro Mascagni. Livret de P. Suardon d'après Erckmann-Chatrian

Rome, 1891

Pourquoi *L'Ami Fritz* ? Tout simplement parce que l'opéra, tiré du célèbre roman d'Erckmann-Chatrian, offre l'un des plus beaux rôles de ténor de tout le répertoire vériste italien. Et nous ne sommes pas près d'oublier l'enthousiasmante version historique dirigée en 1941 par le compositeur lui-même, avec Ferruccio Tagliavini, alors au zénith de sa voix généreuse. À coup sûr, l'un des plus beaux albums d'opéra italien de l'histoire du disque. Avec son « O amore... », ténor entre les ténors d'une époque révolue, Tagliavini atteint à des sommets qui constituent un modèle absolu pour ce type de chant. L'excellente Pia Tassinari lui donnait la réplique : l'opéra « alsacien » de Mascagni devient un moment de bonheur. On signalera toutefois que, quarante-cinq ans plus tard, Luciano Pavarotti et Mirella Freni ne sont pas mal du tout, dirigés par Gavazzeni chez EMI. Et puis, Pavarotti en Hans Sachs alsacien, ça vaut le coup d'oreille, non ?

Amour de Danaé (L') *(Die Liebe der Danae)*

Richard Strauss. Livret de Josef Gregor, d'après Hugo von Hofmannsthal

Salzbourg, 1952

L'avant-dernier opéra de Strauss, sa « mythologie joyeuse » selon ses propres termes, composé avant son ultime opéra, *Capriccio*, même s'il fut créé après lui, est bien méconnu. Pourtant, quels beaux chants d'amour on trouve aussi là... Quelles graves réflexions, comme dans *La Femme sans ombre,* sur la grandeur de l'amour conjugal : quel humour, enfin, dans ces scènes où toutes celles que Jupiter a pu séduire, déguisé en cygne ou sous l'habit d'un nuage, reviennent lui déclarer leur flamme ! Mais on dirait qu'un sort s'est acharné sur *Danaé*. La création en était prévue au Festival de Salzbourg en 1944. Une répétition générale eut bien lieu, avec Viorica Ursuleac dans le rôle de Danaé et Hans Hotter, alors au sommet de ses moyens, dans celui de Jupiter. Mais c'était le 16 août 1944 ! On comprend que les distingués amateurs d'opéra allemand avaient alors autre chose en tête... Du coup, la générale eut bien lieu, mais la première fut annulée. Et c'est seulement en 1952, après la mort de Strauss, que Clemens Krauss dirigea la véritable première représentation publique. Depuis, l'œuvre n'a guère été donnée et il a fallu attendre le Festival de Salzbourg 2002 pour la voir revenir sur la scène de la petite salle du Festival.

L'argument est des plus curieux. Il mélange allègrement deux mythes : celui de Jupiter qui séduit Danaé en se transformant en pluie d'or ; et celui du roi Midas, qui avait le malheur de transformer en or tout ce qu'il touchait. Mais à la pluie d'or rêvée par Danaé comme à la fortune d'un Midas bluffeur, la belle Danaé va préférer l'amour pur et sincère d'un pauvre ânier. D'où l'indignation de Jupiter, qui ne comprend pas un tel choix. Comment diable peut-on préférer l'amour et l'eau fraîche à l'or et à la puissance ? Et la mythologie joyeuse de nous valoir une belle scène, grave et profonde, dans laquelle Jupiter finit par comprendre les raisons d'une femme qu'il ne pourra posséder. C'est en somme Wotan, le roi des dieux du *Ring* wagnérien, qui parle avec la voix de Barak, l'homme bon par excellence de *La Femme sans ombre.* Ceux qui ont pu assister aux représentations du Festival de Salzbourg en 2002 ont découvert l'œuvre, ou presque. Jupiter y était un vétéran allemand, Franz Grundheber, grandiose. Et même si cette *Danaé*-là est bien loin de celle que nous peignit le Corrège, coquine et mutine, petits seins pointus et draps relevés jusqu'au ventre en attendant sa pluie d'or, l'émotion qu'elle peut nous faire éprouver n'en est peut-être que plus grande.

Amour des trois oranges (L')

Serge Prokofiev. Livret de Vsevolod Meyerhold, Vladimir Soloviov et Constantine Vogak d'après Carlo Gozzi

Chicago, 1921

Curieux destin que celui de l'opéra, aujourd'hui le plus populaire, de Serge Prokofiev. Créé en 1921 à Chicago, ce fut un échec. Même échec à New York en 1922. Même échec à Cologne en 1925. Il faudra attendre la mise en scène légendaire de Giorgio Strehler à la Scala de Milan, en 1947, pour que *L'Amour des trois oranges* connaisse une véritable résurrection. Depuis lors, le bonheur de faire chanter un roi et un prince, une cuisinière et des personnages de commedia dell'arte qui s'appellent Truffaldino ou Léandre, des fées ou des magiciens dans un délire musical et visuel aux marges de la poésie, du calembour et de la bonne blague, n'a cessé de se promener à travers le monde.

Tirée d'une fantaisie du Vénitien Gozzi, l'histoire à dormir debout est d'abord un conte pour enfants pas très sages. Un conte qui nous raconte les malheurs du fils du Roi de Trèfle atteint d'une hypocondrie incurable que seul un bel éclat de rire pourrait sauver. Alors commence une ronde endiablée où des petits diables font les zouaves, un gentil musicien et une fée méchante se lancent dans une partie de cartes ; où une esclave noire trame de noirs desseins, tandis qu'on multiplie pour le malheureux prince des spectacles de plus en plus délirants. Jusqu'au jour où celui-ci éclate enfin de rire, parce qu'il a vu la méchante fée, qui s'appelle tout simplement Fata Morgana, un nom de très bon éditeur en France, tomber à terre cul par-dessus tête. D'où le titre de l'opéra, *L'Amour des trois oranges*, puisque la vilaine fée condamne le gentil prince trop tôt guéri pour elle à passer le reste de sa vie à la recherche de trois oranges...

On nous pardonnera de ne pas aller plus loin dans le résumé d'un livret aussi irrésumable que déraisonnable. Bien que la distribution prévoie précisément cinq ténors et cinq basses dans les dix rôles de dix spectateurs raisonnables ! On se contentera de dire que les trois oranges en question sont trois jolies princesses, Linetta, Nicoletta et Ninetta, déguisées en oranges. Les deux premières vont mourir de soif. Le prince tombera amoureux fou de la troisième, que Fata Morgana transformera en rat. Naturellement, le rat redeviendra princesse charmante, le fils du Roi de Trèfle sera heureux et on espère qu'à eux deux, ils n'auront pas trop de Piques, mais une foultitude de petits Cœurs, à moins que ce soient des oranges ou des mandarines...

C'est simple : ou bien l'on cherche à comprendre cette incompréhensible histoire, on se perd dans les détails, et on n'y comprend rien — mais c'est bien quand même. Ou bien on se laisse aller, et le bonheur qu'on a dit vous envahit. Naturellement, *L'Amour des trois oranges* est d'abord une partition d'une incroyable fantaisie, un pastiche de tout et de plus que tout, une féerie qu'il faut un grand chef pour mener tambour battant, mais d'une baguette légère, ô combien. À la fin des années 1980, Kent Nagano en donnera une version idéale, d'abord à l'Opéra de Lyon, puis au Festival d'Aix-en-Provence, où on a pu la voir. La mise en scène était de Louis Erlo, elle y conjuguait drôlerie, tendresse et poésie. Gabriel Bacquier y était un roi au royaume des rêves, Jean-Luc Viala un prince qui cherchait le bonheur au milieu des trois plus jolies princesses du monde. Publié chez Virgin, l'enregistrement n'a rien perdu du bonheur de la scène. Et notre coup de foudre pour Linetta, Nicoletta et Ninetta — Consuelo Caroli, Brigitte Fournier et Catherine Dubosc — dure encore. Mieux, nous sommes amoureux aussi de la noire Smeraldine, Béatrice Uria-Monzon. Et pire : de la vilaine Fata Morgana, chantée par Michèle Lagrange.

Anderson, June (née en 1952)
Soprano américaine

Ce fut un choc : la première apparition de June Anderson dans *Lucia di Lammermoor* à Paris. Une longue silhouette nimbée de blanc, brisée, qui chantait, chantait éperdument. Après Maria Callas, on redécouvrait soudain, avec un formidable coup au cœur, une interprète capable de nous remplir de la même émotion. Mais il y a eu aussi Gilda, l'Elvira des *Puritains*. Et puis la Desdémone de Rossini, toutes les héroïnes de Bellini. Pourtant, nous ne sommes pas près d'oublier une autre soirée, que June Anderson donna pour nous, presque seulement pour nous. C'était à la fin des années 1990, à la Bibliothèque nationale de France. On avait voulu qu'elle ouvrît une série de concerts consacrés à la mélodie française, mais le cachet que réclamait son agent était infiniment supérieur aux moyens d'une institution que nous avions alors le bonheur de diriger. D'où la formidable générosité de June Anderson, qui accepta de chanter pour rien, pour nous donc, dans le grand auditorium de l'immense bibliothèque de Tolbiac. Elle chanta la mélodie française, avec une générosité sans pareille. Sa voix se déployait très largement, sur les délicates paroles des poètes français qu'elle transfigurait de la sorte. Depuis, nous l'avons revue souvent, surtout à Paris, où elle a vécu longtemps. Y vit-elle encore ? Elle fait partie de ces artistes américaines que le monde entier adore et nous envie, puisqu'ils semblent avoir une prédilection pour les scènes françaises.

Anderson, Marian (née en 1902)
Contralto américaine

C'est en 1955 seulement, à l'âge de cinquante-trois ans, que Marian Anderson a fait ses débuts au Metropolitan de New York, dans le rôle de l'Ulrica du *Bal masqué*. Mais il est vrai que Marian Anderson était noire, et que sur la sacro-sainte scène du temple lyrique new-yorkais, aucun chanteur noir n'avait jusque-là eu l'audace de se présenter. C'est tout à l'honneur de Rudolf Bing, qui en était alors l'administrateur, d'avoir enfin accueilli celle dont un Toscanini dit un jour qu'une voix semblable, « on en entendait une tous les cent ans ». Sa carrière new-yorkaise fut de courte durée, puisqu'elle ne dura qu'un an. Précisément... Mais Marian Anderson est à coup sûr l'une de ces voix qui nous ont le plus appris sur le chant noir américain, les spirituals, les balades. La gravité de cette voix, sa profondeur, l'émotion dont elle pouvait inonder une salle, furent sans pareilles. La calme beauté de son visage ajoutait, à cette sérénité, la toute-puissance. Naturellement, nous avons découvert Marian Anderson à peu près en même temps que le public du Met, mais dans le répertoire qui a fait sa grandeur : ce chant des esclaves noirs qui se tournent vers Dieu.

André Chénier *(Andrea Chenier)*

Umberto Giordano. Livret de Luigi Illica

Milan, 1896

Quasiment composé en même temps que *Tosca, André Chénier* est l'un des grands opéras historiques dont la Révolution française est la toile de fond. On se référera à la *Fedora* du même Umberto Giordano, dans ce même volume, pour mesurer la stupidité du jugement de ceux qui traitent le vérisme italien triomphant comme un avatar grotesque auquel, par erreur, on a trop longtemps donné le nom, naturellement absurde, de bel canto. Pourtant, pas plus que *Fedora, André Chénier* ne relève d'un *mal canto* souvent brandi sans discernement à l'encontre d'un type de musique que ses détracteurs ont voulu écraser sous la honte, parce que leur papa ou leur maman l'avait trop aimée.

La trame de l'histoire est naturellement de pure fiction. On y voit le poète André Chénier condamné à mort par Robespierre après avoir été dénoncé par son laquais Gérard, jaloux de lui. L'un et l'autre, en effet, ont aimé la même Madeleine de Coigny. Mais si, lorsqu'on évoque le vérisme, on pense à *Cavalleria rusticana*, l'œuvre de Giordano en est bien éloignée. À la rudesse et à la simplicité d'un élan musical qui balaie tout sur son passage répond une fort jolie succession de scènes de genre où l'amour, la mort et la poésie se croisent et se recroisent jusqu'au drame final. Question de XVIIIe siècle ambiant ? C'est au fond à la *Manon* de Massenet que l'on pense en écoutant le joli duo d'amour de Madeleine et André au premier acte. C'est encore Massenet, mais *Werther* cette fois, que l'on peut évoquer dans l'adieu à la vie du poète, « Come un bel dí di maggio... » — (comme un beau jour de mai).

C'est dans un enregistrement fameux, réalisé en 1941 à la Scala de Milan avec Beniamino Gigli, Maria Caniglia, Gino Bechi et Giulietta Simionato que l'on a appris ce que vérisme voulait dire. Pourtant, une autre version est naturellement chère à notre cœur, celle « piratée » en 1955 au même théâtre de la Scala. Maria Callas y chantait le rôle, pourtant assez neutre, de Madeleine de Coigny, aux côtés d'un Mario Del Monaco en une forme redoutable. En effet, tandis que Del Monaco ne ménagera en rien sa voix puissante et contre toute une tradition qui veut que Madeleine de Coigny s'époumone à suivre son ténor de poète à la mort, Maria Callas en donnera une interprétation toute en nuances, intimiste, comme douloureusement résignée. D'où les cris stupides qui saluèrent sa « La mamma morta... », un air fameux qui, à la Scala, appartenait à sa grande rivale, Renata Tebaldi. En réécoutant l'enregistrement qui nous est laissé de ces soirées houleuses, on regardera cette photographie qui nous la montre debout devant un fauteuil Louis XVI, une robe blanche de vraie jeune fille et un bouquet pâle à la main. Le visage légèrement de côté, très droite, elle regarde intensément l'homme qu'elle va aimer et qui chante les couplets de son célèbre « Improvviso » où il s'affirme à la fois poète et politique. Et dans ce regard, ces yeux noirs qui se fixent sur l'auteur de *La Jeune Tarentine*, il y a une densité d'émotion que nous retrouvons, à chaque écoute, dans l'enregistrement dirigé par Antonino Votto.

Ange de feu (L')

Serge Prokofiev. Livret d'après Valéry Brioussov.

Paris, 1954

Un *Ange* qui nous est arrivé (voilà tant d'années !) comme une sorte de formidable paquet surprise, un énorme coffret de disques impossible à ranger dans une bibliothèque comme dans une discothèque, un livre-coffret ou un coffret-livre, un livre d'art, volumineux emballage toilé, des dizaines de pages de texte, des photos, des images et les trois disques de l'opéra de Prokofiev présentés dans le plus encombrant et le plus somptueux des paquets-cadeaux par la firme Véga : telle fut notre découverte, en 1957, de l'œuvre la plus étrange peut-être de Serge Prokofiev. Une manière de grandiose opéra romantique, hanté par le démon, où il n'est jusqu'à Faust et Méphistophélès lui-même à faire de la figuration parmi une sorcière, un mage, un troupeau de démons, des squelettes, un inquisiteur... Avec, figure emblématique de cet ange de feu auquel nous l'associerons toute notre vie, la fulgurante Jane Rhodes. Elle a été aussi Carmen, gitane incandescente. Mais la Renata de *L'Ange de feu*, c'est elle qui l'a chantée pour nous, au disque, en 1957.

En réalité, c'est au théâtre des Champs-Élysées, à Paris, sous la direction de Charles Bruck, qu'on l'entendit pour la première fois, en version de concert. Créé à la scène à Venise, en 1955, c'est une autre déesse enflammée du théâtre lyrique de l'après-guerre qui chanta Renata pour la première fois à la Scala en 1957 : Christel Goltz, fulgurante Salomé de nos jeunesses. À la même époque, Charles Bruck réalisait le premier enregistrement mondial de *L'Ange de feu*, en français, avec Jane Rhodes, donc, Xavier Depraz, Irma Kolassi, Jean Giraudeau et quelques autres piliers de l'Opéra de Paris en ces années-là. Mais nous n'avions ni vu ni entendu l'œuvre depuis ces premiers disques, jusqu'à une récente production à l'Opéra-Bastille.

L'histoire est belle à en mourir. Renata, jeune femme d'une grande beauté, est hantée depuis ses huit ans ans par un ange de feu. Elle le décrit elle-même, dans un long aveu au chevalier Ruprecht, qui tentera de l'arracher à cette possession : « Je n'avais que huit ans lorsqu'il m'apparut en premier lieu. Comme un beau rayon de soleil tout vêtu de blanc, l'Ange de feu tout couvert de lumière. Sa face était brillante, ses yeux d'un azur sans nuage et ses cheveux étaient comme l'or très fin... L'Ange de feu. L'Ange de feu ! Et son nom était doux : Madiel. Mais je n'en fus pas effrayée et dès le premier jour, je jouais avec l'Ange... » Et la petite Renata de huit ans, adolescente ensuite, dormira avec l'Ange. « Chaque soir, il partageait mon lit et il se serrait contre moi tel un beau chat, s'attardant jusqu'au matin. Ainsi, la nuit, il m'emportait très loin sur ses ailes puissantes, il me montrait des îles inconnues et des églises, des villages irréels, pleins de lumière... » Mais à l'âge de dix-sept ans, Renata a voulu s'unir charnellement à l'Ange, et celui-ci s'est refusé à elle. Depuis, elle le recherche désespérément. Elle croit l'avoir découvert en la personne du comte Henri, qu'elle séduira, qu'elle ensorcellera, diront les gens du village, jusqu'à ce qu'il l'abandonne. Dès lors, cherchant à la fois Henri et Madiel qu'elle confond en un même amour spirituel et charnel, elle croit désirer ardemment le bien, quand c'est le mal qui l'attire dans ses profondeurs.

L'opéra de Prokofiev, tout à fait hors de propos dans les années 1920 quand il le composa, est presque une œuvre mystique. À l'époque, c'était le Paris de Stravinski ; la Vienne de Schönberg ; l'Allemagne de Richard Strauss, dont il était peut-être le plus proche. Encore que... Encore que Prokofiev se refuse aux grandes envolées lyriques, au beau chant de femme de Strauss. Son œuvre est réellement habitée de l'intérieur, sourdes montées exaltées, étonnamment descriptives quand elle aborde le diable et ses sortilèges. Et Ruprecht, le chevalier qui tente de la sauver, aura beau tomber éperdument amoureux d'elle, il n'existe pas pour elle. Elle ne le voit pas. Elle sème la mort, la terreur et la folie autour d'elle. À sa manière, *L'Ange de feu* est bien une sorte de *Faust*. Un *Faust* qui regarderait plus du côté de Berlioz que du côté de Gounod. Quant à Renata, elle est aussi Carmen. Marquée par la mort dès la première scène, elle mourra brûlée vive comme sorcière. Étonnante Jane Rhodes, dès lors, dont la course folle vers le bûcher a fait subitement d'elle un vrai monstre sacré d'opéra.

Le vieil enregistrement de 1957 est ressorti plusieurs fois, nous venons de l'entendre encore une fois. Le vieux coffret, lui, nous l'avons gardé. Toujours aussi difficile à ranger, que ce soit parmi des livres ou parmi des disques...

Anna Bolena

Gaetano Donizetti. Livret de Felice Romani

Milan, 1830

Pleurons une reine qui va mourir... La deuxième femme de Henry VIII d'Angleterre est la première de ces reines humiliées dont Donizetti allait, pendant plus de dix ans, faire chanter les malheurs. Succédant à Catherine d'Aragon, mariée secrètement au roi en 1533, Ann Boleyn a été exécutée trois ans plus tard. C'est avec ce personnage émouvant que Donizetti a, pour la première fois, atteint une renommée internationale.

L'intrigue se situe au moment où Anna Bolena se rend compte qu'Enrico — Henry VIII — regarde de trop près sa dame de compagnie, Giovanna (Jane Seymour). Elle-même se souvient avec émotion de son premier amour, Percy, un ténor aux airs d'une grande difficulté, écrits pour Rubini. Mais Enrico va profiter de cette ancienne passion de sa femme pour un autre pour accuser Anna d'adultère. Giovanna, assez curieusement, fera tout ce qu'elle pourra pour la sauver, mais en vain. Le deuxième acte de l'opéra s'achève par l'un de ces airs de folie, folie encore douce, tempérée, touchante, dont Donizetti aura le secret. À travers tous les artifices de ce qu'on appelle toujours le bel canto, ses roulades et ses enjolivures, l'émotion que suscite la folie et la mort d'une reine innocente atteint ici, pour la première fois, une véritable grandeur.

L'œuvre n'avait pas été jouée à Milan depuis 1877 lorsque Luchino Visconti la met en scène à la Scala de Milan en 1957 pour Maria Callas. Ce que Visconti, assisté de Nicola Benois pour les décors, a fait de la malheureuse reine déchue par son époux volage et sans scrupule dépasse, et de loin, toutes les conventions du grand opéra. Ainsi, *Anna Bolena* est devenue, par la grâce de Visconti et de Callas, une œuvre intimiste, l'exploration profonde et douloureuse, aiguë, acharnée, des souffrances d'une femme. Un enregistrement nous est resté, l'un de ceux que l'on appelait alors des « pirates ». Qu'on y entende seulement Callas se souvenir d'abord de son bonheur ancien : ce sont des palpitations presques sereines qui agitent doucement sa voix, un moment du passé qui transfigure le présent. Puis, quand le présent revient et l'assaille (« Son calde ancor... » : elles sont chaudes encore, les cendres de mon premier amour...), elle découvre soudain une intensité lyrique évanescente, comme habitée de l'intérieur par tout ce qu'elle vient de rêver et qu'il lui faut oublier. De même, à la fin de l'opéra, lorsque, demi-folle, elle se sait condamnée au bourreau, elle ne croit pas à son exécution et oublie le billot et la hache qui l'attendent : dès lors, Callas atteint des sommets dans son art à utiliser toutes ses voix, à passer d'un registre à l'autre, à jouer avec les notes douces, à peine murmurées, pour atteindre soudain au cri le plus insoutenable « Coppia iniqua ! », coupe injuste qu'il lui faudra boire jusqu'à la lie... Le disque, oui, mais aussi plusieurs photographies nous la montrent dans sa robe de scène, droite au milieu du plateau de la Scala, un manteau qui traîne à terre, coiffée de blanc...

Trente ans plus tard, Joan Sutherland enregistrait le rôle, mais la grande chanteuse australienne ne nous disait rien. Elle chantait seulement. Ce n'est pas déjà pas si mal, quand on est Sutherland, mais Callas vibrait, elle. On a scrupule, après Callas, à citer quand même encore une autre grande Anna Bolena, mais il s'agit de Beverly Sills, qui enregistra le rôle en 1973 et dont la voix, peut-être trop légère, nous touche également : elle nous parle presque.

Antigone

Arthur Honegger. Livret de Jean Cocteau

Bruxelles, 1927

De même que sa collaboration avec Stravinski fut exemplaire dans *Œdipus Rex*, Jean Cocteau a écrit pour Honegger un livret d'une limpidité exemplaire. L'action de la tragédie de Sophocle est admirablement condensée dans le terrible face à face d'Antigone et de Créon. D'abord montée comme une « dramaturgie simple » de Cocteau au théâtre de l'Atelier, l'œuvre prit toute sa dimension en 1927, après sa création à Bruxelles. Elle fit même scandale en Allemagne. L'éternel conflit entre le droit et la justice, mais aussi l'amour et la justice face à la loi, y est représenté par un Honegger d'à peine un peu plus de trente ans avec une rigueur très classique pour l'époque. Nous l'avons vue, bien sûr, au Palais Garnier. C'était dans les années 1950 : oserons-nous dire que nous n'avons pas gardé un très grand souvenir de ces cinquante minutes de musique, denses, violentes. Et pourtant...

Antonacci, Anna Caterina (née en 1961)

Soprano italienne

C'est peut-être parce qu'elle est née à Ferrare et que la ville chère à De Chirico et à Giorgio Bassani, avec ses brumes et ses lumières opalescentes, est l'une des plus belles d'Italie, que très vite Anna Caterina Antonacci est pour nous, aussi, l'une des plus belles sopranos italiennes de ce temps ? Formée à l'école du baroque, tour à tour chez Monteverdi, chez Purcell, chez Haendel, voire chez Gluck, sa voix a évolué vers des emplois plus graves, chantant aussi bien aujourd'hui des rôles de mezzo que de soprano. Elle est ainsi passée à des emplois plus lourds, du côté de Bellini ou de Donizetti. Et surtout : et surtout, elle est la Cassandre des *Troyens* qui, dans la première partie du chef-d'œuvre de Berlioz, a su nous bouleverser en octobre 2003 au théâtre du Châtelet. Sous la direction de John Eliot Gardiner, elle a fait preuve d'une inspiration inouïe. L'étendue de son registre, la solidité de son timbre ont fait merveille. Nous aimions bien Anna Caterina Antonacci parce qu'elle était née à Ferrare, oui ; nous la plaçons aujourd'hui très haut, parce qu'elle a chanté Berlioz comme deux ou trois chanteuses qui furent les amies de Berlioz purent le lui faire entendre en son temps. Elle est avec Suzan Graham, Didon sans pareille, l'une de celles qui servent Berlioz avec le plus d'éclat et de ferveur.

Arabella

Richard Strauss. Livret de Hugo von Hofmannsthal

Dresde, 1933

L'opéra du bonheur par excellence. Et qu'on ne me dise surtout pas qu'*Arabella* est une histoire à l'eau de rose, une manière de roman-photo ou un volume égaré de la collection Harlequin. Ou encore, un pâle succédané du *Chevalier à la rose*. Ou alors, Strauss et Hugo von Hofmannsthal l'ont réussie avec quelle maestria, leur histoire d'amour idéal, entre une pure jeune fille pauvre mais noble et un riche étranger venu de loin qui l'épousera. Achevée en 1932, *Ara-*

bella est le cinquième et dernier volume de la collaboration entre le musicien et l'écrivain. Hofmannsthal mourut d'ailleurs en 1929, avant que Strauss en ait terminé la parution, mais son livret était déjà bien prêt. Un *Chevalier à la rose bis*, donc ? Absolument pas. Mais une autre comédie, douce-amère, où s'exhalent des soupirs tendres et des sentiments profonds. Qu'on en juge : Arabella, la fille aînée d'un aristocrate viennois ruiné, le comte Waldner, est courtisée par la fine fleur de la noblesse viennoise. Mais comme le comte Waldner ne peut marier deux filles et offrir les dots qui vont avec, il a décidé de faire passer la seconde, Zdenka, pour un garçon. Encore l'un de ces merveilleux rôles de travestis dont fourmille l'opéra allemand. Tout attachée à son rôle de faux petit frère, Zdenka voit défiler les amoureux de sa sœur, leur prodigue conseils et encouragements tout en aimant secrètement l'un d'entre eux, le jeune et bel officier Matteo. Ensemble, les deux jeunes filles rêvent de l'homme fait pour elles qui finira bien un jour par arriver. Et celui-ci apparaît en effet. C'est le neveu d'un ami du comte, le riche Mandryka, tout droit sorti de ses forêts profondes. Le coup de foudre est immédiat, mais un quiproquo fera croire à Mandryka que la belle Arabella le trahit. Coups de sang, retournements, tout se termine le mieux du monde et le rideau tombe tandis qu'Arabella apporte à celui qu'elle aime le verre d'eau qui symbolise l'amour éternel au pays d'où vient le riche étranger. Et Zdenka peut épouser son Matteo.

Tout cela vous a l'air si simple, et c'est simple, en effet. Mais rarement le lyrisme de Richard Strauss atteint à de tels degrés d'intensité. La beauté du duo entre les deux jeunes sœurs, au premier acte, lorsque toutes deux espèrent la venue du « richtige Mann », les voix de l'une et l'autre qui flottent très loin, très haut, atteignent à des sommets de poésie pure. De même, le duo d'amour de Mandryka et Arabella. Enfin, le retour en scène de la pure jeune fille qu'on a pu croire volage et qui, son verre d'eau symbolique à la main, pardonne et offre son amour. Pendant des années, je le faisais écouter à des jeunes filles qu'à vingt ans je voulais aimer. C'était alors Elisabeth Schwarzkopf qui chantait Arabella : un jour, nous en avions pleuré de bonheur. À deux...

Il faut dire que quelques interprètes des trois rôles principaux de l'œuvre ont su la porter au firmament du chant allemand. La grande Lotte Lehmann aurait dû créer le rôle d'Arabella. Mais c'était en 1933, le pouvoir nazi se mettait en place. Le chef Fritz Busch avait été chassé de son poste à l'Opéra de Berlin. Lotte Lehmann refusa de s'y produire. C'est Clemens Krauss devenu le chef attitré de Strauss qui dirigea la première, avec Viorica Ursuleac, son épouse, dans le rôle-titre. Mais Lotte Lehmann créa le rôle la même année à Vienne. Dans la seconde partie du XXe siècle, l'Arabella idéale s'est appelée Lisa Della Casa. On a pu l'applaudir à Londres, mais surtout à Munich où, avec une petite sœur qui s'appelait Anneliese Rothenberger, elle a fait chavirer tous les cœurs. C'était un Festival de Munich plus straussien que jamais, et qui ne ressemblerait jamais à aucun autre. En 1962, au Prinzregententheater — le Nationaltheater n'avait pas encore été reconstruit — nous connûmes, à deux, l'une des plus belles émotions d'opéramaniaques que nous étions. Déjà, les voix unies de Della Casa et Rothenberger auraient suffi à faire le bonheur de tout amateur d'opéra. Mais on ajoutera qu'à leurs côtés se trouvait un formidable Mandryka en la personne de Dietrich Fischer-Dieskau. Sous un habit ou sous un autre, on retrouve ce fulgurant trio, dirigé par Josef Keilberth, chez Deutsche Grammophon. Un autre immense Mandryka a été George London. Plus récemment, un Thomas Hampson a presque su les égaler tous les deux. Mais Della Casa, au visage de petite fille sage, n'a jamais été surpassée. Elle a été, elle est, elle sera toujours Arabella...

Ariane *(Arianna)*

Claudio Monteverdi. Livret d'Ottavio Rinuccini

Mantoue, 1608

L'*Ariane* perdue. Non seulement Ariane, abandonnée sur son île, continue à hanter nos mémoires à travers tant d'œuvres célèbres ou oubliées, mais l'une des plus fameuses d'entre elles, celle de Monteverdi, n'est pas oubliée, elle a disparu. Il n'en reste qu'un air, d'une fabuleuse beauté, dit « Lamento d'Arianna ».

L'œuvre a été créée à Mantoue, nouveau foyer musical d'une étonnante activité au début du XVIIe siècle, à l'occasion du mariage d'un Gonzague avec Marguerite de Savoie. Le rôle d'Ariane était destiné à une chanteuse mythique, Caterina Martinelli, surnommée « La Romanina ». Sa mort subite quelques semaines avant la première représentation de l'œuvre amena une autre chanteuse célèbre, « La Florinda », Virginia Ramponi Andreini, à chanter le rôle d'Ariane. Le succès fut immense, on parla de milliers de spectateurs.

Et pourtant, rien de cette fameuse *Ariane* ne nous est resté. Rien ? Dieu merci, on a dit le « Lamento » : c'est parce que Monteverdi l'intégra à son *Sixième Livre de madrigaux* que ce morceau, déchirant (« Lasciatemi morir » : laissez-moi mourir), est resté l'un des premiers arias, toujours chanté de nos jours, de l'histoire de l'opéra. C'est un morceau de bravoure de beaucoup de spécialistes de chant baroque : nous l'aimons à la folie chanté par Guillemette Laurens.

Ariane à Naxos *(Ariadne auf Naxos)*

Richard Strauss. Livret de Hugo von Hofmannsthal

Stuttgart, 1912 ; Vienne, 1916

La sophistication la plus extrême, le bonheur de quelques happy few qui sont devenus légions... Curieux destin que celui de cette *Ariane*-là. Avant celle de Strauss, bien d'autres *Ariane* avaient vu le jour, à commencer par celle, fameuse et perdue, de Monteverdi (voir plus haut). Ainsi le Vénitien Nicola Porpora, dont George Sand fait le maître de musique de la Consuelo de son roman a-t-il composé lui aussi une *Ariane* qui mériterait d'être revisitée. Profitons-en pour relire *Consuelo* en attendant... Pourtant, l'Ariane de Strauss ne ressemble à aucune autre. À l'origine, l'histoire d'Ariane, abandonnée dans l'île de Naxos par Thésée, qu'elle a conduit dans les dédales du labyrinthe pour tuer le Minotaure, et puis sauvée par Bacchus avec qui elle vivra un grand et éphémère amour, avait été simplement conçue pour servir de divertissement après une représentation du *Bourgeois gentilhomme*, de Molière, donné par le grand metteur en scène Max Reinhardt à Stuttgart. La première eut lieu le 25 octobre 1912.

Pourtant, l'*Ariane* que nous connaissons est d'une tout autre eau. Elle a été donnée pour la première fois à Vienne, en 1916, précédée d'un prologue. Et sans *Bourgeois gentilhomme*. Aujourd'hui, on se passe fort bien du bourgeois en question, mais on ne saurait se passer du prologue. Les vrais amoureux de l'*Ariane* de Strauss, c'est-à-dire tous nos amis, semblent, d'ailleurs, préférer le prologue à l'œuvre elle-même. Dans cette manière de premier acte, on assiste en effet aux tourments d'un compositeur chargé par un nouveau riche de composer une œuvre lyrique pour être donnée après souper. Il doit s'agir d'une œuvre noble, un *opera seria*. Mais, catastrophe ! Voilà que le maître de céans change d'avis, et veut que l'on donne aussi un opéra bouffe. Accablé, le compositeur commence à se désoler. Il n'est pourtant pas au bout de ses peines : sur un coup de tête, le bourgeois gentilhomme à la bourse trop bien garnie décide que ce serait plaisant de jouer l'*opera seria* et l'opéra bouffe en même temps ! D'où le superbe monologue, désespéré, du compositeur. Le rôle est joué par une femme, à la création c'était la grande Lotte Lehmann. Mais ceux qui ont pu l'entendre n'oublieront jamais l'incarnation qu'en fit Irmgard Seefried, sur toutes les scènes d'Europe, dans les années 1950 et 1960. Une photographie célèbre la montre, criant sa détresse, les deux mains tendues vers vous, spectateurs qui payez pour être témoins de sa douleur. Pendant les allées et venues du majordome qui vient donner ordres et contrordres au compositeur soutenu comme il le peut par un maître de musique aux accents nobles et sages dont Hans Hotter fut l'un des plus fameux interprètes, tous les chanteurs qui vont ensuite participer à l'opéra s'agitent dans les coulisses où se déroule l'action. La Zerbinette, de la commedia dell'arte, qui viendra troubler le bon déroulement de l'*opera seria* se laisse courtiser par tous les Arlequin et autres Scaramouche et Truffaldin qui voltigent autour d'elle, mais elle ne semble pas insensible au charme du compositeur, lui faisant oublier un peu son désespoir. L'acte d'*Ariane* lui-même déroule ensuite le schéma imposé des amours d'Ariane et de Bacchus pour le moins bousculées par les protagonistes de l'opéra bouffe. Trois airs sont fameux. Celui d'Ariane, admirable lamentation de l'amour perdu ; le feu d'artifice, tout en pyrotechnie aérienne, de cette coquine de Zerbinette ; enfin l'air volontairement trop déclamatoire du ténor Bacchus. D'aucuns ont pu affirmer que Strauss n'aimait guère les ténors : le Bacchus d'Ariane pourrait en être la preuve.

Ariane à Naxos est un chef-d'œuvre d'humour, un pastiche ininterrompu de tous les styles musicaux qui ont pu se bousculer sur les scènes lyriques depuis le début du XVIIIe siècle en même temps que, par la grâce du compositeur, un fulgurant chant d'émotion. C'est aussi une protestation contre le goût de ces princes qui ont longtemps gouverné la musique, des mécènes abusifs, et pas seulement des bourgeois gentilhommes !

Quant à nous, nous avons gardé quinze ans sur notre cheminée la photographie de Seefried dans le rôle du Komponist !

Ariane et Barbe-Bleue

Paul Dukas. Livret de Maurice Maeterlinck

Paris, 1907

L'opéra du féminisme en action : une autre Ariane et un autre Barbe-Bleue. Une Ariane parmi des dizaines d'autres, mais qui n'est cette fois pas abandonnée à Naxos et à laquelle aucun Bacchus ne viendra réapprendre l'amour. Et un Barbe-Bleue pas plus cruel que celui du *Château* de Béla Bartók : plutôt une manière de collectionneur de femmes épuisé. Mais *Ariane et Barbe-Bleue*, c'est aussi la revanche de Maeterlinck. Quoi ? Lorsqu'il s'était prêté au jeu de Claude Debussy pour ce qui sera l'un des chefs-d'œuvre absolus du théâtre lyrique au XXe siècle, *Pelléas et Mélisande*, c'était dans l'intention bien arrêtée de faire jouer son épouse chérie, la cantatrice Georgette Leblanc. Mais voilà, Debussy, Claude de France, le plus Français des musiciens préférés, avait préféré une Anglaise à la belle Georgette ! Faute de pouvoir claquer la porte derrière lui, Maeterlinck s'était refusé pendant des années à aller écouter *Pelléas*, avec ou sans Mary Garden, la créatrice, mais surtout sans Georgette Leblanc. D'où la revanche du symboliste belge et l'arrivée sur la scène lyrique de Paul Dukas, qui, pour elle, compose son premier opéra, dont le livret est de Maeterlinck. Nous sommes très loin de *Pelléas et Mélisande.* Dukas a choisi un orchestre infiniment plus animé, infiniment plus bruyant, infiniment plus appuyé aussi que les sublimes transparences de Debussy. Son Barbe-Bleue est, certes, cruel, mais il se borne à retenir prisonnières ses épouses. D'ailleurs, comme don Juan, il provoquera l'ire des paysans, ses voisins. Quant à

Ariane, sixième épouse devant les hommes, sinon devant Dieu, d'un Barbe-Bleue qui l'aime réellement, elle est moins curieuse qu'avide de savoir. Savoir : Eve, notre mère à tous, le paya déjà très cher ! C'est donc Ariane qui, par son geste profanateur d'ouvrir une porte close, entraînera gaiement les cinq autres épouses vers la liberté. C'est elle enfin qui, seule parmi les autres femmes au retour de leur seigneur et maître, continuera à affirmer sa liberté, quand les Selysette, Ygraine, Bellangère, Alladine et autres Mélisande (eh oui : il y a même une Mélisande du côté de chez Paul Dukas !) reviendront comme des brebis égarées vers leur tyran en chambre qu'elles préfèrent à l'air de la liberté. Depuis sa création à l'Opéra-Comique en 1907, l'œuvre a été jouée irrégulièrement en France. C'est l'immense Germaine Lubin qui marqua une reprise, au Palais Garnier, en 1935. Mme Lubin s'enthousiasma sur le rôle : « Ariane !... Rôle qui n'était passé par aucun de ceux que j'ai chantés. Isolde, Alceste, Ariane : trois figures qui symbolisent la femme. Les deux premières me sont bien chères, et pourtant c'est la dernière que je préfère... Je l'aime parce qu'elle est à la poursuite d'un idéal sincère, qu'elle va vers un but indéfini, fuyant à mesure qu'on l'approche... Je l'aime parce qu'elle est loyale et qu'elle dédaigne les ruses de son sexe, parce qu'elle est forte et sûre d'elle, et parce qu'elle préfère sa magnifique, son austère solitude dans la liberté à des chaînes même séduisantes... Je sais que M. Maeterlinck professe quelque dédain pour son *Ariane*, qu'il a écrit quelque part que le lecteur ne doit voir dans cette œuvre qu'un livret d'opéra-comique. Pourtant, qu'il le veuille ou non, il a posé le grand, l'éternel problème de l'homme et de la femme, insoluble sans doute puisque dans la lutte les chances s'égalisent rarement et qu'il faut un vaincu ou — dans l'amour — un résigné... ».

Quelle que soit l'admiration que l'on ait pour Germaine Lubin, on remarquera qu'il arrive parfois aux grandes chanteuses de se tromper. Et Germaine Lubin, la pauvre, s'est au moins trompée deux fois... Allons ! La courageuse Ariane selon Dukas et Maeterlinck est tout de même bien loin d'Isolde et d'Alceste ! Mais après Carmen, c'est à coup sûr l'une des grandes féministes du répertoire lyrique mondial.

Ariodante

Georg Friedrich Haendel. Livret d'Antonio Salvi d'après l'Arioste

Londres, 1735

Covent Garden, 1735 : le 8 janvier Haendel y débarque en gloire avec son *Ariodante.* Trois mois plus tard, le 16 avril, il y donne *Alcina.* La carrière du grand Saxon devenu londonien est à son zénith dans la capitale anglaise. Il peut y faire ce qu'il veut — ou presque : il aura quelques déboires avec *Alcina...* — et se plaît donc à y donner un opéra... écossais ! car l'action de cette énième variation sur les thèmes du *Roland furieux* de l'Arioste se déroule à la cour du roi d'Ecosse. Qui s'en souvient ?

Ariodante, c'est aujourd'hui Anne-Sofie von Otter. Bien sûr, nous l'avons entendu jadis avec Janet Baker, au sommet de son art. Raymond Leppard en avait donné, chez Philips en 1979, une version qui était du Leppard, mais avec une distribution de rêve.

Edith Mathis, James Bowman, Samuel Ramey et tous les autres. Un an avant Anne-Sofie van Otter, c'est Lorraine Hunt qui était à son tour le chevalier Ariodante. Nicholas McGegan dirigeait avec un calme olympien une musique que Marc Minkowski secouait avec une belle ardeur. Anne-Sofie van Otter, rayonnante, Lynne Dawson, bouleversante. Mais c'est la grande chanteuse suédoise qu'on a retrouvée, toujours dirigée par Marc Minkowski, en 2001 à l'Opéra-Garnier. La mise en scène était de Jorge Lavelli. Cette histoire d'amour et de chevalerie où chacun aime celui qu'il ne faut pas pour être aimé par celui ou celle qu'elle ou il n'aime pas, est bien restée l'une des œuvres les plus populaires de Haendel, quand bien même entre sa création à Covent Garden et une reprise historique à Berlin en 1959, on faillit l'oublier.

Armida

Franz Josef Haydn. Livret de Nunziato Porta (?) d'après le Tasse

Eisenstadt, 1784

Combien d'*Armide* ? Combien d'*Armida* ? Voire d'*Armida abbandonata* et autres versions lyriques du célèbre passage de la *Jérusalem délivrée*, du Tasse ? Les *Armide* françaises, Lully ou Gluck, nous sont plus familières. Elles auraient dû trouver place ici : qu'on nous pardonne une absence que, dans la énième édition de cet ouvrage, voire dans la prochaine s'il y en a une, on réparera naturellement. Mais l'*Armide* de Haydn, infiniment moins connue, mérite qu'on s'y arrête. C'est une veritable œuvre dramatique, dont les personnages font l'objet d'une étude psychologique (osons le mot !) presque aussi soutenue que celle de beaucoup de héros mozartiens. L'aspect fantastique et les incantations magiquement désespérées de l'enchanteresse passent au second plan, devant le drame que vit Armide. L'œuvre est grave, tendue, lente. À dire vrai, cet *Armida* est peut-être l'un des plus beaux opéras des vingt dernières années du XVIIIe siècle. Encore faut-il avoir la chance de pouvoir la voir. Mais on peut — ô combien ! — l'écouter. Il faut, dès lors et de toute urgence, entendre Jessye Norman chanter son amour puis sa douleur dans l'enregistrement qu'en dirigea Antal Dorati en 1978 pour mesurer l'ampleur véritable de l'œuvre. Face à elle, faible, presque hésitant, Rinaldo a une allure passionnante d'anti-héros.

Arroyo, Martina (née en 1935)
Soprano américaine

C'est en 1968 que nous avons entendu pour la première fois Martina Arroyo. Elle chantait en concert le rôle de la Valentine des *Huguenots* à l'Albert Hall de Londres. D'entrée de jeu, elle nous parut éblouissante. Cette grande chanteuse noire a été pendant une vingtaine d'années l'une des plus formidables verdiennes de son temps. On l'a entendue dans *La Force du destin*, dans *Un bal masqué*. C'était à Covent Garden, dans les années 1970. Elle avait déjà près de trente ans quand l'Amérique la découvrit. C'était lors d'une représentation d'*Aïda*, au Met. Birgit Nilsson, malade, avait dû être remplacée, à la dernière minute le rideau se leva sur Arroyo et il n'est retombé pour elle qu'en 1989, quand elle a fait ses adieux, encore en pleine gloire. Elle était belle, passionnée, véhémente. Elle pouvait être élégiaque, lumineuse. Nous avions deux amis qui la suivaient presque à la trace, à travers le monde.

Atys

Jean-Baptiste Lully. Livret de Philippe Quinault

Saint-Germain-en-Laye, 1676

C'est *Atys* qui a sonné les grandes trompettes de la redécouverte de Lully et de la tragédie lyrique française lors des représentations qu'en donnèrent, en 1987, William Christie et ses Arts florissants, dans une mise en scène de Jean-Marie Villégier. Représentée de manière régulière pendant presque un siècle à Paris, à Saint-Germain ou à Fontainebleau, l'œuvre était à peu près tombée dans l'oubli. C'est en réalité en 1986, à Prato, avec le concours de l'Opéra communal de Florence, que la production de William Christie et Villégier a vu le jour. Mais c'est à l'Opéra-Comique que le public parisien a pu s'enivrer de cette redécouverte. La grandeur, la noblesse du travail de Jean-Marie Villégier qui a tenté de reconstituer une œuvre du XVIIe siècle telle qu'on peut imaginer qu'on la donnait à l'époque, sont étourdissantes. Quant à la direction de William Christie, elle était d'une énergie en même temps que d'une douceur sans pareilles. Mythologie, princes, déesses et nymphes y côtoient le dieu du Sommeil et des monstres imaginaires dans un flot ininterrompu d'une musique qu'on croyait bien ne jamais avoir entendue. L'œuvre entière tourne autour du sommeil, du rêve et de la trahison. Les Songes agréables le disputent aux Songes funestes, Morphée en personne intervient, le doux Atys fait de mauvais rêves, il poignarde celle qu'il aime et Cybèle, déesse et amoureuse du jeune homme, le transformera en pin ! Mais rien ne sert de conter une intrigue que Quinault a empruntée à Ovide et agrémentée de mille détails de son invention, dans la grande tradition des librettistes de ce temps-là. On retiendra surtout l'admirable scène du sommeil d'Atys, au troisième acte, dont Jean-Marie Villégier a su faire un moment d'angoisse douce, de temps suspendu. Les vertiges de séduction d'*Atys* se retrouvent naturellement dans l'enregistrement qu'en réalisa, l'année même de la création à Paris, William Christie. La fine fleur du jeune chant français d'alors, Guillemette Laurens, Monique Zanetti, Jean-Paul Fouchécourt et beaucoup d'autres, s'y retrouvent, c'est un enregistrement dont on n'a pas fini d'épuiser les enchantements.

Baccaloni, Salvatore (1900-1963)
Basse italienne

C'est parce qu'il fut le formidable Leporello du *Don Juan* enregistré à Glyndebourne en 1936 que Salvatore Baccaloni est cher à notre cœur. Le couple qu'il faisait avec son maître John Brownlee est un merveilleux exemple de parfaite entente mozartienne. Ce géant massif et plein d'humour a chanté pourtant aussi tous les grands rôles de basse bouffe du répertoire italien, de *Don Pasquale* à *Falstaff.* C'est Toscanini qui l'avait révélé à lui-même, lui suggérant d'abandonner les rôles sérieux pour les rôles comiques. Nous ne l'avons jamais entendu qu'au disque, naturellement, mais sa manière d'aborder l'air du catalogue de *Don Giovanni* est restée pour nous un modèle d'humour sans vulgarité, de finesse, en somme. Écoutez-le répéter avec une cinglante ironie à la pauvre Elvire qui n'en peut mais que, pour peu qu'on porte jupon devant son maître, elle sait bien, elle, ce qu'il fait ! « Voi sapete quel che fa... » Sans une once de vulgarité.

Bacquier, Gabriel (né en 1924)
Baryton français

Le baryton chéri du monde lyrique français. Une formidable « nature ». Précisons-le aussi, cela a son importance : Bacquier est né à Béziers. En 1960, un extraordinaire et terrible *Don Giovanni* le révèle d'un coup au public aixois subjugué. Dans la foulée, il devient l'un des plus grands Scarpia de la *Tosca* de son temps. La suite, eh bien, c'est l'une des carrières les plus exemplaires de musicien français qui se puissent imaginer. Il a tout fait, Bacquier. Mozart (*Don Juan*, toujours), Leporello, le Comte, tous les autres... Avec Tito Gobbi en Italie et Geraint Evans à Londres, il constitue la partie française d'un formidable trio de barytons tour à tour truculents et terribles. Parce que l'infâme Scarpia peut devenir le plus drôle, le plus émouvant aussi des Falstaff. Le plus noir, le plus dangereux des Iago. Le plus grave, le plus déchiré des Golaud, dans *Pelléas et Mélisande*. D'une certaine manière, Bacquier illustre le chant français dans le monde entier. Excellent pédagogue, il a peut-être quelques ennemis, nous les ignorerons. On aime Bacquier, tout simplement parce qu'il est un homme merveilleux et un merveilleux chanteur. New York comme Londres l'ont accueilli avec enthousiasme. Nous ajouterons qu'il interprète le chant français comme personne. Son vice-roi de *La Périchole*, son Albert de *Werther*, son Escamillo, son Valentin, son

Germont, son grand prêtre de *Samson et Dalila*, sans parler des trois méchants barytons des *Contes d'Hoffmann*, sont entrés dans la légende. De même, ses interprétations de mélodies françaises, Poulenc, surtout Ravel, sont d'une fabuleuse justesse.

Baker, Janet (née en 1933)

Mezzo-soprano anglaise

La perfection. Un timbre de mezzo-soprano de couleur claire, un registre sans faille, un phrasé d'une exceptionnelle clarté : la perfection, donc. Comme Kathleen Ferrier, en qui d'aucuns ont voulu voir l'ombre bienfaisante qui planait sur elle, Dame Janet Baker, puisqu'il faut donner à cette grande figure du chant anglais tous ses titres, a été d'abord et avant tout Orphée, selon Gluck. C'est même dans le rôle d'Orphée — nous étions à Glyndebourne en 1982 — qu'elle a fait ses adieux à la scène. Elle n'avait pas cinquante ans. On l'avait entendue en Pénélope du *Retour d'Ulysse*, elle avait créé la reprise contemporaine de *La Calisto* de Cavalli. Elle a été une Didon de Purcell d'une immense tenue. On l'a entendue dans de nombreux opéras de Haendel, alors qu'il fallait bien être anglais, en ces années, lointaines, pour chanter Haendel ! À l'autre bout de l'éventail lyrique, elle a été Didon, encore une fois, mais selon Berlioz. Les témoignages qu'elle a laissés n'ont probablement pas été égalés. C'était un temps où la berliozomanie britannique avait dix longueurs d'avance sur le reste du monde, grâce à Janet Baker, Colin Davis, David Cairns et quelques autres — alors qu'elle a encore dix ans de retard en France aujourd'hui. Mais Janet Baker nous a aussi touché dans la Charlotte de *Werther.* Elle a laissé de superbes enregistrements de lieder. Bref, c'est la perfection absolue. Dès lors, quelle que soit l'admiration que l'on ait pour la voix de Dame Janet Baker, quand bien même on aima passionnément sa Dorabella, on a parfois osé se demander si, avec elle, la mariée n'était pas trop belle...

Balatsch, Norbert (né en 1918)
Chef de chœur autrichien

Le nom de Norbert Balatsch ne pouvait pas ne pas figurer dans ces rubriques, tout simplement parce que c'est lui qui, succédant à Wilhelm Pitz à la tête des chœurs du Festival de Bayreuth, a participé à quelques-unes de nos plus grandes émotions lyriques. Bien sûr, il a aussi dirigé le chœur de la Philharmonie de Londres, celui de l'Académie Sainte-Cécile à Rome, il a dirigé une quantité impressionnante de musique religieuse à Vienne ou à Rome. Pourtant, c'est sa silhouette apparaissant, lors des applaudissements, après le dernier rideau, au milieu des fantastiques chœurs du Festival de Bayreuth, qui le marque à jamais pour nous d'une manière de sceau triomphal. Lorsqu'en 1981 l'ultime rideau est tombé sur le dernier acte du *Crépuscule des dieux*, selon Pierre Boulez, Patrice Chéreau, Richard Peduzzi, Jacques Schmidt et beaucoup d'autres, tous les chanteurs d'une des plus glorieuses aventures lyriques du XXe siècle, Norbert Balatsch était là, on a eu envie de le citer ici.

Balthus (né en 1908)
comte Balthasar Klossowski de Rola
Peintre français (osera-t-on dire d'origine polonaise ?)

Cher Balthus, on ne se souvient pas toujours de son travail de décorateur de théâtre. Et pourtant, la Villa Médicis, dont il fut pendant quatorze années le directeur, est devenue, grâce à lui, le plus beau théâtre de Rome. Camus ou Shakespeare — traduit d'ailleurs par Yves Bonnefoy... —, Balthus s'est intéressé à la scène de tous les temps. En 1950, c'est lui qui brossa les décors et signa les costumes d'un *Cosi fan tutte* historique au Festival d'Aix-en-Provence. La mise en scène était de Jean Meyer, c'est Hans Rosbaud qui dirigeait trois chanteurs et trois chanteuses dont l'une, dit-on, était très belle... La presse ne fut pas toujours tendre pour l'austérité de ses décors, les quelques dizaines de dessins, d'études et autres esquisses qu'il nous en a laissés sont pourtant du vrai Balthus.

Barbier de Séville (Le) *(Il Barbiere di Siviglia, ovvero La Precauzione inutile)*
Giovanni Paisiello. Livret de Giuseppe Petrosellini d'après Pierre Caron de Beaumarchais

Saint-Pétersbourg, 1782

Eh oui, il existe un beau *Barbier* d'avant le *Barbier*. Et même un *Barbier* de trente-quatre ans plus jeune que notre *Barbier* à tous. Et pourtant, un *Barbier* ni barbu, ni barbant : un *Barbier* d'une jeunesse éblouissante qu'on a découvert par hasard, croyant faire une trouvaille incroyable alors que tous les vrais amateurs d'opéra italien le connaissaient bien, ce *Barbier*-là.

Giovanni Paisiello, son auteur, est né en 1740. Installé à Naples à vingt-six ans, il composera une quarantaine d'opéras avant de partir pour la Russie où Catherine II le nommera maître de chapelle à Saint-Pétersbourg. Et c'est là, le 26 septembre 1782, qu'on donnera pour la première fois son *Barbier*, seulement sept ans après le *Barbier* d'origine, qui est tout de même celui de Beaumarchais. Notons au passage que l'histoire de l'opéra respecte ici la chronologie des œuvres, puisque *Le Barbier de Séville* précède *Le Mariage de Figaro* dans l'œuvre de Beaumarchais, quand la comtesse Almaviva n'est encore qu'une petite Rosine. Or, *Les Noces de Figaro* de Mozart furent créées à Vienne quatre ans après le *Barbier* de Paisiello. On nous a suivi ? oui ? non ? Tant pis !

Le succès du *Barbier* de 1782 fut immédiat et, très vite, on le donna à travers l'Europe entière. À Paris, en 1784, on remplaça même les paroles de Petrosellini par les dialogues originaux de Beaumarchais. En 1790, Haydn lui-même le dirigea avec, semble-t-il, beaucoup d'enthousiasme. Il fallut l'arrivée d'un nouveau *Barbier* — la mode est sans pitié et les styles se suivent et ne se ressemblent pas trop — pour qu'on oubliât peu à peu ce chef-d'œuvre d'opéra bouffe, qualifié pourtant de *dramma giocoso*, que nous découvrîmes donc par hasard, voilà combien de décennies en disques, dans les boîtes d'un disquaire derrière le cimetière Montparnasse.

Et c'est parce que nous crûmes longtemps avoir mis la main sur un chef-d'œuvre inconnu que ce *Barbier*-là est cher à notre cœur. C'étaient les Virtuosi di

Roma, dirigés par Renato Fasano, qui en donnaient une version endiablée. Et puis nous nous en sommes souvenu. *Le Barbier de Séville*, selon Paisiello, avait déjà affûté son rasoir et ses grands moments d'humour à l'Opéra-Comique, pendant l'été 1960, à l'occasion d'une tournée du Piccolo Teatro Musicale de Rome. Avec rien de moins que la merveilleuse Graziella Sciutti dans le rôle de cette coquine de Rosine, et Renato Capecchi dans celui de Bartolo.

Parce qu'il y a eu Graziella Sciutti, merveilleuse de drôlerie tendre et de vacherie futée en Rosine avant que l'autre Rosine fût, nous n'oublierons pas ce vieux *Barbier*, si jeune pourtant.

Barbier de Séville (Le) (*Almaviva ossia L'Inutile Precauzione*)

Gioacchino Rossini. Livret de Cesare Sterbini d'après Pierre Caron de Beaumarchais

Rome, 1816

Simplement qualifié de « commedia » par Rossini, son *Barbier* est le triomphe, à coup sûr, de l'opéra bouffe. Trente-quatre ans après celui de Paisiello, dix ans après le *Don Pasquale* de Donizetti, Rossini a poussé à son point extrême un genre né d'abord à Florence et à Rome puis, à partir du premier tiers du XVIIIe siècle, triomphant à Naples et dont il allait être l'un des derniers, sinon le dernier tenant. Il faudra Richard Strauss et sa *Femme silencieuse* pour lui donner, en un ultime clin d'œil, un regain de vie.

Mais le *Barbier* de Rossini, c'est la vie même. La vie à profusion, dans la joie, les rires, les coups de tonnerre au sens propre comme au sens figuré et le triomphe de la jeunesse sur les barbons. C'est un formidable enchaînement musical où rien ne paraît sérieux tout simplement parce que rien n'y est jamais sérieux. Jusqu'au célèbre « air de la calomnie » (« *Et l'on voit le pauvre diable...* ») qui vous a les allures d'un « credo » de Iago d'*Otello* pris au quatrième degré et bien avant la lettre !

On ne fera pas l'injure au lecteur de lui raconter l'histoire du *Barbier de Séville.* En revanche, on lui avouera d'entrée de jeu que nous en avons vu, des *Barbiers*, dans notre vie ! Et pourtant, en dépit des Teresa Berganza, des Marilyn Horne et autre Victoria de Los Angeles que nous avons pu y aimer ; quand bien même un Renato Capecchi, un Tito Gobbi, un Sesto Bruscantini y ont fait merveille en Figaro, par deux fois seulement, le *Barbier* en question nous a totalement transporté.

La première fois, c'était il y a longtemps, dans une version entendue, naturellement, au disque, et qu'il fut de bon ton de traiter avec une certaine condescendence. Normal, après tout, Rosine n'y était que Maria Callas. Or, Callas, c'est la tragédie, le drame, la mort : pour les spectateurs qui l'entendirent, en 1956 à la Scala de Milan, sous la direction de Giulini, Callas a sûrement dépassé les intentions de Rossini. Même si sa Rosine est une futée, qui se moque de son Bartolo de tuteur pour finir par épouser l'un peu trop sucré Almaviva avec la bénédiction de notre babier de qualité, à l'entendre susurrer d'une voix mutine les couplets du fameux « Una voce, pocco fa... », c'est pourtant un bien curieux sentiment qu'on éprouve. On a envie de rire, mais c'est comme si Callas elle-même jouait à se moquer de Callas. En Espagnole de fantaisie, Rosine saisie par la rage de railler, Callas en rajoute encore. Et c'est à Milan que le qualificatif incroyable qui est alors tombé comme un couperet de guillotine : « vulgaire ». Callas en Rosine est *vulgaire* ! Le public de la Scala, ce 16 février 1956, se regardait sans vraiment comprendre. La presse, elle, n'a pas mâché ses mots.

Peut-être qu'il y a eu une erreur de choix de la part de Callas. Même si elle a chanté le rôle comme il avait été écrit — pour une mezzo coloratura —, elle en a transposé les phrases les plus basses et le résultat est inégal et assez déconcertant. Et puis, surtout, la Rosine de Callas, même au disque, a tout de la mégère. Le pauvre Bartolo est, certes, roulé dans la farine et, en entendant Callas, on frémit à l'idée de ce que deviendra le malheureux Almaviva lorsqu'il aura épousé cette coquette déchaînée. Comme si tout le monde avait oublié que la Rosine du *Barbier* devient la douloureuse comtesse des *Noces* et que celle qui pétillait de joie en chantant son « Una voce... » chez Rossini doit si vite nous faire pleurer chez Mozart : « Porgi amor... » — Ô dieu de l'amour perdu. Giulini, qui la dirigea à l'époque, ne mâcha pas non plus ses mots : « Callas, c'était une héroïne de Rossini qui se serait prise pour Carmen ! »

Et pourtant, cette Carmen avant la lettre, qui dit, qui clame son *non* à celui qui veut l'étouffer, quand bien même nous ne l'avons entendue que dans l'enregistrement dirigé l'année suivante par Alceo Galliera, nous la portons en nous comme une sorte de pied de nez insolent à toutes les insolentes qui prétendent jouer à plus malin que nous.

L'autre Rosine, c'est naturellement Cecilia Bartoli. Naturellement, car rien n'est plus « naturel » pour l'éblouissante Cecilia que chanter Rossini en se moquant du monde. Oh ! nous sommes à des milliers de kilomètres de la Rosine-Carmen foudroyante de Callas. Ici, l'insolence est toute en éclats de rire. Alors, pour ceux qui veulent aimer comme nous la qualité de ce rire-là, gentiment insolent, deux solutions. Ou bien attendre que Cecilia Bartoli chante de nouveau *Le Barbier de Séville* près de chez vous. Ou bien l'écouter, et même la voir, surtout la voir !, dans l'éblouissant DVD enregistré à Cologne en 1988 sous la direction de Gabriele Ferro et mis en scène par Michael Hampe, un Hampe qu'il faut bien être français pour avoir si bêtement, si longtemps ignoré.

Baron tsigane (Le) *(Der Zigeunerbaron)*

Johann Strauss. Livret d'Ignaz Schnitzer

Vienne, 1885

Un beau coffret de six albums, paru voilà plusieurs années chez EMI, réunissait sous le même emboîtage six opérettes de Strauss et de Franz Lehar sous le titre « Champagne Operettas ». On le devine, ces six morceaux de bravoure d'un genre typiquement viennois qui acquit bientôt une réputation, sinon une portée, universelle, font toujours partie, aujourd'hui, des trésors de la discographie universelle. Tel est le cas du *Baron tsigane*, de Johann Strauss II, moins connu en France que sa *Chauve-Souris* et autre *Sang viennois.* C'est l'immense Walter Legge, à la fois impresario, directeur artistique et administratif de maison de disques et écrivain, qui fut l'artisan de cette collection. Accessoirement, ou plutôt au principal ! il était l'époux d'Elisabeth Schwarzkopf. Nous n'avons jamais vu *Le Baron tsigane* à la scène, nous n'avons pas assez fréquenté Vienne et ses environs. L'action s'en déroule en Hongrie, au XVIIIe siècle. Il y est question de trésor caché, de marchands de porcs, d'exploits militaires et d'une Saffi et de sa chanson tsigane qui enlèvent tous les cœurs. Naturellement, c'était Elisabeth Schwarzkopf qui incarnait Saffi. Elle domine l'œuvre du début jusqu'à la fin, s'envolant très haut dans le superbe ensemble du deuxième acte. Mais dans l'enregistrement auquel nous nous référons, tous ses compagnons sont de la même eau : Gedda, Prey, Kunz ou la petite Erika Köth.

Bartoli, Cecilia (née en 1966)
Mezzo-soprano italienne

C'est sûrement la plus grande, la plus complète, la plus entière peut-être des divas d'aujourd'hui. La plus drôle et la plus grave aussi. Une voix d'une beauté réellement indicible et d'une flexibilité qui vous laisse pantois. Aucune chanteuse au monde n'est capable, aujourd'hui, d'enflammer les foules comme notre chère Cecilia. Pourtant, ses premiers pas furent plus que modestes : petit fille, elle a d'abord chanté le berger de *Tosca*. Mais depuis, quelle aventure ! Elle a fait ses véritables débuts en 1987 à Vérone, non pas dans les arènes mais tout simplement au Teatro Filarmonico, comme n'importe quelle jeune chanteuse qui fait ses classes. On l'a vue ensuite à Berlin, à Varsovie, et dès 1988 elle chantait Rosine du *Barbier* à Cologne ou à Zurich. Très vite, elle était ensuite Chérubin puis se lançait, à Pesaro, dans tout le répertoire rossinien. Depuis, elle n'a pas chômé, Cecilia.

Il y a Cecilia au théâtre et Cecilia en concert. Au théâtre, elle s'est affirmée, on l'a deviné, l'une des plus parfaites mezzos rossiniennes de son temps. Sa Rosine (voir ci-dessus) est un modèle de drôlerie, d'abattage, d'énergie aussi. Mais sa Dorabella, de *Cosi*, peut jouer la gravité avec un art extrême. De Rossini à Mozart, il n'y a qu'un pas, comme de Mozart à Vivaldi : rien de ce qui est beau chant n'est étranger à Cecilia Bartoli. Pourtant, si on aime passionnément la voix à la scène et si quelques DVD inégalables marqueront pour longtemps pour nous quelques interprétations idéales, c'est probablement dans des airs de concert qu'elle est le plus époustouflante. Vivaldi ou même Salieri, le mal aimé, elle se déchaîne et nous entraîne, nous enchaîne, nous fait virevolter avec elle. Elle est capable de faire chanter des petits oiseaux dans d'effarantes et roucoulantes mélodies et de hurler des fureurs de théâtre sur des scènes de concert avec une violence à vous faire froid dans le dos. Qu'on ne croie surtout pas que tout cela n'est que le fait d'une chanteuse admirablement douée. Non seulement notre Cecilia possède l'une des plus belles voix du monde ; non seulement elle a un tempérament dramatique capable de se plier à tous les genres ; mais c'est aussi une sacrée bûcheuse. On l'a vue au département de la musique de la Bibliothèque nationale de France redécouvrir toute seule des partitions de Vivaldi oubliées. Elle nous rendait une petite visite, comme ça, en passant, puis se mettait au travail. De la même manière, nous avions le bonheur d'habiter la Villa Médicis à Rome quand elle eut, elle, la bonne idée d'y tester, précisément, ce qui deviendra l'un de ses plus fulgurants disques de Vivaldi. Elle nous mit le marché en main : nous lui prêtions la salle, le beau grand salon de la Villa construite au-dessus de Rome par un prince cardinal qui rêvait pourtant de régner sur Florence, elle invitait cent de ses amis, nous invitions nous-mêmes cent amis, elle chantait pour nous. Le beau marché en vérité ! Dans le grand salon de l'Académie de France à Rome, Cecilia Bartoli a chanté pendant plus d'une heure, c'était drôle et tendre, émouvant parfois à se mettre à genoux. Puis, tous ensemble, nous sommes allés dîner dans une trattoria de la Piazza del Popolo.

On l'aura compris, nous sommes fous de Cecilia Bartoli. Hélas, nous ne sommes pas les seuls. Et même nos meilleurs amis, quand elle chante chez eux, ne sont plus toujours en mesure de nous trouver un petit bout de place dans leurs grandes salles, autrement plus vastes que le petit grand salon de la Villa sur le Pincio. On l'applaudit à tout rompre, elle est généreuse en *bis*, elle en donne, elle en redonne : est-ce qu'à l'heure où nous écrivons ces lignes, elle ne serait pas au sommet d'une carrière éblouissante qui ne fait que commencer ?

Bastien et Bastienne

Wolfgang Amadeus Mozart. Livret de Friedrich Wilhelm Weiskern

Vienne, 1768

Parce que c'était lui, parce que c'était nous... Dans un dictionnaire résolument amoureux, on ne pouvait pas passer sous silence une œuvrette composée par un Mozart de douze ans. Parce que c'est lui, et parce que c'est nous : une simple parodie pourtant du *Devin du village* de Jean-Jacques Rousseau. La musique en est simple comme du bon pain, rafraîchissante comme de l'eau fraîche, il y a là, on le devine, à boire et à manger. Aucun témoignage ne nous est parvenu de la création de *Bastien et Bastienne*, à Vienne, en langue allemande naturellement. On sait seulement que c'était dans un jardin. Mais pas n'importe quel jardin : celui du grand Mesmer, celui-là même — corrigez-moi si je me trompe ! qui nous « mesmérisa ». De même que *Le Devin du village*, *Bastien et Bastienne* est souvent considéré comme un opéra pour enfants... Peut-être mérite-t-il mieux que cela...

Bastille, Opéra-Bastille
inauguré en 1989-1990

Nous avons été tellement associé à la création de l'Opéra-Bastille, nous avons même écrit un livre entier sur le sujet qu'il est plus que difficile d'en parler ici en quelques lignes. On dira simplement qu'après de nombreux atermoiements, dont une fameuse mission Boulez-Vilar-Béjart, qui préconisa de remodeler la totalité de l'espace du Palais Garnier en faisant sauter — oui, détruire — l'escalier d'honneur, la décision de construire un nouvel Opéra à Paris fut prise dès l'arrivée au pouvoir du président Mitterrand. Il s'agissait, à l'origine, de construire un nouveau et grand Opéra populaire, capable d'accueillir un autre public que celui considéré comme privilégié de la salle Garnier, et cela à des prix de places beaucoup plus abordables. Dès l'été 1981, une petite mission exploratoire, que nous eûmes la chance de diriger, entreprit d'évaluer les besoins réels du public parisien et le type de bâtiment qu'il fallait construire pour lui. Très vite, un certain nombre de lieux entrèrent en compétition : le parc de la Villette, où l'on devait construire la Cité de la Musique ; le parc dit « André Citroën », en bordure de la Seine ; le rond-point de la Défense ; l'ancienne gare de la Bastille et rien de moins qu'un terrain mis gracieusement à la disposition de l'État par la commune de Marne-la-Vallée ! L'heure était aux grandes décisions décentralisatrices, pourquoi ne pas décentraliser l'Opéra de Paris en grande banlieue ? Très vite, pourtant, l'attention se concentra sur la Villette et sur la Bastille. L'idée de construire un nouvel Opéra au sein de l'ensemble destiné à accueillir une Cité de la Musique était séduisante. Tout un ensemble de synergies aurait joué pour faire des lieux une véritable ville de la musique à l'est de Paris. C'est néanmoins le long emplacement laissé vide par l'ancienne gare de la Bastille, jusqu'à l'hôpital des Quinze-Vingts, qui fut finalement préféré. D'abord la Bastille a une signification symbolique, et le culte des symboles était à l'heure du jour. Mais surtout, bien desservie, la place de la Bastille est, dans le même temps, une manière de rendez-vous populaire. Enfin, en dépit de son étroitesse (la forme d'une tranche de fromage de Brie), la longueur du terrain offert aurait permis, dans le prolongement de la salle et des équipements scéniques, de construire un certain nombre d'ateliers. C'est en février 1982 que le choix de la Bastille fut arrêté. Écarté de la direction principale du projet, nous en devînmes tour à tour directeur général délégué, puis simple conseiller. Il faut dire que les relations avec les différentes tutelles qui présidaient à la construction de l'un des grands travaux emblématiques du président Mitterrand étaient des plus difficiles. Pour tout dire, certaines des plus hautes autorités dans le domaine de la musique étaient fort peu favorables à l'idée de dépenser des sommes considérables pour ne construire rien d'autre qu'un Opéra, et en plus de cela, un Opéra à Paris ! D'autre part, pour beaucoup, l'idée d'Opéra populaire aurait dû déboucher sur une salle immense, sinon modulable, voire sur un espace susceptible — eh oui, la question fut sérieusement posée ! — de s'ouvrir sur la place de la Bastille elle-même ! On imagine une représentation d'*Aïda* à moitié en plein air dans le fracas des motocyclettes du vendredi soir !

Plus sérieusement, la préparation du concours architectural déboucha sur l'idée d'une salle qui ne devait pas avoir plus de trois mille places, aux équipements scéniques d'une extrême sophistication. Le concours fut lancé dès les premiers jours de 1983, nous-même quittions alors le navire. On le sait, le vainqueur du concours a été l'architecte canadien, d'origine uruguayenne, Carlos Ott. On sait aussi que le projet fut choisi par le président de la République parce que, parfaitement anonyme, on crut pouvoir l'attribuer au grand architecte américain Richard Meyer. Il arrive à tout le monde de se tromper, même aux conseillers éclairés des présidents les mieux intentionnés ! À l'ouverture des plis, certains des responsables, dont nous n'étions plus, durent faire une curieuse mine... Courageusement, Carlos Ott s'est néanmoins mis au travail, et si la façade sur la place de la Bastille, forcément étroite, a pu décevoir certains, les aménagements scéniques sont parmi les plus modernes du monde. Il faut dire que, lors des travaux préparatoires, l'équipe dont nous faisions partie avait visité les principales maisons d'opéra du monde. Sauf, celle de Sydney (*voir* Sydney). Et partout, nous avions glané quelque chose. L'atout majeur des équipements de la Bastille est constitué par un espace scénique prolongé par une arrière-scène de dimension identique et flanqué à gauche et à droite de deux autres espaces, également identiques, et destinés l'un à devenir une salle de répétitions, l'autre à se transformer en deuxième salle de spectacle, modulable, celle-là. Hélas, ce dernier point n'a jamais été mené à bien, faute de crédits. Et la salle modulable, souhaitée en particulier par Pierre Boulez, n'a jamais vu le jour. Pendant longtemps, sa superficie a été occupée par les réserves d'un grand musée parisien... Si la salle modulable n'existe pas, la fosse d'orchestre, en revanche, est bel et bien modulable, ainsi que le cadre de scène. Tout un système de chariots permettant de déplacer l'intégralité ou une partie seulement des plus grands éléments de décors et des trappes capables de les faire descendre en sous-sol, a été également mis en place. Le résultat est une merveille technique où l'informatique tient une place de choix. Le résultat est aussi, hélas, une salle certainement moins bien conçue que les espaces de jeu. Finalement trop vaste, puisque toute solution susceptible de ressembler à une salle à l'italienne ou en fer à cheval a été refusée, la distance entre le dernier spectateur tout au fond du balcon et le devant de la scène est absurdement trop importante.

L'inauguration officielle des lieux était prévue pour le 14 juillet 1989. C'était là l'une des exigences du président de la République. Et l'on ouvrit bien l'Opéra-Bastille ce jour-là : pour une soirée, qui ressembla plus à un défilé de mode orchestré par Bob Wilson qu'à une soirée d'opéra. Mais on ne pouvait faire mieux. Une pléiade de chanteurs célèbres, presque tous vêtus de noir, s'avancèrent tour à tour sur la scène pour y aller de leur air. On applaudit à tout rompre et c'était fini, on ferma la salle. Elle n'ouvrit qu'un an plus tard, avec une production fameuse des *Troyens*, mise en scène par Pier Luigi Pizzi.

On n'entrera pas dans le détail des querelles de personnes qui, au gré d'une situation politique qui changeait au fil des élections, vit se succéder un Daniel Barenboim, un Pierre Bergé, un Hugues Gall, aujourd'hui un Gérard Mortier à la direction de cette nouvelle grande maison à deux têtes. Car, on n'aurait garde de l'oublier, jamais l'Opéra-Bastille n'a été isolé de l'Opéra-Garnier. C'est une deuxième salle que l'on a construite à Paris, placée sous la houlette de la même direction. Pour les pères fondateurs de l'entreprise, il s'agissait de répondre à deux catégories de répertoire. Les œuvres nécessitant de grands déploiements scéniques ou des masses orchestrales importantes seraient jouées à la Bastille ; les autres sur la scène et dans la fosse du Palais Garnier. Puis une solution plus radicale fut adoptée pendant quelques années : l'opéra à la Bastille, le ballet au Palais Garnier. C'était, à coup sûr, trop rigoureux, quand bien même ce choix souffrît certaines exceptions. On est donc revenu à l'orientation qui était celle des concepteurs de l'Opéra-Bastille. Toutefois, la part faite au ballet est sûrement moins importante à la Bastille qu'au Palais Garnier. Tel quel, l'Opéra-Bastille fonctionne aujourd'hui, les spectateurs, dont certains s'étaient juré de ne jamais quitter l'admirable théâtre conçu par Charles Garnier, ont pris l'habitude de se rendre à la Bastille, une gestion intelligente des lieux permet de les faire fonctionner simultanément, avec un seul orchestre.

On rappellera peut-être, par nostalgie et pour mémoire, que lorsque nous nous lançâmes dans ce grand projet, l'idée était de revenir à la constitution d'une véritable troupe, en même temps qu'à un système d'alternance plus marqué que celui dit des « séries » en vogue aujourd'hui. On se souvient qu'on était alors dans une phase d'euphorie budgétaire : on imaginait un nombre accru de représentations, sinon la création d'un second orchestre ! Très vite, pourtant, le projet pharaonique d'un hydre lyrique à deux têtes égales dévorant chacune plusieurs centaines de milliers de spectateurs par an, s'est effacé devant la réalité. Aujourd'hui, Bastille et Garnier sont complémentaires, Paris dispose d'au moins cinq opéras ! Outre les deux maisons précitées, on n'aurait garde d'oublier l'Opéra-Comique, auquel on veut redonner une vocation populaire ; le théâtre du Châtelet, opéra municipal ; et le théâtre des Champs-Élysées qui fonctionne selon un système beaucoup plus commercial mais n'en donne pas moins entre six et dix œuvres lyriques par an.

Bayreuth
Festival d'été

Une petite ville de Bavière... La verte colline, la colline sacrée, le temple du Graal... À l'origine, il y avait en effet une petite ville de Bavière, un margrave qui s'était fait construire un château, puis un château neuf. Une margravine qui pratiquait le pastel et qui fit édifier un théâtre, à deux pas de l'ancien château, c'était le plus grand d'Allemagne.

D'où l'idée de Richard Wagner de créer là le festival dont il rêvait depuis toujours. C'est naturellement Louis II, le roi fou, le roi mélomane, le constructeur de ces châteaux de rêve sur des collines ou sur des lacs, qui lui en donna les moyens. Généreusement, les autorités de Bayreuth mirent les terrains nécessaires à sa disposition. On posa la première pierre du Festspielhaus le 22 mai 1872. Wagner y dirigea lui-même la *Neuvième Symphonie* de Beethoven dans le beau théâtre de la margravine. C'est le 13 août 1876 que le nouveau théâtre fut inauguré. Avec 1800 places, une salle disposée en amphithéâtre, toute en bois et en brique, l'acoustique y est, d'entrée de jeu, une des meilleures du monde. Destinée à n'y voir jouer que des œuvres de Wagner, la fosse d'orchestre est à demi enfouie sous la scène et, pour le reste, pourvue d'une sorte de couvercle acoustique qui permet d'envelopper en un seul ensemble les voix des chanteurs et les instrumentistes de la fosse.

C'est *L'Or du Rhin* qui fit l'ouverture du théâtre, suivi par les trois autres journées de la *Tétralogie.* Hans Richter conduisait un orchestre fait des meilleurs instrumentistes de toute l'Allemagne. Dans le public, on comptait Nietzsche, l'empereur Guillaume II, Louis II de Bavière, naturellement. Mais il y avait aussi Liszt, Grieg, Bruckner, Mahler, Saint-Saëns, Tchaïkovski...

Wagner dirigea lui-même le festival jusqu'à sa mort, en 1883. Ce fut ensuite sa femme, Cosima, qui lui succéda. À la mort de Cosima, c'est Siegfried, son fils aîné, qui prit les choses en main de 1908 à 1930. Puis la veuve de Siegfried, Winifred, d'origine anglaise mais aussi très proche de Hitler, conserva les rênes du festival jusqu'en 1944. En partie démoli par l'aviation alliée, le Festspielhaus allait seulement rouvrir ses portes en 1951 avec la *Neuvième Symphonie* dirigée par Karajan, seule entorse aux principes du tout-Wagner qui continue à régir l'institution. Tout-Wagner ? Avant sa réouverture, le théâtre de la verte colline servit à distraire avec des comédies musicales les troupes américaines stationnées en Bavière...

Winifred Wagner a elle-même vécu jusqu'en 1980. Retirée dans la villa Wahnfried, proche du centre de la ville, elle avait été privée de tout pouvoir sur l'organisation du festival, mais recevait encore volontiers, jusqu'à ses dernières années, des festivaliers anxieux ou plus généralement curieux de voir de près celle pour qui Hitler n'avait jamais été que l'oncle Wolf, l'oncle Loup. Une petite photo discrète, quelque part sur un piano, rappelait ces temps, Dieu merci, révolus. Il n'empêche, la dénazification de l'Allemagne d'après guerre l'avait, certes, épargnée, mais tout était déjà mis en œuvre pour l'oublier. Ce sont ses deux fils, Wieland et Wolfgang, qui prirent les choses en main. Avec un art étonnant de l'utilisation de l'espace, en réalité pour éviter les coûts faramineux des décors, ayant recours à de subtils et grandioses éclairages, Wieland créa, en somme, le « nouveau Bayreuth ». À sa mort, en 1966, Wolfgang resta seul aux commandes. À l'heure où nous écrivons ces lignes, bien que contesté, c'est encore lui qui règne sur Bayreuth.

En préface à un livre célèbre consacré au festival, le Français Lavignac remarque en substance qu'il y a mille moyens de se rendre à Bayreuth : à pied, à cheval, en voiture, mais que le moyen le plus commode est tout de même le chemin de fer ! Si grande fut la mode de Bayreuth avant la Première Guerre mondiale que les éditions successives du « Lavignac » portaient alors en annexe la liste des Français, célèbres ou pas, qui avaient été présents au festival telle ou telle année. En 1976, à l'occasion du *Ring* du centenaire, dirigé par Pierre Boulez et mis en scène par Patrice Chéreau, avec des décors de Richard Peduzzi et des costumes de Jacques Schmidt, le public français revint de nouveau en force à Bayreuth. Depuis, il constitue chaque année l'une des minorités les plus importantes qui, à chaque entracte, tournent et retournent (dans le même sens !) autour du Festpielhaus.

Mais Bayreuth, c'est aussi une atmosphère. Que les mânes de Lavignac nous le pardonnent, mais on ne s'y rend plus guère en chemin de fer, l'avion et surtout la voiture permettant d'y être en quelques heures de n'importe quel point d'Europe. Dès lors, les séjours à Bayreuth constituent un véritable rituel. Longtemps avant le début du festival, il est naturellement nécessaire de se procurer des places. Les places à Bayreuth ne sont pas les plus chères du monde, non, mais les plus difficiles à obtenir. Les listes d'attente sont longues, on n'est jamais certain, sauf piston tout particulier, d'assister l'année suivante aux représentations que l'on désire voir. Une Association des amis de Bayreuth, dont les membres, surtout français, arborent fièrement un petit anneau d'argent à la boutonnière, facilite parfois les choses. Puis il faut trouver une chambre d'hôtel. Chacun prétend avoir la meilleure combine, nous avons eu, nous aussi, la nôtre. D'aucuns n'hésitent pas à habiter à quarante ou cinquante kilomètres du lieu de leur pèlerinage, affirmant, faute d'avoir trouvé mieux, que l'air y est plus frais. On a, hélas, construit récemment une caserne dans la zone industrielle de la ville, qui résout sans bonheur ce problème.

Les représentations commencent généralement à quatre heures de l'après-midi, on gravit la verte colline souvent à pied, parfois en voiture pour se retrouver alors dans d'immenses parkings très vite pleins. Puis commence la partie la plus sacrée du rituel. D'abord, aller boire un verre de *Sekt*, voire immédiatement une bière, en attendant les sonneries qui, un quart d'heure, dix minutes et cinq minutes avant chaque acte, annoncent le début de la représentation. Chaque acte de chaque opéra a sa sonnerie particulière. On se réunit sur le perron pour écouter une fanfare locale sonner le thème de *L'Épée* au premier acte de *La Walkyrie* ou celui, joyeux, du cor de Siegfried au deuxième acte de l'ouvrage du même nom. Puis on pénètre dans la salle, guidé par des jeunes filles en bleu, les *Blaumädchen*, généralement des jeunes filles de bonne famille qui trouvent là un moyen d'assister gratuitement aux représentations. La nuit se fait alors doucement sur la salle tandis que, au début de *L'Or du Rhin*, par exemple, montent lentement de la fosse d'orchestre les premières mesures, mouvantes comme l'eau du Rhin, d'une *Tétralogie* qui durera douze ou treize heures étalées sur une petite semaine.

À l'entracte, on se presse devant les vendeurs de saucisses confortablement installés à l'intérieur et à l'extérieur du restaurant principal, pour vous griller en un rien de temps une paire de saucisses qu'on vous servira dans une assiette en carton, avec un petit pain et une bonne cuillerée de moutarde. Puis c'est le même cérémonial au deuxième acte, au troisième acte. Après le dernier rideau, lorsqu'on a copieusement applaudi ou, parfois plus copieusement encore, hué un spectacle qui a pu tant soit peu déroger à une lettre jamais réellement écrite, on se retrouve dans les brasseries, les restaurants, les hôtels de la ville pour dîner enfin pour de bon.

Le lendemain matin, à la hâte, on relira le livret de l'opéra qu'on entendra le soir ou, si c'est une journée sans musique, comme c'est le cas entre *La Walkyrie* et *Siegfried* et entre *Siegfried* et *Le Crépuscule des Dieux*, on effectuera la promenade rituelle des jours de vacances, à Vierzenheiligen ou à Wurzbourg. Ou, si l'on n'a pas eu assez de musique, on ira écouter un concert dans l'ancien théâtre de la margravine. Ou encore, on rêvera dans les jardins de l'Ermitage, on mangera des glaces dans le café voisin de l'ancien opéra... Si *Parsifal* est une grande messe dont on ne doit, sous peine de passer pour un ignare, jamais applaudir la fin du premier acte, c'est tout un séjour à Bayreuth qui vous a bien l'allure d'une cérémonie quasi religieuse...

Béatrice de Tende

Vincenzo Bellini. Livret de Felice Romani

Milan, 1833

C'est le dernier opéra que Bellini écrivit en Italie. Ses relations avec son librettiste habituel, le poète Romani, déjà passablement altérées, atteignirent là leur point de rupture. Écrite à Venise en deux mois, représentée à la Fenice pour la première fois le

16 mars 1833 avec la Pasta, l'œuvre a été assez mal accueillie. On reprocha au compositeur de n'avoir remis sa partition que deux jours avant la première, tandis que Bellini accusait de son côté Romani de négligence et de préférer « s'amuser plutôt qu'écrire ». Pour beaucoup, l'œuvre était trop pleine de réminiscences des opéras antérieurs de Bellini. Pas plus qu'à Venise, elle ne fut bien accueillie ni Florence ni à Paris en 1840, où on l'a donnée lors d'une soirée dite « à bénéfice » pour la grande Fanny Persiani. « *Beatrice di Tenda* peut suffire à la nonchalance italienne... Toutefois, cela ne nous satisfait qu'à demi, nous autres Français... », écrivait un critique français plusieurs années après cette représentation. Et pourtant, l'interprétation qu'a pu en donner une Joan Sutherland accompagnée, en 1967, d'un jeune Luciano Pavarotti, est exaltante. Sa technique fait fi de toutes les difficultés d'une pyrotechnie bellinienne poussée là à son paroxysme. Plus tard, la Roumaine Mariana Nicolescu, à la voix plus ample, aux aigus peut-être moins brillants, en a laissé, en 1986, une interprétation admirablement dramatique. Qu'on écoute encore une fois Mariana Nicolescu, qui a glissé trop vite entre les mailles des filets des chasseurs de têtes des maisons de disques...

Béatrice et Bénédict

Hector Berlioz. Livret du compositeur d'après Shakespeare

Baden-Baden, 1862

Je n'étais pas seul, l'autre soir, au Théâtre français — je veux dire à l'Opéra-Comique : pas vraiment seul ! Ils étaient combien de jeunes spectateurs à être venus applaudir des jeunes, très très jeunes chanteurs qui allaient, pendant une heure et demie, s'amuser avec eux ?

C'est que l'une des toutes dernières œuvres de Berlioz, créée au Festival de Baden-Baden le 9 août 1862, *Béatrice et Bénédict*, est un peu, à la manière du *Falstaff* de Verdi, un divertissement plein de charme, d'humour et de tendresse. Une sorte de chant du cygne : un cygne, qui plus encore que Verdi, aurait voulu rompre avec la noirceur de tout ce qui avait précédé. On s'amuse, on rit un peu, beaucoup à travers des larmes de jeunes filles émues. Cela faisait d'ailleurs longtemps que Berlioz jouait avec l'idée de se servir, d'une manière ou d'une autre, de *Beaucoup de bruit pour rien*, la comédie tendre-amère de Shakespeare. Dès 1833, alors même qu'il jurait pourtant ses grands dieux de ne jamais regarder du côté de la musique italienne, il avait fait le projet d'écrire « un opéra italien fort gai » et c'était « Muchado » qu'il avait alors en tête. Puis il était passé à autre chose, *Benvenuto Cellini* avait vu le jour peu après. Pourtant, à plusieurs reprises, le sujet, distrayant, léger, léger... avait continué à lui tourner dans la tête. Finalement, c'est au plus fort de l'une de ses périodes les plus noires, où les ennuis de santé ajoutés à ceux d'argent et multipliés par les difficultés qu'il avait à voir monter *Les Troyens*, l'assaillaient de toutes parts, qu'il se lança dans l'entreprise.

Cela faisait plusieurs années que le Festival de Baden-Baden, dirigé par celui qui était devenu l'un de ses amis, Édouard Bénazet, lui ouvrait largement ses portes. C'était un curieux bonhomme que ce Bénazet, à la fois croupier de casino, vaguement entremetteur, bon vivant et mécène. En général, il invitait Berlioz à conduire une ou deux œuvres de lui. Mais voilà qu'en 1860, il lui passa une véritable commande. Le Festival de Baden-Baden, c'était alors un divertissement de ville d'eaux, certes, mais aussi le rendez-vous obligé de toute une vraie ou fausse aristocratie qui, entre deux gorgées d'eau plus ou moins tiède, applaudissait des œuvres beaucoup plus importantes que celles qui firent fureur dans les casinos et villes d'eaux françaises lorsque les cures thermales étaient à la mode.

Béatrice et Bénédict, qui marquent la fin de la période créatrice de Berlioz, est une œuvre étonnante. Ce n'est pas vraiment un opéra, il faut le souligner, quand bien même elle porte en sous-titre « opéra-comique ». Berlioz ne voulait pas s'embarrasser du côté psychologique de personnages qu'il aurait dû animer, pour lequel il lui aurait fallu nouer et dénouer des actions. Ce n'est pas un oratorio non plus, puisque la partie purement musicale est entrecoupée de récitatifs plus dignes de l'opéra-comique que d'une cathédrale. Ce n'est pas non plus, à proprement parler, une symphonie avec solistes et chœurs, ce qu'était son *Roméo et Juliette*. C'est une œuvre hybride, à la musique d'une immense clarté, mais dont l'intrigue, à la fois légère et décousue, n'est faite que de bulles de savon merveilleusement irisées qui s'envolent dans la lumière pour faire naître, en éclatant, des harmonies d'un humour ou d'une douceur inouïs. De la pièce de Shakespeare, il ne reste pas grand-chose, presque rien. Il n'est jusqu'aux personnages principaux, cette Béatrice et ce Bénédict, qui s'aiment au début de l'œuvre et qui ne voudront bien se l'avouer que dans la scène finale, qui disparaissent presque devant l'importance de personnages plus secondaires. Quant à ceux-ci, la jeune amoureuse Héro, surtout, dont le rôle est déjà fort important chez Shakespeare, elle occupe chez Berlioz le devant de la scène, uniquement pour y chanter, pas vraiment pour y exprimer des sentiments précis.

Tout cela importe peu aux spectateurs qui applaudissent Berlioz en ce mois d'août 1862. Il vient d'écrire, il vient de leur donner l'une des musiques les plus enchanteresses qu'il ait jamais composées. Et ceux qui suivent sa carrière depuis ses débuts se rendent compte de l'étonnante versatilité de l'homme, capable du bruit et de la fureur de la *Symphonie fantastique*, de la poésie mélancolique d'*Harold en Italie*, de la tendre transparence de *Roméo et Juliette*, de la vigueur noire de *La Damnation de Faust*, de la grandeur héroïque du *Requiem* ou de la *Symphonie funèbre et triomphale*, de l'humour délicieusement malicieux, enfin, de ce *Béatrice et Bénédict*.

Créée par Mme Charton-Demeur, qui sera également la Didon des *Troyens*, *Béatrice et Bénédict* est réellement une fête musicale de tous les instants. Et même si on ne comprend pas grand-chose à l'intrigue, la folle et tendre gaieté de la musique emporte tout sur son passage.

Par curiosité, on indiquera qu'il en existe un enregistrement des plus étonnant. Surprenant surtout. Dirigé par Daniel Barenboim, on y trouve côte à côte Placido Domingo, Dietrich Fischer-Dieskau, Yvonne Minton et Ileana Cotrubas. Le miracle, c'est que tout ce beau monde ne se prend pas au sérieux, quand bien même un Colin Davis, dans une très ancienne version avec Josephine Veasey et April Cantelo, avait su donner libre cours à un humour plus débridé.

Aujourd'hui, *Béatrice et Bénédict* au disque est devenu l'apanage de Kent Nagano, et l'on retrouve avec lui toutes les saveurs de la Bade d'antan.

Beggar's Opera (The) *L'Opéra du gueux*

John Christopher Pepusch. Livret de John Gay

Londres, 1728

Opéra du gueux, *Opéra des gueux*, *Opéra de quat'sous*, tout est né en 1728 à Lincoln's Inn Fields, à Londres. *The Beggar's Opera*, c'est en effet l'ancêtre du chef-d'œuvre de Kurt Weill. Opéra à proprement parler, ou opéra-ballade, on a tendance à attribuer l'œuvre à John Gay. Or, Gay en fut, certes, l'auteur principal, tant le texte et l'intrigue sont importants, mais la musique en est de John Christopher Pepush, qui rassembla des ballades plus anciennes et sut les fondres en une « Pastorale ayant la prison de Newgate pour cadre », selon le mot de Swift, l'auteur de *Gulliver* ! Dès le lendemain de sa création, *L'Opéra du gueux* a été repris et repris sans cesse dans toute l'Angleterre. Il est devenu un classique, les personnages de Macheath ou de Peachum se sont ainsi hissés, sous leur défroque misérable, au rang des principaux personnages de l'histoire de l'opéra de tous les temps. Nous fîmes nous-même connaissance de la version presque originale de *L'Opéra de quat'sous* à l'Aldwych de Londres, dans les années 1950. Plus tard, nous l'entendîmes avec rien de moins que Janet Baker. Qu'on ne se méprenne donc pas : le *Beggar's Opera* est, au même titre que le *Didon et Enée* de Purcell, l'une des œuvres fondatrices de l'opéra britannique. Benjamin Britten en a donné, en 1948, une version d'une étonnante éternité. À la manière des gravures de Hogarth, nous sommes bien loin de la pseudo-sophistication d'un XVIIIe siècle élégant et prétendument distingué, mais dans un univers sordide, nauséabond, où seul le personnage de cette fausse ingénue de Polly Peachum apporte un peu de lumière. Quant à Mackeath dit Mac-the-Knife, Kurt Weill a su lui donner une autre vie, que sa célèbre « ballade », transformée en classique du jazz, a rendu peut-être immortelle.

Belle Hélène (La)

Jacques Offenbach. Livret de Henri Meilhac et Ludovic Halévy

Paris, 1864

Avec *La Belle Hélène*, Offenbach a réussi un coup de maître. Tout au long du XVIIe siècle, du XVIIIe siècle, on avait déjà détourné allègrement l'histoire ancienne, les grands mythes grecs, tous les dieux de l'Olympe. Mais personne avant Offenbach n'a su si somptueusement, si voluptueusement aussi, chatouiller les dieux en question, et surtout les déesses qui les accompagnent. L'histoire farfelue à souhait qu'il nous raconte avec ses deux complices est celle d'Hélène de Sparte, enlevée par le beau Pâris pour qui, pendant dix ans, la guerre de Troie aura bel et bien lieu. Mais c'est toute la mythologie classique qui est tournée, ici, en une dérision joyeuse. Les « Rois barbus qui s'avancent, bus qui s'avancent... » donnent, dès le premier acte, le ton général de ce qui va venir.

Pour beaucoup, c'est le Second Empire, qui a pourtant fait sa fortune, qu'Offenbach raillait ici. Mais il ne faut pas aller voir si loin. Dans la foulée de la fulgurante Hortense Schneider qui créa le rôle d'Hélène au théâtre des Variétés, c'est la drôle d'histoire d'Hélène, de son cocu de mari, du beau berger Pâris et des trois déesses qui aspirent à recevoir de sa main la pomme, de cette Vénus devenue sans fin la friponne qui s'amuse à faire cascader, cascader les vertus, qui nous est gaiement racontée.

Je suis sûr qu'il existe, de par le monde, des mises en scène où l'on a découvert encore d'autres intentions, plus profondes et plus absurdes encore, à Offenbach et à ses amis. On se bornera, pour notre part, à déclarer un amour inconditionnel à Hélène, dont la musique voluptueuse en même temps que drôle nous amuse donc, mais aussi nous enchante. À sa manière, l'Hélène d'Offenbach est un des grands personnages de l'histoire de l'opéra. Qu'une chanteuse de l'importance de l'Anglaise Felicity Lott l'ait choisi comme l'un de ses rôles fétiches suffit à le démontrer. Et que Marc Minkowski, l'un des plus pétulants jeunes chefs français de notre temps, l'ait donné avec la fougue que l'on sait dans l'amusante mise en scène de Laurent Pelly au Châtelet, montre combien l'idée d'une *Belle Hélène* qui se réduirait à une grosse farce peuplée de quelques jolis airs n'est plus dans l'air du temps. Ah ! que Felicity Lott en maillot de bain suivie de son Ménélas de mari déguisé en Michel Sénéchal a pu nous divertir ! Mais nous n'en oublions pas pour autant la version antédiluvienne et délicieusement rétro, parcimonieusement enregistrée et méchamment tronquée en 1952, avec les concerts Lamoureux et une équipe dont la plupart des noms ne nous disent plus rien (D. Dassy, C. Devos...) mais où l'acteur comique et branquignolesque Christian Duvaleix était un hilarant Ménélas. Nous avions quinze ans, nous faisions écouter les airs d'Hélène à nos petites amies qui se donnaient beaucoup de mal pour avoir l'air de les aimer comme nous. La pochette du disque en était rose d'émotion...

Bellini, Vincenzo (1801-1835)

Bellini est l'un des compositeurs les plus émouvants de la première moitié du XIXe siècle. Sa carrière, très brève, fut fulgurante. Sa mort pleurée par toute l'école romantique française. Et puis : si Bellini avait été assassiné ?

Vincenzo Bellini est né à Catane, en Sicile, le 3 novembre 1801. Son père était maître de chapelle, son grand-père également. Tous les deux lui inculquèrent ses premières notions de musique et, très vite, Bellini s'est montré un mélodiste hors pair. Grâce à la protection du duc de San Martino è Montalbo et de son épouse qui remarquèrent le jeune homme, Bellini a ensuite entamé de véritables études musicales au Collège royal de musique de San Sebastiano de Naples. Très vite, la musique vocale l'intéresse, il va étudier auprès de Nicola Antonio Zingarelli. Celui-ci est l'auteur d'une multitude d'opéras créés, pour la plupart, à la Scala de Milan, dont, notons-le, une *Giulietta è Romeo* qui connut un succès considérable : un *Roméo et Juliette* de plus à ajouter au catalogue des innombrables versions dont seulement quelques-unes seront mentionnées dans ce dictionnaire.

Bellini était donc à bonne école. À l'âge de vingt-trois ans, il compose un premier opéra, *Adelson e Salvini*, qui ne fera l'objet de représentations que dans son Académie de musique. En revanche, la seconde œuvre de Bellini, *Bianca e Gernando*, qui deviendra d'ailleurs *Bianca e Fernando*, sera jouée au théâtre San Carlo de Naples. Mais déjà Bellini est une personnalité connue du monde musical italien et il donne sa première œuvre notable à la Scala de Milan, en 1827. C'est *Il Pirata*, *Le Pirate*, auquel Maria Callas donnera une seconde vie. « Palco funesto ! » lancera-t-elle à l'adresse d'un directeur d'opéra qui, de sa loge, semblait la mépriser... À partir de 1828, Vincenzo Bellini devient l'un des premiers compositeurs italiens de son temps. Il donne successivement *La Straniera* en 1829, *Zaïra* la même année. Puis, en 1830, *I Capuleti e i Montecchi* (un *Roméo et Juliette* de plus !) en 1830. Son succès va dès lors grandissant. *La Somnambule*, en 1831, avec la grande Pasta dans le rôle-titre, est portée aux nues. Puis immédiatement *Norma*, son chef-d'œuvre, puis *Beatrice di Tenda*, en 1833, qui se révèle, à Venise, un échec cuisant.

Du coup, Bellini va quitter l'Italie pour Paris. C'est en France qu'il donne en 1835 son dernier opéra, *Les Puritains*. Désormais, Vincenzo Bellini est acteur à part entière de la scène romantique française. Il est lié à tous les grands chanteurs de son temps, Grisi, Lablache, Rubini et Tamburini. L'immense Maria Malibran parle de lui avec une infinie tendresse. Ah ! la tendresse de la Malibran... qui n'en aurait rêvé ! Mais le pauvre Bellini meurt subitement à Puteaux le 23 septembre 1835. Et là, on touche à l'un des mystères de l'histoire de l'opéra. Officiellement, Bellini est mort d'une infection intestinale. Pour beaucoup de ses contemporains, il aurait été empoisonné. Par qui ? Des confrères jaloux ? Une cabale ? Une maîtresse ? Le mystère reste entier.

Bellini est, avec Donizetti et Rossini, l'un des chefs de file de la dernière génération des véritables belcantistes. Après lui, un Verdi s'orientera plus délibérément sur les chemins d'un opéra romantique puis dramatique. Ce sera ensuite le vérisme triomphant. Et pourtant, le bel canto à la manière de Bellini et de ses contemporains n'est plus le vrai bel canto du XVIIIe siècle. Déjà, Bellini respecte, certes, la beauté du son exprimé par les chanteurs, leur phrasé, il leur demande une technique superbe, mais il s'avance déjà, résolument, vers ce qui deviendra l'opéra romantique. En fait, Bellini est peut-être le premier des maîtres italiens de l'opéra romantique. Un Frédéric Chopin s'en inspirera très certainement lorsque son piano évoquera ces longues lignes flottantes, doucement balancées par la voix, ces notes aiguës très douces, aériennes, qui sont le chant de l'Amina de *La Somnambule*, de *Norma*, de l'Elvira des *Puritains*. « O rendetemi la speme... », murmure dans un souffle l'Elvira des *Puritains*, « Ô rendez-moi l'espoir », et votre cœur se serre de tant de beauté vocale, alliée à une telle passion. Tout, en Bellini, est tendresse, beauté plastique, émotion. Et pourtant la manière dont, avec ses librettistes, il sait conduire une intrigue reste exemplaire.

Benvenuto Cellini

Hector Berlioz. Livret de Léon de Wailly et Auguste Barbier

Paris, 1838

Quoi que puissent en penser certains directeurs de théâtre, ni *La Damnation de Faust*, ni, bien sûr, *Roméo et Juliette*, pas plus que *Béatrice et Bénédict* ne sont à proprement parler des opéras. Au cours de toute une vie littéralement tendue vers la production du grand opéra romantique dont il ne cessera de rêver, Berlioz n'a composé que deux vrais opéras. *Benvenuto Cellini* et *Les Troyens*. Créés seulement six ans avant sa mort, et encore partiellement, *Les Troyens* sont un aboutissement proche de la perfection. *Benvenuto Cellini*, c'est autre chose. C'est un Berlioz d'un peu plus de trente ans qui l'a écrit à son retour de la Villa Médicis. Déjà, il n'a qu'un rêve en tête : être joué à l'Opéra. Ses relations avec le monde musical de l'époque sont telles que, si la presse lui est généralement favorable, l'establishment, les directeurs d'opéra et les grands chefs, dont le redoutable Habeneck, qui dirigera la première du 10 septembre 1838 à l'Opéra de Paris, ont toujours été tendues. C'est donc dans une atmosphère de crise extrême qu'à partir du printemps 1838, commence la mise en place, sur la première scène nationale, d'une œuvre terminée seulement au mois de mars. Les cabales, la mauvaise grâce de certains interprètes, le souvenir d'une *Esmeralda* de la jeune compositrice Louise Bertin, œuvre à laquelle Berlioz lui-même a peut-être mis la main : tout cela alimente la chronique parisienne. Mais on attend un chef-d'œuvre...

L'idée en est venue à Berlioz lors de la lecture des *Mémoires* du célèbre sculpteur et orfèvre florentin Benvenuto Cellini. Personnage d'artiste, certes, mais aussi de bretteur, voire d'assassin, en tout cas d'insoumis, Cellini avait tout pour le séduire. En outre, lors de ses divers passages à Florence, en 1831 et 1832, Berlioz avait naturellement vu la superbe statue du *Persée* de Cellini brandissant, sous la loggia des Lanzi, la tête sanglante de la Gorgone. Tout le monde espérait un chef-d'œuvre, sauf les ennemis de Berlioz. Et la soirée du 10 septembre 1838 sera, dès lors, un des moments les plus difficiles de la vie du compositeur, qui ne le reconnaît pourtant qu'à moitié dans ses *Mémoires*. Il y consacre moins de trente lignes : « Bref, l'opéra fut joué. On fit à l'ouverture un succès exagéré, et l'on siffla tout le reste avec un ensemble et une énergie admirables. Il fut néanmoins joué trois fois, après quoi Duprez ayant cru devoir abandonner le rôle de Benvenuto, l'ouvrage disparut de l'affiche et n'y reparut que longtemps après... »

En fait, la première de *Benvenuto* est bel et bien un four. On applaudit l'ouverture, oui. Mais aussitôt après, les dialogues font rire. Le style en est trop familier. On prononce le mot de trivialité. Il y a du drame et de la comédie dans ce *Benvenuto*-là, et le public de l'opéra n'est pas habitué au mélange des genres. Pour certains, la musique de Berlioz n'est pas accessible à tous. D'autres trouvent l'orchestration touffue. Ou trop lourde. Les airs des deux chanteuses principales, Mme Gras-Dorus et Mme Stoltz, sont applaudis, mais le reste va à la dérive. L'opéra s'avance et les rires enflent dans la salle. Bientôt les sifflets : cela, Berlioz l'a reconnu. Puis ce sont les cris d'oiseaux, bref, c'est le désastre.

Il est vrai que l'intrigue qu'ils se sont mis à deux, à trois pour mitonner pour Berlioz (à Barbier et Wailly s'est, en effet, joint, mais de loin, Alfred de Vigny...), est un peu boiteuse. Mais n'est-ce pas le cas de la majorité des livrets d'opéra ? Amours et rivalités entre artistes y jouent un rôle essentiel. Cellini est amoureux de la belle Teresa qu'on lui refuse, promise à un médiocre Fieramosca, par un père, trésorier du pape, qui ne veut rien entendre. Cellini complote de ridiculiser Fieramosca et de lui enlever sa Teresa sous le nez. C'est le carnaval romain, la Piazza Colonna au centre de Rome, scènes de rue et d'atmosphère mais duel : Cellini tue un complice de Fieramosca. Il n'obtiendra, dès lors, la grâce du pape que s'il réussit le chef-d'œuvre qu'il a promis : précisément cette statue de *Persée*, toujours debout sur une place de Florence. Tout le suspens final tourne autour de la fonte de la statue. Le bronze est coulé, l'angoisse devient insoutenable. Enfin, du moule brisé à coups de pic par le sculpteur surgit, encore incandescente, la statue de Persée. Triomphe de l'art sur la vilenie, la jalousie, la méchanceté et les calomnies. Triomphe de l'amour. Triomphe de Bevenuto et pardon final.

Ç'aurait dû être une apothéose, on l'a dit, ce fut un four. Même certains des laudateurs de Berlioz ont longtemps été très sévères pour la construction des scènes. Selon eux, beaucoup d'effets ont été gâchés par des maladresses. La critique moderne a depuis longtemps fait l'impasse sur ces détails, pour ne plus reconnaître que la hardiesse du propos orchestral, l'hymne à la liberté de création, la folie romaine qui enveloppe tout l'opéra. À Paris en 1838, la presse est plutôt favorable. Plus favorable, en tout cas, que le public. Et si elle s'indigne, c'est de l'accueil du public. Mais il est vrai que, mieux que personne, Berlioz sait l'art de manipuler la presse et la critique musicale. Fort bonne critique, donc, et Berlioz qui tente de couper et de recoller. C'est d'ailleurs une technique qui lui a servi toute sa vie et dont il se servira encore : prendre des morceaux ici, d'autres là, pour pondre un nouveau texte de circonstance ou créer une œuvre nouvelle. Peine perdue. Après les représentations des 12 et 14 septembre, on annule les suivantes. Le 21 septembre, on annonce une quatrième représentation qui est remplacée au dernier moment par *Le Siège de Corinthe* : Rossini à la place de Berlioz ! Un crime contre l'esprit pour tous les amis du compositeur. C'est seulement le 11 janvier 1839 qu'on reprendra *Benvenuto*, avec, cette fois, le ténor Alexis Dupont. Berlioz ne sera pas satisfait de la direction de l'ouverture. Et c'est fini...

Aujourd'hui encore, comme d'ailleurs *Les Troyens, Benvenuto Cellini* est une œuvre difficile à monter. D'abord, elle exige de la part du ténor principal une voix hors du commun. Les Benvenuto sont donc rares... En France, Alain Vanzo fit les beaux jours de l'Opéra de Paris, du Capitole de Toulouse et des opéras de Nice et de Marseille. Aujourd'hui, c'est certainement Roberto Alagna, en train de se révéler un berliozien hors pair, qui est le Benvenuto que nous attendons. Mais le public, lui, reste ce qu'il est : obtus — pardon pour lui et pour nous ! Lors d'une rare reprise de l'œuvre — en concert, il est vrai — au théâtre Mogador à l'occasion du deux centième anniversaire de la naissance de Berlioz, la salle n'était qu'aux trois quarts pleine. Public ingrat ! Mais Roberto Alagna était là, lui, et non sur la scène : au premier rang de la corbeille. Pierre Boulez était venu à la répétition générale. Les Parisiens, eux, n'étaient guère nombreux !

Berbié, Jane (née en 1934)
Mezzo-soprano française

Adorable Jane Berbié, Toulousaine en diable, qui débuta à vingt-quatre ans à la Scala de Milan dans les rôles de la Théière et de l'Écureuil de *L'Enfant et les sortilèges*. Un an après, elle était la seconde dame de *La Flûte enchantée* à Aix-en-Provence et depuis, nous ne nous sommes pas quittés... Fine mouche amusante et amusée, elle excelle en Zerline et en Despine. En 1967, lorsque nous vîmes la première fois *L'Ormindo* de Cavalli au Festival de Glyndebourne, elle était aussi là. Merveilleuse travestie, ingénue ou soubrette, nous dit André Tubeuf, on l'a vue dans des rôles beaucoup plus graves, très souvent des tantes, d'ailleurs : chez Jean-Michel Damase, d'après Henry James, et chez Britten, dans *Peter Grimes*. Mais il faut dire que le personnage de l'« Auntie » de Britten est une drôle de tante et que ses accueillantes « nièces » n'ont pas plus froid aux yeux qu'elle.

Berganza, Teresa (née en 1935)
Soprano espagnole

Nous avons presque fini par croire que nous étions à Aix-en-Provence lors de cette soirée de 1958, dans le théâtre de l'Archevêché, quand Teresa Berganza révéla au public français l'une des plus passionnantes Dorabella, selon *Cosi,* de notre histoire amoureuse de l'opéra. Pour un peu, nous avons presque fini par nous persuader que nous étions de ceux qui l'applaudirent frénétiquement en ces années mythiques où, dix ans après sa création, le Festival d'Aix gardait le même souffle... Depuis, Teresa Berganza a été une habituée d'Aix, de Glyndebourne. Soprano capable de très jolies notes graves, elle est aussi une Rosine de rêve, une Cenerentola pleine de tendresse et d'humour. En fait, un demi-siècle avant Cecilia Bartoli, aujourd'hui coqueluche des salles de concert comme de celles d'opéra, elle a divinement interprété les rôles de coquettes du XVIIIe siècle, le bel canto de Haendel et la mélodie italienne. Mais Berganza est espagnole, elle chante aussi la zarzuela et la chanson espagnole. Toutes les mélodies, toutes les chansons espagnoles, folkloriques ou des maîtres qu'elle admire. Espagnole, elle ne pouvait être qu'une étonnante Carmen. Nous la vîmes pour la première fois dans le rôle au Festival d'Edimbourg, dans les années 1970. Dans la distribution mythique qui, sous la baguette de Claudio Abbado, réunissait aussi Domingo et Raimondi, elle réussit le prodige de transformer une *Carmen* façon opéra de chambre en un drame d'une immense profondeur. Sans effets, avec une ironie décapante, mais une gravité terrible, elle joue le jeu de l'amour et de la mort pour choisir en toute connaissance de cause le couteau Don José. Nous avons pu la voir sur le tournage du *Don Giovanni* mis en scène par Joseph Losey, quelque part entre lagune et villas palladiennes. Drôle, attentionnée, on sentait bien qu'elle s'amusait à être Zerline alors qu'elle ne l'était déjà plus tout à fait. Mais l'un de nos plus grands souvenirs de Teresa Berganza, c'est dans l'*Alcina* de Haendel, mise en scène par Jorge Lavelli, quand, sortant de l'antre de la magicienne, elle s'avançait sur la scène de l'Archevêché, vers la lumière, chantant ce « Verdi prati... » qui est l'un des plus nobles, des plus fervents arias de tout le XVIIIe siècle. C'était à Aix, naturellement, sous le règne du grand Bernard Lefort. Merci, Bernard...

Bergé, Pierre (né en 1930)

Homme d'affaires français, amateur et directeur d'opéra

Naturellement, Pierre Bergé est plus connu pour sa longue carrière aux côtés d'Yves Saint Laurent. On le connaît aussi pour ses foucades, son esprit grinçant et, depuis quelques années, pour une très jolie plume. Nommé dès 1988 à la tête de l'Opéra de Paris, c'est lui qui a essuyé les plâtres de la nouvelle double gestion de deux maisons : Garnier et Bastille. Associé à son directeur musical, Myung-Whun Chung, il est demeuré en place jusqu'en 1995. Mais la reconnaissance du public parisien amateur d'opéra à Pierre Bergé remonte beaucoup plus loin. C'est dans les années 1970, en effet, qu'il créa « Les Mardis de l'Athénée », dans le théâtre de ce nom, qu'il possédait. Là, pendant plusieurs saisons, on put entendre quelques-unes des plus belles voix du moment : il y eut des révélations, on découvrit aussi des chanteurs que Paris avait jusque-là superbement ignorés. Pour notre part, nous n'oublierons pas que c'est à l'Athénée, et à l'Athénée seulement, que nous avons pu voir en chair et en os la grande Leyla Gencer ou Magda Olivero.

Bergonzi, Carlo (né en 1924)
Ténor italien

Un regard de braise, une chevelure de jais et l'une des plus belles voix des années 1950 et 1960. Une voix à la fois puissante, capable de très belles nuances et d'un phrasé qu'on osera dire exceptionnel pour un ténor lyrique italien. La netteté très franche de ses attaques, sa capacité à tenir longtemps une note s'allient à un timbre d'une étonnante clarté. Bref, on l'a compris, on aime, on admire passionnément Carlo Bergonzi. On l'a néanmoins peu écouté sur des scènes lyriques. On remarquera pourtant que, dans une série de représentations du *Bal masqué* à Londres, dans les années 1970, où quatre ténors tour à tour chantaient Riccardo, c'est lui qui s'imposa face à Pavarotti, Gedda et Carreras si notre mémoire est fidèle. Mais pour nous rappeler l'époustouflant ténor verdien que fut Carlo Bergonzi, nous avons de lui un album unique : l'enregistrement des trente et un rôles de ténor que composa le maître, d'*Oberto* à *Falstaff*. Bergonzi avait alors une quarantaine d'années, ces disques doivent avoir leur place chez tout admirateur du chant verdien. Aucune autre anthologie, aucun récital ne les a jamais égalés.

Berlin

On a connu trois opéras à Berlin. L'opéra Unter den Linden et le Komische Oper, tous les deux dans l'ancien Berlin-Est. C'est dans le premier que se produisirent les distributions de légende qui, presque autant que celles de la Vienne de l'immédiat après-guerre, sont restées dans nos mémoires par la grâce du disque : Tiana Lemnitz, Maria Cebotari, Helge Roswaenge, Heinrich Schlusnus, et tant d'autres. Nous les avons connues, ces distributions-là, grâce à la formidable prise de guerre que firent les producteurs de disques américains en 1945. Tous ces chanteurs, qu'on avait pu entendre pendant la guerre à la radio allemande, avaient enregistré ou avaient été enregistrés dans quelques-unes des œuvres majeures du répertoire allemand. Ce furent ces disques, distribués longtemps sous la marque Urania, dans de somptueux albums aux commentaires musicologiques plus que discrets, qui nous ont accompagné pendant des années sur les chemins de Strauss et de Wagner, mais aussi et surtout de l'opéra italien, chanté en allemand. Souvenons-nous de Maria Cebotari et de Helge Roswaenge dans des scènes de *Madame Butterfly*...

Le Komische Oper a connu, sous la direction de Walter Felsenstein, une période de création artistique et de novation souvent expérimentale exceptionnelle. On parle encore avec des sanglots dans la voix de sa *Petite Renarde rusée* ou de ses *Contes d'Hoffmann*... Mais c'est le Städtische Oper Deutsche Oper, inauguré en 1912, détruit en 1944 et rouvert en 1961 qui, comme Vienne, a fait la gloire du chant allemand dans la deuxième moitié du XXe siècle. Comme à Vienne, ils et elles y ont tous chanté... Des noms ? Fischer-Dieskau, Sandra Konya, Elisabeth Grümmer, et tant d'autres... La longue carrière de Götz Friedrich à sa tête, à partir de 1981, nous a permis d'y entendre pour la première fois *La Ville morte* de Korngold, ou *Les Soldats* de Zimmermann. Notre enthousiasme n'eut alors d'égale, dans les deux cas, que la tristesse de ne pas pouvoir le faire partager car, chaque fois, nous y étions seul, envoyé en mission à Berlin par quelle administration ?

Berlioz, Hector (1803-1869)
Compositeur français

On ne saurait trop recommander aux lecteurs de ce dictionnaire de se reporter à un autre ouvrage du même auteur, paru en 2002 sous le titre *Berlioz*. Cette volumineuse biographie, à travers laquelle certains critiques d'autant mieux intentionnés qu'ils avaient eux-mêmes publié à la même époque une vie de Berlioz, se sont amusés à jouer au « jeu des sept erreurs » (erreurs qui seront, naturellement, rectifiées dans une prochaine édition), a tenté de montrer que Berlioz fut non seulement le plus grand compositeur romantique de son temps, mais le plus grand-compositeur-français-tout-court. Et aussi, l'un des plus grands écrivains romantiques de son temps.

Toute sa vie, Berlioz fut un mal-aimé adoré des femmes et détesté d'un establishment musical qu'il méprisait et auquel il rêva d'appartenir avant d'en devenir l'un des membres les plus éminents. Toute sa vie, aussi, Berlioz se plaignit des mille et une douleurs physiques et parfois imaginaires qu'il ressentait, de l'animosité de l'institution musicale française qui le fascinait, de la dureté de ses parents, de l'ingratitude du public. Dans bien des cas, il n'avait pas tort. Mais toute sa vie, Berlioz a vécu pour la musique, rêvant de conjuguer dans ses œuvres les génies de Gluck, Beethoven, Weber, Spontini et quelques autres — et le sien, naturellement. Faute de parvenir à composer le grand opéra français romantique dont il rêva, il fit du *Freischütz* de Weber dont il mit en musique les récitatifs, le chef-d'œuvre, peut-être, de ce genre. Seuls *Benvenuto Cellini* et *Les Troyens* — et peut-être *Béatrice et Bénédict* — sont au sens propre de véritables opéras. C'est probablement pourquoi on donne bien plus souvent son *Roméo et Juliette* ou sa *Damnation de Faust.* Il a laissé des milliers de pages de critiques, plus encore de lettres, des *Mémoires* qui devraient être le livre de chevet de tout compositeur français comme ils le sont de tant de musiciens et musicologues britanniques, et trois volumes de contes et de nouvelles dont l'un, *Les Soirées de l'orchestre*, contient quelques-uns des plus beaux récits fantastiques de l'époque romantique. On aura compris que l'auteur de ces lignes aime passionnément Berlioz, sa musique, ses œuvres littéraires, ses engouements et ses haines. L'auteur en question ne lui reprochera, au bout du compte, que de s'être ennuyé à l'Académie de France à Rome où, pensionnaire de la Villa Médicis, l'une des plus belles maisons du monde, il ne songea, pendant tout son séjour, qu'à s'en enfuir. Il est vrai que c'était pour parcourir la campagne romaine, marcher comme un fou à travers les Abruzzes, s'épuiser de Rome à Naples et retour. Au fond, grand musicien, grand écrivain, grand amoureux, Hector Berlioz fut aussi un grand marcheur... Autour de la Côte Saint-André dans sa jeunesse, en Italie pour oublier ce qu'il appelait la caserne de l'Académie de France ; à Paris toute sa vie, pour apporter des lettres, solliciter des musiciens, quémander des faveurs, assister à des concerts ou des spectacles dont, la mort dans l'âme, il devait rendre compte ensuite. Mais Berlioz a été aussi un grand amoureux. Il y eut d'abord la petite Estelle, qu'il aima passionnément quand elle avait dix-sept ans... et que lui-même en avait douze ! Amour qui éclairera toute sa vie et que l'on verra resurgir lorsque, deux fois veuf, il retrouvera la jeune fille devenue une très vieille dame et se mettra en tête d'épouser la pauvre Estelle, devenue Mme veuve Fornier. La seconde partie de cette idylle nous a valu quelques-unes des plus belles lettres d'amour de l'histoire de la littérature. Après Estelle, il y aura naturellement Harriett Smithson, comédienne irlandaise venue jouer Shakespeare à Paris, qu'il commencera par aimer sans retour de 1827 à 1830 avant, de retour, lui, de Rome, de la séduire en quelques jours, de l'épouser en quelques mois, d'être heureux avec elle quelques années puis de vivre avec elle le plus triste des mariages. Grand amoureux, Berlioz croisa également Camille Moke, qui deviendra l'immense pianiste plus connue sous le nom de Marie Pleyel. Leur idylle durera un an, en 1831. Comme elle l'oubliera plus vite encore, Berlioz voudra l'assassiner, cette aventure nous doit l'un des grands épisodes tragi-comiques de l'histoire du romantisme. Enfin, la médiocre chanteuse Marie Recio (voir ce nom) sera la seconde Mme Berlioz, le compositeur ne sera pas plus heureux avec elle qu'avec les précédentes...

On le voit, la vie de Berlioz a tout du drame romantique, flamboyant et souvent parfaitement comique. Un Comité international Hector Berlioz, fondé en 1996 pour célébrer dignement le bicentenaire, en 2003, de sa naissance, a réuni pendant six ans des berlioziens autrement plus passionnés que nous : c'est à leurs œuvres à tous, particulièrement à David Cairns, Pierre Citron, Cécile Reynaud, Catherine Massip, Peter Bloom, Kern Holeman, que l'on veut ici rendre hommage.

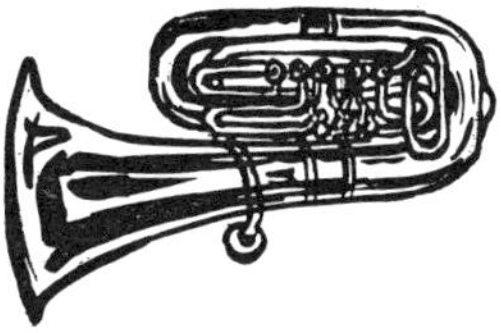

Bernstein, Leonard (1918-1990)
Chef d'orchestre, compositeur et pianiste américain

Leonard Bernstein, Berny pour les intimes, a été l'un des chefs d'orchestre les plus célèbres du monde entier. Nous avions nous-même failli le croiser à Brandeis, l'université du Massachusetts dont il dirigea le département de musique de 1951 à 1956. On l'y aperçut seulement... Le disque, qui l'a particulièrement gâté, a fait de lui une véritable vedette internationale. C'est en remplaçant à la dernière minute Bruno Walter à l'Orchestre Philharmonique de New York, en 1943, qu'il se fait remarquer. Après la guerre, de 1947 à 1949, il dirigea l'Orchestre Philharmonique d'Israël. On le retrouve ensuite dans le monde entier, dirigeant notamment à la Scala de Milan à partir de 1953 une *Médée* historique, avec Maria Callas, puis une *Bohème*, enfin, toujours avec Maria Callas en 1955, une *Somnambule* de rêve qu'on réentendra à Edimbourg. La suite, c'est un Bernstein sur tous les fronts, orchestres et opéras, des enregistrements qui ne sont pas forcément les meilleurs du monde, un *Chevalier à la rose* qui n'a pas vraiment marqué sa génération, en dépit de la belle Maréchale de Christa Ludwig. Pourtant, le seul nom de Leonard Bernstein a suffi, jusqu'à la fin de sa vie, à remplir les salles de concerts. Pour notre part, nous nous souviendrons surtout de ses propres œuvres, mêlant le chant religieux et le chant choral, la musique populaire et le jazz. Son opéra, *Trouble in Tahiti*, qui date de 1955, a révélé un véritable talent de compositeur dramatique. Mais c'est surtout *West Side Story* qui a fait de lui l'une des vedettes incontestées de Broadway comme du cinéma. À chaque nouvelle projection du film de Robert Wise, la musique de Bernstein — la bouleversante Natalie Wood, la chorégraphie de Jérôme Robbins, le chœur « America » et le Cinémascope triomphant : nous y allons naturellement, comme tous les autres, d'une petite larme.

Beuron, Yann (né en 1969)
Ténor français

Fantastique Yann Beuron, subitement propulsé, en moins de cinq ans, au premier rang des ténors baroques et mozartiens. Mais pas seulement... Formidable Yann Beuron, nommé « Révélation musicale de l'année 1999 » par le Syndicat professionnel de la critique, chanteur à la voix d'une légèreté et d'un charme inouïs, en même temps qu'acteur à l'abattage irrépressible. Nous l'avons nous-mêmes découvert dans *Hippolyte et Arcie* à Paris en 1996. Mais il a été de toutes les *Indes galantes* que l'on peut imaginer, il a chanté *Cosi* et le Lindoro du *Barbier de Séville.* Son allure de grand gamin un peu rigolard, son sérieux aussi, sa ferveur nous enchantent. La preuve, Felicity Lott a quitté son Ménélas de mari pour lui dans certaine *Belle Hélène* mise en scène par Laurent Pelly et dirigée par Marc Minkowski, qui continue à faire un malheur en France, un peu partout et en DVD. À l'heure où on écrit ces lignes, il vient d'être un désopilant Gonzalve, « amoureux de neige », dirait Voltaire, de l'ardente Sophie Koch de *L'Heure espagnole*, mise en scène toujours par Laurent Pelly et dirigée par Seiji Ozawa de l'Opéra-Garnier, en 2004. En rocker trop suave, plus occupé de ses chansons qu'à taquiner une maîtresse qui en voudrait beaucoup plus, il composait littéralement un nouveau personnage...

Billy Budd

Benjamin Britten. Livret de E.M. Forster et Eric Crozier d'après Hermann Melville

Londres, 1951

C'est un roman de Hermann Melville qui a inspiré l'un des plus émouvants opéras de Britten. Sur un bateau britannique, l'*Avenger* (l'Indomptable), commandé par un capitaine Vere et un maître d'équipage Claggart, un jeune (et beau !) marin timide, Billy Budd, déclenche un scandale en dénonçant la responsabilité du terrible Claggart dans la mort d'un autre jeune marin. Sous le regard presque compréhensif du capitaine Vere, Billy Budd et Claggart s'affrontent, et Claggart est tué accidentellement. Le capitaine Vere, qui éprouve une profonde affection pour le jeune marin, et peut-être plus, va pourtant le condamner à mort. L'équipage est prêt à se rebeller mais Billy Budd sera pendu.

L'intrigue est solide. Si solide que, quelques années plus tard, Peter Ustinov devait en tirer un film remarquable où le méchant Claggart était joué de manière plus qu'inquiétante par le grand acteur shakespearien Robert Ryan, spécialiste aussi des rôles de méchants dans les films noirs américains. Le livret des deux amis de Britten, E.M. Forster, auteur du célèbre *Passage to India*, et Eric Crozier, cofondateur avec Britten du Festival d'Aldeburg, traduit admirablement les tensions existant entre les trois personnages principaux. Comme Peter Grimes, Billy Budd est un être à part. L'affection qu'éprouve pour lui le capitaine Vere n'est pas plus dépourvue d'ambiguïté que la hargne avec laquelle Claggart poursuit le jeune marin. La solitude de ces hommes, enfermés en pleine mer sur un bateau anglais où l'on redoute à tout moment l'apparition d'un vaisseau français, accroît encore l'intensité dramatique d'une œuvre où, contrairement à *Peter Grimes* qui se déroulait aussi presque en pleine mer, l'océan n'est ici qu'un paysage abstrait. De même, le personnage de Billy Bud, parfaitement accepté par ses camarades qui lui témoignent jusqu'à la fin une amitié fraternelle, est bien différent de celui du solitaire Peter Grimes. En fait, c'est la solitude du capitaine Vere, seul maître à bord naturellement, et qui doit décider du destin des hommes et trancher entre ses sentiments et les règles d'une justice qu'il se croit imposée, qui constitue le pivot d'une tragédie dont Billy et Claggart sont les deux protagonistes plus neutres...

Dédié à George Harewood et à son épouse d'alors, Marion, *Billy Budd* s'inscrit de lui-même au cœur de la vie musicale britannique. George Harewood, grand amateur de musique, fut longtemps à la tête de l'English National Opera. Quant à Marion, elle était la fille d'un grand éditeur de musique viennois. C'est Peter Pears, naturellement, qui créa le rôle du capitaine Vere. Une fois encore, déchirant et déchiré, Pears y fut un chanteur et un acteur sublime.

Björling, Jussi (1907-1960)
Ténor suédois

Il y a deux Björling dans la vie de tout amateur d'opéra un peu frotté à ce que fut l'art lyrique au milieu du siècle dernier. Le premier (par ordre alphabétique) est Jussi, ténor suédois qui fit les beaux jours du Met pendant tant d'années qu'on en a presque perdu le compte. Il était Faust et Roméo, certes, don Ottavio dans sa jeunesse, mais c'est dans les rôles de Puccini et surtout de Verdi qu'il fut inimitable. Avec ses deux complices qui s'appelaient Zinka Milanov et Leonard Warren, il enregistra quelques-uns des plus beaux disques verdiens qui firent notre éducation. Pour n'en citer qu'un : un fabuleux *Trouvère* acheté jadis sous une double pochette verte, un peu déchirée, qui portait son visage en Manrico.

Björling, Sigurd (1907-1983)
Baryton suédois

Notre deuxième Björling était Sigurd. C'est à Covent Garden, lui, qu'il fit l'essentiel de sa carrière. Mais dès 1951, il était un fabuleux Wotan dans le « nouveau Bayreuth » de l'immédiat après-guerre. S'il nous est particulièrement cher, c'est précisément à cause de son Wotan. C'est lui que nous entendîmes chanter le dieu wagnérien dans nos premiers *Ring*, jadis, au Palais Garnier. Contemporain de Hans Hotter, il n'eut jamais la renommée de celui-ci. Le disque nous a laissé peu de souvenirs de lui : c'est peut-être la raison pour laquelle nos propres souvenirs nous sont si chers.

Bo Gao (Gao Bo) (né en 1964)
Ténor chinois

Capable de nous susurrer, fût-ce au milieu de la place Tian An Men et pour quelques amis éberlués et des badauds plus étonnés encore le « Pourquoi me réveiller ? » de *Werther* ou, dans l'intimité de sa belle maison au nord de Pékin, de chanter le Mario de *Tosca* ou, naturellement, le Calaf de *Turandot*, Gao Bo est sûrement l'un des chanteurs les plus attachants de sa génération. Il a fait ses études à Chengdu, partageant son temps entre le conservatoire local et de grandes promenades solitaires dans la montagne. Il nous a raconté qu'il partait, une besace sur l'épaule, quelquefois pour plusieurs semaines. Il marchait, s'imprégnait de la grandeur de ces paysages que l'on découvre sur les peintures traditionnelles chinoises, puis revenait parmi ses camarades étudiants qu'il stupéfiait par sa facilité à lancer des contre-*fa* comme on dit merci. Après des débuts à Shanghai en 1986 dans don José (en Chine il n'est pas un ténor qui, sitôt que vous vous dites français, ne vous lance un « air de la fleur »), il a poursuivi une carrière internationale dans l'Idaho, le Wyoming et les principales maisons d'opéra allemandes. Il a fait ses débuts dans Wagner avec un Lohengrin dont un DVD pirate nous a gardé la trace. Il y est un Chevalier au Cygne bouleversant d'humanité, au type nettement oriental. Mais c'est encore une fois dans *Werther* qu'il excelle. Il a chanté le rôle dans toutes les maisons d'opéra de Chine et à travers toute l'Asie. On ajoutera que Gao Bo est également photographe, que ses images de jeunes Tibétains qu'il tire lui-même sur de grandes feuilles de papier à dessin par lui préparées nous dévisagent avec tant de questions dans leur regard. Mais là ne s'arrêtent pas les talents de celui qui est à coup sûr l'un des premiers ténors de Chine : il est en plus architecte, il a dessiné sa propre maison, il en dessine d'autres, on aimerait qu'il nous construise aussi un opéra !

Bogianckino, Massimo (né en 1922)
Directeur d'opéra et musicologue italien

Massimo Bogianckino a fait une entrée fracassante en France lorsqu'en 1982 Jack Lang lui demanda de diriger l'Opéra de Paris. Il est tout de suite devenu notre ami, il l'est resté. Auparavant, il avait dirigé l'Académie philharmonique romaine et surtout l'Opéra de Rome, de 1963 à 1968, puis le Festival de Spoleto de 1968 à 1971 et le Théâtre communal de Florence à partir de 1975. Hélas pour lui, Massimo Bogianckino choisit, en 1985, de devenir maire de Florence. Il aimait toujours aussi passionnément l'opéra, mais il garda pendant toutes ses années de « Sindaco » une profonde nostalgie de ses années parisiennes. On lui doit une politique de création inventive, avec notamment la recherche d'étonnantes « versions originales ». Ce fut le cas d'une *Madame Butterfly* dont il réinventa la version que Puccini avait d'abord montrée. Bogianckino a travaillé avec des metteurs en scène contemporains de premier plan, notamment Antoine Vitez. Sa parfaite connaissance des milieux musicaux italiens et français en a fait, pendant quelques années, un pont indispensable entre les deux pays. En 1991, sagement, ayant renoncé depuis deux ans à ses fonctions municipales, Massimo Bogianckino a repris la superintendance du Théâtre communal de Florence.

Bohème (La)

Giacomo Puccini. Livret de Giuseppe Giacosa et Luigi Illica d'après Henri Murger

Turin, 1896

D'abord, une précision importante. Il existe en réalité deux *Bohème.* Celle de Puccini, devenue très vite la coqueluche des directeurs d'opéras ; des Mimi avides de montrer à la terre entière que, si leurs petites mains étaient froides, elles avaient le cœur chaud ; et naturellement des spectateurs du monde entier. Mais à l'époque même où Puccini travaillait sur ce qui constitue, en somme, un best-seller absolu de l'histoire de l'opéra, Ruggero Leoncavallo, le compositeur déjà fameux de *Paillasse*, s'était attaqué à la même œuvre. Et, présentée en 1897 à Venise, *La Bohème* selon Leoncavallo fut un temps un immense succès. Puis, peu à peu, elle s'est évanouie des scènes lyriques...

En revanche, *La Bohème* de Puccini, c'est une autre affaire. Le quatrième opéra du maître de Torre del Lago (après les *Villi* et *Edgar* quelque peu négligés, et une *Manon Lescaut* qui mérite une entrée à part entière dans ce dictionnaire), c'est le premier grand succès du compositeur. Et pourtant, l'œuvre présentée pour la première fois au théâtre Reggio de Turin fut accueillie sans enthousiasme. On loua, en revanche, et sans borne, la direction du chef qui conduisit les premières représentations : Arturo

Toscanini lui-même. Ce n'est que quelques mois plus tard, lorsqu'on la donna à Palerme, que les malheurs de Mimi et de Rodolphe firent pour la première fois pleurer à chaudes larmes les Margot du monde entier.

Inspirée d'une œuvre littéraire beaucoup plus importante qu'il n'y paraît, les *Scènes de la vie de bohème* d'Henri Murger, *La Bohème* de Puccini évoque le Paris du milieu du XIXe siècle avec une assez grande justesse. Assez grande seulement, car naturellement, l'œuvre de Murger a dû être simplifiée, l'intrigue principale des librettistes de Puccini écrasant quelque peu le reste. Mais quelle intrigue ! Qui ne se souvient de la touchante Mimi venant frapper à la porte de son voisin de palier un soir de carnaval, parce que sa bougie s'est éteinte... Qui ne se souvient du premier air de la petite ouvrière en chambre, si souvent chanté en français à l'Opéra-Comique : « On m'appelle Mimi... Dans ma chambrette je me fais ma dînette... » Personne n'a oublié non plus le poète Rodolphe, qui ranime la flamme de la petite cousette, lui réchauffe les mains et lui dit, précisément, qu'il est poète. Tout cela peut paraître un peu naïf, surtout lorsqu'on l'entendait sur la scène de l'Opéra-Comique chanté en vers de mirliton. Mais le roman de Rodolphe et Mimi au milieu de *La Bohème* d'alors, la peinture du peintre Marcello, du musicien Schaunard, du philosophe Colline, leurs démêlés avec un poêle qui ne veut bien réchauffer une mansarde que si on y enfile les milliers de vers d'une tragédie écrite par Rodolphe ; la peinture pittoresque du café Momus puis la scène désolante de la Barrière d'Enfer, la neige qui tombe ; enfin, la mort de Mimi, poitrinaire, pour laquelle Colline sacrifie son manteau usé : tout cela est rempli de tendresse, d'émotion et se termine par des sanglots.

Ainsi le personnage si peu héroïque de la lorette, un peu comme la Traviata de Verdi, est-il devenu l'une de ces héroïnes d'opéra qui n'appartiennent ni au monde de l'histoire, ni à celui de la tragédie classique, mais à la vie de tous les jours, ou de presque tous les jours. Le vérisme triomphant qui allait, dans la foulée de l'œuvre de Puccini, révéler aux publics européen et américain les mêmes personnages humbles et touchants marque ici sa première victoire. Et si, naturellement, le rôle de Rodolphe a connu d'illustres interprètes ; si celui, plus secondaire, de cette gentille fofolle de Musette qui fait tourner les bourgeois en bourrique et ne se dispute avec son Marcel d'amant de cœur que pour mieux se réconcilier avec lui est amusant, c'est le rôle de Mimi qui balaie tout sur son passage.

Et là, encore une fois, le souvenir de Maria Callas s'impose. Callas n'a pourtant jamais joué le rôle à la scène. Peut-être correspondait-il trop peu à l'image qu'on a pu se faire d'elle après ses premiers succès. Aux yeux des mélomanes du monde entier, Maria Callas était Tosca, peut-être Turandot, on la voyait mal en émouvante petite Parisienne poitrinaire. Poitrinaire pour poitrinaire, c'était une Traviata héroïque qu'on attendait d'elle. Mais le disque qu'elle nous a laissé de sa Mimi, enregistré en 1957 à la Scala de Milan avec pour partenaire Giuseppe Di Stefano, montre que les directeurs de théâtres ont bien eu tort de ne pas lui faire confiance pour ce rôle.

Faute de Callas à la scène, on se souviendra avec émotion de Mirella Freni, qu'on a vue sur toutes les scènes du monde à partir des années 1960. La carrière à rebonds de la grande Mirella Freni nous a donné plusieurs images de son interprétation de Mimi, toutes plus raffinées, plus émouvantes aussi. À l'Opéra-Comique, les noms de Géori Boué et de Martha Angelici restent liés à des productions en français qui étaient ce qu'elles étaient, mais qu'un Georges Prêtre, un Georges Sebastian, un André Cluytens dirigèrent à deux pas, si l'on ose dire, de la scène du drame, à un kilomètre à peine du Quartier latin... Et si l'on préfère oublier une version cinématographique où Barbara Hendricks faisait ce qu'elle pouvait pour nous faire croire qu'elle aussi pouvait être une lorette, on soulignera l'étonnante exactitude historique des décors conçus dans les années 1970 par Giulia Trevellyan-Hopper, du Victoria and Albert Museum, pour une remarquable production de Covent Garden où toutes ces dames se succédèrent, Mirella Freni, Teresa Stratas, Katia Ricciarelli et une splendide Kiri Te Kanawa, qui n'avait d'autre faiblesse à son interprétation que de paraître en trop bonne santé !

Böhm, Karl (1894-1981)
Chef d'orchestre hongrois

C'est à Salzbourg, en août 1981, que nous avons appris la mort de Karl Böhm, dont le destin fut intimement lié à celui du Festival de Salzbourg, comme à l'Opéra de Vienne. L'un des chefs attitrés de la firme Deutsche Gramophon, son intégrale du *Ring* fut, avec celle de Solti, l'une des premières publiées. On dira que nous y avons appris aussi à lire. Mais c'est à Paris, dans quelques productions de Strauss, en particulier certaine *Femme sans ombre*, que proposa Bernard Lefort lors de son premier demi-règne à Garnier, que nous avons pu l'admirer passionnément. Mozart, Strauss, Wagner naturellement, le *Fidelio* de la réouverture de l'Opéra de Vienne en 1955 : toute la carrière de Böhm s'inscrit sous le signe de la grande musique allemande. C'est lui qui créa *La Femme silencieuse* et *Daphné*, de Strauss. Et puis il y a eu un *Tristan et Isolde* à Orange, où l'orchestre qu'il menait à bout de bras luttait avec le mistral : jamais la violence de la mer conjuguée à celle de l'amour ne nous a emmené si loin. Au panthéon des grands chefs du XXe siècle, Böhm figure en bonne place, pas loin de Furtwängler (que nous n'avons jamais entendu « live », comme disent aujourd'hui les vendeurs de disques) et de Knappertsbuch, religieusement écouté à vingt ans.

Böhme, Kurt (1908-1989)
Basse allemande

L'une des très grandes basses bouffes du répertoire allemand. Et surtout, le plus formidable baron Ochs du *Chevalier à la rose* de nos souvenirs. Kurt Böhme en faisait trop, et trop encore, il était gigantesque, grotesque, attendrissant. Après Richard Mayr, il a donné au rôle du cousin provincial de la Maréchale une dimension qui ne fut jamais atteinte. Et c'est précisément parce qu'il en faisait beaucoup, qu'il en faisait trop, que nous l'avons aimé. On ajoutera que, dans des rôles plus graves — l'Oreste d'*Elektra*... —, il a pu être bouleversant. Nous l'avons aimé au disque, cela s'entend : l'avons-nous jamais vu sur une scène ?

Bolchoï

À Moscou, comme dans le reste du monde, l'histoire des maisons d'opéra est une longue suite d'ouvertures et d'incendies. C'est en 1780 qu'on construisit le premier théâtre d'opéra moscovite, le Petrovsky. N'oublions pas que Saint-Pétersbourg était la capitale de toutes les Russies... Le Petrovsky brûla en 1905 et l'on donna des œuvres lyriques un peu partout jusqu'à la construction du Bolchoï-Petrovsky, en 1825. Dès 1853, le théâtre brûlait de nouveau. Il rouvrait en 1856 et c'est ce Bolchoï que nous connaissons aujourd'hui. Il a 2 000 places, sa superbe colonnade est, comme la façade de la Scala à Milan, fameuse dans le monde entier. Mais encore une fois, c'est à Saint-Pétersbourg, et notamment au théâtre Mariinski, que furent données en première audition la plupart des grandes œuvres russes. Pourtant, nous sommes particulièrement attaché au Bolchoï de Moscou pour des raisons presque sentimentales. Au début des années 1990, nous fûmes chargé par l'Unesco d'une mission de réflexion sur les travaux à entreprendre dans le grand théâtre moscovite. Nous nous rendîmes à plusieurs reprises à Moscou. On séjournait dans l'hôtel Metropol, tout près, on rêvait déjà des jeunes femmes qui traînaient, seules, dans un bar devenu très international. Mais on y rêvait de loin. D'ailleurs, l'essentiel de nos journées, nous le passions à arpenter les couloirs, les loges, les dessous et les dessus d'un fabuleux univers. On se posait mille questions : puisqu'il était impossible de déplacer telles colonnes situées de part et d'autre de l'espace scénique, était-il possible de prolonger celui-ci en arrière ? Derrière le théâtre lui-même, il y avait une rue, puis un autre bâtiment appartenant au théâtre : et si l'on supprimait la rue ? Et si l'on réunissait les deux bâtiments ? Architectes, directeur de la scène, metteurs en scène : nous vîmes tout le monde. Nous allâmes même visiter les ateliers de décors, à l'autre bout de la ville, ou presque. Nous en avons gardé des photographies somptueuses. Et les ateliers de costumes ? C'était un paradis du chef-d'œuvre kitsch, où les fines mains des brodeuses s'agitaient sur la toile rêche de ce qui allait devenir pourpoint, mantelet ou capuchon. Nous vîmes même les ateliers de bijoux, les réserves de bijoux. Puis nous passâmes aux choses sérieuses.

C'est-à-dire que, huit soirs de suite, la loge dite impériale du Bolchoï nous fut attribuée. Nous pouvions y inviter des amis, nous aurions rêvé d'y convier ces jeunes personnes que l'on rencontrait à l'hôtel Metropol, mais qui étaient d'un autre monde, pas de celui de l'opéra. Un monde de rêve, pourtant. Le ministère de la Culture, la Ville de Moscou nous aidaient d'ailleurs à copieusement occuper la grande loge. D'où la présence de deux petites interprètes, adorables. Qui nous chuchotaient à l'oreille ce qui se passait sur la scène. À l'entracte, dans l'arrière-scène qui était un véritable salon, autrefois destiné au tsar, peu de temps encore aux personnalités d'un régime à peu près disparu, on nous servait des petits sandwichs, des gâteaux qui n'avaient guère de goût, du thé fort, cinq grains de caviar sur une tartine de pain rassis : c'était le bonheur. Nous revînmes et revînmes encore à Moscou. On faisait des rapports, on se réunissait. Et voilà que les autorités russes décidèrent qu'une nouvelle réunion était absolument nécessaire, mais qu'elle devait, cette fois, se tenir à Paris. Après tout, ils pouvaient aussi avoir le droit de visiter le Palais

Garnier ! Du coup, grande agitation pour préparer une réunion au siège de l'Unesco. Grande agitation dans la tête du responsable chargé de l'étude sur le Bolchoï et une idée qui lui vient subitement. Une idée, mais une idée idiote, comme dit Louis Jouvet à Suzy Delair dans *Copie conforme.* Il publiera un immense article en dernière page du *Figaro* le jour même de l'ouverture de la réunion. Son titre ? « Sauver le Bolchoï ! » Et ce sera la catastrophe : non pas la lutte, mais la chute finale. Offusqués, nos partenaires nous diront qu'il n'y a pas besoin de « sauver le Bolchoï », il s'en sortira bien tout seul, il n'a besoin que de quelques conseils et de beaucoup d'argent. Nous comprendrons très vite que nous avons cessé d'être un interlocuteur valable. La réunion se terminera en eau de boudin, il n'y en aura pas d'autre, l'Unesco se tournera vers d'autres objectifs. Mais pendant la première semaine que nous avons passée à Moscou, nous avons tout de même pu voir, de la loge royale, *La Foire de Sorotchintzi* et *La Khovanchtchina*, *Une vie pour le tsar*, *Le Tsar Saltan* (croyons-nous nous souvenir...), *La Légende de la ville invisible de Kitège* et un bel *Eugène Onéguine.* Aujourd'hui, le Bolchoï de Moscou brille de feux nouveaux, on y donne des fêtes mais nous n'y sommes plus invité...

Bonner, Yvette
Soprano française

Le programme du Festival d'Aix-en-Provence 2002 nous apprend qu'Yvette Bonner a gagné le concours Emmy Destinn 2000. Une petite faute d'orthographe dans le programme sur le nom de Mme Destinn, mais cela n'est pas grave. Yvette Bonner a d'abord chanté Yniold dans *Pelléas*, et Flora dans *Le Tour d'écrou*. Des petits rôles, toujours, mais quand même la Zerline d'un *Don Juan* dirigé par Colin Davis. Et voilà que, au Festival d'Aix-en-Provence 2002, précisément, elle a été la Renarde rusée de l'opéra de Janáček. Dans une mise en scène de Julie Brochen, elle a été pour beaucoup la révélation de cette année-là. À la fois mutine et sensuelle, drôle, terriblement triste et terriblement douce, Yvette Bonner nous a tous foudroyés de bonheur. Sa voix, d'une grande légèreté, semblait parfois flotter très haut ou, au contraire, venir se briser face aux hommes, tous les hommes, animaux et humains compris, qui la harcelaient de leur trop d'amour ou de leur méchanceté. Mais dans son duo avec Petra Simkovà, qui chantait son Renard, elle était subitement l'une des plus jolies amoureuses dont on puisse rêver...

Bonney, Barbara (née en 1956)
Soprano américaine

Délicieuse Barbara Bonney dans tous les rôles légers du répertoire allemand. Formée aux États-Unis puis en Autriche, elle a chanté quarante rôles en quatre ans à l'Opéra de Darmstadt. C'est en 1984 que sa carrière a pris un tour décisif à Munich puis à Londres, par la grâce de Carlos Kleiber et de Georg Solti. Elle est devenue, pour un bon morceau d'éternité, la plus adorable des Sophie du *Chevalier à la rose*, la plus touchante des Pamina de *La Flûte enchantée*, la plus mutine des Suzanne des *Noces de Figaro*. Et c'est dès lors sous ces trois visages, la jeune fille émerveillée, la jeune fille douloureuse et la jeune fille sûrement déjà femme et superbement coquine, que nous avons aimé Barbara Bonney. Elle nous a laissé des disques pleins de tendresse parfois un peu trop attendris, mais qu'importe ! Nous avions lu un jour, ou cru lire, qu'elle allait bientôt renoncer à la scène pour se consacrer à une carrière de concertiste : quelle erreur ç'aurait été ! Nous l'avons revue à Paris dans *Le Chevalier à la rose*, puis à Salzbourg en Pamina, plus récemment dans *Le Roi Arthur* de Purcell... En avril 2002, elle a été une touchante Zdenka dans *Arabella*. Zdenka : vous vous souvenez, n'est-ce pas ? La petite sœur fascinée par sa grande aînée toute prête à se dévouer pour elle... Le souvenir, ici, d'Annaliese Rothenberger.

Boréades (Les)

Jean-Philippe Rameau. Livret attribué à Louis de Cahusac

Paris, 1964

Eh oui, il faut bien parler de ces *Boréades*, découvertes si tardivement qu'elles n'ont jamais été données du vivant de Rameau. Œuvre d'autant plus mystérieuse que le librettiste lui-même en est inconnu. On attribue le texte à Louis de Cahusac, sans aucune certitude. C'est, en outre, une œuvre de la vieillesse de Rameau, qui sommeillait depuis plus de deux siècles à la Bibliothèque nationale de France. Après une première création en concert par l'ORTF

à Paris en 1964, puis une deuxième version de concert donnée à Londres en 1975, c'est en juillet 1982, au Festival d'Aix-en-Provence, que *Les Boréades* ont pu, enfin, être admirées par un public conquis d'avance. Il faut dire qu'on avait joué la carte de l'œuvre à découvrir, et que les nouveaux amateurs d'art lyrique français, persuadés d'avoir tout vu et tout entendu, sont à l'affût de la perle rare. On n'entrera pas dans les détails des arguties juridiques qui ont entouré cette création, ayants droit, Bibliothèque nationale de France et producteurs ou chefs d'orchestre ayant pendant longtemps entretenu à ce propos d'âpres discussions.

Il faut donc parler de ces *Boréades*... D'abord, la production de Jean-Louis Martinoty, dirigée par John Eliott Gardiner, superbe de légèreté, de transparence... Puis la version de Simon Rattle, au Festival de Salzbourg en 1999, plus drôle, plus ironique. Enfin, celle montée par Robert Carsen à l'Opéra-Bastille en 2003 : nous avons, chaque fois, admiré mise en scène et exécution. Et pourtant, chaque fois, nous nous sommes posé des questions. Le livret en est débridé à souhait, situé dans une Bactriane de légende. En gros, en très gros, la reine Alphise ne peut épouser qu'un prince descendant de Borée, le dieu des Vents. Deux prétendants se disputent son cœur, elle en aime un troisième, qu'on se doute être illustre, mais qui ne semble pas répondre aux critères exigés par la loi bactriane. Et pourtant, Abaris, fils d'Apollon, est né d'une jeune nymphe, elle-même descendante de Borée. Mais cela, on ne l'apprendra qu'à la fin. De là à voir dans l'ultime chef-d'œuvre de Rameau un pied de nez aux traditions établies d'une monarchie absolue bientôt agonisante, il y a pourtant une vue de l'esprit que quelques critiques, de génie naturellement, se sont plu à soulever. Au rythme des saisons, des vents qui soufflent, des tempêtes qui font rage et sous le signe d'une flèche magique qui tient, en somme, ici lieu de flûte enchantée, la musique de Rameau déploie avec maestria des charmes subtils. On dirait que le compositeur, alors dans les dernières années de sa vie, se laisse aller à écrire loin de toutes les contraintes. Nous ne sommes plus au royaume de la tragédie lyrique, ni dans celui de l'opéra-ballet. La fusion des genres est totale, l'intensité dramatique dépendra de la mise en scène. À Salzbourg, on a pu voir une reine de Bactriane, admirablement interprétée par Barbara Bonney, devenir le jouet de ses prétendants, un peu comme la Pénélope de Monteverdi. Dans la production de Robert Carsen, les décors rythment le passage du temps, tapis de fleurs jaunes, envolées de feuilles mortes et valses de parapluies rouges sous la neige de l'hiver. Et pourtant...

Allons, on le dira : il nous est arrivé de nous ennuyer aux *Boréades*... Mais on ne pouvait pas ne pas en parler, non ?

Borgne

Il y a deux grands borgnes dans l'histoire de l'opéra. Il y a des aveugles aussi, notamment la mère de la Gioconda, de Ponchielli, et, on peut souvent le croire, le Grand Inquisiteur du *Don Carlo* (ou *Don Carlos*) de Verdi. Et c'est précisément d'ailleurs dans *Don Carlo* que l'on trouve l'un des borgnes en question. Ou plutôt une borgne : c'est la sublime et superbe princesse Eboli. L'histoire nous apprend qu'Anna de Mendoza, princesse d'Eboli, née en 1540, morte en 1592, était la fille d'un vice-roi du Pérou mariée à dix-neuf ans au vieux prince d'Eboli, ministre de Philippe II, roi d'Espagne. Fameuse en Espagne et bien au-delà par sa beauté, elle avait néanmoins perdu un œil étant enfant. Ceci devait ajouter du piquant à cela. L'histoire, toujours elle, nous dit qu'elle fut à la fois la maîtresse de Philippe II et de son ministre Perez, et qu'elle tomba en disgrâce lorsque celui-ci fut accusé de trahison. Chez Verdi, c'est-à-dire chez Schiller qui inspira l'opéra, elle est dame de compagnie d'Elisabeth de Valois, épouse de Philippe. Mais, pour son malheur, elle est également amoureuse de l'infant don Carlos. C'est elle qui dénoncera au souverain les intrigues de son épouse et de son fils. Elle se lamentera sur la beauté qu'on a dite dans un air fameux : « O don fatal ! »

L'autre borgne, plus célèbre encore, de l'opéra, c'est Wotan, le roi des dieux, qui perdit un œil bien avant que commence le *Ring* de Wagner, lorsqu'il voulut assurer sa puissance par la grâce d'Erda, qui deviendra la mère des Walkyries et qui, déesse de la terre, est sage de toute la sagesse du monde. L'admirable bandeau noir ornant le visage de Donald McIntyre, qui jouait Wotan dans la *Tétralogie* mise en scène par Patrice Chéreau à Bayreuth à partir de 1976, fait aujourd'hui partie de notre légende intime de l'opéra.

Boris Godounov

Modeste Moussorgski. Livret du compositeur d'après Pouchkine et Karamzin

Saint-Pétersbourg, 1872, 1874, 1896

L'histoire de la composition et des représentations du chef-d'œuvre de Moussorgski est particulièrement compliquée puisque au moins quatre versions de l'œuvre furent successivement proposées. Simplifions. À la mort de Moussorgski, après 1881, Rimski-Korsakov révisa, élagua, édulcora peut-être aussi *Boris Godounov* et c'est cette version qui fut donnée en 1896. Plus récemment, c'est Chostakovitch qui offrit lui aussi une version révisée de *Boris*... Pendant longtemps, c'est la version Rimski-Korsakov qui fut le plus souvent donnée, notamment en 1899 avec l'immense basse russe Chaliapine.

Boris Godounov représente le sommet de l'opéra russe. On y voit l'ascension et la chute du tsar Godounov, arrivé au pouvoir par le meurtre de l'héritier légitime de la couronne, le jeune Dimitri. L'action se déroule de 1598 à 1605. Boris prend le pouvoir sous les acclamations du peuple, mais régnera dans la hantise du crime qu'il a commis. L'angoisse qui va peu à peu s'emparer de lui deviendra d'autant plus forte qu'un « faux Dimitri » va se mettre en tête de faire valoir ses droits à la couronne. Ayant entendu le moine Pimène raconter l'accession au trône de Boris, un jeune moine ambitieux verra là le moyen de parvenir aussi au pouvoir. Poursuivi par la police du tsar, le faux Dimitri se réfugie en Pologne où il gagne à sa cause une autre ambitieuse, la princesse Marina. Manipulée par le jésuite Rangoni, qui espère voir là l'occasion de remplacer la religion orthodoxe par le catholicisme, Marina a en effet accepté, au cours de l'acte dit « polonais », d'épouser Dimitri.

À la tête d'une armée composite, suivi de Marina et de jésuites avec leurs ostensoirs, Dimitri se dirige vers Moscou. Là, la Douma, l'assemblée des boyards, se réunit pour préparer la résistance au faux Dimitri. Le prince Chouiski, autre manipulateur, raconte aux

boyards qu'il a vu Boris sur le point de perdre l'esprit. Et le tsar, en effet, est bien au bord de la folie. Celle-ci s'abat définitivement sur lui lorsque le moine Pimène vient raconter en public ce qu'il a vu lors de la mort du vrai Dimitri. Du coup, l'esprit de Boris chancelle définitivement. Il fait appeler son fils, Féodor ; sa fille, Xenia, et c'est la grande scène de la mort de Boris.

L'œuvre s'achève comme elle a commencé dans son prologue, avec le peuple russe au premier rang de l'histoire. Le faux Dimitri s'approche de Moscou. Les combats vont commencer. On tuera le petit Féodor. Il semble que Dimitri ait épousé Xenia, pour être lui-même bientôt assassiné par Chouiski. Mais tout cela, c'est une autre histoire... Seul au premier plan, quand les hordes soldatesques sont passées, un simple d'esprit, l'Innocent, répète sa plainte : « Malheur et douleur, toujours, lamentations. Peuple russe, pauvre peuple affamé... »

Le peuple russe : c'est bien lui, en effet, le personnage principal de la musique de Moussorgski. Avec le tsar Boris, naturellement. Et pourtant, chacun des autres personnages est admirablement caractérisé. Ainsi la musique de l'acte dit « polonais », les duos entre l'insidieux Rangoni et la sensuelle Marina, puis entre Marina qui désire le pouvoir et Dimitri qui veut à la fois le pouvoir et Marina, sont d'une intensité érotique étonnante. En sens inverse, les scènes de foules, les deux grandes scènes où Boris sent la folie s'approcher (scène dite « du Carillon »), puis voit la mort venir, constituent des sommets de la musique lyrique de tous les temps. C'est dire que *Boris Godounov* est avant tout un opéra de chef d'orchestre et de basse.

On a nommé Chaliapine : toutes les grandes basses du monde se sont essayées dans le rôle de Boris. Rarement, aussi, une œuvre de cette envergure a été autant enregistrée. Que ce soit dans le monde entier ou à Moscou, à Saint-Pétersbourg, le fief même de Boris. Ou encore en Bulgarie, berceau de grands et formidables Boris. Ce sont, récemment, les dernières versions de Valery Gergiev, à la tête de l'orchestre du Kirov, qui apportent à la discographie borisienne la touche d'authenticité la plus certaine. Une version Rostropovitch, avec Ruggero Raimondi, admirable chanteur mais pas forcément l'un des plus grands Boris de son temps, et Galina Vichnievskaia, Mme Rostropovitch dans la vie, est encore considérée comme une référence occidentale. Mais c'est, pour l'essentiel, vers les grands enregistrements du Bolchoï de Moscou, dans les années 60, avec un Ivan Petrov triomphant, que l'on voudra se retourner. Ou, c'est notre goût et nous savons bien que nous sommes peu nombreux à le partager, l'étonnante version dirigée en 1962 à Paris par André Cluytens, dans laquelle Boris Christoff, la grande basse bulgare, chantait tout. Ou presque. Il est naturellement Boris, mais il est aussi Pimène, le moine visionnaire. Et encore Varlaam, le moine débauché, compagnon du faux Dimitri. Capable de moduler ses intonations en fonction de chacun des trois rôles, Boris Christoff accomplit là un tour de force.

Mais on évoquera d'autres Boris. D'abord, celui qui fut notre première découverte. Un vieux disque 78-tours où Chaliapine chantait la scène « du Carillon ». C'était une maison de vacances, on y passait de longs étés. Entre les chansons de Mireille et de Pils et Tabet (« Ce petit chemin qui sent la noisette » et le « Jardinier qui boite »), oui, on écoutait aussi Chaliapine. C'est d'ailleurs dans la même maison qu'on a découvert une très ancienne photo d'un groupe de boyards hilares, coiffés d'énormes chapkas. Ils étaient figurants dans une représentation donnée au Palais Garnier dans les années 20 ou 30. Le plus jeune d'entre eux, une tête de boyard enfant, le plus rigolard aussi, était mon père. Étudiant à Paris, il se faisait ainsi un peu d'argent, en un temps où, sans crainte des foudres syndicales, le directeur de la grande maison pouvait embaucher ses amis.

Autre souvenir, étrange, celui de plusieurs actes polonais, notamment à Paris la mise en scène de Petrika Ionesco, où de voluptueuses dames nues entouraient une Marina plus que vénéneuse. De même, dans le film réalisé par Andrzej Zulawski — une commande de Daniel Toscan du Plantier —, dirigée par Rostropovitch, Marina elle-même était nue, dans des volutes de dentelles... Dans les deux cas, c'était probablement pour mieux témoigner de la débauche catholique polonaise face à la grandeur du peuple russe ! Dans le même film de Zulawski, Bernard Lefort, qui fut un grand don Juan avant de couper court à une carrière de chanteur pour devenir directeur d'opéra, au Festival d'Aix-en-Provence puis au Palais Garnier, jouait le rôle de Pimène, chanté, il est vrai, par Paul Plishka. Aveugle et déchiré, le regard de notre ami Bernard dans ce rôle était presque insoutenable.

Borkh, Inge (née en 1917)
Soprano allemande

Qui n'a vu Inge Borkh sur une scène de théâtre chanter *Salomé* ou *Elektra*, de Strauss, ne sait pas ce qu'est une grande tragédienne lyrique en action. Car, tragédienne, Inge Borkh l'a peut-être été plus que toute autre au cours du demi-siècle écoulé. Elle est née à Mannheim en 1917, mais sa mère était juive, comme tant d'autres elle dut quitter l'Allemagne en 1935. Genève d'abord, puis Vienne, de nouveau la Suisse. Chanteuse, soprano immense, Inge Borkh l'est à coup sûr. Mais, après avoir tâté du cabaret, c'est d'abord au théâtre qu'elle a fait ses débuts. Très vite, elle est aussi danseuse, chanteuse enfin. Et quelle chanteuse ! Cette formidable personnalité, très haute, très grande, très carrée, possède une voix d'une puissance inouïe, d'un timbre capable des plus grandes douceurs, Salomé qui implore l'amour de Iokanaan ; comme des plus formidables fureurs : Elektra qui danse à mort sa joie furieuse. C'est, en effet, à ces deux rôles, les deux premiers grands opéras de Strauss, que le nom d'Inge Borkh est par excellence lié. Il faut l'avoir vue se désarticuler, au bord de l'orgasme, lorsque son frère bien-aimé, Oreste, a enfin égorgé la mère infâme, Clytemnestre. Dirigée par Dimitri Mitropoulos ou par Karl Böhm, elle atteint des paroxysmes d'une violence inouïe. Mais on n'oubliera pas qu'elle fut aussi une grande Teinturière dans *La Femme sans ombre.* Sa tendresse déchirée, haletante, y est à proprement parler déchirante. Elle a pu chanter également Sieglinde, l'Agathe du *Freischütz* de Weber, voire la noire Églantine, dans l'*Euryanthe* du même Weber : elle reste et restera pour nous, pour l'éternité, la plus grande Elektra que nous ayons connue.

Boulez, Pierre (né en 1925)
Compositeur et chef d'orchestre français

Nous ne nous hasarderons pas à parler de la musique de Boulez. C'est tout juste si nous constaterons que l'aveuglement avec lequel, en un temps, nous avons pu admirer cette musique nous a conduit, avec une belle naïveté, à ignorer tout un pan de la musique du XXe siècle qui ne ressemblait pas à la sienne. Avec quel sourire entendu évoquions-nous les noms de Britten ou de Chostakovitch ! Dieu merci, nous sommes revenu de ces errements-là, et Britten a pris pour nous la place qui lui revient parmi les plus grands compositeurs du XXe siècle. Mais c'est de Boulez chef d'orchestre que nous voulons parler ici. Car Boulez est aussi l'un des plus grands chefs de la deuxième moitié du XXe siècle.

Quatre moments forts, dès lors, de Boulez dirigeant un opéra. D'abord, naturellement, Pierre Boulez à Bayreuth de 1966 à 1968. Trois années miraculeuses où, dans la grande mise en scène de Wieland Wagner, Boulez dirige un *Parsifal* exemplaire. Il le reprendra en 1970, deux enregistrements nous en sont restés. La version jadis pirate de 1966 est un stupéfiant témoignage de l'art de Sándor Konya, l'un des plus lumineux Parsifal de son temps. Lumineuse, la direction d'orchestre de Boulez l'est aussi, infiniment fouillée, infiniment précise, élégiaque aussi. La légende veut que Boulez, réputé pour ses tempi très lents, ait donné à Bayreuth un *Parsifal* qui durait exactement une heure de moins que celui d'Arturo Toscanini, connu pourtant pour sa fougue. Deuxième grand souvenir boulézien à l'opéra : *Pelléas et Mélisande* à Londres. Dans des décors d'une inquiétante transparence, Elisabeth Söderström y était avec lui une Mélisande forcément coupable. Peu de chose à dire sur son Pelléas, à la prononciation française par trop déficiente, mais un Golaud bouleversant, Donald McIntyre, complétait une distribution à laquelle Boulez réussissait à insuffler une tension dramatique étonnante. Troisième souvenir, le *Ring* du centenaire à Bayreuth, bien sûr. Sur ces cinq années de bonheur parfait, peut-être le spectacle le plus émouvant que nous ayons vu dans toute une vie d'amateur d'opéra, nous n'avons rien d'autre à dire que ce que l'on en écrit dans l'entrée de ce dictionnaire consacrée à la *Tétralogie.* La tension que Boulez a su faire régner sur la scène du Festspielhaus en même temps que son attention à chaque notation du compositeur sont littéralement fascinantes. Enfin, Boulez conduisant au Palais Garnier en 1979 la première de la version en trois actes de la *Lulu* de Berg. Mais on n'oubliera pas non plus son *Wozzeck* de 1963, mis en scène par Jean-Louis Barrault. Sans aucun effet dramatique, sans jamais forcer la musique de Berg au-delà de ce qu'elle signifie dans sa rigueur tragique, Boulez a su donner une image lumineuse de la douleur des hommes. Lumineuse car, ne fût-ce que parce que Marie berce à deux reprises un enfant, il y a quelque part, au bout du chemin de croix, une manière de lumière. Cette lumière, on a le sentiment qu'elle traverse l'œuvre de bout en bout. Boulez, tyran du goût musical français pendant trente ans, peut-être. Boulez compositeur, certes. Boulez chef d'orchestre : l'un des plus grands de ces dernières décennies.

Bourgeois, Jacques (1918-1996)
Critique français

Avec André Tubeuf, c'est à Jacques Bourgeois que nous sommes redevable de tout ce que nous avons pu aimer d'opéra en un temps où il était de bon ton, en France, de railler les spectacles comme la clientèle du Palais Garnier ou de la salle Favart. Parfait connaisseur de la voix humaine, connaisseur surtout de tous ceux qui ont fait l'histoire de l'opéra, Jacques Bourgeois était un personnage d'un autre temps. D'une élégance un peu affectée, admirables chemises à plis sinon à jabot ; smokings à cols de velours, une chevelure remarquablement taillée qu'il entretint avec d'autant plus de soin que, ses cheveux ayant disparu, il eut recours à un jeu fascinant de produits de remplacement, Jacques Bourgeois irritait ceux qui ne le connaissaient guère ou peut-être aussi ceux qui le connaissaient souvent trop. Mais pour les autres, c'était un ami d'une drôlerie sans pareille et d'une culture musicale sans faille. Ses interventions à la fameuse « Tribune des critiques de disques », qui réunissait Antoine Goléa, Armand Panigel et quelques autres grandes vieilles barbes de la critique française, étaient des moments d'humour et d'émotion. Mais c'est par sa participation régulière au journal *Arts-Spectacles*, hebdomadaire fameux qui apprit à toute une jeunesse française à mépriser un certain cinéma dit de qualité au bénéfice d'une nouvelle vague qui renversait tout sur son passage, qu'il enflamma pour l'opéra une génération d'adolescents, sous le regard ironique de leurs familles. Avec son ami Éric Dechamps, c'est lui qui a supervisé la traduction et l'adaptation française de l'un des premiers dictionnaires de l'opéra jamais publiés en France, celui de Harold Rosenthal et John Warrack. L'édition britannique date de 1964, celle qu'en produisit la librairie Arthème Fayard, par la grâce de Jacques Bourgeois, a été publiée en 1974. Beaucoup de choses se sont passées depuis, mais ce solide volume in octavo, relié de faux cuir rouge, 420 pages sur deux colonnes, a constitué une manière de bible pour tous ceux qui, comme nous et en ces années-là, voulaient en savoir davantage. Plus tard, et avec une autre dimension, la traduction du *Dictionnaire* de Kobbé, parue pour la première fois au Royaume-Uni en 1922 et traduit en France en 1980, complétera utilement l'œuvre de Jacques Bourgeois. On l'a déjà dit, ou on le dira encore : l'histoire de l'opéra n'est pas faite seulement des grands chefs et des divas, des œuvres immortelles et des metteurs en scène de génie, mais aussi d'une poignée de petites mains (Jacques Bourgeois aurait sûrement aimé se voir qualifier ainsi...) qui ont fait autant pour sa diffusion que bien des entreprises commerciales spécialisées et autrement plus lourdes.

Branchu, Alexandrine Caroline (1780-1850)
Soprano française

Encore une passion berliozienne ! Mme Branchu, née au Cap-Français (Saint-Domingue), est la chanteuse qui a fait découvrir la déclamation lyrique gluckienne au jeune Hector Berlioz, tout juste arrivé à Paris et pour qui *Iphigénie en Tauride* fut un temps l'œuvre suprême. Mais la même fantastique tragédienne a aussi chanté Cherubini, l'ennemi intime de

Berlioz, et surtout *La Vestale* de Spontini, le modèle vivant du même Berlioz. Grande et solide, « Madame Branchu », comme ne cessa de l'appeler Berlioz, était née pour un type de rôle : ceux où la déclamation et un phrasé superbe vont de pair avec une grande voix de soprano lyrique. Elle se retira de la scène en 1826. Berlioz raconte à son ami Edouard Rocher que lors de sa dernière apparition, dans *Olympie*, on lui remit une couronne de diamants d'un grand prix tandis que la salle « s'écroulait » sous les applaudissements. C'est Talma — avec le chanteur berliozien Derivis — qui posa sur la tête de l'illustre cantatrice ladite couronne. Un an plus tard, bourgeoisement, elle mariait sa fille, et Berlioz, encore lui, était de la noce.

Britten, Benjamin (1913-1976)

Compositeur anglais

Pendant des années d'obscurantisme, voire des décennies, il fut interdit en France aux amateurs purs et durs de musique contemporaine d'écouter du Britten. La musique du grand compositeur britannique n'avait pas l'onction de ceux qui, au lendemain de la Deuxième Guerre mondiale, tentèrent d'établir un nouvel ordre musical où tout ce qui ne correspondait pas à des critères strictement définis entre Paris, et disons, Donaueschingen, devait être rejeté sans appel. C'est pour cela qu'il a fallu longtemps au public français pour pouvoir admirer sans partage l'une des œuvres les plus importantes, précisément, de cette deuxième moitié du XXe siècle. Britten a écrit de la musique de chambre, de la musique religieuse, de nombreuses mélodies, en a transcrit d'autres, et son œuvre lyrique, dans le strict domaine de l'opéra, est impressionnante. Il y parle une langue à la fois poétique et rude, souvent très crue. Depuis un *Paul Bunyan*, qui date de 1941 et où, longtemps, le compositeur ne voulut pas se reconnaître, jusqu'à son dernier *Mort à Venise* (1973), la carrière de Britten n'est faite que d'éclatantes réussites. Peut-être sa *Gloriana*, composée à l'occasion du couronnement de la reine Elizabeth II, fut-elle moins chaleureusement applaudie. Ou son *Viol de Lucrèce*, encore que Kathleen Ferrier, qui n'aimait guère s'engager sur une scène, y fût bouleversante. C'est avec *Peter Grimes* que commence vraiment l'œuvre lyrique de Benjamin Britten. Son propos est d'y décrire le thème de l'étranger, de l'homme venu d'ailleurs, de l'homme seul, de celui qui ne ressemble à personne. Chez *Peter Grimes*, c'est un pêcheur qui tue, en somme, ce qu'il aime ; dans *Billy Budd*, c'est un jeune marin adoré par tout l'équipage et par son capitaine, qui devra pourtant mourir car telle est la loi du bord. Avec *Peter Grimes*, c'est sûrement *Le Tour d'écrou* (*The Turn of the Screw*) qui est son œuvre la plus populaire. Là aussi, innocence et corruption vont de pair, dans une admirable restitution de l'atmosphère des romans de Henry James. Nous sommes allé au Festival d'Aldeburg, que Britten créa en 1948 avec Eric Crozier et Peter Pears, son compagnon de toujours. Sur les côtes désolées du Suffolk, on se trouve à des années-lumière des festivals mondains : seuls quelques happy few connurent longtemps ce qui était presque une adresse secrète dans l'éventail à tout faire des festivals du monde entier. Souvenirs, alors, des *maltings* et de leurs toits aux formes coniques qui parsèment cette partie de l'Angleterre. Quelques disques admirables, avec quelques-uns des plus grands solistes du monde, nous sont restés en témoignage des années Britten à Aldeburg. À sa mort, nous assistâmes à un service donné en son honneur dans une église londonienne. Peter Pears, ténor admirable et son compagnon, y fut bouleversant. À deux pas d'Eaton Square, ses hautes maisons et ses grands arbres, tout le monde de la musique anglaise s'était donné rendez-vous.

Brownlee, John (1900-1961)
Baryton australien

John Brownlee, trop tôt disparu, a été un baryton impeccable. Un point, c'est tout. Mais à une époque où le « mal canto » s'étendait à bien des scènes lyriques, c'était déjà beaucoup. Pourtant, si John Brownlee fait partie de nos chanteurs mythiques, c'est parce que c'est lui qui enregistra le rôle de don Juan, dans la version réalisée à Glyndebourne en 1936 par Fritz Busch. À la tête d'une distribution qui est entrée dans la légende, il a ainsi été pour nous le premier don Juan. Comme Mariano Stabile, le Falstaff préféré de Toscanini, il fait partie de ces don Juan mythiques, à l'élégance peut-être d'un autre temps. C'était un temps où l'on ne cherchait guère d'arrière-plan psychanalytique aux personnages d'opéra. Son don Juan était simplement un séducteur, il fallait l'entendre murmurer à Zerline : « La ci darem la mano... » Toutes les petites filles en auraient défailli, Zerlinetta la première.

Brua, Claire (née en 1966)
Mezzo-soprano française

Claire Brua est née à Nice, elle est revenue y vivre. Entre-temps, elle a beaucoup voyagé. On l'a croisée pour la première fois à la Villa Médicis, à Rome, dans une soirée donnée par Les Arts florissants sous la belle loggia, dans les bruissements de l'eau d'une fontaine, quelques cigales encore et le fracas lointain, hélas, d'une route à circulation rapide en contrebas. Claire Brua est une merveilleuse interprète de mélodies. Elle a notamment participé à une intégrale des mélodies de Ravel publiée chez Naxos. Elle a été la *Didon* de Cavalli, la Minerve et la Vénus de *Castor et Pollux*, de Rameau. Mais c'est surtout dans les rôles de travesti qu'on l'adore, tour à tour Annio et Sesto de *La Clémence de Titus* sous la direction de Jean-Claude Malgoire au théâtre des Champs-Élysées. Claire Brua fait partie de ces chanteurs qui veulent découvrir de nouvelles musiques... Avec son amie, la soprano Sophie Marin-Degor, elle a formé un duo qui se produit un peu partout en Europe, chantant des musiques légères, légères... Elles sont « Les Demoiselles de... » — et on les aime toutes deux également. Claire Brua est longue, fine, brune, sa gorge est délicate, elle boit des tisanes au miel.

Bruscantini, Sesto (1919-2003)
Basse baryton italien

L'une des pièces essentielles sur l'échiquier du théâtre lyrique italien pendant plus d'un demi-siècle. Il aurait chanté plus de 130 rôles, excellent Alfonso de *Cosi fan tutte*, Leporello de poids, basse bouffe mais aussi Rigoletto, Renato ou Iago. Mais Bruscantini fut d'abord un rossinien de premier plan d'une immense drôlerie, déchaînant la folie la plus folle autour de lui.

Bülow, Hans von (1830-1894)
Chef d'orchestre et pianiste allemand

Hans von Bülow était étudiant en droit. Il entendit *Lohengrin* dirigé par Liszt à Weimar et décida de tout abandonner pour se placer sous l'aile redoutable de Wagner. À Zurich, il travailla avec le maître. En 1851, il étudia le piano avec Liszt, puis épousa sa fille, Cosima. On sait ce qu'il advint de cette union : Wagner, dont il dirigea les premières de *Tristan* en 1865 et des *Maîtres chanteurs* en 1868, lui vola non seulement son âme, mais sa femme. Cosima von Bülow, fille de Liszt et de Marie d'Agout, devint la seconde femme de Wagner. C'est elle dont la silhouette redoutable va planer pendant près d'un demi-siècle sur le petit monde de Bayreuth. Bülow, sur lequel on a beaucoup écrit, quitta Munich et la Bavière pour diriger un peu partout à travers l'Allemagne... On notera que c'est lui qui présenta à Wagner Hans Richter, qui devait créer à Bayreuth en 1876 une première intégrale du *Ring* que Bülow, naturellement, aurait dû diriger... Hans von Bülow, ou le mari trompé pour la plus grande gloire de l'histoire de la musique. Chapeau bas !

Busch, Fritz (1890-1951)

Chef d'orchestre allemand

Encore une fois, nos souvenirs de Glyndebourne vont envahir ce volume. Car c'est parce que, tour à tour directeur de la musique à l'Opéra de Stuttgart, à celui de Dresde qui connut avec lui des heures de gloire, Fritz Busch quitta l'Allemagne en 1933 que l'histoire de la représentation d'opéras en Europe a pris un tour nouveau. Après un passage à Buenos Aires, Fritz Busch s'est, en effet, installé en 1934 à Glyndebourne, accueilli par John Christie, le maître des lieux, pour y fonder un festival qui dure encore aujourd'hui. La première équipe de Glyndebourne était constituée de Busch, chef d'orchestre, de Carl Ebert, metteur en scène, et de Rudolf Bing, qui devait devenir un directeur fameux du Met de New York. Tous les trois exilés de l'Allemagne nazie, ils ont créé une légende. C'est grâce à Busch qu'a vu le jour un enregistrement du *Don Juan* de Mozart sur lequel nous sommes tellement nombreux à avoir fait nos classes que, plus d'un demi-siècle après sa mort, nous lui en gardons toujours la même reconnaissance. Avec une équipe prestigieuse, il réalisa le tour de force d'imposer au monde une vision nouvelle des trois opéras de Mozart sur les livrets de Da Ponte. Une musique et une action vivantes, le travail d'un groupe soudé, aucune très grande voix mais des sacrées voix, tout de même ! Busch a dirigé également Wagner et Verdi. On lui doit notamment un *Bal masqué* enregistré en allemand en 1951 avec Martha Mödl, à contre-emploi et superbe en Ulrica, et, surtout, un jeune Dietrich Fischer-Dieskau souverain. Mais c'est au *Don Juan* de 1936, encore et toujours, que nous reviendrons : combien d'exemplaires du coffret prodigieux avons-nous littéralement usés, à les écouter et les écouter encore ?

Caballé, Montserrat (née en 1933)
Soprano espagnole

La grande diva du répertoire italien des années 1960 à 1980, à peu près en même temps que... Joan Sutherland. Sa carrière commence d'abord le mieux du monde, sans excès. On l'applaudit à Bâle, à Brême, au Mexique, on l'ovationne à Barcelone. Et voilà que, en 1965, elle remplace Marilyn Horne quelques heures avant une soirée de concert de la *Lucrèce Borgia* de Donizetti. C'est à New York, l'ovation devient un triomphe, Montserrat Caballé, elle, devient Marguerite dans le *Faust* de Gounod au Metropolitan. Le reste, c'est une succession de réussites exemplaires, de formidables rendez-vous avec un public qui ne se lasse pas d'une voix inépuisable, à la perfection technique sans faille, aux notes filées douces, légères, aériennes. Nous avons longtemps aimé passionnément Montserrat Caballé. Elle a épousé le ténor Barnabé Marti, et s'est obstinée à vouloir le faire chanter avec elle. Mais, à l'opéra, *Fidelio* nous a appris jusqu'où pouvait aller l'amour conjugal. Nous le lui avons pardonné. Pour le reste, Caballé chante tout ce que nous aimons, de *La Traviata* à *Norma*, Bellini, Donizetti, Rossini. Nous n'avons pas oublié l'extraordinaire duo, à la limite de l'ironie, qu'elle formait avec Marilyn Horne (parfaitement guérie et qui ne lui avait pas tenu rigueur de la soirée de 1965 à New York) dans une production du *Tancrède*, de Rossini, due au flair de Bernard Lefort à Aix-en-Provence. Le public, debout, n'en finissait pas de les acclamer toutes deux. Cela tenait de l'art lyrique à son sommet, oui, mais aussi du numéro de music-hall, cuirasses d'argent et trucs en plumes, un grand moment de l'histoire de l'opéra vu par le petit bout de la lorgnette de ce fichu public aixois — dont nous sommes, naturellement ! D'une stature imposante, Montserrat Caballé s'est imposée dans tous les rôles les plus émouvants du répertoire. C'est si beau de pleurer avec elle dans *Adrienne Lecouvreur* ou lorsque avec ses aigus sublimes elle nous file les dernières notes de l'« Addio del passato... » de *La Traviata*. Un soir, dans je ne sais plus quelle *Norma* à l'Opéra de Paris, nous nous sommes pourtant un peu ennuyé avec elle. Mais qu'on n'aille pas imaginer le pire : un peu seulement...

Calisto (La)

Francesco Cavalli. Livret de Giovanni Faustini d'après Ovide

Venise, 1652

Sept ans après *L'Ormindo*, Cavalli donnait au théâtre Sant'Apollinare de Venise une autre œuvre majeure, sa *Calisto*. Trois ans après le même *Ormindo*, Raymond Leppard dirigeait cette *Calisto* au Festival de Glyndebourne. Une autre œuvre clé dans l'itinéraire de tout amateur d'art lyrique, et plus particulièrement dans la découverte qu'en ces années, aujourd'hui si lointaines, on a pu faire alors de l'opéra baroque. La distribution de 1970 fut éblouissante : Janet Baker, Ileana Cotrubas, James Bowman, et l'alors déjà inusable Hughes Cuenod. Plus encore que *L'Ormindo* que nous avions donc vu, ce fut un coup de foudre. Nous vivions alors à Londres, c'était le temps des Festivals de Glyndebourne gagnés dans une MG verte étincelante, des moments d'une étonnante innocence.

C'est probablement Tiepolo qui nous a laissé l'une des plus fascinantes, l'une des plus inquiétantes aussi, représentations de cette *Calisto*, selon Ovide. L'histoire d'une jeune nymphe de la suite de Diane qui, ayant fauté avec Jupiter, se retrouve enceinte. La peinture de Tiepolo, dans l'une des dernières salles de la galerie de l'Académie à Venise, est beaucoup plus sombre que les ciels lumineux auxquels le maître d'Udine nous a habitués. Dans une sorte de caverne crépusculaire, la petite nymphe attend le jugement de Diane. Dans la même salle, sur le mur opposé, c'est la même atmosphère fantastique et terrifiante qui accompagne la transformation d'Actéon en cerf que les chiens de la chaste déesse vont dévorer. Dans l'opéra de Cavalli, Calisto devient tout simplement la Petite Ourse, dans un ciel de nuit que n'a jamais peint Tiepolo. La grandeur de Janet Baker, face à l'émouvante Ileana Cotrubas, demeure un grand moment de notre histoire d'amour avec le Festival de Glyndebourne.

Callas, Maria (1923-1973)
(Maria Kalogeropoulos, épouse Meneghini)
Soprano grecque

On a tout dit sur Maria Callas. Tout dit et le reste : beaucoup trop. On a torché des biographies, nous-même le premier ; on a bâclé des films ; monté des pièces bancales ; rassemblé un peu partout toujours les mêmes photographies ; fait parler des témoins qui n'avaient rien à dire ; donné la parole à d'autres qui ne nous disaient rien. Aussi, aujourd'hui, nous n'oserons plus parler à nouveau de Callas. Nous nous souviendrons seulement que la vie de Callas n'a été qu'une histoire d'amour dont nous avons fait une légende.

Est-ce qu'à dix-sept ou dix-huit ans elle s'est vraiment dit qu'elle voulait être la plus grande chanteuse de son temps, Callas ? Est-ce qu'elle les a vraiment écoutés et réécoutés sans fin, ces disques de Claudia Muzio, de Rosa Ponselle — les « plus grandes chanteuses de leur temps » à elles — en se promettant qu'à son tour elle chanterait Bellini et Verdi comme nulle, jusqu'alors, ne l'avait fait ? On nous la raconte à douze ans, cette grosse petite fille aux nattes noires, en train d'écouter *Lucia di Lammermoor* ou d'apprendre, toute seule, des airs de *Carmen* : vrai ou faux ? Peut-être simplement la légende qu'on construit après coup.

Et si c'était vrai ? Si la légende dorée — rouge et or : la couleur des rideaux de scène, celle des loges à la Scala — n'était que le reflet, le miroir de la vie ? Ou, mieux encore, si la vie de Callas avait fini par se plier aux détours les plus flamboyants de sa légende ? Il suffit qu'on veuille le croire, et dès lors tout paraît très simple. Oui, Callas a été cette enfant prodige qui gagnait des radio-crochets à New York ou à Chicago. Oui, pendant ses années de guerre, en Grèce, elle a travaillé nuit et jour tout Rossini et tout Donizetti, alors si parfaitement ignorés, avec Elvira de Hidalgo, un professeur qui avait déchiffré en elle le génie. Oui, elle a fait passer avant tout le reste son chant, son art, sa voix, sa volonté aveugle de réinventer l'opéra. Et pour y parvenir, elle a tout sacrifié, tout accepté. Pour être la première chanteuse, la première tragédienne de son temps, elle s'est abandonnée à un Destin qu'elle s'était choisi tout autant qu'il l'avait désignée.

Ainsi Callas nous apparaît-elle soudain comme l'héroïne d'un opéra inventé par elle et pour elle. Comme une femme solitaire, égarée dans un monde d'hommes où les hommes demandent aux femmes de chanter et d'être belles pour eux, de toucher au sublime et de les faire pleurer — dussent-elles en mourir. Un monde où les hommes — autant de Pygmalions qui brûlent leurs Galatées pour assouvir leurs plaisirs — construisent, modèlent, décident, ordonnent, disposent. Un monde où la femme doit s'effacer — on l'adore, n'est-ce pas ? — et servir. Et Callas a tout accepté. C'est à cette Callas-là qu'il faut savoir s'attacher, à travers les mille et un épisodes d'une vie quotidienne qu'on a voulue scandaleuse, mais aussi tout au long de l'histoire d'une voix. Car jamais deux vies ne se sont trouvées aussi étroitement confondues, imbriquées l'une dans l'autre, que celle de cette femme et celle de son chant. De New York à Athènes, d'Athènes à New York — puis à Venise, à Milan, à Londres, à Paris... —, Callas défraie toutes les chroniques. Elle est la « tigresse », la « prima donna capricieuse », elle gravit un à un les échelons du succès, domine et foudroie pour être, enfin, la chanteuse la plus célèbre du monde. Mais sa voix, la chronique de sa voix, les hauts et les bas de son chant, ses triomphes et ses chutes, c'est aussi la même histoire. Et lorsqu'elle apparaît sur une scène et que son chant s'élève, nous attendons ces airs de *Norma*, ou de *Tosca*, « Casta diva », « Vissi d'arte » avec autant d'angoisse — y sera-t-elle semblable à sa légende ? — que nous mettons de curiosité malsaine, par presse interposée, à la suivre en Grèce sur un yacht avec Onassis, ou à lui voir claquer sa porte au nez de photographes sur un rugissement superbe. Callas, une femme, donc, une voix. Avec ses sublimes et ses terribles angoisses. Mais une femme et une voix que, dès le premier jour, nous avons voulu asservir à notre plaisir — nous : les hommes, les directeurs d'opéras comme le public. D'où cette fuite en avant éperdue d'une femme et d'une voix, avec un groupe d'hommes autour d'elle, qui harassent, qui déchirent, qui épuisent et qui, à la fin, vont se voiler la face au moment de la mort.

Pourquoi Callas est-elle Callas ? Parce qu'elle a réinventé l'opéra. Parce qu'elle a renoué avec un art du chant qui avait été oublié — ou négligé — depuis des dizaines d'années. Et parce qu'elle a découvert, la première depuis longtemps, que l'opéra, c'était aussi le théâtre. Parce que, au-delà du phénomène vocal qu'était Maria Callas, de sa musicalité, de son timbre, de ses couleurs, il y a une tragédienne qui, au même titre que Wieland Wagner, à peine quelques années auparavant, a ouvert une voie nouvelle au théâtre lyrique. Une actrice qui a montré autre chose.

Après Callas, on a pu chanter l'opéra différemment.

Capriccio

Richard Strauss. Livret de Clemens Krauss

Munich, 1942

« Une conversation musicale en un acte », le *Capriccio* de Strauss est peut-être, avec l'*Ariane à Naxos* du même compositeur, l'œuvre la plus sophistiquée de tout le répertoire lyrique. Pas moins de quatre écrivains participèrent à l'élaboration du livret : Stefan Zweig, alors en exil pour cause de ce que l'on sait ; Josef Gregor, qui devait devenir le deuxième librettiste attitré de Strauss ; Clemens Krauss et Strauss lui-même. Au départ, il y a une idée : celle d'un « divertissement théâtral » de Salieri : « Prima la musica e poi le parole » — d'abord la musique et ensuite les mots. C'était une réflexion intelligente et animée, amusante aussi, on l'imagine, sur la primauté du texte ou de la musique dans une œuvre lyrique. On comprend l'intérêt qu'un Strauss a pu lui porter. Finalement, incapable de vraiment travailler sur le sujet avec Zweig ou Gregor, c'est avec le seul Clemens Krauss, son chef d'orchestre préféré, que Strauss a pu créer, en 1942, sa conversation musicale. La distribution en était dominée par Viorica Ursuleac, qui jouait le rôle de la comtesse Madeleine, et par le fulgurant Hans Hotter.

C'est bien d'une conversation qu'il s'agit. Courtisée par deux artistes, un musicien et un poète, Flamand et Olivier, la belle comtesse Madeleine hésite entre les deux hommes. Or, ceux-ci sont en train de préparer un divertissement musical pour célébrer son anniversaire. Assauts de galanterie et joutes artistiques : Olivier compose un poème, Flamand se l'approprie et le met en musique. D'où l'idée de la comtesse Madeleine de transformer l'aventure qu'elle est en train de vivre dans un salon en un véritable opéra. On le voit, il s'agit, en somme, d'une reprise du thème du Prologue d'*Ariane à Naxos*. Mais ce serait un prologue de plus de deux heures de musique, de paroles, donc, mais aussi de charme ininterrompu. Pratiquant l'art du pastiche à son degré le plus noble, Strauss s'amuse et nous enchante. La comtesse, Olivier, Flamand, La Roche, qui est un maître de musique, une prima donna, un ténor dissertent tour à tour, avec humour et parfois sagesse, sur la primauté de la parole sur la musique. Ou du contraire. Le frère de la comtesse, un sage, finira par disparaître avec l'actrice Clairon, venue pour prendre part au divertissement. Quant à la comtesse Madeleine, incapable de choisir entre les mots et les notes, pas plus qu'elle n'est capable de choisir entre Olivier et Flamand, elle achèvera l'opéra par un superbe monologue, plein de sagesse, de tendresse et d'espérance en l'œuvre d'art à venir.

Capriccio fait peut-être partie de ces œuvres pour « happy few » où seuls les vrais amateurs d'opéra, purs et doux, savent se reconnaître. Pourtant, des moments — on n'oserait dire des airs... — tels que la lecture puis la mise en musique du sonnet d'Olivier et Flamand, dont le thème revient comme une manière de leitmotiv pendant toute une partie de l'œuvre ; ou, naturellement, le monologue final, sont des moments d'enchantement pur. Après Viorica Ursuleac, la comtesse Madeleine a été l'un des trois rôles ultimes et mythiques d'Elisabeth Schwarzkopf. Aujourd'hui c'est Felicity Lott qui a repris le flambeau. Mais on n'aurait garde d'oublier, en des temps révolus, une représentation du *Capriccio* de Strauss sur la scène de l'Opéra-Comique, où la Française Berthe Monmart eu l'audace de chanter la Comtesse en français, en alternance avec Elisabeth Schwarzkopf. C'était en 1962. Était-ce d'ailleurs vraiment en français ? Qu'importe : pendant quelques heures de grâce, Berthe Monmart, dont on veut se souvenir ici, fut l'égale des plus grandes.

On ajoutera qu'il faut voir ce *Capriccio*-là dans un cadre qui soit à la mesure de ce qu'il nous raconte. Et quel plus bel écrin pour lui que le Festival de Glyndebourne ? À Glyndebourne, la comtesse Madeleine est chez elle. Tour à tour, Elisabeth Söderström et, naturellement Felicity Lott nous y ont fait rêver de musiques légères comme des soupirs. Entre les déclarations d'amour d'Olivier et Flamand, en pique-niquant dans l'herbe très verte. Sur la scène, des décors 1930, jusqu'à une automobile de ces années-là, nous montraient que, située au XVIIIe siècle, l'intrigue de *Capriccio* est hors du temps. Près de nous, une jeune fille qui s'appelait Cordelia découvrait, pas si loin de Mozart en somme qui était son paradis, une autre forme de bonheur. Hier encore, en clôture de son règne à Paris, Hugues Gall nous a donné un

Capriccio de charme. Oserons-nous dire que la « charmante » Renée Fleming déployait trop de charme, de rondeur, de tendresse, là où une Schwarzkopf nous offrait charme, certes, mais aussi un humour délicieux, un esprit pétillant ?

Capulets et les Montaigus (Les)

(I Capuleti e i Montecchi)

Vincenzo Bellini. Livret de Felice Romani

Milan, 1825

Pour évoquer le cinquième opéra de Bellini, on cédera d'abord la parole à Berlioz, qui le vit à Florence en 1831 et le rapporte au chapitre 35 de ses Mémoires : « Je courus au théâtre de la Pergola. Les choristes nombreux qui couvraient la scène me parurent assez bons, leurs voix sonores et mordantes... Les personnages se présentèrent successivement et chantèrent tous faux, à l'exception de deux femmes, dont l'une, *grande et forte*, remplissait le rôle de *Juliette*, et l'autre, *petite et grêle*, celui de *Roméo.* — Pour la troisième ou quatrième fois après Zingarelli et Vaccai, encore écrire un *Roméo* pour une femme !... Mais, au nom de Dieu, est-il donc décidé que l'amant de Juliette doit paraître dépourvu des attributs de la virilité ? Est-il un enfant, celui qui, en trois pas, perce le cœur du *furieux Tybalt, le héros de l'escrime*, et qui, plus tard, après avoir brisé les portes du tombeau de sa maîtresse, d'un bras dédaigneux, étend mort sur les degrés du monument le comte Pâris qui l'a provoqué ?... Trouverait-on que l'effet musical de deux voix féminines est le meilleur ?... Faites donc jouer tous les rôles par des soprani ou des contralti. Moïse et Othello ne seront pas beaucoup plus étranges avec une voix flûtée que ne l'est Roméo. Mais il faut en prendre son parti ; la composition de l'ouvrage va me dédommager...

« Quel désappointement !!! Dans le libretto, il n'y a point de bal chez Capulet, point de Mercutio, point de nourrice babillarde, point d'ermite grave et calme, point de scène au balcon, point de sublime monologue pour Juliette recevant la fiole de l'ermite, point de duo dans la cellule entre Roméo banni et l'ermite désolé, point de Shakespeare, rien ; un ouvrage manqué. Et c'est un grand poète, pourtant, c'est Félix Romani, que les habitudes mesquines des théâtres lyriques d'Italie ont contraint à découper un si pauvre libretto dans le chef-d'œuvre shakespearien !

« Le musicien, toutefois, assure fort belle une des deux principales situations ; à la fin d'un acte, les deux amants, séparés de force par leurs parents furieux, s'échappent un instant des bras qui les retiennent et s'écrient en s'embrassant : “Nous nous reverrons aux cieux.” Bellini a mis, sur les paroles qui expriment cette idée, une phrase d'un mouvement vif, passionné, pleine d'élan, et chantée *à l'unisson* par les deux personnages... J'avoue que j'ai été remué à l'improviste et que j'ai applaudi avec transport... »

Ainsi, en dépit de l'absurdité qu'il y a, selon Berlioz (et l'on doit bien reconnaître que celui-ci n'a pas totalement tort...) à faire chanter le vaillant Roméo par une frêle créature en face d'une volumineuse Juliette, l'auteur de la *Symphonie fantastique*, si acharné à décrier l'opéra italien, n'en a pas moins été sensible à la musique de Bellini. D'ailleurs, si absurdité il y a, elle conduit pourtant à l'écriture suprêmement habile d'un rôle d'homme pour mezzo-soprano. Nous sommes ici loin de la grande tradition des beaux et jeunes travestis mozartiens. Le Roméo de Bellini est en fait, encore une fois n'en déplaise à Berlioz, beaucoup plus viril et vigoureux qu'un Sesto de *La Clémence de Titus*. Quant à la trahison de Shakespeare, il faut bien reconnaître que la tradition de *Roméo et Juliette* remonte bien plus loin que la pièce de Shakespeare. Felice Romani, grand poète selon Berlioz, a donc puisé plus dans l'histoire de Vérone que dans la tragédie shakespearienne. On remarquera, enfin, ce qui ajoute au caractère composite des *Capulets*, qu'une grande partie de la musique de Bellini vient d'une œuvre immédiatement antérieure, son *Zaïre*, très mal reçue à Parme et dont il s'empressera de réutiliser dix morceaux. Cerise sur le gâteau de cette composition de bric et de broc, lorsque Maria Malibran chantera le rôle de Roméo à Londres en 1829 puis à la Scala en 1834, elle remplacera le deuxième acte de l'opéra de Bellini par celui de la *Giulietta è Romeo* de Vaccai ! Que tout cela ne nous empêche pas d'admirer, comme Berlioz, le grand duo du premier acte dont la musique, par moments réellement extatique, s'inscrit parmi les grands duos d'amour de l'histoire de l'opéra. Et puis quelle jeunesse ! quelle ingénuité ! On peut d'ailleurs voir dans l'opéra de Bellini, comme dans le *Roméo et Juliette* de Gounod, une manière d'hymne à la jeunesse. Que le Roméo imaginé par Bellini soit chanté par un voix de femme joliment grave ne nous gêne en rien. Janet Baker a ainsi été un splendide Roméo avant-hier, comme hier Vesselina Kasarova ou Danielo Barcellona dans la belle production de Robert Carsen, toutes épées d'argent fichées au sol au pied d'un rideau pourpre, à l'Opéra-Bastille. Et quand c'est un ténor qui se hasarde dans le rôle — pas de nom... —, on est un peu déçu.

Carmen

Georges Bizet. Livret d'Henri Meilhac et Ludovic Halévy d'après Mérimée

Paris, 1875

Carmen, ou l'opéra des opéras. L'œuvre lyrique la plus jouée dans le monde. De la séguedille à l'air dit « du Toréador », de la fleur qu'elle lui avait donnée à la Habanera, l'amour est certes un oiseau rebelle mais Carmen la plus belle rebelle du théâtre lyrique de tous les temps.

Bien sûr, nous n'allons pas raconter ici *Carmen*. À sa manière, le chef-d'œuvre de Bizet a tout écrasé sur son passage, y compris les autres opéras de Bizet et la *Carmen* originale, celle de Prosper Mérimée. Lorsque, dans l'intéressante expérience d'une *Car-*

men réduite à quatre personnages et à moins qu'un orchestre que monta Peter Brook dans le décor grandiose, nu et dépouillé des Bouffes du Nord, on tente de nous ramener un peu vers l'original, on en est comme surpris. Chaque scène, chaque intervention, chaque parole, presque, du livret nous est tellement familière. Et quand un artiste venu de l'autre bout du monde se croit obligé pour nous plaire, s'il est ténor, de chanter l'air de la fleur une main sur le cœur ; si elle est soprano, de nous dire pour la mille et troisième fois que si nous l'aimons, nous devons prendre garde à elle, nous ne sourions même pas. *Carmen* fait partie du patrimoine français le plus français qui soit, mais aussi du patrimoine musical international de tous les temps. Alors, comme à la messe on attend la fin de l'Introït avant de passer aux choses sérieuses, à *Carmen* on attend que la garde montante remplace la garde descendante et que les cigarières de Séville s'échappent enfin de leur fabrique-prison en s'insultant comme des cigarières ! Au-delà, pourtant, des différentes phases du drame qui commence comme une joyeuse comédie de garnison pour s'achever en tragédie autant classique qu'espagnole, il y a la figure emblématique de Carmen. Carmen, la première femme qui dit non. Qui crie non aux hommes, à tous les hommes. La première femme libre de l'histoire de l'opéra, en somme. La première ? Ce serait peut-être oublier cette coquine de Rosine, du *Barbier de Séville*. Elle aussi, elle se moque de toutes les conventions. Mais, le plus conventionnellement du monde, elle finira par épouser son Almaviva, après avoir fait des pieds de nez à tous les autres. Pire, même si c'est mieux pour nous : elle deviendra la douloureuse comtesse des *Noces de*

Figaro, tout juste capable de tenter de ridiculiser un peu un mari qui la berne depuis le jour des noces. Alors que *Carmen*, c'est autre chose. C'est la volonté d'une femme face à la société des hommes, aux conventions des hommes, à l'amour des hommes, à l'oppression étouffante d'un univers où elle n'a sa place que si elle joue le rôle qu'on lui a assigné lorsqu'on a battu les premières cartes. Les cartes : parlons-en ! C'est parce que Carmen a lu dans les cartes — admirable scène de la carte, au troisième acte de l'opéra — que c'est la mort, la mort, toujours la mort qui s'impose à elle, qu'elle achèvera de décider de son destin.

Pourtant, dès le début, Carmen sait dire non. Même pour les plus petites choses. Et lorsqu'elle chante et qu'on veut la faire taire, elle interroge, sublime d'insolence narquoise : « Je ne parle pas, je chante : il n'est pas interdit de chanter, je pense... ».

C'est dire qu'autour de Carmen, tous les autres personnages apparaissent bien pâles. Don José est un pauvre type amoureux, dont Carmen se joue comme Marlène se joue du professeur Unrath dans *L'Ange bleu.* Ne parlons pas de Micaela, touchante figure d'amour fleur bleue qui pousse ses airs ravissants, seule capable de vraiment nous attendri naïvement dans cette partition de feu. Quant à Escamillo, c'est la caricature même du macho, dont l'odeur de bête en rut ou de bête en sang enivrera un moment Carmen. Mais on devine bien que cette ivresse-là n'aurait pas duré longtemps. Le destin de Carmen, en revanche, est celui du refus, et le refus ne peut s'achever que dans la mort. Dans une très belle production qui a fait le tour du monde après avoir été présentée au Festival d'Edimbourg, Carmen-Berganza vient d'elle-même se jeter sur le couteau de don José-Domingo. Non seulement elle choisit la mort, mais elle se la donne...

Parlons de la musique. Qui donc a écrit : « Hier — me croira-t-on ? — j'ai entendu pour la vingtième fois le chef-d'œuvre de Bizet. Une fois de plus, j'ai, avec un doux recueillement, persévéré jusqu'à la fin, une fois de plus je n'ai pas pris la fuite. Cette victoire sur mon impatience me surprend. Comme une telle œuvre vous rend parfait ! On en devient soi-même un "chef-d'œuvre"... Et, de fait, chaque fois que j'ai entendu *Carmen*, je me suis senti plus philosophe, meilleur philosophe qu'il ne me semble d'habitude : rendu si indulgent, si heureux, si indien, si *rassis*... Rester assis cinq heures de suite : première étape de la sainteté ! Oserai-je le dire, l'orchestration de Bizet est à peu près la seule que je puisse encore supporter. L'autre style d'orchestration qui est actuellement en vogue, le wagnérien, brutal, artificiel et "naïf" tout à la fois, et qui, ainsi, parle simultanément aux trois sens de l'âme moderne... comme il me fait du mal, cet orchestre wagnérien ! Je l'appelle *sirocco.* Il m'en vient de désagréables sueurs. Fini, alors, *pour moi*, le beau temps !

« Mais cette musique-là me semble parfaite. Elle s'avance, légère, souple, polie. Elle est aimable, elle ne *transpire* pas. "Ce qui est bon est léger. Tout ce qui est divin marche d'un pied délicat" : premier principe de mon esthétique. Cette musique est méchante, raffinée, fataliste : elle reste pourtant populaire. Son raffinement est celui d'une race, non d'un individu. Elle est riche. Elle est précise. Elle construit, organise, achève : elle est ainsi l'exact opposé de ce véritable polype musical qu'est "la mélodie continue”. A-t-on jamais entendu sur scène accents plus tragiquement douloureux ? Et comment sont-ils obtenus ? Sans grimaces ! Sans supercherie ! Sans le *mensonge* du grand style ! — Enfin, cette musique tient l’auditeur pour intelligent, et même pour musicien... »

De qui, ce formidable éloge de Bizet et de sa *Carmen* ? Mais de Nietzsche, naturellement. Ce sont les premières lignes de son « Cas Wagner », où le philosophe brûle allègrement ce qu’il a adoré pour élever *Carmen* au pinacle. Et même s’il y a du parti pris dans cette déclaration d’amour, un côté règlement de comptes envers un ancien camarade, les mots de Nietzsche sont d’une infinie justesse. Reste seulement à savoir si *Carmen* peut vous rendre plus philosophe... Mais Nietzsche savait sûrement cela mieux que nous.

Parler, dès lors, du fulgurant succès de *Carmen* à travers le monde, après l’échec de la première, à l’Opéra-Comique de Paris, le 3 mars 1875. Le public, alors, avait trouvé l’œuvre vulgaire... Pauvre public ! Non pas tant vulgaire que sentant, précisément, cette transpiration du sexe, de l’amour et de la mort dont Nietzsche nous dit que la musique de Bizet est pourtant exempte. On avait crié au scandale, c’était le début d’un triomphe. On ne tentera même pas d’évoquer ici la carrière mondiale de *Carmen.* Après Galli-Marié, qui fut la première Carmen, il y a eu Georgette Leblanc, qui, Dieu merci, ne créa pas le rôle de Mélisande ; et Emma Calvé, qui fit ses débuts au Met dans le rôle en 1893. Et tant d’autres... Nous n’en citerons que trois. D’abord Geraldine Farrar, soprano américaine tellement identifiée dans le rôle qu’elle fut la Carmen de Cecil B. DeMille.

Cecil B. DeMille, le metteur en scène des grands spectacles américains au cinéma, qui tourna une *Carmen* en 1915. 1915 : vous avez bien lu, c'est encore, et pour quinze ans, le temps du cinéma muet. Eh bien, Geraldine Farrar était tellement devenue Carmen pour le public américain que c'est elle qui joua le rôle de Carmen dans cette *Carmen*-là.

La deuxième *Carmen* que nous voulons évoquer, c'est Jane Rhodes. Cette très grande soprano française s'est, elle aussi, identifiée au rôle de Carmen. Lorsqu'en 1959 l'œuvre quitta l'Opéra-Comique, où elle était jouée jusque-là, pour gagner la scène du Palais Garnier dans une fastueuse mise en scène de Raymond Rouleau, c'est Jane Rhodes qui fut une étincelante, flamboyante Carmen, sous la direction de celui qui deviendra plus tard son mari, l'ex-jeune chef prodige Roberto Benzi. Notre troisième Carmen, enfin, on l'a déjà évoquée, c'est Teresa Berganza, dans cette *Carmen* façon opéra de chambre, mise en scène par Strehler et dirigée par Claudio Abbado. D'entrée de jeu, la Carmen de Berganza était marquée par le destin. Les rares représentations de cette production, de retour d'ailleurs, pour l'occasion, à l'Opéra-Comique, virent le public se disputer aux portes de la salle Favart les quelques billets que des égarés vendaient sur les marches aux plus offrants. Nous avions vu la production à Edimbourg, nous ne parvînmes pas à la voir à Paris.

Un souvenir, alors, personnel. Lorsque Georg Solti enregistra sa *Carmen* en 1975, l'acteur qui devait jouer le rôle parlé du guide de Micaela disparut soudain, semble-t-il, dans la belle nature. Il était dix heures du matin, on cherchait un guide français pour trois heures de l'après-midi. C'est ainsi que nous

nous retrouvâmes à jouer les guides pour la belle Kiri Te Kanawa, la Micaela de Solti. Janine Reiss était le « coach » français de l'enregistrement, réalisé sous la direction artistique de Christopher Raeburn, pour Decca. L'affaire fut dans le sac en quelques instants, en ce qui concerne Kiri Te Kanawa qui trouvait « redoutable », avec le plus merveilleux des accents néo-zélandais, le rendez-vous dans la montagne où la conduisait le guide en question. En revanche, le pauvre guide dut s'y reprendre à dix ou vingt reprises avant que le coach, aussi impitoyable que la carte qui allait suivre, ne lui donnât son satisfecit. Il est vraisemblable que nous n'avions pas l'accent espagnol... On nous reprochait de parler comme dans le XVIe arrondissement, nous qui n'osons à peine nous y rendre que pour rendre visite à des cousins... Gentiment, bien des années plus tard, un ami de chez Decca effectua une manière de « tiré à part » de la pochette des trois CD, avec notre nom en caractères gros comme ça, suivi, beaucoup plus modestement, des noms de Mmes Troyanos et Te Kanawa, de MM. Domingo et Van Dam.

Un ultime aveu : nous aimons Maria Callas à la folie, nous aimons sa Carmen, cela fait pourtant bien longtemps que nous ne l'avons pas réentendue. Ne pas oublier non plus qu'en 1981, ce fut *Carmen* que les autorités chinoises choisirent comme premier opéra au monde à être dirigé à Pékin par une équipe française. Et chanté en chinois, naturellement. L'enregistrement existe, c'est une curiosité... Dirigé par Jean Périsson, qui fit là-bas un beau voyage...

Ne pas oublier non plus que Georges Bizet mourut trois mois après la création de sa *Carmen*.

Carmen Jones

Bizet et Hammerstein II. Livret de Harry Kleiner d'après Mérimée, Meilhac et Halévy

Otto Preminger : Hollywood, 1954

La plus flamboyante de toutes les versions de *Carmen* au cinéma. Et Dieu sait s'il y en a eu, depuis celle de Cecil B. DeMille en passant par bien d'autres, Christian-Jaque compris. Mais Otto Preminger, c'est autre chose. C'est *Carmen* avec la musique, mais une musique qui n'est pas seulement de Bizet. Et voilà où le bât blessa pendant si longtemps. Oscar Hammerstein II, célèbre compositeur de tant de *musicals* américains, à Broadway comme au cinéma, eut l'idée de transformer *Carmen...* en *musical* ! Puis en film. Le résultat, ce fut d'abord une querelle juridique aberrante, qui vit les héritiers de Bizet s'opposer jusqu'en 1981 à la sortie du film en France et crier à la trahison, alors qu'ils avaient parfaitement admis le *musical* original, avec la musique du grand-père revue par M. Hammerstein et créée à Broadway en

1943. À voir ce qu'on nous inflige si souvent en se drapant du manteau du génie ou du droit du créateur sur tant de scènes contemporaines, on la trouve à présent bien innocente, la trahison de Preminger !

Il est vrai aussi que l'action se transporte dans le sud des États-Unis, que Carmen Jones travaille dans une manufacture de parachutes et que don José s'appelle Joe et qu'il est caporal. Noir de surcroît. Car tous les interprètes sont noirs, dans cette *Carmen*-là. Micaela s'appelle Cindy Lou. Escamillo est devenu Husky Miller, champion de boxe. Tout cela se déroule en Cinémascope, les couleurs sont admirables, les paroles drôles. « Sous les remparts de Séville... » devient « There's a coffee round the corner... ». Et le reste à l'avenant. Carmen s'appelait Dorothy Dandridge. Elle était belle à en mourir, d'ailleurs Dorothy Dandridge mourra vite, dans de très tristes conditions. Son caporal Joe était joué par le chanteur de calypso Harry Belafonte, qui devait, lui, faire une belle carrière dans le film noir américain des années 1950 et 1960. Nous croyons d'ailleurs savoir qu'il chante encore. Naturellement, tous les acteurs étaient doublés, c'était Le Vern, l'un des plus grands Porgy de l'opéra de Gerschwin qui prêtait sa voix à Belafonte, et surtout Marilyn Horne qui était, une fois de plus, Carmen. À l'époque Hutcherson, la *Carmen* de Preminger était au moins la vingtième au cinéma !

Caron, Rose (1857-1930)
Soprano française

Rose Caron était belle, pendant cinq ans nous avons vécu à l'ombre de son portrait, qui semblait nous défier, au mur d'un salon, rue des Petits-Champs. Le tableau est aujourd'hui revenu au musée de l'Opéra de Paris. Rose Caron avait créé le rôle de la *Salammbô* de Reyer : c'est son visage, une coiffure orientale, des yeux au regard d'une intensité étonnante qui nous l'ont rendue si proche. Pour le reste, elle a fait une grande partie de sa carrière sous le signe du grand opéra français, mais aussi de Verdi (Desdémone) et de Wagner (Sieglinde). Il reste peu de chose de sa voix, quelques enregistrements lointains, évanescents, parmi lesquels des extraits du *Sigurd* de Reyer. Ce n'est plus qu'un souffle, mais, répétons-le, elle demeure d'abord un regard.

Carreras, José (né en 1946)
Ténor espagnol

L'un des « Trois Ténors » ! C'est tout dire. Le plus modeste, pourtant. Celui qui paraît toujours en retrait par rapport à ses formidables camarades Pavarotti et Domingo. Et néanmoins, un chanteur à la personnalité attachante, qu'une grave maladie a un moment éloigné de la scène. C'est en 1974, à Londres, que nous l'avons entendu pour la première fois. Il chantait un Alfredo, de *La Traviata*, d'une jeunesse et d'une vibrance étonnantes. À Salzbourg, il a pu être le don Carlos préféré de Karajan. On l'enregistra à l'époque (c'était sur une pauvre audio-cassette, le CD a pris la relève, nous avons perdu les cassettes) aux côtés de Mirella Freni, de Piero Cappuccilli, de Ghiaurov et d'Agnès Baltsa — sans oublier Ruggero Raimondi en Grand Inquisiteur : il est un héros romantique stupéfiant, n'en déplaise à certaines critiques qui le trouvèrent « bien maigre » et manquant de conviction... Son timbre très doux, très pur, lui a permis, après la leucémie qui l'a immobilisé en 1987, de reprendre une carrière d'abord concentrée sur des rôles plus légers, puis, peu à peu, de revenir à tout son répertoire. Il reste pour nous un Werther exemplaire, un André Chénier véritablement poète et c'est lui, tout de même, qui nous a fait connaître le *Roberto Devereux* de Donizetti à Aix-en-Provence — avec rien de moins que Montserrat Caballé en Elisabeth d'Angleterre.

Carsen, Robert (né en 1954)
Metteur en scène canadien

C'est un elfe, c'est Puck, c'est un petit diable qui, depuis près d'une quinzaine d'années, a révolutionné la mise en scène d'opéra. Ceux qui ont assisté à la première de son *Songe d'une nuit d'été*, de Britten, mis en scène au Festival d'Aix-en-Provence, ne sont pas près d'oublier la scène peinte en vert et les petits lits de fer où les comparses venaient piquer un roupillon avant de s'élever vers les cintres. Un peu plus tard, Carsen nous montra un *Orlando* furieux pataugeant dans l'eau claire. Plus tard encore, toujours à Aix, il nous a fait aimer du même amour que jadis certaine *Alcina* mise en scène par Jorge Lavelli, la *Semele* de Haendel : érotisme et humour semblaient s'y faire respectivement des pieds de nez. C'est que, depuis son premier Britten, il en avait fait du chemin, le petit Carsen. Junon ressemblait à Elizabeth II d'Angleterre et l'Union Jack flottait gaiment : après tout, *Semele* (qui n'est pas un opéra mais un oratorio : voir plus bas !) est le plus anglais des chefs-d'œuvre de cet Allemand de Haendel. Mais Caruso n'en est pas resté là. Et pas seulement en France : tout un cycle Puccini au Met de New York. Rien que cela. Plus récemment, d'époustouflants *Contes d'Hoffmann* sur l'immense scène de l'Opéra-Bastille occupée pendant tout le prologue de l'opéra d'Offenbach par un bar qui n'en finissait pas où le malheureux Hoffmann n'en finissait pas, lui, d'attendre et de boire. Carsen est même allé si loin qu'avec la *Rusalka* de Dvorák, il a collé des lits renversés (encore une fois des lits...) aux plafonds qui ont manqué s'écraser sur la scène. On l'a échappé belle, mais ce merveilleux fou de Carsen n'est pas à une plaisanterie près. N'a-t-il pas situé le troisième acte du *Chevalier à la rose* dans un bordel ? Naturellement on l'adore, il est drôle, brillant, on continue à le prendre pour un petit garçon blagueur : on oublie qu'il a cinquante ans !

Caruso, Enrico (1873-1921)
Ténor italien

Caruso, bien sûr : peut-être aurait-on dû commencer par là... Caruso, ou le chant italien dans toute sa gloire. Caruso, ou le bel canto dégénéré jusqu'à la beauté absolue. Caruso, la plus grande voix de ténor de la fin du XIXe siècle et du début du XXe. Caruso, la vedette absolue du Teatro Nuovo de Naples où il fait ses débuts en 1891, à Palerme ensuite et Livourne, Milan enfin. Puis, les États-Unis, la Russie, tout le reste. Entre 1903 et 1920, Caruso fera la gloire du Met de New York. En dix-sept ans, il donnera plus de six cents représentations dans trente-six rôles. Il est, à coup sûr, la première vedette du disque avant que le disque fût, c'est-à-dire du cylindre acoustique. Pieusement, on a conservé tous ses enregistrements. On les a retrouvés d'abord en trente-trois tours, puis, plus nombreux encore, en CD. Ses grands rôles ? Tous les rôles de ténor, ou presque. Il peut être un duc de Mantoue dans *Rigoletto*, d'une légèreté inouïe, en même temps qu'un don José, de *Carmen*, très sombre, désespéré. Il a créé *L'Arlésienne* de Cilea, *Adrienne Lecouvreur*. Mais aussi *Fedora*, de Giordano, et *La Fanciulla del West* de Puccini. Sa célébrité fut telle que son nom est presque entré dans le vocabulaire courant. À combien de braillards redoutables n'a-t-on pas demandé s'ils se prenaient pour Caruso ? Le pauvre Mario Lanza eut la tâche écrasante de l'interpréter dans un film d'un kitsch éblouissant, *Le Grand Caruso*, du plus que respectable Richard Thorpe. Le *Guide des films* de Jean Tulard se borne à cette notule : « D'après la biographie de Caruso rédigée par sa veuve. Les nombreuses chansons interprétées par Lanza tiennent lieu de film. » C'est un peu court pour un film grandiose où de véritables chanteurs tels que Blanche Thebom, Jarmila Novotna ou Giuseppe Valdengo font de surprenantes apparitions.

« Casta diva »

L'air le plus célèbre de la *Norma* de Bellini, et l'un des plus fameux du répertoire lyrique de tous les temps. Debout au milieu de ses prêtres, les cheveux dénoués, le front entouré d'une couronne de verveine et la main armée d'une faucille d'or, nous expliquent les librettistes, la grande prêtresse Norma se place sur la pierre druidique et regarde tout autour d'elle comme inspirée... Commence alors un récitatif véhément : « Sediziose voci... » qui, coupé à deux reprises par des interventions du grand prêtre Oroveso et des chœurs, débouche sur l'air lui-même, après un prélude d'une tendresse infinie qui bouleversa Chopin. L'air s'élève dès lors, d'une immense grandeur, littéralement suspendu hors du temps. Il en existe, au disque, d'innombrables versions depuis les premiers chuchotements et crachotements de l'enregistrement acoustique. Il a aussi, hélas, été détourné à des fins douteuses. Mais Carmen ou la Reine de la nuit de *La Flûte enchantée* ont connu le même destin. Alors, on écoutera sans fin « Casta Diva » chantée par Maria Callas. C'est peut-être un parti pris, on le soutiendra aveuglément. Et l'on précisera : dans la version intégrale de *Norma* de 1954.

Castil-Blaze, François (1784-1857)

Compositeur et plus ou moins musicologue français

L'ennemi intime de Berlioz. C'est lui qui trafiqua quelques-unes des plus grandes œuvres de l'opéra allemand, dont le *Freischütz* qu'il fit jouer en France en 1824 sous le titre *Robin des Bois*. Si forte fut l'impression que fit la musique de Weber sur le jeune

Berlioz qu'il l'admira tout de même, en dépit du ridicule « pasticcio » qu'en avait fait son arrangeur. L'une des spécialités du grand Castil-Blaze (il eut un fils, moins grand que lui...) était de truffer, çà et là, les œuvres des grands de ce monde de petits morceaux de sa petite musique à lui. Castil-Blaze faisait partie des personnalités incontournables du XIXe siècle musical français. Il semble bien qu'on ait aujourd'hui tourné la page.

Cavalleria rusticana

Pietro Mascagni. Livret de Giovanni Targioni-Tozzetti et Guido Menaschi

Rome, 1890

Traduit littéralement par « Chevalerie rustique », *Cavalleria* est probablement, avec le *Paillasse (I Pagliacci)* de Leoncavallo, le prototype de l'opéra vériste.

Vérisme : on pourrait dire aussi réalisme, l'expression simple, voire brutale des sentiments ; le refus de l'or et des paillettes de la grande tradition lyrique ; le souci de montrer le peuple au peuple... *Cavalleria*, c'est bien tout cela. L'œuvre, très courte (moins d'une heure un quart), est un drame de la jalousie pour une fois à quatre personnages. Turiddu, le coq du village, est aimé de Santuzza, qu'il a aimée. Mais il tourne maintenant autour de Lola, épouse d'Alfio, un charretier. Folle de douleur lorsqu'elle se rend compte qu'elle a perdu son Turiddu probablement à jamais, Santuzza va tout raconter à Alfio. Sur la place du village où se déroule l'action, à l'heure de la grand-messe, les deux hommes vont s'affronter et c'est Turiddu qui va mourir. Il ne reste plus à Santuzza qu'à pleurer son amour perdu et sa propre trahison dans les bras de Mamma Lucia, cinquième personnage de cette tragédie villageoise, la mère trop compréhensive de ce fier-à-bras de Turiddu.

Le succès de la première représentation, à Rome, le 17 mai 1890, au Teatro Costanzi fut sans pareil. C'est tout juste si les applaudissements et les rappels ne durèrent pas aussi longtemps que l'œuvre elle-même. Dans le demi-siècle qui allait suivre, *Cavalleria rusticana* demeurerait fermement accroché aux affiches de tous les opéras du monde. Puis, peu à peu, le goût pour un vérisme que d'aucuns confondaient avec bel canto, alors qu'il s'agit bien souvent des coups de gueule d'un mal canto viscéral, finit par lasser un public qui tourna résolument le dos à ce passé si proche, devenu presque vulgaire, pour se plonger avec ivresse dans les raffinements sophistiqués de l'opéra baroque. On simplifie, naturellement, l'évolution des choses mais c'est vrai que, d'année en année, les productions de *Cavalleria rusticana* se raréfient. Et pourtant, quel rôle que celui de cette Santuzza amoureuse et jalouse, jalouse et déchirée, déchirée et qui trahit son amour. Emma Calvé à Londres, Calvé encore à New York, suivie d'Emmy Destin, de Rosa Ponselle et d'Elisabeth Rethberg à New York, ont également enthousiasmé les foules. L'interminable liste des reprises à l'Opéra-Comique de Paris témoigne de la même folie passionnée, amoureuse, pour un chant qui est ce qu'il est, mais qu'on ne saurait jeter aux orties car il a cessé de plaire aux oreilles délicates de nos nouveaux amateurs d'opéra. On l'avouera : l'intermezzo et la scène finale qu'il précède sont d'une prodigieuse intensité dramatique. Et nous ne sommes pas près d'oublier l'enregistrement dirigé par Mascagni lui-même en 1938, avec la harangue du compositeur interpellant le public avant l'ouverture. Nous n'oublierons pas non plus que c'est dans le rôle de Santuzza qu'une Maria Callas de dix-neuf ans a fait quelques-uns de ses premiers pas à l'Opéra d'Athènes. Elle s'appelait alors Maria Kalogeropoulos et devait chanter aussi Tosca et la Léonore de *Fidelio*. Nous nous souviendrons enfin qu'une Leonie Rysanek ne méprisait pas tant que cela la musique du cher Mascagni...

Dans la plupart des productions données au cours du XXe siècle, le sort de *Cavalleria rusticana* était inéluctablement lié à celui du *Paillasse* de Leoncavallo, généralement joué en même temps que l'opéra de Mascagni. Une production fameuse de Covent Garden proposa même aux spectateurs les deux œuvres données dans le même décor de la même place de village du Mezzogiorno italien. Après tout, la jalousie bien connue des Siciliens et autres Calabrais peut sûrement engendrer deux meurtres au même endroit en deux fois une heure un quart. Car on meurt aussi, et brutalement, dans *Paillasse*.

Cebotari, Maria (1910-1949)

Soprano autrichienne d'origine russe

Encore une de ces chanteuses foudroyées qui, depuis la mort de Maria Malibran, font de l'histoire de l'opéra une histoire d'amour, de femmes, de mort et de sang. Maria Cebotari a fait ses débuts à l'Opéra de Dresde en 1931. L'un des premiers opéras d'Allemagne alors, sinon du monde. C'est là qu'elle a créé le rôle d'Aminta, cette coquine d'héroïne de *La Femme silencieuse*, de Richard Strauss. À partir de 1936, elle a rejoint l'Opéra de Berlin. En 1944, l'Opéra de Vienne. Et puis elle est morte. Nous avons connu Cebotari à travers quelques-uns de ces vieux disques Urania, que nous cherchions passionnément dans les boîtes des disquaires à la fin des années 1950. Deux témoignages, surtout, nous sont restés d'elle. Tous les deux chantés en allemand, tous les deux de l'opéra italien. Dans des extraits d'une *Traviata*, aux côtés de Heinrich Schlusnus et de Helge Roswaenge, elle était une Violetta déjà en train de mourir du mal qui allait l'emporter. La hardiesse de sa jeune voix faisait des merveilles dans les pyrotechnies toutes verdiennes du premier acte. Son « Addio del passato » était, au quatrième acte, plus que prémonitoire. Et c'est par la force de sa conviction dans des duos d'une *Butterfly*, toujours avec le même Roswaenge, qu'elle parvenait, amoureuse de ce salopard de Pinkerton, à nous le rendre presque sympathique. On imagine que Cebotari, aurait-elle vécu plus longtemps, aurait suivi les traces d'une Irmgard Seefried : toutes deux appartenaient à cette catégorie de voix de femmes, sinon d'héroïnes, que l'on pourrait qualifier de touchantes amoureuses.

Cenerentola (La) *(Cendrillon)*

Gioacchino Rossini. Livret de Jacopo Ferreti

Rome, 1817

Nous sommes nombreux à avoir une tendresse bien particulière pour cette *Cenerentola* de Rossini. Nous sommes quelques-uns, aussi, à oser quelquefois l'avouer : eh oui, nous préférons la pauvre petite Cendrillon devenue princesse par la grâce, non plus, d'une bonne fée, mais d'un philosophe tenant de l'esprit des Lumières, à cette coquine et coquette de Rosine, du *Barbier de Séville.* Angelina, notre Cenerentola, est née un an après Rosine. Elle est pourtant plus sage que son aînée ! Empruntant à Charles Perrault les grandes lignes d'une intrigue dont ils se joueront allègrement, Rossini et son librettiste nous racontent, en effet, une histoire tout à fait touchante. D'ailleurs, si les deux rôles de Rosine et d'Angelina sont écrits pour des voix graves, Rosine, mezzo par excellence, peut être chantée par une soprano. Ce n'est pas le cas d'Angelina, écrite, à l'origine, pour une véritable voix de contralto.

D'entrée de jeu, l'atmosphère est donnée par la première ariette d'Angelina, dont le livret nous précise qu'elle est chantée « sur un ton serein ». Sereine et résignée, Angelina l'est bien, en effet, lorsqu'elle nous raconte comment. « Una volta c'era un re... », il était une fois un roi qui se lassa de chercher seul mais à force de chercher, il finit par trouver... Parfaitement sublime, cette courte musique reviendra à plusieurs reprises en manière de leitmotiv tout au long de l'œuvre. Et c'est parce que Angelina chante son « Una volta... » que nous aimons, d'entrée de jeu nous aussi, la Cendrillon de Rossini. Pourtant, comme le *Barbier*, l'œuvre peut bien sûr nous faire rire. Les deux méchantes sœurs sont des caricatures que le maestro de Pesaro fait virevolter comme des marionnettes ridicules, agitées par une musique d'une incroyable drôlerie. Leur père, le pompeux don Magnifico, est grandiose de grandiloquence et de lâcheté satisfaite.

Si *La Cenerentola* n'a pas connu ce caractère d'éternité qui fait du *Barbier de Séville* non seulement l'œuvre la plus célèbre de Rossini, mais aussi l'une des plus connues du théâtre lyrique de tous les temps, elle a, on l'a dit, son public de fervents admirateurs. Musset versait des larmes d'émotion quand la Malibran chantait Angelina.

On évoquera, dès lors, deux productions, qui nous sont toutes deux très chères. D'abord celle de Jean-Pierre Ponnelle, créée à la Scala de Milan en 1973. Dans une atmosphère de comédie musicale à l'américaine, que l'on retrouva transportée au Palais Garnier, Teresa Berganza et Lucia Valentini-Terrani y faisaient des merveilles. Plus tard, Nicolas Joël en donna une production à Aix-en-Provence où la Cenerentola de la même Lucia Valentini-Terrani, robe claire sur la façade d'un superbe hôtel aixois du XVIIIe siècle, nous a peut-être ému plus encore.

Teresa Berganza ou Lucia Valentini-Terrani : pour nous, les deux Angelina d'une vie. Lucia Valentini-Terrani est morte trop tôt. Teresa Berganza nous enchante toujours...

Chaliapine, Féodor (1873-1928)

Basse russe

Il est à l'opéra russe ce qu'est Caruso à l'opéra italien : la basse absolue. Et comme celui de Caruso, son nom est presque entré dans le langage courant, pour évoquer une voix sombre, profonde. D'origine paysanne, sans instruction, il fit une fulgurante carrière très vite internationale et, à moins de trente ans, chantait déjà à la Scala, un peu plus tard au Met de New York. Bien sûr, il est d'abord Boris, mais aussi Ivan le Terrible ou le Prince Igor. Le film de Pabst, *Don Quichotte*, nous le montre dans toute sa grandeur, chantant des mélodies de Jacques Ibert, admirables, mais qui auraient pu aussi être de Ravel, puisque Ravel écrivit ces trois chansons de « Don Quichotte » pour lui et pour ce film. Chaliapine est une légende que le disque nous a admirablement préservée.

Charton-Demeur, Anne (1824-1892)

Soprano française

L'une des principales interprètes du grand opéra français dans ses années de gloire. L'une de celles, aussi, qui le chanta avec le plus d'éclat à l'étranger, notamment à Londres où elle participa à de nombreuses créations. Mais c'est parce que c'est elle qui chanta pour la première fois Béatrice dans *Béatrice et Bénédict*, en 1862 et Didon, dans *Les Troyens à Carthage* en 1863, que Mme Charton-Demeur est chère à notre cœur. Et c'est aussi parce qu'elle fut l'une des plus fidèles amies de Berlioz, qu'elle accompagna jusqu'au soir de sa vie, jusque dans ses moments de plus grande tristesse, qu'elle occupe une place à part dans notre panthéon idéal du chant français, aux côtés d'une Malibran hier, d'une Régine Crespin aujourd'hui.

Charvet, Jean-Loup (1956-1988)
Contre-ténor et musicien français

On veut ici rendre hommage à Jean-Loup Charvet, musicologue et chanteur, pensionnaire de la Villa Médicis où il travailla pendant deux ans sur le thème des « Larmes dans la musique du XVIe et du XVIIe siècle ». John Dowland ou Louis Couperin, Joseph Chabançeau de la Barre ou Michel Lambert : Charvet savait lire les larmes entre les notes. C'est auprès du contre-ténor James Bowman qu'il avait appris tout un répertoire, souvent peu connu en France. Il a chanté l'*Orfeo* de Monteverdi à l'Opéra de Lyon, le *Tamerlan* de Haendel au Festival d'Utrecht, il a publié un ouvrage passionnant à Actes Sud : *L'Éloquence des larmes*, puis il est mort très vite. On voulait se souvenir de lui...

Château de Barbe-Bleue (Le)
Béla Bartók. Livret de Béla Balalz

Budapest, 1918

La scène se déroule à Aix-en-Provence en 1998. Il va être dix heures du soir, la salle du théâtre de l'Archevêché glisse doucement vers la nuit. Le ciel est encore un peu clair, des hirondelles en zèbrent l'espace au-dessus des spectateurs. La tension est extrême, l'œuvre ne dure que cinquante-cinq minutes, chacun attend un miracle. Et le miracle va se produire. Pierre Boulez s'avance vers le pupitre. C'est lui qui va diriger l'œuvre de Béla Bartók. Le silence est absolu, seule une dernière hirondelle... Le chef illustre étend la main, et c'est un premier craquement. Le plancher qui craque, des pas qui se déplacent, on dirait quelque chose qu'on roule ou qu'on pousse. La musique de Bartok s'élève, naturellement, mais dans un brouhaha insolent. Le miracle, oui... Car on a eu la bonne idée de demander à Pierre Boulez de diriger *Le Château de Barbe-Bleue*, mais dans une version agrémentée, tels les opéras ballets du XVIIIe siècle, d'une chorégraphie de la grande Pina Bausch. Et c'est naturellement la catastrophe, parce que la musique arachnéenne de Bartók exige une manière de temps suspendu. Un silence dans le silence. Et voilà qu'une dizaine de danseurs et de danseuses ont fait irruption sur la scène, déployant l'un de ces miracles chorégraphiques auxquels Pina Bausch nous a habitués. Oui : vive Pina Bausch, mais partout ailleurs que pendant une représentation du *Château de Barbe-Bleue* ! Alors, Pierre Boulez aura beau faire, conduire admirablement une musique aimée, Laszlo Bolgar être un duc de Barbe-Bleue souverain, Violetta Urmana une splendide Judith, cette conversation musicale d'une poésie infinie perd toute sa poésie. Ou presque. Aix 1998, *Le Château de Barbe-Bleue*, une fausse bonne idée, un désastreux miracle...

Et pourtant, le *Château* en question est une œuvre mythique, unique dans la création musicale de Bartók. Elle a été créée à Budapest en 1918, jouée en 1922 pour la première fois en Allemagne et en 1938 en France. Depuis le début des années 1960, elle est donnée régulièrement à Paris comme dans les principaux opéras des régions. On se souviendra, à la salle Favart, d'une étonnante production dans des décors délirants du sous-surréaliste français, érotomane démonstratif, Félix Labisse. C'était la grande Berthe Monmart qui chantait Judith, son Barbe-Bleue était Xavier Depraz. Mais c'est surtout un concert, donné en 1981 à la salle Pleyel par Antal Dorati, qui marque l'œuvre pour nous. Un couple éblouissant en était l'illustration parfaite : Julia Varady et son époux, Dietrich Fischer-Dieskau. Avec Fischer-Dieskau, le Barbe-Bleue de légende devenait bien ce qu'il est pour Bartók, un homme sombre et austère, un philosophe enfermé en lui-même. Mais il y avait presque, on osera le dire, en ce collectionneur de femmes, une manière d'humaniste. En 1979, c'est Wolfgang Sawallisch qui dirige le même couple incandescent dans une version enregistrée pour Deutsche Grammophon. Pierre Boulez en avait lui-même dirigé en 1979 une version qui aurait été magnifique, avec un orchestre symphonique de la BBC aux transparences inouïes, une Tatiana Troyanos passionnée, n'eût été un Barbe-Bleue fort peu recommandable en la personne de Siegmund Nimsgern... Revenir sur notre déception d'Aix-en-Provence ? Elle fut énorme, bien peu de nos amis, qui assistèrent comme nous au spectacle, osèrent se l'avouer vraiment.

Chauve-Souris (La) *(Die Fledermaus)*
Johann Strauss. Livret de Haffner et Genée d'après Meilhac et Halévy

Vienne, 1874

La reine des opérettes. L'opérette viennoise par excellence. Celle qui, même un peu tardive, donna en somme naissance à tout le reste. La plus populaire, la plus enchanteresse de toutes les opérettes viennoises. Un mélange de théâtre de boulevard à la française et d'intrigues typiquement viennoises. Un mari trompe sa femme, il veut aller seul au bal. L'épouse s'en doute, elle s'y rendra aussi, déguisée en aristocrate hongroise. L'amant de la jeune femme n'y comprendra rien, qu'on arrête à la place du mari qui devait faire quelques jours de prison pour dettes ou je ne sais plus quoi. La femme de chambre de Madame s'en va aussi au bal danser. Et c'est le grand bal chez un prince Orlofsky où tout le monde se retrouve mais ne se reconnaît pas. Puis le bourgeois condamné à la prison regagne ses pénates, c'est-à-dire la prison, et tout le monde se retrouve encore là. On tire la leçon de l'histoire : ne trompez pas vos femmes, messieurs.

N'abandonnez pas en prison vos amants, mesdames, surtout si c'est à la place d'un autre. Rideau. Et *La Chauve-Souris*, dans tout cela ? Oh ! Une vieille histoire d'un précédent bal où l'on avait laissé perdre dans Vienne, en pleine nuit et déguisé en chauve-souris, celui qui tire les fils des marionnettes de ce soir. Tout cela est léger, léger, ce serait un lieu commun de dire que cela pétille.

Au premier chef de nos souvenirs, un enregistrement, celui dirigé par Karajan, rien que cela, en 1955. Elisabeth Schwarzkopf y était une Rosalinde de rêve, plus Viennoise que nature ; Nicolaï Gedda était son mari, Rita Streich, Adèle, sa caméristе. Et le reste à l'avenant. Tout y était superbe et souriant. En outre, comme c'est souvent le cas lorsqu'on donne *La Chauve-Souris* à Vienne pendant la période des fêtes, le bal chez le prince Orlofsky était parsemé d'invités de marque, les chanteurs de l'Opéra de Vienne présents pour l'occasion. D'où Birgit Nilsson qui chante *My Fair Lady* pour plaire au prince et à ses hôtes, Renata Tebaldi, Teresa Berganza, Mario del Monaco, et beaucoup d'autres. Un enregistrement de rêve, à se procurer de toute urgence.

Aujourd'hui, il est de bon ton d'éteindre les lampions, ou plutôt de les calfeutrer. De nous montrer que ces folies viennoises d'avant la fin d'un monde qui s'écroulerait quelques dizaines d'années plus tard étaient déjà très sombres. D'où la mise en scène de Coline Serreau à l'Opéra de Paris, la croix gammée que l'on n'hésitait pas à faire danser par un ballet de figurants sur le plateau de l'Opéra-Bastille mais que l'on ne pouvait découvrir que du balcon, et les allées et venues sur scène de fantômes habillés en rescapés des camps. Ou la version d'adieu de Gérard Mortier à

Salzbourg, une *Chauve-Souris* plus que crépusculaire, faite de folie, de meurtre et, naturellement, des mille et un signes prémonitoires de l'arrivée au pouvoir du parti nazi. Göring en personne y croisait des roitelets de la phalange espagnole. Le public hua, conspua... Contrairement à l'habitude, l'œuvre était présentée sans sous-titres. Un texte débridé accompagnait ces exercices de style, mais en allemand, nous n'en comprîmes pas la portée sûrement universelle ! Et pourtant nous nous amusâmes, il semble que nous fûmes bien les seuls. En tout état de cause, le public salzbourgeois, horrifié, et singulièrement les Viennois venus là en cohortes serrées, se sentirent insultés au plus profond d'eux-mêmes. C'était peut-être cela le plus drôle. Mais pour le bonheur, revenons à la version Karajan et à son équipe sans pareille.

Chéreau, Patrice (né en 1944)

Metteur en scène français

On ne le répétera jamais assez : le *Ring* du centenaire, présenté à Bayreuth par une équipe française, Patrice Chéreau, donc, Pierre Boulez, Richard Peduzzi et Jacques Schmidt pour les costumes, est l'un des plus beaux, sinon le plus beau spectacle, qu'il nous ait jamais été donné de voir sur une scène. Nous fîmes à cinq reprises, en cinq ans, le pèlerinage de Bayreuth. Nous eûmes même la faiblesse de consacrer un roman au titre wagnérien, *Salue pour moi le monde*, à cette mise en scène de la *Tétralogie* qui servait de toile de fond à une sombre histoire de terrorisme. L'art de Chéreau de faire jouer des chanteurs comme tant d'acteurs ne parviennent à le faire a toujours été stupéfiant. La silhouette brisée d'une Brünnhilde au début du *Crépuscule des dieux*, celle dressée, juvénile, ardente et intransigeante de Siegmund refusant, au deuxième acte de la *Walkyrie*, de gagner le paradis que lui offrent les dieux car il n'y retrouvera pas sa Sieglinde bien-aimée : autant d'images frémissantes d'émotion qui, sur le coup et après coup, notamment à la télévision où des vidéos nous les ont rendus, nous ont toujours laissé haletant. L'art de Patrice Chéreau, au moins autant que celui de Pierre Boulez, réussit à attirer à Bayreuth pendant cinq ans des volées entières d'étourneaux venus de France qui crièrent au miracle puis ne remirent plus les pieds sur la verte colline. C'est cela aussi qu'on appelle le succès. Mais Patrice Chéreau, ce sont encore des *Contes d'Hoffmann* élégiaques et mystérieux de l'Opéra de Paris en 1974, un *Lucio Silla* à la Scala en 1984 et l'un des plus beaux *Wozzeck* qui soient, dirigé en 1992 par Daniel Barenboim. Nous n'avons pas vu son *Don Giovanni* de Salzbourg, on imagine que nous le regrettons. Patrice Chéreau a également été un acteur. Il a même été mime ! Ainsi, lors d'une représentation de *Siegfried*, sur la scène du Festspielhaus de Bayreuth, doubla-t-il au pied levé René Kollo, qui chantait le rôle mais qui s'était blessé à la cheville. Kollo chanta donc en coulisses tandis que Chéreau jouait son Siegfried sur scène. Et nous ne sommes pas près d'oublier cette scène ahurissante qui le fit littéralement tomber sur le derrière après que, de la lame de l'épée, il eut dénoué la cuirasse de Brünnhilde et découvert qu'elle « n'était pas un homme » ! La salle a ri, ce soir-là, mais c'était d'un rire chaleureux, amusé en même temps que stupéfait des mille audaces de ce diable de Français qui continuait à révolutionner Bayreuth.

Chevalier à la rose (Le) *(Der Rosenkavalier)*

Richard Strauss. Livret de Hugo von Hofmannsthal

Dresde, 1911

Au même titre que *Carmen* ou que les grands opéras de Mozart, *Le Chevalier à la rose* est l'une de ces œuvres qui font pour nous de l'opéra ce qu'il est : un monde de bonheurs indicibles, de nostalgie souriante, d'immenses moments de chant très pur. Mais le *Rosenkavalier* c'est aussi quelque chose de plus. Que l'on situe bien, d'abord, le *Chevalier* en question dans l'œuvre de Strauss. Celui-ci était devenu en quelques années l'un des plus célèbres compositeurs d'opéras de son temps pour deux œuvres néo-wagnériennes au post-romantisme déchaîné : *Salomé* et *Elektra*. Mais il était dans une impasse. Comment aller plus loin ? Alors, parce que son ami Hugo von Hofmannsthal lui en donna l'idée, il décida au contraire un fantastique retour en arrière. Mais quel retour ! Et quel regard en arrière ! C'est du côté de Mozart que le Strauss du *Chevalier à la rose* se penche. Mais un Mozart où une déclamation lyrique ininterrompue remplace les airs et les récitatifs ; un Mozart où un gigantesque orchestre, omniprésent, soulève encore plus haut les voix. Ainsi, avec en tête *Les Noces de Figaro*, Strauss va-t-il composer ce qui, aux yeux de tous les amateurs d'opéra, passe pour son chef-d'œuvre. Car c'est Mozart, bien sûr, qui lui a inspiré le personnage de la Maréchale, moins triste pourtant que la Comtesse des

Noces ; c'est Mozart surtout auquel il pense en créant, avec Hofmannsthal, le personnage d'Octavian, dit « Quinquin », réplique tout aussi fougueuse et ardente du page Chérubin. Quant au personnage du baron Ochs, hobereau très titré mais plus fauché encore, il évoque toutes les basses bouffes auxquelles Mozart a pu avoir recours. Qu'on invente là-dessus une fausse vieille coutume viennoise, qu'on agite un peu le tout, et le résultat est un enchantement.

C'est Hofmannsthal qui a imaginé que, dans la Vienne du temps de l'impératrice Marie-Thérèse, un prétendant devait se faire précéder, dans la maison de sa fiancée, par un Chevalier à la rose, porteur d'une rose d'argent, symbole de son amour. D'où la comédie douce-amère qui va suivre. La Maréchale, qualifiée de femme vieillissante — elle a tout juste trente ans... —, est aimée du jeune chevalier Octavian. Le rideau du premier acte se lève sur le désordre d'une chambre à coucher, aucune ambiguïté dans le déshabillé des protagonistes : ils viennent de s'aimer. Quand surgit, les dérangeant presque en pleine action, un vague et encombrant cousin de la Maréchale, le vociférant et volumineux baron Ochs. Débarquant de sa province pour épouser la jeune et jolie Sophie, fille d'un bourgeois enrichi, il a recours aux conseils éclairés de sa cousine viennoise pour lui trouver le chevalier idéal qui portera pour lui la rose. Par jeu, la Maréchale désigne son jeune amant, qui, à l'arrivée de l'intrus, s'est déguisé en femme de chambre patoisante pour tromper l'ennemi. On imagine ce qui suivra : le coup de foudre entre le bel Octavian et la petite Sophie. La fausse jalousie ricanante du baron, presque un duel sur scène, une écorchure à la main du fiancé dupé, puis une gigantesque mascarade. À la fin d'un troisième acte où le baron grotesque a tenté de séduire la fausse chambrière de sa cousine, cette dernière apparaît en majesté, étincelante de beauté, pour offrir au jeune amant qui l'a déjà quittée une petite fiancée toute pure et toute fraîche, cette Sophie von Faninal dont il est tombé amoureux au premier regard.

Peu de personnages ont, dans l'histoire de l'opéra, une intensité dramatique aussi forte que celui de la Maréchale. Le grand monologue dans lequel, au milieu du premier acte et parce qu'un Hippolyte, son coiffeur, a fait d'elle une « vieille femme », elle s'interroge sur son âge, sur ses amours, sur la petite fille qu'elle a été et sur « la vieille Maréchale » — *die alte Marshallin...* — qu'elle est devenue, est l'un des plus beaux chants de femme jamais composés. La scène de la présentation de la rose, aux musiques cristallines, est une manière d'hymne à l'amour, à la jeunesse, cette fois. Des enfants se regardent et vont aussitôt s'aimer. Quant au trio final, célèbre entre tous, il constitue le sommet de l'œuvre de Richard Strauss. Trois voix de femmes, puisque même celui qui fait chavirer le cœur des deux autres est interprété par une femme, conjuguent des accents d'une beauté inouïe. Grandissime, la Maréchale domine les deux autres. Et quand elle se retire, c'est seulement une petite ritournelle émue que les deux nouveaux fiancés vont chanter. Mais la scène entière a touché au prodige.

Prodigieux *Chevalier*, dès lors, que ce *Chevalier*-là. Les grandes Maréchales font partie de l'histoire de l'opéra du XXe siècle. Le rôle a été créé par Margarete Siems. Mais ce fut Lotte Lehmann qui domina la scène dans ce rôle jusqu'à la guerre. Plus tard, Maria Reining,

Elisabeth Schwarzkopf surtout, ont été d'inoubliables Maréchales. En France, Régine Crespin a aussi été du nombre. On citera quelques Octavian inoubliables : Tiana Lemnitz, Sena Jurinac, Christa Ludwig. Et le plus grand des barons Ochs s'est appelé Richard Mayr. Son portrait trône encore dans la salle à manger d'un hôtel de la Linzgasse, à Salzbourg.

Quant à nous, nous ne sommes pas près d'oublier l'histoire de ce jeune homme qui nous ressemblait, parti pour l'Amérique à vingt ans, avec presque pour seul bagage l'enregistrement qu'en donna en 1956 Herbert von Karajan. La distribution en était déjà une légende : Schwarzkopf qu'on a dite, Christa Ludwig, Teresa Stich-Randall en Sophie et Otto Edelmann en baron Ochs. C'était le grand assembleur de talents que fut Walter Legge — M. Schwarzkopf à la ville — qui en avait organisé l'enregistrement. Tout un soir, un professeur de philosophie qui devait connaître son heure de gloire en 1968, Herbert Marcuse, s'était mis au piano pour en chanter tous les rôles. Et déjà nous nous demandions comment le pauvre Octavian pouvait être assez bête pour abandonner la Maréchale pour cette petite oie blanche de Sophie. Combien de *Rosenkavalier* avons-nous pu voir ? Et de Maréchales ? Schwarzkopf, bien sûr. Mais nous ne sommes pas peu fier, presque par hasard, d'avoir pu entendre une autre Maréchale des temps héroïques de l'après-guerre : la grande et bien oubliée Maria Reining. Plus près de nous, par hasard encore, en 1975, nous avons vu sur la scène du Coliseum, à Londres, un trio stupéfiant : Ann Evans (qui devait chanter Brünnhilde à Bayreuth) : une petite Jamaïcaine je crois, divine et gamine, Sandra Browne, qui chantait Octavian ; et, merveilleuse poupée de porcelaine que nous avons souvent aimée en France : Valerie Masterson en Sophie. Ces trois dames chantaient en anglais : nous en avons presque pleuré de bonheur pourtant ! Et ce sont toutes les représentations de cette fabuleuse série du *Chevalier* à l'English National Opera que nous sommes, soir après soir, allé voir, une jeune fille à nos côtés, elle s'appelait Cordelia. Elle, elle pleurait vraiment.

C'était avant-hier. Avant-hier aussi la Maréchale résignée dans les beaux décors de Frigerio, au Palais Garnier : Christa Ludwig quittait la scène, au troisième acte, comme emportée par les feuilles diaprées d'un automne trop vite venu. Hier, c'était Susan Graham en garçon, jambes nues et belle à damner un saint, qui venait de lutiner la tendre Renée Fleming dans la mise en scène de Wernicke à Salzbourg, puis à Paris. Avec le grandiose Franz Hawlata en baron Ochs. En souvenir de la présentation de la rose à Sophie, nous avons cherché dans le monde entier une rose d'argent qui fût aussi belle que celle qui scintillait au deuxième acte de notre *Chevalier*. Mais on n'a trouvé que des choses plates, grisâtres, alors que la rose que reçoit Sophie des mains de son chevalier doit être non d'argent, mais de cristal.

Christie, William (né en 1944)
Chef d'orchestre américain

Par lui, grâce à lui et avec lui, le chant français des vingt dernières années du XXe siècle n'est plus ce qu'il était. Il a fallu un chef d'orchestre américain, diplômé en histoire de l'art de Harvard puis en musicologie de l'École de musique de Yale, brillant claveciniste et amoureux du chant baroque, installé en France depuis le début des années 1970, pour que ce que l'on peut appeler une nouvelle école de chant voie le jour. William Christie est un baroqueux, mais un baroqueux intelligent. Qu'on ne se méprenne pas : par définition, tous les baroqueux sont des gens extrêmement cultivés mais pas toujours d'une grande ouverture d'esprit. Qu'on ne se méprenne pas non plus, beaucoup de nos meilleurs amis sont des baroqueux. Mais William Christie, Bill pour ses amis et pour ceux qui prétendent, souvent à tort, le connaître, a entrepris un travail de résurrection de toute la musique française et italienne de la fin du XVIIe siècle et du XVIIIe siècle d'une rigueur et d'une efficacité remarquables. C'est lui qui a créé Les Arts florissants, qui doivent leur nom à un opéra de Marc-Antoine Charpentier. Dès lors, pour chanter les œuvres de Rossi ou de Jean-Philippe Rameau, Christie voulait des interprètes de premier plan, davantage rompus aux techniques du baroque que la plupart de ceux qui n'en étaient pas des spécialistes durs et purs. D'où la véritable « école » William Christie qui, dès sa fondation en 1979, a permis à plusieurs dizaines de jeunes chanteurs de se familiariser avec un type bien précis d'art lyrique, de s'y spécialiser pour mieux, ensuite, faire autre chose. Des noms ? On les retrouvera, naturellement, au fil de ces pages. On citera, au hasard et de manière purement arbitraire, une Guillemette Laurens, une Véronique Gens, un Jean-Paul Fouchécourt. Mais ils sont tellement plus nombreux. Ainsi, pendant près de trente ans, William Christie et ses Arts florissants, sous la présidence de Catherine Massip, ont-ils revigoré le chant français. Dans le même temps, travaillant avec des metteurs en scène avec lesquels il établit une totale connivence (Jean-Marie Villégier, Robert Carsen...), William Christie a monté en France et dans le monde entier d'éblouissantes productions dont celle, célèbre entre toutes, de l'*Atys* de Lully, en 1987. La chaleur de William Christie, les liens d'amitié, voire de complicité, qu'il parvient à créer avec tous ceux qui se lancent avec lui dans une aventure, fût-elle parfois modeste, parfois grandiose et de longue durée, font de lui l'une des figures centrales de la scène lyrique, ou tout simplement musicale, de notre temps. Capable de la plus grande religiosité en même temps que d'une drôlerie superbe, William Christie ne cesse de nous enchanter, à Paris, à Versailles, à Aix-en-Provence et ailleurs, jusqu'à la Brooklyn Academy of Music où nous l'avons vu déchaîner de formidables rires. Tout récemment encore, il a eu le culot de donner l'un des ultimes chefs-d'œuvre de Rameau, *Les Paladins*, dans une mise en scène hip-hop du chorégraphe José Montalvo — et sur la scène du Palais Garnier, s'il vous plaît ! Trois heures de bonheur pour les grands et de belles images pour les plus petits, des chameaux géants, des éléphants nains, des jolies dames un peu nues et William Christie qui vous menait tout cela avec le sourire, bien sûr.

Christoff, Boris (1914-1993)

Basse bulgare

Une personnalité hors du commun. L'une de ces grandes basses bulgares auxquelles toutes les scènes internationales, et naturellement le disque, ont donné une renommée de premier plan. Une jeunesse difficile, la guerre qui le marque durement puis des débuts à Rome en 1945. Très vite, c'est un *Requiem* de Brahms qui le fait remarquer à la Scala de Milan, il devient presque aussitôt le moine Pimène de *Boris Godounov* et sa carrière s'en va, fulgurante. Dans la foulée d'un Chaliapine, mais aussi de quelques-unes des très grandes basses italiennes de la première moitié du siècle, on l'associera très vite à trois rôles. Trois rôles écrasants, qu'il marquera et qui le marqueront pour nous. D'abord, bien sûr, Boris. Formidable acteur, à la voix point trop grave, il est pourtant un Boris hallucinant. On a pu le voir à la scène, mais on voudrait rappeler ici l'enregistrement du chef-d'œuvre de Moussorgski dirigé par André Cluytens dans lequel Christoff tenait rien de moins que trois rôles. Boris lui-même, Pimène qui rapporte son histoire et Varlaam, le moine paillard. Il est passé beaucoup d'eau sous les ponts de la Volga et de la Neva, d'autres Boris plus puissants se sont peut-être affirmés après lui. Il n'en reste pas moins que la manière dont il était capable de chanter en différenciant si admirablement ces trois rôles de ce *Boris*-là est un véritable tour de force. Deuxième rôle, dans lequel Boris Christoff a excellé : le Méphisto du *Faust* de Gounod. Là aussi, on a pu lui faire des reproches. On a pu le trouver trop truculent, trop ironique. Mais aussi, nous ne sommes pas près d'oublier son entrée en matière, dans l'enregistrement de Cluytens, toujours lui. Son « Me voici, d'où vient ta surprise... » avec un accent bulgare délicieusement francisé, nous hantera longtemps. Enfin, il y a eu Philippe. Le Philippe II de *Don Carlos.* Et là, nous sommes au sommet d'un art parfaitement maîtrisé. Le monologue de Philippe, « Ella giammai m'amó... » est l'un des plus grands moments de tragédie de l'histoire de la musique. Bien sûr, là aussi, nous avons connu d'autres Philippe. Rarement, avec une si belle gravité douloureuse, un mari de théâtre trompé, ou qui se croit trompé, n'a pourtant exprimé une si profonde, une si violente tristesse. Bien sûr, il serait absurde de résumer la carrière de Boris Christoff à trois rôles, il en a chanté une quarantaine. Il a aussi été un incomparable diseur de mélodies russes, naturellement de Moussorgski. Nous le rencontrâmes un jour à Londres chez des amis qu'on en profitera pour citer ici : Thérèse et Tony Mayer, qui firent de leur maison de Ménerbes un foyer de musique vivante. Pendant tout un déjeuner, Boris Christoff et Marion Harewood, qui avait été l'épouse du fondateur de la revue *Opera*, nous racontèrent la vie secrète de Covent Garden et de quelques autres théâtres, qu'ils connaissaient bien.

Ciboulette

Reynaldo Hahn. Livret de Robert de Flers et Francis de Croisset

Paris, 1923

Ciboulette ? Bien sûr, *Ciboulette.* « Moi, j'm'appelle Ciboulette, c'est un nom qui plaît aux garçons... »

Ciboulette : l'un des sommets, peut-être, de l'opérette française, trois actes de bonheur, quatre tableaux d'un plaisir parisien comme on n'ose plus en rêver qu'après une belle soirée, quand on sait que le matin qui vient sera presque aussi beau. C'est dire que les *Ciboulette* se font rares, de nos jours. D'abord, les Halles n'existent plus. Plus de cabaret « Au chien qui fume », les boutiques de fringues et les reproductions à bon marché de tout et n'importe quoi ont remplacé les trognons de choux. Et il faudra se lever de bonne heure pour la retrouver, notre *Ciboulette.* D'ailleurs, à la fin du troisième acte et se croyant abandonnée, Ciboulette, la petite maraîchère des Halles, devient Conchita Ciboulero, jeune chanteuse espagnole qui chante *La Valse des roses* « en français sans aucun accent » !

Reynaldo Hahn, le cher Reynaldo de Marcel Proust, s'en est donné à cœur joie dans cette fête gentiment populaire qui sent bon les roses autant que les choux-fleurs. Et c'est peut-être d'ailleurs parce qu'il s'est tellement amusé avec *Ciboulette* qu'on oublie parfois qu'il a écrit aussi un véritable opéra, *L'Île du Rêve*, « idylle polynésienne », d'après Pierre Loti et donnée à l'Opéra-Comique. Mais aussi un *Marchand de Venise*, à l'Opéra de Paris, s'il vous plaît, en 1935. Et surtout, on oublie l'autre face de Reynaldo Hahn, ses *Chansons grises*, sa musique de chambre, le bonheur surtout qu'il avait à diriger aussi la musique des autres. On oublie qu'il a dirigé *Don Giovanni* lors d'un des premiers Festivals de Salzbourg. Aux côtés de Mahler et de Richard Strauss. C'est tout juste si on se souvient encore de la plus célèbre de ses mélodies : « Si mes vers avaient des ailes ». Pourtant, à écouter *Ciboulette*, on devine, à travers valses et éclats de rire, tout un monde musical intérieur. Ainsi, au-delà du texte de Robert de Flers et de Francis de Croisset, c'est Puccini et sa *Bohême* que Reynaldo Hahn nous cite, avec une délicatesse amusée.

Au-delà du texte ? Robert de Flers était, certes, un somptueux faiseur de livrets. Mais Francis de Croisset, c'était plus encore. Il faut très vite relire sa *Féerie cinghalaise.* Puis, quand bien même Claude Autant-Lara le désavoue, on doit voir le joli film que le metteur en scène du *Diable au corps* réalisa en 1933 sur un scénario de Jacques Prévert. Et surtout, écouter une fois de plus Mady Mesplé, José Van Dam, Nicolaï Gedda, François Le Roux, Colette Alliot-Lugaz emmenés tambour battant dans l'enregistrement de l'opérette réalisée au début des années 1980 par Cyril Diederich. Une fois encore, Mady Mesplé, c'est le bonheur qui chante. Quant aux autres, ils sont tout simplement épatants.

Cid (Le)

Jules Massenet. Livret d'Adolphe d'Ennery, Louis Gallet et Edouard Blau d'après Corneille

Paris, 1885

Grand opéra français : suite et presque fin. C'est Corneille, et la musique qui va avec. Grands effets, déclamations somptueuses et bouillant héros au chant vaillant. On ne parlera ici que de Placido Domingo, qui enregistra le rôle en 1976. Il était au sommet de sa puissance, trop de puissance, peut-être, mais quel chant ! Il faut dire que le rôle a été tenu par les plus grands ténors de leur temps. Écoutons donc Placido Domingo armé chevalier déclamer avec ferveur son

« Ô noble lame étincelante... », et l'on comprendra toute la grandeur héroïque d'un rôle qu'on dirait taillé sur mesure pour lui. Au troisième acte, son « Ô souverain, ô juge, ô père » achève de nous convaincre : Domingo est fait pour chanter *Le Cid* — mais avons-nous vraiment envie d'entendre encore une fois *Le Cid*, fût-il chanté par Domingo ? À ses côtés, dans le même enregistrement, dirigé par une dame dont on ne citera pas le nom, Grace Bumbry est presque aussi enthousiaste sinon enthousiasmante.

Cimarosa, Domenico (1749-1800)
Compositeur italien

À l'article « *Mariage secret* » de ce volume, on retrouvera tout ou presque, sur Cimarosa. Et pourtant, tel de nos amis nous ayant reproché gentiment de ne pas lui consacrer une entrée entière, à lui qui fut probablement, avec quelques ravissantes Milanaises, le meilleur introducteur à l'Italie que Stendhal ait jamais rencontré, nous ne pouvons que céder à son souhait — d'autant que l'ami en question est notre éditeur ! Donc, Domenico Cimarosa est né à Aversa au milieu du XVIIIe siècle, pour s'éteindre à Venise à l'aube du XIXe. Son père était maçon, il mourut très tôt en tombant d'un échafaudage alors qu'il participait à la construction du palais du Capodimonte. Pendant ses études à Naples, peut-être même sous la houlette du grand Piccinni, Domenico se lança très jeune dans la composition de musiques religieuses et surtout d'opéras qui connurent très vite un grand succès. Cimarosa écrivait avec une aisance extrême et composa en une trentaine d'années de carrière près de soixante opéras. Naples, certes, mais toutes les scènes européennes l'accueillirent avec enthousiasme. Vienne était à genoux devant lui. Haydn lui-même dirigea treize opéras de Cimarosa à la cour d'Esterháza. Très influencé à l'origine par la commedia dell'arte, Cimarosa embrassa pourtant tous les genres. Jusqu'au genre républicain avec des *Horaces et Curiaces*, sur un texte de Luigi Rossi. Il en arriva ainsi à se compromettre avec la République Parthénopéenne bonapartiste, échappa de peu à la peine de mort lors du retour du roi de Naples et mourut en exil à Venise sans avoir terminé un ultime opéra, *Artemisia.*

C'est naturellement son *Mariage secret*, *Il Matrimonio segreto*, qui a fait sa gloire. Un mariage d'ailleurs beaucoup moins mozartien que son coup de chapeau aux *Noces de Figaro* pourrait le laisser croire. Mais c'est avec lui qu'il est entré dans la légende et dans la littérature, puisque c'est par lui, redisons-le et reportons-nous à la rubrique en question, qu'un certain Henri Beyle, futur *Milanese*, découvrit passionnément la musique italienne et, accessoirement, pourquoi pas ? Mozart lui-même.

Clémence de Titus (La) *(La Clemenza di Tito)*

Mozart. Livret de Caterino Mazzolà, d'après Métastase

Prague, 1791

Créée trois semaines avant *La Flûte enchantée, La Clémence de Titus* est pourtant le dernier opéra achevé par Mozart. C'est un étrange, superbe regard sur le passé. Une manière de testament. Après avoir inventé l'opéra romantique allemand avec *La Flûte enchantée*, après être allé aussi loin qu'il le pouvait dans le cadre somme toute classique du *dramma giocoso* avec *Don Juan*, le Mozart des dernières semaines revient à l'*opera seria*. En apparence le plus traditionnel, dont son *Idoménée, roi de Crète*, créé en 1781, constitue jusqu'à présent le chef-d'œuvre. Mais tout en renouant avec les racines d'un néoclassicisme absolu, *La Clémence de Titus*, par la brièveté de ses formes, le ciselé rigoureux de l'intrigue comme la maîtrise des airs et des ensembles qui la font progresser, constitue un véritable point de non-retour. *La Clémence de Titus* représente, dès lors, le modèle parfait de l'*opera seria*, genre qui a dominé tout le XVIIIe siècle, seul genre sérieux, en vérité, pour les tenants d'un ordre musical rigoureux.

Le résultat ? Eh bien, c'est une œuvre à la construction parfaite, dont les airs font véritablement progresser l'action, et qui vous a le tracé précis, sans fioritures, d'un dessin au trait : ou le modèle lisse, parfait, d'un camée. J'emprunte la formule à Dominique Fernandez.

Le sujet est emprunté, lui, à l'histoire romaine. Dépitée de n'avoir pu épouser Titus, qui lui a préféré Bérénice, Vitellia, fille de l'empereur Vitellius assassiné, tente de se venger en faisant tuer à son tour Titus. Pour cela, elle se sert de l'amour de Sextus (Sesto), compagnon et favori de l'empereur. Titus déjouera le complot, mais le titre de l'œuvre l'indique, il pardonnera. Aux yeux du public de la fin du XVIIIe siècle, Titus Vespasianus est, en somme, l'incarnation du despote éclairé tel que le louaient les philosophes. L'histoire est donc très simple, les personnages tranchés dès le début. Mais si Titus est émouvant dans son pardon, Vitellia dans sa fureur vengeresse, c'est autour de Sesto que se cristallise notre émotion. De nos jours, le rôle est chanté par des sopranos, ou le plus souvent par des mezzo-sopranos. Yvonne Minton, Teresa Berganza ont été de grands Sesto. De même, Frederica von Stade ou Brigitte Fassbaender. Ces dernières années, c'est la longiligne Anne-Sofie von Otter qui s'est imposée comme le premier Sesto de son temps. La belle Suédoise a pourtant trouvé à présent une rivale dans celle qui s'est bien souvent contentée, dans la même œuvre, du rôle plus secondaire d'Annio : Angelika Kirschlager. La déchirure qui traverse la blonde Autrichienne, lorsqu'elle apprend de la bouche de celle qu'il (qu'elle) aime, la perfide Vitellia, qui joue d'elle comme d'une marionnette, qu'elle (il) doit tuer l'homme qu'elle a servi toute sa vie avec une amitié fervente est à proprement parler déchirante pour le spectateur lui aussi.

Dans un registre totalement différent de celui de Chérubin, qui engendra le Quinquin du *Chevalier à la rose*, Sesto est l'une de ces admirables figures de travesti qui traversent l'histoire de l'opéra. Ambiguïté des gestes, vibrance des élans de haine, d'amour ou d'amitié, l'image de Sesto, le rôle de Sesto domine aisément tout le paysage de l'*opera seria*.

On voudrait ajouter que *La Clémence de Titus* a servi de terrain d'exercice à quelques nouveaux metteurs en scène qui, voulant renouer avec un néoclassicisme dans l'air du temps, ont pu en donner des versions d'une sobriété exemplaire. On pense à K.E. Herrmann, au théâtre de la Monnaie à Bruxelles en 1982. Ou à Jean-Pierre Ponnelle, au Metropolitan de New York en 1985. On n'oubliera pas non plus la beauté du couple Sesto-Vitellia dans la production de Filippo Sanjust, à l'Opéra d'Amsterdam en 1983, les figures de camées, précisément, de Silvia Lindenstrand et de Roberta Alexander — seulement vues en photographie.

Collier, Marie (1927-1971)
Soprano australienne

L'une des plus grandes habituées de la scène du Covent Garden à Londres, où de 1956 à sa mort elle chanta 293 fois au cours de quinze saisons. Une artiste à usage purement britannico-britannique ? Peut-être... Car on a peu connu Marie Collier en-dehors de Londres. Nous pouvons à peine citer un enregistrement officiel d'un opéra chanté par Marie Collier. Et pourtant, Manon Lescaut et Elisabeth de Valois, Aïda, la Lisa de *La Dame de pique*, Gutrune, du côté du *Crépuscule des Dieux*, ou *Chrysothemis* qu'elle a enregistrée dans l'*Elektra* de Strauss dirigé par George Solti — notre seule référence discographique..., Marie Collier a à peu près tout chanté. Mais c'est dans la Marie de *Wozzeck*, et dans *Jenůfa* qu'elle reste, pour nous, inoubliable. Une immense voix, flamboyante, déchirée aussi. Un tempérament de tragédienne exceptionnelle, et une mort de tragédie. Comme la Floria Tosca qu'elle a également chantée, Marie Collier est morte d'une chute mortelle. Est-ce là la raison pour laquelle elle est devenue pour nous un personnage de légende ? L'une de ces héroïnes d'opéra dont le destin est de succomber, qui jouera dans la vie tous ses rôles à la scène ? Peut-être. Mais Marie Collier était aussi celle qui, en 1965, remplaça Maria Callas dans les *Tosca* alors historiques de Covent Garden : Maria Callas, Marie Collier, une histoire d'amour, de mort et d'opéra.

Combat de Tancrède et de Clorinde (Le)

(Il Combattimento di Tancredi e Clorinda)
Claudio Monteverdi. Livret d'après Le Tasse

Venise, 1624

Non, le *Combattimento* n'est pas un opéra. C'est un madrigal, qui trouve sa place dans le superbe huitième livre des « Madrigaux guerriers et amoureux » de Claudio Monteverdi. Pourtant, cette œuvre, si courte, a été donnée du temps de Monteverdi lui-même sous forme d'une représentation théâtrale. Jamais jusque-là le « style représentatif » inventé à Florence dans les dernières années du siècle précédent n'a trouvé une forme aussi concise, serrée, voire haletante. C'est dans le douzième chant de la *Jérusalem libérée* que Le Tasse nous raconte la rencontre fort belle entre Clorinde, la Musulmane, et Tancrède, le guerrier chrétien qui l'aime. Mais le chrétien ne reconnaît pas Clorinde, revêtue d'une armure, il la provoque en duel et la tue. C'est tout. C'est bref. C'est sublime. Et quand bien même une bonne douzaine de versions discographiques nous ont été données de ce si court chef-d'œuvre, l'une d'entre elles, depuis bientôt un demi-siècle, continue à nous hanter. C'est celle qu'enregistra Edwin Loehrer, à la tête des solistes et des instruments de la Società Cameristica de Lugano. Nous en avons fait cadeau à toutes celles, ou presque, qui ont croisé notre vie. Ferveur : voilà le mot qui caractérise le travail d'Edwin Loehrer, en un temps où ce type de musique n'était certes pas à la mode. Qui donc, parmi ceux qui l'ont entendue, pourra jamais oublier le récit bouleversant du *Testo*, le récitant, en somme, Laherte Malagutti, nous racontant l'une des morts les plus tragiques d'un opéra pas encore vraiment opéra mais déjà puissant drame lyrique.

Comte Ory (Le)

Gioacchino Rossini. Livret d'Eugène Scribe
et C.-G. Delestre-Poirson

Paris, 1828

Trois ans après *Le Voyage à Reims*, dont les directeurs d'opéras français jugeaient que ce qui est pourtant l'un des chefs-d'œuvre absolus de Rossini ne tenait pas, si l'on ose dire, la route, Rossini devenu Parisien confectionna donc sur commande, pour l'Opéra de Paris, un véritable opéra en deux actes à partir d'un vaudeville populaire de Scribe et Delestre-Poirson. Même si le résultat est tout à fait passionnant, on doit bien reconnaître que la musique écrite pour l'occasion n'est, pour sa plus grande part, qu'une réutilisation de celle du *Voyage à Reims.*

Nous ne nous intéressons guère, on l'avouera, à cette histoire de séducteur à tout crin qui sévit sans vergogne dans un XIIIe siècle de style troubadour. Pendant que les grands sont partis en croisade, les jeunes tentent de séduire leurs femmes. Pour beaucoup de rossiniens, *Le Comte Ory* est un enchantement. On l'a entendu chanter en français comme à la création, et en italien. Un aveu : on préfère la version italienne à la version française... Comme si la musique de Rossini collait tout de même davantage à la langue italienne. Et pourtant, c'est le grand Nourrit qui chanta le drôle de comte lors de la création, salle Le Peletier. Si nous avons voulu mentionner l'œuvre ici, c'est parce que, dans le rôle du page Isolier, une sorte d'Oscar du *Bal masqué* avant la lettre, on vit une exécrable cantatrice faire ses débuts à l'Académie royale de musique. Elle s'appelait Marie Recio. C'était son protecteur, bientôt son époux, rien de moins qu'Hector Berlioz dont elle fut la seconde femme, qui l'avait imposée au directeur de l'opéra d'alors. Berlioz n'y était d'ailleurs pas allé par quatre chemins, Marie Recio ne chantait que le deuxième rôle féminin, le premier rôle, celui de la belle Adèle, était chanté par la maîtresse dudit directeur : Rosine Stoltz. D'elle, de sa silhouette plutôt, Berlioz avait écrit qu'elle ressemblait à un sac de noix plus ou moins juché sur une chaise... Rosine Stoltz cessa bientôt de plaire au public parisien, mais Marie Recio plus vite encore. Pillet, le directeur de l'opéra, survécut un peu plus.

Consul (Le) *(The Consul)*

Gian-Carlo Menotti. Livret du compositeur

Philadelphie, 1950

C'est le premier opéra de Menotti à dépasser la longueur qu'il s'était jusque-là imposée d'un maximum d'une petite heure. À l'heure, donc, où certains des plus grands pays du monde inventent une nouvelle bureaucratie pour justifier les mille embarras qu'ils opposent aux demandeurs de visa qui voudraient pénétrer sur leur sacro-saint territoire, l'œuvre de Menotti qui dénonce, dans un pays d'Europe imaginaire après la Deuxième Guerre mondiale, la bureaucratie tatillonne d'une Europe centrale tout juste écrasée par le rideau de fer, sonne étrangement. Avouons-le : nous ne l'avons pas entendue récemment. Mais l'album de deux ou trois disques que nous empruntions jadis à l'ancien centre culturel américain de la rue du Dragon nous avait, à l'époque — c'était au milieu des années 1950... — empli d'un extraordinaire enthousiasme. Nous découvrions à la fois une œuvre lyrique que nous croyions résolument moderne et un opéra ancré dans l'histoire de son temps. Et ce n'était déjà pas mal. Le livret s'inspire d'ailleurs d'une histoire véridique, le suicide d'une émigrante polonaise qui n'avait pu obtenir le visa qu'elle désirait. Dans la foulée, Menotti s'est souvenu de tous ceux, parmi ses amis d'hier et d'aujourd'hui, qui avaient voulu quitter l'Allemagne, qui voulaient à présent quitter la Pologne ou la Tchécoslovaquie. L'œuvre, très puccinienne à sa manière, est à coup sûr une réussite. Elle ne bouleverse rien, seulement les cœurs. Après Patricia Neway, qui créa le rôle de Magda en 1950, une Martha Mödl s'est illustrée dans le rôle. Et dire que nous n'avons pas vu la formidable Inge Borkh, qui chanta Magda à Paris, au théâtre des Champs-Élysées, en 1952 !

Contes d'Hoffmann (Les)

Jacques Offenbach. Livret de Jules Barbier

Paris, 1881

Il y a bien longtemps que Jacques Offenbach n'est plus seulement considéré en France comme l'amuseur du Second Empire, le maître de ballet pour Exposition universelle, le faiseur de ritournelles signées par le duc de Morny ou le complice pour l'éternité d'une Hortense Schneider surnommée le « passage des princes » ! Bien sûr, nous continuons tous à rire avec Offenbach, et les articles de ce dictionnaire consacrés à *La Belle Hélène* ou à *Orphée aux Enfers* en témoigneront. Et pourtant, au fur et à mesure que son ultime chef-d'œuvre, *Les Contes d'Hoffmann*, est davantage joué de par le monde, on découvre la profondeur d'un musicien qui savait composer autre chose que des valses. D'ailleurs, *Les Contes d'Hoffmann* ont été créés quatre mois après la mort de leur auteur : une œuvre posthume, ça vous donne quand même à réfléchir ! Et l'on nous expliquera parfois que, toute sa vie, l'amuseur public aura rêvé d'autre chose. Cet autre chose, en tout cas, il l'aura admirablement réussi avec ses *Contes.*

L'œuvre a été créée à l'Opéra-Comique le 10 février 1881. La même année, elle était jouée en allemand à Vienne. Un an plus tard, à Genève, à Budapest, à Hambourg, à New York et enfin, le 15 décembre 1882, à Mexico. Ce n'était que le début d'une carrière qui allait faire le tour du monde. Encore tout récemment, de passage à l'Opéra de Shanghai, on nous expliquait qu'après une *Carmen* légendaire montée en Chine par une équipe française, un projet de *Manon*, on attendait maintenant quoi ?

Les Contes d'Hoffmann. Les Contes d'Hoffmann : œuvre française par excellence d'un musicien français né à Cologne, imaginée à partir de quelques contes du plus romantique des conteurs fantastiques allemands, E.T.A. Hoffmann. Mais si l'on ajoute que le Hoffmann des *Contes* a aussi été lui-même un grand musicien romantique, par trop négligé aujourd'hui, auteur notamment, en 1814, d'une *Ondine* à marquer d'une pierre blanche dans l'histoire de l'opéra allemand, on comprendra que toutes les conditions étaient réunies pour que cette rencontre franco-allemande au sommet débouche sur un incroyable succès.

Pour ce faire, le librettiste d'Offenbach est parti d'une pièce de théâtre qu'il avait déjà écrite avec son complice de toujours, Carré. Les auteurs ont ainsi imaginé de dessiner la silhouette d'un Hoffmann en chair et en os, vivant au milieu des fantasmes qu'il a créés. Mais Hoffmann, poète, caresse aussi de trop près la dive bouteille. Voilà pourquoi un conseiller Lindorf, jaloux de lui, s'efforcera avec succès de lui faire oublier le rendez-vous que lui a donné, à la fin du spectacle qu'elle joue, l'actrice Stella. Suivront, dès lors, trois actes, souvent donnés dans le désordre, où l'on voit Hoffmann tour à tour amoureux d'une pure jeune fille qui n'est qu'une poupée mécanique ; d'une courtisane âpre au gain et d'une admirable chanteuse que chanter fait mourir. Olympia, Giulietta et Antonia sont ainsi les trois facettes d'un même idéal qu'Hoffmann perdra tour à tour, comme il perdra Stella à la fin de l'œuvre. Chaque fois, le personnage maléfique de Lindorf réapparaît, sous un masque différent. C'est d'abord le docteur Coppelius, qui vante à Hoffmann des lunettes magiques capables de lui faire voir la poupée mécanique, un automate en somme, comme une jeune fille en chair et en os. Puis c'est le magicien Dapertutto qui souhaite se procurer l'ombre, c'est-à-dire l'âme d'Hoffmann. Enfin, c'est un docteur Miracle qui obligera Antonia à chanter jusqu'à sa mort.

Les trois rôles de femme sont, parfois, tenus par la même cantatrice. Pourtant, tant leur registre que leur personnalité dramatique sont fort différents. Avec Olympia, son air célèbre : « Les oiseaux dans la charmille... », on est dans un domaine aérien, où la légèreté et la virtuosité vocales vont de pair. Beaucoup plus grave, le rôle de Giulietta peut être chanté par une mezzo-soprano. Quant à Antonia, la chanteuse qui meurt de trop chanter, son rôle exige une grande voix lyrique.

Toute la partition abonde en airs, duos, ensembles d'une sublime générosité musicale. On avouera, et de loin, préférer l'acte d'Antonia à tous les autres. Là, le chant devenu synonyme de mort s'épanouit avec une bouleversante limpidité. C'est que, dans toute l'œuvre, Offenbach se tourne bien davantage du côté du Mozart de *Don Juan*, du côté de Weber ou de Mendelssohn que vers les gentilles petites femmes qui lèvent si bien la jambe dans *Orphée aux Enfers*. On trouve même des références très précises à Berlioz, tels les couplets de Kleinzach, directement inspirés de la « Chanson de la Puce » de Méphisto, dans *La Damnation de Faust*.

Très vite, toutes les sopranos du monde ont aimé se confronter à l'un ou l'autre des trois rôles des *Contes d'Hoffmann*. Ainsi la Française Lily Pons, égérie de l'opéra américain, sera l'une des grandes Olympia de son siècle. Joan Sutherland n'hésitera pas à incarner la courtisane Giulietta. De même, la grande Germaine Lubin chantera Antonia à l'Opéra-Comique. L'une des plus grandes versions du disque, dirigée en 1965 par André Cluytens, distribue les rôles d'Olympia, Giulietta et Antonia à Gianna d'Angelo, Elisabeth Schwarzkopf et Victoria de Los Angeles. Excusez du peu. Il existe, d'autre part, une version filmée des *Contes d'Hoffmann*, chantés en anglais peut-être, mais tournés en un Technicolor éblouissant en 1950 par ces deux phénomènes du cinéma britannique qu'ont été Michael Powell et son complice Emmerich Pressburger. Plus kitsch, on ne fait pas...

Et pourtant... pourtant, en dépit d'autres réussites qu'on a pu voir ailleurs, Jean-Pierre Ponnelle à Salzbourg, Robert Carsen à la Bastille, c'est la vision que nous en a laissée Patrice Chéreau en 1974, dans les décors de Richard Peduzzi, qui s'impose à nous. Du coup, les *Contes* quittaient le cadre par trop étriqué de l'Opéra-Comique pour celui du Palais Garnier. Quelque part entre les grands films expressionnistes de l'entre-deux-guerres et la préfiguration de ce qu'allait être le *Ring* du centenaire à Bayreuth, Patrice Chéreau et ses complices nous ont offert des images de rêve...

Convitato di pietra (Il)

Giacomo Tritto. Livret de Giovanni Batista Lorenzi

Naples, 1783

Eh oui : encore un ! Dans la seule décennie qui a précédé la création du *Don Juan* de Mozart, pas moins de six versions de *Don Giovanni* ont vu le jour, de celui de Giuseppe Calegari à celui, probablement le plus connu avant le chef-d'œuvre de Mozart, de Gazzaniga. Et parmi tous ceux-là, celui de Giacomo Tritto. Mais le don Juan de Tritto est napolitain en diable. C'est d'ailleurs à Naples que nous l'avons vu, en 1995. C'est dire qu'à donna Anna et à la marquise Isabella, qui tient le lieu d'Elvire, s'ajoutent des personnages de la commedia dell'arte. Pour l'essentiel, une Lesbina, fiancée à Pulcinella, Zerlina et Masetto à la mode de Naples. L'action est déchaînée, la musique drôle, le tout s'achève par un ballet de fantaisie dans lequel la mort entraîne un don Giovanni presque souriant. Bien négligé aujourd'hui, c'est le moins que l'on puisse dire, Tritto est né à Bari en 1733, il est mort à plus de quatre-vingt-dix ans en 1824. Il n'a pas composé moins de vingt-quatre opéras bouffes et un nombre appréciable d'*operas seria*. Malheureusement pour lui, il n'a pas eu la chance d'être entendu quelque part au nord de l'Italie par un futur consul de France à Civitavecchia. C'est dire qu'après l'avoir admiré un peu partout pendant les premières années du XIXe siècle, le public italien s'est peu à peu détaché de lui. Pour ne pas parler du public français qui n'a jamais vraiment regardé de son côté. On l'a dit compositeur abondant, il fut également père de dix-huit enfants... Mais nous avons ri à sa version de *Don Juan* que nous avons vue un hiver à Naples. Il faisait froid et beau. Nous suivions alors Berlioz à la trace dans son escapade campanienne.

Coq d'or (Le)

Nicolaï Rimski-Korsakov. Livret de Vladimir Bielski d'après Pouchkine

Moscou, 1909

Le dernier opéra de Rimski-Korsakov est une joyeuse fantaisie qui remplit les salles d'enfants émerveillés jamais lassés de retrouver une musique gaie, ironique, percutante. Les chanteurs y sont des danseurs, les danseurs y sont des chanteurs, ce qui complique parfois les mises en scène. Comme pour *Sadko* ou *Kitège*, lesdites mises en scène sont d'ailleurs souvent fastueuses. Celles du *Coq d'or* touchent parfois au délire, tant l'intrigue en est elle-même délirante. Qu'on en juge : un tsar d'une Russie intemporelle, qui répond au nom de fantaisie de Dodon, n'a qu'une idée, vivre en paix. Mais ses deux fils ne l'entendent pas de la même oreille. D'où, pour le prévenir des attaques ennemies, la prédiction d'un astrologue qui joue les meneurs de jeu : tant que le coq ne chante pas, le tsar peut dormir en paix. Las, le coq va chanter trois fois, les deux fils partiront en guerre, s'entre-tueront, et quand Dodon, à son tour, décidera de faire preuve de vaillance, il tombera sur la plus belle des tsarines en quête de l'amour d'un tsar. Tout se terminera le plus mal du monde, puisque la tsarine se révélera sorcière, l'astrologue, le coq y laisseront leur peau. Mais tout se terminera quand même le mieux du monde, l'astrologue, ressuscité, reviendra sur scène pour nous dire que tout cela n'était qu'un conte et que rien de semblable n'arrive jamais dans la réalité ! Un conte, en effet, puisqu'il fut imaginé par Pouchkine, qui le tenait d'une grand-mère ou d'une nourrice qui l'avait elle-même emprunté au folklore de sa jeunesse. Mais une histoire quand même un peu grinçante, puisque le régime tsariste de l'avant-révolution d'octobre jugea alors le personnage de Dodon peu conforme à l'image que la sainte Russie voulait donner de son souverain. Ce qui n'empêchera pas *Le Coq d'or* de chanter éperduement à travers le monde. Le dernier opéra de Rimski est, en effet, son œuvre la plus populaire. Dès 1914, un Pierre Monteux la donnait à Paris dans une mise en scène et surtout une chorégraphie de Fokine qui fit date dans l'histoire des Ballets russes en France. Les décors et les costumes étaient de la grande Natalia Gontcharova. On n'a pas vu moins de quatre productions différentes du *Coq d'or* à Paris depuis 1984. La plus fastueuse fut, à coup sûr, celle dirigée au théâtre du Châtelet, en 2002, par Kent Nagano. Mais il n'y a pas que ses mises en scène pour enchanter les amateurs du *Coq d'or.* Quelques-uns des plus grands chanteurs de leur temps se sont plu à donner leur voix au tsar Dodon. Outre des pléiades de Russes, on citera au moins l'un des plus fameux don Giovanni du Metropolitan de New York, Ezio Pinza. En face de lui, sa sorcière de tsarine Chemakha était Lily Pons, rossignol français niché aux États-Unis, qui chantait les heurs et malheurs d'un coq superbement russe.

Coréas, Jérôme (né en 1966)

Baryton français

Comme tant d'artistes de sa génération, Jérôme Coréas a naturellement travaillé avec William Christie. Il a chanté avec Les Arts florissants dans *Les Indes galantes*, *Didon et Énée*, l'*Idoménée* de Campra, l'*Orfeo* de Rossi. Mais Coréas chante aussi Verdi et Dallapicolla. D'une grande culture musicale, on l'a entendu dans Fauré, à la Bibliothèque nationale de France. Et puis, on se souviendra de sa participation à l'une des plus jolies surprises de l'été 2002 : le Festival de Lacoste, dans le Vaucluse. Qui aurait imaginé que deux années de suite, Pierre Cardin aurait réussi le tour de force de monter en 2002 un *Don Juan* et en 2003 des *Noces de Figaro* superbes de jeunesse ? Tout le gratin du jeune chant français était là, Jérôme Coréas aussi. En 2002, il y était un Leporello d'une grande noblesse, refusant toutes les petites facilités qui peuvent rendre si vulgaire l'infidèle valet de l'infidèle don Juan...

Corelli, Franco (1921-2003)
Ténor italien

L'un des plus musicaux, l'un des plus puissants aussi, des ténors italiens qui passèrent avec une habileté consommée d'un chant vériste sublimement sanglotant à un chant beaucoup plus héroïque qui fit de lui l'un des grands premiers rôles de la Scala dans les années 1950 et 1960. Gualtiero du *Pirate*, Poliuto selon Donizetti, il fut aussi et surtout un compagnon rayonnant de Maria Callas dans quelques-unes des plus grandes productions de la Scala de Milan. Écoutez-le dans *Norma*, dans *Le Pirate* déjà cité, dans *Fedora*, où toutes ses ressources de ténor vériste sont au service d'un chant débarrassé de tous les tics du genre, limpide, ardent. Franco Corelli était aussi très beau, l'un de mes amis qui s'y connaissait en la matière affirmait à qui voulait l'entendre qu'il avait les plus belles jambes de ténor du monde...

Nous venons d'écrire ces lignes et nous avons appris la mort de Corelli. Le monde entier lui a rendu hommage. On s'est souvenu qu'il n'était jamais sûr de lui. Les directeurs d'opéra, parfois, doutaient aussi de lui : il était superbe mais fragile. Nous ne nous en doutions pas.

Cosa rara (Una) *(ossia Belleza ed Onesta)*

Martin y Soler. Livret de Lorenzo Da Ponte

Vienne, 1786

L'opéra de Soler est passé à la postérité car il est cité par Mozart au dernier acte de *Don Giovanni.* L'un des airs qui divertissent don Juan pendant qu'il se goinfre en attendant le Commandeur est extrait de cette *Cosa rara.* Le librettiste en est d'ailleurs celui de *Don Juan*, mais aussi des *Noces de Figaro* et de *Cosi fan tutte*, le cher Da Ponte. Et l'œuvre mérite beaucoup mieux que sa seule réputation de citation connue de quelques happy few — de plus en plus nombreux, d'ailleurs. Accueillie triomphalement à Vienne dès sa création à laquelle participait notamment Nancy Storace, l'une des chanteuses bien-aimées de Mozart, elle avait été un peu oubliée pendant plus d'un siècle, en dépit de quelques reprises. Le nationalisme musical espagnol de ces dernières années lui a donné une nouvelle vie, notamment au Liceu de Barcelone avec la grande Montserrat Figueras. Encore un aveu pourtant : nous aussi, c'est seulement par la citation musicale relevée par Leporello que nous connaissons la presque fameuse *Cosa rara* !

Cosi fan tutte

Mozart. Livret de Lorenzo Da Ponte

Vienne, 1790

Elles sont toutes pareilles ! L'expression est familière, c'est celle de presque tous les chauffeurs de taxi lorsqu'une femme au volant rate un créneau en rangeant sa voiture le long du trottoir. La misogynie de la remarque n'a d'égale que la forfanterie de celui qui la prononce. Ainsi en va-t-il de *Cosi fan tutte*, le troisième et dernier opéra écrit par Mozart sur un livret du grand Lorenzo Da Ponte. Mozart mourra l'année suivante, il composera encore *La Flûte enchantée* et *La Clémence de Titus*. Brouillé avec l'empereur Léopold II, Da Ponte quittera Vienne l'année de *Cosi*, s'installera à Londres en 1793 et deviendra entrepreneur de spectacles à New York à partir de 1805. On peut voir sa tombe du côté de Wall Street. Mais, à eux deux, ils ont réussi à produire trois des plus grands chefs-d'œuvre de l'histoire de l'opéra.

Longtemps négligé, *Cosi fan tutte* est, en effet, une œuvre unique. Les vrais amoureux de *Cosi*, comme ils disent, comme nous disons, affirment même, haut et fort, le préférer à *Don Juan* et aux *Noces*. Et c'est vrai que la construction musicale, l'habileté du passage d'un air à un duo, d'un duo à un ensemble, l'intervention savamment calculée des chœurs, tout y touche à la perfection. D'ailleurs, on a tous été amoureux de *Cosi*. On a tous failli essuyer une larme lorsque, après que sa sœur Dorabella a été victime de la supercherie lourdaude et grossière que leur ont mitonnée leurs amants, Fiordiligi, l'intrépide soprano, se bat jusqu'à la nuit, comme la petite chèvre de Monsieur Seguin, pour résister au grand méchant loup d'amoureux jaloux qui lui a tendu un piège. Car c'est bien de cela qu'il s'agit, d'un piège diabolique tendu par les hommes, tous les hommes, aux femmes, toutes les femmes.

Qu'on en juge. Dans un café de Naples, deux jeunes officiers, fringants et bravaches, le ténor Ferrando et le baryton Guglielmo, se vantent sans pudeur de la fidélité à toute épreuve de leurs maîtresses. Elles ne pourront pas nous tromper, parce que nous sommes nous-mêmes, et voilà tout ! proclament-ils en substance. D'où le pari que leur fait le cynique et voltairien don Alfonso, civil égaré parmi les militaires : eh bien, si nous tentions une expérience ? Et voilà le stratagème organisé. Les deux militaires feront mine de partir pour la guerre, un bateau les emmènera très loin, du côté des terres turques, peut-être plus loin encore. Puis ils reviendront déguisés en Albanais — que c'est loin, l'Albanie ! — et chacun tentera de séduire la belle de l'autre en frisant ses moustaches en tire-bouchon. Avec la complicité de Despina, une soubrette maligne comme pas deux et qui mange à tous les râteliers, les deux sœurs, Dorabella d'abord, puis Fiordiligi, se laisseront prendre au piège. Après des airs tragiques dignes du plus bel *opera seria* du monde, adieux déchirants et mouchoirs mouillés, elles succomberont aux pitreries de ces messieurs, accepteront de se marier en injustes noces, signeront presque contrat devant notaire (Despina déguisée...) pour implorer ensuite, avec tous les sanglots qu'il faut dans la voix, le pardon de leurs deux officiers d'amants qui, ayant jeté aux orties leurs défroques d'Albanais, sont redevenus de vrais militaires napolitains.

La farce est énorme, et pourtant elle fonctionne. La raison ? Tout simplement rien n'est aussi simple à l'opéra que dans le résumé que l'on peut faire du livret. D'abord, la peinture des deux sœurs, l'une plus légère (c'est la voix la plus grave, la mezzo-soprano Dorabella), l'autre plus romantique, plus amoureuse aussi, plus honnête enfin envers elle-même (elle s'appelle Fiordiligi, la Fleur de lys...) est d'une grande délicatesse. Au jeu des comparaisons, le personnage de Fiordiligi n'est pas loin de celui de la Comtesse des *Noces*, qu'elle finira bien par devenir un jour ; ou de celui de la Maréchale du *Chevalier à la rose*, avec la fortune de laquelle elle serait sûrement plus heureuse. Et puis il y a l'idée que l'on peut avoir derrière la tête, qui n'était pas forcément celle de Mozart ni de Da Ponte, mais que beaucoup de metteurs en scène contemporains soulignent aujourd'hui, peut-être d'ailleurs avec un trait trop épais : et si les deux donzelles n'étaient pas dupes de ces messieurs les officiers ? Et si, pour parler simplement, c'étaient elles qui, manipulées en apparence par des amants jaloux, les faisaient marcher ? Troisième subtilité de cette œuvre beaucoup plus riche qu'il n'y paraît sous son aspect comédie légère, presque déshabillée : et si les deux couples de hasard que la goujaterie de ces messieurs amenait à se former l'espace d'une soirée n'étaient pas, en réalité, les couples qui auraient été heureux ensemble dans la vie ? En d'autres mots, Guglielmo est l'amant de Fiordiligi, il séduit Dorabella : ç'aurait peut-être été cela le bonheur. De même Ferrando et Fiordiligi.

Mais, au fond, il n'est pas nécessaire de se perdre dans de telles suppositions. D'abord, je mets au défi les deux tiers des amoureux fous de *Cosi fan tutte* de se souvenir là, sur l'instant, de l'identification exacte des couples. Le ténor s'appelle-t-il Ferrando ou s'agit-il de Guglielmo ? Ce qui compte, dans une œuvre finalement aussi complexe que *Cosi fan tutte*, au-delà des pitreries des Albanais d'opérette, du déguisement de Despina tour à tour en médecin ou en notaire, c'est ce qui n'est pas dit dans le texte et qui flotte dans la musique. La même tendresse douloureuse, nostalgique que dans *Les Noces de Figaro* quatre ans plus tôt. Un portrait de femme inoubliable, Fiordiligi. Un meneur de jeu redoutable en la personne de don Alfonso. L'ensemble qui précède les adieux : un moment de bonheur unique jusque dans l'œuvre de Mozart. Et puis il y a les souvenirs que nous avons de *Cosi*. D'abord, avant *Don Giovanni*, ce fut aussi une des pierres blanches qui marquèrent les débuts du Festival de Glyndebourne, en Angleterre. L'équipe réunie à l'époque, en 1934, a su démontrer avec une pertinence inouïe ce qu'il y avait de badinage, mais aussi de cruauté dans *Cosi fan tutte.* Les disques qui nous en sont restés n'arrivent pas, si l'on ose dire, à la cheville du *Don Giovanni* de 1936. Et pourtant, c'est cette production un peu oubliée aujourd'hui qui a marqué le renouveau de *Cosi* dans le monde entier. Il y a eu aussi le *Cosi* d'Aix dans des décors de Balthus... Mais on se souviendra longtemps, en marge d'un Festival de Munich, du voyage d'un jour que l'on fit dans les années 1960 pour écouter un trio idéal, Elisabeth Schwarzkopf, Christa Ludwig et Graziella Sciutti. Karl Böhm dirigeait, Salzbourg était encore dans Salzbourg, le bonheur nous avait envahi. Mais avant cela, on connaissait à proprement parler par cœur l'un des plus grands enregistrements jamais réalisés dans l'histoire de l'opéra. L'artisan, une fois encore, en était Walter Legge, le plus grand producteur de disques de l'avant-guerre. Legge, qui sut réunir les meilleurs pour nous offrir des chefs-d'œuvre. C'était en 1955,

Karajan dirigeait la Philharmonia de Londres. Schwarzkopf, encore elle — mais à la ville, elle était Mme Legge —, Nane Merriman, Lisa Otto répondaient tour à tour avec humour et tendresse à l'immense ténor Léopold Simoneau, à Rolando Panerai et au don Alfonso de Sesto Bruscantini. Dans son coffret original recouvert d'un délicat papier bleu, cet enregistrement de trois disques devait montrer à des générations de mozartiens ce qui, dans la langue de Mozart, s'appelle perfection, beauté, intelligence par-dessus tout. Et, enveloppant l'œuvre entière, tendresse...

Cossotto, Fiorenza (née en 1935)
Mezzo-soprano italienne

C'est probablement l'une des grandes voix, du moins l'une des plus puissantes du milieu du XXe siècle. Depuis ses débuts à la Scala de Milan en 1957, elle a chanté à peu près tous les grands rôles de mezzo de son temps, chez Donizetti, Verdi et tous les autres. On devrait l'admirer, sûrement. Pourtant, on lui en veut un peu, beaucoup, terriblement. C'est elle, en effet, qui, lors d'une représentation fameuse de *Norma* au Palais Garnier, le 29 mai 1965... Maria Callas revenait pour la deuxième fois chanter une série du chef-d'œuvre de Bellini devant le public parisien. Un soir, deux soirs, Maria Callas et Giulietta Simionato triomphent ensemble. Mais le troisième soir, Fiorenza Cossotto a remplacé Simionato. Callas, elle, se sent moins bien. Elle termine pourtant le premier acte, mais de justesse, et on doit lui faire une piqûre de coramine à l'entracte. De son côté, il ne fait pas de doute que Cossoto tire la couverture à elle et chante à pleine voix tous les duos, épuisant la malheureuse Callas qui a du mal à la suivre. Mais l'opéra se poursuit sans encombre. Le 25 mai, on se demande encore une fois si Maria Callas pourra chanter, Fiorenza Cossotto ne l'aide guère, Maria réussit tout de même. Reste la soirée du 29 mai : la dernière. Un acte, deux actes se passent. Maria Callas, qui a eu du mal à sortir de sa loge, demeure sublime. Mais elle est une autre, une autre qui se regarde chanter. Troisième acte : le duo avec Adalgise. Brusquement, tout change. Cossoto, qui chante à perdre haleine, qui hurle, qui nous tue et qui entraîne tout sur son passage, la défie : Callas pourra-t-elle la suivre aussi loin ? Et soudain, Callas ne peut plus. Callas n'a plus qu'à se taire. L'acte s'achève dans une manière de coma debout, et Callas peut enfin s'écrouler en coulisses, à peine sortie de scène. On la transporte évanouie dans sa loge. On lui fait une piqûre : le rideau ne se lèvera pas sur le quatrième acte. Lentement, le public s'écoule. Merci, quand même, madame Cossoto !

Couronnement de Poppée (Le)

(L'Incoronazione di Poppea)

Claudio Monteverdi. Livret de Giovanni Francesco Busenello

Venise, 1642

Le voici enfin, le premier vrai grand opéra de l'histoire de la musique. On épiloguera sans fin sur les mérites comparés de l'*Euridice* de Jacopo Peri et sur celle de Caccini. On se souviendra toujours avec émotion de l'*Orfeo* du même Monteverdi. On n'oubliera certes pas le tout récent drame bourgeois que constitue *Le Retour d'Ulysse.* Mais avec *Le Couronnement de Poppée*, on se situe bien au-delà. Monteverdi va mourir un an après sa création. Après Mantoue, il est maintenant installé à Venise, c'est au théâtre de San Giovanni e Paolo que le *Couronnement* s'est déployé pour la première fois dans toute sa grandeur, son incroyable immoralité aussi.

Le livret est une interprétation des *Annales* de Tacite qui racontent comment Poppée, aimée d'Othon, devient la maîtresse de Néron. Puis comment celui-ci refuse d'écouter les conseils de son maître Sénèque et bannira l'impératrice Ottavia pour épouser enfin Poppée. D'une audace inouïe, le livret de Busenello contribue, un peu comme ceux de Da Ponte pour la trilogie mozartienne, à la cohésion et à l'intelligence dramatique du *Couronnement de Poppée.* Ici aussi, comme dans *Le Retour d'Ulysse*, la mélange des genres amène des moments de véritable comique, dont les interventions d'une nourrice généralement chantée par un homme. Mais c'est pourtant la passion et la grandeur qui l'emportent. Ainsi le suicide de

Sénèque, obligé de se tuer par ordre de son maître en dépit des supplications de tous ses amis. « La mort est une brève angoisse, un soupir passager sort du cœur dont il a été l'hôte... », réplique simplement le philosophe à ses compagnons qui insistent encore : « Non morir, Seneca, no... », « Ne meurs pas, Sénèque, non... ». De même, le désespoir d'Ottavia bannie atteint-il l'intensité du lamento d'*Ariane* dans le superbe récitatif : « Disprezzata regina... » Dans la droite ligne de la désespérance de Pénélope, celle d'Ottavia va plus loin encore, puisqu'elle est sans espoir. Et quand bien même les duos charmants d'un Valetto, jeune serviteur d'Octavie, et d'une Drusilla, jeune fille également au service de l'impératrice déchue, viennent apporter une note de lumière tendre, c'est la tendresse terrible de Néron pour Poppée, la passion dévorante et l'ambition de Poppée pour Néron qui donnent à l'ultime chef-d'œuvre de Monteverdi sa fièvre et son incandescence. Le point culminant en est naturellement le duo final, « Pur ti miro... », où chacun regarde l'autre en une adoration exacerbée... Et même si le thème de ce duo final est probablement emprunté à un autre compositeur, Ferrari, qui donna en 1640 un *Roi pasteur*, les deux voix de Néron et de Poppée qui se conjuguent là, par-delà tous les crimes qu'ils ont commis, pour se murmurer, les yeux dans les yeux, une passion sans pareille, est un des sommets de l'art lyrique de tous les temps.

Qu'on nous pardonne d'évoquer les cinq étapes d'une découverte de plus en plus amoureuse du *Couronnement de Poppée*. D'abord, l'enregistrement réalisé à Zurich en 1953 par Walter Goehr. Avec peut-être un peu trop d'emphase, la version Goehr a constitué pour beaucoup la révélation d'une œuvre encore donnée trop rarement à l'époque. On nous offrit peu après le joli coffret à la Poppée sur fond de rideau rouge — en cadeau de mariage ! Étrange idée... Deuxième moment de cette approche de Monteverdi, le souvenir d'une soirée d'Aix-en-Provence, où Poppée était chantée par Jane Rhodes, Octavie par Teresa Berganza dans des décors et des costumes de Suzanne Lalique. Troisième moment, la première version de Nikolaus Harnoncourt, en 1974, où c'était une soprano, Elisabeth Söderström, qui chantait le rôle de Néron. On dit bien la première version : longue, exhaustive, d'une richesse sans pareille. Quatrième moment, Paris 1978. Une production bien peu orthodoxe, c'est certain, dirigée par Julius Rudel. La soirée à laquelle nous assistâmes était un soir de grève, sans décors, à peine quelques costumes. Un fauteuil... Et une incroyable distribution (Christa Ludwig, Nicolaï Ghiaurov, Jocelyne Taillon, Valerie Masterson...) entourait un couple quasiment contre nature selon les moins exigeants des critères monteverdiens. Et pourtant, quel couple ! Jon Vickers et Gwyneth Jones. Rarement, la vibrance de la passion, une passion déchaînée, mortelle pour les autres, dévorante pour les amants, n'a occupé de telle manière une scène. Il fallait être Rolf Liebermann pour oser montrer ces deux monstres sacrés, totalement à contre-emploi, et les conduire quand même au triomphe.

Enfin, on se souvient encore avec émotion d'une autre *Poppée*, celle que chanta à Glyndebourne une Maria Ewing, sortant totalement nue, vraiment nue, de son bain de lait amoureusement préparé par son metteur en scène de mari, Peter Hall. Raymond Leppard dirigeait une fois de plus, c'était en 1984,

Poppée devenait une sorte de Lulu, petit animal aux griffes acérées qui déchirait tout sur son passage. Et puis, en cinq *bis*, pourquoi pas ?, la deuxième version Harnoncourt telle que nous la vîmes, mise en scène par Jean-Pierre Ponnelle, au Festival d'Edimbourg. Elle est devenue film, DVD, le tragique et le très drôle s'y côtoient allègrement, les images sont superbes — mais l'on se souvient quand même de la version originale.

Covent Garden

Sur un site qui appartint longtemps à l'Église, à l'emplacement du jardin d'un ancien couvent (Convent Garden), trois théâtres se sont élevés successivement à peu près au même endroit à partir de 1732. C'est dans ce premier Covent Garden qu'on donna, certes du théâtre, mais aussi des opéras, parmi lesquels le célèbre *Opéra des gueux*, de John Gay, qui devait devenir l'*Opéra de quat'sous.* C'est là aussi que Haendel fit jouer pour la première fois *Alcina.*

Après un incendie en 1808, un théâtre fut aussitôt reconstruit sur les lieux. Le célèbre Charles Kemble, acteur mais aussi directeur de théâtre, y fit venir Weber qui créa là son dernier opéra, *Obéron*, en 1826. À partir de 1847, Covent Garden devient le Royal Italian Opera, dirigé par le redoutable Costa, qui fit tant de misères au pauvre Berlioz. Après un nouvel incendie en 1856, on a construit le Covent Garden que nous connaissons, sa colonnade classique, son fronton néoclassique. En mai 1858, *Les*

Huguenots de Meyerbeer ouvrirent la première saison. Pendant longtemps, toutes les œuvres, tradition italienne oblige !, étaient données en italien. C'est à partir de 1888 qu'Augustus Harris, le directeur de l'époque, décida de représenter les œuvres dans leurs langues originales. En 1892 enfin, Covent Garden devint le Royal Opera.

Mais on oubliera l'histoire d'un théâtre, que nous avons pu aimer passionnément, pour nous souvenir tout simplement de ce Covent Garden-là. Tout y commençait par des odeurs. D'abord, jadis, celles des choux et légumes qui habitaient les grandes halles centrales, situées alors tout à côté. Puis, plus récemment, simplement les quelques boutiques de Floral Street, juste à la sortie du métro, où bottes de radis, salsifis et batavias formaient un somptueux prélude à tous les Wagner et Mozart de l'univers. La seconde odeur était celle du café : café bouilli, bouillu, café mille fois réchauffé dans une machine Cona qu'on vous servait à l'entracte. C'était son odeur, brusquement insidieuse, qui envahissait les couloirs et flottait jusqu'aux premiers rangs des fauteuils d'orchestre quelques minutes avant chaque entracte. À l'odeur du café de Covent Garden, on devinait ainsi les baissers de rideau. Enfin, troisième parfum dans l'Opéra de Londres qui enrichit pendant si longtemps nos mémoires, celle de ces petits sandwichs de l'entracte, servis dans du pain frais gorgé de cresson d'eau : saumon, crevettes, jusqu'aux plus insipides des chesters, il dégageait de prenantes et doucereuses odeurs de mayonnaise tiède qui agrémentaient les conversations des critiques affamés après un premier acte de *Parsifal* ou les solides mises en scène néo-viscontiennes des chefs-d'œuvre de Verdi.

C'est qu'à Londres, l'opéra, comme bien des choses, était un rite. Il commençait tôt en fin d'après-midi. Il fallait braver les gros embouteillages de six heures du soir pour parvenir, à bout de souffle, sur la rive de Covent Garden. Hélas, les grands pavillons des halles centrales ont été, pour partie, transformés en une zone piétonne qui, avec ses petites boutiques obligées, accent britannique plus marqué qu'ailleurs, fleurs séchées, rubans mauves, donnent à la superbe piazza centrale dessinée par Inigo Jones un air de déjà-vu n'importe où dans le monde entier. Heureusement, il reste des pubs, là aussi des odeurs, l'ale un peu aigre, les saucisses à la mie de pain, et puis la pipe, les cendres froides qui flottent toujours autour des comptoirs.

Sous le grand portique surmonté par le chef-d'œuvre de Flaxman, bleu sur blanc ou blanc sur bleu, échappé de l'incendie qui détruisit le précédent opéra, on reconnaissait tout de suite des amis. Il y avait des tantes, des cousines, des très vieilles dames et des très jeunes filles — elles sont à présent moins jeunes, car les billets d'opéra à Londres sont aujourd'hui d'un coût prohibitif. Il y avait aussi, devant la porte, un personnage célèbre dans le Tout-Londres de la musique. Il s'appelait le Sergent Martin. Il est mort voilà combien de temps ? C'était un colosse à la moustache en crocs, vêtu d'une jaquette lie-de-vin et d'une sorte de chapeau haut de forme qui paraissait de carton bouilli. Parfois, un petit plumet roux l'embellissait. Corpulent, affable, il avait pour mission de diriger les spectateurs égarés vers la salle, d'en interdire l'entrée à ceux qui auraient pu se tromper, et renseignait obligeamment les plus vieilles de ses amies qu'il avait connues lorsqu'elles avaient trente ans, et qui lui avaient doucement glissé à l'oreille de veiller désormais sur leurs petites-filles.

On pénétrait ensuite dans la salle, dont j'avais appris à connaître toutes les dames de stuc qui, porteuses de petites lumières, montent la garde, de balcon à balcon, dans l'auguste maison. Bien peu sont ceux qui les ont véritablement remarquées, mais quand on leur prête attention, ces bustes de jeunes femmes qui décorent les trois étages de balcons nous conduisent à de bien étranges rêves. Au premier balcon, ce sont des femmes jeunes, épanouies, aux belles poitrines rondes ; à l'étage suivant, elles sont un peu plus jeunes, les seins un peu plus neufs, les sourires d'un autre temps ; mais c'est un vieil ami — on taira son nom —, longtemps « gouverneur » des lieux, qui m'a fait remarquer les jeunes demoiselles du dernier balcon : ce sont, cette fois, des fillettes, des gamines de tout juste douze ans, aux seins qui naissent : ils en ont, de drôles de rêves, les vieux messieurs de l'Angleterre lyrique... À vous conduire aujourd'hui directement en taule !

Mais après tout, on venait quand même à Covent Garden pour écouter et voir ce qui se passait sur scène, l'une des scènes lyriques européennes les plus importantes d'Europe. On n'évoquera ici que quelques souvenirs : le *Fidelio* de Klemperer, dirigé et mis en scène par le maître, cette Léonore arrivée à l'improviste, pour remplacer, je crois, Anja Silja, qui s'appelait Hildegard Behrens : nul ne la connaissait, ce fut du délire. Ou alors, la deuxième *Traviata* de Visconti, toute noir et blanc, inspirée de dessins de Beardsley. Seule une tache de sang au premier acte, un petit camélia comme un goutte de sang : peu à peu, le sang envahissait les décors, le rouge se mêlait au blanc, dévorait le noir, et tout le dernier acte, la mort de Traviata était entièrement écarlate. Ou alors, des soirées officielles, celles pour lesquelles, jadis, on imprimait des programmes sur des carrés de soie. On y vit, au cours de l'été le plus chaud de notre histoire, le président Giscard d'Estaing et toute sa suite faire bonne figure, engoncés pourtant dans des cols durs et emprisonnés de jaquettes bientôt trempées comme des éponges. Ce soir-là, on donnait un *Bal masqué* avec Carlo Bergonzi ou Pavarotti. Et puis il y a eu aussi la première de certain *Pelléas et Mélisande*, dirigé par Pierre Boulez, avec une Elisabeth Söderström en Mélisande pas vraiment ingénue, qui prenait un innocent Pelléas dans les rets de ses cheveux.

Ou alors, on énumérera des noms, ceux de Lisa Della Casa en Arabella avec Fischer-Dieskau en Mandrika ; celui de Leonie Rysanek en impératrice de *La Femme sans ombre*, ou celui de Janet Baker en Didon.

À l'entracte, j'ai dit l'odeur du café et des petits sandwichs : il y avait aussi ce barman blond qui jonglait avec ses bouteilles au-dessus du long comptoir au coin duquel les artistes du Crush Bar commentaient sentencieusement les performances des artistes proprement britanniques : ceux-là, bien sûr, recueillaient d'abord ses faveurs.

Oh, bien sûr, tout n'était pas toujours très bon à Covent Garden. Certains décors étaient si vieux qu'on voyait les trous à travers la poussière. Parfois, les plus lourds décors, ceux de Visconti par exemple, étaient si volumineux qu'il fallait une bonne demi-heure d'entracte pour les déménager. Mais qu'importait ? Nous allions de surprise en surprise. Il y avait alors une école de chant anglaise qui renaissait de cendres à peine froides, et de grandes ombres planaient. Se souvenir ainsi de Mary Collier, qui fut une bouleversante Tosca, et termina comme elle, d'un grand saut dans le vide. Se souvenir de Kiri Te Kanawa, qu'on a vu débuter là ou presque, pour ne pas parler de Joan Sutherland ni d'aucune de ces grandes dames anglaises qui ont apporté à l'opéra des années 1960 à 1980 un style qui n'appartenait qu'à elles.

Se souvenir enfin de cette jeune fille « droite comme un coquelicot » (aurait dit la Kostelnicka de *Jenůfa*...) du petit corps de ballet spécialement affecté aux seules représentations d'opéra et dont nous n'avons jamais pu découvrir le nom. Elle ressemblait à la très jeune Romy Schneider — avec encore autre chose...

Crépuscule des dieux (Le) *(Götterdämmerung)*

Richard Wagner. Livret du compositeur

Bayreuth, 1876

Comme *Siegfried*, *Le Crépuscule des dieux* n'avait pas été produit sur une autre scène avant le premier *Ring* du Festival de Bayreuth, en 1876 (*Voir* : Ring). C'est l'œuvre la plus ample, par ses dimensions comme par sa construction sonore, de tous les opéras de Wagner. Hormis l'opéra baroque, dont il peut être difficile de savoir aujourd'hui quelles en étaient les durées exactes, c'est probablement l'opéra le plus long de l'histoire de l'opéra. Dernière journée de la *Tétralogie*, le *Crépuscule* comprend lui-même un prologue, fort long, suivi de trois actes. À l'exception de deux scènes, la mort de Siegfried puis l'immolation de Brünnhilde, au troisième acte, *Le Crépuscule des dieux* a été longtemps au disque le parent pauvre de la *Tétralogie*. Aucune version intégrale, privée ou commerciale, avant la réédition de l'enregistrement de Furtwängler à la tête de l'orchestre de la Scala de Milan en 1950 et, surtout, avant la parution de la première véritable version commerciale, la conclusion de l'intégrale du *Ring* par Georg Solti en 1965. Et pourtant, l'intensité dramatique qui parcourt l'ensemble de cette dernière journée est sans égale dans le reste de l'œuvre de Wagner. Mais c'est précisément dans sa longueur, dans sa durée, dans chacun des aspects de la tragédie qui nous est contée que *Le Crépuscule des dieux* se révèle dans toute sa grandeur. Jusqu'à une date récente, cette pauvreté de la discographie du *Crépuscule* était telle que la légende veut que deux des plus formidables chanteurs wagnériens des années 1950, parmi lesquels Wolfgang Windgassen, aient découvert par hasard des extraits d'une version inconnue dans un bac de disquaire à New York, l'aient achetée. Rentrés chez eux, ils cherchèrent en vain les noms de fantaisie qui figuraient sur l'étiquette. Aucun des chanteurs énumérés dans ce microsillon, que nous avons nous-même acheté sous la marque « Oceanic », ne leur était familier. Et pour cause ! Lorsqu'ils écoutèrent le disque, ils se reconnurent eux-mêmes ! Faute de disposer d'un quelconque enregistrement du *Crépuscule*, les éditeurs malhonnêtes de cette version pirate étaient allés au-delà même du piratage, puisqu'ils avaient débaptisé Windgassen et les autres pour leur inventer des noms aux consonances germaniques plus que parfaites avec trait d'union de rigueur entre deux patronymes ! Pour notre part, c'est en 1955 que nous vîmes pour la première fois le *Crépuscule*, à l'Opéra de Paris. Hans Knappertsbusch, souvent cité dans ces pages, dirigeait l'Orchestre de l'Opéra. Günther Treptow était un Siegfried tout à fait convenable, Josef Greindl un Hagen, le bâtard par qui le mal arrive, époustouflant. Martha Mödl chantait Brünnhilde. Trois ans plus tard, ce devait être Astrid Varnay dans le même rôle. Mais il est une Brünnhilde du *Crépuscule* que nous ne saurons oublier, c'est Gwyneth Jones. Dirigée de 1976 à 1981 par Patrice Chéreau à Bayreuth, sa silhouette brisée, fracassée, son rôle d'humiliée et d'offensée, qui va mourir triomphante, annonçant la fin des dieux et le règne des hommes, fait aujourd'hui partie de la plus grande mythologie de l'opéra. Heureusement, là aussi, un film nous est resté. Il faut la voir apparaître, à la fin du premier acte du *Crépuscule*. Siegfried, qui l'a arrachée au sommeil mais vêtu cette fois du masque d'un autre à qui il va l'offrir en cadeau de noces, la traîne derrière lui comme une pauvre chose cassée en deux. Sa robe, de somptueux haillons, sa chevelure décoiffée, sa douleur nous bouleversent.

On ajoutera que les décors de Richard Peduzzi pour cette dernière journée du *Crépuscule des dieux*, une manière de ville hanséatique, des pontons sur une rivière d'argent immobile, étaient eux aussi d'une beauté à couper le souffle.

Crespin, Régine (née en 1927)
Soprano française

Crespin : notre Crespin. À coup sûr, la plus importante chanteuse française de la deuxième moitié du XXe siècle. Une nature aussi, comme on dit à Marseille, qui est sa patrie. Un personnage plein de fougue et d'allant, d'une immense générosité, d'une véritable curiosité d'artiste. Elle a fait ses débuts à Mulhouse en 1950 dans le rôle d'Elsa de *Tannhäuser*. La même année, le 10 août 1950, c'est également dans Elsa qu'elle fera ses débuts à l'Opéra de Paris. Pendant six ans, elle poursuivra une carrière un peu partout en France, chantant les grands rôles de l'opéra français, mais aussi (en français, c'était la règle du temps...) de l'opéra italien. La carrière internationale de Régine Crespin commence vraiment en 1958. Trois années successivement, elle sera la Kundry de *Parsifal*. Puis, en 1961, Sieglinde dans *La Walkyrie*. Désormais, Régine Crespin est devenue non seulement la première chanteuse française, mais l'une des premières chanteuses de son temps. Et quand bien même le public parisien, souvent revenu de tout, ne l'applaudit que trop rarement car c'est à Vienne, à New York, à Covent Garden qu'elle multiplie ses apparitions, elle est devenue la bien-aimée du public français. La Maréchale du *Chevalier à la rose*, Tosca, naturellement, la Didon des *Troyens*, sont à coup sûr quelques-uns de ses plus grands rôles. Mais il ne faut pas oublier non plus qu'elle a chanté Madame Lidoine lors de la création à Paris des *Dialogues des carmélites* avant de chanter Madame de Croissy au Metropolitan en 1987. Naturellement, le nom qu'on évoque avant elle est celui de Germaine Lubin. Lubin dans les années 30 et 40, Crespin de 1950 à 1989 (l'une de ses dernières apparitions : la comtesse de *La Dame de pique* à Paris), ou le chant français à son zénith. On ajoutera que nous avons rencontré Régine Crespin pour la première fois dans une brasserie parisienne, au début des années 70. Deux amis nous l'avaient fait rencontrer, elle était en compagnie d'un jeune homme que nous connaissions encore moins qu'elle, car il n'a pas, que je sache, laissé de disque, lui : il s'appelait Hugues Gall.

Cuenod, Hugues (né en 1902)
Ténor français

Ils sont rares, les chanteurs centenaires. Mais à quatre-vingt-cinq ans, l'étonnant Hugues Cuenod encore jeune homme, fit ses débuts dans le rôle de l'empereur Altoum de *Turandot*. Cuenod a tout chanté : l'opéra baroque (*L'Ormindo*), Stravinski et Janáček. Après des débuts à Glyndebourne en 1954, il a chanté plus de 470 fois au festival anglais au milieu des vertes collines. Acteur-chanteur bien-aimé de tous les publics, il restera pour nous, et pour l'éternité, M. Taupe du *Capriccio* et M. Triquet d'*Eugène Onéguine*. Mais il a aussi enregistré Monteverdi et tant de mélodies françaises. Cuenod est un phénomène dans l'histoire du chant — et nous avons le sentiment de l'avoir toujours connu.

Dal Monte, Toti (1893-1975)
Soprano italienne

C'était dans une maison de vacances en Auvergne, quelques piles de disques. On a dit plus haut les chansons de Mireille, celles de Pils et Tabet qu'on retrouve aussi au fil de ces pages. Il y avait aussi des trios par Cortot, Thibaut et Casals. Et il y avait l'air de la folie de *Lucia de Lammermoor* enregistré dans les années 30 par Toti Dal Monte. Ce fut un éblouissement. Nous avions neuf ans, dix ans, nous ne savions pas qu'une telle musique pouvait exister, nous l'écoutions jusqu'à plus soif. Cette voix qui montait si haut flottait longtemps, semblait se balancer comme une branche dans la nuit de la folie de la pauvre fiancée de Lammermoor. Nous la faisions entendre à des cousines, pour les épater. Et elles étaient épatées — mais elles préféraient Mireille et son « Petit chemin » qui sentait si délicieusement la noisette. Le disque de la grande Toti Dal Monte existe toujours, dans la même boîte de carton un peu écrasée. Toti Dal Monte, dont nous mîmes longtemps à comprendre que Toti était peut-être un diminutif pour Antonietta, était vénitienne. C'est Toscanini qui l'engagea à la Scala pour chanter la Gilda de *Rigoletto*. Le grand public était fou d'elle, elle fut même actrice de théâtre, elle a publié en 1962 une biographie : *Una voce nel mondo*.

Dale, Laurence (né en 1957)
Ténor anglais

On l'a découvert dans *La Tragédie de Carmen*, montée par Peter Brook, au Bouffes du Nord, à Paris. Il était un don José exemplaire dans cette version de chambre, sinon de poche, de la *Carmen* de Bizet. Mais des Bouffes du Nord, Laurence Dale est allé à Vienne, où il a chanté Tamino ou le Ferrando de *Cosi fan tutte* dirigé par Harnoncourt. Parfait interprète du chant français, il a créé le presque inconnu *Rodrigue et Chimène*, de Debussy, sous la direction de Kent Nagano. Très présent à Salzbourg, il a chanté Monteverdi, et surtout l'Ottavio superbe de la production de *Don Juan* de Patrice Chéreau, dirigé par Daniel Barenboim. On l'a entendu à la Bibliothèque nationale de France dans l'un des plus beaux cycles de mélodies de Francis Poulenc : « Tel jour, telle nuit », sur des poèmes de Paul Éluard. Mais, fidèle à ses origines britanniques, il y a chanté également les « Songs of Travel » de Vaughan Williams.

Dalibor

Bedrich Smetana. Livret de Josef Wenzig

Vienne, 1868

Une œuvre magnifique. Un immense chant d'amour composé en Bohême dans la deuxième moitié du XIXᵉ siècle, en même temps qu'une manière d'hymne national qui trouva toute sa vérité en 1919, lors de la création de la Tchécoslovaquie.

Au départ, on trouve une légende, plus ou moins appuyée sur quelques éléments historiques. Un chevalier Dalibor, champion du droit des paysans à pouvoir — eh oui ! — brasser leur propre bière, fut enfermé dans une tour du palais royal de Prague à l'extrême fin du XVᵉ siècle. C'est dans sa prison qu'il apprit le violon, devint un virtuose hors pair. On allait jusqu'au pied de la tour où il était retenu prisonnier pour l'entendre. Finalement, torturé et condamné à mort, exécuté, il serait devenu une sorte de héros national.

Le grand compositeur tchèque Smetana a, naturellement, voulu illustrer cette légende. Mais il avait dans la tête les accents d'autres violons que ceux de Dalibor. Le livret de l'Allemand Josef Wenzig rappelle, en effet, de très près l'intrigue du *Fidelio* de Beethoven. Comme dans *Fidelio*, un homme est injustement enfermé dans un cachot. Comme dans *Fidelio*, celle qu'il aime se déguise en jeune homme pour convaincre son gardien de lui permettre de l'approcher. Comme dans *Fidelio*, le gardien est un brave homme. Mais à la différence de *Fidelio*, Milada, l'héroïne, est la sœur de celui que le chevalier Dalibor a tué. C'est Rodrigue et Chimène, en effet, à cette nuance près que Milada n'a guère de trouble de conscience pour aimer tout de suite l'assassin de son frère. C'est que Dalibor a tué le frère en question pour venger son meilleur ami, son compagnon, son frère Zdenek, qui vivait et combattait à ses côtés. À la différence de *Fidelio*, aussi, tout se terminera très mal, Milada mourra la première, suivie de Dalibor.

Mais on n'a pas parlé du violon. La passion de Dalibor pour son ami Zdenek venait aussi du violon que celui-ci jouait. Chaque fois que le nom de Zdenek est évoqué dans l'œuvre de Smetana, c'est la musique enchanteresse d'un violon qui inonde l'orchestre, la scène, le théâtre tout entier. Le violon de Zdenek, bientôt joué par Dalibor lui-même, est en quelque sorte un personnage à part entière du drame de Smetana. C'est lui qui donne à l'œuvre ce côté Europe centrale romantique qui nous séduit tant. On ajoutera que les deux rôles de Dalibor et de Milada, un ténor ardent, un soprano slave aux accents plus que slaves encore, se voient attribuer des moments de grande intensité dramatique. Parfois leur chant à tous deux évoque celui de *Lohengrin*... Parfois la musique de Milana, celle de la petite Iteka, paysanne sûrement amoureuse de Dalibor comme l'est la gentille esclave Liù du prince venu conquérir Turandot, préfigure les grands moments lyriques d'un Richard Strauss. Contemporain du *Mefistofele* de Boito, des *Maîtres chanteurs de Nuremberg*, *Dalibor* est une œuvre rare, trop rarement jouée. On l'a découverte au Coliseum de Londres sous la direction de Mark Elder. Toute de lyrisme et de vaillance, de tendresse et de nostalgie, elle n'a cessé de nous hanter.

Dame blanche (La)

François Adrien Boieldieu. Livret d'Eugène Scribe d'après Walter Scott

Paris, 1825

Non, Boieldieu n'a pas écrit que le *Concerto pour harpe* et *La Dame blanche.* Elle est innombrable, son œuvre lyrique. Opéras et opéras-comiques se succèdent à un rythme presque annuel depuis sa *Fille coupable* (1793) jusqu'à sa *Marquise de Brinvilliers* (1831). Mais de la même manière que le *Concerto pour harpe* constitue pour nous l'un des sommets d'une musique que l'on aimerait qualifier d'amoureuse, *La Dame blanche*, créée à l'Opéra-Comique en 1825 et aussitôt reprise dans le monde entier, un peu oubliée aujourd'hui, est sûrement l'un des sommets de l'opéra-comique français — quand bien même Boieldieu qualifiait lui-même sa *Dame* d'opéra tout court. C'est une histoire de fantômes, d'héritier d'un manoir écossais qu'on a privé de ses biens, de trésors cachés, enfin tout ce que l'on peut imaginer du côté d'un Walter Scott subitement devenu très léger. Naturellement, le George Brown dépossédé de son domaine qui revient au pays tombe amoureux de la Dame blanche qui hante son château : coup de théâtre, la Dame blanche s'appelle Anna, c'est une femme en chair et en os, George Brown retrouvera tous ses droits, y compris son titre de comte, et la belle Anna, définitivement revenue sur terre, deviendra sa comtesse... On a dit l'œuvre un peu oubliée : on la donnait toujours, mais on en souriait : 1656 représentations à l'Opéra-Comique entre 1825 et 1910 ! Après le centenaire de sa création, c'est à Marseille, à Rouen ou à Dijon qu'il fallut se rendre pour l'entendre à nouveau. Le disque n'avait pas été très généreux avec elle. Et pourtant, que ce soit l'enregistrement de 1961 avec Michel Sénéchal ou celui de 1964 avec Nicolaï Gedda, ces deux albums font partie de notre mémoire. Jeune vice-consul archiviste à Hong Kong (personne n'est parfait...), nous fîmes une conférence sur l'opéra français presque entièrement centrée sur eux. Aujourd'hui, Marc Minkowski en a donné une version éblouissante avec Rockwell Blake. Plus que jamais, à présent, « la Dame blanche nous regarde, la Dame blanche nous entend... », pour reprendre les paroles de son air le plus fameux.

Dame de pique (La)

Piotr Ilitch Tchaïkovski. Livret de Modeste Tchaïkovski d'après une nouvelle de Pouchkine

Saint-Pétersbourg, 1890

La Dame de pique : un rôle idéal pour une chanteuse qui ne peut plus chanter. Entendons-nous. Une Régine Crespin encore bellement en voix n'a pas hésité à jouer le (petit) rôle de la diabolique et infortunée comtesse. Mais dans la plupart des productions modernes, le rôle de la femme en noir qui connaît le destin des cartes est bien souvent attribué à une vraie et grande chanteuse dont les moyens vocaux ne sont plus ce qu'ils étaient. Ainsi au Metropolitan de New York, une Regina Resnik, une Blanche Thebom, une Jean Madeira en toute fin de carrière furent des comtesses illustres. De même, l'immense Martha Mödl ne négligea pas non plus ce rôle court, à peu près entièrement parlé. En 1982, à Vienne, des spectateurs heureux purent y voir Christa Ludwig. L'année suivante, à Marseille, c'était Astrid Varnay qui jouait les vieilles dames jadis indignes et aujourd'hui assassinées... C'est dire si ce rôle, à peu près unique dans l'histoire de l'opéra, continue à fasciner les chanteuses.

Mais c'est l'œuvre tout entière, et au premier chef la nouvelle de Pouchkine qui l'inspira, qui demeure pour nous un sujet de fascination. Et nous n'avons pas oublié, dans l'Angleterre de nos douze ans, un film très noir et un peu blanc tourné par le bien oublié Thorold Dickinson. Anton Walbrook, l'acteur fétiche de Max Ophuls et de Michael Powell, y jouait l'officier russe obsédé par les cartes. C'était la grande comédienne Edith Evans qui incarnait la comtesse Ranewskaya. Nous avions douze ans, donc, nous vîmes le film dans une de ces grandes salles où l'on pouvait fumer, quelque part dans la périphérie de Londres, nous fûmes terrifié par la scène de la mort en dentelles noires de la comtesse et n'en dormîmes plus pendant quelques semaines.

La comtesse pécheresse à qui, dans sa jeunesse, le diabolique comte de Saint-Germain révéla le secret des cartes, n'a pas fini de nous hanter. Et combien de fois, par jeu, mais peut-être aussi par une obscure croyance, avons-nous misé sur le secret des cartes révélé par la vieille femme : le trois, le sept et l'as de pique. Avec la terreur de nous retrouver, comme Hermann, avec une dame de pique entre les mains en lieu et place de l'as qui apportait la fortune.

C'est dire que la musique de Tchaïkovski, avec Pouchkine omniprésent sur le devant de la scène, nous envoûte. D'une certaine manière, on pourrait dire que c'est la vie de Saint-Pétersbourg tout entière qui nous envoûte avec elle. Car, avec *La Ville morte* de Korngold, rarement dans l'histoire de l'opéra, une œuvre a été aussi parfaitement le reflet d'une cité. Et lorsque, à la fin du drame, l'infortunée Lisa, qui se rend bien compte qu'elle ne peut être aimée par l'officier dévoyé que pour avoir accès à la vieille dame, momie murée dans son silence et dont elle a la charge, ira se jeter dans un canal, nous suivrons les pas de Lisa dans la neige et nous pencherons à notre tour au-dessus du même canal, que nous reconnaissons si bien.

La Dame de pique, c'est l'enfer du jeu, c'est celui, plus terrible encore, de l'âge qui emmure les souvenirs. C'est aussi celui de l'amour humble, de la tendresse cachée, allons, on le dira : la petite fleur dans la neige. Face à la vieille comtesse, le personnage de Hermann, qui crie à la face du monde que la vie n'est qu'un jeu et que le bien, le mal, les rêves, le travail, la probité sont seulement des histoires de femmes est un illuminé à la passion froide qui nous terrifie tout autant que la vieille femme qui mourra de peur en le voyant apparaître la nuit dans sa chambre. On aurait voulu voir Jon Vickers dans ce rôle, à New York au milieu des années 60. Fort peu russe en vérité, il n'en devait pas être moins inquiétant.

Reste la pauvre Lisa, que peu de très grandes chanteuses, en dehors de Russie, ont su interpréter. Certes, Emmy Destinn créa le rôle à New York, plus tard Teresa Stratas, Renia Kabaïvanska y furent émouvantes. Mais la folie qui habite la musique de Tchaïkovski comme les personnages de la comtesse très noire et du plus noir encore Hermann, balaie généralement les Lisa comme fétus de paille. À peine une robe blanche qui flotte un instant dans l'eau glacée d'un canal à Saint-Pétersbourg. À la Bastille, en 1999, la pièce entière, aux marges de la folie, se déroulait dans un asile psychiatrique. Les beaux costumes blancs de Chloé Obolensky y étaient robes de bures.

Damnation de Faust (La)

Hector Berlioz. Livret d'Almire Gandonnière et Gérard de Nerval

Opéra-Comique, 1846

Attention ! *La Damnation de Faust* n'est pas un opéra, mais une « Légende dramatique en quatre parties ». Dans l'esprit de Berlioz, l'œuvre est d'abord une formidable composition symphonique, dans laquelle viennent s'inscrire de grands moments lyriques vocaux. D'où la difficulté d'une mise en scène parfaitement en accord avec un livret qui n'est pas un livret d'opéra. Aucune évolution des caractères, simplement des situations. On est loin du *Faust* formidablement théâtral de Gounod. Ici, quatre personnages seulement : Faust (ténor), Méphistophélès (baryton basse), Brander (basse), Marguerite (soprano). Et c'est tout. Mais bien davantage pourtant que le chef-d'œuvre de Gounod, la *Damnation* de Berlioz reflète la pensée de Goethe.

Si la *Damnation* a été composée entre 1845 et 1846, la découverte de Goethe par Berlioz et l'absolue nécessité qu'il sent naître en lui d'en tirer une œuvre à lui apparaît dès 1828-1829 alors que le jeune compositeur, alors seulement âgé de vingt-cinq ans, découvre la traduction de Goethe par Gérard de Nerval. Immédiatement, il se mettra au travail et vont naître les *Huit scènes de Faust.* C'est de cette première ébauche, longtemps ignorée des directeurs d'orchestre comme du public et qu'il va ensuite transformer en la transcendant qu'il tirera la matière de la *Damnation.* Ainsi, pendant près de vingt ans, Berlioz va-t-il vivre une manière de tête-à-tête permanent avec Faust, comme d'ailleurs avec Shakespeare ou, plus longtemps encore, avec Virgile.

Parfaitement déséquilibrée, l'œuvre finale comprend quatre parties, d'importances inégales. L'action — si l'on peut parler d'action — se déroule d'abord en Hongrie, ce qui permet à Berlioz d'y introduire sa fameuse « Marche hongroise ». Cette première partie s'ouvre surtout par la formidable invocation à la nature : « Le vieil hiver a fait place au printemps... »

Méphistophélès apparaît dans la deuxième partie, et présente à Faust les chanteurs avinés de la cave d'Auerbach à Leipzig. Puis Marguerite. Vient la troisième partie, la chambre de Marguerite, la « Ballade du roi de Thulé », la séduction. L'épilogue, c'est la rédemption de Marguerite, les anges qui attendent la pécheresse sauvée.

On le voit, les scènes se bousculent, c'est pourquoi bien souvent des metteurs en scène contemporains ont eu recours à des projections, des diaporamas, des images hallucinantes de chevaux au galop.

La première de l'œuvre a lieu à Paris le 6 décembre 1846. C'est une matinée. Est-ce parce qu'il neige ? En tout cas, la salle est presque vide. Toute l'excitation des répétitions, pourtant chaotiques, va retomber. Berlioz est anéanti. En un instant, il a compris qu'il a perdu la partie. Une fois de plus. Mais il sait toujours, plus que jamais, que l'œuvre qu'il va diriger dans l'instant qui suit est l'un de ses chefs-d'œuvre. Il monte donc au pupitre, jauge un instant la salle, les fauteuils vides. Puis il se retourne, la baguette à la main. Alors, il reprend son souffle et se lance à corps perdu. À mesure que la musique se déploie sur la grande salle, Berlioz se rend compte de l'étendue de son échec. Les trop rares répétitions, la mollesse des chœurs : tout cela ne fait que confirmer le désastre deviné. Et lorsque le rideau tombe, en dépit de la présence dans la salle du duc et de la duchesse de Montpensier, celle-ci paraît plus vide que jamais. Bien sûr, les journaux donneront des comptes rendus dithyrambiques, sans cacher pour autant l'absence réelle du public. La presse, les critiques — presque tous des amis ! — tout le monde admire ce nouveau *Faust*. On chante ses louanges. On admire la nouveauté de l'œuvre, son intensité dramatique, la richesse, la noirceur parfois de la palette sonore. Mais le public qui pouvait partager son enthousiasme n'était pas au rendez-vous. Une amusante gravure publiée en 1846, d'après Grandville, montre Berlioz, encore fringant et chevelu, le geste large de la main droite, la main gauche sur la hanche, dirigeant tombones, grosse caisse, enclumes, mitrailles et canon, devant un public effaré qui se bouche les oreilles en s'enfuyant : tel semble être, sans retour, le sort de Berlioz après la *Damnation.*

La deuxième représentation a lieu le 20 décembre, cette fois la salle n'est pas à moitié vide, elle l'est aux trois quarts. Il neige toujours. Là-dessus, devant le trou noir du parterre, les balcons désertés, l'interprète de Faust, le vaillant Roger, décide de ne même pas chanter l'« Invocation à la nature ». Bien sûr, les amis continuent à manifester leur enthousiasme, on va même faire frapper une médaille commémorative mais, pas plus que *Benvenuto Cellini, La Damnation de Faust* n'a remporté l'adhésion du public.

Et pourtant, les choses vont bientôt changer. À partir des années 1880, *La Damnation de Faust* est inscrite de manière quasi permanente aux répertoires de l'Opéra de Paris et de l'Opéra-Comique. Il y aura des Faust fameux, tels Jean de Reszké ou Georges Thill. Plus récemment, un Nicolaï Gedda en fera un enregistrement fameux, avec la grande Joséphine Veasey et Jules Bastin, sous la direction de Colin Davis. Mais, pour les berlioziens purs et durs, il apparaît moins que jamais nécessaire de mettre en scène *La Damnation de Faust* comme un opéra qu'elle n'est pas.

Notre première *Damnation*, nous l'avons vue pendant l'été 1959. C'était en plein air, dans Central

Park, à New York. Et en plein jour : drôle d'endroit pour une rencontre avec le ténébreux Méphisto que chantait Martial Singher. Nous étions en compagnie d'une Marianne, la quittions pour toujours, ou presque, puisque, à peine le bateau qui nous ramenait en France s'était-il éloigné du quai qu'elle en épousait un autre. Ou presque.

Dafne

Jacopo Peri. Livret d'Ottavio Rinuccini

Florence, 1598

L'opéra mythique. L'œuvre fondatrice, probablement, par laquelle le théâtre lyrique se dégage des conventions de la polyphonie jusque-là triomphante pour aboutir à une manière de *parlar cantando*, un véritable récitatif musical, ce que les créateurs du genre croyaient se rapprocher de la tragédie grecque.

Un peu d'histoire littéraire et musicale : c'est à Florence, dans le cadre informel et patricien de l'Academia dei Bardi, qu'un certain nombre de doctes esprits du temps s'attachèrent à tenter d'inventer une nouvelle forme musicale. Jusque-là, dominait la forme du madrigal, où plusieurs voix contribuaient à faire parler un même personnage. On comprend que la vérité dramatique de ce procédé ait fini par lasser ceux qui rêvaient d'un retour, somme toute, à l'antique. C'est ainsi qu'un Jacopo Peri, un Vincenzo Galileo, le père de qui vous savez, prirent l'habitude de se retrouver chez quelques aristocrates florentins, d'abord Giovanni Bardi, puis Jacopo Corsi. Ce petit cercle d'amateurs amena Jacopo Peri à composer la première œuvre qui reflète leur théorie. À partir d'un thème mythologique bien connu, tiré des *Métamorphoses* d'Ovide, la transformation de Daphné en laurier pour échapper aux étreintes d'Apollon, Ottavio Rinuccini écrivit un texte court, sur lequel Peri composa une musique, hélas aujourd'hui presque entièrement perdue. La première eut lieu pendant le carnaval de 1598, dans le palais de Jacopo Corsi.

Les bribes qui nous en sont parvenues ne nous permettent guère d'en savoir davantage. C'est plutôt la réflexion de la « Camerata Fiorentina » qui fit naître la *Dafne* qui nous renseigne le mieux. Telle quelle, cette *Dafne* perdue occupe pourtant une place capitale, fondatrice, dans l'histoire de l'opéra, à l'origine d'un « style représentatif » qui devait perdurer en Italie pendant toute la première moitié du XVIIe siècle. De Peri, on connaît mieux aujourd'hui une *Euridice* (voir ce titre), créée elle aussi à Florence, mais trois ans plus tard. Un enregistrement que l'on osera qualifier de précurseur a été réalisé à Rennes en 1980, pendant des représentations données à la Maison de la culture. Une jeune femme nous l'a offert, nous l'avons écouté ensemble. Nous n'avons pas entendu l'œuvre depuis...

Daphné

Richard Strauss. Livret de Josef Gregor

Dresde, 1938

Il existe des dizaines de *Daphné*, dans l'histoire de l'opéra. Il faut dire que peu de personnages de la mythologie classique sont aussi émouvants que celui de la fille du dieu-fleuve Pénée, qui échappa aux ardeurs d'Apollon en se transformant en laurier. On a vu la *Dafne* de Jacopo Peri, en 1598. Il y a eu aussi celle de Caccini, en 1600, pour ne pas parler du premier opéra allemand, la *Daphne* de Heinrich Schütz en 1627. Ni de dizaines d'autres Daphné ou Dafni, reprenant toutes le même thème, notamment celle de Scarlatti en 1700.

L'œuvre de Strauss est singulière. À partir d'un mythe classique, bien connu et rabâché par tant de compositeurs avant lui, Strauss voulut jouer la carte du nouveau. Se voyant interdit de travailler avec Stefan Zweig, parce que celui-ci était juif et que l'Allemagne était ce qu'elle était, il eut recours à un autre librettiste, Josef Gregor, alors patron du département d'art dramatique de la Bibliothèque nationale de Vienne. Leur collaboration fut d'abord chaotique, et des lettres que les deux hommes ont échangées en témoignent. Ce n'est pas la belle harmonie qui régnait entre Hofmannsthal et Strauss. Finalement, à force d'arrangements et de tâtonnements, tous deux parvinrent à mettre au point un texte en un acte sur lequel Strauss a fait de véritables prodiges. Deux ténors se disputent l'amour de la belle Daphné, Leukippos, un berger ; et naturellement le dieu Apollon. Jaloux, Apollon tuera Leukippos et ce sera la fin admirable de l'œuvre, dans laquelle le chant de Daphné, d'abord immense et tragique, devient peu à peu éclairs de voix, simple balbutiement, enfin musique pure, à mesure que la métamorphose voulue par Jupiter fait son œuvre et que la jeune nymphe se transforme en laurier. Rien, peut-être, n'illustre mieux la *Daphné* de Strauss que celle que le Bernin a sculptée dans le marbre et que l'on peut voir à la galerie Borghèse à

Rome. La nymphe blanche, dont les hanches deviennent tronc, le bout des doigts feuillages, s'envole vers l'éternité avec la même beauté mouvante et fluide que l'héroïne de Strauss. Le rôle créé par Margarete Teschemacher a surtout attiré les grandes interprètes viennoises : Ilde Gueden, dont l'enregistrement réalisé avec le splendide Leukippos de Fritz Wunderlich est une référence absolue, sous la direction de Karl Böhm. Après elle, c'est Lucia Popp qui a su si bien reprendre le flambeau de la radieuse héroïne de ce que Strauss lui-même qualifia de « tragédie bucolique ».

Dardanus

Jean-Philippe Rameau. Livret de Le Clerc de la Bruère

Paris, 1739

L'une des œuvres les plus abouties de Jean-Philippe Rameau, qui constitua une des grandes reprises — on devrait dire créations — de l'ère Bernard Lefort à l'Opéra de Paris, en 1980. Ces représentations, dirigées par Raymond Leppard et surtout mises en scène par Jorge Lavelli, n'ont pas fait l'unanimité au Palais Garnier. D'aucuns ont même pu parler de ratage intégral, c'était bien sévère. Nous gardons un beau souvenir des scènes d'enchantement dans lesquelles, sur un coup de baguette magique, l'infortuné Dardanus, amoureux d'une Iphise que son père lui refuse, se voit lui-même transformé en magicien pour apprendre de la bouche de la belle qu'il est aimé d'elle. Sévère, la critique l'a également été pour l'enregistrement publié à l'époque par la firme Erato. Mais d'une manière générale, au début des années 80, le baroquisme ardent commençait à déferler sur le monde de la musique. Et quel qu'ait été le rôle joué auparavant par un Raymond Leppard dans ce domaine, on a peut-être voulu lui signifier vertement qu'il devait en rester là : nous n'oublierons pas, nous, que c'est grâce à Leppard qu'à Glyndebourne nous avons appris à connaître Cavalli. Nous n'oublierons pas non plus, dans l'infortuné *Dardanus* de 1980, les deux grandes Christiane Eda-Pierre en Vénus et Frederica von Stade en Iphise. Souvenons-nous aussi de Roger Soyer et, naturellement, de José Van Dam. Mais souvenons-nous surtout de Bernard Lefort qui tenta cette entreprise...

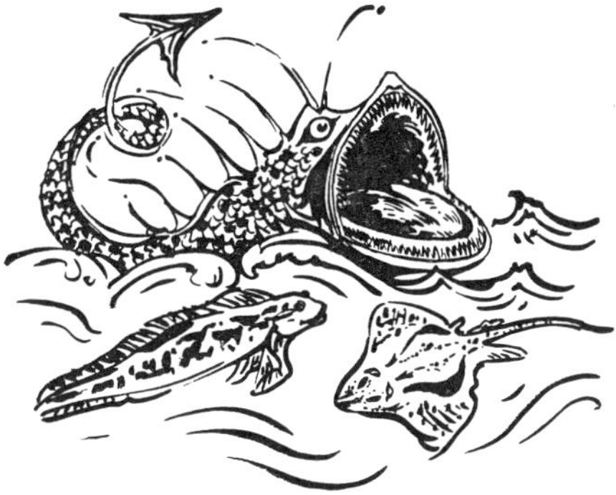

De Sabata, Victor (1892-1967)
Chef d'orchestre italien

Avec Tullio Serafin, le plus grand chef italien de la génération qui suivit immédiatement Toscanini. Non seulement De Sabata dirigea à peu près toutes les œuvres du répertoire italien, mais c'est lui qui était dans la fosse de l'Opéra de Monte-Carlo lors de la première de *L'Enfant et les sortilèges*. Il donna aussi à la Scala, en 1930, un *Tristan et Isolde* qui fit date dans l'histoire de l'opéra en Italie. Comme Serafin, il a dirigé quelques-uns de ces enregistrements qui, eux aussi, firent date dans l'histoire de l'opéra : ceux imaginés par le directeur artistique Walter Legge. Il est, et à ce titre, cher à notre cœur, le chef qui dirigea l'orchestre de la Scala dans le premier enregistrement de la *Tosca* de Callas, avec Giuseppe Di Stefano et Tito Gobbi. Mais avant cela, c'est dans son enregistrement du *Requiem* de Verdi que nous écoutâmes éperdument pour la première fois les grandes envolées lyriques d'un « Imigesco » qui continue à nous donner de bien jolis frissons.

Del Monaco, Mario (1915-1982)
Ténor italien

Une voix immense à laquelle certains puristes reprochaient un manque de finesse : les pauvres ! Comme s'ils n'avaient pas compris que, dès la veille de la Deuxième Guerre mondiale, Mario Del Monaco est devenu le digne successeur du grand Beniamino Gigli à Rome et dans le monde entier. Un timbre un peu lourd peut-être, mais qui triomphe dans les rôles de ténors puissants : Otello, le Trouvère. C'est dans *Le Trouvère* que nous l'avons entendu pour la première fois. C'était en disque, dans un enregistrement dirigé par Alberto Erede. Il formait avec la touchante Renata Tebaldi un couple héroïque et romantique à souhait. L'un de nos premiers disques d'opéra italien, nous qui n'écoutions que Mozart, Wagner et Strauss : trois galettes noires séparées sous des pochettes d'un rouge de feu, naturellement ! Illustrées des portraits des principaux interprètes : chacun son disque. D'autres *Trovatore* ont enrichi depuis lors notre discothèque : ô combien ! Et pourtant, à côté de la version « américaine » de Jussi Björling, Leonard Warren et Zinka Milanov, l'enregistrement de Del Monaco continue à occuper pour nous une place de choix. Et tant pis pour ceux qui ne sont pas d'accord avec nous ! La légende veut que Del Monaco ait chanté pour la dernière fois le rôle d'Otello en 1973, pour le centenaire de la naissance de Caruso, après l'avoir interprété 427 fois ! Mario Del Monaco a un fils, Gian-Carlo, né en 1945, qui met courageusement des opéras en scène sur toutes les scènes du monde. Ou presque...

Della Casa, Lisa (née en 1919)
Soprano suisse

Della Casa est pour nous immortelle. Cette parfaite jeune fille suisse, sagement née près de Berne en 1919, est pour l'éternité la pure héroïne de l'*Arabella* de Strauss, mais aussi tous les autres grands rôles straussiens, Octave, Sophie, la Maréchale du *Chevalier à la rose* ; *Ariane* ; Chrysotemis dans *Elektra* ; la comtesse Madeleine dans *Capriccio*. On l'a vue aussi dans *Salomé*, elle y était une petite fille trop sage. Mais son visage parfaitement lisse, sa transparence qui nous revient, image et son, dans le superbe enregistrement vidéo du *Don Juan* de Salzbourg, en 1951, où elle chantait donna Elvire aux côtés de Cesare Siepi, dirigée par Furtwängler, lui donnent encore aujourd'hui une manière d'éternité. C'est au Festival de Munich, en 1962, qu'on l'a découverte en Arabella. Avec sa petite sœur Zdenka, Analiese Rothenberger, elle chantait un duo du premier acte à vous faire frissonner de bonheur. Mais quand elle descendait le grand escalier qui la conduit, au troisième acte, vers l'homme qu'elle aime, un verre d'eau symbolique à la main, nous touchions au bonheur. Je crois me souvenir qu'elle portait une robe rouge. À Lisa Della Casa, on voudrait chanter un chant d'amour. Elle-même, elle nous l'a d'ailleurs chanté, ce chant : ce sont ses « Quatre Derniers Lieder » à elle, de son cher Richard Strauss.

Pendant vingt ans, le disque a peut-être occulté la personnalité de Della Casa, tant l'immense Elisabeth Schwarzkopf, qui n'était pas vraiment son amie, occupait le devant de la scène. Il est urgent de revenir vers elle, au visage d'ange... Della Casa, c'est Arabella pour l'éternité...

Deller, Alfred (1912-1979)

Haute-contre anglais

C'est pour Alfred Deller que Benjamin Britten a écrit le rôle d'Obéron dans son *Songe d'une nuit d'été*. Et c'est lui qui en chanta la première représentation, en 1960. Découvreur d'un chant baroque alors que le baroquisme n'était pas encore à la mode, Alfred Deller et son Deller Consort ont eu une étonnante vogue dans le monde entier dans les années

1960. Chansons à boire écossaises ou arias de Bach : la voix extraordinairement flexible de celui qui réinventa, en somme, un répertoire de haute-contre était parfois un peu acide, mais qu'importe. On doit néanmoins se souvenir d'un été américain, en 1959. Nous habitions une grande maison de Cambridge, près du campus de Harvard. Peuplée de monstrueux tableaux représentant des animaux disséqués peints, viscères au vent, par la femme du Prix Nobel de physique qui nous abritait, cette maison résonna aussi pendant plusieurs jours de la voix de Deller, diffusée à pleine puissance par une machine à musique. Nous étions malade, une très grosse fièvre qui devait, après quinze jours, nous conduire à l'hôpital pour près d'un mois. Et la voix de Deller — Bach ou Purcell, qu'importait ! — nous faisait éclater la tête, à la manière d'une fraise de dentiste. Il nous a fallu longtemps pour réapprendre à aimer Deller. Mais nous l'aimons de nouveau. On écoute encore souvent ses chants de marins...

Delunsch, Mireille (née en 1962)
Soprano française

Mireille Delunsch est la Violetta que l'on n'a pas entendue au Festival d'Aix-en-Provence en 2003. Des grèves, une manifestation de rues, la voix de Mireille Delunsch s'est évanouie sous les étoiles du théâtre de l'Archevêché. On la retrouvera l'année suivante. Car Mireille Delunsch devient, depuis le milieu des années 1990, l'une des sopranos les plus remarquables et les plus recherchées de la scène lyrique française. Et si nous l'avons perdue en route à Aix en 2003, l'année précédente, elle était une Elvire de *Don Giovanni* éperdue d'amour pour le séducteur qui lui tournait le dos. Mais elle avait été auparavant, sous la direction de Marc Minkowski, une fulgurante Poppée dans l'opéra de Monteverdi. Son duo au dernier acte scellait à la fois une histoire d'amour mais aussi le début de beaucoup d'autres vengeances. Le répertoire de Mireille Delunsch est immense, Jean-Claude Casadesus en a fait sa Mélisande et sa *Demoiselle élue.* Mélisande, elle est sensuelle, étonnamment réfléchie ; *Demoiselle*, elle est d'une transparence inouïe. Mais, les berlioziens que nous sommes ont aimé qu'elle accepte de chanter l'une des cantates du concours de Rome pour lesquelles on refusa à Hector Berlioz d'entrer à la Villa Médicis. Dans le cas précis, il s'agit d'*Herminie*, qu'elle chanta sous la direction de Philippe Herreweghe.

Dermota, Anton (1910-1989)
Ténor slovène

L'un de nos ténors bien-aimés, le ténor mozartien par excellence que Bruno Walter fit venir à Vienne en 1936, puis à Salzbourg en 1938, où il chanta Belmonte de *L'Enlèvement au sérail* et surtout don Ottavio dans *Don Juan.* Depuis, il est le don Ottavio idéal. Le disque nous a permis de l'entendre souvent, dans la plupart des opéras de Mozart. Sa musicalité, sa tendresse, l'étendue de la tessiture de sa voix en ont fait un chanteur unique : oserons-nous dire que ce pilier des grandes distributions viennoises de l'immédiat après-guerre n'a jamais été remplacé ? Son Tamino était héroïque en même temps qu'amoureux — fût-ce, d'entrée de jeu, des Trois Dames de la Reine de la nuit. Et dans *Cosi*, il savait être un si bon comédien que ce n'est pas étonnant que ces dames en perdissent la tête ! Une certaine Marie-Noëlle, avec qui nous l'écoutâmes — au disque ! — dans nos années d'étudiant, n'écoute plus que lui : à côté de Dermota, nous ne pouvions choisir que le silence !

Dernesch, Helga (née en 1939)

Soprano, puis mezzo-soprano autrichienne

Grande et belle, elle a chanté à peu près tous les rôles de Wagner, d'Eva à Brünnhilde. Elle fut notamment une glorieuse Isolde dans un enregistrement de Herbert von Karajan, avec Jon Vickers. À partir de la fin des années 1970, sa voix a évolué vers un registre plus grave. Mezzo-soprano, elle a dès lors chanté Clytemnestre ou Herodias. C'est dans le rôle de l'Herodias de *Salomé* que nous l'avions entendue, au début des années 1980, à l'Opéra de San Francisco. Un ami nous accompagnait, nous dînâmes ensemble et c'est elle qui eut cette jolie formule sur l'œuvre que nous venions d'entendre. Selon elle, il n'existerait que deux types de chanteuses dans le rôle de Salomé : celles qui chantent, et celles qui dansent la danse des sept voiles. Celles qui montrent leur voix, celles qui se montrent nues... La Salomé que nous avions entendue une heure auparavant avait dansé, je crois bien, jusqu'au bout, la danse des sept voiles. On se gardera de révéler ici son nom, on donnera seulement ses initiales : J.B. Mais déjà, à Londres, où cette J.B. était vedette à part entière, nous ne l'admirions pas vraiment...

Désormière, Roger (1898-1963)
Chef d'orchestre français

L'un des grands méconnus aujourd'hui, parmi ceux qui firent de la musique française ce qu'elle fut pendant plus d'un demi-siècle. C'est Roger Désormière qui a dirigé les premières d'*Une éducation manquée* et de *L'Étoile* de Chabrier, mais aussi d'*Ariane à Naxos* en France et surtout certain *Pelléas et Mélisande* qui fait partie du légendaire de Debussy. Avec Jacques Jansen et Irène Joachim, le *Pelléas* de Désormière, qui date de 1942, constitue la version historique, la version de référence par excellence. On ajoutera que non seulement Désormière fut chef d'orchestre, mais également compositeur. Il participa activement à tout un pan du cinéma français, pour lequel il composa des musiques de film ou dirigea les partitions des autres. Il est notamment l'auteur de la musique de quelques-uns des films de Jean Grémillon. Membre du parti communiste, c'était un homme engagé dans son art comme dans sa vie. Petit remerciement : il fut pendant deux ans, de 1944 à 1946, le directeur de l'Opéra-Comique.

Dessay, Natalie (née en 1965)
Soprano française

Natalie Dessay est un météore dans l'univers de l'opéra d'aujourd'hui. Tous les rôles de soprano léger et, plus encore, ceux de soprano coloratura lui sont ouverts, et dans le monde entier. Sa Reine de la nuit à Salzbourg comme à Paris, nous laisse stupéfaits par la légèreté et l'habileté d'une voix qui semble toujours monter plus haut, sans jamais se perdre. Elle a pu nous enchanter dans sa Morgana de l'*Alcina* de Haendel. Naturellement, elle a été un *Rossignol* selon Stravinski hors pair. Et quand bien même on l'aime en Olympia des *Contes d'Hoffmann* ou en Lakmé, en Ophélie de *Hamlet* — elle est éblouissante dans l'opéra français —, c'est probablement sa Zerbinette selon Strauss et *Ariane à Naxos* qui restent pour nous son incarnation la plus stupéfiante. À sa voix vertigineuse s'ajoute une drôlerie incroyable. Il fallait la voir à Salzbourg, il a fallu la voir en novembre 2003 au Palais Garnier, pour se rendre compte de l'abattage de Natalie Dessay. La vigueur avec laquelle elle mène tambour battant les Truffaldino et autres Scaramuccio qui dansent autour d'elle la danse du rire et du désir est, à probablement parler, ahurissante. Sans hésiter à porter des tignasses d'un rouge vif, à se promener en maillot de bain deux-pièces, slip et soutien-gorge, sur la scène sacro-sainte de Garnier où tant de divas volumineuses tentaient de cacher leurs kilos sous des kilomètres de voiles, on a le sentiment que Natalie Dessay peut aujourd'hui tout faire et tout se permettre.

Devin du village (Le)

Jean-Jacques Rousseau

Fontainebleau, 1752

Dans son *Dictionnaire de la musique*, à la rubrique « Opéra », Jean-Jacques Rousseau remarque : « À la naissance de l'opéra, ses inventeurs, voulant éluder ce qu'avait de peu naturel l'union de la musique au discours dans l'imitation de la vie humaine, s'avisèrent de transporter la scène aux cieux et dans les Enfers ; et, faute de savoir faire parler les hommes, ils aimèrent mieux faire chanter les dieux et les diables que les héros et les bergers. Bientôt la magie et le merveilleux devinrent les fondements du théâtre lyrique et, content de s'enrichir d'un nouveau genre, on ne songea pas même à rechercher si c'était bien celui-là qu'on aurait dû choisir. Pour soutenir une si forte illusion, il fallut épuiser tout ce que l'art humain pouvait imaginer de plus séduisant chez un peuple où le goût du plaisir et celui des beaux-arts régnaient à l'envi. Cette nation célèbre, à laquelle il ne reste de son ancienne grandeur que celle des idées dans les beaux-arts, prodigua son goût, ses lumières, pour donner à ce nouveau spectacle tout l'éclat dont il avait besoin : on vit s'élever par toute l'Italie des théâtres égaux en étendue aux palais des rois, et en élégance aux monuments de l'Antiquité dont elle était remplie ; on inventa pour les orner l'art de la perspective et de la décoration ; les artistes dans chaque genre y firent à l'envi briller leurs talents ; les machines les plus ingénieuses, les vols les plus hardis, les tempêtes, la foudre, l'éclair et tous les prestiges de la baguette furent employés à fasciner les yeux, tandis que des multitudes d'instruments et de voix étonnaient les oreilles... Avec tout cela, l'action restait froide, et toutes les situations manquaient d'intérêt... »

C'est en 1767 que Rousseau publie son *Dictionnaire de musique*. Quinze ans plus tôt, il avait donné son unique opéra, répondant en somme par avance aux critiques qu'il faisait du genre italien. Oh ! avec *Le Devin du village*, nous sommes bien loin du fantastique, de la tempête et des masses orchestrales et vocales que pourfend Rousseau ! Créé au théâtre de la Cour de Fontainebleau, nous sommes plus loin encore des théâtres grands comme des palais dont il se raille. Pour tout dire, qualifié d'« intermède pastoral en un acte », *Le Devin du village* est une œuvrette charmante, sur laquelle personne n'aurait jamais songé à s'appuyer pour défendre les thèses de Rousseau. Sauf Rousseau lui-même, qui l'aimait, son *Devin* !

Œuvrette : *Le Devin du village* dure à peine cinquante minutes, comprend trois personnages, un tout petit chœur, quelques instruments d'orchestre et une demi-douzaine de danseurs. Colin et Colette s'aiment, marivaudent joliment en berger et bergère, Colette chante qu'elle a « perdu tout son bonheur » tandis que, Colin l'affirme, « sa Colette est charmante ». Un brave devin de village, à cent lieues des magiciens et magiciennes de l'opéra italien, avivera leur jalousie pour mieux les réconcilier. C'est tout.

Ces cinquante petites minutes de jolie musique écrite par l'un des premiers philosophes de l'Europe des Lumières eurent un succès prodigieux dans l'Europe tout entière. Dès l'année qui suivit sa création, *Le Devin du village* entrait à l'Académie royale de musique, se montrait à Bruxelles. Plus tard, Francfort,

Vienne, Londres en anglais : jusqu'à New York en 1790. On l'a joué plus de quatre cents fois à Paris dans le premier tiers du XIXe siècle. Puis, on l'a repris de temps en temps. Et surtout, on s'est amusé à le récrire. Ce fut le cas de Favart, avec ses *Amours de Bastien et Bastienne* ; et surtout d'un certain Mozart, dont le *Bastien et Bastienne* a sûrement contribué à éclipser le pauvre Colin et sa « charmante » Colette.

Di Stefano, Giuseppe (né en 1921)
Ténor italien

On l'aime, on l'a toujours aimé, Di Stefano, et depuis le premier jour. Il fut probablement l'un des ténors italiens les plus célèbres de la deuxième moitié du XXe siècle. Un peu comme pour Wolfgang Windgassen en Allemagne, il est de bon ton, dans des milieux dont nous ne partageons pas forcément toutes les admirations, de remarquer que Di Stefano, c'est bien, mais tout de même... Comme Windgassen. La raison de ce succès public qui dura si longtemps ? Principalement le disque. Avec Tito Gobbi, il fut l'un des deux partenaires idéaux de Maria Callas dans ces enregistrements légendaires que réalisa Walter Legge, à l'enseigne de la Scala de Milan, dans les années 1950 et 1960. Mais Di Stefano était un chanteur beaucoup plus intéressant que des critiques trop zélés ne veulent le reconnaître. Sa voix était capable de moments d'immense tendresse et de pianissimi sublimes. Pour Maria Callas, il fut un ami indéfectible. C'est lui qui l'accompagna à travers le monde dans ses dernières tournées, alors que la chanteuse était à bout de souffle et qu'elle s'accrochait littéralement à lui lorsqu'ils apparaissaient tous deux en scène. Tous les passionnés de Maria Callas savent ce que Giuseppe Di Stefano représentait pour elle.

Diables de Loudun (Les) *(Die Teufel von Loudun)*

Krzystzof Penderecki. Livret de John Whiting d'après Aldous Huxley

Hambourg, 1969

Une anecdote. Pour fêter dignement le deuxième centenaire de la Révolution française, le ministre de la Culture de l'époque avait songé à demander à Penderecki d'écrire une cantate, une œuvre, n'importe quoi. Et l'on nous suggéra d'en écrire le livret. Nous rendîmes visite à Penderecki quelque part en Allemagne, à Cologne, nous semble-t-il. Et l'accord fut total : l'accord sur un désaccord parfait. Polonais trop longtemps mangé à la sauce soviétique, Penderecki ne se sentait guère d'atomes crochus pour la Révolution française. Seul l'intéressait, en somme, le personnage de Marie-Antoinette. Fidèle messager, nous rapportâmes cette conversation au cabinet du ministre, qui insista : qu'on convainque Penderecki d'autre chose ! Laborieusement, un début d'accord se fit donc sur le personnage de Madame Roland, révolutionnaire, certes, mais vite guillotinée par les révolutionnaires plus révolutionnaires qu'elle. Pire, le projet tout entier tomba à l'eau. Et Penderecki composa quand même un oratorio — sur quel sujet ? — dont le dernier mouvement est devenu symphonie à part entière. Nous fûmes désappointé, mais nous aimions *Les Diables de Loudun* de Penderecki, on pouvait tout lui pardonner. L'œuvre est naturellement inspirée de la tragique histoire d'Urbain Grandier et des démons de Loudun. Les possédées : ces bonnes sœurs à la sexualité bien réveillée qui, menées chapelet battant par leur prieure, elle-même amoureuse d'un Grandier qui se refusait à elle, déclarèrent comme une seule nonne que leur confesseur leur avait fait des propositions impures. Tout s'est très mal terminé pour Grandier, mais Penderecki a su tirer de ce drame historique et religieux une œuvre haletante. Relativement classique dans son expression, l'opéra est traversé, çà et là, de grands élans d'une nouveauté bien tempérée. Ce fut une commande de Rolf Liebermann lorsqu'il se trouvait à la tête de l'Opéra de Hambourg. Tatiana Troyanos faisait partie de la première distribution. On l'a donnée à Marseille en 1972, dans une version française d'Antoine Goléa. Andrée Esposito y était, nous dit-on, bouleversante.

Dialogues des carmélites (Les)

Francis Poulenc. Livret d'Emmet Lavery, d'après Georges Bernanos et Gertrud von Le Fort

Milan, 1957

Avec *Peter Grimes*, de Benjamin Britten, *Saint François d'Assise*, d'Olivier Messiaen, *Les Dialogues des carmélites* sont sûrement l'une des œuvres majeures du théâtre lyrique de la deuxième moitié du XXe siècle. Je sais, il y en a d'autres. On évoquera *Les Soldats*, de Zimmermann, et pourquoi pas les opéras de Henze ou de Michael Tippett. Mais les *Dialogues* occupent une place bien à part dans l'histoire de l'opéra contemporain.

Le sujet est emprunté à un épisode réel de la Révolution française. Le 17 juillet 1794, seize carmélites du couvent de Compiègne montèrent à l'échafaud, sur la place du Trône, en chantant le *Miserere*, le *Salve Regina* et le *Te Deum.* Au pied des marches de l'échafaud, elles entonnèrent un *Veni Creator.* Loin de paraître grotesques à la foule massée place du Trône qui, ordinairement, huait et conspuait les victimes de la Terreur, leur mort exemplaire frappa les esprits. Le bourreau, Sanson lui-même, leur permit de chanter ensemble une dernière prière. Une seule des carmélites de Compiègne échappa à l'échafaud, sœur Marie de l'Incarnation. C'est elle qui rédigea ensuite une « Relation du martyre des seize carmélites de Compiègne ». Le hasard voulut que ce texte tombât entre les mains de l'écrivain allemand Gertrud von Le Fort. C'est elle qui redonna une première vie aux seize martyres en publiant en 1931, à l'aube du nazisme, une nouvelle qui fut traduite en 1937 par les soins de Jacques Maritain, *La Dernière à l'échafaud.* Dès lors, le scénario qui allait conduire à l'opéra de Poulenc se mettait en place. Le révérend père Bruckberger, héros de la Résistance et prêtre engagé aux côtés de beaucoup de cinéastes, voulut en faire un film. Il proposa d'abord à Albert Camus d'en rédiger le scénario. Ce fut finalement Georges Bernanos qui s'acquitta de cette tâche. C'était en 1948, il devait mourir quelques mois plus tard. Le résultat, c'est un scénario qui ne trouva pas de producteur. Du coup, Albert Béguin, le rédacteur en chef de la revue catholique *Esprit* et Marcelle Tassencourt, comédienne, épouse de Thierry Maulnier, décidèrent d'en faire une pièce. Celle-ci fut jouée avec succès, Francis Poulenc, touché par la foi depuis le milieu des années 1930, en fut ému. Le théâtre de la Scala lui avait commandé un ballet, il fut répondu que Poulenc travaillait sur un projet d'opéra, la Scala en passa aussitôt la commande.

La première des *Dialogues des carmélites* eut lieu à la Scala le 26 janvier 1957, avec une distribution italienne, comprenant notamment la grande Leyla Gencer et Virginia Zeani, Italienne de New York. La même année, André Cluytens dirigeait la première française à l'Opéra de Paris avec Denise Duval, Régine Crespin, Rita Gorr, Liliane Berton, Denise Scharley. La même année encore, l'opéra était donné à Cologne et à San Francisco. L'année suivante à Covent Garden, un an ensuite à Vienne : les *Dialogues* de Poulenc commençaient à faire le tour du monde, ils tournent toujours.

L'œuvre est un immense cri de foi, en même temps qu'un drame à la théâtralité puissante. Elle repose essentiellement sur les deux dogmes catholiques de la communion des saints et de la grâce. Partant d'un fait réel, dont on a conservé l'essentiel de la trame mais profondément modifié les personnages principaux, les adaptateurs successifs sont ainsi parvenus à un chef-d'œuvre d'une intensité dramatique mais aussi d'une force religieuse poignante.

L'action est centrée autour du personnage de Blanche de La Force, inventée par Gertrud von Le Fort. Il n'est d'ailleurs pas indifférent de remarquer que la petite Blanche porte le nom de « La Force », une sorte d'écho au patronyme de l'auteur de la nouvelle originale. Depuis toujours, Blanche de La Force souffre d'un mal auquel les psychiatres donneraient aujourd'hui sûrement un nom savant, c'était alors celui de l'angoisse. Angoissée dans le monde, elle veut prendre le voile. Son père, son frère, la prieure du couvent de Compiègne à laquelle elle s'adresse, la mettent en garde : on n'entre pas au couvent pour fuir le monde. Mais Blanche se rebiffe, et pour bien montrer que tel n'est pas le cas, celle qu'on appelait chez elle le petit lièvre choisit de devenir sœur Blanche de l'Agonie du Christ.

Dès lors, sa vie s'organise au couvent auprès de sa compagne la plus proche, la douce sœur Constance, sous le double regard de la vice-prieure, mère Marie de l'Incarnation, et de la prieure elle-même. Or, voilà que la prieure va mourir, et sa mort va être horrible. Malade, elle appelle sœur Blanche auprès d'elle et celle-ci est le témoin d'une mort toute de terreur et d'incompréhension. Dans cette scène immense, cette mort trop petite pour la grande prieure, il y a comme un échange de morts. Mme de Croissy, la première prieure, meurt de la mort qui aurait dû être celle de Blanche.

Survient la Terreur. Entraînées par mère Marie de l'Incarnation, toutes les sœurs font vœu de sacrifice. Elles donneront leur mort à Dieu pour que revienne la paix en France. Lors d'un premier vote, si l'on ose dire, une voix s'oppose au martyre. On croit comprendre qu'il s'agit de Blanche, mais c'est la petite sœur Constance qui revient aussitôt sur sa décision. Les événements vont s'enchaîner. Lors de la dernière messe célébrée au couvent par un prêtre réfractaire, tous les fidèles sont arrêtés. Et toutes les sœurs sont condamnées à l'échafaud, sauf mère Marie de l'Incarnation et sœur Blanche, qui s'est échappée. Réfugiée chez elle, son père exécuté, la jeune sœur attend dans la terreur. Mère Marie de l'Incarnation vient la chercher pour qu'elle se joigne à ses compagnes, mais sœur Blanche refuse.

La dernière scène se déroule sur la place du Trône. Toutes les sœurs, sauf sœur Blanche et mère Marie, se sont acheminées vers l'échafaud. Mère Marie veut les rejoindre, mais l'aumônier, aperçu dans la foule, lui demande de faire le sacrifice de son sacrifice et de renoncer au martyre. Une à une, les sœurs montent donc à l'échafaud, chantant le *Salve Regina*. C'est d'abord un chœur de quatorze femmes dont la lame de la guillotine, l'une après l'autre, coupe les voix. La scène est dramatiquement et musicalement poignante. Blanche est restée dans la foule, la dernière à monter sera la petite sœur Constance. Elle entonne, seule désormais, les dernières paroles du *Salve Regina*. Blanche, le visage dépouillé de toute crainte, se fraie un passage dans la foule où elle se confond encore. Constance l'aperçoit, son visage s'irradie de bonheur. Elle s'arrête un court instant... Reprenant sa marche à l'échafaud, elle sourit doucement à Blanche — indique le livret. Constance chante encore : « O pia, o dulcis Virgo Ma... » Puis c'est le silence. Alors, incroyablement calme, Blanche émerge de la foule stupéfaite et monte au supplice... Elle chante les quatre derniers vers du *Veni Creator*. Soudain, la voix se tait, comme ont fait, une à une, les voix des sœurs. La foule se disperse lentement.

On n'ajoutera rien de plus. Qu'on dise simplement qu'à chaque nouvelle représentation des *Dialogues des carmélites*, entre les dernières notes de musique et les premiers applaudissements, il y a un long silence. À Bayreuth, on n'applaudit pas le premier acte de cette messe qu'est *Parsifal*. Pour un peu, il ne serait pas besoin d'applaudir *Les Dialogues des carmélites*, de Francis Poulenc, d'après le récit authentique de la mort des seize carmélites de Compiègne. Mère Marie de l'Incarnation, Gertrud von Le Fort, le père Bruckberger, Georges Bernanos, Albert Béguin, Francis Poulenc : un seul récit, une même foi.

Dietschy, Véronique

Soprano française

C'est à Londres, à la fin des années 1970, qu'on a rencontré Véronique Dietschy. Elle était élève de la Guildhall School of Music et nous la croisions souvent à l'Opéra. Nous finîmes d'ailleurs par aller écouter ensemble les œuvres qu'elle allait bientôt chanter. Elle eut d'ailleurs la gentillesse de chanter dans un opéra de Philidor que nous montâmes a l'Institut français du Royaume-Uni. *Tom Jones* ou *Blaise le savetier* ? Mais pour nous, elle restera longtemps la très belle Comtesse des *Noces* qu'elle chanta dans une représentation de fin d'année de son école. Elle restera aussi longtemps la Micaela volontaire et fragile de *La Tragédie de Carmen*, mise en scène par Peter Brook aux Bouffes du Nord. Elle a fait partie de nombreuses distributions de l'Opéra de Paris, Belinda de *Didon et Enée*, ou Caroline du *Mariage secret*. Véronique Dietschy s'oriente de plus en plus vers la mélodie française, et particulièrement vers Debussy. Elle en a enregistré plusieurs disques, qui doivent constituer aujourd'hui le fondement de bien des discothèques debusséennes. Son interprétation de Duparc, également enregistrée au disque, est particulièrement émouvante. La déontologie nous empêche d'en dire davantage à son propos, puisque nous rédigeâmes la notice qui accompagne ce disque.

Doktor Faust

Ferruccio Busoni. Livret du compositeur

Dresde, 1925

L'œuvre majeure d'un compositeur italien, pianiste de tout premier plan, musicologue, éditeur de musique ancienne, qui rêvait du mélange des genres, de la tragédie goethéenne comme de la commedia dell'arte. Pourtant, le *Doktor Faust* de Busoni n'est pas une transposition de l'œuvre de Faust aussi littérale, même si parfois fantaisiste, que celle de Berlioz ou de Gounod. D'ailleurs, le *Doktor Faustus* de Busoni s'inspire d'abord d'un ancien spectacle de marionnettes ; ensuite, comme le *Mefistofele* de Boito, il couvre une partie plus grande de la légende faustienne. D'une certaine manière, le *Faust* selon Busoni évoquerait celui de Murnau, le grand film muet où Emil Jannings était un Méphisto fulgurant. On retrouve le duc et la duchesse de Parme, on retrouve Hélène : nous sommes bien loin, en vérité, de la pauvre Marguerite et de son air des bijoux !

L'œuvre a été créée en 1925 à Dresde, avec l'une de ces chanteuses que nous avons toujours portée au plus secret de notre cœur : la belle et douloureuse Meta Seinemeyer. On ajoutera qu'elle était alors dirigée par Fritz Busch qui enregistra, une dizaine d'années plus tard, le *Don Giovanni* le plus fameux de toute la discographie, celui de Glyndebourne. Nous avons pu l'entendre avec Jean-Philippe Lafont à Paris en 1989. Mais notre référence absolue, l'album de Busoni qu'il faut posséder et écouter et écouter encore, c'est l'enregistrement réalisé en 1970 par Ferdinand Leitner avec un Faust douloureux et grandiose en la personne de Dietrich Fischer-Dieskau. Publié en 1970, c'était une première mondiale, il reste une première, tout court.

Domingo, Placido (né en 1941)

Ténor espagnol

Avec Luciano Pavarotti et José Carreras, le troisième des célébrissimes « trois ténors » qui attirent les foules en chantant sous la tour Eiffel mais pour lequel on doit vendre les places à l'encan lorsqu'ils se hasardent à chanter dans les cours de la Cité interdite à Pékin. Trêve de plaisanterie. Placido Domingo est sans conteste le plus intéressant, le plus complet des ténors « italiens » de son temps. Et pourtant, Domingo — Espagnol, ça nous le savons ! — est loin d'en rester à Verdi et Puccini... À la fois pianiste, compositeur, chef d'orchestre, on l'a vu à Covent Garden prêt à bondir du siège où il était simple spectateurs pour diriger à l'improviste une *Chauve-Souris* dont le chef, Zubin Mehta, avait failli manquer son avion. Mehta arriva quand on ne l'attendait plus, Domingo revint à sa place, on fut déçu... Ses premières apparitions notables remontent à 1968, au Metropolitan, puis à Vérone et à la Scala de Milan. En 1971, nous l'avons entendu dans une *Tosca* mémorable à Covent Garden. Peu de temps après, on le retrouvait, formidable de passion, dans un *Trouvère* au Palais Garnier. Le reste, c'est le déroulement normal d'une carrière, mais d'une carrière hors du commun : il reste toujours Alfredo de *Traviata*, Mario, l'amant de Floria Tosca, ou un don José exceptionnel, mais il s'oriente peu à peu vers des rôles plus lourds. Otello, naturellement, et l'opéra allemand : Florestan, Lohengrin, Parsifal. Son Siegmund de *La Walkyrie* à Bayreuth (avec la belle Waltraud Meier) a été un grand moment d'émotion. À présent, Domingo règne sur tous les théâtres d'opéra du monde. Il se donne le luxe d'interpréter des zarzuelas en hommage à son Espagne natale. Il triomphe dans la version cinématographique de *La Traviata* mise en scène par Zeffirelli en 1982 ou dans celle de *Carmen*, de Francesco Rosi en 1983. Un concours international de chant porte son nom. Au rayon des demi-dieux qui est celui du chant de la fin du XXe siècle et du tout début du XXe, Placido Domingo est un dieu à part entière. On l'a même entendu, devant une assemblée de deux mille convives réunis pour fêter le vin de Bordeaux, entonner un hymne à tel château que nous aimons : musique de Verdi, paroles de l'arrière-petit-fils de Figaro. L'hymne en question ? Mais le « Libiamo » de *La Traviata*, naturellement.

Don Carlo

Giuseppe Verdi. Livret de Joseph Méry
et Camille Du Locle, d'après Schiller

Paris, 1867

Tout d'abord : *Don Carlos* ou *Don Carlo* ? Là est la question. Parce que si *Don Carlos* a été crée à l'Opéra de Paris dans une version grand opéra et en français, naturellement, c'est bien plutôt sous son titre italien, *Don Carlo*, qu'il a été joué dans le monde entier. Les reprises en français sont rares, les enregistrements en français plus rares aussi. Autre question : version en quatre actes ou en cinq actes ? La tragédie de Schiller dont les librettistes de Verdi se sont inspirés s'ouvre par la rencontre fatale du jeune don Carlos, infant d'Espagne, avec Elisabeth de Valois, future reine d'Espagne que le jeune prince est venu chercher jusqu'en France pour ramener à son père. En somme, c'est Tristan qui va chercher Isolde pour le roi Marc. Mais l'acte de la première rencontre, dit « acte de Fontainebleau », qui explique d'entrée de jeu le coup de foudre de l'infant pour celle qu'il sera obligé d'appeler sa mère, a été supprimé dès la représentation de la Scala, en 1884. Dès lors, la plupart des versions données dans le monde jusqu'au milieu des années 1970 s'intitulaient *Don Carlo* et ne comportaient pas l'acte de Fontainebleau. Jusqu'à l'Opéra de Paris qui offrit pendant des années une superbe mise en scène de Marguerite Wallmann, dans de très beaux décors de Jacques Dupont, naturellement chantée en italien, puisque la mode de la version dite originale était revenue, même si, dans le cas présent, c'était une hérésie mais qu'importe, et sans l'acte de Fontainebleau !

Qu'on nous pardonne cette entrée en matière un peu rebutante peut-être, mais il fallait mettre les choses au point avant de dire que, en notre âme et conscience, le *Don Carlos* que nous aimons est un *Don Carlo* en cinq actes, mais en italien. Et ce *Don Carlo*-là, on l'aime à la folie. Beaucoup de raisons : d'abord, juste avant *Aïda, Otello* et *Falstaff*, c'est l'un des tout derniers opéras du maître. Et c'est l'un des plus achevés, l'un des plus complexes aussi. En fait, Verdi n'a cessé, tout au long de sa vie, de faire de la politique. Dans ses œuvres, cela s'entend. Ce n'est pas pour rien que le célèbre chœur « Va pensiero » de *Nabucco* a failli devenir l'hymne national italien. Ce n'est pas pour rien que ses initiales écrites à la craie sur les murs de l'Italie du Nord étaient un symbole de ralliement contre l'Autriche. Mais *Macbeth, Simon Boccanegra* sont des grandes méditations sur le pouvoir et la politique. Aucune, pourtant, ne va aussi loin que *Don Carlo*. Quatre personnages y représentent quatre orientations politiques bien précises. Don Carlo lui-même, l'infant un peu fou, maladroit, presque difforme que Schiller a quasiment tiré de l'oubli, pourraient aujourd'hui illustrer une forme de gauchisme. Posa, son ami compagnon fidèle et frère de sang, serait un socialiste prêt à s'arranger avec le pouvoir. Le pouvoir absolu, c'est celui de Philippe II, roi d'Espagne. Enfin, au-dessus de tout cela, il y a le pouvoir de l'Église, qui écrase tout sur son passage à l'époque de l'Inquisition sous la robe, précisément, du Grand Inquisiteur. À cet éventail politique correspondent des peintures de caractères admirablement typés. Qu'on y ajoute une lionne amoureuse et terrible en la personne de la princesse borgne, Eboli, éprise du fils de l'empereur. Et la malheureuse Elisabeth de Valois, amoureuse elle aussi de celui qui était parti pour la France chercher une épouse et qui en a ramené une belle-mère, un fétu de paille au milieu de la tourmente. C'est peut-être la raison pour laquelle les airs d'Elisabeth, surtout son grand air du dernier acte, devant le tombeau de Charles Quint, « Tu che la vanità... » sont aussi déchirants. On en connaît mille et trois versions, mais on ne peut que regretter le trou dans le catalogue des enregistrements complets de Maria Callas que constitue l'absence béante des Elisabeth qu'elle chanta en 1954 à la Scala.

Enregistrements : là aussi, bien des questions peuvent se poser. En témoigne la discographie excellente mais inextricable d'une récente mise à jour de la non moins excellente revue *L'Avant-Scène opéra* : entre la version en quatre ou cinq actes, française, italienne, voire allemande, on ne peut que s'y perdre. On n'hésitera pourtant pas à porter au pinacle la version Solti (en italien) et la rarissime version Fricsay (en allemand), avec, en marquis de Posa à l'ardeur sans pareille, rien de moins que le jeune, le très jeune Fischer-Dieskau — c'était en 1948 !

On pourrait peut-être résumer en une phrase le *Don Carlo* de Verdi : le destin d'une femme laminée par le pouvoir des hommes. Et pourtant, il y a beaucoup d'autres choses, dans cette œuvre foisonnante, aux facettes multiples. Ainsi l'amitié : l'amitié de don Carlos et du marquis de Posa. Le duo héroïque où ils se jurent éternelle fidélité l'un à l'autre est l'un des plus beaux duos baryton-ténor de Verdi. Mais au-delà, d'aucuns ont voulu voir dans les relations entre les trois principaux personnages masculins une ambiguïté homosexuelle. Et si Philippe II, qui propulse le marquis au plus hautes dignités, éprouvait quelque sentiment pour lui ? Et s'il n'acceptait de le laisser assassiner sur ordre de l'Inquisiteur que par une manière de jalousie obscure ? Et si Posa lui-même, dans son affection fraternelle, trop fraternelle peut-être pour l'infant d'Espagne, n'éprouvait pas, de son côté, une attirance tout autre pour le malheureux don Carlos ?

Autre beau sujet d'exploration, le personnage de Philippe II. Ce monarque absolu qui, dans un superbe monologue, découvre que, « enveloppé seul dans son manteau royal », il n'a jamais été aimé de sa femme, est brusquement bouleversant. Qu'on nous pardonne de multiplier les superlatifs, mais le monologue de Philippe est, lui aussi, l'un des grands moments de l'histoire de la musique lyrique. De même le duo qui oppose l'empereur au Grand Inquisiteur. Là, ce sont deux basses qui s'affrontent, mais c'est le destin d'un homme qui se joue. Et lorsque à la fin de l'opéra, une troisième basse, un moine inconnu qui n'est autre que Charles Quint, retiré dans le couvent de Saint-Just, vient sauver Carlos que son père a découvert dans sa dernière rencontre avec la reine, c'est comme si, en point d'orgue, une ultime note très sombre venait clore un drame haletant.

Une dernière question : l'infortuné don Carlos, ou Carlo, le démuni, velléitaire et difforme, méritait-il tant d'amour et de passion ?

Don Juan *(Don Giovanni)*

Mozart. Livret de Lorenzo Da Ponte

Prague, 1787

Le *Don Juan* de Mozart, ou l'opéra absolu. Peut-être que *Carmen, Faust* ou *Aïda* sont joués plus souvent sur les scènes lyriques du monde entier. Mais aucune œuvre lyrique au monde n'a jamais atteint la cote d'amour, la puissance de réflexion, le caractère inépuisable et toujours renouvelé du *Don Juan* de Mozart. À chaque nouvelle audition, à chaque représentation, fussent-elles parfois des plus médiocres, on a le sentiment de découvrir encore quelque chose.

Histoire d'une rencontre mémorable. C'était à Paris, dans les années 1950. Trois disques, trois microsillons fabuleux nous vinrent entre les mains. C'était le *Don Juan* enregistré au Festival de Glyndebourne sous la direction de Fritz Busch en 1936. On en récite encore la distribution comme une sorte de catalogue fabuleux. Qu'on nous pardonne d'énumérer un à un les noms de ceux qui firent de ce *Don Juan*-là le premier, et peut-être le plus grand. John Brownlee. Salvatore Baccaloni. Ina Souez. Luize Helletsgruber. Audrey Mildmay. Enfin, dans le rôle de don Ottavio, un nom dont les sonorités balaient tout sur leur passage : le premier Ottavio du disque s'appelait Koloman von Pataky ! Et c'est dans cette version Busch-Glyndebourne 1936 que nous avons, en quelque sorte, appris à lire l'opéra. Elle était d'abord sortie en 78-tours, naturellement, puis le bruit a couru qu'il en existait une version en petit microsillon 45 tours. Celle qui nous arriva, quelque part au milieu des années 1950, n'était qu'en 33-tours, ce fut la révélation. Depuis, on a, en quelque sorte, suivi *Don Juan*

à travers le monde. Avec une curieuse tendance à mêler des soirées historiques auxquelles on n'a pas assisté à d'autres qu'on a vécues de très près, d'autres encore qui sont passées très vite. La scène, le disque, bientôt la vidéo, même le cinéma, nous ont appris à pénétrer encore davantage dans l'intimité du *Don Juan* de Mozart.

Créé au théâtre Ty de Prague avec une distribution qui vécut en intimité complète avec Mozart, Luigi Bassi le don Juan, Antonio Baglioni l'Ottavio, Caterina Micelli l'Elvire, et surtout Teresa Saporiti la donna Anna, il ne doit pas être aujourd'hui de semaine, on n'ose pas dire de jour, où le *Don Juan* de Mozart ne soit donné quelque part dans le monde. Il nous reste du disque quelques soirées clés, telles celles de Vienne, dirigées en 1937 par Bruno Walter avec Ezio Pinza ; celles de Salzbourg dirigées dans les années 1950 par Wilhelm Furtwängler avec Elisabeth Schwarzkopf ou Elisabeth Grümmer en Elvire, Irgmard Seefried en Zerlina : des souvenirs grandioses. De même, en 1954, toujours par Furtwängler et toujours à Salzbourg, Cesare Siepi nous est revenu en vidéo avec une Elvira sublime de beauté, au visage si lisse, à l'inquiétude à fleur de peau, qui s'appelait Lisa Della Casa. De même aussi, l'année suivante, la réouverture de l'Opéra de Vienne sous la direction de Karl Böhm, avec un *Don Giovanni* chanté en allemand, qu'importe ! Il n'est jusqu'à un film, souvent mal aimé par les véritables amateurs de l'opéra, qui ne constitue une date essentielle dans la vie de *Don Juan* dans nos cœurs. Il s'agit de celui que Joseph Losey tourna en 1979, avec Lorin Maazel au pupitre. Ruggiero Raimondi y était un don Juan séducteur en diable, plus diabolique encore. Quant à son Elvire, la si belle Kiri Te Kanawa, on se demande encore comment ce diable de Raimondi pouvait se moquer si outrageusement d'elle ! José Van Dam y était un Leporello parfait. Le souvenir le plus émouvant est peut-être celui d'Edda Moser, donna Anna à la beauté altière et fragile qui chantait sa souffrance en glissant, comme en silence pourtant, le long des murs de la grande villa vénitienne où avait été tourné le film. Le tournage lui-même fut une aventure, puisque tous les récitatifs étaient enregistrés en son direct, accompagnés jusqu'au milieu de la lagune par Jeanine Reiss, qui jouait du clavecin sur une barque. Dans les formidables décors de Trauner, le magicien des *Enfants du paradis*, on voyait la vraie Villa Rotonda de Vicence émerger d'une eau qui n'existait pas à cet endroit mais sur laquelle s'avançait, en gondole noire, un trio des masques mystérieux et déjà funèbres, comme sortis de la brume. Merci à Rolf Liebermann et à Daniel Toscan du Plantier d'avoir inventé ce *Don-Juan*-là.

Qu'on nous pardonne, oui, cette trop longue digression sur une œuvre unique que l'on ne voudrait pas réduire à une seule vision. C'est qu'elles sont tellement nombreuses, les interprétations du *Don Juan* de Mozart. Le don Juan blasphématoire, sacrilège, qui règle ses comptes avec le ciel. Mais aussi le don Juan qui, violant la fille et assassinant le père, veut en découdre avec la société tout entière. Ou encore le don Juan sombre et désespéré qui ne voit de raison de ne pas mourir que dans une quête éperdue de femme en femme et, dans l'affrontement avec le Commandeur, une manière de suicide byronien. Le Don Juan simplement méchant, qui s'amuse à déchirer tout ce qui existe de tendresse autour de lui. Il y a même une vision homosexuelle de don Juan, lié en une étrange relation maître-esclave avec le valet Leporello. Et puis pourquoi pas tout simplement un don Juan presque léger, séducteur et XVIIIe siècle qui ne sait pas trop où il va, sinon qu'il veut une femme, et une autre encore. Le don Juan couard aussi, qui tremble en fait devant la mort mais qui ne peut pas ne pas l'affronter. Le don Juan sans honneur et celui qui se drape dans un manteau de gloire fait des défis qu'il lance.

Quant aux rôles de femmes, mise à part la gentille Zerline, la petite paysanne qui se verrait bien, pourquoi pas, on peut rêver ! l'épouse, voire tout simplement la maîtresse d'un grand seigneur, elles sont aussi riches d'interprétations psychologiques, voire psychanalytiques complexes. D'abord Elvire, l'épouse bafouée et qui s'accroche encore. Lorsque don Juan la livre à son valet, elle frémit de honte mais ne veut pas pourtant la mort du pécheur, loin de là. Mais c'est donna Anna, violée par Don Juan pendant l'ouverture de l'œuvre, en somme, qui a pu fournir le plus de sujets de réflexion. Naturellement, donna Anna est amoureuse, au fond d'elle-même, de son violeur. Dès lors son fiancé officiel, Ottavio, a beau chanter un ou deux (selon les versions) des airs les plus beaux du répertoire pour ténors de ce temps, il lui paraît bien pâle. Le grand Hofmannsthal, librettiste de Richard Strauss, a écrit sur elle, après E.T.A. Hoffmann, une bien belle histoire...

Inépuisable *Don Juan*, donc, qu'on a scrupule à réduire à ces quelques lignes. On dira pourtant que, près d'un demi-siècle après la découverte du chef-d'œuvre de Mozart (et de Da Ponte, ne l'oublions pas !) dans la version de Fritz Busch, après avoir entendu des versions au disque qui sont des références absolues comme celle de Josef Krips ou celle de Giulini, c'est encore une fois au vieux Fritz Busch que l'on revient. Personne, après lui, n'a su mieux faire de *Don Giovanni* un opéra animé par un esprit d'ensemble cohérent, vivant, fervent...

Et l'on se souviendra de notre *Don Juan* de Glyndebourne à nous, dans les années 1970. Une jeune fille qui travaillait sur l'œuvre mais ne l'avait jamais vue la découvrit avec nous. Je crois bien que don Juan était Thomas Allen. Je suis sûr, en revanche, que la jeune fille s'appelait Cordelia, je l'ai dit ailleurs, et qu'après un dernier verre au bar de ce théâtre anglais au milieu de prés, nous avons marché longtemps le long de la rivière, à la pleine lune. L'herbe était à peine mouillée, les cheveux de Cordelia très noirs.

Don Pasquale

Gaetano Donizetti. Livret de Giovanni Ruffini

Paris, 1843

C'est à Paris qu'a été créé ce qui, avec *Le Barbier* de Rossini, peut être considéré comme le chef-d'œuvre de l'opéra bouffe italien. Composé en deux mois, entre septembre et novembre 1842, créé au Théâtre-Italien le 3 janvier 1843 avec Giulia Grisi, le ténor Mario, le baryton Tamburini et la basse Lablache — presque la même distribution que celle qui présida, en 1835, au triomphe des *Puritains* de Bellini —, *Don Pasquale* a aussi été un formidable succès. Un siècle plus tard, Richard Strauss reprendra presque le même sujet avec son unique opéra bouffe, *La Femme silencieuse.* Ainsi, composés à quatre-vingt-quinze ans d'intervalle, le premier dans un style qui n'était déjà plus tout à fait celui de son époque, le second en une manière de somptueux pastiche, trouve-t-on deux des sommets d'un genre qui fit fureur pendant tout le XVIIIe siècle. D'une certaine manière, entre les deux, il faut encore citer le *Falstaff* de Verdi. Chaque fois — et la formule suffit à résumer l'œuvre —, un vieil homme est dupé, ridiculisé parce qu'il aime plus jeune que lui, chaque fois il se montre généreux et pardonne. Pourtant, au lendemain de la première, l'accueil de la critique fut des plus réservé. Pour le *Journal des débats*, c'est « un vieux canevas italien sur lequel on a fait une fois encore une broderie nouvelle... ». Quant à la musique, *Le Courrier français* accusera ni plus ni moins Donizetti d'avoir joué les folles du logis trop lentes pour satisfaire aux exigences de son travail hâtif et d'avoir puisé n'importe comment dans son réservoir de musiques déjà toutes prêtes, « le bouffe devenant tragique, le tragique devenant bouffe... ». Mais très vite, *Don Pasquale* s'affirmera comme l'œuvre de Donizetti qui, avec *Lucia*, résistera le mieux à l'épreuve du temps. L'enchaînement des airs, des duos, des trios et des quatuors se fait à un rythme ébouriffant. Chaque finale constitue un morceau de bravoure. La drôlerie, souvent peut-être rabachée des situations, est comme transfigurée par l'ironie de la musique qui la soutient. Pour notre part, nous n'oublierons pas une production du Festival d'Aix-en-Provence, en 1977, dans laquelle Gabriel Bacquier s'agitait comme un merveilleux diable sur l'une des plus belles places de la ville transformée en scène de théâtre, devant la fontaine des Quatre-Dauphins. Le cher Gabriel Bacquier nous reçut ensuite dans le bel hôtel qu'en lui avait prêté pour l'été, la place était encore en fête, on aurait dit que la musique de Donizetti palpitait dans le jardin.

Don Quichotte

Jules Massenet. Livret d'Henri Cain d'après Le Lorrain

Monte-Carlo, 1910

Doit-on le dire ? Il faut bien l'avouer... Une scène, une scène admirable, l'une des plus émouvantes que nous ayons écoutées et réécoutées a fait pendant longtemps pour nous du *Don Quichotte* de Massenet l'un des moments de plus intense émotion de l'histoire de l'opéra. Il s'agit naturellement de la mort de Quichotte, au dernier acte de l'œuvre. En souvenir de ce qui nous bouleversa tant, et pendant si longtemps, on voudra ici transcrire les dernières paroles de ce superbe duo qui voit les adieux de Quichotte à Sancho.

DON QUICHOTTE

Oui, je suis le chef des bons semeurs !
J'ai lutté pour le bien, j'ai fait la bonne guerre !
(*Il retombe... il étouffe.*)
Ah ! Sancho...
Sancho, je t'ai promis naguère
Des coteaux, des châteaux, même une île fertile.

SANCHO (*Très doux et modeste*)

C'était un simple îlot que je voulais avoir !

DON QUICHOTTE (*souriant*)

Prends cette île, qu'il est toujours en mon pouvoir
De te donner ! Un flot azuré bat ses grèves,
Elle est belle, plaisante... Et c'est l'île des rêves !...
(*Sancho pleure.*)
Ne pleure pas, Sancho.
Mon bon, mon gros Sancho !

SANCHO

Laissez-vous délacer ; comme dans un cachot,
Vous étouffez, mon grand, dans cet habit d'apôtre !

DON QUICHOTTE (*l'arrête*)

Je meurs... Fais ta prière et dis ta patenôtre...
(*Il baisse la tête et défaille un court instant... Sancho, avec précaution, le cale contre l'arbre... Pleure. Don Quichotte reprend, désignant* [*l'étoile*] *Jupiter à qui il tend les bras.*)
L'Étoile !

LA VOIX DE DULCINÉE (*au loin*)

Ah !...

DON QUICHOTTE

Dulcinée !

VOIX DE DULCINÉE

... Le temps d'amour a fui !

DON QUICHOTTE

Avec l'astre éclatant elle s'est confondue...

VOIX DE DULCINÉE

Où vont nos bonheurs ?

DON QUICHOTTE

C'est bien elle !
La lumière, l'amour, la jeunesse...
Elle...

VOIX DE DULCINÉE

Adieu, bonheurs !... Adieu !

DON QUICHOTTE

Vers qui je vais... Qui me fait signe... Qui m'attend !

(*Ses bras retombent, il meurt. On entend crier : « Mon maître adoré ! » puis sangloter Sancho qui embrasse son vieux maître.*)

FIN

On l'avouera donc, que ce soit dans les enregistrements historiques de Chaliapine ou de Vanni Marcoux ; dans l'enregistrement intégral, fût-il en italien, de Boris Christoff ; ou encore chanté avec l'Orchestre de la Suisse romande par Nicolaï Ghiaurov (avec Gabriel Bacquier en Sancho Pança et Régine Crespin en Dulcinée...), la mort de don Quichotte, et du coup l'œuvre de Massenet tout entière, constituait pour nous l'un des sommets de ce que nous aimons à l'opéra.

Mais voilà, que ç'ait été dans la mise en scène de Peter Ustinov que nous avons pu voir à Garnier en 1974 (Nicolaï Ghiaurov...) ou, plus récemment encore, à l'Opéra-Bastille, nous n'avons pu qu'éprouver un désappointement en écoutant, en voyant surtout l'œuvre entière, où le mélange des genres ne nous a jamais paru vraiment fonctionner...

Il faut néanmoins sûrement dépasser cette vision par trop subjective du dernier opéra de Massenet. Pour son auteur, c'était plus qu'un testament : c'était une vision du monde, qui dépassait les amours roses ou grises de *Manon* et de *Werther*. C'est avec émotion qu'il note dans ses souvenirs : « Les acclamations frénétiques du public devaient être pour eux (les principaux interprètes qui sortaient tous d'une sorte de grippe !) une douce et exquise récompense, quand elles éclatèrent, le 28 décembre 1910, après une répétition générale qui dura de une heure à cinq heures du soir. Mon premier jour de l'an fut bien fêté, lui aussi. J'ai été souffrant ce jour-là et ce fut dans mon lit de douleurs qu'on m'apporta les cartes de visite de mes fidèles amis, les pneumatiques des amis, heureux du succès, les belles fleurs envoyées à ma femme... »

Donizetti, Gaetano (1797-1848)

Gaetano Donizetti est mort à cinquante ans, de la syphilis. Il compose quatre opéras avant vingt ans, dont seul *Enrico di Borgogna* est créé à Venise, sans grand succès. À sa mort, il laisse soixante-quinze opéras. L'un des compositeurs les plus prolifiques de l'histoire du monde lyrique est né d'un père qui, comme le bon docteur Berlioz, ne voulait en aucune manière voir son fils devenir compositeur. Très vite, pourtant, le jeune homme follement doué pour la musique, mais aussi pour le dessin et la peinture, entre à l'école de musique de Bergame où il a des maîtres de l'importance de J.-S. Mayr, qui lui enseigne l'harmonie, et de Salari, qui devient son professeur de chant. De quatre ans plus âgé que Bellini, il est avec lui et avec Rossini l'un des piliers du renouveau du chant italien pendant la première moitié du XIXe siècle. Même si on lui reproche très vite une orchestration un peu facile, des peintures de caractères trop schématiques, Donizetti n'en aura pas moins le génie de donner vie, sur les scènes des opéras du monde entier, à quelques personnages qui vont vite prendre une valeur emblématique. Il s'agit pour la plupart de femmes, dont les fameuses reines d'Angleterre que l'on trouve dans trois de ses œuvres, *Ann Boleyn*, créé à Milan en 1930 ; *Marie Stuart*, Naples, 1834 et *Robert Devereux*, Naples, 1837. Mais c'est par-dessus tout sa *Lucia di Lammermoor* (Naples, 1835) qui lui assurera une gloire jusqu'à nos jours.

Dans le même temps, Donizetti est également l'auteur de plusieurs opéras bouffes, dont le grandiose *Don Pasquale*, en 1842, constitue probablement le chef-d'œuvre du genre.

Ayant eu le bonheur de travailler avec des chanteurs hors pair, tout le gotha de la scène lyrique européenne de ce temps, la Pasta, la Grisi, Rubini, Tamburini, Lablache, il a certes connu quelques échecs mais dans l'Italie entière, Paris ou Vienne, sa carrière européenne sera éblouissante. Après son dernier opéra créé de son vivant, *Caterina Cornaro*, le mal qui le ronge depuis longtemps fera brusquement de lui un vieillard avant l'âge. En 1845, il subit une première attaque de paralysie, on le force à trouver refuge dans un asile d'aliénés à Ivry en 1846. Espérant qu'un retour à Bergame lui fera quelque bien, ses amis parisiens le confient à un neveu qui le ramène dans sa ville natale où il mourra le 8 avril 1848.

Une carrière fulgurante, quelques-uns des plus déchirants visages de femmes de l'histoire de l'opéra : Donizetti, longtemps représenté seulement sur les scènes européennes du XXe siècle par sa *Lucia*, *Don Pasquale* et *La Fille du Régiment*, quelque part entre le post-belcantisme romantique et l'opéra bouffe, a connu une étonnante renaissance à partir des années 1950. Le nom de Maria Callas s'impose, naturellement. C'est elle qui a remis au goût du jour les reines foudroyées de Donizetti. Avec elle, nous avons pleuré à *Lucia*, à *Anna Bolena* et même à ce *Poliuto*, version péplum italienne du *Polyeucte* de Corneille. Mais il ne faut pas oublier non plus, à la scène comme au disque, vaillante elle aussi, l'Américaine Beverly Sills et, cher à nos cœurs, Bernard Lefort, au Festival d'Aix-en-Provence, qui fut un défricheur.

On voudrait aussi citer une Donizetti Society, qui existait en Angleterre dans les années 1960 et dont les publications contribuèrent largement à faire de Donizetti un musicien presque populaire dans ce pays, où un festival au moins, celui de Saint-Pancras, au nord de Londres, devint pour lui une manière de territoire privilégié.

Dorilla in tempe

Antonio Vivaldi. Livret d'Antonio-Maria Lucchini

Venise, 1726/1734

Allez donc chercher *Dorilla in tempe* dans un autre dictionnaire d'opéra ! Il faut vraiment en être « amoureux », comme ici, pour s'en souvenir ! Lorsque, à propos de *Tito Manlio* ou de l'*Orlando furioso* du même Vivaldi, nous avons pu affirmer que nous n'en étions encore qu'à la redécouverte du théâtre lyrique de Vivaldi, c'était bien un euphémisme. Et il a fallu le courage de l'Ensemble baroque de Nice, dirigé par Gilbert Bezzina, pour que ce « mélodrame héroïque et pastoral en trois actes » voie le jour et soit enregistré chez le non moins courageux Pierre Verany, en 1993. La rencontre d'Apollon, condamné à un an d'esclavage sur terre après le meurtre des Cyclopes, et de Dorilla, fille d'Admète, roi de Thessalie, constitue pourtant un merveilleux divertissement qu'une équipe de jeune chanteurs, manifestement séduits eux aussi par cette musique, a su faire revivre avec grâce. Nous voulions que ce Vivaldi-là, léger, léger, trouve sa place aux côtés des plus grandes œuvres lyriques de son temps.

Et puis écoutez *Dorilla in tempe.* Écoutez bien : est-ce que vous ne reconnaissez pas quelque chose ? Mais si ! Vivaldi, pour le monde entier, c'est d'abord *Les Quatre Saisons*, non ? Eh bien, *Dorilla in tempe*, c'est aussi *Les Quatre Saisons.*

Dubosc, Catherine (née en 1959)
Soprano française

L'une des très belles, très graves sopranos françaises d'une nouvelle génération. C'est une grande interprète du chant français, Demoiselle élue de Debussy, Enfant de Ravel, superbe Mélisande un peu partout en Europe. Mais elle chante aussi la Juliette de Martinu et des lieder de Schumann. Ce fut une impeccable interprète des mélodies françaises à la Villa Médicis — sa voix sous la loggia et les sons des fontaines de Rome — et plus particulièrement de Ravel à la Bibliothèque nationale de France.

Due Litiganti (I) *(Les Deux Adversaires)*
Sarti. Livret de Goldoni

Milan, 1782

L'œuvre fut créée à la Scala de Milan en 1782, on la donna à Londres deux ans plus tard, elle eut un succès énorme, qui dure jusqu'à nos jours. Entendons-nous. Il n'est probablement pas un soir dans le monde où l'on ne joue un air des *Litiganti.* Cet air est connu par les premières lignes de son texte : « Come un agnello... » Mais qui d'entre nous en a vraiment entendu les autres paroles ? Et qui en a entendu plus de quelques mesures ? Et pourtant, nous le connaissons tous : avec un air de Figaro au début des *Noces* et un autre de *Cosa rara*, c'est l'une des musiques que l'on donne sur la scène à la fin du deuxième acte de *Don Juan* et que Leporello reconnaît pendant que son maître avale avec un appétit de géant ce qui sera son dernier souper...

Dugazon, Louise (1755-1821)
Mezzo-soprano française

Mme Favart et la Dugazon furent toutes deux les plus célèbres interprètes des grands rôles féminins de l'opéra-comique français. On a beaucoup écrit sur la Dugazon, elle a été célébrée en vers, en prose, en peinture. Elle a laissé son nom à un type de personnage d'opéra-comique, ce sont les « rôles Dugazon ». La Dugazon brisa tant de cœurs qu'elle était aussi fameuse dans les boudoirs que sur la scène.

Duprez, Gilbert-Louis (1806-1896)
Ténor français

Il faut lire Berlioz, qui raille avec une ironie sans pareille la voix du charmant « tenore di grazia », devenu en Italie « tenore di forza », inventeur d'un contre-Ut de poitrine qui fit sa célébrité. L'article qu'il lui a consacré, reproduit dans *Les Soirées de l'orchestre*, porte un titre qu'il faut même lire au dix-neuvième degré : « Étude astronomique, révolution du ténor autour du public. » Et Berlioz de nous dire comment le chanteur « lance *à voix de poitrine, en accentuant chaque syllabe*, plusieurs notes aiguës avec une force de vibration, une expression de douleur déchirante et une beauté de sons dont rien, jusqu'alors, n'avait donné une idée. Un silence de stupeur règne dans la salle, toutes les respirations sont suspendues, l'étonnement et l'admiration se confondent dans un sentiment presque semblable à la crainte ; et dans le fait, on en peut avoir pour la fin de cette période inouïe ; et quand elle s'est terminée, triomphante, on juge des transports de l'auditoire... ». Pour Rossini, le contre-*ut* en question était « le cri d'un chapon qu'on égorge » ! Objet, dès lors, d'études astronomiques, mais également anatomiques, la voix de Duprez a constitué dans le Paris des années 1830 une véritable révolution.

Le miracle s'est d'abord produit en Italie. Ses débuts à l'Odéon, dans un *Barbier de Séville*, sont modestes. Il tient des rôles légers, Grétry, Boieldieu... Et voilà que, sur un coup de tête, Gilbert Duprez se rembarque pour l'Italie. Il devient l'ami de Donizetti, et créera même plusieurs de ses œuvres, dont le rôle d'Edgardo dans *Lucie de Lammermoor*. En Italie, sa voix s'affirme. Il chante aux côtés des plus grands, la Pasta, Rubini, Maria Malibran. On sait maintenant à Paris que le charmant ténor de *La Dame blanche* a fait d'incroyables progrès. Le voilà donc engagé à l'Académie royale de musique par Duponchel qui en est le nouveau directeur. Ce sera le début d'une rivalité lourde de conséquences pour le ténor principal du moment, Adolphe Nourrit, qui finira par accepter sa défaite et se rendre lui aussi en Italie, où il se suicidera. Duprez, lui, mourra nonagénaire, couvert de lauriers, professeur au Conservatoire puis professeur dans sa propre école de chant. Il a été compositeur, oui, n'en parlons pas. Mais il a aussi écrit sur *L'Art du chant*, sur *La Mélodie* ainsi que des *Souvenirs* parfaitement partiaux mais qui nous en apprennent beaucoup sur l'une des grandes périodes du chant français. En dépit de la sévérité de Berlioz qui l'accusera d'exiger « de folles vocalises, mêlées d'accents de menace, de fureur, de tendresse, d'après de notes basses, de sons aigus, de gazouillements de colibri, de cris de pintade, de fusées, d'arpèges, de trilles... ».

Duval, Denise (née en 1921)
Soprano française

Écoutez Denise Duval dans *La Voix humaine* de Poulenc, dont elle fut la créatrice en 1959 et vous saurez ce que peut être, en plein milieu du XXe siècle, une immense tragédienne lyrique française. Aux côtés de Régine Crespin, nous avons au moins deux Denise dans notre panthéon idéal : Denise Sharley et Denise Duval. C'est à tous les rôles de Francis Poulenc qu'on identifie, d'ailleurs, Denise Duval, puisqu'elle créa la Thérèse des *Mamelles de Tirésias* et la petite Blanche de La Force des *Dialogues des carmélites.* Mais n'oublions pas *L'Heure espagnole* ou *Mârouf*, *Madame Butterfly* où elle fit ses débuts en 1947 : Denise Duval a excellé dans des rôles tendus et tendres où son sens de comédienne s'appuyait sur une voix admirable. On la retrouve au disque, sous la direction de Pierre Dervaux, dans le rôle de Blanche ; sous celle d'André Cluytens dans *Les Mamelles de Tirésias* et, bien sûr, dans *La Voix humaine*, avec Georges Prêtre. Chacun de ces enregistrements fait partie des plus grands témoignages qui nous aient été laissés de la musique française du siècle qui vient de s'achever.

Edimbourg

Le Festival d'Edimbourg est l'un des trois grands festivals de Grande-Bretagne. C'est à partir de 1947 que la Glyndebourne Society y donna, cinq années de suite, du Mozart comme du Verdi, du Strauss... Depuis 1952, le Festival d'Edimbourg s'est ouvert aux troupes d'opéra venues du monde entier. Ayant habité Londres pendant presque neuf ans, nous avons eu l'occasion de faire souvent le voyage d'Edimbourg. Le train de nuit — les hasards du Flying Scotsman et les saucisses du petit déjeuner —, le Charles Hotel, la pluie ou un soleil rayonnant : Edimbourg faisait partie d'un voyage obligé qui, pendant des années, nous conduisait de Glyndebourne à Aix, d'Aix à Orange, d'Orange à Salzbourg ou Bayreuth pour s'achever, précisément, à Edimbourg. C'est à Edimbourg que nous vîmes les trois opéras de Monteverdi mis en scène par Jean-Pierre Ponnelle, en compagnie d'amis très chers qui, tous deux, elle et lui, s'appelaient Dominique. C'est aussi à Edimbourg que l'on vit pour la première fois la Carmen de Teresa Berganza. Mais Edimbourg, en ces années lointaines, c'était aussi une merveilleuse promenade en terre écossaise avec des jeunes femmes que nous n'osions pas toujours aimer. On habitait parfois la haute maison d'un gris de pierre superbe de l'Institut français, Randolph Crescent, qui dominait toute une partie basse de la ville. Tôt le matin, des bruits montaient de cet Edimbourg-là, qu'on imaginait presque ceux de Nuremberg, en un temps où un Hans Sachs rêvait de l'amour des autres. Edimbourg, c'est la silhouette massive d'un acteur qui s'appelait Burt Lancaster soupant tout seul — Dieu sait pourquoi ? — à une table de ce qui servait alors de club aux aficionados du Festival. C'est à Edimbourg, parce qu'il y avait aussi du théâtre, que l'on entendit pour la première fois les expressions de « fringe » ou de « off » pour qualifier des représentations qui ne faisaient pas partie, officiellement, du programme du festival. C'est à Edimbourg, encore, que nous entendîmes quelques-unes des premières prestations de Daniel Barenboim, chef d'orchestre, dirigeant des opéras de Mozart, qu'on a voulu oublier. Mais c'est à Edimbourg aussi que Maria Callas chanta l'une de ses plus belles *Somnambule*, en 1957 : nous ne l'y avons pas entendue. Ah ! il fallait aimer l'opéra pour écouter l'opéra à Edimbourg, qui n'avait pas de salle d'opéra...

Elektra

Richard Strauss. Livret de Hugo von Hofmannsthal

Dresde, 1909

Le quatrième opéra de Richard Strauss, le premier de sa collaboration avec Hofmannsthal, constitue l'ultime incursion de Strauss du côté de chez Wagner. Mais un Wagner tout de bruit et de fureur. *Elektra* fait du bruit, oui... Un paroxysme rythmique, orchestral permanent. La violence de la musique à l'état pur, que vient seulement, pendant quelques scènes, apaiser la douceur de la tendre Chrysotemis, la petite sœur prudente de la grande Électre. Bien sûr, la tragédie de Sophocle est là tout entière, mais transfigurée, poussée à des sommets d'une exaltation inouïe. La résumer ? Électre vit en servante dans le palais de sa mère, Clytemnestre, depuis que celle-ci a fait assassiner son père, Agamemnon, pour épouser le frère de celui-ci, le pâle Égisthe. Entourée d'autres servantes qui la raillent, seule l'une d'entre elles a pour elle quelque compassion. Mais c'est qu'Électre vit dans l'attente d'un retour : celui de son frère à elle, Oreste, qu'on prétend mort mais dont elle sait, au plus profond de son cœur déchiré, qu'il va revenir pour venger leur père. Alors, comme une bête à la soif de vengeance jamais assouvie, elle poursuit sa mère et son misérable mari d'une haine implacable. Pour tout dire, elle leur empoisonne la vie à tous deux... Et sa petite sœur, la douce Chrysotemis, a beau essayer de lui faire entendre raison, tenter de la calmer, Électre ne veut rien entendre : Oreste va revenir, il tuera le couple infâme. Et c'est bien ce qui se passe, Oreste revient, déguisé. Mais Électre sait le reconnaître. Alors, en un duo presque amoureux, ahurissant encore de violence, Électre arme le bras de son frère. Tour à tour, Clytemnestre puis Égisthe vont périr. Horrifiée, toute la maisonnée a assisté à la tuerie. Oreste va s'enfuir, Chrysotemis disparaître Dieu sait où, quant à Électre, folle de joie, folle de vengeance enfin assouvie, elle va danser une danse frénétique et mortelle jusqu'à ce que, épuisée par une manière d'orgasme terrible, elle s'écroule à son tour. Morte.

Comme *Salomé*, la tragédie de l'*Électre* de Sophocle revue par Strauss et Hofmannsthal joue la corde du déchaînement des passions. Mais la passion qui est celle d'Électre dépasse de loin les petits cris de vierge amoureuse et humiliée de Salomé. Électre, c'est un grand animal de scène, qui domine de bout en bout une représentation théâtrale terrible. Une Rose Pauly à New York, une Birgit Nilsson dans le monde entier, une Gladys Kuchta ont été quelques-unes des plus grandes Électre de tous les temps. Mais que l'on se reporte à la lettre B dans ce dictionnaire rarement aussi amoureux qu'ici, et l'on trouvera le nom d'Inge Borkh. Borkh, bête de scène, bête de théâtre, tragédienne avant peut-être que d'être chanteuse — mais, chanteuse, soprano dramatique aux moyens gigantesques, a écrasé à coup sûr autour d'elle toutes les autres interprètes que nous avons pu croiser après elle. Pourtant, à côté d'Électre, on ne saurait oublier le rôle de Chrysotemis, qu'une Leonie Rysanek interpréta avec tant de douceur et de douce frayeur pendant tant d'années. Non plus que la Clytemnestre terrifiante, véritable incarnation du mal et de la mort, qu'a pu être une Astrid Varnay.

On se souviendra aussi des images crépusculaires du film tourné par Götz Friedrich en 1981 : Rysanek, Varnay en Clytemnestre, elles étaient toutes là. Mais il y avait en prime un Oreste impénétrable — une manière de fantôme de retour de l'île des Morts... — qui s'appelait Dietrich Fischer-Dieskau. Nous avons vu le film à la télévision, quelque part dans une campagne anglaise rayonnante de printemps : jamais nuit noire, nuit terrible enveloppée de brumes montée d'une très ancienne histoire, ne tomba plus vite sur nous. C'était Karl Böhm qui dirigeait la Philharmonie de Vienne.

Élixir d'amour (L') *(L'Elisir d'amore)*

Gaetano Donizetti. Livret de Felice Romani d'après *Le Philtre* de Scribe

Milan, 1832

Ce n'est pas à la Scala, mais au Teatro della Canobbiana, fondé en même temps que la Scala et de plus de deux mille places, que fut créé à Milan *L'Élixir d'amour* le 12 mai 1832. L'*Élixir* est, à coup sûr, la plus importante création que vit la grande petite sœur de la Scala. Composé en moins d'un mois, *L'Élixir d'amour* est le premier des opéras de Donizetti à n'avoir jamais tout à fait quitté l'affiche des grands théâtres du monde. Qualifié par ses auteurs de *melodramma giocoso*, c'est en fait une pochade amusante, à la limite de l'opéra bouffe, tirée d'une pièce qui faisait fureur à l'époque en France.

L'histoire en est désarmante de gentillesse. Il s'agit des amours d'une riche propriétaire terrienne, Adina, avec l'un des paysans qui travaillent sur son domaine, le fringant mais pauvre Nemorino. Envoûté par l'histoire de Tristan et Yseult qu'a racontée Adina, Nemorino se persuade que seul un philtre d'amour lui permettra de se faire aimer. Adina, de son côté, n'est pas insensible aux charmes d'un vigoureux sergent recruteur, cette grande gueule (pas moyen de le définir autrement) de Belcore. Pour déjouer le destin, Nemorino fait une première tentative de consommation exagérée d'un pseudo-filtre magique vendu par le formidable docteur Dulcamara, médecin ambulant, charlatan et basse comique, qui se termine en catastrophe puisque le philtre en question est surtout un vin trop fort qui enivre le naïf garçon et le ridiculise. Grâce à la complicité de Dulcamara et surtout, reconnaissons-le, parce que Adina apprend que le gentil Nemorino est courtisé par le village tout entier depuis qu'il a fait un héritage, la riche Adina verse une « furtiva lagrima », une larme furtive, que chantera, bouleversé, le doux Nemorino en un air de ténor parmi les plus fameux du répertoire italien.

Dès 1835, *L'Élixir d'amour* devait quitter le grand « petit » théâtre de la Canobbiana pour la Scala où la Malibran chanterait le rôle d'Adina. Pendant tout le XIXe siècle, les grandes sopranos du temps, Persiani, Pauline Viardot, Adelina Patti prendraient le relais. De même, au XXe siècle, une Bidu Sayao, une Mirella Freni, une Renata Scotto, une Ileana Cotrubas joueraient les paysannes trop riches. Mais c'est le rôle du ténor, ténor plein de grâce, de légèreté, et aussi capable d'une vraie puissance, qui a surtout attiré un Tito Schipa, dans les années 1930, un José Carreras dans les années 1970, un Nicolaï Gedda, voire un Pavarotti ou un Domingo qui ne pouvaient pas, eux non plus, ne pas vouloir tenter de l'essuyer, la larme furtive d'une Adina soudain réconciliée avec le véritable amour.

Enfant et les sortilèges (L')

Maurice Ravel. Livret de Colette

Monte-Carlo, 1925

Un enchantement, bien sûr : un opéra-minute, ou plus précisément, un opéra de quarante-cinq minutes en deux parties, sur un livret de la grande Colette. Tout y est mouvement, rapidité, intelligence et douceur un peu acide. Autour de l'enfant, un petit garçon pas très sage, ne tournoient pas moins d'une vingtaine de personnages, outre ceux — le banc, le canapé, le pouf, la chaise de paille, et autres chiffres, pastoure, pâtre, reinettes, bêtes et arbres... — chantés par des chœurs ou des chœurs d'enfants. Tout ça dans une agitation légère, légère, légère. L'action se déroule dans une grande maison, quelque part en France. Le livret précise que c'est en Normandie. Dans la pièce, il y a des fauteuils, une horloge comtoise, des papiers sur les murs qui représentent des bergers et des bergères. Il y a aussi une tasse chinoise, un fauteuil chanté par une basse chantante. L'horloge comtoise, elle, est un baryton. La fine théière chinoise qui interviendra elle-même dans l'action est un ténor, le gros chat un baryton... L'enfant n'est pas très sage, on l'a dit : sa maman lui a apporté du thé, il doit faire ses devoirs mais soudain perd patience, se précipite et casse tout autour de lui. D'où, dans un enchaînement d'une rigueur amusée, les objets qu'il a abîmés, les animaux qu'il a brutalisés, jusqu'aux bergers et à la bergère du papier sur le mur qui semblent se réveiller pour prendre une revanche sur l'enfant. Le feu dans la cheminée manque le brûler : c'est une voix de coloratura légère. L'arithmétique, tique, tique, le raille ; la princesse du conte de fées dont il a déchiré une page lui chante ses reproches d'une voix naturellement enchanteresse. Le chat, une chatte arrivée de nulle part entonnent un duo des chats inspiré de celui de Rossini, Le rossignol, la chauve-souris, les grenouilles sorties de la mare vont rendre fou l'enfant jusqu'au moment où, dans un souffle, celui-ci appelle sa maman. « Maman ! » — un petit cri. Et la maman vient, qui rassure et pardonne. Tout rentre alors dans l'ordre, la maison retrouve son calme, les objets leur place, la vie de l'enfant peut continuer comme avant, mais sûrement mieux qu'avant...

Même si un même interprète peut chanter plusieurs personnages, l'énormité de la distribution nécessaire pour *L'Enfant et les sortilèges* explique en partie la rareté des représentations qu'on a pu en voir. À cela s'ajoute la brièveté de l'œuvre qui en exige une seconde pour former une soirée complète. Sans parler de la difficulté qu'il y a à mettre en scène avec le plus de légèreté poétique une théière animée, un fauteuil parlant, une grenouille sortie de sa mare et une horloge comtoise barytonnante... C'est pour cela qu'on se souviendra longtemps des représentations qu'en donnèrent, en 1979, Seiji Ozawa et Jorge Lavelli, dans les fabuleux décors de Max Bignens. Tout ce qui avait un nom, à l'époque, à l'Opéra de Paris, faisait partie de la distribution, Christiane Eda-Pierre en princesse, Jane Berbié en bergère et Michel Sénéchal, toujours le meilleur, en arithmétique, tique, tique, tique... Pourtant, c'est une version discographique réalisée en 1965 par les Chœurs et la Maîtrise de la Radio-Télévision française, sous la direction de Lorin Maazel, qui figure au premier plan de nos grands souvenirs ravéliens. Là aussi, ils étaient tous là, avec Michel Sénéchal, naturellement. L'enregistrement n'a cessé d'être réédité, il est incontournable. Se plonger dans ces trois quarts d'heure de musique, c'est se perdre puis, peu à peu, se retrouver, dans une toile arachnéenne tendrement filée par un Maazel qui n'a peut-être jamais été plus inspiré. Dès lors, de l'arithmétique que l'enfant ne veut pas apprendre, au chant cristallin de la princesse sortie tout droit des contes de fées, on rêve éperdument d'enfances perdues mais retrouvées, des grandes maisons de nos vacances et de la poésie à fleur de peau de la chère et grande Colette.

English National Opera (ENO)

(*Voir aussi :* Sadler's Wells)

Une institution. La compagnie de Sadler's Wells, en 1974, s'est transformée en English National Opera. L'opéra anglais, bien sûr, mais surtout l'opéra *en* anglais. Et bien plus que cela aussi. Suivant la tradition de Sadler's Wells, l'ENO, abréviation si familière..., aborde tous les répertoires. D'où ces formidables *Tétralogies* que, quelque part dans ce même ouvrage, on a pu dire à tort à usage purement britannique, dirigées en leur âge d'or par un Reginald Goodall. (*Voir aussi* : Sadler's Wells.) Mais se souvenir aussi que l'ENO, à partir de 1968, s'est transporté au Coliseum, tout près de Trafalgar Square. Dans cette immense salle, débordant comme le Palais Garnier de déesses dorées et mamelues, plus maladroites il faut bien en convenir mais plus formidables encore, ce sont les habitudes de l'ancienne maison de Roseberry Avenue que l'on a conservées. On y arrive si possible sans cravate, le tweed y fut longtemps de rigueur. On y mange des sandwichs, qui sont ce qu'il sont, avant le spectacle, on se rue sur les bars aux entractes, l'atmosphère y est bon enfant, la figure tutélaire de lord Harewood, cousin de la reine, qui fonda l'Institution, plane sur la maison. Le Coliseum était plutôt décrépi, ses ors fatigués, je crois savoir que tout cela a fait l'objet d'un sérieux coup de pinceau. Mais c'est grâce à l'ENO et au Coliseum qu'il existe deux maisons d'opéra totalement différentes et en activité à peu près toute l'année à Londres. Nous avons si longtemps envié Londres pour cela...

Enlèvement au sérail (L')

(Die Entführung aus dem Serail)

Mozart. Livret de Bretzner, adapté par Stéphanie Le Jeune

Vienne, 1782

Autant l'avouer d'entrée de jeu, après *Don Juan, Les Noces* et *Cosi fan tutte*, après *La Flûte enchantée*, le cinquième opéra le plus connu de Mozart n'a pas, pour nous, le charme des quatre autres. Mieux : c'est sans hésitation qu'on lui préférera *La Clémence de Titus*, *Idoménée*, voire *La Finta Giardiniera*. Pourtant, le succès de ce *Singspiel* en trois actes, qualifié de comique par Mozart lui-même, a toujours été immense sur la planète opéra. C'est vrai que l'*Enlèvement* correspond au goût du temps. C'est une turquerie comme il s'en écrivait des dizaines à l'époque, où sérail et jalousie convergeaient vers la fureur de sultans, l'amour désespéré de belles captives occidentales pour un amant lointain qui viendrait les délivrer, la férocité ou la générosité du souverain venant régulièrement en point d'orgue à la fin de l'œuvre. Ici, la tradition est respectée, Constance et sa servante Blonde (Blondchen), prisonnières du pacha, sont aimées de l'intrépide Belmonte et de Pedrillo, son serviteur débrouillard. Le rôle du méchant n'est pourtant pas joué par le pacha lui-même, bien au contraire, mais par son intendant, le redoutable et gigantesque Osmin, basse bouffe par excellence. L'intrigue court rapidement, les dialogues parlés font si bien mouche qu'on a l'impression de comprendre l'allemand. Un air au moins de la partition est d'une drôlerie hénaurme, c'est celui où le gros Osmin chante la dive bouteille, enivré par les deux lascars venus délivrer leurs donzelles. Le rôle du pacha Selim est un rôle parlé, ce qui permet, à son apparition finale, véritable déclamation dramatique, de trancher encore davantage, par sa grandeur et sa générosité, avec la stupidité vicelarde de son gardien du sérail et même, avouons-le, avec l'égoïsme amoureux des deux couples qu'il va réunir.

On a scrupule à faire preuve d'un enthousiasme mitigé à l'endroit d'une œuvre où d'aucuns ont voulu voir le triomphe du *Singspiel* allemand et un hymne — pourquoi pas ? — à la liberté ; d'autres une interprétation presque psychanalytique du parler quasiment muet du pacha ; d'autres encore des turqueries moins turqueries que les turqueries de ce temps-là. Il est vrai que c'étaient des turqueries à la sauce allemande. Pour notre part, nous dirons néanmoins notre amour sans réserve pour le personnage de Constance, l'héroïne mozartienne par excellence, qui préfigure déjà, d'une certaine manière, la pure jeune fille allemande qui transparaît dans la Pamina de *La Flûte enchantée* pour se révéler au grand jour dans les opéras de Weber. Constance est une amoureuse, rien qu'une amoureuse, seulement une amoureuse. En outre, elle semble ne vivre son rôle que par la musique. Son air du deuxième acte, célèbre entre tous, « Martern aller Arten », est un formidable morceau de bravoure, mais où transparaissent à la fois la révolte de la prisonnière opprimée et l'intensité de l'amour qu'elle a pour son Belmonte. Dès 1945, une Elisabeth Schwarzkopf en donnait une version exaltante sous la direction de Rudolf Moralt à la tête de l'Orchestre de la Radio autrichienne. Même si, plus tard, une Edita Gruberova, une Ileana Cotrubas, ont su nous émouvoir, ceux qui ont pu voir Maria Callas dans le même rôle, en 1952 à la Scala, nous en ont parlé avec émotion. Encore figée dans son apparence extérieure des plus, disons, volumineuse, Callas y était déjà enchanteresse.

Mais c'est un autre grand habitué de la Scala de Milan qui nous en a donné la version la plus mémorable. Présenté pour la première fois au Festival de Salzbourg en 1965, *L'Enlèvement au sérail*, transformé par Giorgio Strehler en théâtre d'ombres, a fait le tour du monde. C'est en 1984 qu'il est arrivé à Paris, pour notre plus grand bonheur. Allons, l'*Enlè-*

vement que nous avions le sentiment de n'aimer que modérément nous devient, peu à peu, rempli de nouveaux charmes ! Ne serait-ce que parce que l'on se souvient que celui qui le dirigea dans les années 1930 à l'Opéra-Comique s'appelait Reynaldo Hahn. Et puis, dans la cour de la Résidence de Salzbourg où vécut un prince-évêque qui martyrisa Mozart, on en a vu une bien curieuse version dirigée par Marc Minkowski au milieu d'un décor de Moyen-Orient en guerre qui fit frémir d'horreur le public des habitués d'un festival que ce coquin de Gérard Mortier, qui le dirigeait alors, s'amusait à prendre à rebrousse-poil.

Erwartung *(L'Attente)*

Arnold Schönberg. Livret de Marie Pabbenheim

Prague, 1924

La première grande œuvre lyrique d'Arnold Schönberg a été, en réalité, composée en 1909 mais jouée seulement près de vingt ans plus tard. C'est un morceau très court, très dense, qui ne dure guère que trente minutes et ne comprend qu'un seul personnage, une femme. *L'Attente*, c'est celle d'une femme amoureuse qui cherche celui qu'elle aime dans une forêt, sous la lune. Elle avance dans ce clair-obscur, chantant son espoir et son angoisse, les frayeurs qui la saisissent puis, à mi-opéra, son horreur devant le corps de son amant assassiné par un rival. Schönberg lui-même a qualifié son œuvre de monodrame. Elle constitue un chef-d'œuvre d'expressionnisme musical sous-tendu par d'angoissantes dissonances. Il a fallu près de vingt ans pour mettre en scène, à Prague, l'*Erwartung* de

Schönberg. Depuis, l'œuvre a fait le tour du monde. Elle constitue une formidable expérience musicale pour de nombreuses chanteuses. C'est Irma Kolassi qui l'a créée à Paris, en concert, en 1952. L'une des plus fameuses Femmes de tous les temps fut à coup sûr Helga Pilarczyk : Helga Pilarczyk ou la pasionaria de la musique de son temps. Mais, on s'en doute, *Erwartung* est d'abord une œuvre de chef d'orchestre. C'est d'ailleurs le chef et surtout compositeur Alexander von Zemlinsky qui la créa, en 1924. Immédiatement après, Otto Klemperer la donnait à Berlin. Un Hans Rosbaud, habitué du Festival d'Aix-en-Provence, la donna un peu partout en Europe dans les années 1960. Au disque, deux versions déjà anciennes nous passionnent de la même manière. D'abord, celle de Pierre Boulez, avec Janis Martin. Boulez en fait beaucoup, il est survolté... Et pourtant, c'est l'enregistrement de Christoph von Dohnanyi que nous venons de réécouter en écrivant ces lignes. À cause du chef, bien sûr, mais surtout à cause de la plus désespérée, de la plus exaltée, de la plus terrifiée, de la plus bouleversante de ses interprètes : Anja Silja.

Étoile (L')

Emmanuel Chabrier. Livret d'Eugène Leterrier et Albert Vanloo

Paris, 1877

Tout le monde aime *L'Étoile.* Il suffit d'évoquer l'œuvre de Chabrier pour amener sur les lèvres de tout amateur d'opéra qui se respecte un sourire attendri : *L'Étoile*, oui... Et c'est vrai que les aventures du roi Ouf, de l'ambassadeur Mataquin, du grand Hérisson de Porc-Épic et de la petite princesse Laoula ont fait rire des générations d'un bon public ravi, d'initiés ensuite. Duparc et Debussy, Poulenc, Ravel, Stravinski l'ont adorée. Un Duparc y voyait, eh oui ! « quelque chose comme des *Maîtres chanteurs* français ». De son côté, Reynaldo Hahn parlait d'un « ouvrage légendaire, cher et sacré à tout vrai musicien, d'une perle fine de l'opérette française où la bouffonnerie et la verve poétique d'un autre Offenbach s'enveloppent et se parent d'une grâce, d'une élégance, d'une richesse musicale dont le génie de ce dernier n'a jamais eu le souci, ni même le soupçon... ». Nous l'avouerons pourtant, en dépit d'au moins une interprétation de rêve, *L'Étoile* de Chabrier nous a fait sourire, nous aussi, mais pas beaucoup plus. Heureux Duparc, Debussy et Chabrier ! Tant pis pour nous... Merci à François Le Roux d'avoir fait tout ce qu'il a pu pour tenter de nous la faire aimer.

Eugène Onéguine

Piotr Ilitch Tchaïkovski. Livret de P.I. Tchaïkovski et C. Chilovski d'après Pouchkine

Moscou, 1879

« Vi-rosa, Vi-rosa : comme rose, comme rose, belle Tatiana ! » Belle comme une rose, la belle Tatiana : ce sont les couplets célèbres de M. Triquet, chantés à moitié en français, s'il vous plaît, dans une grande maison de campagne russe au milieu d'une fête, qui annoncent le drame de Pouchkine et la musique de Tchaïkovski pour nous. Un personnage de pure et ardente jeune fille, très simple, trop simple, qui ne sait pas dominer ses sentiments. Et qui écrira à un fat, parce que c'est ce qu'il est, en somme, cet imbécile d'Onéguine, une lettre d'amour bouleversante que le destinataire ne pourra pas comprendre. Comme une rose, belle Tatiana... Le plus envoûtant des opéras de Tchaïkovski commence dans une grande maison à la Tchekhov. Des jeunes gens, des jeunes filles surtout, s'amusent, rêvent et dansent. Il y a une vieille nourrice, une mère qui comprend bien des choses, deux jeunes filles, deux gamines encore qui rêvent à l'amour. Et puis il y a le jeune voisin, amoureux de la plus jeune, Olga. Lenski, le jeune voisin, est presque aussi jeune que les deux sœurs. Aussi ardent, aussi naïf. Onéguine, son ami, qui refuse le cœur de Tatiana, joue avec celui d'Olga. Les deux amis vont se heurter, on espère que Lenski comprendra la folie de tout cela, mais Lenski est trop jeune, on a dit trop ardent : Lenski provoquera Onéguine en duel et sera tué par lui. Bien des années plus tard, Onéguine retrouvera Tatiana mariée, non plus petite princesse de la campagne russe, mais reine de la vie mondaine à Saint-Pétersbourg. Il aura beau lui déclarer sa flamme, ce sera trop tard.

Résumée de la sorte, l'œuvre de Tchaïkovski paraît bien fleur bleue. Mais c'est ce qu'elle est, et c'est ce qui fait son incroyable transparence. Je mets au défi quiconque a entendu Tatiana, au deuxième tableau du premier acte de l'opéra, écrire sa lettre à Onéguine, de ne pas avoir rêvé au moins une fois dans sa vie d'en être le destinataire. La scène de la lettre, une chambre claire de jeune fille, la vieille nourrice qui s'agite doucement, la flamme de la bougie qui éclaire le papier, la plume, et nous sommes au cœur de tous les romantismes. À sa manière, slave naturellement, Tatiana est la petite sœur du jeune Werther, mais elle sera plus forte, Werther se suicidera, Tatiana vivra quand même. Pour triompher d'elle-même en même temps que du monde qui l'entoure.

Souvent, les grandes Tatiana à la scène sont d'émouvantes chanteuses russes dont nous avons presque oublié le nom. L'autre année, à Aix-en-Provence, Tatiana s'appelait Olga Guryakova. Avec son petit visage un peu triangulaire, son grand front, ses trépignements de gamine qui n'a pas encore vraiment grandi, elle nous a bouleversé. À côté d'elle, il y avait Olga, la petite sœur à peine plus sage. Et puis Lenski, qui aurait dû être un frère jumeau.

On a beau avoir vu une bonne quinzaine de fois *Eugène Onéguine*, et peut-être plus, la scène du duel continue à nous tenir en haleine. C'est un matin froid, le décor est facile à réaliser sur n'importe quelle scène dans le monde : tout est calme, blanc, silencieux. Le soleil ne s'est pas encore levé quand les deux amis arrivent tour à tour devant nous. Nous savons que le plus faible va mourir, son adieu à la vie est d'autant plus désespéré qu'elle était belle, sa vie : « Où donc avez-vous fui, jours radieux de ma jeunesse ? » Dire que c'était par jeu, seulement par jeu et pour défier Tatiana, que ce grand faux Byron d'Onéguine a joué à faire la cour à la petite Olga.

On l'aura compris, nous avons une tendresse toute particulière pour *Eugène Onéguine* et, quand bien même nous ne l'avons vue que peut-être un peu trop mûre pour le rôle, Galina Vichnievskaia, Mme Rostropovitch à la ville, s'inscrit, par son interprétation de Tatiana, dans le Panthéon de ces grandes dames de l'opéra qui nous ont donné envie d'écrire ce livre.

Euridice *(Eurydice)*

Jacopo Peri. Livret d'Ottavio Rinuccini

Florence, 1600

Le premier opéra de l'histoire de l'art lyrique qui nous soit parvenu. L'auteur, Jacopo Peri, dit « Il Zazzerino » (parce que autant chevelu, probablement, que Berlioz), travaillera d'abord à Florence, dans l'entourage de Giovanni de' Bardi, puis chez Jacopo Corsi, au sein de sa Camerata Fiorentina. Il est l'auteur de cette *Dafne*, déjà sur un texte de Rinuccini, que beaucoup s'accordent pour voir comme l'œuvre fondatrice de l'opéra. Mais il ne reste rien de *Dafne* alors que l'*Euridice*, sur un texte du même Rinuccini, réécrit en partie par Caccini lors du mariage de Marie de Médicis et d'Henri IV au palazzo Pitti à Florence le 6 octobre 1600, nous est parvenu dans sa quasi-intégralité.

Pour la première fois, nous entendons, dans la langue musicale tout juste éclose qui va dominer la première moitié du XVIIe siècle, une tragédie d'une véritable intensité dramatique. Les rôles d'Eurydice, d'Orphée, voire de Daphné elle-même ici de retour, sont parfaitement différenciés. Chacun est chanté par un interprète qui s'efforce d'apporter au rôle un caractère particulier. Bien sûr, l'œuvre reste assez statique, encore sous l'influence de l'oratorio. Mais les chœurs, le rôle déchirant et déchiré d'Orphée atteignent à une véritable intensité dramatique. *Eurydice*, ou le premier opéra de l'histoire de la musique que nous puissions encore entendre... Il en existe, d'ailleurs, plusieurs enregistrements. Mais sur toute cette période, un grand « classique » méconnu nous en apprend beaucoup plus que la pléthore de commentaires philologiques de bien des baroqueux qui croient, seuls, avoir le droit de parler à ce propos. Il s'agit de l'ouvrage de Romain Rolland — ah oui ! le père de *Jean-Christophe*, mais qui lit *Jean-Christophe* aujourd'hui ? — sur « Les origines de l'opéra avant Lully ».

Euryanthe

Carl-Maria von Weber. Livret de Helmina von Chézy

Vienne, 1823

Deux ans après le *Freischütz*, le deuxième grand opéra romantique de Weber. Quand bien même *Euryanthe* n'aura pas l'influence du *Freischütz* sur la musique de son temps, sa création à Paris, en 1831, contribuera à l'évolution de l'opéra français. C'est dans la deuxième partie du XXe siècle qu'*Euryanthe* fera l'objet de reprises de plus en plus nombreuses. Ainsi avons-nous pu la voir d'abord au Coliseum de Londres, donnée par l'English National Opera en 1977. C'était l'émouvante Lois McDonall qui chantait le rôle-titre. La méchante Églantine était jouée par Elisabeth Connell, aux graves époustouflants. Car le livret de l'œuvre repose, comme *Lohengrin* en somme, sur la fidélité contestée de la belle Euryanthe de Savoie à l'endroit d'Adolar, comte de Nevers, son futur époux. Et c'est une Églantine de Puiset, qui fait cause commune avec le perfide Lysiart, secrètement amoureux de l'héroïne, pour tenter de prouver, à l'aide d'une bague héritée d'une morte, que l'infortunée demoiselle a fauté. L'intrigue est empruntée au *Roman de la violette*. Il s'agit d'un conte médiéval dans lequel, bien plus que la bague en question, un grain de beauté en forme de violette sur le sein droit de la belle Euryanthe sortant du bain sert de preuve accusatrice. C'est plus romantique, mais la censure viennoise ne pouvait accepter ni bain, ni sein, ni violette. Va donc pour la bague : Euryanthe n'en sera pas moins lavée de tout soupçon. Comme dans le *Freischütz*, enfin, une scène terrifiante se déroule au sein d'une vallée maudite. Mais si le noir est la couleur dominante du *Freischütz*, coupé des éclats lumineux des airs d'Agathe et d'Annette, c'est plutôt dans un camaïeu de bleus et de rouges sombres, de couleurs violettes, en somme, que se déroulent l'action et la musique d'*Euryanthe*. Semblables et différentes, Euryanthe et Églantine sont les deux faces d'une médaille gravée en taille douce et de l'image emblématique de la jeune fille allemande : la bonne et la mauvaise, la mauvaise parce que tourmentée par des forces qui la dépassent. Un superbe enregistrement, datant de 1974, avec Marek Janowski à la tête de la Staatskapelle de Dresde, nous a offert une Jessye Norman d'une bouleversante jeunesse face à celle qui fut un temps l'idole de l'English National Opera, Rita Hunter, à qui le disque n'a pas assez rendu hommage.

Evans, Geraint (1922-1992)
Baryton gallois

Je crois qu'on ne fera de peine à personne en disant de Geraint Evans qu'il était le Gabriel Bacquier britannique. Leurs carrières ont été parallèles, ils ont chanté à peu près les mêmes rôles. Tour à tour Figaro,

Leporello, Falstaff, ou baryton bouffe chez Offenbach et Donizetti, pilier de Covent Garden, Evans était une présence rassurante, lorsqu'une distribution, au hasard des pourtant si fastes années 1960-1970, s'avérait plus incertaine. On l'a même entendu, un soir de gala donné en l'honneur des Friends of Covent Garden, chanter le duo don Juan-Zerline de l'opéra de Mozart. Je ne me rappelle plus qui chantait don Juan, sûrement un merveilleux soprano : Zerline, c'était Geraint Evans, pitre à souhait, merveilleux bouffon, dont la voix gardait toute sa beauté sous cet accoutrement de clown ! Geraint Evans a réalisé aussi de nombreuses mises en scène. Ses enregistrements mozartiens, parmi les premiers dirigés par Daniel Barenboim, ne sont pas à la hauteur du reste de sa carrière, mais ce n'est pas sa faute. Comme Gabriel Bacquier en France, Garaint Evans était au Royaume-Uni l'un des grands chouchous du public. C'est en 1984 qu'il a fait ses adieux à la scène, avec très exactement 1185 représentations derrière lui. Nous avons dû l'y voir une bonne cinquantaine de fois...

Falcon, Cornélie (1814-1890)
Soprano française

Avec la Malibran, l'une des légendes de l'opéra français pendant la première moitié du XIXe siècle. En 1832, Cornélie Falcon a dix-huit ans. C'est à l'occasion d'une reprise de *Robert le Diable* que le Tout-Paris l'acclame pour la première fois. Le Tout-Paris : ils sont tous dans la salle, de George Sand à Gérard de Nerval, d'Alexandre Dumas à Mademoiselle George et à Mademoiselle Mars. Rappelons que *Robert le Diable* était l'opéra français le plus populaire alors, et qu'en ces temps où la rumeur publique faisait le tour de Paris en une demi-matinée, on avait annoncé les débuts d'une nouvelle demoiselle d'opéra plus que prometteuse. On se pressa pour venir l'écouter, ce fut un succès sans précédent, Cornélie Falcon venait de sortir du Conservatoire avec un premier prix, tout Paris l'adopta en une soirée. Le règne de Cornélie Falcon devait durer cinq ans. Pendant ces cinq années, de 1832 à 1837, elle a été, avec la Malibran, la coqueluche de l'Académie royale de musique. Elle sera la Valentine des *Huguenots*, l'héroïne du *Moïse* de Rossini, l'une des créatrices de l'autre *Bal masqué*, celui d'Auber, donna Anna, la *Vestale* de Spontini, la Mathilde de *Guillaume Tell*... Et voilà que le 3 mars 1837, elle crée la *Stradella* de Niedermeyer. À ses côtés, sur la scène, le ténor Adolphe Nourrit. Nourrit a été son maître, son partenaire le plus constant pendant ces années de gloire. C'est un nouveau triomphe pour Cornélie Falcon et Nourrit. Lors de la seconde représentation, la chanteuse s'effondre, aphone. Cette première crise ne durera guère, mais Cornélie Falcon ne sera plus jamais ce qu'elle a été. Épuisée, très marquée par le suicide de Nourrit en 1839, elle va peu à peu se retirer de la scène. Son rôle dans l'histoire du chant, pendant une période qui n'a pas duré une douzaine d'années, aura été tel que longtemps après sa mort, de nos jours encore, on désignera sous le nom de « soprano falcon », ou tout simplement « falcon », les grandes sopranos dramatiques capables d'aborder les rôles qui furent ceux de ce météorite.

Falstaff

Verdi. Livret d'Arrigo Boito, d'après Shakespeare

Milan, 1893

Un formidable éclat de rire. Une musique d'une délicatesse infinie. Une drôlerie tricotée du bout de la baguette avec une précision inouïe par un compositeur de quatre-vingts ans : tel est *Falstaff*. Nous sommes en 1893. Six ans plus tôt, Verdi a donné son *Otello* à la Scala. Et puis plus rien. L'idée d'un *Roi Lear* continue à le hanter, il navigue toujours dans les eaux shakespeariennes. Et puis c'est subitement l'idée de génie. Verdi hésite à se remettre au travail. La fatigue, l'âge... Mais Boito, son dernier librettiste en date devenu l'un de ses meilleurs amis, l'encourage. Et pourquoi ne pas terminer une carrière éblouissante avec un dernier sourire ? C'est alors que l'idée des *Joyeuses Commères de Windsor* s'impose. Il en existe déjà une version célèbre, de l'Allemand Nicolaï. Les *Joyeuses Commères* d'Otto Nicolaï sont déjà un succès mondial. Et pourtant, l'idée fait son chemin dans l'esprit de Verdi. C'est alors que lui vient une autre idée : se souvenir aussi du personnage de Falstaff dans une autre pièce de Shakespeare, *Henri IV*. Boito partage son enthousiasme. Et les deux compères se mettent au travail. Tous deux, car on ne saurait sous-estimer la part du librettiste qui, comme dans *Otello*, a su transformer un chef-d'œuvre du XVIe siècle en un autre chef-d'œuvre, tout aussi éblouissant, de l'extrême fin du XIXe siècle.

Falstaff, dès lors ? L'histoire d'un vieil homme jamais fatigué de courir les filles. Une sorte de don Juan, en somme, qui n'a pas eu la chance de rencontrer la statue du Commandeur. Sexagénaire, peut-être septuagénaire, Falstaff continue à se raconter des histoires d'amour. Et à les espérer. Mais comme il est dans la misère la plus profonde, il espère aussi que ces amours-là lui rapporteront un peu d'argent. Dès lors, installé à l'auberge de la Jarretière, près de la forêt de Windsor, il courtise et envoie des lettres d'amour à ses belles voisines. En trois actes, chacun divisé en deux tableaux, on voit la fortune paraître sourire à Falstaff, et l'aventure se transformer chaque fois en déconfiture. C'est qu'il a en face de lui une sacrée équipe de commères. Alice, Meg et une Mrs. Quickly qui mène le jeu, avec en arrière-plan et plus charmante encore, la jolie Nanetta : ces dames vont se moquer du vieux barbon. Aux lettres d'amour répondent des invitations qui se terminent par un bain forcé dans la Tamise ou par l'apparition de fantômes dans la forêt de Windsor. Ces dames ont des maris, et comme tous les maris, celui d'Alice est jaloux. La situation se complique encore, les commères jouent double jeu, triple jeu, et l'emportent sur toute la ligne. Barbon, mari : tous dans le même sac. Falstaff, c'est le triomphe des femmes sur cette espèce humaine qui s'appelle l'homme. Et pourtant, dans la scène finale, l'enchantement en somme de la forêt de Windsor, tandis que les fantômes de la reine des fées et autres elfes et lutins imaginés par les bonnes dames s'affairent à affoler le pauvre Falstaff, celui-ci reprend la situation en main, se moque des maris jaloux, participe à la bénédiction du mariage de la gentille Nanetta et de son amoureux Fenton que papa refusait, et toute l'histoire se termine en une formidable fugue, lancée par Falstaff lui-même : « Tutto nel mondo è burla » (« Tout dans le monde est farce »)...

Qu'on ne se trompe pourtant pas. L'immense drôlerie de l'opéra de Verdi cache cependant beaucoup d'éléments plus graves. Ainsi, le compositeur ne peut-il s'empêcher de proposer à son public une belle réflexion sur l'âge qui vient, la vieillesse... Le gros Falstaff, amateur de bière et de bonne chère, n'a-t-il pas été jadis, le fringant page du duc de Norfolk, comme il le rappelle dans un air d'une étonnante légèreté, tout rempli de nostalgie ? De même, le monologue du gros pansu sur l'honneur : qu'est-ce que l'honneur ? repris naturellement de Shakespeare, devient subitement des plus sérieux, en dépit des éclats de rire qui peuvent le ponctuer. Quant à la musique des amoureux, au duo de Nanetta et de Fenton, avec le retour, tout au long de l'œuvre, d'un thème d'une touchante tendresse, il constitue un écho très doux aux acides plaisanteries des commères. Enfin, la scène finale, celle où Falstaff doit succomber à la frayeur des fantômes d'une forêt émerveillée, elle est d'une extraordinaire poésie. Aux ensembles amusés et amusants succèdent des solos élégiaques, la reine des fées, Nanetta, en un enchaînement d'une rare subtilité.

Une morale dans cette histoire ? Eh bien, peut-être, tout simplement, qu'il est un âge où les hommes doivent cesser de se couvrir de ridicule en courant la gueuse, à plus forte raison la commère ; mais aussi que l'intelligence, l'humour, la lucidité peuvent transcender tous les ridicules. Si, dans les pièces de Shakespeare, Falstaff était un personnage important mais secondaire, il devient, par la grâce de Verdi, une manière de mythe. Certes, il n'est pas don Juan, mais répétons-le, il l'a presque été. Falstaff, c'est peut-être quand même tout ce que nous redoutons d'être un jour, nous autres hommes qui voyons l'âge venir, tout en espérant, au bout du compte, nous en tirer aussi bien que lui.

Longtemps peu représenté sur les scènes lyriques, *Falstaff* est aujourd'hui devenu l'une des œuvres les plus populaires de Verdi. Contrairement à la plupart de ses autres opéras, elle ne demande pas d'exceptionnelles qualités vocales à ses interprètes. Bien sûr, la voix de Nanetta doit être transparente, Falstaff se doit d'être un solide baryton. Mais le principal personnage de l'œuvre est avant tout l'orchestre. C'est pour cela que les versions de référence sont, au disque, celles de quelques-uns des grands chefs du XXe siècle. Au tout premier plan, naturellement, Toscanini. Mais aussi Tullio Serafin, Karajan et Leonard Bernstein. Pourtant, on ne doit pas oublier que le Falstaff de Toscanini s'appelait Mariano Stabile, puis Giuseppe Valdengo : de formidables bouffons capables aussi d'une élégance inouïe. Tito Gobbi a chanté Falstaff avec Tullio Serafin ; Giuseppe Taddei avec Karajan ; Dietrich Ficher-Dieskau avec Leonard Bernstein. Chaque fois, des barytons hors du commun, capables de jouer, de mettre en évidence la moindre inflexion d'un dialogue d'une rapidité incroyable. Car, comme le baron Ochs du *Chevalier à la rose*, le héros ventru de Verdi se doit d'être truculent mais jamais vulgaire. Pourtant, Falstaff ressemble fort peu à Ochs, car il est aussi poète...

On l'a dit : depuis une vingtaine d'années, les productions de Falstaff se sont multipliées sur toutes les scènes du monde. Nous n'en évoquerons qu'une car, d'année en année, nous l'avons vu mûrir et, dirait-on, s'embellir, sur la scène de Glyndebourne, si près, en somme, de Windsor. C'est celle qu'inventa Jean-Pierre Ponnelle, au cœur d'un paysage élisabéthain de légende : chaque fois nous en revenions un peu plus ému par le vieux Verdi et par la toujours plus jeune Angleterre de ce temps-là.

Faust

Charles Gounod. Livret de Jules Barbier
et Michel Carré

Paris, 1859

Faust : l'opéra le plus célèbre dans le monde, hélas ! avec *Carmen*. Hélas ? Hélas, peut-être, si nous essayons de trouver dans la trame de l'œuvre de Gounod l'un des mythes fondateurs de notre civilisation. Ou si nous voulons voir en Faust et Méphistophélès non des ennemis qui se battent pour une âme, voire pour une femme, mais les deux visages d'une même volonté de puissance, de savoir, accessoirement de jeunesse. Simon et les simoniaques étaient de monstrueux hérétiques non seulement au regard de la foi chrétienne, mais à la face de l'humanité tout entière. Le docteur Faust, plus ou moins véritable, qui servit de point de départ au mythe, quelque part dans l'Allemagne médiévale, était lui aussi une espèce de sorcier qui ne voulait croire ni en l'homme ni en Dieu. Il a fallu Marlowe, dans l'Angleterre élisabéthaine, pour tenter de lui donner une âme. Une âme déchirée, certes, une âme à perdre beaucoup plus qu'à gagner, mais une angoisse bien humaine, elle. Et le *Premier Faust* de Goethe a fait du mythe encore incertain l'un des moments clés de l'histoire du préromantisme. C'est-à-dire de notre histoire culturelle à tous. Faust est devenu l'homme qui se veut l'égal de Dieu, parce qu'il est un sage, un savant, et croit pouvoir pour cela renoncer à son âme. Science sans conscience n'est que ruine de l'âme, on le sait. Quant au désir de jeunesse...

C'est ce *Faust*-là qu'on retrouve, haletant, désespéré, damné d'avance, quoi qu'il en ait, dans les *Huit Scènes de Faust*, de Berlioz, puis dans sa *Damnation.* C'est lui aussi que l'on trouve dans la *Faust-Symphonie* de Liszt. Alors, hélas oui : il est bien loin de l'infortuné héros de Gounod, le Faust légendaire revu par un romantisme fervent. Faust, selon Gounod, devient une espèce de don Juan qui regrette le temps des amours perdues, veut se refaire une jeunesse, conclut pour cela un marché avec le diable et ne sait pas en profiter. Inconstant, il abandonnera une Marguerite qui veut, malgré tout, le sauver. D'une certaine manière, Marguerite est à Faust, dans l'œuvre de Gounod, ce qu'est Elvire à don Juan chez Mozart : la rédemptrice. La scène du cinquième acte de l'opéra de Gounod, où Faust redit passionnément son amour à Marguerite dans la prison et la supplie de s'enfuir avec lui, est aux antipodes de la terrible cavalcade de Faust et Méphisto dans la *Damnation* de Berlioz. Mais c'est une belle scène d'amour. Et plus encore.

Voilà pourquoi, envers et contre tout, le bon peuple, dont nous faisons partie, c'est-à-dire les amateurs d'opéra du monde entier, voient et revoient *Faust* avec la même tendresse. Parce que *Faust*, c'est un peu la somme de toutes les musiques avec lesquelles nous avons été élevé. Quel âge avions-nous lorsque nous apprenions par cœur le grand récit du vieux Faust, au début du premier acte de l'opéra de Gounod ? « Rien ?... En vain j'interroge en mon ardente veille, la nature et le créateur... Je ne vois rien ! Je ne sais rien !... » Nous avions quinze ans peut-être, nous découvrions l'opéra, tous les opéras avec ivresse et, qu'on en sourie si on a envie de sourire, mais le désespoir de Faust nous touchait. Comme nous frémissions d'une manière de plaisir étrange lorsque, après ses grands cris de malédiction — « Maudite soyez-vous, ô voluptés humaines ! Maudites soient les chaînes qui me font ramper ici-bas !... », il lançait son cri qui, nous le jurons, ne nous faisait pas rire : « À moi, Satan ! À moi ! » C'est alors que Boris Christoff apparaissait. Parce que c'est naturellement avec Boris Christoff, Nicolaï Gedda et Victoria de Los Angeles, dirigés par André Cluytens, que nous avons fait nos premières lectures de *Faust*. Boris Christoff, donc, avec son incroyable accent qu'on aurait dit qu'il outrait encore : « Me voici !... D'où vient ta surprise ? Ne suis-je pas mis à ta guise ? L'épée au côté, la plume au chapeau... ».

Boris Christoff : que de malentendus sur l'interprétation du rôle de Méphisto par Boris Christoff ! On lui a reproché de manquer de sérieux dans le rôle du diable ! Un critique est même allé jusqu'à parler de trop d'« espièglerie » dans son incarnation du tentateur ! Mais le malentendu est total. Le Méphisto de Gounod n'est pas celui de Berlioz, à plus forte raison pas celui de Goethe, pas le Mal selon Marlowe : il n'est que le troisième personnage du trio classique à l'opéra, ténor, soprano, baryton ou basse. Il est l'empêcheur des amours de tourner en rond. Et *Faust* tout entier, créé en 1859, est un des sommets de la tragédie bourgeoise, sinon en pantoufles, sous le Second Empire. Et c'est cela que nous aimons...

Comme nous aimons nous moquer d'une musique que nous adorons, au fond. Jusque dans l'air des « Bijoux » chanté par la Castafiore de Tintin ! Jusqu'à l'air de Siebel susurré autrefois par tel vieil ami de la famille, qui faisait du célèbre « Faites-lui mes aveux, portez mes vœux... » un « C'est aux pieds que j'ai froid, réchauffez-moi... ». On l'aura compris : si nous ne prenons pas très au sérieux le drame goethéen de *Faust* revu et embourgeoisé par Gounod, Barbier et Carré ; si nous nous amusons parfois de sa musique, c'est que tout cela forme un tout auquel nous sommes viscéralement attaché. Le miracle, c'est que cette complicité, somme toute bien française, que nous avons avec l'un des plus français parmi les opéras français du XIXe siècle, le monde entier des amateurs d'opéra semble l'éprouver comme nous. Et cela, c'est bien le signe qu'au-delà des sourires entendus, *Faust* selon Gounod est aussi un chef-d'œuvre.

Il reste à se souvenir des Faust que nous avons aimés. On a dit Nicolaï Gedda et ses trois complices. On se souviendra aussi de notre découverte incrédule, admirative, sur un vieux disque Urania passé presque inaperçu à l'époque, du plus pur *Faust* que nous ayons entendu, Helge Roswaenge, qui chantait en allemand, à Berlin, pendant la guerre. Mais on n'oubliera pas non plus Alfredo Kraus, à la fois fervent et étrangement détaché, lointain, presque vraiment philosophe, lui. Quant aux grandes productions de *Faust*, elles sont sûrement nombreuses, mais l'une d'entre elles est restée dans bien des mémoires. C'est celle de Jorge Lavelli, au Palais Garnier en 1978. Un *Faust* Second Empire, qui voyait revenir les soldats victorieux du quatrième acte — « Gloire immortelle de nos aïeux, Sois-nous fidèle, mourons comme eux ! » — en une phalange de pauvres diables, éclopés, blessés, gueules cassées et mutilés à vie encore à peine debout. Le public siffla, hua, on voulait bien accepter de voir *Faust* donné sous une verrière d'Exposition universelle, mais pas avec une armée de morts-vivants aux étendards déchirés. Un quart de siècle plus tard, la production de Lavelli dans les beaux décors de Max Bignens faisait encore les beaux jours de l'Opéra-Bastille.

Favart

Premièrement : Favart, Charles-Simon. Dramaturge, compositeur et imprésario, mais surtout auteur de nombreux livrets d'opéra-comique, né en 1710 et mort en 1792. Longtemps directeur de la compagnie théâtrale de Maurice de Saxe — maréchal commandant des armées françaises en Flandres, et ancêtre par la main gauche de Mme Dupin, dite George Sand —, Favart donna des spectacles jusque sur les champs de bataille, jouant à la fois pour les armées françaises, mais aussi pour leurs ennemis. Qui osera dire, après cela, que l'art n'a pas de frontières ? À une époque où l'opéra italien faisait des ravages sur les scènes françaises, Favart a tenu, fût-ce plus modestement, le rôle d'un Gluck sur la scène lyrique parisienne. L'un prêchait pour la grande tragédie lyrique française ; l'autre, modestement, on l'a dit, pour un retour à l'opéra-comique à la française. Mais Favart est aussi passé à la postérité grâce à sa femme, Marie-Justine Duronceray, dite « Mlle Chantilly », l'une des plus délicieuses beautés, dit-on, de l'opéra-comique français du milieu du XVIIIe siècle. Protecteur de son époux, le maréchal de Saxe voulut sûrement par trop la protéger elle-même, fût-ce malgré elle. Mais on résiste mal à un Maurice de Saxe, et la pauvre « Mlle Chantilly » fut successivement enfermée dans un couvent puis dans un château jusqu'à la mort de son protecteur trop pressant. Elle n'avait que vingt-trois ans, et put reprendre ensuite une fulgurante carrière dont la postérité a surtout retenu qu'elle affectionnait les rôles de paysanne, qu'elle jouait en costume approprié, robe de laine et gros sabots.

Deuxièmement : la salle Favart. C'est à ce titre que le nom de Favart fut longtemps chéri par les amateurs français d'opéra-comique. C'est dans cette salle, construite en marge de ce qu'on appelle les Grands Boulevards, qu'à partir de 1898 on a pu applaudir, jusqu'à leur passage au Palais Garnier, les plus grands chefs-d'œuvre de l'art lyrique, tels *Carmen* ou *Les Noces de Figaro.* Mais aussi le répertoire tout entier du genre opéra-comique.

Nous y évoquerons seulement des soirées à passionnément écouter *Pelléas et Mélisande*, qui fut créé là, main dans la main avec une jeune fille qu'on croyait aimer à la folie. Les mains de la demoiselle étaient un peu moites, les nôtres plus encore, le duo de Pelléas au pied de la tour de Mélisande nous transportait d'autant plus loin, d'autant plus haut, que nous ne pouvions alors nous offrir que des places au dernier balcon. La chaleur était torride, Jacques Jansen et Irène Joachim se consumaient d'amour, nous transpirions à grosses gouttes parce que c'était l'été. On se remettait de tout cela en mangeant une choucroute bien solide et peu de saison dans un restaurant voisin. Plus tard, beaucoup plus tard, le restaurant en question servait aussi des choucroutes de poisson, ce qui nous parut alors hautement original. La jeune fille aux mains moites nous avait quitté depuis longtemps pour un barbu blondasse.

C'est aussi salle Favart que nous avons fait connaissance avec Robert Wilson, dit Bob, et son *Regard du sourd*. Longue vie à la salle Favart que nous avons rêvé un instant de diriger, lorsque Bernard Lefort régnait sur le Palais Garnier. Tous les spécialistes de la scène vous diront que celle de la salle Favart est plus que difficilement praticable, car elle s'adosse de trop près à une banque que nul n'aura jamais l'idée de faire sauter. Les Grands Boulevards parisiens sont faits de cela, des banques et des théâtres... Jérôme Savary, ses cigares énormes et de ce qu'il reste du rêve du Grand Magic Circus ont pris la place de Mlle Chantilly, tant pis pour elle, tant mieux pour ceux qui aiment les joyeux spectacles et les larmes de faux crocodiles du bon Jérôme et de ses nymphettes aux seins, jadis, joliment alertes : sont-ils restés ce qu'ils étaient ?

Favorite (La)

Gaetano Donizetti. Livret d'Alphonse Royer et Gustave Vaëz, révisé par Eugène Scribe

Paris, 1840

Après les bons rires bien français de *La Fille du Régiment* et la gravité prêchi-prêcheuse de *Poliuto*, *La Favorite*, « grand opéra en quatre actes », est la grande œuvre sérieuse que Donizetti écrivit pour l'Opéra de Paris. Créée par Rosine Stolz, l'ennemie intime de Berlioz, et par Duprez, qui créa le rôle de *Benvenuto Cellini*, l'œuvre, qui aura un succès considérable à l'Opéra de Paris puisqu'elle sera jouée plus de 650 fois jusqu'en 1904, s'est d'abord présentée sous la forme d'un opéra en trois actes, *L'Ange de Nizida*, qui était destiné au théâtre de la Renaissance. On l'a repris plus tard au théâtre de la Porte Saint-Martin. Une réduction pour voix et piano en a été effectuée au début des années 1840 par un étranger qui crevait alors de faim à Paris et qui s'appelait Richard Wagner... C'est à Padoue, en 1842, qu'elle a été jouée pour la première fois en Italie, puis à Milan en 1843, sous le titre *La Favorita*. Comme c'était si souvent le cas à l'époque, la censure bouleversa quelque peu les noms des personnages et c'est ainsi qu'Alphonse XI de Castille, souverain de *La Favorite*, devient tout bonnement Louis VII de France... Mais ce n'était, après tout, qu'un arrangement dynastique de plus dans une Europe du XIXe siècle où l'on n'en était pas à un bouleversement de frontière près ni à un changement de souverain. Qu'on nous pardonne de ne pas résumer ici le livret de *La Favorite* : il y est question d'un jeune moine devenu amoureux de la maîtresse du roi sans savoir que c'est à cette liaison qu'il doit sa brillante carrière. Lorsque la vérité lui est révélée, il se retire à nouveau dans un couvent et la favorite amoureuse vient mourir à ses pieds... Les amateurs de la grande littérature française du XVIIIe siècle, et de la moins grande, auront peut-être reconnu l'intrigue de certain *Comte de Comminges*, de Baculard d'Arnaud. La cavatine qui précède le duo final, « Ange si pur » est très vite devenue une rengaine populaire.

Parmi toutes les Favorites qui ont émaillé l'histoire de l'opéra, nous en avons naturellement une : notre favorite, c'est la grande, l'immense Giulietta Simionato, enregistrée sur le vif à Mexico, comme la Callas des années de braise. Simionato à Mexico City en 1950, c'est un ange de feu...

Fedora

Umberto Giordano. Livret d'Arturo Colautti d'après Victorien Sardou

Milan, 1898

Victorien Sardou, Sarah Bernhardt : c'est dans la droite lignée d'une *Tosca*, que les mêmes noms illustrèrent, que se situe le drame lyrique de Giordano. Étonnante figure que celle d'Umberto Giordano, qui connut la gloire à trente ans avec deux opéras : *André Chénier* et *Fedora*, et qui, né en 1867, mourut en 1948 après une carrière dont il ne reste plus grand-chose. Et pourtant, comme *André Chénier*, *Fedora* mérite mieux que l'oubli dans lequel les contempteurs du vérisme l'ont plongée. D'ailleurs, vérisme pour vérisme, on sanglote infiniment moins en chantant dans *Fedora* que dans *Paillasse* ! Et le drame de Sardou adapté par Giordano est presque passionnant. Une aristocrate russe y voit assassiner, à la veille de ses noces, l'homme qu'elle doit épouser. C'est Fedora à qui l'on ramène le cadavre sanglant de son Vladimir. Fin d'un premier acte qui se déroulait à Saint-Pétersbourg. Deuxième acte : Paris. Fedora croit savoir que l'assassin est un certain comte Loris, Russe aujourd'hui exilé, plus ou moins soupçonné de nihilisme. Elle le dénonce à la police tsariste tout en faisant mine de l'aimer. Acte trois : la Suisse. On est décidément cosmopolite en cette fin du XIXe siècle, quelque part entre le Conrad de *Sous les yeux de l'Occident* et *La Madone de sleepings*, dont nul n'a oublié que nous la devons à Maurice Dekobra. Fedora découvre qu'elle s'est trompée, que son Vladimir était un être ignoble. Mais il est trop tard : la police tsariste a déjà mis à mort le frère de ce Loris qu'elle aime à présent d'un véritable amour. Désespérée, elle se suicidera.

On a dit *Fedora* et *Tosca* : on imagine ce qu'une Maria Callas aurait pu faire dans le rôle de la princesse Fedora. Eh bien, Maria Callas a bel et bien été Fedora. Six soirées, entre le mois de mai et le mois de juin 1956 à la Scala de Milan. Avant elle, la très belle et très blonde Maria Jeritza avait chanté le rôle. Après Maria Callas, la trop ignorée par un public français pour qui seul le disque vaut reconnaissance Magda Olivero a fait verser des larmes au monde entier.

Les six soirées de mai et de juin 1956 furent surtout un succès d'estime pour Maria Callas. On la trouva au meilleur de sa forme dramatique dans un rôle où elle pouvait se laisser aller à tout son sens du théâtre et du drame. Les décors complètement fous de Nicola Benois, ses bonbonnières pour petites nièces de tsar vivant entre serre chaude et sucre candi, ses volutes, ses arabesques et la crème fouettée autour, accentuaient encore le côté « mélo » du livret et Maria pouvait se laisser aller à de superbes emportements. Lorsque Fedora meurt, Callas, renversée sur les marches d'un escalier aux improbables élancées lyriques, était déjà, et à elle seule, un moment de somptueux théâtre. Mais surtout, certains critiques remarqueront que sa voix, tout en perdant peut-être une partie de sa puissance, se voyait débarrassée des plus gênantes stridences qu'on avait si souvent dénoncées dans son registre aigu. Comme si la voix de Maria Callas était vraiment en train de se transformer : ce qu'elle perdait en volume, elle le gagnait en qualité. Le public des derniers balcons apprécia peu, mais c'était plus le vérisme de l'œuvre que l'on sifflait et non son interprète. On aurait tort, néanmoins, de passer trop vite l'œuvre de Giordano par pertes et profits. On a cité le nom de Magda Olivero ? Eh bien, qu'on l'écoute avec Mario Del Monaco et Tito Gobbi enregistré à l'Opéra de Monte Carlo en 1969. Peut-être battra-t-on sa coulpe.

Félix, Thierry (né en 1965)

Baryton français

Félix avait à peine vingt-cinq ans quand il s'est lancé dans son premier *Voyage d'hiver*, de Schubert. La voix était encore jeune, le sens dramatique certain. Thierry Félix est toujours jeune, sa voix a pris de l'ampleur, ses graves de véritable baryton basse se sont amplifiés. Nous le croisions jadis souvent, il partait pour Londres ou revenait du Mozarteum de Salzbourg. On l'a entendu avec Les Arts florissants, au Festival d'Aix-en-Provence, avec les Musiciens du Louvre... On l'aime bien. Il fut même notre voisin. On voudrait l'entendre davantage.

Felsenstein, Walter (1901-1975)
Metteur en scène autrichien

Une longue carrière de metteur en scène d'opéra à travers l'Allemagne et l'Autriche mais surtout, à partir de 1947, la direction du Komische Oper de Berlin-Est. Une formidable carrière de rénovateur non seulement de la mise en scène des opéras, mais surtout de l'esprit qui préside à leur représentation au milieu du xxe siècle, après deux guerres mondiales, les camps, les massacres. Avant d'entrer en fonction à l'Opéra de Berlin-Est, Felsenstein avait dirigé une *Vie parisienne*, tout de suite après la guerre. Et c'était un signe : c'est au travers des œuvres réputées légères (une fameuse *Chauve-Souris* en 1947, *Orphée aux Enfers* en 1948) que Felsenstein va s'affirmer comme un metteur en scène qu'on dirait aujourd'hui « décapant ». Il sera l'un des premiers, au début des années 1960, à monter *Le Barbier de Séville*, mais celui de Paisiello, auquel il donnera, on s'en doute, une couleur bien à lui. Pour nous, Felsenstein est un mythe. C'est pourquoi, tant des petits suiveurs qui s'acharnent aujourd'hui à « décaper » comme lui les œuvres les plus classiques et souvent les plus légères du répertoire, nous paraissent souvent de tristes fantaisistes.

Femme sans ombre (La)
(Die Frau ohne Schatten)
Richard Strauss. Livret de Hugo von Hofmannsthal

Vienne, 1919

La *Frau*, ou Strauss au-delà de Strauss, Hofmannsthal plus que Hofmannsthal, rejoignant leur génie en une œuvre unique, mythique, terrible et radieuse... *La Femme sans ombre*, c'est l'histoire d'une rédemption. C'est le lait de la tendresse humaine qui coule dans le sang de tous les êtres humains, qu'ils soient empereurs, impératrices ou simples teinturiers. Et nous, dès la première audition, nous sommes tombés à genoux.

Après *Le Chevalier à la rose*, après *Ariane à Naxos*, Strauss et Hofmannsthal ont voulu aller plus loin encore. Avec peut-être Mozart encore en tête, comme pour *Le Chevalier à la rose*, mais cette fois le Mozart de *La Flûte enchantée*, le compositeur et son librettiste ont inventé un conte oriental, dans lequel se rencontrent trois univers : celui des dieux, celui des rois et celui des hommes. Les dieux sont une race à part, ils tentent de diriger le sort des humains. Mais ceux-ci savent bien que l'amour seul, l'amour d'un être aimé comme celui de l'humanité tout entière, fait de l'homme un homme et de la femme une femme. D'où cette belle parabole.

Il était une fois une déesse, venue du monde des esprits, qui tomba amoureuse d'un empereur. Son père, Keikobad, roi des esprits, permit cette mésalliance, à condition que, dans un délai d'un an, la nouvelle impératrice, née sans ombre puisque non humaine, puisse trouver une ombre. Faute de quoi, l'empereur périra. C'est la nourrice de l'impératrice, envoyée sur terre pour la sauver, qui va tenter de lui trouver l'ombre dont elle a besoin. Au couple radieux mais tourmenté de l'empereur amoureux de son impératrice, s'oppose celui de simples mortels : un teinturier, Barak, et sa femme, stérile. Et parce qu'elle ne peut avoir d'enfant et qu'elle voit son mari déverser des flots de tendresse sur le monde entier, la teinturière qui, pas plus que l'empereur ou l'impératrice n'a de nom, vit dans la hargne et l'amertume. Pour la nourrice, c'est la proie qu'il lui faut : pour un diadème de diamants, la teinturière sera prête à vendre son ombre. Son âme, en somme. Encore que... Mais on le pressent déjà, cette femme, simplement femme, qui crie très haut mépriser son époux, le regarde de loin avec tant de tendresse... Si bien que, lorsque le marché sera sur le point de s'accomplir, lorsque l'impératrice se rendra compte que, pour sauver son amour à elle, elle détruira à jamais l'amour d'un homme bon pour une femme qui pourrait l'être, elle prendra la décision héroïque de refuser ce qui lui est offert : une ombre. Du coup, et parce qu'elle a eu ce geste humain, fait de pitié et de tendresse, l'impératrice voit se dessiner derrière elle une ombre bien à elle, qu'elle a acquise par sa seule bonté : la bonté humaine... Et l'œuvre s'achève par le bonheur retrouvé de deux couples qui, chacun dans le monde qui est le sien, proclame sa foi dans l'amour et dans le lien qui unit les hommes entre eux.

Tout cela paraît très compliqué ? Raconté en deux minutes, certes. On se souviendra pourtant d'une conférence prononcée dans les années 1970 par André Tubeuf dans la grande salle du Palais Garnier : il nous expliqua alors qu'en trois heures et vingt minutes, c'est l'un des plus admirables contes philosophiques que la musique nous ait jamais dits. Il y a, bien sûr, l'empereur et l'impératrice. L'empereur qui chante une admirable partie de ténor, l'une des plus belles écrites par Strauss. L'impératrice qui dit son amour et finit par avoir la force d'y renoncer, pour mieux le trouver. Mais le couple bouleversant, c'est celui des humains, plus qu'humains. Dans le rôle de Barak, un Fischer-Dieskau, toujours lui, semblait ne devoir jamais finir de nous émouvoir. Avant lui, Richard Mayr, le créateur du rôle en 1919 ; en même temps que lui, un Walter Berry ou un Paul Schöffler ont eu les mêmes accents humains, trop humains. Maria Jeritza a créé le rôle de l'impératrice, Leonie Rysanek fut longtemps l'une des plus grandes. Quant à la teinturière, elle restera à jamais liée dans notre souvenir à celle qui fut aussi la plus grande Salomé, la plus grande Elektra du siècle qui vient de s'achever : Inge Borkh. Dirigée par Georg Solti dans des décors de Svoboda, sa détresse parvenait à tirer des larmes aux plus blasés des spectateurs de Covent Garden, au milieu des années 1970.

Attention pourtant ! La *Frau* traîne derrière elle une réputation de longueur accablante et — on l'aura compris... — de complication terrifiante. Et pourtant ! Allez écouter Barak chanter sa tendresse humaine, jamais trop humaine, et vous comprendrez pourquoi, parfois, la voix d'un homme simple peut elle aussi vous faire trembler d'émotion. La teinturière, elle, illustre toutes les offensées, toutes les humiliées de cette terre. Et son désespoir fait froid dans le dos — jusqu'à sa rédemption. Car le bonheur qui triomphe chez les rois comme chez les âmes simples est simplement celui que nous voudrions tous atteindre.

Allons ! nous n'allons pas hésiter à le dire : *La Femme sans ombre* est l'un des plus grands opéras de l'histoire de la musique. Mais il faut savoir la mériter. Une récente production de Robert Wilson, à l'Opéra-Bastille, nous a montré qu'on pouvait d'ailleurs en faire une œuvre presque populaire. Pour notre part, nous en reviendrons toujours aux deux versions publiées au disque par la firme DG : Joseph Keilberth en 1963, la version Böhm de 1977.

Femme silencieuse (La) *(Die schweigsame Frau)*

Richard Strauss. Livret de Stefan Zweig
d'après Ben Jonson

Dresde, 1935

C'est la mal aimée des deux *Frau* (qu'on nous pardonne d'oublier le pluriel) que nous a données Richard Strauss. La première, la *Frau* tout court, c'est *La Femme sans ombre.* Un chef-d'œuvre absolu. En revanche, on avouera que *La Femme silencieuse*, qualifiée par ses auteurs d'opéra-comique au sens probablement allemand du mot, a connu une carrière beaucoup plus erratique. En gros, en très gros, c'est l'histoire d'un gentilhomme britannique, sir Morosus, amiral de son état, qui envisage de prendre femme, au grand dam de son neveu, Henry, qui guette la fortune du vieillard. Les oreilles ravagées par une explosion de poudre sur l'un de ses bateaux, sir Morosus vit dans la terreur du bruit. D'où l'idée du barbier de l'amiral, nouveau Figaro en quelque sorte, de lui proposer pour femme la jeune personne que désire épouser Henry, la belle Aminta qu'il prend pour une douce et timide Timida si sensible, tellement silencieuse... Après un simulacre de mariage, la fausse épouse se révèle sous un bien autre jour : elle crie, tempête, hurle et fait des scènes. De quoi dégoûter à jamais Morosus de toutes les femmes, cette fois. Et de quoi le désespérer de s'être marié. Les coquins qui l'ont berné lui révèlent alors la vérité, il respire, renonce à prendre épouse et donne sa bénédiction au jeune Henry et à la douce Timida, redevenue tendre et gentille.

Pour beaucoup, cette *Femme silencieuse*, créée en 1935 à Dresde avec l'une des plus extraordinaires chanteuses autrichienne de son temps, au beau nom bien peu allemand de Maria Cebotari, constitue l'apogée d'un genre : l'opéra bouffe. Nous sommes dans la tradition du *Don Pasquale* de Donizetti, par exemple. Et pourtant... Et pourtant, cette longue suite de beaucoup de bruit (qu'on nous pardonne d'abonder dans le sens de sir Morosus) dure presque trois heures. C'est long, très long... Beaucoup de bruit, pour ça, oui... Les inconditionnels de la seconde *Frau* nous affirment qu'on n'est pas très loin, non plus, du *Falstaff* de Verdi. Nous avons l'impression, nous, de découvrir en Morosus un Falstaff chaussé de bottes pesantes et qui ne fut jamais, non, au grand jamais, et comme Falstaff, page du duc de Norfolk...

Heureusement, la formidable Natalie Dessay, à Vienne comme au Châtelet à Paris, nous a fait tomber dans les mêmes filets que ce pauvre vieux Morosus et, grâce à elle, nous sommes quelques-uns à être tombés amoureux fous d'Aminta. Même quand elle fait trop de bruit...

Ferrier, Kathleen (1912-1953)
Contralto anglaise

Une sainte. Une icône parmi les icônes des chanteuses du XXe siècle. Une carrière très courte, vite marquée par la maladie, mais qui ne l'empêchera pas de chanter jusqu'au bout. Un timbre idéal, d'une gravité surprenante, d'une transparence inouïe, qui faisait merveille aussi bien dans les cantates et oratorios de Bach ou de Haendel que dans les lieder de Schumann, de Brahms... Chacun de ses disques est devenu une pierre rare dans l'univers de tous les collectionneurs. Bien sûr, c'est elle qui créa le rôle titre du *Viol de Lucrèce*, de Britten. Et en dehors de Britten, on ne l'a jamais entendue que dans un autre opéra, l'*Orphée* de Gluck. Elle a chanté Orphée à Glyndebourne, à Amsterdam, Londres et Covent Garden. En 1953, au milieu d'une série de représentations, elle s'est arrêtée. Son visage grave et radieux reste pourtant gravé dans toutes les mémoires. Elle fut à coup sûr la chanteuse la plus admirée par Bruno Walter, avec qui elle donna de nombreux récitals. C'est Bruno Walter, en fait, qui contribua à la faire entrer dans la légende et dans nos cœurs. Aujourd'hui, mais il y a aussi plus d'un quart de siècle, en un temps où l'opéramania n'avait pas encore frappé avec la virulence qu'on lui connaît, Kathleen Ferrier était déjà admirée par ceux qui ne l'avaient jamais entendue, c'est tout dire. Voilà quelques années, organisant à la Villa Médicis de Rome une série de concerts consacrés à de jeunes chanteurs, on a demandé à Guillemette Laurens, à la belle voix grave davantage habituée pourtant au répertoire baroque, de nous chanter trois des cycles de lieder qui firent la gloire de Kathleen Ferrier. Scrupuleusement, Guillemette Laurens s'en est acquittée. Ce furent *L'Amour et la vie d'une femme*, de Schumann ; les *Quatre chants sérieux*, de Brahms, et les *Kindertotenlieder*, de Mahler. Ce sont ces mêmes musiques qui nous hantent encore lorsqu'on évoque Kathleen Ferrier, les grands disques microsillons publiés chez Decca et sa photographie, en grisé sur fond vert, qui recelaient des miracles. Il est rigoureusement interdit de prononcer la moindre critique sur Mme Ferrier. Vie publique ou vie privée, carrière artistique : tout en elle est un univers de légende et doit le rester.

Fiancée vendue (La) *(Proradá Nevěsta)*

Bedrich Smetana. Livret de Karel Sabina

Prague, 1866

Une manière d'hymne national. Pendant longtemps, l'opéra tchèque le plus longtemps le plus joué dans le monde. L'opéra tchèque toujours le plus donné dans la Tchéquie d'aujourd'hui. Créé à Prague en 1866, il a été arrangé et arrangé encore par l'auteur jusqu'à une version définitive de 1870. C'est une histoire très gaie de jeune paysanne amoureuse du fils aîné, disparu depuis longtemps, d'un riche paysan et qui se voit contrainte par son père à épouser le second fils, bègue au demeurant, dudit paysan. Amour, désespoir : tout se termine naturellement le mieux du monde et l'amour triomphe. En effet, un bel étranger a déclaré sa flamme à la gentille Marenka, il a été repoussé par les familles, on le reconnaît comme Jenik, le fils disparu. Toutes les grandes tendances de la musique, disons allemande, des années 1860 sont présentes dans cette *Fiancée vendue*, mais superbement pétries de folklore national. À l'article *Prague* de ce dictionnaire, on évoque la naissance d'un opéra national en Bohême : *La Fiancée vendue* en a probablement été l'étape la plus importante. On a dit l'immense succès de l'œuvre. Très vite, elle passa l'Atlantique et fut même donnée en tchèque à Chicago en 1893. Qu'on ne se méprenne pas : *La Fiancée vendue* n'est pas une simple pièce folklorique : un Mahler n'hésita pas à la diriger à New York en 1909. De même, un Bruno Walter la donna-t-il en 1941 : ça vous avait des airs de pied de nez aux envahisseurs de la Tchécoslovaquie d'alors ! Quelques distributions de rêve, Jurinac, Dermota, Edelmann à Vienne en 1951 ; Stratas, Vickers, Gedda à New York en 1978 montrent l'intérêt du public international pour une œuvre pourtant si bien ancrée dans sa petite Tchécoslovaquie natale. Mais, en somme, le monde entier aime la polka (tchèque bien entendu) et la « furiant » (tchèque encore mais que nous connaissons mal...). C'est par un enregistrement tchèque, naturellement, dirigé au Théâtre national de Prague par un Zdenek Chalabala dont nous n'avons plus guère entendu grand-chose, que nous sommes tombé amoureux d'une étonnante Drahomira Tikalova, que nous n'avons pas entendue non plus depuis. D'une légèreté, d'une aisance vocale ahurissante, cette chanteuse tchèque a fait de l'album Supraphon qui abritait les trois disques de l'opéra une curiosité dont nous fûmes longtemps fier dans une discothèque alors modeste où, hormis *La Moldau*, le poème symphonique du même Smetana, la musique de l'Europe d'au-delà de ce qui était encore le rideau de fer brillait par son absence. Et puis, les trois microsillons de Prague nous avaient été offerts en cadeau de mariage par Pierre Israël-Meyer qui fut compositeur et qui mourut trop vite : qu'elle était belle, alors, la Marenka de l'émouvante Drahomira !

Fidelio

Beethoven. Livret de Joseph Sonnleithner révisé par Stephan von Breuring et Georg Friedrich Treischke, d'après *Léonore ou l'Amour conjugal* de Jean-Nicolas Bouilly

Vienne, 1805/1806

On le sait, on n'y a que trop souvent recours dans ces lignes. Mais si le mot sublime doit s'appliquer à quelques-uns des chefs-d'œuvre de la musique lyrique de tous les temps, c'est bien au *Fidelio* de Beethoven. Et pourtant, combien en avons-nous entendu de sceptiques ou de grincheux nous faire remarquer que l'œuvre est mal fichue, eh oui ! Que le mélange de scènes de genre presque triviales avec la grandeur des personnages de Léonore et de Florestan les dérange. Que l'apparition du personnage principal de Florestan au seul deuxième acte dans une œuvre qui n'en comprend précisément que deux la déséquilibre dangereusement. Même si la plupart de ces critiques s'adressent plutôt au livret de l'unique opéra de Beethoven qu'à sa musique, elles paraissent de si peu de poids à côté de l'intense beauté du plus grand opéra allemand, tel que le présenta le Theater an der Wien, le 20 novembre 1805.

C'est vrai que la composition de *Fidelio* a été laborieuse. Outre *Le Porteur d'eau*, de Cherubini, qui traite à peu près du même sujet, le drame très populaire de Bouilly avait déjà fait l'objet de plusieurs versions lyriques, notamment de Pierre Gaveaux en 1798, de Ferdinando Paer surtout et de Simon Mayr. Dès 1803, Beethoven a l'intention de composer son *Fidelio.* Pourtant, le travail de ses différents librettistes sera très lent. De même, Beethoven remettra-t-il lui-même à plusieurs reprises l'ouvrage sur son métier. Après les trois représentations de 1805, avec l'ouverture dite *Léonore 2*, il accomplira un grand travail de reconstruction de la partition. Quelques mois plus tard, en mars 1806, au même Theater an der Wien, il présentera une deuxième version de ce qui ne s'appelle encore que *Léonore.* Les trois actes ont été transformés en deux actes seulement, l'œuvre est cette fois applaudie, avec l'ouverture dite *Léonore 3*, mais ne sera donnée que deux fois. Et c'est le 23 mai 1814, au Kärntnertortheater de Vienne, qu'elle sera enfin applaudie et connaîtra le succès public qui est le sien aujourd'hui.

Comment, dès lors, un Vincent d'Indy peut-il nous affirmer que *Fidelio* n'apprend rien de plus que *Don Juan* ? En fait, dans la droite lignée de *La Flûte enchantée*, et avant Weber, Beethoven est tout simplement en train d'inventer l'opéra allemand. Dans la division en numéros, le rôle des deux personnages secondaires et charmants de Marceline et Jaquino, on retrouve naturellement des réminiscences d'opéra italien. Mais c'est en réaction contre l'italianisme alors tout-puissant sur les scènes lyriques que Beethoven a voulu composer son *Fidelio*. Pourtant, au-delà de ces intentions musicales, l'unique opéra de Beethoven est un chant d'amour et un hymne à la liberté incomparable.

Que l'histoire se déroule dans une prison près de Séville, en Espagne, au XVIIIe siècle, est de fort peu d'importance. Cet amour-là, la liberté ardemment chantée tout au long de l'œuvre, sont intemporels. Tant pis aussi si, dans de nombreuses mises en scène contemporaines, on nous inflige trop souvent des versions au goût du jour, où le méchant Pizarro est tour à tour déguisé en SS, en homme de main d'une dictature d'opérette, en fasciste ordinaire ou en stalinien sanguinaire. La liberté que nous proclame Beethoven n'a que faire du paysage où des metteurs en scène trop intelligents veulent la situer.

L'histoire est très belle. Léonore, épouse de Florestan, un ennemi personnel du gouverneur de prison Pizarro, se déguise en jeune homme pour sauver son mari gardé au secret dans une abominable geôle. Sous le nom de Fidelio, Léonore devient l'assistant du chef-geôlier Rocco. L'action se déroule dès lors sur deux plans. D'une part, le faux Fidelio doit naviguer au plus près entre un bon bougre de Rocco, gardien de prison en somme très humain, la passion que lui porte Marceline, la fille de Rocco, qui voudrait l'épouser, et la jalousie qu'éprouve naturellement pour elle Jaquino, le fiancé de Marceline. Dans le même temps, Léonore s'efforce de prouver sa loyauté à Rocco afin de l'accompagner jusqu'au plus profond de la prison pour briser les chaînes de celui qu'elle aime. Très vite, le spectateur sait la vérité. Dans un air admirable, « Abscheulicher ! » (Monstre abominable !), la vraie Léonore déguisée en jeune gardien de prison exhale sa haine contre l'infâme Pizarro et lance son grand cri : « Komm, Hoffnung... » (Viens, espoir !). Pourtant, feignant la bonne humeur et la complicité, Fidelio gagnera bel et bien la confiance de Rocco. Elle parviendra même à le convaincre de laisser respirer un peu d'air pur aux prisonniers qui croupissent dans la forteresse. C'est le superbe chœur des prisonniers s'avançant dans la lumière d'où s'élèvent deux voix de solistes pour chanter leur confiance en Dieu, appeler la liberté : quand reviendra-t-elle ?

Au début du second acte, Florestan est seul dans sa prison. Lui aussi pousse alors un cri unique dans l'histoire de l'opéra : son « Gott ! », un cri du cœur vers Dieu, qui semble sortir des profondeurs de la terre. Mais Fidelio comme Florestan ont raison d'espérer. L'arrivée de Pizarro viendra peut-être troubler un instant leurs retrouvailles, mais celle du ministre don Fernando, qui découvrira la bassesse du gouverneur, amènera la libération de tous les prisonniers. Et c'est dans un chœur final proche de celui de la *Neuvième Symphonie* que l'œuvre s'achèvera, formidable hymne, cette fois, à l'amour conjugal.

Fidelio a la peau dure. Contre quelques vents aigres, les marées de l'enthousiasme public n'en finissent pas de l'imposer. Le rôle de Léonore est un des plus émouvants qui se puissent imaginer. Toutes les plus grandes, depuis Anna Milder, lors de la création, en passant par Wilhelmine Schröder-Devrient en

1822, l'incomparable Lotte Lehmann à Vienne ou à Salzbourg, Kirsten Flagstad et Birgit Nilsson, jusqu'à une Leonie Rysanek dans les années 1970 ou une Gwyneth Jones, s'y sont illustrées. De même, les grands Florestan ont marqué d'un signe indélébile leur carrière avec ce fameux « Gott ! » lancé du plus profond de la souffrance. Les réussites au disque sont nombreuses, qu'elles aient été dirigées par un Bruno Walter apôtre de la liberté, ou par un Wilhelm Furtwängler dont on a sûrement trop épilogué sur la carrière berlinoise pendant la Deuxième Guerre mondiale. Sans s'affronter à la discographie contemporaine, on citera dès lors une seule version, historique entre toutes. Elle était dirigée en 1941 par Bruno Walter, émigré à New York. Kirsten Flagstad, dont le mari n'avait pourtant pas manifesté la même horreur que Bruno Walter pour ceux qui se voulaient alors les maîtres du monde, chantait Léonore. Le rôle de Florestan était tenu par le Belge René Maison, lui aussi en exil. C'est la basse russe Alexandre Kipnis, le Sarastro de *La Flûte enchantée* dirigée par Bruno Walter à Glyndebourne en 1936, qui incarnait Rocco. L'Allemand, lui aussi émigré, Herbert Janssen, était Fernando, le libérateur.

Nous en avons vu, des *Fidelio.* À Salzbourg, récemment, on repassait en scène les chemises de papa Rocco : pourquoi pas ? Une grande mise en scène du chef d'orchestre Klemperer donna l'impression au public londonien que l'action se déroulait dans le décor unique de la voie express qui traverse Hammersmith — mais la musique, Klemperer qui célébrait sa messe, était grandiose.Que dire, enfin, de la voix rauque, formidable appel à Dieu et à l'humanité tout entière, de Jon Vickers, à genoux dans la nuit, face aux mille spectateurs d'un Festival d'Orange ?

Fille du régiment (La)

Gaetano Donizetti. Livret de Vernoy de Saint-Georges et Jean-François-Alfred Bayard

Paris, 1840

Arrivé à Paris après ses déboires avec la censure italienne pour *Poliuto*, Donizetti va composer sa première œuvre spécifiquement française pour l'Opéra-Comique. Écoutons Berlioz en parler dans le *Journal des débats* : « On jure terriblement dans cette pièce ! Mais c'est le style du temps. Aujourd'hui nos soldats ont parfois de très bonnes manières ; ils savent à peu près l'orthographe, et ne blasphèment que dans les grandes occasions. Il est vrai que, sous l'Empire, on s'occupait d'un autre genre d'éducation, et qu'on était parvenu à un degré de force peu commun dans l'art de... se faire tuer. Ce qui ne veut pas dire que nous ayons le moins du monde oublié ce beau talent ; seulement on est plus avancé à présent, et nous avons joint à l'art de mourir un peu de savoir-vivre... La musique de cette pièce a déjà été entendue en Italie, du moins en grande partie : c'est celle d'un petit opéra imité ou traduit du *Chalet* de M. Adam, et au succès duquel M. Donizetti n'attachait probablement qu'une très mince importance. C'est une de ces choses comme on en peut écrire deux douzaines par an, quand on a tête meublée et la main légère. L'auteur de *Lucia* et d'*Anna Bolena* a eu tort de laisser représenter au théâtre de la Bourse une aussi faible production, au moment où l'attention du public dilettante va se concentrer sur celle que prépare à grands frais l'Opéra [il s'agit de *Poliuto*, qui allait être monté la même année]. Lorsqu'on est sur le point de produire une œuvre écrite *per la fama*, comme disent les compatriotes de M. Donizetti, il faut bien se garder de montrer un *pasticcio* esquissé *per la fame* [jeu de mots sur *fama*, la renommée ; et *fame* : la faim]. On fait, en Italie, une consommation effrayante de cette denrée chantable, sinon chantante : on n'y voit guère que des prétextes au succès des grands ténors et des *dive*... La partition de *La Fille du régiment* est donc tout à fait de celles que ni l'auteur ni le public ne prennent au sérieux. Il y a de l'harmonie, de la mélodie, des effets de rythme, des combinaisons instrumentales et vocales ; c'est de la musique, si l'on veut, mais non pas de la musique nouvelle. L'orchestre se consume en bruits inutiles... »

Pour une exécution, c'était une exécution, et, dans *Le Journal des débats*, le grave quotidien louis-philippard de l'époque. Il est vrai qu'une partie de l'article de Berlioz est également consacrée à des remarques amères sur le fait que Donizetti envahissait, à l'époque, les scènes françaises... Il semble bien, pourtant, que le public n'ait pas suivi l'avis acerbe de l'auteur d'un *Benvenuto Cellini* mal aimé sur une comédie plus que légère où l'on voit la vivandière du XXIe régiment d'infanterie plongée dans un dilemme épouvantable : épouser un Tyrolien qui s'est fait soldat par amour pour elle ou suivre une mère subitement retrouvée qui lui révèle ses origines aristocratiques. Tout cela ponctué de roulements de tambour et d'un air fameux dont les plus fameuses paroles sont un « Rataplan ! » plus fameux encore. Et

Berlioz n'avait pas tort d'accuser Donizetti de plagiat puisque, en 1836, le compositeur italien avait déjà donné *Betly* (ou *Bettly*), *opera giocosa*, adaptation, donc, du fameux *Chalet* d'Adolphe Adam. En fait, *La Fille du régiment*, écrite pour la France sur un livret français, est un étonnant et détonnant mélange de dialogues parlés, d'airs chantés, de chœurs et d'ensembles qui s'achèvent par un « Salut à la France » d'une pompe grandiose et, il faut bien le reconnaître, un peu ridicule.

Ridicule : le mot est lâché. Si *La Fille du régiment* s'est solidement implantée sur toutes les scènes d'opéra du monde, on doit bien convenir que ses mises en scène, voire ses interprètes principales, sont parfois un peu, beaucoup, très ridicules... On admire, bien sûr, la grande Joan Sutherland. Mais lorsque, vêtue en grognard de l'armée française, bicorne, bottes de cuir et veste à boutons dorés sur culotte blanche, elle agite sa grande carcasse sous le regard paternel d'un soldat Sulpice — pardon : du sergent Sulpice, basse bouffe ! —, elle nous fait certes rire, mais pas forcément pour la bonne raison. On ne doute pas, en revanche, que, dans les années 1940, celle qui chanta le rôle de Marie au Metropolitan de New York, la Française Lily Pons, dite « le rossignol français », n'ait entraîné les foules dans un bel élan patriotique avec son « Salut à la France » à elle. Plus récemment, une Mady Mesplé ou une June Anderson nous ont presque appris à aimer la fougueuse Marie, fille naturelle d'une marquise de Berkenfield trop grande dame pour être tout à fait honnête. Et puis Alfredo Kraus, pour ne citer que lui, a su nous montrer que le chant de ce gentil Tyrolien de Tonio pouvait, lui, presque nous enivrer. Hélas ! si nous gardons de si mauvais souvenirs de la *Fille* en question, c'est peut-être à cause de cette pauvre Joan Sutherland, qui décidément en faisait trop. Dommage, car les enregistrements qu'elle nous a laissés (1967, Decca ; 1972, Foyer) sont au fond fulgurants.

Fille du Far West (La) *(La Fanciulla del West)*

Giacomo Puccini. Livret de Guelfo Civinini et Carlo Zangarini d'après David Belasco

New York, 1910

Presque au lendemain de la ruée vers l'or en Californie, à l'époque de Tom Mix ou de quelques autres cow-boys de cinéma muet aux grands chapeaux blancs, il fallait bien que l'Amérique eût aussi son opéra de cow-boy. D'où l'idée, plutôt originale, de demander à un Puccini, venu spécialement aux États-Unis pour la première new-yorkaise de *Madame Butterfly*, de composer une œuvre pour le public américain. On partit donc d'une pièce à succès, *The Girl of the Golden West*, créée en 1905, pour fabriquer en somme, à la sauce Puccini, le premier western-spaghetti américain. Si l'on ajoute que c'est Toscanini qui dirigea la première, avec Emmy Destinn en Minnie du Far West, et Caruso dans le rôle de son Dick Johnson de bandit de grands chemins amoureux, on comprendra que le succès, aux États-Unis, ait d'entrée de jeu été immense. En gros, l'histoire raconte une fois de plus les amours d'un ténor et d'une soprano perturbés par un baryton. Mais ici, le baryton est un shérif qui joue au poker le sort du ténor qu'il a fait prisonnier. La fille du Far West trichera pour sauver son amant, elle parviendra même à le faire échapper à un lynchage et tous deux disparaîtront au loin de la terre poudreuse de Californie à laquelle, en un duo final, ils auront fait leurs adieux : « Addio, mia dolce terra... »

Un critique français a pu parler de *La Fanciula* comme de « la Jeanne d'Arc du Klondyke » et, même si nous avons peut-être ironisé nous-même sur le scénario que Puccini a su magnifiquement transcender, l'œuvre est loin de mériter le discrédit relatif dans lequel elle a longtemps végété en Europe. Certes, il y a eu des reprises fameuses à la Scala, un peu partout en Italie et dans toute l'Europe. Quelques très grandes sopranos se sont illustrées dans le rôle de Minnie, dont Maria Jeritza, Ljuba Welitsch, Magda Olivero ou Marilyn Horne. Pourtant, seul le Metropolitan de New York et assez curieusement, le théâtre Colon de Buenos Aires ou le théâtre Coliseo, ont gardé l'œuvre d'une manière relativement régulière à leur répertoire. Plus que la fille du Far West elle-même, c'est le personnage de Dick Johnson, le brigand qui connaît la rédemption par l'amour, dont les airs ont été le plus souvent enregistrés. La plupart des grands ténors du XXe siècle ont ainsi joué, souvent admirablement, les durs au cœur tendre. On avouera notre préférence pour un Placido Domingo, dans un enregistrement dirigé par Zubin Mehta, avec l'éternel compère que fut longtemps Sherill Milnes pour Domingo — et la très jeune alors, et formidablement américaine, Carol Neblett. Pourtant, on ne peut être qu'ébloui par un autre Dick Johnson, celui chanté en 1954 au Mai musical florentin par Mario Del Monaco sous la direction fulgurante de Dimitri Mitropoulos. Un Grec américain dirigeant à Florence le plus italianissime (pléonasme, qu'importe...) des ténors de son temps dans une histoire d'Indiens sans Indiens mais avec une Annie-du-Far-West née en Virginie — et c'était presque aussi beau qu'un grand John Ford !

Finta Giardiniera (La) *(La Fausse Jardinière)*

Mozart. Livret de Giuseppe Petrosellini (vraisemblablement)

Munich, 1775

Immédiatement après *Lucio Silla, La Fausse Jardinière* est le huitième opéra d'un Mozart de dix-neuf ans.

Qualifiée de *dramma giocoso*, *La Fausse Jardinière* constitue une sorte de marivaudage, parfois très sérieux, où les couples se font et se défont, pour s'achever, comme dans bon nombre d'œuvres de ce type, par une réconciliation générale sous la houlette d'un podestat généreux. Mais à la différence de *Lucio Silla* ou de *Mithridate,* par exemple, l'œuvre déborde le cadre pourtant très strict de l'*opera seria* traditionnel dans lequel elle est enfermée pour atteindre par moments des moments de très belle intensité dramatique. On commence par une manière d'opéra bouffe au style des plus convenus pour s'avancer progressivement vers une ambiance dramatique beaucoup plus prenante. Ainsi, le sérieux et le comique se mélangent-ils avec une grâce certaine dans une œuvre qui, longtemps oubliée, a connu une véritable renaissance à partir d'une première reprise, en 1961, dans le superbe petit théâtre baroque de la Résidence de Munich, le théâtre Cuvilliés, remonté après la guerre. Reprise à Salzbourg dès 1965, on a pu la voir depuis dans le monde entier. Curieux destin que celui de ces œuvres dites plus ou moins de jeunesse de Mozart : on se donne beaucoup de mal pour ressusciter un *Songe de Scipion* ou un *Lucio Silla,* alors qu'une *Finta Giardiniera* traverse la planète avec une aisance sans pareille. Nous n'avons pas vu la mise en scène de Robert Carsen à Lausanne en 1989. Mais François Le Roux, qui y tenait le rôle de Nardo, en a gardé un souvenir ému. En revanche, dans la mise en scène de Gildas Bourdet à Aix-en-Provence, en 1984, sous la direction de Semyon Bychkov, une jeune mezzo-soprano à peu près inconnue interprétait le rôle travesti de don Ramiro. Elle s'appelait Anne-Sofie von Otter. Nous fûmes quelques-uns, redescendant du théâtre de l'Archevêché jusqu'au cours Mirabeau boire un dernier verre au café des Deux Garçons, à nous déclarer éperdument amoureux de la belle Suédoise. Elle avait déjà été Chérubin, Orphée, Sesto de *La Clémence de Titus* à Bâle : nous ne le savions pas. Huit ans plus tard, Anne-Sofie von Otter chanterait le même don Ramiro à Salzbourg, cette fois ceux qui l'applaudirent savaient bien qui elle était...

Fischer-Dieskau, Dietrich (né en 1925)
Baryton allemand

Le plus grand chanteur allemand de la deuxième moitié du XXe siècle. Sans conteste, sans hésitation. Et l'un des plus grands barytons de tous les temps. Nous fîmes sa connaissance quelque part dans les années 1950. Il était venu à Paris, salle Gaveau, chanter *Le Voyage d'hiver*, de Schubert. Nous ne connaissions pas Fischer-Dieskau, nous avions entendu *Le Voyage d'hiver* chanté au disque par Hans Hotter, la comparaison était inévitable, nous ne voulûmes pas la faire. Hans Hotter quelques années avant, Fischer-Dieskau alors : c'était la même grandeur d'âme, la même beauté. À la fin des années 1950, nous l'avons entendu de nouveau en récital, à Boston. Nous avons parlé longuement. Entre-temps Dietrich Fischer-Dieskau était devenu ce qu'il est aujourd'hui. Beaucoup plus tard, au début des années 1990, nous l'avons entendu faire ses adieux au public de Leipzig, dans un récital Brahms. En *bis*, il a donné le plus beau, pour nous, des lieder de Brahms : « Wie bist du, meine Königin... » Un rideau est tombé. Depuis, Dietrich Fischer-Dieskau poursuit une carrière de chef d'orchestre, il dirige souvent son épouse, Julia Varady, wagnérienne hors pair.

Mais Fischer-Dieskau, c'est tellement plus que cela. Vingt fois sur le métier il a remis son ouvrage, nous donnant encore à intervalles, totalement irréguliers mais si fréquents, de nouvelles et de nouvelles versions des grands cycles de Schubert, de Schumann... Ses enregistrements intégraux de l'ensemble des lieder des grands romantiques sont d'une richesse et témoignent d'une versatilité incomparables. Musicologue, c'est de l'intérieur qu'il parle de la musique, du chant. Humaniste, la bonté, la gravité, la sagesse, la tendresse rayonnent sur son visage. Le premier enregistrements que nous connaissons de lui, c'est une version allemande du *Don Carlos* de Verdi, dans laquelle il chante le marquis de Posa. Il y est déjà lumineux. Sa carrière d'artiste lyrique a, bien entendu, été éclipsée par le rôle de premier plan qu'il a joué, dès les années 1950, dans le domaine de la mélodie. Et pourtant, on sait qu'il peut être un Wozzeck bouleversant, un Falstaff éblouissant de drôlerie. On l'a entendu chanter en allemand, voilà combien d'années, l'un des premiers comtes des *Noces de Figaro* de notre vie de mozartien dilettante. Était-ce bien au théâtre des Champs-Élysées ? Et quand ? Qu'on nous le rappelle ! Mais c'est peut-être dans le rôle de Barak, le teinturier de *La Femme sans ombre,* de Strauss, qu'il est le plus lui-même : un homme bon, qui ne veut pas croire à la méchanceté, à la laideur du monde qu'il côtoie pourtant tous les jours. Dietrich Fischer-Dieskau est un artiste unique dans l'histoire du chant. Nul comme lui n'a autant approfondi ses rôles, ses interprétations. Combien de disques nous a-t-il laissés ? Peut-être des centaines. Mais on marquera d'une pierre particulièrement blanche les rééditions, sous le label Orfeo, des récitals qu'il donna, d'année en année, chaque fois semblable à lui-même et chaque fois différent, au Festival de Salzbourg. On se souviendra aussi de ses enregistrements avec Richter, rencontres uniques de deux artistes uniques. Sans oublier le travail patiemment accompli aux côtés d'un Gerald Moore, accompagnateur peut-être sans égal, d'une modestie inouïe, un frère, en somme, pour Fischer-Dieskau lui-même, et pour quelques-uns des plus grands chanteurs de son temps.

Flagstad, Kirsten (1895-1962)

Soprano norvégienne

La plus grande chanteuse wagnérienne du plein milieu du XXe siècle. Et non, nous n'avons jamais entendu Flagstad. Nous aurions presque pu. Elle a chanté au Palais Garnier juste avant que nous commencions à aimer l'opéra. Nous étions très jeune, mais nous étions quand même trop jeune. Flagstad, c'est une voix d'airain, de bronze, un timbre aux sonorités miraculeuses : tout ce que l'on voudra. Les superlatifs et les clichés ne seront jamais suffisants pour dire la grandeur, la noblesse de la voix de Flagstad. D'une certaine manière, Germaine Lubin a été notre Flagstad à nous et nous ne l'avons pas plus entendue. Mais c'est avec Flagstad, la vraie, que nous avons appris à aimer *Tristan et Isolde* au disque. C'est elle, âgée à l'époque, de cinquante-sept ans, qui en enregistra la version historique dirigée en 1952 par Wilhelm Furtwängler. À ses côtés, Ludwig Suthaus était un Tristan honorable, mais le jeune Fischer-Dieskau était, lui, un Kurwenal exemplaire. Mais il y a eu aussi *Fidelio* et surtout, cette version découverte beaucoup plus tard, alors qu'enregistrée pendant la guerre, à New York. On en parle à l'article « *Fidelio* » de ce volume. C'était Bruno Walter, exilé par les nazis, qui la dirigeait. Le grand ténor belge René Maison, lui aussi en exil, chantait Florestan-Léonore, c'était Flagstad, dont le mari norvégien ne cachait pas, lui, des sympathies qui allaient vers l'autre bord. Mais tous les trois, trio fabuleux, incandescent, ils ont laissé un témoignage unique dans les archives du Metropolitan Opera de New York. On aimera se souvenir aussi qu'après la guerre, Kirsten Flagstad a enregistré à Londres une version fameuse du *Didon et Énée*, de Purcell. Fameuse parce que, jouant Didon, elle avait à ses côtés une jeune Belinda de rêve, Elisabeth Schwarzkopf. Et la légende veut que ce fût sa Belinda qui chantât à sa place quelques notes hautes de Didon que Flagstad, à l'époque, ne pouvait plus atteindre. Qu'importe ! Flagstad est entrée vivante dans la légende de l'opéra, non pas tant pour un talent dramatique pourtant réel que par la beauté souveraine d'un timbre dont on répétera encore qu'il était de bronze, d'airain, avec des aigus d'argent, tout ce qu'on voudra...

Fleming, Renée (née en 1959)
Soprano américaine

Douce, suave, ravissante, Renée Fleming à la voix de miel. Depuis la fin des années 1990, le public français, comme le public du monde entier, est amoureux d'elle. À l'égal de Suzan Graham, elle est devenue, l'air de rien, une star adulée. Nous l'avons d'abord aimée en Maréchale du *Chevalier à la rose*, voluptueuse et déshabillée. Loin de la sophistication d'une Schwarzkopf, de la gravité d'une Ludwig, de l'inquiétude angoissée d'une Crespin, elle est une Maréchale amoureuse et surtout amante, qui sait bien qu'elle aura d'autres Octavian dans sa vie ! Mais Renée Fleming est aussi une Manon éperdue de tendresse qui ne sait, elle, à quel saint se vouer. Elle ne voudrait faire de peine à personne, c'est un papillon blond pris au piège de l'amour des uns et de la méchanceté des hommes. Enfin, sa Rusalka est languide à souhait, suspendue entre la terre des hommes et les rivières profondes qui sont son vrai royaume. Mais surtout, Renée Fleming, c'est le bonheur de chanter par tous les temps, rayonnante, avec parfois une larme dans des yeux qui sourient encore.

Florence

L'opéra tel qu'on le conçoit aujourd'hui est né à Florence. C'était autour d'un groupe d'esthètes, poètes, philosophes, réunis dans un cénacle, l'Académie des Bardi. Cette *Camerata* rassemblait des personnalités aussi diverses que Vicenzo Galilei, le père de l'astronome, Jacopo Peri, Caccini ou le poète Rinuccini. C'est en 1597 que fut créée à Florence la *Dafne* de Jacopo Peri. Qu'on se réfère, à ce titre, aux *Euridice* des années suivantes auxquelles sont consacrées quelques rubriques de ce volume, on comprendra ce que représente Florence dans l'histoire de l'opéra. Mais Florence, c'est aussi l'un des plus jolis théâtres d'Europe, le théâtre de la Pergola. C'est également l'un des théâtres modernes les plus laids de toute l'Italie : le Théâtre communal. C'est enfin un festival fondé voilà plus de soixante-dix ans, le Maggio musicale fiorentino. Maria Callas y fut très présente au début des années 1950. Plus récemment, nous associons son nom à un ami très cher, qui dirigea également l'Opéra de Paris : Massimo Bogianckino. Florence, enfin, c'est la ville chantée avec une superbe nostalgie dans le *Gianni Schichi* de Puccini (*Voir : Le Triptyque*).

Pour avoir passé trois ans à Florence, nous savons pourtant qu'on n'y entend plus, aujourd'hui, que trop peu d'opéras. Berlioz, lui, n'y aima guère le livret *Les Capulets et les Montaigus* de Bellini. Mais, hormis le souvenir, qui va aujourd'hui à Florence pour écouter de l'opéra ? Entre nous, nous savons bien que nous préférons passer une heure à la chapelle Brancacci ou à Santa Maria Novella qu'une soirée dans ce vilain Teatro communale !

Flûte enchantée (La) *(Die Zauberflöte)*

Mozart. Livret d'Emmanuel Schikaneder

Vienne, 1791

La Flûte enchantée, l'avant-dernier opéra de Mozart, a été créée le 30 septembre 1791. Deux mois et six jours plus tard, Mozart mourait à Vienne. C'était le 5 décembre 1791. Et pourtant, rien de funèbre dans cette joyeuse *Flûte* !

C'est, en effet, la dernière expérience de Mozart dans un domaine qui ne lui était pas familier, celui du *Singspiel* allemand, mélange de textes parlés et d'airs souvent populaires. Le fait que la création eut lieu non pas à l'Opéra de Vienne mais au Theater auf der Wieden, une manière d'Opéra-Comique beaucoup plus populaire, en témoigne bien. Quant au livret, c'est un directeur de théâtre, acteur, chanteur et accessoirement dramaturge, qui l'écrivit pour lui. En apparence, rien de sérieux, donc. Pourtant, de graves exégètes ont voulu voir dans *La Flûte enchantée* la transposition d'un roman initiatique français, *Sethos*, de l'abbé de Terrasson, publié en 1731. Le titre exact en était *Sethos, histoire ou vie tirée des monuments, anecdotes de l'ancienne Égypte*. Nous l'avons lu : tant pis pour nous ! Dieu merci, Mozart a fait beaucoup mieux. Pourtant, comme chez l'abbé de Terrasson, Isis, Osiris sont évoqués dans la *Flûte* avec des accents incantatoires d'une jolie grandeur par le grand-prêtre Sarastro, qui illustre la lumière dans un univers féerique où l'Égypte ancienne côtoie les rites maçonniques. En face de Sarastro se dresse la puissance du mal, illustrée par la Reine de la nuit, dont la mission, comme celle d'un ange déchu, est d'éteindre l'immense clarté qui auréole Sarastro et ses fidèles. L'affrontement du jour et la nuit, donc, de l'intelligence contre des forces plus obscures, du blanc et du noir. Comme dans *Cosi fan tutte* — où l'on voit les hommes et leur vulgarité balourde l'emporter sur la gent féminine —, Sarastro gagnera la partie. Une preuve de plus, pour un féminisme très politiquement correct, de la misogynie de Mozart. Mais, à la différence de *Cosi*, ici les choses sont beaucoup plus simples. Quand bien même on s'évertue parfois, dans des mises en scène étranges, à prouver le contraire, ni Mozart ni son librettiste n'ont eu la moindre sympathie pour la Reine de la nuit. Elle est un personnage néfaste, qui commande un trio de dames en revanche nettement plus aguichantes, mais aussi le sombre et noir Monostatos. Et voilà, là aussi, le politiquement correct ambiant de la fin du XXe siècle qui a frappé : Monostatos est un Noir. Traduit littéralement, un passage du livret l'affirme avec beaucoup de désinvolture : le blanc est bien, le noir est mal ! D'où l'indignation de quelques chiens de garde qui se sont amusés à tripatouiller, pour pas cher, le livret de Schikaneder. Qu'importe !

Pour les spectateurs du monde entier, et de tous âges — car *La Flûte enchantée* a la réputation d'être aussi un opéra pour enfants ! —, c'est moins l'affrontement de la Reine de la nuit et de Sarastro qui domine la scène, mais deux couples, celui des princes (Tamino et Pamina) et celui de simples humains (Papageno et sa Papagena, même si on ne voit celle-ci qu'à l'extrême fin de l'œuvre). Tamino est un prince, Pamina la fille de la Reine de la nuit, mais l'amour fait oublier à la fille la vengeance qu'elle doit exécuter pour sa mère. Papageno est un oiseleur, joyeux, chanteur, gourmand et couard, qui ne rêve que d'une petite Papagena, toute pleine de plumes comme lui, qui lui fera une portée de petits Papagenos et autres Papagenas. L'un évolue dans le domaine du courage, de la sagesse et de l'honneur. L'autre est son double amusant et railleur. À l'un la musique inspirée, les airs vibrants et désespérés ; à l'autre, la gaieté d'une musique endiablée que son adaptation pour tous les instruments du monde, y compris l'harmonica de verre bien connu à Salzbourg, a répandue dans le monde entier. L'histoire qui sous-tend *La Flûte enchantée* est, dès lors, celle d'une initiation : Tamino qui accédera à la succession de Sarastro ; et celle d'un amour difficile car tout oppose Pamina et Tamino. Et la rigueur de l'ordre qu'impose à ce dernier le grand prêtre Sarastro n'est pas pour arranger les choses. Un film célèbre d'Ingmar Bergman montre tous les enfants du monde réunis dans le petit opéra de Drotthingolm, près de Stockholm, les yeux émerveillés par une œuvrette assez mal chantée. Mais la *Flûte*, c'est beaucoup plus que cela. À Salzbourg, pendant des années, on a ainsi pu voir une production enchanteresse dans le cadre grandiose du grand manège d'été. Elle était due au Français Jean-Pierre Ponnelle, elle est restée dans toutes les mémoires de ceux qui ont pu l'applaudir. Récemment, la *Flûte* a été jouée dans un cirque, on l'a donnée en plein air dans un champ à Aix-en-Provence ; il en existe une version célèbre pour marionnettes.

L'air fameux de la Reine de la nuit, tout en acrobaties vocales, est un des chevaux de bataille de toutes les sopranos « spinto » du monde. Il a servi, malheureusement, à plusieurs reprises pour des publicités télévisées peu avouables. En revanche, l'air de Pamina qui, se croyant négligée par son Tamino à qui la loi de Sarastro enjoint de se taire, constitue un moment clé dans l'histoire de l'opéra. Loin de se développer selon l'ordonnancement plus ou moins rigoureux de l'*opera seria*, voire de l'opéra bouffe ou même des œuvres antérieures de Mozart, il préfigure ce que sera l'opéra romantique allemand ou du siècle suivant. Dès lors, tous les amoureux de l'opéra ne peuvent qu'être amoureux de la douce, de la vibrante Pamina. Surtout lorsque celle-ci s'est appelée Irmgard Seefried, Elisabeth Grümmer, Lisa Della Casa, Lucia Popp ou Kiri Te Kanawa. Pamina, c'est au fond la petite sœur que nous avons tous rêvé de rencontrer un jour pour mieux découvrir qu'elle est beaucoup plus qu'une petite sœur...

Lorsqu'en des temps lointains, nous rêvions de construire un opéra, on imaginait d'y donner *La Flûte enchantée* en ouverture. Une *Flûte* grave et joyeuse comme elle que David Hockney sut inventer pour la trop grande boutique du Met de New York qui, du coup, devient un décor de boîte à musique pour enfants Dieu merci pas trop sages.

Force du destin (La) *(La Forza del destino)*
Giuseppe Verdi. Livret de Francesco Maria Piave

Saint-Pétersbourg, 1862

La Force du destin, c'est d'abord une ouverture, deux thèmes, l'un très rapide, l'autre presque élégiaque, qui se télescopent en une manière de terrifiant mauvais rêve. Les publicitaires ne s'y sont pas trompés, qui l'ont cent fois utilisée, elle aussi, pour vanter spaghettis ou automobiles. Nous avons même failli nous y laisser prendre nous-même, ayant jadis écrit un scénario de film, dont nous aurions voulu faire de l'ouverture de *La Force du destin* le thème haletant principal. Heureusement, le réalisateur lui préféra Schönberg : Verdi, pour une fois, se tira d'un mauvais pas.

La Force du destin appartient pourtant à la maturité de Verdi, puisque sa composition se situe très précisément entre son *Bal masqué* et l'immense *Don Carlo*, donné à l'Opéra de Paris en 1866. Mais le livret caracolant de Piave, emprunté à la terre entière, à l'Espagne comme à l'Allemagne de Schiller est, à notre goût du moins, d'une absurdité tout à fait remarquable. C'est une histoire de meurtre accidentel, de malédiction *post mortem*, de fuite d'une orpheline amoureuse déguisée en homme, de frère vengeur, de champs de bataille sanglants avec cantinière gitane, de couvent miséricordieux aux bons pères compatissants, d'ennemis mortels qui se sauvent la vie avant de s'entre-tuer et d'un frère, enfin, qui poignarde une sœur en prière. Même *Le Trouvère*, du même cher Verdi, semble d'une limpidité d'eau claire à côté du bruit et de la fureur qui animent cette *Force du destin*.

Longtemps oubliée dans les poussières de la Scala, c'est Toscanini qui, à deux reprises, lui a redonné vie dans le premier théâtre d'Italie. Depuis la guerre, en revanche, la *Forza* a connu un destin fabuleux puisqu'il n'est pas d'année, ou presque, où l'un ou l'autre théâtre italien n'en ait donné de retentissantes productions. Elle a mis longtemps, pourtant, *La Force du destin*, à atteindre le Metropolitan de New York, où Rosa Ponselle, Caruso et Giuseppe De Luca ne la firent entrer en fanfare qu'en 1918. Bruno Walter lui-même ne dédaignait pas de la diriger pendant la Deuxième Guerre mondiale ; alors qu'il semble bien qu'il ait fallu attendre 1956 pour la voir donner en France, à Nice d'abord, et seulement en 1975 à l'Opéra de Paris.

On ne pourra pas ne pas évoquer une mise en scène encombrante, au théâtre antique d'Orange, où les aristocrates sévillans du XVIIIe siècle se trouvaient transportés en pleine guerre d'Espagne, avec jeep avant la lettre et poings tendus. Montserrat Caballé chantait divinement dans cette production, façon bande dessinée, qui était pourtant de Margherita Wallmann.

Les amoureux de Maria Callas écouteront sa Leonora, qu'elle chanta pour la première fois à Trieste en 1948, dans un enregistrement dirigé par Tullio Serafin en 1954.

Fou (Le)

Marcel Landowski. Livret du compositeur

Nancy, 1956

Une œuvre folle aussi, le chef-d'œuvre, à coup sûr, de Marcel Landowski, connu d'abord pour sa musique, naturellement, puis pour le conflit qui l'opposa pendant plusieurs dizaines d'années à Pierre Boulez. À chacun la conception de la musique qui est la sienne... On dira qu'en tout état de cause, Marcel Landowski, disparu en 1999, fut l'un des grands artisans de la réforme de l'éducation musicale en France. Après Nancy en 1956, son *Fou* a vu le jour à Paris, sous la direction du compositeur, en 1957. On l'entendit en 1972, en version de concert, avec l'éclatante Jane Rhodes, qui participa à la création. Placée sous le signe de Patrice de La Tour du Pin, *Le Fou* met en scène un savant, dans une ville assiégée et qui va disparaître. Lui seul pourrait la sauver, mais il doute des moyens de sa science et finira par détruire le résultat de ses recherches. Un fou, donc ? Ou un sage ? Une œuvre ancrée dans son siècle, qui se souvient d'Hiroshima. Une reprise récente a permis en 2004 à François Le Roux de montrer l'étendue de son talent dramatique dans le rôle de Peter Bel, le savant qui, justement, n'est pas fou. La foule n'était pas au rendez-vous. La critique a fait la fine bouche : dommage.

Fouchécourt, Jean-Paul (né en 1958)
Ténor français

Un ludion. Puck autant que chanteur, chanteur pardessus tout, comédien impeccable : Jean-Paul Fouchécourt est aujourd'hui l'un des jeunes ténors français les plus demandés dans le monde entier, pour des rôles légers, baroques, drôles, parfois très graves. Il a participé à pas loin d'une centaine d'enregistrements, on le croit à l'Opéra de Paris, il est au Met ; on le croit au Met, il est déjà à Genève, à Lyon ou à Aix-en-Provence. On l'a retrouvé à New York, il chantait du Rameau à Brooklyn, des amis nous avaient entraînés, en mangea des bretzels à l'entracte ! Aucun de ceux qui l'ont vu dans la production de *Platée* montée au Palais Garnier par Marc Minkowski et Laurent Pelly n'oubliera sa fantaisie débridée dans le rôle de la nymphe grotesque inventée par Rameau pour railler toutes les grenouilles qui veulent se faire aussi grosses que les bœufs, quand elles ne demandent pas un roi. Fraternel, chaleureux, Fouchécourt encourage les jeunes chanteurs qui l'entourent. C'est un mélodiste superbe, qui a chanté à la Bibliothèque nationale de France, certes, où il a donné une interprétation éblouissante des *Illuminations* de Britten. On l'a compris, Fouchécourt est l'un des enfants chéris du chant français d'aujourd'hui. Et puis il a une façon à lui de rire qui enchante ses amis !

Fournier, Sophie

Soprano français

On a découvert Sophie Fournier dans *La Voix humaine*, de Poulenc, qu'elle chanta dans un film réalisé par Dominique Delouche. Mais avant cela — on après cela ? — elle a tour à tour été Fiordiligi de *Cosi fan tutte* et donna Elvira de *Don Juan*, au théâtre des Champs-Élysées. On a pu l'y voir, elle a su admirablement exprimer le désarroi de la sœur de Dorabella face aux sentiments qu'elle voulait combattre, comme celui de l'épouse de don Juan, acharnée à vouloir le sauver quand même. Manuel Rosenthal vint sur scène en mars 2001, peu de temps avant sa mort, pour la remercier d'avoir chanté, à la Bibliothèque nationale de France, quelques-unes de ses mélodies.

Francesca da Rimini

Sergueï Rachmaninov. Livret de Modeste Tchaïkovski inspiré de Dante

Moscou, 1906

Un baiser qui dure cinquante mesures : pour ce seul baiser, d'un lyrisme exalté et d'autant plus poignant qu'on sait qu'à la cinquante et unième mesure, ou presque, Lanceotto Malatesta viendra poignarder les amants damnés, *Francesca da Rimini* mérite d'être passionnément aimée. Le sujet est, naturellement, emprunté à *L'Enfer* de Dante. C'est le deuxième cercle, celui de la luxure. Et pourtant, Paolo et Francesca, le frère et l'épouse du grand Malatesta, devraient être innocents devant Dieu, tant leur amour est sublime et la figure de leur frère et mari repoussante. Mais Dante en a décidé autrement. Dieu merci, Rachmaninov nous démontrera le contraire. Souvent négligée en France, *Francesca da Rimini* est une œuvre intense, qui voit l'opéra russe s'orienter pour un temps vers le vérisme. Les méchants parleront d'un genre sirupeux : on se moque si aisément de la passion de nos amis américains pour les concertos de Rachmaninov ! Mais nous n'oublierons pas que c'est avec un concerto de Rachmaninov que Tom Ewell séduit presque Marilyn Monroe dans *Sept ans de réflexion.* Ici, c'est le duo d'amour puis de mort de Francesca et Paolo qui nous bouleverse, comme il a bouleversé des générations d'écrivains, de musiciens, de peintres souvent romantiques avant la lettre ou après l'heure. L'œuvre est très brève, trop brève (1 heure et 15 minutes) — d'où la difficulté de la programmer seule.

Freischütz (Le)

Carl-Maria von Weber. Livret de Friedrich Kind

Berlin, 1821

Le Freischütz, ou le plus grand opéra romantique français. On a bien lu : opéra romantique français. Parce que le *Freischütz*, ou *Freyschütz* comme on l'écrivait alors, dont on veut d'abord parler ici, c'est l'extraordinaire version qu'en donna Berlioz pour l'Académie royale de musique en 1841. Entendons-nous bien. Le *Freischütz* de Weber est une œuvre admirable sur laquelle on va revenir. Mais notre coup de cœur, c'est le résultat de ce que, s'il s'était agi d'un autre que lui, Berlioz aurait qualifié d'arrangement et de trahison.

Les faits d'abord. En 1824, le célèbre musicographe et fabricant de pastiches Castil-Blaze mitonna pour l'Odéon de Paris un *Robin des bois* qui était déjà un arrangement du *Freischütz* de Weber, créé en 1821, chanté en langue française, et combinant un mélange de coupures, d'inversions et autres méli-mélo qui dénaturaient totalement l'œuvre. À l'époque, Berlioz fut pourtant bouleversé par le spectacle. Pour lui, ce fut à la fois la révélation de Weber, mais surtout celle de l'opéra romantique allemand. Désormais, tous ses efforts allaient tendre dans cette direction. C'est ainsi que, pendant des années, il travaillera sur un projet de *Nonne sanglante*, sur un livret de Scribe, d'après le roman noir anglais de Lewis, qui ne verra jamais le jour. Mais tout en admirant profondément ce qu'il avait entendu, Berlioz ne ménageait déjà pas ses critiques envers Castil-Blaze. Six ans plus tard, c'est au théâtre des Italiens qu'on donnait une version originale, en allemand, du *Freischütz*. La grande Schröder-Devrient, « chanteuse allemande » par excellence (à la rubrique portant son nom, on comprendra tous le sens de nos guillemets), y tenait le rôle d'Agathe. Pourtant, lorsqu'en 1840 la direction de l'Opéra de la rue Le Peletier décida d'inscrire à son tour l'œuvre à son répertoire, l'affaire se révéla impossible. La réglementation des théâtres parisiens était, en effet, telle que l'Académie royale de musique ne pouvait présenter sur son auguste scène que des ouvrages totalement chantés, sans le moindre dialogue ! On laissait ces broutilles-là, ces insignifiances, à l'Opéra-Comique. Mais sur la scène royale, pas question ! On eut donc l'idée de demander à Berlioz, lui qui haïssait si violemment tous ces salmigondis-là, de se mettre au travail. Qu'il mette en musique les dialogues simplement parlés de la pièce originale, on ne *parlera* plus sur la première scène nationale, tout y sera *chanté*, passez muscade, le tour est joué ! Berlioz va travailler pendant plusieurs mois, affirmant haut et fort qu'il se présente comme le gardien de l'intégrité de Weber. Finalement, *Le Freyschütz* dans la version de Berlioz sera présenté en juin 1841. Et ce sera un énorme succès. Un succès tel que Costa, le directeur de l'Opéra de Londres, voudra le reprendre à son tour, quitte à arranger ensuite à sa manière le fruit de la collaboration bien involontaire de Weber et de Berlioz. On nous suit bien ? Mais pour nous, le résultat du tripatouillage en question, c'est une musique de Berlioz se calquant entre les airs, les ensembles et les intermèdes symphoniques de Weber avec une justesse étonnante. Reprenant ici un thème déjà utilisé dans l'œuvre, là un autre élément, et réinventant l'« Invitation à la valse », Berlioz a créé, en français, une œuvre époustouflante. L'un des grands coups de cœur des vrais amateurs d'opéra français du XIXe siècle.

D'où cette entrée en matière, bien sûr paradoxale, avant d'en venir au chef-d'œuvre de Weber lui-même. Car c'est bien d'un chef-d'œuvre qu'il s'agit. Venant tout de suite après le léger, très léger mais fort intelligent *Abu Hassan*, le sixième opéra de Weber s'appuie sur un livret bien meilleur que ce que pouvait en penser le pesant Castil-Blaze. L'histoire se déroule en Bohême, au XVIIe siècle, c'est un sombre mélodrame dans lequel le diable, incarné ici par un Samiel dont on n'entendra jamais que la voix parlée, échange des balles d'argent incapables de rater leur but contre l'âme des chasseurs qui cèdent à la tentation. Ici, c'est le jeune garde-chasse Max, manipulé par l'un de ses confrères Kaspar, qui veut gagner un concours de tir pour obtenir la main de la belle Agathe, fille du garde forestier en chef d'un prince Ottokar. Sombre manigance et incantations nocturnes, la célèbre fonte des balles dans une vallée du Loup où s'agitent tous les démons, un amour rédempteur et la balle qui finit par tuer celui qui croyait pouvoir braver Dieu : tous les ingrédients du roman gothique alors à la mode sont au rendez-vous où les a convoqués Weber. Tout y est bruit, fureur, coups de tonnerre et sombre réverbération de la voix du démon. Au milieu de tant de noirceur, s'élevant au-dessus de joyeux chœurs de chasseurs ou de paysannes, deux rôles de femmes n'ont cessé de nous émouvoir dès la première rencontre que nous avons faite du « Chasseur maudit », Agathe, naturellement, et sa jeune cousine Annette. L'une dans le registre grave, l'autre toute de charme et de jeunesse, sont en somme l'aboutissement du personnage créé par Mozart avec sa Pamina de *La Flûte enchantée* : la vraie et pure jeune fille allemande, l'une des figures emblématiques de l'opéra, au même titre que la classique soprano aimée par un ténor et qu'un baryton poursuit de ses assiduités. Le chant d'Agathe est bien loin des roulades et des vocalises de l'opéra italien. Agathe, c'est la mise à mort, mais toute de charme, des héroïnes de Donizetti. Sa prière au clair de lune « Leise, leise, fromme weise » (« Doucement, doucement, ma pure chanson ») est un modèle de simplicité très claire, très douce. Tandis que l'air qu'a chanté quelques minutes auparavant la gentille Annette « Kommt ein schlanker Bursch gegangen » (« Qu'un charmant jeune homme vienne me faire la cour ») en était déjà l'annonce, sur un mode plus léger. À elles deux, Agathe et Annette sont les deux aspects de toutes les jolies et pures jeunes filles que l'on retrouvera plus tard dans l'opéra allemand, jusque dans l'*Arabella* de Strauss.

Et c'est pour cela que nous aimons Agathe et Annette avec la même tendresse. C'est Elisabeth Grümmer qui nous fit découvrir la première, Lisa Otto la seconde, dans l'une des premières versions enregistrées en 1959 par Josef Keilberth. Grümmer et Otto ; bientôt, par la grâce de ce qu'on appelait encore des enregistrements pirates, Grümmer et Rita

Streich. Puis, en 1960, Rita Streich toujours en Annette, mais Irmgard Seefried en Agathe. Nous avions vingt ans, trente ans, nous jouions avec les noms de trois ou quatre dames qui, chacune, nous paraissait une figure de l'amour. Plus tard, en 1973, l'immense Carlos Kleiber, le fils d'Erich qui dirigea précisément Grümmer et Streich en 1955, devait nous donner ce qui est à ce jour la version de référence de l'œuvre, avec Gundula Janowitz et Edith Mathis. Et pourtant, c'est toujours avec les noms de Grümmer et de Seefried, de Seefried et de Streich que nous continuons à jouer...

Un mot encore : Wagner détesta le travail de Berlioz sur l'œuvre de son illustre aîné ; pour lui, c'était une véritable trahison... Mais les relations entre Wagner et Berlioz n'ont jamais été ni simples ni limpides.

Freni, Mirella (née en 1935)
Soprano italienne

Étonnante carrière que celle de Mirella Freni, commencée à vingt ans à Modène, tour à tour Zerline et Suzanne de Mozart, mais très vite Violetta de Verdi, Marguerite de Gounod, Tatiana de Tchaïkovski. Héroïne bouleversante de Puccini, elle est sûrement l'une des Mimi dont nous nous souviendrons toujours. Mais peut-être que sa plus belle interprétation fut certaine Amelia, du *Simon Boccanegra* de Verdi, donné d'abord à la Scala, puis à Covent Garden en 1976, ensuite à Paris. Dans une mise en scène aux transparences inouïes inventées par Giorgio Strehler, elle était toute poésie. Bien plus tard, elle a su nous tirer des larmes dans le rôle d'Adrienne Lecouvreur, de Cilea, à l'Opéra-Bastille. Sa discographie est immense, en témoignent les nombreuses compilations parues d'elles ces dernières années et l'extraordinaire diversité de ce qu'on peut y trouver. À coup sûr, l'une des chanteuses bien-aimées de tous les publics du monde depuis presque un demi-siècle. Elle était la Suzanne qui — ère Liebermann, an I — nous fit découvrir une autre mise en scène fameuse de Strehler, celle qu'il donna en 1973 un soir à Versailles puis aussitôt à Paris, des *Noces de Figaro*. Les *Noces* de Strehler sont entrées dans la légende, et Mirella Freni (en compagnie de Frederica von Stade et de quelques autres) avec elles.

Fricsay, Ferenc (1914-1963)
Chef d'orchestre hongrois

À trente ans, Fricsay a remplacé au pied levé Otto Klemperer pour diriger la première de *La Mort de Danton*, de Gottfried von Einem, au Festival de Salzbourg. Ce fut le début d'une carrière fulgurante, qui devait s'arrêter trop tôt. C'est Fricsay qui fit de l'orchestre de la Rias, à Berlin, l'un des premiers orchestres du monde. Mais pour nous, c'est Fricsay qui dirigea quelques-uns des opéras de Mozart où, avec un Dietrich Fischer-Dieskau, une Rita Streich, une Maria Stader, nous nous plongeâmes avec bonheur en ces années lointaines où le disque pirate n'existait guère et où les enregistrements commerciaux d'opéra se comptaient, dans la plupart des cas, sur les doigts d'une main. Longtemps éclipsé dans nos mémoires par d'autres noms qui tinrent plus longtemps le haut de l'affiche des théâtres lyriques du monde, Ferenc Fricsay apparaît plus passionnant à chaque nouvelle écoute. À ce titre, son enregistrement de *La Flûte enchantée* en 1954 est un modèle d'intelligence, de sens du théâtre, d'esprit de groupe. Comme les artistes que réunissait Walter Legge chez EMI à l'enseigne de la Scala ou autour de celle qui était son épouse, Elisabeth Schwarzkopf, Fricsay réussit le tour de force de constituer un petit groupe de fidèles qui, comme Fischer-Dieskau ou Ernst Haefliger, partageaient un même idéal mozartien, quand bien même, tel Fischer-Dieskau précisément dans le rôle de Papageno, ils auraient pu paraître à contre-emploi. Mais Fricsay savait les galvaniser dans une admirable et limpide lecture d'œuvres mille fois entendues ailleurs mais empreintes, ici, d'une stupéfiante légèreté. Ferenc Fricsay est mort jeune : on n'a pas fini de le redécouvrir.

Furtwängler, Wilhelm (1886-1954)

Chef d'orchestre allemand

Un monument. Avec Toscanini, peut-être le plus grand chef de la première moitié du XXe siècle. On parle du *Ring* de Furtwängler avec émotion, avant de demander : lequel ? Car la discographie de Furtwängler, tant officielle que privée mais aujourd'hui commercialisée le plus régulièrement du monde, est immense. On a pu voir Deutsche Grammophon ressortir ainsi toute une collection de ses seuls enregistrements des années de guerre. La guerre : voilà le problème. On a longtemps laissé entendre que Wilhelm Furtwängler n'avait eu que trop de complaisance à l'endroit du régime nazi. C'est pourquoi Furtwängler a pu faire l'objet de bien des polémiques. On a même consacré une pièce de théâtre, un film, à son procès en dénazification. Au lendemain de la guerre, le public américain le boudera. Il faudra une intervention personnelle de Yehudi Menuhin, jouant avec lui le concerto de Beethoven, pour le faire accepter à New York. C'était d'ailleurs oublier sa démission de l'Opéra de Berlin lorsqu'on lui refusa, sur intervention de Hitler lui-même, de créer l'opéra de Hindemith, *Mathis le peintre*, pour les raisons que l'on devine. C'est aussi faire bon marché du superbe livre de souvenirs de celle qui fut sa secrétaire, Juive elle-même, Bertha Geismar, qu'il garda aussi longtemps auprès de lui que ce fut possible, avant de lui permettre de gagner l'Angleterre où elle devint la secrétaire de Beecham. Si on ne l'a pas fait, lire de toute urgence le livre de Bertha Geismar *Musique et politique* (Albin Michel : est-il épuisé ?). C'est seulement le 17 décembre 1946 que Furtwängler fut lavé de toute accusation d'activité nazie et, dès 1947, il reprenait la tête de la Philharmonie de Berlin. C'est lui qui dirigea la *Neuvième Symphonie* de Beethoven qui marqua la réouverture de Bayreuth, en 1951.

Nous sommes peut-être là loin de l'opéra, mais la carrière opératique de Furtwängler est tout simplement immense. On a parlé des deux *Ring* qui furent parmi les premiers à paraître intégralement en disques, tous deux enregistrés en Italie. Mais c'est lui aussi qui enregistra, commercialement cette fois, l'un des plus grands *Tristan et Isolde* de tous les temps. À Bayreuth comme à Salzbourg, de 1931 jusqu'à la fin de sa vie, la grande lumière de Furtwängler a porté très haut l'image d'un chef sans concession, communiant littéralement avec ses orchestres. Des DVD récemment publiés, dont le fulgurant *Don Juan* où il dirigea Cesare Siepi, nous permettent de le retrouver, bien vivant, longue silhouette parfois cassée, superbe de jeunesse jusque dans ses dernières années.

Gall, Hugues (né en 1939)
Directeur d'opéra

Un professionnel s'il en est d'un métier qui compte parfois beaucoup d'amateurs, Hugues Gall a vraiment commencé sa carrière dans le sillage de Rolf Liebermann, à l'Opéra de Paris. Son plus fidèle collaborateur, il en était presque l'ombre. Quitte à demeurer lui-même dans l'ombre. Jusqu'à ce qu'il prît son envol pour diriger l'Opéra de Genève. Les « années Gall » au Grand Théâtre de Genève, de 1980 à 1995, furent parmi les plus heureuses qu'ait connues une maison d'opéra en Europe. Sa première saison s'ouvrit par une mise en scène de *Don Juan* par Maurice Béjart qui devait faire date. Ami des chanteurs, mais aussi ami des metteurs en scène, Gall a très vite imposé un style fait d'ouverture sur les recherches les plus contemporaines en même temps que de distributions de très haute qualité. Fidèle à son amitié avec Liebermann, il a produit en 1987 le cinquième opéra de celui-ci, *La Forêt.* Il a réussi le tour de tour de force d'amener le même Liebermann à mettre lui-même en scène en 1982 un *Parsifal.* Mais c'est, bien sûr, depuis son arrivée à l'Opéra national de Paris, Bastille et Garnier confondus, en 1995, qu'il a pris toute sa stature de grand régisseur de théâtre. On lui doit notamment un nombre important de créations lyriques contemporaines, au nombre desquelles au moins une qui demeure pour nous l'un des plus beaux spectacles vus sur une scène française au début de ce XXIe siècle. Il s'agit de *Perelà, l'homme de fumée* (*Uomo di Fumo*) de Pascal Dusapin, mis en scène par Peter Mussbach, dans des décors d'Erich Wonder et dirigé par James Conlon. À Paris comme à Genève, Hugues Gall a largement ouvert ses portes aux metteurs en scène contemporains. On lui doit, notamment, plusieurs mises en scène de Robert Wilson, parmi lesquelles une étrange et japonisante *Femme sans ombre.* Habitué à faire feu de tout bois, Gall n'a pas hésité, comme le firent d'ailleurs certains de ses prédécesseurs en d'autres temps, à jouer sans décors ou costumes, voire avec des éclairages de fortune, lorsque des mouvements de personnel, comme on dit pudiquement, l'empêchaient de présenter normalement une œuvre. Hugues Gall a été, on le voit, un directeur déterminé. Lorsque, à plusieurs reprises il lui est arrivé d'être systématiquement attaqué par tel ou tel organe de presse, il a su répondre vertement, voire ironiquement. Dans son bureau au dernier étage de l'Opéra-Bastille, face à la place tout entière et à son Génie ailé, une maquette du nouvel Opéra de Pékin conçu par Paul Andreu a longtemps été en bonne place : son destin l'amènera probablement souvent vers la Chine.

Une question : les cartes de Hugues Gall comportent un R : Hugues R. Gall. D'où vient ce drôle de R ?

Garcia, Manuel (1775-1832)

Ténor, compositeur, directeur de théâtre
et professeur de chant espagnol

Le plus célèbre, peut-être, de tous les professeurs de chant de l'histoire de la musique. Ce ténor absolu qui commença sa carrière en Espagne, son pays natal, pour la poursuivre à Naples et surtout à Paris, a chanté à peu près tous les rôles de ténor, voire aussi généralement ceux dévolus à un baryton, du répertoire lyrique de son temps. C'est même lui qui, au cours d'une tournée fameuse, chanta pour la première fois le *Don Juan* de Mozart aux États-Unis. Mais attention : il chanta le rôle de don Juan ! On le disait d'une force herculéenne, d'une sévérité sans nom. Marié à la chanteuse Manuela Moralès, ils ont formé à eux deux un couple de légende. Et pourtant, c'est peut-être moins Manuel Garcia dont on se souvient que de ses trois enfants. Un fils, Manuel Garcia numéro deux, également professeur de chant, qui inventa des méthodes nouvelles de soigner les problèmes du larynx. Mais surtout ses deux filles, Maria et Pauline. Maria s'est mariée aux États-Unis, elle est devenue Maria Malibran. Garcia la battait comme plâtre, l'étrillait, dit-on, pour lui apprendre à faire les trilles. Professeur sévère, donc, mais la petite Maria, notre Marietta bien-aimée, est allée loin !... Pauline, qui épousa Louis Viardot, eut moins à connaître les foudres de son père pour devenir la grande Pauline Viardot. Pourtant, l'une et l'autre vécurent dans l'admiration de ce formidable personnage qui a laissé une marque indélébile sur l'histoire de l'opéra pendant toute la première moitié du XIXe siècle. Entre le père et les deux filles, quels liens secrets, peut-être...

Garnier (Palais)

L'histoire des différents opéras de Paris est une longue chronique d'incendies et de reconstructions. C'est 1671 qu'eut lieu l'inauguration du premier Opéra de Paris, Académie de musique dirigée par Lully entre 1672 et 1687. Ce premier théâtre brûla en 1763, celui qui lui succéda immédiatement brûla à son tour en 1771. Vint le temps du théâtre de la rue de Richelieu puis, en 1821, celui de la rue Favart, enfin le grand Opéra de la rue Le Peletier en 1822. C'est le théâtre de la rue Le Peletier qui est entré le plus profondément dans l'histoire de la musique lyrique à Paris. Tout le grand opéra français y a été donné. C'est là que Berlioz rêvait de se voir joué. C'est rue Le Peletier qu'on entendit les opéras français commandés à Rossini et à Verdi. Mais dès le milieu du Second Empire, il apparut nécessaire, comme une sorte de geste politique en même temps qu'artistique, de construire un nouvel et plus vaste opéra. C'est donc Charles Garnier qui se lança dans l'aventure, d'abord retardé par la guerre franco-prussienne, puis accélérée par l'incendie, en 1873, du théâtre de la rue Le Peletier. Le théâtre actuel fut inauguré le 5 janvier 1875, d'abord par un spectacle de ballet, puis par une représentation de *La Juive*, de Halévy. On citera ici les noms des principaux directeurs qui se succédèrent dans la grande maison à partir de 1914. Jacques Rouché, d'abord, en poste jusqu'en 1945. Puis Maurice Lehmann, de 1945 à 1946 et de nouveau de 1951 à 1955. Dans l'intervalle, c'est Georges Hirsch, le père de Georges-François Hirsch, actuel directeur de l'Orchestre de Paris, qui se retrouva aux rênes de la maison, puis en reprit la direction de 1956 à 1959. A.-M. Julien lui succéda de 1959 à 1962. Georges Auric de 1962 à 1968. René Nicoly de 1968 à 1972. Daniel-Lesur et Bernard Lefort de 1972 à 1973. Rolf Liebermann de 1973 à 1981. Bernard Lefort de 1981 à 1982. Massimo Bogianckino de 1982 à 1985. Enfin, jusqu'à la fusion des deux maisons d'opéra, Garnier-Bastille, en 1989.

Mais cette liste bien sèche de noms qu'on a voulu pourtant donner ici cache mal la réalité de ce que fut le Palais Garnier dans toutes ces années. Après une manière de purgatoire qui dura bien au-delà de la Deuxième Guerre mondiale, dû essentiellement à la désaffection du public français pour l'art lyrique, les ténèbres dans lesquelles il semblait plongé ont fini par se dissiper. Bien sûr, il y avait eu auparavant quelques coups d'éclat glorieux, tels que l'arrivée colorée et parfumée des *Indes Galantes*, sous la direction de Maurice Lehmann, ou telle fameuse *Carmen* mise en scène par Raymond Rouleau. Il y avait eu un grand *Wozzeck* dirigé par Pierre Boulez et mis en scène par Jean-Louis Barrault. Mais c'est avec la brève gestion du duo Lefort-Lesur que quelques productions somptueusement réussies, dont une *Femme sans ombre*, dirigée par Carl Böhm, bientôt une *Elektra* avec Birgit Nilsson, conduiront à la manière de festival permanent que sera l'ère Liebermann. Signe des temps : l'opéra deviendra peu à peu un enjeu politique, avec valse des têtes au rythme des gouvernements ! Aujourd'hui, l'équilibre Garnier-Bastille semble bien assuré, les deux salles sont réunies sous une même direction, on a oublié la malheureuse spécialisation qui voulut un temps qu'on ne donnât plus d'opéra à ce qui avait été de tous temps l'Opéra de Paris, pour n'y donner que du ballet ! Tour à tour Pierre Bergé, Hugues Gall ont mené la maison, reprise en main par Gérard Mortier.

Tant de souvenirs, dès lors, nous rattachent au Palais Garnier... On évoquera peut-être, pour commencer, les fabuleuses séries de représentations données dans les années 1950 par des équipes entières venues de Bayreuth, qui, sous la direction de Hans Knappertsbuch, nous révélèrent dans sa somptuosité originale la *Tétralogie.* On avait le souvenir de tristes *Walkyries*, parfois un chanteur allemand — Hans Beirer —, égaré parmi des comparses français qui chantaient en leur propre langue, faisait ce qu'il pouvait. Cette fois, ce furent les plus grands noms du théâtre lyrique allemand de l'époque qui se succédèrent sur la première scène nationale.

Mais, pour accéder à ces représentations, il fallait d'abord se procurer des places. Et les places étaient chères. Ce fut donc l'époque des queues qui commençaient à cinq heures du matin, à l'angle de la rue Auber ou de la rue Halévy. On retrouvait toujours les mêmes personnages, dans ces queues de l'opéra : les mêmes vieilles dames qui évoquaient Georges Thill et Ninon Vallin, les mêmes petits jeunes gens, aussi prétentieux que nous, qui affirmaient tout connaître, avoir tout vu. On raconte ailleurs dans ce volume comment on se relayait quelquefois, un ami, une amie venant nous remplacer à neuf heures, jusqu'à l'ouverture des bureaux. Mais avant cela, il y avait le café que l'on allait prendre à l'X Opéra, les croissants qu'on avait apportés, les conversations qui n'en finissaient pas. André Tubeuf nous avait donné des partitions du *Ring* réduit pour piano, avec une indication numérotée particulièrement sophistiquée des leitmotive : dans la semi-obscurité des quatrièmes stalles de face, plus tard des troisièmes loges, nous déchiffrions ce que nous pouvions. Faute d'argent, on ne pouvait assister à toutes les représentations. On se souvient ainsi d'avoir vendu des livres pour aller voir une *Lucia di Lammermoor* avec une amie en robe rose qui s'appelait J. On a dit aussi comment, de soirée en soirée, on se laissait, sous les coussins des canapés défoncés de la rotonde des abonnés, sous l'escalier d'honneur, des petits mots doux, que l'on faisait mine de découvrir par hasard. On se souvient d'un public de fidèles, toujours les mêmes. Ah ! en ce temps-là, fréquenter le Palais Garnier n'était pas une obligation mondaine, ni un devoir culturel et citoyen ! Les esquimaux glacés d'alors étaient à la mesure de ce qui n'était pas non plus un élitisme, tout au plus une rareté : on les vendait en boîtes de six, c'étaient des bouchées glacées succulentes qui fondaient tout entières, d'un seul coup, dans la bouche...

Gauvin, Karina
Soprano québécoise

C'est aujourd'hui l'une des artistes canadiennes les plus fêtées dans le monde. Elle a reçu le prix Maggie Teyte en 1992 et beaucoup d'autres prix encore. On dirait que c'est d'ailleurs une des spécialités de Karina Gauvin : passer des concours ou se présenter à des compétitions — et y réussir ! Elle chante Bach ou Britten, on l'a entendue dans du Poulenc, elle a chanté à la Bibliothèque nationale de France le rare cycle de mélodies d'Arthur Honegger, « Sur le basalte ». Elle est blonde et belle... Sa blondeur épanouie nous a séduit, bien sûr... À ses côtés, on pense ainsi à une autre Nord-Américaine de poids : Renée Fleming.

Gedda, Nicolaï (né en 1925)
Ténor suédois

De parents russes, de langue italienne, française, tout ce qu'on voudra, Nicolaï Gedda a été l'un de nos ténors phares, l'un des bien-aimés de toutes les grandes distributions de l'après-guerre. L'un de ses rôles les plus fameux fut sûrement le Chapelou du *Postillon de Longjumeau*, d'Adam. Grâce à lui, le postillon en question est resté bien vivant dans nos mémoires. Nicolaï Gedda, c'est pourtant tellement plus... C'est l'un des plus merveilleux Ottavio de l'histoire du *Don Giovanni* de Mozart. Il a été un duc de Mantoue hors pair, pour ne pas parler de son incarnation vivante, vibrante, de Benvenuto Cellini. On l'a dit parlant italien et français ? Mais Gedda (de son vrai nom Ustinov...) chantait dans toutes les langues, il a même été Pelléas, on ne se lasse pas de le retrouver dans les opérettes viennoises : son chant était fait de vrais moments de bonheur. Et Dieu merci, un Walter Legge, toujours lui, directeur artistique de ce qu'on appelle aujourd'hui EMI, a su ce qu'il valait au disque ! C'est Gedda qui nous a fait découvrir le *Faust* de Gounod, dans un enregistrement fameux dirigé par André Cluytens, avec Boris Christoff en Méphisto : avec lui, nous chantons (en duo et faux, naturellement !) le long récit du premier acte : « Rien ! En vain j'interroge, en mon ardente veille... » Et nous le chantons, s'il vous plaît, jusqu'à l'arrivée de Méphisto ! On nous rapporte qu'il a enregistré plus de deux cents disques. Nous venons de le réentendre aux côtés de Galina Vichnevskaia dans la *Lady Macbeth de Mzensk* dirigée en 1978 par Rostropovitch, l'ardeur de son chant contribue à faire du chef-d'œuvre « pornophonique » de Chostakovitch l'une de ces œuvres étranges dont l'interdit qui la frappa ajoute à l'atmosphère sulfureuse qui s'en dégage. Mais Gedda pouvait être aussi un rayonnant ténor baroque, à un temps où le baroque n'était pas encore réservé aux seuls baroqueux...

Gencer, Leyla (née en 1927)

Soprano turque

Une soprano turque ! Il nous en fallait au moins une dans ce dictionnaire, mais ce n'est pas le hasard qui nous a fait choisir Leyla Gencer. Connue en France des seuls passionnés, Gencer a été une immense soprano dramatique, capable de se jouer avec une aisance incroyable de tous les pièges des grands rôles de coloratura dramatique. Naturellement, c'est en Italie qu'elle a fait l'essentiel de sa carrière, mais on l'a entendue à San Francisco, à Salzbourg, à Londres ou à Glyndebourne. Pourtant, le disque l'a tellement négligée que chaque redécouverte que l'on peut faire d'elle, en général dans ces enregistrements qu'on appelait autrefois pirates, est un bonheur. En même temps que Maria Callas et avant Beverly Sills, elle a chanté les reines infortunées de Donizetti, *Anna Bolena*, *Maria Stuart* et les héroïnes de Rossini, *Elisabeta* ou *Lucrezia Borgia.* Son immense registre écrase bien souvent des interprétations plus familières au disque. Qu'on soit bien prévenu : si son nom apparaît sur un enregistrement des années 1950, 1960 ou 1970, il serait absurde d'acheter une autre version. Bien sûr, il y a Callas...

Genoveva

Robert Schumann. Livret du compositeur d'après Ludwig Tieck et Friedrich Hebbel

Leipzig, 1850

L'unique opéra de Schumann, une histoire d'amour, de traîtrise, de honte et de bonheur retrouvé. En fait, l'intrigue de *Genoveva* ressemble à celle de *Lohengrin*, sans le caractère religieux de l'œuvre de Wagner et sans une grande partie de sa magie. Nous sommes plus simplement dans une légende médiévale, l'histoire de Geneviève de Brabant relue à la clarté mouvante d'un romantisme allemand où Dieu compte moins que l'amour. Ici, Genoveva est l'épouse de Siegfried, comte palatin, parti aider Charles Martel à lutter contre les Maures. Il confie son épouse à l'un de ses vassaux, Golo, et à son plus fidèle serviteur, Drago. Golo aime Genoveva, les mauvais conseils de sa nourrice Margaretha le poussent à tenter de la séduire, puis devant son refus, à la déclarer infidèle et adultère. Le pauvre Drago est assassiné. C'est pourtant lui qui, dans un miroir magique, révélera la vérité à Siegfried. Sans l'exaltation de *Lohengrin*, *Genoveva* vous a presque des allures de lied romantique. On a pu souligner les maladresses du livret, qui en ont toujours fait une œuvre difficile à monter dans une maison d'opéra. En réalité, on se trouve à mi-chemin de l'opéra véritable et d'une manière d'oratorio qu'un Berlioz n'aurait peut-être pas hésité à qualifier de symphonie avec voix. D'ailleurs, Schumann hésita longtemps avant de se lancer dans la composition de *Genoveva.* Pas plus que Schubert, il n'était un homme de théâtre. Et c'est bien plutôt une poésie ardente qui inspire le compositeur. Donnée dans toute l'Allemagne pendant la deuxième partie du XIXe siècle, l'œuvre ne fut révélée au public parisien qu'en 1894. Il faudra attendre le Mai musical florentin de 1951 pour que l'on puisse parler de véritable résurrection de *Genoveva.* C'était André Cluytens qui dirigeait Maud Cunitz dans le rôle de la pure jeune femme accusée à tort par un Iago teuton. Cyril Diederich lui a donné une nouvelle vie en France en 1985 avec Christiane Eda-Pierre. Mais c'est Dietrich Fischer-Dieskau et Edda Moser, dirigés en 1976 par Kurt Masur, qui nous ont appris à aimer, d'un peu loin, une œuvre déconcertante. Schumann y est tout entier : on l'entend une fois, passionnément, on hésite à la réécouter. Alors, on revient à *L'Amour et la vie d'une femme* qui, en moins de trente minutes, nous a dit tellement plus sur le même sujet... Et l'on écoute Kathleen Ferrier, accompagnée par Bruno Walter au piano.

Gens, Véronique (née en 1966)
Soprano française

La véritable naissance de Véronique Gens coïncide avec ses débuts en 1986, aux Arts florissants. Avec William Christie d'une part, Marc Minkowski, Philippe Herreweghe, René Jacobs, Jean-Claude Malgoire, d'autre part, elle a appris tous les tours et les détours du chant baroque. Pour demeurer une interprète baroque de premier plan, certes — son admirable Didon, selon Purcell, un peu partout dans le monde en témoigne —, mais aussi pour aborder le répertoire mozartien avec, d'entrée de jeu, une aura magnifique. Elle commence par chanter Chérubin, puis la Vitellia, de *La Clémence de Titus* sous la direction de Jean-Claude Malgoire, et, très vite, dès 1994, une Comtesse des *Noces de Figaro* mises en scène par Jean-Pierre Vincent à l'Opéra de Lyon. Dès lors, Véronique Gens est bien l'une des premières mozartiennes françaises de sa génération. Elle enregistre des disques, naturellement, elle est une déchirante donna Elvire un peu partout dans le monde, du Festival d'Aix-en-Provence en 1998 (sous la direction de Claudio Abbado) au surprenant petit Festival de Lacoste en 2002. Elle vint, dans ce qui ressemble à une bien lointaine mais si proche jeunesse, chanter à la Villa Médicis. Sa longue silhouette, sa voix chaleureuse, sa grande et grave beauté en font l'une des grandes vedettes du chant français à l'aube de ce troisième millénaire.

Gerstenhaber, Cyrille

Soprano française, Alsacienne jusqu'au bout des ongles

Quelque part entre la musique baroque (Monteverdi, Rameau...) et la musique contemporaine (Pascal Dusapin...), elle chante tout ce qu'elle aime. C'est François Le Roux, l'un de ses professeurs, qui a fait d'elle une interprète particulièrement intéressante de mélodies françaises. Mais Cyrille Gerstenhaber, amusante et amusée, s'amuse aussi à chanter des chansons du XXe siècle. Elle a enregistré vingt-six chansons de Joseph Kosma. Et des « opéras d'enfants » de Darius Milhaud pour faire bonne mesure. Dans l'ancienne salle de lecture de la Bibliothèque nationale de France, rue de Richelieu, elle a réussi à vaincre une acoustique plus faite pour le silencieux bonheur de lecteurs que pour celui d'auditeurs de concert, en nous faisant sourire avec des chansons d'il y a quarante ou cinquante ans...

Gheorghiu, Angela (née en 1965)

Soprano roumaine

Angela Gheorghiu fit une entrée triomphale à Covent Garden en 1992, sous la baguette de Georg Solti, et devint d'un coup Violetta pour (presque) l'éternité. Une voix d'une richesse inouïe, pulpeuse, très charnelle. Quel dommage que *La Traviata* que l'on a pu voir avec elle au Palais Garnier l'ait conduite à mourir sur un lit d'hôpital dans un décor sinistre imaginé par un metteur en scène que nous avons aimé, mais qui fut ailleurs mieux inspiré. Angela Gheorghiu chante aussi bien Manon que la Charlotte de *Werther*, elle forme avec son mari, Roberto Alagna, un couple éblouissant dans *Roméo et Juliette.* Car (se reporter à la rubrique « Alagna »), Angela et Roberto sont mariés, bien mariés, et nul n'est censé l'ignorer dans le monde de l'opéra comme dans le reste du monde. Ils sont non seulement mariés, mais amoureux, et ne perdent pas une occasion de le montrer. L'un et l'autre en font peut-être beaucoup mais ils sont, l'un et l'autre, de très grands chanteurs.

Gianni Schicchi
Giacomo Puccini

Voir : *Tryptique (Le).*

Gigli, Beniamino (1890-1957)
Ténor italien

Le Caruso d'après Caruso. Une voix puissante, généreuse, capable de si beaux sanglots chantés qu'il est aussi, et ce n'est pas forcément un mauvais compliment qu'on lui fait là, l'un des champions de ce « mal canto » qui inonda le monde de l'opéra dans la foulée du vérisme. Son père était cordonnier :

comme Hans Sachs, en somme. L'image de Gigli est celle d'un jeune homme méritant qui a fait tous les métiers, payant ses leçons de musique en rabotant des planches, dosant des sirops pour la toux et coupant comme il le pouvait des costumes pour un éphémère patron tailleur. À vingt-quatre ans, il débute avec éclat dans *La Gioconda* et le succès va suivre. L'un de ses rôles de prédilection sera celui de Faust dans le *Mefistofele* de Boito, qu'il chantera d'abord au Met de New York, puis dans le monde entier. Sa carrière, d'abord italienne, prendra d'ailleurs une tournure américaine très marquée, avec près de quatre cents représentations à New York. On a parlé du répertoire vériste : Mascagni ou Leoncavallo, il a tout chanté. Son Canio, de *Paillasse*, a fait le tour du monde. Avec les sanglots que l'on a dits mais qui vont avec... Pourtant, c'est dans Verdi que nous l'avons découvert. Avec l'un des tout premiers disques d'opéra italien qu'il nous soit arrivé d'entendre. C'était *Un bal masqué* dont, aux côtés de Fedora Barbieri, de Gino Becchi et de Maria Caniglia, il donna en 1943, sous la direction de Tullio Serafin, un enregistrement qui, avec certain *Trouvère* selon Mario Del Monaco, nous a lancé pour la première fois sur le chemin d'une passion éperdue pour un type de chant qu'il est parfois de bon ton, sinon de bon goût, de considérer aujourd'hui avec un peu de condescendance.

Gioconda (La)

Amilcare Ponchielli. Livret de Tobia Gorrio d'après *Angelo, tyran de Padoue*, de Victor Hugo

Milan, 1876

Une œuvre unique. Une succession de catastrophes et de terreurs, de coups de théâtre et de larmes inutiles. Et surtout, un air, ou plutôt un cri, « Suicidio », que pousse du fond de la nuit une jeune chanteuse à peine éclose au disque et qui nous révèle d'un coup la profondeur de ses graves, certes, mais surtout l'intensité de son tempérament dramatique. On veut parler de Maria Callas, dans le premier enregistrement qui nous soit parvenu d'elle, daté de 1952. Sept ans plus tard, à la Scala de Milan, elle nous donnera une version intégrale et peut-être plus réfléchie du rôle de *La Gioconda*. Mais ce qu'elle fait à Vérone en 1952 est à proprement parler inouï.

Quant à l'opéra de Ponchielli, il est l'œuvre majeure d'un compositeur né en 1834, mort en 1886, dont l'autre titre de gloire fut d'avoir épousé, en 1874, la célèbre soprano Teresina Brambilla. Outre son « Suicidio », *La Gioconda* est demeurée célèbre pour son ballet, la « Danse des heures », inépuisable rengaine pour orgue de Barbarie, d'ailleurs souvent donnée indépendamment de l'opéra lui-même.

Dans le bruit et la fureur de Victor Hugo, le librettiste au nom de toutes pièces inventé — en réalité Arrigo Boito, un anagramme, en somme — a su organiser un drame tendu, efficace. La Gioconda y est une chanteuse des rues dans une Venise du XVIIIe siècle glauque et noire à souhait. Sa vieille mère, la Cieca, aveugle, est accusée de sorcellerie. C'est un proscrit, Enzo, qui sauvera la vieille femme de la mort. À la reconnaissance de la chanteuse des rues s'ajoute une vie tourmentée entre l'ignoble Barnaba, espion de l'Inquisition, qui la veut posséder, et son amour pour Enzo, lui-même amoureux d'une Laura mariée. La Gioconda finira par se suicider mais apprendra, avant de mourir, que Barnaba, plus ignoble encore qu'au cours des actes précédents, a tué sa mère !

Si, avec Ponchielli, on est plutôt encore du côté de Verdi que du vérisme qui triomphera peu après, on reste loin de la veine lyrique, de la force des ensembles de Verdi. Non, décidément, ce n'est ni pour l'œuvre elle-même, ni pour sa lancinante « Danse des heures », ni même pour son rôle-titre que *La Gioconda* est inscrite en lettres de feu au cœur de tellement d'entre nous, mais à cause de ce premier « Suicidio » qu'une Maria Callas inconnue a poussé un soir d'été dans les arènes de Vérone. Et qu'on retrouva très vite à l'extrême fin d'un disque noir des premiers temps du microsillon où Callas chantait aussi — et en italien, s'il vous plaît ! — la mort d'Isolde.

Glyndebourne
Festival anglais

Au commencement, c'était un gentleman anglais qui s'appelait John Christie. Il possédait une belle maison dans le Sussex, non loin de Brighton, tout près d'une minuscule petite ville, Lewes. À quelques kilomètres de là c'était la mer, séparée seulement de Glyndebourne par de hautes collines brusquement vallonnées qu'on appelle les *Downs*. Là s'étend l'un des plus beaux paysages de toute l'Angleterre, avec ses flancs de collines verdoyants, un ciel très lumineux, des prairies très vertes où errent parfois des nappes d'un brouillard opalescent.

John Christie aimait la musique. Le hasard voulut qu'il rencontrât, au milieu des années 1920, un couple d'amis, les Mounsley, qui l'aimaient aussi. Très vite, Christie et ses amis Mounsley firent partie de ces Anglais excentriques qui traversaient l'Europe pour un oui pour un non, ici un concert, là surtout un opéra. Bayreuth, Munich, Salzbourg : ces cures de musique-là valent bien toutes les stations thermales du monde.

John Christie aimait surtout Wagner. Fanny Mounsley, la femme de son ami, aimait Mozart passionnément : ce fut elle qui, d'une certaine manière, décida de l'avenir de Glyndebourne. C'est elle, en tout cas, qui fit construire dans la jolie maison de campagne, au milieu d'un jardin, une très belle aile supplémentaire dotée d'un orgue. Orgue de salon, peut-être, mais quel salon, quelle salle d'orgue que l'« Organ Room » de Glyndebourne ! L'« Organ Room » existe toujours, avec son instrument 1930 dans la lumière verte qui inonde la pièce à travers les fenêtres à petits carreaux. Partout, des peintures, des photographies. Il en est une, posée sur un piano, toujours accompagnée d'une fleur. C'est celle d'Audrey Milmay. Après Fanny Mounsley, c'est bien sûr Audrey Milmay qui a fait Glyndebourne. Imaginons une soirée d'été où une jeune chanteuse, parfaitement inconnue, chante parmi des amateurs *L'Enlèvement au sérail*, de Mozart. Imaginons John Christie qui la rencontre, elle est anglaise comme lui, elle est soprano, il tombe amoureux fou d'elle. Imaginons ensuite un soir de printemps à Covent Garden, pendant une représentation du *Chevalier à la rose.* Au moment où le jeune Octavian apporte à la petite Sophie sa rose d'argent, John Christie glisse à Audrey Milmay une broche en diamants en forme de rose. Dans le même temps, il lui promet de lui bâtir un théâtre. En 1934, ce sera chose faite, on donnera *Les Noces de Figaro* et ce sera la première représentation d'un Festival de Glyndebourne qui n'existait pas encore. L'année suivante, on donnera *Cosi fan tutte.* Le résultat sera tellement admirable qu'on commencera à l'enregistrer : ses premiers disques de Glyndebourne. Il faudra pourtant attendre encore un an pour que la légende atteigne son zénith. Mais, déjà, l'équipe qui fera la gloire de Glyndebourne est en place. En 1932 ou 1933, John Christie rêvait encore de monter *La Walkyrie* ou même *Les Maîtres chanteurs.* On raconte qu'il avait lui-même chanté le rôle de Beckmesser dans des représentations d'amateurs. Mais très vite, sous l'impulsion de sa femme et avec l'aide de ceux qui sont devenus ses trois complices, il a changé de cap et a mis définitivement le cap, oui, sur Mozart.

John Christie avait, en effet, besoin d'un directeur musical, d'un directeur artistique et d'un imprésario. Ni Thomas Beecham ni le grand Max Reinhardt ne l'ont vraiment pris au sérieux, et ça a probablement été sa chance. Parce que trois hommes refusant l'ordre nazi qui s'abattait sur l'Allemagne sont venus le rejoindre et ont fait de Glyndebourne ce qu'il est devenu aujourd'hui.

Ces trois hommes s'appelaient Busch, Ebert et Bing.

Fritz Busch, qui dirigeait la musique à l'Opéra de Dresde, était le frère du célèbre violoniste Adolf Busch. Il haïssait les nazis, aimait Mozart à la folie :

il devint le directeur musical du festival. Carl Ebert avait été intendant général de l'Opéra de Hesse, à Darmstadt, Christie en fait son principal metteur en scène. Quant à Rudolf Bing, exilé lui aussi, il est devenu plus tard le célèbre directeur du Metropolitan Opera de New York ; c'est lui qui s'est occupé, à Glyndebourne, d'engager les solistes.

Et ce sont ces trois hommes qui nous donneront, en 1934, les *Noces*, en 1935 un *Cosi fan tutte*, et en 1936 un *Don Juan* — le *Don Juan* de Fritz Busch, la référence absolue, puisque, depuis cette date, ses enregistrements en ont sans cesse été réédités. Les noms de ceux qui ont participé au *Don Juan* de Glyndebourne sont entrés dans la légende. On les trouvera à la rubrique *Don Juan* de ce dictionnaire. Cinq fois, six fois rachetés par nous en microsillon, puis deux ou trois fois en disque compact, c'est sur ces galettes tour à nour noires ou minuscules et brillantes, que nous avons presque usées, que nous avons appris à aimer Glyndebourne. Qu'on imagine, dès lors, l'enchantement d'une première soirée de printemps à Glyndebourne. Une soirée qui commence d'ailleurs très tôt puisqu'on quitte Londres à l'heure du déjeuner quand on n'a pas choisi la gare de Victoria et le train de pingouins qui, sans étonner plus que cela les autres voyageurs maintenant habitués, assure une liaison spéciale entre Londres et Lewes. Ainsi, après deux heures de route, se trouve-t-on dans cette grande prairie parmi les Rolls et les Mini, les MG vertes, un peu ridicules, ou jadis ces petites Sunbeam qui ressemblaient à des rasoirs électriques. Déjà, des maîtres d'hôtel, venus spécialement avec leurs maîtres dressent pour eux une véritable table, argenterie, cristaux, champagne, pour servir au premier entracte du caviar, du saumon, du foie gras aussi, pourquoi pas ? Il faisait doux et frais, les arbres s'inclinaient au-dessus de nous. Et nous sommes revenu chaque année, tant de fois. C'est là que d'autres avaient pu découvrir Kathleen Ferrier dans l'*Orfeo* de Gluck ; écouter pour la première fois *Macbeth* de Verdi, alors complètement inconnu ; un *Don Pasquale* de Donizetti, qui ne l'était guère plus ; assister au *Viol de Lucrèce*, de Britten ; entendre des opéras de Mozart que tout le monde avait oubliés, comme cet *Idoménée* jamais joué depuis la fin du XVIIIe siècle et que John Christie, déjà avant la guerre, avait voulu monter. Léopold Simoneau, Sena Jurinac : à Glyndebourne, *Idoménée* entrait par la grande porte dans le domaine de l'opéra de toujours. Et puis ce furent, plus tard, la découverte des opéras de Cavalli, *La Callisto*, *L'Ormindo* avec des Janet Baker ou des James Bowman au sommet de leur talent. Mais ce furent aussi d'époustouflantes mises en scène, avec une *Flûte enchantée* dans des décors de David Hockney, ou un *Chevalier à la rose* dessiné par Erté.

D'année en année, de soirée en soirée, c'était le même rituel. Parfois, on sacrifiait au cérémonial du train. De Victoria à Lewes, on échangeait des souvenirs avec ceux qui étaient déjà venus vingt fois avant nous. Puis c'était l'autocar qui nous amenait de la gare. Le temps d'un verre, un Pim's champagne, et déjà l'opéra commençait. Mais c'était le plus souvent en voiture qu'on se rendait à Glyndebourne. À peine arrivé, il fallait chercher l'emplacement idéal pour le pique-nique du premier entracte. C'était une ruée silencieuse, sacs et paniers au bras, à travers les jardins, la prairie. Une rivière qui devenait lac artificiel offrait des berges plates, une eau fraîche pour garder au frais une bouteille de champagne, les nappes de pique-nique s'y alignaient bientôt côte à côte.

Débarrassé des paquets et des coussins, des couffins, des couvertures, on pouvait alors se promener longtemps avant que retentissent les premières sonneries qui annonçaient le début des spectacles. Séparés de nous par l'un de ces fossés qui dissimulent un mur (on les appelle des *haha*), des troupeaux de vaches regardaient, vaguement intéressées, ces curieux bipèdes déguisés en oiseaux. Mais les vaches de Glyndebourne devaient s'être habituées peu à peu à cette invasion pacifique qui s'abattait sur leurs *Downs*, deux mois par an, en été.

À l'époque, la salle de spectacle n'avait pas été reconstruite. Elle était encore petite, le bois y dominait, l'acoustique y était celle d'un violon. Tout autour, un déambulatoire avec de fines aquarelles exposées : des projets de décors. On se battait pour acheter des dessins d'Osbert Lancaster qui avait signé des costumes, mais était surtout un humoriste célèbre. Les dames portaient presque toujours des robes longues, oui ; certaines d'entre elles étaient parfois jolies. Bien plus souvent, c'étaient des femmes entre deux âges, accompagnées de jeunes hommes parfaitement policés. On allait et venait dans le jardin, on traversait l'aire de croquet où les musiciens de l'orchestre, à l'entracte, jouaient à faire passer des boules de bois sous des arceaux, tandis que des voix de sopranos répétant une dernière fois s'échappaient des fenêtres des loges.

Au deuxième entracte, la nuit était presque tombée. On buvait à nouveau un Pim's champagne, on se promenait davantage, on sentait l'humidité qui montait du sol avec des odeurs d'herbe grasse, de roses dans le jardin, d'autres fleurs... On rendait aussi hommage à la photographie d'Audrey Milmay, la première maîtresse des lieux, morte d'une manière atroce aux lendemains de la guerre, brûlée vive. Puis, le dernier rideau tombé, c'était tout à fait la nuit. Ceux qui regagnaient Londres par le car ou le train disparaissaient très vite, mais on pouvait rester encore, longtemps, autour du bar. Ou bien on déambulait sur l'herbe cette fois tout à fait humide, cela n'avait guère d'importance. Nous étions avec des amies qui nous parlaient de tel formidable *Don Juan* qu'elles avaient entendu l'année précédente, avec un baryton qui s'appelait Thomas Allen ; nous évoquions nous-même une Maria Ewing, qui se baignerait nue la semaine suivante dans *Le Couronnement de Poppée.* Il y avait des bruits, des promeneurs qui passaient, puis bientôt plus rien. Seulement le cri des canards, d'un cygne, puis les canards eux-mêmes, les cygnes qu'on avait dérangés se taisaient à leur tour. La nuit alors sur Glyndebourne : une autre musique.

Aujourd'hui, on a reconstruit Glyndebourne. L'acoustique y est restée exceptionnelle. Des Japonais ou des Américains y débarquent en hélicoptère. Les Chinois arrivent déjà. Déjà difficiles à obtenir, les places sont maintenant louées un an à l'avance, ou presque, par des entreprises qui traitent ainsi royalement leurs meilleurs clients. L'atmosphère a changé, oui... Mais le miracle des nuits d'été continue à s'y reproduire. Aux mises en scène mozartiennes de Carl Ebert ont succédé celles de Peter Sellars ou les fantaisies du merveilleux Robert Carsen. Le bonheur est toujours là, dans ce morceau de pré vert.

Goltz, Christel (née en 1912)
Soprano allemande

Christel Goltz n'avait pas vingt ans quand elle commença à chanter l'opérette allemande. Très vite, elle devint une jolie Agathe du *Freischütz*. Pendant la guerre, après la guerre, elle a poursuivi une belle carrière à Dresde, puis à Berlin. On l'a vue un peu sur toutes les scènes d'Europe, mais c'est parce qu'elle a été *Salomé* que nous l'avons aimée. Christel Goltz a aussi été une belle Marie de *Wozzeck*, une Elektra remarquable. Mais c'est dans le rôle de la Princesse selon Oscar Wilde et Strauss qu'elle a fait ses débuts au Met de New York en 1954. Et c'est dans l'enregistrement de Clemens Krauss, réalisé à Vienne en 1953 pour Decca, qu'elle nous a fait découvrir l'inquiétante, la sinueuse, la voluptueuse, brûlante et glacée petite princesse, « si belle ce matin ». Ses deux grandes rivales dans nos cœurs seront, naturellement, Inge Borkh, autrement plus violente ; et Ljuba Welitsch, littéralement dévorée de l'intérieur. Mais Goltz fut la première. On l'a entendue depuis, plus jeune, dans un enregistrement, dirigée par Josef Keilberth, à Dresde. Elle reste la séductrice la plus dangereuse... Sinueuse, serpentine, enfantine, émerveillée, mortelle...

Graham, Susan (née en 1960)
Mezzo-soprano américaine

Avec Renée Fleming, l'une des deux chéries américaines du public français depuis la fin des années 1990. Il suffit de la voir hors de scène, habillée comme une grande étudiante aux jambes infiniment longues, un sourire amusé sur les lèvres : comment ne pas tomber amoureux d'elle ? Mais comment ne pas tomber étrangement amoureux aussi de son Octavian qui, au début de la production de Wernicke du *Chevalier à la rose,* à Salzbourg puis à la Bastille, enfile ses bottes, une cigarette aux lèvres ? Avec sa Maréchale d'alors, Renée Fleming naturellement, elles formaient un couple idéal. Mais Susan Graham peut aussi être une immense interprète de Mozart, et de ses rôles travestis... Idamante, Sesto : Mme von Otter, l'une de ses grandes rivales dans ces rôles au moment où nous écrivons ces lignes, n'a qu'à bien se tenir ! Et puis, nous avons entendu Susan Graham chanter des mélodies françaises, et tout particulièrement Reynaldo Hahn. Un régal, des sourires en coin, une parfaite compréhension du style de l'époque. Mais que dire, alors, de ses *Nuits d'été* de Berlioz, la plus belle interprétation de ces dernières années ? Et que dire de sa Didon des *Troyens* dirigés par John Eliot Gardiner au Châtelet en octobre 2003 ? Nous sommes quelques-uns à avoir pleuré d'émotion dans son air d'adieu à Carthage et à la vie... Susan Graham, soprano américaine ? On dirait plutôt : Susan Graham, une sacrée chanteuse française !

Grand Macabre (Le)

György Ligeti. Livret de Michael Meschke d'après Michel de Ghelderode

Stockholm, 1978

L'un des opéras importants du dernier quart du XXe siècle. Créée en suédois, parce que c'était une commande de l'Opéra de Stockholm, l'œuvre a été donnée pour la première fois à Paris le 28 mars 1981, dans une mise en scène de Daniel Mesguich. C'était naturellement une idée de Bernard Lefort, une bonne idée, bien sûr. Parce que cette œuvre folle, débridée, érotique à la limite de la pornographie, nous entraîne très loin sur les chemins ambigus qui sont ceux de l'auteur dramatique flamand Michel de Ghelderode, mort en 1962. C'est une histoire de l'humanité vue à travers le royaume de Breughelland (on comprend pourquoi...) que domine un génie du mal, Nekrotzar, et une maîtresse femme nymphomane et sadique, Mescalina. Tout s'y déroule à un rythme hallucinant, on y monte à cheval, on s'y pourchasse, on y annonce la fin du monde. Dans cet univers de terreur très proche, on l'aura deviné, des peintures de Breughel, deux personnages se détachent, parce qu'ils sont la beauté, l'innocence et l'amour. Dans la première version de l'œuvre, le nom de la jeune femme, Clitoria, et celui du jeune homme, Spermando, étaient sans équivoque. Plus tard, ils sont devenus plus sagement Amanda et Amando : pourquoi pas ? Ou plutôt : pourquoi ?

On n'est pas près d'oublier la très belle mise en scène de Daniel Mesguich à Paris, qui était une mise en abyme du Palais Garnier lui-même, la salle et ses spectateurs trouvant leur reflet sur la scène. On a revu *Le Grand Macabre* à Salzbourg dans une mise en scène plus délirante encore, de Peter Sellars, dirigée avec une ironie détachée par le grand et jeune Esa-Pekka Salonen. Le formidable et redoutable Williard White chantait Nekrotzar tandis que les rôles secondaires étaient tenus par une pléiade d'artistes de premier plan. L'immense scène du grand Festspielhaus semblait agitée dans tous les sens, on dira que peut-être, un peu trop d'agitation, c'était déjà trop. Le public de Salzbourg, en général sur ses gardes, semblait fasciné. Mais peut-être avons-nous raté quelque chose : au moment où nous écrivons ces lignes, un ami nous rappelle une production qu'il a vue lui-même à Bologne, en 1979. Pour lui, c'était de la pornographie franche et joyeuse. Allons, tout n'est pas encore sclérosé et ankylosé dans le royaume d'opéra !

Grande-Duchesse de Gérolstein (La)

Jacques Offenbach. Livret de Henri Meilhac et Ludovic Halévy

Paris, 1867

La Grande Duchesse de Gérolstein porte un nom bien français, elle s'appelle Régine Crespin. La grande Régine Crespin a osé, sans l'ombre d'une hésitation, se lancer à gorge déployée dans un Offenbach trépidant qu'elle a réussi à nous faire aimer jusqu'au délire.

L'œuvre a été créée au théâtre des Variétés avec Hortense Schneider en grande-duchesse, l'action se déroule dans un grand-duché imaginaire gouverné par un général Boum, un baron Puck et un triste prince Paul qui rêve d'épouser la grande-duchesse. Survient un simple soldat, le beau Fritz, ténor comme il se doit, fiancé à une gentille Wanda. La grande duchesse, qui « ai-me les uniformes, ai-me les uniformes » le trouve à son goût. « Dites-lui qu'on l'a remarqué, distingué, dites-lui qu'on le trouve aimable », avoue-t-elle après avoir passé en revue ses troupes. Mais c'est la guerre, l'heure est aux choses sérieuses. Sans vraiment comprendre pourquoi, Fritz est nommé général en chef. Il ne comprend pas non plus grand-chose des déclarations que lui fait la grande-duchesse, il est seulement amoureux de sa Wanda. Un noir complot est dénoncé, le pauvre soldat Fritz risque sa tête, mais la grande-duchesse revient sur terre, elle épousera le pâlot prince Paul et Fritz se mariera à sa Wanda.

Si l'on a voulu voir dans *La Belle Hélène* une satire du pouvoir alors en place, que dire de tout ce qui transparaît dans *La Grande Duchesse de Gérolstein* ? Certes, Offenbach vivait du Second Empire, mais les militaires fantoches et autres courtisans rampants qu'il met ici en scène sont trop drôles — mais peut-être aussi trop vrais — pour qu'on ne devine, derrière les masques de comédie, la moustache fine et la barbe acérée de Napoléon le Petit. Lors de l'Exposition universelle de 1867, les grands de ce monde, militaires ou pas, faillirent se battre pour succomber aux charmes d'une grande-duchesse qui se moquait ouvertement d'eux. Plus tard, la censure de la Troisième République, s'il vous plaît, s'avisa de lui chercher des poux, à notre grande-duchesse. Plus tard encore, bien plus tard, demain (à l'heure où nous écrivons ces lignes...) la grande-duchesse en question deviendra anglaise avec la belle Felicity Lott qui fut déjà, si évidemment, une *Belle Hélène*...

Grisi, Giulia (1811-1869)
Soprano italienne

Avec la Pasta, l'une des icônes du bel canto italien triomphant en même temps que de l'opéra romantique. Les grandes Françaises de ce temps-là s'appelaient Cornélie Falcon, Isabelle Colbran et, naturellement, Maria Malibran : en face d'elles, la Pasta et au cœur des plus grandes réussites des œuvres de Bellini ou Donizetti : Pasta et Giulia Grisi.

Giulia Grisi était milanaise jusqu'au bout des ongles. Elle a fait ses débuts à dix-sept ans dans la *Zelmira* de Rossini. Puis, très vite, son *Barbier de Séville.* Une carrière italienne déjà brillante avec, en 1831, la création du rôle d'Adalgisa, face à Giudita Pasta dans le rôle de Norma. Un coup d'éclat, le début d'une carrière internationale, au cours de laquelle la très belle Grisi se partagera entre Londres et Paris, Paris et Londres. Elle chante tout, la Juliette des *Capulets et les Montaigus* et la Ninette de *La Pie voleuse.* Elle est Elvire dans *Les Puritains,* elle est Élisabeth selon Donizetti, elle chante les premiers Verdi : il serait plus rapide d'énumérer les grands rôles de ce temps-là qu'elle n'a pas chantés. Aux côtés de Rubini, Tamburini et Lablache, elle forme un quatuor fameux qui fit délirer de bonheur les spectateurs. Pourtant le duo idéal, c'est Giulia Grisi et le ténor Mario, amoureux élégiaques tous les deux. Ensemble, ils parcourent l'Europe, traversent l'Atlantique, on les aime parce qu'ils sont simples, qu'ils sont beaux, qu'ils resteront longtemps jeunes, qu'ils sont à des années-lumière des divas capricieuses et des ténors bornés. Théophile Gautier a pu dire de Grisi que « ses épaules, son cou et ses bras peuvent le disputer de perfection aux statues antiques les plus renommées... ». Après près de trente ans d'une vie sentimentale et artistique commune avec Mario, Giulia Grisi mourra à Berlin en 1869 d'une pneumonie. Peut-être n'avait-elle pas la formidable présence dramatique, la poésie d'une Maria Malibran, la vigueur d'une Pasta : elle était simplement la Grisi, musicienne idéale.

Grümmer, Elisabeth (1911-1986)
Soprano allemande

Osera-t-on dire d'Elisabeth Grümmer qu'elle fut une artiste secrète ? Certainement pas. Et pourtant, les maisons de disques ne l'ont pas vraiment gâtée. En un temps où la grande Elisabeth du moment s'appelait Schwarzkopf, Grümmer a été plus que négligée par les directeurs artistiques des grandes compagnies. D'où une présence fulgurante sur toutes les scènes d'Europe, en même temps qu'une gloire solide, mais parmi les seuls véritables connaisseurs. Bien sûr, elle a enregistré quelques rôles wagnériens légers. Et surtout, on la connaît, voire on la confond, avec Schwarzkopf dans des enregistrements illustres, pris sur le vif à Salzbourg. Et pourtant, Grümmer a été l'une des plus admirables chanteuses allemandes de son temps. À sa manière, elle interprète peut-être plus parfaitement que toute autre la véritable jeune fille allemande, telle que l'imposent à nous l'Agathe du *Freischütz* ou l'Eva des *Maîtres chanteurs.* Interprète idéale de Mozart et de Strauss, nous l'avons entendue dans l'une des plus belles comtesses Madeleine de

Capriccio qu'il nous ait été donné d'écouter. Sans aucune des (merveilleuses) afféteries de l'autre Elisabeth, elle était vraiment là une aristocrate indécise, incapable de se décider entre le chant et la poésie, la poésie et le chant tels que les incarnaient les deux artistes rivaux qui se disputaient son cœur. Plus tard, Bernard Lefort et André Tubeuf lui demanderont de venir diriger l'École de chant de l'Opéra de Paris, elle y sera une grande pédagogue. Mais à tous ceux qui veulent découvrir ou retrouver la perfection du chant très pur d'Elisabeth Grümmer, on ne peut que suggérer de se référer à l'un de ces enregistrements salzbourgeois qu'on a évoqués plus haut. Ainsi le Don Juan de 1954, dirigé par Furtwängler et repris, très légalement, par EMI. Aux côtés de Cesare Siepi, de Schwarzkopf, de Dermota, de Walter Berry, elle est à coup sûr l'une des plus belles donna Anna de notre histoire du disque. On la retrouve aussi en DVD, dans une production et une distribution presque semblable, Lisa Della Casa (sublime) y remplace (la tout aussi sublime) Schwarzkopf. Qu'on fasse vite l'acquisition de ce DVD qui témoigne aussi de ce qu'étaient les mises en scène au milieu des années 1950. Ah ! on ne s'encombrait pas alors de psychanalyses compliquées !

Gubisch, Nora (née en 1971)

Mezzo-soprano française

On a connu Nora Gubisch il n'y a pas si longtemps, jeune élève à peine sortie du Conservatoire qui, avec deux camarades, venait donner un récital d'étudiants dans le grand salon de la Villa Médicis, à Rome. Et voilà qu'hier, ou presque, elle chantait Carmen sur l'immense pelouse du Stade de France devant vingt-cinq mille personnes. C'était en septembre 2003. Entre les deux, elle a fait une carrière foudroyante. Messagère de l'*Orfeo* de Monteverdi et troisième dame de *La Flûte enchantée* à Toulouse, la voilà Sesto, de *La Clémence de Titus*, dirigée par Jean-Claude Malgoire. Puis Jocaste, de l'*Œdipus Rex* de Stravinski à Londres, Junon de *Platée* à l'Opéra de Paris et créatrice, en 2001, du rôle titre de la *Salammbô* de Philippe Fénelon. Son abattage sur la grande scène de l'Opéra-Bastille renverse tout sur son passage et les compositeurs contemporains se l'arrachent. Une voix sombre, corsée, souvent à la limite de l'alto, Nora Gubisch apparaît déjà comme une personnalité avec laquelle il faut compter sur les scènes françaises. Sans préjudice de tous les autres théâtres du monde entier.

Seule Française à participer à une étonnante version de concert (jouée pourtant) des *Maîtres chanteurs* aux côtés de Ben Heppner ou de Rootering, elle a eu sa part de bravos enthousiastes pour une non-production exceptionnelle en novembre 2003 à l'Opéra-Bastille.

Guercœur

Albéric Magnard. Livret du compositeur

Acte III : Nancy 1908 ; acte I : Paris 1910
Version intégrale : Paris, 1931

L'un de ces opéras français dont on ne cessera de nous répéter qu'ils sont admirables, ce dont nous tenterons de nous persuader. Il en existe pourtant une fort belle version enregistrée en 1986 par Michel Plasson à la tête de l'orchestre du Capitole de Toulouse. Hildegard Behrens et une grande distribution qu'on dira par ailleurs française, dominée par José Van Dam, des chœurs splendides, un souffle, une émotion... Nous n'avons jamais vu cette œuvre à la scène. Aussi beaux qu'ils soient, les disques ne nous ont pas convaincu. Mais nous avons sûrement tort. D'abord, Albéric Magnard fut une sorte de saint laïc et un dreyfusard ardent. Sa mort — il fut tué par des Allemands au début de la guerre de 1914 dans sa maison qu'il tentait de défendre — est un des moments très noirs de l'histoire de la musique française. C'est son ami Guy Ropartz qui reconstituera peu à peu l'œuvre envolée en fumée dans l'incendie de la maison. Depuis le milieu des années 1980, quelques maisons d'opéra françaises tentent de le mettre à la place qui devrait être la sienne. Encore une fois, nous sommes de cœur avec ces directeurs intrépides, mais de cœur seulement... Car nous voudrions tellement savoir aimer *Guercœur* dont l'action se déroule au ciel, sur la terre et dans l'espérance...

Guerre et Paix *(Vaïna y Mir)*

Serge Prokofiev. Livret du compositeur et de Mira Mendelssohn d'après Tolstoï

Moscou, 1945

Quatre heures et demie de musique, non compris les entractes, pour l'un des plus grands romans de l'histoire de la littérature : après tout, ce n'est pas trop long. La légende veut que ce soit en pleine guerre, en avril 1941, que Prokofiev, alors à Moscou, se soit vu convaincre par sa compagne Mira Mendelssohn, âgée de vingt-cinq ans, d'écrire un opéra d'après Tolstoï. Lui-même pensa d'abord à *Résurrection.* Finalement, tous deux se décidèrent pour *Guerre et Paix.* Les armées allemandes dévastaient alors la terre russe, l'œuvre était d'une actualité brûlante. Une première version était terminée en 1943. L'idée d'associer Eisenstein, pour le film duquel il avait déjà écrit la musique d'*Ivan le Terrible*, séduisait Prokofiev. Mais l'œuvre lui paraissait encore inaboutie, trop elliptique. D'où une nouvelle version, dont une partie fut donnée après la guerre, en juin 1946, au théâtre Maly de Leningrad. Le terrible Jdanov, maître à ne pas penser de la culture soviétique du moment, interdit alors au compositeur d'aller plus loin. Les démêlés de Prokofiev avec la censure se poursuivirent au-delà de sa mort, en 1953, puisque c'est seulement le 1er avril 1955 qu'une version à peu près intégrale de *Guerre et Paix* était donnée au théâtre Maly.

L'œuvre est immense, non seulement par sa longueur, mais par une distribution dont le nombre de personnages dépasse les capacités de la quasi-totalité des compagnies d'opéras. Ils sont plus de soixante-dix à entourer le prince André, Natacha, Bezoukhov et la comtesse Hélène : le maréchal Koutouzov, Napoléon lui-même, le maréchal Berthier, Caulaincourt, Davout et beaucoup d'autres, des piétons, des sous-grades. À une première partie encore à peu près intimiste, centrée pour l'essentiel autour du prince André et de Natacha, succède la plus formidable fresque historique, voire militaire, jamais réalisée sur une scène d'opéra. Le contraste est étonnant entre la tendresse des scènes entre Natacha et André, mais aussi Natacha et Pierre Bezoukhov, et la solitude poignante de Bezoukhov au milieu des armées qui s'affrontent dans un fracas de mitraille. La méditation de Koutouzov face au peuple russe et à ses hommes est d'une étonnante grandeur. On pense au Philippe II de Verdi, à Simon Boccanegra : un Verdi, oui !, a su parfois nous montrer le fracas d'un combat. Pourtant, à côté des masses en armes tendues par la partition de Prokofiev, ces combats-là vous avaient des allures de simples duels ou d'escarmouches.

Sera-t-on blasphématoire en disant qu'après *Boris Godounov* et *La Khovanchtchina*, le *Guerre et Paix* de Prokofiev est peut-être le troisième grand opéra national russe ?

C'est au Mai musical de Florence, en 1953, qu'on l'a vu pour la première fois en Occident, avec une distribution totalement italienne. Dès 1959, au Bolchoï, Galina Vichnievskaia était Natacha, l'immense Vladimir Petrov, Pierre Bezoukhov. Il a fallu attendre 1967, au théâtre des Champs-Élysées, pour voir *Guerre et Paix* à Paris. C'était en version de concert : on n'était pas encore assez fou, en ce temps-là, pour se lancer dans l'aventure colossale que constitue une vraie représentation. Notre première rencontre avec l'œuvre de Prokofiev a eu lieu à Londres, en 1975. Une fois de plus, c'est l'aérienne Felicity Lott qui nous a entrouvert la porte de l'univers de Natacha. Avant-hier, à l'Opéra-Bastille en 2000, Natacha s'appelait Olga Gouriakova. Si fragile... Et les scènes de bataille, menées tambour battant par Francesca Zambello, vous avaient la touchante allure d'images d'Épinal revisitées par le grand opéra. Des DVD publiés en 2003 rendent parfaitement compte de la grandeur de l'œuvre et de cette mise en scène dont deux DVD enregistrés au Kirov par Valery Gergiev donnent une autre vision, plus simple, peut-être plus russe aussi.

Guillaume Tell

Gioacchino Rossini. Livret d'Étienne de Jouy et Hippolyte Bis d'après Schiller

Paris, 1829

Rossini à Paris : Rossini et le grand opéra français. C'est avec tout ce que le genre comporte de règles non écrites et ampoulées que Rossini va écrire, passé le moment d'euphorie du *Voyage à Reims* : un *Siège de Corinthe*, un *Moïse et Pharaon*, un *Guillaume Tell* enfin. Entre-temps, il se sera amusé à reprendre son *Voyage à Reims* et à le transformer en *Comte Ory*. Puis il va se taire. Étonnant silence que celui de ce compositeur né en 1792, au sommet de sa gloire à vingt et un ans, réfugié musical à Paris avant trente ans et qui va y vivre jusqu'en 1868. Le *Guillaume Tell* de Rossini serait donc une manière de chant du cygne ?

Nous n'arriverons pas à le croire.

La critique qu'en fera Berlioz dans *La Gazette musicale*, lors d'une reprise en 1834, explique bien des choses. « Rossini, las d'entendre sans cesse critiquer ses ouvrages sous le rapport de l'expression dramatique, plus las peut-être encore de l'admiration aveugle de ses fanatiques partisans, employa un moyen fort simple pour imposer le silence à l'une et se débarrasser des autres, ce fut d'écrire une partition sérieusement pensée, méditée à loisir et consciencieusement exécutée d'un bout à l'autre suivant les conditions exigées de tous temps par le bon sens et le goût. Il fit *Guillaume Tell.* Ce bel ouvrage doit donc être considéré comme l'application des nouvelles théories de l'auteur, comme l'éveil de plus grandes facultés dont les exigences du peuple sensuel pour lequel il écrivit jusqu'alors avaient nécessairement rendu le développement impossible. C'est sous ce rapport que sans engouement, comme sans prévention aucune, nous allons examiner la dernière partition de Rossini. À n'envisager que les suffrages qu'il a mérités, les applaudissements qu'il a excités, les conversations qu'il a faites, *Guillaume Tell* a sans doute obtenu un immense succès ; succès d'admiration spontanée chez les uns, de réflexion et d'analyse chez les autres. Et pourtant, on est forcé d'avouer qu'il n'a pas pu joindre à cette gloire celui de tous les succès auxquels les directeurs, souvent même les auteurs, sont plus sensibles, je veux dire le succès populaire, le *succès d'argent...* »

En dehors du coup de pied de l'âne (succès d'argent...) qui conclut ce premier paragraphe de la longue critique de Berlioz, l'article est, dans son ensemble, très élogieux. Mais une phrase encore l'explique peut-être mieux : « Le peuple des dilettanti est hostile à *Guillaume Tell* qu'il trouve froid et ennuyeux. » Et voilà, tout est dit : *Guillaume Tell*, grand opéra par excellence de Rossini, coulé dans le moule qui est ou sera celui des Meyerbeer et des Halévy, pour ne pas parler d'Auber et de quelques autres qui tenaient ou qui tiendront alors le haut du pavé à Paris et que, pourtant, Berlioz n'aimait pas toujours, c'est le moins qu'on puisse dire : écrit résolument dans un style différent de celui qui était jusque-là le genre du Rossini bien-aimé de son public, *Guillaume Tell* a pu paraître comme une trahison. Ajoutons à cela que, chanté en français sur la scène de la première scène lyrique française, il semblait aux antipodes du *Barbier de Séville* comme de *Sémiramis.* Et pourtant, la critique, dont Berlioz, l'a aimé, ce *Guillaume Tell*-là. Avouerons-nous que, loin de toute considérations historiques sur le rôle que joue le *Guillaume Tell* de Rossini dans l'évolution de l'opéra, nous continuons à préférer *Le Barbier*, *La Cenerentola* ou *Sémiramis* ?

Nous avons pu railler, ailleurs, les nouveaux dilettanti selon Berlioz, qui se pâmaient devant les productions du Festival de Pesaro. Mais ils n'ont pas tort, ces gentils membres d'une jet-set musicale qui s'amusent souvent à répéter qu'ils préfèrent Pesaro à Bayreuth. Et *Guillaume Tell*, surtout dans sa version originale française, est bien loin de cette légèreté rossinienne, de la tendresse des airs de *Tancrède* ou de *La Pie voleuse.* Ici, on ne joue plus de ces envolées éperdues parmi lesquelles nos gentils dilettanti d'un nouveau genre aiment se perdre. Non, nous sommes en terre solide, bien suisse, d'ailleurs, et terriblement française. Oh ! nous le savons bien, le testament musical que représente le dernier opéra de Rossini est immense. D'une manière différente de Berlioz, il a tenté d'inventer à la fois un nouveau style d'opéra, certes, mais aussi une manière de chanter. En donnant la première place non plus à un ténor, à plus forte raison pas à une femme chantant un homme, mais à un baryton, presque à une basse chantante, il a déplacé, dans tous les sens du mot, le sens de gravité du théâtre lyrique. Tous les grands barytons français de ce type en ont fait un formidable cheval de bataille. Un Léon Melchissedec, un Marcel Journet s'y sont illustrés avec bonheur. On ajoute que le très beau rôle du jeune Arnold, le ténor de la partition, contient des contre-*ut* qui ont pu faire rêver les plus grands. C'est peut-être la raison pour laquelle l'œuvre, où les femmes sont étrangement lointaines, est demeurée tellement longtemps au répertoire de la plupart des théâtres lyriques. Après tout, Arnold comme Guillaume Tell sont des rôles de chanteurs wagnériens. Et le mot est lâché : plus que Meyerbeer ou Halévy, en dépit de son style éminemment français, c'est du côté de Verdi et de Wagner que l'ultime chef-d'œuvre de Rossini ouvre une voie, bien loin de l'espèce de scie musicale que constituera pour l'éternité son increvable ouverture.

Une voie, oui, et des voix... Sagement, nous écouterons à nouveau la première version de référence, l'enregistrement intégral réalisé par Lamberto Gardelli chez EMI en 1972, avec Gabriel Bacquier, Nicolaï Gedda, Montserrat Caballé et Mady Mesplé. Puis nous reviendrons à nos *Cenerentola* et à nos *Pie voleuse.* De nos jours, un Thomas Hampson — pourtant presque à contre-emploi —, un Jean-Philippe Lafont, bouleversant d'humanité, sont de grands Guillaume Tell. Encore faut-il avoir envie d'écouter une fois de plus cette œuvre-phare dans l'histoire de l'opéra mais toujours trop solidement franco-suisse dans nos mémoires...

Haefliger, Ernst (né en 1919)
Ténor suisse

L'un des grands ténors mozartiens de l'après-guerre. Il a chanté surtout à Berlin, mais aussi à Salzbourg, à Glyndebourne. Mozartien, certes, mais Haefliger a également été un très beau Pelléas, il a chanté Calaf dans la *Turandot* de Busoni. C'est pourtant par le disque que nous avons appris à l'aimer. Il a fait longtemps partie de la belle équipe réunie par Deutsche Grammophon dans les enregistrements mozartiens dirigés par Ferenc Fricsay. À ce titre, nous lui devons l'un des premiers grands et beaux Tamino de nos jeunesses. Pour ne pas parler de certain Florestan, qu'il enregistra aussi avec Furtwängler et Fricsay. Puis d'autres ténors mozartiens sont venus, les vieux disques DG ont été un peu oubliés : qu'on y revienne très vite ! Et qu'on écoute, dans la foulée, le très beau *Voyage d'hiver* qu'il a enregistré, aussi tard que 1980, avec une fièvre haletante, égarée, qui éclaire retrospectivement ses interprétations mozartiennes d'une lueur nouvelle, plus tourmentée.

Haendel, Georg Friedrich (1685-1759)

« Aimez-vous Haendel ? » On vous regardait étonné. Haendel ? Pourquoi ? Il est bien loin, le temps où le compositeur allemand qui fit triompher le genre italien sur les scènes londoniennes semblait plonger au purgatoire. Qui disait Haendel pensait naturellement à son *Messie*, à un « Alleluia » fameux ; et un ou deux airs avaient été sauvés de l'oubli parce que le public britannique s'en était presque fait des hymnes nationaux. Mais pour le reste, qui se souciait des œuvres lyriques du grand Haendel ? J'oubliais : on se régalait de sa *Water Music*, l'un des best-sellers de la première génération du microsillon. Mais c'était tout. Des près de cinquante opéras qu'il composa et de sa trentaine d'oratorios, on avait tout simplement tout oublié. Pourtant, la carrière de Haendel constitue l'un des plus parfaits exemples de musiciens européens du XVIIIe siècle. Né à Halle, il a d'abord travaillé à l'Opéra de Hambourg, avant de se rendre en Italie où il assimila le grand style italien. Après un retour en Allemagne, il arrive à Londres où il s'adonne avec passion à la passion du moment, l'*opera seria* italien, qui faisait fureur dans la bonne société britannique. Et c'est là qu'il va triompher jusqu'à devenir, à trente-cinq ans, directeur de la Royal Academy of Music. Pris au piège de la jalousie d'un autre Italien d'Angleterre, Giovanni Bononcini, puis de la rivalité des deux prima donna du moment — ces dames de l'opéra que nous aimons peuvent aussi être des tigresses... —, il finit par se faire naturaliser anglais pour échapper à ses détracteurs. Après la Royal Academy, Haendel transportera sa troupe au King's Theater, puis au Lincoln's Inn Field. À sa mort, à Londres, il a pour longtemps installé en vedette le genre italien. Puis ce sera l'oubli.

C'est d'abord en Allemagne, entre les deux guerres, qu'on a peu à peu retrouvé le fil d'Ariane miraculeux qui, de chef-d'œuvre en semi-réussites pour arriver à d'autres chefs-d'œuvre encore, installe aujourd'hui Haendel au tout premier rang des compositeurs lyriques du XVIIIe siècle. Mais c'est sûrement grâce aux efforts du chef d'orchestre britannique Charles Farncombe qu'il a connu sa vraie résurrection. Qui pourrait oublier les éblouissantes résurrections d'*Alcina*, au Festival de Saint-Pancras, avec rien de moins que Joan Sutherland dans le rôle de la magicienne, Josephine Veasey dans celui de Ruggiero qu'elle a enchanté... C'était un temps où l'on jouait à fond la carte des décors et des costumes XVIIIe siècle. D'où une débauche étonnante de dentelles et de velours, de voiles transparents, d'où émergeaient quelques-unes des voix qui allaient faire de l'école de chant britannique l'une des premières du monde. Opéras ou oratorios, peu importe d'ailleurs, puisque certains des oratorios de Haendel, tels sa *Semele*, récemment présentée au Festival d'Aix-en-Provence et qui appartient au genre de l'oratorio dit profane, n'est ni plus ni moins qu'un opéra que Haendel, à l'époque, ne réussit pas à monter comme tel. Dès lors, traversant en une diagonale fulgurante mythologie et livres sacrés, l'œuvre de Haendel se révèle peu à peu dans sa fabuleuse richesse. Il y a une vingtaine d'années, le jeune chef britannique Nicholas McGegan a pris la relève d'un Charles Farncombe. Aujourd'hui, tous les baroqueux s'y sont mis, entraînant dans une débauche d'ornementations aériennes, voluptueuses, les dizaines d'orchestres d'instruments anciens qu'on a vu éclore de par le monde. Mais après avoir conquis la petite salle de Saint-Pancras, puis le majestueux Covent Garden, voire l'ancien Sadler's Wells, Haendel a son propre festival, à Halle, sa ville natale... Nous y sommes passé, le théâtre aurait été conçu par Goethe : au milieu d'un parc où établissements de bains voisinent avec guinguettes, c'est un havre de grâce, de beauté, de charme... Comme à Glyndebourne, des voix s'échappent des fenêtres ouvertes sur des jardins. Et il n'est pas de saison où, à Paris comme dans le monde entier, on ne donne un, deux, trois opéras de Haendel. Voire plus. Ah ! le temps de la disette est bien passé. L'avouera-t-on ? Devant quelques interminables productions à l'exhaustivité d'une musicologie maniaque, il nous arrive d'éprouver un sentiment de satiété. Et puis, comme l'autre saison

(Champs-Élysées 2004), une *Semele* de plus vient nous remplir d'allégresse !

Hampson, Thomas (né en 1955)
Baryton américain

La coqueluche du monde lyrique d'aujourd'hui, et plus particulièrement de ses spectatrices. Thomas Hampson semble s'engager dans une voie qui fut, il y a quarante ans, celle d'un Dietrich Fischer-Dieskau. C'est donc, tout naturellement, un extraordinaire interprète de mélodies, et plus particulièrement de mélodies américaines. Thomas Hampson est américain, il veut le faire savoir, et c'est très bien. Mais il est, Dieu merci, beaucoup plus que tout cela. Il chante tous les grands rôles mozartiens de la trilogie Da Ponte, se révélant surtout un don Juan admirable. Ceux qui ont vu la mise en scène de Salzbourg, en 2002 puis 2003, ont peut-être fait la fine bouche :

nous l'avons entendu ailleurs et autrement, il nous a subjugué. Mais il est aussi un comte des *Noces* d'une stature inquiétante. Pourtant, c'est probablement dans *Don Carlo* que nous l'avons le plus aimé. Nous n'avions pas pu assister aux fameuses représentations du Châtelet, en 1996, où le chef-d'œuvre de Verdi avait été donné en français. Aux côtés de Roberto Alagna, on sait qu'il fit verser des larmes aux spectateurs les plus endurcis lors de ce duo bouleversant où l'infant d'Espagne et le marquis de Posa se jurent fidélité. Dieu merci, le disque et le DVD nous ont rendu cette interprétation. C'est de nouveau au Châtelet, en avril 2002, qu'il a marché superbement dans les traces de Fischer-Dieskau en donnant, face à l'Arabella de Karita Mattila, une interprétation de Mandryka d'une rayonnante et toute straussienne simplicité. Même bienveillante simplicité dans le rôle titre du *Guillaume Tell*, de Rossini, donné à l'Opéra-Bastille dans sa version originale. D'aucuns ont fait la fine bouche, on a parlé de contre-emploi : Hampson y était souverain.

Hänsel et Gretel

Englebert Humperdinck. Livret d'Adelheid Wette

Weimar, 1893

« Märchenspiel », ou féerie d'après un conte des frères Grimm, l'œuvre la plus connue de Humperdinck (1854-1921) dont il ne faut pas oublier non plus qu'il composa, treize ans plus tard, les enchanteurs *Königskinder*, a été créée sous la direction de Richard Strauss. Relativement peu donnée en France, c'est en

Allemagne une féerie de Noël pour grands et petits enfants. Son succès a d'ailleurs été tel à travers le monde qu'on se doit de souligner que ce fut, en 1923, le premier opéra jamais diffusé à la radio en Europe ; et en 1931, un 25 décembre précisément, le premier opéra jamais diffusé en direct du Metropolitan de New York. L'histoire en est simple, c'est celle du gentil Hänsel et de la mignonne Gretel, pas toujours très sages, qui échappent à leurs parents pour tomber entre les griffes de la vilaine sorcière dont le royaume de dame Tartine, maisons de pain d'épice et volets en chocolat, est un piège diabolique tendu dans la forêt allemande pour capturer les petits enfants. Parlée et chantée, l'œuvre est délicieuse, toute remplie de tendresse et de fausses terreurs. Les rôles des deux enfants sont joués tous deux par des femmes, et celui de Hänsel a fait le bonheur d'un peu tous les mezzos du monde. Outre l'Allemagne, les États-Unis et l'Angleterre l'ont si bien adoptée qu'il en existe, au disque, des versions en langue anglaise... Dans la langue originale, l'allemand, les enregistrements se sont multipliés depuis la première version qui remonte aux dernières années de la Deuxième Guerre mondiale. Mais l'une d'entre elles les domine toutes, elle était dirigée par Herbert von Karajan en 1952 et les deux enfants s'appelaient Elisabeth Grümmer et Elisabeth Schwarzkopf. Deux sopranos, deux voix faites pour se marier, se retrouver, jouer ensemble à se perdre pour mieux s'amuser. Sans cesse rééditée, la version Karajan 1952 a connu une belle rivale. C'était en 1961. André Cluytens, le Français, dirigeait la Philharmonie de Vienne. Irmgard Seefried et Anneliese Rothenberger étaient les enfants, la grande Elisabeth Höngen, en fin de carrière, y était tout de même une sorcière terrifiante. Pourtant, après plus d'un demi-siècle, nous reviendrons encore à Karajan et à ses délicieuses enfantines...

Harewood, George (né en 1923)

Administrateur d'opéra et critique britannique

L'une des figures majeures de la vie musicale britannique, lord Harewood a été de toutes les aventures de l'opéra en Angleterre depuis la guerre. C'est lui qui, en 1950, a fondé le mensuel *Opera*, qu'il dirigea lui-même jusqu'en 1953 : en un temps, à peu près le seul périodique de ce type dans le monde entier. Il a aussi remis plusieurs fois à jour ce « classique entre les classiques » qu'est le Kobbé, l'un des premiers dictionnaires de l'opéra dans le monde à tenter de parler de tous les genres et de tous les pays. On retrouve ce cousin de la reine d'Angleterre successivement directeur de Covent Garden, du Festival d'Edimbourg, du Sadler's Wells, qu'il transforma en English National Opera, l'ENO. Il fait partie de ce groupe d'influence qui, tout en revendiquant un opéra en anglais à l'ENO, sera l'un des avocats de la langue originale à Covent Garden. C'est lui aussi qui participera largement à l'ouverture du goût du public britannique vers des œuvres d'Europe centrale, Janáček, Smetana... Mais c'est lui, surtout, et c'est à ce titre qu'on veut lui rendre un hommage très personnel, qui préfaça l'édition anglaise de notre ouvrage sur Maria Callas. Comment l'oublier ?

Haydn, Franz Josef (1732-1809)
Compositeur autrichien

Alors que la redécouverte des opéras de Haendel, commencée dans les années 1960, singulièrement en Angleterre, n'a fait que s'accélérer, celle des quelque vingt opéras de Haydn est pour ainsi dire restée en panne. D'abord, cinq d'entre eux ont disparu, semble-t-il. Mais en dépit d'une série d'enregistrements remarquables par la distribution réalisée à la fin des années 1970 par le chef Antal Dorati pour Philips, la spirale haydienne n'a toujours pas atteint son zénith. On peut s'interroger : médiocrité des livrets ? D'abord, ce n'est pas forcément vrai, ensuite les livrets des opéras de Haendel sont-ils vraiment meilleurs ? Mélange des genres, combinaisons quelquefois gênantes pour l'auditeur d'opéra bouffe et d'*opera seria* ? Ce ne devrait pas décourager aujourd'hui les amateurs passionnés de musique baroque. Peut-être, tout simplement, Haydn souffre-t-il d'être le contemporain de Mozart, en même temps que d'une grande rigueur. Rigueur : c'est bien le mot, en effet, qui peut caractériser ce néoclassicisme avant la lettre, qui a quand même produit de véritables chefs-d'œuvre. On en trouvera quelques-uns dans les pages de ce volume, notamment *La Vera Costanza*, qui date de 1779, comme l'*Isola disabitata*, sur un livret de Métastase. Son chef-d'œuvre, *Armida*, est également une œuvre grave, traversée par d'étranges moments de folie. Mais le chemin est encore long qui nous mènera à voir inscrits les opéras de Haydn au répertoire des grands théâtres lyriques d'une manière plus permanente.

Henry, Didier
Baryton français

Il a fallu attendre 1987 pour que soit créé *Pelléas et Mélisande* à Moscou : c'est Didier Henry qui chantait Pelléas, sous la direction de l'infatigable Manuel Rosenthal. Henry a étudié avec les plus grands et les plus grandes, Cathy Berberian ou Elisabeth Schwarzkopf. Dans le même temps, il amorce une belle carrière dans l'opérette viennoise, tour à tour Paganini dans *Le Pays du sourire* ou Eisenstein dans *La Chauve-Souris*. Parallèlement à cette carrière d'interprète, Didier Henry fait partie du petit groupe de chanteurs français qui, comme un François Le Roux, s'efforcent de donner une audience toujours plus grande à la mélodie française. À ce titre, il a naturellement participé aux cycles de mélodies organisés à la Bibliothèque nationale de France. Mais surtout, il dirige une passionnante collection de disques consacrés à la mélodie française à l'enseigne de la firme Maguelon.

Heppner, Ben (né en 1956)
Ténor canadien

L'un des poids lourds de la scène lyrique internationale aujourd'hui. Heppner est aussi à l'aise dans le répertoire français (*Les Troyens*, dirigés par Colin Davis) que dans les rôles lourds du répertoire verdien (il a chanté Otello sous la direction de James Levine). Mais Heppner est surtout un grand Tristan et un grand Lohengrin. Nous l'avons entendu pour la première fois sur une scène dans le rôle de Peter Grimes de Britten. C'était tard, à l'Opéra de Paris, en avril 2001. Dans la mise en scène de Graham Vick, il était un Grimes dont les accents de désespoir n'étaient pas sans rappeler ceux de Jon Vickers, trente ans auparavant. Même carrure, même force et même fragilité... Ben Heppner a beaucoup enregistré avec à peu près toutes les firmes discographiques importantes. Mais on voudrait surtout évoquer son *Fidelio*, chez RCA. Là aussi, le parallèle avec Jon Vickers semble naturel. Pourtant, c'est dans le Walther von Stolzing des *Maîtres chanteurs* qu'il a superbement chanté en novembre 2003 à la Bastille qu'il vient, plus récemment, de nous stupéfier. Sa musicalité l'emportait presque sur une ardeur, une vigueur pourtant déjà époustouflante.

Heure espagnole (L')
Maurice Ravel. Livret de Franc-Nohain

Paris, 1911

Rythmée par les balancements d'une énorme horloge dans la boutique de l'horloger Torquemada à

Tolède, entourée de centaines de montres et autres réveille-matin, cette manière de « conversation musicale » — pour reprendre le terme de Strauss parlant de son *Capriccio* — entre un mari, son épouse joliment infidèle, deux amants éconduits et un muletier que la jolie Concepcion saura rendre heureux, est le premier essai de Ravel dans le domaine de l'opéra. Il avait trente-six ans, ces cinquante petites minutes d'une musique économe en même temps qu'endiablée — qu'on nous pardonne la contradiction apparente des deux termes... — ont été d'entrée de jeu un énorme succès. Et puis, un opéra à cinq personnages, c'est tout de même plus facile à monter qu'un *Enfant et les sortilèges*, avec sa vingtaine de rôles principaux, pour ne pas parler des chœurs et des enfants qui vont avec ! D'où, avec ses vers de mirliton où « biceps » rythme avec « concept » et « souffle » avec « pantoufles », le texte de Franc-Nohain, charmant auteur d'un peu tout et de beaucoup d'autres choses (il fut aussi le père d'un Jean Nohain qui inventa « Trente-six chandelles » et autres « Reine d'un jour » pour une télévision balbutiante ; le père aussi du cher Claude Dauphin, souvenez-vous : *Entrée des artistes*), peut être, si une mise en scène trop réaliste ne l'accable pas, d'une immense drôlerie. Si une mise en scène... Allons ! Le moment est venu de l'avouer. Jusqu'à sa reprise récente au Palais Garnier avec un trio de jeunes et joyeux lurons — oh ! Sophie Koch ! — nous n'avions aucun souvenir de *L'Heure espagnole*. Et pourtant, elle a fait dix fois le tour du monde au moins, cette drôle d'*Heure*-là ! depuis sa création parisienne, sautant d'ailleurs allègrement de l'Opéra-Comique à l'Opéra et vice versa. Un André Cluytens, un Manuel Rosenthal y ont fait des miracles, nous dit-on... Au disque, où nous l'avons surtout entendu, c'est encore une fois Lorin Maazel, après sa fulgurante réussite de *L'Enfant et les sortilèges* de 1961, qui en a donné en 1965 la plus époustouflante version. La distribution ? Qu'on en juge : Gabriel Bacquier en muletier, Jane Berbié en épouse coquine, José Van Dam et Michel Sénéchal — encore lui, stupéfiant de drôlerie ! Une version longtemps connue pour sa sonorité embrumée a vu s'affronter, en 1965, trois des plus grandes voix de leur temps : Teresa Berganza, Alfredo Kraus et Sesto Bruscantini. Sans même parler de l'accent de ce trio de choc et de leurs compagnons, on peut se demander si trop, ce n'est pas parfois trop...

Hidalgo, Elvira de (1892-1980)

Soprano espagnole

Elvira de Hidalgo a chanté sur les scènes du monde entier, elle a été Rosine, Violetta, Martha. Elle a chanté *Le Barbier de Séville*, avec Chaliapine, à travers tous les États-Unis. Mais elle a aussi chanté l'Elvire des *Puritains* et *Linda di Chamouni* : et nous en arrivons là à l'essentiel. Après ses adieux à la scène en 1932, elle est venue s'installer à Athènes. Et c'est là qu'elle a eu une élève à qui, outre le chant, elle a aussi appris ce qu'était le beau chant, les classiques du bel canto à peu près oubliés alors et qu'elle avait contribué à faire revivre. Cette élève s'appelait Maria Kageropoulos. On sait quel fut ensuite son nom de scène, ce que fut sa carrière... Le monde des amateurs d'opéra doit beaucoup plus à la grande Elvira de Hidalgo qu'à bien des chanteuses dont le disque a fait des stars.

Hippolyte et Aricie

Jean-Philippe Rameau. Livret de l'abbé Pellegrin

Paris, 1733

C'est la première œuvre de grande ampleur de Rameau. Inspirée de Racine, naturellement, mais aussi d'Euripide. Une version très XVIIIe siècle, affadie dans son livret, exaltée dans sa musique de la tragédie de *Phèdre.* Bien que se référant explicitement au fils de Thésée et à la belle Aricie que celui-ci préfère à Phèdre, l'œuvre reste centrée sur le personnage de Phèdre. Calquée sur le modèle mis au point par Lully, un prologue, cinq actes, des ballets et des chœurs, *Hippolyte et Aricie* est d'une bien autre intensité dramatique que les grandes œuvres de Lully. Le personnage de Phèdre lui-même, sa confession et son suicide au cinquième acte, violent, désespéré, contrastent dans un bonheur étonnant avec la bergerie qui suivra, où la belle Aricie se réveille, entourée de bergers et de bergères, pour découvrir enfin qu'elle pourra épouser son cher Hippolyte.

Lors de la création, à Paris au Palais-Royal en 1733, la Camargo faisait partie des ballets. Dans notre souvenir, *Hippolyte et Aricie* brille d'un feu particulier. Après *Les Indes galantes* et *Platée*, ce fut notre troisième rencontre avec Rameau. Décisive, car on découvrit avec stupeur la vigueur d'un Jean-Philippe Rameau tragédien. C'était à Londres, dans les années 1970. Lina Lalandi, passionnée de musique, opéra et ballet, et mécène souvent sans le sou qui savait inventer des trésors pour faire jouer ce qu'elle aimait, avait mis un soin particulier à en organiser, hors programmation, la représentation à Covent Garden. Carolyn Watkinson, que nous découvrions là, était une fulgurante Phèdre. Une attention spéciale avait été apporté aux ballets, dont on s'était fait un point d'honneur de restituer l'authenticité de la création, dans des costumes faits exprès selon des modèles retrouvés à la bibliothèque de l'Opéra. La représentation eut lieu un dimanche après-midi, nous étions dans la loge qu'on dit encore royale, Lina Lalandi entretenait ses amis, on buvait du champagne à l'entracte et je crois me souvenir, mais en suis-je vraiment sûr ?, que Nicholas McGegan était le maître d'œuvre de cette soirée initiatrice. C'est la même Carolyn Watkinson qui chante Phèdre dans l'enregistrement de Jean-Claude Malgoire. Plus récemment, on a entendu Lorraine Hunt en Phèdre et Laurent Naouri dans la belle version de William Christie et des Arts florissants.

Höngen, Elisabeth (1905-1997)
Mezzo-soprano allemand

Comme Maria Cebotari, Elisabeth Höngen fait partie de ces chanteuses allemandes qu'on découvrait dans les années 1950, parmi les fabuleux trésors publiés par la firme américaine Urania. Les disques d'Urania, étaient, pour la plupart, on l'a dit, des enregistrements berlinois réalisés pendant la guerre que, dommages de guerre obligeant, on avait republiés aux États-Unis et chichement diffusés en Europe sans payer les moindres droits... Elisabeth Höngen, donc : une voix très sombre, très noire, qu'on a pu entendre jusqu'au début des années 1970. Elle a été Orphée au Festival de Salzbourg. Une Clytemnestre d'*Elektra* selon Strauss à vous faire frissonner d'horreur. Mais par-dessus tout, elle fut pour nous notre première Lady Macbeth. Verdi en allemand, un album de microsillons noir et blanc traversé d'un poignard sanglant. L'œuvre avait été enregistrée à l'Opéra de Vienne en 1943, sous la direction de Karl Böhm. L'interprétation de Höngen a bien souvent été traitée par le mépris. Plus que toute autre, elle avait cet art que Verdi souhaitait trouver chez sa fameuse héroïne shakespearienne : une voix presque désagréable. Callas elle-même, avec ses raucités admirables dans l'infernale lady Macbeth, n'aura peut-être pas la profondeur qui fut, en 1943, celle d'Elisabeth Höngen. Mais, peut-être, parce qu'elle fut pour nous la première lady, avons-nous quelques préjugés en sa faveur...

Horne, Marilyn (née en 1934)

Soprano américaine

La grande, la formidable Marilyn Horne accompagne depuis longtemps tous nos itinéraires belcantistes à travers le monde. Pourtant, elle n'avait que vingt ans et ce n'est certes pas dans le bel canto qu'on l'a découverte. Nous n'avions pas vingt ans, le film était interdit en France : voir la rubrique de ce volume qui porte son nom. C'était dans *Carmen Jones*, le « musical » américain filmé par Otto Preminger. Une Carmen réactualisée dans l'Amérique noire du milieu du XXe siècle. La belle Dorothy Dandridge jouait le rôle de Carmen, mais c'était Marilyn Horne qui lui prêtait sa voix. Il faut l'entendre chanter « There's a coffee'round the corner... » en guise de séguedille pour tomber aussitôt amoureux de sa voix. Sa carrière démarra d'un coup lorsqu'elle fut Adalgise aux côtés de Joan Sutherland qui était *Norma* à Vancouver, en 1963. Depuis, Donizetti, Bellini, Rossini, elle nous a emporté dans de folles bourrasques. De ce répertoire-là, elle a à peu près tout chanté, beaucoup enregistré. Tous ceux qui l'ont vue sur la scène du théâtre de l'Archevêché, à Aix-en-Provence, aux côtés d'une Montserrat Caballé presque aussi déchaînée qu'elle dans une *Sémiramis* de légende, savent ce que la fougue et l'élan de Marilyn Horne veulent dire. Nous l'entendîmes au théâtre des Champs-Élysées en 1988, elle y chantait Dalila : on en avait froid dans le dos. Mais Marilyn Horne peut aussi être un superbe, grave, sublimement poétique Orphée de Gluck.

Hotter, Hans (1909-2004)
Baryton britannique allemand

Aucun autre baryton allemand, pas même ce demi-dieu qu'est Dietrich Fischer-Dieskau, n'occupe une place telle que celle de Hotter dans le panthéon de rêve des amoureux du chant allemand. Hans Hotter, c'est une élégance suprême, un sens de la déclamation inimitable, une voix aux notes basses de velours plus que de bronze, un acteur incomparable. La carrière internationale de Hans Hotter est de celles qui font rêver tous les chanteurs. À vingt-huit ans, à Munich, il chantait son premier Wotan. Depuis lors, Wotan ou Hans Sachs, il a été la tête de file de toutes les grandes distributions wagnériennes de la guerre et de l'après-guerre. Sachs ou le Hollandais volant, l'Olivier du *Capriccio* de Strauss (qu'il a créé) ou le Jupiter de *L'Amour de Danaé* dont il chanta seulement la générale en 1944, Hans Hotter a toujours été au premier rang, et au sommet. C'est lui qui mit en scène un *Ring* à Covent Garden, très admiré dans les années 1960. Et sa carrière a semblé n'en jamais finir, avec des Schigolch, le père de la *Lulu* de Berg, donnés à plus, bien plus de quatre-vingts ans. Nous l'avons nous-même découvert dans les années 1950, nous n'avions pas quinze ans, c'était son second enregistrement du *Voyage d'hiver* que nous avait prêté André Tubeuf. Depuis, Hotter nous a accompagné pendant toutes nos années d'opéra. Le 29 juin 1972, à l'Opéra de Paris, avec Régine Crespin en Sieglinde et Berit Lindholm en Brünnhilde, il chantait une *Walkyrie* mise en scène d'après Wieland Wagner. Il chantait une *Walkyrie* ? Non, pas une *Walkyrie* entière. C'étaient ses adieux à la scène à Paris en même temps que les « Adieux de Wotan ». Franz Mazura chanta Wotan au deuxième acte, pour laisser la place à Hotter pendant tout le troisième acte. Le programme de cette soirée historique est entre nos mains, nous y apprenons que c'était lui-même qui avait réglé pour le Palais Garnier la mise en scène déjà ancienne de Wieland Wagner. Sa mort, à quatre-vingt-quinze ans, marque la fin d'un monde où le chant wagnérien était plus une religion et une manière de vivre qu'une forme parmi d'autres de l'art lyrique.

Howels, Anne (né en 1941)

Mezzo-soprano britannique

L'un des piliers du Covent Garden des années 1960 et 1970, où nous l'entendîmes aussi bien dans Dorabella que dans Octavian, dans Rosine, dans Chérubin. On se réjouissait de la retrouver, ici en travesti dans Berlioz, là en émouvante Marie de *Wozzeck.* Est-ce à Glyndebourne ou simplement dans un enregistrement que nous avons égaré qu'elle fut une si belle Pénélope du *Retour d'Ulysse* ? Son profil de médaille a fait partie de notre univers londonien pendant les années d'une jeunesse qui était la sienne et la nôtre.

Huguenots (Les)

Giacono Meyerbeer. Livret d'Eugène Scribe

Paris, 1836

Comme, quelques dizaines d'années plus tard, *Les Vêpres siciliennes* de Verdi, Meyerbeer a choisi, avec *Les Huguenots*, un sujet religieux mais politique qui s'achève dans un bain de sang. De toute façon, Dieu reconnaîtra les siens — et la postérité la vraie musique !

Commençons par citer la critique parue le 6 mars 1836, au lendemain de la première représentation du 29 février, à l'Opéra de Paris. « C'est lundi dernier qu'a enfin eu lieu, devant un auditoire immense, la première représentation de cette encyclopédie musicale, sur laquelle les amis de l'art fondent de si grandes espérances. Le succès a été colossal, ainsi que s'y attendaient tous ceux qui avaient assisté aux répétitions. Dès les premiers actes, deux morceaux ont été redemandés et l'enthousiasme croissant jusqu'à la fin, l'auteur lui-même n'a pu échapper, que par la fuite, aux cris de toute la salle, qui l'appelait sur la scène [...] L'auteur de la musique a eu besoin de beaucoup de courage pour supporter les plaintes, les témoignages de mécontentement de toute espèce qu'avait soulevés autour de lui la longueur des travaux nécessités par le style de son œuvre, et la minutieuse exactitude avec laquelle il les surveillait. "C'est inexécutable ! Cela n'a pas le sens commun !" disaient beaucoup de gens de mauvaise humeur, que la fatigue d'interminables répétitions rendaient injustes. Et l'auteur, à chaque manifestation de cette nature, baissait la tête avec résignation, laissant passer la vague, puis, reprenant haleine, continuait sa marche en murmurant à part lui : "Si c'est inexécutable aujourd'hui, vous verrons demain ; si ma musique n'a pas *le sens commun*, c'est qu'elle en a un autre..." » L'auteur de cette critique délirante, on aura deviné son nom : qui donc peut aussi bien jouer du « colossal » qu'Hector Berlioz ?

Le succès obtenu par le quatorzième opéra de Giacomo Meyerbeer (de son véritable nom Jakob Liebmann Meyer Beer) fut, en effet, indescriptible. Quatorzième opéra, certes, mais le deuxième créé à Paris par ce compositeur d'origine allemande qui avait déjà, cinq ans plus tôt, et à l'âge de quarante ans, enflammé le public de l'opéra avec son *Robert le Diable, Les Huguenots* étaient, il est vrai, portés par une distribution à proprement parler colossale. Julie Dorus-Gras, Dérivis (deux des chanteurs fétiches de Berlioz), Nourrit, Serda et Levasseur. C'était Habeneck, le grand chef beethovénien, créateur de la Société des concerts du Conservatoire et, par phases, ennemi intime de Berlioz, qui dirigeait. Le ténor Nourrit avait assuré lui-même la mise en scène.

Le sujet était bien dans l'air du temps. À la fois « grand opéra » comme on les aimait en France et sujet historique comme les romans, affectionnés par un public avide de connaître la grande histoire par le petit bout de la lorgnette. Il s'agit ici des efforts de Marguerite de Valois pour tenter d'empêcher un affrontement entre huguenots et catholiques, pendant l'été 1572. Comme il se doit, la fille d'un seigneur catholique, Saint-Bris, Valentine, est amoureuse d'un gentilhomme protestant, Raoul de Nangis, sempiternellement accompagné de son serviteur, Marcel, huguenot fanatique. Promise au comte de Nevers, Valentine pourrait épouser Raoul si celui-ci ne croyait pas à sa trahison. Lorsqu'un mariage est enfin possible, après la mort de Nevers, c'est déjà le massacre de la Saint-Barthélemy, auquel Saint-Bris apportera sa touche personnelle en faisant donner la mitraille sur Raoul, Marcel, mais aussi sur Valentine, sa propre fille. Tous les ingrédients sont donc réunis, tant sur le plan dramatique que sur le plan musical et vocal, pour un paroxysme d'émotion et de fureur. Vocalement, il y a le contraste entre les voix légères des femmes, celle plus légère encore du page Urbain, chanté par une soprano coloratura ; et une pléiade de basses, chantantes ou profondes. Au milieu de cela, un ténor héroïque, Raoul. Musicalement, les morceaux de bravoure alternent, tantôt solos parfois d'une redoutable violence, comme celui de Marcel, au premier acte ; tantôt merveilleusement tendres, comme le rondo du jeune page Urbain, rajouté pour les beaux yeux de la jolie Marietta Alboni, qui créa le rôle. Tantôt, au contraire, des ensembles d'une énergie admirable, telle, au quatrième acte, la scène dite de la bénédiction des poignards, l'une des plus fameuses de l'histoire de l'opéra au XIXe siècle. Il suffisait d'afficher quelque part, sur une scène lyrique ou dans un concert, ce formidable ensemble, dans lequel Saint-Bris, des moines, tout un chœur, s'engagent à faire ruisseler à minuit le sang des huguenots, pour qu'un public quasiment fanatisé se presse dans la salle.

On a voulu rappeler cette gloire qui fut celle des *Huguenots* jusqu'à la fin du XIXe siècle, jusqu'au milieu des années 1930 en France, pour mieux marquer ensuite le discrédit dans lequel cette œuvre-phare dans l'histoire de la musique a pu tomber pendant vingt ou trente ans. Il est vrai que les voix solides qu'elle exigeait se faisaient rares sur le marché du ténor et de la basse profonde.

C'est une reprise en concert, à l'Albert Hall de Londres, en 1968, sous la direction de Richard Bonynge, qui lui a donné un nouveau départ. La distribution en était de rêve : Joan Sutherland, Martina Arroyo, Huguette Tourangeau, pourtant peu appréciée de ce côté de l'Atlantique, Nicolas Ghiuselev dans le rôle de Marcel. Nous assistions à ce concert donné un après-midi dans le sanctuaire de ce qui en saison s'appelle les Proms. Et nous découvrîmes à la fois une musique qui ne ressemblait à aucune de celles que nous aimions jusque-là et une soprano dramatique qui s'appelait Martina Arroyo. Notre passion pour Arroyo devait durer une quinzaine d'années, puis, d'elle-même, la Valentine de ces *Huguenots*-là s'effacerait de nos mémoires comme des scènes lyriques. Ingrats que nous sommes...

Depuis, lorsqu'une scène lyrique est capable de réunir les moyens colossaux nécessaires à une production des *Huguenots*, on se lance joyeusement à l'attaque de la Saint-Barthélemy. Le résultat est parfois surprenant...

Hunter, Rita (née en 1933)
Soprano anglaise

Un phénomène purement britannique, à usage interne, probablement interdit à l'exportation. Rita Hunter, à l'English National Opera et avant ça au Sadler's Wells, a chanté tous les grands rôles dramatiques du répertoire. Toujours en anglais. Pas très grande, plutôt large — presque plus large que haute —, elle fascinait le public britannique. Rita Hunter a eu son fan club. Il lui est même arrivé de chanter en allemand Brünnhilde et Santuzza, ou Norma en italien. Elle est (fort bien, d'ailleurs) la méchante Églantine dans le premier enregistrement complet d'*Euryanthe*, aux côtés de Jessye Norman. Mais elle a surtout été Brünnhilde, des années durant, et dans l'enregistrement, en anglais — et lui aussi à usage strictement britannique ! — que Reginald Goodall a réalisé du *Ring* et qui, vaille que vaille, continue à ravir son public anglophone pur et dur.

Ice break (The) *(Rompre la glace)*
Michael Tippett

Londres, 1977

C'est le plus court et le dernier des opéras de Michael Tippett. Toute son œuvre antérieure l'annonçait, Tippett veut presque désespérément parler du monde qui l'entoure. De l'Angleterre d'aujourd'hui et du reste du monde. Même son *King Priam* (seul de ses opéras à ne pas figurer dans ce dictionnaire, mais dont il existe une belle version dirigée par David Atherton), dont l'action se déroule pourtant lors de la prise de Troie, parle aussi d'Angleterre. Obsédé par le destin de son pays, Tippett en déplace ici l'action dans un aéroport, n'importe où dans le monde, no man's land où s'affrontent, autrement plus violemment que dans son *Knot Garden*, les forces qui couvaient dans la conversation polie des sept personnages de son opéra précédent. Cette fois, le public de la première, le 7 juillet 1977 à Covent Garden, paru quelque peu désorienté. Nous en étions. Bien sûr, on fit une ovation au compositeur et à Colin Davis, qui dirigeait l'œuvre. Mais la confrontation entre Noirs et Blancs, Orient et Occident, monde dit libre et régimes concentrationnaires, parut peut-être trop évidente, voire simpliste. Et pourtant, c'est justement cette simplification des traits, la réduction à quelques clichés d'un professeur russe libéré après vingt ans d'emprisonnement, de sa femme, de son fils et de sa petite amie venue du monde libre, d'un champion noir et d'une infirmière, d'un jeune médecin et d'un policier, qui fait la force d'une œuvre violente sous une élégance de façade. Comme dans ses œuvres précédentes, Tippett imagine des forces sourdes qui éclatent subitement, des sortes de danses sauvages. À la fin du deuxième acte, cette élégance de façade éclate, c'est une rixe entre Noirs et Blancs, deux des personnages principaux sont morts, le rythme lancinant de l'orchestre s'éteint dans un calme d'une beauté immense et dangereuse.

On l'aura compris, l'œuvre de Tippett nous fascine. On souhaiterait la voir plus souvent en France.

Idoménée, roi de Crète *(Idomeneo, re di Creta)*

Mozart. Livret de Giambattista Varesco, d'après Danchet

Munich, 1781

Treizième opéra de Mozart, *Idoménée* est le dernier de ses *opera seria* avant ce chant du cygne totalement parfait que sera, l'année de sa mort, *La Clémence de Titus.* Autant tout, dans la *Clémence*, paraît resserré à l'extrême, retenu, maîtrisé avec un rare souci d'éviter le moindre excès ; autant l'*opera seria* qu'est quand même *Idoménée* vous a des allures emportées et grandioses. L'intrigue même en est dominée, comme une grande partie de la tradition de l'*opera seria* du XVIIIe siècle, par la magie, la sorcellerie surnaturelle. Tout commence par une tempête. Idoménée, roi de Crète, a fait le vœu au dieu de la mer de sacrifier le premier être qu'il rencontrera sur le rivage s'il aborde vivant à son royaume. Et ce premier être, c'est Idamante, son fils, prêt au sacrifice. Une deuxième intrigue se noue au sein de l'intrigue première : Idamante lui-même aime une princesse troyenne prisonnière, Ilia, tandis que la princesse Électre est dévorée de passion pour lui. À la fin de l'œuvre, Ilia tentera de mourir à la place de celui qu'elle aime, mais une voix venue de très haut empêchera le sacrifice : c'est l'oracle de Neptune qui accepte de renoncer à sa victime à condition qu'Idoménée abandonne sur-le-champ le pouvoir et que le courageux Idamante lui succède.

Au-delà de l'histoire grecque somme toute très classique, l'œuvre de Mozart va beaucoup plus loin, toute remplie de bruit et de fureur. D'abord, le personnage lui-même d'Idoménée, l'un des seuls vrais ténors puissants de toute l'œuvre mozartienne à tenir le devant de la scène, est d'un intérêt capital. Dès lors, des voix héroïques, bien loin du modèle mozartien habituel s'en sont accaparées avec une avidité gourmande. Ainsi un Luciano Pavarotti a pu en faire, bien loin de son répertoire, un cheval de bataille endiablé. Les chœurs sont certainement le deuxième personnage principal de cet *opera seria* gonflé jusqu'à la tragédie véritable. Ici, plus que dans la plupart des autres œuvres lyriques mozartiennes, les chœurs sont sans cesse au premier plan, faisant progresser l'action, acteurs à part entière de l'intrigue.

Mais on l'avouera, c'est le rôle d'Idamante, le fils généreux d'Idoménée, qui nous touche le plus. Encore un de ces rôles de travesti mozartien dont Chérubin est l'illustration la plus parfaite, mais que l'on trouve présent dans la plupart des versions contemporaines de l'œuvre. Et pourtant, de très grands ténors ont pu, là aussi, s'illustrer. On n'en citera que deux : l'immense Léopold Simoneau, fabuleux interprète du Ferrando de *Cosi fan tutte* ou du Tamino de la *Flûte*. Mais aussi Pavarotti lui-même, qui chanta le rôle au Festival de Glyndebourne en 1964, avant d'aborder le personnage d'Idoménée lui-même, beaucoup plus lourd. Mais revenons à ces dames vêtues en garçon, qui ont pu s'appeler Maria Ewing, Trudeliese Schmidt, Frederica von Stade ou, plus récemment, Anne-Sofie von Otter. Tout au long de l'histoire de l'*opera seria* tel qu'il est produit aujourd'hui, on assiste à cette tendance qui vaut à de belles dames de grands élans amoureux vers d'autres belles dames. Elle nous vaut à nous un regain de passion pour le travesti mozartien dans toute sa vaillance vibrante.

Indes galantes (Les)

Jean-Philippe Rameau. Livret de Louis Fuzelier

Paris, 1735

L'œuvre la plus célèbre de Rameau. L'opéra-ballet dans toute sa splendeur. C'est-à-dire une succession d'actes, ou plus précisément d'« entrées » sans grand rapport entre elles, qui décrivent les joies et les fureurs de l'amour et de la guerre dans les « Indes » du XVIIIe siècle, chez les Turcs au large des côtes de Barbarie, parmi les Incas du Pérou, lors de la fête des Fleurs en Perse et au milieu des sauvages de la forêt américaine. Le livret est peut-être absurde, mais qu'importe : il est prétexte à une musique débordante de vitalité et à des moments de ballet qui, selon les chorégraphes, touchent à l'étonnant quand bien même ils plongent parfois dans le grotesque. En un quart de siècle, de 1735 à 1760, *Les Indes galantes* ont été données près de 200 fois à Paris. Le public en était fou. Il reprenait les airs en chœur avec les chanteurs. L'œuvre a ensuite été parfaitement ignorée jusqu'à une résurrection grandiose, sinon grandiloquente, au Palais Garnier en 1952. À l'époque où l'Opéra de Paris vous avait des allures de musée poussiéreux d'un art lyrique d'un autre temps, la série de représentations qui se poursuivit jusqu'en 1965 fut un événement sans précédent. Nous y avons assisté. Décors, costumes, chorégraphie (Serge Lifar...) et tout ce que le chant français d'alors comptait de grands et de petits noms, a contribué à faire de cette production, mise en scène par Maurice Lehmann dans des décors de Chapelain-Midy, une attraction de Casino de Paris, voire de Moulin-Rouge : pourquoi pas ? D'ailleurs, Maurice Lehmann fut un grand directeur du Châtelet. La légende veut, et nous croyons nous en souvenir, que d'acte en acte, on parfuma la salle d'odeurs différentes qui recréaient tour à tour la Perse ou le Pérou. Des quatre « entrées », précédées d'un prologue, qui se succèdent pendant deux heures et demie, nous avouerons notre préférence pour la seconde, celle où l'on voit le grand-prêtre Huascar, amoureux de la princesse Phani qui lui préfère l'Espagnol Carlos, poursuivre les amants de sa haine féroce avant de se suicider dans l'antre d'un volcan en éruption ! Du son et lumière garanti carton-pâte du meilleur effet.

Depuis 1952, de nouvelles productions ont permis, naturellement, à de nouveaux publics, de s'enivrer, comme nous, des vertiges de ces Indes galantissimes. Nous avons pu voir celles de Pier-Luigi Pizzi, d'une belle beauté plastique. Celles d'Alfredo Arias, déchaînées. Mais c'est naturellement à William Christie et aux Arts florissants que l'on doit, comme on pouvait s'y attendre, les plus jolies de nos surprises. En dépit de la formidable prestation des équipes réunies par Jean-Claude Malgoire, dont on avouera préférer les dames aux messieurs, c'est donc naturellement du côté de Christie qu'il faut se tourner pour découvrir au disque la gloire de Rameau au début de ce XXIe siècle. Ajoutons, on le reverra à la rubrique « Rameau », qu'en composant hier le numéro du standard téléphonique du Premier ministre que nous vous laissons le soin de découvrir — ce n'est pas trop difficile... —, on a pu entendre, dans l'attente d'un correspondant pas toujours pressé de vous répondre, la musique la plus populaire des *Indes galantes*, et en boucle, s'il vous plaît !

Infedelta delusa (L') *(L'Infidélité déjouée)*

Franz Josef Haydn. Livret de Carl Friberth et Marco Cottellini

Esterháza, 1773

C'est Tony de Almeida, trop tôt disparu, qui nous avait fait connaître notre premier opéra de Haydn. Il nous en avait parlé, il l'avait enregistré, nous avions écouté avec bonheur le chef et son enregistrement. L'un et l'autre nous parlaient de Mozart, des lectures que Mozart avait faites des opéras de Haydn. Almeida vivait alors près de Saint-Remy-de-Provence, il avait une maison face aux vestiges du château de Romanin, qui fut le siège d'une « cour d'amour » fameuse au XIIIe siècle. Son bureau ouvrait sur les Alpilles, il parlait parmi ses livres, une fabuleuse discothèque. C'est lui qui nous avait fait remarquer le personnage de la Vespina de *L'Infedelta*, pas très loin de la Despina de *Cosi fan tutte.* Nous n'avons pourtant jamais vu l'œuvre à la scène : mais en avons-nous vu vraiment beaucoup, des opéras de Haydn, dans des théâtres d'opéra ? C'est par le disque que nous les connaissons, donc.

L'*Infedelta* raconte les amours croisées de deux couples, paysans et gens des villes. On y lave de la salade et on y préfère les oignons à la pompe des riches. Comme la Despina de *Cosi* qu'on a dite, Vespina s'y déguise en notaire, tout le monde se marie à la fin... Nous n'avons plus l'enregistrement d'Antonio de Almeida. Existe-t-il encore ? Nous nous consolons avec la belle version d'Antal Dorati.

Intermezzo

Richard Strauss. Livret du compositeur

Dresde, 1924

Qualifiée par son auteur de « comédie bourgeoise en deux actes avec interludes symphoniques », *Intermezzo* constitue une manière de clin d'œil dans l'œuvre de Richard Strauss. Au départ, il y a un malentendu véritable : malentendu domestique ou conjugal. Strauss est marié à Pauline, chanteuse elle-même, épouse redoutable et sûrement jalouse. Et voilà qu'à l'occasion d'un voyage qu'il fait quelque part en Europe, la belle et altière Pauline se croit trompée et va peut-être en profiter pour en faire autant. C'est tout. L'aventure, tout au plus l'anecdote, s'est déroulée autour de 1903. Et voilà que près de vingt ans plus tard, Strauss a imaginé d'en faire un opéra. Ni Hofmannsthal ni un autre écrivain, Hermann Bahr, n'acceptèrent ou ne réussirent à transformer ce peu de chose en quelque chose qui en soit un peu plus. Du coup, bravement, Strauss lui-même s'est mis au travail. Il en découle une œuvre qu'on osera qualifier d'œuvrette, toute en conversations feutrées, située dans les années 1920, tour à tour dans une station de ski avec parties de luge obligées, puis à Vienne. Allées et venues, faux déboires conjugaux et véritable inquiétude, tout se termine pour le mieux avec l'ultime réplique de Pauline, ici appelée Christine, à son Richard qui porte le nom de Robert Stroh dans l'opéra : « C'est bien cela qu'on appelle un mariage heureux, mon cher Robert ? » C'est Fritz Busch qui dirigea la première à Dresde, avec Lotte Lehmann dans le rôle de Christine.

Disons-le franchement, *Intermezzo* fut un échec. Mais quand, hier, une Elisabeth Söderström, une Felicity Lott aujourd'hui le chante à New York, Munich ou Genève, on peut sourire. D'attendrissement : après tout, *Intermezzo*, c'est le vérisme straussien à la manière de Puccini dans une langue straussissime. Nous le vîmes pour la première fois à Munich, dans la jolie salle rococo du théâtre Cuvilliés, entre les vraies pièces de résistance que sont *Arabella* et le *Chevalier*. Et c'est avec la radio bavaroise qu'on le retrouve, enregistré en 1980 par Wolfgang Sawallisch. Dietrich Fischer-Dieskau y joue un Stroh ahurissant de vérité.

Iphigénie en Tauride

Christoph Willibad Gluck. Livret de Nicolas-François Guillard d'après Euripide

Paris, 1779

Cette fois, c'est directement dans Euripide que le librettiste de Gluck et le compositeur lui-même sont allés puiser leur inspiration. Mais ce n'est pas seulement à ce titre que l'*Iphigénie en Tauride* de Gluck l'emporte si aisément sur la première Iphigénie, celle d'Aulide, de cinq ans sa cadette. Entre-temps, s'est développée à Paris la célèbre querelle entre les gluckistes et les piccinnistes, du nom de Niccolo Piccinni, installé en France en 1776. À la manière de la querelle des Anciens et des Modernes, ce sont les tenants d'un style italien alors à la mode qui voulurent par tous les moyens s'opposer au style français par excellence que finit par imposer l'Allemand Gluck. On notera d'ailleurs que Gluck était aussi attaqué sur un autre bord puisque, réformateur par excellence, il faisait table rase d'un vieux style français, XVIIIe siècle en diable, qui lui semblait aussi vain que le genre italien qu'il combattait. En même temps que Gluck, Piccinni composa d'ailleurs lui-même sa propre *Iphigénie en Tauride*, aujourd'hui bien oubliée... Quant à celle de Gluck, elle fait partie des plus belles créations de l'opéra de tous les temps. À plusieurs reprises, Berlioz est revenu sur le choc qu'a représenté la première vision qu'il en a eue, peu de temps après son arrivée à Paris, en 1822. Un article de *La Gazette musicale* publié en 1834 décrit ce qu'il éprouva alors : « S'il arrivait que la supposition d'un excès d'enthousiasme pour Gluck parût absurde aujourd'hui, je répondrais par le récit historique de mes propres impressions, qu'on ne croira pas facilement quoique je n'exagère rien. Quand j'arrivai à Paris... je n'avais jamais mis les pieds dans une salle de spectacle... Ma passion naissante pour Gluck se développa tout à coup prodigieusement à la lecture d'une notice biographique sur le célèbre compositeur qui parut à cette époque dans la *Biographie universelle* [de Michaud]. La description de l'orage d'*Iphigénie*, celle de la danse des Scythes, de la Dissertation sur le sommeil d'Oreste me faisaient palpiter d'un ardent désir d'entendre toutes ces merveilles ; et quand mon père eut décidé que j'irais à Paris pour y continuer mes études médicales, je ne surmontai l'horreur que m'inspiraient les travaux anatomiques qu'en songeant à l'opéra où je pourrais enfin contempler Gluck dans toute sa gloire... Mon attente fut longtemps trompée cependant ; après trois mois de séjour dans la capitale, je n'avais pas encore vu figurer sur l'affiche le nom d'un opéra de Gluck... Un matin, je m'approchai machinalement des affiches, sans que l'intérêt qui m'y amenait d'ordinaire existât cependant... Mes genoux commencèrent à trembler, mes dents à claquer et, pouvant à peine me soutenir, je me dirigeai vers mon hôtel, saisi d'une manière de vertige. — "Qu'as-tu ? me dit Robert [Alphonse Robert, son cousin, avec lequel il partageait un logement], en me voyant rentrer tout défait et mon mouchoir devant le nez. Es-tu tombé ?... Tu saignes... Que t'est-il arrivé ? parle-donc. — On joue... on joue... ce soir... *Iphig... Iphigénie en Tauride.* — Ah !..." Et nous restâmes tous les deux muets, étourdis, suffoqués, anéantis à l'idée que nous allions le soir même voir le chef-d'œuvre de Gluck. Robert, cependant, ne saigna pas au nez... »

Le victoire sur Piccinni ayant été facilement remportée, l'*Iphigénie en Tauride* de Gluck a été présentée plus de quatre cents fois en quarante ans à l'Académie royale de musique. Dès 1781, elle était chantée à Vienne en allemand, puis en 1783 en italien. L'Allemagne entière l'adopta alors ; puis Londres en 1796 ; la Scala de Milan seulement en 1937. L'une des plus fameuses reprises remonte à 1957. C'est Visconti qui décida de transposer l'action du drame d'Euripide dans une Grèce « classique » du XVIIIe siècle. D'où de gigantesque décors, comme tout droit sortis des rêves et des plans d'un Bibiena, le plus grand des architectes de théâtre de l'ère baroque. Nino Sanzogno était au pupitre, Francesco Albanese chantait le rôle de Pylade qui seul saura apporter l'amour à la sœur d'Oreste. La sœur d'Oreste, c'était tout simplement Maria Callas. Des photos nous sont restées pour nous la montrer, dans une robe de cour largement décolletée et couverte de colliers de perles. Un manteau de vingt mètres de long qu'un vent venu des coulisses agitait doucement, et sur la tête un diadème aux pendants de perles baroques surmontés d'un croissant de lune, les cheveux noués en un chignon serré, achevaient de lui donner l'allure de l'une de ces princesses qu'on découvre avec une émotion ambiguë sur les fresques des villas vénitiennes. N'est-ce pas Giambattista Tiepolo qui a illustré les malheurs d'Iphigénie aux murs de la Villa Valmarana, près de Vicence ? Son Iphigénie aux transparences idéales est vêtue de la robe blanche du sacrifice, mais l'Iphigénie de Callas et de Visconti, c'est bien la même jeune fille, à présent devenue reine. L'œuvre sera accueillie avec enthousiasme, l'enregistrement, de qualité moyenne au demeurant, qui nous en est resté, n'est certainement pas l'un des plus grands de Maria Callas. Mais on ne doute pas que l'immense tragédienne qu'elle a été ait répondu à ce que Gluck attendait de son héroïne.

On se souviendra aussi des disques enregistrés en 1963 par Georges Sebastian au théâtre Colón de Buenos Aires. Tout le chant français de ce temps y était au mieux de sa forme : Guy Chauvet, Robert Massard — et surtout, souveraine, douloureuse, grandiose, Régine Crespin. On se souviendra longtemps de son air « Ô malheureuse Iphigénie » que seule l'interprétation du cher André Tubeuf (à bouche fermée ou presque) a pu, des années durant, nous faire parfois oublier !

Italienne à Alger (L') *(L'Italiana in Algeri)*

Gioacchino Rossini. Livret d'Angelo Anelli

Venise, 1813

L'*Italienne* de Rossini est son premier essai dans le genre turquerie bouffe, qu'il transformera l'année suivante avec son reflet, son double, *Le Turc en Italie.* Mais si le *Turc* sera presque oublié pendant plus d'un siècle, on reverra parfois la jolie Italienne, ici et là de par le monde. Et c'est seulement dans le premier quart du XXe siècle qu'on a failli l'oublier. Et pourtant, on avouera notre préférence pour le *Turc*. Peut-être tout simplement parce que Maria Callas y fut une Fiorilla au charme indicible dans une grande production de Luchino Visconti en 1950 à Rome.

Jamais tout à fait oubliée, l'*Italienne* a pourtant connu, après la Deuxième Guerre mondiale, une véritable résurrection à la Fenice de Venise en 1947 avec la trop négligée par les prétendus amateurs d'opéra d'aujourd'hui Suzanne Danco puis, l'année suivante, par une Teresa Berganza que personne, en revanche, n'oserait avouer ne pas connaître.

L'intrigue, on l'imagine aisément, n'est pas très éloignée de *L'Enlèvement au sérail.* La jolie Isabella veut libérer son amant Lindoro, esclave en Algérie du ridicule Mustafa. Capturée par des corsaires, elle se retrouve elle aussi aux mains de ce lourdaud de Mustafa. Et devinez ce qui arrive ? Eh bien, Mustafa tombe amoureux d'elle, elle le bernera et reprendra la mer pour l'Italie avec son Lindoro retrouvé. Qui l'eût cru ?

Les mises en scène les plus extravagantes se sont multipliées autour de *L'Italienne à Alger*. Et l'on regrette le temps, semble-t-il perdu pour longtemps, des simples et drôles turqueries. Aujourd'hui, Isabella est parfois capturée par des pirates de l'air dans un avion détourné. Ou bien elle se retrouve au milieu du désert parmi les combattants d'une révolution de plus. Jérôme Savary a fait donner la grosse cavalerie à l'Opéra de Berlin dans les années 1970, avant lui Jean-Pierre Ponnelle nous avait séduit à la Scala, après lui Pier Luigi Pizzi jouera les enchanteurs à Monte-Carlo. Quant aux Isabella de l'*Italienne*, ce sont un peu les Angelina de la *Cenerentola.* D'ailleurs, dans les premières années de la production fameuse de Jean-Pierre Ponnelle, dirigée naturellement par Claudio Abbado à la Scala, ce furent tour à tour Teresa Berganza, Lucia Valentini-Terrani et Marilyn Horne qui jouèrent les fines mouches promptes à duper ce gros dindon de Selim.

Parce qu'elle est aussi un mythe dans nos mémoires, on se souviendra que la sublimissime

Conchita Supervia chanta Isabella à Londres en 1935. Nous n'en avons gardé que des photographies...

Ivogün, Maria (1891-1987)

Soprano hongroise

Zerbinette par excellence : la Zerbinette d'*Ariane à Naxos*, que Strauss choisit, en 1916, pour chanter la version révisée de son chef-d'œuvre. L'enregistrement électrique de sa Zerbinette, réalisé peut-être un peu tard, reste un de nos disques de chevet straussiens. Strauss la disait lui-même dans ce rôle « simplement unique et sans rivale ». Ivogün : elle avait vingt-deux ans quand Bruno Walter, grand découvreur de voix, l'entendit à Vienne. Il lui fit chanter quelques airs de Mimi et en fut bouleversé. Elle s'appelait jusque-là Ilse von Günther. Sa mère était la chanteuse Ilse von Günther, la jeune fille joua avec l'anagramme de ce nom, en perdit quelques lettres en route et devint Ivogün pour l'éternité. Pendant les années qui suivirent, Walter, toujours lui, acheva de créer sa voix : d'une époustouflante agilité vocale, d'une jolie pureté, faite pour les rôles de coloratura comme pour les vrais emplois de soprano lyrique. Zerbinette, donc. Mais encore Mimi, la Reine de la nuit, Constance et beaucoup d'autres. Et Ivogün a été aussi un très grand professeur à Vienne et à Berlin. C'est à elle que nous devons une Elisabeth Schwarzkopf et une Rita Streich telles qu'en elles-mêmes elle a su les faire se révéler.

Janáček, Leoš
Compositeur tchèque

1854-1928

Quand on commence à découvrir Janáček, on le découvre passionnément, et on n'a pas fini de l'aimer ! Et pourtant, la France a pris un sérieux retard dans cette belle histoire d'amour que nous sommes de plus en plus nombreux à entretenir avec le plus grand compositeur tchèque du XXe siècle. Du temps de nos années londoniennes, on pouvait admirer le travail d'un Charles Mackerras qui, activement, nous aidait à engranger, l'un après l'autre, les principaux opéras de Janáček. Le personnage lui-même est émouvant. Né en Moldavie, il a commencé laborieusement une carrière de chef de chœur, d'organiste, de critique musical. S'il est naturellement perméable à toutes les influences venues de l'Ouest, c'est certainement l'opéra russe, à la fois nationaliste et, d'une certaine manière, social, qui soulève son enthousiasme. Dans le même temps, attentif dès sa jeunesse à toutes les sources populaires, il tire des racines mêmes de son terroir natal une inspiration profonde et généreuse. Parmi ses neuf opéras, une demi-douzaine est de plus en plus jouée sur les scènes internationales. Son chef-d'œuvre, son œuvre la plus populaire aussi, c'est sûrement *Jenůfa*, achevée dès 1904 mais qui ne fut créée à Prague qu'en 1916. La versatilité de Janáček est surprenante. Après *Jenůfa*, il donnera une œuvre à la limite du fantastique, d'une drôlerie et d'une intelligence étonnantes, *Les Voyages de M. Broucek*, créée à Prague en 1920. Suivra *Katia Kabanova*, où il renouera avec une forme de naturalisme lyrique qui lui avait si bien réussi dans *Jenůfa.* Nouveau coup de barre dans une autre direction : la création, en 1924, d'un chef-d'œuvre d'humour, encore une fois, en même temps que de tendresse. Un opéra où les animaux de la forêt, mêlés aux hommes, racontent la vie frémissante des grands bois de Bohême. C'est *La Petite Renarde rusée.* 1926 : création de *L'Affaire Makropoulos*, hallucinant conte sombre, où réalisme et fantastique se mêlent étroitement. On citera enfin, en 1930, la création de *La Maison des Morts*, d'après Dostoïevski, d'une gravité immense, cette fois.

On a dit tchèque ? C'est essentiellement morave qu'est Janáček. Et c'est la Moravie qui l'inspire de toutes les fibres de son être. Et pourtant, certains grands élans lyriques de *Jenůfa*, par exemple, ne sont pas très loin de sublissimes instants de Strauss.

Mais si l'on a dit que la vie de Janáček nous touchait, c'est par la formidable passion qui l'enflammera, à soixante-cinq ans et des poussières, pour une jeune femme de trente-huit ans plus jeune que lui, la belle Kamila Stösslova, qui le hantera à travers à peu près tous ses opéras. Une œuvre très curieuse, très étrange, le *Journal d'un disparu*, raconte cette passion, à travers les amours d'un jeune paysan qui quitte tout ce qui le rattache à sa terre et à sa famille pour l'amour d'une belle tzigane... Composée peu de temps après sa rencontre avec la belle Kamila, il ne s'agit pas d'un opéra, mais d'une sorte de cantate profane pour mezzo-soprano, ténor et chœur féminin. L'intensité dramatique du *Journal d'un disparu* en fait, au même titre que *Jenůfa*, l'une des œuvres majeures de Janáček.

Janowitz, Gundula (née en 1937)
Soprano allemande

L'un des timbres les plus clairs, les plus beaux, les plus limpides du répertoire allemand. Avec les années sa voix a pris de l'ampleur, elle s'est étoffée dans les graves. On l'entendit pour la première fois en 1976, à Covent Garden : elle chantait une donna Anna à se mettre à genoux. Avant, après, elle a chanté tous les rôles de Mozart, ceux de Strauss, quelques rôles verdiens. Elle a été une belle et émouvante Amelia de *Simon Boccanegra.* Mais c'est parce qu'une nuit d'été, devant le mur d'Orange, elle fut une Léonore à la fois hardie et amoureuse comme le furent peu de Fidelio, intrépide et habitée par l'espoir, qu'elle est pour nous l'un des grands noms de l'opéra des années 1970 et 1980. Son Florestan s'appelait Jon

Vickers. Il nous est resté plus que des traces de ce chant superbe, avec les tonnerres d'applaudissements qui suivirent son « Abscheulicher » !

Jansen, Jacques (1913-2001)

Baryton français

Pelléas : Pelléas par excellence. C'est en 1941 que Jacques Jansen a fait ses débuts dans le rôle de Pelléas à l'Opéra-Comique. C'est dans Pelléas que nous l'avons entendu cinq fois, six fois peut-être. Son enregistrement de *Pelléas et Mélisande*, avec Irène Joachim, dirigés par Roger Désormière, est le pilier debusséen de nos discothèques. Jacques Jansen a chanté bien d'autres choses que Pelléas. Il était très beau, on se souvient de l'avoir vu dans un film, lequel ? Sur les scènes les plus diverses, il a aussi chanté l'opérette. N'a-t-il pas chanté *La Veuve joyeuse* au théâtre Mogador ? Mais Jacques Jansen sera condamné, dans la mémoire collective des amateurs d'opéra, à demeurer Pelléas, qu'il chanta partout dans le monde. Diseur délicat, amoureux de la flamme rayonnante, communicative, il y est inoubliable.

Jeanne au bûcher

Arthur Honegger. Livret de Paul Claudel

Bâle, 1938

Bien sûr, la *Jeanne* de Claudel et Honegger n'est pas un opéra. C'est plutôt un oratorio, ou même un formidable mélange de textes parlés, de théâtre donc, de scènes lyriques et de foi inspirée. Ida Rubinstein créa le rôle de Jeanne en 1938, sous la direction de Paul Sacher. Et tout est dit : *Jeanne au bûcher*, c'est d'abord un formidable rôle d'actrice, seulement parlé, mais formidablement parlé ! Après Ida Rubinstein, qui fit scandale au Châtelet dans le rôle du Sébastien de Debussy, c'est l'incroyable Mary Marquet qui s'appropria le rôle sous l'Occupation. Une actrice à l'abattage inouï, plus habituée à jouer les viragos que les saintes. À plus d'âge, Mary Marquet nous faisait mourir de rire : on aurait aimé la voir mourir en petite Jeanne selon Claudel et Honegger. Mais la grande aventure de *Jeanne au bûcher* à l'Opéra de Paris a commencé en 1950, avec la rencontre de la Jeanne de Claude Nollier avec le frère Dominique de Jean Vilar. Plus tard, une mise en scène fameuse de Roberto Rossellini fera d'Ingrid Bergman l'héroïne d'un drame tout autant politique que spirituel. Mais nous qui avons pu voir la si belle Isabelle Huppert crucifiée presque nue sur la scène du Palais Garnier, nous n'avons pourtant pas oublié toutes les autres. On se souvient seulement, avec un doigt d'ironie, de certaines productions où l'armée d'occupation anglaise qui va brûler Jeanne portait des uniformes SS ou fascistes, d'une telle évidence qu'ils en étaient franchement ridicules.

Jenůfa

Leoš Janáček. Livret d'après Gabriela Preissovà, sa fille adoptive

Brno, 1904

L'un des grands, des très grands opéras du tout début du XXe siècle. Quand bien même, jusqu'à sa création à Prague en 1916, cette *Jenůfa* était plus que méconnue, elle a très vite atteint la scène de Vienne en 1918 avec une immense interprète, la grande Maria Jeritza, puis, en 1924, celle de New York, toujours avec Maria Jeritza. Dès lors, même s'il a fallu attendre 1981 pour voir l'œuvre à l'Opéra de Paris, le monde entier s'en était emparé. Il faudrait trouver les mots justes pour dire la tendresse, l'humanité, la déchirure profonde en même temps que le rayonnement inouï qui habitent à la fois le personnage principal de Jenůfa et l'œuvre entière. Mais il faut aussi parler, avec la même émotion, du grand « second rôle » de l'opéra de Janáček, qui est en fait un rôle de premier plan, sa Kostelnicka, la belle-mère aimante, trop aimante de la belle Jenůfa.

Au départ, il y a une pièce de théâtre d'un auteur tchèque, Gabriela Preissova. À première vue, l'histoire est un mélodrame absolu. La jolie Jenůfa aime le volage Steva, mais elle est aimée du demi-frère de celui-ci, le triste et tourmenté, le mal aimé Laka. Lorsque Steva, sachant Jenůfa enceinte, l'abandonne, intervient vigoureusement la seconde femme du père de Jenůfa, sa belle-mère, la Kostelnicka, c'est-à-dire la « fille du sacristain ». Celle-ci ne peut accepter que sa radieuse et si jolie belle-fille voie sa vie gâchée par la naissance d'un enfant qu'elle-même, la Kostelnicka, déteste déjà de toutes les fibres de son âme. Si bien que, pour permettre le mariage de Jenůfa avec Laka, prêt pourtant à tout accepter, la belle-mère deviendra infanticide et noiera le bébé dans un ruisseau pris par les glaces de l'hiver. Les noces auront lieu au printemps, au moment du dégel : c'est alors, tandis que Laka et Jenůfa se préparent pour ce qui devrait un triste mais grand beau jour, que le corps de l'enfant est retrouvé. On accuse Jenůfa, la Kostelnicka se dénonce, tout le monde pardonne, Laka épousera quand même Jenůfa.

Ainsi racontée, l'intrigue paraît bien sommaire, bourrée de stéréotypes. Mais au-delà de l'anecdote, il y a d'abord trois personnages de femmes exemplaires dans l'histoire de l'opéra. Il y a une grand-mère, à moitié aveugle, qui règne sur tout ce peuple de meuniers et de paysans, et dont la voix rappelle chacun à l'ordre. Puis il y a la Kostelnicka, déchirée, en apparence austère et confite dans une respectabilité paysanne, mais qui s'avère un personnage bouleversant. Quelques-unes des très grandes chanteuses de l'histoire de l'opéra se sont plu, à la fin de leur carrière, à interpréter le rôle de la Kostelnicka. On citera l'immense Martha Mödl, l'une des grandes Isolde de son temps. On citera une autre chanteuse hors pair, Italienne cette fois, Magda Olivero, qui chanta le rôle à plus de soixante ans à la Scala de Milan. On citera encore Astrid Varnay, l'une de nos Brünnhilde les plus exaltantes. De nos jours, on avancera le nom d'Anja Silja, la Senta de vingt ans que Wolfgang Wagner fit découvrir à Bayreuth et qui, dans *L'Affaire Makropoulos*, du même Janáček, et dans *Jenůfa*, reste l'une des premières tragédiennes lyriques de notre temps.

Mais il y a surtout Jenůfa elle-même. Attention ! On notera au passage qu'entre initiés, on prononce « Jénufka » ! Jenůfa, donc, que l'interprétation de Maria Jeritza a, la première, immortalisée. Nous nous souviendrons longtemps de Mary Collier, qui chanta le rôle à Londres à la fin des années 1960. Mary Collier, cette bouleversante soprano anglaise qui connut une fin tragique à l'âge de quarante-quatre ans, en 1971. Naturellement, Elisabeth Söderström, l'une des grandes interprètes de Janáček sur la scène mondiale dans la seconde moitié du XXe siècle, a été une très belle Jenůfa. Aujourd'hui, Karita Mattila, jeune, radieuse, blonde, lumineuse, très longue et très souple, ne peut que tirer des larmes, particulièrement dans cette scène du deuxième acte au cours de laquelle, aux côtés du berceau du bébé dont on sait qu'il va mourir, elle chante un « Ave Maria » parmi les plus beaux de l'histoire de la musique. On aura compris que Jenůfa, et particulièrement sa belle interprète, font partie de ces trésors de l'histoire de l'opéra que nous chérissons tout particulièrement. On ajoutera que la musique de Janáček, où se rejoignent chansons populaires et harmonies straussiennes qui vont jusqu'à évoquer *La Femme sans ombre*, ou *Daphne*, est inépuisable. Nous sommes naturellement à des années-lumière du vérisme italien, nous aimons infiniment Puccini, mais avec Janáček et *Jenůfa* nous sommes subitement sur une autre planète. Et pourtant, *Jenůfa* est exactement contemporaine de *Madame Butterfly*.

Jeritza, Maria (1887-1982)
Soprano tchèque

Elle est morte presque centenaire, l'éternellement jeune Maria Jeritza. Dès la première avant-guerre, elle était devenue une des idoles de l'Opéra de Vienne. Capable de chanter à la fois les grands rôles straussiens et la *Turandot* de Puccini, elle était aussi une très grande comédienne. Évidemment, nous ne l'avons pas vue à la scène, mais des disques nous disent ce que fut la première Ariane ainsi que la première impératrice de *La Femme sans ombre*. Elle y est chaque fois somptueusement souveraine. Récemment C'est aussi Jeritza qui créa le rôle de Marietta dans *La Ville morte* de Korngold, comme elle fut la première Jenůfa à Vienne en 1918, et à New York en 1924. Dès lors, elle s'est identifiée à l'héroïne de Janáček. Dans le même temps, elle a commencé une formidable carrière au Met de New York. Chanteuse, grande actrice, Maria Jeritza était aussi infiniment belle... On regrette que cet ouvrage ne comporte pas l'une, au moins, des photographies que nous chérissons d'elle.

Joachim, Irène (1913-2002)
Soprano française

Comme l'est Jacques Jansen pour Pelléas, Irène Joachim est Mélisande pour l'éternité. Comme lui, elle fut notre première Mélisande, mais elle est surtout notre premier coup de foudre amoureux de l'opéra. C'est parce que, longue et fragile, aux cheveux longs infiniment, le visage parfaitement modelé, une voix aux transparences inouïes, nous l'avons entendue nous dire qu'elle était née un dimanche, un dimanche à midi, qu'Irène Joachim ne nous a jamais quitté. Naturellement, on la retrouve dans cette référence absolue qu'est l'enregistrement de l'opéra de Debussy par Roger Désormière en 1942. Nous avons dit plus haut les mains moites d'une petite fille, assise à côté de nous très haut dans les balcons de l'Opéra-Comique, qui suivait avec la même attention passionnée que nous chaque phrase, chaque mot, chaque inflexion de la voix de cette Mélisande parfaite. Elle a, comme Jacques Jansen, chanté d'autres rôles. Elle a surtout été une merveilleuse interprète des mélodies françaises. Mais, comme Jansen, elle demeure à jamais Mélisande. Semblablement à Mélisande, la petite fille en question a su si bien nous trahir. Mais il y a longtemps que nous l'avons oubliée : pas Irène Joachim.

Jones, Gwyneth (née en 1936)

Soprano galloise

Brünnhilde trahie par Siegfried au premier acte du *Crépuscule des dieux* : la silhouette de Gwyneth Jones, brisée, cassée en deux, accablée telle que la dirigea Patrice Chéreau dans le *Ring* fameux de Bayreuth. Voilà Gwyneth Jones. L'une des plus grandes incarnations wagnériennes de la deuxième moitié du XXe siècle. On dit bien *incarnation* et non pas *voix*, car nous savions tous quels étaient les défauts de la voix de Gwyneth Jones, son vibrato parfois trop ample, mais il y avait une telle intensité dramatique dans tout ce qu'elle faisait, à Bayreuth et ailleurs, qu'elle reste l'un de nos grands souvenirs d'amour à l'opéra. D'ailleurs, nous sommes des milliers, sinon des dizaines de milliers à l'avoir aimée de la même manière : à la folie. Bayreuth : qu'on se rappelle qu'incarnant la fille de Wotan, tour à tour radieuse et déchirée sur la scène du Festspielhaus un soir, elle était le lendemain la Maréchale à Munich, pour revenir le surlendemain chanter *Siegfried* ou le *Crépuscule.* Quelle énergie ! Quel abattage... Quelle beauté.

Le visage de Gwyneth Jones, sa chevelure pâle, son sourire radieux hanteront encore longtemps les scènes d'opéras où on a pu l'applaudir. Mais il serait absurde de réduire Gwyneth à ses seules Walkyries, à cette Maréchale du *Chevalier à la rose* où elle fut grandiose. Elle a aussi été Elisabeth de Valois et Desdémone, donna Anna, Tosca, Chrysothemis en même temps qu'une Salomé déchirante. Assez curieusement, l'un de ses premiers rôles a été Lady Macbeth au Welsh National Opera : elle dont la voix fut si longtemps aux antipodes des stridences que Verdi souhaitait entendre dans le rôle de sa formidable serial killeuse ! L'une des dernières fois qu'on l'a entendue, c'était en récital, elle chantait à Paris les *Quatre Derniers Lieder* de Strauss (ou bien : étaient-ce les *Wesendonck Lieder* ?). Nous étions au premier rang d'orchestre, elle était toujours aussi belle, la voix accusait parfois des béances, nous pleurions avec elle. Aussitôt rentré chez nous, nous l'avons retrouvée dans les vidéos du *Ring* du centenaire. On a revu son deuxième acte de *La Walkyrie*, son affrontement avec Wotan, puis la noblesse désespérée qu'elle a pour annoncer à Siegmund sa mort prochaine, avant de décider d'outrepasser les ordres de son père et d'essayer de sauver celui qu'à sa manière elle aime. Gwyneth Jones, dans Brünnhilde, ou la compassion...

Journet, Marcel (1867-1933)

Basse française

Quelques-uns des airs d'opéra français qui nous sont les plus familiers aujourd'hui (*Les Contes d'Hoffmann*) ou, au contraire encore bien étrangers (*Philémon et Baucis*, de Gounod) nous ont été découverts dans un fabuleux « repiquage » de grands enregistrements de Marcel Journet. Nous ne savions, alors, que peu de chose de lui. Il incarnait une certaine image de l'opéra français. Depuis, nous savons qu'à Londres, à New York, à la Scala où Toscanini le fit venir, il fut une des grandes basses de son temps. Il a été le Golaud de *Pelléas et Mélisande*, mais aussi le père de *Louise*, Hans Sachs. Il tint de façon magistrale, paraît-il, le rôle titre du *Mefistofele* de Boito. Pourtant, c'est « Au son des lourds marteaux de bronze... » dans *Philémon et Baucis* si neuf un jour pour nous que sa voix résonne encore en nous : de bronze et d'airain.

Joyeuses Commères de Windsor (Les)

(Die lustigen Weiber von Windsor)

Otto Nicolai. Livret de Hermann von Mosenthal

Berlin, 1849

Un trou dans ce volume. Nous n'avons jamais vu *Les Joyeuses Commères de Windsor*, opéra d'un compositeur de trente-neuf ans dont l'œuvre fait encore aujourd'hui les délices du public germanique. Mais un trou, une béance, car nous le découvrîmes très tôt, dans un disque que l'on croit être l'un de ces albums présentés comme un livre dans les années 1950 par la firme Urania. Plus de trace de l'album en question dans notre discothèque ; et nous sommes assez maladroit pour ne pas en retrouver de trace non plus dans nos discographies. En revanche, on en a réécouté un enregistrement de 1977 dirigé par Rafael Kubelik, avec Karl Ridderbusch dans le rôle principal. Le rôle principal ? C'est Falstaff, naturellement. Puisque *Les Joyeuses Commères de Windsor* sont, avant celui de Verdi, l'un des plus grands avatars comiques de Shakespeare transposés au théâtre lyrique et avec pour héros le formidable Falstaff, qui fut un jour page du duc de Norfolk pour terminer dans la peau d'un gros vieillard lubrique et pourtant attendrissant. La trame n'est pas éloignée de celle que Boito concocta pour Verdi, la musique est gaie. Même s'il s'agit d'un véritable opéra, nous ne sommes pas loin des vertus traditionnelles de la musique d'opéra-comique. Rarement jouées en dehors des pays germaniques, les *Joyeuses Commères* contiennent une chanson à boire chantée par Falstaff au deuxième acte, qu'on entend parfois dans des guinguettes bavaroises : « Als Büblein klein... »

Juive (La)

Jacques Fromental. Livret de Fromental Halévy, Eugène Scribe

Paris, 1835

« Rachel, quand du Seigneur », l'air fameux du ténor Éléazar, dont on dit que c'est Alfred Nourrit lui-même, créateur du rôle, qui aurait revu pour son propre compte ce passage de la partition d'Halévy, est passé dans l'histoire de la littérature. Proust, naturellement. Proust, chez qui l'on trouve le personnage d'une Rachel, maîtresse de Saint-Loup, le compagnon fidèle du narrateur d'*À la Recherche du temps perdu.* Rachel, que tout le monde appelle, avec un doigt d'ironie antisémite : « Rachel-quand-du-Seigneur », tout simplement parce que l'air d'Halévy était une scie musicale encore à la mode.

Pour cette seule raison, cette pauvre Rachel, brûlée vive à la fin de l'œuvre par son propre père qui ignorait qui elle était, aurait mérité de figurer dans ces pages. Mais l'opéra d'Halévy ne saurait se résumer à un souvenir littéraire. C'est une œuvre grave et profonde, sûrement beaucoup plus intéressante que d'autres « Grands Opéras » de la même époque, dont certains plus fameux de Meyerbeer, qui connurent d'autres succès. Il est vrai que, sur une trentaine d'œuvres lyriques qu'écrivit Fromental Halévy, seule *La Juive* a survécu. Sa création fut saluée par la presse de l'époque comme un événement de première importance. Encore que Berlioz, dans un article du *Rénovateur* en date du 1er mars 1835, commence par en railler ironiquement l'argument : « Encore un rude cauchemar ! Il faut que je vous raconte le livret de M. Scribe que vous pourriez acheter pour la modique somme de vingt sous. Rien dans notre misérable métier n'approche de la fatigue que cette corvée inévitable donne aux rédacteurs, si ce n'est l'ennui qu'elle apporte aux lecteurs... » Mais l'humour corrosif de Berlioz ne s'arrête pas là... Parlant d'une mise en scène à grand spectacle, bruyante, donc, à un degré probablement insupportable, il remarque encore : « Malgré les efforts qu'on a faits pour empêcher d'entendre la partition, malgré le cliquetis de toutes ces armures, ces piétinements de chevaux, ce tumulte populaire, ces volées de cloches et de canons, ces danses, ces tables chargées, ces fontaines de vin, malgré tout le fracas antimusical de l'Académie royale de musique, on a pu saisir au vol quelques-unes des inspirations du compositeur... » Et parmi ces inspirations, il se moque tout particulièrement de ce qu'il appelle un duo d'orgue et de flageolet ! Ne l'oublions pas : ignorant à peu près tout du piano, à plus forte raison du jeu des instruments à cordes, Berlioz un maître ès flûte et flageolet ! En revanche, le même Berlioz loue sans restriction une interprétation hors pair, dominée par la grande Cornélie Falcon, Nourrit, Levasseur et Julie Gras-Dorus qui devait devenir l'une de ses plus fidèles interprètes. Pour notre part, nous remarquerons que *La Juive* constitue un cas assez unique de mise en scène, sur une scène lyrique nationale, de la violence d'un antisémitisme aveugle. C'est parce qu'ils sont Juifs qu'Éléazar, intransigeant dans sa foi, meurt avec sa fille dans les flammes. Non sans avoir, comme plus tard la Fidès du *Prophète*, et l'Azucena du *Trouvère* de Verdi, annoncé à leurs bourreaux que c'est leur propre fille qu'ils viennent d'immoler !

Jules César *(Giulio Cesare in Egitto)*

Georg Friedrich Haendel. Livret de Nicola Haym

Londres, 1724

Un immense succès dès la création, l'un des rares opéras de Haendel à avoir été donné à peu près régulièrement pendant tout le XXe siècle. Pour une fois, on n'a pas attendu Charles Mackerras ! C'est que le *Jules César* de Haendel est une œuvre quasiment parfaite, qui voit le triomphe des amours de César et Cléopâtre dans une atmosphère d'intrigues exotiques et politiques d'un réalisme parfaitement transposable à toutes les époques de l'histoire. Dès les années 1960, une version (bien incomplète !) enregistrée par Karl Böhm, avec Fischer-Dieskau et Irmgard Seefried, certes plus que germanique, insistait glorieusement sur le combat politique qui se livrait en Égypte. Depuis, les plus grandes Cléopâtre ont rencontré les plus nobles César. Deux traditions, naturellement, celle d'un César chanté par un homme, généralement un baryton, parfois un contre-ténor ; celle, au contraire, d'une voix de femme. Mises en scène délirantes ou grandeur austère : le *Jules César* de Haendel ne quitte plus l'affiche... Aucun opéra de Haendel n'a jamais eu un succès si permanent.

Juliette, ou la Clé des songes

Bohuslav Martinů. Livret d'après Georges Neveux

Prague, 1938

Bien sûr, il y a d'abord la pièce de Georges Neveux, surréaliste tendre qu'on a un peu oublié. Mais il y a surtout le film de Marcel Carné, dans lequel un Gérard Philipe, plus ébezillé que jamais, comme disait ma grand-mère, tentait de retrouver une Suzanne Cloutier, toujours perdue et jamais tout à fait retrouvée. Nous avons depuis aimé Suzanne Cloutier, sa fille Paula. Suzanne Cloutier est morte. On se souviendra d'elle aussi dans l'*Othello* d'Orson Welles. Le film de Carné est un peu triste. Mais les décors de Trauner y sont admirables, la musique de Joseph Kosma délectable. Celle de Martinů aussi. D'abord créée en tchèque au Théâtre national de Prague, on l'a donnée en allemand en 1959, à Paris en 1962. Est-elle jamais vraiment entrée tout à fait au répertoire des grandes maisons d'opéra, on ne le jurera pas. On l'a donnée à Londres, à Salzbourg, un peu partout en Angleterre, beaucoup en France, tout récemment enfin, en 2002, à Paris. C'est une œuvre délicate, qui supporte bien sa version française : retour aux sources. On y voit un ténor, Michel, errer dans un village où le temps n'existe plus. À la recherche d'un hôtel du Navigateur, il rencontre Juliette, qu'il a déjà connue, jadis... Dans la ville et dans la forêt, au bureau central des Rêves enfin, Michel cherche Juliette. Nous aimons bien l'œuvre, oui... Mais tout y est pourtant si lisse, en dépit des sanglots longs de quelques violons. La version française enregistrée en 1962 par Charles Bruck est dominée par la merveilleuse, la radieuse Juliette d'Andrée Esposito. On souhaiterait réentendre la très belle soirée du Palais Garnier, où William Burden était un Michel ardent, fervent, sans faille. Et Alexia Cousin, si bonne, si belle, si jeune... Au fond, c'est peut-être cela : Gérard Philipe hier, Alexia Cousin et William Burden aujourd'hui, *Juliette* depuis plus d'un demi-siècle, le triomphe de la jeunesse, quand même.

Jurinac, Sena (née en 1921)

Soprano autrichienne

Nous l'avons tant entendue au disque, *Les Noces de Figaro* ou *Don Juan*, *La Flûte enchantée*, *Idoménée*, que nous croyons l'avoir dix fois rencontrée sur une scène. Et pourtant, nous n'avons jamais entendu

Jurinac autrement qu'au disque. Mais son Chérubin, qu'elle chanta dès 1945 à l'Opéra de Vienne, en a fait l'une des stars de cette constellation d'étoiles qui flotta entre Vienne et Salzbourg dans l'immédiat après-guerre. Et surtout, elle s'incarne à jamais pour nous dans deux rôles : le Compositeur, d'*Ariane à Naxos* et Octavian, du *Chevalier à la rose*. Son Octavian, d'une juvénile ardeur, est probablement (avec celui de Suzan Graham aujourd'hui) l'un des plus spontanés, l'un des plus vrais sous le travesti, qui se puisse entendre. Quant à son Compositeur, à la manière d'une Irmgard Seefried, elle a su faire passer dans le rôle toute la douleur de la création asservie par des béotiens. Et c'est en véritable poète qu'elle chante le rôle de l'artiste dans lequel Strauss a voulu se voir lui-même.

Karajan, Herbert von (1908-1989)
Chef d'orchestre autrichien

Incontournable Karajan : il y a tant et trop à dire sur le plus fameux des chefs autrichiens de l'après-guerre, en même temps que tant à déjà été dit sur lui. Notre première rencontre avec Karajan dirigeant un opéra remonte à ces fameuses *Noces de Figaro*, enregistrées en 1950 avec la Philharmonie de Vienne et une distribution de rêve, mais pour lesquelles le grand chef accepta tout de même d'omettre tous les récitatifs. Aucunes autres *Noces*, pas même celles de Kleiber en 1959, n'approcheront celles de Karajan version 1950, et pourtant Walter Legge, qui imagina ces disques et Karajan lui-même, sont impardonnables d'avoir fait un tel choix. Mais c'était en 1950 et depuis, nous avons fait un si long chemin en compagnie d'Herbert von Karajan. À peu près aucun des enregistrements d'opéra qu'il nous a donnés ne peut laisser indifférent. Même si, parfois, ses « deuxièmes versions » n'égalent pas les premières. On a cité le nom de Walter Legge : c'est en compagnie de celui qui fut le mari de Schwarzkopf qu'il nous a donné, avec elle, un *Chevalier à la rose*, un *Capriccio*, un *Cosi fan tutte* qui sont bien, eux, et sans la réserve qu'on a faite pour ces premières *Noces*, les plus belles versions du monde. Mais sa *Lucia di Lammermoor*, avec Maria Callas, est aussi un monument d'intelligence. Quant à son *Ring*, qualifié parfois, par ses amis comme par ses ennemis, de version « chambriste », il nous y a fait découvrir des richesses instrumentales insoupçonnées.

Nous parlons beaucoup de Karajan au disque. Mais c'est toute la carrière de Karajan qui constitue un miracle d'intelligence, de volonté, parfois de volonté dictatoriale. À la mort de Furtwängler, c'est lui qui a repris en main la Philharmonie de Berlin. En 1956, il est devenu directeur artistique du Festival de Salzbourg. En 1957, il a succédé à Karl Böhm à la tête de l'Opéra de Vienne. Ses démêlés avec l'orchestre l'amenèrent à démissionner en 1964 pour prendre totalement en charge le Festival de Salzbourg. Festival d'été donc. Mais c'est lui qui fonda également, en 1967, le Festival de Pâques. Jusqu'à sa mort et pendant vingt-deux ans, il a régné en maître absolu sur Salzbourg. Non seulement il en dirigeait l'orchestre, mais il se lança souvent dans des mises en scène, que d'aucuns purent considérer comme contestables. L'ère Karajan à Salzbourg, c'est un règne intransigeant dans tous les domaines, mais aussi dans celui de la qualité. De très loin, au pupitre du grand Festspielhaus, on vit peu à peu sa mince et frêle silhouette s'ankyloser, ses gestes devenir plus saccadés, plus rares, à mesure que l'âge et la maladie s'attaquaient à son corps. Mais sa tête, ses conceptions musicales demeuraient perpétuellement en alerte. Figure d'une jet-set internationale avec son épouse française, Eliette, il était adoré, parfois haï. On se plut, naturellement, à tenter d'approfondir les premières années de sa carrière, ses rapports avec le régime hitlérien. On chercha à s'aventurer dans sa vie privée. Mais le « système Karajan » a été le plus fort. Jamais sa réputation musicale n'a été ternie. À Anif, près de Salzbourg, où sa femme possède encore un immense chalet dans une grande prairie, il était une manière de seigneur du temps présent, à la fois musicien, homme d'affaires, presque imprésario. À sa mort, le 16 juillet 1989, en plein Festival de Salzbourg, c'est un rideau noir qui est tombé sur la grande scène de la musique européenne.

Katia Kabanova

Leoš Janáček. Livret d'Alexandre Ostrovski

Brno, 1921

Katia est un peu le pendant de Jenůfa. Un personnage de jeune femme humiliée, offensée, jouet, comme Jenůfa, de la passion et de l'égoïsme des hommes. Mais l'espèce de vibrance lumineuse qu'il y avait en Jenůfa est bien absente de la pauvre Katia. Peut-être est-ce pour cela qu'il n'y a pas de rédemption au bout de son calvaire.

Tiré d'une pièce russe fameuse d'Ostrovski, *L'Orage*, le livret raconte les amours d'une femme mariée, l'épouse du riche Tikhon, et du jeune Boris

Grigorievitch, son amant. Comme dans *Jenůfa*, il existe une femme âgée, mais beaucoup plus redoutable que la pauvre Kostelnicka, c'est Marfa Kabanova, dite Kabanicha. Elle est veuve, c'est la mère de Tikhon, elle poursuit Katia de sa haine. La malheureuse fait tout ce qu'elle peut pour tenter de résister aux pulsions sensuelles qui l'attirent vers Boris, mais en vain. Après une jolie scène d'amour à la fin du deuxième acte, la tempête qui donne son nom à la pièce d'Ostrovski annonce sa fin tragique. Prise de remords, Katia avoue son infidélité à Tikhon, poursuivie par la fureur de sa belle-mère. Elle finira par se noyer, et c'est devant son cadavre que le mari, jusque-là faible et ballotté par les événements, osera dire à la Kabanicha que c'est elle qui a causé la mort de celle qu'il aimait malgré tout...

On le voit, on est à nouveau en plein mélodrame, l'œuvre est forte, d'autant plus puissante que le personnage de Katia Kabanova est, comme beaucoup d'héroïnes de Janáček, inspiré par le dernier et grand amour de Janáček, la belle Kamila Stösslova. Pourtant, elle nous touche moins que Jenůfa. Il y a peut-être plus de force, plus de couleur dans la musique de Katia Kabanova, on n'y trouve pas la tendresse de Jenůfa.

Comme beaucoup d'opéras de Janáček, c'est la grande Elisabeth Sösderström qui, dans la seconde moitié du XXe siècle, a fait connaître le drame de l'infortunée Katia dans le monde entier. Nous avons pu l'entendre à Londres, d'une intelligence extrême, d'une grande justesse de sentiments. La voix de la belle Söderström s'est imposée ensuite au disque, sous la direction de Charles Mackerras, qui enregistra l'œuvre en 1977 avec la Philharmonie de Vienne.

Quand bien même beaucoup de Katia Kabanova se sont succédé sur les scènes du monde entier, c'est encore la vision qu'en donna Söderström qui reste dans nos mémoires. On ajoutera que dans la version Mackerras, c'est Peter Dvorsky, l'un des grands ténors russes des années 1960 et 1970, qui chante le rôle de Boris.

Kempe, Rudolf (1910-1976)

Chef d'orchestre allemand

Après des débuts à Leipzig puis à Chemnitz, à Weimar, à Dresde, c'est lui qui, directeur général de la musique à Munich, succédera à Solti à la tête de l'Opéra de Munich en 1952. C'est à Munich, une dizaine d'années plus tard, que nous l'avons entendu pour la première fois. Nous étions parti pour Stuttgart écouter un opéra de Wolfgang Fortner qui ne se donnait pas le soir prévu. Par une journée de neige, sur une autoroute qui n'existait pas encore, nous gagnâmes Munich où nous l'entendîmes diriger des *Maîtres chanteurs* avec Otto Wiener, qui furent nos premiers *Maîtres* à la scène. Très vite, nous achetâmes l'enregistrement qu'il en fit, très clair, très descriptif aussi. C'est lui qui a dirigé à Bayreuth la deuxième *Tétralogie* mise en scène après sa réouverture. Acclamé par le public allemand dans Wagner comme dans ses directions de Strauss, il n'a pourtant jamais connu l'aura internationale d'un Furtwängler, d'un Knappertsbusch, d'un Klemperer. Rudolf Kempe mérite mieux que cette indifférence polie.

Khovanchtchina (La)

Modeste Moussorgski. Livret de Vladimir Stassov

Saint-Pétersbourg, 1886

Le deuxième grand opéra politique de Moussorgski a été créé cinq ans après la mort du compositeur. L'action s'en déroule en Russie à la fin du XVIIe siècle. Qui dit politique dit complot, conjuration, opposition sanglante ; mais lorsqu'il s'agit de la Russie tsariste, chacune de ces données prend des dimensions apocalyptiques. Qu'on n'attende donc pas de nous que nous résumions une intrigue dont seuls les vrais connaisseurs de l'histoire russe peuvent démêler les fils. Ils sont là-dessus imbattables et tiennent, pendant les longs entractes de *La Khovanchtchina*, d'interminables conférences pour nous expliquer les forces en présence dans cette œuvre touffue et admirable. En gros, en très gros, on y voit la défaite des Vieux-Croyants, qui ont refusé d'accepter les changements radicaux apportés par le nouveau régime de Pierre le Grand. Combattus par des modernistes d'inspiration occidentale, ils seront amenés à un suicide collectif au milieu d'une forêt près de Moscou. Entre Vieux-Croyants et tenants de nouvelles réformes, existe une troisième force qui donne son nom à l'opéra. Ce sont les princes Khovanski et leurs streltsy, que l'on qualifierait aujourd'hui de réactionnaires.

On en restera là dans la description d'une intrigue où le moins que l'on puisse dire est qu'aucun personnage plus nettement positif que les autres ne se détache vraiment. Le vieux prince Khovanski est lâchement assassiné, mais son fils Andrei poursuit de ses assiduités une jeune et belle Allemande dont il a fait tuer le père. Au fond, nos sympathies n'iront qu'à Marfa, jeune et belle veuve d'un des Vieux-Croyants assassinés. Un peu visionnaire, refusant toutes les compromissions, elle traverse cette œuvre très sombre, quand bien même la musique de Moussorgski en est admirablement colorée, à la manière d'un éclat de lumière lancinant, obsessif.

C'est seulement en 1923, et en français, que l'œuvre fut donnée pour la première fois à Paris. L'année suivante, Chaliapine interprétait le rôle de Dossifei, le chef des Vieux-Croyants. Nous nous souviendrons surtout d'une éclatante tournée du Bolchoï à Paris, avec la bouleversante Elena Obraztsova dans le rôle de Marfa.

On le voit, nous avons encore besoin d'en savoir beaucoup pour parler vraiment de *La Khovanchtchina*. Mais plutôt que les péronnelles qui tentèrent de nous expliquer l'œuvre avec tout leur savoir de fraîche date dans les étroits foyers de l'Opéra-Bastille, nous nous souviendrons d'une petite interprète qui nous accompagna au Bolchoï, à Moscou, voilà une douzaine d'années. L'Unesco nous avait chargé d'une mission impossible sur la restauration du théâtre fameux, on nous avait accordé la loge impériale pour une semaine entière, à l'entracte on nous apportait des pirojki, ou du moins je pense que c'étaient des pirojki... Et la petite interprète dont nous avons l'infamie d'oublier le nom, nous murmurait à l'oreille, dans la semi-obscurité du théâtre, ce qui se passait sur la scène. En voyant peu de temps après l'*Eugène Onéguine* de Tchaïkovski, nous avons trouvé qu'elle aurait pu être non Tatiana, mais Olga, la petite sœur si sage, la cause pourtant de tant de drames. Mais la petite interprète préférait à Marfa la belle Emma, malignement convoitée par le prince Andrei Khovanski.

Kiepura, Jan (1902-1966)
Ténor polonais

On retrouve à plusieurs reprises dans ce volume l'évocation de certaine boîte en carton contenant une cinquantaine de disques, aujourd'hui enfouie au bas d'une armoire de bois blanc dans une chambre au second étage d'une maison en Auvergne. C'est dans ce carton fabuleux qu'on a découvert quelques-uns des disques d'opéra qui bercèrent nos jeunesses, avant que nous commencions à vraiment aimer l'opéra. Jan Kiepura figurait là, aux côtés de Toti Dal Monte et de Lily Pons. D'où une passion quasi enfantine pour ces airs de *La Veuve joyeuse* de Franz Lehar chantés par Kiepura. Bien sûr, nous savons qu'il fut un superbe don José, un Des Grieux subtil et un Rodolfo véritablement amoureux. Pourtant, Jan Kiepura, qui était très beau, a aussi fait des films où on le retrouve, attendrissant et démodé, chantant l'opérette aux côtés de celle qui fut son épouse, la belle et blonde Martha Eggert. *La Veuve joyeuse,* donc, la voix de miel très doux, un peu sirupeuse de son Danilo et la beauté elle aussi d'un autre temps de Martha Eggert. Mais souvenirs d'enfance, d'adolescence...

King, James (né en 1925)
Ténor américain

Le plus rayonnant, le plus désespéré des empereurs, dans *La Femme sans ombre.* Nous l'avons vu trois fois, quatre fois, nous l'avons entendu vingt fois au disque. De tous les ténors straussiens, il est le seul à nous toucher, quand bien même, à l'exception de son empereur, la musique écrite par Strauss pour cette tessiture semble vouloir faire un pied de nez aux interprètes. Nous étions voilà plus de vingt ans en compagnie d'un ami disparu, Yves Navarre, lorsque, soudain très près de James King, au premier rang (trop près) des gradins d'Orange, nous suivîmes de bout en bout, à la jumelle, le visage de son Lohengrin. Il respirait l'espoir, l'extase. Avec Jon Vickers, il est l'un de ceux qui, pendant plus d'un quart de siècle, nous ont accompagné sur le chemin périlleux qui est celui du chant allemand pour voix de ténor. C'est en 1961 qu'il a fait ses débuts en Europe, dans *Tosca.* Dès l'année suivante, il chantait à Salzbourg, puis à Vienne, puis à Bayreuth enfin. On a évoqué Jon Vickers : alors que la voix de Vickers est de celles qui réussissent à nous poser des questions auxquelles nous savons que nous ne saurons répondre, celle de King, en revanche, semble d'une évidence, d'une simplicité absolues. James King, ou le bonheur américain dans la peau du ténor allemand.

Kirchschlager, Angelika (née en 1965)

Mezzo-soprano autrichienne

On l'avouera sans fausse honte : comme tous ceux qui ont entendu, et surtout vu, reconnaissons-le, Angelika Kirchschlager, nous sommes amoureux d'elle. On l'a d'abord entendue en Octavian du *Chevalier à la rose* : elle y était aérienne. L'un de ces rôles de travestis qui semblent coller à la peau de quelques chanteuses, chacune unique à sa manière.

L'Octavian d'Angelika Kirchschlager vous avait des allures de grand jeune homme fougueux, mais aussi ironique, amusé. On l'a entendue aussi dans le rôle d'Idamante, dans *Idoménée*. Elle y était d'une gravité superbe, comme elle fut, en alternance à Paris, un Sesto de *La Clémence de Titus* bouleversant. Le beau visage régulier d'Angelika Kirchschlager illumine aujourd'hui quelques pochettes de disques un peu racoleuses, mais on ne s'en plaindra pas. Un récital de lieder peu connus de Mahler, mais aussi d'Alma Mahler et de Korngold, nous montre à quel point cette Salzbourgeoise est imprégnée des musiques qui furent celles de la grande Autriche du tournant du XXe siècle. Et puis, pourquoi pas ? On évoquera un merveilleux disque de berceuses, qu'elle chante pour un petit garçon tout enveloppé de linges blancs qu'elle tient dans ses bras et qui est son enfant.

Kitège

Nicolaï Rimski-Korsakov. Livret de Vladimir Bielski

Saint-Pétersbourg, 1907

Après *Le Tour du monde de Sadko*, une autre féerie de Rimski-Korsakov. Même écriture somptueuse, mais cette fois quasi wagnérienne. C'est que Rimski joue ici avec une habileté consommée des leitmotive qui accompagnent personnages et émotions. L'intrigue est, d'ailleurs, profondément religieuse, à la manière de *Parsifal*, mais infiniment plus complexe aussi, puisqu'elle combine en une suprême habileté deux légendes russes : la vie d'une sainte Fevronia et la légende de Kitège, la ville invisible. Une jeune vierge, belle et pure, simple et qui vit dans la forêt au milieu des animaux, rencontre un prince qui tombe amoureux d'elle comme elle de lui. D'où, très vite, un duo superbe entre le prince Vsevolod et la petite Fevronia. Mais les Tatares ravagent la sainte Russie. Après avoir pris Kitège-la-Petite, ils menacent Kitège-la-Grande. Un traître, Grichka, misérable parce que humilié, ou humilié parce que misérable, va aider les envahisseurs contre sa patrie. Mais Fevronia, prisonnière, prie si ardemment que la ville de Kitège-la-Grande devient invisible. Le brouillard... Elle échappe ainsi à la destruction. Pourtant, Vsevolod a été tué. La ferveur de la jeune fille sauvera quand même Kitège-la-Grande. En une vision lumineuse, elle voit son Vsevolod toujours vivant, elle pénètre avec lui dans une ville irréelle et superbe, non sans avoir pardonné au traître Grichka. Les oiseaux chantent, Fevronia rêve ses noces, toutes les cloches sonnent...

L'avant-dernier opéra de Rimski-Korsakov est ainsi l'étonnante rencontre d'un folklore populaire fervent et d'une émotion religieuse tout aussi profonde. On a dit *Parsifal* : on aurait dû aussi évoquer les « Murmures de la forêt » de *Siegfried*, ou la *Symphonie pastorale*, tant Rimski sait chanter la nature. Les grands élans lumineux qui drapent sa partition pourraient d'ailleurs aussi nous faire évoquer Messiaen, voire plus précisément son *Saint François d'Assise*. On l'a compris, c'est une œuvre magnifique qui fut d'abord donnée en France, en 1926 et sous forme d'oratorio, au Palais Garnier, comme devrait l'être, l'année suivante, *Sadko*. Comme *Sadko* également, on a pu en voir une exaltante production du théâtre Mariinski sous la direction de Valery Gergiev au théâtre des Champs-Élysées, en 1994. Mais c'est beaucoup plus tôt, au milieu des années 1960, que nous avons pu pénétrer pour la première fois, avec une admiration sans pareille, dans la ville invisible de Rimski-Korsakov. Publiée tardivement en France, une version de légende, enregistrée en 1956 avec les Chœurs et l'Orchestre du Bolchoï de Moscou, nous a, en effet, bouleversé. Une immense chanteuse, Natalia Rojdestvenskaia, nous révélait la profondeur du personnage de Fevronia. Ivan Petrov chantait le prince Youri, infortuné et bienheureux roi de Kitège. C'était V. Nebolssine qui dirigeait alors l'un des grands enregistrements russes de la deuxième moitié du XXe siècle.

Klemperer, Otto (1885-1973)
Chef d'orchestre allemand

Un homme d'exception. Un immense chef d'orchestre, mais aussi un homme qui refusa l'ordre nazi à l'époque où tant d'autres, que nous admirons pourtant, en acceptèrent les faveurs. Mais Otto Klemperer savait ce qu'il voulait. Dès 1927, par exemple, il avait refusé la direction du Staatsoper de Berlin pour le Kroll Theater, pourtant moins renommé. Là, Klemperer se lança dans une politique audacieuse, avec des œuvres de Stravinski, Schönberg, Hindemith. C'est lui qui dirigea, en 1933 mais au Staatsoper cette fois, le *Tannhaüser* qui marqua le cinquantième anniversaire de la mort de Wagner. Puis on ne l'entendit plus dans un opéra allemand jusqu'en 1947. À partir des années 1960, il devint l'un des chefs attitrés de

Covent Garden, où il réalisa même des mises en scène, dont celle d'un *Fidelio* fameux, que nous vîmes à plusieurs reprises. Pour les Anglais, rappelons-le, la scène s'en déroulait sous le viaduc de Hammersmith ! C'est dire qu'on n'a pas toujours été très tendre avec Otto Klemperer. On lui a souvent reproché sa rigueur, parfois une certaine pompe. Ses enregistrements des grands opéras de Mozart, justement fameux pourtant, ne sont peut-être pas assez dramatiques, nous dit-on, ce serait Mozart vu comme un oratorio. Et pourtant, son *Don Giovanni* est l'un des plus tragiques que nous connaissions. Mais, avec un Nicolaï Ghiaurov en don Juan, une Christa Ludwig, il est d'une gravité extrême.

Kluge (Die) *(La Femme avisée)*

Carl Orff. Livret du compositeur d'après les frères Grimm

Francfort, 1943

Attention ! Il n'est pas recommandé d'admirer Carl Orff aujourd'hui. D'abord parce qu'une chape pesante et intransigeante de néo-boulézisme nous a persuadé pendant plusieurs décennies que c'était de la mauvaise musique ; ensuite, parce sa cantate *Carmina Burana* rythma de sa musique violente et emphatique bien des fêtes officielles de l'époque où fut créée sa *Femme avisée* : du coup, toute la musique d'Orff paraît parfois avoir mauvais goût. Et pourtant *Die Kluge*, tirée donc d'un conte des frères Grimm, est une œuvre jouée un peu partout dans le monde, rarement en France. C'est l'histoire « en douze scènes, du Roi et de la Femme intelligente ». Un roi du temps jadis, soupçonnant un paysan de ses campagnes d'être un malandrin, le fit jeter en prison. La fille du paysan, avisée et maligne, se débrouilla pour se faire épouser par le roi. Celui-ci libérera le père injustement condamné et se retrouvera la victime heureuse de la ruse de sa femme : tous vivront heureux et auront sûrement beaucoup d'enfants. Tout cela énoncé au rythme de percussions violentes qui annoncent la musique répétitive avant la lettre. C'est par hasard que nous avons découvert cette œuvre roborative, pleine de bruit et éclairée de quelques jolis éclats de lumière. C'était à la fin des années 1950 à Londres, la belle Heather Harper chantait la Kluge, la fille du paysan. C'était l'époque où un nouveau chant anglais était en train d'émerger, et la Harper, qui n'avait pas encore trente ans, en était l'une des plus jolies fleurs...

On notera aussi que la première Kluge de l'après-guerre fut la Salomé qui enchanta nos premiers rêves, une maligne, elle aussi, à la voix de petite fille serpentine : Christel Goltz.

Knappertsbusch, Hans (1888-1965)
Chef d'orchestre allemand

Hans Knappertstusch est l'un des quatre ou cinq immenses chefs wagnériens du milieu du XXe siècle. À Munich, à Vienne, à Bayreuth surtout, il a conduit des *Ring* inoubliables. Plusieurs enregistrements nous sont restés de son travail colossal à la tête de l'Orchestre du Festspielhaus depuis sa réouverture, en

1951, jusqu'en 1957. Son enregistrement de *Parsifal* est probablement le plus noble, le plus grandiose, solennel en même temps qu'humain, que nous connaissions. Knappertsbusch, « Knapp » pour ceux qui savent, a été le chef qui dirigea dans les années 1950 deux fois deux *Ring* à l'Opéra de Paris. C'est avec lui, tantôt très haut dans les balcons, une fois au moins penché sur une partition juste derrière son dos (un strapontin au premier ou au deuxième rang d'orchestre...) que nous avons littéralement déchiffré, non pas sur la partition ouverte entre nos mains, mais dans ses gestes et sur la scène du Palais Garnier, tous les leitmotive égrenés un à un par Wagner. Son beau visage buriné, les quelques mèches de cheveux blancs en désordre sur son front, il était bien un demi-dieu...

Pour mémoire, on rappellera à ceux qui ne le savent pas — mais qui l'a jamais su ? — que Knappertsbusch fit d'abord des études de philosophie et consacra sa thèse de doctorat au personnage de Kundry dans *Parsifal*...

Knot Garden (The) *(Le Jardin des nœuds)*

Michael Tippett

Londres, 1970

L'avant-dernier opéra de Michael Tippett (*voir* : *The Midsummer Marriage*), dans lequel on a le sentiment que le compositeur remet à plat tout ce qu'il a somptueusement tissé jusque-là, pour nous présenter une sorte de musique de chambre à sept personnages qui, tous, incarnent des figures emblématiques de la société, essentiellement britannique, de son temps.

Les chanteurs se répondent comme le feraient les instruments d'un septuor, pour « raconter les amours et les haines de sept personnes dans l'Angleterre d'aujourd'hui... ». Comme dans *The Midsummer Marriage*, le pouvoir y affronte toutes les tensions du moment. C'est une société, jadis aristocratique, sur le point de s'écrouler sous les à-coups d'autres forces, le psychanalysme, une sexualité envahissante, la jeunesse et la révolution. Autant que la musique, étonnamment allégée par rapport de celle de ses œuvres précédentes, on suit l'intrigue comme on suivrait le déroulement d'une pièce de théâtre. C'était Colin Davis qui dirigeait la première, certain 2 décembre 1970. Nous étions dans la salle, le public londonien acclama longuement le compositeur, très beau, très raide, au milieu de la scène, entouré de ses chanteurs, dont Josephine Barstow, et surtout Yvonne Minton et Robert Tear. La mise en scène était du toujours jeune — il le restera longtemps... — Peter Hall.

Koch, Sophie (née en 1969)

Mezzo-soprano française

Sophie Koch fait partie de ces mezzo-sopranos radieuses qui, travesties en hommes chez Mozart ou Strauss, nous exaltent et nous bouleversent. Bien sûr, Mlle Koch a beaucoup de cordes à son arc. Elle chante admirablement la mélodie française, François Le Roux l'a d'ailleurs fait venir à la Bibliothèque nationale de France pour un très beau récital. Mais elle chante aussi le lied allemand et on l'a entendue à plusieurs reprises à l'Opéra de Paris, tour à tour

Zerlina dans *Don Juan* ou Rosine plus que coquine dans *Le Barbier de Séville*. Pourtant, on sait qu'elle fut un Idamante d'*Idoménée* tendre et fervente à Berlin. Et c'est au Palais Garnier, dans le rôle du Compositeur d'*Ariane à Naxos* que nous avons achevé de la découvrir : jamais nous n'avons vu plus frêle, plus « petit garçon », rempli de davantage d'ardeur que le Compositeur qu'elle a chanté alors, amoureux en un clin d'œil d'une Zerbinette qui s'appelait Natalie Dessay. Elle reçut ce soir-là une véritable ovation, elle en recevra d'autres. Comme à Salzbourg en août 2004 dans le rôle d'Octavian : un Chevalier à la rose encore tellement « jeune homme » !

Kollo, René (né en 1937)
Ténor allemand

Exactement notre contemporain, René Kollo a tenu une place importante sur la scène lyrique internationale à partir des années 1960. Il est de bien des enregistrements wagnériens de Georg Solti. D'abord abonné à quelques rôles légers, Froh de *L'Or du Rhin* ou le pilote de *Tristan*, il est peu à peu arrivé à Parsifal, Erik, Lohengrin et enfin Siegfried. Il fut le jeune Siegfried du *Ring* du centenaire à Bayreuth. Très beau, d'apparence très jeune, il emporta tous les suffrages, surtout ceux des dames. Quelques critiques ont été plus réservés, évoquant les limites de son aigu. Nous l'avons entendu souvent, on l'a généralement aimé. Ce n'est, hélas, pas lui qui chante le rôle de l'époux de Brünnhilde dans la version enregistrée en vidéo du *Ring* fameux. Manfred Jung, qui prit sa place lors de ces soirées-là, ressemble plus à un acteur américain spécialisé dans les rôles de gangster des années 1930, style James Cagney, qu'à un héros wagnérien. Kollo, quoi qu'on ait pu en dire, avait un vrai charisme. C'est lui qui se blessa à la cheville au milieu d'un festival et se vit remplacé sur la scène, tandis qu'il chantait en coulisses, par Patrice Chéreau lui-même. Le public a beaucoup apprécié, il a même ri !

Ce Tristan, ce Peter Grimes (un peu léger) a eu aussi un goût marqué pour l'opérette, son Danilo (de *La Veuve joyeuse*) a fait chavirer au moins un cœur que nous connaissons bien.

Königskinder (Die) *(Les Enfants du roi)*

Engelbert Humperdinck. Livret d'Ernst Rosmer

Munich, 1897

Moins populaire que *Hansel et Gretel*, les *Königskinder* sont pourtant une œuvre aussi fascinante, toute pleine de magie, de tendresse et de simplicité. Un bûcheron et une gardeuse d'oies, un fabricant de balais et un violoneux, un aubergiste et un tailleur — pour ne pas oublier une fille d'écurie et un conseiller municipal —, dessinent une fresque rose amère sur un fond de paysage allemand, la forêt, le village, une clairière. Hélas, une méchante sorcière a jeté un sort sur une fille de roi, et c'est elle qui est devenue la gardeuse d'oies. Passe un prince qui l'aime sur le coup, il est naturellement aimé en retour, on reconnaîtra sa naissance mais c'est la sorcière qui aura le dernier mot : pour une bouchée de pain magique, le prince et sa gardeuse d'oies mourront. Devant leurs corps inanimés, le violoneux donnera sa dernière chanson. L'histoire est très simple, c'est un conte fantastique que l'on imagine tiré du folklore allemand le plus traditionnel. Dans le premier quart du XXe siècle, les *Königskinder* ont été joués un peu partout dans le monde. Puis, hormis l'Allemagne, ils ont été peu à peu oubliés. Nous les avons nous-même découverts dans un enregistrement pourtant de routine de l'Orchestre de la Radio de Munich, dirigé par Fabio Luisi. Le fils du roi y est tout de même chanté par Thomas Moser, la gardienne d'oies par Dagmar Schellenberger. Tout y est poésie, transparence. Et peut-être que les critiques américains qui saluèrent l'œuvre de Humperdinck lors de sa création new-yorkaise en affirmant que c'était pour eux « le plus important opéra allemand depuis le *Parsifal* de Wagner », n'avaient pas autant tort qu'on peut le croire. Enfin, jusqu'à un certain point... Il est vrai que c'est Geraldine Farrar qui fut la première gardeuse d'oies à New York, c'était une enchanteresse.

Konya, Sándor (1923-2002)

Ténor hongrois

Pourquoi Sándor Konya ici ? Parce que, à Berlin, à Bayreuth et surtout au Met de New York, il a été le plus transparent, le plus lyrique, le plus fervent des Lohengrin. Au moins deux enregistrements de lui doivent figurer dans les discothèques des wagnériens amoureux d'un chant wagnérien qui n'existe plus. D'abord celui réalisé sur le vif à Bayreuth en 1959, sous la direction de Lovro von Matačić. Puis, plus tardif, celui dirigé par Erich Leinsdorf à la tête de l'Orchestre symphonique de Boston, en 1966. C'était à Londres que nous les avions découverts, dans la boutique d'un disquaire français qui savait réunir des merveilles. Bernard P. œuvrait alors du côté de Regent Park, nous vivions nous-même à Regent Park, et c'est presque une génération entière de jeunes amoureuses de Sándor Konya que nous avons tenté de faire trembler de bonheur. On remarquera d'ailleurs, pour la bonne bouche, que dans la version Leinsdorf, Konya reprend la deuxième partie du Récit du Graal, supprimée par Wagner avant la création de l'œuvre à Weimar, puis reprise par Furtwängler à Bayreuth en 1936. Avec Sándor Konya et son « Im ferne Land... » à répétition, nous atteignons à des sommets d'une transparence quasi divine.

Kraus, Alfredo (1927-1999)

Ténor espagnol

L'image peut-être du ténor idéal du milieu du XXe siècle. Kraus a fait ses débuts au Caire dans le rôle du duc de Mantoue, de *Rigoletto.* Dès la fin des années 1950, dans les années 1960, il a chanté dans le monde entier. Très vite, on l'entend sur toutes les scènes italiennes avant ses débuts en 1959 à Covent Garden, dans *Lucia di Lammermoor.* Sa Lucia était Joan Sutherland. Il sera surtout pour nous l'*Alfredo* idéal de Maria Callas dans une *Traviata* si célèbre qu'un auteur américain en fit même le sujet d'une pièce. C'est la *Traviata* de Lisbonne, longtemps l'un des disques (dits pirates) les plus recherchés des amateurs. Parfaitement « légalisée » aujourd'hui, cette *Traviata* de mars 1958, chantée sous la direction de Ghione par Callas et Kraus, est un modèle dramatique pour Callas, stylistique pour Kraus. Jamais l'élégance et la tendresse pleine de retenue du grand ténor n'ont été approchées de si belle manière. Alfredo Kraus a aussi été l'un des plus éclatants des interprètes d'opéra français de son temps. On n'oubliera ni son des Grieux de *Manon* ; ni son éblouissant et chatoyant Hoffmann, des *Contes* du même nom ; ni surtout le *Werther* qu'il a chanté dans le monde entier. Écoutez donc, écoutez simplement avec nous l'air fameux : « Pourquoi me réveiller... » et vous comprendrez pourquoi : pourquoi Alfredo Kraus a probablement été le ténor idéal du milieu de ce XXe siècle.

Krauss, Clemens (1893-1954)
Chef d'orchestre autrichien

Clemens Krauss est mort jeune. Pourtant, sa carrière tout au long de la première partie du XXe siècle a été à proprement parler exemplaire. Ami très proche de Richard Strauss, il a dirigé la création de bon nombre de ses opéras. Marié à la soprano Viorica Ursuleac, qui créa elle-même plusieurs rôles de Strauss, il vivait au milieu des chanteurs, formant un équipe avec eux qui se déplaçaient avec lui sur l'échiquier de plus en plus incertain de l'Europe musicale de la seconde avant-guerre. C'est Clemens Krauss qui écrivit le livret de l'un des plus subtils opéras de

Strauss, son *Capriccio*, balançant entre musique et poésie, poésie et musique. Les enregistrements qu'il a laissés du *Ring* de Bayreuth, avec les distributions de l'immédiat après-guerre (Hotter, Windgassen,) furent parmi les premiers « pirates » à bénéficier d'une véritable distribution commerciale. Alors qu'il existe aujourd'hui à peu près une trentaine d'enregistrements intégraux de la *Tétralogie*, celui de Krauss, daté de 1953, a constitué une pierre blanche, ou plutôt un formidable monument dans la construction d'une passion discographique qui est loin de s'achever Krauss est mort trop tôt, trop vite, au Mexique...

Krips, Josef (1902-1974)

Chef d'orchestre autrichien

Après avoir été chef d'orchestre résident de l'Opéra de Vienne, Josef Krips s'est trouvé interdit en Autriche et en Allemagne pendant toute la période nazie. Dès la fin de la guerre, il a réorganisé la vie musicale à Vienne mais c'est surtout le *Don Juan* qu'il dirigea lors de la réouverture du Festival de Salzbourg, en 1946, qui est entré dans la légende. Et c'est parce qu'il dirigeait en 1955 la Philharmonie de Vienne dans un autre *Don Juan*, enregistré celui-là, qu'il mériterait de voir son nom écrit en lettres d'or dans cet ouvrage. En effet, il y a, certes, le *Don Juan* de Busch. Il y a le *Don Juan* de Bruno Walter ou de Furtwängler. Mais celui de Krips est considéré par beaucoup, dont nous sommes presque, comme le meilleur *Don Giovanni* enregistré et diffusé sur une base commerciale de la seconde moitié du XXe siècle :

une référence absolue. Superbe Cesare Siepi dans le rôle principal, limpide Dermota en Ottavio, immense Suzanne Danco en donna Anna, et bouleversante et si belle Lisa Della Casa en donna Elvire. Et tous les autres. Maintes fois réédité, dans un son toujours parfait, le *Don Juan* de Krips est un monument de l'histoire du disque.

Kunz Erich (1909-1995)
Baryton basse autrichien

Encore une des figures marquantes de l'Opéra de Vienne après 1945. Nous l'avons croisé pour la première fois en 1950, il était le Figaro des *Noces*, enregistré à Vienne par Karajan. Déjà, son abattage nous avait stupéfié, nous n'avions pas quinze ans, la fameuse version 1950 des *Noces* ne comportait pas les récitatifs : et pourtant ! Depuis, Kunz n'a cessé d'illustrer quelques-uns des enregistrements les plus fameux des opéras de Mozart, voire des grandes opérettes viennoises réalisées avec l'équipe réunie, dès le début des années 1950, par un Walter Legge. Il est partout drôle, familier, prêt à accepter des petits rôles pour faire plaisir à tout le monde. À sa manière, Kunz illustre plus que beaucoup d'autres le chant viennois. Jusque dans ses territoires les plus populaires, les plus joyeux.

Lablache, Luigi (1794-1858)
Basse italienne d'origine française

On ne peut pas ne pas citer ici Lablache, qui chanta le *Requiem* de Mozart aux obsèques de Beethoven et qui, pendant trente ans, fut le pilier de toutes les grandes distributions belcantistes de son temps. Immense (il mesurait près de deux mètres), une voix d'une étendue de deux octaves, la légende veut que lorsqu'il chantait le rôle de Leporello, il emportait Masetto sous son bras comme un colis sans importance. Avec les Rubini, Tamburini, Grisi et autres Pasta, il est l'un des noms incontournables du siècle d'or du chant italien. Sa gloire fut telle qu'il eut le bonheur — ou le redoutable honneur ? — d'être un temps professeur de chant de la reine Victoria.

Lady Macbeth de Mzensk (*Katerina Ismaïlova*)

Dimitri Chostakovitch. Livret d'Alexandre Preis

Leningrad, 1934

Un scandale. Un véritable scandale dans l'univers policier de l'Union soviétique des années 1930. Alors qu'est en train de passer le temps des folies surréalistes et autres constructivismes, quand on parle plans quinquennaux, électrification et production massive de tracteurs, oser montrer au bon peuple (fût-il celui des privilégiés des salles d'opéra...) une histoire d'adultères, de marchands cyniques, d'ouvriers dépravés, de bagnards et d'ivrognes... C'est pourtant ce qu'osa faire Chostakovitch lorsqu'il créa, le 21 janvier 1934 au théâtre Maly de Leningrad, son chef-d'œuvre lyrique. Assez curieusement pourtant, la presse officielle commença par voir, dans ce qui devint bientôt une œuvre maudite, un chef-d'œuvre du réalisme soviétique ! Il fallait le faire... Réalisme, c'est bien vrai. Soviétique, c'est à voir...

L'opéra est inspiré d'une nouvelle de Nicolaï Leskov, publiée en 1865. C'est une œuvre d'une noirceur inouïe, bien digne de la référence à l'œuvre de Shakespeare que porte son titre. Katerina Ismaïlova est ambitieuse, malheureuse, jalouse, violente. Mariée à un riche marchand, Zinovyi, elle souffre de la médiocrité du monde qui l'entoure. Elle souffre de l'autorité de son mari, naturellement, mais aussi de celle d'un beau-père dominateur, Boris, qui l'oblige, entre autres gentillesses, à s'agenouiller devant lui pour jurer fidélité à son époux ! Rien que cela. On comprend que hésitant entre champignons empoisonnés et mort-aux-rats, elle décide de se débarrasser de ce beau-père embarrassant. Son mari, elle l'étranglera ensuite. Et comme ses jolies mains de femme ne suffisent pas à la tâche, c'est Sergueï, son amant, domestique du mari, qui l'achèvera d'un coup de chandelier. Un long baiser scellera le crime, après qu'on aura porté le cadavre du mari dans le cellier. Mais voilà, le mort se porte mal, il sent plutôt mauvais. Aussi, lorsqu'un autre employé de cette belle famille, qualifié de « balourd miteux », descend à la cave pour chercher une bouteille de vodka, il en remonte horrifié. Dénonciation, procès, ce sont les bagnes de Sibérie. Katerina et Sergueï y sont ensemble, mais déjà Sergueï regarde ailleurs. Même en Sibérie, un jupon reste un jupon... L'opéra s'achèvera dans l'horreur, avec la double noyade dans l'eau d'un lac bien noir de Katerina trompée entraînant avec elle la nouvelle maîtresse de celui qui était devenu son époux. Touche finale : si dans Otello, on meurt pour un mouchoir, ici ce sont les bas de laine, bien chauds, de Katerina, qui vont déclencher le drame. Pour un baiser de plus, ce saligaud de Sergueï n'aurait pas hésité à les donner à la rivale de notre lady de province russe !

Longtemps méprisé par le public français pour nonconformisme à l'avant-garde officielle selon les critères alors en vogue, l'opéra de Chostakovitch a été joué aux États-Unis et dans l'Europe entière, ou presque, dans les deux ou trois années de sa création. Après Leningrad en 1934, on l'avait repris à Moscou en 1935, jusqu'à ce que l'ordre stalinien tombe sans appel : interdit sur les scènes soviétiques. Il faudra attendre 1965 pour voir la ténébreuse lady à l'Opéra de Kiev. Comme d'habitude, c'est sur l'une des deux ou trois scènes de province qui font la leçon à Paris qu'on a d'abord vu l'œuvre de Chostakovitch : à Nice, puis à Nancy et à Toulouse. Et c'est seulement en

1992, sous la direction de Myung-Whun Chung, qu'elle fera son entrée à l'Opéra-Bastille, dans une superbe mise en scène d'André Engel. Dès lors, l'œuvre a fait figure de classique. C'est même l'une des rares à avoir fait l'objet d'une deuxième production, sur la même scène de l'Opéra-Bastille, sous la houlette, cette fois, de Hugues Gall.

Mais notre grand coup de foudre pour l'autre *Lady Macbeth* est, naturellement, l'enregistrement de 1978 par Rostropovitch, alors à la tête de la Philharmonie de Londres. Pourquoi ? Parce que c'était lui, Rostropovitch, et parce que c'était elle : Galina Vichnievskaia, Mme Rostropovitch dans la vie. Les grands accents déchirants, la rage de Vichnievskaia, sa rage à tuer, sa rage à aimer, sont sans pareils. Et pourtant, on se souviendra aussi d'une autre Katerina, parce que nous l'avons aimée, parce qu'elle est morte tragiquement : Mary Collier. Revenir à Covent Garden...

Lafont, Jean-Philippe (né en 1951)

Baryton français

Attention ! qu'on ne s'y laisse pas prendre... Tout en rondeurs, en chaleur, l'accent toulousain et la bonne humeur qu'on y associe en général, Jean-Philippe Lafont fait partie des grands chanteurs français de la deuxième moitié du XXe siècle qu'on imagine toujours dans des rôles à son image, des hommes forts, solides et bons. À cet égard, l'interprétation du Barak de *La Femme sans ombre* de Strauss qu'il a marquée de son image est significative. Il est celui qui aime quand bien même il devrait haïr. C'est un peu, en somme, le reflet de Fischer-Dieskau dans le même rôle. L'humanité de son Barak est déchirante. Il en va de même de son Falstaff, truculent, rempli de bonhomie mais qui peut se souvenir qu'il fut jadis un joli page. Attention pourtant : un Lafont peut en cacher un autre. Et c'est en effet dans des rôles beaucoup plus sombres qu'on a commencé à s'habituer à le voir. Il est un Scarpia redoutable, même s'il semble presque amoureux de Tosca. On a pu qualifier son Iago de méphistophélique, c'était un peu trop, il était tout simplement diabolique. Mais c'était déjà beaucoup. Mais on l'a d'ailleurs bel et bien vu dans des rôles de diable, notamment dans le Nick Shadow de Stravinski ou dans la quadruple incarnation du diable dans *Les Contes d'Hoffmann.* C'est dire que Jean-Philippe Lafont est une personnalité diverse, dont la voix profonde et chaleureuse peut tour à tour remplir de bonheur, d'angoisse. Mais ce n'est pas tout. Depuis plusieurs années déjà, Jean-Philippe Lafont se rapproche davantage du grand répertoire allemand. À cet égard, il a été, à Bayreuth, un Telramund de *Lohengrin* terrifiant. Et le voilà qui se lance dans le rôle suprême des voix graves wagnériennes, celui de Wotan. Ce sont les trois Wotan de la *Tétralogie* qui se sont offerts à lui. Que de chemin parcouru depuis les premiers Papageno, de l'Opéra-Studio !

Lakmé

Léo Delibes. Livret d'Edmond Gondinet
et Philippe Gille

Paris, 1883

L'air des clochettes, vous vous en souvenez ? Un morceau de bravoure, un morceau de concours, l'un des plus jolis (eh oui, jolis, n'ayons pas honte du mot) airs pour soprano coloratura de tout le répertoire français. Lily Pons ou Maria Callas l'ont chanté. Mais aussi Joan Sutherland ou notre chère Christiane Eda-Pierre. Et tellement d'autres encore... Mais il n'y a pas que l'air des clochettes dans *Lakmé*. Comme *Lakmé* nous le prouve superbement, il n'y a pas que *Coppélia* et *Sylvia*, ballets ultracélèbres, dans l'œuvre de Delibes. À sa manière, *Lakmé* est un chef-d'œuvre. Bizet a donné dans le même exotisme. Sur la scène de l'Opéra-Comique, c'est le triomphe de la pureté d'une belle indigène face aux maléfices orientaux qui ne peuvent admettre l'amour d'une prêtresse brahmane pour un bel officier anglais. D'autant que ce Gérald, qu'un Georges Thill incarna avec superbe, n'a rien de commun avec cet autre colonialiste, ignoble, lui, qu'est le Pinkerton de *Madame Butterfly*. Premier acte : Lakmé tombe amoureuse, donc, du beau Gérald. Deuxième acte, Nilakantha, le père de Lakmé et brahmane comme elle, est indigné par cet amour sacrilège. Il se dissimule en mendiant et tente d'attirer Gérald dans un piège. Troisième acte, Gérald a échappé à la mort grâce à Lakmé. Un peu comme le Germont de *La Traviata*, Frédéric, un ami de Gérald, explique à celui-ci qu'un amour tel que le leur est impossible. Gérald le comprend, Lakmé aussi, elle se suicide, rideau. Au fond, Gérald est-il si différent de Pinkerton ?

Nous n'irons pas plus loin dans cette réflexion sur l'amour, l'exotisme et le choc des cultures. On se contentera de dire que le sujet est merveilleusement démodé, et que le duo du début du troisième acte entre Lakmé et Gérald : « Ah, viens dans la forêt profonde... » est presque aussi charmant, n'ayons pas peur non plus de ce mot, que l'air des clochettes cité en ouverture. Une photographie de Marie Van Zandt, qui créa le rôle à Paris en 1883, nous est restée : fine, légèrement déhanchée, le visage très pur, les bras très longs, très minces, une longue chevelure. Elle est tout simplement bouleversante. L'enregistrement réalisé par Alain Lombard à la tête des Chœurs et de l'Orchestre de l'Opéra-Comique nous offre, en 1964, la plus grande *Lakmé* française de ces cinquante dernières années. C'est naturellement Mady Mesplé. Quelques années avant elle, Mado Robin avait aussi été une émouvante fille de brahmane... On l'a compris, en dépit des sourires de quelques-uns de nos amis, nous aimons bien la *Lakmé* de ce cher M. Delibes...

Voilà encore une œuvre exotique mais française jusqu'au plus infime tintinnabulement de ces clochettes d'argent que nous aimerions voir plus souvent (et c'est un euphémisme !) sur les scènes françaises.

Lanceron, Alain (né en 1940)

Directeur artistique de maison de disques

Alain Lanceron a commencé sa carrière comme critique musical. On le rencontrait tous les ans à Bayreuth ou à Aix-en-Provence ; tous les soirs au Palais Garnier, à l'Opéra-Comique ou, naturellement, dans des salles de concert. Entré jeune chez EMI, il a pu donner libre cours à son goût de l'opéra, et tout particulièrement de l'opéra français. Pilier en France d'une multinationale, il a multiplié les enregistrements des œuvres et des chanteurs que nous aimons.

En même temps que EMI assurait, en grande partie sous sa houlette, de multiples rééditions de Maria Callas pour mieux nous permettre d'appréhender les mille et une facettes de son art, Alain Lanceron assumait lui-même la promotion d'artistes plus singuliers. On pense naturellement à Mady Mesplé à laquelle il s'est tout particulièrement attaché. Au début du troisième millénaire, ce sont de jeunes chanteurs, tels Natalie Dessay ou Roberto Alagna, qu'il contribue à soutenir activement. Notons, en marge pourtant de ce dictionnaire, qu'Alain Lanceron a aussi été l'un des grands passeurs en France de la musique contemporaine chinoise. Ce fut ainsi le cas pour le compositeur Chen Qienlung. Mais ceci est une autre histoire...

Laurens, Guillemette

Mezzo-soprano français

Une admirable chanteuse, qui a fait ses débuts en 1977 à la salle Favart dans le *Rake's Progress* de Stravinski. Puis Guillemette Laurens a commencé à travailler régulièrement avec l'Atelier lyrique du Rhin, à Colmar, où elle a chanté la musique de son siècle, Aperghis, Ohana, Mâche ou Chostakovitch. Mais c'est, toujours en 1979, sa rencontre avec William Christie qui donnera le coup d'envoi de sa carrière internationale dans la musique baroque. Membre fondatrice des Arts florissants, elle est de toutes les premières productions de Christie. Dont naturellement, la célèbre mise en scène de l'*Atys* de Lully, dirigée par J.-M. Villégier. Avec le Giardino Armonico, elle a chanté du Monteverdi, ses lectures en sont pour nous un modèle d'interprétation contemporaine. Et puis, parce que Guillemette Laurens peut tout chanter, elle a accepté le défi de donner à la Villa Médicis un récital où elle a retrouvé les trois grands cycles de mélodies allemands qui firent la gloire de Kathleen Ferrier. Brahms, Schumann, Mahler : elle y fut souveraine. On voudrait l'entendre plus souvent dans ce répertoire... Mais dans son île bretonne (est-ce vraiment une île, d'ailleurs ?) où elle vit cloîtrée lorsqu'elle ne chante pas dans le monde entier, Guillemette Laurens a tellement de cordes à son arc !

Lefort, Bernard (1922-1999)

Bernard Lefort a été un chanteur, il a donné des récitals à Paris, à Milan, à Berlin et à Vienne. La mélodie française était son domaine de prédilection. Mais il a aussi été un don Juan que nous n'avons, hélas, pu écouter. Car, très vite, une grave maladie l'a empêché de poursuivre dans cette voie. C'est dès lors comme directeur d'Opéra, directeur de festivals, que nous le connaissons, que nous l'admirons, que nous l'aimons. D'abord directeur artistique du Festival de Lausanne, puis de l'Opéra de Marseille entre 1965 et 1968, il a notamment participé à la création de *Sud*, de Kenton Coe, d'après Julien Green. Mais c'est surtout à l'Opéra de Paris, à Aix-en-Provence puis de nouveau à l'Opéra de Paris que nous avons pu le connaître. Et nous ne sommes pas près d'oublier cette longue figure, ce personnage au visage souvent impassible, ce long corps couturé des cicatrices des opérations qu'il avait dû subir, cet ami des chanteurs comme des dames du monde, ce merveilleux découvreur d'artistes auprès duquel nous passions de longs moments d'été, au Festival d'Aix et dans ses banlieues. La piscine de l'hôtel du Roy René, le restaurant du Pigonet, les merveilleuses équipes qu'il savait réunir autour de lui... C'est par lui que nous avons pu tout à la fois assister à l'ouverture du Festival d'Aix vers le bel canto rossinien et donizettien, écouter Marilyn Horne et Montserrat Caballé faire assaut de virtuosité dans des décors de Pier-Luigi Pizzi. C'est grâce à lui que de jeunes metteurs en scène français se sont pour la première fois attaqués à des œuvres majeures de l'opéra. Mais auparavant, en collaboration avec Daniel Lesur, Lefort s'était déjà trouvé à la tête de l'Opéra de Paris, d'une manière, il est vrai, intérimaire. Et quand bien même d'aucuns peuvent affirmer que c'est leur prédécesseur à tous les deux, René Nicoly, qui eut l'idée de *La Femme sans ombre* monumentale qui marqua la période Lefort-Lesur, grâces soient rendues à Bernard Lefort de nous avoir permis, en 1972, d'entendre Leonie Rysanek et Christa Ludwig dans le chef-d'œuvre le plus complexe de Strauss. Après Aix, Lefort reviendra de nouveau à l'Opéra de Paris, cette fois avec les pleins pouvoirs. Sa direction, brutalement interrompue en 1981, lui a laissé une immense amertume. Nous l'avons connu alors, errant à travers le monde, s'étant bien juré de ne plus jamais remettre les pieds en France. Il racontait sans rire qu'il s'abstenait même de prendre des avions qui auraient pu survoler la France ! L'une de ses ultimes apparitions fut dans le rôle de Pimène, du *Boris Godounov* filmé par Zulawski. Il ne s'était pas arrangé, Bernard ! pour jouer — naturellement sans le chanter — le rôle du moine visionnaire aveuglé par la vérité qu'il dénonce. Peu à peu, la vie de Bernard Lefort est devenue d'une immense tristesse. On se souvenait alors avec émotion des histoires fabuleuses qu'il avait à raconter, ses deux mariages, grandioses et cocasses tout à la fois. On l'a revu à la Villa Médicis où nous l'avions invité. Il était d'une effarante maigreur mais la présence de quelques amis, dont Jeff Cohen, pianiste superbe et compagnon miraculeux, parut le ragaillardir un peu. Il est mort tristement. Michel Sénéchal chantait à son enterrement, dans l'église Saint-Roch. Ses amis ont dispersé ses cendres dans la Seine... On veut lui dire, encore une fois, qu'on l'aimait.

Legge, Walter (1906-1979)
Écrivain, directeur musical

L'histoire de l'opéra au XXe siècle est aussi faite de quelques personnalités hors du commun que le grand public ignore le plus souvent. C'est bien le cas de Walter Legge, dont le nom revient si souvent dans ces pages. Cet ancien critique musical, musicologue, créateur des Chœurs et de l'Orchestre Philharmonia de Londres, est surtout l'artisan de quelques-unes des plus extraordinaires réussites de l'opéra enregistré. Travaillant pour le firme Columbia, devenue Angel ou EMI, c'est Walter Legge qui a imaginé trois ou quatre distributions de rêve, dans trois ou quatre types d'œuvres différentes, que l'on a pu retrouver ensuite au fil des enregistrements, pendant près d'une vingtaine d'années. Première servie, si l'on ose dire, Elisabeth Schwarzkopf, puisque à la ville elle était

Mme Legge. C'est Legge qui réalisa les grands enregistrements de Schwarzkopf avec Karajan. C'est lui qui monta ces réussites parfaites que furent quelques-uns des opéras de Strauss chez EMI : *Le Chevalier à la rose*, *Capriccio*, *Ariane à Naxos*... De même, avec Schwarzkopf, Gedda, Kunz et leurs amis, il produisit près d'une dizaine d'opérettes viennoises dirigées par Karajan ou Ackermann. Chacun de ces albums est encore aujourd'hui le pilier de toute discographie d'amateur perspicace. Dans le domaine de l'opéra italien, Walter Legge ne fit pas mal non plus ! En 1953, il lança la première *Tosca* de Maria Callas, dirigée par De Sabata, avec ces deux piliers du premier cercle de Callas : Giuseppe Di Stefano et Tito Gobbi. Devaient suivre d'autres Puccini, des Verdi, tous présentés dans ces magnifiques albums sur lesquels se détachait la silhouette altière du théâtre de la Scala. Et si Walter Legge fut aussi directeur de Covent Garden de 1968 à 1973, période particulièrement faste du grand Opéra de Londres, c'est d'abord et surtout parce que le mari de Mme Schwarzkopf avait le génie de réunir et de faire travailler ensemble des équipes hors pair qu'il est entré aujourd'hui dans la légende de l'opéra. Elisabeth Schwarzkopf lui a rendu un bel hommage en publiant un livre de souvenirs à lui consacré sous le titre *La Voix de mon maître*...

Un regret ? Peut-être... L'ardeur de M. Legge à travailler aux côtés de la chère Mme Legge, que nous aimons infiniment nul n'en doutera, a occulté pour nous pendant longtemps cette autre déesse absolue du chant allemand que fut, à la même époque, Lisa Della Casa.

Leguérinel, Franck (né en 1963)
Baryton français

L'un des jeunes barytons français que l'on voit le plus régulièrement aujourd'hui sur les scènes parisiennes. À Paris, on l'a notamment entendu dans *Madame Butterfly, Carmen, La Bohème, Faust* ou *Billy Budd*. Mais c'est dans la *Manon*, divinement chantée par la belle Renée Fleming, qu'on l'a surtout remarqué, dans le rôle du frère méchant, avide de profiter de sa sœur par tous les moyens. Franck Leguérinel est aussi un mélodiste hors pair. Il va d'ailleurs plus loin, chantant avec une jolie aisance Joseph Kosma ou Hanns Eisler.

Lehmann, Lilli (1848-1929)
Soprano allemande

Après avoir chanté des rôles légers, à la limite du coloratura, Lilli Lehmann est devenue l'une des plus grandes sopranos dramatiques de son temps. De l'une des Filles du Rhin, elle est devenue Brünnhilde, Isolde... Célèbre dans le monde entier, elle excita la jalousie du Kaiser qui, considérant qu'elle passait trop de temps à New York et hors d'Allemagne, décida, du bout de sa moustache et de la pointe de son casque, de lui interdire les scènes allemandes. Elle revint pourtant à Bayreuth et se retrouva directrice artistique des premiers balbutiements du Festival Mozart de Salzbourg. Mais c'est parce que nous avons possédé jadis d'elle l'un des premiers disques microsillons « repiqués » de ses anciens enregistrements acoustiques que Lilli Lehmann a été l'une des premières chanteuses d'un temps bien ancien à pénétrer dans notre vie.

Lehmann, Lotte (1888-1976)

Soprano allemande

Née allemande, Lotte Lehmann est morte américaine en 1976. Son nom revient et reviendra encore souvent dans les articles de ce dictionnaire. Parce qu'elle est l'une des plus belles, l'une des plus aimées, l'une des plus bouleversantes chanteuses de la première moitié du XXe siècle. Une des plus courageuses, aussi. Dès 1933, alors que l'ordre nazi étend sa chape de plomb sur l'Allemagne, elle va refuser de continuer à chanter sur sa terre natale pour s'exiler d'abord en Autriche jusqu'à l'Anschluss, puis à New York. Lotte Lehmann, c'est d'abord la créatrice ou l'interprète la plus fameuse des grands rôles de femmes de Strauss. C'est Lotte Lehmann qui a créé le rôle de la Teinturière, dans *La Femme sans ombre* ; c'est elle aussi qui a créé, en 1916, le rôle du Compositeur d'*Ariane à Naxos.* Regardez sa photographie dans ce rôle : habillée en garçon, décidée et rêveuse, c'est Chérubin en train d'écrire sa chanson pour la Comtesse. Mais un Chérubin qui saurait ce que chanter veut dire et ce que se voir interdire de chanter voudra dire plus tard. Lotte Lehmann a créé aussi le rôle de Christine, le double de Pauline, qui fut la vraie femme de Strauss, dans *Intermezzo* où l'amour conjugal triomphe de tous les malentendus. Mais elle a aussi chanté les trois rôles de femmes du *Chevalier à la rose* pour s'illustrer, avant tout, naturellement, dans celui de la Maréchale. Elle a aussi été la créa· trice, à Vienne, pour cause de nazisme berlinois, de la pure et belle Arabella.

Mais il faudrait parler aussi de Lotte Lehmann en Sieglinde, dans le plus parfait enregistrement qui nous soit resté du premier acte de la *Walkyrie*, celui dirigé en 1933 par Bruno Walter, aux côtés du plus étincelant des ténors wagnériens de tous les temps, Lauritz Melchior. Osera-t-on dire que l'on a presque appris à lire, oui, à lire avec elle ? À lire toute la tendresse que Wagner sait mettre dans la voix d'une jeune femme humiliée, offensée. Toute la tendresse et le plus radieux amour, celui du frère pour la sœur et de la sœur pour le frère tel qu'un Thomas Mann ou un Robert Musil sauront, à leur tour, nous le raconter. Et puis Lotte Lehmann a encore été l'une des plus fabuleuses chanteuses de lieder de son temps, et quelques-uns des disques qu'elle nous a laissés se devraient de figurer au premier rang des discothèques de tous les fous de voix de femme de la planète entière. Ainsi ce dernier récital à Carnegie Hall où, donnant en *bis* et comme chant d'adieu l'*An die Musik*, de Schubert : sa voix soudain s'est mise à trembler, puis s'est éteinte d'émotion, un sanglot dans la gorge qui submergeait le chant, la chanteuse et la musique. Avec les adieux de Lotte Lehmann au chant allemand, c'est toute une période de l'histoire de la musique qui s'est éteinte...

Leider, Frida (1888-1975)

Soprano allemande

Avec Lotte Lehmann, l'une des plus grandes sopranos wagnériennes de la première moitié du XXe siècle. Mais aussi, une chanteuse dont nous sont restés de nombreux témoignages. On se souviendra dès lors avec émotion de ces quêtes que nous faisions, aux Puces dans les années 1960, à la recherche d'enregistrements mythiques en 78-tours de sa Walkyrie ou de son Isolde. Tout cela existe à présent en CD, le son en a été, comme on dit, dépoussiéré : nos vieux 78-tours s'empilent encore dans une cave, comme si, même non loin de nous, nous ne saurions vivre sans ces premiers témoignages de nos premières passions wagnériennes et d'une Frida Leider mythique que nous étions si fier, en somme, de savoir aimer. De ses débuts à Halle en 1915, dans le rôle de la Vénus de *Tannhäuser*, à ses glorieuses années londoniennes (1924-1938) et surtout à sa formidable présence à Bayreuth pendant dix ans, à partir de 1928, Frida Leider a été aux côtés de Friedrich Schorr et de Lauritz Melchior, le pilier central d'un chant wagnérien qui connut, avec ce trio, un rayonnement sans égal.

Leitmotiv

Tout notre amour de Wagner est parti de là. Plus tard, d'une certaine manière, notre amour pour Proust y est arrivé. À l'origine, il y a une petite phrase musicale, très brève, quelquefois simplement une demi-douzaine de notes, que le compositeur associe à un personnage, ou à une idée. Pour Wagner, le leitmotiv à l'opéra constitue une sorte de troisième voix, voire de troisième voie. Au texte que chante chacun des personnages et à la musique qui le porte tout naturellement, s'ajoute, avec le leitmotiv, tout un ensemble de signaux, également donnés par l'orchestre, mais qui peuvent être aussi chantés par un personnage, pour montrer l'arrière des choses, voire la face cachée d'un discours.

Les musicologues vous diront que la première apparition du terme « leitmotiv » se trouve chez l'historien de la musique August Wilhelm Ambros, autour de 1865, puisqu'il est explicité cinq ou six ans plus tard chez le musicologue Friedrich Wilhelm Jähns à propos de Weber, enfin chez Hans von Wolzogen, qui publiera en 1876 un guide thématique du *Ring* de Wagner. Et nous y voilà. Si l'idée d'un thème, d'un leitmotiv, apparaît déjà chez Gluck et Mozart, c'est chez Weber qu'on le trouve employé de manière plus systématique et, naturellement, chez Wagner où il devient part d'un tissu musical de plus en plus dense, à mesure que le Wagner que nous connaissons s'affirme. Aux brefs appels ou rappels de *L'Or du Rhin* succéderont ainsi, pour s'en tenir à la seule *Tétralogie*, le formidable tissage et entrecroisement des leitmotive du *Crépuscule des dieux*.

C'est donc par ce chemin si simplement ouvert dans la musique de Wagner, balisé de repères flagrants, qu'on a pu commencer à aimer Wagner. On le dit ailleurs, la double découverte du *Voyage artistique à Bayreuth* d'Albert Lavignac d'une part, celle de partitions piano-chant repérant au cours de l'œuvre chacun des leitmotive principaux d'autre part, nous a permis à nous, sans véritable étude musicale, de nous enivrer de fabuleuses découvertes. Les leitmotive de

« Siegfried gardien de l'épée » ou du joyeux « cor de Siegfried » furent dès lors, dans ces années d'apprentissage, des sortes de mots de passe entre amateurs, encore bien néophytes pourtant.

De Wagner à Proust : un motif d'abord, longuement décrit par Proust lui-même dès le début de la *Recherche du temps perdu*, c'est celui de la sonate de Vinteuil : la fameuse petite phrase, entrée en même temps dans l'histoire de la musique et dans celle de la littérature. Qu'on s'en souvienne : « L'année précédente, dans une soirée, il [Swann] avait entendu une œuvre musicale exécutée au piano et au violon. D'abord, il n'avait goûté que la qualité matérielle des sons secrétés par les instruments. Et ç'avait déjà été un grand plaisir quand, au-dessous de la petite ligne du violon, mince, résistante, dense et directrice, il avait vu tout d'un coup chercher à s'élever en un clapotement liquide, la masse de la partie de piano, multiforme, indivise, plane et entrechoquée comme la mauve agitation des flots que charme et bémolise le clair de lune. Mais à un moment donné, sans pouvoir nettement distinguer un contour, donner un nom à ce qui lui plaisait, charmé tout d'un coup, il avait cherché à recueillir la phrase ou l'harmonie — il ne savait lui-même — qui passait et qui lui avait ouvert largement l'âme, comme certaines odeurs de roses circulant dans l'air humide du soir ont la propriété de dilater nos narines... » Et un peu plus loin : « Cette fois, il avait distingué nettement une phrase s'élevant pendant quelques instants au-dessus des ondes sonores. Elle lui avait proposé aussitôt des voluptés particulières dont il n'avait jamais eu l'idée avant de l'entendre, dont il sentait que rien autre qu'elle ne pourrait les lui faire connaître, et il en avait éprouvé pour elle comme un amour inconnu [...] Puis elle disparut. Il souhaita passionnément la revoir une troisième fois. Et elle reparut, en effet, sans lui parler plus clairement, en lui causant même une volupté moins profonde. Mais, rentré chez lui, il eut besoin d'elle : il était comme un homme dans la vie de qui une passante qu'il a aperçue un moment vient de faire entrer l'image d'une beauté nouvelle qui donne à sa propre sensibilité une valeur plus grande, sans qu'il sache seulement s'il pourra revoir jamais celle qu'il aime déjà et dont il ignore jusqu'au nom. »

Dès lors, tout au long de la *Recherche*, la petite phrase de Vinteuil, de Swann au narrateur, deviendra le leitmotiv d'une manière de volupté d'abord exacerbée, bientôt douloureuse. Pour Swann, le leitmotiv qui revient chaque fois qu'il rencontre — ou qu'il perd — le personnage d'Odette, auquel il l'associe, est synonyme d'amours très charnelles... Comme les orchidées, les cattleyas qui signifient son amour physique pour Odette (« faire cattleya » : s'aimer), la petite phrase de Vinteuil vient baliser, de place en place, tout un parcours vers l'amour physique découvert puis perdu. Pour le narrateur, elle est une autre nostalgie, celle d'amours qu'il n'aura jamais connues, du temps perdu, en somme.

Mais au-delà de la petite phrase, physique, sonore, de Vinteuil, toute la *Recherche du temps perdu* est également construite comme en référence au système du leitmotiv wagnérien. Le grain de la peau d'Albertine. La lumière du grand ciel de Balbec. Les couleurs d'Elstir. Les mots de Bergotte. La cambrure du baron de Charlus : les échos, en somme, au sein de l'un des textes les plus riches et les plus denses de toute l'histoire de la littérature, de l'une des musiques les plus riches et les plus denses de toute l'histoire de la musique. Et de l'opéra, naturellement.

Lemnitz, Tiana (1897-1994)

Soprano allemand

Avant Sena Jurinac, le plus grand peut-être des Octavian du *Chevalier à la rose.* C'est Tiana Lemnitz qui chantait Octavian dans l'enregistrement par lequel nous sommes entré pour la première fois au cœur de l'opéra de Strauss. Certains s'en souviendront : on avait même trouvé le vieil album, publié ensuite par la firme Urania, sous la forme d'une quantité incalculable de disques 45 tours non pas noirs, s'il vous plaît, mais roses ! Le rose pour *Le Chevalier à la rose*, que demander de mieux, surtout quand Octavian était Tiana Lemnitz. Rudolf Kempe dirigeait l'Opéra de Dresde, Margaret Baümer était une Maréchale indifférente, Kurt Böhme le plus truculent des baron Ochs. Mais la beauté, la limpidité du timbre d'une Tiana Lemnitz, alors âgée de plus de cinquante ans, nous firent écouter et réécouter sans cesse la scène de la présentation de la rose, avec ses musiques cristallines, comme un moment de chant ineffable. Tiana Lemnitz a aussi été l'une des plus grandes Pamina de son temps, aux pianissimi sublimes. Elle a à peu près tout chanté à l'Opéra de Berlin dont elle a été la pensionnaire pendant plus de vingt ans. On avouera aussi qu'avec l'Opéra de Vienne, elle chanta une Eva des *Maîtres chanteurs* dans une représentation fameuse donnée dans des années bien noires en une occasion que l'on préfère oublier... C'était en 1938 et à Nuremberg.

Le Roux, François (né en 1955)
Baryton français

Un exemple vivant pour toute la jeune école de chant française. On n'arrive pas à y croire : François Le Roux aura peut-être cinquante ans quand il lira ces lignes ! Mais pour nous, il demeure le plus ardent, le plus fougueux, le plus jeune Pelléas de sa génération. Exemplaire, il mûrira avec les années et, dans une mise en scène de Pierre Médecin, on le verra à l'Opéra-Comique en Golaud nostalgique, un peu ivrogne, terriblement amoureux de celle qu'il a conduite à la mort. Entre les deux, ce sont tous les grands rôles de baryton français que François Le Roux a interprétés. Français ? Il chante Mozart, il est un don Juan d'une terrible grandeur. Mais aussi un Papageno amusant et amusé. Audacieux, François Le Roux a participé à de nombreuses créations d'œuvres contemporaines : Birtswistle, Töru Takemitsu parmi beaucoup d'autres. Mais surtout, François Le Roux est un musicien d'un raffinement extrême et un musicologue aux connaissances inépuisables dans son domaine de prédilection : la mélodie française. Il a d'ailleurs publié en 2004 un maître livre sur l'art de chanter la mélodie française. Avec deux compères, les pianistes Jeff Cohen et Alexandre Tharaud, c'est lui qui, pendant quatre ans, à la Bibliothèque nationale de France, a animé des cycles de mélodie qui ont permis d'entendre l'intégrale des œuvres de Debussy, Fauré, Ravel et beaucoup d'autres. Habile à dénicher des inédits, à retrouver des partitions oubliées, François Le Roux est aussi un formidable animateur d'équipe. Nous sommes peut-être loin, là, de l'opéra, mais avec son Pelléas, puis son Golaud, c'est dans le petit grand disque regroupant toutes les mélodies de Duparc que nous l'aimons plus que tout. On ajoutera que François Le Roux a le don de repérer des voix jeunes et la générosité de les mettre en valeur.

Le Roux, Maurice (1923-1992)

Chef d'orchestre et compositeur français

Maurice Le Roux est mort trop vite. Cet élève de Messiaen, de Fourestier, de Leibowitz et de Mitropoulos a été un des piliers de la musique contemporaine française. Directeur musical de l'Orchestre national, il a été conseiller musical de l'Opéra de Paris. Ses titres de gloire sont nombreux, on le saluera tout d'abord pour le premier enregistrement mondial de la vaste, de l'inépuisable *Turangalila-Symphonie* de Messiaen.

Il a peu dirigé d'opéras, on se souvient pourtant d'un très beau *Don Juan* à l'Opéra de Paris. Mais il a publié une passionnante analyse du *Boris Godounov* de Moussorgski. Et surtout, il a été l'un des premiers producteurs à s'intéresser à la musique à la télévision, avec une série d'émissions, « Arcana », qui firent de lui une figure populaire auprès d'un public que l'on n'osera pas qualifier de grand public, mais qui dépassait sûrement le cercle étroit des initiés.

Liebermann, Rolf (1910-1999)
Compositeur suisse et directeur d'opéra

Compositeur, certes, Liebermann en est un. On a entendu sa *Pénélope* et surtout son *École des femmes.* Hugues Gall, son disciple, en somme, a présenté à Paris sa vision de *Médée.* Mais Liebermann a surtout été l'un des plus grands directeurs d'opéra, régisseur dans tous les sens du mot, de la deuxième moitié du xxe siècle. D'abord établi à Hambourg de 1959 à 1973, il a été nommé administrateur général de l'Opéra de Paris en 1973, fonctions qu'il occupa jusqu'en 1985. Ce furent les « années Liebermann », une période qu'on a pu qualifier de « festival permanent ». Tout commença d'ailleurs non pas à Paris, mais à Versailles et pour un soir, avec une production fameuse des *Noces de Figaro*, mises en scène par Giorgio Strehler. Le public français en eut le souffle coupé, il l'aura longtemps. S'il ne parvint pas à monter un *Ring* entier à l'occasion du centenaire — les Filles du Rhin y chantaient sur des cordes à nœuds (ou presque) et le repaire de Hunding ressemblait à une friperie des Puces, on n'alla pas plus loin... —, il a passé quelques-unes des commandes les plus intéressantes de son temps, notamment la version en trois actes de la *Lulu* de Berg et surtout le *Saint François d'Assise* de Messiaen — qui ne fut donné qu'après son départ de l'Opéra, mais qu'importe ? Pendant ses années parisiennes, Liebermann est devenu l'une des figures incontournables de la scène musicale internationale. À la fois jovial et autoritaire, il était sans pitié pour ses ennemis, un ami chaleureux, attentionné pour les autres. Liebermann s'est très vite intéressé à l'opéra filmé. Lors de son directorat de Hambourg, il a produit l'une des plus intéressantes versions en images de *Wozzeck*, qui s'achevait dans d'authentiques marécages. Plus tard, on lui devra le fameux *Don Juan* de Joseph Losey, tourné en décors naturels à Venise et dans toute la Vénétie. Nous avons eu le bonheur de nous trouver sur le tournage, de participer un peu à cette aventure, nous savons ce que représentait pour Liebermann ce film ébouriffant, parfois mal aimé des amateurs d'opéra. Très proche du producteur de cinéma Daniel Toscan du Plantier, il a, à coup sûr, ouvert une voie nouvelle au cinéma dans le domaine de l'opéra. Après Paris, Rolf Liebermann est revenu pour trois saisons à l'Opéra de Hambourg. On aimait le revoir à Paris, on ne l'y revit plus, on fut triste...

Lind, Jenny (1820-1887)
Soprano suédoise

Le rossignol suédois... Jenny Lind a fait ses débuts dans Agathe du *Freischütz*, de Weber. Elle avait dix-huit ans. À dix-neuf ans, elle chantait *La Vestale* de Spontini et *Robert le Diable*, de Meyerbeer. *Donna Anna* et *Lucia di Lammermoor* à vingt ans, *La Straniera*, de Bellini. *Norma* à vingt et un ans... Jenny Lind ou la légende, on l'a compris. Et pourtant, à vingt et un ans, épuisée par tant de rôles, elle est allée chercher secours auprès de Manuel Garcia, le grand ténor et le professeur de chant, le père de la Malibran et de Pauline Viardot. Et, comme à ses deux filles, c'est Garcia qui lui a donné sa vraie voix.

À l'égal de la Malibran, Jenny Lind est dès lors devenue un mythe. Écoutons Berlioz raconter son arrivée à New York, sur le ton de l'exaspération ironique : « À son débarquement à New York, la foule s'est précipitée sur ses pas avec un tel emportement qu'un nombre immense de personnes ont été écrasées. Les survivants suffisaient pourtant encore pour empêcher ses chevaux d'avancer ; et c'est alors qu'en voyant son cocher lever le bras pour écarter à coups de fouet ces indiscrets enthousiastes, Jenny Lind a prononcé ces mots sublimes qu'on répète maintenant depuis le haut Canada jusqu'au Mexique, et qui font venir les larmes aux yeux de tous ceux qui les entendent citer : "Ne frappez pas, ne frappez pas ! Ce sont mes amis ; ils sont venus me voir." On ne sait ce qu'il faut le plus admirer dans cette phrase mémorable, de l'élan du cœur qui en a suggéré la pensée ou du génie qui a revêtu cette pensée d'une forme si belle et si poétique. Aussi des hourras frénétiques l'ont-ils accueillie. Le directeur de la ligne transatlantique, M. Colins, attendait Jenny au débarcadère armé d'un immense bouquet. Un arc de triomphe en verdure s'élevait au milieu du quai, surmonté d'un *aigle empaillé* qui semblait l'attendre pour lui souhaiter la bienvenue. À minuit, l'orchestre de la Société philharmonique a donné à Mlle Lind une sérénade, et pendant deux heures l'illustre cantatrice a été obligée de rester à sa fenêtre, malgré la fraîcheur de la nuit. Le lendemain, M. Barnum (le Barnum du cirque !), l'habile oiseleur qui a su mettre en cage pour quelques mois le rossignol suédois, l'a conduite au Muséum, dont il lui a montré toutes les curiosités, sans oublier un cacatoès ni un orang-outang ; et plaçant enfin un miroir devant les yeux de la déesse : « Voici, madame, a-t-il dit avec une galanterie exquise, ce que nous avons ici en ce moment de plus rare et de plus ravissant à vous monter ! » À sa sortie du Muséum, un chœur de jeunes et belles filles vêtues de blanc s'est avancé au-devant de l'immortelle et lui a fait un virginal cortège, chantant des hymnes et semant des fleurs sur ses pas. Plus loin, une scène frappante et d'un genre tout neuf attendait la célèbre promeneuse : les dauphins, les baleines, qui depuis plus de huit cents lieues (d'autres disent neuf cents) avaient pris part au triomphe de cette Galatée nouvelle et suivi son navire en lançant par leurs évents des gerbes d'eau de senteur, s'agitaient convulsivement dans le port, en proie au désespoir de ne pouvoir l'accompagner encore à terre ; des veaux marins, versant de grosses larmes, se livraient aux plus lamentables gémissements. Puis on a vu (spectacle plus doux pour son cœur) des mouettes, des frégates, des fous de mer, sauvages oiseaux qui habitent les vastes solitudes de l'océan, plus heureux, voltiger sans crainte autour de l'adorable tête, se poser sur ses épaules pures, planer au-dessus de sa tête olympienne, tenant dans leurs becs des perles d'une grosseur monstrueuse qu'ils lui offraient de la plus gracieuse façon, avec un doux roucoulement. Les canons tonnaient, les cloches chantaient *hosanna !* et de magnifiques éclats de tonnerre faisaient, par intervalles, retentir un ciel *sans nuages* dans sa radieuse immensité... » On ajoutera, à la décharge de Berlioz qui se moque peut-être un peu trop de la grande chanteuse, que le *New York Weekly Tribune*, dans son édition du 7 décembre 1847, rapporte que, après l'arrivée de la belle Jenny dans l'auguste cité américaine, « quarante à cinquante personnes gisaient, piétinées par la foule inexorable »...

Se non è vero, è ben trovato.

Lissner, Stéphane (né en 1953)
Directeur d'opéra français

À sa manière, Stéphane Lissner est, en somme, l'enfant gâté du monde lyrique français. Après des débuts comme administrateur de théâtre aux côtés de Jean-Louis Thamin, notamment à Nice, il est entré au Châtelet, sous la houlette de Jacques-Albert Cartier. Très vite, Lissner a su, lui aussi, se faire une place au soleil. Grâce à lui, comme grâce à Cartier, ce théâtre qui fut le lieu par excellence des féeries de la première avant-guerre et autres *Tour du monde en 80 jours* est devenu une sorte de second Opéra de Paris. Avec des moyens infiniment plus limités, puisque la subvention assurée par la Ville de Paris au théâtre du Châtelet ne permet que quelques productions par an mais, dans le sillage de Cartier, puis seul ensuite à la barre, Lissner a su faire des miracles. Organisant des saisons thématiques, il découvre tour à tour de grands pans de la création contemporaine comme de la musique baroque, par exemple, avec quelques complices et fidèles. En 1998, Stéphane Lissner a été nommé à la tête du Festival d'Aix-en-Provence. Là aussi, il a su faire des miracles, additionnant et multipliant les subventions et séduisant un public de sponsors et de mécènes. On lui doit d'admirables productions, notamment de Janáček, ou un *Don Juan* mis en scène par Peter Brook et dirigé en alternance par Claudio Abbado ou par le jeune Daniel Harding, qu'il a fait découvrir au public français. On oubliera un *Château de Barbe-Bleue* (voir cette rubrique) agrémenté de trop de bruits de fond pour mieux saluer sa création d'une « Académie européenne de l'art lyrique » et une *Petite Renarde rusée* de Janáček, qui nous enchanta. Pour ne pas parler de ses fabuleuses productions de Monteverdi...

List, Emmanuel (1890-1967)

Basse autrichienne

Après des débuts européens à Vienne et à Berlin, List émigra aux États-Unis en 1933. Il est, dès lors, devenu l'un des piliers du Met de New York. C'était un immense Hagen, un baron Ochs impeccable. Mais c'est parce qu'il chante le rôle de Hunding dans le célèbre premier acte de *La Walkyrie* enregistrée en 1935 à Vienne par Bruno Walter, aux côtés de Lotte Lehmann et de Lauritz Melchior, qu'il a plus que sa place dans cet ouvrage. Il a été pour nous le premier Hunding, nous ne l'avons, naturellement, jamais entendu sur une scène, nous en avons entendu d'autres, il reste le premier.

Lohengrin

Richard Wagner. Livret du compositeur

Weimar, 1850

Osera-t-on le sacrilège suprême ? On dira alors que *Lohengrin* est l'opéra italien de Wagner. Italien : qu'on nous le pardonne. Venant après *Le Vaisseau fantôme* (1843) et *Tannhaüser* (1845), *Lohengrin* ne marque pourtant en rien une régression dans la création musicale de Wagner. Mais, à la différence du *Vaisseau fantôme* qui le précède, *Lohengrin* apparaît bien moins un opéra d'orchestre qu'un opéra de chanteurs. Et si la division en numéros classiques de l'opéra italien en est absente, il n'en reste pas moins qu'une certaine structure de l'œuvre, avec ses airs, duos, ensembles bien repérables dans le flux de la musique, paraît parfois appartenir à un autre moment de l'histoire de l'opéra. Est-ce la raison pour laquelle bien des wagnériens traitent parfois *Lohengrin* avec un doigt de désinvolture ?

Trente-deux ans après sa création, Wagner reprendra, en quelque sorte, le fil de son *Lohengrin,* avec *Parsifal.* Lohengrin le dit lui-même, dans l'air fameux du dernier acte de la partition, son père est Parsifal ! Dès lors, à la musique du Graal que l'on trouve déjà au dernier acte de *Lohengrin* répond plus d'un quart de siècle après la quasi-totalité des premier et troisième actes de *Parsifal.* Et ce n'est pas un hasard si cette partition, parfois élégiaque, fut donnée pour la première fois à Weimar lors de l'une de ces célébrations de Goethe dont Liszt, le maître organisateur, avait le secret. Mais si *Parsifal* est à sa manière une véritable messe, ce n'est qu'à la fin de *Lohengrin* que Wagner atteint à un certain mysticisme. Pour le reste, son solide livret, bien charpenté, repose sur une sombre histoire de jalousie, celle de Telramund, noble de Brabant, et de sa femme Ortrud, sorte de lady Macbeth, pour Elsa, l'héritière légitime du trône, qu'ils accusent d'avoir assassiné son fils. Le roi Henri l'Oiseleur, chargé de rendre justice, appelle un chevalier, quel qu'il soit, à s'avancer pour défendre l'honneur d'Elsa face à Telramund : ce sera le jugement de Dieu. Après deux appels infructueux, un inconnu casqué se présente, c'est naturellement Lohengrin. Et Lohengrin gagne. L'innocence d'Elsa est prouvée.

Dans sa magnanimité, l'infortunée reine pardonne à ses offenseurs. Mieux : elle va épouser son défenseur. Mais celui-ci accepte à une seule condition, qui évoque le mythe grec de Psyché, qu'elle ne cherche pas à connaître le nom de son époux. Naturellement, les deux méchants vont comploter, la persuader de Dieu sait quoi et elle posera la question fatale. Alors, appelant le cygne avec lequel il est arrivé, Lohengrin va disparaître après un long récit, qui est précisément le récit du Graal. Tout de suite un nom, pour évoquer un Lohengrin ensorceleur que nous eûmes le bonheur d'entendre : Sándor Konya. Ce ténor hongrois, qui fit surtout sa carrière dans des rôles italiens, est probablement le Lohengrin le plus parfait de la deuxième moitié du XXe siècle. Avant lui, il y eut un immense Leo Slezak ; un très beau, un très vibrant Lauritz Melchior. Mais Sándor Konya, Lohengrin d'André Cluytens à Bayreuth en 1958, de Lovro von Matačić, toujours à Bayreuth, en 1959, puis enregistré à Boston avec Erich Leinsdorf, un peu plus tard, en 1966, chante Lohengrin avec une radiance, une lumière en même temps qu'une vaillance dans la voix que bien des interprètes fameux du rôle aujourd'hui devraient redécouvrir. On a précisé à la rubrique qui le concerne que dans la version Leinsdorf de 1966, Konya rajoute un couplet supplémentaire, généralement omis, au récit du Graal...

Pour l'image, on se souviendra de la mise en scène de Werner Herzog, à partir de 1987, au Festival de Bayreuth. Dans un paysage comme figé par la glace dans le cristal, Lohengrin aurait bien pu être le chevalier au cygne qu'avec Elsa de Brabant nous attendions de toute éternité... Ce ne fut pas le cas, passons, mais le spectacle était fort beau. On se consolera en pensant au Telramund que chanta dix ans plus tard sur la même scène le bon Jean-Philippe Lafont, subitement redoutable !

Los Angeles, Victoria de (née en 1923)
Soprano espagnol

Victoria de Los Angeles, ou la chérie, la bien-aimée, la chanteuse adorable et adorée de milliers de fidèles de par le monde qui ont découvert en elle dans les années 1950 la Manon, la Mimi, la Butterfly idéales. Une voix d'une parfaite homogénéité, capable d'une très grande douceur, avec dans le même temps des graves soutenus somptueusement, Victoria de Los Angeles était une artiste au charisme souverain. On ne saurait toutefois résumer son répertoire à Puccini et à Massenet. Elle a été la Léonore de *Fidelio*, elle a chanté la plupart des rôles légers de Wagner, jusque dans son temple, à Bayreuth. Elle a été Desdémone, Violetta et l'Amelia de *Simon Boccanegra* de Verdi. Mais elle a aussi été une mozartienne, et le grand souvenir que nous gardons d'elle, c'est son Antonia des *Contes d'Hoffmann.* Et pourtant, la si douce Victoria de Los Angeles a pu être une Carmen époustouflante de vigueur, d'hispanité.

Allons ! le mot est lâché. Puccini et Wagner, certes, mais Victoria de Los Angeles a d'abord été, est toujours, une chanteuse espagnole. Non seulement c'est elle qui a créé *L'Atlandide*, de Manuel de Falla, non seulement elle a chanté *L'Amour sorcier* et *Le Tricorne*, mais elle a laissé d'éblouissants témoignages de son art de chanter la musique religieuse espagnole comme les chansons de Grenade. Nous n'avons jamais eu le bonheur — pour quelle raison ? — de l'entendre sur une scène. Mais, des disques, des dizaines de photographies nous l'ont rendue familière, comme une sorte de petite sœur toujours présente, toujours à sa place, qui ne cherche jamais à se mettre en avant. On voudrait pourtant citer quelques lignes d'André Tubeuf à son propos : « Quant au répertoire français, mesurons nos mots : en vingt ans, Victoria de Los Angeles fut la seule chanteuse française de rayonnement mondial... (et on n'oublie en rien la grande, la malheureuse Crespin, luttant héroïquement pour Berlioz et Gluck mais obligée, en tant que Française, c'est-à-dire suspecte, de s'imposer au sommet dans Tosca et la Maréchale). Son prestige œcuménique, Victoria a pu le mettre, avec un sourire, au service de Reynaldo Hahn, Duparc, Fauré. Personne, dans l'histoire du chant, n'aura chanté au public du monde entier autant de musique française, pas même Ninon Vallin... Personne, pas même Souzay, n'a constitué un trésor de musique française communiqué de même importance, de même splendeur. Sans Victoria de Los Angeles, c'est le chant français qui serait resté, tout ce temps, *introuvable...* » C'était en prélude à la publication chez EMI d'un coffret dit d'« introuvables » de Los Angeles qu'André Tubeuf lui a rendu cet hommage. Pour notre part, nous la réécouterons sans fin chanter, non pas les espagnolades ou elle fut si délicieusement flamboyante, non pas Manon ou Mimi, mais une certaine Marguerite, dont le « Anges purs, anges radieux... » pourrait être un hymne dédié par Gounod à Victoria.

Louise

Gustave Charpentier. Livret du compositeur

Paris, 1900

Paris 1900 : l'année et le lieu de la création de cette *Louise* de Charpentier, qui est, pour le monde entier, l'une des plus fidèles évocations de Paris au début du XXe siècle que la musique lyrique ait jamais proposée. Créée à l'Opéra-Comique, l'œuvre a très vite été jouée dans le monde entier. C'est que l'on se trouve en face d'un chef-d'œuvre étrange. On n'osera pas évoquer, à propos de Charpentier, un vérisme « à la française ». Ce serait bien plutôt de réalisme poétique que l'on voudrait parler ici, en se souvenant en particulier d'un certain cinéma français de la fin des années 1930 et des années 1940. D'ailleurs, un film réalisé par Abel Gance en 1939 en est peut-être l'une des plus touchantes illustrations. L'œuvre est d'une simplicité biblique. À Montmartre vit une famille, le père, la mère et la fille. Le prélude du deuxième acte, « Paris s'éveille », décrit toute l'atmosphère de l'œuvre. Nous sommes dans un logement ouvrier, tout le monde est modeste — on aurait dit à l'époque pauvre mais honnête. Louise est une cousette, elle travaille gaiement et tombe amoureuse de Julien, sous l'œil attendri de sa mère. Mais le père, figure formidable, ne veut entendre parler de rien. En dépit de cette interdiction, Louise est heureuse. « Depuis le jour où je me suis donnée... », chante-t-elle dans l'allégresse. Mais elle devra bientôt déchanter devant la colère de son père. Tragique à souhait mais heureuse quand même, la fin de l'opéra voit la malédiction du père, l'hymne à la liberté de la fille et son départ vers celui qu'elle aime. Resté seul, le Père (qu'on n'oublie pas, surtout, la majuscule...) tend le poing vers la ville infâme et corruptrice qui s'étend au pied du Tout-Montmartre en l'invectivant : « Ô Paris ! »

Pour des raisons qui ne paraissent pas toujours évidentes à des publics trop sophistiqués, *Louise* a longtemps fait un malheur. Puis, les publics sophistiqués en question ont découvert Haendel, les baroques, les directeurs d'opéras ont voulu leur faire plaisir, on a un peu oublié la pauvre Louise. Louise, qui fut pourtant l'un des rôles de prédilection de tant de sopranos tout au long du XXe siècle, de Mary Garden (Mélisande...) à Geraldine Farrar et Fanny Heldy, tant d'autres. On a parlé du film d'Abel Gance : c'est Grace Moore qui y chantait Louise, elle y était d'une transparence délicate en même temps que d'une détermination bien courageuse... Georges Thill était Julien mais surtout André Pernet, dans le rôle du père, donnait une démonstration de très beau chant, certes, mais aussi d'un tempérament dramatique plus qu'exacerbé — et peu habitué aux nuances du gros plan cinématographique ! Un très ancien enregistrement, daté de 1935, nous rend la même distribution, mais avec Ninon Vallin dans le rôle de Louise. Ce ne sont, certes, que des extraits, mais des extraits assez copieux pour avoir une idée, sans image cette fois, du type de chant qui faisait le bonheur des spectateurs de l'Opéra-Comique dans les années 1930. Plus récemment, un joli disque d'Ileana Cotrubas, flanquée d'un Placido Domingo quelque peu hors de propos et d'un Gabriel Bacquier superbe d'intelligence, a pu nous montrer, sous la direction de Georges Prêtre, qu'aujourd'hui encore on savait chanter Charpentier...

Lubin, Germaine (1890-1979)
Soprano

À propos de la Malibran ou de quelques autres, on a pu parler de chanteuses foudroyées. Le cas de Germaine Lubin est différent. L'une des artistes lyriques les plus réputées, les plus appréciées de la scène internationale dès les années 1920, elle a été, elle, emmurée vivante. Emmurée dans son silence. On n'aura pas l'hypocrisie de ne pas le rappeler. Germaine Lubin a chanté tous les grands rôles lyriques du répertoire, et dans le monde entier. Dans le monde entier et en Allemagne. Et en Allemagne : voilà le problème. Chanter à Bayreuth avant la Deuxième Guerre mondiale faisait partie du métier de chanteur. Chanter Wagner à l'Opéra de Paris devant des parterres d'officiers allemands que l'on retrouvait ensuite pour souper, c'était autre chose. À la mi-1944, la carrière de Germaine Lubin s'est arrêtée. Condamnée à la Libération, elle a donné encore quelques récitals, en 1952 ou 1954. Puis, dans son appartement du quai Voltaire, elle a seulement reçu, s'est souvenu, a écouté les voix des autres. Emmurée dans un silence qu'elle n'avait peut-être pas tout à fait mérité.

Germaine Lubin était belle, de ces beautés classiques qui furent celles de certaines actrices des années 1930 : Norma Shearer aux États-Unis, Marie Bell en France. Un long visage grave, à peine un peu lourd. Mais sa voix était de celles dont, comme une Kirsten Flagstad, les accents parfois très sombres pouvaient s'illuminer jusqu'à la plus rayonnante des clartés. Quelques extraits, trop rares, nous disent la Sieglinde, la Brünnhilde, l'Isolde surtout qu'elle a été. Remarquée par Hitler dans *Parsifal*, eh oui, elle fut présentée au Führer ! Ce qui lui valut de chanter l'année suivante Isolde à Bayreuth, avec Max Lorenz et Margarete Klose, dirigée par Victor De Sabata. Première Française à chanter Isolde, puis Kundry sur la verte colline, ce fut un triomphe, mais un triomphe mortel. En 1941, à Paris, elle a encore été Isolde, dirigée par Karajan. On a dit trop rares ses enregistrements : plus que rares... On pourrait presque les compter sur les doigts des deux mains. Et pourtant, au-delà de ses grandes incarnations wagnériennes, elle fut l'une des plus somptueuses Alceste, de Gluck. Elle a chanté Ravel, Fauré, Debussy. Germaine Lubin, immense chanteuse, l'une des grandes voix de la première moitié du XXe siècle, a eu de bien mauvaises fréquentations, et surtout elle parlait trop : elle ne savait pas tenir sa langue ! Qu'elle nous pardonne pourtant notre désinvolture.

Lucia di Lammermoor

Gaetano Donizetti. Livret de Salvatore Cammarano d'après Walter Scott

Naples, 1835

Maria Callas : pour évoquer l'œuvre la plus fameuse de Donizetti, on ne peut pas, d'abord, ne pas se souvenir de Maria Callas. Tant de disques, tant de photos pour nous dire ce que fut Maria Callas lorsqu'en janvier 1954, sous la direction de Herbert von Karajan, elle s'avança pour la première fois sur la scène de la Scala dans l'un des cinq rôles sur lesquels sa gloire tout entière allait s'appuyer. Callas avait déjà chanté Lucia en 1952 à Mexico City, puis à Florence en 1953, à Gênes, à Catane, à Rome. Cette fois, non seulement Karajan la dirige, mais il la met également en scène. On la voit, dès lors. Vêtue d'une longue robe de nuit blanche que recouvre un manteau de nuit également blanc aux immenses manches ouvertes comme des corolles à mille plis, la traîne du manteau aux mille plis aussi qui la suit dans un frôlement de soie, Callas folle en scène dans la scène si fameuse de la folie du dernier acte, sort de la nuit. Les cheveux dénoués, les bras qui s'ouvrent lentement le long du corps, en un geste de terrible impuissance, elle s'offre en holocauste, la voix à jamais perdue dans les mille volutes qui font du rôle de Lucia le plus beau dans l'œuvre entier de Donizetti. Le plus divers, le plus sombre et le plus coloré. Toutes les douceurs du bel canto, cantilène élancée, subtile, qui se redit et se dit encore, avec des écarts profonds que seule la voix de Callas sait animer d'une vie noire — comme on dit un « roman noir » en parlant de ces contes gothiques et de ces sombres légendes inventées par Walter Scott ou Mary Shelley — au cœur de la plus sereine douceur.

En chantant *Lucia di Lammermoor*, Callas ne « découvrait » pourtant pas, cette fois, un opéra oublié comme elle avait pu le faire si souvent. Seule peut-être de toutes les œuvres de Donizetti — avec *Don Pasquale* et *La Fille du régiment* —, *Lucia* est constamment restée au répertoire de tous les théâtres lyriques du monde, depuis sa création à Naples en 1837 avec Fanny Persiani — pour qui Donizetti avait composé l'œuvre — et le formidable Duprez, le premier Benvenuto Cellini de Berlioz. D'Emma Calvé à Lily Pons — la grande Lily Pons, le « rossignol français » du Met —, la liste des Lucia est impressionnante : c'est le type même du rôle de coloratura romantique. Quant à l'histoire, tirée d'un roman de Walter Scott, elle raconte l'infortune de Lucia, qui aime Edgardo — mais que son frère Enrico oblige à épouser Arturo —, tous les noms écossais ayant été, bien entendu, italianisés ! Lucia en devient folle : c'est la plus célèbre scène de folie de l'histoire de l'opéra. Celle de Toti Dal Monte a bercé nos dix ans.

Lucia, c'est une fois de plus l'humiliée, l'offensée à qui seule la folie permet, par le meurtre d'un mari après tout presque innocent, de prendre une revanche sur les hommes. Son air de la folie s'achève par des bribes de souvenirs qu'elle chante doucement au son d'une flûte qui joue avec elle à ne pas la laisser s'échapper. Cette flûte qui, peu à peu, l'enserre de toute part, la capture, la retient et ne nous la laisse que pantelante, épuisée, quand elle donne alors son ultime cri : « Ne me regardez pas d'un air si dur ! » (« Non mi guardar si fièro »). Tous ceux qui ont entendu Maria Callas supplier de la sorte savent bien que c'est à nous tous qu'elle s'adresse. C'est nous, qui avons tant exigé d'elle, qui lui avons fait perdre la raison. Il ne reste plus que la tombe obscure, la nécropole hantée des Ravenswood et la pitié inutile qu'on peut lui apporter.

On nous pardonnera d'avoir davantage parlé de Maria Callas que de Lucia, mais, à sa manière, *Lucia di Lammermoor* ressemble tellement à Maria Callas... Nous nous souviendrons aussi de cette « troisième loge de face » au Palais Garnier où une jeune fille que nous appellerons Danièle écoutait avec nous sa première *Lucia* : des larmes lui coulaient le long des joues, la vie nous paraissait très belle. C'était Joan Sutherland qui chantait la mortelle héroïne de Donizetti. C'est en novembre 1959 que Maria Callas a chanté *Lucia* pour la première fois, à Dallas.

Lucio Silla

Mozart. Livret de Giovanni di Gamerra, d'après Métastase

Milan, 1772

La résurrection du septième opéra de Mozart est récente. C'est seulement en 1955 qu'on a pu l'entendre à nouveau à l'Opéra de Dresde ; en 1961 à Milan, où il fut créé ; en 1964 à Salzbourg et surtout en 1981, dirigé à Zurich par Nikolaus Harnoncourt dans une mise en scène mémorable de Jean-Pierre Ponnelle. L'œuvre est interminable, on en convient. C'est un *opera seria* qui répond à toutes les conventions du genre, avec reprise « da capo » des airs, qui connut pourtant en son temps un très grand succès.

Vingt-six représentations successives après sa création. L'argument en est emprunté à l'histoire romaine, c'est l'une de ces sempiternelles anecdotes visant à glorifier la clémence d'un souverain. *Mithridate* deux ans plus tôt, *La Clémence de Titus* en conclusion traiteront de la même noblesse héroïque. Pourtant, *Lucio Silla* est bien loin de la perfection rigoureuse de la *Clémence.* L'ouvrage se distingue quand même des autres œuvres de jeunesse de Mozart, dans la mesure où l'orchestre y joue un rôle de premier plan. Un duo, en outre, entre Cecilio, ancien proscrit, et Giunia, son épouse qu'on veut lui arracher, est rempli d'une très belle intensité dramatique.

Mais si l'œuvre fut l'occasion d'une jolie remarque de Mozart lui-même, dans une lettre écrite à son père en 1777. En effet, il venait d'assister à une représentation d'un autre *Lucio Silla*, dû à Jean-Chrétien Bach, celui-là. À l'un de ses amis qui traitait l'œuvre du onzième et dernier fils de Bach par le mépris (il parlait de « cochonnerie »), Mozart ne répondit que par le silence : « Je crus que j'allais le prendre aux cheveux. Je fis pourtant comme si je n'avais rien entendu... Je me tus et partis... » Belle générosité de l'auteur du seul *Lucio Silla* encore joué de nos jours à l'endroit du « Bach de Londres », auteur à l'époque à succès d'une multitude d'opéras italiens sur des sujets à la mode, *Artaserse* et autres *Temistocle...*

Lucrèce Borgia *(Lucrezia Borgia)*

Gaetano Donizetti. Livret de Felice Romani d'après Victor Hugo

Milan, 1833

Bien que fraîchement accueillie à sa création à la Scala, la *Lucrèce Borgia* selon Donizetti constitue un remarquable exemple de transposition dans le monde lyrique de l'une des pièces les plus fameuses de Victor Hugo. Tout ce que Hugo a choisi d'y mettre de violence, de mélodramatique, mais aussi de drôlerie et d'humour s'y trouve réuni. C'est Donizetti lui-même qui voulut mettre en musique la pièce de Victor Hugo, publiée la même année à Paris. Romani s'exécuta de bonne grâce, son livret est l'un des plus remarquables qu'il ait produits pour l'opéra italien. Pourtant, Victor Hugo refusa de voir l'opéra joué sous son titre original à Paris, criant au plagiat. C'est donc une *Renégate, La Rinnegata*, que l'on l'y donna... En Italie même, et parce que le livret mettait en scène rien moins que la fille incestueuse d'un pape, on en modifia sensiblement l'argument pour en faire une *Eustorgia da Romano* ou une *Elisa da Fosco*. Mais c'est sous son véritable titre que *Lucrèce Borgia* a, pendant toute la fin du XIXe siècle, été l'une des œuvres les plus souvent chantées hors d'Italie, notamment par la Grisi, qui brûla les planches du Théâtre Anglais.

À Paris, ce fut en 1840 la formidable équipe de la même Grisi, avec le ténor Mario, Tamburini et Lablache qui le chanta au Théâtre Italien.

Comme la pièce de Victor Hugo *Lucrezia Borgia* est un formidable mélodrame, avec coups de théâtre, cercueils apparaissant au public et rires sardoniques de l'orchestre. Une interprète a dominé le rôle à la fin du XXe siècle, son enregistrement, peu connu en France — où il a quand même été re-publié en CD —, est un long moment de bravoure, j'ai nommé Beverly Sills.

Ludwig, Christa (née en 1928)
Mezzo-soprano

C'est au début de 1993 que Christa Ludwig a commencé une tournée d'adieux à la scène et aux concerts, qui devait la faire passer par Paris. Et au théâtre des Champs-Élysées, la grande mezzo-soprano, telle Lotte Lehmann à peu près un demi-siècle plus tôt à New York, a failli s'interrompre dans le dernier « Morgen », de Strauss, par lequel elle terminait son programme. À New York, c'est avec Schubert, son « An die Musik », que la voix de Lotte Lehmann avait tremblé. Un disque nous a rendu le dernier concert de Christa Ludwig, enregistré à Salzbourg en janvier 1993. Ainsi, celle qui avait été pour nous l'Octavian parfait d'Elisabeth Schwarzkopf dans cet enregistrement du *Chevalier à la rose*, qui nous avait accompagné tout un an pendant un séjour américain, allait se taire. On l'avait entendue pour la première fois à Salzbourg, en 1962 croyons-nous. Elle était Dorabella, sa Fiordiligi était naturellement Elisabeth Schwarzkopf. Un portier d'hôtel à Munich, où nous étions alors, nous avait vendu à prix d'or deux places pour le soir même à Salzbourg. La beauté de ces deux voix de femmes, conjuguées à la scène comme nous les avions si souvent entendues au disque, nous apparaissait soudain plus éclatante encore. Christa Ludwig avait fait ses débuts à Francfort en 1946. Elle a chanté dans le monde entier. Mais c'est peut-être sa Teinturière, la femme de Barak, dans *La Femme sans ombre*, de Strauss, qui nous a le plus ému. C'était à Londres, quelque part dans les années 1970. Par la grâce de Christa Ludwig, la simple mortelle inventée par Strauss et Hofmannsthal qui refuse l'amour, porte en elle l'amour avant même de l'avoir accepté... On dira aussi qu'elle a été une belle Maréchale, mélancolique parmi les feuilles d'automne d'un metteur en scène soucieux de mettre les points sur les i, dans une production parisienne du *Chevalier à la rose.*

Luisa Miller

Giuseppe Verdi. Livret Salvatore Cammarano
d'après Schiller : *Kabale und Liebe*

Naples, 1849

Une œuvre presque rare que cette *Luisa Miller*, intimiste surtout dans la production d'un Verdi qui, à une *Traviata* près, sans parler de *Falstaff*, naturellement !, traite plus volontiers de sujets violents, patriotiques, héroïques. Ici, c'est d'une triste histoire d'amour qu'il s'agit. Entre la fille d'un vieux soldat et le fils d'un comte. Une histoire touchante, qui voit la jeune amoureuse faire croire à celui qu'elle aime, emprisonné par ordre d'un père qui veut l'obliger à épouser la fiancée de son choix qu'elle est infidèle. Sorti de prison, le jaloux Rodolfo empoisonnera Luisa avant de se tuer.

Touchante, intimiste mais surtout rare : *Luisa Miller* n'a jamais joui de la vogue dont les grandes œuvres de Verdi d'abord, certaines de ses œuvres plus méconnues ensuite, ont pu bénéficier à travers le monde. Nous nous souvenons surtout de deux productions, d'abord à Aix-en-Provence en 1974, dirigée par Alain Lombard. Puis au Covent Garden de Londres, en 1978. C'était Lorin Maazel qui dirigeait, Luisa était Katia Ricciarelli, mais Luciano Pavarotti chanta les premières représentations de la saison, Placido Domingo les dernières. Et ce fut naturellement un coup de foudre. Les deux grands ténors firent preuve, l'un et l'autre, d'une immense retenue, d'une très grande tendresse dans le rôle de Rodolfo. Mais c'est Katia Ricciarelli, alors à l'apogée de sa jeune carrière, qui sut nous séduire. Elle était tour à tour amoureuse et radieuse ; désespérée, suicidaire par amour et plus radieuse encore. Pauvre Katia Ricciarelli qui flotte encore, dans nos mémoires, mais si loin, si loin, alors qu'on faillit la croire éternelle... Montserrat Caballé a aussi été Luisa, de même que Renata Scotto. Émouvantes toutes les deux. Comme June Anderson, à l'Opéra de Lyon. Pourtant, c'est la blonde Katia Ricciarelli que nous portons encore dans notre cœur. La production de Covent Garden a été enregistrée en 1979 avec elle et avec Domingo. Elle demeurerait pour nous une version de rêve, si...

Si nous n'avions pas retrouvé, dans les vieux disques Urania de notre jeunesse, l'enregistrement qu'en fit en 1944 à Dresde Maria Cebotari. C'est une *Luisa Miller* en allemand, mais quoi de plus naturel, après tout, puisque *Luisa* est fille de Schiller ? Et qu'importent ceux qui l'entouraient à l'époque, encore que, dans les rôles secondaires, on trouve un

Kurt Böhme et un Georg Hann : la voix de Marie Cebotari, elle, rayonne en nous pour toujours. D'où cet amour très particulier que nous avons pour cette œuvre rare qu'est *Luisa Miller.*

On se doit tout de même de signaler que nous ne sommes pas seul, en France, à partager cette tendresse. C'est peut-être, en effet, en France que les productions de *Luisa Miller* à Aix et à Strasbourg, à Nice et à Nancy, à Bordeaux, à Marseille, à Montpellier, Lyon et ailleurs, jusqu'à Paris d'ailleurs, en 1983 (et avec Katia Ricciarelli et Luciano Pavarotti !) ont été les plus nombreuses. Dès lors, si rare que cela, *Luisa Miller* ? Allons donc ! Ils sont nombreux, les *happy few* bien de chez nous à l'aimer comme nous...

Lully, Jean-Baptiste (1632-1687)

Compositeur français d'origine italienne

On sait que Lully naquit à Florence, fils d'un meunier. À quatorze ans, le chevalier de Guise l'emmène à Paris après une première éducation musicale sommaire. Il meurt à cinquante-cinq ans, en pleine gloire, d'un coup de bâton de chef d'orchestre (à cette époque, on rythmait la musique avec des bâtons, très lourds, plutôt qu'on ne la dirigeait avec une baguette) qu'il se donne sur le pied et qui entraînera une septicémie. Entre les deux, eh bien, Lully a tout simplement inventé l'opéra français. À l'heure où l'Europe entière s'enivrait des délices de l'opéra baroque à l'italienne, Lully, Italien donc, mais au service du Roi-Soleil, triomphera dans deux genres typiquement français : la tragédie lyrique et l'opéra-ballet. Travaillant tantôt aux côtés de Molière, mais surtout en collaboration avec Quinault, auteur de tragédies d'une grande habileté, il méprise souverainement les courants jusque-là à la mode sur les scènes lyriques, refuse l'air (aria) qui constitue généralement le morceau de bravoure d'un chanteur, pour lui préférer une déclamation lyrique qu'il veut la plus proche possible d'un langage parlé idéal. Peu d'ensembles, aussi, chez Lully, mais au contraire, la floraison d'admirables duos qui sont davantage des constructions musicales que les éléments d'une progression dramatique.

Mais au-delà de ces considérations techniques sinon musicologiques, la personnalité de Lully éclate comme l'une des plus fougueuses, l'une des plus emblématiques du siècle de Louis XIV. L'ouvrage que lui a consacré Philippe Beaussant est, à cet égard, une référence incontournable. On y voit l'extraordinaire vitalité d'un homme à qui rien de ce qui n'est artistique, fût-ce dans des domaines bien loin de sa compétence, n'est étranger. Il fréquente à la fois les princes qui le gouvernent et les domestiques qui les servent. Bien entendu, c'est son *Bourgeois gentilhomme*, la comédie-ballet de Molière qu'il illustre de brillante manière en 1670, qui fait de lui la coqueluche de la Cour. Mais ce sont aujourd'hui la vingtaine de tragédies lyriques qu'il a laissées qui font de lui, avant Rameau et Gluck, le père fondateur d'un genre français par excellence. Au-delà des scandales de sa vie privée, une homosexualité qui lui valut bien des calomnies, Lully n'en recevra pas moins l'honneur suprême de Louis XIV d'être nommé son secrétaire particulier. À la fin de sa vie, il se tournera davantage vers la musique sacrée et composera un *Te*

Deum qui lui vaudra, le 8 janvier 1687, le malheureux coup de bâton sur le pied qui mettra fin à sa carrière. Pourquoi, dans la foulée de Lully, pensons-nous à Vatel, cuisinier du roi comme Lully en était le compositeur, qui mourut d'une fin plus tragique encore ? Quelle drôle de cuisine, quand même, que la musique d'un Roi-Soleil devant qui tous, ses valets, ne mourraient certes pas libres mais du moins égaux !

Lulu

Alban Berg. Livret d'après Frank Wedekind

Zurich, 1937 ; Paris, 1979

Le dernier opéra de Berg a été composé à partir de 1927, mais donné seulement à Zurich en 1937 à l'occasion du soixantième anniversaire d'Arnold Schönberg, à qui l'œuvre est dédiée. L'auteur ne l'a jamais terminée. Mort le 24 décembre 1935, Berg laissait deux actes totalement achevés, mais seulement quelques éléments du troisième, ainsi qu'une *Lulu-Suite* illustrant une partie de l'œuvre. Dans un premier temps, Helene Berg, la femme du compositeur, décida de demander à un autre musicien d'achever l'opéra de son mari. On pensa à Webern, à Zemlinski, à Krenek, sans résultat. Alors, Helene Berg, brusquement installée dans son rôle de veuve toute-puissante, résolut que « le troisième acte ne doit être consulté par personne ». Telle était la clause d'un testament laissé par elle en 1969. Pourtant, travaillant à partir de copies, le compositeur autrichien Friedrich Cerha reconstituera, en somme, un troisième acte. La première en sera donnée à l'Opéra de Paris en

1979. Ce sera l'un des triomphes de ce qu'il est convenu d'appeler l'ère Liebermann.

À la différence de *Wozzeck*, le premier opéra de Berg, son second et dernier n'est pas construit avec la rigueur presque abstraite de trois actes, chacun divisé en cinq scènes. La liberté dramatique laissée à *Lulu* est beaucoup plus grande. Lulu, d'abord présentée dans une manière de prologue en femme-serpent par un dompteur dont elle fait partie de la ménagerie, est amenée sur scène par un clown. Elle-même est habillée en Pierrot, elle est la Femme, née pour faire le malheur des hommes. En fait, on doit remonter à des personnages mythiques, Pandore, voire Ève, la première femme, pour trouver la racine de ce que Wedekind, l'inventeur du personnage de la Lulu moderne, a offert à l'imagination de Berg. Lulu, c'est donc le mal fait femme, ou la femme illustratrice du mal. Entourée d'une pléiade de personnages absurdes et condamnés d'avance, elle provoque la mort de tous ceux qui s'attachent à elle. Près d'une trentaine de rôles gravitent ainsi autour du rôle principal, un soprano léger, d'autant plus léger que Lulu détruit tout autour d'elle. Deux hommes la serrent de très près. D'abord, le docteur Schön, vieil amant qui veut l'épouser. Et, plus ambigu, Schigolch, peut-être une figure du père, le seul à donner à Lulu son véritable nom. Une femme, aussi, plus tragique encore, ne la quitte guère. C'est la comtesse Geschwitz, « la Geschwitz », mezzo-soprano dramatique amoureuse de Lulu jusqu'à se faire inoculer un virus et tomber malade pour la remplacer en prison. Se détache également, dans cette folle danse de pantins qui tourne éperdument autour d'une Lulu impassible, un peintre, qui se suicidera lorsqu'il apprendra qui est Lulu, non sans avoir laissé un portrait d'elle qui la suivra, comme une sorte de double, presque jusqu'au bout de sa vie. Il y a également Alwa, le fils du docteur Schön, très jeune, très amoureux, qui ne résistera pas davantage que les autres. En revanche, un lycéen, joué par un alto travesti, un athlète, chanté par une basse héroïque, l'accompagneront jusqu'au bout de ce qui sera un calvaire. Car, dans ce fameux troisième acte qui, jusqu'en 1979, ne fut jamais donné que de manière elliptique, Lulu meurt à Londres sous le poignard de Jack l'Éventreur. Entre-temps, de femme richement entretenue, d'épouse diabolique d'un vieux mari qu'elle fera mourir d'une crise cardiaque, elle a connu la prison, puis la prostitution.

Bien sûr, le personnage de Lulu est l'un des plus fascinants de l'histoire de l'opéra. Bien sûr, Lulu est une garce, une salope, tout ce que l'on peut imaginer : mais elle est Lulu, belle infiniment, cruelle à vous déchirer jusqu'aux entrailles, terrible objet de désirs qui ne sont jamais assouvis. Ouverte la boîte de Pandore, c'est le mal, Lulu et la beauté qui en sortent en même temps. L'expressionnisme allemand, Franck Wedekind, un écrivain que l'on n'a pas fini de redécouvrir, Berg enfin, ont donné à un mythe souvent abstrait, une illustration qu'on hésite à dire charnelle, car la chair est là, certes, mais qui n'a plus rien d'humain. Et pourtant, nous dit-on, c'est la femme.

La première Lulu s'appelait Nuri Hadzic. Peu à dire sur elle. Il faut attendre 1957 et Helga Pilarczyk, spécialiste aussi du rôle de la Marie de *Wozzeck*, pour qu'une chanteuse s'identifie parfaitement au rôle. Plus tard, une Evelyn Lear l'enregistrera avec Karl Böhm, naturellement dans la version en deux actes. Mais surtout, l'étonnant monstre sacré que fut Anja

Silja a donné, pendant de longues années, une interprétation âpre et très noire du personnage. L'Américaine Joan Carroll a été Lulu des deux côtés de l'Atlantique, notamment à l'Opéra de Marseille. C'est Teresa Stratas qui a chanté pour la première fois la version en trois actes créée à Paris en 1979.

On ne peut pas ne pas revenir sur cette soirée au Palais Garnier du 24 février 1979. Pierre Boulez dirigeait l'Orchestre de l'Opéra, la mise en scène était de Patrice Chéreau, les décors de Richard Peduzzi : c'est à coup sûr une date importante dans l'histoire de la musique. Toute l'équipe réunie à l'époque par Rolf Liebermann est alors entrée dans la légende. Ainsi Yvonne Minton en Geschwitz ou Franz Mazura d'abord en docteur Schön, puis prenant en somme sa revanche en interprétant aussi le rôle de Jack l'Éventreur. La beauté des décors, l'intensité dramatique de l'action ont fait l'objet d'une très belle retransmission télévisuelle, qui a eu recours à des plans plus rapprochés pour que ses personnages ne se perdent pas dans l'immensité de la scène du Palais Garnier, et qui semble soudain dans la tradition de Marcel Lherbier et d'un grand cinéma d'entre les deux guerres.

C'est d'ailleurs entre les deux guerres, en 1929, qu'apparut une autre *Lulu*, au cinéma, cette fois. Elle s'appelait tout simplement Louise Brook. Personne n'a oublié la frange noire et le sourire ambigu de Louise Brook en Lulu.

Macbeth

Verdi. Livret de Piave d'après Shakespeare

1847, Florence ; 1865, Paris

Le noir. Le noir par excellence. L'œuvre la plus noire de Shakespeare : l'œuvre la plus noire de Verdi. C'est simple : le *Macbeth* de Verdi est un opéra quasiment sans ténor. À l'exception des rôles plus qu'épisodiques de Macduff et de Malcolm, tous les rôles d'hommes sont des basses ou, comme Macbeth, des barytons. Quant aux femmes, si le rôle de Lady Macbeth est bien, sur le papier, celui d'une soprano, Verdi souhaitait lui-même que la voix fût le plus sombre possible, voire qu'elle fût dénuée de la beauté que l'on attend des grands sopranos dramatiques. Et ce n'est pas pour rien que, dans notre souvenir, l'interprétation première qui marque à jamais pour nous le rôle est celle, en réalité, d'une mezzo, Elisabeth Höngen, qui enregistra le rôle en allemand, s'il vous plaît, dans une version aujourd'hui bien contestée dirigée à Vienne par Karl Böhm. Beaucoup ont oublié l'enregistrement de Böhm, l'un des tout premiers de l'histoire du disque. D'abord, on l'a dit, il était en allemand. Mais surtout, la lady avait une voix d'une gravité surprenante, aux raucités étranges. Voilà pourquoi Maria Callas, dirigée en 1952 par Vittorio De Sabata dans un enregistrement effectué sur le vif à la Scala, avec les mêmes accents terribles, reste la plus grande lady Macbeth du disque. Comme Elisabeth Höngen, Maria Callas nous fait frissonner d'une sorte de terreur mauvaise tout au long de l'œuvre, jusque dans ses simples répliques à un serviteur ou à Macbeth lui-même. Et jusque dans la cavatine la plus noire de l'histoire de l'opéra : « Vieni t'affretta ! », au premier acte de l'œuvre. Il n'est pas étonnant non plus qu'une Astrid Varnay ait elle aussi été une terrible lady Macbeth. Longtemps boudé en France, *Macbeth*, dont la première eut lieu au Théâtre-Lyrique, à Paris, en 1865, n'y a été repris qu'en 1962 ! Et à Strasbourg. C'était d'ailleurs Astrid Varnay qui chantait Lady Macbeth. La reprise suivante n'eut lieu que onze ans après, toujours à Strasbourg. Et il faut attendre les Chorégies d'Orange de 1978 pour entendre Grace Bumbry révéler enfin à sept mille spectateurs français enthousiastes la terrible noirceur de ce Verdi-là.

N'oublions pourtant pas la vieille version Urania de Karl Böhm : un album de trois disques, déjà cité dans cet ouvrage, qui s'ouvrent comme un vrai livre avec, sur la couverture — noire, évidemment — un poignard bien rouge et bien sanguinolent...

McIntyre, Donald (né en 1934)
Baryton basse britannique d'origine néo-zélandaise

Pendant des années, nous avons écouté McIntyre à Covent Garden sans broncher. Il était le baryton basse de service, que nous aimions bien. Le Barak de *La Femme sans ombre* ou Escamillo, Scarpia, Oreste : il ne décevait jamais. On sentait déjà un véritable sens dramatique en lui. Et puis voilà que son premier Golaud, l'époux trompé — ou pas ? — de Mélisande a fait plus qu'attirer notre attention. En réalité, c'était Pierre Boulez qui l'avait remarqué : au-delà d'une voix intéressante, McIntyre était un prodigieux acteur. Dès lors, la révélation au public international, à celui des vrais amateurs d'opéra comme aux amoureux du vrai théâtre allait faire de Donald McIntyre une vedette incontestée du chant européen. Ce fut en 1976, à Bayreuth. Le *Ring* du centenaire, dirigé par Boulez, naturellement, et mis en scène par Patrice Chéreau. Dès lors, cinq années de suite, on a pu admirer un Wotan déchiré et déchirant. Sa stature magnifique, courte barbe et bandeau noir, habitait la scène du Festspielhaus d'une présence hors du commun. Avec Gwyneth Jones, sa Brünnhilde bien-aimée, ils constituaient un couple magistral. Souvenez-vous : les adieux de Wotan, au troisième acte de *La Walkyrie*... Dans l'embrasement du rocher tel que Richard Peduzzi l'imagina dès la seconde année, 1977, du *Ring* légendaire, il traversait lentement le plateau, à la main sa lance baissée vers le sol, accablé par la justice injuste qu'il venait de rendre. Mais, avant cela, il y avait eu un deuxième acte de la même *Walkyrie* où le talent de tragédien total de McIntyre stupéfiait les spectateurs, au rythme des tournoiements d'un pendule dont Chéreau et Peduzzi avaient imaginé d'animer la scène. Les DVD qui témoignent aujourd'hui de cette production fabuleuse rendent encore plus pleinement justice à McIntyre. Mais on ne doit pas oublier pour autant que sa carrière s'est prolongée bien après son Wotan de Bayreuth. Wagner, encore, avec Gurnemanz et Hans Sachs, mais aussi Telramund, Amfortas, le Hollandais. N'oublions pas non plus sa création, à Salzbourg, de l'opéra de Berio : *Un rè in ascolto* (1984).

Mackerras, Charles (né en 1925)
Chef d'orchestre australien

Mackerras n'est pas resté longtemps en Australie où il est né. Il a travaillé dans le monde entier, notamment à Hambourg, au Metropolitan, et il est même revenu à Sydney pour le concert d'ouverture, en 1973, du nouvel opéra. Pauvre Opéra de Sydney ! Voir à cette rubrique le peu de bien qu'on peut en penser.... Mais c'est surtout parce que Mackerras a illuminé de sa présence nos années 1960 et 1970 à Londres, qu'il occupe une place toute particulière dans ce volume et dans notre cœur. C'est lui, en effet, qui nous a fait découvrir les opéras de Janáček. De 1976 à 1982, il a enregistré la plupart des œuvres du compositeur tchèque. Mais il les avait dirigées auparavant au Sadler's Wells. Et là, se dépensant sans compter pour des musiques totalement ignorées d'un public occidental — dont *La Fiancée vendue* de Smetana était peut-être la seule œuvre du répertoire de l'autre partie d'Europe qui soit un peu connue —, il a accompli des miracles. Ses enregistrements, avec l'immense Elisabeth Söderstrom, ont achevé pour nous cette œuvre d'initiation. Mais Mackerras ne nous a pas seulement ouvert le théâtre lyrique de Janáček, il a contribué aussi à lever plus haut le rideau sur les œuvres de Haendel, face auxquelles nous étions bien ignorant...

Madame Butterfly

Puccini. Livret de Giacosa et Illica d'après le drame de David Belasco et un récit de John Luther Long

Milan, 1904

Il s'agit tout simplement d'une histoire ignoble. Il semble que l'auteur du premier récit, ce John Luther Long, se soit inspiré d'une histoire vraie. Ce n'est pas plus joli pour cela. Le livret raconte comment un jeune officier de marine américain, Pinkerton, soucieux de vivre agréablement pendant le séjour qu'il effectue au Japon, a loué une jolie maison au bord de la mer et acheté une épouse pour l'occuper avec lui. Une occupation tout américaine, en somme, chose courante semble-t-il, pas seulement au XIXe siècle, et dans ces parties lointaines de l'Asie. L'épouse, c'est la jolie Cio-Cio San, qui sera donc mariée au bel Américain selon les rites japonais auxquels elle est bien la seule à croire. Et pourtant Pinkerton l'aime, sa Butterfly, puisque tel est le nom qu'il se plaît à lui donner. Mais pas un instant, il n'a pris l'affaire au sérieux. La preuve, c'est qu'il s'en va, promettant à la gentille Cio-Cio San qu'il reviendra un jour. Et Butterfly de commencer à l'attendre. Elle l'attend d'abord seule, avec sa servante Suzuki, puis avec le petit garçon qui n'a pas manqué de naître de cette malheureuse union. « Un bel di, vedremo... » Sur la mer calmée..., elle sait bien qu'un beau jour il reviendra, son Pinkerton. Et Pinkerton va revenir, et il a l'audace de revenir sur les lieux mêmes de son crime, c'est-à-dire de ses amours : il veut revoir la maison où il a été heureux. Mais il n'est pas seul, il est accompagné d'une Mme Pinkerton, belle Américaine solide, qui acceptera d'adopter le fils de son mari, tandis que la pauvre Cio-Cio San se fera, on l'a deviné, hara-kiri.

Ignoble : le personnage de Pinkerton est sans appel. Il est amoureux, oui, l'espace d'une saison, le temps que durent les cerisiers en fleur, et puis tout est si vite fini pour lui... Alors que la touchante Cio-Cio San est une vraie amoureuse selon Puccini, elle. Mais la musique du maître transcende, naturellement, la médiocrité de cette histoire. Et si l'œuvre, d'abord donnée en deux actes à Milan, n'eut guère de succès, sa reprise au Teatro Grande trois mois plus tard sous la direction de Toscanini fut un véritable succès. Le succès, depuis lors, ne s'est jamais démenti. Et l'on a vu des centaines de chanteuses illustres se japoniser à souhait, avec paravents à fleurs, ombrelles de bambou et, en arrière-plan, Fuji-Yama de rigueur. Maria Callas elle-même a joué les Japonaises le temps de trois représentations, fort animées en coulisses, à l'Opéra de Chicago. C'était en novembre 1955, de méchants photographes la saisirent au vol, alors qu'elle tentait de se défendre non pas contre un beau marin américain mais bien plutôt contre un vilain huissier de justice, ou quelque chose d'approchant, mais tout aussi américain, qui tenait à lui remettre en main propre un document dont elle ne voulait pas. Il y a une vingtaine d'années, Renata Scotto a été une bouleversante Cio-Cio San. Puis la mode est venue de faire chanter la Japonaise la plus illustre de l'histoire de l'opéra par des chanteuses japonaises, chinoises ou coréennes... Puis on a vu un Robert Wilson, Bob pour les intimes, triompher à l'Opéra de Paris dans une mise en scène où sa japonaiserie naturelle trouvait enfin une excellente raison de s'étaler au grand jour. Pour notre part, nous évoquerons les extraits qu'enregistra en allemand l'incomparable Maria Cebotari, avec le non moins inoubliable ténor Helge Roswaenge. Seule la chaleur du timbre de Roswaenge, peut-être d'ailleurs parce qu'il chantait en allemand, a failli nous rendre sympathique l'épouvantable Pinkerton. Et puis, parce qu'elle fut la première Butterfly que nous entendîmes dans notre vie, on se souviendra de Ninon Vallin chantant « Sur la mer calmée... » dans un vieil enregistrement acoustique découvert avant l'âge d'aborder ces dames dans une grande maison de vacances quelque part en Auvergne.

Mahagonny

Kurt Weill. Livret de Bertolt Brecht

Baden-Baden, 1927
Leipzig, 1930

Il y a un « grand » et un « petit » *Mahagonny* : une version brève, resserrée, très forte et très incisive, présentée d'abord au Festival de Baden-Baden en 1927, dont plus tard, Brecht et Weill feront un véritable opéra en trois actes. Celui-ci sera créé à Leipzig, donné en 1931 à Berlin sous les huées d'un public déjà nazi, interdit ensuite en Allemagne jusqu'en 1945. De la première esquisse — presque une forme de cabaret berlinois — jusqu'à la « Grandeur et décadence de la ville de Mahagonny » (« Aufstieg und Fall der Stadt Mahagonny »), il y a tout ce qui sépare quelques couplets satiriques plus ou moins destinés à des tréteaux de chansonniers d'un vaste opéra présenté sur la grande scène du Festival de Salzbourg en 1998, dans une fastueuse et un peu encombrante mise en scène de Peter Zadek.

L'œuvre initiale de Brecht et Weill était bien dans la tradition de *L'Opéra de quat'sous.* Il s'agit de montrer comment la naissance d'une ville, n'importe où au fond de l'Amérique ou ailleurs, va de pair avec la corruption et l'oppression des masses par quelques nantis. Même si, dans sa version longue, le grand *Mahagonny* s'affirme comme une œuvre lyrique comme tant d'autres, qu'un Colin Davis à Londres, un Marek Janowski à Cologne, un James Levine à New York ou un Jeffrey Tate à l'Opéra-Bastille ne dédaigneront pas de diriger, les plus grands admirateurs de Kurt Weill en arrivent pourtant à regretter le côté bastringue du « petit *Mahagonny* » d'origine.

Quant à nous, *Mahagonny*, c'est d'abord un air en forme de rengaine qui nous hante avec humour depuis que nous l'avons entendu pour la première fois : le fameux Chœur des prostituées : « O Moon of Alabama » ; d'autre part une voix, faite entre toutes pour chanter la musique de Kurt Weill puisque c'était celle de sa femme, Lotte Lenya. Sa voix un peu rauque de goualeuse de caf'conc' valait celles de toutes les cantatrices de tout poil, et Dieu sait si parmi elles il y en eut que nous avons aimées !, qui veulent tant se faire plaisir en chantant les rôles de Jenny du *Dreigroschenopera* comme de *Mahagonny*. Et nous ne sommes pas près d'oublier les soirées d'étudiants sages occupés à ressasser un programme d'examens que nous connaissions déjà par cœur, et qui s'achevaient presque religieusement, dans un vaste appartement de la rue de Lille, à écouter un disque, le disque de Lotte Lenya. Que ceux qui l'ont oubliée se souviennent au moins de son visage : c'est Lotte Lenya qui joue la méchante espionne russe aux talons en forme d'aiguille empoisonnée dans je ne sais plus quel film de James Bond. Aux amateurs d'en retrouver le titre...

Mais Lotte Lenya, vous la retrouverez aussi dans le seul enregistrement vraiment décontracté du « grand » *Mahagonny*, dirigé en 1956, à Hambourg par W. Brückner-Rüggeberg.

Maison des morts (De la)

Leoš Janáček. Livret du compositeur d'après Dostoïevski

Brno, 1930

L'opéra posthume de Janáček, d'après Dostoïevski, est une œuvre forte, très grave. C'est une œuvre très belle aussi, moins souvent donnée que la plupart des autres « grands » opéras de Janáček. On l'a vu à Paris pour la première fois en 1962, dans le cadre de l'inépuisable Théâtre des nations. Une reprise à l'Opéra-Comique, dirigée en 1988 par Charles Mackerras, a imposé l'œuvre dans toute sa grandeur. À l'exception d'un rôle secondaire de prostituée, tous les protagonistes sont des hommes, ténors, barytons ou basses. Très loin de l'invention mélodique ininterrompue de *Jenůfa*, par exemple, *De la maison des morts*, dont une partie de l'orchestration a été composée, après la mort de l'auteur, par le chef Bretislav Bakala, qui dirigea la création, assisté du compositeur Osvald Chlubna, a peut-être été inspiré par le *Wozzeck* d'Alban Berg, créé à Berlin en 1925. Aucun rôle vraiment principal dans ce qui pourrait évoquer un formidable oratorio sur la détresse, la souffrance et la cruauté. Comme dans *Fidelio*, on aperçoit un instant la lumière, mais c'est seulement pour retomber dans l'horreur. D'un pessimisme rare, Janáček aborde ici pour la première fois de front la tragédie du siècle qu'il est en train de vivre. Rien de très héroïque, pourtant, dans le drame de ces prisonniers de Sibérie, ancêtres des habitants du goulag, qui sont d'ailleurs pour la plupart des prisonniers de droit commun. Le rôle des chœurs y est essentiel, en une manière d'unanimisme désespéré. De véritables forbans à des prisonniers du hasard, les protagonistes ne retrouvent un moment de grâce que lorsqu'un aigle, blessé et qui a retrouvé l'usage de ses ailes, s'envole au troisième acte, vers la liberté. Aux longs récitatifs, ponctués de rares airs véritables, des victimes du régime tsariste, répondent parfois des interludes ou des moments chantés, sans paroles. Dans le même temps, rompant la gravité du propos mais seulement pour y retomber plus vite, de brefs moments ironiques, voire comiques, notamment dans une représentation de *Don Juan* donnée par les prisonniers, apportent finalement une note plus tragique encore. Allons ! un peu de courage : l'œuvre de Dostoïevski était d'une beauté désespérée, celle de Janáček constitue l'une des meilleurs adaptations d'une œuvre littéraire à la scène lyrique. On ajoutera que Charles Mackerras, dont on retrouve le nom à la tête de la quasi-totalité des opéras de Janáček, chez Decca, en a donné, en 1980, une version exemplaire.

Maîtres chanteurs de Nuremberg (Les)

(Die Meistersinger von Nürnberg)
Richard Wagner. Livret du compositeur

Munich, 1868

Il fallait bien arriver aux *Maîtres chanteurs* ! On l'avouera ici, c'est après avoir traité de *Tristan* et du *Ring* (voir plus bas), de tous les autres opéras de Wagner, qu'on se résout à aborder *Les Maîtres chanteurs*. Et notre rubrique sera courte. Pour une bonne raison : nous connaissons mal, voire nous n'avons pas vraiment voulu connaître, cette manière d'opéra-comique illustrissime en Allemagne et relativement peu joué en France. Pas plus de neuf reprises au Palais Garnier en un siècle, depuis 1897. À quelques exceptions près, c'était d'ailleurs toujours une version française que l'on y chantait allègrement. Mais nous avons aussi entendu des *Walkyrie* en français... D'une certaine manière, donc, le public français a toujours marqué une certaine réserve vis-à-vis de ce qu'il considérait comme une œuvre lourdement germanique, sinon teutonne. Qu'on n'y voie pourtant, chez nous, aucun nationalisme absurde. Encore qu'on ne saurait oublier qu'une des plus intenses représentations des *Maîtres chanteurs* fut donnée pendant la guerre, à Nuremberg même et devant les principaux dignitaires nazis, lors d'un congrès fameux — et que ce fut l'Opéra de Vienne tout entier qui se déplaça pour l'occasion !

Deux seules soirées, dans notre vie, à marquer vraiment d'une pierre blanche dans notre absence d'histoire d'amour avec *Les Maîtres chanteurs* de Nuremberg. Ce fut à Munich, où l'œuvre avait été créée. Nous étions parti dans une minuscule voiture, une Fiat 500, sur des routes verglacées en Allemagne. C'était, en ce temps-là, notre habitude. On a raconté comment notre objectif était Stuttgart où nous voulions écouter encore une fois Martha Mödl qui faisait ses adieux dans *Les Noces de sang*, un opéra de Wolfgang Fortner, d'après la pièce de Lorca. Mais à notre arrivée à Stuttgart, nous constatâmes que nous n'avions pas su lire le calendrier des représentations. Nous découvrîmes alors qu'on donnait des *Maîtres chanteurs* à Munich et, sur-le-champ, nous reprîmes la route verglacée. C'est presque avant le lever du rideau que nous arrivâmes au Prinzregententheater, qui remplaçait alors l'Opéra national, encore en reconstruction. Rudolf Kempe dirigeait. Otto Wiener chantait Hans Sachs. Nous avons oublié le reste de la distribution. Peut-être Elisabeth Grümmer était-elle cette parfaite jeune fille allemande, à la mode de l'Elisabeth de Tannhäuser, qui s'appelle Eva dans *Les Maîtres chanteurs.* Un disque de Rudolf Kempe dirigeant *Les Maîtres chanteurs* a été publié chez EMI, on l'a écouté longtemps avec piété... De même, c'est avec piété que l'on écoutait Ferdinand Frantz chanter le rôle de Sachs dans un vieil enregistrement Urania. Tiana Lemnitz était l'Eva d'alors. Sa voix nous semblait d'argent...

Allons, ne faisons pas trop la fine bouche ! Avant Ferdinand Frantz, un Friedrich Schorr a su nous émouvoir dans la belle méditation du savetier poète. Beaucoup plus tard, nous y avons aimé, rayonnant, Dietrich Fischer-Dieskau. Et puis, comme une voix qui sortait de la nuit, nous n'oublierons pas, radieuse, l'Eva d'Elisabeth Schwarzkopf lors de la réouverture de Bayreuth, en 1951. C'était Karajan qui dirigeait, tous les deux étaient très jeunes avant la guerre, ils avaient traversé la guerre, ils étaient de retour. On en reparlera...

Reparlons, d'ailleurs, des *Maîtres* : notre deuxième pierre blanche, une éblouissante version de concert, donnée grâce à Hugues Gall en novembre 2003 à la Bastille, nous a bel et bien réconcilié avec eux. Il faut dire qu'en smokings et robes du soir, ces *Maîtres*-là et leurs compagnes se démenaient comme des beaux diables en une absence de vraie mise en scène qui valait toutes les mises en scène du monde. MM. Rootering et Heppner y chantèrent savamment. Le quintette du troisième acte a bien failli nous faire verser une larme. Il fallait arriver aux *Maîtres chanteurs* ? Eh bien, il semble que nous soyons arrivés, non ?

Malheurs d'Orphée (Les)

Darius Milhaud. Livret d'Armand Lunel

Bruxelles, 1926

Avec *Le Pauvre Matelot*, l'un de ces courts opéras de Darius Milhaud que l'on tenta en vain de monter, à la fin des années 1950, sur la scène du bel auditorium de l'université de Brandeis, aux États-Unis, où nous étions étudiant. C'est un disque, acheté en solde à Boston, qui nous l'avait fait découvrir. Sur la couverture, une très belle photographie du grand Darius Milhaud. Comme tant d'autres, il a voulu écrire son *Orphée*. Et pour lui, l'action s'en déroule en Camargue, et de nos jours. Enfin, de ses jours. Après tout, c'est bien en Camargue et dans la Crau que se dénoue le drame de *Mireille.* Ici, Eurydice est simplement une bohémienne et le rebouteux Orphée, qui aime les animaux, n'a rien contre les bohémiennes. Il aime Eurydice passionnément. Mais lorsque celle-ci tombe malade, Orphée tente de la soigner, elle meurt pourtant. Ce seront les sœurs d'Eurydice, nouvelles Bacchantes, qui tueront Orphée. Avant de mourir, dans un rêve radieux, Orphée se verra réuni avec son Eurydice. L'action est d'une simplicité évangélique, la musique d'une tendresse inouïe. Le langage est très simple, la preuve ? Pas un mot d'Orphée ni d'Eurydice ne nous échappe. Darius a composé des « opéras-minute », *Les Malheurs d'Orphée* sont un opéra de chambre. Les animaux y parlent la voix des hommes, la musique est d'une limpidité étonnante : treize instruments seulement, dont des cymbales qui annoncent la fin tragique de l'œuvre, accompagnent une douzaine de chanteurs. Certains chantent les animaux, d'autres les métiers : le forgeron, le charron, le vannier, toute la vie d'un village. Milhaud était provençal, ses *Malheurs d'Orphée* ont l'odeur et la couleur de sa Provence.

Malibran, Maria (1808-1836)

Soprano française (ou mezzo-soprano)

La Malibran : de même que les entrées *Mozart* ou *Don Giovanni* de ce dictionnaire, celle consacrée à Maria Malibran est l'une des plus difficiles à aborder. Tout simplement parce que la Malibran, dans la première moitié du XIXe siècle, représente tout à la fois la beauté, la musique, l'opéra, la douleur, l'amour et la mort. Et la poésie. Pauvre petite Marietta, accablée du poids de tant de qualificatifs. D'abord, les puristes nous diront qu'elle ne s'appelait pas Maria mais Maria-Felicia ; ensuite qu'elle n'était pas française mais espagnole ; enfin, qu'elle n'était pas soprano, mais mezzo-soprano. On ajoutera qu'elle était née Maria-Felicia Garcia, fille aînée du grand ténor Manuel Garcia, sœur d'une autre mezzo-soprano célèbre, également, entre toutes : Pauline Viardot. Un tel atavisme, une telle parentèle étaient lourds à supporter. Et c'est, semble-t-il, à la force du poignet, sous les insultes, voire les coups, que Manuel Garcia, le premier professeur de chant du monde, peut-être, a formé sa fille aînée. Il fallait qu'elle devienne la première chanteuse de son temps, elle l'est devenue, à la fois souffre-douleur et objet bien-aimé d'un père trop possessif. Après des débuts à Londres en 1825 dans le rôle de la Rosine du *Barbier de Séville*, Maria, suivie d'ailleurs de la petite Pauline, accompagna son père dans une douteuse tournée américaine. Le séjour aux États-Unis dura près de deux ans, et Garcia trouva tout de même le moyen de faire découvrir le *Don Juan* de Mozart au public new-yorkais. La pauvre Maria, elle, trouva là-bas un mari, François-Eugène Malibran. Le mariage fut un désastre. La légende veut que La Fayette lui-même soit intervenu dans un divorce que l'horrible Malibran ne voulait pas accepter. Mais dès son retour en Europe, Maria, devenue la Malibran, connut un triomphe sans égal sur les scènes parisiennes, londoniennes et italiennes. Aucune chanteuse, à aucun moment de l'histoire de l'opéra, n'a réuni comme elle tous les suffrages. On l'a dite soprano : en fait, elle était mezzo, voire contralto. Mais elle atteignait aussi aux notes les plus élevées avec une aisance incroyable. C'était, en outre, une véritable actrice. Elle jouait avec son cœur, inventant des jeux de scène, laissant éclater ses larmes. La légende, toujours elle, veut qu'elle ait été l'une des seules chanteuses à pouvoir pleurer en chantant. La légende, encore elle, s'est longuement attardée sur ses rapports avec son père. Dans un *Otello* de Rossini, qu'ils chantèrent ensemble, Garcia aurait même, par erreur, failli la tuer avec un véritable couteau, au lieu de l'accessoire de théâtre avec lequel il l'avait confondu. Légende, petites chroniques indiscrètes... Mais Maria, aimée du monde entier, connut un destin tragique. Amoureuse du violoniste Bériot avec lequel elle vécut de 1830 à 1836 avant de l'épouser, ayant tenté en vain de cacher cette liaison, elle devint peu à peu elle-même un personnage d'opéra. Sa mort est à la mesure de cette vie : en avril 1836, une chute de cheval alors qu'elle était enceinte fit d'elle une invalide qui refusa d'avouer ses blessures. Elle perdit un enfant, chanta encore cinq mois et mourut à Manchester dans des douleurs atroces. Sa mort provoqua la consternation dans l'Europe entière, Alfred de Musset lui dédia ses célèbres *Stances*.

Mamelles de Tirésias (Les)

Francis Poulenc. Livret de Guillaume Apollinaire

Paris, 1947

Le monde entier adore *Les Mamelles de Tirésias.* On les a vues en France, naturellement. Mais aussi aux États-Unis, en Allemagne, en Angleterre. L'Angleterre, parlons-en ! Le public britannique était secoué de formidables éclats de rire chaque fois que nous les avons entendues là-bas. Au Festival d'Aldeburg, en 1958, ce n'était rien de moins que Peter Pears qui menait le jeu. Quant à l'Amérique, si nous vîmes les *Mamelles* en question lors d'une représentation d'étudiants, c'est tout simplement parce que la première américaine avait eu lieu en 1953 dans une université du Massachusetts, Brandeis, dont nous fûmes l'étudiant cinq ans plus tard. Le souvenir en était resté, on redonnait les *Mamelles* sur presque tous les campus des alentours. Lors de la création, la distribution était dominée par l'immense Denise Duval.

L'œuvre est courte, elle ne dure pas une heure. L'action, si l'on ose dire, s'en déroule à Zanzibar, c'est-à-dire quelque part sur la Côte d'Azur entre Nice et Monte-Carlo ! On y sent mille et une influences s'y croiser, du Chabrier de *L'Étoile* au clin d'œil d'Erik Satie, avec des regards du côté de Georges Auric ou de Darius Milhaud. On ne se hasardera pas à résumer une intrigue résolument surréaliste ou, plus précisément, caricaturalement surréaliste. Il est de bon ton d'en rire énormément. L'enregistrement de 1954, dominé par Denise Duval et Jean Giraudeau et dirigé par André Cluytens, touche, nous dit-on, à la folie. Et pourtant, le moment est venu de le dire, puisque ce dictionnaire, dit « amoureux », parle de nos amours sans trop de concessions : nous n'avons jamais ri aux *Mamelles de Tirésias* ! Cher Francis Poulenc, pardonnez-nous ! Que tous nos amis qui ont chanté un petit ou un grand rôle dans l'immense distribution capharnaümesque du faux drame d'Apollinaire, joyeusement pourtant mis en musique par Francis Poulenc, nous le pardonnent. Nous ne retournerons probablement pas voir, de longtemps, *Les Mamelles de Tirésias* : nous le savons, nous offrons là tout ce qu'il faut de verges pour nous faire fouetter.

Apollinaire et Poulenc ? Mais c'est le sommet d'un certain art français !!!

Manon

Jules Massenet. Livret d'Henri Meilhac et Philippe Gille d'après l'abbé Prévost

Paris, 1884

L'*Histoire du chevalier Des Grieux et de Manon Lescaut* constitue le septième volume d'un long roman de l'abbé Prévost dont tout le monde, ou presque, a oublié les six premiers livres. La *Manon* de Massenet est un opéra-comique. C'est aussi et surtout l'une des œuvres chéries du public français, comme des grandes foules d'amateurs d'opéra du monde entier. Déjà, Daniel-François-Esprit Auber avait donné en 1856 sa *Manon*, qui n'avait guère connu de succès. Pourtant, à côté de celle que créera plus tard Puccini, la *Manon* du pauvre Auber n'était certes pas un ange de vertu, mais le personnage n'avait rien pour effrayer la bourgeoisie du Second Empire. Sa carrière fut pourtant de brève durée, la critique ne lui fut pas hostile, le public, lui, l'ignora.

Avec la *Manon* de Massenet, nous sommes dans un univers bien différent. Manon selon Massenet et ses librettistes est coquette, elle aime le luxe, l'argent qui va avec, à moins que ce soit le contraire, mais c'est une bonne fille. Voilà pourquoi entre ses Poussette, Javotte et autres petites camarades, elle demeure attendrissante jusque dans ses menues lâchetés et ses grandes faiblesses. Qu'elle nous dise « On m'appelle Manon » et nous fondons déjà pour elle. Et lorsqu'elle triomphe à la promenade du Cours-la-Reine, qu'elle nous annonce (avec impertinence et gaieté, indiquent les librettistes !) qu'elle « marche sur tous les chemins aussi bien qu'une souveraine... », eh bien, alors, on frémit de bonheur pour elle. Elle joue avec le feu, oui, la *Manon* de Massenet, mais on le sait, on le sent si bien — qu'on lui pardonne d'avance ! — c'est une poupée de porcelaine au visage parfaitement peint qui peut aimer comme n'importe quelle femme. Et c'est justement parce que c'est là, au fond, sa plus grande faiblesse : savoir aimer véritablement, qu'elle sera condamnée. André Tubeuf écrit quelque part d'elle qu'elle a « une voix qui caresse ». C'est aussi pour ça que *Manon* selon Massenet est pardonnée d'avance. Et l'on se prend à haïr l'horrible Guillot de Morfontaine de la faire arrêter. Après tout, il n'est qu'un viveur qui voulait vivre aux dépens de Manon : pourquoi n'aurait-elle pas, à son tour, tiré un peu sur la corde ?

Si, on le verra plus bas, la *Manon Lescaut* de Puccini a attiré quelques-uns des plus grands noms de la scène lyrique, celle de Massenet, elle, a fait un véritable malheur. Toutes, toutes ont chanté la pauvre petite fille qui aimait trop les bijoux. Geraldine Farrar, Nellie Melba, Mary Garden, Fanny Heldy, Elisabeth Schwarzkopf, Victoria de Los Angeles. Toutes : même la grande schubertienne, l'immense straussienne qu'était Lotte Lehmann. Même la très légère Bidu Sayão. À Paris, il y a eu naturellement Ninon Vallin, et avant elle Sibyl Sanderson et, après elle, Géori Boué. Tout récemment, c'est une Américaine, la belle, blonde et fondante comme Manon elle-même Renée Fleming qui nous a fait soupirer de bonheur à l'Opéra-Bastille. Non, Maria Callas n'a jamais chanté la *Manon* de Massenet.

On ajoutera qu'une version beaucoup plus récente de la triste histoire de Manon Lescaut a été créée à Hanovre en 1952 sous le titre *Boulevard Solitude*. Avec son auteur, Hans Werner Henze, la tragédie de *Manon* devient l'histoire d'une femme incapable d'aimer et qui, faute d'avoir pu fréquenter à temps la cour de l'hôtellerie d'Amiens où arrive la célèbre diligence d'où va sortir une Manon « encore tout étourdie... », rencontre son Des Grieux dans un hall de gare. On se trouve plutôt du côté de la *Lulu* d'Alban Berg que de celui de Massenet et, même, de celui de Puccini.

Manon Lescaut

Puccini. Livret de Giaccosa, Illica et quelques autres d'après l'abbé Prévost

Turin, 1893

Continuons à mettre les choses au point. Il y a *Manon* et *Manon Lescaut.* Avant celle de Puccini, il y avait déjà eu, on l'a dit, celle de Daniel François Esprit Auber.

Mais *Manon Lescaut* n'est pas *Manon.* Entendons-nous : dix ans après la création de la célèbre *Manon*, de Massenet, Puccini s'est attaqué à son tour à la septième partie du grand roman de l'abbé Prévost : « Mémoires d'un homme de qualité qui s'est retiré du monde », qui constitue en soi une œuvre complète. Nous en possédons l'édition originale comme la première version séparée, en date de 1733, deux volumes admirablement illustrés par Gravelot, vendus une bouchée de pain par un libraire londonien qui les croyait incomplets ! Tant pis pour lui. Revenons à l'opéra, à Massenet, à Puccini. Les deux livrets sont sensiblement identiques, encore que dans l'ouvrage de Puccini le nombre des personnages secondaires (un musicien, un sergent, un perruquier, voire un allumeur de réverbères...) soit nettement plus élevé que dans la *Manon* de Massenet. En outre, l'héroïne de Massenet meurt avant son embarquement au Havre pour le bagne des femmes auquel elle est condamnée, tandis que l'héroïne de Puccini parvient en Amérique et c'est dans les plaines désertes de La Nouvelle-Orléans que, « Sola, perduta, abbandonata... », elle expire dans les bras de son amant.

Mais c'est surtout dans la peinture des deux *Manon* que les différences entre les deux œuvres sont les plus notables. Chez Massenet, Manon est une charmante jeune petite personne, un peu écervelée, qui semble sortie tout droit d'une peinture du siècle de Louis XV. Elle fait le mal mais n'y peut rien, abandonne si tristement sa petite table et aime d'un amour sincère le brave chevalier Des Grieux... En revanche, chez Puccini, nous sommes déjà en plein vérisme, un vérisme qui touche aux marges du néoréalisme. Manon Lescaut est bel et bien une fille perdue, certainement cupide, qui peut aimer Des Grieux, oui, mais qui aime aussi l'argent. La peinture qu'en fait la musique même de Puccini est d'une étonnante noirceur. Ce n'est pas pour rien qu'avec cette œuvre, il a, pour la première fois, atteint le grand public. On rapporte qu'à la création, trente rappels saluèrent le baisser du rideau, une foule enthousiaste, debout pour mieux manifester son contentement et une critique de la même eau. En un soir, Puccini est devenu, grâce à *Manon Lescaut*, un compositeur sur lequel l'Italie savait qu'elle devrait désormais compter.

Comme plus tard dans *La Bohème*, l'auteur excelle ici à peindre un monde où le plaisir et la corruption, le jeu et, ne mâchons pas nos mots, la prostitution, vont de pair avec la grandeur d'âme en même temps que la faiblesse d'un Des Grieux, le vrai désespoir d'une Manon lorsqu'elle se voit perdue. À cet égard, le dernier acte, celui de La Nouvelle-Orléans, est plus qu'émouvant. Quand la Mimi de *La Bohème* meurt presque sans un soupir, quand Tosca se jette en un instant, sans hésiter, du sommet du château Saint-Ange, Manon Lescaut, au contraire, crie sa douleur, sa peur de mourir. Et c'est peut-être dans ces moments-là, parce qu'elle se révèle dans sa véritable fragilité, que l'héroïne de l'abbé Prévost revue mais pas tellement corrigée que cela par les librettistes de Puccini et par le compositeur lui-même, est finalement plus émouvante que celle de Massenet. La *Manon* de Massenet, c'est un petit oiseau qui meurt d'avoir trop chanté en picorant où il ne fallait pas. Celle de Puccini acquiert, au quatrième et surtout au cinquième acte de l'œuvre, une véritable grandeur tragique.

Moins populaire pourtant auprès du public d'aujourd'hui que celle de Massenet, moins populaire aussi que les œuvres ultérieures de Puccini lui-même, *Manon Lescaut* n'a cependant jamais vraiment quitté l'affiche. Simplement, elle y est moins présente que *Tosca* ou que *La Bohème*. Mais comme celui des autres héroïnes de Puccini, le rôle de Manon Lescaut est un rôle recherché. Dès le début du XXe siècle, une Lina Cavalieri l'a chantée avec éclat à New York. De même Claudia Muzio à San Francisco. Plus récemment, Renata Tebaldi, Magda Olivero, Montserrat Caballé et Mirella Freni l'ont enregistrée un peu partout dans le monde. Mais une fois encore, c'est Maria

Callas, qui ne l'a pourtant jamais chantée à la scène, qui nous en a donné une version déchirante dirigée par Tullio Serafin à la tête de l'Orchestre de la Scala. La mort de Manon, dans cet enregistrement où la plupart des seconds rôles sont formidablement bien tenus, est sûrement l'un des moments les plus poignants parmi les témoignages que nous a laissés Maria Callas.

Manon ? Nous voulons encore en citer une autre. Un film, pas un opéra, en nous le pardonnera. C'est le beau film que Clouzot réalisa en 1948 avec la petite Cécile Aubry et le vibrant Michel Auclair. La photographie de Thirard est admirable. Serge Reggiani y est un ignoble Lescaut, enrichi par le marché noir de l'après-guerre. Et tant que nous sommes au cinéma, on rappellera que Carmine Gallone a tourné en 1940 une *Manon Lescaut* dont la musique était « tirée de l'opéra de Puccini ». Nous ne l'avons pas vue, c'était la sublime Alida Valli (*Senso*, bien sûr...) qui jouait l'héroïne de l'abbé Prévost.

Marcoux, Vanni (1877-1962)

Baryton français

Une légende de l'opéra français et, jusqu'à la Deuxième Guerre mondiale l'un des piliers de toutes les grandes distributions lyriques françaises. Tour à tour Arkel et Golaud de *Pelléas*, il créa le *Don Quichotte* de Massenet en 1910 à Monte-Carlo. Dès lors, don Quichotte à travers le monde, il s'incarna totalement dans le rôle. C'est à travers les extraits qu'il nous en a laissés, notamment sa grandiose mort de Quichotte enregistrée à plusieurs reprises entre 1924 et 1927 et souvent rééditée en microsillon puis en CD, que nous avons appris à aimer au disque une œuvre qui, à la scène, nous a toujours un peu déçu...

Mariage secret (Le) *(Il matrimonio segreto)*

Domenico Cimarosa. Livret de Giovanni Bertati

Vienne, 1792

Stendhal, bien sûr. C'est parce que, le 1er juin 1800, avec la jeune armée d'Italie qui allait bientôt entrer dans Milan, Henri Beyle s'arrêta un soir à Ivrée et découvrit Cimarosa que nous aimons son chef-d'œuvre plus que de raison. « J'allai au spectacle, on donnait le *Matrimonio segreto* de Cimarosa. Ma vie fut renouvelée... » Ainsi, en quelques mots de sa *Vie d'Henri Brulard*, Stendhal nous dit ce que représente pour lui l'œuvre de Cimarosa. Un peu plus loin, dans le même « Brulard » ou dans son Journal, il nous dit être tombé amoureux de la soprano qui chantait le rôle de Caroline, bien qu'il lui eût manqué une dent sur le devant... Qu'importe : par la grâce de Stendhal, l'opéra de Cimarosa fait maintenant partie d'une mythologie de l'opéra qui dépasse de bien loin le cercle des amateurs d'art lyrique. Ce sont tous les stendhaliens qui savent qu'au même titre que Mozart et que Rossini, Cimarosa a contribué à l'éducation sentimentale de leur dieu. Qui ne connaît pas le *Mariage secret* imagine un opéra d'une légèreté fabuleuse, toute en transparence et en bulles de champagne... C'est cela, et ce n'est pas vraiment cela. Son librettiste, Bertati, auteur du livret d'un *Don Giovanni* avant Lorenzo Da Ponte, a imaginé une intrigue plus ou moins traditionnelle d'opéra bouffe, dans laquelle un comte Robinson, qu'on voit souvent en kilt écossais, doit épouser par contrat une jeune femme dont il aime en secret la petite sœur. Mais voilà que la petite sœur en question est déjà mariée secrètement — le mariage secret... — à un jeune commis de magasin. On est plus près d'une intrigue bourgeoise que des *Noces de Figaro*. Il est vrai qu'à Salzbourg, on a vu des *Noces* déplacées dans un atelier de confection... Et pourtant, le succès de Cimarosa et de Bertati fut stupéfiant. Mozart était mort depuis deux mois lorsque les deux compères, le 7 février 1792 au Burgtheater de Vienne, créèrent une œuvre qui éclata dans le panorama musical de l'époque, avec une violence joyeuse. L'Europe entière s'enflamma pour cette intrigue gentillette et raisonnable, et Stendhal, encore lui, n'hésitait pas à dire que pour séduire une belle personne, mieux vaut évoquer devant elle tel duettino de Cimarosa que tenir de longs discours philosophiques. Ils furent nombreux dès lors, à travers le monde, à s'enthousiasmer très vite pour ce *Mariage*-là. Dès 1792, après Vienne, c'était à Leipzig, à Dresde, à Berlin, à Monza qu'on donnait l'œuvre. Elle atteignait la Scala de Milan en février 1793, Barcelone trois mois après, etc. Un succès foudroyant, vous dit-on, une maladie, une rage ! Et pas vraiment de purgatoire après... Et pourtant, on l'avouera, nous ne partageons pas tout à fait l'enthousiasme de Stendhal. D'abord, l'œuvrette est quelque peu longuette. Bertati n'est pas Da Ponte, les situations y sont, c'est le moins qu'on puisse dire, bien moins enlevées. Et puis, quoi qu'en ait pensé Stendhal, Cimarosa n'est pas Mozart non plus. On se souvient d'une première représentation à Paris, au début des années 1960. Liliane Berton y était l'adorable Caroline, et c'était précisément en compagnie d'une Caroline que nous nous étions rendu à l'Opéra-Comique. On a presque oublié l'une des deux Caroline... Régulièrement, on a pourtant revu *Le Mariage secret.* Toujours à l'Opéra-Comique, en 1971, avec le formidable Sesto Bruscantini, dans le rôle du père de Caroline et d'Elisetta : à l'heure où nous écrivons son nom, Bruscantini vient de mourir... C'était Luigi Alva qui chantait le gentil Paolino, le petit boutiquier secrètement marié. Chaque fois, un léger sentiment de déception : Stendhal aimait tant cela et nous aimons tant Stendhal ! Bien des années plus tard, toujours à l'Opéra-Comique, sous une direction peut-être trop anonyme, nos sentiments n'ont guère changé... Peut-être est-ce seulement dans l'enregistrement réalisé à la Scala de Milan en 1956 par Nicola Sanzogno, avec une Graziella Sciutti mutine et délicieuse, que l'on retrouvera la grâce qui frappa Stendhal. Ou alors, on écoutera avec curiosité une curieuse version, oui, du chef-d'œuvre de Cimarosa. C'est Daniel Barenboim qui la dirigea en 1975. Ses expériences mozartiennes n'étaient pas, alors, de vraies réussites, on se gardera de juger son *Mariage secret*, mais on s'émerveillera de ce qu'un artiste aussi étranger à ce style que Dietrich Fischer-Dieskau a pu faire du rôle de Geronimo.

Marin-Degor, Sophie (née en 1966)

Soprano française

Sophie Marin-Degor chante la partie de soprano des jolis duos inventés avec son amie Claire Brua. Un disque, paru en 2002, signé des « Demoiselles de... », constitue un florilège des mélodies de Gounod, de Saint-Saëns et de Lalo. Elles chantent à deux, elles chantent l'une après l'autre, c'est délicieux. D'ailleurs, le titre du disque est tout un programme : *Vivent les vacances.* Mais Sophie Marin-Degor en a chanté bien d'autres. Beaucoup de Mozart, de Barberine à la Servilia de *La Clémence de Titus*, Suzanne, Zerline et Despine dans la « trilogie » Mozart/Da Ponte, montée par Jean-Claude Malgoire. On la retrouve aussi sous la direction de John Eliot Gardiner, de René Jacobs, de Marc Minkowski. Elle sera également une sublime Belinda de *Didon et Énée* dirigé par William Christie. Et puis, il faut le dire aussi, elle a tenu le rôle principal dans un opéra-film de Jean-Louis Comolli, *La Jeune Fille au livre*, sur une musique de A. Bon. Osera-t-on le dire ? Elle y était sublimement belle, sa voix nous emportait et elle était, oui, un peu nue. Très nue même...

Martha

Friedrich von Flotow. Livret de Friedrich Wilhelm Riese d'après Jules-Henri Vernoy

Vienne, 1847

Un opéra-comique romantique : c'est ce que s'affirme être *Martha*, un peu à la manière, avec plusieurs dizaines d'années d'écart, de *La Dame blanche* de Boieldieu. Mais si l'œuvre de Boieldieu a connu un succès immense à travers le monde — et en Allemagne —, celle de Flotow, populaire s'il en est dans le monde germanique, l'est beaucoup moins à Paris.

Chacun lit midi à sa porte. Et pourtant, parce que nous avons découvert cette lumineuse *Martha* par un vieux disque allemand enregistré en 1944 et sorti à la sauvette sur le marché français dans les années 1950 avec une Erna Berger souveraine, un Peter Anders royal et un Josef Greindl impérial, nous avons toujours gardé pour elle une tendresse particulière. Et lorsque à tant d'amis nous parlions de notre passion pour la belle Martha, l'incrédulité le disputait, disons-le franchement, à l'ignorance dans le sourire de ceux qui nous entendaient. Allemagne, France : pourtant l'intrigue de *Martha* est, ou se veut, anglaise. À la foire de Richmond, près de Londres, deux dames d'honneur de la reine Anne se font passer pour deux servantes. Martha et Julia. Le fermier Plunkett les engage, pour le plus grand bonheur de son frère adoptif, Lyonel, tombé sur-le-champ amoureux de Martha. Devant les proportions que prend cet amour et les hasards auxquels peut conduire un tel malentendu, la fausse Martha et son amie redeviennent lady Harriet et sa confidente Nancy et prennent leurs jambes à leur cou. Mais le soupirant de Martha reconnaît lady Harriet, on l'accuse de folie, il se révèle être d'aristocratique naissance, on oublie sa folie, tout le monde se marie et tout le monde est heureux.

La musique de Flotow est légère, légère... On a dit la France, l'Allemagne et l'Angleterre : elle évolue bel et bien dans une ambiance d'opéra-comique français. Après une création plutôt modeste, c'est Liszt, dans l'une de ses fameuses saisons musicales de Weimar, qui assura son succès. Un succès mérité car la richesse mélodique et le charme de *Martha* sont immenses. Et si l'on ne retrouve plus l'ancienne version que nous croyons avoir été publiée alors sous la marque Urania, qu'on se rabatte sur un quatuor ébouriffant : Anneliese Rothenberger, Brigit Fassbaender, Nicolaï Gedda et Hermann Prey, dirigés en 1968 par un Robert Heger, pour une fois presque enchanteur. Allons, amis français, vous qui venez à peine de découvrir Humperdinck, allez donc regarder du côté de Flotow ! Et écoutez et réécoutez encore l'un des classiques du folklore d'outre-Manche, « The Last Roses of Summer » en version allemande.

Massenet, Jules Emile Frédéric (1842-1912)

Compositeur français

Bien sûr, nous sommes de plus en plus nombreux à aimer passionnément *Werther*, à sourire avec tendresse à sa *Manon*, voire à redécouvrir avec amusement une *Esclarmonde* ou un *Roi de Lahore*, sinon à nous émerveiller du kitsch de *Thaïs*. Mais nous sommes nombreux aussi, autrement plus nombreux, à adorer parfois Massenet, sans en faire pourtant l'égal de ceux qui, de Monteverdi à Britten en passant par Bellini et tant d'autres, nous ont donné envie d'écrire ces lignes. C'est pourquoi on a peut-être quelque mal, aujourd'hui, à se figurer ce qu'a pu représenter Massenet en son temps. Musicien officiel d'un public bourgeoisissime en même temps que chéri des salons, adoré des midinettes qui s'appelaient alors des lorettes, adulé de la foule des concierges et des demoiselles de magasin du quartier de l'Opéra-Comique, et bien au-delà, M. Massenet, qui détestait tant son prénom de Jules, a été pendant près d'un demi-siècle considéré comme le plus grand compositeur français de son temps par des générations de spectateurs pour qui la musique, c'était d'abord l'opéra ou l'opéra-comique. Et dans le même temps, ce Massenet tellement décrié par une certaine critique qui le prenait de haut, se rendait en pèlerinage à Bayreuth et proclamait bien fort qu'il avait deux dieux, qui s'appelaient Wagner et Berlioz. C'est d'ailleurs grâce à Berlioz, alors membre du jury du Prix de Rome — Berlioz qui s'était vu cinq fois refuser l'accès à la Villa Médicis... — que Massenet put y passer deux années qu'il qualifia lui-même de délicieuses, « années sans pareilles dont le souvenir vibre encore dans sa mémoire... ». Étrange destin, dès lors, que celui de ce fils d'ingénieur des mines, né à Saint-Étienne (qui lui consacre à présent un festival), dont la mère, dès qu'il eut ses six ans, lui « mit pour la première fois les doigts sur le piano ». Très vite, le provincial montera à Paris, entrera au Conservatoire, se fera mettre à la porte de la classe d'harmonie de Bazin, peu amateur de ses excès pourtant probablement bien sages, avant d'entrer dans la classe de Reber puis dans celle d'Ambroise Thomas, l'auteur de *Mignon* qui, sa vie durant, jouera auprès de lui le rôle de mentor et de protecteur. Pour gagner sa vie, et à la manière bohème de Berlioz, Massenet vit dans un galetas et court le cachet, joue du piano dans un café de Belleville et tient la partie de timbales au Théâtre Lyrique. L'anecdote est bien connue, il joua lors de la première du *Faust* de Gounod.

Après son séjour à la Villa Médicis, son mariage avec une jeune pianiste, Constance de Sainte-Marie — le nom à lui seul est tout un programme ! —, il continue à vivre comme il peut, de leçons, de petits travaux d'écriture musicale, ici et là. Et puis voilà qu'en 1873, l'immense Pauline Viardot chante à l'Odéon un drame sacré en trois actes écrit par lui depuis longtemps et presque oublié, une *Marie-Magdeleine* qui remporte un grand succès. Il a ainsi le pied à l'étrier, et ce sera le triomphe du *Roi de Lahore*, en avril 1877, au tout nouveau Palais Garnier. Dès lors, la carrière de Massenet se poursuivra, de succès en succès, entre l'opéra, l'opéra-comique et le Conservatoire où, grâce à Ambroise Thomas, il occupe la chaire de composition. En 1884, c'est la gloire : le 19 janvier, sa *Manon* est créée à l'Opéra. Il a choisi lui-même son sujet, il l'a imposé seul. C'est pour la soprano américaine Sybil Sanderson, devenue son inspiratrice, qu'il écrira ensuite *Esclarmonde*, en 1889, puis *Thaïs*, en 1890. Sa renommée est désormais mondiale. Nul comme lui ne sait faire pleurer Margot, et les Margot l'acclament dans le monde entier. Composé en 1887, son *Werther* n'est pourtant donné d'abord qu'à Vienne en 1892, et encore en allemand ! On jugeait le sujet trop triste pour les amoureux de *Manon* ! *Manon* ne se termine pas mieux, mais elle n'a derrière elle que l'ombre de l'abbé Prévost : derrière le fantôme de Werther, plane celle, gigantesque, écrasante, de Goethe. Qu'importe, avec *Sapho* en 1897, ou *Cendrillon* en 1899, *Grisélidis* en 1901, Massenet va de triomphe en triomphe. Il écrira encore *Don Quichotte* pour Chaliapine, et laissera plus de 250 mélodies, qu'on commence seulement à redécouvrir.

Parce qu'en réalité, nous aimons *Werther* à la folie et, on l'a dit, parce que *Manon* continue à nous émouvoir, on oubliera les méchancetés de la critique d'alors à l'égard de Massenet. Un Willy, qui fut le mari de Colette, disait de lui qu'il « excellait dans l'art d'accommoder les restes... Étrange musicien que ce Wagner pour grandes cocottes, ce mystique pour cabinet particulier... ». Et qu'était-il donc, Willy lui-même ? Tout aussi critique, Debussy remarquait néanmoins que la musique fut, pour M. Massenet, « une sorte de destinée mystérieuse et tyrannique qui explique [son] inlassable curiosité à chercher dans la musique des documents pour servir à l'histoire de l'âme féminine... Les harmonies y ressemblent à des bras, les mélodies à des nuques ; on s'y penche sur le front des femmes pour savoir à tout prix ce qui se passe derrière... ». Ce n'est pas si mal que cela ! Quant au cher Reynaldo Hahn, le doux compagnon de Proust, il a tout de même écrit : « Je suis arrivé à une conclusion : c'est qu'il y a plusieurs sortes de personnes qui n'aiment pas Massenet : 1) ceux qui ne veulent pas l'aimer ou qui, du moins, en ont l'air ; 2) ceux qui ne l'aiment pas parce qu'ils ont horreur des théâtres ; 3) les jaloux innombrables, les ratés, les incompris, les imbéciles ; 4) les personnes froides, mathématiques, sèches et rentrées. À part ceux-là, tout le monde — c'est-à-dire tous les gens bien — aime Massenet, sauf peut-être les habitants de la planète Mars... » Pour être né en mars, nous avons nous-même peu vécu sur cette terre-là mais nous aimons Massenet, tout simplement... Ce dictionnaire d'opéra comprend peu d'entrées consacrées à leurs auteurs : nous avons voulu y voir figurer l'auteur de *Werther* et de *Manon* car c'est tout juste si l'on ose vraiment l'écouter aujourd'hui — hormis à Saint-Etienne.

Massis, Annick (née en 1958)
Soprano française

Comme beaucoup d'autres, nous avons d'abord entendu Annick Massis à la Villa Médicis. Mais elle avait déjà une sacrée carrière derrière elle, naturellement commencée comme beaucoup d'autres sous le signe de William Christie. Ainsi l'avons-nous vue au Palais Garnier dans *Hippolyte et Aricie* et surtout dans *Les Indes galantes*. Mais c'est peut-être son rôle de la Folie dans *Platée* de Rameau monté par Marc Minkowski et Laurent Pelly au Palais Garnier, qui nous a appris quelle superbe soprano baroque pouvait être Annick Massis. Une folie enchanteresse, à faire perdre la tête à tout un bataillon de grenouilles amoureuses ou non de Jupiter... Et voilà qu'en février 2002, en version de concert, on l'a retrouvée chantant Annette dans le *Freischütz* de Weber, mais dans la version de 1841, en français, avec les récitatifs de Berlioz. Et ç'a été un autre coup de foudre. Brusquement, Annick Massis s'est révélée comme une immense interprète de ce grand opéra français dont avait toujours rêvé Berlioz et qu'il lui avait fallu, en somme, attendre Weber pour réaliser. Maintenant nous le savons, Annick Massis est non seulement une baroqueuse (Dieu, que nous n'aimons pas le mot...) de premier plan ; non seulement une superbe interprète de mélodies françaises — mais aussi une belcantiste qui a d'ailleurs fait merveille dans *Le Comte Ory* à Glyndebourne, mais aussi dans *Lucia*, dans *Les Capulets et les Montaigus*, dans l'Elvire des *Puritains* et dans l'Amina de *La Somnambule*. On voudrait l'entendre davantage à Paris dans ces rôles-là.

Masterson, Valerie (née en 1937)
Soprano anglaise

Pourquoi aimons-nous Valerie Masterson ? Au fond, c'est peut-être parce qu'elle est notre jumelle. Pourtant, c'est seulement en rédigeant cette notice que nous apprenons qu'elle est née à Birkenhead un 3 juin 1937, moins de trois mois après nous. Mais Valerie Masterson c'est comme une petite sœur. On espère qu'elle ne nous en voudra pas de cette familiarité. Nous l'avons découverte dans les années londoniennes qui furent pour nous la grande époque du Sadler's Wells puis de Covent Garden. C'est d'abord dans la Constance de *L'Enlèvement au sérail* que nous l'avons aimée. Petite poupée de porcelaine au visage parfaitement lisse, aux yeux clairs, elle était capable de si fougueux et de si amusants emportements. Bien des années plus tard, on la vit à Toulouse, où elle chantait *Manon.* Je crois bien qu'elle passa par Strasbourg pour chanter Pamina. Quelque part dans ce livre on évoque les pures jeunes filles allemandes selon Wagner ou Weber : à sa manière, Valerie Masterson représentait la pure jeune fille anglaise, on a dit le visage de porcelaine, les bonnes joues rondes, l'air de se moquer un peu de vous. Mais elle est entrée dans notre légende pour deux rôles. D'abord celui de Sophie, la petite Sophie du *Chevalier à la rose*, dans une série de représentations en anglais données au Coliseum. À ses côtés, Ann Evans était une Maréchale émouvante et Sandra Browne un drôle de petit Octavian frémissant de mille ardeurs inconnues et peut-être exotiques. Il exista, à l'époque, un disque d'extraits de ces soirées londoniennes, c'était un 33-tours, il est quelque part au fond d'une cave, nous ne l'avons pas retrouvé. Mais le trio que formaient les trois dames, quand bien même elles chantaient en anglais, est presque devenu pour nous l'une des références de cette scène finale du *Chevalier* que nous aimons tous, naturellement. Mais Valerie Masterson a chanté aussi Monteverdi et surtout Haendel. C'était au Festival d'Aix-en-Provence, dans une mise en scène de Jorge Lavelli. Elle était Morgana, la petite sœur un peu triste, éternelle amoureuse, toujours en retrait de la grande magicienne Alcina. Il fallait l'entendre, il fallait la voir aussi tourner sur elle-même, tournoyer infiniment comme dans une valse, chanter son air du premier acte, son « Tornami... ». Nous n'aimons guère user du mot magique : on en use et on en abuse trop. Et pourtant, lors de ces soirées littéralement magiques de 1978, sous la direction de Raymond Leppard, aux côtés de Teresa Berganza, d'Ann Murray et de Christiane Eda-Pierre, la douce sœur de la terrible sorcière (pas si terrible que cela d'ailleurs : seulement amoureuse...) nous emporta le cœur.

Mathis le peintre *(Mathis der Maler)*

Paul Hindemith. Livret du compositeur

Zurich, 1938

L'une des œuvres majeures des années 1930 en Europe, où l'écriture modale joue intelligemment avec des formes baroques. Interdit par le pouvoir nazi, l'opéra ne fut donné en Allemagne qu'en 1946. Paul Hindemith avait à peine cinquante ans, il devait mourir moins de dix ans plus tard. En dépit d'une première française, et en français, à Strasbourg en 1951, on ne peut pas dire que *Mathis le peintre* ait jamais fait les beaux jours des opéras français. C'est pourtant une œuvre très riche, où le pouvoir du créateur, auteur du célèbre Polyptique d'Isenheim, est confronté à la guerre, à la violence, à la misère du peuple, pendant la guerre des Paysans, dans l'Allemagne autour des années 1520. Comme dans *Tosca*, on voit un peintre au travail, tandis que s'agitent autour de lui des personnages emblématiques d'un monde déchiré. Catholiques et luthériens s'opposent, la violence est partout. Dans une scène hallucinante, presque à la fin de l'œuvre, Mathis se trouve confronté aux démons luxurieux qui sont ceux de *La Tentation de saint Antoine* : la richesse, l'amour profane, le martyre, la science, la gloire...

On ne peut que l'avouer, on n'a jamais vu l'œuvre à la scène. On sait qu'en 1990, Goetz Friedrich en donna une admirable production à Berlin, avec Jorma Hynninen souverain dans le rôle du peintre. Mais, souverain, Dietrich Fischer-Dieskau l'a été aussi, ô combien, dans la grande version enregistrée par Rafaël Kubelik. Comme toujours, l'humanisme en même temps que la stature dramatique du grand Fischer-Dieskau soulèvent l'enthousiasme. À l'exception de James King, ils écrasent même un peu le reste de la distribution...

Mattei, Peter (né en 1965)

Baryton suédois

L'un des meilleurs Onéguine de sa génération, l'un des plus grands comtes des *Noces de Figaro* et, surtout, un don Juan redoutable. Onéguine, on l'a entendu dans la production d'Irina Brook au Festival d'Aix-en-Provence. Il y était romantique à souhait, un grain jeune chien désagréable, mordant, d'abord arrogant puis désespéré. Son comte, nous avons pu le voir à Salzbourg. C'était une production un peu absurde, qui se déroulait toute entière dans... un magasin de robes de mariées ! Le comte Almaviva, patron, en somme, d'une succursale de Pronuptia ! Il se tirait pourtant formidablement du piège où il transformait le droit de cuissage selon Beaumarchais par le harcèlement sexuel de son personnel. La voix était superbe, le contexte un peu gênant. Mais c'est son don Juan, dirigé par Claudio Abbado, dans une mise en scène de Peter Brook, à Aix-en-Provence en 1998, qui nous a littéralement foudroyé. Une élégance suprême, une force d'expression, une beauté aussi... Peter Mattei est déjà un chanteur confirmé, bientôt quarante ans, il chante sur toutes les scènes du monde, on sait qu'on l'entendra encore souvent.

Mattila, Karita (née en 1960)
Soprano finlandaise

À coup sûr, l'une des vedettes incontestées de la scène lyrique de la fin des années 1990 et du début des années 2000. Longue et blonde, Karita Mattila suscite tous les enthousiasmes. Sa voix est puissante, fruitée, elle est belle comme une actrice de film de Bergman. On l'a vue d'abord à Paris dans Elsa de *Lohengrin*, en 1997 et, la même année, dans *La Veuve joyeuse* : ç'avait été, d'entrée de jeu, un formidable enthousiasme. Elle a la vitalité d'une Inge Borkh, la tendresse passionnée d'une

Lisa Della Casa. C'est d'ailleurs Arabella, rôle fétiche s'il en fut pour Della Casa, qu'elle fut au Châtelet en 2002 : une Arabella d'une élégance très noble. De même a-t-elle été Elektra au Festival de Salzbourg, l'une des grandes incarnations d'Inge Borkh. Allez, on osera le dire : sa Jenůfa, en 2003 au Châtelet, nous a littéralement tiré des larmes. Et sa berceuse à l'enfant qui va mourir au deuxième acte de l'opéra de Janáček était une véritable déclaration d'amour. Et voilà qu'au moment où nous écrivons ces lignes, elle vient d'embraser l'Opéra-Bastille dans le rôle d'une Salomé à la fois très jeune fille, éperdue d'amour, au désir incertain, qui fait subitement d'elle, dans la lignée des Goltz et des Wellitsh, l'une des très grandes héroïnes de la princesse d'Oscar Wilde, si belle et si pâle ce soir... Une Salomé aussi qui, dans la « Danse des sept voiles », effectue un bien étrange strip-tease... Mattila à la Bastille : plus nue que nue. Une grande petite fille qui fut un jour innocente et que la cour du roi Hérode a transformée en monstre de désir.

Maurus, Elsa (née en 1963)

Mezzo-soprano française

Superbe, elle aussi, Elsa Maurus, qu'on croisa pour la première fois dans les allées de la Villa Médicis, où elle était venue chanter Schumann et Brahms. Son *Amour et la vie d'une femme*, à la fois juvénile et nostalgique, était admirable. Depuis, on l'a entendue souvent, fougueuse Clairon du *Capriccio* de Strauss ou gentil Siebel de *Faust*. Rosine, la Cerenentola, Dorabella, Zerlina, font partie de son répertoire. C'est une chanteuse grave, qui peut jouer les mutines. Elle a naturellement participé aux cycles de mélodies de la Bibliothèque nationale de France.

Mayr, Richard (1877-1939)

Basse autrichienne

Naturellement, nous n'avons pas entendu Richard Mayr. Mais parce que, dans un enregistrement illustrissime, il s'est affirmé comme le premier baron Ochs de l'histoire de l'opéra, il est devenu l'une des figures les plus familières de notre univers straussien. Mayr est né à Salzbourg, il a chanté dans le monde entier mais peu de chanteurs paraissent aussi solidement enracinés que lui dans leur ville natale. Il a incarné Wotan, Sarastro, Figaro et Leporello. Mais c'est lui que Richard Strauss et Hugo von Hofmannsthal auraient souhaité voir créer à Dresde en 1911 le rôle du cousin provincial de la Maréchale du *Rosenkavalier.* Ce ne fut pas possible mais, quelques mois plus tard, il chantait le rôle à Vienne. On aimerait pouvoir illustrer ici ce dictionnaire d'une photographie de Mayr, confortablement, béatement installé dans un énorme fauteuil qui peut tout juste accueillir son immense corps de lourdaud de comédie : il y paraît somptueux. Et c'est vrai que Richard Mayr était somptueusement, monumentalement grandiose — qu'on nous pardonne l'abus des adverbes et la collision des superlatifs ! Depuis la version, hélas abrégée, du *Chevalier à la rose* qu'enregistrèrent avec lui Lotte Lehmann et Elisabeth Schumann en 1933, aucun chanteur, sur aucune scène du monde, dans aucun disque depuis n'a approché son baron Ochs. On peut le voir, rayonnant de santé, sur un portrait encore affiché dans la salle à manger d'un hôtel de Salzbourg où il nous arriva, en d'autres temps, d'avoir nos habitudes.

Mazura, Franz (née en 1924)

Baryton basse autrichien

On a presque envie d'adresser à Franz Mazura un clin d'œil complice. Cela fait combien d'années qu'il accompagne nos amours à l'opéra ? Premier souvenir, peut-être, une *Walkyrie* parisienne, c'était en quelle année, déjà ? où il assura tout le deuxième acte dans le rôle de Wotan, pour permettre à l'immense Hans Hotter de faire ses adieux au public parisien dans ce rôle — dans le troisième acte : précisément celui des adieux de Wotan... Depuis, Klingsor de *Parsifal*, et surtout Gunther en smoking dans la mise en scène du *Crépuscule des dieux* de Patrice Chéreau à Bayreuth ; enfin admirable docteur Schön dans la création de la *Lulu*, de Berg, en trois actes, à l'Opéra de Paris, il est resté l'un des chanteurs comédiens les plus étonnants de sa génération. C'est moins une question de voix — et la voix de Mazura est belle — qu'une affaire de présence. On l'entend peu au disque, c'est dommage. À le revoir, tout récemment encore, dans le DVD du *Ring* de Bayreuth, on se rend compte qu'à sa manière, Franz Mazura est irremplaçable.

Méchaly, Gaëlle (née en 1970)
Soprano français

Une petite étoile qui monte, qui monte et qui monte fermement. Elle aussi est passée par l'école des Arts florissants. On a pu l'entendre dans du Monteverdi, du Purcell. Elle a été un délicieux Amour, une merveilleuse bergère dans *Hippolyte et Aricie* de Rameau, à l'Opéra-Garnier. Mais elle chante aussi Offenbach, Jacques Ibert. Elle fut une parfaite interprète de Poulenc dans un cycle de mélodies françaises données à la Bibliothèque nationale de France.

Médée
Marc-Antoine Charpentier. Livret de Thomas Corneille

Paris, 1693

Une grande, une très grande tragédie lyrique, un prologue et cinq actes d'une somptueuse gravité. Créée en 1693 à l'Académie royale de musique, l'œuvre fut reprise en 1700 puis totalement négligée jusqu'à une version de concert donnée par Radio-France en 1976, sous la direction de Jean-Claude Malgoire. Un peu plus tard, Michel Corboz et surtout William Christie en ont donné des versions passionnantes. L'enregistrement de William Christie et des Arts florissants constitue probablement l'un des sommets discographiques de la musique lyrique du grand siècle.

L'œuvre s'attache naturellement à suivre de très près la tragédie de Médée, sa trahison par Jason, sa terrible vengeance. On a pu faire remarquer l'intelligence du livret de Thomas Corneille, qui commence par installer le doute dans l'esprit du spectateur, avant de lui révéler l'atroce réalité. Bien plus que l'opéra de Cherubini, celui de Charpentier atteint une grandeur en même temps qu'une noirceur extrêmes. Le dernier acte, celui de la folie, en somme, est d'une violence presque insoutenable. On a cité les artisans de quelques-unes des reprises de ces dernières années : Corboz et William Christie. Il faudrait aussi citer leurs metteurs en scène. Robert Wilson pour Corboz, en 1984. C'était l'une des premières mises en scène d'opéra du grand metteur en scène américain, encore libre de certains des tics que nous admirons chez lui mais qui, parfois, nous hérissent. Plus tard, en 1994, c'est Jean-Marie Villégier qui a donné vie à la magicienne mortelle selon William Christie. Quelques grandes images nous en sont restées, en particulier le visage impassible de Lorraine Hunt, vêtue d'un costume grand siècle aux noirceurs bleutées, devant le corps brisé de Créuse, sa victime, foudroyée par la douleur autant que par le poison.

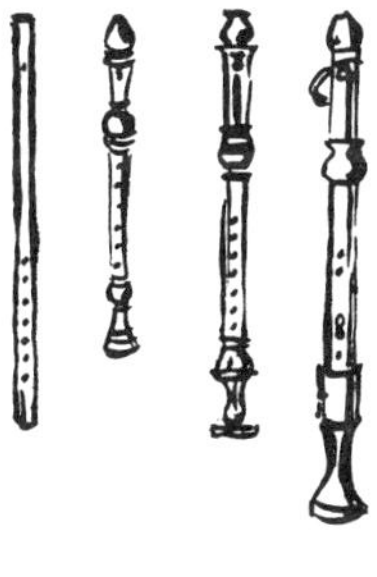

Médée

Luigi Cherubini. Livret de François-Bénoît Hoffmann d'après Corneille

Paris, 1797

Médée, c'est la tragédie antique dans sa véhémence la plus sombre. Abandonnée par Jason, qu'elle a pourtant sauvé et qu'il avait épousée, la magicienne Médée vient jusqu'à Corinthe pour le retrouver. Là, au royaume de Créon, Jason est sur le point d'épouser la princesse Glauce. Le formidable désespoir de Médée deviendra haine : elle va user de tous les subterfuges pour tenter de regagner Jason, puis, lorsque plus rien ne sera possible, pour se venger. Mort de Glauce, mort de ses propres enfants : Médée la sorcière accomplit jusqu'au bout le destin qui est le sien avant de brandir un couteau sanglant dans un temple qui s'écroule.

Créé à Paris en 1797 au théâtre Feydeau, sans grand succès d'ailleurs, *Médée* est vite devenu *Medea*, et a surtout été donné dans sa version italienne. Souvent jouée pendant tout le XIXe siècle, l'œuvre avait été complètement oubliée de 1909 jusqu'à une reprise fameuse au Mai florentin de 1953. C'était naturellement Maria Callas qui chantait Médée. *Médée* constitue l'un de ces opéras que Callas, et elle seule, a ramenés à la vie.

D'abord Florence, donc, puis la Scala, et *Médée* sera dès lors l'une des plus grandes incarnations de Maria Callas. Lorsqu'elle n'aura gardé, avec ce qui lui restera de voix, que sa musique et son sens de la tragédie, Callas chantera encore *Médée*, en même temps que *Tosca* et que *Norma.* Sa dernière apparition à la Scala, en 1962, sera d'ailleurs en Médée :

une Médée au bord de la chute et que ses moyens, maintenant, ont trahie. Mais lorsqu'elle a voulu renouer avec éclat avec la Grèce de ses origines, c'était déjà le rôle de *Médée* qu'elle avait déclamé, statuesque et superbe devant les gradins immémoriaux d'Epidaure. Médée pourtant, étrangère parmi les Grecs, le démon venu d'ailleurs et qui secoue tout l'édifice classique d'ordre et de logique, d'amour et de beauté, que la plus hypocrite des Corinthe veut imposer malgré la princesse magicienne. Un personnage au-delà de l'humain qu'Euripide a forgé dans le plus noir des métaux et que Cherubini, le doctoral et trop sage Cherubini, grand maître italien de la musique française, patron du Conservatoire et persécuteur de Berlioz, a brusquement, par un de ces coups de génie dont il était parfois capable, transformé en un flot déclamatoire de lave glacée. Médiocre, d'ailleurs, Cherubini ? Nous nous laissons peut-être entraîner un peu loin. Mais c'est de sa *Médée* que l'on veut parler, et non du compositeur lui-même, qui connaît pourtant, depuis quelques années, une assez belle renaissance.

Le rôle de Médée est lui-même l'un des plus éprouvants de tout le répertoire. La légende veut que sa créatrice, Mme Scio, soit morte de l'avoir trop chanté. Médée fait partie de ces personnages que Callas marquera de son empreinte indélébile. Cette fois, la victime est victime, certes, mais elle devient louve, et elle tue — pour sauver sa peau, c'est-à-dire ce qui lui reste d'amour. Elle est aussi *victime* et d'abord victime. C'est la trahison de Jason — l'homme qui la quitte pour une autre ! — qui fait de la magicienne une meurtrière : elle ne tend pas la gorge, elle qu'on a humiliée, elle brandit son couteau.

C'est nous, une fois encore, qui lui avons donné cette rage de mort : « Nere furie, volate a me ! — Volez vers moi, noires furies ! » s'écrie-t-elle au troisième acte, et la voix s'élève d'un seul élan, formidable appel, superbe airain solide, jusqu'à la plus terrible des menaces. Pour soudain ensuite trembler : et si Médée avait été aimée ?

Comme tous les rôles que Callas a choisis à partir des années 1953-1954, parce qu'ils laissent son tempérament s'exprimer avec toutes ses outrances et ses élans puissants — mais aussi parce qu'ils permettent à sa voix d'atteindre à des sommets toujours maîtrisés, aux limites du chant classique et du bel canto —, Médée est donc un rôle impossible. Aussi bien, ce qu'en fera Callas ne ressemblera à rien de vocalement humain. Comme si un démon à produire les sons avait inventé ces montées phénoménales vers les plus noirs des aigus, coulés dans un timbre jamais défaillant, au sommet d'une puissance toujours renouvelée. Les enregistrements de Callas en Médée sont nombreux, qui nous la restituent dans un rôle où faiblir ne peut être pardonné. Mais le plus bouleversant est probablement une version qu'on disait jadis pirate, enregistrée à Dallas en 1958, avec Teresa Berganza et Jon Vickers aux côtés d'une Callas-Médée soudain saisie par le doute. Comme si sa magicienne assassine et diabolique s'était regardée dans une glace et avait eu peur de ce qu'elle y avait découvert. Pourtant, en 1953, à la Scala, où elle a inauguré une collaboration qui se poursuivra dans les années à venir avec Leonard Bernstein, Callas est superbe. Ce sera un torrent, ce sera un délire, l'illustre théâtre croulera sous les applaudissements.

Callas, donc, au commencement et à la fin, Callas. Nous nous souviendrons pourtant de deux autres

Médée. La première, c'était en 1976, dans le cadre du festival d'Aix-en-Provence, mais au théâtre antique d'Arles. Ce fut un été terrible, l'heure était à tous les déchirements, on voudrait l'oublier mais nous nous souviendrons quand même de cette déchirure qui traversait de part en part une Leonie Rysanek, qui fut bien sûr lady Macbeth, mais qui a plutôt regardé du côté de Chrysothemis que de celui d'Elektra. Rysanek, dirigée par Serge Baudo, face à Veriano Lucchetti, était Médée meurtrière, bien sûr, mais elle était surtout Médée la victime, jusque dans les crimes où les autres, Jason, Corinthe, l'hypocrisie des hommes l'avait conduite.

L'autre Médée, elle ne chantait pas l'opéra, ce n'était pas celle de Cherubini, mais seulement la Médée d'Euripide. Dans l'écrasant décor du palais des Papes à Avignon, sa voix était une prière, on a envie de parler d'elle ici, après Callas : elle s'appelait Isabelle Huppert.

Médium (Le) *(The Medium)*

Gian-Carlo Menotti. Livret du compositeur

New York, Université Columbia, 1946

On traite en France avec un peu trop d'indifférence le créateur du Festival des Deux Continents, à Spoleto, et aux États-Unis. Et pourtant, à sa manière, Menotti a inventé un langage. Et *Le Médium*, l'un de ses premiers opéras, en est bien caractéristique : un langage haché, rapide, très proche de la réalité. Et aux antipodes pourtant du *Sprechgesang* allemand. Plus proche, peut-être, des dialogues de *Tosca.* L'action se déroule dans le salon de Madame Flora, médium. Menotti semble vouloir railler toutes les expériences de spiritisme dont on a pu lui parler et même prendre une revanche contre les charlatans qui, selon lui, abusent de la crédulité des naïfs ou des gens malheureux. Ainsi, recevant des Français qui s'appellent Gobineau (comme l'auteur des *Pléiades* !), Madame Flora fait-elle apparaître une jeune fille noyée dans une fontaine — qui n'est autre que sa propre fille éclairée comme il faut. Pourtant, peu à peu, Madame Flora va se laisser se prendre à son propre jeu, il lui semblera sentir des présences. De plus en plus nerveuse, persuadée qu'un fantôme se trouve dans la pièce, elle tirera un coup de revolver en direction d'un rideau derrière lequel se trouve Toby, l'amoureux de sa fille. Naturellement, comme dans *Hamlet*, Toby s'écroulera, entraînant le rideau avec lui... Tout cela vous a un certain côté grand-guignol, mais qu'on se rassure, ça ne dure pas plus de cinquante minutes. Comme *Le Consul*, nous avions découvert *Le Médium* avec un disque quelque peu fatigué emprunté au Centre culturel américain, jadis rue du Dragon. C'était à des années-lumière...

Mefistofele

Arrigo Boito. Livret du compositeur

Milan, 1868 ; Bologne, 1875

Mais qui êtes-vous donc, qui ne connaissez pas le *Mefistofele* de Boito ? Eh oui : Arrigo Boito, le librettiste génial de Verdi, pour qui il a écrit un *Otello* que nous osons considérer mieux construit que le chef-d'œuvre de Shakespeare. Celui qui a réussi un *Falstaff* plus habile et plus passionnant que *Les Joyeuses Commères de Windsor* ; l'auteur du texte de *La Gioconda* sous le pseudonyme de Tobia Gorrio. Boito a donc commis, en 1868, une œuvre à proprement parler monstrueuse. Monstrueuse : nous nous entendons bien, il s'agit d'un chef-d'œuvre. Mais, comme *Les Troyens* de Berlioz, c'est un chef-d'œuvre mal foutu, baroque à souhait dans le pire sens du mot baroque, qui ne veut évidemment pas dire baroque mais trop long, difficile à monter, plus difficile encore à chanter.

Curieux personnage, en réalité, que ce Boito qui connut Victor Hugo, Berlioz, se promena à travers la France et l'Allemagne et en revint avec de bien drôles d'idées. Dans les années 1860, Wagner avait déjà donné quelques-uns de ses chefs-d'œuvre. Et Boito, pourtant italien jusqu'au bout des ongles, fut fasciné par cette musique. Dans le même temps, comme Berlioz, comme Gounod, comme Schumann, il a voulu composer son *Faust.* Et le résultat, c'est cette œuvre hybride, monstrueusement belle, donc, dont le titre évoque non plus Faust lui-même, comme chez Gounod ou Berlioz, pas plus que Marguerite, comme dans les versions allemandes du chef-d'œuvre de Gounod, mais Méphistophélès lui-même. Ce n'est pas pour rien que d'immenses basses comme Chaliapine ou Vanni Marcoux se sont affrontées au rôle de ce Méphisto-là. Mais ce n'est pas pour rien, non plus, si l'un des grands chefs-d'œuvres méconnus de l'opéra italien est finalement relativement peu joué en Italie. Il y a d'abord son néo-wagnérisme, encore qu'il ne faille rien exagérer, qui prit de court les spectateurs de la Scala en 1868. Mais d'une manière générale, c'est plutôt la construction de l'œuvre qui reste bancale, même après la création d'une version révisée en 1875. Curieux tout de même de voir comment Boito, qui a fait des miracles avec Shakespeare, n'a pas su faire de choix assez net dans l'œuvre de Goethe. Au contraire de Gounod ou de Berlioz, dont les opéras étaient centrés sur la première partie de Faust — à savoir, principalement, sur le trio Faust, Méphisto et Marguerite —, Boito traite bien, et longuement, du drame de Marguerite. Mais il veut aussi embrasser la seconde partie de Faust, évoquer Hélène, la vision panthéiste de la nature qui était celle de Goethe. Et c'est là que, subitement, aux deux tiers du parcours, *Mefistofele* commence à boiter. Osera-t-on l'avouer ? L'intérêt passionné que nous portons à la vision boïtienne de Faust passe exclusivement par le disque. Eh oui, nous n'avons jamais vu à la scène le *Méphisto* de Boito. En revanche, nous avons été transporté par la version qu'en donna Oliviero de Fabritiis avec la Philharmonie de Londres, et la lumière très sombre que porte Nicolaï Ghiaurov sur le personnage de Méphisto. À ses côtés, Luciano Pavarotti est à proprement parler stupéfiant, d'une clarté de timbre, d'une jeunesse et d'une ardeur qui nous ont transporté. Ajoutez à cela les deux femmes de Faust, Mirella Freni en Marguerite, Montserrat Caballé en Elena, et vous aurez, publiée chez Decca, une perle rare, on a dit baroque, sombre, éclatante.

Plus récemment, une version enivrante du même *Mefistofele* nous a été offerte par Samuel Ramey dans le rôle-titre, Placido Domingo en Faust et Eva Marton dans le double rôle de Marguerite et Hélène.

Melchior, Lauritz (1890-1973)
Ténor danois

Le plus grand Heldentenor du XXe siècle. L'une des figures légendaires du monde wagnérien. En 1913, il chante Silvio de *Paillasse.* Cinq ans après, d'un second rôle italien, il est devenu Tannhäuser. Dès lors, et jusqu'à un ultime Siegmund qu'il chante en 1960 à la Radio danoise pour son soixante-dixième anniversaire, Lauritz Merchior est un mythe. Ce mythe, nous l'avons découvert avec émerveillement dans l'un de ces trois disques dans lesquels nous avons, presque littéralement, appris à lire. Il s'agit, naturellement, du célébrissime premier acte de *La Walkyrie* enregistré en 1935 sous la direction de Bruno Walter. Le duo des jumeaux incestueux et sacrés qu'il formait avec Lotte Lehmann reste insurpassable. Toute la vaillance de Melchior, toute sa tendresse aussi, la poésie qu'il sait insuffler à ses mots d'amour comme à son « Hymne au printemps » n'ont jamais été dépassés. Du vivant même de Melchior, il y a eu d'autres grands ténors wagnériens. Aucun n'a approché sa célébrité, ni surtout son immense talent. Dieu merci, les enregistrements de Lauritz Melchior sont nombreux, il en reste peut-être encore quelques-uns à découvrir... Aux côtés d'une Frida Leider et d'un Friedrich Schorr, qui furent avec Lotte Lehmann quelques-uns de ses grands partenaires, Lauritz Melchior appartient à l'histoire de l'opéra de tous les temps.

Mesplé, Mady (née en 1931)
Soprano française

Sans Mady Mesplé, sans sa présence lumineuse, sans son sourire, sans ses tristesses aussi, mais surtout sans son immense voix de soprano aigu, à l'agilité incomparable, les scènes lyriques françaises de ce dernier demi-siècle n'auraient pas été telles que nous les aimons. Tour à tour Lakmé, Gilda, Lucia, la Reine de la nuit, elle a révélé au public d'Aix-en-Provence *Zémire et Azor*, *La Belle et la Bête* selon Grétry. Mais c'est tout l'opéra français qui est redevable à Mady Mesplé de ce qu'elle a su lui apporter, Mireille et Juliette, la Sophie de *Werther*, la princesse et la bergère de *L'Enfant et les sortilèges.* La petite sœur Constance des *Dialogues* de Poulenc, lors de leur création en France. Et j'allais oublier Strauss : elle a aussi été une époustouflante Zerbinette d'*Ariane à Naxos* ! Si cet ouvrage ne traite pas à proprement parler de la mélodie française, on ne saurait négliger le rôle qu'elle a joué dans ce domaine, ses interprétations de Ravel, de Poulenc encore une fois. Merveilleuse et légère Mady Mesplé qui créa encore en France *Élégie pour jeunes amants*, de Henze, et le *Quatuor* de Betsy Jolas.

Messiaen, Olivier (1908-1992)
Compositeur français

Que ceux qui ont vraiment connu Olivier Messiaen me pardonnent, mais nous oserons dire que, depuis toujours, nous vivons à la lumière de Messiaen. Oh ! c'est très simple. Nous n'avions pas quinze ans et, élève au lycée Condorcet, nous avions un camarade qui s'appelait précisément Messiaen. Son père était compositeur, notre camarade ne nous en parlait guère, il jouait des airs de mambo en tapant du plat de la main sur le bureau de nos professeurs. Nous avions eu la curiosité d'aller voir du côté de l'œuvre de ce père dont nous devinâmes vite qu'il était illustre, et très vite, nous découvrîmes sa musique. Le premier enregistrement de sa *Turangalîlâ Symphonie*, par Maurice Le Roux, nous enthousiasma. Faisant à Hong Kong des conférences sur l'opéra français, mais aussi sur la musique française, nous exhibions avec une belle naïveté notre connaissance d'une œuvre que peu de gens, à l'époque, connaissaient aussi. Surtout à Hong Kong et dans les années 1960... Mais si Olivier Messiaen a sa place ici, c'est parce qu'il est l'auteur d'un seul opéra, l'une des plus grandes œuvres du XXe siècle, *Saint François d'Assise*, composée de 1975 à 1983 à la demande de Rolf Liebermann et donnée pour la première fois à Paris le 28 novembre 1993. Qu'on se reporte maintenant à l'article *Saint François d'Assise* de ce dictionnaire. Nul, jamais, n'a fait et ne fera chanter les oiseaux du « poverino » d'Assise comme a su le faire Messiaen. Il est vrai qu'il est peu de compositeurs qui, à notre connaissance, aient aussi été ornithologues !

Metropolitan Opera (New York)

Nous ne connaissons que très mal le Met de New York. Aussi nous pardonnera-t-on de n'évoquer qu'en quelques pages l'une des plus grandes maisons d'opéra du monde. Nous n'avons guère connu davantage l'ancien Met, celui que la nouvelle maison du Lincoln Center a remplacé, le 16 septembre 1966, avec la création d'un opéra de Samuel Barber, *Antoine et Cléopâtre.* Pourtant, avec ses grands murs de brique, ses foyers presque sombres, ses balcons qui paraissaient perdus très loin en des cieux que nous voulions tant visiter, c'est du vieux Met que nous voulons nous souvenir d'abord. Simplement parce que, en 1958 et 1959, un gamin, étudiant aux États-Unis, y emmena par des soirs de neige, et, plus tard, un soir de fabuleux printemps, une gamine encore plus jeune que lui qui s'appelait Marianne. Nous étions arrivé aux États-Unis quelques semaines plus tôt avec, pour tout bagage, ou presque, l'enregistrement du *Chevalier à la rose* de Karajan. Le professeur qui nous avait accueilli à l'université de Brandeis était pour nous un inconnu. Nous avions choisi l'université parce que les photos qui la représentaient, sur le dépliant offert par les services d'information de l'ambassade des États-Unis à Paris, étaient celles de grandes maisons de verre perdues dans une forêt de bouleaux en Nouvelle-Angleterre. Dès le soir de notre arrivée, ce professeur nous avait reçus à dîner, on lui avait parlé des disques bien-aimés de Karajan, Schwarzkopf et Christa Ludwig, il s'était mis au piano et avait commencé à chanter, oui, à chanter, quelques morceaux du premier acte de l'opéra de Strauss. Ce professeur de philosophie et d'histoire des idées politiques s'appelait Herbert Marcuse, il devait devenir l'un des chantres de la révolte étudiante des années 1970. Dix ans plus tôt, c'était lui qui nous avait organisé, en compagnie d'une Marianne qui chantait éperdument des ballades écossaises ou irlandaises, ce premier séjour à New York où nous hantâmes le Met. Après une longue errance, ses cendres reposent aujourd'hui à Berlin, à côté de celles de Brecht... Nous avions fait la queue dans la neige, je crois, au pied du mur de brique rouge. Puis, c'est tout en haut que nous avions obtenu des places. L'œuvre qu'on jouait, le premier soir, était le *Bal masqué* de Verdi. Avec un trio de rêve, puisque le rôle de Riccardo était chanté par Jussi Björling, celui de la femme qu'il aimait par Zinka Milanov. Celui de l'ami devenu mari jaloux par Leonard Warren, qui devait mourir peu de temps après en scène, comme Molière. Un *Bal masqué* ? Soudain, les souvenirs se mélangent. Et si c'était la même équipe qui avait chanté Verdi, oui, mais dans un *Trouvère* ? Nous sommes revenus ensuite deux fois, trois fois au Met, toujours très loin de la scène, toujours la main dans la main, pour écouter une *Chauve-Souris* et un grand Mozart. Mais ce Metropolitan-là a été balayé. On a construit l'énorme boutique du Lincoln Center, avec salles de concert adjacentes, une autre salle d'opéra pour une autre compagnie d'opéra. La salle du nouveau Met est gigantesque, 3 788 places. Pas tellement plus grande, pourtant, que celle de l'ancien opéra de la 39e Rue, qui pouvait accueillir 3 625 personnes. Mais elle paraît tellement plus grande... L'air conditionné qui tombe du plafond vous écrase peut-être encore plus que les dimensions des lieux. On y crève, oui ! Salle inhospitalière s'il en est dans le monde, le nouveau Met du Lincoln Center est pourtant devenu, comme l'ancien, l'une des références obligées du monde de l'opéra.

Jadis, avec un Toscanini, un Serafin, un Bruno Walter, c'était une partie de la légende lyrique de tous les temps qui s'écrivait là. Aujourd'hui, dominé par la formidable stature de James Levine, le Metropolitan continue à faire partie des grands mythes américains. Esquisser une comparaison ? Covent Garden ou le Palais Garnier, à plus forte raison la Scala, sont tellement intégrés dans une culture qui a vu naître les œuvres qu'on y donne qu'ils sont devenus des lieux de mémoire absolus — pardon à Pierre Nora de détourner peut-être ce qu'il a voulu dire en parlant des « lieux de mémoire ». Le Met, au contraire, paraît avoir été créé de toutes pièces au XIXe siècle pour attirer de l'autre côté de l'Atlantique les grands noms du chant européen. Et ils y sont venus, les grands noms en question ! On ne tentera même pas d'en esquisser une liste, qui serait interminable. Mais il est certain qu'à partir du deuxième tiers du XIXe siècle, les formidables équipes qui se produisaient à Paris ou à la Scala l'ont bel et bien traversé, l'océan. Et c'est peut-être à New York que les ensembles les plus homogènes de noms les plus illustres ont pu se retrouver.

Depuis, un Rudolph Bing, dont le nom évoque à la fois le Festival de Glyndebourne dont il fut l'un des créateurs, et celui de Maria Callas, pour qui il fut un ennemi juré, a continué une politique de « star system » poussé jusqu'à l'extrême, qui a porté ses fruits. Mais depuis plus qu'un quart de siècle, c'est donc James Levine qui a repris les rênes de l'immense maison. Il est de bon ton, en Europe, quand on fréquente Salzbourg, Vienne ou Glyndebourne, de rire doucement des grandes, des grosses productions de Levine et du Met. Lorsque Levine lui-même est aux commandes à Bayreuth, il arrive aussi de sourire. Parfois contesté dans le reste du monde, James Levine est quasiment déifié à New York. Des disques, naturellement, et aujourd'hui des DVD, nous permettent de mieux connaître le travail qu'il y accomplit. Et nous pouvons nous rendre compte que le Met de New York reste un lieu de festival permanent, plus qu'il n'est, à présent, un lieu de mémoire.

On ajoutera qu'en marge du Met, il existe une association d'amis, somme toute pas tellement éloignée de l'Arop, l'Association pour le rayonnement de l'Opéra de Paris, qui organise ses soirées propres au Palais Garnier ou à la Bastille. Mais l'association new-yorkaise, dont les membres sont capables de beaucoup de générosité à l'égard d'une institution qui ne bénéficie pratiquement d'aucun subside public, a ses rites propres, ses salons, ses verres d'avant le spectacle, ses dîners à l'entracte en cabinet particulier... Tout un monde un peu désuet, où le smoking est peut-être encore de rigueur. On notera d'ailleurs au passage que les places généralement attribuées aux membres de cette élite de l'argent et à leurs invités sont des plus inconfortables, voire vertigineusement situées trop haut, en face d'à-pics inquiétants.

Quant au commun des mortels, dans la grande salle glaciale, les interminables foyers et les escaliers en pente douce qui ressemblent à des galeries de prison moquettées et trop illuminées, il est convaincu qu'il assiste aux plus beaux spectacles du monde. Il n'a d'ailleurs pas forcément tort. Nous n'avons pas oublié, mais c'était il y a très longtemps, une *Flûte enchantée* aux décors de Chagall ; et une autre inventée par David Hockney. Les DVD du *Ring* du Met (dirigés naturellement par Levine), eux, nous font rire.

Peu de pages tout cela ? Allons, nous en avons peut-être trop dit !

Mexico City

Capitale du Mexique mais surtout résidence favorite du plus étonnant souffleur de l'histoire de l'opéra

C'est, en effet, à Mexico, de 1950 à 1952, qu'un probablement très modeste employé de l'opéra de cette ville a enregistré des duos aujourd'hui illustres avec celle qui devait devenir la plus grande soprano italienne de son temps, Maria Callas. Les enregistrements dits « pirates », aujourd'hui commercialisés le plus légalement du monde, permettent d'entendre l'artiste souffleur s'époumoner à partir du trou qui lui sert de résidence habituelle, pour lancer à Maria Callas les premiers mots, sinon des phrases entières, voire toutes les reprises d'airs parfaitement connus d'elle que, sagement la grande chanteuse reprend après lui. La quête à travers le monde de ces enregistrements mythiques, dirigés par Picco ou Fabritiis et qui font partie, dans leurs versions 33 tours crachotantes, des incunables de nos discothèques, a longtemps été un but de voyage. Après tout, le souffleur de Callas valait bien alors, pour nous, une cathédrale. Notons toutefois, pour les vrais amateurs du souffleur inconnu, que sa voix a tendance à s'éteindre dans les « dépoussiérages » CD de nos opéras préférés : la perfection technique n'a pas que des avantages !

Micheau, Janine (1914-1976)

Soprano française

Elle avait plus de trente ans de plus que nous, et pourtant c'était comme une petite sœur dans le chemin qui nous a conduit vers l'opéra. D'abord l'opéra français, lorsque nous l'avons aimée dans Mireille, dans Mélisande. Parce qu'elle chantait les mélodies de Debussy, accompagnée par Aldo Ciccolini avec un art consommé du détail. Parce qu'on croit se souvenir l'avoir entendue en Pamina ou en Sophie du *Chevalier à la rose* en un temps où, aux stalles de face du dernier balcon du Palais Garnier, nous ne notions pas toujours les distributions des œuvres auxquelles nous assistions, fasciné. Elle fut Euridyce à Aix-en-Provence et, surtout, elle reste associée dans nos mémoires à la somptueuse Folie de la *Platée* de Rameau. C'est elle qui, aux côtés de Michel Sénéchal et de tant d'autres, nous a appris que Rameau n'était pas l'auteur des seules *Indes galantes.* Nous n'avons pas vu la *Platée* d'Aix, mais la version de Rosbaud, en 1956, reste au disque notre référence absolue.

Midsummer Marriage (The)

(Le Mariage du solstice d'été)

Michael Tippett. Livret du compositeur

Londres, 1955

Dans un dictionnaire de musique dont nous ne donnerons pas le nom, la notice consacrée à Michael Tippett commence par cette formule pour le moins énigmatique : « Son père est un libre-penseur, ce qui ne l'empêche pas de diriger avec succès une entreprise hôtelière... » Le même dictionnaire précise ensuite que la mère de Michael Tippett (né en 1905) était suffragette et qu'elle a fait de la prison... Belle entrée en matière pour un compositeur britannique auteur de quatre opéras dont l'œuvre, moins connue hors de Grande-Bretagne que celle de Britten, est néanmoins passionnante. *The Midsummer Marriage* a été composé sous l'influence du poète anglais T.S. Eliot, dont Tippett aurait voulu qu'il écrivît son livret. C'est une histoire très symbolique de mariage de forces opposées, celles qui attirent vers le ciel et d'autres, au contraire, qui vous enfoncent au plus fort de la terre. Le compositeur, qui travailla à son opéra de 1946 à 1953, explique qu'une vision est à son origine. Au sommet d'une colline lui serait apparue une jeune femme audacieuse et dure qui repoussait un doux jeune homme... Sur ces bases fragiles, Tippett a lui-même construit un livret qui voit une Jenifer tout entière vouée aux forces spirituelles aimée d'un Mark, plus sensuel. Tout cela sous le regard des Anciens, qui constituent une sorte de chœur prophétique. Toute une spiritualité anglaise, l'ombre même des pierres levées de Stonehenge s'inscrit dans cette histoire. Les ruines d'un temple ancien abritent ou repoussent les amours d'aujourd'hui. Personnage central de l'opéra, à côté des amants, le père de la jeune fille, King Fisher, qui incarne le pouvoir et l'autorité et qui, au terme du mariage du solstice d'été, tombera mort. On le voit, le livret est plus poétique que réaliste. Mais l'œuvre, créée en 1955 à Covent Garden, eut aussitôt un succès considérable en Grande-Bretagne. C'était Joan Sutherland qui chantait le rôle de Jenifer. Colin Davis a dirigé la reprise à laquelle nous avions assisté en 1968, fasciné par la beauté d'une orchestration d'une grande richesse et par ce conflit autant d'idées que de sentiments qui animent l'œuvre. T.S. Eliot n'en n'a peut-être pas écrit le texte, il n'est pas loin pourtant. Quant à Tippett, qui devait se retirer de la vie musicale à l'âge de quatre-vingts ans pour se consacrer à l'arboriculture, il est vraiment l'un des grands compositeurs de ce temps.

Milanov, Zinka (1906-1999)

Soprano croate

Une carrière européenne d'abord, avec — un signe... — des débuts à l'Opéra de Ljubljana dans le rôle de la Leonora du *Trouvère.* Puis un fantastique succès à trente ans dans un *Requiem* de Verdi dirigé à Salzbourg par Toscanini. L'année suivante, elle fait ses débuts au Metropolitan de New York : dans le rôle de Leonora ! Et pendant près de trente ans, elle sera l'un des piliers de toutes les grandes distributions du Met notamment en Leonora. Avec un Jussi Björling ivre de son chant et un Leonard Warren, douloureux comte de Luna, elle était déjà la lumineuse présence du deuxième *Trouvère* de notre initiation à l'opéra italien. Dans le premier, dirigé par Alberto Erede — on en parle à la rubrique *Trouvère* —, Leonora y était Renata Tebaldi. Dirigé par un Renato Cellini peu connu en France, le *Trouvère* enregistré en 1952 avec l'Orchestre de la RCA dont un Toscanini avait su faire un grand enregistrement, les pochettes de ce *Trouvère* d'une musicalité inouïe, ventes à photographies maladroitement montées ont été l'orgueil d'une discothèque de jeunesse qui ne brillait pas par ses trésors italiens...

Minkowski, Marc (né en 1962)
Chef d'orchestre français

C'est la relève. Déjà, une relève parfaitement assurée qui, à la tête de ses « Musiciens du Louvre » entraîne les amoureux du baroque plus loin encore sur les chemins dont William Christie a ouvert la voie. Bassoniste de formation, autodidacte nous affirme-t-on, il a créé ses « Musiciens du Louvre » en 1982 et s'est immédiatement lancé à l'assaut du grand répertoire français des XVIIe et XVIIIe siècles : les Marin Marais, Rameau, Charpentier et tous les autres. Très vite, Minkowski dirige Gluck à Versailles, Lully à Lyon et va multiplier les succès. Fils d'un grand savant, il occupe déjà une place considérable dans le paysage musical français. Nous admirons le professeur Minkowski, nous allons voir tous les spectacles du fils. Dès 1996, nous avons aimé son *Idoménée* rugissant à l'Opéra-Bastille. L'année suivante, dans la cour du palais de l'Archevêché de Salzbourg, ce sera la révélation d'un *Enlèvement au sérail*, donné derrière les barbelés d'un Moyen-Orient qui n'avait vraiment rien d'opérette. Mieux : à l'occasion, Minkowski accepta même des rajouts de musique arabe à la musique de Mozart. Et ce n'était pas déplacé ! Mais son véritable succès populaire, ce sera *Platée* de Rameau en 1999, avec celui qui est devenu son complice ironique, Laurent Pelly. Les mises en scène funambulesques de l'un, la verve de l'autre, et nous touchons au paradis. Pourquoi, dès lors, lui-même ne toucherait-il pas à tout, même à des musiques bien loin des XVIIe et XVIIIe siècles où il s'est taillé des succès éclatants ? Ce sera un *Orphée aux Enfers* déchaîné et une *Belle Hélène* rigolote à souhait, bourrée des anachronismes de rigueur, des clins d'œil les plus et les moins évidents et des jolies filles qui vont avec. Offenbach, sur tous les fronts... Minkowski n'hésitera pas d'ailleurs à aborder les territoires de l'opérette allemande en dirigeant à Salzbourg, pendant la dernière année du règne de Gérard Mortier, une *Chauve-Souris* terrible, noire, désespérée, hilarante et sacrilège.

Mireille

Charles Gounod. Livret de Michel Carré
d'après Mistral

Paris, 1864

Mireille, chère *Mireille* de nos années d'enfance et de soleil. Chère *Mireille* si remplie de souvenirs. Nous n'avions pas dix ans que nous nous soûlions déjà de la musique de *Mireille* « Chantez, chantez, magnanarelles... », que notre mère nous chantait parce que, trente ans auparavant, à Salonique où elle avait été petite fille, elle l'avait chantée devant un Consul de France, probablement en uniforme !

« Chantez, chantez, magnanarelles, car la cueillette aime les chants, comme les vertes sauterelles, au soleil dans l'herbe des champs ! » Les chants et les champs : la rime n'était peut-être pas très riche, mais elle nous éblouissait. Et c'est vrai que l'histoire des amours de Mireille selon Mistral et réinventée au Théâtre-Lyrique de Paris six mois à peine après les *Troyens* de Berlioz — quelle postérité ! — est faite de soleil et de grande lumière. Tant de soleil et de lumière que la pauvre Mireille finira par en mourir d'épuisement, lorsqu'elle traversera la longue plaine de la Crau écrasée de lumière, « désert de feu ». Mais avant cela, le bon soleil de toutes nos Provences illuminait ses jeux de presque-enfant avec Vincent son amoureux, le gentil vannier. Et il n'est jusqu'aux éclats de voix de Taven, la bonne sorcière houspillant les petites amies de Mireille qui se moquent d'elle, de son amour et de sa naïveté, qui ne nous aient aussi embaumé le cœur. Nous garderons longtemps le souvenir d'une représentation de *Mireille* que nous n'avons pas vue mais dont on nous a tant parlé que nous savons bien, au fond, que nous l'avons applaudie. C'était aux Baux-de-Provence, en 1954. Gabriel Dussurget y avait alors transporté son Festival d'Aix pour quelques soirées, et André Cluytens dirigeait Jeannette Vivalda, Nicolaï Gedda, Michel Dens. Michel Dens qui ne parvenait pas à nous rendre antipathique le terrible Ourrias dans les couplets tonitruants : « Si les filles d'Arles sont reines, les bouviers aussi, je crois... ».

Nous ne nous sommes jamais rendu aux Saintes-Marie-de-la-Mer sans avoir la mort de Mireille dans les yeux, comme un éblouissement. Nous ne sommes jamais allé au Val d'Enfer, sous les Baux, qu'avec le remords d'Ourrias, venant de tuer Vincent, qui nous bourdonnait dans la tête. Un disque miraculeux, paru aux lendemains des grandes soirées des Baux, nous rend aujourd'hui tout cela. Comme le sourire dans la voix d'une Jeannette Vivalda qui ne fut jamais que Mireille pour nous, lorsque, avec ses compagnes au milieu des mûriers, elle s'attendrit sur son amour : « Oh ! c'Vincent, oh ! c'Vincent, comme il sait gentiment tout dire, son sourire est si caressant qu'on ne peut s'empêcher d'en rire... » Nous avons voulu le citer ici de mémoire, tant *Mireille* est ancrée profondément en nous. Pardon à elle, pardon à Vincent, pardon à Gounod si nous nous sommes trompé...

Mithridate, roi du Pont *(Mitridate, re di Ponto)*

Mozart. Livret de Vittorio Amedeo Cigna-Santi, d'après Racine

Milan, 1770

Le souverain du royaume du Pont, fondé par Mithridate, est passé à l'histoire par sa crainte de la mort. Craignant d'être empoisonné, toute sa vie, Mithridate absorba des doses infiniment légères des poisons les plus divers, afin d'être immunisé. D'où l'adjectif, pas vraiment passé dans le langage courant, mais qu'importe : « mithridatisé », c'est-à-dire immunisé contre les poisons, certes, mais aussi contre les aléas de la vie. Ainsi fut Mithridate, roi du Pont.

Et nous voilà à nouveau embarqué sur l'océan des opéras qu'on dit « de jeunesse » de Mozart. Tant pis ou tant mieux ? Lorsqu'en 1770, un Mozart de quatorze ans s'en voit imposer la commande, il fait ce qu'il peut, comme il peut. Dans le cadre, rigoureux en diable, de l'*opera seria* avec toutes ses contraintes, disposant de deux ténors et de cinq voix pouvant être sopranos ou altos, il produit sans trop de difficulté plus de trois heures de musique qui connaissent tout de suite un succès foudroyant. L'œuvre sera jouée plus de vingt-deux fois, puis peu à peu oubliée. Ce sera le mérite du routinier Leopold Hager de la faire revivre au Festival de Salzbourg en 1971. Deux ans plus tard, dans une production très dans l'air du temps de Jean-Claude Fall, elle faisait les belles soirées du Festival d'Aix. Le rôle de Mithridate était tenu par un ténor à l'étoile montante, Rockwell Blake, qui devait devenir l'un des grands rossiniens de la fin du xxe siècle. La douce Yvonne Kenny était Aspasie, la femme qu'il aimait comme l'aimaient ses deux fils, le gentil Sifare et le méchant Farnace. Mais voilà, à Aix-en-Provence, le rôle de Farnace était tenu par une chanteuse qu'on avait, si on ose dire, découverte à l'English National Opera de Londres dans les années 1970. C'était une jeune femme noire, une belle mezzo fine et racée, qui fut, l'espace de quelques saisons, l'un des plus vibrants Octavian du *Chevalier à la rose.* Elle s'appelait Sandra Browne. Pour Jean-Claude Fall, pour Sandra Browne surtout, ce Mithridate joué dans le sable, au-dessus d'un mur de céramiques orientales, est entré comme par effraction dans la mythologie intime de quelques amateurs d'opéra. Jean-Claude Fall, son metteur en scène d'alors, citait à son propos Roland Barthes : « Mithridate est déjà condamné quand il absout ; son oblation est postiche, il pardonne ce qui ne le concerne plus ; il quitte avec indifférence la tragédie, comme Bérénice l'a quittée avec résignation. Privée de tout sens oblatif, sa mort devient véritablement un *tableau*, l'exposition décorative d'une fausse réconciliation ; conformément aux goûts naissants et violents de l'époque, la tragédie s'esquive en opéra : Mithridate est une *tragédie* rectifiée. » À l'heure où la moindre ligne de Barthes est recueillie avec toute la piété qui s'impose en cinq gros volumes, on ne pouvait pas faire l'économie de ce paragraphe, en somme rectificatif. Nous aimons Jean-Claude Fall : peut-être aura-t-il l'obligeance de nous aider à le traduire en français.

Mitropoulos, Dimitri (1896-1960)

Chef d'orchestre (et compositeur) américain d'origine grecque

On raconte que, de retour dans son pays natal, Dimitri Mitropoulos dirigeait un jour une répétition d'un vaste orchestre dans le théâtre antique, par ailleurs désert, d'Épidaure. Deux pâtres, grecs naturellement, s'approchèrent de la fosse béante du théâtre et l'un fit cette réflexion à l'autre : « Ils sont quand même étonnants, ces Grecs qui reviennent d'Amérique pleins aux as ! Cent vingt personnes pour en faire danser une seule ! » On l'aura compris, ou on ne l'a pas compris : Mitropoulos, aux antipodes d'un Boulez, faisait partie des chefs d'orchestre qui s'agitent beaucoup face à leurs troupes. Mais si Mitropoulos s'agitait, il ne remuait pas du vent. À sa manière, il restera, hors des États-Unis, un chef surtout connu des happy few. D'abord, il est mort jeune et sa carrière s'est inscrite loin du bruit et de la fureur qui caractérisent bien souvent celle des chefs les plus connus. Ensuite, ses enregistrements commerciaux sont relativement rares. Et pourtant, c'était un personnage hors du commun, doué d'une intelligence musicale en même temps que d'une énergie admirable. Après avoir dirigé de nombreuses œuvres lyriques à Athènes, il fut nommé en 1937 chef attitré de l'Orchestre symphonique de Minneapolis et, à ce titre, donna des opéras, mais en concert, qui le rendirent bientôt fameux. *Elektra*, *Erwartung* ou *Wozzeck*. C'est avec *Salomé*, en 1954, qu'il a fait ses débuts au Metropolitan de New York. En 1958, il crée l'opéra de Samuel Barber, *Vanessa.* Mais c'est 1957 qui représente pour nous la date capitale de notre chronologie sentimentale de la vie de Mitropoulos. Une photographie, prise au Festival de Salzbourg cette année-là, le montre assis à un piano, la main gauche levée, expliquant un jeu de scène à une femme très belle, elle-même accoudée sur le piano. La femme, c'est Inge Borkh, cette année-là elle chanta Elektra. Et l'enregistrement qui nous en est revenu, et revenu encore en CD, est à proprement parler hallucinant. Aux côtés d'Inge Borkh, Lisa Della Casa chante Chrysothemis, Jean Madeira Clytemnestre et Max Lorenz Égisthe. Kurt Böhme, presque à contre-emploi, y est un formidable Oreste. Mais c'est l'élan, la fougue, l'intensité de la direction de Mitropoulos qui font le prix de cette *Elektra* superbe.

Mödl, Martha (1912-2001)
Soprano allemande

L'une des figures emblématiques du monde lyrique, et singulièrement wagnérien, de l'après-guerre. Martha Mödl, d'abord soprano, a lentement évolué vers une voix de véritable mezzo-soprano. Elle fut, avec Astrid Varnay, l'une des initiatrices suprêmes qui nous ouvrit le monde de Wagner dans les années 1950. C'est elle qui chanta Brünnhilde dans un cycle fameux dirigé par Hans Knappertsbusch en 1955 au Palais Garnier. À ses côtés, la douce Sieglinde était Leonie Rysanek. Mödl était déjà, d'ailleurs, entrée dans notre mémoire grâce à la première version commerciale, enregistrée en studio, de la même *Walkyrie*. C'était en 1953, Furtwängler en assurait la direction. Mais elle avait également été, dès le début des années 1950, une belle Kundry, une Vénus de *Tannhäuser* d'une immense sensualité et surtout l'une des premières Isolde de son époque. Sa Kundry était d'ailleurs fameuse puisqu'en 1951 elle participa au *Parsifal* qui marqua la réouverture du Festival de Bayreuth. De même, douze ans plus tard, c'était à la réouverture du National Theater de Munich qu'elle chantait la nourrice de *La Femme sans ombre.*

Étonnante Martha Mödl, wagnérienne admirable qui a eu l'audace de se placer au premier plan des créations contemporaines, aussi importantes que la *Melusine* de Reimann, des œuvres de Wolfgang Fortner et de Gottfried von Einem. À la fin de sa carrière, et jusqu'à l'âge de quatre-vingt-un ans, on a pu l'entendre dans le rôle de la comtesse de *La Dame de pique.*

Nous nous souviendrons longtemps d'une soirée où nous voulûmes l'écouter dans un opéra de Wolfgang Fortner. C'était *Noces de sang* et, je crois, à Stuttgart. Nous avons raconté ailleurs comment, arrivé quelques heures avant la représentation, nous constatâmes que nous nous étions trompé de jour. En revanche, on donnait bel et bien *Les Maîtres chanteurs* à Munich. D'où une course éperdue à travers l'Allemagne — une Fiat 500 rouge et des routes verglacées... — pour faute de Mödl entendue une Eva qui était... qui était qui ? Nous l'avions oublié. Mais nous n'oublions pas Martha Mödl dans des *Noces de sang* que nous n'avons pas vues !

Moïse et Aaron

Arnold Schönberg. Livret du compositeur

Hambourg, 1954

Une vision d'une stupéfiante beauté. Comme une poterie hellénistique aux teintes chaudes qui se serait animée devant nous. Des personnages de terre cuite aux robes d'un rouge ocre, des bleus intenses marqués de lignes blanches qui, de costume à costume, dessinaient des figures d'une abstraction géométrique étourdissante. Voilà le souvenir qu'on a gardé de l'une des plus grandes productions du *Moïse et Aaron* de Schönberg, celle créée à Berlin en 1959 dans une mise en scène de G.-R. Sellner et des décors de M. Raffaeli. C'était à Paris en 1961 : on l'avait présentée dans le cadre du théâtre des Nations. Était-ce bien Hermann Scherchen, qui dirigeait à Paris comme à Berlin ? Le monumental Josef Greindl, terrible « méchant » de la *Tétralogie* wagnérienne, était Moïse. Un rôle parlé, car la voix qui parle pour Dieu n'a que faire d'un chant orné. Son frère, Aaron, c'était Helmut Melchert, au chant au contraire tout en nuances, enveloppant, sinueux, comme le désir et la tentation.

C'est inachevé que *Moïse et Aaron* a été créé à Hambourg en 1954, sous la direction de Hans Rosbaud, le mozartien sans faille des grandes heures du premier Aix-en-Provence, mais aussi l'un de ces chefs qui, comme Scherchen, se donnèrent sans compter à la musique contemporaine. On remarquera que l'Aaron de la création n'était autre que Helmut Krebs, l'un des plus grands Évangélistes des Passions de Bach : comme si la musique dédiée à Aaron était celle d'un autre Évangéliste profane.

C'est Georg Solti qui a dirigé la première production proprement française de l'œuvre au Palais Garnier, en 1973. Raymond Gérôme, auteur de la mise en scène, interprétait également le rôle de Moïse. On pourra le regretter : la plupart des grands Moïse ont, en effet, été des chanteurs... Un des plus grands aura été Franz Mazura, comme Theo Adam, un grand interprète de Wotan. À Paris, en 1995, c'est au Châtelet que l'on a pu voir une production de Wernicke, dirigée par Christoph von Dohnányi : là aussi, Moïse était la basse danoise Aage Haughland.

Monde de la lune (Le) *(Il Mondo della luna)*

Franz Josef Haydn. Livret de Polisseno Fegejo Pastor d'après Goldoni

Esterháza, 1777

Prodigieux succès de Goldoni dont le livret, d'abord écrit pour Galuppi, fut repris ensuite par Piccinni (le héros italien d'une querelle bien parisienne) et par Paisiello, l'auteur du premier *Barbier de Séville*. Et par d'autres ?

Nous entendîmes l'œuvre de Haydn lors d'une retransmission du Festival d'Aix-en-Provence, en 1959. C'était rien de moins que Carlo-Maria Giulini qui dirigeait Mariella Adani, Luigi Alva, Marcello Cortis et quelques autres presque aussi fameux. Puis nous l'avons retrouvée du côté d'Antal Dorati, qui enregistra coup sur coup huit opéras de Haydn, une somme qu'on retrouve peu à peu dans son intégralité, à coup d'heureuses rééditions : Luigi Alva encore, mais surtout Frederika von Stade, Lucia Valentini-Terrani, Arleen Auger y étaient parfaits, même s'ils semblaient ne pas s'amuser assez. Finalement, c'est Claire Gibault, à l'Opéra de Lyon, avec une merveilleuse Catherine Dubosc, qui a achevé de nous faire aimer cette histoire de faux astrologue et de barbon qui croit découvrir la lune. Comme dans *Le Barbier de Séville* et dans tant d'autres opéras de ce temps, il s'agit de favoriser les amours de d'une jeune fille que son père destine à un d'autre que son soupirant. Alors, quelques gouttes de quelque chose dans un grand verre d'autre chose, et le pauvre Buonafede s'endort de bonne foi, persuadé qu'il va débarquer sur la lune. Mais c'est la maison du faux astrologue qu'on a transformée en lune imaginaire : nous sommes subitement du côté des aventures du baron de Münchhausen, version UFA des années 1940. L'enchantement est total, il nous gagne aussi : il faut quand même se souvenir que dans le dernier tiers du XVIIIe siècle, il n'y a pas eu que Mozart en Allemagne et en Autriche.

Monteverdi, Claudio (1567-1643)
Compositeur italien

Né à Crémone, Monteverdi figure en bonne place dans le panthéon des dieux et des demi-dieux qui firent de l'opéra ce que nous aimons : une action musicale et théâtrale pas très loin, avec lui, de l'utopie du théâtre total. S'il eut quelques prédécesseurs, singulièrement à Florence, c'est tout de même Monteverdi qui inventa l'opéra tel que nous le connaissons aujourd'hui. Et pourtant, il ne reste que trois œuvres complètes d'une production de près de vingt opéras qui s'échelonnent de 1607 à 1642. 1607, c'est *Orfeo, favola in musica.* Autour du personnage central d'Orphée, avec Eurydice et l'Amour au second plan, l'un des premiers dans l'histoire de l'opéra, Monteverdi fait parler des personnages comme des êtres humains. Jusque-là des chœurs chantaient chacun des rôles. Le madrigal demeurait la forme dominante. Créé à Mantoue, l'*Orfeo* de Monteverdi constitue une date capitale dans l'histoire du drame lyrique. Hélas, la plus grande partie des œuvres données jusqu'en 1632 pendant la suite du séjour de Monteverdi à Mantoue disparurent dans le sac de la ville, comme celles qu'il avait composées pour la cour de Parme. Seule a subsisté l'admirable « Lamento d'Arianna » (1608) et le *Combattimento di Tancredi e Clorinda* (1624) qui, bien que composé sous la forme de madrigaux, a donné lieu à des actions scéniques. C'est tout un trou de plus de trente ans, en somme, dans la production d'un des plus grands compositeurs de tous les temps dont nous devons, nous, nous lamenter. Mais ses dernières œuvres, *Le Retour d'Ulysse* et *Le Couronnement de Poppée*, ouvrent déjà largement le rideau sur ce que sera l'opéra de la deuxième moitié du XVIIe siècle et même tout l'opéra baroque. La grandeur tragique y alterne avec des passages d'une étonnants drôlerie. Monteverdi nous fait rire et nous émeut infiniment. On y ajoutera la touche de cynisme que l'on trouve aussi bien dans le personnage d'Ulysse que dans les deux figures majeures du *Couronnement de Poppée*, d'une étonnante modernité. En somme, Monteverdi part de l'opéra des origines, Jacopo Peri et l'Académie des Bardi à Florence, pour nous conduire au grand opéra baroque en passant par l'opéra bouffe napolitain. On terminera sur un paradoxe : même si ce n'est pas Monteverdi qui a réellement écrit le duo final du *Couronnement de Poppée* (on l'a entendu dans un *Sansone*, de Rossi) cette

élégie de deux amants qui vont s'aimer sur un monceau de cadavres, est l'un des plus purs moments de bonheur que nous ait donnés Monteverdi et la musique de son temps !

Montségur

Marcel Landowski. Livret de Gérard Caillet et Guy-Patrick Sainderichin d'après le duc de Lévis-Mirepoix

Toulouse, 1985

Nous avons tous, à un moment ou à un autre de notre vie, été sensibles à la croisade contre les Albigeois. Pour notre part, c'était bien loin, pourtant, des fiefs cathares : à l'université de Brandeis, aux États-Unis. Et ce n'était rien de moins que Herbert Marcuse qui nous avait appris à les aimer. Il est vrai que Marcuse, héros de la génération de 1968, a toujours été un hérétique. Depuis, les cathares sont un peu trop à la mode et les châteaux du pays cathare, jadis escarpés et presque inatteignables, sont devenus, hélas, des promenades touristiques à peine marquées d'une ou deux étoiles dans le guide Michelin. On s'y rend en cortège sous la pluie, avec petit chien et gamines même pas émerveillées ! Et pourtant, le mythe de Montségur demeure entier. Marcel Landowski en parle avec une honnêteté et une foi émouvantes. Quand bien même une histoire d'amour en tisse l'Histoire, l'œuvre est bel et bien un drame historique. Mais n'était-ce pas le cas, souvent pimenté d'un doigt ou d'une louche de religion, dans tant de grands opéras français du XIXe siècle ? Michel Plasson l'a superbement enregistré sur le vif, deux ans après sa création. Karan Armstrong y est une déchirante Jordane de Montaure — avec un nom pareil, on ne peut être que bouleversant... —, avec, dans son sillage, l'ineffable Michel Sénéchal. Avec aussi Jean-Philippe Lafont, Gino Quilico, Alain Fondary et quelques autres chanteurs français qui firent le bonheur des scènes françaises dans les années 1980.

Moore, Grace (1901-1947)

Soprano américaine

Elle est morte dans un accident d'avion, après une fulgurante carrière qui la mena de la chanson dans des boîtes de nuit américaines au cinéma, où sa beauté parfaite fit un malheur. On l'associe à quelques-uns des rôles les plus touchants du répertoire, Mimi, Manon, et surtout la Louise de Gustave Charpentier. Elle a été l'une des premières Louise de son temps. Elle avait étudié le rôle en compagnie du compositeur et joua le personnage de la cousette amoureuse de Georges Thill et chassée par son père André Pernet dans le film qu'en tira Abel Gance en 1939. Un chef-d'œuvre de réalisme poétique à la française avant la lettre. Du noir et blanc et surtout des gris admirables où le profil clair de Grace Moore se détache comme sur un camée. Grace Moore était un personnage à part, comme un peu flottant, quelque part entre l'Europe, l'Amérique et un ailleurs incertain qu'elle rejoignit trop vite.

Mort à Venise *(Death in Venice)*

Benjamin Britten. Livret de Myfanwy Piper d'après Thomas Mann

Aldeburg, 1972

Visconti, Britten : la nouvelle de Thomas Mann a inspiré au moins deux chefs-d'œuvre, l'un au cinéma, l'autre à l'opéra. Et le dernier opéra de Benjamin Britten, dédié à son compagnon de toujours, Peter Pears, reflète parfaitement — peut-être mieux encore que le film de Luchino Visconti — la réalité du personnage d'Aschenbach, Allemand jusqu'au bout des ongles et parti pour le Sud dans l'espoir d'y trouver un renouveau d'inspiration. Ou peut-être simplement à la recherche de la mort. En effet, Visconti avait fait de son Aschenbach un compositeur alors que Britten revient à l'écrivain qu'avait voulu Thomas Mann. En une magnifique synthèse, cette *Mort à Venise*-là rassemble les incidents de la vie quotidienne d'un homme du Nord égaré au Lido de Venise et sur les bords de sa lagune, et la quête métaphysique qui est la sienne, brusquement troublée par l'apparition de la beauté idéale avec le personnage du petit Tadzio, un enfant silencieux en villégiature dans le même hôtel. C'est naturellement Peter Pears qui, lors de la création aux « Maltings » d'Aldeburg, jouait le rôle de l'esthète au bout du rouleau, partagé entre ses angoisses métaphysiques de créateur et sa passion subite pour un adolescent inaccessible qui vient brouiller les cartes. Alors que l'homosexualité est en réalité au cœur d'une œuvre qui n'en dit jamais rien, tel *Peter Grimes*, elle n'est ici que la forme d'une passion, qui aurait pu revêtir d'autres habits. La quête éperdue d'Aschenbach n'en a qu'une valeur plus universelle. À l'enregistrement de 1974, admirablement porté par un Peter Pears aux dialogues de plus en plus pressants avec un John Shirley-Quirk, figure du voyageur en même temps que titulaire d'une demi-douzaine d'autres rôles, on doit ajouter aujourd'hui la superbe vidéo réalisée au Festival de Glyndebourne en 1989 avec un Robert Tear au lyrisme désespéré. Rendons quand même hommage, *in fine*, à Dirk Bogarde, l'Aschenbach de Visconti. Et à Silvana Mangano qui, trente ans après ses jambes si somptueusement nues de *Riz amer*, endossa là, tout aussi somptueusement, ses robes d'aristocrate polonaise.

Mort de Danton (La) *(Dantons Tod)*

Gottfried von Einem. Livret de Boris Blacher d'après Büchner

Salzbourg, 1947

Salzbourg 1947, donc. L'une de ces immenses distributions de rêve qui firent du Salzbourg de l'immédiat après-guerre l'un des hauts lieux du chant européen : Paul Schöffler, Julius Patzak et la sublime Maria Cebotari. C'était Ferenc Fricsay qui dirigeait. Naturellement, nous n'étions pas à Salzbourg cette année-là. Pas plus que nous n'avons été à Berlin en 1967, lorsque Dietrich Fischer-Dieskau chanta le rôle du tribun français. En fait, nous avons seulement entendu un enregistrement de *La Mort de Danton*, réalisé dans les années 1990 à Vienne. Mais la manière dont Boris Blacher, compositeur mais ici librettiste, et Gottfried von Einem lui-même ont transposé le drame de Büchner est tout bonnement stupéfiante. La violence du langage vocal de ses protagonistes n'a d'égale que la tension dramatique qui anime l'orchestre. Un ébouriffant mélange de musique atonale et d'allusions à la musique révolutionnaire française du temps de Danton ajoute encore à l'étrangeté de l'œuvre. Ainsi, l'introduction d'une « Carmagnole » clamée par la foule rassemblée pour le supplice de Danton et celle d'une « Marseillaise » chantée par ceux qui marchent vers la mort apportent-elles une conclusion d'une lisibilité extrême à une œuvre par ailleurs d'une grande complexité. Et pourtant, le langage de von Einem traduit aussi bien la pensée de Büchner que celui de Berg a pu faire revivre son *Wozzeck*. *Wozzeck*, *La Mort de Danton* : deux grandes dates dans l'histoire du théâtre, mais aussi dans celle de l'opéra. Signalons que le dernier opéra de von Einem (mort en 1996) a constitué un joli petit scandale viennois puisque ses *Noces de Jésus*, représentées en 1980, montraient un Christ tout simplement marié...

Mortier, Gérard (né en 1943)

Directeur d'opéra

Directeur depuis septembre 2004 de l'Opéra national de Paris, Gérard Mortier est, comme son prédécesseur Hugues Gall, un véritable professionnel, un régisseur d'opéra comme il ne doit pas en exister aujourd'hui une dizaine dans le monde. D'abord journaliste, puis administrateur du Festival des Flandres, il s'est promené un peu partout en Europe, avec même un passage à l'Opéra de Paris, déjà, en 1979.

Mais la vraie carrière de Gérard Mortier commence à Bruxelles, en 1981, lorsqu'il est nommé directeur général du théâtre de la Monnaie. Pendant plus d'une dizaine d'années, la politique de Mortier à Bruxelles sera étonnamment inventive et novatrice. Avec le concours d'un John Pritchard ou d'un Sylvain Cambreling, il galvanise un orchestre. Avec des metteurs en scène tels que Luc Bondy, Patrice Chéreau, Peter Stein ou Herbert Wernicke, il s'oriente vers une réflexion nouvelle sur des œuvres à propos desquelles on croyait avoir déjà tout dit, tout vu et tout entendu. De même sa politique de création, notamment du côté de Philippe Boosmans (*La Passion de Gilles*) ou de John Adams (*The Death of Klinghoffer*) révèle-t-elle les nouvelles valeurs du théâtre lyrique d'aujourd'hui.

Mais en 1992, Gérard Mortier se retrouve à la tête du Festival de Salzbourg où il a la lourde tâche de succéder à Karajan. Et c'est là que Mortier devient une véritable star internationale, avec un succès certain, notamment en ce qui concerne la presse musicale française, mais souvent des réactions plus mitigées du public. Nous ne sommes pas près d'oublier sa superbe vision, par le truchement de Peter Sellars, du *Saint François d'Assise* de Messiaen. Non plus qu'un *Moïse et Aron*, somptueusement dirigé par Pierre Boulez ou la sublime invention d'un *Wozzeck* imaginé par Peter Stein. On a moins aimé telles *Noces de Figaro* transportées dans une boutique de prêt-à-porter nuptial où le droit de cuissage du comte devient harcèlement sexuel... De même, le public viennois a-t-il chaleureusement hué *La Chauve-Souris* par laquelle il termina en pied de nez son mandat et que nous avons pu trouver drôle. Très drôle, même : tant pis pour ledit en public !

Saison 2004-2005 : la première « création » de Gérard Mortier à la tête des deux salles, Bastille et Garnier, a été le saint François d'Assise de Messiaen.

Mouchoir

Le mouchoir joue un grand rôle dans bon nombre d'opéras. On ne le voit pas toujours, il est parfois discret, mais il est là. On en citera au moins deux apparitions : *Otello* et *Le Chevalier à la rose.* Dans le premier, le mouchoir de Desdémone convaincra le Maure de Venise de la trahison de sa femme. Ce doit être un objet de grande valeur, sûrement en dentelle et probablement de Venise puisque le général jaloux peut interroger son infortunée épouse : qu'a-t-elle fait de son mouchoir ? Et le diabolique Iago doit bien savoir que Desdémone ne possède qu'un seul mouchoir, la pauvre, puisqu'elle mourra à cause de celui-ci, ou presque. L'autre mouchoir est naturellement celui de la Maréchale, la grande Marie-Thérèse de l'opéra de Strauss. On ne le voit pas, ou presque pas, mais il est là : c'est lui que vient ramasser son petit négrillon enturbanné alors que le rideau tombe sur le troisième acte, après le trio sublime que l'on sait. Au bras du père de cette petite oie blanche de Sophie, la Marshallin a quitté la scène, laissant tomber son mouchoir. Les amoureux de Strauss se souviennent des trois ou quatre allées et venues rapides du petit serviteur à la recherche du mouchoir, qui le cherche, qui le cherche et qui le trouve enfin, le ranasse prestement, ultime pirouette, alors que le rideau tombe et que l'orchestre se tait.

Mozart (1756-1791)
Compositeur autrichien

Oser un article Mozart dans cet ouvrage ? Naturellement, nous n'oserons pas. Pas même besoin d'énoncer un prénom. Nous dirons simplement que, depuis certain enregistrement du *Don Juan* donné à Glyndebourne en 1936 sous la direction de Fritz Busch, les opéras de Mozart sont au cœur de nos vies. Comme ils le sont au cœur de la vie de tous les amateurs de musique, fous, vrais ou faux, d'opéra. Et nous dirons aussi — pour ne parler que des trois opéras composés sur des livrets de Lorenzo Da Ponte —, que l'on sorte de *Don Giovanni*, de *Cosi fan tutte* ou d'une représentation des *Noces de Figaro*, que c'est toujours celle que l'on vient d'entendre qui aura pour nous le dernier mot. C'est toujours elle, la dernière, la plus belle. En dépit de distributions parfois catastrophiques, de mises en scène grotesques, poussiéreuses, de chefs lamentables, d'artistes enrhumés, tout ce que l'on voudra, Mozart emporte tout sur son passage, même la médiocrité. Alors, quand Mozart est donné comme on aime entendre Mozart, nous pouvons connaître des joies qu'avec aucun autre compositeur nous n'éprouverons jamais. Fussent-ils de ceux que, à l'égal, en somme, de Mozart, nous adorons aussi et dont tant d'œuvres figurent dans ces pages.

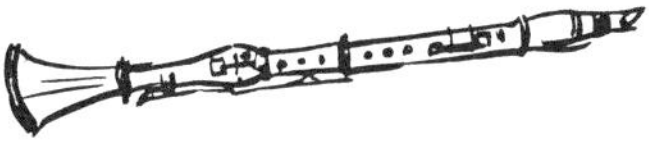

Muette de Portici (La)

Daniel François Auber. Livret d'Eugène Scribe et Germain Delavigne

Paris, 1828

Qu'importe le sujet de *La Muette de Portici*, qui raconte le soulèvement du peuple napolitain contre l'Espagne en 1647 ! Le personnage de Masaniello, pêcheur et révolutionnaire, a été une figure emblématique du théâtre romantique du XIXe siècle. *La Muette* a donc connu un succès considérable. C'est le ténor Nourrit qui créa le rôle de Masaniello. Plus tard, Mario fut aux côtés de la Grisi l'un des grands Masaniello de son temps. Cinquante ans après la première représentation, *La Muette* avait été donnée plus de cinq cents fois à l'Opéra de Paris. Mais si *La Muette de Portici* est passée de l'histoire de l'opéra à l'Histoire tout court, c'est parce que le 25 août 1830, lors d'une représentation donnée à Bruxelles, le public, enthousiasmé par l'atmosphère révolutionnaire de l'œuvre, quitta le théâtre pour la rue. Ce fut le début de la Révolution de 1830 en Belgique. La Belgique telle que nous la connaissons aujourd'hui est née à l'opéra. Beaucoup de gravures de l'époque nous montrent messieurs en frac et dames assorties aux accents de la musique d'Auber. À quand une bonne version au disque de cette *Muette* plus connue par ses effets que par elle-même ?

Munich

Tous les guides touristiques vous le diront, les théâtres sont nombreux à Munich. Les amateurs d'opéra vous expliqueront qu'il y en a trois, et vous citeront dans le désordre le théâtre Cuvilliés, le Nationaltheater et, dernier en date, le Prinzregententheater inauguré en 1901. Le premier est l'un des plus parfaits théâtres rococos d'Europe, construit par l'architecte François Cuvilliés, au cœur même de la Résidence. Pendant la Deuxième Guerre mondiale, on eut la présence d'esprit d'en démonter l'essentiel, avant que la Résidence elle-même fût plus qu'endommagée par les bombes alliées. On l'a donc remonté, ou plutôt reconstruit au lendemain de la guerre, en modifiant quelque peu sa disposition. Le Nationaltheater, qui datait de 1818, qui avait déjà brûlé en 1823, qui avait vu les créations à Munich des principaux opéras de Wagner, puis de ceux de Richard Strauss, a, lui, été totalement détruit pendant la guerre. Vaille que vaille, on l'a reconstruit. Pendant la période de reconstruction, ce fut donc le Prinzregententheater, construit sur le modèle du théâtre de Bayreuth, quelque peu excentré, qui fut le principal théâtre d'opéra de la ville.

C'est là, en particulier, que se déroulèrent pendant de nombreuses années les festivals d'été de Munich, parmi les meilleurs d'Europe. Bayreuth était le royaume de Wagner. Salzbourg celui de Mozart : Munich devait être celui de Richard Strauss. En fait, la programmation des différents directeurs qui s'y sont succédé a largement dépassé les seules œuvres de Strauss. Mozart, Beethoven, voire l'opéra italien, ont bientôt conquis droit de cité dans la cité straussienne.

C'est en 1962 qu'on assista à une demi-douzaine des plus belles soirées d'opéra gravées dans nos mémoires. Raconter comment ? Sage élève de l'École nationale d'administration en stage un an plus tôt à Quimper, nous y avions accueilli une délégation de notables du Land de Bavière et de la ville de Munich. Tous nous avaient donné leur carte, proposé de nous recevoir sûrement plus fastueusement que nous n'avions pu le faire à la préfecture du Finistère. C'est pourquoi l'année suivante, choisissant celle des cartes de ces messieurs qui portait le plus de titres et de mentions à consonance vaguement culturelle, nous décidâmes de nous adresser à lui pour nous faciliter l'accès à un Festival de Munich qui nous faisait rêver. La réponse ne se fit pas attendre, c'était une invitation à six ou sept spectacles. Des places offertes, un calendrier qui répondait à toutes nos attentes. Nous avions reçu l'importante personnalité qui nous répondait avec tant de gentillesse au nom du préfet du Finistère, qui était notre ami, qu'on nous invitait sans barguigner.

C'est ainsi qu'embarquant dans une minuscule Fiat 500 rouge, nous fîmes à deux le voyage de Munich pour arriver, après une étape à Strasbourg, épuisés par la chaleur, à l'adresse où l'on devait nous remettre nos places. Avant même de passer à l'hôtel, vaguement vêtus de jeans et d'une chemise plutôt froissée, nous nous trouvons donc dans un bureau très officiel où un huissier qui avait peut-être une chaîne nous accueille. En guise de remerciement, nous avions apporté une bouteille de cognac que nous tenions à la main. Et, à deux, nous traversons donc salons et salles d'attente pour être introduits dans le saint des saints, le bureau de notre bienfaiteur. Et celui-ci de se lever et de tendre une main chaleureuse au gamin que nous étions alors en l'appelant « Monsieur le Préfet », gros comme le bras. Naturellement, toutes les attentions dont on nous avait comblé s'adressaient au préfet du Finistère. Le malentendu était entier, ni notre hôte ni nous-même n'en avons soufflé mot, et nous nous sommes retrouvés avec deux fois six billets en poche.

Souvenirs, dès lors, d'un *Cosi* au théâtre Cuvilliés. D'un *Intermezzo*, de Strauss, dans ce même petit théâtre. D'un *Chevalier à la rose* au Prinzregententheater. Et surtout, l'émotion absolue, de la plus belle *Arabella* de notre vie. Nous ne connaissions encore l'œuvre que par quelques extraits chantés par Elisabeth Schwarzkopf. Ici, c'était Lisa Della Casa qui chantait la belle et fière héroïne de Strauss. Sa petite sœur Zdenka était chantée par Analiese Rothenberger. Le comte Mandryka, élégant, amoureux, grandiose, c'était tout simplement Dietrich Fischer-Dieskau. Ainsi, tous les soirs, au Cuvilliés ou au Prinzregententheater, Strauss et Mozart... Dans la journée, d'affreuses douleurs de dents gâchaient quelque peu notre plaisir. Et le dernier jour, quand nous demandâmes au portier du minuscule hôtel où, faute de pouvoir nous offrir autre chose, nous avions échoué, quel serait le plus joli village des environs que nous pourrions visiter, celui-ci nous regarda fixement. Puis il nous expliqua que, tout près de

Munich, il y avait un petit village que les Français aimaient beaucoup. Il s'appelait Dachau. Le faux préfet du Finistère en chemisette à carreaux, tout juste âgé de vingt-quatre ans, n'a pas voulu aller voir le joli village de Dachau, cette année-là. Une ombre avait traversé le visage si pur, si lisse de Lisa Della Casa, qui nous avait bouleversé la veille au soir...

C'est en rentrant d'un autre voyage à Munich, qui n'avait duré que l'espace d'une soirée — le temps d'écouter Otto Wiener chanter *Les Maîtres chanteurs* dirigés par Rudolf Kempe —, que nous avons connu un vrai miracle. L'un de ces moments hors du temps comme seul l'opéra peut vous en apporter. Il neigeait, la route était glissante, il n'y avait pas encore d'autoroute. Sur le coup de deux heures du matin, trois heures peut-être, épuisés, nous avions décidé de quitter la grande-route pour nous reposer une heure ou deux dans la voiture. C'est alors que, arrêtés sur un chemin qui menait à un lac, sortis un instant pour respirer la neige qui tombait doucement, nous avons entendu une voix. Elle venait de très loin, peut-être d'au-delà du lac. C'était une voix de femme, et qui chantait. Nous sommes remontés en voiture pour tenter de trouver cette voix. Nous avons atteint un village, la voix s'est éteinte. Revenus alors à notre point de départ, au moment où, arrêtés, nous commencions à somnoler, la voix a chanté de nouveau, très loin, très près. C'est tout. Mais j'ai su plus tard que, dans une maison près de ce lac, avait vécu, me dit-on, Margarethe Siems, qui fut la première Maréchale du *Chevalier à la rose.* Elle chantait aussi Bellini, Donizetti, Isolde... Elle était morte à Dresde dix ans plus tôt.

Le Festival de Munich continue, comme avant, sinon mieux qu'avant. Mais pour nous, Munich, c'est désormais seulement l'étape obligée sur le chemin de Bayreuth. Ou de Salzbourg. Au croisement des deux routes...

Muti, Riccardo (né en 1941)

Chef d'orchestre italien

Avec Claudio Abbado, son principal rival (il faut bien le reconnaître), Riccardo Muti est l'un des grands chefs italiens du dernier quart du XXe siècle. C'est en 1986 qu'il a succédé à Abbado à la tête de la Scala. Mais auparavant, il avait été une importante figure du Mai musical florentin. D'abord considéré comme un grand chef verdien, il s'est ensuite tourné vers Mozart, puis vers les belcantistes, Rossini, Donizetti, Bellini. Il a dépoussiéré aussi le « grand opéra français » relisant le *Guillaume Tell* de Rossini ou *L'Africaine* de Meyerbeer. En fait, et depuis ses années d'études au conservatoire de Naples, il est sur tous les fronts. La plupart de ses soirées d'ouverture de la Scala de Milan ont été enregistrées, diffusées à la télévision. Ses enregistrements d'opéra sont nombreux : nous serions bien en peine d'en choisir un. N'est-ce pas un peu inquiétant ?

Nabucco

Giuseppe Verdi. Livret de Temistocle Solera

Milan, 1842

Nabucco : un chœur, d'abord. Puis une voix. Le chœur, c'est naturellement celui, grandiose et bouleversant, des Israélites prisonniers du terrible Nabucco, Nabuchodonosor, roi de Babylone. Très vite, « Va, pensiero » est devenu une espèce d'hymne patriotique en Italie, qui faillit bel et bien, d'ailleurs, en devenir le véritable hymne national. Mais c'est aussi un chant à toutes les libertés. Comme L'« Hymne à la joie » de la *Neuvième Symphonie* de Beethoven, c'est la musique qui, en une langue universelle, crie à la face de l'oppresseur que tous les hommes sont nés libres et égaux et doivent le rester.

Voilà pour le chœur, la déferlante des bons et beaux sentiments. On précisera d'ailleurs que, telles les trompettes d'Aïda ou l'ouverture de *La Force du destin* (voir plus haut) le « Va, pensiero » en question a tellement été mis à mal par des réclames télévisuelles de pâtes alimentaires ou de voitures de luxe que c'est, pour beaucoup, devenu une véritable scie. Tant pis. Voilà pour le chœur, donc. Reste la voix. Celle d'Abigaille, la princesse terrifiante et jalouse, fille de Nabucco ivre de guerre et de mort. Le rôle terrible d'Abigaille, créé par Giuseppina Strepponi, qui devait épouser Verdi en 1859, traîne derrière lui une légende de voix qui s'y seraient brisées. Mais si Turandot, à qui on a pu la comparer, princesse également cruelle, est une héroïne toute refermée sur elle-même — le mal, certes, mais mal venu d'ailleurs, de Chine et des profondeurs de traumatismes personnels —, Abigaille est, au contraire, un personnage politique, entièrement tourné sur l'extérieur qu'elle veut dominer. L'amour est bien présent, ressort de l'action immédiate et de la jalousie : jalousie d'Abigaille pour sa fausse sœur Fenena qui lui a volé l'homme qu'elle aime — mais l'amour n'est qu'un prétexte. Abigaille veut dominer le monde et les Juifs réduits en esclavage. D'où, en face d'elle et contre elle, la foule des Juifs opprimés et son « Va, pensiero ».

Abigaille : *une* Abigaille. Très vite, Maria Callas, à qui l'on a proposé le rôle au San Carlo de Naples, a compris et assumé le personnage. Et dans les disques pirates de 1949, aujourd'hui diffusés largement et commercialement — l'un de ces trésors qu'il y a tant d'années déjà, nous convoitions, recherchions de Londres à Munich, de Strasbourg l'adresse, poste-restante, d'un disquaire dans l'Etat de New York que nous écoutions et repiquions sur cassette, pour nous garder un peu plus de Callas ! —, le contraste entre son entrée au premier acte en face des deux amants qui la bernent — querelle privée... — et sa méditation *politique* du deuxième acte, est étourdissant. Dans son cri de rage : « Qual Dio vi salva ? — Quel Dieu vous sauvera ? » — suivi de la terrible menace, susurrée dans une manière de cri très longtemps soutenu : « Talamo la tomba a voi sarà ! — Votre tombe sera votre lit nuptial ! » —, il y a un élan de jalousie irrépressible et diabolique qui s'achève en un vrai rugissement, mais c'est le rugissement d'une femme blessée dans son orgueil de femme et d'amoureuse. Alors qu'au deuxième acte, quand elle lance son appel : « Emplis-moi tout entière de toi, ô colère fatale », avec un hurlement pourtant aussi terrible, ce qu'on entend, au-delà des mots et de la fureur, c'est le souffle d'une prophétesse qui annonce, et qui annonce pour elle seule, la prise du pouvoir. L'intimisme échevelé du premier acte fait place à une déclaration de guerre où les cris et le chant qui les soutiennent dépassent le palais de Babylone et prennent une portée universelle. Amante trompée, Callas devient visionnaire par la vertu de sa seule façon de moduler sa jalousie. Et dans l'un de ses plus beaux cris jamais poussés sur une scène, son « Ô colère fatale » est à la fois démonstration fulgurante d'une technique jamais égalée, en même temps que la preuve que Callas, à vingt-six ans, possédait déjà ce don inné du théâtre et de l'appropriation d'un rôle sur lequel, quinze ans plus tard — et, diront les détracteurs, n'ayant plus que cela pour chanter —, elle devait fonder son art.

Avec le grand baryton Gino Becchi et au pupitre Vittorio Gui, chef italien bien-aimé des Anglais, Maria Callas, dans cette première Abigaille, emplit l'œuvre entière d'une lumière tragique. Neuf ans plus tard, Maria Callas enregistrera en studio les mêmes airs d'Abigaille, mais hors de leur contexte, en version de concert, en somme. Peut-être prêtera-t-elle plus d'attention encore à la musique, mais les disques de 1949 sont d'une énergie inventive et dramatique qui ne ressemble à rien d'autre. Maria Callas ne chantera plus jamais Abigaille sur une scène, ni ailleurs.

Longtemps, pourtant, *Nabuco* fut une œuvre assez rare, hors d'Italie. Si on veut l'écouter aujourd'hui, il est en vente libre dans tous les grands théâtres du monde et dans de nombreux festivals de plein air qui se font une joie de faire chanter devant plusieurs milliers de spectateurs un « Va, pensiero » à vous tordre les tripes. Généralement, dans le mistral d'Orange ou les incertitudes climatique de Vérone et autres lieux dont on n'a toujours pas compris qu'ils n'étaient pas faits pour ça, on n'entend guère rien d'autre et si peu la voix d'Abigaille. Mais on n'est pas venu pour ça non plus !

Naouri, Laurent (né en 1964)

Baryton français

Laurent Naouri devait venir chanter à la Villa Médicis lorsque nous avions le bonheur d'en assurer la direction : il y vint après notre séjour. On le lui pardonnera quand même. On le lui pardonnera car il est à coup sûr l'un des barytons les plus en vue d'une génération qui, au milieu des années 1980, a commencé à occuper le devant de toutes les scènes européennes. D'abord dans *Adrienne Lecouvreur*, nous l'avons ensuite entendu à l'Opéra de Paris en formidable Thésée d'*Hippolyte et Aricie* de Rameau, en 1996. Depuis, il n'est pas de saison qu'il ne soit présent sur une scène parisienne. Son Figaro des *Noces* est à la fois drôle, et plus grave que les Figaro habituels. Il a participé à l'étincelante production de *La Belle Hélène* mise en scène par Robert Carsen au Châtelet. Et puis, nous aimons bien celle qui, à la ville, est Mme Naouri...

Navarraise (La)

Jules Massenet. Livret de Jules Claretie et Henri Cain

Londres, 1894

C'est parce qu'un ami très cher, Antonio de Almeida qui, comme son Offenbach d'ailleurs, avait son Massenet sur le bout des doigts, nous offrit lui-même son enregistrement de *La Navarraise*, que nous voulons en parler ici. L'œuvre est très courte, à peine cinquante minutes, elle a été créée à Londres par une immense chanteuse, Emma Calvé. Geraldine Farrar, Carmen incomparable, Mary Garden la chanteront aussi. C'est dire que l'éblouissante tentative de Massenet pour se frotter au vérisme à l'italienne est l'un des chouchous du public anglo-saxon. L'action se déroule en 1874 en Espagne, c'est une histoire d'amour et de mort. Anita, la Navarraise, aime le jeune sergent Araquil. Afin de pouvoir l'épouser, elle jouera les Judith, poignardant une nuit qu'on imagine de pleine lune le chef des carlistes Zuccaraga. Violente et échevelée, la musique de Massenet est à l'image de son Anita tuant Holopherne par amour (d'un autre, notons-le tout de même !) : à des années-lumière du Massenet héroïque du *Cid*, par exemple. Anita sombrera dans la folie, Antonio de Almeida nous a galvanisé, on veut revoir *La Navarraise.* Et nous nous permettrons de n'être pas de l'avis du grand critique Rodney Milnes qui remarque, cyniquement, que *La Navarraise* est une réponse cynique (eh oui !) à la *Cavalleria rusticana* de Mascagni, et qu'elle ne fonctionne que comme une pièce de grand-guignol !

Nerone *(Neron)*

Arrigo Boito. Livret du compositeur

Naples, 1924

À dix ans d'intervalle, le public a vu deux *Nerone* apparaître sur les scènes italiennes. D'abord celui de Boito, inachevé, donné à la Scala en 1924. Puis un *Nerone* de Mascagni, l'auteur de *Cavalleria rusticana*, créé sur la même scène en 1935. On a plus qu'oublié celui de Mascagni. Dirigé pour sa première par Toscanini, six ans après la mort de l'auteur, le *Nerone* de Boito est, plus que *Mefistofele*, l'opéra d'une vie. Boito y a travaillé pendant des dizaines d'années, modifiant le livret, remettant la musique sans fin sur le métier. Et, comme *Mefistofele*, le livret n'atteint sûrement pas à la perfection de ce que Boito élabora génialement pour Verdi (*Otello, Falstaff*). C'est que l'œuvre se veut sûrement trop « philosophique ». Au mal et à la corruption, au luxe et à la luxure, la débauche de Néron, Boito oppose d'une manière un peu simpliste l'idéal chrétien. On pardonnera à l'auteur de ce dictionnaire de ne connaître *Nerone* que par deux enregistrements dont aucun n'atteint la grandeur de ceux que l'on a pu entendre de *Mefistofele.* Le premier, saisi sur le vif au San Carlo de Naples, est honnête, sous la direction de Franco Capuana. Mirto Picchi est un Nerone impressionnant. Dans la version de Gavazzeni, on retrouve une chanteuse que nous aimons infiniment, Ilva Ligabue, dans le rôle d'Asteria, vierge chrétienne qui a le malheur d'aimer Néron. Ligabue a d'ailleurs chanté *Mefistofele* à Chicago. Et puis, elle a été pour nous Desdémone... Où ? Il nous semble nous en souvenir : au casino d'Enghien dans les années 1950. Possible ? Pas possible ? C'est en tout cas pour cette belle Asteria que nous avons voulu citer *Nerone* ici. Pour nous souvenir aussi que Ligabue a été l'une des plus intelligentes des Alice de *Falstaff.* Et rappela que le chef-d'œuvre de Boito, c'est tout de même son *Mefistofele.*

Nilsson, Birgit (née en 1918)
Soprano suédoise

Deux rôles, d'abord, dans lesquels elle nous a tenu en haleine. En premier lieu son Elektra, selon Strauss. Ce n'est pas la grande fille hallucinée qu'une Inge Borkh a pu nous donner en spectacle, hallucinante. C'est une femme qui sait ce qu'elle fait, violente, presque aussi dangereuse que sa Clytemnestre de mère. Ensuite, Turandot : la princesse fatale, terrible, une sorte d'oracle immuable à la voix d'airain. À Covent Garden, il n'était jusqu'aux petites figures de stuc de demoiselles du dernier balcon qui n'en aient eu froid dans le dos. Mais Nilsson a surtout été une formidable chanteuse wagnérienne. Son Isolde, sa Walkyrie sont des grands moments de l'histoire de l'opéra de ce demi-siècle. De tout cela, elle a laissé de nombreux enregistrements. On a admiré Nilsson, on l'admire toujours, on se battait pour obtenir des places dans toutes les maisons d'opéra où on pouvait la voir — et pourtant, une voix phénoménale, certes, mais peut-être une retenue trop marquée jusque dans ses plus grands élans dramatiques. Birgit Nilsson était là, sur la scène, qui chantait. Nous l'écoutions, nous admirions, notre cœur ne battait pas plus vite.

Mais nous sommes fous ! Comment oser écrire ces lignes quand, aux côtés de Jon Vickers, elle fut l'Isolde qui déchaîna le mistral et nos passions dans certain *Tristan* donné à Orange dont aucun de ceux qui ont pu y assister ne se sont jamais vraiment relevés ?

Nina, ou La Folle par amour

Nicolas-Marie Dalayrac. Livret de Benoît-Joseph Marsollier des Vivetières

Paris, 1786

Le « vieil opéra français » par excellence, tel que Berlioz a pu l'aimer. C'est d'ailleurs la raison pour laquelle on cite ici cette *Nina*, aujourd'hui bien oubliée. C'est une pastorale sentimentale, tirée semble-t-il d'une nouvelle de Baculard d'Arnaud, prolifique auteur de théâtre et de courts romans de la deuxième partie du XVIIIe siècle, *La Nouvelle Clémentine.* Il semble d'ailleurs que Laurence Sterne ait emprunté dans son célèbre « Voyage sentimental » le même personnage. Dans les deux cas, il y aurait à la source une gentille histoire d'amours contrariées et finalement heureuses. L'œuvre aurait été rejouée en 1852, à Paris. Mais entre-temps, Paisiello, l'auteur d'un *Barbier de Séville* antérieur à celui de Rossini, avait composé en 1789, pour l'Opéra de Caserte, une autre *Nina* qui balaya celle du doux Dalayrac.

Aux premiers chapitres de ses Mémoires, mais il y reviendra à plusieurs reprises, Berlioz raconte la cérémonie de sa première communion, au couvent des Ursulines où était pensionnaire sa sœur aînée. « Alors, au moment où je recevais l'hostie consacrée, un chœur de voix virginales, entonnant un hymne à l'Eucharistie, me remplit d'un trouble à la fois mystique et passionné, que je ne savais comment dérober à l'attention des assistants. Je crus voir le ciel s'ouvrir, le ciel de l'amour et de chaste délice, un ciel plus pur et plus beau mille fois que celui dont on avait tant parlé. Ô merveilleuse puissance de l'expression vraie, incomparable beauté de la mélodie du chœur ! Cet air si naïvement adapté à de saintes paroles et chanté dans une cérémonie religieuse, était celui de la romance de *Nina* : "Quand le bien-aimé reviendra." Je l'ai reconnu dix ans après. Quelle extase de ma jeune âme ! Cher Dalayrac ! Et le peuple oublieux des musiciens se souvient à peine de ton nom, à cette heure ! Ce fut ma première impression musicale. » On nous pardonnera, dès lors, de nous être quand même souvenu de la *Nina* de Dalayrac.

Nixon in China *(Nixon en Chine)*

John Adams. Livret d'Alice Goodman

Houston, 1987

Nous avons d'abord connu l'opéra de John Adams par le disque, nous croyons bien le connaître. D'abord, parce que le sujet nous tient à cœur. *Nixon et la Chine* : Nixon, l'un des présidents américains les plus importants de la seconde partie du XXe siècle, malgré tout. Et puis la Chine, au cœur de notre vie depuis tant d'années... Mais *Nixon in China*, c'est aussi un opéra historique à la manière de ceux de Verdi, un opéra historique écrit dans l'instant — ou presque. La première visite d'un président américain en Chine s'est déroulée en 1972, c'est quinze ans après qu'Alice Goodman a rédigé son livret, décrivant par le menu la rencontre historique de Nixon et de Mao Zedong. On y voit les deux protagonistes, naturellement, mais aussi Kissinger, Mme Mao et Zhu Enlai. C'est dire que la volonté de suivre l'événement de près est intense. Cette intensité, on la retrouve naturellement dans la musique qu'on n'osera qualifier, parce que c'est un pont-aux-ânes, de « répétitive », de John Adams. Aucune autre intrigue que l'histoire, avec en bonus un passage du célèbre ballet révolutionnaire « Le Détachement féminin rouge », vu pour la première fois à Pékin pendant la Révolution culturelle, revu à Lyon en 2004. Le deuxième acte s'achève d'ailleurs par un monologue prémonitoire de celle qui devait devenir la Jeanne d'Arc de la « bande des quatre », Jiang Qin, la dernière Mme Mao, qui revoit la Révolution culturelle.

Je sais, nous aurions dû voir la pièce lorsqu'elle fut créée en France, à Bobigny, dirigée par John

Adams lui-même, et dans une mise en scène de Peter Sellars. Où étions-nous, en ce mois de décembre 1991, pour manquer la rencontre historique de Richard Nixon et du Grand Timonier ?

Noces de Figaro (Les) *(Le Nozze di Figaro)*

Mozart. Livret de Lorenzo Da Ponte

Vienne, 1786

L'avez-vous remarqué ? Non ? Nous nous répéterons. Chaque fois que l'on sort de l'un des trois opéras que Mozart a écrits sur un livret de Lorenzo Da Ponte : *Les Noces de Figaro, Don Juan* et *Cosi fan tutte*, on se pose la question : et si, au fond, c'était celui que nous venons de voir qui était le plus beau ? Pendant longtemps, nous nous sommes posé la même question. Et puis, peu à peu, les choses sont rentrées dans l'ordre. *Don Juan* continue à planer au-dessus de tous les autres : on a dit, l'opéra absolu. On aime toujours à la folie *Cosi fan tutte*, dont on loue toujours l'extraordinaire et rigoureuse construction musicale. Néanmoins, entre les deux, ce sont les *Noces* qui viennent à la seconde place. Pourquoi ? Peut-être parce que, si riches que soient les personnages inventés par Beaumarchais et revisités par Da Ponte et Mozart, aucun n'a atteint la place de mythe qui est aujourd'hui celle de *Don Juan.* Et pourtant, *Les Noces de Figaro* talonnent *Don Giovanni* de très près.

D'abord, doit-on le regretter ou s'en réjouir ? L'opéra de Mozart a, sans contexte, éclipsé dans le monde entier le beau *Mariage de Figaro* de Beaumarchais. C'est un peu triste, certes — et nous demanderons à tel de nos amis de nous pardonner cette remarque —, mais quand bien même la pièce est admirable, l'œuvre de Mozart a su en cristalliser à peu près toutes les qualités, plus une. Laquelle ? C'est un charme indéfinissable, qui flotte quelque part entre les airs de la Comtesse et ceux de Suzanne, au détour des airs de Chérubin. Jusque dans l'air de Barberine, qui regrette joyeusement la perte de son épingle ! Et quelle épingle ! À vrai dire, ce charme indéfinissable, c'est celui d'un XVIIIe siècle de rêve. Lorsque le personnage de Figaro lance vertement au comte Almaviva (mais prudemment, en son absence) que, s'il a envie de danser avec sa Suzanne à lui, eh bien, il saura le faire danser !, on sent bien qu'il y a déjà là un parfum de Révolution française. D'ailleurs, dans la somptueuse version qu'en donna Giorgio Strehler d'abord à l'Opéra de Versailles puis au Palais Garnier en fastueuse ouverture de l'ère Liebermann, le final du troisième acte, dans la semi-obscurité d'un salon où voltigeaient des feuilles de musique qui vous avaient des allures de tracts révolutionnaires à travers la musique de Mozart, on croyait presque entendre des accents de « Carmagnole ». Mais il y a tout le reste, l'air des « Marronniers » qu'on devine dans un bosquet inventé par Watteau ou Fragonard. Les relations entre maîtres et domestiques, les jardins qu'on imagine à la française où ce coquin de Chérubin va atterrir dans un pot de fleurs. Ce faux bonheur de vivre qu'on n'avait connu en France, affirmait-on sous la Restauration, que dans la France d'avant la Révolution.

Révolution, relations maîtres-valets, insolence mouchetée de Figaro : on ne saurait cependant réduire ni l'œuvre de Beaumarchais ni celle de Mozart à cet aspect politique. D'abord, ce qui touche tellement d'auditeurs passionnés des *Noces*, c'est l'idée que la Comtesse triste qui n'entre en scène qu'au deuxième acte pour chanter sa douloureuse cavatine « Porgi, amor... » a été, si peu de temps auparavant, la joyeuse, la mutine, l'insolente Rosine du *Barbier de Séville.* On se prend, d'ailleurs, à rêver d'une mise en scène des deux œuvres, le *Barbier* de Rossini puis les *Noces* de Mozart dans le même décor et avec les mêmes interprètes. Même si l'Almaviva de Rossini était un ténor et le comte un baryton, si les voix de Rosine jeune fille et de Rosine devenue comtesse sont bien différentes, on en rêve encore. Peut-être est-ce parce que le personnage de la Comtesse des *Noces*, comme la donna Anna de *Don Juan*, est devenue une sorte d'archétype dans notre imaginaire. De même le rôle de Chérubin, joli travesti, rôle de jeune garçon chanté par une femme qui, comme on le reverra dans *Le Chevalier à la rose*, se travestit lui-même en femme pour mieux brouiller les pistes, est-il, à sa manière, un autre archétype. Encore une fois, Beaumarchais l'a créé, Mozart lui a donné une seconde vie, universelle parce que la musique est universelle.

Si l'on voulait poursuivre la comparaison des *Noces* et de *Don Juan*, on ne pourrait que constater, naturellement, que le livret des premières est autrement mieux ficelé que celui de *Don Giovanni*. Là, encore une fois, c'est Beaumarchais qu'il faut remercier. Dans *Don Juan*, Lorenzo Da Ponte n'a fait qu'accumuler les épisodes d'une légende qui existait bien avant lui pour aboutir, de manière de plus en plus chaotique, à la catastrophe finale. Du côté de *Figaro*, au contraire, tout s'organise en un ordre rigoureux mais un équilibre souriant jusqu'au triomphe de ces dames sur la balourdise, l'égoïsme des hommes. La balourdise des hommes, leur fureur : qu'on entende successivement l'air du comte, au troisième acte, puis le sublime ensemble du repentir que lance le même comte, « Contessa, perdono », lorsqu'il comprend que c'est à tort qu'il a calomnié la Comtesse, Suzanne, Figaro, jusqu'à la petite Barberine. L'agitation terrible et vaine de l'aristocrate qui se croit blessé dans son honneur contraste avec une bouleversante grandeur, avec la profondeur de regret dont on devine bien qu'ils ne survivront pas au baisser du rideau.

Comme dans le cas de *Don Giovanni*, c'est un enregistrement historique qu'il a ouvert pour la première fois devant nous, ce rideau des *Noces de Figaro*. Il s'agit de la version qu'en donna en 1950 Herbert von Karajan avec Elisabeth Schwarzkopf, Irmgard Seefried, George London, Eric Kunz et Sena Jurinac. Hélas, trois fois, mille fois hélas, la fine fleur de l'Opéra de Vienne d'après guerre, réunie ici par la magie de Karajan et celle d'un producteur hors pair qui s'appelait Walter Legge a, selon beaucoup, travaillé un peu en vain, puisque cet enregistrement sans pareil est entaché à jamais de l'absence des récitatifs sans lesquels les œuvres de Mozart et Da Ponte demeurent terriblement bancales. Un vain travail donc ? Que non ! Les deux galettes noires de jadis, en dépit de la béance qui les frappe, sont insurpassables. Quoi d'autre ? Évoquant *Don Juan*, on a naturellement parlé de la version historique de Glyndebourne. Il existe bien une ancienne version Glyndebourne des *Noces* enregistrée avant celle de *Don Juan*, en 1934. Le même esprit, celui d'une équipe, y règne, mais tout le reste en est absent. Si l'on veut, dès lors, suivre le chemin des souvenirs, c'est vers Aix-en-Provence qu'on se dirigera, lorsque Hans Rosbaud, trop tôt disparu, l'enregistra après des soirées de rêve dans la cour de l'Archevêché, quand la Comtesse, après s'être appelée Leonie Rysanek, était devenue Teresa Stich-Randall, la Suzanne Graziella Sciutti, le comte Heinz Rehfuss et le Figaro Rolando Panerai. Toujours au disque, on marquera d'une pierre blanche, plus que blanche, les enregistrements de Kleiber et de Giulini. Mais à la question posée : quel enregistrement plus récent citer aujourd'hui ?, la réponse reste ouverte.

On reviendra donc à la plus belle mise en scène des *Noces* de tous les temps, celle de Georgio Strehler à Paris en 1973. La découverte de la saison du Chérubin : Frederica von Stade. La saison Frederica a duré, la mise en scène de Strehler dure toujours. À Salzbourg, l'autre année, on avait eu l'idée de déplacer l'action dans un magasin de robes de mariée, le comte en était le patron qui pratiquait allègrement le harcèlement sexuel sur ses employées. La mise en scène de cet été-là a été vite oubliée mais Mozart et Da Ponte lui résistaient : les *Noces* sont décidément faites pour la vie !

Nonne sanglante (La)

Charles Gounod. Livret d'Eugène Scribe et Germain Delavigne

Paris, 1854

La Nonne sanglante, c'est en fait un opéra qui n'existe pas. Nous citerons bien celui que Gounod donna à l'Opéra de Paris le 18 octobre 1854, mais c'est un peu pour la forme. En réalité, *La Nonne sanglante*, tirée du célèbre roman gothique *Le Moine*, de Lewis, a d'abord été une idée, une idée fixe, une idée très chère, d'Hector Berlioz. Il demanda à Scribe d'en composer le livret et, de 1841 à 1847, travailla de manière souvent interrompue à la composition d'une œuvre qui ne devait jamais voir le jour. C'était une sombre histoire d'amour, de fantôme et de meurtre. En pleine période romantique, le premier compositeur romantique français ne pouvait pas rêver mieux. Mais la direction de l'Opéra ne voulut jamais accepter de faire affaire avec lui. Peu à peu, Berlioz commença à s'éloigner d'un sujet qui lui tenait pourtant à cœur. Puis la composition de *La Damnation de Faust* acheva de le lui faire oublier. Presque oublier... Lorsque Scribe s'estima délié de son engagement envers lui et reprit le livret pour finalement aboutir à l'opéra de Gounod, Berlioz affecta de jouer les indifférents. « Il faut que le prêtre vive de l'autel... », lui aurait déclaré le richissime Scribe, qui voulait faire feu de tout bois et se servir malgré tout de son livret...

Norma

Bellini. Livret de Felice Romani d'après Alexandre Soumet

Milan, 1831

L'archétype de l'opéra romantique italien. Pour beaucoup, le sommet du bel canto, alors que la tradition pure et dure du bel canto est déjà, avec le moindre souci d'agilité vocale de Bellini et son plus grand sens dramatique, en train de s'émousser. En tout cas, une œuvre mythique, l'une des plus célèbres de l'opéra italien et, bien entendu, la plus fameuse de son auteur. Créée à la Scala de Milan en 1831 avec les deux plus grandes chanteuses italiennes de leur temps, la Pasta et la Grisi, Giudita Pasta et Giulia Grisi, elle a tout de suite connu un succès considérable. Le contraste est d'ailleurs grand entre l'immense beauté de l'œuvre, ses longues mélodies qui semblent s'élever sans fin, par paliers toujours retardés pour parvenir à une manière d'éblouissement vocal, et la trivialité de certaines mises en scène, la grossièreté de l'utilisation que l'on a pu faire souvent de sa musique. Combien, sur les scènes de tous les théâtres du monde, de lamentables défilés de Gaulois déguisés en druides ou de druides en Gaulois, tout droit sortis d'une bande dessinée célèbre ? Puisque, faucille d'argent à la main, il s'agit pour la grande prêtresse Norma de couper le gui sacré, combien de ridicules cérémonies du style « Au gui l'an neuf », où les gestes incantatoires des officiants ont souvent, jusque dans les rangs des figurants les plus zélés, suscité plus le rire que la piété. Pour ne pas parler des dizaines de publicités accompagnées par la sublime musique de « Casta diva », l'air le plus célèbre de *Norma* !

Et cependant, *Norma* peut être d'une beauté inouïe. L'histoire de cette grande prêtresse gauloise secrètement mariée à un officier romain oppresseur dont elle a eu un enfant et qui découvre qu'une autre jeune prêtresse, Adalgisa, presque une sœur pour elle, aime et est aimée du même Pollione, n'est ni bonne ni mauvaise. Mais ce que la musique de Bellini parvient à en faire transcende de si loin l'anecdote.

En dépit de ces deux interprètes hors pair, la première représentation à la Scala de Milan le 26 décembre 1831 fut un formidable échec. Pris de court par le caractère dramatique d'une œuvre déjà ouverte vers les grands opéras romantiques voire, pourquoi pas ?, bientôt le drame wagnérien, le public qui s'attendait aux seules musiques éthérées de *La Somnambule* et à une histoire d'amour plus ou moins à l'eau de rose, fût-elle tragique, réagit avec violence. Peu de spectateurs, en cette soirée de décembre 1831, se rendirent compte qu'une nouvelle manière de penser des mélodies, puis de les chanter, était en train de naître sous leurs yeux. De même, l'utilisation des chœurs, portés à des paroxysmes d'une ampleur jusque-là inconnue et mêlant intimement les voix des chanteurs à leur élan, est tout bonnement grandiose.

On a cité « Casta diva ». Mais tous les admirateurs du chef-d'œuvre de Bellini savent bien que le rôle d'Adalgisa est à peu près aussi important que celui de la grande prêtresse. Aujourd'hui, Norma est généralement chantée par des voix plus claires que celle d'Adalgisa. Lors de la création, la différence de timbre entre la Pasta et la Grisi était très mince, d'ailleurs l'une et l'autre chantèrent tour à tour les deux rôles. Et puis, outre l'air peut-être trop fameux, c'est un duo entre les deux femmes : « Mira, o Norma » qui constitue le point culminant de l'œuvre. Mais jusqu'au cataclysme final qui voit le Romain Pollione et Norma monter ensemble au bûcher, évitant ainsi la mort d'Adalgisa qui a pourtant commis la même faute, peu de compositeurs ont pu, jusqu'à Bellini, inventer un crescendo dramatique aussi puissant.

Callas, naturellement. Depuis plus d'un demi-siècle, c'est à la voix, et à la tension dramatique que savait mettre Maria Callas dans le rôle de Norma, qu'est identifiée la tragédie lyrique de Bellini. Avant elle, une Lilli Lehmann (à ne pas confondre avec Lotte Lehmann !), une Rosa Ponselle, souveraine, ont été d'immenses Norma. Pourtant, l'interprétation qu'en a laissée Maria Callas a presque balayé toutes les autres. C'est le rôle qu'elle chanta le plus souvent à la scène. Très exactement quatre-vingt-neuf fois, depuis une prise de rôle à Florence, en 1948, sous la direction de Tullio Serafin, jusqu'à la dernière soirée parisienne du 29 mai 1965 au cours de laquelle, déjà épuisée, à bout de nerfs, brutalement malmenée par une Fiorenza Cossotto qui cherche à tirer à elle son voile de druidesse dans le rôle d'Adalgisa, Maria Callas va s'écrouler en coulisses après un troisième acte quasi comateux. Elle reviendra encore une fois à Londres, le mois suivant, pour chanter *Tosca,* connaîtra un ultime succès, mais sa *Norma* interrompue du 29 mai est entrée dans l'histoire de l'opéra.

À quoi bon, dès lors, s'inventer d'autres Norma que Maria Callas ? On a, naturellement, entendu Montserrat Caballé dans le rôle. Renata Scotto, on sait ce qu'une Beverly Sills a pu y donner d'elle-même. Joan Sutherland y a été élégiaque. Maria Callas, elle, y a été incomparable. Les enregistrements pris sur le vif de son interprétation sont nombreux. Pourtant, en dépit d'un ténor bien loin derrière elle en 1954, c'est le premier enregistrement commercial de la *Norma* de Maria Callas, dirigée par Tullio Serafin, qui l'emporte sur tous. Sa seconde interprétation, fixée également par EMI, six ans plus tard, fait d'elle une druidesse mieux entourée, notamment par Franco Corelli dans le rôle de Pollione. Mais la « jeune » Callas de 1954 demeure notre Norma à tous.

Nourrit, Adolphe (1802-1839)
Ténor français

Un phénomène vocal. L'un des trois ou quatre ténors absolus qui marquèrent la première moitié du XIXe siècle, une époque où tous les compositeurs d'Europe vivaient dans l'obsession d'écrire pour voix de ténor des rôles de plus en plus ambitieux. Nourrit est français, comme beaucoup d'autres il a été l'élève de Manuel Garcia, le père de la Malibran et de Pauline Viardot. Mais il avait de qui tenir : son père Louis sera avant lui, et jusqu'en 1831, ténor principal à l'Opéra de Paris. C'est en 1821 qu'un Adolphe Nourrit de dix-neuf ans fait des débuts remarqués dans *Iphigénie en Tauride.* Sa carrière sera, dès lors, fulgurante. Il crée des rôles fameux, tels que Robert dans *Robert le Diable*, Raoul dans *Les Huguenots* ou Arnold dans *Guillaume Tell.* C'est lui qui perfectionnera la formation de la grande Cornélie Falcon, avec laquelle il formera l'un des couples lyriques les plus prestigieux du monde. À tel point qu'on adaptera pour sa voix le rôle du don Juan de Mozart. Et pourtant, Nourrit n'est pas un chanteur heureux. Il souffre de neurasthénie, se heurte à Duponchel, qui a pris en main la direction de l'Opéra. Et voilà qu'une guerre des ténors absurde est lancée entre lui et une nouvelle étoile montante, Gilbert Duprez. Duprez a quatre ans de plus que lui, il a commencé une carrière italienne très remarquée, il « en veut » plus que Nourrit, pourtant généreux avec lui, veut bien lui en laisser. Finalement, au sommet de son art, Nourrit démissionne de l'Opéra de Paris avec fracas. Il chante une dernière fois sur la première scène lyrique française, aux côtés de Cornélie Falcon. Puis il part pour l'Italie. Il rêve d'aller à Naples, visite Florence au passage, puis s'attarde à la Villa Médicis où Ingres, alors en place, le reçoit fastueusement et lui fait chanter du Schubert. Il semble heureux, profite avec Donizetti des fêtes du carnaval de Rome puis part pour Naples. Là aussi, on lui fait un accueil triomphal. Mais voilà que Donizetti, qui voulait de lui pour la création de son *Poliuto* (*Polyeucte*) voit son œuvre interdite par la censure. Nourrit en est d'autant plus affecté qu'il a conscience que sa voix n'est pas faite pour l'opéra italien. Il va pourtant demeurer encore un an à Naples puis, dans une crise de cafard, se jettera par la fenêtre de son hôtel le 8 mars 1839. Naples entière se mettra en deuil, Adolphe Nourrit repose aujourd'hui au cimetière Montmartre. Comme sa camarade Cornélie Falcon, comme Maria Malibran, sa carrière fulgurante s'est achevée tragiquement. Signe prémonitoire : est-ce lors de la première de *Robert le Diable* que le plus grand Robert de tous les temps avait déjà fait une chute magistrale, une trappe du plancher s'étant malencontreusement ouverte sous son poids ? Mais ce soir-là, apparemment sans la moindre égratignure, Adolphe Nourrit était aussitôt remonté sur le plateau, sous un tonnerre d'acclamations...

Nuit

La nuit, les nuits, sont omniprésentes dans l'histoire de l'opéra. Il y a des nuits d'ivresse (*Les Contes d'Hoffmann*) et des nuits d'orage (*Rigoletto* ou *Le Barbier de Séville*). Mais il y a aussi des nuits d'amour, et la plus grande, la plus longue, la plus belle est évidemment celle du deuxième acte de *Tristan et Isolde.* Pour les deux amants wagnériens, la nuit est le seul moment où leur amour puisse éclater, si l'on ose dire, au grand jour. La nuit est synonyme d'amour, certes aussi de mort, mais d'une manière de mort transfigurée, de mort à deux. Et c'est le jour qui est dangereux : en témoignent les appels répétés de Brangaene, la nourrice d'Isolde, qui leur annonce l'arrivée menaçante du jour. Sur un autre registre, l'Octavian du *Rosenkavalier* maudit lui aussi le jour qui vient interromptre sa nuit d'amour avec la Maréchale.

Obéron, ou Le Serment du roi des elfes
Carl-Maria von Weber. Livret de James Robinson Planché, d'après Christoph Martin Wieland

Londres, 1826

Si *Euryanthe* est donnée moins souvent que le *Freischütz*, on dira qu'*Obéron*, le dernier opéra de Weber, est donné encore moins souvent qu'*Euryanthe.* Et pourtant, composée pour Covent Garden sur un livret anglais, l'œuvre souleva très vite l'enthousiasme de l'Europe entière puis des États-Unis. Il faut dire que, créée le 12 avril 1826, elle précédait de moins de deux mois la mort, que d'aucuns purent juger étrange, du compositeur. C'est un conte fantastique inspiré de la légende de Huon de Bordeaux.

Comme *Le Songe d'une nuit d'été*, l'opéra commence par l'une des cent querelles d'Obéron, roi des fées, et de Titania, sa reine, sacrés amoureux qui ne savaient que se disputer pour se mieux prouver leur amour ! Et encore une fois, c'est Puck, page attentif, qui mettra de l'ordre dans la vie des amants terribles en leur rappelant l'histoire de Huon de Bordeaux, coupable d'avoir tué en légitime défense un fils de Charlemagne et qui ne connaîtra le pardon de l'empereur que s'il parvient à tuer un homme « assis à la gauche » du calife de Bagdad puis à embrasser la fille de celui-ci ! Il suffit de deux doigts de poudre de perlimpinpin pour que Huon et Rezia, la fille du calife, tombent amoureux l'un de l'autre, et les tours de magie de Puck vont se poursuivre jusqu'à un dénoument final heureux. C'est peut-être parce que *Obéron* n'était guère joué que quelques reprises, au cours du XXe siècle, firent date. Ainsi en 1918, au Met de New York, avec Rosa Ponselle, l'une des plus formidables Norma de tous les temps. Ou, surtout, en 1932 à Salzbourg, avec Maria Müller, Lotte Schoene, Helge Roswaenge : distribution de rêve dirigée par Bruno Walter. Mais c'est aussi une distribution de légende que celle de l'enregistrement réalisé par Rafaël Kubelik. Birgit Nilsson dans le rôle de Rezia, la fille du calife, Julia Hamari, sa suivante, et le très jeune Placido Domingo en formidable Huon de Bordeaux. Tout ça est léger, musical, envolé, magique. Lorsqu'on évoque les mille et une facettes du *Songe d'une nuit d'été* et de ses différents avatars, on oublie trop souvent l'œuvre de Weber, dont la création précéda de si peu l'un des plus émouvants deuils qu'ait connus l'Europe artistique et romantique du XIXe siècle.

Œdipus Rex

Igor Stravinski. Livret de Jean Cocteau, version latine de Jean Daniélou

Paris, 1927

Une œuvre très courte, tout juste une heure. L'idée en serait venue à Stravinski à la lecture d'une biographie de saint François d'Assise : il aurait décidé d'écrire un drame hiératique en une langue archaïque et sacrée. Mais pourquoi saint François d'Assise ? Son choix se fixa ensuite sur l'*Œdipe* de Sophocle, qu'il demanda à Jean Cocteau, alors au zénith de sa gloire de touche-à-tout de génie, d'adapter pour la scène. Cocteau ne s'était-il pas déjà attaqué à une *Antigone*, donnée à peu près à la même époque par Honegger ?

La structure dramatique de l'*Œdipus Rex* de Stravinski est donc largement redevable à Cocteau. C'est lui qui eut l'idée de faire intervenir un récitant, celle aussi d'avoir recours au latin, langue archaïque par excellence. C'est lui qui divisa l'action en deux actes et six épisodes, presque autonomes. Le résultat est une œuvre hybride, une manière d'opéra-oratorio, plus proche de l'idée qu'on se faisait alors à Berlin d'une certaine musique de théâtre, avec Kurt Weill et Bertolt Brecht, que des Ballets russes de Diaghilev, à qui Stravinski dédia l'œuvre.

Très ramassée, resserrée, admirablement concise, la tragédie de Stravinski et Cocteau suit de très près celle de Sophocle. L'intensité dramatique du texte latin, comme venu d'une autre planète, rendent terrifiantes les paroles d'Œdipe, qui a tué son père Laïus et épousé Jocaste, sa mère. Celles de Jocaste elle-même, qui se rend compte de la réalité et va se pendre. Celles du chœur enfin, qui commente inexorablement l'action.

Dans le même temps, le texte français du récitant, lapidaire, entretient un étonnant suspense entre chacun des épisodes, tous admirablement statiques.

Créée à Paris sous forme d'oratorio le 30 mai 1927, puis à l'Opéra de Vienne en 1928, l'œuvre a eu très vite un succès immense dans le monde entier, et tout particulièrement en Allemagne, peut-être justement par ses affinités avec le travail du duo Brecht-Weill. La presse française, en revanche, a été des plus réservées. « Hélas ! voici encore une déception... », s'exclame Adolphe Boschot, le grand biographe de Berlioz, dans *L'Écho de Paris*. Le critique du *Gaulois* qualifie Stravinski de « dilettante du modernisme et de la polytonalité... », pour parler ensuite de sécheresse, de vide, d'ennui et de déception... Stravinski lui-même, bien des années après la création, se montra très sévère envers le travail de Cocteau, dont il fustigea le « snobisme insupportable ». De son côté, Stravinski eut à subir une attaque en règle d'Arnold Schönberg.

Si l'on a dénombré plus d'une vingtaine de versions discographiques de cette œuvre étrange, il en est pourtant une qui atteint des sommets d'une hallucinante grandeur. C'est la première jamais enregistrée, en 1951, par Stravinski lui-même, à la tête de l'Orchestre de Radio-Cologne. Le récitant en est tout simplement Cocteau. Il faut avoir dans l'oreille son parler étonnant au début du prologue, avec sa première apostrophe : « Spectateurs, vous allez entendre une version latine d'*Œdipe Roi.* Afin de vous épargner tout effort d'oreille et de mémoire et comme l'opéra-oratorio ne conserve des scènes qu'un certain aspect monumental, je vous rappellerai au fur et à mesure le drame de Sophocle. Sans le savoir, Œdipe est aux prises avec les forces qui nous surveillent de l'autre côté de la mort... » La distribution qui l'entoure est de haute volée, dominée par la Jocaste de Martha Mödl. Là aussi, il faut l'entendre répéter d'une voix monocorde que les oracles peuvent mentir, que les oracles sont mensonges : « Mentita sunt oracula, oracula, oracula... » Dominée par Martha Mödl, cette distribution ? Et Peter Pears, alors ? Le Peter Grimes idéal de Britten, le jeune Billy Budd parfait. Et les autres, Helmut Krebs, sublime récitant des *Passions* de Bach en berger, Heinz Rehfuss en Créon ou en messager... L'année suivante, sur le vif, on enregistrera de même Stravinski et Cocteau, principaux interprètes de leur *Œdipus Rex.* C'était au théâtre des Champs-Élysées, nous n'y étions naturellement pas. Mais nous venons de réécouter le disque de 1951, c'est l'un des sommets de la musique du XXe siècle portée à un niveau d'excellence qu'on ne retrouvera probablement jamais.

Offenbach, Jacques (1819-1880)

Compositeur français, l'un des plus français, né en Allemagne

Jacob Offenbach est né à Cologne le 20 juin 1819. Fils d'un cantor juif, c'est d'abord un violoniste virtuose qui devint violoncelliste à l'orchestre de l'Opéra-

Comique de Paris, où il s'est installé à partir de 1833. Au départ, une carrière très sage, Il fait de la musique de chambre avec des amis, puis devient directeur de la musique à la Comédie-Française. En 1850, il connaît un premier succès avec la musique qu'il écrit pour *Le Chandelier*, de Musset, et tout particulièrement sa « Chanson de Fortunio », très vite une rengaine, une scie charmante et à la mode. C'est l'Exposition universelle de 1855 qui décidera de sa carrière. Il ouvre son propre théâtre, les Bouffes-Parisiens où, la réglementation sur l'organisation du théâtre parisien étant tellement absurde, il ne peut donner que des œuvres à trois personnages. Alors il en donne, des œuvres à trois personnages ! Vingt, trente peut-être, jusqu'à ce qu'il connaisse enfin un véritable triomphe avec son opéra bouffe *Orphée aux Enfers* — plus de trois personnages, pourtant ! —, donné pour la première fois le 21 octobre 1858. Suivra la carrière éblouissante que l'on sait, avec, notamment, *Barbe-Bleue* (1866), *La Vie parisienne* (1866), *La Grande-Duchesse de Gérolstein* (1867), *La Périchole* (1868). Dans un film fameux où c'est le comédien Pierre Fresnay qui joue son rôle, on nous ferait presque pleurer sur sa liaison avec la chanteuse Hortense Schneider, dite le « Passage des princes », tant sa popularité était grande et sa porte généreusement ouverte à tous les souverains étrangers, princes et autres barons souvent de pacotille, de passage à Paris. Avec son accent nasal et allemand parfaitement imité, Pierre Fresnay en Offenbach nous fait encore sourire.

Son chef-d'œuvre sera pourtant une œuvre d'une autre gravité, *Les Contes d'Hoffmann*, créés à l'Opéra-Comique le 10 février 1881, quatre mois après sa mort, le 5 octobre précédent. Ainsi, si pour beaucoup d'auditeurs enthousiastes, le nom d'Offenbach est synonyme d'un Second Empire tout de fêtes, de petites femmes légères, de galops endiablés et de french-cancan, la création posthume d'une œuvre aussi émouvante que *Les Contes d'Hoffmann* vient ponctuer d'un bémol un peu grave une image par trop sautillante. « C'est une chanson d'amour qui s'envole... »

Olivero, Magda (née en 1912)

Soprano italienne

Magda Olivero a fait ses débuts en 1933 à Turin dans le rôle de la Lauretta de *Gianni Schichi*. Près d'un demi-siècle plus tard, à la fin des années 70 ou au début des années 80, on l'entendait encore dans le cadre des « Mardis de l'Athénée » séduire grâce à Pierre Bergé un public français pour qui Olivero était une légende. D'ailleurs, en 1975, à plus de soixante ans, elle était encore au Met de New York une Tosca flamboyante. Mais voilà, Magda Olivero a fait une grande partie de sa carrière en Italie, elle a surtout chanté les véristes, Tosca, Fedora, l'*Iris* de Mascagni. Et elle a surtout été la plus bouleversante des Adrienne Lecouvreur, de Cilea. C'est dans ce rôle qu'elle s'est illustrée à travers toute l'Italie, et au-delà. Peut-être Magda Olivero n'avait-elle pas, fût-ce au temps de sa vraie splendeur, une voix hors du commun. Mais c'était une actrice, une séductrice, une personnalité, elle, parfaitement hors du commun. Lors de cette soirée du théâtre de l'Athénée, on vit des jeunes gens qui avaient tout juste vingt ans et ne l'avaient jamais entendue avant, crier de joie et de bonheur devant une déjà vieille dame, presque à bout de souffle mais pas à bout de voix, qui chantait ce qu'on attendait d'elle. Comment s'indigner assez sur la légèreté des grandes maisons de disques — qui auraient pourtant eu le temps de l'enregistrer souvent, la grande Olivero ! —, qui ont parfois préféré des divas de pacotille...

Olszewska, Maria (1892-1969)

Mezzo-contralto allemande

Peut-être Maria Olszewska a-t-elle chanté Fricka du *Ring*, Ortrud et Brangaene. Peut-être a-t-elle été Carmen ou Amneris ? On sait, en tout cas, qu'elle fut un Orlofsky de *La Chauve-Souris* d'un magnétisme stupéfiant. Mais c'est parce qu'elle chanta le rôle d'Octavian dans une version abrégée du *Chevalier à la rose* en compagnie de Lotte Lehmann, d'Elisabeth Schumann et de Richard Mayr, dirigés en 1933 par Robert Heger à la tête de la Philharmonie de Vienne, qu'elle est incontournable pour des milliers d'amoureux fous du chant straussien. Cet enregistrement, d'abord publié en 78-tours naturellement, puis en microsillon, a subi tous les nettoyages nécessaires pour devenir un CD presque techniquement parfait. Mais qu'importe la fausse haute fidélité pas vraiment reconstituée, quand la voix d'une Maria Olszewska dialogue éperdument avec une Lotte Lehmann amoureuse au premier acte du *Chevalier* ?

Olympiade (L') *(L'Olympiade)*

Antonio Vivaldi. Livret de Pietro Metastasio

Venise, 1734

Pourquoi *L'Olympiade* de Vivaldi, alors que tour à tour Caldara, Pergolèse, Leonardo Leo, Baldassare Galuppi, Jommelli et quelques autres, ont eu tour à tour recours au même livret pour raconter, chacun à sa manière, la même histoire ? Tout simplement parce nous ne connaissons pas plus *L'Olympiade* de Caldara que celle de Leonardo Leo, tandis qu'un enregistrement de celle de Vivaldi nous a permis d'aller un peu plus loin dans la connaissance, encore lente, très lente, que nous avons des œuvres lyriques du Prêtre Roux ! Ensuite, parce que la version donnée par le Concerto italiano sous la direction de Rinaldo Alessandrini, est superbe. Enfin et surtout, on l'avouera, parce que la pochette de couverture de ces trois CD publiés chez Opus 111-Naïve en 2003, est d'une telle beauté qu'on ne saurait être indifférent aux regards de ces deux femmes qui, hors de tout contexte, nous dévisagent insolemment sur photo de couverture imaginée, nous dit son éditeur, comme un « tableau contemporain ». C'est kitsch en diable : on adore ! Plus sérieusement, on dira qu'avec *La Vérità in Cimento*, cette *Olympiade* fait partie des quelques premiers disques qui inaugurent chez Naïve une immense « édition Vivaldi » dont le besoin était urgent. Il n'y aura pas que de l'opéra, loin de là, mais il semble bien que toutes les pochettes, doivent être aussi belles... Plus sérieusement encore, on dira que *L'Olympiade* est une œuvre majeure de la période baroque — et à coup sûr l'un des sommets de l'immense production lyrique de Vivaldi.

Ondine *(Undine)*

Ernst Theodor Amadeus Hoffmann
Livret de Friedrich de La Motte Fouqué

Berlin, 1811

Tout le monde connaît les contes de E.T.A. Hoffmann. Plus encore : tout le monde connaît l'ultime chef-d'œuvre d'Offenbach qui met en scène le poète Hoffmann dans sa vie et dans ses œuvres. On sait la place qu'occupe la musique dans bon nombre de ses contes, qui sont parmi les plus belles histoires jamais écrites sur des chanteurs, des violonistes, des amoureux de Mozart... On sait aussi qu'il fut compositeur, mais là s'arrête bien souvent tout notre savoir. Or, son *Ondine*, créée à Berlin en 1811, est l'une des plus jolies adaptations du célèbre conte du huguenot exilé en Allemagne, La Motte-Fouqué, dont un Jean Giraudoux tira, voilà si longtemps semble-t-il soudain !, une belle adaptation. Nos parents, nos grands-parents nous ont parlé de Louis Jouvet dans le rôle du chevalier amoureux d'une naïade. L'œuvre de La Motte-Fouqué a d'ailleurs servi de sujet à d'autres œuvres lyriques, notamment un opéra de Tchaïkovski dont il ne reste que des bribes, et l'autre belle *Ondine* du romantisme, celle de Lortzing. Pour ne pas parler de *Rusalka*, de Dvorák, qui joue de la même manière entre le monde des hommes et celui des fées, la terre et l'eau, l'impossible amour d'un humain pour la fille du roi des eaux. On retrouve de tout, chez *Ondine*, mais du meilleur : Gluck et Mozart, Cherubini et un folklore allemand, des souvenirs de chansons de pêcheurs... Le tout se rencontre et se mêle avec une jolie fluidité — c'est le cas de le dire. C'est un enregistrement de l'Orchestre radio-symphonique de Berlin dirigé par Roland Bader qui nous l'a, le premier, révélée. Une distribution qu'on n'osera dire anonyme, avec le seul nom de Karl Ridderbusch un peu connu du grand public dans le rôle de l'Esprit des eaux. Mais l'opéra tout entier, quelque part à l'aurore du romantisme allemand, nous a plus que séduit : enchanté...

Or du Rhin (L') *(Das Rheingold)*

Richard Wagner. Livret du compositeur

Munich, 1869

L'Or du Rhin est le prologue du *Ring* (*voir* : *Ring*) de Wagner, la première partie de la *Tétralogie*. C'est dès 1851 que, ayant dans l'esprit le projet gigantesque du *Ring*, Wagner aborda *L'Or du Rhin* proprement dit. Il conçut pour cela un livret en trois actes qu'il modifia l'année suivante pour aboutir à sa forme définitive que l'on retrouve dans le texte intégral du *Ring*, publié naturellement sans la musique en 1853. La musique elle-même sera achevée l'année suivante : un seul long acte, divisé en quatre scènes.

Longtemps méconnu des prétendus amateurs parce que ne représentant, en somme, qu'une manière d'introduction à ces œuvres plus consistantes que sont *La Walkyrie* ou *Siegfried* ; parce que plus court égalementment ; parce que aux yeux des ignares par trop dénué de morceaux de bravoure, *L'Or du Rhin* est pourtant considéré par les vrais wagnériens comme une œuvre unique en son genre. En ces quatre scènes, d'une intensité dramatique fulgurante, et en moins de deux heures de musique, Wagner nous dessine déjà ce que sera l'ensemble de la *Tétralogie*. Quant aux 137 premières mesures de *L'Or du Rhin*, ces fameuses 137 musiques d'une immobilité harmonique sans égale, ce lent mouvement qui semble sortir des profondeurs d'une fosse d'orchestre pour devenir peu à peu le Rhin tout entier qui envahit la scène et donne l'impression de s'étendre jusqu'aux derniers rangs de la salle, elles sont à elles seules un moment d'émotion pure. Qu'on imagine le spectateur qui vient d'entrer dans la salle mythique du Festspielhaus de Bayreuth. Les lumières se sont progressivement éteintes, le silence s'est fait, on prête l'oreille. Et l'on n'entend rien. Rien d'abord et pourtant Wagner est là. C'est le Rhin, doucement, qui est en train de naître. Et cette immobilité harmonique de se mouvoir ensuite doucement, progressivement, jusqu'à l'entrée en scène des Filles du Rhin, le rideau levé. Dès lors, sur un chant joyeux d'avant le drame, c'est le drame qui commence. Les Filles du Rhin sont trois, il y a Woglinde, Wellgunde, toutes deux sopranos ; et Flosshilde, contralto. Elles s'amusent, demi-nues, dans l'eau du Rhin. Certains metteurs en scène les montreront totalement nues. Un Peter Stein, à l'Opéra de Paris, les fera se balancer dans l'air, c'est-à-dire dans l'eau, au bout de cordes — pas facile de chanter ainsi ! Un Patrice Chéreau en fera les vestales-putains d'un Rhin déjà asservi par l'homme et transformé en barrage. Ce sont elles, les inconscientes, qui vont tenter Alberich, le nain difforme, l'homme moins qu'un homme, dont elles attiseront le désir pour mieux se refuser jusqu'à lui dévoiler, les folles !, la présence de l'or qui luit doucement dans les profondeurs du fleuve. L'or par lequel et pour lequel il faut renoncer à l'amour. C'est la voix de Woglinde qui l'annonce : « Seul celui qui chasse la joie d'aimer peut seul contraindre l'or à prendre la forme de l'anneau... » Et Alberich, rejeté par les Filles, vole l'or, le drame peut commencer.

Nous ne connaissions pratiquement rien de la musique de *L'Or du Rhin*, lorsque nous l'entendîmes pour la première fois en 1955 au Palais Garnier. On le dit à l'entrée *Ring*, aucun disque du *Rheingold* n'existait alors. Ce fut une découverte stupéfiante. Deux heures de musique ininterrompue, un flot qui nous emportait, on en sortait épuisé, ravi, avec un seul désir, être déjà au lendemain, pour en écouter la suite, qui serait *La Walkyrie*... La parution de l'album dirigé par Georg Solti en 1959, à la tête de la Philharmonie de Berlin, a été un événement sans précédent dans l'histoire de l'enregistrement discographique. Les ingénieurs du son de chez Decca eurent alors recours à tous les avantages, voire à certains artifices de la stéréophonie, pour donner à l'auditeur une écoute quasi théâtrale du prologue du *Ring*. En tête de la distribution, il y avait George London dans le rôle de Wotan. Il était déjà un fabuleux don Juan. Son épouse à la Philharmonie de Berlin, où Solti réalisa ces enregistrements, était Kirsten Flagstad, surdistribuée en Fricka et alors âgée de soixante-quatre ans. Elle devait mourir trois ans plus tard, mais d'autres témoignages wagnériens nous sont demeurés d'elle...

Orange

Festival d'été, Vaucluse

Les Chorégies d'Orange, le théâtre antique d'Orange, le mur d'Orange... Toute une idée d'opéra, associée à celle de festival, qui fit des soirées d'été à Orange l'un des tout premiers festivals créés en France. Nous ne parlons, bien entendu, ici, que des temps modernes. Car tout a commencé le 21 août 1869, quand trois chanteurs amoureux du gigantesque et fameux mur, décidèrent d'y briser un tabou : donner un opéra en plein air. Pour ne remonter qu'à Berlioz, encore lui, on se souviendra de ce que celui qui dirigea sa *Symphonie funèbre et triomphale*, vêtu de son uniforme de garde national à travers les rues de Paris, de la Madeleine jusqu'à la colonne de Juillet, devait en dire, en substance, en 1840 : la musique en plein air n'existe pas. À plus forte raison l'expression vocale... Et pourtant, le 21 août 1869, ces trois messieurs qui s'appelaient Anthony Réal, Félix Ripert et Alphonse Bernard, se servirent de l'occasion offerte par un comice agricole auquel tous trois appartenaient — tout un programme... — pour y donner la seule représentation qu'on y vit jamais du *Joseph*, de Méhul, une scène du *Roméo et Juliette* (pas de Gounod ni de Berlioz : de Vaccaï) et une cantate d'Anthony Réal lui-même. Mais très vite, le théâtre antique d'Orange servit surtout de plateau à quelques célèbres comédiens français qui jouèrent là, devant six à huit mille personnes, les grandes tragédies grecques. Puis, peu à peu, l'opéra revint dans les lieux. Ainsi, en 1874, une *Norma* dont on nous pardonnera d'omettre de citer ici la distribution. Dès lors, l'*Alceste* de Gluck, chantée par Felia Litvinne en 1912, ou par l'immense Germaine Lubin en 1928 et 1929. L'*Armide* de Gluck, *Iphigénie en Tauride* : c'est la carte de l'antique que l'on continuera à jouer à Orange. Il faudra attendre la Deuxième Guerre mondiale, puis 1969, pour que le théâtre antique d'Orange, déjà plus ou moins habité par l'opéra depuis un siècle, devienne un festival régulier de l'été.

Le mur d'Orange, dès lors. La gigantesque statue d'Auguste qu'on a placée dans une niche, en son centre. Un lieu privilégié entre tous pour que d'immenses foules puissent s'y réunir et communier avec une même ferveur autour de quelques-unes des œuvres majeures du répertoire lyrique.

On en a, dès lors, des grands souvenirs d'Orange. D'abord, les plus grands. *Tristan et Isolde* en 1973. *Fidelio* en 1977... Chez Wagner comme chez Beethoven, c'était Jon Vickers qui dominait le plateau, sous l'image de l'Auguste impérial tout là-haut dans sa niche. Et pourtant, lors de ce *Tristan et Isolde* fameux, la statue d'Auguste disparaissait sous une énorme toile, un linge gigantesque tendu sur le mur qui était la voile du bateau ramenant Isolde vers le roi Marc. Le mistral, ce soir-là, un 7 juillet fameux, était de ceux qui justifient les amples provisions de pull-overs, de cabans et de couvertures avec lesquelles, par certaines belles nuits d'été pourtant, il convient de prendre possession de son bout de gradin. Si fort, le mistral, cette nuit-là que, peu à peu, la grande voile au-dessus du couple de Tristan et d'Isolde (Birgit Nilsson) dans la nef du premier acte, commença à se déchirer. Et plus la musique enflait et nous transportait, plus l'acte avançait, plus la voile qui dominait Vickers et Nilsson se déchirait. On crut bien qu'elle allait les engloutir. C'était Karl Böhm qui dirigeait. Quand l'acte s'acheva, la toile tenait à un fil, nous étions littéralement bouleversé. Une autre dimension était venue s'ajouter à la musique, c'était bien celle de la mer qui environne de toutes parts les amants magnifiques.

Jon Vickers, à nouveau, dans cette production de *Fidelio*, que Pierre Jourdan a filmée. Son grand cri, « Gott ! », au tout début du deuxième acte, nous transportait de la même manière. Sa Léonore s'appelait Gundula Janowitz. C'est ce soir-là que, pour évoquer son chant, nous parlâmes — qu'on nous le pardonne ! — de « gunduler ». Mais il y a eu d'autres nuits de rêve à Orange. Un *Lohengrin*, en 1976, avec James King. Et même cette *Flûte enchantée*, de 1981, avec Barbara Hendricks en douce Pamina comme écrasée par le mur au-dessus d'elle.

Car c'est bien là le problème. Ce mur qui domine — de combien de mètres ? — le plateau qu'un metteur en scène veut créer à son pied écrase parfois tout le reste. D'où tellement de mises en scène, reconnaissons-le, simplistes, sinon indigentes... Combien de défilés de Gaulois dans Dieu sait quelle *Norma* aux allures de soldats sortis d'une bande dessinée bien connue ? Combien de triomphes d'*Aïda* aux grotesques péplums ? Combien d'opéras qu'on s'imagine solennels et grandioses, convenant parfaitement à la grandeur du mur, tout simplement parce qu'une ou deux scènes à la figuration colossale font oublier l'intimité de tout le reste ? Bien sûr, il faut que tout là-haut, au dernier rang, on sache ce qui se passe tout en bas. D'où des réalisations scéniques quelquefois schématiques. On n'a pas oublié ce Placido Domingo déguisé en Otello sautant sur un lit en forme de gâteau d'anniversaire rose bonbon ou vert pastel avant de parvenir à étrangler sa Desdémone. Et pourtant, leur chant à tous deux était admirable... Mais en dépit de ces faiblesses-là, Orange demeure Orange. Oh ! ce n'est pas le plus facile des festivals d'été à atteindre, ni le plus reposant à vivre. On se souvient d'une époque, pas totalement disparue, où garer sa voiture pas trop loin du théâtre était une entreprise qui nécessitait deux bonnes heures d'avance sur l'horaire du spectacle. Quant à vouloir prendre un café, un simple café dans un des bistrots des alentours, c'était un rêve auquel on ne devait pas songer. Tous les restaurateurs et autres cafetiers des lieux étaient prêts à vous servir mille et une « assiettes festival » et autres salades composées, steak-pommes frites ou glaces panachées, mais un simple café ? Il se trouvait que, par un curieux hasard, toutes les machines à café des gargotiers (tant pis : j'ai lâché le mot !) étaient en panne ces soirs-là. Quand on peut faire payer deux fois son prix à une salade niçoise, on ne va pas ramasser les mégots dans la soucoupe du malheureux client qui vous commande seulement un café !

Nous ne mégoterons pas, nous, sur le souffle qui traverse parfois le théâtre d'Orange. Les soirs de grand bonheur ne ressemblent à aucun autre. On a parlé du mistral, il peut être glacial, mais ce n'est pas de cet élan-là qu'il s'agit. Plutôt d'une sorte de communion, d'une manière de gigantesque entonnoir d'où monte jusqu'aux derniers gradins et au-delà un bonheur sonore sans égal qui s'appelle l'opéra. Jusqu'aux lointains hurlements des trains qui passent dans la nuit et qui, à leur manière, contribuent à ce bonheur.

Orlando

Georg Friedrich Haendel. Livret de Carlo Sigismondo Capece d'après l'Arioste

Londres, 1732

Deux noms d'amants gravés, peut-être avec un cœur, sur le tronc d'un arbre : « Verdi allori sempre unito — *Verts lauriers toujours unis* »... Angélique et Médor, l'un parmi ces quelques couples qui parsèment les récits du Tasse ou, ici, de l'Arioste. Et la folie de Roland, Orlando, l'intrépide chevalier, qui découvre soudain la vérité : qu'importe si une Isabella l'aime, lui, c'est Angélique qu'il adore ! D'où la fantastique scène de folie, l'amour fou dans tous les sens du mot, qui va secouer le paladin fameux. Deux scènes, donc, et tout est dit. Créé en 1732, l'*Orlando* de Haendel a attendu presque deux cent cinquante ans, comme d'ailleurs la plupart des chefs-d'œuvre du plus allemand des compositeurs anglais ou du plus anglais des compositeurs allemands, pour revoir le jour. À Florence, lors d'un Mai musical ; à Halle, dans le théâtre conçu par Goethe ; à Londres, avec la grande Janet Baker : depuis la fin des années 1950, cet *Orlando*-là est entré dans le répertoire universel de l'art lyrique. Charles Farncombe, qui a tant fait pour Haendel, Charles Mackerras, Richard Hickox, ont été les artisans de bien de ces reprises. En France, c'est William Christie qui en a donné une étonnante version, au Festival d'Aix-en-Provence en 1993. Robert Carsen, le lutin canadien touché par la grâce, avait inventé une mise en scène où le pauvre Orlando pataugeait dans l'eau... On riait de sa détresse, on aurait dû en pleurer...

Orlando furioso

Antonio Vivaldi. Grazzio Braccioli, d'après l'Arioste

Venise, 1727

On commence seulement à découvrir l'importance de l'apport de Vivaldi au théâtre lyrique. Ça faisait déjà longtemps qu'on savait que le prêtre roux n'avait pas seulement composé ses malheureuses *Quatre Saisons* auxquelles, dans les premiers temps du microsillon, le succès passager des disques dits « 25 centimètres », semblaient le confiner : deux « Saisons » par face et le tour était joué, on connaissait Vivaldi ! Même, l'on connaissait aussi quelques-uns de ses oratorios, *Le Messie*, bien sûr, ou la sublime *Judita triumphans*, notamment grâce au très bel enregistrement de Vittorio Negri. Mais la *Judith* en question n'était qu'un oratorio, nous ne quittions guère le domaine de la musique religieuse de Vivaldi où l'on avait quand même un peu l'habitude de s'aventurer. Créé au Teatro Sant'Angelo de Venise en 1727, *Orlando furioso* n'avait guère connu d'autre reprise avant celle du théâtre Philharmonique de Vérone, en 1978, avec Marilyn Horne. Il faut dire que l'œuvre de Vivaldi est passablement confuse. Le personnage de Roland, devenu fou de n'être pas aimé, avait déjà été mis plusieurs fois à contribution par l'opéra italien. Lully, Haendel, en avaient tiré des œuvres plus connues et le livret de Braccioli était des plus décousu. Néanmoins, nous n'avons pas oublié notre découverte de l'œuvre, lors de l'enregistrement réalisé dans la foulée des représentations de 1978. Il faut entendre Marilyn Horne y perdre l'esprit dans le rôle titre, Victoria de Los Angeles s'y montrer la plus tendre, la plus terriblement douce des angéliques et

Lucia Valentini-Terrani y chanter éperdument et magnifiquement le rôle de la magicienne Alcina, déjà croisée, elle aussi, chez Haendel et beaucoup d'autres. Cet album de trois CD, publié jadis chez Erato, constitue par son souffle et par sa qualité, une pierre blanche, incontournable, sur le chemin de la redécouverte de Vivaldi, compositeur d'opéra.

Orlando paladino

Franz Joseph Haydn. Livret de Carlo Francesco. Badini

Esterháza, 1782

Toujours l'Arioste, encore une fois *Orlando*, le preux Roland, ici le Paladin. Mais entre le Roland selon Haendel et le Roland selon Haydn, un demi-siècle, très exactement, est passé. Voilà pourquoi la comparaison des deux œuvres, sur un même thème, est passionnante. Chez Haydn comme chez Haendel, la magie est au rendez-vous. Mais Haydn est contemporain de Mozart. Quand *Don Giovanni* est un *dramma giocoso*, *Orlando paladino* est un *dramma eroicomico*. C'est-à-dire que l'héroïque et le comique s'y conjuguent et, surtout, qu'aux amours des héros répond l'amour des bergers, des bergères... Plus longue, mais aussi plus maîtrisée par le compositeur, la folie du preux chevalier découvrant que sa bien-aimée est amoureuse d'un guerrier sarrasin est contrecarrée par l'irruption sur la scène de Haydn d'une autre héroïne, très noire, celle-là, de l'Arioste : Alcina. L'enchanteresse, la magicienne, l'amoureuse aussi... C'est l'extraordinaire variété de ton, la liberté avec laquelle Haydn joue de récitatifs quasi mozartiens avec des airs et des ensembles encore prisonniers de la gangue de l'*opera seria*, qui explique comment, de tous les opéras de Haydn, son *Orlando* est probablement celui qui connut la plus grande fortune dans les salles européennes. Vingt-deux ans après sa création, *Orlando paladino* avait déjà été joué dans vingt-deux maisons d'opéra différentes, en italien comme en allemand ! On l'a redécouvert d'abord dans l'enregistrement historique qu'en fit Antal Dorati en 1974 ; puis lors d'une des belles soirées du Festival de Carpentras, dirigée en 1982 par Cyril Diederich.

Ormindo (L')

Francesco Cavalli. Livret de Giovanni Faustini

Venise, 1644

Un repère inoubliable dans notre carrière d'amateur d'opéra. Bien sûr, il y avait eu avant quelques expériences, notamment autour de Haendel. Mais Haendel écrivait plus d'un siècle après Cavalli. En fait, *L'Ormindo* de Cavalli, c'est notre première véritable rencontre avec l'opéra baroque. Et cette rencontre eut lieu dans un cadre de rêve, c'était à Glyndebourne, en 1967. Mais attention ! Les baroqueux purs et durs d'aujourd'hui et leurs disciples souvent bien aveugles font la fine bouche sur le travail, on dira même la révision, qu'en fit à l'époque Raymond Leppard. Aujourd'hui, on est sûrement plus attentif à une authenticité rigoureuse. Qu'importe ! À Glyndebourne, Leppard nous a réinventé un monde dans lequel nous sommes entré avec un bonheur que d'autres, après lui, ont su renouveler.

Créé au théâtre San Cassiano de Venise en 1644, *L'Ormindo* illustre parfaitement l'entrée du genre opéra dans la république de Venise. L'œuvre ne suit que de deux ans cette autre création majeure, que fut *Le Couronnement de Poppée*, au théâtre di Santi Giovanni e Paolo. Mais quand le modernisme de Monteverdi se révélait en partie par son choix d'un sujet historique, Cavalli et son librettiste reviennent à une histoire mythique, de fils perdu et retrouvé, d'amours impossibles qui se concrétisent pourtant. Ormindo, qui donne son nom à l'œuvre, est prince de Tunis ; Erisbe, qu'il aime, est reine du Maroc et de Fez. L'Amour, l'Harmonie, le Destin interviennent tour à tour, de même que la Fortune mais aussi des soldats, des dames d'honneur. Parfaitement serré, d'une intelligence aiguë pour l'époque, le livret n'est pas sans évoquer, d'autres l'ont souligné avant moi, rien de moins que... *Tristan et Isolde* ! C'est dire que les représentations de 1967 furent plus qu'une simple résurrection.

Orphée *(L'Orfeo, favola in musica)*

Claudio Monteverdi. Livret d'Alessandro Striggio fils

Mantoue, 1607

Attention ! On classera ici les divers *Orphée* et *Orfeo* selon l'ordre chronologique de leur composition. Il doit exister en effet, des dizaines d'opéras sur le thème d'*Orphée*. Celui, de Jacopo Peri, est le premier à nous être parvenu. Il date de 1600 (*voir* : *Euridice*). Mais très vite, Caccini, Ferrari, Belli et beaucoup d'autres vont en traiter le thème. Jusqu'à Gluck, bien sûr, en 1762. Jusqu'à Offenbach, en 1858 avec *Orphée aux Enfers*. Jusqu'à Darius Milhaud en 1926 avec *Les Malheurs d'Orphée*. Et jusqu'à beaucoup d'autres encore. Pourtant, *L'Orfeo* de Monteverdi est une œuvre à part.

Déjà en grande partie dégagée des réminiscences d'un style plus ancien que l'on trouve chez Peri, l'*Orphée* de Monteverdi — disons l'*Orfeo* — créé à Mantoue dans les appartements de Margherita Gonzaga, la veuve d'Alfonso d'Este, le 24 février 1607, constitue le premier opéra encore populaire aujourd'hui de l'histoire de la musique.

C'est avec une habileté consommée qu'après un prologue où la Musique explique aux spectateurs qu'elle va leur « conter l'histoire d'Orphée, qui attira les bêtes sauvages grâce à son chant et qui soumit l'enfer par ses prières, gloire immortelle du Pinde et de l'Hélicon... », alternent chœurs de nymphes et de bergers puis chœurs infernaux avec des personnages de chair et de cœur, Orphée et Eurydice, mais aussi des dieux, Pluton, Apollon, des allégories, telles que l'Espérance. Le résultat, c'est une œuvre d'une richesse inouïe où Monteverdi s'amuse à mélanger les styles, pastorale et descente aux Enfers. Le rôle d'Orphée domine la distribution. Il est le poète qui souffre ; l'amant désespéré ; l'homme aussi, peut-être, qui a préféré l'éternité à la femme aimée... Au-delà du style récitatif inventé à Florence chez les Bardi, Monteverdi se dégage de tout formalisme pour atteindre à une vraie grandeur dramatique et humaine. Pourtant, premier opéra de Monteverdi qui nous soit parvenu entièrement, *L'Orfeo* paraît encore très influencé par des formes antérieures, avec notamment le retour de l'intermezzo musical entre les passages chantés et aussi dans l'écriture des chœurs.

Après quelques enregistrements marqués par un moindre souci musicologique, c'est la version de Michel Corboz, réalisée à Lausanne en 1968 avec Eric Tappy qui ouvre la voie des *Orfeo* modernes au disque. Immédiatement après, Nikolaus Harnoncourt en donnera une première version en 1969, puis une seconde version en 1978 à l'Opéra de Zurich, mise en scène par Jean-Pierre Ponnelle. Cette deuxième version Ponnelle-Harnoncourt constitue le premier volet de l'une des plus époustouflantes aventures de l'opéra filmé du XXe siècle. Le DVD nous l'a restitué, on s'y référera, plus encore qu'à propos d'*Orphée*, pour *Le Retour d'Ulysse* et *Le Couronnement de Poppée*. C'est à Edimbourg qu'on a pu voir sur scène les trois opéras de Monteverdi dans la prodigieuse mise en scène de Ponnelle. Un King's Theatre de carton-pâte enchâssait une perle baroque, des amis nous entouraient : c'était une joie très pure qui nous habitait.

Orphée et Eurydice

Christoph Willibald Gluck. Livret de Ranieri de' Calzabigi [Pierre Louis Moline]

Vienne, 1762 ; Paris, 1774

Avec l'*Orphée* de Gluck, on aborde l'un des problèmes les plus épineux qui se posent à tous les directeurs d'opéras qui souhaitent monter ce que nous appellerons tout simplement... *L'Orphée* de Gluck. Car il existe, en effet, aux moins deux versions différentes de l'œuvre. L'une, sous son titre italien de *Orfeo ed Euridice* (action théâtrale en trois actes) sur un livret de Calzabigi, composée à Vienne pour

célébrer la fête de François Ier de Habsbourg-Lorraine ; puis une seconde version, connue sous son nom français de *Orphée et Eurydice*, donnée à l'Académie royale de musique à Paris sur le même livret, mais traduit par Pierre Louis Moline, toujours en trois actes, mais très sensiblement modifié. Si l'on ajoute qu'en 1859, à la demande du Théâtre-Lyrique de Paris et plus précisément de Pauline Viardot, qui devait interpréter le rôle-titre, Berlioz en arrangea une troisième version, tenant compte des deux précédentes, qui fut donnée en 1859, on comprendra le casse-tête que constitue la recherche d'une version originale et conforme à l'esprit d'un compositeur qui, entre 1762 et 1774, avait vu ses idées sur le théâtre lyrique évoluer sensiblement. Après avoir tenté de résoudre le problème en empruntant à Vienne ou à Paris ce qui leur paraissait de meilleur, la plupart des patrons de maisons d'opéra aujourd'hui font preuve de davantage de respect envers une œuvre qui se situe parmi les plus grandes de l'histoire de l'opéra, et choisissent de donner intégralement l'une ou l'autre version. On ajoutera cependant un problème qui vient encore compliquer les choses : la version de Vienne avait été créée pour castrat-alto ; celle de Paris pour ténor. Quant à Pauline Viardot, l'*Orphée* de Berlioz, elle était mezzo-soprano. D'où, là aussi, la difficulté qu'il y a à choisir le type de voix approprié à la version que l'on veut chanter. Ainsi de nos jours dispose-t-on d'enregistrements de la version de Vienne avec contre-ténor ; de la version de Paris en français avec ténor ; de la version dite Berlioz en français avec mezzo-soprano ; et de la version en italien avec mezzo-soprano. Ouf !

On nous pardonnera le pédantisme, bien réducteur, de cette présentation, mais disserter à l'infini sur les qualités respectives ou sur l'authenticité de telle ou telle version fait le bonheur des amateurs prétendus éclairés de l'*Orphée* de Gluck. Pour notre part, fort peu éclairés sans doute, nous nous bornerons à admirer sans réserve l'une ou l'autre version de ces chefs-d'œuvre, voire les mélanges contre nature qu'on a pu donner d'elles.

Le thème d'Orphée est, en effet, éternel. Des vingtaines d'opéras ont été créés autour de lui, mais trois d'entre eux sont passés à la postérité, on devrait dire à l'éternité : celui de Monteverdi et celui... d'Offenbach. Avec, entre les deux, celui de Gluck. Avec une plus grande économie de moyens dans la version de Paris, un sens dramatique plus profond, un souci de la déclamation lyrique porté à des sommets qu'un Lully avait pu entrevoir, auquel un Rameau avait presque abordé, Gluck touche au miracle. Miracle de poésie, miracle de lisibilité, miracle poignant d'intensité dramatique. Aux multiples personnages de la version de Monteverdi, en 1607, Gluck oppose deux personnages principaux, Orphée et Eurydice, un personnage secondaire, l'amour et un chœur dont l'intervention n'entrave jamais la progression dramatique. Et c'est tout.

Pour beaucoup, l'Orphée le plus évident de tout le XXe siècle fut l'immense Kathleen Ferrier. Elle ne chanta que deux rôles à la scène : Orphée est de ceux-là. Certes, l'enregistrement intégral qu'en réalisa Charles Bruck à l'Opéra d'Amsterdam en 1951 est loin de répondre aux exigences de la musicologie d'aujourd'hui. Autour de Kathleen Ferrier, le reste de la distribution, l'orchestre lui-même sont négligeables. Mais la tension dramatique qui habite la grande chanteuse, qui devait mourir deux ans plus tard, est l'une des plus bouleversantes qui soient. Ferrier dans *Orphée*, ce contralto immense et grave, c'est bien la voix du poète s'adressant, de très loin, à tous ceux, à toutes celles qui l'aiment. Quatre ans auparavant, en 1947, Kathleen Ferrier avait déjà enregistré en italien une partie du rôle d'*Orphée* : plus jeune, moins grave aussi, elle montrait combien le choix entre les deux versions s'avère difficile. Pour notre part, on se gardera d'une réduction trop simpliste et quand bien même c'est à la voix de contralto de la grande chanteuse trop tôt disparue que nous associons irrévocablement le rôle d'Orphée, nous n'oublierons pas qu'un Nicolaï Gedda, un Léopold Simoneau ont été des Orphée-ténors hors pair. Pas plus que nous traiterons par le mépris le témoignage qu'a pu nous en laisser un Dietrich Fischer-Dieskau, dans une version transposée pour baryton et dirigée par Ferenc Fricsay, qui donne du personnage d'Orphée une vision peut-être plus humaine encore et plus déchirée que celles auxquelles nous sommes habitué.

Un souvenir encore : le fond de la scène qui s'ouvrait jusqu'au flamboyant et doré foyer de la danse du Palais Garnier, dans une mise en scène de René Clair négligée par la critique mais qui marqua l'un des points forts, pourtant, du début du règne de Rolf Liebermann à Paris.

Orfeo ed Euridice, ou *L'Anima del Filosofo*

Franz Josef Haydn. Livret de Carlo Francesco Badini

Composé en 1791 ; Vienne, 1950 ; Florence, 1951

Un *Orphée* de plus. Mais un *Orphée* bien méconnu, bien curieux aussi. C'est, en fait, le dernier opéra de Haydn, apparemment jamais donné de son vivant. Le compositeur avait alors quitté Esterháza, il vivait à Londres, il découvrait la musique qu'on y donnait, s'enivrait presque à jouer avec des chœurs qu'il avait peut-être trop négligés jusque-là dans ses œuvres pour la scène. Le livret suit la légende, mais c'est par pitié et parce qu'elle est blessée qu'Orphée se retourne et regarde Eurydice. Il en mourra lui-même, déchiré par les Bacchantes. L'œuvre est belle, aux antipodes du statisme sublime de Gluck. C'est qu'il se passe beaucoup de choses dans le dernier opéra, anglais de surcroît, fût-il chanté en italien, de Haydn. Et pourtant, on ne s'y est guère intéressé. Qui se souvient vraiment, hormis les callassiens les plus fanatiques, que Maria Callas le chanta à Florence en 1951 ? Elle était Eurydice, le roi d'Athènes Créonte était chanté par Boris Christoff. Erich Kleiber dirigeait l'orchestre du Mai musical florentin. Dans la foulée pourtant, une Joan Sutherland chantera à son tour Eurydice. Mais c'est de l'Eurydice de Cecilia Bartoli que l'on veut ici parler. Son enregistrement, daté de 1997, est un véritable miracle de virtuosité et de tendresse. La fine mouche que sait si souvent bien être cette coquine de Cecilia s'y transforme ici en amoureuse émouvante. C'est Christopher Hogwood qui la dirige, on en pleurerait d'émotion.

Orphée aux Enfers

Jacques Offenbach. Livret d'Hector Crémieux et Ludovic Halévy

Paris, 1858

Et encore un ! Jusqu'à *Orphée aux Enfers*, Offenbach soutenait joyeusement sa réputation de grand amuseur public avec plusieurs dizaines d'opéras-comiques ou d'opéras bouffes, tous plus ou moins légers, parfois fort lourds, mais tous en un acte. Et soudain, voilà qu'un soir d'octobre 1858, avec un opéra bouffe en deux actes et quatre tableaux (qui deviendra une féerie à grand spectacle en quatre actes et douze tableaux en 1874), il connaît un incroyable triomphe. Des centaines de représentations, Dieu sait combien de reprises, des vraies chanteuses et des vedettes populaires comme Cora Pearl, une musique endiablée, des romances très tendres, des personnages d'une immense drôlerie : *Orphée aux Enfers* a, d'entrée de jeu, été un immense succès. En 1864, l'œuvre atteignait sa quatre centième représentation. En 1874, sa huit centième représentation. Dès 1859, elle avait été donnée à Breslau et à Prague. En 1860, à Vienne, Berlin, Bruxelles, Graz, Stockholm, Copenhague. En 1861, elle triomphe à New York, Varsovie, Saint-Pétersbourg et Budapest... Elle est l'une des œuvres les plus jouées à Buenos Aires. À Londres, elle est rebaptisée *Orphee in Haymarket*. Longtemps considérée comme une opérette pour les fêtes de fin d'année dans tous les opéras municipaux de province, des mises en scène de plus en plus neuves, de plus en plus riches aussi, de Lavelli à Jean-Louis Martinoty et à Laurent Pelly s'amusent et nous amusent à en faire découvrir de nouveaux aspects.

Comme *La Belle Hélène*, qui viendra six ans plus tard, c'est toute la mythologie classique qui est mise à mal. Mais avec quel entrain ! Plus que mise à mal : éclatée, déchirée, transformée en réjouissants oripeaux. Orphée et Euridyce se disputent comme n'importe quel mari et femme, rien ne va plus non plus au sommet du mont Olympe, Euridyce s'ennuie en enfer, Jupiter s'intéresse à elle, c'est finalement Bacchus qui emporte le (beau) morceau ! Près d'une douzaine d'enregistrements témoignent de l'évolution d'une tradition, depuis les joyeusetés sans complexe du Concert Lamoureux en 1953, jusqu'aux feux d'artifice d'un Marc Minkowski, avec une Eurydice qui s'appelle Natalie Dessay entraînant dans sa foulée Patricia Petitbon, Véronique Gens, Yann Beuron, Jean-Paul Fouchécourt, Laurent Naouri et Jennifer Smith. Pardon pour ceux qu'on aura oubliés, mais chacun d'eux, qui sont parmi les plus prometteurs du chant français d'aujourd'hui, semble s'amuser autant que nous et qu'Offenbach lui-même en fixant pour une longue éternité, n'en doutons pas, les mesures précises, calculées dans le délire, de ce qui deviendra le french-cancan. Il existe un superbe DVD de la version Minkowski, qu'on ne saurait trop recommander aux amateurs de péplums au cinéma qui voudraient bien voir les demoiselles autrement qu'en toge romaine !

Otello

Gioacchino Rossini. Livret de Francesco Maria Berio di Salsa

Naples, 1816

L'autre *Otello*, et le premier pourtant. Celui qui, pendant près de soixante-dix ans, un bon demi-siècle en tout cas, fit trembler de bonheur et d'émotion le public du monde entier. C'est l'Air du « Saule » de cet *Otello*-là que chanta divinement la Malibran et qu'après sa mort, sa sœur Pauline Viardot reprit à son tour. L'air du « Saule » était une manière de chant de ralliement pour toute l'école romantique. La Malibran, Viardot ?, mais ce sont toutes les grandes chanteuses du XIXe siècle qui se sont affrontées et enchantées avec le rôle de Desdémone. Isabella Colbran, qui devait épouser Rossini, l'a créé, la Pasta l'a chanté pour la première fois au Théâtre-Italien de Paris avec Manuel Garcia, le père précisément de la Malibran. On chantait l'air du « Saule » dans les salons, on mourait presque avec allégresse sous le poignard du Maure de Venise sur toutes les scènes du monde. La légende veut que Maria Malibran, encore elle, ait d'ailleurs failli réellement périr poignardée par un Otello qui s'était saisi d'un véritable couteau au lieu d'une dague de spectacle. Le nom du chanteur qui commit cet impair ? Eh bien, c'était précisément Manuel Garcia, le père de Maria, celui qui la battit comme plâtre pour lui apprendre à chanter. Acte manqué ? La légende, toujours elle, veut que, brouillés avant cette soirée qui faillit tourner mal, le père et la fille se soient réconciliés en scène, un baiser passionné derrière le rideau tombé : on voyait les pieds des chanteurs unis, si l'on ose dire... dans une étreinte familiale.

Puis l'*Otello* de Verdi est venu. Et du coup, celui de Rossini a été relégué aux oubliettes, ou presque. Il faut dire que, musique admirable, c'était aussi un opéra admirablement difficile à chanter. Pas moins de cinq ténors dans la distribution puisque Iago lui-même, le rôle le plus noir qui soit peut-être dans l'histoire de l'opéra, est aussi un rôle de ténor. Et il se trouve difficilement de nos jours des distributions capables de faire face aux exigences de ces cinq rôles. L'un des premiers enregistrements réalisés de l'œuvre, à la fin des années 1970, l'a été avec un José Carreras d'une tenue vocale admirable. Sa Desdémone était Frederika von Stade. Le rôle d'Elmiro, père de l'épouse du Maure, seul rôle plus sombre de la partition, était tenu par Samuel Ramey. Et nous ne sommes pas près d'oublier cet enregistrement réalisé à Londres dans un lointain studio, auquel nous fûmes invité par la firme Philips, qui le publia peu après. En effet, toute une équipe de journalistes était venue de Paris, c'était presque un événement mondain. Et ces journalistes, dans le fond de la salle, se firent si bien remarquer que le formidable Samuel Ramey, alors dans la fleur de sa jeunesse, s'arrêta au milieu d'un air pour les foudroyer de son silence.

Otello

Verdi. Livret d'Arrigo Boito, d'après Shakespeare

1887

Le deuxième *Otello* de l'histoire de l'opéra à son zénith. En fait, les deux derniers opéras de Verdi, *Otello* et *Falstaff*, constituent le plus formidable des testaments musicaux. Lorsque l'œuvre est créée à la Scala, Verdi a alors soixante-quatorze ans. C'est un patriarche universellement respecté mais vénéré dans son propre pays comme une sorte de demi-dieu. Cela fait déjà six ans qu'il a donné *Aïda*, qui renoue indirectement avec les sujets politiques de sa jeunesse et de sa maturité. Puis il s'est tu, et voilà qu'*Otello* éclate. Bien sûr, il y a eu avant lui l'*Otello* de Rossini, dont le succès fut sans pareil dans l'Europe romantique. Et pourtant, le chef-d'œuvre de Verdi a relégué le belcantisme fervent de Rossini aux oubliettes. Lorsqu'on parle aujourd'hui de l'air du « Saule », qui enchanta dans sa version rossinienne des milliers de spectateurs, c'est naturellement à celui de Verdi que l'on pense. Pire ou mieux ? La discographie de l'*Otello* de Rossini est bien maigre, celle de celui de Verdi pléthorique. Et pourtant (voir plus haut !) la Malibran, sa sœur Pauline Viardot chantaient divinement l'air du « Saule » de Rossini...

Toute sa vie, Verdi n'a cessé de jouer avec l'idée d'aller voir du côté de Shakespeare et de faire toujours un peu mieux. Ses réussites passées, dont la plus éclatante était jusque-là *Macbeth*, sont pourtant peu de chose face à la perfection absolue du drame intense et violent qu'est *Otello*. Osera-t-on le dire ? Le livret de Arrigo Boito nous paraît plus solide dans son articulation dramatique que la pièce de Shakespeare elle-même ! Je sais, je blasphème... Et pourtant ! Et pourtant, l'idée géniale qui fut celle du librettiste de supprimer le premier acte de la tragédie shakespearienne, qui se déroule entièrement à Venise, pour transporter d'entrée de jeu l'action à Chypre, dont Otello est le commandant pour la république de Venise, donne une étonnante cohérence à l'ensemble de l'œuvre. L'acte vénitien n'est, dès lors, plus qu'évoqué au cours du premier acte de l'opéra, tandis que l'action se recentre très vite autour du trio fatal : Othello, devenu Otello, Desdémone et Iago. Dès lors, la mécanique parfaitement huilée de l'intrigue se déroule avec une rigueur implacable.

On fera grâce aux lecteurs du résumé d'une histoire de jalousie presque entrée dans la légende universelle. Le Maure Otello, qui a épousé la douce Desdémone vénitienne au grand dam de bien des patriciens de la Sérénissime République, est un général victorieux. L'œuvre s'ouvre par les vivats qui acclament sa victoire sur les Turcs. Mais Otello est aussi, et peut-être surtout, un mari jaloux. C'est, d'ailleurs, cette triste qualité qui fera passer son nom à la postérité... Parce que son ami Iago est furieux d'avoir vu nommer capitaine à sa place le jeune et beau Cassio, il va peu à peu attiser la jalousie du Maure, en lui faisant croire que la blonde Desdémone a peut-être quelque tendresse pour le nouveau promu. Une rixe provoquée, un mouchoir volé et la naïveté de Desdémone font le reste : ivre de jalousie, son mari la tuera sur le lit conjugal.

Il faut le redire, le livret constitue un mécanisme d'horlogerie d'une rigueur insurpassée. À l'immense duo d'amour qui clôt le premier acte — le mari et la femme, amants éblouis, ne peuvent résister à se donner « Un bacio... Ancora un bacio », un baiser, un baiser encore — succède dès le deuxième acte, le terrible air de Iago, génie machiavélique qui énonce avec une froide sérénité ce qui constitue pour lui un véritable credo : il croit en un dieu cruel, il est un scélérat parce qu'il est un homme, il ne croit pas à l'homme juste, l'homme n'est qu'un jouet pour le sort, inique de son berceau à sa tombe. Et après ? interroge Iago : après ? La mort. « La morte é il nulla ». La mort est le néant. Les accents des plus extraordinaires barytons qui ont pu se succéder dans ce rôle d'une noirceur inouïe vous font froid dans le dos. Quand au quatrième acte, il constitue un dénouement idéalement tragique dans lequel, après la douce tristesse d'une Desdémone qui se couche en chantant le fameux air du « Saule », la berceuse que lui chantait sa nourrice Barbara, puis qui confie son âme à Dieu en un « Ave Maria » élégiaque, la violence inonde d'un coup la scène et l'orchestre. La fureur d'Otello est terrible, mais sa douleur est au moins aussi forte. Dès lors, c'est la scène du meurtre, suivie de la révélation de l'innocence de Desdémone et de la mort d'Otello lui-même, qui se poignarde en suppliant encore l'épouse assassinée de lui donner « un bacio... un bacio ancore... un altro bacio ».

Dans *Otello*, les airs séparés des opéras de jeunesse ont fait place à une ligne musicale continue, qui annonce mais dépasse déjà ce que sera le vérisme à venir. S'il fallait choisir, c'est plutôt du côté de Wagner qu'on se trouve à présent que de celui du pauvre Rossini dont l'*Otello* s'éloigne si vite. Dieu merci, Rossini, on le retrouvera...

Le rôle d'Otello lui-même constitue pour beaucoup de ténors une manière d'aboutissement. C'est qu'on ne se frotte pas trop vite à ce rôle formidable. La puissance qu'il exige est peut-être comparable à celle du Manrico du *Trouvère*, mais son intensité dramatique est bien autre. Pour les vrais *happy few*, une carrière de ténor culmine avec les deux rôles de Tristan et d'Otello. Le créateur du rôle, Francesco Tamagno, était à coup sûr le plus grand « tenore di forza » de son époque. Au milieu du XXe siècle, un Ramon Vinay, un Lauritz Melchior, wagnérien peut-être un peu trop parfait pour le rôle, un Max Lorenz, un Mario Del Monaco en constituèrent des incarnations idéales. Au tout début du XXIe siècle, c'est encore Placido Domingo qui reste l'Otello idéal. Mais à côté d'Otello, il y a aussi, et peut-être surtout, Iago. À la Scala comme à Paris, c'est Victor Maurel qui a créé le rôle. Lawrence Tibbett dans l'Amérique des années 1930, Tito Gobbi dans les années 1950 et les années 1960, Gabriel Bacquier en France ont été de redoutables Iago. Quant à la douce et tendre Desdémone, toutes, absolument toutes ces dames se sont frottées au rôle. Dès 1899, Arturo Toscanini dirigeait l'œuvre à la Scala. L'enregistrement qu'il en a laissé en 1947, près d'un demi-siècle plus tard, constitue une manière de testament inoubliable. Celui de Tullio Serafin, qui date de 1960, offre une interprétation hors pair avec Jon Vickers, aux formidables raucités dans la voix mais à l'élan tragique insurpassé, à côté du noir Tito Gobbi et de la rayonnante Leonie Rysanek, qui passait si parfaitement de l'opéra allemand à l'opéra italien.

On terminera sur une note moins sérieuse en se rappelant une mise en scène absurde du Festival d'Orange, en 1975, où le même Jon Vickers, déchirant, déchiré, semblait gambader sur un lit vert amande et parfaitement circulaire pour tenter d'étrangler sa Desdémone de Teresa Zylis-Gara. Le mistral qui soulevait les voiles de l'infortunée épouse du Maure nous glaçait pourtant trop pour que nous puissions franchement en rire.

Otter, Anne-Sofie von (née en 1955)

Mezzo-soprano suédoise

Près de cinquante ans à l'heure où nous écrivons ces lignes : Anne-Sofie von Otter nous paraît pourtant toujours cette très jeune femme que nous découvrîmes un soir de bonheur, à Aix-en-Provence, dans *La Finta Giardiniera* de Mozart. Longue infiniment, très blonde, les cheveux généralement courts, le visage rayonnant d'une jeune vierge guerrière, Anne-Sofie von Otter a chanté tous les rôles que nous aimons, en particulier ces travestis fameux qui, Chérubin, Idamante, Sesto, entretiennent entre eux, leurs rôles et elle-même, une si superbe ambiguïté. Que dire, dès lors, de son Compositeur, dans *Ariane à Naxos* et surtout de son Octavian, dans *Le Chevalier à la rose*, sinon qu'elle y est parfaite de naturel, d'élégance un peu maladroite ? On a pu la voir au Châtelet chanter souverainement Gluck, mis en scène par Robert Wilson. Là aussi, sa beauté vocale comme son apparence physique nous ont bouleversé. On ajoutera qu'elle a également créé en Suède un opéra sur un livret de la belle et grande poétesse suédoise qui lui ressemble, Katarina Frostensen.

Otto, Lisa (née en 1919)
Soprano allemande

La soubrette par excellence, mise à toutes les sauces dans tant d'enregistrements d'opéras que nous en avons perdu le compte. Une voix à peine acide, futée comme pas deux, Lisa Otto plaisait beaucoup à Karajan. Elle fut entre autres sa Despina, mais on l'a entendue aussi en Marceline, en Sophie du *Chevalier à la rose* et en Blondchen de *L'Enlèvement au sérail*. On osera dire qu'on la confond parfois avec Lucia Popp — on a bien tort ! — de vingt ans sa cadette, qui a été, une immense Reine de la nuit. Les maisons de disques qui publient indifféremment rééditions après rééditions sont pour beaucoup dans ce genre de confusion.

Oustrac, Stéphanie d' (née en 1974)
Mezzo-soprano française

Parce qu'elle fut d'une drôlerie incroyable dans un petit rôle de *La Belle Hélène* montée au Châtelet par Robert Carsen, Stéphanie d'Oustrac est entrée en force dans nos vies d'amateurs d'opéra. Il serait un peu vain de résumer sa carrière auparavant, car c'est seulement en 1998 qu'elle est sortie du Conservatoire national supérieur de Lyon. Pourtant, la même année, elle était la Médée du *Thésée* de Lully monté par William Christie à l'Académie d'Ambronay. Très vite, elle chantait encore Lully à l'Opéra-Comique (*Les Métamorphoses de Psyché*) puis elle participait à la trilogie des opéras de Monteverdi dirigée par Jean-Claude Malgoire en 2000. Mais surtout, on la redécouvrait, en somme, dans *Le Retour d'Ulysse*, de Monteverdi, à Aix-en-Provence pendant l'été 2000. Stéphanie d'Oustrac n'a pas joué la carte de la facilité lorsque, la même année, elle a choisi de chanter Enesco ou Jean Françaix et Gabriel Pierné lors du récital qu'elle a donné à la Bibliothèque nationale de France autour de poèmes de Clément Marot.

Owen Wingrave

Benjamin Britten. Myfanwy Piper, d'après Henry James

Londres, 1973

Après *Le Tour d'écrou*, la seconde œuvre de Britten directement empruntée à Henry James. Comme dans *Le Tour d'écrou*, c'est l'atmosphère fantastique, le non-expliqué et le non-dit qui ont fasciné le compositeur. Ici le livret, qui suit de très près la nouvelle, est d'une telle limpidité que c'est cette simplicité même qui en fait l'intensité dramatique. Élevé par des femmes, le jeune Owen Wingrave est le dernier rejeton d'une dynastie de militaires. Méditatif et solitaire, Owen ne veut à aucun prix suivre la lignée familiale. Dès la première scène, il se révèle, en outre, pacifiste, désabusé. Chacun, autour de lui, s'efforce de le faire revenir sur sa décision, jusqu'à sa fiancée, la pas si douce que cela Kate. Au milieu de toutes ces femmes, c'est son général de grand-père, sir Philip Wingrave, qui fait naturellement preuve de plus d'énergie, allant jusqu'à menacer de le renier et de le déshériter.

Dans le même temps plane sur la famille Wingrave un sombre mystère. Il existe en effet dans la maison une chambre considérée comme hantée dans laquelle mourut, précisément, un jeune Wingrave, battu mortellement par son père parce qu'il refusait de répondre au défi d'un camarade. Passer une nuit dans la chambre en question peut signifier, pour les Wingrave de la génération actuelle, accepter l'idée de la mort. Pour bien montrer que ce n'est pas par lâcheté qu'il refuse la carrière militaire, Owen Wingrave accepte de s'y laisser enfermer par sa fiancée, dont la cruauté féminine donne à la fin de l'œuvre des reflets d'une lumière froide parfaitement sinistre. Et ce que l'on pouvait imaginer se produit : on découvre au matin le corps d'Owen mort dans la chambre fatale.

Contrairement au *Tour d'écrou*, qui raconte une histoire admirablement ficelée, avec un fantôme, deux véritables fantômes, *Owen Wingrave* est, au départ, un sujet beaucoup plus ambigu. Tout l'art de Britten a été de lui appliquer quelques-uns de ses thèmes de réflexion favoris. À sa manière, Owen est d'une rare innocence, opprimé qu'il est par une famille toute-puissante et qui ne le comprend pas. Comme Peter Grimes un quart de siècle plus tôt, il ne trouvera de salut que dans la rupture avec ce monde — mais aussi dans la mort. Le fait que l'œuvre ait d'abord été un film produit par la BBC permet de mieux fouiller la psychologie de chacun des membres de cette famille à proprement parler dangereuse. Hélas, peu de spectateurs ont pu avoir accès au film original, dans lequel Janet Baker devait être une Kate d'une implacable rigueur. Contrairement à la plupart des héros de Britten, le rôle d'Owen a été écrit pour un baryton et non pour un ténor. Ainsi donc Peter Pears, le compagnon de toujours de Britten, chante-t-il seulement, dans les premières versions sur scène et au disque, le rôle d'un narrateur et surtout celui du grand-père, sir Philip, d'une sévérité presque douloureuse avec son petit-fils.

Owen Wingrave a peu été donné dans le monde. Les reprises en sont rares, mais c'est une œuvre rare, d'une formidable épaisseur théâtrale, qu'il importe de mieux connaître et de mieux faire connaître.

Paillasse *(I Pagliacci)*
Ruggero Leoncavallo. Livret du compositeur
Milan, 1892

En un temps bien lointain où le bon public ignorait vertueusement l'opéra et se pâmait au théâtre de boulevard (pourquoi pas ?) comme devant le néo-brechtisme pur et dur de la décentralisation théâtrale — c'était il y a une trentaine d'années —, *Paillasse* était, pour tous ces braves gens, le summum du ridicule. Quasiment contemporain de *Cavalleria rusticana*, qui n'est que de deux ans son aînée, *I Pagliacci*, connu en France comme *Paillasse* — avec son air fameux pour ténors désireux de montrer qu'ils peuvent chanter avec des sanglots dans la voix : « Ris donc, Paillasse » — partage généralement l'affiche avec l'opéra de Mascagni. Une production fameuse de Zefirelli, à Covent Garden, pousse même le vérisme, dont Leoncavallo est l'un des plus ardents champions, jusqu'à donner les deux œuvres dans un seul décor, avec les mêmes figurants, comme étant en somme deux tragédies paysannes successivement arrivées dans le même village.

Car, comme *Cavalleria rusticana*, *Paillasse* est une œuvre rude, qui veut faire peuple et qui se déroule dans un milieu de paysans. Seulement, chez Leoncavallo, on y trouve aussi propulsée une troupe de comédiens ambulants. Ce sont précisément les *Paillasses*. Le chef de la troupe, Canio est marié à Nedda, amoureuse d'un paysan du cru, Silvio, qui profite de chacun des passages de la troupe pour retrouver en cachette celle qu'il aime. Mais intervient un quatrième personnage, Tonio, membre lui aussi de la troupe et amoureux sans espoir de Nedda. C'est lui qui dénoncera donc à Canio la liaison des deux amants. Canio veut déjà, une première fois, poignarder le jeune paysan, mais c'est l'heure du spectacle — *the show must go on* ! Alors, ce sera pendant le spectacle que le drame va se précipiter. Dans l'air célèbre « Vesti la giubba », Canio achève de passer son costume de Pierrot triste et de se maquiller avant de lancer son « Ris donc, Paillasse ! ». Mais la comédie qu'il joue sur des tréteaux de bois est trop proche de la réalité et c'est au milieu de la pièce que Canio commettra bel et bien dans la réalité le double meurtre qu'il aurait dû seulement jouer. Tour à tour Nedda et Silvio tomberont sous son poignard avant que, s'adressant au public, il annonce d'une voix funèbre que « La commedia è finita ! ».

Le théâtre dans le théâtre, c'est là le ressort dramatique imaginé par un Leoncavallo à la fois compositeur et librettiste. D'ailleurs, l'œuvre elle-même s'ouvre par une intervention de Tonio, le clown qui deviendra le traître, qui apparaît devant le rideau de scène aux vrais spectateurs de l'opéra pour leur dire qu'entre théâtre et réalité, il n'y a de place que pour une même émotion.

Naturellement, le discrédit qu'a progressivement connu le vérisme de *Cavalleria rusticana* s'est peu à peu étendu à *Paillasse*. Pourtant, le rôle même de Paillasse demeure l'un des plus célèbres de l'histoire de l'opéra. Bien sûr, il faut savoir sangloter en chantant, mais ces mouvements plus ou moins bien contrôlés de la glotte furent longtemps la pierre de touche d'un chant bien-aimé du public. Tous les grands ténors du monde, absolument tous depuis la création de l'œuvre, l'ont chanté, leur « Vesti la giubba ». La liste des enregistrements acoustiques commence en 1902 et ne comprend pas moins de cent vingt-huit versions répertoriées jusqu'en 1927, de A à Z, d'Albani à Zonghi. Caruso, Gigli y firent merveille. Jusqu'à une date récente, quelques-uns des plus formidables ténors de leur temps se plurent aussi à rire dans leurs larmes. Au premier chef, on citera le grand Jon Vickers, qui joua à la perfection les monstres sacrés. Et quand bien même on a pu faire la fine bouche sur l'enregistrement réalisé en 1954 par Tullio Serafin avec un Di Stefano peut-être insuffisant et un Gobbi en mauvaise voix, la Maria Callas qui chanta alors le rôle de Nedda, pas forcément en meilleure voix pourtant que ses deux partenaires, continue à nous ravir, en imitant dans son grand air du premier acte le chant des oiseaux.

Et c'est tout de même Toscanini qui a dirigé la première de *Paillasse*...

Parsifal

Richard Wagner. Livret de l'auteur

Bayreuth, 1882

Il est trop facile, bien sûr, de résumer *Parsifal* en quelques formules passe-partout. C'est le dernier opéra de Wagner ? C'est son testament musical ? Mais non ! Ce n'est pas un opéra, c'est une cérémonie religieuse, une grand-messe... D'abord, tous ceux qui l'ont vu à Bayreuth, et parfois ailleurs, savent bien que ce n'est pas d'un opéra comme les autres qu'il s'agit puisque, à la fin du premier acte, tandis que le jeune Parsifal, ébahi, assiste pour la première fois à la cérémonie du Graal et que le rideau tombe lentement, le public averti sait qu'il ne faut pas applaudir. Ce n'était pas du théâtre, c'était la religion wagnérienne dans son mélange de christianisme mystique, de légendaire celtique, de longs cheminements de l'homme ordinaire vers la rédemption qui vient de se jouer sur la scène. Et si jamais le terme de cathédrale a pu être appliqué au Festspielhaus de la colline sacrée, c'est bien à propos de *Parsifal* qu'il convient le mieux. D'ailleurs, Wagner l'a lui-même écrit, en tête de sa partition, *Parsifal*, c'est « Ein Bühnenweihfestspiel : un festival scénique sacré ». Notez d'ailleurs au passage la précision « Ein » : un, qui achève de démontrer l'unicité de cette œuvre sans égale créée à Bayreuth le 26 juillet 1882, un an avant la mort du maître. Quel autre compositeur aurait eu l'idée de préciser, en sous-titre d'une œuvre, qu'il s'agissait d'« *un* opéra lyrique » ou d'*uno dramma giocoso* ? Il est en tout cas certain que, dès 1845, composant son *Parsifal* après la lecture des poèmes de Wolfram von Eschenbach, l'idée de réfléchir à la légende du Graal s'imposa à lui. *Lohengrin*, créé à Weimar en 1850, en constituait une première approche. Mais Wagner voulait aller plus loin. Une légende, pieusement entretenue par lui, veut que ce soit le vendredi saint, deux jours avant la fête de Pâques de 1857, qu'il ait noté sur le papier les premières idées de ce qui serait le livret de *Parsifal*. Mais c'est seulement en 1865, puis en 1877, qu'une première version complète du texte, bientôt suivie d'une seconde, virent le jour. Immédiatement après, Wagner s'est attaqué à la musique, achevée au printemps 1879. Suivit alors la première représentation, fameuse dans l'histoire de la musique, du 28 juillet 1882 à Bayreuth, destinée aux seuls membres de la Société d'amis qui s'était constituée autour du compositeur et de son festival. Le même été, il y eut encore quatorze représentations. À peu près chaque année, *Parsifal* sera ensuite à l'affiche du Festival de Bayreuth. À sa mort, Wagner avait laissé des volontés très strictes. Pendant trente ans, *Parsifal* ne devait pas être représenté ailleurs qu'à Bayreuth. C'est dire, une fois de plus, le caractère exceptionnel, à proprement dire sacré, on y revient, de ce testament musical et intellectuel. Avec l'accord de la famille du compositeur, on montera néanmoins *Parsifal* à Munich en 1884 et 1885, pour le seul bénéfice du roi Louis II de Bavière, le mécène absolu. Puis, en arguant du fait qu'il ne s'agira que de représentations de concerts, on donnera encore l'œuvre à Londres en 1884, à New York en 1886, à Boston en 1891 et à Amsterdam en 1896. Ce sera enfin le Metropolitan Opera de New

York qui, vingt et un ans et non pas trente après la soirée du 26 juillet 1882, décidera de passer outre le testament peut-être aussi économique et financier du maître, et de donner l'œuvre non pas un vendredi saint, mais une veille de Noël !

Le livret, ou plutôt le poème de Wagner, constitue une manière de libre interprétation des textes de Wolfram von Eschenbach et de la légende du Graal. Titurel, le vieux roi du royaume du Graal, va mourir. Il a passé la main à son fils, Amfortas. Mais celui-ci a péché, séduit par Kundry, un esprit du mal — bien émouvant d'ailleurs, on le verra... —, envoyé par le magicien Klingsor pour détruire l'ordre du Graal.

Klingsor est le seul personnage réellement maléfique de l'œuvre. Il n'apparaît qu'au second acte, il est le pécheur par excellence : celui qui a connu la vérité et qui n'a pas su la vivre. Sachant qu'il ne saurait résister à la chasteté qu'impose l'ordre du Graal, Klingsor a porté atteinte, de sa propre main, à son propre corps. Mais loin d'atteindre la béatitude des saints, il a, par cela même, rejoint le royaume du mal. Il n'a, dès lors, qu'une obsession, détruire ceux qui n'ont pas fait comme lui.

Au début de l'œuvre, Amfortas, blessé d'une plaie que nul ne peut guérir, est porté jusqu'à une source miraculeuse qui, parfois, apaise ses douleurs. Dans le même temps, Kundry, une femme qui a osé rire lorsqu'elle a vu passer le Christ sur le Chemin de Croix, tente par tous les moyens, humblement, de réparer sa faute en allant chercher à l'autre bout du monde les philtres miraculeux. Mais rien n'y fait, et Amfortas semble bien près de ne plus pouvoir célébrer le sacrifice du Graal, la messe donc, qui seule assure la survie des chevaliers qui l'entourent. On se souviendra de la Freia de *L'Or du Rhin*, dont les pommes magiques, et bien païennes celles-là, sont, de même que la communion au Graal, l'unique moyen pour les dieux de ne pas connaître leur crépuscule... Et voilà qu'au milieu de la cérémonie que représente chaque jour le bain d'Amfortas, surgit un jeune innocent, c'est Parsifal. Il a tué un cygne sans savoir qu'au royaume du Graal, nul n'a le droit de tuer. L'un des plus vieux chevaliers du Graal, Gurnemanz, tente de le raisonner, puis il se demande si le jeune homme ne serait pas le sauveur que tous attendent. Tous deux emboîtent donc le pas au cortège qui conduit Amfortas dans la salle où, devant tous les chevaliers réunis, est célébrée la cérémonie du Graal. Mais Parsifal ne se rend compte de rien, il est renvoyé à ses jeux et à ses chasses dans la forêt. Fin de l'acte, la messe est dite : que nul n'applaudisse, donc !

Le deuxième acte se déroule au royaume de Klingsor. Celui-ci rassemble les Filles-fleurs qui sont autant de tentatrices dont la mission est de corrompre les purs chevaliers. Parmi elles, Kundry, revenue auprès de son ancien maître, joue un rôle particulier. C'est elle que Klingsor charge de séduire un jeune homme qui s'approche, innocent comme au premier acte, Parsifal. Le magicien a deviné le danger que le trop pur adolescent représente pour lui. Après s'être joué des Filles-fleurs, Parsifal est sur le point d'écouter le discours enjôleur de Kundry. Mais dans son esprit encore confus, l'amour charnel et l'amour maternel se confondent. Kundry va prononcer son véritable nom, qu'il ignorait : Parsifal. Elle dira aussi le nom de sa mère, et les yeux du garçon s'ouvriront. Il rejettera l'amour charnel, enveloppant puis désespéré de Kundry, refusera les tentations de Klingsor. La main de Dieu arrêtera la lance par laquelle le magicien veut se débarrasser de lui et le royaume de Klingsor, comme celui de Wotan à la fin du *Crépuscule des dieux*, sombrera, avec ses Filles-fleurs et ses artifices.

Le troisième acte se déroule le vendredi saint. Le royaume du Graal est dans l'affliction. Titurel, le vieux roi, a fini par mourir. Amfortas, dont rien ne peut guérir la blessure, ne peut plus célébrer le sacrifice. Gurnemanz, qui domine tout ce troisième acte, vit et prie dans la douleur aux côtés d'une Kundry revenue vers lui qui ne prononcera, de toute cette dernière partie, qu'un seul mot, « servir ». C'est alors que surgit un cavalier armé, alors même, on s'en souvient, qu'on ne peut ni tuer ni même porter une arme au royaume du Graal. Mais Gurnemanz va bientôt le reconnaître, c'est Parsifal, qui a voyagé longtemps, accomplissant un long pèlerinage vers la rédemption. Suit la scène de l'Enchantement du vendredi saint, restée fameuse dans l'histoire de la musique, voire de la littérature puisque Marcel Proust y aurait emprunté des éléments de sa Sonate de Vinteuil, hymne à l'amour de Swann et d'Odette dans *Du côté de chez Swann*. Toute la nature s'éveille, Gurnemanz chante ce renouveau en l'un des plus beaux monologues de l'histoire de l'opéra. Puis, suivi de Parsifal, il retrouve la salle où l'on célèbre le mystère du Graal, et c'est Parsifal qui, cette fois, aura les gestes sacramentels...

On a voulu, peut-être un peu trop longuement, résumer la longue action, sinon absence d'action, de cette œuvre sans pareille dans laquelle, comme tout au long de *Tristan et Isolde*, c'est la musique et l'orchestre qui enveloppent les personnages du réseau serré de ces thèmes. Dans la *Tétralogie*, les leitmotive jouent en quelque sorte le rôle-moteur. Dans *Parsifal* comme dans *Tristan*, ils désignent moins les personnages et une action, qu'ils ne participent à l'émotion de chacun, au premier chef des acteurs du drame, mais aussi des spectateurs, dans la salle. Ou, aujourd'hui, des auditeurs de disques. C'est un flot musical ininterrompu qui envahit, qui pénètre, qui envoûte. Dans une pièce anglaise qui connut une gloire éphémère sur les scènes londoniennes dans les années 1970 et dont il faudra bien un jour retrouver le titre, le personnage principal est un professeur d'Oxford ou de Cambridge dont le bonheur consiste à s'installer tranquillement dans un fauteuil et à écouter le prélude du premier acte de *Parsifal*... Il n'y parviendra jamais, la trivialité de ce qui se passe sur scène, voire rien de moins que le suicide de l'un de ses étudiants, venant sans cesse l'empêcher de jouir en solitaire d'une messe dite pour tous. Autre rapprochement, que l'on ne manque pas de faire de nos jours, entre les chevaliers du Graal et, plus ambigus encore, les sinistres chevaliers de sectes plus sinistres encore. Le manteau blanc frappé du signe du Christ évoque peut-être celui des Chevaliers teutoniques lancés en d'autres temps à la conquête des terres du nord ; mais aussi, plus précisément aujourd'hui, la triste mascarade de faux chevaliers illuminés de Dieu sait quel ordre d'un temple dit solaire entraînant sans remords leurs disciples vers la mort — tandis que c'est la vie que proposent Parsifal, Gurnemanz et les chevaliers du Graal.

À chaque représentation, à chaque audition de *Parsifal*, l'accent semble souvent mis sur un personnage différent. Pour beaucoup, c'est naturellement l'orchestre, et son chef, qui jouent, voire chantent le rôle essentiel. C'est avec émotion, bien sûr, que l'on évoque les grandes reprises à Bayreuth sous la direction de Hans Knappertsbusch ou des Français André Cluytens et surtout Pierre Boulez, à la tête, en 1966, d'une distribution de rêve, avec Sándor Konya, Astrid Varnay, Hans Hotter. Boulez a dirigé à nouveau *Parsifal* à Bayreuth en 2004. Mais on n'oubliera pas qu'avant eux, un Furtwängler, un Toscanini, un Richard Strauss dirigèrent aussi le « festival scénique sacré » sur la verte colline. On n'oubliera pas non plus, hélas, qu'à l'exception peut-être de Karajan, nul n'a su nous donner l'émotion d'un Knappertsbusch.

Restent les interprètes des principaux rôles. Dans la plupart des productions, c'est Gurnemanz, le prêtre tour à tour résigné et incantatoire, qui s'avance sur le devant de la scène. Là aussi, quelques silhouettes se détachent dans nos mémoires. Dont, naturellement, et encore une fois, Hans Hotter. Tardivement enregistré au Met de New York en 1954, Hotter nous a laissé néanmoins la mesure de ce qu'il savait faire. Et ce n'est pas tout : on le retrouve encore huit, dix ans plus tard à Bayreuth, à peu près égal à lui-même. Avec lui, le rôle de Gurnemanz atteint à la mystique d'un chant pur, véritablement, cette fois, élégiaque.

Le rôle d'Amfortas est plus court, Hotter l'a chanté aussi, aujourd'hui un Thomas Hampson lui donne une dimension poétique et douloureuse sans pareille.

Quant aux Kundry, pécheresses repenties que le mal veut reprendre, certaines d'entre elles sont pour nous légendaires. Martha Mödl, bien sûr, mais aussi Leonie Rysanek, jusqu'à Gwyneth Jones en passant, naturellement, par Régine Crespin, qui fut la Kundry idéale de Knappertsbusch dans les années 1950. Aujourd'hui, cette fonction semble dévolue, pour quelque temps encore, à Waltraud Meier, au physique de tragédienne.

Reste le rôle, parfois ingrat, de Parsifal. C'est un rôle en réalité très court, même si c'est lui qui donne son nom au Festival sacré. Parsifal possède, avec un art consommé, le don de savoir écouter les autres chanter. Aujourd'hui, Placido Domingo fait mieux que cela, et puis il attire les foules. Récemment, à l'Opéra-Bastille, on n'allait pas écouter *Parsifal*, on allait écouter Domingo... C'est tout dire ! Nous nous souviendrons quand même de Lauritz Melchior, de Jon Vickers, naturellement, de James King. Quelques-unes de nos amies évoquent avec émotion René Kollo ou Peter Hofmann, parce qu'ils étaient jolis garçons ! Après tout, la sainte Lucie peinte dans son extase mystique par Tiepolo dans une église de Venise semble bien la trouver, cette extase, par la main du prêtre qui lui tend l'hostie... N'oublions pas que *Parsifal* est « une scène sacrée »...

Pasta, Giuditta (1797-1865)

Soprano italienne

Encore une légende... D'un peu moins d'une quinzaine d'années, la cadette de Giulia Grisi, la Pasta, a été l'une des deux plus grandes chanteuses italiennes de son temps. À bien des égards, leurs deux carrières seront parallèles. Très souvent, on les retrouvera sur les mêmes scènes, chantant face à face. La Pasta était d'ailleurs Norma avec Grisi en Adalgise, lors de la création milanaise du chef-d'œuvre de Bellini. Mais l'une et l'autre chantaient avec une superbe versatilité les deux rôles. La technique de Giuditta Pasta était exemplaire. Le critique Scudo, l'ennemi intime de

Berlioz, voyait en elle une mezzo-soprano capable d'inventer presque artificiellement les notes aiguës du soprano. C'est peut-être la raison pour laquelle son « Casta diva » de la Norma, lors de la création de 1831, fut considéré comme un échec. D'une certaine manière, le rôle de Norma fut probablement la seule véritable pierre noire d'une carrière éblouissante, interrompue à quarante ans à peine. À la différence de la Grisi, Giuditta Pasta avait, certes, une voix remarquable, mais elle était surtout une interprète, au sens le plus fort du mot, exceptionnelle. Quand bien même elle n'avait peut-être pas vraiment la voix de soprano coloratura pour chanter *La Somnambule* de Bellini, par exemple, ce dernier trouvera que, aux côtés de Rubini, elle y est un « ange ». C'est en effet l'intensité dramatique de son jeu qui, comme ce fut le cas à la fin de la carrière de Maria Callas, lui permettra d'assumer des difficultés vocales de plus en plus manifestes.

Pataky, Koloman von (1896-1964)

Ténor hongrois

Koloman von Pataky a sûrement été un grand ténor. Mais nous ne connaissons de lui ni son *Rigoletto*, ni sa *Bohème*, justement célèbres, nous a-t-on dit. Nous ne connaissons pas davantage ses grands rôles verdiens. C'est tout juste si l'on devine ce qu'il fut du côté des ténors légers de Donizetti. Et pourtant, on sait qu'il fut un immense Florestan au Met de New York, aux côtés de Lotte Lehmann. Mais si nous le trouvons ici, c'est parce qu'il fait partie de la distribution légendaire du plus célèbre de tous les *Don Juan* jamais enregistrés au disque. Celui que dirigea Fritz Busch à Glyndebourne en 1936. Depuis près de soixante-dix ans, l'album n'a quasiment pas cessé d'être sur le marché. Depuis près de soixante-dix ans, Koloman von Pataky nous y apparaît comme l'un des plus grands Don Ottavio jamais entendus. Et puis, le nom de ce Hongrois qui décida, en 1939, de rester aux États-Unis où il entama une seconde carrière du côté de Bach et de ses *Passions*, puis de professeur, sonne si bien...

Patzak, Julius (1898-1974)

Ténor autrichien

Un ténor puissant qui chanta essentiellement le répertoire allemand. Un enregistrement, qui n'est pourtant pas d'opéra, le fait participer à la légende vocale dont nous avons voulu envelopper tout ce volume : il est le ténor du *Chant de la terre* aux côtés de Kathleen Ferrier dans une version fameuse conduite en 1952 par Bruno Walter. Mais Julius Patzak a surtout été un très grand et très vigoureux Florestan, de *Fidelio*. Lui non plus, nous ne l'avons naturellement pas entendu sur scène dans le rôle. Mais, tour à tour, deux enregistrements, dits « pirates » par Furtwängler à Salzbourg, nous sont parvenus de lui. Dans celui de 1948, il demeure, à cinquante ans, d'une puissance et d'une intensité incroyables. Son premier cri, au début du deuxième acte, est un appel à Dieu à la fois désespéré et presque vindicatif. Deux ans plus tard, avec Kirsten Flagstad encore grandiose, il demeure un très beau Florestan, aux moyens pourtant moins éclatants. Plutôt que la version publiée par EMI, c'est donc celle parue sous l'étiquette Melodram, qu'il faut rechercher pour se faire une idée de ce que fut le Florestan de Patzak.

Pavarotti, Luciano (né en 1935)
Ténor italien

C comme Carreras, D comme Domingo : P comme Pavarotti. Le troisième (par ordre alphabétique...) des « Trois Ténors » ne pouvait pas ne pas entrer en scène à son tour. C'est probablement celui qui, dans le monde entier, a le plus d'admirateurs. Pas toujours pour les meilleures raisons. Sa silhouette colossale de bon et gros géant barbu, le mouchoir blanc auquel il s'accroche désespérément quand il chante, un répertoire parfois un peu léger, pour faire plaisir à ses « fans », parce qu'il en a, l'ami Luciano, comme l'appelle familièrement un producteur de France-Musiques qui ne mâche pas ses mots ! Et pourtant, au-delà de ses assiettes de spaghettis célèbres, de ses démêlés conjugaux et des cachets colossaux qu'il engrange presque par habitude, Luciano Pavarotti est probablement l'une des voix intrinsèquement les plus belles du monde. Sinon la plus belle de la deuxième moitié du XXe siècle, dans un répertoire qui va du Rodolphe de *La Bohème* aux grands rôles du bel canto bellinien et donizettien. Vedette attitrée de la firme Decca dans ce répertoire, il a fait équipe, pour le meilleur et pour le pire, avec Mme Sutherland, et Monsieur, né Richard Bonynge. Il y a longtemps que nous ne nous lançons plus dans le jeu des comparaisons hasardeuses qui amènent immanquablement à comparer les versions Decca et EMI des mêmes opéras. Le lecteur de ce Dictionnaire n'aura pas eu besoin d'aller très loin, entre les lignes, pour savoir que c'est l'équipe constituée par le producteur Walter Legge, à savoir Maria Callas, Giuseppe Di Stefano et quelques autres, qui a nos préférences. Et pourtant... Et pourtant, nous n'oublierons jamais tel *Bal masqué*, de Verdi, à Covent Garden à la fin des années 1960, ou telle *Bohème* vue de l'avant-scène, côté cour — vous voyez celle dont il s'agit ? — du Palais Garnier. Nous y étions allé avec prudence, prêt à ne pas participer aux délires qui peu à peu ont entouré la « pop star » qu'est devenu l'ami Luciano : la splendeur de son timbre, sa douceur, sa légèreté inouïe dans les moments les plus tendres du chant d'amour du poète à notre Mimi nationale nous ont bouleversé. Et pourtant, Luciano Pavarotti le tenait bien, ce soir-là encore, son mouchoir blanc à la main...

Pears, Peter (1910-1986)
Ténor anglais

L'une des voix de ténor les plus « différentes » du chant du XXe siècle. Compagnon du compositeur Benjamin Britten, il a créé un grand nombre de ses œuvres. C'est ainsi qu'à trente-cinq ans, il s'illustra dans le rôle principal de *Peter Grimes*. Mais au-delà de sa collaboration avec Britten, Pears nous a laissé d'étonnantes versions de certains des cycles les plus célèbres de l'histoire de la musique vocale. Ainsi, du côté de Schubert, son *Voyage d'hiver*, d'une musicalité exceptionnelle, bien loin de toutes les versions pourtant admirables d'un Fischer-Dieskau, par exemple. Peter Pears a chanté à Glyndebourne, à Londres, avant de participer à la création, en 1948, du Festival d'Aldeburg. Avec Benjamin Britten, Peter Pears représente peut-être la quintessence d'une musique anglaise de la deuxième partie du XXe siècle. Pears et Britten, Britten et Pears, ou le bonheur de vivre à deux les musiques que l'on aime. Et de les servir de manière souveraine. On épellera alors les grands rôles de Pears : Miles, le valet félon du *Tour d'écrou* ; Grimes, bien sûr ; le capitaine Vere de *Billy Budd* ; le général Wingrave ; Aschenbach... Et tant d'autres. On l'aura compris : nous aimons passionnément la voix parfois un peu « blanche » de Peter Pears et sa manière unique de dire la douleur de ne pas ressembler aux autres. Un immense artiste. Un grand musicien.

Pêcheurs de perles (Les)

Georges Bizet. Livret de Michel Carré et Eugène Cormon

Paris, 1863

C'est un Bizet de vingt-cinq ans, tout juste de retour de la Villa Médicis, qui voit créé au Théâtre-Lyrique de Paris, le 30 septembre 1863, son premier véritable opéra. Déjà, neuf ans avant *Djamileh*, orientalisme superbe ; douze ans avant *Carmen*, surtout, tellement plus qu'une espagnolade, Georges Bizet manifeste son goût de l'exotisme. À partir d'un livret passablement nunuche — il n'y a pas d'autre mot, bien sûr... — et dont l'un des auteurs, désespéré de ne pas arriver à lui trouver une fin, acheva son texte par un incendie magistral tout simplement parce que, exaspéré par ses atermoiements, l'un de ses amis se serait écrié : « Eh bien, brûlez tout ! », Bizet a composé une partition d'une réelle et tendre beauté. Le trio habituel, soprano, ténor et baryton se double néanmoins d'une variante tout aussi courante sur les scènes lyriques : au départ, le ténor et le baryton, que l'amour pour la soprano divisera, sont les meilleurs amis du monde. Et pourtant, sur ces bases fragiles — dans un Ceylan scintillant de lumières nocturnes, un ondoiement des vagues qui n'est pas loin d'évoquer Bellini, sur un sujet qui rappelle directement celui de *Norma* (une femme déesse qui n'a pas le droit d'aimer) —, l'histoire même de Leïla, la grande prêtresse en question, de Nadir et de Zurga, est touchante. Avec une « romance » à faire couler les larmes de toutes les Margot de l'Opéra-Comique, Nadir est un rôle en or pour beaucoup de ténors, souvent atypiques, qui surent mettre dans cette voix de jeune homme amoureux des accents slaves ou italiens étonnants, mais étonnamment bien venus aussi dans l'opéra français. Il n'est pas indifférent que le premier enregistrement intégral de l'œuvre l'ait été au Bolchoï de Moscou et que Beniamino Gigli ait été le plus émouvant, le plus charmeur des Nadir. Après lui, ce sera un Alfredo Kraus, à l'impeccable diction, qui prendra la relève.

Leïla elle-même, à la voix fragile de petite fille transformée en déesse, a trouvé en une Christiane Eda-Pierre son interprète idéale. Mais une Barbara Hendricks, trop souvent qualifiée de diva internationale à usage strictement franco-français ou cinématographique, en a enregistré, au Capitole de Toulouse avec Michel Plasson, une version littéralement enchanteresse. Enfin, le rôle de Zurka, le gentil méchant qui redevient gentil à la fin et qui meurt pour ses deux amis, contient un air bouleversant de générosité enfin avouée. C'est, au troisième acte, son « Ô Nadir, tendre ami de mon jeune âge... ».

On l'aura compris, nous avons pour *Les Pêcheurs de perles* une tendresse toute particulière. Une tendresse qui s'étend d'ailleurs à toute l'œuvre de Bizet et à Bizet lui-même. Au lendemain de la création des *Pêcheurs de perles*, Berlioz le constate dans le *Journal des débats* : « M. Bizet, lauréat de l'Institut, a fait le voyage de Rome ; il est revenu sans avoir oublié la musique. À son retour à Paris, il s'est bien vite acquis une réputation spéciale et fort rare, celle d'un incomparable lecteur de partitions. Son talent de pianiste est assez grand, d'ailleurs, pour que dans ses réductions d'orchestre qu'il fait ainsi à première vue (l'une des corvées que devait effectuer pour vivre le jeune Berlioz), aucune difficulté ne puisse l'arrêter... Depuis Liszt et Mendelssohn, on a vu peu de lecteurs de sa force. Mais, sans doute, on l'eût, comme à l'ordinaire, claquemuré dans cette spécialité, sans l'intervention bienveillante de M. le comte Walewski et la subvention léguée au Théâtre-Lyrique par cet ami des arts au moment où il quittait le ministère. Les 100 000 francs dont M. Carvalho peut maintenant disposer annuellement lui donnent courage, il ne recule plus devant les dangers que la plupart des prix de Rome passent pour faire courir aux directeurs des institutions musicales. La partition des *Pêcheurs de perles* fait le plus grand honneur à M. Bizet, qu'on sera forcé d'accepter comme compositeur, malgré son rare talent de pianiste lecteur... ».

C'est, en fait, une véritable fraternité que l'on sent chez Berlioz à l'égard du jeune Bizet. D'abord, tous deux sont allés à la Villa Médicis, Berlioz dit n'y avoir rien appris, d'où sa remarque sur Bizet qui n'y a rien oublié. D'autre part, comme Bizet, Berlioz fut bien souvent réduit à des tâches subalternes pour ne pas crever de faim, comme Bizet il gagnera un moment sa vie avec des réductions pour piano d'œuvres orchestrales. Enfin et surtout, c'est dans le même Théâtre-Lyrique, à peine un peu plus d'un mois après *Les Pêcheurs de perles*, que Berlioz pourra enfin donner ses *Troyens*, même réduits à leur seule seconde partie. Avec, comme *Les Pêcheurs de perles*, une subvention du comte Walewski, alors chargé de ces questions dans l'administration du second Empire.

Peduzzi, Richard (né en 1943)

Décorateur de théâtre français, peintre, « designer »

Richard Peduzzi est beaucoup plus que le collaborateur de Patrice Chéreau dans ses plus grandes réussites sur les scènes lyriques du monde entier. Le succès du *Ring* de Bayreuth, de 1976 à 1981, est autant dû à Richard Peduzzi lui-même qu'à Boulez et à Chéreau. La beauté stupéfiante des décors qu'il sut alors inventer nous a tous laissés sans voix. En outre, le travail acharné qu'il réussit à accomplir pour modifier, d'une année à l'autre, certains éléments de ce décor de légende doit être souligné. Ainsi l'espèce de Matterhorn ou de Cervin où s'endormait Brünhilde la première année au dernier acte de *La Walkyrie* a-t-il été transformé ensuite en l'un des plus beaux décors de théâtre jamais imaginés, cette transposition rêvée de *L'Île des Morts*, de Boecklin. Pendant trois ans, à Florence, nous vécûmes quelques centaines de mètres en dessous de la villa qui appartint au grand peintre suisse. Avec ses cyprès dressés, ses murs qui ressemblaient à des ruines, la villa Boecklin de Florence nous évoqua chaque matin, au réveil, le fabuleux décor de Richard Peduzzi. Peduzzi a accompagné Chéreau tout au long de ses plus grandes mises en scène. Et, de même que pour le *Ring*, il en fut, à part égale, le même triomphateur. Se souvenir, dès lors, des images d'un romantisme nostalgique de ses *Contes d'Hoffmann* à l'Opéra de Paris en 1974... Se souvenir de l'univers de petites maisons labyrinthiques et cloisonnées dans lequel se mouvait le personnage de Wozzeck dans une mise en scène souvent reprise depuis sa création à Paris en 1992. Aujourd'hui, heureux mortel, Richard Peduzzi habite la plus belle maison du monde. Chaque fois qu'il ouvre ses fenêtres, le matin, ce n'est pas *L'Île des Morts* de Boecklin qu'il voit, mais Rome tout entière devant lui réunie. Il est directeur de l'Académie de France à Rome, autrement dit patron de la Villa Médicis. Après Balthus, après quelqu'un encore dont nous fûmes très proche...

Pékin

Opéra de Pékin : nous n'aurons pas l'ambition de traiter ici d'un genre particulier, abusivement connu dans le monde sous l'appellation « opéra de Pékin ». L'opéra de Pékin, tel que l'appellent les Occidentaux, est en réalité une forme musicale qui varie de province en province. Chacune d'elles a sa spécificité et l'opéra de Pékin n'est qu'un genre qui, comme le mandarin, est à présent diffusé dans l'ensemble de la Chine.

Non, nous voulons parler du nouvel Opéra construit à Pékin et destiné à accueillir des œuvres d'opéra et de ballet occidentales. Ainsi que de l'opéra traditionnel, d'ailleurs. Situé en plein cœur de la ville tartare, en face de la Cité interdite, le nouvel Opéra de Pékin a coûté cher à des centaines de petites maisons, dans les *hutong*, ces ruelles du vieux Pékin qui s'étendaient à l'ouest de l'immense palais du Peuple. Mais le résultat, dont l'achèvement est prévu en 2005, paraît d'ores et déjà remarquable. C'est l'architecte Paul Andreu qui a été choisi pour mener à bien cette tâche colossale où le verre et l'eau vont s'associer en de fabuleuses noces musicales. Notons que la maquette du nouvel Opéra de Pékin a trôné pendant longtemps en bonne place dans le bureau d'Hugues Gall, directeur de l'Opéra de Paris jusqu'en 2004. Notre ami Gérard Fontaine a déjà écrit un beau livre sur ce bel Opéra-là.

Pelléas et Mélisande

Claude Debussy. Livret de Maurice Maeterlinck

Paris, 1902

Claude Debussy n'a écrit qu'un seul opéra, mais un chef-d'œuvre. Bien sûr, il y a aussi certaine *Chute de la maison Usher*, d'après Edgar Poe : nous n'en parlerons pas. Mais *Pelléas et Mélisande* est non seulement son chef-d'œuvre, c'est l'un des tout premiers chefs-d'œuvre de la musique du XXe siècle en même temps qu'un des chefs-d'œuvre absolus de toute l'histoire de la musique lyrique. La célèbre première, à l'Opéra-Comique de Paris, le 30 avril 1902, fut l'occasion d'un des plus beaux chahuts qu'ait connus un opéra. La salle siffla, on éclatait de rire dans les moments les plus tendus, la presse elle-même ne comprit pas tout de suite ce que représentait de neuf l'œuvre qu'on critiqua allègrement. En outre, alors qu'il faut remonter à Mozart et Da Ponte ou attendre Richard Strauss et Hofmannsthal pour voir semblable complicité entre deux auteurs, Maurice Maeterlinck qui avait été si proche de Debussy se brouilla avec lui car on avait préféré Mary Garden dans le rôle de Mélisande à sa propre épouse, Georgette Leblanc. Maeterlinck n'accepta d'ailleurs de voir l'opéra que des années plus tard, et à New York.

La pièce de Maeterlinck vivait déjà sa vie propre avant que Debussy en fasse le livret de son opéra. C'était un des monuments de l'école symboliste. Si les liens de famille qui unissent les principaux personnages sont horriblement compliqués, l'intrigue en est, en revanche, relativement claire. En un royaume près de la mer (se souvenir : Poe, encore, et Mallarmé...), vivent deux frères, ou plutôt deux demi-frères : Golaud, grand chasseur devant l'Éternel, et Pelléas, son cadet, plus séduisant, plus sentimental. Un jour qu'il pourchasse une biche à travers la forêt, Golaud tombe sur une jeune femme inconnue, mystérieuse, qui se lamente sur une couronne perdue dans une fontaine. C'est Mélisande. Il l'épouse, et ce qui devait arriver arrive : son frère Pelléas tombe amoureux fou d'elle. Plusieurs scènes voient culminer cet amour, dont celle, fameuse entre toutes, où au sommet d'une tour Mélisande chante qu'elle est née un dimanche — un dimanche à midi... — et laisse tomber ses cheveux, une longue chevelure, en vérité, jusque dans les mains de Pelléas. Bientôt soupçonneux, Golaud surveille de plus en plus près les deux jeunes gens, dont on n'osera dire qu'ils ont réellement été amants. Pour ce faire, il emploie le fils qu'il a eu d'un premier mariage, Yniold, dont le rôle, chanté par un soprano léger, fit tellement rire les spectateurs de la première représentation à l'Opéra-Comique ! Alors que Pelléas se prépare à quitter pour toujours le royaume des siens, Golaud le surprend faisant à Mélisande de tendres adieux et le tue. Au dernier acte, Mélisande vient de donner naissance à une fille. Rempli de remords, Golaud reste le jaloux qu'il était et, jusqu'au dernier moment, veut savoir si Pelléas et elle ont péché. Mélisande ne répondra pas, elle mourra doucement. Le vieillard Arkel, grand-père de Golaud, prendra dans ses bras l'enfant nouveau-né en remarquant — ce sont les derniers mots de la pièce — que « c'est au tour de la pauvre petite... ».

Tout enveloppée de mystères et de non-dits, l'intrigue tissée par Maeterlinck était déjà fascinante, au sens le plus vrai du mot. Ainsi, nul ne sait qui est ni d'où vient Mélisande. Le péché qu'elle expiera à la fin du cinquième acte de l'opéra de Debussy, ne le portait-elle point en elle alors même que, pauvre petite biche éplorée, elle pleurait près d'une fontaine lorsque Golaud l'a découverte ? Mais la musique de Debussy accroît encore cette atmosphère d'incertitude et de transparences mouvantes. Chaque scène, précédée d'un interlude purement musical, déplace l'action en un autre lieu, une autre sphère où tour à tour dominent l'extase, la crainte ou la mort. On a cité la scène des cheveux : c'est vrai que les paroles mêmes de Maeterlinck pouvaient faire sourire, mais la lumière qui irradie la chevelure de Mélisande glisse de même entre les notes, tandis que la voix d'une chanteuse, très haut dans une tour, semble simplement murmurer les paroles d'une comptine très ancienne.

Refusant toutes les conventions de l'opéra, jusqu'à celles du wagnérisme dont les longs récitatifs lui paraissaient ampoulés ; jusqu'à ce qui deviendra chez Schönberg et Berg le *Sprechgesang*, littéralement le « chant parlé », où la voix suit quand même une forme de déclamation musicale irrégulière, Debussy a choisi une manière de *parlando* perpétuel, à peine marqué d'inflexions que l'orchestre enveloppe d'une manière régulière, avec un souci permanent d'éviter tout excès. Dès lors, le parler debusséen exige une prononciation française d'une perfection absolue.

Pas vraiment d'accès difficile, *Pelléas et Mélisande* n'est pourtant certes pas *Carmen*. Et cependant, la simplicité d'une écriture très linéaire fait du chef-d'œuvre de Debussy l'une des œuvres du répertoire les plus faciles à suivre, les plus difficiles à oublier. Ce n'est que six ans après sa création qu'elle a été jouée à New York, sept ans après la première du 30 avril 1902 à Covent Garden, en français. À la Mary Garden de la création, a succédé en 1908 à l'Opéra Maggie Teyte, toutes deux comme modelées par Debussy lui-même. Dans les années 1940 et 1950, un trio fameux domina la scène de la salle Favart, sous la direction de Roger Desormière. Il s'agissait d'Irène Joachim, Jacques Jansen et Henri Etcheverry. Sans nul doute, l'enregistrement qu'ils nous en ont laissé constitue une référence absolue. Nous aurons le bonheur d'entendre Jansen et Joachim, dans les années 1950, dans les décors de Jusseaume qui avaient été ceux de la création. Un peu plus tard, Jean Cocteau lui-même s'amusera à paraphraser les décors de Jusseaume, mais déjà, Denise Duval aura remplacé Irène Joachim. En revanche, le Golaud de 1963 sera Gérard Souzay.

Une autre production célèbre sera, en 1969, celle dirigée par Pierre Boulez à Covent Garden. La Mélisande d'Elisabeth Söderström est probablement la plus ambiguë, l'une des plus fascinantes aussi qu'il nous ait été donné de voir. Face à un Pelléas presque enfantin, elle est une étrange tentatrice. L'un des meilleurs Pelléas de ces dernières années a été François Le Roux qui a chanté le rôle dans le monde entier avant d'aborder celui de Golaud où il est tout bonnement grandiose : l'un des premiers ! Les plus grands metteurs en scène de la dernière partie du XXe siècle se sont aussi frottés à *Pelléas et Mélisande* : Vitez, Peter Stein et beaucoup d'autres. Dans la récente version de Robert Wilson à la Bastille, Golaud n'a vraiment rien à craindre : Pelléas n'effleure même pas les mains de Mélisande. C'est très beau, oui... Et pourtant nous gardons un souvenir attendri de ces soirées à l'Opéra-Comique, quand nous avions quinze ans, et souvent citées dans ces lignes. C'était M. qui nous accompagnait, elle avait notre âge : Mélisande à son tour, elle devait nous quitter très vite pour un faux Pelléas barbu qui n'avait rien d'un poète : c'est dur, à seize ans, de se retrouver Golaud !

Perelà, uomo di fumo

(Perelà, homme de fumée)
Pascal Dusapin. Livret d'après Aldo Balazzeschi

Paris, 2003

L'une des plus grandes réussites de ce qu'il faut bien maintenant appeler l'ère Gall à l'Opéra de Paris. Quatrième opéra de Pascal Dusapin, né en 1955. Inspiré d'un récit fantastique de l'Italien Aldo Balazzeschi, quelque part entre futurisme et relecture de la vie du Christ, *Perelà* raconte l'histoire d'un « homme de fumée », né sans père et de trois mères. D'abord accueilli en un véritable sauveur dans une ville sans nom, fêté par les banquiers, les philosophes, l'archevêque et le roi lui-même, Perelà suscite l'enthousiasme et l'admiration des foules. Mais, fait de fumée, il est par essence fragile. D'autant plus que d'aucuns, pour l'imiter, décident de se sacrifier à leur tour pour partir, eux aussi, en fumée. C'est l'opprobre générale, la fumée-Perelà montera alors tout droit vers le ciel, échappant à ceux qui veulent le mettre à mort. Outre la belle réflexion de l'auteur italien et de Dusapin sur le pouvoir, la vanité des gloires éphémères, *Perelà* est d'abord une œuvre musicale de notre temps d'une parfaite lisibilité. Se coulant dans le moule parfait d'une langue parfaitement entendue, les voix des chanteurs nous viennent peut-être d'un autre temps, mais ce temps est tout simplement celui de l'opéra. Mis en scène par Peter Mussbach et dirigé par James Conlon à l'Opéra-Bastille, *Perelà* a pu susciter quelques controverses. Tel quotidien du soir s'enflamma pour en dire tout le mal qu'il en pensait, beaucoup d'autres, dont nous sommes, en pensèrent beaucoup de bien. Pour tout dire, cette soirée du 13 mars 2003 à l'Opéra-Bastille constitue l'un de nos beaux souvenirs de musique contemporaine sur une scène lyrique.

Périchole (La)

Jacques Offenbach. Livret d'Henri Meilhac et Ludovic Halévy

Paris, 1868

La courte pièce de Mérimée, *Le Carrosse du Saint-Sacrement* (1828), a donné naissance à deux chefs-d'œuvre. Le plus récent, c'est *Le Carrosse d'or*, de Jean Renoir. Ce film, de 1962, met en scène une inoubliable Périchole qui s'appelle Anna Magnani. Les couleurs y sont somptueuses, l'action endiablée : du vrai Renoir ! Mais, dès 1868, au théâtre des Variétés, naissait avec Hortense Schneider une tout autre Périchole. Bien sûr, on suit vaguement l'intrigue de Mérimée. La veine comique est ici immense. Tandis qu'on célèbre à grand renfort de musique officielle la visite d'un vice-roi du Pérou, deux malheureux chanteurs des rues, la Périchole et son Piquillo de ténor, sont remarqués par le vice-roi en question. Une intrigue se noue et se dénoue, la Périchole devient la favorite du vice-roi. Piquillo, qui devait jouer les maris complaisants, cesse de consentir à ce qui va se passer, tout le monde risque de finir en prison, mais le vice-roi, magnanime, pardonne.

Oh ! ce n'est pas *La Clémence de Titus* sur les hauteurs de l'Amérique latine ! Mais c'est une merveilleuse farce qui, brusquement, vous a des airs désenchantés.

À cet égard, au célèbre « Il grandira car il est espagnol ! », devenu une image qu'on osera dire de rhétorique, succède la tendre lettre de la Périchole (« Ô mon cher amant, je te jure que je t'aime de tout mon cœur... ») écrite par une femme bien malheureuse mais qui ne peut résister à l'idée de quitter ses haillons pour des robes de soie et un carrosse d'or. Tout cela ne durera que le temps que durent les rêves, l'espace d'un opéra. Teresa Berganza dirigée par Michel Plasson est, au disque, une merveilleuse Périchole. Mais notre Périchole, au disque et dans la vie, restera Régine Crespin, à l'abattage, l'ironie, la tendresse inégalables. C'était en 1977, Alain Lombard dirigeait l'Orchestre philharmonique de Strasbourg.

Pesaro

Petite ville italienne des Marches, sur l'Adriatique. C'est là que naquit Rossini, c'est là qu'en 1818 il dirigea une reprise de *La Pie voleuse* dans un Teatro Nuovo à la belle architecture, avec ses quatre-vingt-dix-neuf loges réparties sur quatre étages. En 1855, le Teatre Nuovo devint le théâtre Rossini. Dix ans plus tard, en 1864, on y inaugurait des « fêtes rossiniennes » en même temps qu'une statue du maître. Mais c'est à partir de 1981 que Pesaro est devenu le siège d'un festival annuel qui réunit chefs d'orchestre et chanteurs, également musicologues. Ce fut pendant quelques années du dernier bien, parmi les opéramanes français, souvent de fraîche date, d'affirmer haut et fort que rien ne valait Pesaro. Bayreuth était trop teuton, Salzbourg et ses *dirndl*, non merci ! Glyndebourne était devenu un repaire de millionnaires texans et arabes, les festivals français, n'en parlons pas : c'était à Pesaro qu'il fallait aller et être vu ! Trêve de plaisanterie, le Festival de Pesaro est devenu l'un des plus intéressants de la dernière partie du XXe siècle. La collaboration étroite qui s'y est établie entre artistes et musicologues a produit des résultats spectaculaires. On pense au grand rossinien Zedda, admirable redécouvreur et dépoussiéreur de partitions. Et si nous ne sommes jamais allé à Pesaro, nous ne pouvons que le regretter. C'est à Pesaro qu'on redécouvrit certain *Voyage à Reims*, dirigé par Claudio Abbado dans une interprétation devenue légendaire.

Peter Grimes

Benjamin Britten. Livret de Montagu Slater

Londres, 1945

Peter Grimes ou la tragédie de la solitude. Le portrait d'un homme qui ne ressemble pas à ceux qui l'entourent et qui va en mourir. Dans le même temps, toute la violence de la mer et des tempêtes sur la côte est de l'Angleterre. La vie d'un village refermé sur lui-même, avec ses pêcheurs et son institutrice, son avocat, son recteur et ses rentiers, son pharmacien supposé guérisseur et sa propriétaire d'une maison dite « du Sanglier » qui abrite de bien jolies nièces... Au milieu de tout cela, Peter Grimes. Il est pêcheur lui aussi, il vit en marge de la communauté villageoise qui le soupçonne vaguement des pires turpitudes car l'un de ses apprentis a déjà trouvé la mort à son service. Seule l'institutrice, Ellen Orford, une veuve, éprouve de la compassion, sinon une véritable tendresse pour lui. Mais Peter, qui souffre de sa solitude, ne pourra jamais comprendre les sentiments véritables d'Ellen Orford. Pour beaucoup, la solitude du pêcheur dont le seul horizon est la mer, une mer tumultueuse, tonitruante, est aussi celle de l'homme qui n'a jamais regardé du côté des femmes. En cela, il s'est lui-même placé en marge de la société, il s'est exclu du petit groupe qui bavarde et cancane, va au service le dimanche et se retrouve ensuite au pub. Ainsi, sans grand détour, Benjamin Britten aurait-il été l'un des premiers à traiter ouvertement de l'homosexualité à l'opéra.

Le livret de Montagu Slater est, en réalité, inspiré d'un poème étrange, dû à un clergyman anglais éclairé du XVIIIe siècle, George Crabbe. Né à Aldeburg, qui deviendra la résidence préférée de Britten et où il fondera un festival de musique annuel, George Crabbe a écrit un texte étrange, plein de noirceur et d'amertume envers toute une tradition littéraire britannique qui ignorait le sort difficile des travailleurs, en particulier des travailleurs de la mer. D'où trois ouvrages : *Le Village, Le Registre de la paroisse* et *Le Bourg*, qui constituent une étonnante étude de la vie provinciale anglaise au tout début du XIXe siècle. C'est du *Borough* (*Le Bourg*) qu'est parti le librettiste de Britten. Le livre est constitué de vingt-quatre lettres qui sont des poèmes décrivant la vie d'un village, le *borough*, à savoir Aldeburg. C'est dans quelques-unes de ces lettres que Britten et Slater sont venus chercher les portraits des personnages principaux. Dans la vingt-deuxième d'entre elles, on trouve Peter Grimes. Selon Crabbe, ce Grimes n'est que le reflet d'un pêcheur qui a réellement existé, Tom Brown, voleur, ivrogne, responsable de la mort de son père et de brutalité à l'endroit d'enfants qui lui avaient été confiés pour lui servir d'apprentis. Crabbe n'aimait pas Peter Grimes. Slater et Britten le transformeront, au contraire, en un pitoyable héros pour lequel on ne peut éprouver que de la tendresse. Un héros poétique, aussi.

Dès lors, la figure emblématique de Peter Grimes se détache-t-elle dans l'œuvre de Britten comme une création majeure. Il est bel et bien l'un des grands personnages, figure quasi mytique, de l'opéra contemporain. Pour ses concitoyens, Grimes est peut-être un « méchant » ; pour les spectateurs de Britten, c'est un homme déchiré et déchirant. Il est remarquable de noter que ses deux principaux interprètes, d'abord Peter Pears, le compagnon de Britten pour qui l'œuvre a été écrite ; puis Jon Vickers, qui fut longtemps le Peter Grimes de Covent Garden, ont précisément, tous les deux, des voix à proprement parler déchirantes. Comme une déchirure qui les aurait traversés. Ténor aux pâleurs inouïes, Peter Pears poétise davantage son personnage, qui devient presque intemporel. Pour Jon Vickers, Peter est plus violent encore. Il a parfois des allures de brute hallucinée. Mais dans le même temps, tout le personnage dénonce, c'est Vickers qui l'a expliqué lui-même, les « idées préconçues, les préjugés, l'injustice sociale... ». Vickers précise encore : « C'est une œuvre tout à fait prophétique pour ce qu'elle montre bien comment la société actuelle, sûre de son bon droit, exclut celui qui se distingue, qui ne se conforme pas, qui ose réussir. Peter Grimes n'a pas réussi, mais il est le symbole de tous ceux que la société rejette par la seule force de ses préjugés... »

Si le village, tout le *borough*, fourmille d'une vie intense, le personnage principal à côté de celui de

Peter Grimes est naturellement la mer. Chacun des interludes orchestraux, somptueusement dirigés par Britten lui-même, puis par un Colin Davis, est une sorte de formidable poème symphonique, qui peut être entendu indépendamment de l'œuvre. On songe à ce propos aux interludes de *Pelléas et Mélisande*. Établi à Aldeburg, Britten décrit avec une incroyable vigueur la mer grise qui frappe les côtes battues des vents de cette partie de l'Angleterre, à la limite du Norfolk et du Suffolk. Avec la mer déchaînée qui l'assaille et son pêcheur solitaire, le plus grand compositeur anglais du XXe siècle a donné là son chef-d'œuvre. Combien de fois avons-nous fait la queue aux guichets de Covent Garden pour le revoir — encore une fois ? Le dernier en date de « nos » Peter Grimes est Ben Heppner, qui en a fait une magistrale interprétation très vickersienne aussi, dans une mise en scène hyperréaliste avec cabans jaunes et *fish'n' chips* : l'Angleterre post-thatchérienne à l'Opéra-Bastille...

Petite Renarde rusée (La)

Leŏs Janáček. Livret du compositeur
d'après Rudolf Tĕsnohlídek

Brno, 1924

Un critique a pu parler, à propos de notre *Petite Renarde*, d'un *Songe d'une nuit d'été* tchèque teinté de résignation. À l'origine, il y a, comme dans la plupart des œuvres de Janáček, la Moravie natale du compositeur, ses forêts, les animaux qui les hantent. Il y a aussi un roman humoristique, publié en feuilleton, de l'écrivain et humoriste Rudolf Těsnohlídek. Il y a enfin et surtout la grande et belle figure amoureuse de Kamila Stösslova, l'ultime et longue passion de Janáček, rencontrée au lendemain de la première guerre mondiale par un compositeur de soixante-cinq ans alors qu'elle en avait vingt-sept. C'est elle, la renarde, la tzigane, celle par qui le scandale et le bonheur aussi arrivent...

Étrange histoire, donc, que celle de cette petite Renarde rusée. C'est une fable zoologique et anthropomorphique, où les animaux et les hommes se croisent, se retrouvent et se séparent pour mieux s'aimer ou, à la fin, s'entre-tuer. La petite Renarde, c'est tout l'esprit de la forêt en même temps que la liberté de la jeune tzigane, la tendresse, l'amour, la ruse, bien sûr, et la sensualité. On ne se hasardera pas à raconter cette merveilleuse histoire, pour les grands petits enfants, dans laquelle une petite Renarde sème la confusion tant au pays des hommes qu'en celui des animaux. Un garde forestier a voulu l'apprivoiser, elle s'échappe, le forestier l'aimait éperdument, il ne s'en consolera pas. Parce qu'elle a une belle fourrure, la petite Renarde finira par être tuée par un amoureux éconduit qui veut l'offrir à sa belle mais, à la fin de l'œuvre, l'apparition d'une autre petite Renarde, fille de celle que nous aimions tous, remplira à nouveau le cœur du forestier de tendresse. C'est tout, et c'est beaucoup de choses. Nous avons aimé, nous, la petite Renarde dès notre première rencontre avec elle. C'était à Paris en 1957, dans le cadre du théâtre des Nations. Václav Neumann dirigeait une production du grand Felsenstein, le patron du Komische Oper de Berlin. Nous l'avons retrouvé, ébloui, au Festival de Glyndebourne de 1975, dans une très belle et très poétique mise en scène de Jonathan Miller. Norma Burrowes était la petite Renarde. Beaucoup plus près de nous, c'est à Aix-en-Provence, en 2002, que nous avons eu un coup de foudre pour une Renarde pourtant mal aimée. La presse n'a pas été tendre pour la version allégée orchestralement de l'œuvre de Janáček, mais une mise en scène elle aussi légère, légère, faisait de la Renarde, chantée et jouée par Yvette Bonner, la petite sœur mutine et câline, très coquine aussi, dont nous avons toujours rêvé. Pourtant, une autre renarde reste gravée dans nos mémoires, c'est celle de Lucia Popp, enregistrée en 1981 par Charles Mackerras, précisément. La Philharmonie de Vienne, les chœurs de l'Opéra de Vienne, une somptuosité orchestrale et chorale conduite avec une légèreté exemplaire et une Renarde rayonnante, intelligente, qu'il faut écouter et réécouter.

Piau, Sandrine (née en 1965)

Soprano française

On s'est ennuyé à un récent *Serse*, de Haendel, pourtant dirigé par William Christie. Mais il y avait Sandrine Piau ! Pour elle, on a bien failli rester jusqu'à la fin du dernier acte.

Naturellement, Sandrine Piau est passée par l'école de William Christie ! Et c'est en costume XVIIIe siècle, mise en scène par Philippe Beaussant, qu'on la vit pour la première fois chanter de la musique baroque sous la loggia de la Villa Médicis, certain soir d'été au milieu des années 1990. Elle était très belle, aérienne, fragile : tous les pensionnaires de l'Académie de France à Rome tombèrent amoureux d'elle, ainsi qu'une bonne partie du public italien. Mais elle a, depuis, fait un sacré chemin. Première dame de *La Flûte enchantée*, elle a été Lucia dans *Le Viol de Lucrèce* de Britten, et surtout une aérienne Zerbinetta dans *Ariane à Naxos*, à Rennes. On l'entendit, d'une gravité désespérée, dans la Servilia de *La Clémence de Titus* dirigée, au théâtre des Champs-Élysées, par Louis Langrée. Avec Nathalie Dessay et Cecilia Bartoli, elle fait partie du fulgurant enregistrement de *Mithridate, roi du Pont*, dirigé par Christophe Rousset chez Decca. Bref, en quelques années, Sandrine Piau a tout chanté, ou presque, du répertoire du XVIIIe siècle. Elle est aussi une étonnante interprète de mélodies françaises. En témoignent plusieurs disques, bien sûr et, pour nous, le récital qu'elle donna à la Bibliothèque nationale de France en janvier 2001 : d'une sensibilité rêveuse dans les « Quatre chansons de Ronsard », de Darius Milhaud, ou dans les « Deux poèmes d'amour » que Milhaud composa sur des textes anglais de Rabindranath Tagore.

Pie voleuse (La) *(La Gazza ladra)*

Gioacchino Rossini. Livret de Giovanni Gherardini d'après Baudoin d'Aubigny et Louis-Charles Caigniez

Milan, 1817

La Pie voleuse, ou l'actualité en direct, le fait divers porté tout chaud sur la scène de l'opéra. En effet, après son ouverture brillantissime, pleine d'humour et de drôlerie, presque aussi connue que celle de *Guillaume Tell*, l'*opera semi seria* de Rossini nous raconte un fait divers particulièrement horrible. C'est un superbe exemple d'erreur judiciaire, à la suite de laquelle une humble servante du bourg de Palaiseau, près de Paris, fut jugée et déclarée coupable d'un vol de couverts d'argent appartenant à sa patronne. Coupable et pendue haut et court ! Pour une cuillère et deux fourchettes ! Et on découvrit après coup que la véritable voleuse n'était autre qu'une pie ! Du coup, à Palaiseau, on a célébré pendant longtemps une « Messe de la Pie », en signe de ce qu'aujourd'hui on appellerait, avec toute la grandiloquence voulue, un geste de repentance. Le fait divers avait déjà donné lieu à une pièce, précisément appelée *La Pie voleuse ou la Servante de Palaiseau*, qui avait connu un certain succès à Paris. D'où l'idée, à l'époque où l'on hésitait entre le roman noir et le roman larmoyant, de mettre en musique l'histoire de la pauvre Annette, devenue Ninetta chez Rossini. L'histoire devint d'ailleurs passablement embrouillée, puisqu'on y ajouta la présence d'un père déserteur et accusé de crime ; la passion envahissante, pour tout dire le harcèlement de Ninetta par un podestat qui tranche du bien et du mal ; et naturellement, une véritable histoire d'amour.

« J'étais à la première représentation de *La Gazza ladra*. C'est un des succès les plus unanimes et les plus brillants que j'aie jamais vus, il se soutint pendant près de trois mois au même degré d'enthousiasme. Rossini fut heureux en acteurs ; Galli avait alors la plus belle voix de basse d'Italie, la voix la plus forte et la plus accentuée. Il joua le rôle du soldat d'une manière digne de Kean... Mme Belloc chanta celui de la pauvre Ninetta, *avec sa voix magnifique et pure qui semble rajeunir tous les ans* ; elle jouait ce rôle facile avec infiniment d'esprit. Je me souviens qu'elle l'ennoblissait beaucoup ; ce n'était pas tant une servante vulgaire que la fille d'un brave soldat que les malheurs de son père ont forcée à chercher de l'emploi... Que dire de l'ouverture de *La Gazza ladra* ? À qui cette symphonie si pittoresque n'est-elle pas présente ? L'introduction du tambour comme partie principale lui donne une réalité, si j'ose m'exprimer ainsi, dont je n'ai trouvé la sensation dans aucune autre musique, il est comme impossible de ne pas faire attention à celle-ci. Il me le serait également de rendre les transports et la folie du parterre de Milan à l'apparition de ce chef-d'œuvre. Après avoir applaudi à outrance, crié et fait tous le tapage imaginable pendant cinq minutes, quand la force nécessaire pour crier n'exista plus, je remarquai que chacun parlait à son voisin, chose fort contraire à la méfiance italienne. Les gens les plus froids et les plus âgés s'écriaient dans les loges : "*O bello ! O bello !*" Et ce mot était répété vingt fois de suite : on ne l'adressait à personne, une telle répétition eût été ridicule ; on avait perdu toute idée d'avoir des voisins, chacun se parlait à soi-même... »

C'est naturellement Stendhal, encore lui, qui décrit la soirée du 31 mai 1817 à la Scala de Milan. Les amateurs de vérité historique remarqueront que notre ami Henri Beyle avait quitté Milan le 9 avril de cette année-là pour arriver à Grenoble le 13 avril. Qu'après une halte dans l'Aube, chez son ami Crozet, il était resté à Paris jusqu'au 1er août de la même année. Et encore, ce n'est pas pour Milan qu'il était alors parti, mais pour Londres. Il s'embrouille donc un peu dans les dates. Qu'importe : Stendhal a su voir la véritable émotion dégagée par la pitoyable histoire de la pauvre servante et la décrire avec une émotion égale dans un chapitre entier de sa *Vie de Rossini*.

Évoquant précisément la vie de Rossini, on a rappelé dans quel oubli était tombée *La Pie voleuse*, hormis son ouverture. Donnée dans le monde entier pendant une trentaine d'années, et après une reprise célèbre à Covent Garden avec une équipe hors pair, Grisi, Mario et Tamburini, on oublia presque la pauvre Ninetta. Qui se souvient des erreurs judiciaires du siècle qui vient de s'achever ? Alors, celui qui le précéda... C'est à Pesaro, en 1941, qu'on a retrouvé pour la première fois du XXe siècle semble-t-il, les couverts volés à la femme du riche fermier, par une pie qui avait construit son nid au sommet d'un clocher de carton-pâte. Puis, Florence ou Londres, avec une Cecilia Gasdia timide et tremblante d'émotion, *La Pie* a repris son vol.

Pirate (Le) *(Il Pirata)*

Vincenzo Bellini. Livret de Felice Romani d'après *Bertram*, de Charles Robert Maturin

Milan, 1827

Le premier des grands opéras de Bellini et le premier, aussi, de sa collaboration avec le poète Felice Romani. Créée à la Scala avec, notamment, Rubini et Tamburini, reprise à plusieurs reprises pendant tout le XIXe siècle, notamment à Paris en 1846 avec le couple fabuleux du ténor Mario et de la Grisi, l'œuvre fut ensuite longtemps négligée. Il fallut le courage de Tullio Serafin pour l'imposer de nouveau à Rome, en 1935, avec Beniamino Gigli. Pleine de bruit et de fureur, l'intrigue rappelle un peu celle du *Trovatore* de Verdi. Imogène, mariée à Ernesto, duc de Caldora, a jadis aimé Gualtiero, à présent exilé à la tête d'une bande de pirates qui ravagent les côtes de Sicile. Maria Callas, encore elle, ne pouvait pas ne pas s'intéresser au *Pirate* qui, par son écriture aux antipodes du style rossinien alors courant à l'époque, constituait, en quelque sorte, le premier opéra véritablement moderne de Bellini, et même de toute la grande école italienne de la première moitié du XIXe siècle.

D'où ces soirées de mai 1958 à la Scala de Milan qui firent découvrir l'œuvre à un public qui l'ignorait totalement. Pourtant, ni les décors de Piero Zuffi, ni la mise en scène de Franco Enriquez ne furent vraiment inspirés. En revanche, Franco Corelli, qui chantait Gualtiero, et Ettore Bastianini qui chantait Ernesto, étaient alors, aux côtés de Callas, les meilleurs interprètes possibles des deux rôles. D'abord décevante en première partie de soirée, Maria Callas, qui faisait là des adieux temporaires à la Scala de Milan, y remporta néanmoins une formidable victoire. Ce *Pirate*, c'était sa dernière incursion dans les domaines de la folie romantique où, de Lucia à lady Macbeth, en passant par des héroïnes que nous ne lui connaissons qu'en récital ou en disque — le *Hamlet* d'Ambroise Thomas... —, elle avait l'art de montrer qu'on peut vivre une autre vie, qui est aussi celle de l'opéra. Le public fut donc enthousiaste. Néanmoins, Callas avait un ennemi dans la salle. Ou plutôt dans une loge : c'était le directeur du théâtre, Ghiringhelli, qui ne voulait plus d'elle. L'anecdote est devenue fameuse, on l'a déjà esquissé. Pendant la scène finale, comme elle évoque l'échafaud et la mort de son amant, Imogène-Callas se tourna vers la loge de Ghiringhelli — une loge, en italien, se dit *palco*, ce qui veut dire aussi « échafaud » — et lança dans le noir absolu son cri de vengeance au « palco funesto ». Elle l'adressait à l'échafaud, certes, qui lui enlevait son amant, mais aussi à la « loge funeste » où se tenait le superintendant du théâtre. Tout le monde comprit, ce fut du délire. Le public applaudissait, applaudissait encore, on la demandait, on la demandait encore. Alors Ghiringhelli, froidement, fit descendre le rideau de fer. On comprend que pour tous ceux qui aiment un peu, beaucoup, passionnément Maria Callas, cette soirée du *Pirate* de Bellini, en mai 1958 à la Scala de Milan, représente une date importante.

Pizzi, Pier Luigi (né en 1930)

Metteur en scène et décorateur italien

L'une des stars absolues de la mise en scène d'opéra à partir des années 1950. On lui doit des constructions aériennes, un baroquisme revisité et des éclairages superbement irréels. On a dit baroquisme ? C'est, bien entendu, dans le domaine de l'opéra baroque que Pizzi a fait des merveilles. On n'oubliera pas ses productions des opéras de Haendel au Festival d'Aix-en-Provence. Toujours à Aix, on a naturellement en tête le souvenir d'une étonnante, aérienne *Hippolyte et Aricie*. C'est lui qui ouvrit l'Opéra-Bastille, en 1990, avec des *Troyens* demeurés célèbres. D'un raffinement extrême, d'une culture gigantesque, Pier Luigi Pizzi sait trouver la note juste pour traduire, sans jamais trahir, les musiques qu'il aime. À Venise, il habite un palais qui ressemble aux décors de l'un de ses opéras. De grands obélisques flanquent des tables hautes, couvertes de bustes antiques. Aux murs, une harmonie caravagiesque, où le Caravage lui-même croise Valentin de Bologne et Gentileschi. Un décor admirable, à deux pas de la maison de Goldoni, et Pier Luigi Pizzi qui vous y reçoit, avec des sorbets et des fruits glacés...

Platée

Jean-Philippe Rameau. Livret d'Adrien-Joseph Le Valois d'Orvile

Versailles, 1745

Un opéra-ballet ? Un opéra bouffon ? En tout cas, l'une des œuvres les plus drôles, les plus joyeuses, les plus dérisoires et les plus ironiques du théâtre lyrique de tous les temps. L'histoire de la vilaine mais amoureuse nymphe Platée que Jupiter fait mine d'aimer à la folie pour tromper la jalousie de sa redoutable Junon d'épouse, est à proprement parler désopilante. Car Platée, c'est une grenouille, ou peu s'en faut. La nymphe des marées est laide, on la raille, et le désespoir qu'elle va crier, ou plutôt coasser, à l'issue de son infortunée aventure, fait rire, certes, mais elle ne peut pas ne pas émouvoir un spectateur attentif. Cette grenouille qui veut, non pas se faire plus grosse que le bœuf mais séduire le roi des dieux, est en effet grotesque, balourde, mais finalement attendrissante. La Folie, qui constitue aussi un personnage de l'œuvre, donne bien le ton de ce ballet bouffon : c'est un coup de folie au royaume des dieux et des animaux.

Après plusieurs séries de représentations à Versailles puis à Paris, l'œuvre a été oubliée jusqu'au début du XXe siècle. Assez curieusement, elle a été l'une des premières œuvres de Rameau ressuscitées, dès 1901 à Munich, puis en 1917 à Monte-Carlo, enfin à Milan. Mais l'événement, la grande résurrection, ce sont naturellement les représentations données en 1956 au Festival d'Aix-en-Provence sous la direction de Hans Rosbaud, dans une mise en scène de Jean-Pierre Grenier et les décors de Jean-Denis Malclès. On peut aujourd'hui faire la fine bouche sur l'esprit de cette reprise, dont Rosbaud, l'artisan principal, admirable mozartien trop tôt disparu, a pu ne pas paraître un spécialiste. Alors il n'est pas un baroqueux pur et dur puisque la race n'existait pas encore. Pour notre part, sans avoir assisté aux représentations d'Aix, nous en avons très tôt après entendu l'enregistrement dominé par le fabuleux Michel Sénéchal, le plus formidable ténor bouffe de son temps. Rendons ici, solennellement, hommage à Michel Sénéchal. On ajoutera que Nicolaï Gedda, Janine Michau, Christiane Castelli, Nadine Sautereau, Jacques Jansen, Huc-Santana et Jean-Christophe Benoit — on a voulu les nommer tous... — ne constituaient peut-être pas avec lui une distribution de vrais baroqueux, mais de musiciens hors pair. Ces deux disques ont été achetés à Boston en 1958, dans un habillage dit « économique », jusqu'à l'arrivée du CD, et ils ont fait la gloire de notre garde-robe !

Aussitôt après Aix-en-Provence, l'œuvre a commencé à être donnée dans l'Europe entière, toujours avec un Michel Sénéchal triomphant. Aujourd'hui, c'est le couple Marc Minkowski, avec ses Musiciens du Louvre et Jean-Paul Fouchécourt, qui s'impose depuis la version mise en scène par Laurent Pelly au Palais Garnier en 1999. Digne successeur de Sénéchal, Fouchécourt en fait des tonnes, on l'adore comme Sénéchal. Il pleure, rit, virevolte, s'étonne, danse, s'amuse et nous amuse : on voudrait l'embrasser. Là aussi, nous aurions dû citer tous les comparses de cette fabuleuse reprise, nous les aimons tous, ce sont presque tous des amis, on se bornera à dire qu'ils sont tous parfaits. Avec une mention toute particulière pour Annick Massis dans le rôle de la Folie, à l'abattage inouï.

Poliuto (Polyeucte), *opera seria*

Gaetano Donizetti. Livret de Salvatore Cammarano

Paris, 1840 ; Naples, 1848

Le dernier opéra de la grande période italienne de Donizetti, sur un livret de Scribe revu par Cammarano d'après *Polyeucte* de Corneille, a d'abord été interdit en Italie par la censure. Cette tragédie chrétienne, trop chrétienne mais détournée en mélodrame sentimental par des librettistes soucieux de répondre au goût du temps, répondait, en effet, trop bien au goût du temps : comment oserait-on la présenter en Italie ? L'œuvre fut interdite en 1838 au cours de ses répétitions. Le grand ténor français Adolphe Nourrit devait la chanter. C'est peut-être là l'une des raisons de son suicide, plusieurs mois plus tard pourtant. Nourrit, las des caprices du monde de l'opéra, s'est jeté par la fenêtre de son hôtel de Naples. Donizetti, lui, est au contraire parti pour la France. La première des *Martyrs*, son titre français en version française, aura lieu à l'Opéra de Paris avec Mme Julie Dorus-Gras, MM. Duprez, Massol et Dérivis. On y voit Poliuto et Paolina affronter le martyre plutôt que de renoncer à la foi chrétienne qu'ils viennent l'un et l'autre d'embrasser.

À vrai dire, l'œuvre de Donizetti n'est sûrement pas l'une de ses plus intéressantes et le livret de Cammarano est, lui, totalement incompréhensible. En fait, depuis sa création, ce *Polyeucte* devenu *Poliuto* pour se transformer en martyr n'avait guère été joué jusqu'à ce que, le 7 décembre 1960, pour l'ouverture de la saison de la Scala, une Maria Callas de trente-sept ans le reprenne avec éclat.

Une fois de plus, Luchino Visconti devait en assurer la mise en scène, mais au dernier moment, l'auteur de *Rocco et ses frères*, qui considérait avoir été brimé par la censure, refusa, semble-t-il, de travailler pour une institution aussi officielle. Un Herbert Graf le remplaça. Si Maria Callas avait choisi le rôle, c'était bien entendu pour poursuivre la tradition qui était la sienne d'assurer la résurrection d'œuvres bien oubliées... Mais c'était aussi parce que le rôle de Pauline était en principe un rôle sans vrai problème. Au point où elle en était de sa carrière vocale, déjà déclinante, elle voulait éviter un beau chant trop orné, les fioritures périlleuses, les notes hautes, aériennes et difficiles à soutenir trop longtemps. Et pourtant, ce qu'elle en fera va être à proprement parler bouleversant. L'enregistrement qui nous est resté de l'une des cinq soirées de la Scala, dirigées par Votto avec le formidable ténor Franco Corelli dans le rôle de Poliuto, laisse certes entendre un trémolo de plus en plus déplaisant dans l'enregistrement et des notes aiguës souvent écrasées. Et pourtant, oubliant tous ces défauts, on découvre une tendresse, une douceur, une résignation amoureuse dans le choix que Callas-Pauline fait de son martyre, qui, aux antipodes d'une

Callas-Médée ou de Norma, nous la fait retrouver innocente et fragile comme on l'avait perdue de vue depuis certaine *Somnambule*.

Si la critique va faire des réserves et souligner d'une manière générale qu'elle n'était pas en très bonne voix, le public, lui, lui assurera un triomphe. Quant à la célèbre commère de la presse américaine, Elsa Maxwell, elle écrira de ce *Poliuto* : « C'est un spectacle des Mille et Une Nuits, brocarts, le lamé l'emporte sur la soie, la mousseline et l'imprimé. Malgré la chaleur étouffante, les femmes gardent jusqu'au dernier moment leurs fourrures, vison, chinchilla ou zibeline... Cette année, les diadèmes, peu nombreux, ont fait place aux parures, surtout en émeraudes, saphirs et turquoises. Dans la salle, seize mille œillets rouges offerts par Balmain forment des guirlandes ornant les six étages de balcons... » Pour la commère en question, le spectacle était dans la salle. Maria Callas ne chantera plus jamais le *Poliuto* de Donizetti. Après elle, seule Beverly Sills...

Pondjiclis, Sophie (née en 1966)
Mezzo-soprano française

Avec un nom pareil, Sophie Pondjiclis est Marseillaise comme il n'est pas permis de l'être ! Lors d'un concert qu'elle donna à la Villa Médicis à la fin des années 1990, ce fut un car entier de supporters marseillais enthousiastes qui l'accompagna à Rome pour l'applaudir à tout rompre sous la loggia ouverte sur les jardins. Après un premier prix de chant au Conservatoire national supérieur de Paris, Sophie Pondjiclis a très vite commencé une carrière remarquée, tour à tour Rosine du *Barbier de Séville*, Féodor de *Boris Godounov*, Orlofsky de *La Chauve-Souris* ou Olga d'*Eugène Onéguine*. Elle chante aussi souvent Chérubin et la mélodie française.

Ponnelle Jean-Pierre (1932-1988)
Metteur en scène français

Peu de metteurs en scène figurent dans ces pages. On le regrettera, bien sûr. Mais Jean-Pierre Ponnelle ne pouvait pas ne pas être au premier rang de ceux qui nous ont appris à voir autrement l'opéra. La vie nouvelle qu'il a insufflée à des opéras parfois usés jusqu'à la corde de leur dernier violon à force d'avoir été mis en scène n'importe comment ou avec un faux souci de modernisme, a donné à quelques scènes lyriques européennes une aura particulière. Ce fut le cas notamment à Zurich, où, en collaboration avec Nikolaus Harnoncourt, il réinventa la manière de présenter les opéras de Monteverdi. Nous avons vu son cycle Monteverdi plus tard à Édimbourg, nous l'avons ensuite vu à la télévision, le délire baroque y atteint au prodige. Avant cela, Ponnelle avait monté à Cologne un cycle d'opéras de Mozart qui fit, lui aussi, date. Mais c'est surtout à Salzbourg que nous avons fréquenté du côté de chez Jean-Pierre Ponnelle. Deux productions au moins nous parurent inoubliables. L'une, pourtant peu appréciée par la critique et qui passa mal la rampe ridiculement étroite de l'Opéra-Comique de Paris où l'on voulut montrer ce qui avait occupé toute la scène du grand Festspielhaus : ce furent des *Contes d'Hoffmann*, où Placido Domingo avait été grandiose. On se souvient de l'acte vénitien de Giulietta, fait de longs manteaux d'argent, tour à tour des capes, certes, mais aussi l'eau de la lagune, voire la gondole de la barcarolle. Mais c'est surtout sa *Flûte enchantée*, dans le manège d'été au ciel ouvert sur les étoiles de la capitale mondiale du bonheur mozartien, où Ponnelle a utilisé à merveille le décor qu'on aurait dit entièrement naturel des trois rangées d'arcades qui surplombent la scène, qui a transporté des milliers de spectateurs. N'oublions pas non plus la « version Ponnelle » des *Noces de Figaro* à l'image, admirables de vivacité et parfois de cruauté, dominées par un Dietrich Fischer-Dieskau souverain en comte vraiment méchant et une Suzanne-Maria Ewing d'un humour très fin. Seul regret : l'idée un peu vaine d'imaginer que les monologues soient chantés comme en voix off, bouche fermée... Le public français, snob parfois comme il n'est pas permis, a souvent eu l'habitude de ne pas vraiment savoir regarder ce que Ponnelle savait lui montrer.

Pons, Lily (1898-1976)
Soprano américaine d'origine française

Soprano américaine, c'est ce que disent les biographies officielles. Mais pour nous, elle est restée bien française, notre « rossignol français » qui fit ses débuts à Mulhouse en 1928 dans *Lakmé* et, pendant trois ans, arpenta courageusement toutes les scènes de province françaises, avec Chérubin, Blondchen ou la Reine de la nuit. Mais dès 1931, le baryton Giovanni Zenatello l'entend, l'admire et l'emmène, ou presque, dans ses bagages aux États-Unis où, son élève, elle fait très vite de fracassants débuts au Met dans le rôle de Lucia. Pendant vingt-huit saisons, elle sera l'un des piliers de la grande maison américaine, chantant naturellement Lakmé, mais aussi Gilda, la Marie de *La Fille du régiment*, Amina, bref, tous les rôles de grande soprano coloratura dans lesquels elle excelle. Très vite aussi, elle devient pour la France une légende française en Amérique. Comme Toti Dal Monte, c'est sur un vieux disque 78-tours, dans une maison quelque part en Auvergne, qu'on a pu l'entendre pour la première fois dans l'air de la Folie de *Lucia di Lammermoor*. Qui dira que les parents qui possédaient ces chefs-d'œuvre dans les années 1930 n'écoutaient que « La partie de cartes » de Marius et Victor Boucher, un acteur alors fameux dans une scène qu'on trouvait alors désopilante des *Vignes du Seigneur* ? Lily Pons était belle, une silhouette très fine, une voix un tout petit peu démodée aujourd'hui, mais un visage à faire du cinéma. Elle en fit, d'ailleurs, du cinéma. Elle revint à Paris épisodiquement, chanter Gilda et Lucia. C'est en 1958 qu'elle a fait ses adieux au Metropolitan de New York, et dans quoi ? Dans *Lucia di Lammermoor*, naturellement.

Ponselle, Rosa (1897-1981)
Soprano américaine

Tel article biographique que nous avons sous les yeux dit de la voix de Rosa Ponselle qu'elle était « considérée comme l'une des plus belles du siècle ».

D'origine napolitaine, Rosa Ponselle a commencé par une carrière de petite fille prodige dans des cinémas miteux de la province américaine. Elle avait dix ans, chantait aussi dans des vaudevilles. Montée quand même à New York, elle fit de sérieuses études de chant et c'est Caruso, pas moins, qui la découvrit. Elle fit ses débuts à New York dans la Leonora de *La Force du destin* : elle avait vingt et un ans. S'ouvre dès lors une magnifique carrière. Pendant près de vingt ans, elle sera la grande soprano dramatique du Metropolitan. Tous les rôles lourds du répertoire italien semblent lui revenir de droit : Verdi, naturellement, mais aussi *La Gioconda*, de Ponchielli, *L'Africaine*, de Meyerbeer, ne quittant Mozart et donna Anna, où elle fut, nous dit-on, sublime, que pour le *Guillaume Tell* de Rossini ou les véristes : *André Chénier* et *Cavalleria rusticana*. Elle fait partie de ces mythes que nous n'avons, naturellement, connus que par le disque. Nous avions rapporté des États-Unis un double album microsillon publié par RCA, croyons-nous, dont la couverture était illustrée d'une magnifique peinture représentant la grande Ponselle, peinte légèrement en contre-plongée, formidable de stature, d'une grande beauté, dans un rôle qui, croyons-nous aussi nous souvenir, était celui de Norma. Et c'est vrai que Ponselle fut probablement la grande Norma de la première moitié du XXe siècle. Le même article biographique nous indique que l'un des grands regrets de Rosa Ponselle fut de n'avoir jamais chanté ni Wagner ni Puccini. Mais ce qu'elle nous a laissé, les disques que nous en écoutons encore, contribuent à forger la légende selon laquelle, « des voix comme ça, il n'y en aurait plus »...

Porgy and Bess

George Gershwin. Livret de DuBose Heyward et Ira Gershwin

New York, 1935

Tout le monde a vu ou du moins entendu *Porgy and Bess*. Et quand bien même on ne sait rien de l'opéra de Gershwin, deux ou trois airs, devenus des « tubes » pour l'éternité, vous assailleront au moins une fois par mois, n'importe où, à la radio, sur un plateau de télévision, dans un grand magasin ou dans un ascenseur. Prenez « Summertime » : et osez dire, après ça, que vous ne connaissez pas *Porgy and Bess* ? Plus sérieusement, on dira que l'œuvre de Gershwin, qualifiée par lui-même d'« An American Folk Opera » a été longtemps l'une des œuvres les plus populaires de la deuxième moitié du XXe siècle. C'est qu'elle réunissait tout, la comédie musicale-opéra de Gershwin : le jazz, une certaine musique américaine, le goût du « musical », les belles voix graves des chanteurs noirs, les bons sentiments, l'ambition, la trahison et la persévérance. On connaît la musique, si l'on ose dire : Porgy, à qui il manque un bras, une jambe, on ne sait plus très bien, deux jambes, même, est amoureux de la splendide Bess, la maîtresse du riche et violent Crown. Tous deux sont noirs, mais un monde pourtant les sépare. Et voilà que le miracle se produit, Bess aime à son tour Porgy. Tout le bon peuple de Catfish Row, banlieue noire de Charleston, finit par s'en réjouir. Mais il faudra que ce diable de Sportin'Life, faiseur, truqueur, vendeur de drogue et pire encore, vienne empoisonner les relations entre les deux amoureux. Crown, jaloux, revient à la charge. Pour être infirme, Porgy n'en a pas moins deux bras — ce sont donc bien ses jambes qui lui manquent... Une bagarre éclate et Porgy tue Crown. Bess s'enfuit, Porgy, sur sa planche à roulettes, tentera de la rejoindre. L'amour est toujours vivant, l'espoir au bout de la route... On le voit, les bons sentiments foisonnent. Et Sportin'Life lui-même est tellement drôle qu'on oublie qu'il est aussi très méchant. On dirait volontiers qu'on a vu cent fois *Porgy and Bess*, si c'était la vérité, mais ce n'est pas le cas. On a vu le film, naturellement. On a dû voir l'œuvre à deux ou trois reprises, lors de tournées américaines à Paris, au théâtre de l'Empire, par exemple, qu'on n'avait pas encore transformé en studio de télévision. Et l'on aime *Porgy and Bess*, bien sûr. Comme on aime *Un Américain à Paris*, le film et la comédie musicale de Gershwin avec la douce Leslie Caron. Comme on a pu aimer longtemps la « Rhapsody in Blue », voire se laisser prendre par certain concerto en *fa*. Mais, même à Catfish Row, il passe beaucoup d'eau sous les ponts. Et puis, cinéma, cinéma, le film d'Otto Preminger, réalisé en 1958, n'est peut-être pas l'un des meilleurs de l'auteur de *Laura*. Enfin, si Dorothy Dandridge, qui sera aussi une Carmen Jones, c'est-à-dire noire, ouvrière dans une usine américaine de parachutes, est plus belle que jamais, Sammy Davis Jr en Sportin'Life, en fait quand même beaucoup trop. Mais ne doutons pas que chaque nouvelle reprise de *Porgy and Bess*, à Noël ou à la nouvelle année, voire, pourquoi pas, à Pâques, remplisse encore les salles.

Postillon de Longjumeau (Le)

Adolphe Adam. Livret d'Adolphe de Leuwen et Léon-Lévy Brunswick

Paris, 1836

Un opéra-comique français qui fut célèbre dans le monde entier. Célèbre pour l'air dit du « Postillon », pain béni des ténors capables de se jouer avec virtuosité des notes les plus hautes. L'air en question, on l'entend d'ailleurs dès le premier acte, lorsque Chapelou, le postillon en question, entonne sa chanson avec le *ré* aigu qui va avec. Toute l'intrigue tourne d'ailleurs autour de ce *ré* aigu, et c'est parce qu'il a une voix superbe que Chapelou quitte son métier de cocher pour devenir Saint-Phar, tout simplement chanteur d'opéra... L'opéra dans l'opéra-comique, en somme. Chapelou était amoureux, jadis, d'une Madeleine, il la retrouvera sous le nom de Madame de La Tour, il l'avait quittée, elle pardonnera, tout se terminera le mieux du monde, dans le monde idéal des chanteurs d'opéra du XVIIIe siècle.

Après une vogue fracassante dans tous les théâtres de France et de Navarre et un succès non moins égal dans le reste du monde, l'œuvre a à peu près disparu du répertoire français. Il est vrai que l'opéra-comique est un genre mal aimé chez ceux qui s'enivrent aujourd'hui du baroquisme à tout crin et ne font le pèlerinage de Bayreuth que lorsque c'est une équipe de Français qui est aux commandes du festival. Dieu merci, au milieu des années 1980, un très bel enregistrement est venu nous rappeler Longjumeau et son postillon. Dirigé par Thomas Fulton, l'Orchestre Philharmonique de Monte-Carlo est saisi par le vertige d'une œuvre que ses membres s'amusent, comme nous, à découvrir. John Aler y est un bon Chapelou. François Le Roux un directeur de l'opéra, de Corcy, parfait : comme tout ce que fait Le Roux. June Anderson y semble un peu en retrait. Mais on citera aussi un autre ténor dont les accents sont encore dans nos oreilles, après une première écoute voilà plus de quarante ans : le Danois Helge Roswaenge, qui fit une grande partie de sa carrière en Allemagne et enregistra, au sommet de ses moyens, un air du « Postillon » insurpassable.

Prague

C'est à Prague, en 1787, qu'a été créé le *Don Juan* de Mozart. À ce titre, le théâtre Tyl, théâtre national de Prague, est devenu l'un des cinq ou six très grands hauts lieux de l'histoire de la musique. C'est donc à Prague, dans un pavillon prêté par des amis, que Mozart mit la dernière main à son chef-d'œuvre dans la hâte. C'est à Prague que le premier don Juan de l'histoire, Luigi Bassi, et la belle Teresa Saporiti, déchiffrèrent pour la première fois la partition sacrée pour tant d'entre nous dont Pauline Viardot donna le manuscrit à la bibliothèque du Conservatoire de Paris. C'est à Prague que Pasquale Bondini, imprésario italien qui devait mourir deux ans plus tard, eut donc l'idée de réunir l'une des plus fabuleuses distributions de son temps, dont chaque nom s'épelle encore aujourd'hui dans le cœur des amoureux de Mozart. On notera au passage que la femme de Bondini, Catarina, fut la première Zerlina. Marianna, la fille de Bondini, chanta aussi la première Suzanne, mais cette fois à Paris.

Ne soyons pas injuste pour Prague : longtemps siège du théâtre italien, le Théâtre national de Prague a vu naître aussi, dès 1826, le premier théâtre lyrique tchèque. Mais c'est surtout Smetana, son directeur à partir de 1866, puis Dvorák qui, tour à tour, y donnèrent leurs œuvres majeures. À la fin du XIXe siècle, au début du XXe siècle, l'opéra tchèque était devenu l'une des composantes les plus intéressantes du théâtre lyrique européen.

Prey, Hermann (1929-2002)

Baryton allemand

Le seul tort de Hermann Prey a probablement été d'être le contemporain (de quatre ans le benjamin) de Dietrich Fischer-Dieskau. Dès lors, au moins hors d'Allemagne, la grande ombre de Fischer-Dieskau a quelque peu éclipsé l'art de Prey. Celui-ci a pourtant été un merveilleux chanteur de lieder. On l'a vu sur toutes les scènes européennes de son temps. Il fut en 1962 à Aix-en-Provence un don Juan de grande classe. Dans le même temps, il pouvait être un Figaro, un Papageno, voire le Beckmesser des *Maîtres chanteurs* d'une immense drôlerie. Le disque a été très généreux avec lui, son aisance scénique était remarquable. On a pu l'admirer à Covent Garden dans les années 1970 dans un fulgurant Figaro. Osera-t-on, dès lors, le dire ? Quelquefois, on a pu avoir le sentiment que Fischer-Dieskau se forçait pour être drôle. Qu'il jouait la comédie, en somme : Hermann Prey pouvait être, lui, drôle sans retenue et sans comédie.

Price, Leontyne (née en 1927)
Soprano américaine

L'une des très grandes sopranos américaines de la deuxième moitié du xxe siècle. La grande beauté de Leontyne Price, son magnétisme naturel, ses dons de comédienne en ont fait l'une des sopranos dramatiques les plus excitantes, les plus touchantes aussi. Dès 1953, à peine âgée de vingt-six ans, dans la Bess de l'opéra de Gershwin, des photos de l'époque nous la montrent rayonnante, littéralement habitée par son rôle. Mais dès 1957, à trente ans, elle chante Madame Lidoine dans la première américaine des *Dialogues des carmélites*. Dans la foulée, tous les rôles lourds de Verdi lui sont offerts. L'enregistrement auquel elle participa en 1961 aux côtés de John Vickers d'une *Aïda*, avec hélas l'orchestre de l'Opéra de Rome mais dirigé par Georg Solti, est en tête de toutes les discographies. Elle y est une victime d'une humilité pourtant flamboyante. Quinze ans plus tard, elle demeure une Leonora de *La Force du destin* déchirée, haletante. Leontyne Price a malheureusement peu chanté en France. C'est à Salzbourg qu'on aurait voulu l'entendre lorsque avec la Philharmonie de Vienne, Karajan la dirigea en 1962 dans l'un des plus beaux *Trouvère* du siècle. C'est que Leonora aussi a été l'un des très grands rôles, le plus grand peut-être, de Leontyne Price. Mais c'est toute la distribution de ces soirées de 1962 que l'on retrouve heureusement au disque, avec Franco Corelli et Giulietta Simionato. Nous n'avons connu ce *Trouvère*-là qu'après beaucoup d'autres, l'incandescence de Leontyne Price n'a pas été surpassée.

Price, Margaret (née en 1941)
Soprano galloise

L'autre Price de l'opéra du XXe siècle, c'est la blonde Margaret, une grande verdienne (sa Desdémone, son Amelia de *Simon Boccanegra* constituent de superbes incarnations). Elle a également été Norma et l'Elisabeth de *Don Carlo*. Mais c'est à Mozart que nous devons nos plus grands bonheurs aux côtés de Margaret Price. Et d'abord à certaines *Noces de Figaro* qu'elle chanta à l'Opéra de Paris, lors de l'entrée de Liebermann dans la grande maison. Sa Comtesse fut alors un moment de grand bonheur. On nous pardonnera d'évoquer pourtant une autre Margaret Price, celle qui a participé à l'un des enregistrements intégraux les plus intéressants de lieder de Schubert. Et surtout celle que nous vîmes, dans un récital de lieder, dans la froide salle du Théâtre communal de Florence. « J'étais seul l'autre soir au Théâtre communal... », ou presque seul. La salle était à moitié vide. Plus pressé d'entendre un Zubin Mehta lancer au galop un orchestre souvent provincial, le public florentin, nos amis, ne s'était pas déplacé pour l'une des premières chanteuses de lieder du monde. Et pourtant, sa présence déchaîna un étrange raz de marée. Dispersés au hasard de la salle, les spectateurs s'approchèrent peu à peu de la chanteuse, ce n'était pas la forêt qui marche du *Macbeth* de Verdi, mais les strapontins, lentement bouleversés. La fin du récital de Price à Florence fut une apothéose.

Prigioniero (Il) *(Le Prisonnier)*

Luigi Dallapiccola. Livret du compositeur d'après Auguste Villiers de l'Isle-Adam : *La Torture par l'espérance*

Turin, 1949

L'un des premiers opéras dits contemporains donnés avec succès à Paris (près de vingt ans tout de même après sa création...), longtemps réputé, et moins encore que le reste de la France, pour n'être guère accueillant à l'opéra du XXe siècle. C'est une œuvre dense, très courte (moins d'une heure) qui constitue une manière d'écho aux douleurs et aux tortures nazies.

Dallapiccola, né en Croatie en 1904, a découvert avec passion le *Pierrot lunaire* de Schönberg. C'est dans son sillage, un dodécaphonisme d'une limpidité tragique, qu'il a composé son *Prisonnier*. À la rigueur sérielle du discours du prisonnier lui-même s'oppose le langage plus libre, presque fleuri, du Grand Inquisiteur qui le torture, précisément, par l'espérance. C'est, en quelque sorte, le contraste entre la voix parlée de Moïse et celle de ténor, chantant, d'Aaron dans l'opéra de Schönberg. Inspiré de Villiers de l'Isle-Adam, le livret est éternel. Un prisonnier, un geôlier, l'espoir de la liberté au bout du chemin mais en réalité la mort. Nous avons pu assister à une représentation de l'œuvre au Palais Garnier en 1968. Le rythme haletant, en même temps que l'espèce de calme artificiel qui entoure le personnage principal nous avaient laissé en haleine. Un très bel enregistrement, daté de 1956, sous la baguette prodigieuse de Hermann Scherchen, demeure encore aujourd'hui une version de référence. C'est Eberhart Wächter, qui fut aussi un très grand don Juan, qui chante ici le prisonnier. Le ténor Helmut Krebs, échappé des *Passions* de Bach où il est un évangéliste fervent, se trouve presque à contre-emploi dans le rôle de celui qui torture jusqu'à la mort. Un autre grand nom dans le même enregistrement : celui d'Helga Pilarczyk, très engagée aux côtés de tant de compositeurs de son temps, qui chante le rôle de la mère du prisonnier.

Prince de Homburg (Le)

(Der Prinz von Homburg)

Hans Werner Henze. Livret d'Ingeborg Bachman d'après Heinrich von Kleist

Hambourg, 1960

On nous dit que c'est pendant une représentation du *Prince de Homburg* au TNP, dans les années Vilar, qu'Ingeborg Bachman, l'auteur du livret de l'opéra de *Henze*, eut l'idée de tirer une œuvre lyrique de la dernière pièce de Kleist, interprétée magnifiquement à la scène — des images, un disque sont encore là pour nous le rendre... — par Gérard Philipe.

Gérard Philipe en chemise blanche, le col largement ouvert, culottes blanches dans des bottes étroites, qui se lève, illuminé, au réveil d'un rêve : qu'on ait vu ou que l'on n'ait pas vu Gérard Philipe en ces années-là, tant d'autres nous l'ont raconté que son visage et sa voix sont encore ancrés dans nos cœurs. Et qu'Ingeborg Bachman se soit lancée dans son entreprise après l'avoir applaudi sur la grande scène du palais de Chaillot ou sur celle, plus large encore, du palais des Papes à Avignon, nous rend l'opéra de Henze plus cher encore. C'est à Paris, en 1962, que nous le vîmes pour la première fois au théâtre des Nations. Après Hambourg, l'œuvre avait été donnée en 1962 au Sadler's Wells de Londres : c'était l'Opéra de Francfort qui nous l'a révélé la même année.

La pièce de Kleist raconte les amours de Friedrich de Hombourg et de Natalie, princesse von Orange. Mais elle nous dit surtout les horreurs de la guerre, la folie d'un jeune capitaine qui se lance au combat sans attendre des ordres, une cour martiale, un peloton d'exécution, un prisonnier aux yeux bandés avec, à la dernière seconde, le bandeau qui tombe, le pardon accordé et l'amour enfin réel de Friedrich et de Natalie.

Tout cela parce que le jeune prince de Hombourg a fait un rêve de gloire, et que, le temps d'une nuit, il a gardé entre ses doigts le gant de sa princesse...

D'abord sous l'influence du dodécaphonisme, de Schönberg et des séminaires de René Leibowitz à Darmstadt, Henze va rapidement revenir à des élans beaucoup plus romantiques, beaucoup plus passionnés, où l'on retrouve, superbement transcendées, les mélodies élégiaques d'un Bellini, l'éclat d'un Rossini, la violence d'un Verdi. Tout cela, en plein XXe siècle, avec toujours en arrière-fond les souvenirs de la deuxième école de Vienne. Le résultat, c'est un *Prince de Hombourg* aussi généreux, aussi follement audacieux, aussi admirablement rêveur que le fut, l'espace de trop peu de saisons, un Gérard Philipe au palais des Papes ou au palais de Chaillot...

Prince Igor (Le) (*Kniaz Igor)*

Alexandre Borodine. Livret du compositeur d'après une pièce de Vladimir Stassov
Terminé par Rimski-Korsakov et Glazounov

Saint-Pétersbourg, 1890

Tout le monde connaît les danses polovtsiennes. Tout le monde a entendu ces accents puissants, presque envoûtants, voire vénéneux, qui accompagnent le ballet de séduction que dansent pour le prince Igor les jeunes Polovtsiennes sur ordre de leur souverain vainqueur mais généreux. Elles sont même devenues, ces danses polovtsiennes, le thème principal d'une comédie musicale qui fit la gloire de Broadway et qu'on a retrouvé au cinéma, hier encore à la télévision, sous le titre de *Kismet*. Mais Dieu merci, l'opéra de Borodine ne se limite pas à cette musique fameuse, devenue une scie pour supermarché américain dans les années 1960.

Comme *Boris Godounov*, il s'agit d'un opéra politique. Mais à la différence de *Boris*, c'est un opéra qui prêche le rassemblement, les retrouvailles de toutes les entités du peuple russe face à la cruauté des hordes barbares qui veulent le piller et l'asservir. L'action se déroule quelque part au XIe siècle, il n'est pas vraiment certain qu'elle s'appuie sur une réalité historique tout à fait authentique, mais qu'importe ? Borodine voulait écrire une pièce politique, il voulait écrire une œuvre à la gloire du peuple russe : il a admirablement réussi. L'intrigue repose sur le prince Igor, naturellement, et sur les Polovtsiens qu'il s'aventure à attaquer un peu trop à la légère, face à Kontchak, le khan polovtsien, vainqueur. Mais il y a aussi, dans le sillage des deux hommes, le fils de l'un et la fille de l'autre : devinez ce qui arrivera ? Il y a aussi un prince Galitzky, qui rêve de prendre la place d'Igor, il y a des personnages secondaires, pleutres et ridicules, qui permettent à Borodine de jouer la carte du mélange des genres. Borodine, pourtant, ne parvint jamais à terminer son œuvre. C'est trois ans après la mort du maître que Rimski-Korsakov et son élève Glazounov purent enfin la monter à Saint-Pétersbourg. Très vite on l'a vue à Paris, très vite on l'a vue dans le monde entier. Aux côtés d'une pléiade de grands rôles de barytons, un ténor admirable chanta Vladimir, le fils d'Igor, dans les années 1930 à Berlin : c'était Helge Roswaenge. Nous vîmes nous-même l'œuvre à deux reprises, dans la loge dite impériale du théâtre Bolchoï, à Moscou, où une mission, hélas sans lendemain, nous amena à réfléchir à la restauration du grand théâtre. La mise en scène était somptueuse, dérisoire, flamboyante, tragique. Les danses polovtsiennes qu'on a citées en ouverture y ressemblaient au numéro vaguement folklorique d'un spectacle du Casino de Paris d'avant guerre. Mais ce même théâtre Bolchoï enregistrait, dans les dernières années de la carrière d'Ivan Petrov, un prince Igor déchiré et généreux d'une hallucinante grandeur.

Prophète (Le)

Giacomo Meyerbeer. Livret d'Eugène Scribe

Paris, 1849

Créé au lendemain de la Révolution de 1848, *Le Prophète* illustre mieux que tout discours combien 1848 fut feu de paille et comment — passée l'année qui frappa d'effroi les pouvoirs bourgeois ou monarchiques dans le monde et fit croire à Berlioz, alors à Londres, qu'il ne pouvait rentrer à Paris — la vie telle qu'on l'entendait avant reprit aussitôt après, comme avant, mieux qu'avant. C'est dire que le succès du *Prophète*, comme celui de *Robert le Diable* ou des *Huguenots* fut considérable.

Le livret était pourtant passablement absurde. Au départ, il y a dans l'*Essai sur les mœurs*, de Voltaire, l'histoire de la secte des anabaptistes allemands au XVIe siècle, leur soulèvement et la mise à mort en 1536 de leur chef, Jean de Leyde. On a dit comme avant, mieux qu'avant : et pourtant, en 1849, les échos d'un soulèvement populaire, fût-il manipulé par une poignée de démagogues et vieux de plus de trois cents ans, ne pouvaient être que considérables. Pour un Théophile Gautier, par exemple, qui était alors l'un des principaux critiques musicaux de son temps — avec un certain Berlioz... —, le livret du *Prophète* paraissait tout droit inspiré des idées que l'on pouvait lire dans les journaux communistes !

Tout est pourtant sombre et austère, dans ce *Prophète* où cuivres, tambours, sonneries de trompettes et saxophones produisent, avec des masses chorales considérables, des effets sonores qu'un Berlioz admirera profondément. Moins que le rôle du ténor, Jean de Leyde, ce fut celui de la mère de Jean de Leyde, Fidès, qui captiva d'entrée de jeu les spectateurs. Il est vrai que c'était la grande Pauline Viardot, la sœur de la Malibran, qui faisait de cette mère déchirée une manière d'Azucena du *Trouvère* avant la lettre. Comme Azucena, Fidès périra dans un bûcher, mais avec son fils.

Plus de trois cents représentations à la salle Le Peletier ; encore près de trois cents représentations au

Palais Garnier, puis la voix du *Prophète* s'est éteinte. On l'a réentendue, épisodiquement... Mais ils sont peut-être plus nombreux qu'on le croit, ceux qui attendent le retour de ce *Prophète*-là. Après tout, *Les Huguenots*, *Robert le Diable*, *L'Africaine* ont parfois souvent revu le jour...

C'est pour Fidès et pour Pauline Viardot que nous ne voulions pas, nous, l'oublier.

Puccini, Giacomo (1858-1924)
Compositeur italien

Promenez-vous à Lucca, Puccini y est partout. Avec la belle Illaria Del Carretto dont le visage de marbre, admirable, sculpté par Jacopo Della Quercia, dort pour l'éternité dans le Duomo, Puccini est la gloire de la ville. Des photographies anciennes du compositeur vous regardent de loin, ici dans une librairie où l'on vend d'autres photos de lui, là dans l'un des plus beaux cafés d'Italie, boiseries du XIXe siècle, miroirs et corniches, des choux soufflés au *zabayone* à vous faire perdre la tête. Mais c'est la musique de Puccini qui nous a fait perdre la tête, voilà déjà si longtemps. Le souvenir de la première Floria Tosca qui s'appelait Maria Callas, que nous entendîmes à seize ans et qui, comme le demi-sourire de la triste Ilaria du Duomo, nous marque à jamais. Le sourire aussi, un peu triste, de Puccini lui-même, à la fin de sa vie. Sa volonté farouche de s'ouvrir à d'autres musiques qui n'étaient pas les siennes, l'intérêt qu'il portait à une école de Vienne, si loin de lui pourtant, vous a, aujourd'hui, quelque chose de pathétique. Comme Strauss, il fait partie de ces hommes qui ont su admirablement faire chanter les femmes. Dès 1893, avec sa *Manon Lescaut*, il sait nous toucher par leurs faiblesses. Mimi, de *La Bohème*, en 1896, est incapable aussi d'aimer son Rodolfo comme il le souhaiterait, pas plus que Musette ne peut aimer Marcello en lui demeurant fidèle. Tosca trahit par jalousie, alors qu'elle aime trop, et Butterfly se meurt d'amour : autant de faiblesses, autant de failles intimes qui culminent dans *Turandot*. La gentille petite Liu se tuera pour ne pas trahir celui qu'elle aime, tandis que la redoutable princesse chinoise qui donne son nom à l'ouvrage finira, sans honte, par se conduire en midinette... Une visite à Torre del Lago, près de Viareggio, pas loin de Lucca donc, où Puccini habita longtemps et composa la plupart de ses opéras, constitue une véritable plongée au sein d'une mélancolie bien particulière : la *morbidezza* puccinienne. Mais point n'est besoin d'aller aux festivals d'été qui s'y donnent tous les ans depuis plus d'un demi-siècle pour éprouver cette émotion : avec *Carmen*, *La Bohème* est l'une des œuvres lyriques les plus jouées de par le monde. Et Puccini est partout chez lui, une petite crispation dans chacun de nos cœurs.

Puritains (Les)

Bellini. Livret de Carlo Pepoli, d'après *Têtes rondes et Cavaliers* d'Ancelot et Saintine

Paris, 1835

L'ultime opéra de Bellini, au titre complet : *I Puritani di Scozia, (Les Puritains écossais)* est inspiré d'un roman de Walter Scott : *Old Morality*. C'est fou ce que Walter Scott, le premier grand romancier romantique, a pu inspirer de musiciens dans le monde entier. *Les Puritains* en sont l'un des avatars. Et si le livret est ce qu'il est, la dernière musique composée par Bellini touche, elle, au chef-d'œuvre. L'équipe qui le créa à Paris, au Théâtre-Italien, le 24 janvier 1835, était tout bonnement époustouflante : Grisi, Rubini, Tamburini et Lablache : les quatre chanteurs italiens les plus célèbres du moment. C'est avec la même distribution que l'œuvre fut ensuite reprise quatre mois plus tard au King's Theater de Londres, avec, aussi, le même succès.

Walter Scott et Bellini : nous sommes au cœur de l'opéra romantique de la première moitié du XIXe siècle. Il serait faux de dire que l'art du chant romantique bellinien est ici un aboutissement : *La Somnambule* et *Norma* nous l'ont déjà entièrement révélé. Tout au plus, osera-t-on remarquer que, à quelques mois de sa mort, Bellini en joue avec une habileté plus consommée encore. La manière dont il organise l'équilibre des différents types d'ensembles, duos, trios, quatuors ou chœurs, révèle une connaissance intime de la mise en place d'un espace musical où le beau chant, encore une fois, ne sacrifie en rien aux conventions d'une action dramatique qui se doit d'évoluer aussi avec lui. Et même si l'histoire, fort belle chez Walter Scott, est quelque peu simplifiée ici, le scénario fonctionne. Elle tourne autour d'Elvira, fille du puritain Walton, gouverneur de la forteresse dans laquelle est enfermée la reine Henriette, veuve de Charles Ier. Arturo, Cavalier, fiancé à Elvira fille de Tête ronde, va donc aider la reine à s'échapper, toute enveloppée du voile blanc qui doit être celui d'Elvira pour ses noces. Naturellement, la jeune fille se croit trahie, suit une de ces scènes de folie comme en affectionnaient les romantiques, mais contrairement à la *Lucia* de Donizetti, Elvira n'assassine personne, elle retrouve la raison, et épousera son Arturo avec la bénédiction du redoutable Cromwell, naturellement chef des Têtes rondes, qui pardonne aux complices de l'enlèvement de la reine.

Sur le papier, tout cela fait un peu désordre, mais c'était le lot des livrets du temps. La musique d'Arturo, prototype du héros d'opéra romantique, a été écrite spécialement pour le grand Rubini. Son « A te, o cara... » du premier acte est d'une tendresse infinie tandis qu'au dernier acte elle atteint à des niveaux d'emportement et de bravoure redoutables. Mais ce sont les airs d'Elvira qui sont, bien entendu, les plus caractéristiques de l'œuvre. Là, on l'a dit, des ondoiements sublunaires alternent avec de grands élans désespérés. C'est tout cela que contient la célèbre scène de la folie, au deuxième acte : « O rendetemi la speme..., Ô rendez-moi l'espoir... » Langueur extrême et virtuosité expressive font de cette longue scène l'une des plus remarquables de ce temps.

Il s'est peu trouvé d'Arturo dans l'ère moderne. Il faut dire que Giovanni Battista Rubini, âgé d'une petite quarantaine lors de la création des *Puritains*, était un véritable phénomène vocal. Avec des moyens plus modestes, Alfredo Kraus a sûrement été, avant Luciano Pavarotti, mais avec plus de ferveur, le plus grand Arturo du demi-siècle écoulé. Quant aux grandes Elvira ? Il y en a une, deux, trois ou quatre, selon le degré de passion des amateurs fanatiques de telle ou telle chanteuse. Au premier rang vient naturellement Maria Callas, qui chanta pour la première fois le rôle à Venise, en 1949. C'était lors de cette série de représentations que, passant avec aisance de Wagner à Bellini, elle révéla au monde la diversité de son talent. À Catane, Florence, Rome, Mexico et enfin Chicago, elle a chanté encore treize fois le rôle, et c'est tout. Il nous en reste un très bel enregistrement, l'un des plus représentatifs de ce qu'était la voix de la jeune Callas. Il date de 1953, sous la direction de Tullio Serafin. Une Elvira, donc ? Deux ? Ce sera alors Joan Sutherland, à l'habileté vocale sans pareille, mais dont les accents n'avaient sûrement pas le pathétique de ceux de Maria Callas. Trois Elvira ? On citera alors Mirella Freni, pour laquelle nous sommes nombreux à éprouver une immense tendresse. Enfin, la quatrième Elvira, moins connue en France mais qui fut longtemps et bellement Elvira pour le public américain, c'est Beverly Sills, dont au moins un enregistrement avec Luciano Pavarotti est à marquer d'une pierre blanche. Il date de 1972. Les accents douloureux de Maria Callas nous hantent pourtant encore...

Rake's Progress (The) *(Le Libertin)*
Igor Stravinski. Livret de Wystar Hugh Auden
et Chester Kallman

Venise, 1951

Aucun théâtre d'opéra français, à notre connaissance, n'a jamais présenté *The Rake's Progress* sous un autre titre que son titre anglais. *Le Libertin*, ou *La Carrière d'un libertin* : c'est peut-être une traduction, c'est aussi, à sa manière, une trahison. *The Rake's Progress*, donc, inspiré à Stravinski par la suite grinçante des tableaux de William Hogarth, que l'on voit moins souvent au Soame's Museum de Londres, où ils sont pourtant si superbement exposés et presque faciles à découvrir, que dans les mille et une séries de gravures que l'on a pu en tirer. Chacune d'elles représente, avec un réalisme inouï, la vie d'un jeune homme un peu trop riche dans les bordels, maisons de jeux et maisons de bains du quartier de Covent Garden — les *banios* de la débauche moite... —, jusqu'à sa déchéance finale, dans l'asile de Bedlam. L'œuvre qu'en ont tirée Stravinski et ses librettistes, parmi lesquels le grand poète anglais Auden, qui collabora aussi à des livrets de Britten, est un chef-d'œuvre d'humour, une somme de pastiches, un retour de Stravinski à une forme de néoclassicisme pleine d'humour en un temps où l'Europe entière ne jurait que par la musique sérielle et ses mille et un avatars. Avec un superbe pied de nez à ses détracteurs, Stravinski montrait qu'on pouvait être aussi moderne que les plus intransigeants des tenants, sinon tenanciers, de la deuxième école de Vienne revue et corrigée dans les eaux de Donaueschingen.

Le livret raconte donc la carrière de ce libertin, mauvais garçon, de Tom Rakewell, aimé de la douce Anne Trulove, sous le regard d'un papa méfiant, mais conduit à l'abîme, dans les bras du diable et les draps de la folie par une incarnation du démon, le terrible Nick Shadow, en passant par la maison de filles de Mother Goose, ma Mère l'Oie, et par ses noces avec Baba la Turque, authentique femme à barbe.

Dans l'atmosphère de la Venise d'après guerre, rendez-vous hypersnob d'une super jet-set internationale en un temps où les avions n'étaient encore qu'à hélices, l'opéra de Stravinski fut, certes, un succès mondain, mais beaucoup plus aussi. Il est vrai que la production ressemblait à un morceau d'anthologie, avec Elisabeth Schwarzkopf dans le rôle d'Anne et Robert Rounsevill, le Hoffmann des *Contes* selon le film Michael Powell, dans celui de Tom. Otakar Kraus, ensuite vétéran de Covent Garden, chantait le méchant Nick Shadow, Jennie Tourel la pauvre Baba la Turque et l'infatigable Hugues Cuenod, plus que centenaire quand nous écrivons ces lignes mais qui n'avait alors qu'un demi-siècle, en vedette américaine. Un enregistrement nous est, Dieu merci, resté de la reprise de l'œuvre, avec la même distribution, la même année, à la Scala de Milan. D'entrée de jeu, les critiques furent extatiques, à l'exception de celles engagées à l'autre bord de la musique contemporaine. On parla de Mozart, sinon de Rossini. Mais un Mozart revu avec un sourire amusé, où la tendresse du premier acte des *Noces de Figaro* se termine tambour battant par le départ d'un Tom Rakewell vers la grande ville, laissant son Anne tout éplorée. Depuis la création, ce mauvais bougre de Tom n'a pas chômé. Il a bien fait vingt fois le tour du monde, passant et repassant heureusement à Paris où l'œuvre connut une première représentation en 1953, sous la direction d'André Cluytens. On aimerait avoir entendu Janine Micheau dans le rôle d'Anne. Mais c'est Glyndebourne, le festival au milieu des collines du Sussex, qui a probablement été sa terre d'élection. Deux productions célèbres s'y succédèrent, l'une dans des décors et costumes d'Osbert Lancaster, humoriste bien connu outre-Manche, champion du *cartoon* élégant. C'était en 1954. Nous n'avons vu que la suivante, à partir de 1975, qui elle aussi, comme l'œuvre de Stravinski, a fait vingt fois le tour du monde. Les décors, d'une drôlerie schématique pleine d'une immense tendresse, étaient de David Hockney. On l'a vue aussi à Paris, on l'a vue dix fois, peut-être. Une année, Felicity Lott chanta Anne Trulove, Samuel Ramey était un gigantesque Nick Shadow. Pauvre Tom Rakewell : non content d'être un libertin, c'était aussi un innocent, voire un imbécile ! Comment laisser derrière soi une Felicity Lott quand on a eu la chance de l'avoir rencontrée... Avec ou sans David Hockney, l'Anne Trulove de Felicity Lott, elle aussi, elle encore, a fait de beaux voyages. Avec un peu de chance, on la trouvera d'ailleurs en DVD, sous la direction de Bernard Haitink. Enregistrée en 1977, la vidéo de Glyndebourne, deuxième version, fut l'une des premières à nous faire aimer l'opéra sur petit écran...

Raimondi, Ruggero (né en 1941)
Basse italienne

Raimondi est l'un de ces quatre ou cinq chanteurs étrangers solidement implantés en France, quand bien même il est, croit-on, résident à Monte-Carlo, dont les Français raffolent. On peut parfois sourire de ces passions-là, mais on ne peut que se féliciter de celle que tant de nos amis éprouvent pour Ruggero Raimondi. Formidable don Giovanni, éponyme du film de Joseph Losey, il s'est très vite révélé d'entrée un comédien, et notamment un comédien de cinéma hors pair. Ce n'est pas pour rien qu'un Alain Resnais ou un Alain Jessua lui donneront au cinéma des rôles d'acteur à part entière. Toujours au cinéma, on l'a vu aussi chanter Boris Godounov, grandiose, terrifiant. Peut-être la voix paraît-elle légère dans quelques rôles de basse. Mais le rôle de don Juan est d'abord un rôle de baryton, c'est pour cela que « basse chantante » par excellence, le répertoire de Ruggero Raimondi s'étend bien au-delà des quelques personnages dans lesquels on voudrait trop souvent le cantonner.

À son physique de tragédien presque sulfureux s'ajoute une intelligence aiguë de ses rôles. Il a d'ailleurs lui-même réalisé quelques mises en scène d'opéra. On ajoutera que Ruggero Raimondi peut être un merveilleux compagnon ! Souvenons-nous de ces soirées dans une villa près de Vicence, lors du tournage du film de Losey. Avec lui et ses complices d'alors, Rolf Liebermann et Daniel Toscan du Plantier, on avait le sentiment de réinventer l'opéra au cinéma et Ruggero Raimondi y était souverain. Un souverain immense — et malicieux.

Rameau, Jean-Philippe (1683-1764)
Compositeur français

À huit ans, nous chantions à bouche fermée « La nuit » (de Rameau !) dans un camp de vacances quelque part en Touraine. À quinze ans, nous découvrions au Palais Garnier un opéra-ballet où, d'acte en acte, de véritables parfums, et différents, s'il vous plaît ! étaient projetés dans la salle : c'étaient *Les Indes galantes*. Quatre ans plus tard, nous nous étouffions de rire aux pitreries sublimes de Michel Sénéchal dans *Platée* enregistré après les représentations fameuses du Festival d'Aix-en-Provence. Plus tard encore, à Londres, dans le sillage de la courageuse Linda Lalandi qui dirigeait une Société Bach — surtout pour jouer du Rameau ! — nous découvrions un à un les opéras du maître, au premier chef son *Hippolyte et Aricie* qui nous apprenait à lire Phèdre — autrement. Beaucoup plus tard encore, presque aujourd'hui, nous redécouvrons *Les Boréades* mises en scène à la Bastille à grand renfort de champs fleuris où l'on cueille à tour de bras des jonquilles avant la chute, en rangs serrés, des feuilles de l'automne. Enfin, à l'heure où nous écrivons ces lignes, c'est la plus célèbre et la plus joyeuse musique des *Indes galantes* qui vous accueille sur le standard téléphonique de l'Hôtel Matignon, choisie par qui ? le Premier ministre lui-même ? C'est dire la place que tient Rameau, en ce début du XXIe siècle, dans nos cœurs, dans nos vies mais aussi sur la scène du grand opéra du monde. Après Lully, il est le second grand réformateur de l'opéra français, ou plus précisément le grand réformateur de l'opéra avant Gluck. Comme Lully, il donne tour à tour dans l'opéra-ballet et la tragédie-lyrique. Et dans les deux domaines, il excelle. Plus que Lully, néanmoins, il accorde de place au ballet proprement dit. Mais comme son illustre prédécesseur, il met avant tout la déclamation lyrique, le « parler » du chanteur, la préférant à tous les artifices vocaux qui font, par exemple, la gloire de Haendel, son quasi-contemporain — Rameau est né en 1683, Haendel en 1685... Pourtant, d'entrée de jeu, Rameau a dû se battre pour affirmer ses positions. D'ailleurs dans le sillage de Lully, les « lullistes » lui contestèrent, dans ses premières années, un italianisme dont il se défendait. Plus tard, la « Guerre des Bouffons » l'opposa aux « Encyclopédistes » : cette fois, ce sera son intransigeance, la rareté de vraies mélodies dans ses opéras, la violence de ses instrumentations dont on lui fera grief. Théoricien en même temps que compositeur, Rameau a publié d'importants ouvrages de musicologie, au premier chef celui repris par d'Alembert en 1752 sous le titre : « Éléments de musique théorique et pratique selon les principes de M. Rameau ». Pour notre part, nous reviendrons sur Lina Lalandi et nos années londoniennes, lorsque cette mécène, au sens le plus vrai du mot, s'engagea dans une longue série de production des œuvres de Jean-Philippe Rameau. À Covent Garden même, voire dans des palais beaucoup plus officiels où elle donna, par exemple, le charmant *Pygmalion*, Lina Lalandi faisait feu de tout bois, s'efforçait de reconstituer les costumes d'époque, faisait appel à des chorégraphes qui réinventaient une danse qui aurait pu être celle du XVIIe siècle. Grâces soient rendues à Lina Lalandi par qui, par-delà la Manche mais en France aussi, Rameau a connu un renouveau de gloire dans les années 1970...

Rappresentazione di Anima e di Corpo (La)

(Le Jeu de l'âme et du corps)

Emilio de Cavalieri. Livret d'Agostino Manni

Rome, 1600

Une œuvre capitale dans l'histoire de l'opéra, la réponse exacte, à Rome, de la naissance à Florence de l'opéra. En 1600, Jacopo Peri donne son *Euridice* : la même année, dans l'église Santa Maria della Valicella, un Cavalieri alors âgé de cinquante ans et qui mourra l'année suivante, donne sa *Rappresentazione*. L'œuvre a été redécouverte assez tôt — si l'on peut dire ! — puisque, dès 1949, on en donne une production en Angleterre. Bien qu'il s'agisse, comme l'indique son titre, d'un véritable dialogue entre l'âme et le corps, une mezzo-soprano et un baryton, qui conversent également avec le Temps, la Vie du monde, l'Ange gardien, l'Âme bienheureuse, l'Âme damnée et autres représentations idéales ou charnelles de la religion et de l'homme, ce n'est en aucune manière un oratorio. Dès sa création, la *Rappresentazione* de Cavalieri avait été, certes, donnée dans une église, mais avec des décors et des costumes. Comme l'*Euridice* de Jacopo Peri, c'est aussi l'une des premières fois où des voix individuelles remplacent les chœurs ou les madrigaux à plusieurs voix. Certaines interventions, notamment celle de l'Homme, sont d'une très grande beauté. L'une des plus fameuses représentations des temps modernes a été créée au Festival de Salzbourg en 1968. Opéra clé de la contre-réforme, il s'agit naturellement d'une œuvre d'une grande austérité. Le caractère très grave et très sombre de l'ensemble est pourtant parfois interrompu par des moments plus légers, des airs de danse, qui sont à coup sûr les moments de liberté qu'une âme bien dévote peut tout de même parfois s'accorder.

Rè in ascolto (Un) *(Un roi à l'écoute)*

Luciano Berio. Livret du compositeur d'après Italo Calvino

Salzbourg, 1984

Après *La Vera Storia*, créée à la Scala de Milan en 1982 et qui devrait avoir sa place dans ces pages mais n'y figure pas, tout simplement parce que nous ne l'avons jamais vue, *Un rè in ascolto* est la deuxième grande création lyrique de Luciano Berio. Nous l'avons vue lors de la création salzbourgeoise en 1984. Dirigée par Lorin Maazel, mise en scène par Götz

Friedrich, l'œuvre était dominée par la formidable présence du grand baryton allemand Theo Adam. Près de six ans plus tard, à l'Opéra-Bastille, c'était un autre grand, un très grand cette fois, Donald McIntyre, qui chantait le rôle de Prospero, le baryton, directeur de théâtre... Dans les deux cas, l'œuvre s'articule autour d'un personnage unique qui voit défiler autour de lui ses fantasmes, ses angoisses, ses tourments. Prospero ? On l'a compris, il s'agit d'une allusion très directe à *La Tempête* de Shakespeare. Et Prospero est d'ailleurs en train d'écouter une répétition d'une adaptation de ce qui est peut-être le chef-d'œuvre de Shakespeare. Dans le même temps, il est assailli par les problèmes techniques comme ceux, plus métaphysiques, que peut lui poser une mise en scène de Shakespeare. Il est donc bien un roi, il est donc bien à l'écoute, mais il se perd peu à peu dans la tempête qui l'assaille de toutes parts. On le sent sur le point de défaillir, un médecin, une infirmière se pressent autour de lui, il devient partie intégrante de l'œuvre et finit par en mourir, seul, Prospero abandonné au milieu de la grande scène nue du Théâtre du Monde.

L'œuvre est courte, à peine une heure et demie, elle est haletante, hallucinante. Theo Adam comme Donald McIntyre en ont fait le drame intime du créateur confronté à l'œuvre qui lui échappe.

Recio, Marie (1814-1862)

Exécrable chanteuse française, née d'un père chef de bataillon et d'une mère espagnole, qui s'inventa un nom italien

Marie Recio, de son véritable nom Marie Martin, était donc la fille d'un militaire français et d'une mère espagnole au nom bien ronflant mais sûrement d'emprunt : Sotera de Villas-Recio ! Son mari s'appelait tout simplement M. Martin.

Marie Martin était belle, très belle, même, rappelons-le. Mince et brune, grande, fort bien faite. Une photographie de l'époque nous la montre assise et l'air plus désabusé que rêveur, le front haut et les cheveux en bandeaux séparés par une raie.

Dès ses premières années, Marie Martin voulut être chanteuse. Elle a suivi les cours de Bandarelli, maître de chant au conservatoire de 1828 à sa mort. Il donnait des cours publics, eut de nombreux élèves, souvent fameux. Il donnait aussi des cours particuliers aux élèves qu'il aimait le mieux, Marie Martin était de ceux-là. Quand rencontra-t-elle celui qui devint d'abord son protecteur, son amant ensuite, enfin son mari ? On sait seulement que la liaison de Marie, devenue Recio, avec Hector Berlioz a commencé à l'automne 1841. Exécrable personnage mais voluptueuse maîtresse, Berlioz retrouvera peut-être avec elle l'ardeur et l'élan créatif de ses vingt ans. Mais la carrière de Marie Recio tournera court. C'est le 5 novembre 1841, sur la scène de l'Académie royale de musique, que son amant est parvenu à l'imposer pour la première fois. Elle chante d'abord le rôle d'Inès, la suivante de *La Favorite*, de Donizetti. Berlioz, qui l'a, hélas, jugée très vite, mais ne se résoudra jamais à renoncer aux plaisirs qu'elle doit savoir lui dispenser, se bornera à écrire dans *La Gazette musicale* qu'elle est « douée d'une voix fraîche et pure, d'une taille élevée, élégante... ». Et de prédire encore que, « quand elle aura acquis l'habitude de la scène, des succès plus importants lui sont évidemment réservés ». Pour le moment, c'est plutôt le reste de la presse qui est réservé...

Après ce premier rôle, elle en chantera un second, sans guère plus de succès. Celui du page Isolier, dans *Le Comte Ory*, de Rossini. Mme Recio poussera Hector Berlioz à écrire des horreurs sur Mlle Stoltz, qui chante alors le rôle principal de l'opéra. Or, Mlle Stoltz était la maîtresse de Pillet, le directeur de la salle Le Peletier. Pillet ne le pardonnera pas à Berlioz. Plus tard, avec la même élégance, Marie Recio brouillera Berlioz avec Wagner, ce sera plus grave. Elle accompagnera son amant à travers l'Europe dans ses multiples voyages. Berlioz l'épousera en 1854, à la mort de Harriett, sa première femme. Elle chantera encore parfois, sous la direction de son protecteur. Il semble dans *Absence*, l'une des plus émouvantes *Nuits d'été* composées par Berlioz sur un poème de Théophile Gautier, qu'elle ait été moins mauvaise que dans le reste de son répertoire plus qu'étroit.

Marie Recio mourra un vendredi 13, en 1862. À sa mort, Berlioz sera enterré au cimetière Montparnasse, entre Marie Recio et les restes de Harriet Smithson, qui y furent transférés en 1854. Plus tard, Mme Martin, excellente belle-mère au demeurant qui veillera sur son gendre après la mort de sa fille, viendra rejoindre le trio. Berlioz quittera-t-il un jour le cimetière Montparnasse et ses trois femmes pour gagner le Panthéon ? La question est ouverte.

Aucun dictionnaire de la musique ne mentionne, à notre connaissance, cette pauvre Marie Recio. Les berlioziens ne l'aiment guère, et c'est un euphémisme. Nous ne l'aimons pas beaucoup plus : fallait-il en parler ?

Reinhardt, Delia (1892-1974)

Soprano allemande

Aux côtés d'une photo d'Irmgard Seefried dans le rôle du Compositeur d'*Ariane à Naxos*, un portrait de Delia Reinhardt a longtemps occupé une place de choix sur notre cheminée. C'est André Tubeuf qui nous l'avait donné : la sublime Delia Reinhardt vous avait des allures d'actrice allemande des films muets que nous avons aimés. Un visage très délicat, les lèvres entrouvertes, de grandes tresses blondes, elle était d'une transparence inouïe. De cette transparence que l'on retrouve dans les disques qu'elle nous a laissés. Mozartienne, wagnérienne, elle a surtout été, au moins dans la mémoire que nous nous fabriquons d'elle, l'une des plus grandes interprètes de Strauss de son temps. Dirigée par Bruno Walter, elle a fait partie de ces distributions mythiques qui, dans les années 1920, aux côtés de Lotte Lehmann, Elisabeth Schumann et Richard Mayr, ont enflammé les publics de l'Europe entière. On l'a entendue aussi dans l'Impératrice de *La Femme sans ombre*, le Compositeur et la Christine de ce mal aimé d'*Intermezzo*, l'opéra « domestique » de Richard Strauss. Mais, à bien y réfléchir, nous nous rendons compte que c'est la photographie de Delia Reinhardt plus encore que sa voix, trop rare pour nous, qui reste la plus vivante.

Reining, Maria (1933-1991)
Soprano autrichienne

Bien sûr, il y a eu Elisabeth Schwarzkopf. Mais c'était d'abord au disque. Maria Reining a été notre première Maréchale du *Chevalier à la rose* jamais vue sur une scène. C'était une tournée de l'Opéra de Francfort, en des années bien lointaines. Cette même année, la même compagnie avait également donné les *Noces de Figaro*, en allemand, avec un comte qui s'appelait Dietrich Fischer-Dieskau. Ce n'était pourtant pas la première apparition de Reining en Maréchale à Paris. Elle avait déjà chanté le rôle en 1949 au Palais Garnier. Mais si sa présence scénique est aujourd'hui un peu floue, pour nous, elle demeure associée pour longtemps à l'enregistrement que fit Erich Kleiber de l'opéra de Strauss en 1954. Sena Jurinac était son Octavian. Hilde Güden la petite Sophie qui venait le lui enlever.

Reiss, Janine (née en 1921)
Pianiste et « coach » française

Il faut être Janine Reiss pour accompagner au clavecin et en son direct des chanteurs égarés comme elle sur des gondoles au milieu de la lagune vénitienne ! Et c'est pourtant le tour de force que réussit Janine Reiss lorsque Rolf Liebermann et Joseph Losey lui demandèrent de participer au *Don Giovanni* réalisé par le metteur en scène américain. Nous la rencontrâmes alors, c'était à la villa Rotonda, à Vicence. Mais quelques années auparavant, elle avait servi de « coach », c'est-à-dire de répétitrice, en somme, à l'infortuné auteur de ces lignes auquel Christopher Raeburn, le directeur artistique de Decca, demanda à la dernière minute de jouer, ou plus exactement de parler le rôle du guide de Micalla dans l'enregistrement de *Carmen* de Georg Solti. Elle fut sans pitié pour nous, nous lui en savons gré, grâce à elle notre nom figure (en toutes petites lettres !) sur la brochure accompagnant un grand album d'opéra... La carrière de Janine Reiss couvre plusieurs décennies d'attentions et de conseils à une multitude de chanteurs, tant au disque qu'à la scène. Dans l'ombre, elle a toujours été au premier rang...

Retour d'Ulysse dans sa patrie (Le)

(Il Ritorno di Ulisse in patria)

Claudio Monteverdi. Livret de Giacomo Badoaro

Venise, 1640

Le deuxième opéra de Monteverdi qui nous soit parvenu a longtemps fait figure de mal-aimé. Autant *Orfeo* a pu être donné et redonné tout au long du xxe siècle, autant *Le Couronnement de Poppée* deviendra vite l'une des premières grandes tragédies lyriques de l'histoire de l'opéra ; autant ce pauvre *Ritorno* paraîtra longtemps, à beaucoup, comme une œuvre hybride, où la plus grosse farce se mélange à un drame jamais vraiment intense, qui culmine peut-être, quelque part, en une comédie de boulevard. Mais ce n'est pas pour rien que, face à la grandeur tragique de *L'Iliade*, l'*Odyssée* fait d'Homère le créateur du roman. Du roman d'aventures au roman bourgeois, il y a encore du chemin à faire, et pourtant... Et pourtant, l'histoire de cette Pénélope attachée à son ouvrage qui refuse un à un tous les prétendants qui s'offrent à elle pour rester fidèle à un Ulysse disparu depuis dix ans ; l'aventure de cet Ulysse qui revient sans crier gare pour tuer, un à un, les trois prétendants qui ont eu l'audace, pour la main de Pénélope, de tenter de bander l'arc de son défunt mari pas si défunt que cela : nous ne sommes pas vraiment au royaume du drame, ni même du mélodrame. Bien sûr, il y a dans ce *Ritorno* des moments d'une immense beauté, tel le duo final qui voit les deux époux réunis : « Sospirato mio sole, rinnovata mia luce... » Avant cela, le mari et la femme exprimeront l'un et l'autre, en une musique frémissante de douleur chez Pénélope, dès la première scène du premier acte ; en un récitatif inquiet, haletant lors du réveil d'Ulysse revenu sur sa terre natale, des sentiments d'une humanité poignante qui contrastent naturellement avec l'aspect plus convenu du seul autre opéra de Monteverdi qui nous soit parvenu avant ce *Ritorno*, l'*Orfeo*. Là, nous découvrons réellement l'opéra tel que nous allons le voir se déployer pendant un peu plus d'un siècle. Bien sûr, on le répétera, le comique est parfois envahissant. Au-delà des seuls prétendants, dont le trio est un morceau d'une grande drôlerie, le personnage d'Iro, leur serviteur bouffon, répond au goût du temps pour le mélange des genres poussé à l'extrême. Mais, avant Monteverdi et Badoaro inspirés par l'*Odyssée*, Shakespeare nous avait montré la même chose. Dès lors, on peut considérer ce *Retour d'Ulysse dans sa patrie* comme une manière de duo d'amour longtemps retardé entre deux protagonistes, sans cesse interrompus par l'intrusion des autres, jaloux d'un tel amour. Dans cette perspective, ce *Retour d'Ulysse*, créé à Venise en 1640 peu avant l'éblouissement du *Couronnement de Poppée*, peut atteindre à la grandeur d'un drame poignant.

Tout en insistant parfois un peu lourdement sur l'aspect grotesque ou grandiloquent de l'œuvre, la célèbre version filmée dirigée par Nikolaus Harnoncourt et surtout mise en scène par Jean-Pierre Ponnelle, en 1981, dans la foulée des représentations données à Zurich, demeure un modèle d'opéra en images. Nous l'avions vue à Edimbourg, donnée dans la foulée de *L'Orfeo* et avant un *Couronnement* : le spectacle était fastueux, la conception d'Harnoncourt brillantissime, même. Les disques qu'on a pu en tirer sont naturellement en retrait par rapport à la version intégrale enregistrée en 1971 par le même Nikolaus Harnoncourt à Vienne. Sans parler de plus — si j'ose dire ! — d'une quarantaine de minutes en moins. En sens inverse, une version mal aimée des critiques, dirigée par cet incorrigible Raymond Leppard qui s'obstina, pendant si longtemps et pour notre plus grand bonheur à nous faire découvrir au Festival de Glyndebourne des œuvres souvent oubliées, mais sans égard pour les considérations des baroqueux purs et durs, continue à nous fasciner. Peut-être parce que, après Janet Baker, ce fut Frederica von Stade qui l'enregistra en 1979. Et Frederica von Stade est à coup sûr la Pénélope de nos rêves...

Richter, Hans (1843-1916)
Chef d'orchestre austro-hongrois

L'un des plus ardents défenseurs de Wagner, il travailla à ses côtés sur la copie des *Maîtres chanteurs*. Dans le sillage d'un Hans von Bülow, le premier des chefs wagnériens, c'est lui qui, en 1876, créa la *Tétralogie* dans le temple de Bayreuth. À ce seul titre, il a sa place dans toutes les histoires de la musique. Il eut ensuite l'audace de monter la même *Tétralogie* en anglais à Londres ; puis, allant plus loin, de créer un véritable opéra national anglais permanent. Ce fut un échec, il revint à Wagner auquel il a, en somme, consacré (presque) toute sa vie.

Ridderbusch, Karl (né en 1932)
Basse allemande

L'un des piliers des grandes distributions wagnériennes de Bayreuth dans les années 1970. Personnage colossal, il a chanté tour à tour à peu près tous les rôles de méchants du *Ring*. Fasolt (pas si méchant que cela), Hunding et Hagen. C'est son incarnation de Hunding dans la mise en scène de Patrice Chéreau (avec lequel il ne s'entendit guère) qui restera gravée dans nos mémoires : cette silhouette énorme et trapue, une lance à la main, qui donnait des ordres brefs à sa troupe de valets zélés avant d'annoncer au frêle et beau Siegmund, tel que l'incarnait Peter Hofmann, qu'il serait mort le lendemain. Mais pour Karajan, Ridderbusch a aussi été un grand Hans Sachs, dans ses productions salzbourgeoises de 1974 et 1975. La légende veut qu'avec un ou deux autres chanteurs wagnériens, il soit le propriétaire de l'une des brasseries dans lesquelles on s'arrête le plus facilement à Bayreuth, en redescendant le soir, après le spectacle, du Festspielhaus. La légende veut aussi que Solti ait refusé de le diriger dans son enregistrement des *Maîtres chanteurs*, le trouvant trop conforme à l'idée qu'on ose parfois se faire de ce qui fut le dernier opéra donné à Bayreuth avant le crépuscule de ces dieux-là...

Rigoletto

Verdi. Livret de Francesco Maria Piave, d'après Victor Hugo

Venise, 1851

Pourquoi pendant tant d'années *Rigoletto* a-t-il été synonyme, pour une partie du public français d'un âge certain, sinon d'un certain âge, de ringardise absolue sur une scène nationale ? L'œuvre y était naturellement chantée en français, et même pas en vers de mirliton. Le grand air du duc de Mantoue, « La donna è mobile... », y devenait « Comme la plume au vent... » dans des décors que plusieurs décennies de routine avaient réduits à l'état de grisaille fatiguée. Et comme, à l'époque, le répertoire de l'Académie nationale de musique, très auguste et si provinciale jusqu'au milieu de notre place de l'Opéra à Paris, se résumait à un *Don Juan* poussiéreux, une *Tosca* ou une *Bohème* famélique, un *Barbier de Séville* qui hésitait entre l'Opéra et l'Opéra-Comique, une *Carmen* grandiloquente avant que Raymond Rouleau vînt lui donner un peu de classe et une *Walkyrie* usée jusqu'à la moelle, ce pauvre *Rigo-*

letto donnait aux spectateurs l'impression de se confondre dans le même ennui. Nous avions quinze ans, comment avions-nous encore le courage d'aller à l'opéra ! Et pourtant, René Bianco, Ernest Blanc étaient de remarquables Rigoletto ; au début des années 1960, Alain Vanzo et Mady Mesplé chantaient un français inégalé.

Heureusement qu'ils étaient là, ces quelques piliers de l'Opéra de Paris. Parce que, pour le reste, dans ces *Rigoletto* de routine, c'était la désespérance. Alors que le vrai *Rigoletto*, en italien naturellement et qu'on entend à présent, glorieux, sur toutes les scènes du monde, est peut-être le premier vrai chef-d'œuvre de Verdi. Il y a un Verdi avant *Rigoletto* et un Verdi après *Rigoletto*. L'œuvre est inspirée d'un drame anti-louis-philippard de Victor Hugo, *Le roi s'amuse*. Le roi, c'était François Ier, un François Ier vu par le romantisme du temps, qui faisait peu de cas de la vertu des épouses de ses courtisans. *Le roi s'amuse* fut très vite interdit et pourtant Piave, l'un des grands librettistes de Verdi, et Verdi lui-même osèrent, dès 1850, s'attaquer à la pièce française, qui avait sombré en 1832. Il leur fallut ruser, déplacer l'action à la cour de Mantoue au XVIe siècle et François Ier devint tout bonnement le duc de Mantoue. Mais le scénario va demeurer le même. Le duc est un viveur, un fêtard, qui va de femme en femme. Rigoletto, le fou du roi, contrefait et méchant, sert aveuglément sa débauche. Il va même jusqu'à rire lorsqu'un vieillard dont la fille a été déshonorée par le duc, est emmené par ses soldats. D'où la malédiction, « La Maledizione ! », que lui lance le vieillard outragé. Et du coup, Rigoletto tremble. Car il a une fille, la douce et pure Gilda, qu'il enferme comme un trésor au plus profond de sa maison. On devine la suite, les courtisans du duc qui le détestent découvrent le nid de l'oiseau rare et le livrent au séducteur. Celui-ci en use, en abuse, mais la pauvre Gilda connaît le bonheur. Désespéré, bouleversant, le méchant bouffon se révèle alors un père d'une déchirante humanité. Il montera un scénario machiavélique pour assassiner le duc, mais le sort, c'est-à-dire la « Maledizione » lancée par le vieux comte Monterone, ne le quitte pas et c'est la pauvre Gilda qui meurt sous le poignard de l'assassin qu'on avait prévu pour le duc.

Les souvenirs des vieilles représentations de l'Opéra de Paris ? Ils sont bien oubliés... Aujourd'hui, dans toute sa splendeur, *Rigoletto* s'affirme comme une œuvre d'une musicalité surprenante. Il y a les airs du duc, bien sûr, « Plume au vent » qui redevient « La donna è mobile », et demeure le morceau de bravoure de tous les ténors du monde, mais là n'est pas l'essentiel. L'essentiel est dans l'extraordinaire création que représente le rôle de Rigoletto, hantée par le thème qui revient avec une régularité quasi wagnérienne de la malédiction, donc. Il y a son apostrophe aux courtisans, race vile... Il y a l'air de Gilda, « Caro nome... », où les sopranos légers, avides de démontrer leur agilité vocale, peuvent se déchaîner. Et pourtant, une Maria Callas, qui était tout même une soprano légère ! a su nous y bouleverser. Et puis il y a l'admirable quatuor vocal du dernier acte, Gilda, Rigoletto, le duc et Maddalena, la maîtresse du tueur à gages, qui joignent leurs voix en l'un des plus grands ensembles verdiens, brusquement interrompu pour une phénoménale tempête digne de celle d'*Otello*. Souvenirs, dès lors, souvenirs ? La formidable mise en scène de Zeffirelli, à Covent Garden, dans les décors et les costumes de Lila De Nobili. La machinerie était lourde, difficile à faire bouger, les entractes duraient presque autant que la musique, mais Dieu, que le spectacle était beau ! C'était dans les années 1960 et 1970, Covent Garden était alors une des capitales mondiales de l'opéra.

Rinaldo

Georg Friedrich Haendel. Livret de Giacomo Rossi et Aaron Hill

Londres, 1711

Haendel vit à présent à Londres, *Rinaldo* est son premier succès. Il faut dire que le spectacle qu'il offre sur le théâtre du Haymarket est d'une somptuosité d'autant plus extravagante qu'un certain Aaron Hill, qui l'a aidé dans la préparation de son livret, s'en est donné à cœur joie dans les effets scéniques et les scènes de magie. Car *Rinaldo*, c'est l'histoire de Renaud et Armide, inspirée de *La Jérusalem délivrée*, du Tasse. Qui ne se souvient des fresques de Tiepolo dans une villa vénétienne... Ces ciels si clairs, ces héros si lumineux et Armide si tendrement désespérée... C'est avec la musique de Haendel en tête que nous nous sommes promené parmi ces salles où les cheveux des princesses sont presque bleus à force d'être noirs. Dix fois, Tiepolo nous a parlé de Renaud et Armide. Vingt fois, trente et peut-être plus, l'opéra avant et après lui nous a raconté lui aussi les amours de la magicienne infidèle et du chrétien amoureux. Mais si Renaud finit par en épouser une autre, Armide se convertit à la foi chrétienne, tout est pour le mieux dans le meilleur des mondes (celui des croisés...) possibles. C'est à Londres que nous avons découvert l'oeuvre de Haendel. Comme presque tous ses autres opéras. Une fois de plus, c'était l'English Bach Festival, dirigé par Jean-Claude Malgoire, avec sa présidente, Nina Lalandi, qui avait organisé la fête. Pendant longtemps, nous n'eûmes d'autre disque que l'enregistrement de Jean-Claude Malgoire, une image de Tiepolo en ornait la pochette, nous l'écoutions éperdument.

Ring (Der) *(Der Ring des Nibelungen : L'Anneau du Nibelung)*
Richard Wagner. Livret du compositeur

Bayreuth, 1876

La rubrique la plus longue de ce volume. Mais le *Ring*, c'est la *Tétralogie*. C'est-à-dire le plus formidable spectacle lyrique des temps modernes, créé dans son intégralité à Bayreuth les 13, 14, 16 et 17 août 1876. La *Tétralogie* : un prologue, *L'Or du Rhin*. Puis trois journées : *La Walkyrie* ; *Siegfried* ; *Le Crépuscule des dieux*. On trouve dans le corps de cet ouvrage, une à une, chacune des quatre parties. Ici, on parlera du *Ring* dans sa totalité. C'est l'œuvre majeure de Richard Wagner, une représentation du monde à travers quelques-uns des mythes du légendaire germanique ou, surtout, nordique. Mais Georges Dumézil a bien montré, tout au long de son œuvre, comment chacun de ces héros légendaires ou mythiques trouve, sous une forme ou sous une autre, sa représentation dans presque toutes les mythologies du monde. Les dieux du Nord, bien sûr, mais aussi ceux de l'Inde, ceux de la Grèce antique. Wotan, le roi des dieux, c'est Zeus ; Fricka, sa compagne, c'est Junon...

Les grandes lignes de l'histoire dont est tissée la *Tétralogie* de Wagner ? Il y a une vingtaine d'années, par boutade, Rolf Liebermann, directeur fameux de l'Opéra de Paris, s'amusait à dire qu'il serait plaisant de présenter cette sombre histoire où s'affrontent en un combat sans merci, les dieux, les hommes, les puissances du bien et celles du mal sous forme d'une manière de western, ramené à un film d'une heure et demie ou de deux heures. Lors de la présentation du *Ring* mis en scène à Bayreuth par Patrice Chéreau et dirigé par Pierre Boulez, le fameux *Ring* de 1976, une Catherine Clément, chargée d'en apprendre un peu plus aux foules, racontait pour sa part le *Ring* sous forme d'une sombre querelle de famille. Pourquoi pas, non plus ? À l'origine, il y a le roi des dieux, Wotan. Pour perpétuer sa gloire, il a fait construire sur les bords du Rhin une forteresse magique, le Walhalla, où les héros morts seront accueillis par ses filles, les Walkyries. Mais pour élever ce château, il a eu besoin d'avoir recours aux géants, forces primaires, presque animales, qui hantent aussi l'univers des dieux. Les deux géants, Fafner et Fasolt, se sont vu promettre, en guise de paiement de leurs travaux, la déesse de la Jeunesse, Freia. C'était une promesse bien hasardeuse. En effet, les dieux ont besoin, pour survivre, des pommes d'or que leur donne chaque jour Freia. D'où l'idée, germée dans le cerveau de Loge, une sorte de demi-dieu malin et retors, de proposer aux géants, à la place de Freia, l'or du Rhin. Un or maléfique, qui assure la puissance, mais qui gît dans les profondeurs du fleuve, gardé par les trois filles du Rhin.

Mais ce serait trop simple... En effet, l'or a déjà été dérobé aux filles du Rhin par un gnome hargneux et méchant, Alberich, le Nibelung, qui a accepté de renoncer à tout amour pour posséder son or. Ce sera donc au tour des dieux, Wotan accompagné par Loge, de dérober au Nibelung cet or par la ruse. L'or, c'est-à-dire des monceaux de métal précieux, mais aussi un heaume qui permet à quiconque de se transformer en n'importe qui et de se voir transporté n'importe où ; et enfin, l'anneau : l'anneau précisément du Nibelung, signe de toute-puissance. Vaincu par les dieux, Alberich maudit à jamais ceux-ci. À la fin du prologue de la *Tétralogie*, Wotan, son épouse Fricka, les dieux Froh et Donner pénètrent en fanfare à l'intérieur du Walhalla, défiant ainsi le sort qu'a jeté le Nibelung. Vous me suivez bien ?

La Walkyrie. Des années ont passé. Des siècles, peut-être : *La Walkyrie* commence. Wotan sait que, pour répondre à la malédiction qui pèse sur lui, il doit, d'une manière ou d'une autre, rendre aux filles du Rhin l'or dont elles ont été dépossédées d'abord par Alberich, puis par lui-même. Mais cet or est désormais entre les mains du seul survivant des géants, Fafner, qui a tué son frère Fasolt, sorte de meurtre d'Abel par Caïn. Alors, parce qu'il est habitué à ruser, Wotan va tenter de ruser. Ainsi voudra-t-il se servir du fils qu'il a eu d'une simple mortelle, Siegmund, pour aller dérober l'or et l'anneau à Fafner, qui s'est transformé en dragon. Wotan téléguide donc, en quelque sorte, Siegmund jusqu'à la cabane où il a enfoncé dans le bois d'un frêne la seule épée qui puisse tuer Fafner. C'est Sieglinde, la jumelle de Siegmund, mariée au terrible Hunding, qui accueillera son frère, lui montrera l'épée, puis elle disparaîtra avec lui en une fuite sublimement incestueuse. Il ne reste plus à Siegmund, qui possède l'épée, qu'à aller tuer le dragon.

Ce serait trop simple. Fricka, l'épouse de Wotan, reproche non seulement à son mari de l'avoir trompée avec une mortelle dont il a eu ses jumeaux et d'avoir ensuite protégé l'adultère et l'inceste, mais surtout d'avoir manipulé Siegmund, alors que l'anneau doit être rendu aux filles du Rhin sans calcul. À son corps défendant, Wotan acceptera de laisser le terrible Hunding, venu se venger, briser l'épée de Siegmund et le tuer. Tout cela sous les yeux horrifiés de la Walkyrie Brünnhilde. Car il a eu beaucoup d'enfants, Wotan. Outre les deux jumeaux, d'Erda, la déesse de la Terre, il a eu une cohorte de filles guerrières qui sont les Walkyries. Ce sont elles qui doivent ramener les héros morts sur les champs de bataille jusque dans le Walhalla. Il les aime toutes, mais sa préférée est Brünnhilde. Dans un premier temps, Wotan lui avait demandé d'aider Siegmund à survivre. Dans un deuxième temps, pour répondre à l'injonction de Fricka, de le laisser mourir. Mais Brünnhilde n'a pas pu obéir à son père : elle a tenté de sauver le jumeau de Sieglinde. D'où le courroux de Wotan, qui condamne sa fille préférée à dormir pour un début d'éternité sur un rocher entouré de flammes : seul un héros pourrait la sauver. Pendant ce temps, Siegmund est mort, mais Sieglinde porte en elle le fruit de leurs amours.

La troisième partie du Ring, sa deuxième journée, c'est donc *Siegfried.* Ayant échoué avec Siegmund, c'est encore une fois par la ruse que Wotan va tenter de manipuler à son tour Siegfried. Celui-ci a été élevé dans la forêt, par un gnome contrefait, Mime. Or, Mime n'est autre que le frère d'Alberich, le Nibelung à qui Wotan a dérobé l'or. Si bien que cette mère nourricière mâle de Mime n'élève Siegfried, dont il connait les origines, que pour se servir de lui et conquérir l'or et l'anneau, toujours en possession du géant Fafner, qui s'est maintenant transformé en dragon et veille sur son trésor dans une grotte au fond de la forêt. Siegfried méprise Mime, pleure l'absence d'une mère qu'il n'a pas connue, chasse éperduement à travers les bois et raille sans fin Mime. Mais celui-ci parvient à lui faire forger l'épée brisée par Hunding à la fin de *La Walkyrie.* Les deux morceaux recollés, Mime n'a plus qu'une idée, conduire Siegfried jusqu'à l'antre de Fafner, lui faire reprendre l'or et ensuite le tuer. Mais voilà qu'intervient un oiseau magique, dont la voix aérienne révèle la vérité à Siegfried. Et tandis que celui-ci s'enfonce dans la caverne de Fafner pour tuer le dragon, rôdent autour de lui Mime, son frère Alberich qui surveille sa mise et Wotan lui-même, toujours aux aguets. Revenu triomphant et l'anneau à la main, Siegfried se voit révéler par l'oiseau le plan de Mime — et le tue. Puis, gai et vaillant, il suit les indications de l'oiseau qui va le conduire jusqu'au rocher où dort, entourée de flammes, la Walkyrie. Pour bien montrer qu'il ne tente plus le sort, Wotan fait mine de lui barrer le chemin et Siegfried, le jeune héros, brise la lance du dieu. Il ne lui reste plus qu'à réveiller la Walkyrie dont il tombe, sur le coup, éperdument amoureux. Lorsque s'achève la troisième partie du *Ring*, l'anneau, le heaume magique et l'or sont désormais entre les mains de Siegfried, qui ne connaît pourtant pas leur valeur, ni la mission dont il est investi. Il est seulement amoureux.

Le Crépuscule des dieux, c'est la partie la plus sombre de l'œuvre. À l'origine, c'est ce passage de la légende nordique et allemande que Wagner voulait d'abord mettre en musique. C'est également cette histoire que Fritz Lang, dans un film muet fameux, *La Mort de Siegfried*, a admirablement représentée. Nous ne sommes plus maintenant le monde des dieux, mais dans celui des hommes. Quelque part au bord du Rhin s'élève le domaine des Gibichungen, des seigneurs locaux. Le frère, Gunther, et la sœur, Gutrune, sont des personnages sombres et tristes, manipulés tous les deux par leur demi-frère Hagen, qui n'est autre que le fils qu'Alberich, le premier voleur du Rhin, a eu d'une mortelle. C'est maintenant au tour de Hagen de poursuivre le plan de son père : récupérer l'or. Cependant que les filles du Rhin, de leur côté, continuent à se lamenter sur leur trésor perdu et que les dieux, désormais invisibles dans leur Walhalla où ils sont enfermés, dépérissent lentement. Seul peut apporter une solution à Hagen comme aux filles du Rhin l'innocent Siegfried, qui ne se doute pourtant de rien. Après de tendres adieux, il va quitter Brünnhilde pour découvrir le monde au fil du Rhin. Mais c'est dans un guêpier que le joyeux voyageur va tomber. Hagen a, en effet, persuadé Gunther que le puissant Siegfried, devenu un héros légendaire depuis qu'il a vaincu le dragon, pourrait épouser sa sœur Gutrune et offrir à Gunther lui-même une épouse idéale en la personne de Brünnhilde : Brünnhilde, déjà épouse de Siegfried, on l'a compris... Mais pour cela, Hagen explique qu'il faut ruser : encore la ruse, la fourberie, le mensonge... Gutrun fera donc boire à Siegfried un philtre d'amour, qui sera aussi un philtre d'oubli. Et tout ce qu'avait prévu Hagen se réalise. Ne se souvenant plus de rien, Siegfried se sert du heaume magique pour aller arracher Brünnhilde au rocher de nouveau entouré de flammes et la ramener, malgré elle, au bord du Rhin où elle sera l'épouse de Gunther. Puis c'est un double mariage qui va être célébré, malgré les clameurs d'une Brünnhilde qui dénonce l'infamie et accuse Siegfried de trahison.

La mort de Siegfried, c'est le dernier acte du drame. Ne l'oublions pas : Hagen, à qui son père Alberich est apparu, n'a qu'une idée en tête, arracher au héros l'anneau qu'il a au doigt. Mais pour cela il faut le tuer. Dès lors, au cours d'une chasse, il donne à boire un nouveau philtre à Siegfried, qui retrouve la mémoire et chante son amour pour Brünnhilde. Trahison ! s'écrie, faussement indigné, Hagen qui frappe à mort Siegfried : n'a-t-il pas abusé de la confiance de Gunther en séduisant Brünnhilde avant de la lui ramener ?

Mais personne ne croira au mensonge de Hagen. Mourant, Siegfried révélera déjà une partie de la vérité. Puis, lorsqu'on ramènera son corps pour le brûler, ce sera Brünnhilde qui se rendra compte du piège qui leur a été tendu à tous deux. Elle pourra alors crier la vérité à tous. Hagen mourra en tentant de dérober l'anneau toujours au doigt du mort et Brünnhilde s'immolera elle-même sur le bûcher élevé en l'honneur du héros. Le Rhin envahira les lieux du drame, renversera le palais des Gibichungen comme le Walhalla et les filles du Rhin, aux derniers moments de l'opéra, retrouveront l'anneau. Les dieux sont morts, les demi-dieux aussi, c'est maintenant le règne de l'homme.

On a voulu raconter, dans ses grandes lignes, ce qui représente près de quatorze heures, voire quinze heures de spectacle. On l'aura compris, l'histoire est embrouillée à souhait. Mais on aime la raconter et c'est un bonheur de s'y perdre pour mieux s'y retrouver. Dix, vingt interprétations sont possibles de cet immense drame. Dans de nombreuses mises en scène contemporaines, au premier chef dans celle, illustre entre toutes, du *Ring* du centenaire, en 1976 à Bayreuth, la fin des dieux, c'est aussi la fin d'une civilisation, d'une culture, qui était celle née au cours des siècles d'ascension de la bourgeoisie allemande, qui a culminé au XIXe siècle et dont la fin, comme dans *Les Damnés*, le film de Visconti, était inévitable et nécessaire. De même, à la manière d'un Philippe II dans *Don Carlo* de Verdi, Wotan est un dieu qui a les attributs du pouvoir, mais n'en tire aucun bonheur. L'évolution du personnage, de *L'Or du Rhin*, où il est au faîte de sa gloire, jusqu'à sa dernière apparition, au dernier acte de *Siegfried* où il se fait misérablement briser sa lance par un jeune héros — qui n'est autre que son petit-fils ! — est la représentation d'une tragédie. L'amour de Wotan pour sa fille Brünnhilde, qui l'a trahi en croyant obéir à sa volonté intime — en réalité, Wotan aurait voulu le salut de Sigmund... — va beaucoup plus loin que n'importe quel amour paternel. C'est toute la tendresse du monde qu'il y a dans les adieux pathétiques que lance Wotan à Brünnhilde avant de l'abandonner sur son rocher au milieu des flammes.

Quant aux deux héros successifs, Siegmund et Siegfried, ils sont l'un comme l'autre le jouet de la fatalité, mais aussi des princes qui les gouvernent. Siegmund n'est qu'un pauvre orphelin, destiné à mourir mais qui connaîtra l'amour dans les bras de Sieglinde. Il possède un vrai courage, et sait vraiment aimer : lorsque Brünnhilde lui annonce qu'il va périr mais qu'il ira au Walhalla, parmi d'autres héros morts, tout près des dieux, il refuse net, puisque Sieglinde ne doit pas l'y suivre. Siegfried, en revanche, est un jeune fou qui joue avec le feu, avec son pouvoir, son épée, sans savoir le mal qu'il peut faire. Même s'il est manipulé, il trahit bel et bien son amour pour Brünnhilde. Ainsi, dans nombre de mises en scène contemporaines, veut-on voir en lui le jeune Aryen violent qui tue tout ce qui lui résiste, représentant par excellence d'une certaine Allemagne qu'on préfère oublier.

En sens inverse, les femmes sont beaucoup mieux traitées par Wagner. Fricka est peut-être une épouse acariâtre, mais elle rappelle à son Wotan de mari ses engagements. De même Erda, la déesse-mère, la terre nourricière, édicte-t-elle aussi la loi. Sieglinde n'est qu'amour, tendresse désespérée, besoin de communion fraternelle. Mais c'est Brünnhilde la véritable héroïne. Elle compatit à la douleur de son père, tente de répondre malgré lui à ses vœux, compatit à la douleur de Siegmund et Sieglinde. Injustement condamnée par Wotan, elle aime tout simplement d'amour Siegfried, qui l'a sauvée. Mais lorsqu'elle le croira traître, elle n'hésitera pas à participer au complot qui va l'abattre. Pour mieux venger ensuite son héros mort, lorsqu'elle comprendra la vérité.

Très complexe, donc cette histoire et plus encore... Mais au cœur d'un *Dictionnaire amoureux de l'Opéra*, elle a d'autant plus sa place qu'elle est bel et bien au cœur de notre histoire d'amour avec l'opéra. On l'a découverte d'abord par petits morceaux... Aujourd'hui où les enregistrements intégraux d'opéras, des dizaines de films, de vidéos nous rendent des vingtaines de productions de par le monde, il est difficile d'imaginer la situation où pouvait se trouver l'amoureux du *Ring* de Wagner dans les années 1950. C'était les débuts du microsillon, il existait, bien sûr, quelques vieux albums de 78-tours, difficiles à se procurer, plus difficiles encore à écouter. En microsillon, le seul enregistrement intégral qui existât était celui de *La Walkyrie* réalisé en 1954 par Wilhelm Furtwängler avec la Philharmonie de Vienne. Pour le reste, ce n'était que bribes, fragments. À l'entrée « Walkyrie » de ce volume, on verra pourtant quels fabuleux fragments pouvaient exister ! Mais c'était tout ce que l'amateur d'alors pouvait écouter. D'où l'émerveillement que furent, en 1955 et 1957, les deux *Ring* complets que des solistes allemands, venus dans notre esprit tout droit de Bayreuth et dirigés par le grand Hans Knappertsbusch, donnèrent au Palais Garnier.

Ces deux *Ring* font aujourd'hui partie de notre légende. Lors du premier, nous étions encore lycéen ; en 1957, pour le second, nous étions déjà étudiant. Tout commençait pour nous une bonne semaine auparavant, à quatre ou cinq heures du matin. C'était l'heure où l'on se retrouvait encore tout endormi dans le début de queue qui se formait devant les grilles fermées de l'Opéra. Il s'agissait d'abord d'arriver de bonne heure pour pouvoir se procurer des stalles de face, au dernier balcon, les seules places à des prix abordables pour nous, qui permettent de voir toute la scène. On s'en souvient, la première année, on vendit pour Wagner les trois volumes d'une *Histoire de l'art* contemporain publiée chez Skira. Vaille que vaille, la queue s'épaississait rapidement. On a dit comment on y retrouvait les mêmes visages, comme dans toutes les queues que nous faisions alors pour nous procurer des billets d'opéra, mais celles pour le *Ring* avaient un côté presque sacré. Comme on pouvait acheter quatre billets par personne, mais pas plus, on se relayait avec des amis, une amie, jusqu'à l'ouverture des guichets, à dix heures précises. À dix heures vingt, dix heures vingt-cinq, parce qu'on était arrivé dans les premiers, tout était fini. On les avait enfin en poche, les deux fois ou quatre fois quatre billets pour un *Ring* complet aux stalles de face du dernier balcon !

Ensuite, c'étaient les journées de *Ring* qui commençaient tôt dans l'après-midi, à l'exception de *L'Or du Rhin*. On se retrouvait entre amis, lors du premier entracte il faisait encore très beau, très jour, un plein soleil sur l'avenue de l'Opéra. L'entracte durait assez longtemps pour qu'on aille manger un sandwich dans une brasserie aujourd'hui disparue qui s'appelait l'X Opéra. Et puis, de soir en soir, le miracle se reproduisait. Lors du dernier *Ring* de Knappertsbusch auquel on a pu assister, en compagnie d'une amie qu'on appellera Julie, on avait renoncé aux stalles du dernier balcon pour des strapontins d'orchestre. Au troisième ou quatrième rang, côte à côte et juste derrière le chef, la tête du grand Knappertsbusch nous cachait une partie de la scène, mais qu'importe. C'était la beauté de la musique et des voix sur la scène qui nous envahissait. On l'a dit aussi, c'était l'époque où, de soirée en soirée, on se laissait des petits mots sous les coussins des canapés défoncés qui ornaient encore, au sous-sol de la grande maison, ce qu'on appelait la rotonde des abonnés. C'était un temps déraisonnable, où la musique et Wagner nous habitaient totalement. Entre les représentations, nous en étions encore totalement hantés. Ainsi découvrait-on avec ivresse le formidable jeu des leitmotive qui tisse la toile orchestrale des opéras de Wagner mais, par-dessus tout, de la *Tétralogie*. Chaque personnage, chaque sentiment ou l'action parfois d'un personnage, a son thème, qui naît bien souvent d'un autre thème. L'épée de Siegmund qui deviendra celle de Siegfried comme l'or du Rhin, le dragon Fafner ont leur thème. Il y a le thème, sublimement héroïque de « Siegfried, gardien de l'épée » et celui, tendre et rempli d'espoir, de « La rédemption par l'amour ». Il y a le thème lourd, oppressant, de l'anneau lui-même, celui de la tendresse des Wälsungen, c'est-à-dire des jumeaux Siegmund et Sieglind. Et ces thèmes, nous nous les répétions à l'infini. Nous avancions sur l'avenue de l'Opéra en clamant, sous les yeux des passants éberlués, le thème du « Cor de Siegfried » ou celui du « Voyage de Siegfried sur le Rhin ». Et c'était avec bonheur que, une partition déployée sur les genoux que nous affections de lire pendant les spectacles, nous retrouvions, l'un après l'autre, chacun des leitmotive que nous aimions. À l'époque, André Tubeuf me prêtait volontiers une partition allemande sur laquelle chacun des thèmes portait un numéro, qui nous permettait, plus aisément encore, avant le spectacle, de nous en imbiber.

C'est ainsi que, pendant longtemps, seules les soirées à l'Opéra de Paris nous permirent d'avoir une vue cavalière sur l'ensemble du *Ring*. On a dit l'enregistrement intégral de Furtwängler en 1954 : c'est seulement en 1959 qu'allait paraître le premier volume de toute la *Tétralogie* que devait enregistrer Georg Solti. C'était *L'Or du Rhin. La Walkyrie* en 1965, *Siegfried*, le *Crépuscule* ensuite : il nous a fallu attendre. Mais déjà commençaient à paraître des enregistrements qu'on appelait encore « pirates ». Ce fut l'époque, bientôt, où l'on se gorgea en les comparant des deux versions Furtwängler ou Clemens Krauss. Puis d'autres enregistrements intégraux sont venus, celui de Karl Böhm, naturellement, et beaucoup d'autres. Nous qui avions aimé passionnément le *Ring* en le découvrant par petits bouts, on l'habitait maintenant de l'intérieur.

Dès lors, il y a eu de par le monde des productions fameuses auxquelles on a pu assister. Ainsi, à Londres, celle de Götz Friedrich, qui reposait tout entière sur un immense plateau porté par un vérin qui pouvait s'incliner dans toutes les directions. Lorsque Wotan invoquait Erda, la déesse de la terre, l'avant du plateau, face aux spectateurs, s'élevait presque jusqu'aux cintres, avec un minuscule Wotan debout tout en haut : Erda était tout en bas, tapie dans l'ombre, c'était époustouflant. Il y a eu, bien sûr, le *Ring* du centenaire à Bayreuth. Il y en a eu d'autres, bien aimés, comme celui de Daniel Mesguich, à l'Opéra de Nice, que l'on a pu voir au théâtre des Champs-Élysées. Il y a eu le *Ring* que Rolf Liebermann ne put achever à Paris, et qu'il avait commandé à Peter Stein qui mit en scène un *Or du Rhin*, et à Klaus Michaël Gruber, qui offrit une spectaculaire, trop spectaculaire peut-être, *Walkyrie*. Rolf Liebermann n'alla pas plus loin, mais les distributions qu'il avait mises en place étaient les plus prestigieuses qui se puissent imaginer...

Depuis, tous les ans, on découvre un nouveau *Ring* ; de nouvelles archives discographiques apparaissent. À l'image, il nous reste les quatre soirées enregistrées à Bayreuth sous la direction de Pierre Boulez, dans les décors de Richard Peduzzi, les costumes de Jacques Schmidt et la mise en scène de Patrice Chéreau pour rêver à la beauté absolue. Aucun *Ring*, aucun spectacle même n'a dépassé celui-là dans nos souvenirs.

Rivenq, Nicolas (né en 1958)
Baryton français

Bien sûr, comme la plupart des jeunes chanteurs de sa génération, Nicolas Rivenq est passé par l'école des Arts florissants. Mais il a connu aussi l'Atelier lyrique de Tourcoing, avec lequel il a chanté le *Barbier de Séville*, *Les Noces de Figaro*. Il a fait partie, dans la saison 1996-1997, de la grande trilogie Mozart-Da Ponte donnée sous la direction de Jean-Claude Malgoire. D'un soir à l'autre, ou presque, il était le comte, Guglielmo et don Giovanni. C'est un grand acteur, plein d'humour. Nous l'avons entendu plusieurs fois à la Bibliothèque nationale de France, dans des cycles de mélodies. Il a chanté Poulenc, Gounod... « Souvenir de la Venise », sur un poème de Musset... Osera-t-on ajouter qu'à la ville, Nicolas Rivenq est marié à une très jolie chanteuse, au très joli nom : Sophie de Ségur.

Robert Devereux *(Roberto Devereux)*

Gaetano Donizetti. Livret de Salvadore Cammarano d'après Jacques Ancelot, *Elisabeth, reine d'Angleterre*

Naples, 1837

Grâces soient une fois de plus rendues à Bernard Lefort qui nous permit, au Festival d'Aix-en-Provence de 1977, de découvrir un opéra que beaucoup avaient oublié. Dirigé par Julius Rudel, dans le fabuleux univers de Pizzi, Montserrat Caballé et José Carreras enflammèrent un public qui avait oublié que Donizetti n'avait pas composé que *Lucia di Lammermoor* et *L'Élixir d'amour.*

Composé en 1837, pendant l'une des périodes les plus noires de sa vie, après les morts successives de sa femme et de sa fille pendant l'été 1837, *Robert Devereux* est une véritable tragédie lyrique, très sombre, qui répond presque encore aux canons de l'*opera seria* traditionnel.

L'intrigue en est sinistre à souhait. Le sujet a d'ailleurs été, à l'origine, tiré d'une tragédie de Thomas Corneille qu'on retrouve naturellement chez Walter Scott. Au centre de l'action, un homme, le comte d'Essex (Robert Devereux), aimé à la fois par la reine Elizabeth d'Angleterre et par la douce Sarah, duchesse de Nottingham. En butte à la double hostilité d'une reine vindicative et d'un duc de Nottingham jaloux, Robert Devereux finira la tête tranchée sur le billot. Chantée à Paris en décembre 1838 par la Grisi et Rubini, l'œuvre a connu un beau succès. Mais ce sont les beaux soirs d'Aix, sous le règne de Bernard Lefort, qu'évoque pour nous la tragédie de la reine jalouse et du favori trop aimé — le jeune et fervent José Carreras, vibrant, tendu, face à la sublime Montserrat Caballé alors au sommet de ses moyens et dont les aigus, longuement filés dans la nuit du théâtre de l'Archevêché, nous hantent encore. Il y a eu aussi un disque, où Beverly Sills est, une fois de plus, une reine selon Donizetti.

Robert le Diable

Giacomo Meyerbeer. Livret d'Eugène Scribe et Delavigne

Paris, 1831

Créé à Paris le 22 novembre 1831 avec Julie Dorus-Gras, Nourrit et Levasseur, dirigé par Habeneck — la même équipe que l'on retrouvera cinq ans plus tard dans *Les Huguenots* —, le succès de ce diable de *Robert* sera d'entrée de jeu immense. Plus de cinq cents représentations en moins de quarante ans ! Une œuvre qui ne quitte quasiment pas l'affiche parisienne jusqu'à la fin du XIXe siècle. Même chose à Londres. Une Jenny Lind à l'Opéra de Stockholm, une Pauline Viardot à Berlin : une Pauline Viardot en un stupéfiant doublé, puisque lors de la deuxième représentation d'une production de 1847, celle qui devait jouer le rôle d'Isabelle tandis que la grande Pauline était Alice, tomba malade et que la grande Viardot chanta les deux rôles dans la même soirée ! Un succès phénoménal, vous dis-je. Et puis, subitement, au tournant du siècle — entendons à la fin du XIXe, au début du XXe —, l'œuvre commence à disparaître des affiches. On en sourit, on en rit, on l'oublie... Il faudra attendre le Mai musical florentin de 1968 pour la retrouver avec Renata Scotto et Boris

Christoff. Et surtout, la production de Petrika Ionesco au Palais Garnier pour que *Robert le Diable* retrouve Paris.

La lecture du livret explique bien des choses. C'est une formidable histoire médiévale, toute palpitante encore des derniers soubresauts du roman noir, ou gothique, qui faisait fureur alors. Qu'on en juge. Robert, duc de Normandie, est en réalité le fils de Satan. Sous le nom de Bertram, son père diabolique ne le quitte pas plus que Méphisto ne quitte Faust chez Gounod. Auprès de Robert, sa sœur de lait, Alice, joue le rôle d'une sorte d'ange gardien.

C'est à cause de Bertram que Robert fait le mal autour de lui. Banni de Normandie, il va s'exiler en Sicile. Et là, Bertram va le soumettre à toutes les tentations. La plus célèbre d'entre elles fait partie de l'histoire du comique involontaire à l'opéra. C'est celle où, dans le cimetière d'un couvent, Bertram invoque les nonnes qui n'ont pas respecté leur vœu de chasteté : « Nonnes, qui reposez sous cette froide terre... » Et les bonnes sœurs en rut de soulever leurs pierres tombales pour danser autour de Robert un ballet érotico-satanique. Ballet d'ailleurs d'autant plus célèbre et bien accueilli à la création qu'il était dansé par la Taglioni. À la différence de Faust, Alice aura, si l'on ose dire, la peau du diable. Et tout se terminera le mieux du monde, Robert, qui n'est plus le diable, pouvant épouser la chaste Isabelle qu'il aime.

Dans la mise en scène de Petrika Ionesco, qui révéla au public français la grande June Anderson, on espérait, connaissant les goûts du metteur en scène roumain installé à Paris, des nonnes bien sanglantes et bien nues. Hélas, il n'en fut rien, elles dansaient dans la pénombre, me rappelle un ami qui s'ennuya moins que moi lors de ces soirées de 1985.

Roi David (Le)

Arthur Honegger. Texte de René Morax

Lausanne, 1921

Pas plus que *Jeanne au bûcher*, *Le Roi David* n'est un opéra. On peut même dire qu'il l'est moins encore. Mais il a sa place ici car, en des années reculées d'une jeunesse américaine, nous faillîmes tenir sur la scène de l'auditorium de l'université de Brandeis, dans le Massachusetts, le rôle du récitant qui clame, aux premières mesures de l'œuvre : « C'était le temps où Jéhova parlait à son peuple Israël par la voix des prophètes... » Nous n'avons pas le texte sous les yeux, nous citons de mémoire. L'université de Brendeis venait de perdre le directeur de son département de musique, qui s'appelait Leonard Bernstein : il s'envolait vers d'autres cieux et nous, nous n'interprétâmes finalement pas le rôle du récitant. Mais la version dite pour grand orchestre dirigée en 1953 par Arthur Honegger est restée naturellement, pour nous, une référence absolue, avec Janine Micheau, Janine Collard, Pierre Mollet et dirigée par Arthur Honegger lui-même, avec la Chorale Elisabeth Brasseur.

Roi d'Ys (Le)

Édouard Lalo. Livret d'Édouard Blau

Paris, 1888

L'opéra français fin de siècle (encore une fois, on parle, naturellement, de la fin du XIXe siècle...) dans toute sa grandeur joliment vieillie... C'est l'une de ces œuvres que nous connaissons que par le disque. Mais quel disque ! Avec Janine Micheau et Rita Gorr, enregistré en 1957 sous la direction d'André Cluytens. Il s'agit de l'un de ces albums dans lesquels nous avons appris à aimer le chant français. C'est aussi une belle histoire d'amour, de guerre, de trahison par amour. On connaît la légende d'Ys, la ville engloutie au large de la Bretagne. C'est parce qu'elle est trop amoureuse que Margared, fille de roi, ouvrira les vannes qui protègent sa cité des océans. Mais l'histoire d'amour, la vraie, c'était celle de sa sœur Rozenn avec le beau Mylio, ténor comme il se doit. Le méchant s'appelle Karnac : il ne peut être que baryton. « Lorsque je t'ai vu soudain... », chante admirablement Margared à Mylio qui ne l'aime pas. « À l'autel j'allai rayonnant... », lui répondent Mylio et Rozenn qui s'aiment. La ville condamnée, Margared se jettera dans la mer pour expier sa faute. Saint-Corentin, patron de toutes les Bretagnes, pardonne à tout le monde. Nous avons le souvenir d'être tombé amoureux de la belle Mme Myrtal, qui chantait Rozenn dans les années 1920 : sur une simple photographie qui nous montre une silhouette longiligne de fée, Mélisande aux longues nattes brunes, vêtue de voiles comme Maria Callas dans *Lucia.* Mais quelle jolie Rozenn a aussi été, voilà déjà quelques années, la douce Barbara Hendricks !

Roméo et Juliette

Hector Berlioz. Texte d'Émile Deschamps d'après Shakespeare

Paris, 1839

Le *Roméo et Juliette* de Berlioz n'est pas un opéra. Il faut le répéter. Berlioz lui-même qualifie l'œuvre de « symphonie dramatique avec chœurs, solos de chant et prologue en récitatif choral ».

L'idée lui en est probablement venue dans la deuxième quinzaine de janvier 1839, lorsqu'il écrit à Liszt : « Je rumine en ce moment une nouvelle symphonie, je voudrais bien aller la finir près de toi, à Sorrente ou à Amalfi... ». Lui qui a tant haï son séjour à la Villa Médicis, il semble que les souvenirs d'Italie le hantent à présent. Mêlés à ceux de la comédienne Harriett Smithson, la Juliette idéale dont il tomba amoureux lors des représentations de la compagnie anglaise où elle jouait à l'Odéon en 1827. À cela s'ajoute l'image d'une jeune morte, aperçue dans une église de Florence en 1831, si belle qu'il osa même, dans la chapelle où elle attendait d'être mise en bière, en effleurer la main après avoir donné quelques sous au sacristain qui veillait sur elle. Très abruptement, un chapitre des *Mémoires* qui évoque la « grande et forte Italie » se conclut par six mots prémonitoires et apparemment hors de tout propos : « La belle Juliette au cercueil étendue... » La lettre à Liszt au début de l'année 1839, donc, en février de la même année, Berlioz le confirme à son ami Émile Deschamps, « ... vivent *Roméo et Juliette* !!! Occupons-nous d'eux... ». Le sujet est donc choisi. Le résultat, ce sera cette œuvre unique, qui ne ressemble à aucune autre, avec, en filigrane, la double image de la chère Harriett de 1827 hélas devenue une épouse, et d'une jeune morte inconnue qui hantera ses rêves. Je rêve, pour ma part, d'une autre jeune morte, en Toscane : la belle Illaria Del Carretto sculptée dans le marbre par Jacopo Della Quercia dans la cathédrale de Lucques : une morte jeune et belle à vous rendre amoureux pour toute une vie.

Symphonie dramatique ? On reconnaît cependant à peine, dans le *Roméo* de Berlioz, l'architecture en quatre parties classiques d'une symphonie. Une voix d'alto évoque les évangélistes des *Passions* de Bach, mais presque aucun des personnages de la tragédie shakespearienne ne se voit attribuer nommément un interprète. Naturellement, Berlioz aurait préféré écrire un opéra. Mais il sait à quelles difficultés il se heurterait pour la faire jouer. Alors, il invente, comme avec son *Harold en Italie*, un genre nouveau. Et sa réussite sera si complète que le regret qu'il avait pu éprouver de ne pas écrire une version scénique du drame qui lui tient tant à cœur est dépassé, transfiguré par une dimension orchestrale qui dit cent fois mieux tout ce que, du côté de *Benvenuto Cellini*, créé l'année précédente, exprimaient parfois maladroitement les chanteurs. Avec un si mince livret, Berlioz fait de son *Roméo et Juliette*, un demi-siècle avant Wagner, le pendant latin de *Tristan et Isolde*. Mais ici, tout est lumineux, pur, enfantin parfois, impalpable et léger. Aux antipodes du duo de *Tristan*, la « Scène d'amour » est frémissante d'ingénuité et de tendresse juvénile. Le « Scherzo de la reine Mab » est une fête de l'intelligence et des sens, un divertissement à proprement parler arachnéen. Et tout cela, sous l'intitulé de symphonie !

Les *Mémoires* relatent brièvement, mais sur un ton extatique, la composition de *Roméo* : « ... Je travaillai pendant sept mois à ma symphonie, sans m'interrompre plus de trois ou quatre jours sur trente pour quoi que ce fût. De quelle vie ardente je vécus pendant tout ce temps ! Avec quelle vigueur je nageai sur cette grande mer de poésie, caressé par la folle brise de la fantaisie, sous les chauds soleils de ce rayon d'amour qu'alluma Shakespeare, et me croyant la force d'arriver à l'île merveilleuse où s'élève le temple de l'art pur ! » L'île merveilleuse où un Berlioz si souvent désespéré sait si souvent nous entraîner.

Au milieu de l'été, *Roméo et Juliette* est terminé. Aussitôt, Berlioz n'a plus qu'une hâte, le monter. Et pour lui qui connaîtra tant de déboires avec les orchestres, les directeurs de salles, le public, tout se déroule cette fois le mieux du monde. La première a lieu le 24 novembre, dans la salle du Conservatoire. C'est l'affluence des grands jours. Les ducs d'Aumale et de Montpensier sont au rendez-vous. Mais aussi Balzac, Vigny, Sainte-Beuve, Eugène Sue, Cherubini, Marie d'Agoult. Tous, quoi : le salon romantique idéal. Un billet a même été réservé à un certain « R. Wagner ». Les amis sont donc là, au complet. Les ennemis aussi. L'effet immédiat sur l'assistance varie selon les morceaux. Mais dans l'ensemble, les réactions de la presse sont plus que favorables : dithyrambiques ! Et pourtant, Berlioz a joué avec le feu, avec le diable — peut-être surtout avec les anges. La scène du balcon n'existe pas, ou plutôt, c'est sans chanteurs que le dialogue entre les amoureux s'engage. Un alto et un violoncelle chantent Juliette ; un cor anglais et une clarinette, Roméo... Théophile Gautier, Jules Janin témoigneront de leur enthousiasme. Un amateur anglais inconnu achètera pour 120 francs le bâton avec lequel Berlioz a dirigé l'œuvre. Custine, le célèbre auteur de *La Russie en 1838*, lui enverra une lettre pleine d'humour qui s'achèvera quand même par une belle déclaration : « Enfin, vous êtes aussi poète que musicien, et vos deux natures s'aident merveilleusement l'une l'autre comme vos deux arts se servent. Vous m'avez charmé, éclairé, instruit... »

Roméo et Juliette n'est pas un opéra, on le redit, le monter comme tel est une absurdité. Dès lors, deux versions, classiques entre toutes, s'imposent au titre de la symphonie dramatique que constitue l'œuvre. D'abord celle, fameuse, que dirigea Charles Munch, l'apôtre français en Amérique de Berlioz. Elle date de 1953, elle a été enregistrée à Boston. Plus récente, la version de Seiji Ozawa, a elle aussi, comme si la Nouvelle-Angleterre inspirait tous les berlioziens, été enregistrée à Boston. À Boston, en compagnie d'une Marianne aux yeux couleur de mer et aux cheveux de sable, nous avons pu aimer à la folie et pour toujours la petite Juliette enfantine et si sûre de son amour inventée par la musique aérienne de Berlioz.

Roméo et Juliette

Charles Gounod. Livret de Jules Barbier et Michel Carré d'après Shakespeare

Paris, 1867

Pauvre Berlioz qui, toute sa vie, protégea Gounod, l'aida à obtenir le Premier Prix de Rome, et se vit « voler » par lui tour à tour son *Faust* et sa *Juliette* ! Pauvre Berlioz qui remarqua tristement que, lors de la première de l'autre *Juliette* à ce Théâtre-Lyrique où il n'avait lui-même pu donner ses *Troyens* qu'amputés de moitié, il n'avait même pas été invité...

Mais *Roméo et Juliette* comme *Faust*, selon Gounod, sont tellement loin de ce qu'en fit Berlioz. Et pourtant, l'une et l'autre œuvre sont parmi les plus solides piliers de la musique d'opéra française dans ce qu'elle a de plus intéressant au XIXe siècle. On a bien dit musique d'opéra, puisque le *Roméo et Juliette* de Berlioz (voir ci-dessus) n'est en rien un opéra, ne figure même pas à ce titre dans certains ouvrages spécialisés. Alors que le *Roméo et Juliette* de Gounod, c'est un opéra, ô combien ! Mieux : les grands récitatifs mélodiques qui constituaient dans *Faust* un étonnant élément de nouveauté font place ici à des paroles, des airs nettement plus conventionnels, qui irradient un charme indescriptible. On a pu, dans ces pages, qualifier *Faust* de tragédie bourgeoise, voire empantouflée, *Roméo et Juliette* est, au contraire, un étonnant hymne à la jeunesse. Le *Faust* de Gounod est très loin de celui de Goethe. Son *Roméo* pas si loin que cela de celui de Shakespeare...

Et pourtant, ils sont nombreux, les *Roméo et Juliette* inspirés par les amants de Vérone. Pour ne pas parler des *Amants de Vérone*, au cinéma, avec Anouk Aimée et Serge Reggiani, qui constitue aussi une manière d'opéra, grâce à la musique de Joseph Kosma. Dans ces mêmes pages, on a pu trouver *Les Montaigus et les Capulets*, de Bellini ; il existe un *Roméo et Juliette* de Zingarelli, un autre de Delius, fût-il transporté « au village » ; un autre encore de Georges Benda, daté de 1776 ; un autre de Heinrich Sutermeister, créé à Dresde en 1940. Un autre enfin, d'un certain Leonard Bernstein, transposé à New York sous le titre *West Side Story*. Nous connaissons celui-là, nous ne connaissons pas forcément tous les autres, mais nous savons la radiance, la vibrance du *Roméo* de Gounod. Un air, d'ailleurs, suffit à résumer la joie éclatante, on a dit la jeunesse, qui traverse l'œuvre avant que mort s'ensuive. C'est la célèbre valse de Juliette, « Ah ! Je veux vivre... ». Certains de nos amis font la fine bouche, elle est pour nous l'une des plus belles déclarations de jeunesse, c'est-à-dire d'amour qui soient dans l'histoire de la musique.

Après un accueil enthousiaste du public, les critiques de la première furent quelquefois réservées. Mais aussi, quelle idée pour un Léon Escudier, dans *L'Art musical* en date du 2 mai 1867, de comparer l'œuvre de Gounod au *Don Carlo* de Verdi ou au *Tannhäuser* de Wagner ! Plus difficile à éviter était la comparaison avec le *Roméo* de Berlioz. Le formidable succès public de celui de Gounod a balayé depuis ces réticences. Et jusqu'au milieu du XXe siècle, l'œuvre n'avait jamais quitté le répertoire de l'Opéra de Paris. Après un bref purgatoire, elle y revient, mais on peut l'entendre à Londres, à New York ou éclater de toute sa vraie jeunesse au théâtre antique d'Orange avec le plus grand Roméo du moment, Roberto Alagna. La jeunesse d'Alagna en 2002 dans le rôle du fiancé de Juliette est l'égale de celle des deux amants et, d'une certaine manière, on rajeunit avec elle.

Rosenthal, Harold (1917-1987)

Critique britannique

On veut ici rendre hommage à l'un de ceux qui, à Londres, comme dans le monde entier, a fait le plus pour la connaissance de l'opéra de son temps. L'histoire de l'opéra n'est pas faite seulement de grands chanteurs, des rôles qu'ils ont créés, des librettistes et des compositeurs qui ont su nous faire aimer un monde à part. Elle est aussi tissée de quelques personnages hors du commun, tel l'imprésario et directeur artistique de tant de disques EMI : Walter Legge ; tel qu'en France un André Tubeuf, critique fraternel ; tel qu'en Angleterre un George Harewood, lord Harewood, qui créa la revue anglaise *Opera* en 1950. Et tel celui qui, son assistant dès l'origine, devint précisément le directeur d'*Opera* de 1953 à 1986, Harold Rosenthal. Pendant des années, la petite revue au format in-12 un peu allongé, avec une photographie en noir et blanc au milieu de son cadre coloré, a été une sorte de journal officiel du monde de l'opéra. C'est qu'elles étaient rares, alors, les revues consacrées à l'art lyrique. Avec son tirage sur papier glacé, ses comptes rendus de représentations aux quatre coins du monde et ses index — surtout ses index !, *Opera*, sous la férule de Harold Rosenthal, fait partie de notre bagage quasi quotidien. Et nous ne sommes pas près d'oublier l'étonnante silhouette de Harold Rosenthal, dont on osera dire qu'il évoquait un peu pour nous un Groucho Marx sans cigare, mais avec ses grosses lunettes, sans sa grosse moustache aussi, mais qu'importe. Il était une figure familière de Covent Garden, bien sûr, de tous les théâtres d'opéra d'Angleterre et de tous les festivals du monde. Qui se souviendra avec moi de sa silhouette subitement aperçue dans une rue de Bayreuth ou même, venu de nulle part, à Bamberg ?

Rossini, Gioacchino (1792-1868)
Compositeur italien

Deux auteurs, deux Français, un écrivain et un compositeur. Stendhal d'abord : « Le 29 février 1792, Joachim Rossini naquit à Pesaro, jolie petite ville de l'État du Pape, sur le golfe de Venise. C'est un port assez fréquenté. Pesaro s'élève au milieu de collines couvertes de bois, et les bois s'étendent précisément jusqu'aux rivages de la mer. Rien de désolé, rien de stérile, rien de brûlé par le vent de mer. Les rivages de la Méditerranée, et en particulier ceux du golfe de Venise, n'ont rien de l'aspect sauvage et sombre que les vagues immenses et les vents puissants de l'Océan donnent à ses bords. Là, comme sur la frontière dans le grand empire despotique, tout est pouvoir irrésistible et désolation ; tout est douce volupté et beauté touchante vers les rives ombragées de la Méditerranée. On reconnaît sans peine le berceau de la civilisation. C'est là que, il y a quarante siècles, les hommes s'avisèrent, pour la première fois, qu'il y avait du plaisir à cesser d'être féroce. La douce volupté des villes les civilisa ; ils reconnurent qu'aimer valait mieux que tuer : c'est encore l'erreur de la pauvre Italie, c'est pour cela qu'elle fut tant de fois conquise et malheureuse. Ah ! si le Bon Dieu en avait fait une île ! » Telles sont les premières lignes de la *Vie de Rossini* publiée en 1824 par M. de Stendhal. Tout l'ouvrage n'est ensuite qu'un tissu serré d'éloges à la gloire de Rossini qui, après Paisiello, Cimarosa et Mozart, fit découvrir au cher Henri Beyle le bonheur de la musique.

Berlioz, maintenant, jugeant l'arrivée de Rossini à Paris : « Quant à Rossini et au fanatisme qu'il excitait depuis peu dans un monde fashionable de Paris, c'était pour moi le sujet d'une colère d'autant plus violente, que cette nouvelle école se présentait naturellement comme l'antithèse de celle de Gluck et de Spontini. Ne concevant rien de plus magnifiquement beau et vrai que les œuvres de ces grands maîtres, le cynisme mélodique, le mépris de l'expression et des convenances dramatiques, la reproduction continuelle d'une formule de cadence, l'éternel et puéril crescendo, et la brutale grosse caisse de Rossini, m'exaspéraient au point de m'empêcher de reconnaître jusque dans son chef-d'œuvre [le *Barbier*], si finement instrumenté d'ailleurs, les étincelantes qualités de son génie. Je me suis alors demandé plus d'une fois comment je pourrais m'y prendre pour miner le Théâtre-Italien et le faire sauter un soir de représentation, avec toute sa population rossinienne. Et quand je rencontrai un de ces dilettanti, objet de mon aversion : "Gredin, grommelai-je, en lui jetant un regard de Shylock, je voudrais pouvoir t'empaler avec un fer rouge !" Je dois avouer franchement qu'au fond, j'ai encore aujourd'hui, au meurtre près, ces mauvais sentiments et cette étrange manière de voir. Je n'empalerai certainement personne *avec un fer rouge*, je ne ferai pas sauter le Théâtre-Italien, même si la mine était prête et qu'il n'y eût qu'à y mettre le feu, mais j'applaudis de cœur et d'âme notre grand peintre Ingres, quand je l'entends dire en parlant de certaines œuvres de Rossini : "C'est la musique d'un malhonnête homme !" »

Ayant pour les deux grands H.B. de l'Isère et de notre XXe siècle, Beyle et Berlioz, la même dévotion, nous ne jugerons ici ni l'un ni l'autre. On se bornera à dire qu'après l'enthousiasme des dilettanti du monde entier pour Rossini vivant, sa gloire posthume fut d'abord modeste. On donnait *Le Barbier de Séville*, encore *Le Barbier de Séville*, toujours *Le Barbier de Séville*. Et c'était à peu près tout. Quant à son *Otello* qui fut l'une des œuvres les plus célèbres de la première moitié du XIXe siècle, elle céda bien vite le pas à un autre *Otello*, celui de Verdi. Un seul exemple résume peut-être la situation. *La Pie voleuse*, l'une des œuvres à la fois les plus touchantes et peut-être les plus graves de Rossini, fut donnée pour la première fois à la Scala en 1817. On la redonna jusqu'en 1841, et c'est tout. Pour le reste, *Barbier*, *Barbier*, *Barbier*...

C'est à partir du milieu du XXe siècle, grâce à quelques chanteuses comme Maria Callas, naturellement, Joan Sutherland, Marilyn Horne et quelques autres ; grâce au musicologue et chef d'orchestre Alberto Zedda, à sa Fondation Rossini et au Festival de Pesaro, ce lieu béni décrit par Stendhal, que l'œuvre de Rossini a de nouveau déferlé sur les scènes du monde entier.

Qui a tort, qui a raison ? Aujourd'hui, les remarques peu amènes de Berlioz semblent bien oubliées. Et pourtant, « on se lasse de tout, mon ange », remarque tel triste héros de l'un des plus grands romans du XVIIIe siècle français : et si, après l'effervescence rossinienne des dernières décennies, le public capricieux de l'opéra, ces dilettanti qui nous font parfois sourire lorsqu'ils se rendent avec trop d'enthousiasme du côté de Pesaro, revenaient voir du côté des enthousiastes de Berlioz ?

Après avoir appelé Stendhal et Berlioz à la rescousse pour parler de Rossini, il serait probablement trivial de rappeler que, outre les œuvres que nous lui connaissons, Gioacchino Rossini, retiré en France, termina dans la peau d'un fin gastronome qui faisait sourire la bourgeoisie Second Empire avec son « Duos des chats » et le souvenir amusé des « péchés » de sa vieillesse... Pour le reste, contentons-nous de lire, ou relire, la *Vie de Rossini* citée plus haut et écouter les rayons entiers d'enregistrements des œuvres les plus célèbres ou les plus inconnues du répertoire rossinien qui garnissent confortablement tant de discothèques...

Rothenberger, Anneliese (née en 1924)

Soprano allemande

Nous avons entendu pour la première Anneliese Rothenberger dans une *Arabella* donnée au Festival de Munich en 1962. Elle chantait Zdenka, la petite sœur de la grande Lisa Della Casa, face à l'immense Dietrich Fischer-Dieskau. Ce fut un éblouissement, un coup de foudre. Nous avons retrouvé Rothenberger dans le même rôle, dans tant de disques... Elle a aussi été Pamina, Suzanne, jusqu'à la Lulu de Berg : nous ne l'avons pas vue dans ce rôle, nous avons peine à y croire, elle est si douce, si jeune fille allemande, ou plutôt bavaroise (bien que née à Mannheim), si parfaitement bien élevée... Mais c'est avec délices que nous l'avons entendue dans bon nombre d'opérettes viennoises, gentiment bavaroises. Nous l'avons entendue un peu, un peu plus, puis elle a peu à peu disparu des scènes lyriques, des enregistrements que nous achetions. Peut-être était-elle trop jeune fille et trop charmante pour passer à l'âge adulte. Elle restera Zdenka pour ce petit morceau d'éternité qui dure le temps d'une mémoire d'amoureux d'opéra.

Rubini, Giovanni (1794-1854)

Ténor italien

1794-1854

Le ténor absolu italien, né italien, de la première moitié du XIXe siècle. Et probablement du siècle tout entier. Sinon de tous les temps... Rubini, Caruso, et après ? Avec déjà une jolie carrière en Italie derrière lui, Rubini arrive en France en 1825 et, aux côtés du baryton Tamburini, de la basse Lablache et de toutes ces dames qui firent l'opéra de ce temps-là, la Grisi, la Pasta, Maria Malibran, il domine la scène lyrique italienne de Paris. Contemporain de Duprez et de Nourrit, son répertoire est sensiblement différent. Il est le ténor rossinien par excellence, un Otello plein de fureur, un don Ramiro de *La Cenerentola* rempli de tendresse, en même temps que le créateur du *Pirate*, de *La Somnambule* ou des *Puritains* de Bellini, de l'*Anna Bolena* de Donizetti. Avec lui, on est loin de la puissance formidable d'un Nourrit, du célèbre contre-*ut* de poitrine de Duprez. La voix est, certes, plus limitée, mais d'une clarté, d'un phrasé sans égal. Pour atteindre aux notes les plus aiguës, il n'hésitait pas à se servir d'un « falsetto » (voix de fausset, mais qu'on ne s'y méprenne pas, harmonieuse...) qui faisait verser des larmes à ses auditeurs. D'ailleurs, c'est Rubini qui, le premier, a eu recours au « sanglot » musical pour exprimer ses émotions... Acteur tout autant que chanteur, Rubini appartient à une époque disparue. Osera-t-on évoquer, dans la deuxième moitié du XXe siècle, la voix d'un Pavarotti ?

Rusalka

Antonin Dvořák. Livret de Jaroslav Kvapil
d'après *Ondine* de Friedrich de La Motte-Fouqué,
et quelques autres

Prague, 1901

C'est d'un conte lyrique qu'il s'agit, et l'on ne saurait dire que ç'ait été l'une des œuvres les plus populaires du répertoire du XXe siècle. Et pourtant... Créée à Prague en 1901, il faudra attendre 1955 pour en voir une reprise, toujours à Prague. Et si, depuis lors, on donne *Rusalka* un peu partout en Europe et aux États-Unis d'une manière à peu près régulière depuis cette reprise, c'est seulement en 1982 que le public français pourra voir à Marseille le chef-d'œuvre lyrique de Dvořák. Et c'est seulement en 2002 que, grâce à Hugues Gall, l'œuvre entrera au répertoire de l'Opéra-Bastille. C'est là que nous l'avons vue sur scène. Nous la connaissions bien par le disque, grâce à un vieux disque Urania de 1951, et quelques versions tchèques originales des années 1950 ou 1960. Et on avait commencé à l'aimer. Il faut dire que l'histoire de la nymphe des eaux amoureuse d'un prince et qui renonce pour lui à son immortalité d'ondine, est émouvante. D'autant que le prince en question la trompera, cette fois, quitte à mourir ensuite pour elle. Mais surtout, la musique de Dvořák a quelque chose d'enivrant. S'y mélangent, en un tournoiement incessant, des réminiscences du folklore tchèque et un romantisme qui balance entre Liszt et Wagner. La ligne vocale, admirablement soutenue de bout en bout, devient éblouissante quand Rusalka chante son amour. D'abord silencieuse, muette, Rusalka développe au second acte un lyrisme inouï. Nombreuses ont été les grandes et les moins grandes chanteuses du XXe siècle à faire de l'air célèbre de ce deuxième acte l'un de leurs chevaux de bataille, quitte d'ailleurs à ne rien connaître d'autre de l'opéra lui-même. En 2002, à l'Opéra-Bastille, Renée Fleming y était purement enchanteresse. Sa fluidité vocale, la douceur de sa voix, son grain un peu charnu, à la fois sensuel et diaphane, nous ont bouleversé. Nous étions avec un jeune homme de douze ans qui commença par apprécier fort peu le spectacle, pour être ensuite lui-même fasciné. Il faut dire que la mise en scène de Robert Carsen était superbe et dangereuse. Superbe, car domaine de la terre et domaine de l'eau, le royaume du prince et celui des Ondins : Carsen avait imaginé de créer sur la scène un reflet, un double de chaque réalité qui devenait ainsi à la fois plus illusoire et plus poétique. Mais une mise en scène dangereuse puisque, certains s'en souviennent, alors que le reflet en question était purement et simplement suspendu au plafond, une pièce du décor se détacha : un lit, une lampe, je ne sais pas quoi, on redouta un moment le pire. Mais le prince, admirablement chanté par Serguei Larine, attendit tout de même la fin du troisième acte pour mourir.

À Londres, dans les années 1970, une jeune soprano amateur s'obstinait à nous chanter Rusalka à tous les repas entre, si l'on ose dire, la poire et le fromage. Elle n'a pas réussi à nous la faire haïr...

Sadko

Nicolaï Rimski-Korsakov. Livret du compositeur

Moscou, 1898

1898 ou 1897 ? 26 décembre 1897 ou 7 janvier 1898 ? Tout est affaire de calendrier, grégorien ou pas... Mais passons... *Sadko*, ou *Le Tour du monde de Sadko*, c'est la légende d'un chanteur ambulant qui traverse le monde, c'est-à-dire toutes les Russies et leurs environs, navigue sur les océans, plonge dans leurs profondeurs, traverse les steppes pour revenir parmi ses amis de Novgorod après avoir triomphé de l'hostilité des éléments et découvrir le bonheur de vivre chez lui. Mais tout n'est pas si simple que cela.

Le merveilleux le dispute au fantastique, l'aspect fête populaire a la grandeur des noces de Sadko avec Volkhova, la fille du roi de l'océan. Dans une atmosphère de contes et légendes de la vieille Russie, une somptueuse instrumentation fait de *Sadko* une manière d'œuvre initiatique d'un lyrisme inouï.

Dès sa création à Moscou en 1898, *Sadko* a été présenté comme un grand spectacle, une véritable féerie. Si Paris ne l'entendit que d'une manière fragmentaire en 1911, monté par Diaghilev et ses Ballets russes au Châtelet, c'est à Monte-Carlo qu'on le donna pour la première fois, et en russe, avant une version oratorio en 1927 au Palais Garnier. Une éblouissante représentation dirigée en 1984 par Valery Gergiev au théâtre des Champs-Élysées nous a enthousiasmé. Gergiev l'a d'ailleurs enregistrée à la tête de l'Orchestre et des Chœurs du Kirov, chez Philips. C'est bien simple : avec Sadko, ou plus précisément encore avec la princesse Volkhova dont Sadko refusera la main par fidélité pour la jalouse Lioubava qu'il a pour épouse — pour cette Volkhova qui file des algues comme d'autres filent la laine, on irait au bout du monde.

Sadler's Wells

Théâtre londonien

Sadler's Wells, lieu mythique bien loin dans le nord de Londres, sur Roseberry Avenue, où nous fîmes tant de pèlerinages vers des œuvres lyriques que nous ne connaissions guère. On les donnait alors en anglais, fussent-elles italiennes, russes ou tchèques : qu'importe ? Rarement un théâtre s'est aussi bien identifié à une politique de création et d'ouverture à d'autres mondes que le Sadler's Wells que nous avons connu, à partir de 1966, mais qui, dès 1934, était déjà devenu l'un des hauts lieux de l'opéra en Angleterre. C'est Sadler's Wells qui devint plus tard l'English National Opera et se transporta au Coliseum. Mais bien avant cette mutation, dans son ancien théâtre puis dans le nouveau, la compagnie établie là avait déjà donné la version originale de *Boris Godounov*, de la *Walkyrie*, des *Maîtres chanteurs.* Après la guerre, des personnalités de premier plan tels que Norman Tucker, Alexander Gibson et surtout Colin Davis de 1961 à 1965, en assumèrent la direction. Ce fut une période d'incroyable créativité. C'est en particulier au Sadler's Wells que nous avons pu découvrir Janáček. Notre premier *Petite Renarde rusée*, fut entendu au Sadler's Wells. De même, notre première *Affaire Makropoulos.* On se rendait difficultueusement jusqu'au théâtre de Roseberry Avenue. Mais arrivé là, au milieu d'un Londres qui semblait ne pas avoir changé depuis les années de l'après-guerre, on se retrouvait entre amis, dans un théâtre étroit, à boire de la bière avant le spectacle dans le pub voisin ou un mauvais café délicieusement bouilli au bar même du théâtre. L'atmosphère était bon enfant : il ne fallait surtout pas avoir l'air de s'être habillé pour se rendre au Sadler's Wells. D'une certaine manière, quand bien même l'English National Opera est redescendu en plein West End, l'atmosphère est restée à peu près la même. Et c'est la même création active qui s'y déploie.

Saint François d'Assise

Olivier Messiaen. Livret du compositeur

Paris, 1983

Il est tout de même remarquable que deux des œuvres lyriques les plus remarquables de la deuxième moitié du XXᵉ siècle, le *Saint François d'Assise* de Messiaen et *Les Dialogues des carmélites* de Poulenc, soient, toutes deux, d'une inspiration religieuse profonde. Mais c'est l'œuvre entière d'Olivier Messiaen qui est placée sous le signe de la foi. Dès lors, après un *Banquet eucharistique* de 1928 ou les *Vingt regards sur l'Enfant-Jésus* de 1944, quoi de plus évident pour Messiaen que d'avoir consacré son unique œuvre lyrique, qualifiée de « Scène franciscaine en trois actes et huit tableaux » à un sujet profondément religieux ? Quoi de plus naturel, aussi, pour l'auteur des *Couleurs de la cité céleste* (pour grand orchestre avec imitation de deux oiseaux néo-zélandais et d'un oiseau brésilien), du *Catalogue d'oiseaux* de 1956-1958, de *La Fauvette des jardins* de 1970, d'avoir choisi de parler de saint François d'Assise, qui parlait lui-même aux oiseaux ?

Commandé à Olivier Messiaen par Rolf Liebermann aussitôt son entrée en fonctions au Palais Garnier, *Saint François d'Assise* a occupé Messiaen pendant près de huit ans. Et c'est seulement le 28 novembre 1983, peu de temps après le départ de Rolf Liebermann, que l'œuvre fut créée au Palais Garnier.

Comme, quelques années plus tôt, la première représentation de la version en trois actes de *Lulu* de Berg, achevée par Cerha, la soirée de ce 28 novembre est une grande date dans l'histoire de la musique à

Paris. La figure, sans jeu de mots, messianique d'Olivier Messiaen, le rapport étroit qu'il entretint toute sa vie avec ses élèves, le nombre et la qualité de ceux-ci, le respect dont il jouissait hors de France souvent plus encore qu'en France (on pense à Berlioz...), plus l'effet de snobisme qui voulait qu'on soit là : tout le monde était là, ce jour de fin d'automne 1983. On s'en souvient, la guerre du Liban faisait rage, l'une des personnalités libanaises qui avaient le plus fait pour la musique, pour le ballet, pour les musiciens de tous pays dans son propre pays, était venue pour un soir. Nous parlâmes de Messiaen, de la beauté de ce que nous venions d'entendre — c'était pendant un entracte... —, elle nous dit qu'elle avait vécu là un moment de grâce.

Et c'est bien un moment de grâce que nous avons tous vécu à l'audition, à la vue, on voudrait dire la « vision », de ces « huit scènes franciscaines », indépendantes les unes des autres, admirablement enchaînées les unes aux autres. La mise en scène était de Sandro Sequi, les décors et les costumes de Giuseppe Crisolini-Malatesta. Ce fut d'abord Seiji Ozawa, puis Kent Nagano qui dirigèrent l'immense orchestre de cent vingt musiciens, le chœur monumental de cent cinquante voix. Un dispositif scénique particulier avait permis d'élargir la fosse d'orchestre et plusieurs instrumentistes étaient installés sur le côté du plateau. Quant à la distribution, elle était naturellement dominée par celui qui reste encore aujourd'hui le premier saint François de son temps, c'est-à-dire de tous les temps, José Van Dam. Le rôle de l'Ange aux ailes multicolores dont les couleurs choisies par Olivier Messiaen lui-même étaient celles d'un ange selon Fra Angelico, était chanté par l'admirable Christiane

Eda-Pierre. Dans le reste de la distribution, on relevait les noms de Kenneth Riegel et du toujours merveilleux Michel Sénéchal en frère Élie.

D'entrée de jeu, le succès a été considérable. « Les laudes », « Le baiser au lépreux », « L'ange voyageur », « L'ange musicien », « Le prêche aux oiseaux », « Les stigmates », « La Mort et la Nouvelle Vie » : chacun des tableaux est une illustration idéale de la vie du saint, tout empreinte du mysticisme d'un Olivier Messiaen vieillissant qui se rapprochait encore davantage de Dieu. Son épouse, Yvonne Loriot, tenait naturellement les ondes Martenot, sans laquelle les œuvres de Messiaen ne seraient pas du Messiaen. Des anges, des oiseaux, donc : des oiseaux partout. La longue scène du prêche aux oiseaux est, à cet égard, un sommet de tout ce que Messiaen professait et recherchait depuis toujours, lui qui passait des journées, des nuits entières dans la campagne ou dans la forêt, à noter, précisément, ces chants d'oiseaux. Nous ne sommes pas près d'oublier « notre frère le rossignol »...

Quelques années plus tard, on a revu *Saint François d'Assise* dans le décor du manège des Rochers du Festival de Salzbourg. La première de cette production fameuse de Peter Sellars remonte à 1992. José Van Dam était toujours saint François, c'était la séraphique Dawn Upshaw qui chantait l'Ange. Quant à cet iconoclaste de Peter Sellars, qui s'amuse à transformer les opéras de Mozart en scènes de la vie publique ou privée de la société branchée américaine d'aujourd'hui, il nous a donné de saint François selon Messiaen une vision inoubliable. Occupé par des dizaines d'écrans de télévision, tout le devant de la scène nous racontait en petits gros plans, comme une musique intérieure, ce qui se déroulait au-delà de l'action et de la musique. Des oiseaux, des pas sur le sable, des longs glissements d'eau. Le soir où nous vîmes à Salzbourg la mise en scène de Peter Sellars, les deux premiers rangs du large balcon à peine surélevé au-dessus de l'orchestre étaient occupés, précisément, par des franciscains en robe de bure. Il existe un enregistrement de cette version de Salzbourg, à méditer comme une prière très sacrée...

Deux notes en marge des deux productions fameuses de l'œuvre de Messiaen. D'abord, on se souviendra d'un ami qui s'appelait Yves Navarre, et qui rêva longtemps, au moins le temps d'un acte entier, jusqu'à l'entracte où nous en parlâmes, du charmant petit flûtiste qui jouait à gauche de la scène, face au public, légèrement surélevé par rapport au plateau. Il était en smoking, très blond. Il était charmant, en effet, mais Yves Navarre, notre ami mort, avait tort de rêver sur lui, car le flûtiste était une flûtiste, déguisée en garçon. Elle s'appelle Catherine Quentin.

On nous pardonnera de rapporter un souvenir encore plus personnel. C'est pendant le septième tableau de la production de *Saint François d'Assise* que nous eûmes l'idée d'un roman qui devait paraître quelques années plus tard. Le livre s'est appelé *État de grâce*, le septième tableau était celui des « Stigmates », celui pendant lequel François reçoit les stigmates du Christ. Notre livre raconte précisément l'histoire d'un monsieur, fort peu recommandable au début du livre, qui se réveille un matin avec les stigmates du Christ. Son destin bascule. Tout en écoutant la musique de Messiaen, les idées venaient encore, de plus en plus nombreuses. Et c'est pendant les quelque vingt ou vingt-cinq minutes d'applaudissements qui suivirent la fin du dernier tableau, Sophie à côté de nous qui applaudissait pour deux, que nous jetâmes sur un morceau de papier des idées que nous allions développer, quelques jours plus tard, dans une forêt en Basse-Autriche. À sa manière, le *Saint François* d'Olivier Messiaen nous en avait montré le chemin.

Salomé

Richard Strauss. Livret du compositeur
d'après Oscar Wilde

Dresde, 1905

« Wie schön ist die Prinzessin Salome heute nacht ! « Comme la princesse Salomé est belle, cette nuit ! » C'est Narraboth, un officier de la cour du roi Hérode, qui lance cette exclamation, la première phrase de l'opéra de Strauss. Tellement belle, Salomé, que Narraboth s'en suicidera très vite : dix minutes plus tard. Et tout *Salomé* est là. Écrite sur la traduction allemande de la pièce en français d'Oscar Wilde, l'œuvre de Richard Strauss est la première qui lui valut une véritable audience internationale. En même temps qu'une sulfureuse réputation. Car la tragédie de Salomé, c'est celle du désir haletant, de la concupiscence, de la volupté et de la mort — mais aussi celle de la jeunesse souillée, du rêve enfantin d'une petite fille corrompue par le monde qui l'entoure. Rarement Éros et Thanatos sont si inextricablement liés. L'argument est connu : c'est l'histoire de la princesse Salomé, fille d'Hérodiade, dont le nouvel époux, le roi Hérode, est éperdument amoureux. Nous sommes au tout début de l'ère chrétienne, Jean le

Baptiste, Iokanaan, est enfermé dans les prisons d'Hérode. On le redoute, mais on le respecte. Hérodiade, la reine infâme, le poursuit de sa haine parce qu'il a dénoncé la couche conjugale sur laquelle elle s'est vautrée avec un autre. Aussi, lorsque la belle Salomé accepte de danser pour son beau-père lubrique — on le voit, nous ne reculons devant aucun cliché... — la fameuse danse des sept voiles, c'est la tête de Iokanaan que sa mère lui intime l'ordre de demander en récompense. Car Salomé aime le prophète, qui la méprise, elle a voulu baiser ses lèvres, il a refusé. Les lèvres de Iokanaan, Salomé les baisera donc, mais ce sera à la bouche d'un Jean le Baptiste décapité qu'elle prodiguera ses baisers. Effrayé par tout ce qui vient de se passer, Hérode fera mettre à mort celle qu'il désire le plus au monde et que ses gardes du corps écraseront sous leurs boucliers. Ouf !

Un seul flot de musique ininterrompue occupe la scène et l'orchestre pendant près d'une heure et demie. Hérode y est un ténor à la voix aiguë, maladive ; Hérodiade une mégère vengeresse ; Salomé une petite bête en rut. Au milieu de ce vice qui déborde de partout, seule la voix noble et grave de Iokanaan inspire le respect. Peut-être y avait-il un certain humour dans le poème d'Oscar Wilde ; chez Strauss, tout n'est plus que luxure, dépravation et insoutenables désirs... D'ailleurs, il y a cette sacrée danse des sept voiles, que la chanteuse qui joue Salomé est supposée achever nue. Une grande soprano allemande, qui chanta plus tard le rôle d'Hérodiade, nous a affirmé un jour qu'il existait deux sortes d'interprètes de Salomé. Celles qui en ont vraiment la voix et refusent de s'exposer nues au regard du public. Celles qui chantent le rôle nues, mais n'en ont pas la voix... Les grandes Salomé que nous avons pu entendre s'appelaient Inge Borkh, Christel Goltz qui semble pour nous ne s'être illustrée que dans ce rôle. Ou Anja Silja. Mais il faudrait épeler aussi, un à un, les noms de Ljuba Welitsch, d'Astrid Varnay, de Gwyneth Jones ou de Leonie Rysanek. Salomé, c'est un rôle d'or noir, un diamant brut, une peinture de Klimt, une flaque de sang sous un bouclier de bronze. Il est bien loin, le scandale que fit la création à Dresde, en 1905 : toutes les grandes tragédiennes lyriques du monde rêvent de s'affronter, un jour ou l'autre, avec la terrible et innocente pourtant princesse de Strauss. Car Salomé, c'est — on le répétera — l'innocence à l'état de jeunesse, une manière de ferveur innocente que la pourriture des autres va pourrir jusqu'à la moelle...

Dernière minute : en octobre 2003, Karita Mattila a chanté — et dansé — la danse des sept voiles. Un à un, elle a jeté tous ses voiles. Et s'est retrouvée nue à partir de la taille. Nue, oui, totalement nue mais elle avait gardé soutien-gorge et chemisier transparent. Curieux...

Salzbourg

Évêché autrichien...

C'est parce que Mozart est né à Salzbourg, en 1756, qu'un peu plus d'un siècle plus tard, quelques illustres musiciens, dont Hans Richter, le créateur du *Ring* à Bayreuth, eurent l'idée d'y créer un festival. Wagner à Bayreuth ? Eh bien, pourquoi pas Mozart à Salzbourg ? Les fêtes musicales se développaient alors dans l'Europe entière. En 1906, la grande Lilly Lehmann, interprète d'à peu près tous les rôles mozartiens du répertoire, monta donc au théâtre de la ville un *Don Giovanni*, chanté par le grand D'Andrade et dirigé par le cher Reynaldo Hahn. Aux côtés de Lilly Lehmann, Geraldine Farrar et Johanna Gadski formaient un trio de dames incomparable. De même, un Gustav Mahler débarquerait à Salzbourg avec l'Opéra de Vienne tout entier pour des *Noces de Figaro.* Ainsi, peu à peu, la ville natale de Mozart devenait la capitale mondiale des mozartiens de tous les pays.

Mais c'est en 1917, en pleine guerre, qu'on fonda officiellement le Festival de Salzbourg, avec Max Reinhardt, Hugo von Hoffmansthal et Richard Strauss. Dès lors, à partir de 1921 jusqu'en 1927, le théâtre de Salzbourg, le Landestheater, devint l'un des hauts lieux de l'opéra mozartien. Pourtant, très vite, Donizetti, Johann Strauss, Richard Strauss lui-même avec une mémorable production d'*Ariane à Naxos*, dirigée par Clemens Krauss, emboîtaient le pas à Mozart. L'étape suivante vit l'ouverture, en 1927, de l'ancien manège d'été transformé en premier Palais du Festival. Lieu superbe que cette falaise de rochers à pic, percée de trois étages d'ouvertures en ogive, dans lesquels purent se développer des mises en scène de plus en plus intéressantes. Mozart toujours, certes, mais aussi *Le Chevalier à la rose*, *Iphigénie en Aulide* ou l'*Orphée et Eurydice* de Gluck. Une saison italienne en 1931, avec *Le Barbier de Séville* de Rossini, et *Le Mariage secret* de Cimarosa. Puis, une programmation de plus en plus inventive, avec *La Femme sans ombre*, en 1932, *Tristan et Isolde* en 1933, *Hélène l'Égyptienne* de Strauss, la même année et, jusqu'à la guerre, des *Elektra*, des *Falstaff*, des *Maîtres chanteurs*, jusqu'à l'opéra de Hugo Wolf, *Der Corregidor*.

Les plus grands chefs du monde, dont Toscanini et Bruno Walter, dirigèrent des soirées mémorables. Après l'Anschlus, Bruno Walter ayant choisi l'exil, Toscanini la résistance intérieure, ce sont Furtwängler, Karl Böhm et Vittorio Gui qui menèrent le festival. Interrompu en 1944, presque au milieu des répétitions de l'ultime opéra de Strauss, *L'Amour de Danaé*, le festival devait néanmoins reprendre dès 1946.

Très vite, une orientation plus moderne s'est dessinée, avec des opéras de Gottfried von Einem, Carl Orff, Boris Blacher ou Rolf Liebermann.

À partir de 1957, on entre dans l'ère du Festival de Salzbourg triomphant. Au public des anciens amateurs, véritables pèlerins qui se rendaient sur les bords de la Salzach comme d'autres gravissaient la verte colline de Bayreuth, a succédé une foule de riches touristes internationaux, amateurs parfois de musique, le plus souvent de rencontres mondaines. Et c'est vrai que Salzbourg est devenu l'un des hauts lieux de la jet-set internationale. Mais on se gardera bien de trop insister sur cet aspect-là, car sous la houlette de Herbert von Karajan, qui en fut directeur artistique de 1957 à 1960, puis y régna à partir de 1964 et jusqu'à sa mort en 1989, le Festival a connu un deuxième âge d'or. D'abord, en 1960, on a construit un nouveau Palais des Festivals, à proprement parler gagné sur le rocher. L'architecte, Clemens Holzmeister, a imaginé la scène la plus grande du monde, 40 mètres de largeur, 35 mètres de hauteur et 25 mètres de profondeur. C'est trop large, mais tant pis. C'est à la dynamite qu'on a creusé le rocher pour y parvenir. Une deuxième salle, plus petite, a été également installée. Enfin, les lieux anciens comme le manège et la cour intérieur du palais de la Résidence ont abrité, eux aussi, des spectacles prodigieux.

Il serait fastidieux, après les années Furtwängler, exemplaires, d'énumérer les triomphes des années Karajan. Sous le règne de Furtwängler, la fine fleur de l'Opéra de Vienne d'alors, mais aussi de toutes les maisons européennes d'opéra, chanta éperduement Mozart, Strauss, Britten. Une Elisabeth Schwarzkopf, une Irmgard Seefried et une Sena Jurinac devinrent ainsi un trio de rêve dans *Les Noces de Figaro*. De même, Schwarzkopf et Christa Ludwig dans *Cosi fan tutte*.

C'est précisément pour ce *Cosi*-là que nous n'oublierons jamais notre première visite à Salzbourg. Un portier d'hôtel à Munich nous avait trouvé deux places. Nous logeâmes au dernier étage d'un hôtel alors véritable sac à puces, sur les bords de la rivière. La nuit que nous passâmes là — lesdites puces et la chaleur d'un 15 août — fut atroce. Mais auparavant, il y avait eu les deux sœurs coquettes et coquines de Mozart.

Avec Karajan, on a regardé plus résolument encore du côté de Verdi, avec plusieurs *Don Carlo*, inoubliables, de Moussorgski, de Monteverdi et même d'Offenbach avec des *Contes d'Hoffmann* éblouissants sur la scène du grand Palais des Festivals et subitement devenus ridicules lorsqu'on voulut les présenter à Paris sur Dieu sait quelle scène qui n'était pas à leur mesure.

Autour de Karajan, c'est toute une vie sociale et mondaine qui s'est donc organisée. Avec sa valse des smokings blancs et des *dirndl* autrichiens pour les dames à l'entracte, et la ruée après le dernier rideau jusqu'au Goldnerhirsch, en face du Palais des Festivals, où l'on se doit d'avoir sa chambre, son couvert... Mais c'est avec un peu trop d'animosité que toute une presse française s'est attardée sur cette vie-là. Si bien que lorsqu'un nouveau directeur s'est imposé à la mort de Karajan, Gérard Mortier, Belge venu du théâtre de la Monnaie, beaucoup de critiques ont cru très amusant de se venger en portant Mortier aux nues tout en raillant le public des vieux habitués qu'ils dérangeaient parfois.

Pour notre part, nous avons eu le bonheur d'assister à beaucoup de soirées organisées par Gérard Mortier, certaines d'entre elles hautement provocatrices, tels un *Cosi fan tutte* qui commençait dans un bistrot de Naples ou une *Chauve-Souris* hantée par tous les fantômes d'une Europe centrale des années 1930 et 1940 que beaucoup voulaient oublier. On l'avouera : jusque dans leur démesure dérisoire, la plupart de ces provocations nous ont pourtant passionné. C'est tout juste si l'on pourra regretter la mise en scène déjà citée plus haut des *Noces de Figaro* dont le comte était patron d'une boutique de prêt-à-porter spécialisée dans les robes de mariées ; Suzanne, la petite employée qui n'allait sûrement pas tarder à s'adresser aux juges compétents pour harcèlement sexuel ; la Comtesse, une femme du patron qui se consolait au whisky ; et Chérubin, un gamin mal élevé qui tirait de sa poche la petite culotte de la Comtesse.

En 2002, le patron du Festival de Salzbourg s'est appellé Peter Ruzicka mais, dès 2005, ce sera le metteur en scène Jürgen Flimm qui lui succédera.

D'abord, on a cru que les choses allaient rentrer dans l'ordre, Ruzicka a effectivement produit un

Amour de Danaé, de Strauss, sublime ; mais aussi un *Don Juan* publicitaire pour une marque de, devinez quoi ? de sous-vêtements féminins ! D'où, cette fois, les petites culottes non plus dans la poche de Chérubin mais sur les corps de toutes les figurantes.

Allons, de Hofmannsthal et Max Reinhardt aux petites culottes en question, tous *dirndl* et Chérubin confondus, le Festival de Salzbourg n'a pas fini de nous étonner. Et comme chaque année, nous nous retrouverons sûrement encore cette année sur les bords de la Salzach pour la dernière semaine d'août, la dernière semaine du Festival qui voit fleurir plus encore de soirée mondaines que toutes les semaines précédentes réunies.

Samson et Dalila

Camille Saint-Saëns. Livret de Ferdinand Lemaire

Vienne, 1877 ; Rouen, 1890

Étrange ouvrage que ce *Samson et Dalila*, l'un des plus caractéristiques d'un grand style français qui n'appartenait, en somme, qu'à son auteur, créé d'abord en Allemagne, dans une version allemande, avant de voir le jour pour la première fois en France, au théâtre des Arts de Rouen ! Et encore ! Il fallut tout l'entregent et l'immense bonne volonté d'un Franz Liszt, le plus généreux des musiciens européens, au service de toutes les musiques d'Europe, pour que l'œuvre de Saint-Saëns vît le jour à Weimar, où Liszt avait réussi, de la même manière, à faire triompher des œuvres de Berlioz que le public français boudait.

C'est vrai que ce *Samson et Dalila* est non seulement un ouvrage étrange, mais aussi une œuvre particulièrement statique, quelque part entre oratorio et drame lyrique, qui fut d'ailleurs donné en concert avant la création de Weimar, notamment chez la grande Pauline Viardot à laquelle il est dédié. Là aussi, le rapprochement avec Berlioz s'impose, un Berlioz qui ne put entendre que chez Pauline Viardot des passages de ses *Troyens* qu'il ne parvenait pas à faire jouer.

Là ne s'arrête pas la comparaison avec Berlioz, et le grand « Mon cœur s'ouvre à ta voix » du deuxième acte de *Samson* évoque naturellement la « Nuit d'ivresse et d'extase infinie » du quatrième acte des *Troyens*. Dans le même temps, l'utilisation particulièrement intelligente que fait Saint-Saëns des leitmotive inventés, somme toute, par Wagner, invite à un rapprochement avec les premières œuvres de celui-ci. Qu'on nous pardonne cette entrée en matière faussement savante. Car en dépit de cet arrière-plan de références, depuis sa création, *Samson et Dalila* a été, jusqu'au milieu des années 1950, l'un des chevaux de bataille les plus populaires de l'Opéra de Paris. D'une certaine manière, c'est avec *Faust*, *Roméo et Juliette* et *Carmen*, l'une des œuvres bien-aimées tant du public que des chanteurs. Le public : en témoignent les centaines de représentations au Palais Garnier, mais aussi au Metropolitan Opera de New York, à la Scala de Milan, pour ne pas parler du théâtre d'Orange dont il fit, beaucoup plus que d'autres œuvres françaises, les belles nuits. Nous y étions en 1978, Placido Domingo italianisait à cœur joie un chant que nous avions en mémoire avec d'autres accents. D'abord José Luccioni, le grand ténor populaire de la guerre et de l'après-guerre en France, un peu trop oublié. Lui aussi le chantait au soleil, le rôle de Samson ! Son héros invincible foudroyé par une femme est d'une étonnante jeunesse. C'est pourtant Jon Vickers, dans un enregistrement presque aussi classique réalisé par Georges Prêtre, avec l'orchestre d'un Opéra de Paris alors pourtant en pleine chute libre, qui nous touche le plus. Son Samson est à proprement parler inspiré, habité par Dieu. Dans le même temps, son attirance charnelle pour la Dalila de Rita Gorr semble suinter par tous les pores de sa peau. Parce qu'il y a eu Jon Vickers dans notre histoire moins d'amour que de raison avec *Samson et Dalila*, on ne pouvait pas omettre dans ces pages une œuvre dont on avouera maintenant que, austère et sûrement noble, d'une invention musicale certaine, elle n'est pas de celles qui nous exaltent vraiment.

Jon Vickers, oui, et puis, avec l'un de ces disques Urania découverts au milieu des années 1950 qui nous apportaient pêle-mêle Helge Roswaenge et Maria Cebotari, l'immense mezzo-soprano du XXe siècle, l'Allemande Margarete Klose. Que ceux qui l'ont entendue chanter Waltraute ou la Brangaene de *Tristan* tentent de se souvenir : la voix profonde et grave, presque une voix de contralto, lançait, comme la plus douloureuse des prières, une supplication quasiment religieuse, sa vision à elle du terrible « Amour, viens aider ma faiblesse ! » Pour l'amour de Margaret Klose, fascinés par Jon Vickers, nous avons presque failli nous passionner pour *Samson et Dalila*, quand bien même la scène où le colosse aveugle ébranle les colonnes d'un temple qui s'effondre dans un maigre délire de carton-pâte continue à nous faire rire, ce qui n'était pas l'effet cherché par Saint-Saëns.

Sang viennois *(Wiener Blut)*

Johann Strauss. Livret de Viktor Léon et Leo Stein

Vienne, 1899

Le chant du cygne de Johann Strauss. Johann Strauss II, puisque le fils de Johann Strauss I, le père de la valse, le violoniste étourdissant qui fit danser l'Europe entière. Chant du cygne, donc, du second Strauss, que ce *Sang viennois*, présenté quelques mois après la mort du compositeur. Chant du cygne et échec total lors de la première représentation, au Carl Theater de Vienne le 25 octobre 1899. Échec en partie compréhensible, puisqu'il s'agit d'une compilation, un pot-pourri en somme, de morceaux extraits d'opérettes précédentes de Strauss, mais aussi de quelques-unes de ses cinq cents pièces pour orchestre, pour l'essentiel des valses, naturellement.

Toute l'Europe centrale du XIXe siècle, et jusqu'à l'entre-deux-guerres du XXe, était friande de ces livrets en forme de ballets diplomatiques inventés dans des pays de fantaisie, comme leurs uniformes. Ici, le héros d'une histoire d'amour compliquée des habituelles méprises et mystifications est un comte Zedlau, ambassadeur du Reuss-Schleiz-Greiz, petit état naturellement purement imaginaire. Nous ne tenterons pas la moindre esquisse d'un livret dans le goût de l'époque. On se bornera à rappeler que *Sang viennois* a fait l'objet d'un film en noir et blanc dont nous avons tout oublié sauf que, présenté pendant la guerre au cinéma Moulin-Rouge, sur le boulevard de Clichy, il est, avec un autre film allemand de la même époque — on voyait ce qu'on pouvait... —, *Les Aventures du baron de Münchhausen* et avant l'inoubliable *Roger la Honte* de Cayatte avec Maria Casarès, notre première rencontre avec le cinéma.

Mais on se souviendra aussi d'une fabuleuse version enregistrée en 1954 sous la direction d'Otto Ackermann, grand straussien de tous les bords puisque ses *Quatre Derniers Lieder*, de l'autre Strauss — Richard naturellement — avec Elisabeth Schwarzkopf, sont un de nos morceaux de rêve. D'ailleurs c'est également Elisabeth Schwarzkopf qui chante ici l'héroïne de *Sang viennois*, avec une équipe de rêve : Nicolaï Gedda, Erich Kunz et Erika Köth.

Sass, Sylvia (née en 1951)
Soprano hongroise

Elle n'a chanté qu'un été, ou presque. Bien sûr, Sylvia Sass a chanté encore longtemps (enfin, un certain temps...) après sa fameuse Violetta de 1976 à Aix-en-Provence. Mise en scène par Lavelli, dans des décors de voiles et de transparences, debout sur une table au troisième acte parmi les joueurs face à un amant qui l'insultait, Sylvia Sass fut une *Traviata* sublime. Le visage un peu carré, la bouche volontaire, elle incarnait la jeunesse même qui a toujours été celle de l'opéra. On la vit un peu plus tard à Londres dans *Les Lombards à la Première Croisade.* Puis on ne la vit plus guère, puis on faillit l'oublier, puis on la revit un jour dans un hommage donné dans les grands salons de la Mairie de Paris à Maria Callas. Toute la soirée fut tragique, Sylvia Sass l'était aussi. Elle chanta, oui... Ludmila Mikaël, sublime comédienne, incarna Maria Callas au cours de cette même soirée : elle était, elle, superbe. On croit se souvenir que c'étaient des fragments de la *Médée* de Cherubini que Sylvia Sass voulut nous chanter.

Scala (La)

Le plus célèbre théâtre d'opéra d'Italie, peut-être du monde entier. Tant de livres, d'albums de photos, de chronologies ont été publiés sur la Scala, qu'on se bornera à rappeler que le théâtre a été construit en 1778 par l'architecte Piermarini, pour remplacer un Théâtre royal ducal détruit par un incendie. Il porte le nom de l'une des grands Visconti de Milan, Regina Della Scala. Détruit pendant l'été 1943 par la guerre, on n'a pas mis trois ans pour le reconstruire et il a rouvert ses portes le 11 mai 1946 avec un concert de gala dirigé par Arturo Toscanini.

C'est peu de dire que tous les grands compositeurs d'Italie y ont été donnés : tous — ou presque tous enfin, ceux qui comptent vraiment... — y ont eu une ou plusieurs de leurs œuvres jouées pour la première fois. De la même manière, tous les grands chanteurs du XIXe et du XXe siècle se sont bousculés parfois pour s'y produire. On évoquera seulement ici les soirées fabuleuses des années 1952 à 1961 pendant lesquelles Maria Callas enthousiasma les foules, fit parler la presse, émut aux larmes un public pourtant pas toujours acquis. C'est à la Scala, au cours d'une représentation du *Pirate* de Bellini, que Callas invectiva de la scène, dans un air qui s'y prêtait, le directeur d'alors, Ghiringhelli, qui l'avait offensée. Mais c'est de cette même scène aussi que la grande chanteuse salua un Arturo Toscanini, présent dans la salle. Chaque année, en décembre, l'ouverture de la saison de la Scala est une fête peut-être plus mondaine que musicale. Il fut un temps où l'on ne faisait pas partie de la société italienne si, couvertes de diamants et des visons qui vont avec, ces dames n'y paradaient pas avec messieurs leurs époux. Obtenir un siège constituait un véritable tour de force pour ceux qui ne faisaient pas partie de ces happy few-là, gratin de l'argent, de la mode, de la jet-set et de toutes les aristocraties réunies, véritables ou d'occasion. Nous n'avons guère fréquenté la Scala, c'est un tort, on le sait, peut-être ne devrions-nous pas en parler si légèrement. Mais on parlera quand même des Français à Milan en évoquant un *Pelléas et Mélisande* lumineux mis en scène par Antoine Vitez. Pour le reste, reportez-vous à vos dictionnaires ou monographies habituels... ou mieux, beaucoup mieux : lisez et relisez Stendhal, qui avait là ses habitudes.

Schipa, Tito (1888-1965)

Ténor italien

« Una furtiva lagrima... ». L'air fameux entre tous parmi les airs de « ténors de grâce » du *Don Pasquale* de Donizetti. C'était dans la maison en Auvergne, déjà souvent citée..., une pile impressionnante de vieux 78-tours, parmi lesquels les chansons de Mireille alternaient avec celles des Comédiens harmonistes. Et puis, quelques disques d'opéra, dont Tito Schipa dans l'un de ses plus beaux rôles. Plus tard, on a pu entendre un peu plus de Tito Schipa. Pas beaucoup plus. Mais celui qui fut l'un des plus étonnants représentants de sa génération dans ce type de répertoire est resté pour nous synonyme, précisément, de grâce. Doué d'une voix d'une légèreté inouïe, fluide, qui refusait toutes les complaisances du « falsetto », Schipa alliait une technique sans faille, une musicalité inouïe à l'un des timbres les plus purs qu'il nous ait été donné d'entendre, fût-ce voilà bien longtemps, dans de vieux disques heureusement retrouvés en CD. Essentiellement associé au répertoire italien, on l'a tout de même aussi entendu dans *Manon*, *Mignon* ou *Lakmé*. Son phrasé était irréprochable, le souvenir qu'on garde de lui très pur et très clair.

Schmidt, Anne-Sophie (née en 1964)

Soprano française

Rayonnante Anne-Sophie Schmidt dans le rôle de Blanche de la Force, des *Dialogues des carmélites* : c'est cette image que l'on garde d'abord d'elle, montant vers l'échafaud de l'opéra de Poulenc en chantant sa dernière prière. Mais Anne-Sophie Schmidt, superbe dans le chant français, est aussi une très belle Mélisande. C'est elle qui, à notre connaissance, a donné le premier enregistrement intégral des mélodies d'Erik Satie : à déguster lentement... Mais si Anne-Sophie Schmidt peut être l'insolente cantatrice italienne du *Capriccio* de Strauss, elle est le plus naturellement du monde une Suzanne des *Noces* insolente ou une émouvante Sophie de *Werther*.

Schröder-Devrient, Wilhelmine (1804-1860)

Soprano allemande

Pauvre Wilhelmine Schröder-Devrient ! Ce fut à coup sûr l'une des plus grandes, sinon la plus grande soprano allemande de son temps. C'est elle qui créa le *Don Juan* de Mozart en Allemagne. Elle chanta aussi bien *La Flûte enchantée* que *La Vestale* de Spontini. Elle a chanté *Fidelio*, Euryanthe, la Desdémone de Rossini. L'Allemagne, mais aussi l'Italie, l'Angleterre. Berlioz ne fut pas le seul à critiquer la force exagérée de son émission, son sens dramatique parfois simpliste. Et surtout, surtout... eh bien, surtout, on a attribué à la grande Schröder-Devrient d'autres exploits que ceux qu'elle accomplit sur à peu près toutes les scènes d'opéra. Sous le titre *Mémoires d'une chanteuse allemande*, c'est sous le manteau qu'on a publié ses souvenirs, parfaitement apocryphes et d'ailleurs jamais signés. Érotisme ? Pas du tout : tout simplement de la pornographie, pure et dure, très simple. D'autres, mieux renseignés que moi, en savent sûrement beaucoup plus sur cette chanteuse allemande, qui avait, semble-t-il, un très très gros appétit !

Schumann, Elisabeth (1888-1952)

Soprano allemande

Elisabeth Schumann, comme Lotte Lehmann, fait partie de ces artistes allemandes de légende qui quittèrent l'Europe nazie pour s'installer aux États-Unis. Elisabeth Schumann est d'ailleurs morte américaine à New York. Après des débuts à Hambourg, c'est à Vienne qu'elle a fait l'essentiel de sa carrière, sous la houlette de Richard Strauss. Un cran peut-être en-dessous de Lotte Lehmann, elle était l'idole d'un public allemand et autrichien qui découvrit en elle l'une des plus merveilleuses Sophie, selon *Le Cheva-*

lier à la rose, de l'histoire de cet opéra. C'est d'ailleurs elle qui chante le rôle dans ces disques d'extraits légendaires du chef-d'œuvre de Strauss enregistrés en 1933 aux côtés, précisément, de Lotte Lehmann, mais aussi de Maria Olzewska et du plus grand baron Ochs de tous les temps, Richard Mayr, l'un de nos disques de chevet, bien sûr ! D'abord achetés au marché aux puces, dans une réédition en 45-tours et en 45-tours couleur, s'il vous plaît ! — ces longs fragments constituent encore aujourd'hui, à côté du célèbre enregistrement d'Elisabeth Schwarzkopf dirigé par Karajan, la deuxième référence absolue dans nos discographies amoureuses.

Mais Elisabeth Schumann a également chanté tous les rôles légers de Mozart, Suzanne et Blondchen, Zerline et Despinette. Elle a chanté des lieder naturellement, tout particulièrement ceux de Strauss. Pourtant, elle reste pour nous Sophie...

Schwarzkopf, Elisabeth (née en 1915)
Soprano allemande

Elles sont deux que nous avons passionnément aimées. Deux qui ont tissé pour nous les tout premiers instants de notre histoire d'amour avec l'opéra. On a probablement deviné qui est l'autre : sinon, plus haut dans ce livre, on la découvrira. Mais la première fut certainement Elisabeth Schwarzkopf. Nous avions quinze ans, seize, on découvrait sa Comtesse des *Noces de Figaro* dans l'enregistrement fameux, fût-il cruellement privé de ses récitatifs, de Karajan. Brusquement, une manière de chanter tour à tour la mélancolie puis l'ironie, enfin le bonheur grave, nous apparaissait. Il suffisait aussi de contempler le visage de Schwarzkopf sur les pochettes des disques de ces années glorieuses. Les pommettes hautes, un sourire un peu lointain, qui prenait ses distances, des yeux qui semblaient toujours sourire, l'ovale parfait du visage : mais on en rêvait la nuit ! Alors, éperdument, on s'est lancé dans la quête de nouvelles aventures avec elle. Ce fut très vite la découverte de son enregistrement de lieder de Schubert, accompagnée par Edwin Fischer. Publié en 1952, il ouvrait la voie aux mélodies de Mozart, chantées cette fois avec Walter Gieseking, en 1956. Ou alors, et par-dessus tout, le premier enregistrement que Schwarzkopf a fait des *Quatre Derniers Lieder* de Strauss, la version Ackermann, de 1953. Bien sûr, on aime aussi les mêmes lieder enregistrés en 1965 avec Georges Szell, mais il y avait dans la version de 1953 une transparence inimitable. Écoutez, souvenez-vous : la voix qui flotte si haut, si loin, comme balancée par un souffle qui n'en finit pas d'être léger.

Oui, c'est bien une histoire d'amour qui a commencé, dans la première partie des années 1950, entre un jeune homme qui nous ressemblait et une chanteuse qui n'avait pas quarante ans. On s'inventait des histoires, la rencontrer à la sortie d'un opéra, dans un grand restaurant, aller vers elle, lui déclarer une admiration sans faille. Pourquoi pas ? Il n'y a pas que les chanteuses qu'on appelait alors « de variétés » pour avoir ce qu'on n'appelait pas encore des fans ! Alors, on commençait à apprendre la légende. On savait que c'était Walter Legge, son mari, qui avait inventé avec elle ses plus beaux rôles au disque. De la même manière, Walter Legge nous laissera le plus riche des héritages de Maria Callas. Schwarzkopf et Legge, mari et femme, mirent au point les miraculeuses versions de quelques-uns des opéras que nous aimions à la folie. Le *Cosi fan tutte* de Karajan en 1954. Le *Hänsel und Gretel* de Humperdinck dirigé par Karajan encore, avec l'autre Elisabeth, Elisabeth Grümmer. *Le Chevalier à la rose* de Strauss, bien sûr, encore et toujours avec Karajan, en 1956. Mais avant cela, une *Ariane à Naxos* de légende, Karajan encore. Et aussitôt après un *Capriccio*, toujours de Strauss mais cette fois dirigé par Wolfgang Sawallisch. Tous ces disques ont été écoutés tant de fois qu'il nous a fallu à l'ère du microsillon, les changer souvent pour retrouver la pureté de la voix d'Elisabeth Schwarzkopf. Combien de fois avons-nous acheté ses extraits d'*Arabella*, enregistrés en 1954 sous la direction de Lovro von Matačić. Là aussi, la même pureté éthérée, dans l'un des plus grands duos d'amour qu'ait jamais écrits Strauss.

Ainsi, toute une légende Schwarzkopf a-t-elle pu se forger. Faite de surprises, de nouvelles découvertes. Tout le monde l'affirme, bien sûr, que c'est elle qui prêta sa voix à la grande Kirsten Flagstad lorsqu'enregistrant avec elle le rôle de Belinda dans le *Didon et Enée* de Purcell en 1951, l'immense chanteuse qu'était Flagstad lui demanda de lui prêter main forte, ou plutôt voix légère, pour quelques notes aiguës qu'elle ne pouvait plus donner.

À la fin de sa carrière opératique, Elisabeth Schwarzkopf ne chantait plus que trois rôles : la Fiordiligi de *Cosi fan tutte*, et les deux comtesses : celle des *Noces* et la comtesse Madeleine du *Capriccio* de Strauss. Mais on n'oubliera pas plus ses apparitions impériales, au dernier acte du *Chevalier à la rose*, lorsque, robe blanche immaculée, une aigrette au front, elle arrivait dans toute sa splendeur pour donner à une petite fille l'homme, l'enfant plutôt, l'Octavian que toutes deux aimaient ; on ne l'oubliera pas plus, cette Maréchale qui murmurait les deux dernières syllabes d'un *ja, ja*, « oui, oui », en conclusion d'un trio de rêve, qu'on n'oubliera la comtesse Madeleine vue sur la scène de l'Opéra-Comique, qui chantait son amour égal pour la musique et la poésie, en alternance avec une autre chanteuse, française, celle-là, Berthe Monmart, qui nous disait les mêmes mots mais en français. Sur la grande scène du froid auditorium principal de l'Unesco, nous avions pu lui remettre une médaille, c'était pour son soixante-quinzième anniversaire. En 2004, André Tubeuf nous a restitué ses mémoires. Elle avait déjà rendu hommage à son mari Walter Legge (voir plus haut) dans un émouvant livre de souvenirs : *La Voix de son maître.*

Scotto, Renata (née en 1934)

Soprano italienne

Comme Mirella Freni, l'une de ces artistes italiennes à la longévité exceptionnelle, dont on dirait qu'elles firent tour à tour deux, trois, quatre carrières, pourquoi pas ? Qu'on en juge. En 1952, Scotto a tout juste dix-huit ans quand elle fait ses débuts en Violetta, de *La Traviata*, d'abord à Savone puis, un an plus tard, à Milan. À vingt ans, elle chante *La Wally*, l'opéra de Catalani. Puis, Mimi, Adina, la Nanetta de *Falstaff* : elle s'oriente d'abord vers des rôles légers. Et voilà qu'au début des années 1960, on l'entend simultanément dans la Gilda de *Rigoletto* et dans lady Macbeth : deux rôles aux antipodes l'un de l'autre. Elle est devenue une vraie soprano dramatique, qui enchaîne les Léonore du *Trouvère* et les Amelia du *Bal masqué*. Là aussi, Renata Scotto excelle. Quinze ans plus tard, on la retrouve à nouveau dans des rôles plus légers, renouant avec le bel canto de *Lucia* et des grands opéras de Bellini. Mais c'est sa Tosca qui nous fait trembler de bonheur. Quand bien même l'enregistrement commercial que l'on connaît d'elle, avec un James Levine égal à lui-même, c'est tout dire, ne se place à coup sûr pas au sommet de notre discographie (il y a Callas, Callas, bien sûr, et encore Callas...), Renata Scotto s'y révèle, à près de cinquante ans, l'une des plus pathétiques, l'une des plus bouleversantes et bouleversées Floria Tosca de l'histoire du disque. On l'aura compris, à l'égal de Mirella Freni, Renata Scotto s'inscrit dans une tradition et une lignée de sopranos italiens que les générations suivantes (pas de noms, pas de noms...) aura du mal à égaler. Et pourtant, nous avons aimé Katia Ricciarelli.

Seefried, Irmgard (1919-1988)

Soprano autrichienne d'origine allemande

Elle avait pourtant soixante-dix ans, ou presque, mais il était impensable d'imaginer qu'Irmgard Seefried pouvait disparaître. Pour tant d'entre nous qui l'ont aimée, elle était l'image la plus parfaite qui se puisse rêver de la plus parfaite jeune fille allemande. Généreuse, passionnée, amoureuse, rayonnante. Elle avait aussi quelque chose de l'éternelle petite sœur que nous avons toujours rêvé aussi d'avoir. D'une certaine manière, d'ailleurs, elle nous apparaissait comme la petite sœur d'Elisabeth Schwarzkopf, son aînée d'à peine quatre ans. C'est qu'elles en avaient fait, un beau chemin, ensemble ! À la Comtesse idéale des *Noces de Figaro*, répondait Seefried, une Suzanne de rêve. Face à l'Elvire de Schwarzkopf, elle fut si souvent la Zerline de *Don Giovanni.* Ensemble, elles avaient enregistré, bien avant que ce fût la mode, sinon la rage, des duos de Monteverdi. Dans un *Ariane à Naxos* fameux, elle avait été le Compositeur, dont cette prima donna de Schwarzkopf allait chanter la musique...

Le Compositeur : c'est peut-être dans ce rôle qu'elle nous a le plus touché. C'est un rôle très bref, et beaucoup nous affirment que tous les Compositeurs sont bons, tant le rôle écrit par Strauss et Hofmannsthal est d'une émouvante simplicité. Le compositeur, le *Komponist*, est un de ces rôles de travesti où Seefried excellait, chantant le bonheur d'écrire de la musique puis la douleur de la voir saccagée par des béotiens. Une image nous est restée d'elle dans ce rôle, une photographie longtemps conservée. On la voit les cheveux courts, en gros plan, les mains presque jointes en avant, dans le geste de qui implore. Elle y incarnait toute la beauté et la douleur de l'art bafoué par les imbéciles. Inoubliable aussi, une impression de Seefried au théâtre des Champs-Élysées, dans un récital qui n'en finissait pas de se prolonger en *bis* après d'autres *bis*, tant le public, qui l'adorait, la suppliait d'en donner encore. À la fin, nous étions presque montés sur scène, je crois, pour l'entourer de plus près, et elle chantait encore. Vrai ou faux ? Je crois bien que c'était vrai... Qui me dira en quelle année ?

Parmi tous les témoignages qu'elle nous a laissés, on en évoquera enfin un, un des plus surprenants, qui fut aussi pour elle, pourtant, une manière de cheval de bataille. Il s'agit d'un enregistrement de mélodies pour enfants, les *Enfantines*, de Moussorgski, chantées en russe, remplies de rires et de tendresse... Tendresse : voilà bien le mot de celle qui fit ses débuts en pleine guerre, à l'Opéra de Vienne, en 1943, dans le rôle de l'Eva des *Maîtres chanteurs*, sous la direction de Karl Böhm. C'est à Vienne qu'on l'a vue pour la dernière fois en 1976, elle chantait la *Katia Kabanova* de Janáček. Mais pour nous, elle reste Suzanne, et encore et toujours le Compositeur d'*Ariane*, dont on ne saurait oublier que c'est elle qui chanta, toujours à Vienne, en 1944, pour le quatre-vingtième anniversaire du compositeur, du vrai, Strauss lui-même. Les bombes s'abattaient sur l'Autriche, elle était l'espoir de ce qui viendrait après : un monde où l'art effacerait l'horreur, le mal absolu comme la bêtise humaine.

Segalini, Sergio (né en 1944)
Critique français d'origine italienne

Sergio Segalini, ou tout simplement Sergio pour tous ses amis, voire pour quelques-uns de ses meilleurs ennemis, est probablement l'un des premiers connaisseurs qui soit en France de la voix humaine. Après des études en Sorbonne, il a commencé une carrière de producteur de radio et surtout de critique. Nous l'avons rencontré aux temps heureux où, dirigées par Edith Walter, les deux revues *Harmonie* et *Lyrica* accueillaient la crème de ce qui deviendra la grande critique musicale d'aujourd'hui. André Tubeuf et beaucoup d'autres y ont fait leurs premières armes. Segalini était de l'équipe. Avec sa petite moustache, son air ironique, il nous enchantait par sa gentillesse, tempérée d'un humour dévastateur qui pouvait faire de lui un adversaire redoutable dans les joutes verbales que tel ou tel enregistrement d'opéra pouvait susciter. À partir de 1979, il est devenu rédacteur en chef de la revue *Opéra international.* Dès lors, la carrière de Sergio Segalini s'est étendue à travers toute l'Europe. Mais surtout, il s'est installé de plus en plus solidement à l'Académie rossinienne de Pesaro. Il a écrit sur toutes les divas du monde, au premier chef sur Callas, Schwarzkopf et Berganza. C'était un ami, on le rencontrait un peu partout en Europe, dans la foulée magique des festivals d'été. Nous fûmes ensemble au *Ring* fameux de Boulez et compagnie à Bayreuth. Mais aussi à Salzbourg ou Aix, dans les foules parfois oppressantes d'Orange. Il fut le seul à savoir nous de faire découvrir le charme exquis de tel petit festival : Sergio Segalini a toujours été à l'avant-garde de la réflexion sur l'opéra. Ses goûts sont fort classiques : et alors ? Nous le voyons moins en France, mais Sergio Segalini a toujours été un homme très occupé.

Seinemeyer, Meta (1895-1929)

Soprano allemande

Un mythe. C'est André Tubeuf qui, comme tant d'autres voix que nous aimons, nous l'a fait découvrir. Et pourtant, les enregistrements qui sont restés d'elle sont rares. La voix parfois très sombre, elle fut pourtant une Sieglinde lumineuse, une grande Eva des *Maîtres chanteurs*, une douloureuse Elsa de *Lohengrin.* C'est dans *Orphée aux Enfers* qu'elle avait fait ses débuts à Berlin, à peine âgée de vingt-trois ans : qui l'aurait imaginé ? La gaieté d'Offenbach et la douleur de Meta Seinemeyer trop vite éteinte... Très vite une star, elle était amoureuse d'un ténor fameux. Mais comme beaucoup de divas de ce temps-là, elle était très forte. Trop, dira-t-on. Alors, comme Callas un tiers de siècle plus tard, elle voudra maigrir mais elle, elle en mourra. Officiellement, c'est de leucémie qu'elle est morte à Dresde le 19 août 1929. Quelques mois avant sa mort, elle avait épousé le chef d'orchestre Frieder Weissmann. Les témoignages que nous avons aujourd'hui en CD de son talent ne nous donnent qu'une idée imparfaite d'une beauté vocale dont les critiques du temps ont amplement rendu compte.

Sellars, Peter (né en 1957)
Metteur en scène américain

Avec Robert Carsen, c'est le second elfe, l'autre lutin de la mise en scène contemporaine, théâtre ou, en ce qui nous concerne, opéra. Longtemps, d'ailleurs, Peter Sellars ressembla aux personnages qu'il invente sur les planches : cheveux déteints en blond, costume trash, en pire ou en mieux. Étudiant à Harvard, Sellars a commencé par créer sa propre compagnie : les « Explosives B Cabaret ». Et son premier opéra, donné à Cambridge, dans le Massachusetts, fut l'*Orlando* de Haendel, qui transforma le personnage du Roland furieux en astronaute américain stationné à Cape Canaveral. Mais c'est à partir de 1986 que ce coquin de Sellars a commencé à faire vraiment parler de lui, avec des mises en scène ahurissantes, inventives, drôles, contestables, terrifiantes, trash elles aussi, iconoclastes, blasphématoires, succulentes, des opéras de Mozart. D'abord en 1986 un *Cosi fan tutte*, qui se déroule dans un restaurant bon marché où don Alfonso et Despina ne se conduisent pas mieux que les deux couples principaux. Puis, en 1987, un *Don Giovanni* qui voit le séducteur transformé en marchand de drogues tandis qu'en 1988, ses *Noces de Figaro* se célèbrent au énième étage d'un immeuble d'appartements de luxe à New York. On donna ses productions mozartiennes à Bobigny, on cria au scandale, on admira aveuglément. Et pourtant, ce fou de Sellars peut nous emmener très loin sur des chemins étranges. Nous pensons en particulier à son admirable *Saint François d'Assise*, d'Olivier Messiaen. Sur une scène habitée par des dizaines de postes de télévision sur les écrans desquels on découvre les oiseaux de la partition, saint François prêche et reçoit les stigmates sous une lumière crue au sein d'un univers d'une ferveur incroyable. C'est dire que Peter Sellars, sous son masque d'éternel ricaneur, sait être grave. Il a eu beaucoup d'imitateurs, la plupart se sont cassé les dents : la dentition de Peter Sellars est toujours éclatante, comme son sourire.

Sémélé

Georg Friedrich Haendel. Livret de William Congreve

Londres, 1744

Une œuvre curieuse, cette *Sémélé.* D'abord, elle a été écrite très précisément en un mois par Haendel. Ensuite, l'auteur du livret est beaucoup plus qu'un librettiste ordinaire, c'est l'un des tout premiers dramaturges britanniques de son temps. Enfin, bien que jouée pour la première fois à Covent Garden, elle ne fut pas considérée comme un opéra par ses auteurs, mais comme un oratorio. Oratorio profane, bien entendu, puisqu'il met en scène Jupiter, Junon et Sémélé, la fille du roi Cadmus de Thèbes, aimée du roi des dieux. Mais Junon, plus encore que la Fricka de Wagner, est une épouse jalouse. Machiavélique en diable, Junon va donc suggérer à Sémélé de n'accepter les faveurs de Jupiter que si celui-ci lui apparaît sous sa forme divine. La pauvre petite Sémélé se laisse persuader, Jupiter se laisse faire, Sémélé en meurt. L'histoire est, bien entendu, tragique, la musique est d'une beauté inouïe. On a pu en juger au Festival d'Aix-en-Provence, en 1996, dans une mise en scène de Robert Carsen, superbement menée par William Christie.

Débordant de tendresse pour la pauvre petite Sémélé, l'œuvre s'est révélée d'une fraîcheur et d'une jeunesse incomparables. Deux airs au moins n'ont jamais quitté le répertoire. Celui de Sémélé d'abord, au deuxième acte : « Oh sleep, why dost thou leave me ? ». C'est vrai, on avait oublié de le dire, oratorio et non pas opéra italien comme Haendel en abattait treize à la douzaine pour les théâtres de Londres, *Sémélé* est chantée en anglais. Et plus encore, il y a l'admirable : « Where're you walk », sur des paroles d'ailleurs non plus de Congreve mais de Pope, que Jupiter chante presque en réponse à l'appel au sommeil de Sémélé. Comme les « Verdi prati » d'*Alcina*, c'est une musique grave et sereine, remplie d'espoir.

Oubliée jusqu'en 1925, quand une version scénique en fut donnée à Cambridge, on l'a retrouvée seulement à la fin des années 1950, et d'abord aux États-Unis. Ensuite, on a peu à peu découvert la beauté, voire l'érotisme — eh oui ! — de l'œuvre. La drôlerie qui prévalait au premier abord sur la scène du théâtre de l'Archevêché, lors des soirées d'Aix-en-Provence, n'en faisait apparaître que plus déchirante la fin tragique. À Aix, cette année-là, une fois encore, et comme le remarquait gentiment l'ouvreuse ou l'habilleuse de l'Opéra de Paris selon Gaston Leroux : à Aix, comme du temps d'*Alcina*, cette fois encore, les anges ont chanté... Même si Junon, chapeautée comme la reine d'Angleterre, nous a fait mourir de rire.

Sémiramis *(Semiramide)*

Giaocchino Rossini. Livret de Gaetano Rossi d'après Voltaire

Venise, 1823

Sémiramis, c'est le dernier opéra que Rossini écrivit en Italie. L'accueil du public du théâtre de la Fenice, à Venise, le 13 février 1823, fut moins que chaleureux. Et pourtant, c'était Isabella Colbran, la grande Colbran, pour laquelle Rossini avait déjà beaucoup écrit et qu'il avait fini par épouser un an plus tôt, qui chantait le rôle de la reine meurtrière et quasi incestueuse. Dans le rôle d'Assur (prince du sang de Baal...), Filippo Galli était lui aussi, sembla-t-il, d'une grandeur impressionnante. Très vite, l'opéra a été donné à Milan, à Naples, à Vienne, à Londres avec Giuditta Pasta. Mais Rossini, lui, était déjà parti pour Paris. Deux ans après sa *Sémiramis*, il composait sa « cantate scénique » *Le Voyage à Reims*, pour marquer le couronnement de Charles X. Et surtout, en 1828, Maria Malibran faisait ses débuts à Paris dans le rôle de Sémiramis. Comme nous avons des raisons particulières d'aimer la Malibran, nous ne pouvons qu'aimer *Sémiramis*.

La pièce de Voltaire qui l'a inspiré est noire et brillante ; l'opéra de Rossini est coloré, mais de couleurs violentes. Il est brillant aussi. C'est l'une des rares œuvres du maître, avec naturellement *Le Barbier de Séville*, à n'avoir pas tout à fait quitté l'affiche des plus grands théâtres du monde pendant toute la fin du XIXe siècle. Après la Malibran, Giulia Grisi, Adelina Patti ont chanté le rôle à Londres. Au XXe siècle, après une reprise à Florence en 1940, c'est le couple incontournable Joan Sutherland et son mari

Richard Bonynge qui a fait de la reine de Babylone une figure mythique du renouveau du chant rossinien dans le monde. Accompagnée par son époux, Sutherland a chanté le rôle dans le monde entier. Nous l'entendîmes seulement en version de concert à Londres, en 1969. À ses côtés, déjà, le rôle d'Arsace, le fils qu'elle ignore et qu'elle manquera séduire, était chanté par la formidable Marilyn Horne.

Et nous arrivons ainsi à notre *Sémiramis* à nous. Encore une fois, merci à Bernard Lefort qui, lors du Festival d'Aix-en-Provence de 1980, nous offrit sur la scène du théâtre de l'Archevêché le plus fantastique, le plus époustouflant duo de dames qui se put imaginer. C'était Marilyn Horne, donc, face à Montserrat Caballé. Ces deux formidables chanteuses, formidables aussi de stature, presque drôles à force d'en rajouter dans l'expression dramatique outrée qu'avait eue l'intelligence de suggérer leur metteur en scène Pier Luigi Pizzi, constituent dans la mémoire de ceux qui les ont vues alors l'un des plus grands souvenirs rossiniens de leur vie d'amateurs d'opéra. Le rire éclatant, parfois même si gentiment ridicule de Marilyn Horne casquée et cuirassée d'argent en cartonpâte, demeure un immense moment de jeu théâtral pur. Quant aux envolées, très hautes, flottantes, des aigus de Montserrat Caballé dans son air du premier acte, « Bel raggio lusinghier », le seul à avoir traversé près de cinquante ans d'oubli, elles sont encore pour nous des instants d'excitation pure.

Sénéchal, Michel (né en 1927)
Ténor français

Cher Michel Sénéchal, dont la courte silhouette et la très haute voix accompagnent nos vies depuis plus d'un demi-siècle. On l'a rencontré pour la première fois dans le sillage d'André Tubeuf, quelque part au milieu des années 1950. Il était à l'époque un Ottavio de *Don Juan*, un Tamino de la *Flûte* dont on nous disait des merveilles. Mais on l'entendit dans le George Brown de *La Dame blanche* et c'est lui qui nous a appris à aimer Boieldieu. Ténor de caractère, dit-on souvent de Sénéchal : quel caractère, en effet, que celui de sa *Platée* de Rameau, chantée à Aix-en-Provence en 1956 et retrouvée au disque deux ans après ! Nous habitions alors les États-Unis, on tomba par hasard sur l'enregistrement du Festival d'Aix : il fait encore partie du fonds le plus précieux d'une discothèque pourtant souvent renouvelée. On n'aura pas le ridicule de retracer en trop peu de lignes la longue carrière de Michel Sénéchal, qui a chanté tous les rôles du répertoire français, ou presque. Qui nous a surtout fait rire, en don Basile ou dans les quatre rôles amusants des *Contes d'Hoffmann.* Mais nous n'oublierons pas non plus que Michel Sénéchal nous a fait pleurer, c'était à l'église Saint-Roch à Paris. Il chantait à l'enterrement de son ami, notre ami, Bernard Lefort. Plus tard, à Saint-Séverin, il nous a fait pleurer encore, c'était une autre messe des morts, où Michel Sénéchal rendait avec nous, mais autrement mieux que nous, hommage à celle qui venait de disparaître.

Serse *(Xerxès)*

Georg Friedrich Haendel
Livret d'après Niccolo Minato et Silvio Stampiglia

Londres, 1738

Un four à la création. Même pas douze représentations, la première année, au King's Theater, puis un oubli de près de deux cents ans. C'est à Göttingen que l'opéra connut enfin une reprise historique en 1924. Haendel ne revenait pas vraiment à la mode, mais on le donnait à Göttingen. Il fallut attendre la grande renaissance haendélienne des années 1960 pour que la Haendel Opera Society s'intéresse à nouveau à une œuvre qui n'était jusqu'alors passée à la célébrité que pour un air, apocryphe semble-t-il, qui faisait les délices des orchestres britanniques depuis des lustres. C'est le fameux « largo de Haendel », que l'on doit peut-être à son rival sur les scènes londoniennes, Bononcini, qui écrivit lui aussi un *Xerxès*. Ainsi le fameux « largo », avait ainsi fait oublier tout le reste. C'était une belle injustice, car *Serse* est sûrement l'un des opéras les plus vivants, les plus animés, les plus dramatiques aussi de Haendel. On dirait que l'Allemand devenu Anglais pour mieux écrire en italien s'est affranchi d'une grande partie des obligations et des rituels de l'opéra baroque.

Une fois encore, on renoncera à résumer un livret diablement compliqué, qui tourne autour des amours de Xerxès, ancêtre de Darius, adversaire d'Alexandre le Grand. Xerxès et son frère aiment la même femme, une Romilda qui préfère le frère à l'empereur. Un quiproquo s'instaure, Xerxès se consolera avec Amastre, princesse d'Égypte. Nous avons fait connaissance avec l'œuvre grâce à Carolyn Watkinson, qui enregistra le rôle de Serse sous la baguette de Jean-Claude Malgoire en

1979, où elle chante le rôle de Serse. Qu'on écoute seulement son « Crude furie », à la toute fin de l'œuvre, et l'on se rendra compte que son abattage et sa virtuosité n'ont rien à envier aux Marilyn Horne et autres grandes Américaines qui triomphent dans ce répertoire. Pourtant, c'est peut-être pour la timide et douce Romilda de Barbara Hendricks que les trois CD, où l'on retrouve aussi Paul Esswood et Anne-Marie Rodde (pour ne pas parler d'Ortrun Wenkel, wagnérienne retrouvée du côté du baroque) nous sont particulièrement chers. Et pourtant, certain *Serse*, bien que dirigé par le cher William Christie, faillit nous endormir, certain automne à Paris.

Servante maîtresse (La) *(La Serva padrona)*
Giovanni Pergolesi. Livret de Gennarantonio Federico

Naples, 1733

Un chef-d'œuvre absolu, naturellement : le plus célèbre, peut-être, le plus rapidement enlevé en tout cas (cinquante minutes, tout au plus) et le plus éblouissant des opéras bouffes napolitains. Deux chanteurs, une basse et une soprano, et un personnage muet : c'est tout. Et la magie naît, avec parfois un quatuor à cordes pour tout orchestre. L'histoire est simple comme de l'eau claire. Serpina, l'alerte servante de son maître Uberto, invente mille et un tours pour se faire épouser de lui. Vespone, son complice muet, joue de fausses moustaches et de la jalousie qui va avec pour tromper allègrement le patron et faire enfin de la servante la vraie patronne ! C'est tout, c'est court, c'est étincelant. Lorsqu'en 1752 une troupe italienne donna à l'Opéra de Paris une *Servante maîtresse* probablement plus drôle encore que nature, éclata, dans un ciel musical français jamais vraiment serein, l'une de ces disputes dont nous avons le secret : ce fut la « Querelle des bouffons ». Tenants de l'opéra italien et tenants de l'opéra français s'étripèrent joyeusement, on écrivit le pour et le contre, on chahuta dans les théâtres, bref, la Servante en question non seulement fit un beau mariage, mais elle mit le feu aux poudres en un monde d'amateurs qui n'a toujours rêvé que de s'enflammer pour tout et rien.

Pour notre part, c'est un disque, un 33-tours publié au début des années 1960, qui nous a fait tomber amoureux de Serpina et rêver d'être tout entier à son service. Renato Fasano dirigeait les Virtuosi di Roma, Sesto Bruscantini, inusable, comédien de génie, jouait autant qu'il chantait Uberto. Quant à Renata Scotto, aucune Serpina ne l'a égalée pour nous. *La Servante maîtresse* est non seulement un chef-d'œuvre, c'est tout simplement l'une des réussites les plus brillantes dans un genre qui va durer encore longtemps, du *Barbier de Séville* à *La Femme silencieuse*, de Strauss, où des barbons se font duper par des coquettes mutines.

Shanghai

Opéra de Shanghai. Comme l'opéra de Pékin, l'opéra de Shanghai représente l'une des formes spécifiques d'un genre traditionnel, l'opéra chinois, qui se décline selon les régions en une bonne douzaine de types particuliers. Mais, pas plus que de celui de Pékin, ce n'est de l'opéra traditionnel de Shanghai que l'on veut parler ici. Bien plutôt du nouveau théâtre d'opéra, construit par l'architecte français Jean-Marie Charpentier et qui s'élève à présent au milieu du quartier du musée et des grandes vitrines commerciales du monde entier, en plein Shanghai. Le rideau de scène en est de Bernard Debré. Pas plus que l'Opéra de Pékin, l'Opéra de Shanghai n'a de troupe permanente d'opéra occidental, on s'en serait douté. Il accueille surtout des compagnies étrangères ou présente au public shanghaïais des œuvres du répertoire occidental montées par les quelques compagnies d'art lyrique existant en Chine. Mais on peut y voir aussi de l'opéra traditionnel et d'extraordinaires féeries musicales, mêlant la comédie musicale à l'américaine à des musiques chinoises. Le peintre chinois vivant en France Zhu Dequn a peint une gigantesque toile pour son hall d'entrée. Presque en face, le musée de Shanghai abrite les plus beaux bronzes chinois anciens.

Siegfried

Richard Wagner. Livret du compositeur

Bayreuth, 1876

Siegfried, le mal-aimé (*voir* : Ring). À la rubrique *Or du Rhin*, on a pu dire que le prologue de la *Tétralogie* avait longtemps été méconnu par les wagnériens amateurs. On osera dire que *Siegfried* est, lui, bel et bien le mal-aimé de beaucoup de wagnériens. Pourquoi ? Difficile à expliquer. *L'Or du Rhin* est un étonnant poème symphonique. On aime *La Walkyrie*, et voilà tout. *Le Crépuscule des dieux*, plus long, souvent plus austère, fascine jusque dans ses noirceurs. *Siegfried*, c'est autre chose... D'abord, l'œuvre tout entière repose essentiellement sur les épaules d'un seul chanteur, d'un ténor, *Heldentenor* wagnérien par excellence : Siegfried. Or, il est peu de Siegfried, de par le monde, qui soient vraiment convaincants. Le Siegfried idéal doit donc avoir cette voix claire et très puissante, aux aigus aussi joyeux que les accents du cor dont il joue jusqu'à plus soif. Mais il doit aussi être beau, on l'imagine jeune, alors que la plupart de nos ténors, ont été de tout temps lourds et empâtés. Lorsque par hasard il se trouve un Siegfried qui correspond au rôle, physiquement, cela s'entend, sa voix vous est soudain débraillée, ou étroite. Donc, si *Siegfried* constitue, en quelque sorte, le « maillon faible » du *Ring* pour beaucoup d'amoureux intransigeants de Wagner, c'est à cause de la rareté des vrais Siegfried sur le marché. Mais ce n'est pas tout. Le premier acte, pour l'essentiel occupé par un dialogue plein de gaieté, certes, mais quelque peu répétitif, entre Siegfried et le nain Mime qui ne l'a élevé que pour lui faire forger l'épée brisée de Siegmund et le tuer ensuite, paraît souvent long. Il y a, bien sûr, l'air de la forge, où des figures caricaturales de Siegfried couvert de peaux de bêtes s'époumonent à clamer leurs « Ho ! ho ! Hoho ! Hohei ! »... et autres « Hei ! ». C'est, certes, un moment de bravoure pure, on imagine qu'en d'autres temps ces rythmes aient pu entraîner des foules, mais on ne devine que trop dans quelle direction. Plus émouvante est certes l'apparition du Wanderer, le voyageur, dernier avatar de Wotan, le roi des dieux dépossédé.

Le deuxième acte n'en finit pas non plus, avec un trio de personnages, presque de comédie, qui tournent autour de Siegfried prêt à tuer le dragon. Et cependant, la scène est grandiose. Belle aussi, naturellement, celle des murmures de la forêt, puis le chant de l'oiseau qui se dégage des ramages de l'orchestre pour conduire Siegfried jusqu'au pied du rocher où il découvrira la Walkyrie endormie. Et ce sera le troisième acte, dont la scène finale, cette fois, était aimée jusqu'au délire par les amoureux les moins convaincus de *Siegfried.* C'est le réveil de Brünnhilde, la découverte éperdue par Siegfried de la beauté de Brünnhilde ; l'hymne au soleil, à la jeunesse et à l'amour que chante Brünnhilde aussitôt amoureuse. Là, nous planons très loin, sur des sommets infiniment moins prosaïques que ceux du premier acte.

Et pourtant, ce premier acte nous a souvent bien fait rire. Ainsi, et l'on revient toujours à elle, la mise en scène de Patrice Chéreau à Bayreuth. Chéreau n'a pas hésité à faire du personnage de Mime un petit avorton au nez trop long, combinard et maléfique, dont un Siegfried plus aryen encore que nature va se moquer avec une cruauté inouïe. Car il n'est pas vraiment sympathique, ce fou de Siegfried (*voir* de nouveau Ring). Cependant que Mime lui-même, superbement interprété ces années-là par un Heinz Zednik maléfique et cauteleux, froussard et grandiose, mijote un philtre mortel de sa façon en cassant des œufs dans une casserole. La première année, le public des vieux bayreuthiens engoncés dans leurs plastrons et cent ans de convention devenues théologie sifflèrent et huèrent copieusement la scène. Comme ils huèrent l'oiseau de Siegfried enfermé, au deuxième acte, dans une cage de bois. Pour notre part, nous nous esclaffâmes joyeusement cette autre année encore, quand René Kollo qui chantait le rôle de Siegfried, s'étant blessé à une jambe, il fut Siegfried en coulisses tandis que Patrice Chéreau lui-même mimait sur la scène le jeune héros. Pour littéralement tomber sur le derrière lorsque, délaçant la cuirasse de sa Brünnhilde endormie, il découvrait, ô stupeur ! que la vierge en question... n'était pas un homme ! « Das ist kein Mann ! » On sourit souvent à la remarque du puceau devant les seins de la dame, Patrice Chéreau qui en était, lui, littéralement renversé, aurait dû être acclamé !

Plus sérieusement, on évoquera le souvenir d'une scène finale de *Siegfried* enregistrée en 1927 par Germaine Lubin, peut-être sans égale. Puis, plus tard, une manière de disque fétiche, le duo Wolfgang Windgassen et Astrid Varnay dans l'un des premiers microsillons à nous offrir quelques bribes de *Siegfried.* Les trilles de Brünnhilde par Astrid Varnay, entendues à l'Opéra de Paris en 1958 puis retrouvées au disque sous l'étiquette Deutsche Grammophon sont pour nous un grand moment de l'histoire du chant dans la deuxième partie du XXe siècle.

Siems, Margarethe (1879-1952)
Soprano allemande

Margarethe Siems a chanté la première Maréchale du *Chevalier à la rose*, à ce titre elle représente une figure mythique de notre histoire intime de l'opéra. Elle a aussi été la première Chrysothemis d'*Elektra* et la première Zerbinette d'*Ariane*. Mais c'est sa Maréchale, dont nous ne connaissons au disque que quelques échos lointains, embués, nuageux, qui a enflammé le public de son temps. Avant Lotte Lehmann, elle était pour Richard Strauss l'interprète idéale du rôle. Élève de Pauline Viardot, Margarethe Siems avait une voix d'une étonnante plasticité, qui pouvait à la fois chanter la Zerbinette qu'on a dite, les grands rôles de coloratura de Bellini et de Donizetti, mais aussi Aïda, Isolde. Une nuit de neige en Bavière nous avons cru entendre sa voix au bord d'un lac : nous savions qu'elle était morte tout près.

Sigurd
Ernest Reyer. Livret de Camille du Locle et Alfred Blau

Bruxelles, 1884

Curieux destin que celui de ce *Sigurd*, qui n'a, en somme, d'autre raison apparente d'être passé à la postérité que d'être une sorte de second *Siegfried*, ou plus exactement un curieux mélange de *Siegfried* et du *Crépuscule des dieux*. Et pourtant l'auteur, Ernest Reyer, qui en avait demandé le livret à Du Locle, ne connaissait en rien la *Tétralogie* de Wagner lorsqu'en

1861 ou 1862 il se lança dans un projet alors fou à l'époque : tirer un opéra d'une traduction française de la légende de l'Anneau du Nibelung (*Nibelungenlied*). De Wagner, Reyer n'avait probablement entendu à l'époque que *Lohengrin.* Il ignorait que l'auteur du vrai *Siegfried* était déjà attelé à la formidable tâche du *Ring*). Mais, quel que fût le prestige dont bénéficiait déjà à l'époque, Ernest Reyer, il ne parvint à monter son œuvre que bien plus tard, en 1884. Et pas à l'Opéra de Paris, mais au théâtre de la Monnaie, à Bruxelles. 1884, c'est-à-dire huit ans après la première de la représentation intégrale de la *Tétralogie* de Wagner à Bayreuth.

Scandale ? Plagiat ? Ni l'un, ni l'autre, on l'a vu. Mais, au contraire, enthousiasme des spectateurs francophones, et singulièrement français, qui pouvaient ainsi, en toute bonne conscience, applaudir après la guerre de 1870 et la défaite, l'humiliation, la haine de l'Allemagne, une sorte de réplique française d'une œuvre que certains amateurs n'allaient écouter outre-Rhin qu'avec un sentiment de honte et de déshonneur national.

Et pourtant, donc, le même succès à l'Opéra de Paris, en 1885, qu'au théâtre de la Monnaie. En 1925, on avait atteint la trois centième représentation. La grande Rose Caron, qui avait créé le rôle de Brunehild à Bruxelles, l'avait repris à Paris. Pour notre part, nous avouerons n'avoir jamais vu le *Sigurd* de Reyer. Plus proche de Meyerbeer ou de Berlioz que de Wagner, il existe parfois, ici ou là dans le monde, une maison d'opéra assez audacieuse pour avoir le courage de le monter. Nous l'avons entendu au disque dans une version des années 1970 qui sentait ses années 1950 avec une belle distribution... mal distribuée ! Hommage soit pourtant rendu à Andréa Guiot qui chantait la vierge guerrière, et à Manuel Rosenthal qui faisait ce qu'il pouvait avec l'Orchestre philharmonique de l'ORTF dont les jours étaient alors comptés...

Silja, Anja (née en 1935)

Soprano allemande

Un phénomène. Une beauté énergique et rayonnante. Une jeunesse qu'on dirait à toute épreuve. Une voix aussi solide que sa jeunesse. Une carrière fulgurante : on n'en finirait pas d'énumérer tout ce qu'a représenté et représente toujours la grande Anja Silja sur la scène de l'opéra international.

Elle est née à Berlin, en 1935. À vingt ans, elle était Rosine, du *Barbier* ; à Brunswick, elle chantait Micaela : rien de très exceptionnel. C'était quand même une carrière précoce. Et puis, toujours à Brunswick, elle a chanté Leonora, du *Trouvère.* Et voilà qu'après une Reine de la nuit qui laissa médusés les spectateurs d'Aix-en-Provence, en 1959, la grande et longiligne Anja Silja fait ses débuts, en 1960, au Festival de Bayreuth. Elle a vingt-cinq ans, les bien-pensants ne lui feront, au fond, qu'un seul reproche sérieux, c'est d'être trop proche de Wieland Wagner. Le petit-fils génial de Richard, qui créa le « Nouveau Bayreuth », était alors au sommet de son génie inventif. Il découvrait des mises en scène stupéfiantes, où le vide tenait lieu de décor. La lumière était partout, avec la nuit la plus profonde, une nouvelle génération de chanteurs voyait le jour. Et parmi eux, celle qui fut sa préférée jusqu'à sa mort, Anja Silja. D'abord Senta du *Vaisseau fantôme*, elle sera tour à tour Elsa, Elisabeth, Eva, Freia et Vénus. Plus tard, sur d'autres scènes, elle abordera avec la même énergie les grands rôles d'Isolde et de Brünnhilde. Immense soprano dramatique, elle balaie tout sur son passage. À Bayreuth, Wieland disparu, on ne lui pardonnera pas vraiment cette association trop personnelle. Mais qu'importe : Anja Silja, au tempérament dramatique survolté devant lequel d'aucuns font parfois la fine bouche, est encore aujourd'hui, à presque un demi-siècle de distance, l'une des chanteuses les plus désirées de ce temps. Dans *L'Affaire Makropoulos* et dans la Kostelnicka de *Jenůfa*, deux des chefs-d'œuvre de Janáček, elle brûle littéralement les planches. Au Châtelet voilà quelques saisons, à Aix-en-Provence un peu plus récemment, sa haute et fine silhouette, sa mâchoire de carnassière amoureuse nous rappellent que l'histoire de l'opéra, c'est pour beaucoup d'entre nous une véritable histoire d'amour, presque physique.

Simionato, Giulietta (née en 1910)
Mezzo-soprano italienne

Giulietta Simionato a d'abord été notre première Azucena dans un enregistrement du *Trouvère* d'une étonnante violence, dirigé par Alberto Erede. C'est sa voix, ici très sombre, qui nous a entraîné si loin dans le chœur des bohémiens du premier acte. C'est sa voix, justicière terrible, qui annonce au dernier acte au comte di Luna qu'il vient de faire mourir son frère.

Mais Simionato, c'est aussi la compagne idéale de Maria Callas dans tant de productions fameuses, de disques aussi. C'est elle qui chanta la première série des terribles *Norma* du Palais Garnier qui virent ensuite Callas s'effondrer, en 1965, lorsque Fiorenza Cossotto devint Adalgise à la place de Simionato. Artiste parfaite, Giulietta Simionato a donc été une des premières Adalgise de son temps, mais aussi une rossinienne de grande classe. Sa *Cerenentola*, enregistrée en 1950, fait partie de l'ensemble de ces productions ou de ces disques qui virent un retour en force de Rossini sur la scène internationale. Mais peut-être est-ce sa *Favorite*, de Donizetti, enregistrée en italien en 1950, qui restera le plus grand témoignage d'une mezzo aux qualités sombres, à la voix néanmoins pulpeuse, littéralement éblouissante.

Simon Boccanegra *(Simone Boccanegra)*

Giuseppe Verdi. Livret de Francesco Maria Piave et Arrigo Boito

Venise, 1857

Une image. Une production. Un rêve. L'air de la mer, très doux cette fois quand, dans *Otello*, il nous terrifie par sa violence. Trois ou quatre des plus grandes voix du monde, une mise en scène, des décors de rêve ; un chef devenu poète : voilà ce que restera pour toujours *Simon Boccanegra* pour ceux qui ont pu voir la production fameuse de la Scala en 1971. Mais cette production, on a pu la voir aussi à Paris, à Londres. Simon s'est appelé alors Piero Cappuccilli, son Amelia de fille, tour à tour Mirella

Freni et Katia Ricciarelli, le terrible Fiesco était chanté par Nicolaï Ghiaurov, et Gabriele Adorno, le ténor, fut Pavarotti mais surtout Veriano Luchetti. C'était Claudio Abbado qui dirigeait. La mise en scène était de Giorgio Strehler et les décors de Frigerio. Une voile, immense, sur un ciel bleu...

À la Scala, à Londres, à Paris nous avons vu cette production. À Londres, c'était avec une très jeune fille qui découvrait tout à la fois l'opéra et Covent Garden. Sa mère avait eu la faiblesse de nous la confier, elle en revint folle d'opéra. Elle était toute jeune, le mal est contagieux, elle a, hélas, trop vite guéri dans les bras d'un jeune rocker. Mais son visage tendu, lumineux, revient dans nos mémoires chaque fois que celui de Mirella Freni, surtout elle, d'abord elle, nous emplit du chant d'Amelia.

N'oublions pas pour autant que *Simon Boccanegra* est l'un des opéras les plus passionnants de Verdi. Créé d'abord à La Fenice à Venise en 1867, il fut donné à la Scala de Milan en 1881 dans une version remaniée. Le sujet est emprunté à un drame d'Antonio Garcia Gutierrez. C'est encore une fois Boito, le formidable adaptateur d'*Otello* et de *Falstaff*, qui, après Piave, révisa le livret pour lui donner sa forme actuelle. Et le résultat, c'est un opéra politique, au sens où certains des chefs-d'œuvre de Verdi sont des œuvres politiques. Le pouvoir et la vengeance s'y affrontent en la personne du vieux patricien génois Fiesco et du doge Simon Boccanegra, qui a eu une fille de la fille de Fiesco, son ennemi mortel. Tout s'achève par le poison, le pardon aussi. Le travail de révision du livret par Boito est tellement exemplaire qu'un scénario en apparence compliqué parvient à faire d'une œuvre majeure de Verdi une grave réflexion sur le pouvoir, le peuple, les patriciens et les démagogues. Il existe non seulement un disque pour nous rendre la vision ineffable qu'en eurent Abbado, Strehler et Frigerio à la Scala et à Paris, mais deux enregistrements vidéo, datés de 1978 et 1979, qui constituent l'un des sommets de l'opéra filmé ou télévisé.

Lucchetti était un excellent ténor, Mirella Freni l'une des plus émouvantes chanteuses de son temps : leurs duos devant la grande voile tendue sur le ciel par Strehler et Frigerio touchent au sublime.

Soldats (Les) *(Die Soldaten)*

Bernd Alois Zimmermann. Livret du compositeur d'après Jacob Lenz

Cologne, 1965

L'une des plus grandes créations lyriques de la deuxième moitié du XXᵉ siècle. Une orchestration et un orchestre colossaux, des moyens acoustiques considérables et une action violente (et bruyante...) qui se déroule à la fois sur la scène, sur un écran, voire trois écrans, et dans la salle. Le langage parlé, le chant, les cris, les murmures, le jazz et le chant grégorien alternent avec une écriture musicale qui utilise toutes les techniques de son temps, au premier chef la musique électronique. Zimmermann a voulu, avec *Les Soldats*, donner un formidable exemple de théâtre total. Et c'est à Cologne, l'un des laboratoires de la musique de la deuxième moitié du XXᵉ siècle, que l'œuvre a été présentée pour la première fois, avant d'être reprise dans toute l'Allemagne et donnée, d'abord en version de concert, sous la direction de Pierre Boulez, en 1982 à l'Opéra de Lyon. Nous l'avons nous-même vu à l'Opéra de Francfort, littéralement emporté, soûlé par tant de bruit, de fureur et de rigueur en même temps. Emprunté au dramaturge allemand Lenz, le livret aurait pu être la seconde vie d'une pièce de Büchner. Quand bien même les moyens sont totalement différents, nous ne sommes pas loin de l'univers de *Wozzeck*. Comme dans *Wozzeck*, une Marie, ici Mary sera victime de la guerre, des hommes, du pouvoir arbitraire d'une aristocratie dominante et de l'ordre militaire qui dominait les Flandres d'hier mais a régné sur une grande partie du monde au cours du XXe siècle. Longtemps, la référence fut le bel enregistrement dirigé par le créateur de l'œuvre à Cologne, Michael Gielen. Les progrès de la technique ont permis à Teldec de publier en 1988 une nouvelle version, réalisée à partir d'une production de l'Opéra de Stuttgart. Plus de bruit encore, plus de fureur, et pourtant, comme chez Gielen, l'ambition d'opéra total ne peut être atteinte sans la vie du théâtre, ses images, presque ses odeurs.

Solti, Georg (sir Georg, s'il vous plaît !) (1912-1997)

Chef d'orchestre britannique, d'origine hongroise

On n'en voudra pas à Georg Solti, qui enregistra la première *Tétralogie* complète de l'histoire du disque entre 1958 et 1966, d'avoir apporté sa caution à un mot barbare dont on se servit pour la promotion de ses disques : « quadraphonie ». Pour parler plus simplement, alors qu'on s'enivrait déjà du son stéréophonique, les ingénieurs de Decca imaginèrent d'aller plus loin et de réaliser avec la Philharmonie de Vienne dirigée par Solti une véritable mise en espace du drame de Wagner. D'où cette rencontre abusive du « quadra » latin et de la « phonie » grecque. Pourquoi la *Tétralogie* ne donna-t-elle pas naissance à la « Tétraphonie » pourtant si naturelle ? Mais soyons sérieux. L'enregistrement que Solti a fait de la première *Tétralogie* complète au disque fut un événement considérable. Depuis, plus d'une trentaine d'autres versions, commerciales ou à l'origine « pirates », nous sont parvenues : aucune, naturellement, ne reproduit les effets sonores que réalisèrent Christopher Raeburn, le directeur artistique, et Solti, le chef. Nous sommes dans le grandiose, dans l'épopée. Mais la carrière de Solti, grand chef international, remonte beaucoup plus loin. Dans les années 1936-1937, il fut l'assistant musical de Toscanini au Festival de Salzbourg et conduisit ses premières *Noces de Figaro* à Budapest en 1938. La guerre et l'ordre nazi l'obligèrent à se retirer pour un temps de la direction d'orchestre. Il se rappela qu'il était aussi pianiste et gagna en 1942 le Concours international de piano de Genève : qui s'en souvient vraiment ? Dès 1946, il conduit *Fidelio* à Munich et, cette fois, sa carrière internationale commence véritablement. On ne saurait en évoquer tous les grands moments. On se souviendra surtout des dix ans qu'il passa comme directeur musical du Covent Garden de Londres, de 1961 à 1971. En dix ans, Covent Garden devint probablement le meilleur opéra du monde, selon le vœu qu'il avait lui-même formulé. Le répertoire s'en ouvrit avec éclat. C'est à lui que l'on doit l'une des plus mémorables productions de *La Femme sans ombre*, dont il donna la première britannique dans l'admirable décor de Zwoboda. Conseiller musical de l'Opéra de Paris de 1971 à 1973, il ouvrit fastueusement l'ère Liebermann avec les fameuses représentations des *Noces de Figaro* mises en scène par Giorgio Strehler. Mais le vrai port d'attache de Solti demeura Londres. C'est à Londres qu'il découvrit, entre autres, celle qui devint, par sa grâce et en une soirée, la Traviata d'une décennie, Angelica Gheorgiu. Georg Solti restera dans l'esprit de tous ceux qui l'ont admiré un chef d'une immense rigueur. D'une certaine manière, il est à la direction d'orchestre ce qu'est un Yehudi Menuhin : une sorte de saint laïc, d'apôtre inspiré, d'humaniste bienveillant. S'il a quelque peu raté son dernier retour à Bayreuth, en 1983, lorsque l'Anglais Peter Hall et lui tentèrent d'imposer un *Ring* britannique après l'éclat des années Boulez-Chéreau qui avaient précédé, il nous a laissé tant de témoignages de sa flamboyante direction wagnérienne que nous oublierons le cru Bayreuth 1983, comme nous avons oublié son infortunée « quadraphonie » qui reste pourtant l'une des plus grandes *Tétralogies* de l'histoire du disque, sinon l'un des plus grands disques de l'histoire.

Somnambule (La)

Vincenzo Bellini. Livret de Felice Romani

Milan, 1831

La Somnambule est le septième opéra de Vincenzo Bellini. Après les *Capuleti è i Montecchi*, c'est celui qui confirmera sa gloire fulgurante. C'est le premier, aussi, dans lequel chante celle qui associera son nom à *Norma*, la fameuse Giuditta Pasta. L'œuvre tout entière est d'une légèreté aérienne, parcourue comme une grande voile nuptiale très blanche par les airs d'Amina, la somnambule vêtue de blanc à la veille de ses noces, qui semble chanter en dansant. En dansant : c'est peut-être là que réside la merveilleuse irréalité de l'opéra de Bellini. En effet, *La Somnambule* a d'abord été un ballet, sur un sujet d'Eugène Scribe, le plus grand faiseur de livrets de l'école romantique et du grand opéra français. La musique en était de Hérold, lui-même auteur de plusieurs opéras et opéras comiques dont un célèbre *Pré aux clercs*, donné en 1832, peu de temps avant sa mort. On notera d'ailleurs que Ferdinand Hérold, né en 1791, a été associé, dans sa jeunesse, à l'Opéra de Naples. À l'Opéra de Naples, précisément, où Bellini a fait ses débuts officiels. Le ballet de *La Somnambule*, sur une chorégraphie de Jean-Pierre Aumer, avait connu un beau succès. On le donna 120 fois entre 1827 et 1859. Dans le même temps, le thème du somnambulisme était une idée à la mode. Les médecins, mais aussi les écrivains romantiques, portaient un intérêt passionné à ce phénomène. Scribe lui-même avait déjà donné en 1819 une comédie-vaudeville également appelée *La Somnambule*, dans laquelle une héroïne dansait en dormant sur une musique qui était celle de la *Nina ou la folle par amour* de Dalayrac, si chère à Berlioz qu'elle lui fit entrevoir son bonheur à être lui-même compositeur.

C'est donc dans une tradition très précise, en même temps que très neuve, que s'inscrit *La Somnambule* de Bellini. Le livret en est simple, bucolique à souhait. Amina, la fille adoptive de la propriétaire d'un moulin en Suisse, est fiancée avec un jeune fermier, Elvino. Le retour au pays du comte Rodolfo, seigneur du château voisin, vient troubler ce qui paraissait une simple idylle rurale. En effet, dans une crise de somnambulisme, la douce Amina se promène la nuit et se retrouve endormie, devinez où ? dans la chambre du comte Rodolfo, naturellement ! Fureur d'Elvino, qui demande à Amina de lui rendre l'anneau qu'il lui a donné, en dépit des explications parfaitement cohérentes du comte, pourtant sensible au charme de la jeune fille. Mais personne ne croit Amina jusqu'au moment où, dans une autre crise de somnambulisme, elle franchit sur la rivière du village un petit pont réputé dangereux qui s'écroule immédiatement après son passage. C'est la preuve qu'Amina a fait sans le savoir sa promenade dans la chambre du comte — et Elvino lui pardonne. Nous pardonnerons, nous, à ce rustre le peu de confiance qu'il a eue en sa jeune fiancée, et tout le monde se réjouit fort, les noces vont aussitôt être célébrées...

Aérienne : on l'a dit, c'est le mot qui caractérise cette intrigue si simple, qui a connu des interprètes fameux. Nous n'en citerons que trois. D'abord, Giuditta Pasta, déjà nommée. Puis, celle qui nous fera naturellement toujours rêver, Maria Malibran à Londres en 1833. Bellini mourut deux ans après, il avait trente-quatre ans ; Maria Malibran mourut, elle, trois ans plus tard, le 23 septembre 1836, elle avait vingt-huit ans. Troisième grande, immense Somnambule de l'histoire de l'œuvre : naturellement Maria Callas. Dans sa trop courte carrière, elle n'a chanté que vingt-deux fois le rôle : dix fois à Milan en 1955 puis six fois encore en 1957. Deux fois ensuite à

Cologne puis à Edimbourg la même année, lors d'une tournée d'été de la Scala de Milan. La mise en scène était de Luchino Visconti, les décors et les costumes de Piero Tosi. Trois enregistrements nous en sont restés. L'enregistrement officiel de EMI, dirigé par Votto ; avant lui, celui dirigé en 1955 par Leonard Bernstein à la Scala même ; enfin, un autre enregistrement pris sur le vif à la Scala lors de la reprise de 1957, toujours avec Votto au pupitre. Naturellement, pas de document filmé, mais des images d'une Callas sublissime, longue robe blanche cintrée à la taille, longs gants blancs qui naissent au-dessus des coudes mais laissent les doigts libres, un décolleté très chaste, des cheveux ramenés en bandeaux de part et d'autre de la tête et couronnés de fleurs blanches. Amina, Pasta, Malibran, Callas : une bouleversante histoire d'amour.

Songe d'une nuit d'été (Le)

(A Midsummer Night's Dream)

Benjamin Britten. Livret du compositeur et de Peter Pears d'après Shakespeare

Aldeburg, 1960

On nous le rappelait récemment, il y a eu quarante-quatre *Tempête* tirées de Shakespeare, trente et un *Roméo et Juliette*, vingt-deux *Hamlet*, dix-sept *Songe d'une nuit d'été.* Le plus fameux fut, naturellement, celui de Purcell, sa *Fairy Queen.* Il y a aussi la musique de scène de Mendelssohn... Mais au XXe siècle, l'opéra de Britten s'impose comme le plus shakespearien, le plus merveilleux au sens poétique du mot, le plus fidèle aussi à l'esprit du temps de Shakespeare.

On ne résumera point ici la triple intrigue qui se déroule au royaume des fées, entre Obéron et Titania ; chez les princes avec les deux couples d'amants qui s'amusent à se déchirer et se déchirent en se retrouvant ; dans un monde de roturiers et d'artisans enfin, autour de Bottom et de ses compagnons, qui ont entrepris de monter — à leur manière : rudimentaire ! — la tragédie de *Pyrame et Thisbé*, et où un drôle de lutin nommé Puck anime l'action, joue les enchanteurs et se trompe de philtre amoureux. Titania se retrouve folle d'un Bottom grotesque affublé d'une tête d'âne, etc. On dira seulement que Britten, compositeur et librettiste, a réduit de moitié le texte original et simplifié les rapports des personnages entre eux. Par l'utilisation d'instruments aux colorations étranges — triangles et glockenspiel, harpes... — une atmosphère féerique enveloppe toute l'œuvre.

Il n'est jusqu'aux interventions des rustres, avec ce pauvre vieux Bottom, qui n'aient, elles aussi, un caractère poétique. À travers cette grille musicale, les différentes intrigues se nouent et se dénouent avec une lisibilité parfaite. À bien des égards, le travail des deux amis qui ont écrit musique et livret peut évoquer celui de Boito et de Verdi autour de *Falstaff*. Dans les deux cas, à partir d'un grand thème shakespearien, une intrigue a été clarifiée, des lignes de force d'une extrême perfection tendues. En outre, comme au dernier acte de *Falstaff*, le merveilleux domine une œuvre toute de lumières tamisées, de pénombres dorées et de nuits éblouissantes.

Créé au Festival d'Aldeburg, dont c'était, le 11 juin 1960, presque l'anniversaire de la fondation douze ans plus tôt, le *Songe* selon Britten a été repris à peu près tous les ans depuis lors, sur à peu près toutes les scènes du Royaume-Uni. Très vite, Berlin dans une mise en scène fantastique de Felsenstein, la Scala de Milan elle-même, l'Opéra de Vienne l'ont fait découvrir à des audiences émerveillées. Il a fallu attendre 1967 pour que ce *Songe*-là soit présenté au public français, dans le cadre de la saison du théâtre des Nations, à l'Odéon. Chaque fois, les mises en scène ont encore accentué, voire jusqu'au pléonasme, le côté merveilleux de la musique. C'est peut-être la raison pour laquelle la production pleine d'ironie d'un Robert Carsen au Festival d'Aix-en-Provence de 1991, pleine d'humour et d'ironie, nous a tellement séduit... Vous vous en souvenez ? Ces petits lits d'enfant disposés comme dans un dortoir de collège et qui, lorsqu'on n'en avait plus besoin, remontaient jusqu'au ciel ?

Et pourtant, nous ne saurons oublier une reprise, quelque part au milieu des années 1960, dans le vieux théâtre de Sadler's Wells et dirigée par Britten lui-même. On croit se souvenir que Peter Pears était dans la salle...

Souzay, Gérard (1920-2004)
Baryton français

Naturellement, Gérard Souzay est d'abord l'un des plus grands interprètes de mélodies française du XXe siècle. Élève de Pierre Bernac, il a chanté Debussy, Ravel, Duparc. Mais Gérard Souzay est aussi l'un des grands Golaud de l'histoire de *Pelléas et Mélisande.* Il semble qu'il chanta le rôle pour la première fois à Rome en 1962, puis à l'Opéra de Paris en 1963. Nous l'avons entendu, à la fois élégiaque et douloureux. C'est aussi en 1963 que nous l'avons entendu pour la première fois dans *Don Juan*, toujours à l'Opéra de Paris. Un séducteur sans âpreté, particulièrement chantant... Maintes fois réédités, ses enregistrements de Fauré, réalisés dans les années 1950, demeurent encore une leçon. Écoutez seulement, tant pis si ce n'est pas de l'opéra, son « Vaisseaux, nous vous aurons aimés... » de *L'Horizon chimérique.*

Stabile, Mariano (1888-1968)
Baryton italien

Deux rôles. Deux rôles pour lesquels Mariano Stabile fait partie de ceux dont la voix est inscrite à jamais dans nos cœurs. D'abord Falstaff, naturellement, qu'il chanta jusqu'en 1961, plus d'un millier de fois dans tous les théâtres d'opéra du monde. Aucun Falstaff n'a surpassé son humour et sa grandeur. D'une immense élégance lorsqu'il évoque son passé de jeune page du duc de Norfolk, le Falstaff de Stabile, tel qu'on le retrouve dans un enregistrement réalisé sur le vif en 1951 à la Scala de Milan sous la direction de Vittorio De Sabata, peut être aussi d'une truculence énorme, mais toujours de bon aloi. Naturellement, il fut le Falstaff préféré de Toscanini, on ne peut que regretter qu'il n'ait pas participé à l'enregistrement réalisé un an plus tôt par le maestro avec l'Orchestre de la NBC. Et puis, le second rôle de Stabile pour lequel il est pour nous immortel, c'est son don Juan, dirigé en 1951 par Hans Swarowsky... Aucun autre séducteur n'a énoncé le fameux « La ci darem la mano... » avec autant de charme, d'élégance, de séduction donc. Avec John Brownlee dans la version Busch, il est notre deuxième don Juan, nous l'avions découvert à quinze ans, presque par hasard, on aurait voulu l'entendre dans tous ses autres rôles. Les vieux disques de Swarowsky, publiées par Preisen, furent un temps repris par Erato. Mais qu'est devenue aujourd'hui la si française firme Erato ?

Stendhal (Henri Beyle) (1783-1842)
Écrivain français

Aucun dictionnaire de la musique, aucun dictionnaire de l'opéra surtout ne saurait omettre le nom de Stendhal. D'abord parce qu'il a tout de même écrit ses *Lettres sur Mozart, Haydn et Métastase* ainsi qu'une *Vie de Rossini.* Mais surtout parce que l'œuvre entière de Stendhal abonde en notations d'une intelligence et d'une sensibilité extrêmes sur Mozart, sur Rossini, sur Cimarosa et sur bien d'autres. Parce que, franchissant les Alpes avec les armées de Bonaparte, Stendhal entendit un jour *Le Mariage secret*, de Cimarosa, et ne s'est jamais relevé de l'émotion qu'il éprouva alors : « Ces chants sont les plus beaux qu'il ait été donné à l'âme humaine de concevoir... Le style de Cimarosa est étincelant de verve comique, de passion, de force, de gaîté » ! (*Vie de Rossini*) Ou encore : « Je ne sais pas combien de lieues je ne ferais pas à pied ou à combien de jours de prison je ne me soumettrais pas pour entendre *Don Juan* ou le *Matrimonio Segreto*, et je ne sais pour quelle autre chose je ferais cet effort... » (*Vie de Henry Brulard.*) Quelques pages de *Lucien Leuwen*, racontant le retour d'une soirée passée à l'auberge du « Chasseur vert » par Lucien et Mme de Chasteller, évoquent des cors de Mozart dans le soir : rien, dans toute la littérature française, n'a approché aussi près du charme mozartien que ces quelques lignes. N'oublions pas, enfin, que dans ses *Souvenirs d'égotisme*, Stendhal a écrit : « Je n'ai aimé avec passion en ma vie que Cimarosa, Mozart et Shakespeare. À Milan, en 1820, j'avais envie de mettre cela sur ma tombe. Je pensais chaque jour à cette inscription : "Enrico Beyle, Milanese. Visse, scrisse, amo. Quest'anima adorava Cimarosa, Mozart e Shakespeare..." » Comment ne pas consacrer au moins ces quelques pauvres lignes à Stendhal dans notre livre ?

Stich-Randall, Teresa (née en 1927)
Soprano américaine

La première des Teresa d'Aix. Celle que l'on découvrit en 1953 au théâtre de l'Archevêché et qu'on vit dans Fiordiligi jusqu'en 1971, la Comtesse, Constance, donna Anna, Pamina : tous les grands rôles mozartiens du répertoire. Les enregistrements qui nous ont été laissés de cette époque, sous la direction de Hans Rosbaud, trop tôt disparu, rendent admirablement compte de sa douceur, de la pureté de sa voix, de sa tendresse, de son style très viennois, en dépit de ses solides racines américaines. C'est sous la direction de Toscanini qu'elle avait fait ses débuts, d'abord dans un rôle mineur d'Aïda, puis dans celui, amusant et frémissant d'amour, de la Nannetta de *Falstaff*. Teresa Stich-Randall a chanté sur toutes les scènes du monde, elle a enregistré des mélodies, elle a même tenu des rôles plus lourds que ceux dans lesquels on pouvait l'attendre : Ariane de Strauss, Norma, qui fut sa dernière apparition à la scène en 1971. Elle est aussi la Sophie d'un *Rosenkavalier* très cher dirigé par Karajan : avec lui, nous avons traversé les océans ! On appelle Stich-Randall la première Teresa : la seconde Teresa d'Aix fut naturellement Berganza.

Stolz, Rosine (1815-1903)
Mezzo-soprano français

Une ennemie intime de Berlioz, qui revient à plusieurs reprises sur elle dans ses *Mémoires* et dans sa correspondance. Maîtresse de l'alors directeur de l'Opéra, Léon Pillet, elle ne facilita pas la carrière de Berlioz dans la grande maison. Il faut dire que celui-ci ne s'était pas montré tendre avec elle. Pour mieux mettre en valeur la médiocre Maria Recio, qui était sa maîtresse et devint sa femme, il avait comparé la grande Stolz à quelque chose comme un sac de noix... Elle fit néanmoins une belle carrière. D'abord connue sous le nom de Mlle Ternaux, elle devint Mlle Héloïse Stolz lorsqu'elle chanta à Lille en 1833. À Bruxelles, elle épousa Lescuyer, alors administrateur du théâtre. On a dit sa liaison avec Pillet. Obligée de quitter l'Opéra de Paris à la suite d'une cabale dirigée contre elle, elle devint la maîtresse de l'empereur du Brésil, don Pedro, et fit des tournées dans le pays de celui-ci à 400 000 francs par saison : mieux que la Périchole, non ? Elle se maria encore quelques fois, tour à tour baronne de quelque chose, puis comtesse de Kestchendorf, pour terminer princesse de Bassano. Pour une carrière, ce fut une belle carrière. Qui dit mieux ? On notera pourtant qu'elle fut une très grande Rachel dans *La Juive* et qu'elle créa *La Favorite* de Donizetti. C'est d'ailleurs après l'avoir vue dans ce rôle que Berlioz fit la comparaison fatale.

Stolz, Teresa (1834-1903)

Soprano tchèque

On hésite à comparer les deux Stoltz et Stolz, Rosine et Teresa — de vingt ans sa cadette, mais qui fit elle aussi une brillante carrière dans l'intimité de quelques personnalités illustres. Elle fit ses débuts en 1864 dans *Guillaume Tell*, dirigée par Angelo Mariani, l'ami très proche de Verdi. Dans leur sillage à tous deux, elle fut également la première Leonora de *La Force du destin* en Italie et la première *Aïda.* C'est Teresa Stolz qui a créé la partie de soprano du *Requiem* de Verdi. À la mort de Giuseppina Strepponi, l'épouse du compositeur, elle rompit avec Mariani pour ne plus quitter Verdi. Soprano verdienne par excellence — on le serait à moins... —, elle acheva sa carrière à Saint-Pétersbourg en 1876. Nous parlons ici de Teresa Stolz par amour de Verdi...

Stolze, Gerhard (1926-1979)
Ténor allemand

Ce n'est pas que Stolze ait été une des grandes voix de son siècle. Mais c'était un acteur remarquable, qui chanta souvent des rôles de second plan avec une habileté consommée. Ainsi fut-il un grand Mime de *Siegfried*, un remarquable capitaine de *Wozzeck.* Mais c'est pour l'avoir entendu à plusieurs reprises dans Hérode, de la *Salomé* de Strauss, qu'il a sa place dans ce volume. Stolze avait cela de remarquable qu'il chantait moins ses rôles qu'il ne les parlait. Mais de même qu'il existe des Salomé qui chantent et d'autres qui se déshabillent pendant la danse des sept voiles (*voir* : Salomé), il y a tout simplement des Hérode qui chantent et d'autres qui ne le font pas ! Stolze appartenait à cette catégorie, il était caricatural, drôle à souhait... Un certain nombre de compositeurs allemands (notamment Orff...) le choisirent pour la création de quelques-unes de leurs œuvres...

Straniera (La) *(L'Étrangère)*

Vincenzo Bellini. Livret de Felice Romani d'après *L'Étrangère*, du comte d'Arlincourt

Milan, 1829

La Straniera est le quatrième opéra de Bellini et le premier qu'il ait écrit pour la Scala de Milan. C'est aussi le premier pour lequel il put disposer de deux de ceux qui seront plus tard ses principaux interprètes, Rubini et Tamburini. C'est dans *La Straniera* que Giulia Grisi a fait ses débuts à Paris en 1832. Un an plus tard, avec *Les Capulets et les Montaigus*, Bellini fera sûrement preuve de beaucoup plus d'invention mélodique et d'habileté à faire de sa musique un élément moteur de l'action.

Pourtant, si nous avons toujours été particulièrement sensible à cette *Straniera*, c'est qu'elle tirée de l'un des plus beaux romans de ce comte d'Arlincourt, Charles, Victor, Prévot d'Arlincourt pour lui donner son nom tout entier, qui fut, dans la première moitié du XIXe siècle, l'un des plus somptueux artisans de sombres romans, à la limite du roman noir. Son *Solitaire* fut d'ailleurs l'objet d'au moins un opéra-comique, de Carafa, en 1822, puis d'un opéra de Paër représenté à Amsterdam deux ans plus tard. L'action de *La Straniera* se déroule en Bretagne, au XIIIe siècle. C'est l'histoire d'une étrangère, donc, voilée de surcroît, que les paysans du cru prennent pour une sorcière alors qu'elle est, a été ou sera reine de France.

Elle est aimée d'un Arturo lui-même aimé d'une Isoletta. Tempête, épée sanglante, crise d'hystérie, accusation de meurtre et tribunal plus ou moins secret : les coups de théâtre se succèdent, le roman se déroule à un rythme haletant. Lors de la création à Paris, Rubini fit trembler de bonheur un public en extase avec l'air « Il soave è bel contento » du premier acte.

Strauss, Richard (1864-1949)

Strauss, ou le bonheur de faire chanter les femmes. Aucun musicien du XXe siècle, et peut-être des siècles précédents, n'a su manier avec tant de beauté et de lyrisme la voix d'une femme. Sopranos pour la plupart, parfois mezzos, souvent sopranos légers, aériens, plus souvent encore véritables sopranos dramatiques à l'immense tessiture, les femmes qu'a su faire chanter Richard Strauss s'appellent Salomé et Elektra, ses premières œuvres, en 1905 et 1909 ; puis le sublime trio du *Chevalier à la rose*, en 1911 : la Maréchale, Octavian, Sophie ; la prima donna et

Zerbinette d'*Ariane à Naxos*, en 1912 ; l'Impératrice et la Femme du teinturier de *La Femme sans ombre* en 1919 ; mais aussi Hélène l'Égyptienne, Arabella, la femme silencieuse. Mais elles s'appellent aussi Margarete Siems, Viorica Ursuleac, Lotte Lehmann, Elisabeth Schumann, Maria Jeritza, Tiana Lemnitz ou encore Elisabeth Schwarzkopf, Lisa Della Casa, Régine Crespin, Felicity Lott, Renée Flemmig, Suzan Graham et Karita Matila aujourd'hui — tant les interprètes des grands rôles féminins de Strauss sont liées aux personnages qu'elles ont chantés.

À la fois compositeur et chef d'orchestre, ce fils de corniste à l'Opéra de Munich a d'abord vécu sous l'emprise du wagnérisme ambiant. Franz Strauss, son père, était lui-même lié à Richard Wagner. Et ses premières œuvres, un *Guntram*, en 1894, *Feuersnot* en 1900, sont bien dans la tradition wagnérienne. Mais déjà *Salomé*, inspirée de la tragédie d'Oscar Wilde, écrite d'abord en français puis, dans le cas précis, traduite en allemand, va plus loin que Wagner dans ses déchaînements orchestraux. La légende veut que Strauss lui-même, lors d'une répétition, se soit adressé à ses musiciens en leur demandant de jouer plus fort, et plus fort encore, parce qu'il entendait encore les chanteurs ! Avec *Elektra*, c'est un nouveau pas vers ces paroxysmes de bruit et de fureur.

Et puis, d'un coup, en toute complicité avec son librettiste fétiche, le grand écrivain autrichien Hugo von Hofmannsthal qui avait déjà travaillé avec lui sur *Elektra*, c'est le miracle du *Chevalier à la rose*. À partir de là, les vociférations rugueuses, hallucinées d'*Elektra* feront place à la tendresse d'un chant lyrique, toujours plus tendu, toujours plus envoûtant, flottant parfois très haut. La scène finale de sa *Dafne*, en 1938, où la voix de la nymphe tranformée en arbre pour échapper à l'étreinte d'un Apollon dont elle ne veut pas, se brise peu à peu, à mesure que l'écorce et les feuilles l'envahissent, est à coup sûr l'un des sommets de cette malléabilité que Strauss savait imprimer aux voix.

L'une des grandes chances de Strauss fut de travailler avec des librettistes incomparables. Hofmannsthal d'abord, avec lequel il échangea une longue correspondance, dont les lettres à propos de *La Femme sans ombre*, constituent un modèle de collaboration entre un compositeur et un écrivain. Mais aussi Stefan Zweig, Josef Gregor, qui remplaça Zweig, exilé parce que Juif, après 1933. Jusqu'à Clemens Krauss, son chef d'orchestre préféré, avec lequel il imagina la virevoltante, étincelante conversation musicale que constitue *Capriccio*, où une comtesse Madeleine hésite entre deux amants, un poète et un musicien. « Prima la musica e doppo la poesia » — ou le contraire ? Badinage et marivaudage, pastiche du XVIIIe siècle, voire de Stravinski, en même temps que fausse conversation sérieuse sur un sujet qui, toute sa vie, concerna Strauss.

La vie de Richard Strauss ? Un peu à la manière de Berlioz, une grande partie de sa musique est autobiographique. *Symphonie alpestre* ou *Symphonie domestique*, il raconte sa vie, son bonheur ou ses déboires conjugaux avec sa femme, Pauline, qui était aussi chanteuse. Mieux : dans son opéra *Intermezzo*, donné à Dresde en 1924, il évoque ni plus ni moins un malentendu conjugal qui faillit tourner au pire dans un décor très « art nouveau » de station de sports d'hiver. Avec Strauss, les divas chantent divinement mais elles font aussi du ski !

La vie de Richard Strauss ? C'est aussi sa longue et sereine, trop sereine survie peut-être pendant toute la période nazie. Qu'on se souvienne tout de même que son avant-dernier opéra, *L'Amour de Danaé*, achevé avant *Capriccio*, devait être créé après lui, en 1944, au mois d'août à Salzbourg. La générale a bien eu lieu, mais le festival ferma ses portes avant la première. Klaus Mann, le fils de Thomas Mann, raconte comment, alors dans l'armée américaine, il rendit visite au vieux monsieur, réfugié dans un chalet de montagne, et l'entendit se plaindre de la rigueur nazie qui avait empêchées sa belle-fille de monter à cheval parce qu'elle était juive ! Mais si tel était l'homme, telle était aussi l'époque. À l'extrême fin de sa vie, en 1949, Richard Strauss nous a donné ses *Quatre Derniers Lieder*, qui transcendent peut-être toute la musique écrite jusqu'à présent par lui pour des voix de femmes. Ici, le chant de celles qui s'y illustrèrent, et au premier chef Elisabeth Schwarzkopf, touche au sublime et va plus loin...

Attention ! Répétons qu'il existe deux enregistrements de la grande Schwarzkopf dans les « Quatre Derniers Lieder », également publiés chez EMI : préférer celui dirigé par Otto Ackermann. Avec son prime, la scène finale de *Capriccio*.

Streich, Rita (1920-1987)

Soprano allemande

On a dit plus haut qu'Irmgard Seefried nous apparaissait parfois comme la petite sœur d'Elisabeth Schwarzkopf. Eh bien, Seefried elle-même avait une petite sœur, c'était Rita Streich. L'une des plus jolies, l'un des plus rayonnantes sopranos coloratura du milieu du XXe siècle. Elle était allemande jusqu'au bout des ongles, chantait tous les rôles du répertoire allemand, l'opérette, le lied. Elle aussi nous paraissait ne jamais pouvoir mourir : ce n'était pas possible, Rita Streich, depuis toujours et pour toujours encore, vous avait une allure d'éternelle petite jeune fille, gaie, sautillante, pétillante. Dans plusieurs enregistrements mozartiens du grand Jochum, un chef lui aussi trop tôt disparu, elle était la voix jeune et gaie à côté de celle, plus large, d'une Maria Stader, qui n'avait pourtant pas beaucoup de voix. La voix de Rita Streich, au contraire, était une manière de feu d'artifice. Bien sûr, elle chantait la Reine de la nuit, l'air d'Annchen du *Freischütz* de Weber, mais elle nous a aussi enchanté dans l'opéra italien, surprenante Norina du *Don Pasquale* de Donizetti, incroyablement drôle Musette de *La Bohème* et surtout étonnant page, Oscar virevoltant du *Bal masqué*, de Verdi. Et puis, qui mieux qu'elle a chanté tout un répertoire de berceuses allemandes, à mi-chemin de la chanson populaire et du lied classique ?

On a pu la revoir à la fin de sa vie. Une jeune femme était au piano, Rita Streich portait une robe qu'on aurait dite robe de scène, elle était d'une jeunesse éclatante, elle n'avait pas d'âge, elle est morte trois ou quatre ans après.

Suor Angelica *(Sœur Angélique)*
Giacomo Puccini

Voir : *Le Tryptique*

Supervia, Conchita (1895-1936)
Mezzo-soprano espagnole

La jolie Conchita, au nom de Carmen, a été le premier Octavian de Strauss, lors de la création du *Chevalier à la rose* à Rome en 1911 : elle n'avait pas seize ans ! Avec un nom pareil, elle ne pouvait naturellement qu'être aussi une grande Carmen. Nous avons sous les yeux une photographie d'elle dans le rôle, joyeusement déhanchée, un sourire radieux, la mouche qu'il faut sous l'œil droit, des dents à faire pâlir de jalousie une réclame de dentifrice et une chevelure joyeusement ébouriffée. C'est dire que Conchita était belle et que, morte un an avant notre naissance, nous fûmes pourtant amoureux d'elle. Elle a été Charlotte, Mignon, Chérubin, Hänsel. C'est avec quelques-uns des grands rôles rossiniens pour mezzo que sa gloire a atteint des dimensions internationales : *L'Italienne à Alger, La Cerenentola*, la Rosine du *Barbier de Séville.* Toute sa vie, elle sembla respirer la joie de vivre. Hélas, Conchita Supervia épousa un citoyen anglais, s'installa à Londres, fit la joie des salles de concert mais mourut en couches à quarante et un ans. Les disques qu'elle a pu nous laisser, et qu'on retrouve en CD, respirent la même gaieté que la photographie d'elle qu'on a décrite. Ils nous font même parfois un peu rire...

Sutherland, Joan (née en 1926)
Soprano australienne

Joan Sutherland est restée très australienne... C'est pourtant une chanteuse britannique, aujourd'hui Dame Joan, qui a fait ses débuts à Covent Garden en 1952, dans le rôle de la Première Dame de *La Flûte enchantée.* Deux ans plus tard, elle épousait le chef d'orchestre Richard Bonynge et devenait dès lors, après Maria Callas, le symbole même d'une renaissance du bel canto en Occident. Ses admirateurs inconditionnels l'adorent éperdument. Pour eux, elle est la « Stupenda » : la stupéfiante, l'incroyable, l'étonnante ! Et c'est vrai que la voix de Joan Sutherland est littéralement stupéfiante. Capable des notes les plus claires et les plus hautes comme d'un registre grave extraordinairement docile, elle souffre néanmoins d'une diction imparfaite qui fait ricaner ses détracteurs. Elle avale ses voyelles, mâchonne ses consonnes, mais le son reste superbe.

Nous l'avons vue pour la première fois à l'Opéra de Paris en avril 1960. Elle chantait *Lucia di Lammermoor*. La jeune fille en robe rose qui m'accompagnait alors, s'en souvient-elle encore ? La salle, debout, applaudissait. Et c'est vrai que sa *Lucia* était hallucinante vocalement. Dramatiquement, c'est une autre affaire... Mais c'est vrai que la voix de Joan Sutherland, ce jour d'avril 1960, ne ressemblait à aucune autre. Depuis, nous l'avons suivie à travers le monde. Après avoir repris quelques-uns des grands succès de Callas, Joan Sutherland a vécu sa propre vie. Un album de deux disques noirs, publiés lorsqu'elle était au sommet de son talent sous le titre « L'art du bel canto », en constituait une démonstration prodigieuse. Même si Sutherland a chanté Madame Lidoine dans la première en Angleterre des *Dialogues des carmélites* (1958) de Poulenc ; même si on l'a entendue dans *Les Contes d'Hoffmann* ou dans la Micaela de *Carmen* ; même si c'est elle qui nous a fait découvrir, et avec quelle maîtrise, l'*Alcina* de Haendel, c'est l'opéra italien, Verdi naturellement, mais surtout Bellini et Donizetti qui ont été, pendant toute sa carrière, ses chevaux de bataille. On a dit sa *Lucia*, il aurait fallu aussi parler de ses reines brisées : Marie Stuart et Ann Boleyn. Il faudrait citer encore sa Lucrèce Borgia, sans oublier pourtant quelques-unes de ses prestations fameuses dans l'opéra français : *Lakmé*, *Esclarmonde* ou *Les Huguenots*. Sa Valentine des *Huguenots*, par exemple ? En concert à l'Albert Hall de Londres, un fulgurant souvenir. Pourquoi faut-il pourtant que le souvenir que nous gardons d'elle soit celle de sa *Fille du régiment*, selon Donizetti, naturellement : hilare, maladroite, dégingandée, musicale en diable mais aussi quelque peu pataude, voire ridicule... Allons ! Nos critiques ne sont que vétilles. Joan Sutherland est à coup sûr l'une des cinq ou six chanteuses les plus importantes de la deuxième partie du XXe siècle. Et tant pis si elle est australienne !

Sydney

L'opéra de Sydney est fameux. Longtemps, il fut une référence pour tous les directeurs d'opéra qui souhaitaient, de par le monde, bâtir une nouvelle maison. Construit en 1973 par l'architecte Jorn Utzon, on dirait que son auteur avait surtout pour ambition de faire monter quelques voiles blanches de plus dans la baie de Sydney. Comme Dominique Perrault, en somme, mais qui n'avait, lui, qu'une idée en tête, construire une Bibliothèque nationale avec quatre tours qui ressemblent à des livres. Effectivement, les toits clairs plus ou moins dressés au-dessus de la mer sont devenus le symbole de la Ville de Sydney. Qu'on ne s'y trompe pas : il n'y a pas que des kangourous et Joan Sutherland en Australie ! En dépit de la place prééminente qu'il occupe dans la capitale des Nouvelles-Galles du Sud, l'Opéra de Sydney n'a pas 1 600 places : ce n'est pas beaucoup... La salle de concert construite à ses côtés en a tout de même un millier de plus. Mais il y a longtemps que les régisseurs ou architectes en mal de construire un nouvel opéra ne vont plus voir celui de Sydney... On y tire les feux d'artifice...

Tabarro (Il) *(La Houppelande)*
Giacomo Puccini

Voir : *Le Tryptique*

Taddei, Giuseppe (né en 1916)
Baryton italien

Italien, certes, Taddei a chanté l'opéra italien. C'est pourtant dans un petit rôle de *Lohengrin* qu'il fit ses débuts en 1936. De même, il a été un superbe Hans Sachs : écoutez-le donc chanter *Les Maîtres chanteurs* en italien, s'il vous plaît ! C'est comme une étrange leçon de chant — et de germanicité ! — que Taddei nous donne avec un étonnant Boris Christoff en Pogner, sous la baguette experte il est vrai de von Matačić. On l'a entendu aussi dans Le Hollandais du *Vaisseau fantôme.* Mais il fut surtout un chanteur verdien magnifique. Nous avons eu le bonheur de l'entendre à Covent Garden au milieu des années 1960 dans le rôle de Iago : il y était d'une noirceur extrême. Très tard dans sa vie, Karajan lui a encore fait chanter Falstaff : c'était peut-être un peu tard, mais quel abattage, quel rire énorme... On aurait envie de dire : quelle présence omniprésente ! Nous l'avons entendu à Salzbourg, nous venons d'en réécouter l'enregistrement.

Tagliavini, Ferruccio (1913-1995)
Ténor italien

Quand bien même Ferruccio Tagliavini a chanté à la fois Rodolfo de *La Bohème* ou *L'Ami Fritz* de Mascagni, c'est d'abord dans des rôles légers, tels que le Nemorino de *L'Élixir d'amour* ou le Nadir des *Pêcheurs de perles* qu'on a pu l'aimer. Il fut en Italie une véritable vedette, vedette notamment de beaucoup d'enregistrements par ailleurs contestables. La pire époque du chant italien, à coup sûr ! Le style de Tagliavini était celui de bien des chanteurs de sa génération pour lesquels le bel canto s'accompagnait parfois de sanglots un peu bruyants. Pour tout dire, le style de Tagliavini nous paraît aujourd'hui un peu daté. Mais sa beauté vocale, la générosité de son chant font oublier le reste.

Talvela, Martti (1935-1989)
Basse finlandaise

Un formidable chanteur trop tôt disparu. Sa carrière internationale commence à Bayreuth en 1962, quand Wieland Wagner l'engage pour chanter Titurel dans *Parsifal*. Très vite, il sera un grand Boris, un formidable Grand Inquisiteur du *Don Carlo* de Verdi. C'est dans le rôle de Gurnemanz que nous l'avons entendu pour la première fois. Il était un ermite inspiré, habité par la force du Graal qui vivait en lui. Il domine de très haut, avec l'un des plus beaux Sarastro de l'histoire du disque, l'enregistrement aux effets sonores certains, aux protagonistes plus incertains, que Georg Solti dirigea en 1969 avec la Philharmonie de Vienne. On a déjà cité, ou l'on citera probablement plus loin, la phrase célèbre attribuée à Bernard Shaw, affirmant que, s'il était Dieu, il parlerait aux hommes avec la voix de Sarastro. Ainsi est-ce Talvela qui, à notre connaissance, nous semble encore aujourd'hui le meilleur interprète du rôle de ce Dieu-là.

Tancrède *(Tancredi)*
Gioacchino Rossini. Livret de Gaetano Rossi

Venise, 1813

Avec *Tancrède*, son dixième opéra, un Rossini de vingt et un ans fait une entrée fracassante dans le domaine de l'*opera seria*. Un poète italien, Giuseppe Carpani, a pu écrire de l'œuvre : « C'est une cantilène et toujours une cantilène : une belle cantilène, une nouvelle cantilène, une cantilène magique, une cantilène rare... » Rappelons qu'une cantilène, c'est un morceau particulièrement mélodieux et chantant, souvent élégiaque. Mais telle est bien l'impression que donne cette histoire d'amour et de mort située à Syracuse au XIe siècle Deux familles s'y affrontent, et naturellement Tancrède, le fils de l'une, aimera Amenaïde, la fille de l'autre. Tendresse et trahison, tout se termine bien dans la première version, présentée au théâtre de la Fenice à Venise le 16 février 1813. Quelques semaines plus tard, à Ferrare, Rossini se remit au travail avec un autre librettiste, Luigi Lechi, pour revenir à la fin tragique de l'œuvre originale. C'est que le *Tancrède* de Rossini est, en réalité, directement inspiré par l'œuvre homonyme de Voltaire. D'où, dans la version dite « de Ferrare », la mort de Tancrède, héros quasi mythique, qui perd la vie mais retrouve l'amour de celle qu'il aimait...

Pourtant, si *Tancrède* est cher à nos cœurs, c'est par la grâce de son air le plus célèbre, la cabalette « Di tanti palpiti ». Dans sa *Vie de Rossini* publiée en 1824, Stendhal nous dit tout à ce sujet : « À Venise, Rossini avait fait pour l'arrivée de Tancrède un grand air dont la Malanote [Adélaïde Malanote-Montrésor, la chanteuse à qui était dévolu le rôle de Tancrède] ne voulut pas ; et comme cette excellente cantatrice était alors dans la fleur de la beauté, du talent et des caprices, elle ne lui déclara son antipathie pour cet air que l'avant-veille de la première représentation.

« Qu'on juge du désespoir du *maestro* ! Voilà des choses qui font devenir fou à cet âge et dans cette position ; âge heureux où l'on devient si fou ! "Si après l'équipée de mon dernier opéra (*Il Signor Bruschino*), se disait Rossini, l'on siffle l'entrée de *Tancrède*, tout l'opéra *va a terra* (tombe à plat)."

« Le pauvre jeune homme rentre pensif à sa petite auberge. Une idée lui vient ; il écrit quelques lignes, c'est le fameux "Tu che accendi", l'air au monde qui peut-être a jamais été le plus chanté et en plus de lieux différents. On raconte à Venise que la première idée de cette cantilène délicieuse, qui dit si bien le bonheur de se revoir après une longue absence, est prise d'une litanie grecque ; Rossini l'avait entendue chanter quelques jours auparavant à vêpres, dans l'église d'une des petites îles des lagunes de Venise...

« À Venise, cet air s'appelle l'*Aria dei risi.* J'avoue que c'est un nom bien vulgaire, et je suis assez embarrassé pour raconter la petite anecdote plus gastronomique que poétique qui la lui valut. *Aria dei risi*, puisqu'il faut l'avouer, signifie *Air du riz.* En Lombardie, tous les dîners, celui du plus grand seigneur comme celui du plus petit maestro, commencent invariablement par un plat de riz ; et comme on aime le riz fort peu cuit, quatre minutes avant de servir, le cuisinier fait toujours faire cette question importante : *Bisogna mettere i risi ?* Comme Rossini rentrait chez lui désespéré, le cameriere lui fit la question ordinaire ; on mit le riz au feu, et avant qu'il fût prêt, Rossini avait fini l'air "Di tanti palpiti". Le nom d'*Aria dei risi* rappelle qu'il a été fait en un instant... »

Beauté formelle, dès lors, de ce *Tancrède* selon Rossini, avec un air qui fit vingt fois le tour du monde, que l'on retrouve dans la bouche de la Malibran comme dans celle de Pauline Viardot. Mais c'est la Pasta — elle le chanta ensuite un peu partout en Europe — qui devait le consacrer. Encore Stendhal, qui dit d'elle, dans cet air : « Quel prodige qu'une jeune femme qui, à peine arrivée à l'âge des passions, nous présente, avec un chant suave, un talent tragique aussi remarquable, peut-être, que Talma, et surtout un talent *différent*, et un talent plus simple ! »

Par la grâce de Bernard Lefort, c'est en 1981, au Festival d'Aix-en-Provence, que nous avons pu entendre le plus formidable *Tancrède* de la seconde moitié du XXe siècle, Marilyn Horne. Katia Ricciarelli chantait son Aménaïde. Retrouvons Marilyn Horne, fulgurante, aux côtés de l'excellente Lella Cuberli, dirigée en 1983 à la Fenice de Venise par Ralph Weikert : c'est encore une version discographique de référence.

Tannhäuser

Richard Wagner. Livret du compositeur

Dresde, 1845

Un peu comme *Lohengrin, Tannhäuser* jouit d'une moindre réputation dans le monde des wagnériens purs et durs. En revanche, l'œuvre a été longtemps l'un des opéras de Wagner les plus joués de par le monde, notamment à l'Opéra de Paris. Pourquoi ? C'est que, même si le Wagner que nous aimons est déjà en germe dans ce « Grand Opéra romantique en trois actes », tel que l'auteur le définit lui-même, le style en reste encore marqué par des références certaines à l'opéra italien d'une part, au Grand Opéra romantique français, précisément, d'autre part. Du coup, tant au Palais Garnier à Paris qu'au Met de New York ou qu'à Covent Garden, *Tannhäuser* n'a jamais cessé de remplir les salles pendant toute une grande première moitié du XXe siècle. Puis, le wagnérisme découvrant d'autres horizons, et surtout d'autres adeptes, on a commencé à faire grise mine à la deuxième œuvre reconnue comme telle par Wagner lui-même. Pourtant, avant l'enthousiasme qui a duré près d'un siècle entier, *Tannhäuser* a connu bien des déboires. Lors de sa création, à Dresde, le 19 octobre 1845, ce fut un véritable échec. On s'accorde généralement pour considérer que Joseph Tichatschek, qui chantait le rôle principal, n'avait rien compris au chant wagnérien. De même, la chanteuse allemande par excellence, avec tous les sous-entendus que nous mettons dans cette appellation, Wilhelmine Schröder-Devrient (voir son nom), qui chantait Vénus, paraissait écrasée par le rôle. Mais l'échec de Dresde n'est rien en comparaison de celui de Paris, en mars 1861. C'était Napoléon III lui-même qui, par l'intermédiaire de la princesse Pauline Metternich, avait négocié la présentation, en français, de cette grande première d'une œuvre de Wagner. Le public se déchaîna, entraîné par le patriotisme grand genre des membres du Jockey Club. Heureusement, un admirable texte de Baudelaire sauve pour nous la situation. Relisons Baudelaire parlant de Wagner...

Selon son habitude, Wagner a emprunté son sujet à plusieurs mythes, qu'il a entrelacés. Ici se rencontrent d'une part l'histoire d'un croisé mythique, le Franconien Tannhäuser ; d'autre part, le souvenir des concours de chant qui avaient lieu au Moyen Age à la Wartburg — dont un Hoffmann, La Motte-Fouqué ou Eichendorff ont fait le récit. D'où cette sombre histoire, double également chez Wagner, d'un héros partagé entre son amour sacré pour une Elisabeth, bonne jeune fille allemande comme le XIXᵉ siècle romantique en offrira des escadrons à la scène lyrique, et une Vénus à la lubricité enjôleuse ; et, d'autre part, les péripéties du concours de chant où, malgré lui, Tannhäuser ne saura chanter que la beauté de Vénus, au grand scandale de ses auditeurs. Un voyage à Jérusalem lui apportera le pardon, Elisabeth mourra d'amour à ses pieds lors de son retour : Vénus et le Vénusberg existent, Dieu merci, toujours quelque part au fond de notre âme.

On a dit la vigueur vocale qu'exigeait le rôle de Tannhäuser. Tous les Van Dyck et autres Melchior s'y sont essayés. D'autres s'y sont époumonés. Quant à ces dames, il fut un moment amusant pour certaines de chanter à la fois le rôle d'Elisabeth et celui de Vénus : qui parmi elles, qui parmi nous aussi, n'a rêvé d'une telle rencontre ? Mais les plus grandes ont refusé ce jeu-là, choisissant d'ailleurs généralement pieusement d'incarner la jeune fille allemande plutôt que son double, éminemment latin. En France, Germaine Lubin, Régine Crespin ont été Elisabeth. À la même époque, c'était Lotte Lehmann, Kirsten Flagstad ou Helen Traubel qui chantaient Elisabeth à New York. Plus tard, Birgit Nilsson n'hésita pas, elle, à chanter les deux rôles.

L'ouverture de *Tannhäuser*, la « Marche des pèlerins », de *Tannhäuser*, la « Romance à l'étoile de Wolfram » ont ainsi, pendant plus d'un siècle, constitué l'essence du wagnérisme pour un public qui frissonnait d'émotion devant tant de hardiesse. La « Romance » en question fut un tube, on l'a un peu oublié... Une hardiesse telle, jusque sur le plan moral, qu'un Jon Vickers, on l'a vu ou on le verra, refusa toute sa vie de chanter le rôle du pécheur Tannhäuser. Quant à nous, nous nous souviendrons avec émotion d'un *Tannhäuser* de Bayreuth, dirigé par Giuseppe

Sinopoli, qui nous l'expliqua longuement après le spectacle. Pour lui, la synthèse de l'opéra italien et du romantisme allemand avait produit un chef-d'œuvre presque dangereux. C'était en 1985, et, comme cela se produit si souvent, le Tannhäuser de service était aux abonnés absents. Sinopoli est mort, laissant une carrière, on voudrait dire une œuvre, inachevée... Un dernier mot : qu'on écoute Fischer-Dieskau chanter le rôle de Wolfram dans l'enregistrement réalisé en 1960 par Franz Konwitschny avec tout de même Elisabeth Grümmer en Elisabeth. Malgré (une fois de plus) un Heldentenor criard, on aime à revenir à ce beau chant wagnérien, presque idéal...

Tebaldi, Renata (née en 1922)

Soprano italienne

Pauvre Renata Tebaldi, qui a souffert, dans le monde entier — sauf en Italie, soulignons-le ! — du trop d'amour d'un public posthume : celui de Maria Callas. La rivalité entre les deux femmes, toutes deux au premier rang du chant italien de leur temps, est devenue légendaire. Mais à l'époque où elles étaient en concurrence, principalement à la Scala de Milan, on savait faire la différence. C'est que rien, en somme, ne les rapprochait, hormis deux voix exceptionnelles. Au tempérament d'une violence exacerbée de Maria Callas répondait, du moins en apparence, la douceur de la douce Renata. D'autre part, si l'une et l'autre chantaient admirablement Verdi, et surtout Puccini, Renata Tebaldi ne s'est lancée que plus rarement dans des rôles de vrai bel canto : Haendel, par exemple. Peut-être doit-on voir surtout entre elles deux une querelle de maisons de disques... Après des débuts chez Cetra, Maria Callas avait été la star numéro un de EMI, qui s'appelait alors Angel, Columbia ou La Voix de son maître. Tebaldi, c'était la vedette de Decca. Au couple Callas-Di Stefano, on opposait donc un autre couple, généralement Renata Tebaldi et Mario Del Monaco. À la Maria Callas en qui d'aucuns voulaient voir une furie déchaînée, on opposait la douceur exquise de Renata Tebaldi. À voir... En tout état de cause, la suavité du timbre vocal de la grande Tebaldi était à proprement parler unique. Peut-être n'avait-elle pas le sens dramatique, aiguisé jusqu'à la souffrance, de sa grande rivale, mais vocalement, elle ne souffrait d'aucune des imperfections dont Callas sut faire des avantages. C'est presque en même temps que Callas, en 1944, que Tebaldi a fait ses débuts dans le rôle de l'Elena de *Mefistofele* de Boito. Dès 1946, protégée par Toscanini, elle entra à la Scala de Milan par la grande porte, avec une Mimi qui bouleversa le public. Dès lors, c'est d'abord du côté des véristes, Giordano et Catalani — et naturellement Puccini ! — qu'elle orienta sa carrière. Mais sa Violetta, aux antipodes de celle de Callas (on ne peut s'empêcher de poursuivre la comparaison...), était à proprement parler bouleversante. C'est avec elle que nous avons appris à aimer l'opéra italien, dans un enregistrement, cité à plusieurs reprises au cours de ces pages, du *Trouvère* de Verdi, dirigé par Alberto Erede. C'était précisément Mario Del Monaco qui chantait le Manrico de l'émouvante Leonora de Tebaldi.

Téléphone (Le) *(The Telephon)*

Gian Carlo Menotti. Livret du compositeur

New York, 1947

Ce téléphone, ce n'est pas celui de *La Voix humaine*. Le bref opéra de Francis Poulenc est un drame véritable à un personnage. Ici, l'œuvrette de Menotti est un opéra bouffe qui ne dure pas vingt minutes et son titre complet, franglais, s'il vous plaît, est explicite : *The Telephon or l'Amour à trois*. On prête le mot à tant d'humoristes du début du XXe siècle qu'on ne sait plus vraiment auquel l'attribuer. Mais qui a lancé la phrase hier presque fameuse : « Le téléphone ? On me sonne, je ne vais tout de même pas courir... » Cette phrase-là ou une autre qui lui ressemble. Ici, Ben veut demander Lucy en mariage, mais la sonnerie répétée du téléphone et un certain George qui joue les trouble-fête l'interrompent sans cesse. Finalement, Ben fera sa demande par téléphone... Que c'est simple ! Nous avions ri lorsque Liliane Berton et Jean-Christophe Benoît se sont parlé sur le vif et par téléphone sur la scène de l'Opéra-Comique. C'était en 1968.

Teyte, Maggie (1888-1976)

Soprano britannique

Bien sûr que l'on ne peut qu'être amoureux de Maggie Teyte. Il suffit de regarder son portrait en Mélisande, le visage très droit, les cheveux longs ramenés en une natte sur l'épaule, un cercle sur le front. Après Mary Garden qui créa le rôle, c'est

Maggie Teyte que Debussy choisit, entre toutes les autres, pour chanter sa transparente héroïne. Aimée de Debussy, adorée du cher Reynaldo Hahn, elle a vu sa carrière osciller entre des rôles légers de soprano, dont une Zerline fameuse à Monte-Carlo, dirigée par Reynaldo Hahn, déjà lui, mais aussi Chérubin, Butterfly. Le physique de rêve de Maggie Teyte la conduisit jusque sur les planches de Broadway, pour y chanter dans des opérettes ou des comédies musicales. Ce qu'il nous reste d'elle, ce sont pourtant d'abord des mélodies françaises, dont elle fut une exquise — « l'exquise Maggie Teyte » ! — interprète. Elle est morte à Londres, nous y vivions alors, on ne l'a pas oubliée.

Thaïs

Jules Massenet. Livret de Louis Gallet
d'après Anatole France

Paris, 1894

Thaïs, le roman d'Anatole France, n'avait que deux ans, et connaissait déjà un succès considérable, lorsque Massenet décida d'en faire un opéra. À l'origine, il y a la légende d'une courtisane égyptienne du IVe siècle avant J.-C. passée de la débauche à la sainteté par la grâce d'un ermite, Athanaël, qui, lui, y perdra son âme. Anatole France lui-même était parti d'un poème fameux d'une nonne du Xe siècle, l'Allemande Hrostwitha, plein d'ironie anticléricale beaucoup plus cruelle que le livret de Louis Gallet. La petite histoire littéraire veut même qu'après avoir lu ledit livret, Anatole France ait manifesté son irritation devant la manière dont avaient été mouchetées les flèches qu'il entendait lancer à la religion. Plus tard pourtant, il écrira à Massenet une lettre flatteuse. Il faut dire qu'en 1890, Anatole France était au sommet de sa gloire. Il était Bergotte, le personnage du romancier de Proust, dans toute sa splendeur. Dans le même temps, l'inquiétude charnelle, qui sourd si abondamment dans *Thaïs*, était déjà présente dans son œuvre. Mme Armande de Caillavet tenait, certes, un salon littéraire, elle était aussi pour Anatole France une muse passionnée. Si l'on sait que Massenet lui-même écrivit sa *Thaïs* pour Sybil Sanderson envers qui il éprouvait au moins une certaine tendresse — et sûrement beaucoup plus !, on comprendra qu'entre l'écrivain et le compositeur, des affinités souterraines font des deux *Thaïs* des lettres d'amour écrites, au fond, d'une même inspiration. Aujourd'hui, c'est le kitsch absolu de l'opéra de Massenet qui nous frappe de plein fouet. Il suffit de feuilleter quelques anciennes photographies d'un Albert Alvarez en Nicias, le jeune philosophe sybarite, vêtu d'une robe fleurie nouée d'une ceinture à glands, le geste de la main droite héroïque, la barbe et la chevelure frisées... Ou la belle Andrée Esposito, quasiment nue dans un costume (peut-on appeler ça un costume ?) fait d'un minuscule soutien-gorge doré et d'un cache-sexe retenu par quatre rubans mais habité, à l'endroit stratégique, par une énorme perle (une perle, semble-t-il, sur la photographie...) bien ronde et bien blanche... Kitsch aussi, jusqu'au délire, la célèbre méditation pour violon solo qui donne, à chaque représentation, l'occasion à un instrumentiste de la fosse de prendre un peu d'air. Kitsch, même, cette photographie de Sybil Sanderson lors de la création, la joue appuyée sur les seins d'une dame de marbre au sourire ravi, les yeux éperdus fixés très loin, là-haut dans les cintres de l'Opéra.

Il faut bien l'avouer, si *Werther* et *Manon* continuent à passer admirablement la rampe, ce n'est bien souvent qu'au second degré qu'on applaudit à présent *Thaïs*. Un homme de théâtre et d'opéra comme le metteur en scène Nicolas Joël fustige pourtant ceux qui font « la fine bouche » devant Massenet en général et *Thaïs* en particulier. Pour lui, « l'acuité de la description psychologique par la musique est prodigieuse. Voilà des personnages qui existent vraiment et qui nécessitent des chanteurs comédiens... ». Lors de la création, les chanteurs n'étaient probablement guère comédiens, mais le succès fut inouï. À l'égal d'une *Tosca* qu'elles ont également chantée, des Lina Cavalieri, Mary Garden, Marthe Chenal, Germaine Lubin, Fanny Heldy, Denise Duval, ont aimé le rôle de Thaïs. Geraldine Farrar, l'une des plus grandes Carmen de tous les temps, y était, paraît-il, admirable, inspirée, comme habitée par l'esprit de Dieu qu'un Athanaël avait su lui révéler. Il est vrai qu'elle fit du cinéma. Muet ! Quant aux ermites touchés par le démon, ils ont, de tout temps, attiré les grands barytons. Un Delmas, un Vanni Marcoux, un Journet, un Pernet, un Cabanel ont laissé des versions puissantes des grands moments du rôle.

Dans une discographie un peu plus récente, qui n'est guère abondante, on retiendra comme modèle de chant français l'enregistrement réalisé en 1959 par Albert Wolff avec l'Orchestre de la Radio-Télévision française. Wolff, dont il faudrait redécouvrir les talents dans l'opéra français, offre à Robert Massard et à Andrée Esposito (qui n'est pas seulement d'une beauté sculpturale lorsqu'elle pose à demi nue, que dis-je : quasiment nue dans le rôle) une remarquable occasion de montrer ce qu'a pu être un certain style de chant, décrié depuis, et qu'on devrait bien, lui aussi, redécouvrir.

Thill, Georges (1857-1984)

Ténor français

Voir aussi dans ce dictionnaire : « Vallin, Ninon. Thill : le ténor bien-aimé de nos grands-pères. Un chanteur français par excellence qui fera une formidable carrière internationale. Georges Thill a tout chanté : Berlioz et Gluck, don José et Des Grieux. Il a été un Raoul de légende dans *Les Huguenots* et un Arnold exemplaire dans *Guillaume Tell.* Ces dames se battaient pour aller l'écouter, parce qu'il était beau, aussi. Mais on a pu l'entendre dans Verdi, Puccini, jusqu'à Boito. Une carrière immense, qui s'étend au monde entier. D'ailleurs, on le verra à plusieurs reprises au cinéma. C'est ainsi qu'aux côtés de Grace Moore, il joue et chante dans le film que fit Abel Gance de la *Louise* de Chabrier. Comment nous sommes-nous retrouvé à la salle Favart, un jour de 1953 où Georges Thill faisait ses adieux à la scène dans le rôle du Canio, de *Pagliacci* ? D'ailleurs, y étions-nous vraiment ? En tout cas, c'est dans son enregistrement de *Werther* — avec qui ? Ninon Vallin, naturellement ! que nous avons appris le romantisme allemand en version française. Son « Pourquoi me réveiller... » est tout simplement un grand moment de chant français.

Tibbett, Lawrence (1896-1960)
Baryton américain

Baryton ? On aurait envie de dire d'abord acteur, tant Lawrence Tibbett est apparu, fût-ce souvent dans des seconds rôles, dans des films américains des années 1930 et 1940. Il était une silhouette savoureuse ou une sorte d'invité surprise. Mais Tibbett a surtout été l'un des piliers du Met de New York. Il y fit ses débuts en 1923 dans le rôle de Rangoni de *Boris Godounov.* C'est en 1925, dans un *Falstaff* paraît-il mémorable, qu'il obtint, à moins de trente ans, son premier grand succès. De nombreux compositeurs américains lui demandèrent de prendre part à la création de leurs œuvres. L'une des plus remarquables a été *L'Empereur Jones*, de Louis Gruenberg, d'après la pièce d'O'Neill. Le Iago qu'il enregistra en 1941 au Metropolitan avec Giovanni Martinelli en Otello est, à coup sûr, l'un des plus remarquables que nous ayons pu entendre au disque. La voix est admirable, certes, mais les dons d'acteur de Tibbett font de lui un méchant littéralement inspiré par le mal auquel il aspire. Nous venons de réécouter son Iago de 1941 : l'ultime phrase du « Credo » fameux — ... la mort seule... — nous a fait trembler encore une fois.

Tiefland (1864-1932)
Eugen d'Albert. Livret de Rudolf Lothar

Prague, 1903

Eugen d'Albert, compositeur allemand d'origine française tenant d'un vérisme à l'italienne, a commencé sa carrière comme pianiste, sous l'égide de Liszt dont il fut l'élève. Il a écrit une vingtaine d'opéras, on se souviendra surtout de *Tiefland.* C'est une sombre histoire pleine de bruit, de fureur, de sang et de trahison. C'est aussi un drame rustique, où une Marta, maîtresse d'un paysan riche et rapace, tombe amoureuse d'un berger. Choisir entre l'homme des vallées et l'homme de la montagne : bien sûr, à la fin, c'est le berger qui gagnera. Il tuera le riche propriétaire qui a humilié sa maîtresse, et s'enfoncera dans la montagne avec son amour. L'œuvre, créée à Prague en 1903, a eu un certain succès. Une chanteuse de l'importance de la grande Emmy Destinn s'y est illustrée lors de sa création au Metropolitan de New York en 1908. Pourtant, si Triefland a sa place ici, c'est parce que à la fin de la Deuxième Guerre mondiale, une élève grecque de la grande Elvira de Hidalgo a chanté le rôle de Marta à l'Opéra d'Athènes. On l'y avait engagée sur une base permanente pour un cachet de 3 000 drachmes, elle avait chanté auparavant *Tosca, Le Pays du sourire, Cavalleria rusticana* et un petit rôle dans un opéra moderne de Manolis Kalomiris. Le 14 août 1944, elle sera la créatrice, en Grèce, au théâtre d'Hérode Atticus, de *Fidelio.* Elle s'appelait Maria Kalogeropoulos. Elle fera ensuite carrière sous le nom de Maria Meneghini, puis Maria Meneghini-Callas. Elle sera enfin Maria Callas.

Tito Manlio

Antonio Vivaldi. Livret de Matteo Noris

Mantoue, 1719

Comme l'*Orlando furioso*, *Tito Manlio* fait partie des premiers opéras qui nous ont permis de redécouvrir l'étendue du talent de Vivaldi, compositeur de près d'une centaine d'œuvres lyriques dont, plus d'un quart de siècle après l'enregistrement historique qu'en dirigea Vittorio Negri, nous sommes encore bien loin de mesurer l'importance. Comme les autres opéras de Vivaldi, *Tito Manlio* était, en effet, à peu près tombé dans l'oubli. Conservé à Turin, le manuscrit autographe de Vivaldi comprend la mention en italien : « Musique de Vivaldi composée en cinq jours », ce qui prouve non seulement que l'œuvre est un peu faite de bric et de broc, ce que la plupart des musicologues ont pu constater, mais aussi et surtout, que ce diable de Vivaldi travaillait à une vitesse ahurissante. Nous avons entendu l'enregistrement de Negri, lorsqu'il parut en 1978. Julia Hamari, Birgit Finnilä y étaient superbes. Et tant pis si le livret, qui traite des querelles entre Romains et Latins pour s'achever dans une réconciliation générale avec mariage à la clé, est plus que confus : la direction de Vittorio Negri, qui donna l'œuvre à la Piccola Scala de Milan, est d'une énergie héroïque. Il faut dire aussi que l'instrumentation de Vivaldi, d'une étonnante variété, hautbois et cors, trompettes, flûtes de tous les types, basson, timbales, cordes et claviers de continuo, est l'une des plus riches qu'il nous ait laissées. Il faut également préciser que *Tito Manlio* comporte, comme jadis les opéras de Monteverdi, un rôle de serviteur comique pour lequel Vivaldi n'écrivit pas moins de quatre airs, tant il s'amusa du personnage — et nous amuse avec.

Todorovitch, Marie-Ange (née en 1962)
Mezzo-soprano française

Vite remarquée au Festival de Glyndebourne, où elle a chanté Dorabella en tournée et la Pauline de *La Dame de pique*, c'est elle qui a aussi incarné le premier Chérubin, dirigé par Bernard Haitink, lors de l'ouverture du nouveau théâtre du Festival du Sussex. Et ce sont tous les rôles de mezzo-soprano légers, y compris les jolis travestis, qu'elle aborde à présent : Stefano de *Roméo et Juliette* ou Isolier du *Comte Ory*. Née à Montpellier, Marie-Ange Todorovitch chante superbement l'espagnol. En témoignent ses « Sept chansons populaires espagnoles » de Manuel de Falla, qu'on entendit dans le grand salon de la Villa Médicis en 1996. Le chemin qu'elle a fait depuis est remarquable.

Tom Jones
François-André Philidor. Livret d'Antoine Poinsinet et Bertin Davesne d'après Fielding

Versailles, 1765

Vous connaissez, naturellement, Philidor, le célèbre joueur et théoricien des échecs qui inventa même un automate pour jouer contre lui. Mais on connaît moins le compositeur, né en 1726, mort en 1795, quand bien même une marque célèbre de disques classiques porta longtemps son nom. Et pourtant Philidor, ou plus précisément François-André Danican Philidor (car il y en a eu, des Philidor musiciens dans la famille Philidor, depuis le milieu du XVIIe siècle !) fut l'auteur de plusieurs opéras ou opéras-comiques. Dont un *Maréchal-ferrant*, créé en 1761, repris à Londres dans les années 1970 ; un *Sorcier*, créé en 1764. Et ce *Tom Jones*, créé à Versailles, au théâtre du Roi, le 30 mars 1765.

Le roman de Fielding, publié en 1749, connaissait un immense succès. En France même, plus d'une dizaine d'éditions se succédèrent. Reparu dans la bibliothèque de la Pléiade, chez Gallimard, il est surtout associé aujourd'hui par les cinéphiles au truculent film de Tony Richardson où Albert Finney en Tom Jones, petit arriviste qui se découvrira vrai fils de famille, et la jolie Susannah York avaient une manière bien à eux de déguster à deux une cuisse de poulet.

Et pourtant, le *Tom Jones* de Philidor occupe une place particulière dans notre vie d'opéra. C'est en effet dans le rôle de Miss Sophie que nous découvrîmes l'une des plus grandes sopranos de ce temps. Il s'agit tout simplement de Felicity Lott, alors jeune débutante, qu'un chef d'orchestre tout aussi débutant qu'elle, Nicholas McGegan, invita à chanter à l'Institut français de Londres. C'était dans les années 1970, nous y avons monté quelques opéras de Philidor, dont *Le Maréchal-ferrant* précité. Et ce *Tom Jones*. La simplicité et la joie de la si jeune Felicity Lott nous firent aimer sa Sophie et *Tom Jones* tout entier.

On l'a, depuis, réentendu ici ou là, à l'Opéra-Comique, oui. Pourquoi nous semble-t-il qu'on plaisantait plus lourdement à la salle Favart que dans la salle du petit théâtre de Queensbury Place ? Nous fîmes nous-même, et avec les moyens du bord, un enregistrement de cette version pour nous de référence : deux misérables cassettes que nous aimerions bien retrouver dans le désordre de nos rayons de disques.

Tosca

Giacomo Puccini. Livret de Giuseppe Giacosa Luigi Illica d'après Victorien Sardou

Rome, 1900

Eh oui, souvent si proche de nous, elle est pourtant plus que centenaire, l'héroïne de Sardou revue et magnifiée par Puccini. À bien des égards, le personnage de Floria Tosca constitue l'un des rôles emblématiques de l'opéra de tous les temps. D'abord, chez Sardou comme chez Puccini, Floria Tosca est elle-même une chanteuse. D'où l'extraordinaire ambiguïté qu'il y a à faire chanter par une grande chanteuse le rôle d'une chanteuse peut-être plus grande encore. Parce que la Floria Tosca de l'opéra est non seulement une immense cantatrice, mais c'est Rome tout entière que, comme l'infâme Scarpia, son bourreau, elle tient sous sa domination. Mais cette chanteuse est, en outre, une très grande amoureuse, aux attendrissements d'oiseau palpitant ; en même temps qu'une femme jalouse, qui peut devenir un animal féroce. On comprend que, très vite, le rôle ait été de ceux qui enflamment les cantatrices, les grandes comme les plus modestes. On comprend aussi qu'après d'illustres Tosca qui s'appelèrent Gina Cigna à la Scala de Milan, Emmy Destinn et Claudia Muzio à Covent Garden et au Met de New York,

Geraldine Farrar et Maria Jeritza à ce même Metropolitan, Maria Callas ait fait du rôle de Tosca sa plus fameuse interprétation.

Qu'on écoute seulement Maria Callas au disque, dans la première version enregistrée commercialement en 1952 sous la direction de Vittorio De Sabata, lancer ses premiers appels : « Mario ! Mario ! » dans l'église de Saint-André-de-la-Vallée à Rome : c'est déjà un frisson qui nous saisit. Dans son affrontement avec Scarpia, le chef de la police qui la désire et qui marchande son corps contre la vie de son amant, elle est tour à tour ange et démon. Lorsqu'elle nous dit (« Vissi d'arte... ») qu'elle a vécu d'art et d'amour, elle ferait pleurer un roc. Mais lorsqu'elle défie son bourreau et, le poignardant quand il croit la posséder, lui donne rendez-vous devant Dieu, c'est une tigresse rugissante... Et la mort de Floria Tosca, jouet des hommes qui finira, après une dernière tromperie, *post mortem* si l'on ose dire, de la part de l'infâme Scarpia, par se jeter dans le Tibre du haut du château Saint-Ange où l'on vient de fusiller son amant, paraît bien ce qu'une Catherine Clément appelait en son temps le symbole de la défaite des femmes à l'opéra. Mais est-ce bien vrai ? Même morte, Tosca l'a emporté sur l'ordre et la terreur que représente la police romaine. L'œuvre s'achève dans la désolation. Le révolutionnaire Angelotti, responsable malgré lui de tant de sang, s'est suicidé. Scarpia est mort d'un coup de couteau (de table...) donné par Tosca. Le peintre Mario Cavaradossi, qui a suscité la jalousie de sa maîtresse, finit devant un peloton d'exécution. Floria Tosca elle-même se suicide — et pourtant les armées de Bonaparte viennent de remporter la victoire de Marengo. Pour un temps au moins, l'ordre selon Scarpia pourrait bien ne plus régner à Rome.

On l'a dit, il y a eu des centaines de Tosca avant Maria Callas. Il y en aura des centaines d'autres après elle, beaucoup parfaitement admirables. Il y a de même beaucoup de Mario Cavaradossi qui sont passés dans l'histoire, et surtout de redoutables Scarpia. On citera au moins Tito Gobbi en Italie, Gabriel Bacquier, Jean-Philippe Laffont en France. Mais, qu'on le veuille ou non, c'est toujours à Maria Callas qu'on revient, au deuxième acte de sa *Tosca* dont on possède de bouleversants témoignages en vidéo. Et, surtout, on ne saurait le répéter assez, à la première version qu'elle enregistra en studio, avec précisément Tito Gobbi et Giuseppe Di Stefano. Ou alors, on feuillettera des images de Maria Callas en Tosca, dans les dernières années de sa vie, lorsque le rôle de la chanteuse romaine restait, avec celui de Norma, l'un des derniers à son répertoire. La mort de Floria Tosca, ou celle de Maria Callas...

Toscanini, Arturo (1867-1957)
Chef d'orchestre italien

Le plus grand chef d'orchestre non seulement de sa génération, mais de beaucoup plus d'un demi-siècle d'opéra italien. Et pas seulement d'opéra italien. Un mythe : à dix-neuf ans, alors qu'il était simple violoncelliste dans une fosse d'orchestre à Rio, il accepta de diriger à l'improviste une *Aïda* qui, d'un coup, fit sa gloire. Dès lors, c'est lui qui conduisit les premières représentations de tant d'œuvres illustres dont on se bornera à citer ici *Paillasse* et *La Bohème.* Sa passion pour le compositeur Catalani lui fit donner le prénom de Wally, héroïne de Catalani, à une fille tendrement aimée. Mais tout ce que l'on pourrait énumérer à propos de Toscanini semble de si peu de poids en face de la légende. L'homme à la fois généreux et autoritaire, celui qui découvre chanteurs et chanteuses, les impose à la Scala et dans tous les théâtres du monde. Celui qui s'attache à faire naître des voix, à les encourager, à s'émerveiller de les voir prendre leur essor. Celui pour qui la direction d'opéra italien n'est pas simplement un rôle de faire-valoir face aux chanteurs sur la scène. Celui qui défend Wagner en Italie, le dirige à Bayreuth, se fait gifler par des nervis fascistes lorsqu'il refuse de diriger une ode à Mussolini. Celui qui fit une grande partie de sa carrière aux États-Unis à la tête d'un orchestre de second rang, l'orchestre de la NBC, dont il réussit presque à faire un grand orchestre. Celui qui s'enthousiasma parfois pour des chanteurs qui n'ont pas laissé d'autres noms dans l'histoire de l'opéra que ceux qui figurent sur les pochettes de ses enregistrements réalisés avec eux mais qu'il parvint parfois à rendre flamboyants. Celui dont l'effervescente activité et le dynamisme sont légendaires fut tout de même, à Bayreuth, le chef de l'un des plus lents, des plus longs *Parsifal* de l'histoire du Festival. Celui qui nous a laissé le plus grand *Falstaff* de l'histoire de la musique enregistrée, réalisé en 1950 avec un Giuseppe Valdengo savoureux entouré d'une basse-cour de dames survoltées : tant de Toscanini que nous en sommes à présent à découvrir la richesse de ses enregistrements purement symphoniques, publiés par la firme RCA, et que nous rachetons un à un après qu'ils nous furent dérobés par des cambrioleurs intelligents qui les préférèrent au tout-venant d'une collection de second rang accumulée dans une maison de campagne.

Tour d'écrou (Le) *(The Turn of the Screw)*
Benjamin Britten. Livret de Myfanwy Piper d'après Henry James

Venise, 1954

L'une des œuvres les plus envoûtantes de l'opéra du XXe siècle. On dira d'ailleurs la même chose d'autres œuvres de Benjamin Britten. Mais c'est vrai que le compositeur anglais a eu l'art de choisir des livrets aux limites de l'ambigu, et de donner à la musique qui les fait vivre une atmosphère souvent plus irréelle encore. C'est le premier des deux opéras que Britten a tirés d'une œuvre de Henry James. La nouvelle de James, fréquemment adaptée à la scène et surtout au cinéma (*Les Innocents*, de Jack Clayton, 1961 : superbe !) est comme beaucoup de textes de James, à la limite du rêve et du fantastique. Dans *Le Tour d'écrou*, une institutrice est chargée de l'éducation de deux orphelins, un garçon et une fille, vivant dans une vieille maison anglaise. Peu à peu, la jeune femme se rendra compte que les deux enfants sont habités par l'esprit de deux domestiques, Quint, l'ex-valet de chambre du maître, et Miss Jessel, la précédente gouvernante. Lentement, l'esprit maléfique de Quint a de plus en plus d'emprise sur le jeune garçon, Miles. L'aveu que finira par en faire Miles dans la scène ultime de l'œuvre lui coûtera la vie.

L'un des thèmes les plus chers à Benjamin Britten est celui de l'innocence corrompue. On la trouve dans son opéra le plus célèbre, *Peter Grimes*. Ici, cette atmosphère maléfique est enveloppée d'une musique aux transparences inouïes... L'intensité dramatique croissante accompagne la montée d'un véritable suspense. Les apparitions du personnage de Peter Quint constituent de vrais moments d'angoisse. Mais plus angoissantes encore peut-être sont les apparitions des enfants, à l'inconscient de plus en plus tourmenté. À cet égard, la mort du petit Miles qui s'écroule comme foudroyé par ses propres paroles : « Peter Quint, you devil ! Peter Quint, démon que vous êtes ! » se révéle d'une violence insoutenable.

Pendant longtemps, le rôle de Quint s'est identifié au ténor Peter Pears, compagnon et inspirateur de Britten, qui avait écrit le rôle pour lui. On notera que lors de la création, à la Biennale de Venise de 1954, c'était le futur comédien du *Blow Up* d'Antonioni, David Hemmings, qui jouait le rôle du petit garçon. Un mois après la création, la production de John Piper, toujours dirigée par Britten lui-même, se transportait de Venise à Londres, au théâtre de Sadler's Wells dont elle ferait les belles soirées pendant de longues années. Dès 1956, elle parvenait en France au théâtre des Champs-Élysées.

Tant l'enregistrement exemplaire de Kent Nagano aujourd'hui que l'hallucinante version dirigée avec l'équipe de la création en 1955 constituent les deux pôles d'une discographie qui a su admirablement rendre les ambiguïtés et les fausses transparences de la partition comme du livret.

Traubel, Helen (1899-1972)

Soprano américaine

Quelle incroyable carrière que celle de Helen Traubel ! Elle fut l'une des plus grandes sopranos wagnériennes de son temps. C'est elle qui succéda à Kirsten

Flagstad au Metropolitan en 1941. Les disques que nous avons pu entendre de sa Brünnhilde la placent au niveau des plus grandes. C'était bien plus qu'une heureuse remplaçante de Flagstad. D'ailleurs, lorsque celle-ci revint en 1951, elles se partagèrent le rôle de la vierge guerrière pendant une saison. Sculpturale, Traubel avait également une puissance vocale inégalée. Mais voilà, Rudolf Bing, dont Maria Callas eut également à se plaindre, était alors directeur du Met et Helen Traubel se fâcha avec lui. Commence dès lors une seconde carrière, tout à fait étonnante, dans laquelle on la retrouve s'amusant, sinon s'exhibant, dans des comédies musicales, des films musicaux. Traubel est peu connue en France et pourtant, comme Tibbett, nous l'avons tous aperçue, silhouette souvent amusante dans des films un peu oubliés. Oubliée à New York, elle a chanté dans des boîtes de nuit à Buenos Aires, Mexico ou Rio. Mais ce n'est pas tout, Helen Traubel a aussi écrit des romans policiers dont l'un que nous souhaiterions vivement lire : *The Metropolitan Opera Murders*... Appel est ici lancé aux lecteurs qui le posséderaient.

Travestis

Il existe naturellement autant de travestis que de sexes, multipliés au moins par deux. Mais ceux auxquels nous pensons ici, ce sont ceux qu'arborent de jeunes chanteuses que nous imaginons toujours radieuses et belles, pour jouer des rôles de jeunes hommes. Il y a Chérubin, naturellement, dans *Les Noces de Figaro.* Toujours du côté de Mozart, il y a

Sesto, dans *La Clémence de Titus* et, avant lui, Idamante, dans *Idoménée* : chacun, ou chacune d'entre elles, ressemble pour nous à un profil de médaille, voire à un camée précieux, gravé au cœur de l'*opera seria*. Mais il y a aussi les travestis straussiens, au premier chef, naturellement, Octavian, le jeune amant de la Maréchale dans *Le Chevalier à la rose*. On ne saurait pourtant oublier non plus l'un des plus beaux rôles de toute l'histoire de l'opéra, celui du Compositeur, qu'on appelle entre nous et en allemand le *Komponist*, dans *Ariane à Naxos*. Le *Komponist* n'apparaît que pendant le prologue d'*Ariane*, son monologue en est peut-être le sommet. Le jeu devient parfois plus ambigu encore, quand les travestis mozartiens ou straussiens, c'est-à-dire les femmes chantant des rôles de jeunes gens, demeurent bel et bien sur la scène des hommes, mais qui se déguisent en femmes. C'est le cas de Chérubin, c'est aussi celui d'Octavian, pour tromper ce vieux lourdaud de baron Ochs. Quelques très grandes chanteuses de rôles travestis aujourd'hui ? Anne-Sofie van Otter, Angelica Kirschlager et, hier encore, en Compositeur d'*Ariane* à l'Opéra de Paris (novembre 2003) ou en Octavian à Salzbourg (2004) : Sophie Koch.

Traviata (La)

Giuseppe Verdi. Livret de Piave, d'après Dumas

Venise, 1853

Une image, une seule peut-être, pour illustrer *La Traviata* : Maria Callas. Maria Callas dans la mise en scène de Visconti, en 1955 à la Scala. Maria Callas à

Londres, en 1957 et 1958, Maria Callas, au sommet de son art, longue silhouette dont on devine déjà, dès sa première apparition, qu'elle sortira brisée de ce jeu diabolique inventé par Alexandre Dumas fils dans *La Dame au camélias*, où trois hommes au moins s'acharnent sur une femme qui voudrait seulement aimer. Maria Callas dont le destin ressemblera tant à celui de Violetta lorsque, brisée à son tour, elle ira s'éteindre derrière l'ultime rideau tiré du grand appartement de l'avenue Paul-Doumer à Paris où elle a fini ses jours. Maria Callas, la plus bouleversante, la plus fulgurante, la plus humaine, simplement humaine, de toutes les héroïnes de Verdi.

Et pourtant, elles ont été nombreuses, celles qui se sont illustrées dans l'un des plus grands rôles du répertoire lyrique. Elles ont été nombreuses à nous amener au bord des larmes. Souvenons-nous ainsi de l'une d'elles, trop tôt disparue aussi, qui nous en a laissé de bouleversants témoignages, chantés pourtant en allemand pendant la Deuxième Guerre mondiale. Elle s'appelait Maria Cebotari. Elle était née en 1910, elle mourut en 1949. Violetta meurt de consomption, Callas de tristesse, Cebotari d'un cancer de la gorge. Une autre Violetta fameuse sut nous enflammer l'espace d'un trop bref été. Elle s'appelait, elle s'appelle encore Sylvia Sass. C'était à Aix-en-Provence en 1976, le metteur en scène était Jorge Lavelli : ivre de l'amour inutile des hommes, Sylvia Sass-Violetta dansait sur une table de jeu au troisième acte, éphémère papillon aux grandes manches blanches. Mais il faudrait en citer tant d'autres. Ainsi l'Américaine Beverly Sills si mal connue en Europe. Ainsi, naturellement, on en a envie de répéter, naturellement, oui, Joan Sutherland, aux vocalises inouïes. Mais que l'on entende seulement le « È strano ! è strano !... » du premier acte qui ouvre la scène et l'air de Violetta découvrant l'amour prononcés comme une grave inquiétude par Maria Callas, et tout est dit. De même, son « Addio del passato... » du dernier acte, l'adieu au passé, la mort qui va venir tandis que, dans les rues de Paris, résonnent les accents d'une fête joyeuse — et Callas, une fois de plus, nous entraîne avec elle jusqu'aux profondeurs les plus intimes du drame romantique. Entre un amant qui la croit trop aisément infidèle et le père de cet amant qui, patelin et bourgeois comme on a su l'être à la perfection dans la France louis-philipparde, lui fait un chantage ignoble, Violetta, comme Callas entre les mains de tous ceux qui se servirent d'elle, ne pouvait que chanter sa douleur.

Voilà pourquoi, même si quelques interprètes illustres ont chanté admirablement les rôles de Germont, le père, et surtout d'Alfredo, le fils Germont — au premier chef un autre Alfredo, le grand Alfredo Kraus —, c'est seulement de Violetta que, évoquant *La Traviata* de Verdi, on voulait ici parler. Ailleurs dans ce livre, on fait allusion à une Traviata de Lisbone, titre d'une pièce de théâtre américaine, référence à une interprétation de Callas que nous fumes nombreux, longtemps, à rechercher en disque à travers le monde. Une ultime touche encore : la mise en scène de Luchino Visconti, mais à Londres cette fois. C'était donc en 1967, les décors, déjà évoqués dans ce livre, étaient inspirés d'un autre artiste marqué par le sceau du destin : Aubrey Beardsley. Tout était noir et blanc au premier acte, surtout blanc, avec une minuscule tache rouge. Puis, d'acte en acte, la tache rouge s'élargissait, envahissait la scène jusqu'à devenir le décor rouge sang du dernier acte où Violetta meurt, précisément, en crachant du sang. Dans ce décor aussi, Maria Callas que nous n'y avons pas vue, mourait éperdument.

Triptyque (Le)

Giacomo Puccini. Livrets de Giuseppe Adami, Giovacchino Forzano

L'Allemagne a sa Tétralogie avec Wagner, l'Italie son Triptyque avec Puccini. *Il Trittico* est en fait la réunion, normalement en une seule soirée, de trois opéras dont les sujets comme l'ambiance diffèrent totalement. L'ordre prévu par Puccini pour la première représentation qui eut lieu au Metropolitan Opera de New York le 14 décembre 1918 prévoyait de commencer par *Il Tabarro* (La Houppelande) qui se passe chez des mariniers de la Seine au XIXe siècle ; de poursuivre avec *Suor Angelica* (Sœur Angélique) qui se déroule dans un couvent italien parmi des aristocrates du XVIIe siècle ; et de terminer par *Gianni Schicchi*, en pleine Florence de la fin du XIIIe siècle.

On ne se voilera pas la face. Même si l'ensemble imaginé par Puccini et ses librettistes a une véritable cohérence, il ne fait pas de doute qu'une seule œuvre parmi les trois qui furent créées à New York peut être considérée comme étant du meilleur Puccini. Il s'agit de *Gianni Schicchi*, véritable comédie au style enlevé, d'une infinie drôlerie. Le noir mélodrame du *Tabarro*, la rose tristesse de *Suor Angelica* ne sont pas de la même eau. Voulant jouer sur trois registres, le tragique, le lyrique et le comique, c'est cette fois un Puccini amuseur qui l'emporte sur les deux autres visions, plus traditionnelles, que l'on a généralement de son œuvre. Alors, on fera rapidement l'économie des deux premiers actes du triptyque pour s'attarder ensuite sur le dernier. *Il Tabarro*, c'est une sinistre histoire de jalousie à bord d'une péniche ancrée sur les bords de la Seine. Le patron, Michele, est jaloux d'un déchargeur, Luigi, amant de Giorgietta, sa femme. Pour leur malheur à tous, Luigi doit retrouver Giorgietta au signal que lui fera celle-ci. Hélas, Michele allume sa pipe au mauvais moment et l'amant arrive tout droit sur la péniche pour se faire suriner par le marinier. Celui-ci cache ensuite le corps de sa victime sous une houppelande qu'il soulèvera à la fin de l'œuvre devant une Giorgietta horrifiée. Le mélo fonctionne beaucoup mieux que le pensent la plupart des directeurs d'opéras, l'œuvre est courte, resserrée, le duo entre Luigi et Giorgietta très émouvant. On voudrait enfiler plus souvent cette houppelande-là.

Suor Angelica, en revanche, mélodramatique histoire d'une fille-mère entrée au couvent pour se faire pardonner son péché qui pèchera une seconde fois contre la loi divine lorsqu'elle se suicidera en apprenant la mort de l'enfant illégitime pour être finalement pardonnée par la Vierge Marie qui lui apparaît *in extremis* (ouf !), est à la fois longue, même si l'œuvre ne dure que moins d'une heure, et terriblement prêchi-prêcha.

C'est bien *Gianni Schicchi*, d'ailleurs joué fort souvent, contre la volonté même de Puccini, seul ou accompagné de tout autre chose que les deux autres parties du triptyque, qui nous amuse et nous fascine. Là, Puccini, enfin sorti de son « opéra de religieuses », s'amuse autant que nous. L'histoire est inspirée d'un passage de La *Divine Comédie.* Dante y raconte comment, à la mort du riche Buoso de Donati, la famille éplorée se réunit, non pour se lamenter sur le départ d'un ancêtre, mais rechercher puis trouver un testament rédigé en faveur de l'Église et qu'on voudrait bien faire disparaître, cette fois pour de bon. Intervient alors le malin Gianni Schicchi qui propose à tous ces bonnes gens de les tirer d'affaire en contrefaisant le mort et en dictant un autre testament qui réponde à leurs vœux. Naturellement, on l'a deviné, les dernières volontés dictées par le faux mourant devant des témoins qui ne doivent en aucun cas deviner la supercherie sont largement en sa faveur et en celle de sa fille Loretta. Avec un étonnant mélange de tendresse en la personne de Loretta et d'humour joyeux par la grâce d'un Schicchi meneur de jeu émérite, l'œuvre ne ressemble à aucune autre dans la carrière de Puccini. Elle est courte, dense, toute pleine de clins d'œil. Et même si Loretta a été créée à New York par une Florence Easton alors fameuse, même si l'air de Loretta, son « O mio babbino caro » devient un moment de grâce inouïe, de tendresse filiale d'une touchante innocence par la grâce de Maria Callas — et de tant d'autres —, c'est le personnage de Schicchi qui de bout en bout tient le devant de la scène.

On comprend dès lors que, s'ajoutant à la difficulté de réunir trois équipes différentes avec des chanteurs de timbres souvent complètement opposés pour chanter un répertoire tout à la fois lyrique, dramatique ou comique à proprement parler inmontable, beaucoup de directeurs d'opéras préfèrent jouer la carte de la facilité et flatter le goût du public, à bon escient naturellement, en ne montant que le seul *Schicchi.* Mais à New York, le 14 décembre 1918, outre Florence Easton, Claudia Muzio avait triomphé dans le

Tabarro et Geraldine Farrar dans *Sœur Angélique.* Aujourd'hui, pour un *Tabarro*, on donne dix *Gianni Schicchi.* Le rôle-titre, truculent, un peu à la manière de *Falstaff*, peut enthousiasmer les foules. Ce fut l'immense Giuseppe De Luca qui le créa. Les plus grands barytons du monde s'y sont tour à tour amusés : Lawrence Tibbett, Vanni Marcoux, Tito Gobbi, Gabriel Bacquier, mais aussi José Van Dam à Berlin, Walter Berry à Vienne, plus récemment Jean-Philippe Lafont. On a parlé de *Falstaff*, c'est aussi du côté de Volpone qu'il faut se pencher, avec un sourire presque complice, pour entendre ce filou de Gianni Schicchi se léguer à lui-même la mule du défunt et la maison que tous, autour de lui, convoitaient. Et puis, l'admirable « Addio Firenze... » de Schicchi exprime si bien, au-delà du comique délirant de l'affaire, la vraie nostalgie que tout amoureux de la Toscane porte au souvenir d'un matin de printemps dans le quartier de l'Oltrarno...

Tristan et Isolde *(Tristan und Isolde)*

Richard Wagner. Livret du compositeur

Munich, 1865

Comment parler, comment seulement évoquer *Tristan* en quelques lignes ? Aucun autre opéra ne parle autant au cœur de celui qui sait s'y perdre à l'infini pour mieux savoir, au bout du compte, se retrouver, que *Tristan et Isolde.* C'est le chant d'amour par excellence, mais de l'amour qui ne peut s'éclairer, osons le dire, que dans la nuit. C'est le chant d'amour et de vie qui ne peut vivre, disons-le aussi, que dans la mort. Il y a mille versions de la légende de *Tristan et Isolde.* La bibliothèque de la Pléiade, chez Gallimard, a déjà consacré un volume entier aux premières versions connues d'une légende qui fait aujourd'hui partie des cinq ou six mythes les plus solides du monde chrétien. Cinq ou six. Faust, don Juan à sa manière, sont ainsi des mythes, que l'opéra, ou simplement la musique, ont transfigurés. Mais le cas de *Tristan et Isolde* est différent. Le mythe lui-même semble plus simple que celui de Faust. C'est l'amour entre deux êtres qui étaient nés pour se trouver et qu'un simple incident, un philtre qu'on n'aurait pas dû boire, va faire éclater, fervent, violent, dévastateur. Amour interdit, il ne peut vivre que la nuit. La lumière du jour qu'annonce, par la voix de Brangaene, la servante d'Isolde, est en elle-même l'annonce de la mort. À cet égard, Tristan et Isolde sont bien deux vampires, vampires bienheureux ivres de leur propre sang, inconscients de la douleur des autres, et qu'on ne peut détruire que d'un coup d'épieu dans un seul cœur. Chaque nouvelle représentation de *Tristan et Isolde* est une manière d'hymne à l'amour, certes, mais aussi d'hymne à la nuit. Les deux amants le disent expressément à la fin de leur duo du deuxième acte : « O ewige Nacht, süsse Nacht ! — Oh ! nuit éternelle, nuit douce ! sublime et auguste nuit d'amour ! Celui que tu as enveloppé, celui auquel tu as ri, comment s'éveillant serait-il arraché à toi sans angoisse ? » Il ne fait pas de doute que c'est le jour, la lumière, le trop grand soleil de la place publique qui crucifient les amants.

Wagner a commencé à travailler sur *Tristan et Isolde* pendant l'été 1857. Il était alors en pleine composition du premier acte de *Siegfried*, mais son amour pour Mathilde Wesendonk, qui allait devenir, avant Cosima, la grande affaire de sa vie, balayait tout le reste. À la même époque, entre l'hiver 1857 et le début du printemps 1858, il avait déjà composé à Zurich les *Wesendonk-Lieder* sur des poèmes, précisément, de Mathilde Wesendonk. Déjà, ces lieder avec orchestre annoncent *Tristan.* Mieux, l'un d'entre eux, « Im Treibhaus » (« Dans la serre ») contient quelques-uns des principaux leitmotive que l'on retrouvera tout au long de l'opéra. Plus tard, l'ingrat Wagner voudra oublier Mathilde Wesendonk. Lors d'une édition de ses lieder, il en ira même jusqu'à omettre le nom de la femme, poète et amoureuse, qui lui avait inspiré l'une de ses musiques les plus charnelles, se bornant à indiquer qu'il s'agissait de « Cinq poèmes de dilettante (!!!) mis en musique pour voix de femme par R. Wagner ».

Mais *Tristan et Isolde*, l'œuvre née de cet amour, est tout entière habitée par lui. On évoquera seulement ici, trop brièvement, le déroulement de l'action. Au premier acte, Tristan revient d'Irlande, ramenant la belle Isolde à Tintagel, en Cornouailles, pour son oncle le roi Marc qui veut l'épouser. Il est accompagné d'un fidèle compagnon, sa conscience, Kurwenal. Dans le même temps, Isolde, suivie de Brangaene, hait Tristan qui l'a arrachée à son île, qui a tué son protecteur : elle le hait d'une haine forcenée qui ressemble bien, déjà, à de l'amour. D'où l'idée de tuer Tristan. Et Brangaene de proposer un philtre, car elle est un peu sorcière. Mais voilà, Brangaene rapporte d'Irlande aussi un deuxième philtre, qui est philtre d'amour. Naturellement, elle se trompe. Tristan boit le philtre, mais le philtre d'amour. Isolde l'imite, pour en finir en même temps que lui. Elle fait ses adieux au monde en une phrase admirable : « Grüss mir die Welt ! — Salue pour moi le monde ! » et le couple tombe, comme foudroyé, mais c'est foudroyé d'amour. Leur premier duo s'achève en même temps que le voyage. Le roi Marc monte à bord, suivi de Melot, qui fut l'ami de Tristan et qui deviendra un traître.

Tout le deuxième acte, c'est celui de la nuit, l'immense duo d'amour, la fusion des âmes, interrompu à plusieurs reprises par la voix de Brangaene, au loin, qui veille, et qui sent venir le jour. C'est-à-dire la fin. Avec le jour, Marc, conduit par le traître Melot, découvre les amants. Melot va blesser Tristan.

Le troisième acte se déroule au sud de notre Bretagne. Kurwenal a embarqué Tristan vers une île où celui-ci, blessé, espère l'arrivée d'Isolde. Entièrement dominée par le chant d'amour et de mort de Tristan que le grand soleil achève de tuer, la première partie en est toute de douleur et de souffrance. C'est parfois dans un rêve que Tristan voit enfin arriver Isolde. Mais quand celle-ci débarque, accompagnée du roi Marc qui pardonne, Tristan est mort et Isolde va mourir à son tour sur son corps, après avoir chanté l'immense *Liebestod*, son chant d'amour et de mort.

On ne saurait en dire plus sur *Tristan et Isolde.* Des centaines de textes ont disséqué ce mythe, pourtant si simple. On a écrit sur la nuit et le jour, leur opposition paradoxale par rapport à d'autres moments de notre culture. On a écrit sur le philtre, bien sûr, sur l'erreur, voulue ou non, de Brangaene. On a écrit sur la désespérance de Tristan qui ne peut, ou ne veut attendre le retour d'Isolde, tout en l'espérant. On a écrit sur Isolde, d'entrée de jeu amoureuse comme le fut peut-être donna Anna dans les premières mesures du *Don*

Juan de Mozart, de celui qu'elle affirme haïr. On a écrit sur les deux personnages-miroirs que sont Brangaene et Kurwenal. On a écrit sur la tendresse bafouée puis retrouvée du roi Marc. Nous nous contenterons d'évoquer des visages. Et d'abord celui d'Isolde. Et la première Isolde de l'histoire de l'opéra de Wagner. Sa carrière fut brève, elle s'appelait Malvina Garrigues et avait étudié à Paris avec Manuel Garcia le jeune, le frère de la Malibran et de Pauline Viardot. Mais dans l'esprit de Richard Wagner, elle était l'Isolde idéale puisque c'est avec son propre mari, Ludwig Schnorr von Carolsfeld, que, sous le nom désormais de Malvina Schnorr von Carolsfeld, elle créa le rôle à Munich en 1865. Une photographie nous montre le couple, une jeune femme au visage presque enfantin, en robe blanche, dans les bras d'un Tristan solide et très bourgeois, assis sur un canapé Second Empire, plus bourgeois encore. Les autres Isolde dont les noms passent dans notre mémoire sont naturellement Frida Leider, Isolde de Karl Elmendorff, à Bayreuth en 1938, puis Germaine Lubin, inégalée, à Bayreuth l'année suivante. Felia Litvinne, Lotte Lehmann habitent aussi notre mémoire des plus grandes Isolde du monde. Puis vint le tour de Kirsten Flagstad et, avec elle, nous entrons dans le temps de nos vrais souvenirs. C'est elle qui fut, au disque, notre première Isolde dans un enregistrement, tout un symbole, reçu en cadeau de mariage en 1963 ! Ce *Tristan*-là, longtemps la seule intégrale en microsillon, avait été enregistré en 1952 par Wilhelm Furtwängler. Entre-temps, la première Isolde du nouveau Bayreuth avait été Martha Mödl, qui chantait le rôle en alternance avec Astrid Varnay. L'Isolde de Mödl, son visage aux traits découpés, ardents, nous hante encore. Non, Anja Silja, la Senta bien-aimée de Wieland Wagner, qui fut aussi Elsa dans *Lohengrin*, Elisabeth et Vénus dans *Tannhäuser*, Eva des *Maîtres chanteurs*, Freia de *L'Or du Rhin* : non, Anja Silja n'a jamais chanté Isolde dans les sublimes productions dépouillées de son mentor et ami. Dans la belle mise en scène de Jean-Claude Ponnelle, orientée autour d'un arbre qui est le mât du navire du premier acte, l'abri des amours du deuxième et le tronc dépouillé où va lentement mourir Tristan au troisième acte, c'était Waltraud Meier qui chantait le *Liebestod.*

Autres visages, ceux de Tristan. Il y a eu Lauritz Melchior, incandescent ; Max Lorenz, au chant le plus pur ; l'étrange Ramon Vinay, saisi sur le vif, au lendemain de la réouverture de Bayreuth, avec Martha Mödl sous la direction de Karajan. Il y a eu, bien sûr, l'inusable Wolfgang Windgassen, les très séduisants René Kollo et Peter Hoffmann, mais c'est de Jon Vickers que nous voulons nous souvenir, de sa voix déchirée, déchirante, violemment habitée par la douleur peut-être plus que par l'amour, et qu'on a vu un peu partout de par le monde. De près, de très près à Covent Garden ; de loin, de très loin dans une soirée mythique des Chorégies d'Orange, racontées par ailleurs, où la grande voile qui dominait le mur fameux se déchirait lentement au-dessus des amants en route, pendant le premier acte, vers les Cornouailles...

Il serait injuste d'oublier les visages de Brangaene, les visages de Kurwenal. Alors on ne dira qu'une Brangaene, Margarethe Klose, vraie contralto que le disque nous a, à plusieurs reprises, préservée. Et deux Kurwenal, d'abord Hans Hotter, puis Dietrich Fischer-Dieskau : les deux seuls vrais dieux, plus rares que les divas, depuis la fin des années 1930 puis 1950. Mais on les retrouve souvent dans ces lignes...

Troqueurs (Les)

Antoine Dauvergne. Livret de Jean-Jacques Vadé

Paris, 1753

L'œuvre est courte et personne ne la connaissait, ou à peu près personne, jusqu'à ce que William Christie la fasse revivre. Mais nous fûmes si heureux de faire sa connaissance, lors d'un minuscule festival dans la campagne anglaise. C'était dans un petit château au milieu d'un grand parc, une prairie, tout près de la source de Malvern, qui donne l'eau minérale la plus célèbre d'Angleterre et la seule, en tout cas, que boive la reine. Le bruit court que celle-ci ne se déplace jamais à l'étranger sans quelques caisses de Malvern avec elle. Nous bûmes donc de la Malvern en écoutant quelques répétitions de ce petit opéra-comique en un acte, qui fut créé au théâtre de la Foire-Saint-Laurent. C'est dire que Dauvergne n'avait d'autre ambition ici que d'écrire une œuvre populaire. Et populaire, *Les Troqueurs* le furent puisqu'on les joua de manière régulière pendant une trentaine d'années, et l'œuvre fut reprise au théâtre

Feydeau en 1819. Le livret est très simple, on y lit en filigrane l'intrigue de *Cosi fan tutte.* Deux couples s'échangent pour mieux se retrouver. Mais à la différence du chef-d'œuvre de Mozart, ce sont ici les femmes qui mènent le jeu et gagnent la partie. Heureuse Margot, joyeuse Fanchon que leurs Lubin et Lucas d'amants vont finir par retrouver. Celui qui dirigeait cette joyeuse fête, quelque part au début des années 1980, était Nicholas McGegan, qui devait devenir un spécialiste de Haendel — mais aussi du Français Philidor. La rayonnante Sally Bradshaw chantait Margot ou Fanchon, qu'importe, c'est là que nous avons commencé à l'aimer. Depuis, elle a fait elle aussi une belle carrière du côté de chez Haendel. Un petit salut au passage à Hugh Vickers, l'organisateur de ces plaisirs-là, et qui devait consacrer un livre en forme de pied de nez aux « grandes catastrophes du monde de l'opéra » : les chanteurs qui ratent leur entrée, les figurants qui sautent par la fenêtre quand ils devraient sortir par la porte... Vickers eut plus de chance que tous ces maladroits-là, ses *Troqueurs* nous ont transporté d'allégresse.

Trouvère (Le) *(Il Trovatore)*

Giuseppe Verdi. Livret de Salvatore Cammarano

Rome, 1853

L'épitomé de l'opéra italien. Immédiatement après *Rigoletto*, l'œuvre charnière dans la vie de Verdi. *Rigoletto* amorçait un renouveau musical inouï, rompant avec les grandes machines de ce qui avait précédé. *Le Trouvère* est un ultime regard en arrière. Après cela, viendra *La Traviata*, Verdi a quarante ans, il est au sommet de son art et peut se compromettre avec des sujets moins grandioses.

Par son livret aux obscurités fulgurantes, *Le Trouvère* appartient donc à la première période de Verdi. De même, la vaillance qu'elle exige de ses interprètes, et notamment de Manrico, ténor héroïque par excellence, appartient elle aussi, d'une certaine manière, au passé. Mais comme il le transcende bien, ce passé-là, Verdi !

L'histoire qu'il nous raconte est un mélo incroyable, inspiré de l'espagnol. Soyons simple : Manrico, le Trouvère, est une sorte de Robin des bois-chanteur ambulant. Il est l'un des principaux meneurs de la révolte du comte d'Urgel contre le roi d'Aragon, au XVe siècle. Mais il est amoureux de Leonora, dame d'honneur de la reine d'Espagne. Or, le comte Di Luna, chef de l'armée royale, est lui aussi amoureux de la belle Leonora. Un quatrième personnage, la Gitane Azucena, poursuit une vengeance impitoyable contre le comte Di Luna car sa mère fut brûlée comme sorcière sur ordre du père du comte. Tout cela est déjà assez compliqué, mais ce n'est qu'un commencement. Car, en représailles, la Gitane a enlevé jadis le jeune frère du comte Di Luna. Dès lors, l'action se déroule selon un schéma classique : les amours du ténor et du soprano contrariées par la jalousie du baryton : on a deviné qu'il s'agit du comte Di Luna. Mille péripéties héroïques et somptueusement invraisemblables aboutissent à un bûcher sur lequel va mourir Azucena, non sans avoir révélé au comte qui vient de mettre à mort Manrico, parce que Leonora s'est suicidée d'amour pour lui, qu'il vient de tuer son frère. La croix de ma mère en somme !...

Mais si le livret est compliqué en diable et si l'essentiel de l'action repose sur des récits successifs, par chacun du drame, de l'action qui a précédé le début de l'opéra, la musique de Verdi est, si on ose dire, rondement menée. Les airs, plus vaillants les uns que les autres, du ténor et du baryton s'enchaînent admirablement avec la suavité de ceux de Leonora et l'âpreté de ceux d'Azucena. Le célèbre chœur du « Miserere », à la fin de l'œuvre, soutient et accentue la tension dramatique des chants séparés puis réunis du Trouvère prisonnier et de la femme qu'il aime. Quant à l'air de la Zingarella, au premier acte, accompagné par le tintement de marteaux sur des enclumes, il a fait l'objet d'une bonne douzaine de versions de fantaisie, dont, tout de même, un grand morceau de jazz de Glenn Miller.

Le Trouvère ne pouvait être qu'un opéra populaire, et il a probablement été le plus grand succès populaire de Verdi. Si *Aïda* est peut-être donnée, de nos jours, plus souvent, si le renouveau d'œuvres moins ouvertement populaires, comme *Otello* ou *Falstaff*, occulte parfois l'âpreté rugueuse du drame de Manrico et de Leonora, on ne doit pas oublier que, pendant toute la deuxième moitié du XIXe siècle, c'était devant des salles enthousiastes que la terrible Azucena révélait au comte Di Luna, au baisser du rideau, que sa mère brûlée vive par lui était enfin vengée ! Quant à nous, nous constaterons qu'avec *Un bal masqué*, c'est *Le Trouvère* qui nous a ouvert le chemin de l'opéra italien. Le *Bal masqué* nous apparaissait tout en subtilités, *Le Trouvère* en force et en vigueur. Même si la version Karajan, Callas, Barbieri, Di Stefano reste au disque un immense moment de bonheur, ce sont deux autres enregistrements qui nous ont ouvert ses portes. D'abord celui d'Alberto Erede, avec Mario Del Monaco, Renata Tebaldi, Giulietta Simionato et

Sesto Bruscantini. C'était en 1956. Puis nous avons retrouvé une version plus ancienne encore, avec ce qui fut un trio de légende du Metropolitan Opera de New York : Zinka Milanof, Jussi Bjoerling et Leonard Warren. Avec en prime Fedora Barbieri en sorcière.

On notera qu'il est du dernier chic, depuis plus d'un demi-siècle, de transposer l'action du *Trouvère* pendant la guerre d'Espagne : Dieu, que les metteurs en scène d'aujourd'hui ont de l'imagination ! À la fin de l'œuvre, en 2003, à l'Opéra-Bastille, Roberto Alagna semblait si heureux du succès (mérité) qu'il remportait, qu'il revenait serrer avec effusion la main du souffleur !

Troyens (Les)

Hector Berlioz. Livret du compositeur
d'après l'*Enéide* de Virgile

Paris, 1863 ; Karlsruhe, 1890

L'œuvre « désespérée » de Berlioz, puisque toute sa vie il porta en lui le désir de traduire Virgile à la scène. Virgile qu'il lisait à dix ans devant son père, à la Côte-Saint-André, Virgile, dont le récit de la mort de Didon lui faisait monter les larmes aux yeux. Virgile, pourtant, dont il hésita si longtemps à se jeter à cœur perdu dans l'œuvre, de crainte d'avoir pour la monter les mêmes difficultés qui furent celles de ses tentatives lyriques antérieures. C'est finalement à l'initiative de la princesse Carolyne Sayn-Wittgenstein, son amie et surtout la protectrice de Liszt, qu'il se lança dans la composition du livret, en 1856, qu'il avait décidé d'écrire lui-même, puis de la musique.

Dès 1857 le premier acte était achevé, l'année suivante l'opéra l'était en entier. Mais le plus dur restait à faire, il fallait maintenant monter l'œuvre. Finalement, le directeur du nouveau Théâtre-Lyrique, Carvalho, obtient du ministre d'État, le comte Walewski, une subvention de 100 000 francs et se lance dans l'entreprise.

Mais très vite, Berlioz va connaître une première déception. En effet, reculant devant la longueur du spectacle, son coût, le nombre des interprètes nécessaires, Carvalho demande à Berlioz non pas de le réduire, mais purement et simplement de le couper en deux ! Et de n'en présenter qu'une moitié, la seconde ! Berlioz tergiverse, mais l'envie qu'il a de voir avant sa mort l'œuvre sur une scène de théâtre l'emporte. C'est ainsi que, à la hâte, il modifie quelque peu la partition pour crééer, en somme, deux opéras : *La Prise de Troie*, qui comprend les deux premiers actes des *Troyens* ; *Les Troyens à Carthage*, qui comprend les trois actes suivants. Et ce sont seulement *Les Troyens à Carthage* qui seront créés au Théâtre-Lyrique le 4 novembre 1863. Naturellement, c'est un événement. Pour la première, la salle est pleine. Tous les amis sont présents. Dans ses *Mémoires*, Berlioz évoque ces représentations : « L'ouvrage avait encore besoin de trois ou quatre sérieuses répétitions générales, rien ne marchait avec aplomb, sur la scène surtout. Mais le directeur ne savait de quel bois faire flèche pour alimenter son répertoire, son théâtre était vide chaque soir [avant *Les Troyens*], il voulait sortir au plus vite de cette triste position. En pareil cas, on le sait, les directeurs sont féroces. Mes amis et moi nous pensions que la soirée serait orageuse, nous nous attendions à toutes sortes de manifestations hostiles, il n'en fut rien ; mes ennemis n'osèrent pas se montrer ; un coup de sifflet honteux se fit entendre à la fin lorsqu'on proclama mon nom, et ce fut tout... L'individu qui avait sifflé s'imposa sans doute la tâche de m'insulter de la même façon pendant plusieurs semaines, car il revint accompagné d'un collaborateur, siffler encore au même endroit, aux troisième, cinquième, septième et dixième représentations. D'autres péroraient dans les corridors avec une violence comique, m'accablant d'imprécations, disant qu'on ne voulait pas, *qu'on ne devait pas permettre* une musique pareille. Cinq journaux me dirent de sottes injures, parmi celles qui pouvaient en moi blesser le plus cruellement l'artiste. Mais plus de cinquante articles de critiques admiratives, en revanche, parurent pendant les quinze jours... Je reçus en outre un grand nombre de lettres, les unes éloquentes, les autres naïves, toutes émues, et qui ne manquèrent pas de me toucher profondément. Après plusieurs représentations, j'ai vu des gens pleurer. Souvent, pendant les deux mois qui suivirent la première apparition des *Troyens*, j'ai été arrêté dans les rues de Paris par des inconnus qui me demandaient la permission de me serrer la main et me remercier d'avoir produit cet ouvrage... »

Quoi qu'il en soit, cette première de Berlioz fut un succès. Succès de presse, succès critique, sage succès dans la salle. Ce sera pourtant la seule représentation de son demi-opéra à laquelle Berlioz pourra assister dans son intégralité. Deux jours plus tard, parce qu'on trouve le spectacle trop long, trop statique, on a déjà supprimé une scène importante. Pendant quelques jours, l'auteur est obligé de garder le lit et lorsqu'il revient au théâtre, il découvre que, scène après scène, de grandes et de petites amputations ont été opérées sur la partition. Finalement, *Les Troyens* tels qu'on peut les voir sur la scène du Théâtre-Lyrique sont privés de leurs deux premiers actes, certes — et la deuxième partie, arbitrairement coupée en trois actes, fait l'objet d'une bonne dizaine de coupures... *Les Troyens* vont pourtant tenir l'affiche vingt et une représentations. Les recettes sont à peu près satisfaisantes, on joue devant des demi-salles. Cependant, à partir du 30 novembre, la recette moyenne tombe. Et c'est devant une salle à peu près vide, le 20 décembre 1863, en matinée, qu'on donnera une dernière représentation des *Troyens à Carthage.* Il faudra attendre les 6 et 7 décembre 1890 pour qu'au Hoftheater de Karlsruhe, un directeur ait le courage de monter, en deux soirées consécutives, la totalité du spectacle. Le Grand Théâtre municipal de Nice, quelques semaines plus tard, le 28 janvier 1891, présentera, lui, *La Prise de Troie* dans sa totalité, avec des extraits des *Troyens à Carthage.* C'est seulement en 1921 que *Les Troyens*, dans leur magnifique grandeur, seront présentés à l'Opéra de Paris. Le spectacle durera près de cinq heures...

Depuis, l'un des quatre ou cinq chefs-d'œuvre véritables de l'art lyrique français au XIXe siècle ne sera donné que de manière épisodique.

Osera-t-on crier au scandale ? L'Opéra de Paris n'a présenté que deux productions des *Troyens* depuis la guerre ! La première, en 1961, dans une mise en scène de Margherita Wallmann. Régine Crespin, la plus fameuse Didon du siècle, y régnait en souveraine et y mourait en amoureuse déchirée. Malheureusement, de cette interprétation sublime, aucune version intégrale ne nous est restée, sinon des extraits enregistrés en 1965 par Régine Crespin. Guy Chauvet était un fort bon Énée.

La deuxième mise en scène des *Troyens* dans l'histoire de l'Opéra de Paris remonte en 1990. Ce fut lors de l'ouverture de l'Opéra-Bastille, c'était Myung-Whun Chung qui dirigeait Shirley Verret en Didon, Grace Bumbry en Cassandre. La mise en scène était de Pier Luigi Pizzi.

Encore que les principaux opéras de province en France ne les aient présentés souvent qu'en version tronquée, il faut tout de même rendre hommage aux Opéras de Lyon, de Strasbourg, de Nice et de Marseille, entre autres, ainsi qu'aux Chorégies d'Orange qui firent preuve de plus d'audace que notre Académie nationale de musique. Mais ce sont surtout les Anglais, Thomas Beecham, Rafael Kubelik et naturellement Colin Davis, apôtre des berlioziens, qui ont régulièrement offert au public venu du monde entier, faute de se rendre tout bonnement à Paris, d'admirables versions souvent à peu près intégrales du chef-d'œuvre de Berlioz. À cet égard, la série de représentations données à Covent Garden dans les années 1960 a constitué la plus riche plate-forme qui ait été offerte à une école de chant anglaise alors en plein essor.

Et puis voilà qu'en octobre 2003, John Eliot Gardiner et son « Grand Orchestre romantique et révolutionnaire » ont donné au Châtelet des *Troyens* qui nous ont emmené si loin qu'on ne pouvait pas rajouter ces quelques lignes à une rubrique par trop brève. *Les Troyens* selon Gardiner ? Des sonorités jamais entendues, une Didon (Suzan Graham) et une Cassandre inoubliables : le triomphe enfin de Berlioz cent cinquante ans après la mort du maître — et de l'autre côté de la rue, face à l'actuel théâtre de Paris qui, alors Théâtre-Lyrique, ne parvint pas à monter *La Prise de Troie* ! Mais Gérard Mortier devrait monter à la Bastille *Les Troyens* emmenés à Salzburg voilà quelques années par Georges-François Hirsch et l'Orchestre de Paris.

Tsar et Charpentier (*Zar und Zimmermann*)

Albert Lortzing. Livret du compositeur
d'après Jean Toussaint Merle

Leipzig, 1837

Plus célèbre que son *Ondine*, le *Tsar et Charpentier* de Lortzing a pourtant moins de charme pour nous. C'est un solide opéra-comique en trois actes, dans lequel un Pierre le Grand, tsar de la Sainte Russie, s'est déguisé en charpentier pour travailler en Hollande, plus près du peuple véritable. L'idée est louable, la Russie d'en bas valait sûrement le détour pour un souverain absolu, fût-ce en Hollande ! Mais le résultat, c'est une comédie des erreurs. Car si le tsar travaille sous le nom de Peter Michaelov, il y a un autre Peter sur le même chantier, Peter Ivanov, déserteur et russe comme l'empereur devenu son ami. L'intrigue, dès lors ? On prend le faux Peter pour le vrai, et le vrai pour le faux. Le public s'amuse beaucoup, l'orchestration est des plus simples, le faux Peter épousera celle qu'il aime, le vrai tsar rejoindra son royaume. Coups de canon, batteries et grosses caisses sont de la partie. Le mélange entre opéra-comique à la française et *Singspiel* allemand réussit parfaitement. Lortzing fait d'ailleurs preuve d'un sens mélodique tout à fait remarquable. Hermann Prey a été un

Pierre le Grand solide dans un enregistrement de 1976 de la Radio de Munich, bavarois jusqu'au délire. Et Lucia Popp y était une charmante Mary, amoureuse du faux Pierre dont le vrai Pierre bénira l'union...

Tubeuf, André (né en 1930)

Philosophe, musicologue, critique, poète...

André Tubeuf fait partie de cette poignée d'hommes qui ont appris à aimer l'opéra à des générations entières d'étudiants, certes (il était professeur de philosophie à Nancy puis à Strasbourg), mais aussi à des milliers de lecteurs, dans le monde entier. Prononcez le nom d'André Tubeuf parmi des amateurs d'opéra, et vous verrez leur réaction... On osera le dire : c'est par André Tubeuf que nous sommes entré en opéra. L'action se déroule dans un immeuble du 8e arrondissement de Paris, à la limite du 17e. Nous habitons au quatrième étage, au troisième vit une jeune femme qui est notre cousine. André Tubeuf, qui est aussi notre cousin, vient régulièrement écouter des disques chez elle. Et surtout, y faire écouter des disques. Ce sont des moissons entières qu'il rapporte du marché aux puces et autres lieux, dans un grand cabas de cuir, en un temps où s'intéresser aux voix disparues était pour le moins original. Et quand bien même ces voix sont encore parfois bien vivantes, André Tubeuf les écoute et les fait écouter avec la même ferveur. Il suffisait que, d'un étage à l'autre, montent quelques mesures de tel *Requiem* de Verdi ; la voix sourde d'un baryton dont on devinait déjà que c'était Hans Hotter dans *Le Voyage d'hiver* ; ou les accents du

Don Juan dirigé par Fritz Busch, et nous descendions aussitôt un étage. Pour mieux entendre Hotter, Busch et tous les autres. La passion d'André Tubeuf pour l'opéra restait encore une affaire de famille, ou l'un des liens qui le réunissait à quelques amis, Michel Guy, Dominique Fernandez... C'était d'abord à ses élèves à Nancy, surtout à Strasbourg, qu'il l'inoculait vraiment, cette passion. Et puis, peu à peu, il a commencé à l'écrire, cette passion. On se souvient des revues *Diapason* et *Lyrica.* C'était alors Édith Walter qui les dirigeait. Édith était notre amie, André écrivit dans *Diapason*, *Lyrica* et, peu à peu, dans beaucoup d'autres revues spécialisées pour grand public. Le style d'André Tubeuf pour parler des musiques qu'il aime est inimitable. Qui ne l'a entendu, subjugué, tenir pendant plus d'une heure le public de l'Opéra à la veille d'une représentation de *La Femme sans ombre*, sous le règne de Bernard Lefort ; qui ne l'a entendu parler pendant une heure et demie de l'« Aria di Roma », sans aucune note, avec les fenêtres de la Villa Médicis ouvertes derrière lui sur Rome au coucher du soleil, ne peut imaginer le pouvoir d'émotion que suscite André Tubeuf lorsqu'il parle de ce qu'il aime. Comme lorsqu'il parle de ces chanteuses mortes, Germaine Lubin, Rose Caron, et tant d'autres qu'il nous a appris à aimer... André Tubeuf a écrit aussi des livres, il a parlé de Bayreuth, de Salzbourg, de Strauss. Mais on sait moins qu'il a écrit quelques très beaux romans, publiés chez Gallimard et Albin Michel. En revanche, nous savons tous que sa collection de disques, ses archives photographiques sur l'opéra au XXe siècle, sont fabuleuses. Combien de fois, relisant les épreuves de ce livre, ne l'avons-nous pas appelé pour vérifier un nom, une date ?

Turandot

Ferruccio Busoni. Livret du compositeur, d'après Carlo Gozzi

Zurich, 1917

L'autre *Turandot* après celle de Puccini (qui vient tout de suite : ne vous inquiétez pas !) mais serrant au plus près l'œuvre de Gozzi. Ferruccio Busoni, enfant prodige de la musique italienne et pianiste européen de tout premier plan, a voulu, comme beaucoup, jouer avec le mythe de la terrible princesse chinoise qui décapite ses soupirants. Mais cette fois, sous le signe de la commedia dell'arte, c'est d'une œuvre beaucoup plus souriante, c'est d'une « fable chinoise » qu'il s'agit. On y retrouve, comme chez Puccini, la terrible Turandot et le vaillant prince Calaf, mais pas de petite esclave Liù pour nous faire verser une larme. Au contraire, une confidente jalouse, Adelma, qui trahira le secret du prince Calaf sans pour cela que Turandot, véritablement amoureuse, mette à mort celui-ci. Et puis, autour d'eux, les personnages du théâtre italien habituel, Pantalone ou Truffaldino. On le voit, c'est un joyeux mélange, une salade mixte, un tutti frutti à la manière de l'acte d'opéra de l'*Ariane* de Strauss, qui fut créé en 1917 à Zurich, en même temps que l'autre opéra également inspiré à Busoni par la commedia dell'arte : *Arlecchino*. L'œuvre est légère, amusante et amusée. Mais c'est aussi l'œuvre d'un instrumentiste, d'un grand spécialiste de Bach, qui se joue de la théorie, des effets pianistiques et de tous les instruments de l'orchestre. La *Turandot* de Busoni est dédiée à Toscanini.

Turandot

Giacomo Puccini. Livret de Giuseppe Adami et Renato Simoni

Milan, 1926

Du bruit, de la fureur. Un frisson de terreur aussi, mais de si belles langueurs. L'apothéose de Puccini. Un triomphe posthume puisque c'est deux ans après sa mort que l'œuvre fut donnée pour la première fois à la Scala, le 26 avril 1926, dans une version complétée par Franco Alfano. Puccini était mort, en effet, laissant sa partition incomplète, après le passage émouvant qui voit le suicide de la petite esclave Liù. La légende, et probablement la vérité aussi, veulent qu'arrivé à la mort du personnage émouvant qui se tue pour éviter que la cruelle Turandot ne mette à mort le beau prince dont la douce esclave est amoureuse, Puccini n'ait su comment terminer. En effet, l'œuvre, qui trouve sa source dans plusieurs contes orientaux, parmi lesquels les *Mille et Une Nuits*, puis réinventée qu XVIIIe siècle par Gozzi après un passage par un opéra-comique de Lesage et d'Orneval, s'achève par les noces de la princesse avec le prince inconnu. Or, celle-ci est un tyran sanguinaire dont la dernière victime est la plus émouvante de toutes. Comment, dès lors, célébrer le bonheur parfait de deux amants sur le cadavre d'une petite fille ? La musique qu'Alfano composa pour cette fin évite de se poser la question. Elle est puccinienne en diable, et c'est plus qu'un excellent pastiche : c'est presque du véritable Puccini.

Toute la musique de *Turandot* est, à coup sûr, l'une des plus importantes écrites dans le premier quart du XXe siècle. Il ne faut pas traiter à la légère un Puccini parce qu'il a su nous faire pleurer avec *La Bohème* ou frémir avec cette tigresse de *Tosca.* Le musicien de Torre del Lago n'était pas enfermé dans une tour d'ivoire, loin de là. Il connaissait toutes les musiques de son temps, et singulièrement les expériences qui se déroulaient alors à Vienne, il fréquentait du côté de Schönberg et même d'Alban Berg. Dès lors, tout en conservant la richesse mélodique dont il fut un maître, Puccini a réussi le tour de force, mieux encore que dans la japonisante *Butterfly*, de faire de cette histoire située en une Chine de légende une transposition musicale néo-chinoise parfaitement crédible. À ce titre, les personnages des trois ministres, Ping, Pang et Pong, semblent presque des émanations de l'opéra chinois de Pékin traditionnel entrés par effraction dans le post-vérisme italien avec quelques clins d'œil du côté de Vienne, précisément. L'utilisation des gongs, de toutes les percussions, est somptueusement calculée.

Mais surtout, l'histoire de cette princesse orientale bien décidée à n'accorder sa main qu'au prétendant qui parviendra à résoudre les trois énigmes qu'elle pose à tous ses prétendants est traitée avec un sens dramatique aussi intense que celui qui traverse *Tosca.* Qui ne saura résoudre les énigmes sera mis à mort : la scène abonde en têtes de princes dont l'amour pour la vierge sanguinaire a scellé le destin. Le contraste entre la véhémence emportée et furieuse de la princesse Turandot et la douceur de la petite esclave Liù qui veut désespérément sauver son Calaf de prince, entre les déferlements orchestraux qui accompagnent exécutions capitales et sentences terribles et l'ironie subtile du trio Ping, Pang, Pong, est éblouissant. Peu de scènes ont, dans l'opéra italien du XXe siècle, une intensité dramatique aussi forte, aussi convaincante que celle dans laquelle Turandot pose à Calaf ses trois énigmes : l'oracle quasi divin des questions énoncées d'une voix d'airain, le temps que met le prince à y répondre puis, une à une, les réponses qu'il donne — autant de coups de poignard dans le cœur de la princesse vierge.

Naturellement, *Turandot* a donné lieu à bien des chinoiseries sur toutes les scènes du monde. L'une des plus réussies a certainement été celle de Cecil Beaton à Covent Garden. C'est bon de s'amuser... Toute en légèreté, en finesse, en clins d'œil. D'autres, en revanche, nous ont étouffé par leur lourdeur : nous les oublierons. Quant au rôle colossal de Turandot, qui exige des moyens vocaux considérables en même temps que les plus doux des aigus dans le duo final, il a connu quelques interprètes mémorables. On citera Gina Cigna à la Scala de Milan, la très jeune Maria Callas en 1948 à Venise puis à Vérone, son maquillage parfait, sa coiffure ruisselante de perles ; Maria Jeritza à New York, la grande wagnérienne Birgit Nilsson un peu partout à travers le monde. La grande wagnérienne : le mot est lancé. À sa manière, c'est presque du côté de Wagner qu'il faut se tourner lorsqu'on évoque les grands récitatifs dramatiques de Turandot, de Calaf ou celui, rempli d'une sagesse triste, de l'empereur Altoum, déchiré de voir sa fille se conduire en bourreau de princes légendaires.

Mais il y a aussi Liù, qui n'est en rien wagnérienne, elle. À Londres, dans les années 1970, une petite fille nommée Cordelia avait les yeux rouges, à l'entracte, d'avoir trop pleuré à la mort de Liù. À Paris, on a vu une Liù se jeter dans le vide de l'énorme scène de l'Opéra-Bastille. On imagine qu'elle tombait, en coulisses, sur des matelas bien rembourrés...

Turc en Italie (Le) *(Il Turco in Italia)*

Gioacchino Rossini. Livret de Felice Romani

Milan, 1814

Après *L'Italienne à Alger*, première turquerie rossinienne, celui qui était devenu si vite l'un des maîtres de l'opéra bouffe italien ne pouvait que passer de l'autre côté du miroir. Et traverser en sens inverse la Méditerranée pour nous montrer, cette fois, les aventures, ou plutôt les malheurs d'un Turc du côté de chez les Italiennes. Qualifiée d'opéra bouffe mais aussi de drame bouffe, c'est une étrange histoire qu'a mise au point avec une extrême subtilité le librettiste de Rossini, le poète Felice Romani. Toute l'intrigue se déroule, en effet, sous les yeux d'une sorte de narrateur ou de meneur de jeu, un poète. Et c'est lui qui, tirant les ficelles des personnages qui s'agitent autour de lui, fait progresser une action somme toute classique avec un humour étonnant vers un heureux dénouement, on ne peut plus classique lui aussi. Tout cela fonctionne à merveille.

C'est pour Maria Callas que le grand Visconti imagina de faire revivre une œuvre qui n'avait été donnée ni en Italie ni dans le monde depuis près d'un siècle. Il existait alors à Rome, en effet, un groupe d'artistes et d'intellectuels romains réunis au sein d'une association, l'« Anfiparnasso ». Intéressés par la personnalité et par le sens dramatique d'une chanteuse capable de passer en une soirée, des *Puritains* de

Verdi à la Brünnhilde de Wagner, ces écrivains, ces journalistes, ces gens de théâtre vont vouloir la rencontrer et lui proposer de travailler avec eux. On va donc offrir à Callas de jouer Fiorilla, la jeune et volage épouse du barbon napolitain Geronio et amoureuse du Turc en goguette Selim. C'est le premier rôle comique qu'on ait jamais proposé à Callas. On l'a persuadée qu'elle saura y être drôle et elle relève le défi qu'elle se lance ainsi à elle-même : faire rire et renouer avec le répertoire comique de l'opéra bouffe. Ainsi, et pendant plusieurs semaines, Visconti et Callas vont-ils vivre côte à côte, la prima donna se trouvant subitement intégrée à un groupe d'intellectuels de gauche bien différents de tous les chanteurs et chefs d'orchestre ou des metteurs en scène de routine qu'elle a pu croiser sur son chemin. Rencontre étonnante, improbable, miraculeuse : notre opéra est sorti de là ! Maria parle, écoute, elle est ravie. Visconti et ses amis sont eux aussi enchantés, Visconti lui-même se promet de travailler personnellement une autre fois avec elle. Ce seront les années de gloire de la Scala, l'éblouissante saison 1954-1955... En attendant, et pour la première fois, Maria Callas participe à une mise en scène spécialement conçue pour elle, un travail d'équipe au sens le plus fort du mot, où elle s'amuse beaucoup.

La première de cette reprise fameuse du *Turc* a lieu le 19 octobre 1950 au théâtre Eliseo. Sesto Bruscantini, Cesare Valetti et Mariano Stabile, qui fut un sublime Falstaff avec Toscanini, un don Juan au charme ineffable, constituent avec elle une impressionnante distribution que dirige Gianandrea Gavazzeni. Et Callas y remporte un franc succès. Sur un plan vocal, elle réalise des prodiges comme on imagine que seuls les artistes de la création, dont la belle Francesca Festa Maffei et le solide Filippo Galli, entraînés à ce genre de prouesse technique, pouvaient en réussir. Du même coup, c'est avec ce *Turc en Italie* que Callas va démontrer avec éclat qu'elle peut passer sans l'ombre d'une difficulté des rôles écrasants de Turandot ou de l'Abigaille de *Nabucco* aux fioritures fines et légères du plus léger Rossini. Quatre ans plus tard, au disque et sur la scène de la Scala, elle renouvellera l'expérience du rôle de Fiorilla avec la même aisance. Un critique italien de l'époque rapporte sa surprise devant un *mi* bémol d'une douceur enchanteresse et parfaitement placé à la fin d'un air difficile et très orné : que ce soit la même voix qui, quelques semaines auparavant, chantait les immenses et admirables plaintes d'*Isolde* dépasse l'entendement ! Et c'est bien là qu'on voit que Callas n'était pas seulement une artiste dramatique à la musicalité souveraine : qu'on le veuille ou non, elle était *aussi* un phénomène vocal.

Un phénomène qui a su redonner vie à un chant qui après elle, s'est répandu dans le monde entier comme une traînée de poudre. Et pourtant, *Le Turc en Italie* avait connu, lui, le purgatoire. Après une ultime reprise en 1841 avec un miraculeux trio, Fanny Persiani, Tamburini et Lablache, Paris dut attendre près de cent vingt ans avant de revoir cette coquette de Fiorilla. Elle s'appelait alors Eugenia Ratti, nous avions oublié que Mariano Stabile chantait encore une fois le poète et que les décors et les costumes étaient de Pier Luigi Pizzi. En 1982, la Française Michèle Lagrange mena tambour battant une jolie production de Jean-Louis Thamin sur la place des Quatre-Dauphins, à Aix-en-Provence.

Un bal masqué

Giuseppe Verdi. Livret d'Antonio Somma, d'après Scribe

Rome, 1859

Encore une œuvre déchirante. Cette fois, le personnage qui nous bouleverse par son inconscience, c'est Riccardo, le roi qui rit et chante, clame son amour et semble s'amuser comme un fou tandis que la terre tremble autour de lui. Le sujet est inspiré d'un fait réel : l'assassinat de Gustave III, le roi réformiste et philosophe de Suède, par un groupe de comploteurs à la tête duquel se trouvait l'un de ses proches, Anckarström. Naturellement, le meurtre d'un roi ne pouvait être présenté sur une scène italienne. D'où le livret d'Antonio Somma, qui transpose l'histoire dans le Boston de la fin du XVIIe siècle : on se demande d'ailleurs pourquoi Boston. Mais les choses sont là, Gustave III devient Riccardo, comte de Warwick, gouverneur de Boston. Anckarström s'appelle Renato. Quant à la sorcière Ulrica, elle est, au moins selon les indications du librettiste, une sorcière « de race noire ». On notera que le livret original de Scribe avait déjà été mis en musique par Auber et créé à l'Opéra de Paris. Ce fut *Gustave III, ou le Bal masqué*, créé en 1833 avec une époustouflante distribution : le ténor Nourrit en Gustave, puisque la France de Louis-Philippe qui en avait vu d'autres pouvait accepter le meurtre d'un roi sur une scène de théâtre ; et Marie-Cornélie Falcon, qui créa Rachel de *La Juive* d'Halévy, dans le rôle de la femme amoureuse pour qui le roi périra.

Mais parallèlement aux trois personnages principaux, deux autres figures étonnantes traversent l'œuvre de Verdi. D'abord celle de la sorcière Ulrica, déjà nommée, qui prédit au roi qu'il va mourir. Et surtout celui, plus étonnant encore, inconscient aussi, du page Oscar, littéralement amoureux de son prince, et chanté par une soprano. L'alternance des divinations très sombres de la sorcière et de la gaieté folle, à la limite du rire nerveux, du roi et de son page font du *Bal masqué* selon Verdi une œuvre d'une gaieté stupéfiante et douloureuse. Un souvenir : nous l'entendîmes pour la première fois dans une version illustre. Beniamino Gigli y chantait Riccardo, Gino Becchi, Renato ; Maria Caniglia, Amelia. Les disques étaient deux microsillons vendus sous deux pochettes séparées et achetés d'occasion sans le moindre livret. En ces temps lointains des années 1950, il n'existait naturellement, en France du moins, aucun dictionnaire d'opéra, aucun ouvrage de référence qui permette d'en savoir un peu plus sur le sujet des œuvres que l'on entendait. Dès lors, nous écoutâmes avec passion, pendant des semaines et des semaines, cet opéra à la fois très grave et subitement sautillant lorsque Riccardo annonce qu'il se moque des prophéties ou lorsque le page s'amuse comme un fou au bal masqué qui verra mourir son maître, sans comprendre un traître mot de ce qui se passe sur la scène, ou plutôt de l'autre côté de notre machine à musique. C'est peut-être pour cela que la version dirigée en 1943 par Tullio Serafin à l'Opéra de Rome nous est si chère.

Comme *Don Carlos*, comme *Simon Boccanegra*, *Un bal masqué* est peut-être aussi un opéra politique. On y voit l'affrontement d'un souverain libéral et des tenants d'une aristocratie bornée. Comme dans *Don Carlos*, on y entend un mari qui se croit trompé, Renato, clamer la même douleur que Philippe II, roi d'Espagne. Comme dans tant d'opéras de Verdi, on y lit une histoire d'amour, de renoncement. Mais pourtant, il faut le répéter, c'est autour de Riccardo, et pratiquement de lui seul, que l'œuvre danse son ballet mortel. Et même si Maria Callas en donna, en 1957, puis au disque, une version bouleversante. Mais, même si c'est pour elle que nous écoutons l'enregistrement de Gavazzani, c'est quand même à Riccardo que l'on revient toujours. Ainsi on pourra évoquer les quatre fabuleuses soirées de Covent Garden, quelque part au milieu des années 1970 où, tour à tour, Carlo Bergonzi, José Carreras, Luciano Pavarotti et Alfredo Kraus chantèrent le rôle en une seule saison. Quatre fois en quelques semaines, on revint alors à Covent Garden. Qui, des quatre Gustave III transformé en gouverneur de Boston, l'emporta à l'époque ? On croit se souvenir que ce fut Carlo Bergonzi. Une jeune fille en robe bleue, épaules nues, nous accompagnait. Le président de la République française était dans la salle : soirée plus qu'officielle, transcendée par Bergonzi. On notera d'ailleurs que, l'année précédente ou l'année suivante, Placido Domingo, à peine âgé alors d'une trentaine d'années, a chanté lui aussi Riccardo sur la même scène. Pour la bonne bouche enfin, on voudrait citer, après la version Serafin-Gigli de 1943, la trépidante vision que Toscanini nous a laissée, comme un testament, en 1954. Les chanteurs étaient, hélas, ce qu'ils furent souvent avec Toscanini, de bons professionnels malléables sinon corvéables à souhait, mais le Toscanini de quatre-vingt-sept ans qui était alors aux commandes de son orchestre de la NBC nous a laissé là un fulgurant et électrisant testament.

Une nuit à Venise *(Eine Nacht in Venedig)*

Johann Strauss. Livret de Zell et Genée

Berlin, 1883

Encore une viennoiserie superbe, commandée par un théâtre de Berlin, mais qu'importe. Après la création allemande, l'œuvre fut aussitôt montée au Theater an der Wien et connut le même succès. L'intrigue s'en déroule, cette fois, à Venise, on s'en serait douté, même si l'atmosphère en est viennoise en diable. Et pourtant, Caramello, barbier, Barbaruccio, sénateur, Pappacoda, cuisinier, ou Ciboletta, femme de chambre : les noms fleurent bien la fleur de lagune. L'intrigue est sans importance, tout commence par des macaronis, on valse sur le cri (« Frutta di mare... ») d'une marchande de poisson, on se trompe plusieurs fois de gondole mais on se retrouve à bon port. La musique en est straussienne jusqu'à la dernière note et c'est pour le bonheur de cette musique-là en même temps que pour le plaisir de s'amuser avec elle que le grand Felsenstein en donna, à l'Opéra-Comique de Berlin, en 1954, une version qu'on dirait aujourd'hui décapante (tant pis pour ce mot que nous n'aimons guère...) avec un nouveau livret. Là aussi, comme pour *La Chauve-Souris*, c'est du côté du disque qu'on se retournera pour y retrouver Strauss (Johann) dans toute sa splendeur. Cette fois, c'est Otto Ackerman qui dirigea (à Londres...) l'Orchestre Philharmonia avec la distribution de rêve qu'on imagine : Elisabeth Schwarzkopf, Nicolaï Gedda, Erich Kunz et tous les autres...

Uria-Monzon, Béatrice (née en 1963)
Mezzo-soprano française

Depuis le milieu des années 1990, la Carmen par excellence de l'Opéra de Paris et d'un peu tous les théâtres du monde. Une voix solide, aux graves admirables. Un beau visage, une silhouette de star, Béatrice Uria-Monzon fait déjà partie des indispensables de la scène française. Souveraine dans le chant français, elle n'est pas seulement Carmen, mais elle est aussi mère Marie de l'Incarnation dans les *Dialogues des carmélites*, elle chante dans *Béatrice et Bénédict* et elle est Charlotte de *Werther*. Sa Marguerite dans *La Damnation de Faust* mise en scène par Harry

Kupfer au Festival de Bregenz a satisfait les berlioziens les plus intransigeants. De même, elle est une superbe interprète des *Nuits d'été* qu'on a entendues avec elle. Dans une production que nous n'aimâmes guère de *Don Quichotte* à la Bastille, elle fut une Dulcinée émouvante. À la Bastille aussi, elle a chanté un prince Orlofsky de *La Chauve-Souris* qu'on oserait dire d'enfer : c'est bien simple, pendant tout l'acte du bal dans son palais, Orlofsky, incarné par Uria-Monzon, se démène comme un beau diable, accompagné par un goutte-à-goutte médical destiné à bien nous faire comprendre que le monde qu'il incarnait était destiné à bientôt périr. Ah ! Ces metteurs en scène qui mettent les points sur des *i* qui n'existent pas ! Mais Carmen, encore Carmen : jusqu'à Orange en 2004, Béatrice Uria-Monzon demeure, à l'heure où nous relisons ces lignes, identifiée superbement à la cigarière de Mérimée et Bizet.

Ursuleac, Viorica (1894-1985)

Soprano roumaine

Curieux destin dans la mémoire opératique du public d'aujourd'hui... Viorica Ursuleac, qui fut l'une des toutes premières sopranos de son temps, notamment à Francfort, Vienne, Berlin et Munich ; qui créa trois des opéras de Strauss, dont *Arabella* et *Capriccio* ; qui faillit créer *L'Amour de Danaé* dont elle donna la répétition générale en 1944, à la veille de la fermeture du Festival de Salzbourg ; qui chanta douze rôles de Strauss en 500 représentations : eh bien, cette Viorica Ursuleac ne fait pas partie du panthéon des chanteuses bien-aimées d'une entre-deux-guerres mythiques que quelques fervents amateurs de nos amis se plaisent à peupler de légendes. Lotte Lehmann, Schumann, Frida Leider et quelques autres. Pourquoi ? Peut-être Ursuleac a-t-elle pâti d'un mariage qui, sa vie durant, la promut trop aisément sur toutes les scènes allemandes. Elle avait en effet épousé le chef d'orchestre Clemens Krauss, le chef préféré de Strauss. D'où cette carrière solide, un peu sans appel. Et pourtant, grâce aux vieux disques Urania des années 1950 — prises de guerre en somme des éditeurs de disques des pays triomphants de l'Allemagne nazie —, nous avons pu l'entendre si souvent dans Wagner et Strauss qu'elle est devenue une voix familière. En outre, sa traversée en diagonale sans faille de l'amitié Strauss-Krauss nous la rend plus proche encore.

Vaisseau fantôme (Le)
(Der Fliegender Hollander)
Richard Wagner. Livret du compositeur

Dresde, 1843

La langue française étant apte à saisir toutes les nuances de l'allemand, c'est tout naturellement que le *Fliegende Holländer*, « Le Hollandais volant », a été traduit pour notre plus grand bonheur par *Le Vaisseau fantôme* ! C'est le premier des opéras de Wagner que celui-ci ait bien voulu, en quelque sorte, reconnaître. Et, puisque la reconnaissance de paternité officielle se mesure à la mise en scène au Festpielhaus de Bayreuth, ni *Les Fées*, commencées en 1833 mais jouées pour la première fois en 1888 ; ni *La Défense d'aimer* (*Das Liebesverbot*), donnée sans succès à Magdebourg en 1836 ; ni *Rienzi*, composé à Riga, à Paris et donné enfin à Dresde en 1842, n'ont droit de cité dans la cité du maître. Pour les wagnériens les plus intransigeants, l'œuvre de Wagner commence donc le 2 janvier 1843, lors de la création à Dresde du *Vaisseau fantôme*. Nous aurions dû au moins citer *Rienzi* dans ce volume.

La légende veut que l'idée en soit venue à Wagner lors d'une traversée en mer particulièrement tumultueuse au cours de l'été 1839. Plus sérieusement, c'est du côté de Heinrich Heine que Wagner a puisé pour raconter à sa manière la légende du Hollandais volant. À l'origine, d'ailleurs, un premier livret de Wagner lui-même avait été acheté par le directeur de l'Opéra de Paris d'alors, Léon Pillet. Mais, au grand désespoir de l'auteur, ce ne fut pas à lui que l'on en commanda la musique ! Bien plus, le premier *Vaisseau fantôme*, payé 500 francs à Wagner, réécrit par P.-H. Foucher et B.-H. Révoil, mis en musique par Pierre-Louis Dietsch, fut donné à Paris le 9 novembre 1842, c'est-à-dire moins de deux mois avant la création du « vrai » *Vaisseau* de Dresde ! Ce qui amena d'ailleurs Wagner à bouleverser largement son livret original dans les dernières semaines qui précédèrent la création, en même temps qu'à insister, plus encore qu'il ne l'avait fait auparavant, sur l'aspect autobiographique d'un opéra, parlant de la mer où lui-même avait, affirma-t-il, failli périr... Il n'était d'ailleurs pas le premier compositeur à nous dire de grandes tempêtes, Mozart l'avait fait dans *Idoménée* ; Berlioz nous avait raconté de furieuses tempêtes dans sa correspondance et ses Mémoires ; Verdi en ferait, en quelque sorte, l'ouverture de son *Otello*. Puis viendra le *Peter Grimes* de Britten.

Pour nous, *Le Vaisseau fantôme*, c'est tout de même d'abord son héroïne Senta. On connaît la légende du *Vaisseau fantôme*, l'histoire de ce capitaine hollandais condamné à sillonner les mers jusqu'à ce qu'une femme se sacrifie pour lui et pour sa rédemption. S'il n'y avait eu Anja Silja, on dirait que la plus belle Senta de tous les temps s'est appelée Ava Gardner, dans le film de Henri Levin, *Pandora*. Nul n'oubliera jamais le visage ruisselant d'Ava Gardner sortant de l'eau après avoir nagé jusqu'au yacht d'un Hollandais qui s'appelait James Mason. Souvenirs, souvenirs : on évoquera, au passage, celui de Jean Eustache qui s'amusa à reprendre la scène dans l'un de ses trop rares et si beaux films : *Mes petites amoureuses*.

Mais il y a eu Anja Silja. Une Anja Silja de vingt-cinq ans dont Wieland Wagner, éperdument amoureux, fit une vedette en l'espace d'un Festival de Bayreuth. C'était Wolfgang Sawallisch qui dirigeait, Franz Crass chantait le Hollandais, le rôle de Daland, le père de la jeune fille, était chanté par Josef Greindl. Dans une mise en scène dépouillée à l'extrême, une longue et frêle jeune femme, d'une immense beauté, les pommettes hautes, le menton marqué, irradiait la scène entière.

L'année suivante, puis en 1965, mais cette fois en alternance avec Leonie Rysanek (quelle alternance ! Leonie Rysanek, rien que cela...), Anja Silja devait être à nouveau Senta. Dès 1961, d'ailleurs, Wolfgang Sawallisch enregistrait pour Philips la production de Bayreuth. Notre amour absolu pour cette Senta-là, donc...

Et le Hollandais ? Parce qu'il y a eu Anja Silja en Senta, nous ne parlons qu'en second lieu du Hollandais. Et pourtant, il y en a eu, des Hollandais fameux ! Superbes... Et l'un d'entre eux se détache avec une telle intensité qu'il nous donne parfois l'impression d'écraser tous les autres. C'est naturellement Hans Hotter. Et c'est parce que le nom de Hotter revient souvent dans ce volume qu'il a, dans la rubrique *Vaisseau fantôme*, laissé la première place à Senta. Mais aucune voix, plus que la sienne, n'a su nous faire frissonner d'une manière de terreur sacrée dans le grand récitatif suivi de l'air du premier acte « Die Frist ist um... ». Il existe, Dieu merci, mille versions de l'air fameux chanté par Hans Hotter. Et quand bien même nous exagérons, on doit en trouver une bonne douzaine, pris sur le vif, extraits d'intégrales ou chantés en concert. Chaque fois, le souverain Hotter dépasse dans les tourments qu'il exprime tous les tourments de la mer...

Beauté noire, beauté terrible, beauté sombre du *Vaisseau fantôme*, traversé pourtant par la lumière du personnage de Senta. Il a fallu néanmoins attendre

1901 pour que l'œuvre soit donnée pour la première fois au Festspielhaus. Les héritiers de Richard Wagner s'interrogeaient... De nos jours, *Le Vaisseau fantôme* est totalement intégré à l'héritage du maître. Tantôt produit en une seule partie, tantôt divisé en trois actes, il n'est en rien indigne de *Lohengrin*, ni de *Tannhäuser* !

Valise

La valise, ou les valises, font désormais partie des accessoires quasi obligatoires pour de très nombreux metteurs en scène contemporains. Peut-être notre mémoire nous trahit-elle, mais on croit se souvenir les avoir vues pour la première fois débarquer, les valises et les porteurs de valises qui vont avec, dans la mise en scène du *Ring* de Wagner que réalisa Daniel Mesguich à Nice. Les dieux en voyage de part et d'autre de l'arc-en-ciel de *L'Or du Rhin* se déplaçaient naturellement avec leurs valises. Depuis, les valises ont fleuri un peu partout dans le monde, et singulièrement en France. Elles sont probablement un signe de provisoire, d'attente, de voyages naturellement, d'arrivées ou de départs. On a vu des donna Elvire débarquer du côté de don Juan une valise à la main et, valise à la main, interrompre son flirt avec la gentille Zerline. On a vu des valises dans des décors baroques ou, au contraire, dans des mises en scène d'un réalisme glauque. Peut-être qu'aujourd'hui on pourrait procéder à une nouvelle qualification des mises en scène d'opéra : celles avec valises et celles sans valises...

Vallin, Ninon (1886-1961)

Soprano française

La soprano par excellence du Paris de l'entre-deux-guerres. Bien sûr, Ninon Vallin a chanté à la Scala, à San Francisco et sur des scènes aussi exotiques que l'Opéra de Monte-Carlo ! Mais c'est l'Opéra et l'Opéra-Comique, surtout l'Opéra-Comique, qui furent son territoire de prédilection. Là, elle a certes chanté Puccini (Mimi, Nedda), mais c'est tout le répertoire français qu'il faut énumérer avec elle. Mélisande ou les trois héroïnes des *Contes d'Hoffmann*, elle restera liée, dans notre souvenir, à deux rôles : la Louise de Charpentier, et la Charlotte de Massenet. Nous connaissions jadis un vieux, très vieux monsieur, qui nous disait avec un bon sourire qu'il n'était pas inquiet pour le salut de son âme : il savait qu'il n'irait pas au ciel car, à l'âge de vingt ans, il s'était déjà damné pour la belle Ninon ! Pendant toutes ces années, qui furent celles d'un âge d'or d'un certain opéra français, Ninon Vallin a eu pour partenaire Georges Thill, et c'est presque ensemble qu'ils sont passés à la postérité.

Au fond, à la rubrique « Vallin », on aurait dû commencer par un renvoi à Thill.

Van Dam, José (né en 1940)

Bruxelles, 1940.

Baryton ou baryton basse, là n'est pas la question. Cela fait plusieurs décennies que Van Dam est l'un des chanteurs favoris du public européen. Belge, bien sûr, nous le considérons pourtant comme français. Après des débuts à Liège, c'est d'ailleurs à Paris, à l'Opéra et à l'Opéra-Comique, qu'il a chanté tous les petits rôles de baryton du répertoire. Puis très vite, insensiblement, il s'est imposé comme l'un des premiers Leporello de son temps, l'un des premiers Alfonso, de *Cosi*. Il était de l'équipe fameuse qui participa à la création des grandes *Noces de Figaro*, de Strehler, lors de l'arrivée de Rolf Liebermann en France. Mais José Van Dam n'est pas seulement un chanteur de premier plan, c'est aussi un très grand comédien. On a pu le voir dans le *Don Giovanni* que tourna Joseph Losey dans la Vénétie tout entière. Plus récemment, il fut un « Maître de musique » exemplaire, dans un film où il jouait son propre rôle. Ou presque. Mais notre plus grand souvenir de José Van Dam, chanteur et comédien, c'est naturellement son saint François d'Assise, dans l'opéra de Messiaen. Il a créé le rôle en 1983, l'a repris plus tard à Salzbourg, il était déchirant.

On ajoutera que Van Dam chante admirablement les mélodies françaises, et que son disque de Duparc est à placer au tout premier rang de nos discographies intimes.

Vanessa

Samuel Barber. Livret de Gian Carlo Menotti

New York, 1958

Pauvre public français, à qui on pourrait parfois offrir des perles, qu'il se conduirait toujours en cochon ! Il est tellement de bon ton, aujourd'hui, de railler Menotti (ici seulement l'auteur du livret) et Samuel Barber, l'un des plus fins compositeurs américains de la deuxième moitié du XXe siècle. Un Barber qui, soit dit en passant, a composé quelques-unes des plus émouvantes, exactes aussi, mélodies françaises du XXe siècle. Françaises, oui... *Vanessa,* c'est une autre histoire. Il s'agit de l'histoire de deux femmes, Vanessa, qui fut très belle et qui se voit douloureusement vieillir ; et sa nièce Erika, très jeune et très belle aujourd'hui, qui vieillira demain comme Vanessa. La première a aimé un homme, Anatole, il l'a abandonnée. Le retour d'un étranger, le fils d'Anatole qui porte aussi son nom, viendra troubler les deux femmes. Un moment égarée, Vanessa le prendra pour celui qu'elle a aimé. Erika, elle, se fera faire un enfant par le nouveau venu. Ses derniers mots seront presque ceux du vieillard Arkel dans *Pelléas,* parlant de la petite fille de Mélisande morte : Maintenant, c'est au tour de la pauvre petite... : « Maintenant, c'est à mon tour d'attendre... », murmure Erika au baisser du rideau.

Naturellement, cette musique est beaucoup trop simple, trop directe, trop chantante aussi pour le public français qui veut pouvoir s'ennuyer ferme à tant d'œuvres du XXe siècle pour mieux les admirer — comme nous les admirons, naturellement ! Et pourtant, les deux rôles quasi jumeaux, fussent-ils séparés de vingt ans, de Vanessa et de sa nièce font partie des plus belles études de femmes, du type Maréchale du *Chevalier à la rose,* que nous ait données l'opéra du XXe siècle. C'est pour ça que nous osons dire être des happy few qui savent aimer Vanessa. On ajoutera que c'est une chanteuse que l'on aime aussi, Eleanor Steber, qui en créa le rôle à New York, remplaçant quasiment au pied levé Sena Jurinac.

Varady, Julia (née en 1941)
Soprano roumaine

L'une des plus parfaites chanteuses du dernier tiers du XXe siècle. Si parfaite et si discrète aussi, que, longtemps, le public français ne s'est guère intéressé à elle. Dieu merci, ceux qui savent savent l'apprécier. Après des débuts à Bucarest, Julia Varady a fait la plus grande partie de sa carrière en Allemagne. Capable d'être à la fois une héroïne mozartienne impeccable et l'Antonia des *Contes d'Hoffmann*, l'une des plus émouvantes Traviata de ces vingt dernières années, elle chante aussi des rôles beaucoup plus lourds, comme celui de l'Abigaille de *Nabucco.* Mais comme ses enregistrements sont presque rares, on oublie quelle Léonore du *Trouvère* ou de *La Force du destin* elle peut être. Enfin, après Della Casa, elle est la grande Arabella de Munich. On ajoutera qu'en 1978, elle a épousé Dietrich Fischer-Dieskau, l'immense baryton que l'on sait. Depuis qu'il ne chante plus, Fischer-Dieskau s'est réinventé une carrière de chef d'orchestre. Sous sa direction, Varady a enregistré au moins un disque de Wagner parmi les plus beaux qu'il nous ait été donné d'écouter. Elle y chante les *Wesendonk Lieder*, son « Traüme » y est enveloppé par la musique de Fischer-Dieskau, un rêve... Une question : comment les grandes maisons de disques, ou du moins ce qu'il en reste, ne s'en sont-elles pas vraiment rendu compte ?

Varnay, Astrid (née en 1918)
Soprano suédoise

Astrid Varnay ou Martha Mödl ? Mödl ou Varnay ? Elles ont été tour à tour, nos deux premières Brünnhilde, dans les deux cycles initiatiques que furent pour nous les deux *Tétralogie* dirigées à Paris par Hans Knappertsbusch, au milieu des années 1950. Mödl était peut-être plus conforme à l'idée que l'on se fait de la vierge guerrière. Mais les accents d'Astrid Varnay pouvaient être à la fois d'une telle violence en même temps que d'une si belle tendresse... Quelques années après, au disque, nous l'avons retrouvée dans la dernière scène de *Siegfried.* Le réveil de Brünnhilde par son héros. Et là, les trilles ineffables de Brünnhilde nous ont enchanté à tout jamais. Entre quelques amis et nous, cette face unique d'un disque 33-tours arrachée à un enregistrement intégral qui n'existe pas a été longtemps, entre eux et nous, une sorte de signe secret, de signe de ralliement...

Le premier rôle d'Asrtrid Varnay au Metropolitan de New York, puisqu'elle est devenue américaine, a néanmoins été celui de Sieglinde, remplaçant à la dernière minute Lotte Lehman puis, moins d'une semaine après, la trop méconnue en France Helen Traubel. Mais c'est dans des rôles beaucoup plus rudes qu'on l'a surtout entendue, à la fin de sa carrière. Ortrud de *Lohengrin*, Kundry de *Parsifal* ou, mieux encore, pire si l'on veut, lady Macbeth, selon Verdi, mais aussi la bouleversante Kostelnicka, de la *Jenůfa* de Janáček. Chaque fois, la violence souvent exacerbée de ses interventions contrastait, là encore, avec les immenses moments de tendresse dont elle était capable. Maîtresse femme, infanticide, sa Kostelnicka était, dans le même temps, littéralement amoureuse de la petite Jenůfa pour laquelle elle tuait. On l'aura compris, Varnay, c'était non seulement une voix, mais un tempérament dramatique hors du commun.

Vêpres siciliennes (Les) *(I Vespri Siciliani)*

Giuseppe Verdi. Livret d'Eugène Scribe

Paris, 1855

Qui dira un jour l'effarante désolation d'une salle d'opéra d'occasion à Rome, où l'on donne un grand opéra français dans sa version officiellement, purement et difficultueusement française, chanté par des chanteurs italiens, quand l'œuvre en question est de celles du plus italien des compositeurs lyriques du XIXe siècle ? Qui dira la longueur interminable de ces actes égrenés un à un, coupés par de longs entractes et chantés en un français approximatif, devant une salle qui se voulait quand même enthousiaste parce que c'était Verdi ? Qui dira ces *Vêpres siciliennes*-là, hautement remarquables par le prodigieux ennui qui s'en dégagea ? Pas nous, nous préférons en rester là.

Et nous évoquerons simplement une autre soirée de la même œuvre, donnée à Paris dans les années 1970, avec une distribution que l'on croyait alors de rêve. Placido Domingo en émergeait, triomphant, héroïque comme il pouvait l'être dans ses années de jeunesse, avant de périr sous les poignards des Siciliens révoltés contre un pouvoir venu d'ailleurs. À côté de lui, en justicier terrible, le grand Procida de Roger Soyer, un Peter Glossop à usage purement anglo-saxon mais une étonnante Elena, qui s'appelait Martina Arroyo.

Les *Vêpres*, créées très officiellement à Paris en 1855, sont une œuvre hybride, avec ballet de rigueur comme c'était le cas pour tous les opéras joués sur la première scène lyrique nationale, ensembles d'une vaillance vaillamment calculée mais aussi quelques airs admirables dont le fameux « Et toi, Palerme... », chanté par Procida, médecin sicilien, conspirateur et tueur enragé d'envahisseurs français. Dans le passé, un Alexander Kipnis, un Ezio Pinza sont entrés dans la légende. Notre légende à nous commence avec un Ghiaurov et, surtout, un Nicolas Rossi Lemeni, parce qu'il fut un proche compagnon de Maria Callas, et à Boris Christoff, qui chanta précisément le rôle avec Maria Callas. C'était en 1951, au Mai musical de Florence. La légende veut que lors d'une soirée florentine, l'immense Procida, pris de querelle avec son Elena, ait menacé de l'écraser... La Callas de 1951 avait déjà, ô combien !, la voix que nous aimons en elle. Mais elle avait encore la stature de ses premières années : qui, dès lors, de Procida ou d'Elena, aurait eu le dessus en cas de combat singulier ?

On ajoutera que c'était tout de même une drôle d'idée qu'a eue Verdi, à qui on demandait de composer une œuvre pour la France, d'avoir choisi un sujet qui s'achève par le massacre général de tous les Français présents sur le plateau — et au-delà. Des Français si méchants qu'un metteur en scène n'a pas hésité, en 2003 et à l'Opéra de Paris, à déplacer l'action pendant une guerre d'Algérie d'opérette. Triste retour des choses...

Vera Costanza (La) *(La Vraie Constance)*
Franz Josef Haydn. Livret de Francesco Puttini
Esterháza, 1979

Comme la plupart des opéras de Haydn, *La Vera Costanza* a traversé un purgatoire de plus d'un siècle et demi. Qualifié de *dramma giocoso*, c'est en fait un *opera semi seria*, comme le sera plus tard une *Pie voleuse*, de Rossini. Deux univers s'y affrontent, une aristocratie jalouse de ses droits, et un monde de pêcheurs et de paysans, jaloux, lui, de sa fierté et de son indépendance. À sa manière, *La Vera Costanza* annonce *Les Noces de Figaro*. Et c'est l'amour vrai, celui d'une fille de pêcheur pour un jeune aristocrate qui a choisi selon son cœur, qui triomphera. Comme dans *Armida*, la peinture des caractères est particulièrement intéressante. La musique de Haydn souligne avec justesse leur courage et leurs faiblesses, leur tendresse surtout. Mais bien loin d'*Armida*, on n'est plus du côté de la grande magicienne descendue des fresques lumineuses du Tasse, bien plutôt en un monde beaucoup plus humble, où c'est miracle d'entendre une Jessye Norman, dans l'enregistrement d'Antal Dorati, se couler dans le moule de la douce Rosina avant de devenir, un an plus tard et sous la même baguette, la terrible héroïne du Tasse. C'est dire qu'une fois de plus, l'enregistrement réalisé par Antal Dorati à la tête de l'Orchestre de chambre de Lausanne, dans le cadre de la belle série d'enregistrements de Haydn qu'il conduira en l'espace de quelques années, est pour nous une référence. Mais je sais que nous aurions dû voir la production de l'Opéra de Lyon, dans laquelle Claire Gibault dirigea, en 1980, Margarita Zimmermann et Michèle Lagrange.

Verdi, Giuseppe (1813-1901)
Compositeur italien

E viva Verdi ! « Vittorio Emanuele Re D'Italia » Inscrites dans l'urgence sur tous les murs d'Italie occupée par l'Autriche, les initiales du compositeur vous avaient des accents d'appels à la liberté. Rarement l'œuvre et la vie d'un musicien seront aussi intimement liées au destin d'une nation. Que ceux qui l'ont vu s'en souviennent : c'est par un opéra de Verdi, que s'ouvre le plus beau film de Visconti, peut-être : *Senso.* Pendant une représentation de *Trouvère*, des patriotes italiens font pleuvoir sur les occupants viennois en uniformes blancs des centaines de tracts qui appellent au soulèvement. Mais qu'on se souvienne aussi de l'hymne célèbre des Hébreux, dans *Nabucco* : « Va, pensiero... ». Il s'en est fallu de peu que le célèbre chœur de *Nabucco* ne soit devenu l'hymne national italien. Au pays du bel canto triomphant, la carrière fulgurante de Verdi est bel et bien apparue comme un grand souffle de bonheur et de liberté.

La vie de Verdi est déjà particulièrement édifiante. Né à Roncole, près de Busseto, le jeune Giuseppe était d'une famille pauvre mais honnête, comme il se doit. Mais un signor Antonio Barezzi, riche et tout aussi honnête, qui aimait la musique comme on peut l'aimer en Italie, s'intéressa très vite à un jeune garçon qui lui paraissait déjà un prodige. D'où une première tentative pour entrer au conservatoire de Milan, qui se solde par un échec. Sagement, en remerciement peut-être, Verdi épouse la fille de son bienfaiteur, Margherita Barezzi. De retour au bercail, il est pendant un temps « maestro di musica » à Busseto. Et c'est seulement à vingt-six ans qu'après une première partition perdue, il donne son véritable premier opéra : *Oberto, conte di San Bonifacio.* C'est en 1839, il réussit à monter l'œuvre grâce à l'amitié de la soprano principale, Giuseppina Strepponi. À partir de là, la vraie vie de Verdi commence. Il perd sa femme, ses deux enfants, rate son opéra suivant, mais l'ombre bienveillante de la Strepponi veille sur lui. Et dès 1842, c'est le triomphe de *Nabucco.* Un peuple y est opprimé, il chante sa détresse et son espoir : en un soir, Verdi est devenu le chantre par excellence du peuple italien, face à l'ordre autrichien qui s'impose à toute cette partie du pays. Alors, dans la foulée, ce seront en 1843 *Les Lombards à la première croisade*, un autre opéra en forme d'hymne national. Les succès vont succéder aux triomphes, avec quelques échecs douloureux. Longtemps négligées par les directeurs d'opéras du XXe siècle, les œuvres du jeune Verdi vont peu à peu connaître une nouvelle existence. Elles seront enregistrées, on les « redécouvrira ». Il y aura *Ernani*, d'après Victor Hugo. Les *Deux Foscari*, d'après Byron. Une *Jeanne d'Arc*, d'après Schiller : suivie d'une *Alzira* et d'un *Attila.* Pour Verdi, ce sont là des années de galère... Et pourtant, en trois ou quatre ans, Verdi est devenu une gloire nationale. En 1847, *Macbeth*, l'une de ses œuvres les plus noires, où seule la voix d'un ténor, qui apparaît à la fin comme une sorte de *deus ex machina*, vient éclairer une partition pleine de bruit et de fureur, montre soudain quel artiste du théâtre est Verdi.

C'est que, en réalité, Verdi a inventé un véritable style lyrique. Arrivé dans l'histoire de l'opéra au moment où triomphe le bel canto de la dernière génération, celui des Bellini, Rossini et autres Donizetti, il introduit des récitatifs chantés infiniment plus musclés et qui collent à l'action. Ses airs eux-mêmes, ses ensembles, sont plus courts que chez ses prédécesseurs. Là aussi, la musique fait progresser ce qui se déroule sur la scène. Enfin, il y chez Verdi une vigueur, une générosité de ton, une manière d'engagement personnel aux côtés de la plupart de ses héros qui ressemblent bien à la fraternité. Qu'on ajoute que Verdi aura souvent l'intelligence de choisir à la fois des sources particulièrement inspirées : Shakespeare, Schiller, Hugo, Byron..., en même temps que des librettistes dont l'un d'entre eux au moins, Arigo Boito, également compositeur, peut à bon droit être qualifié de génie.

Après *Macbeth*, ce sera en 1847 *I Masnadieri*, créés à Londres avec la grande Jenny Lind, le « rossignol suédois » ; puis *Le Corsaire* en 1848, *La Bataille de Legnano* en 1849 et *Luisa Miller*, la même année. *Luisa Miller*, d'après Schiller, aborde déjà à d'autres terres, puisque c'est une œuvre presque intimiste qui contraste avec la mode du temps. Qu'on n'oublie pas qu'à la même époque triomphe de l'autre côté des Alpes le style grandiloquent du « Grand opéra français ».

Vivant maintenant avec la belle Giuseppina Strepponi qu'il épousera en 1859, Verdi est devenu un compositeur européen. Sa musique est désormais sur toutes les lèvres. En 1851, il produit son vrai premier grand chef-d'œuvre : *Rigoletto.* Hugo lui a fourni une trame en or, il en fait des merveilles. Mais dans le même temps, il n'hésite pas à retourner aux harmonies beaucoup plus simples, à la vigueur plus directement expressive de ses œuvres de jeunesse avec son *Trouvère, Il Trovatore*, qui voit s'affronter, sur un livret cette fois particulièrement inepte, quatre voix typiques italiennes, le soprano et la mezzo, le ténor et le baryton, en de formidables duels vocaux.

Maintenant, Verdi peut se permettre ce qu'il veut. Et ce sera *La Traviata*. Un échec, sur le coup : son œuvre la plus populaire aujourd'hui... Verdi va alors se partager entre l'Italie et Paris, où il composera des œuvres d'abord destinées à être chantées en français. Mais, italiennes ou françaises, ce sont les mêmes formidables réussites publiques. *Les Vêpres siciliennes*, avec Scribe pour librettiste, en 1855. *Simon Boccanegra*, à Venise, en 1857. *Un bal masqué*, en 1859.

Le *Bal masqué* : c'est par lui, cette danse folle sur un volcan, le jeu de l'amour et de la mort, que nous sommes arrivé à l'opéra italien. Nous ne comprenions rien de ce qui se chantait dans le disque que nous écoutions (*voir* : Un bal masqué), mais nous devinions que c'était sublime. Viendra après *La Force du destin* en 1862. Puis *Don Carlo*, le type même du Grand Opéra italien à la française, l'un de ses chefs-d'œuvre les plus remarquables, en 1867. *Aïda*, à l'Opéra du Caire en 1871. *Otello* (sans le « h » d'« Othello » : nous sommes à l'opéra, que diable !), l'œuvre avant-dernière, la plus achevée de ses créations dramatiques, tout particulièrement grâce à Boito, en 1877. Enfin, l'ultime chef-d'œuvre, la seule œuvre véritablement légère dans une carrière remplie d'éclats, de bruit, de violence et de passion, *Falstaff* en 1893. Un vieil homme de quatre-vingts ans trouve soudain une seconde jeunesse. Il fait rire d'un vieillard qui lui ressemble peut-être un peu. Et chante les amours de la jeunesse ! Il parle de tendresse, d'enchantement, de farces truculentes et succulentes, mais aussi de simple bon sens. La mort de ce vieil homme, huit ans plus tard, en 1901, constituera un véritable deuil national en Italie.

Aujourd'hui encore, des théâtres comme ceux de Busseto, naturellement, mais aussi celui de Parme, et, bien entendu, la Scala, sont des temples du culte verdien. L'hôtel voisin de la Scala, après ses succès, où il apparaissait au balcon pour saluer des foules en délire devrait être inscrit par l'Unesco au patrimoine mondial de l'humanité. Verdi en Italie, Berlioz en France, Wagner en Allemagne apparaissent dès lors comme des musiciens-phares de leur pays et de leur temps. Comme celle de Wagner, l'œuvre de Verdi est essentiellement consacrée à la scène. Bien sûr, il a composé de la musique de chambre. Bien sûr, il nous a laissé des œuvres pour l'église. La plus fameuse, le *Requiem* est peut-être l'un des best-sellers de la musique religieuse occidentale. Mais s'agit-il vraiment d'une œuvre religieuse ? Les quatre voix qui s'y conjuguent encore une fois, celles du ténor et du soprano, de la mezzo et du baryton ont bien souvent des accents qui sont ceux du théâtre. C'est peut-être pourquoi, même dans un dictionnaire consacré à l'opéra, on peut faire une petite place au *Requiem* de Verdi, quelque part entre celles de ses œuvres qui nous touchent le plus, *La Traviata*, *Don Carlo*, *Un Bal masqué*, *Otello* et *Falstaff.* Sans souci de chronologie aucune : simplement par amour d'une musique qui peut fendre le cœur, tordre les tripes mais aussi nous conduire très haut, vers des bonheurs presque extatiques. À cet égard, la partie de ténor du *Requiem* rejoint les douloureux et fervents appels de Violetta dans *La Traviata* ou la grave et sombre méditation de Philippe II, roi d'Espagne, dans *Don Carlo.*

Vérone

Il y a, bien sûr, le balcon de Juliette. Il y a aussi Anouk Aimée dans *Les Amants de Vérone*, le film d'André Cayatte (1948). Et puis il y a les arènes de Vérone, lieu mythique de l'opéra depuis 1913. 25 000 places, on ne voit pas grand-chose, on entend quelquefois, mais qu'importe : on assiste à des spectacles magistraux avec quelques grandes voix et beaucoup, beaucoup plus de figurants. On allume des petites bougies, on est au coude à coude, *Aïda* ou *Nabucco* sont souvent au rendez-vous. Depuis 1913, c'est un rite, Vérone fait partie du pèlerinage estival des amateurs d'opéra. Enfin, de certains amateurs. De ceux pour qui opéra veut dire grand spectacle, liesse populaire et enthousiasme collectif. On l'aura compris, les immenses arènes de Vérone ne sont pas forcément notre tasse de thé. Sans vouloir jouer les élitistes, on dira qu'on préfère des théâtres plus petits. Tenez, Orange, 10 000 places, cela suffit bien ! On comprendra aussi que nous n'avons guère été à Vérone. Pour tout dire, nous n'y avons assisté qu'à un seul spectacle. Assisté, c'est d'ailleurs un grand mot. Nous avons, pour l'essentiel, vu des violons s'accorder pour une ouverture de *Carmen*, un chef que nous préférons oublier lever sa baguette, lancer son orchestre et la pluie commencer à tomber. Un à un, les instruments se sont tus, on les a recouverts de toile cirée ou de quelque chose d'approchant et on a attendu que la pluie cesse. La pluie a cessé, on a recommencé. Trois fois, quatre fois, je ne sais pas. À la quatrième ouverture interrompue, après de deux heures d'attente, nous avons décidé de nous éclipser. Il paraît qu'après notre départ, on a tout de même donné un premier acte. C'était, dans les années 1990, notre plus grand souvenir des arènes de Vérone ! D'autres ont d'autres souvenirs, tels ceux qui, le 6 août 1947, virent s'avancer pour la première fois dans l'arène immense une Gioconda selon Ponchielli qui deviendra Maria Callas. Et puis, c'est tout de même à Vérone — au restaurant Padavena — que Maria Kalogeropoulos a rencontré Giovanni Battista Meneghini qui — pour le meilleur parfois mais si souvent pour le pire — deviendra son époux. C'est à Vérone enfin que l'immense chef que fut Tullio Serafin dirigera Maria pour la première fois : ce 6 août 1947, précisément...

Verrett, Shirley (née en 1931)
Mezzo-soprano et soprano américaine

Shirley Verrett, c'est d'abord une Carmen à la présence scénique stupéfiante. Première chanteuse noire à chanter le rôle à Moscou, on l'associe volontiers à des rôles très sombres. C'est avec celui d'Ulrica, la sorcière du *Bal masqué*, qu'elle a fait ses débuts à

Covent Garden. Mais c'est dans la Didon des *Troyens* qu'elle nous a laissé le plus grand souvenir. Royale ? Non, impériale ! D'une grandeur inouïe, sa Didon paraît, d'entrée de jeu, marquée par le sceau du destin. Jusque dans ses instants d'amour avec Énée, on la devine perdue. Mais, un peu comme Berganza dans *Carmen*, Shirley Verrett paraît accepter sa mort. Autre rôle très sombre, naturellement, sa lady Macbeth. Là, la voix pourtant somptueusement régulière de la grande Américaine paraît atteindre à des raucités qui vont jusqu'à évoquer celles d'une Elisabeth Hongen, lady modèle, quoique si aisément décriée ! de l'immédiat après-guerre. Les enregistrements de Shirley Verrett sont nombreux, on a pu la voir souvent, et sur toutes les scènes du monde. Mais elle n'a jamais vraiment fait figure d'icône dans le panthéon lyrique du XXe siècle, et c'est très injuste, car elle a, pendant toute sa carrière, allié un tempérament de feu à une régularité vocale impressionnante. C'est en tout cas ce dont elle a su si admirablement faire preuve lors de l'ouverture de l'Opéra-Bastille en 1990. Naturellement, elle y chantait Didon...

Vestale (La)

Gaspare Spontini. Livret de Victor-Joseph Étienne de Jouy

Paris, 1807

C'est avec *La Vestale* — et *Iphigénie en Tauride* — que Berlioz a découvert l'opéra. Dans ses « Soirées de l'Orchestre », il lui rend un des plus beaux hommages qui se puissent imaginer. On sait, ou on ne sait pas, que les « Soirées » en question sont celles que passent des musiciens d'orchestre dans la fosse d'un petit opéra allemand. On y joue généralement des musiques qui les assomment, ils en profitent pour bavarder, s'en raconter de bien bonnes et Berlioz, qui tient le rôle du violoniste Corsino, y invente des nouvelles à dormir debout. Mais voilà, lors de la onzième soirée... « On joue *La Vestale* de Spontini. Les musiciens sont venus à l'orchestre en habit noir et en cravate blanche. On remarque sur leurs visages une sorte d'exaltation inaccoutumée. L'admiration et le respect sont dans tous les cœurs. L'exécution de l'orchestre est admirable. Personne ne parle. Après le final du second acte : “Tu pleures, toi, dit à Corsino le premier trombone ; quant à moi, j'ai cru ne pouvoir achever ma partie, un mouvement nerveux agitait mes lèvres, et à la fin du morceau j'avais peine à donner un son. — Foudres du ciel ! quelle musique ! s'écrie à son tour un des contrebassistes ! Voyez, mes genoux tremblent ; je suis heureux d'avoir pu m'asseoir, sans cela je n'eusse pas fait une note de la coda.”

« Le troisième acte s'exécute avec la religieuse ferveur qu'on a mise à l'exécution des deux premiers. Le chef d'orchestre, qui a été parfait d'intelligence, de précision et de verve, mord son mouchoir à belles dents pour contenir son émotion. Il descend de son pupitre le visage enflammé et me serre la main en passant... »

Pendant la onzième soirée de l'orchestre, celle consacrée à *La Vestale*, Corsino et ses amis, Siedler, Dimski et Moran, premiers cors, étaient en habit et plastron blanc. Personne n'avait envie de bavarder ou de commander un punch ou une *demi-tasse*... Pendant la douzième soirée, en revanche, où l'on joue un opéra italien, etc., etc. c'est-à-dire sans importance, Berlioz en profite pour nous raconter l'un de ses contes les plus célèbres : « Le suicide par enthousiasme ». Son héros, Adolphe, jeune provincial monté à Paris amoureux d'une belle pianiste, se suicidera d'une balle dans la tête, au coin de la rue Rameau, en face de l'Opéra, par enthousiasme pour *La Vestale* de Spontini. Ce seront d'ailleurs ses derniers mots : « Oh ! oui ! je la verrai encore une fois, une fois... cette *Vestale*... production surhumaine, qui ne pouvait naître que dans un siècle de miracles comme celui de Napoléon. Je concentrerai dans trois heures toute la vitalité de vingt ans d'existence... Après quoi... J'irai... ruminer mon bonheur dans l'éternité. »

Tant d'éloges de la part d'un Berlioz pour une œuvre sur laquelle il devait méditer toute sa vie ? Pourtant, la pauvre *Vestale* romaine de Spontini ne nous paraît pas très excitante. Le livret de Jouy avait d'abord été écrit pour Boieldieu, l'auteur de *La Dame blanche*. Il raconte les amours de la vestale Giulia et du général romain Licinius. Pour retrouver son amant, Giulia laisse éteindre la flamme qu'elle doit garder et elle est condamnée à mort. Un éclair venu du ciel rallumera la flamme et sauvera Giulia du bûcher : c'est une *Norma* sans la tendresse de Norma, sans la somptuosité mélodique de Bellini. Mais c'est un rôle à la mesure de Callas et c'est Callas qui, comme à la *Médée* de Cherubini quelques mois plus tôt, lui a redonné vie. Callas, et son metteur en scène Luchino Visconti, qui a très vite vu ce que, avec une tragédienne comme Maria Callas, il pourrait faire.

La première de la production Visconti-Callas de *La Vestale* a eu lieu, rituellement, le 7 décembre 1954 à la Scala de Milan, le soir de la réouverture de l'Opéra. L'œuvre n'avait pas été donné à Milan depuis 1929, mais on y attendait Callas. Certains se souvenaient de Rosa Ponselle, qui avait été jusque-là la plus fameuse Giulia du XXe siècle. Mais Callas va venir... L'enregistrement qu'on a pu en faire l'y révèle suprêmement en possession de ses moyens, dans une partition difficile dont elle se joue avec une incroyable aisance. Les notes hautes se succèdent, puissantes, et toutes les enjolivures du bel canto : Callas, superbe, domine. Pourtant auprès d'elle, Ebbe Stignani, qui chante la grande prêtresse qui décidera de son sort, est superbe. Comme Franco Corelli, à la colossale présence scénique. Mais Maria Callas a reçu une ovation qu'elle n'est pas près d'oublier. À la fin du deuxième acte, c'est une pluie d'œillets rouges. Alors, souriante dans ses voiles blancs qui sont ceux de la vierge romaine, Maria Callas s'est avancée plus avant sur le proscenium — puisque pour reconstituer une représentation d'époque, Visconti avait fait construire un proscenium qui débordait largement sur les fauteuils d'orchestre du théâtre — et elle a ramassé un œillet rouge. Un seul. Puis elle s'est penchée et l'a tendu à un vieux monsieur aux cheveux blancs assis dans une avant-scène, et ce fut du délire. Le vieux monsieur s'appelait Arturo Toscanini.

Alors, pour Berlioz et par Berlioz ; pour Callas, et par Callas, nous finirons bien par l'aimer un jour, *La Vestale* de Spontini.

Veuve joyeuse (La) (*Die lustige Witwe*)

Franz Lehár. Livret de Viktor Léon et Leo Stein d'après Henri Meilhac

Vienne, 1861

Une (grande) génération après Johann Strauss et c'est avec Franz Lehár le second fabuleux triomphe de l'opérette viennoise. Un formidable succès, que celui de sa *Veuve joyeuse.* Tous les plus grands ténors, les sopranos les plus recherchées dans le monde, se sont bousculés pour chanter les rôles de Danilo et de Hanna Glawari. L'intrigue, tirée d'une comédie du Français Meilhac, généralement compagnon d'Halévy, *L'Attaché d'ambassade*, raconte le séjour parisien d'une richissime veuve originaire d'un petit état d'Europe centrale, dont l'ambassadeur en France cherche par tous les moyens à empêcher la fortune de passer en des mains étrangères. L'amour et l'argent, mais surtout la gaieté, les fêtes... Selon les versions, allemande ou française, le bataillon des jolies filles qui traversent la pièce de bout en bout s'appellent Lolo, Dodo, Jojo, Froufrou, Cloclo et Margot ou Manon, Fanchon, Suzon, Chonchon, Ninon et Lison. Le seul énoncé de ces jolis prénoms où fleurent bon deux nationalités fondues en une seule suffit à évoquer Maxim's, où se déroule le troisième acte flamboyant. Une intrigue drôle et tendre. Les soupirants se succèdent auprès de Hanna Glawari, qui s'appelle Missia Palmieri en version française : officier français ou attaché militaire belge, voire consul du Guatemala. Mais c'est Danilo, attaché à l'ambassade de Marsovie, la terre natale de la joyeuse veuve, qui emportera le morceau, le cœur et la cassette. Tout cela aux accents d'une douzaine d'airs qui font encore aujourd'hui la gloire de l'opérette à travers le monde. Et surtout de la fameuse valse, connue en France par ses paroles françaises : « Heure exquise, qui nous grise... » Après une Joan Sutherland ou une Gwyneth Jones, une Felicity Lott, c'est Karita Mattila qui fut, ces dernières années, une somptueuse Hanna Glawary sur toutes les scènes du monde. Mais naturellement — on y reviendra pour à peu près toutes les grandes opérettes viennoises... — ce sont les deux versions enregistrées successivement en 1953 et 1962 par Elisabeth Schwarzkopf qui demeurent nos références. Avec Otto Ackerman, elle avait Erich Kunz comme partenaire ; avec Lovro von Matačić, c'était Eberhard Waechter. Mais dans les deux enregistrements, sa « Chanson de Vilya » demeure un enchantement.

Viardot, Pauline (1821-1910)
Mezzo française

Pauline et Maria, Maria et Pauline : leurs destins semblent indissociables. Et pourtant, Maria, la fille aînée de Manuel Garcia, immense chanteur et professeur de chant de l'Europe entière, mourut à vingt-huit ans en 1836 quand sa petite sœur, Pauline, n'avait encore que quinze ans. Mais c'est une manière de relève miraculeuse qui s'est opérée. Élevée avec moins de rigueur que son aînée, la sœur cadette de Maria Malibran devint elle aussi, dès l'âge de seize ans, un an après la mort de sa sœur, l'une des toutes premières chanteuses de son temps. Après des débuts à Bruxelles, c'est à Londres en 1839 — elle avait alors dix-huit ans... — qu'elle chanta sa première Desdémone, selon Rossini. Il y a eu l'air du « Saule » de la Malibran, il y aura celui de Pauline Garcia. Tout le monde romantique s'enflammera pour cette jeune femme, aussi laide, affirmait-elle, qu'était belle la Malibran. Un véritable petit singe, disait Pauline d'elle-même. Mais un petit singe avec une voix d'or, capable de chanter la quasi-totalité du répertoire lyrique pour voix de femme. Bien sûr, les comparaisons entre les deux sœurs furent, au début, monnaie courante. Après les *Stances* qu'il avait consacrées à Maria, Musset, que Pauline méprisait pourtant, écrivit plusieurs articles à sa gloire. Desdémone ou Rosine, elle enflamma les foules comme l'avait fait sa sœur. Mais son tempérament était différent. L'une jouait avec ses tripes, l'autre avec sa tête et sa voix. En outre, la longueur stupéfiante de la carrière de Pauline Garcia, qui épousa en 1841 Louis Viardot, hispaniste et directeur de théâtre, lui a fait traverser pratiquement la totalité du répertoire lyrique du XIXe siècle. Après le bel canto, elle a chanté le Grand Opéra français, dont *Le Prophète*, de Meyerbeer, où elle créa le rôle de Fidès. Mais surtout, elle vécut dans le sillage de Berlioz, qui révisa pour elle les partitions de l'*Orphée* et d'*Alceste* de Gluck. À la fin de sa vie, partagée entre Baden-Baden et Paris, elle eut un salon, composa des mélodies fort intéressantes, peignit, écrivit.

Mais quelle vie que celle de Pauline Viardot ! On lui prête de nombreuses liaisons. La plus célèbre est certainement celle qui l'attacha pendant plusieurs décennies à Tourgueniev. Tourgueniev et les Viardot constituèrent ainsi l'un des plus fameux ménages à trois du XIXe siècle. Établis dans des maisons voisines, à Bougival, ils voisinaient éperdument... Autre amitié qui marqua la vie de Pauline Viardot, celle de George Sand. Les deux femmes furent toute leur vie très proches l'une de l'autre, et c'est Pauline Viardot qui inspira à Sand le personnage de Consuelo. Grâce à Pauline, George Sand a pu ainsi écrire l'un des trois grands romans de toute l'histoire de la littérature consacrée à la musique. Les deux autres ? *Jean-Christophe*, de Romain Rolland et, naturellement, le *Docteur Faustus* de Thomas Mann.

Vickers, Jon (Jonathan) (né en 1926)
Ténor canadien né en 1926

Un ténor, certes, mais aussi un acteur, un tragédien sans pareil. Qu'il chante le Paillasse de Leoncavallo ou le héros tourmenté du *Peter Grimes* de Britten, Jon Vickers apporte à chacune de ses interprétations une intensité probablement sans égale dans le monde lyrique de son temps. Osera-t-on dire qu'il s'identifie étroitement à ses rôles ? Le bruit court, d'ailleurs, qu'il a toujours refusé de chanter le rôle de Tannhäuser, pour ne pas incarner un pécheur, fût-il repenti... En revanche, peu de chanteurs, et surtout de ténors, ont su clamer aussi admirablement leur solitude. Solitude chez Britten, on l'a dit. Solitude aussi de Florestan, dans *Fidelio*. Son grand appel à Dieu, au tout début du deuxième acte, y est d'une effroyable beauté.

Est-ce qu'on osera esquisser la comparaison ? Il y a, dans la voix de Vickers, comme dans celle de Maria Callas, des accents étranges, certaines raucités qui peuvent gêner un auditeur habitué à plus de régularité dans un timbre de voix, moins d'écorchures...

Comme Callas, Jon Vickers est un chanteur déchiré. Lorsqu'il revêt le costume de Canio dans l'opéra de Leoncavallo, qu'il se maquille de blanc le visage, on a le sentiment que le costume de scène qu'il enfile est, précisément, celui de cette déchirure...

Vie brève (La) *(La Vida breve)*

Manuel de Falla. Livret de Carlos Fernández Shaw

Nice, 1913

En dehors des *Tréteaux de Maître Pierre*, opéra pour marionnettes créé à Séville en 1923, l'abondante œuvre lyrique de Manuel de Falla n'est vraiment connue du grand public que pour sa *Vie brève.* Pour le reste, la plupart de ses œuvres pour le scène sont des opérettes populaires espagnoles, des zarzuelas, que l'on commence enfin à entendre hors d'Espagne. Mais *La Vie brève*, au même titre que *Le Tricorne*, son ballet le plus connu, a d'entrée de jeu remporté un immense succès. Il faut dire que l'action, qui se déroule à Grenade au début du XXe siècle, a tout ce qu'il faut pour plaire à un public curieux d'exotisme et d'espagnolades. Salud, l'héroïne, vit dans un quartier pauvre et populaire. D'où la peinture musicale attendrie et pittoresque des artisans de Grenade. Mais Salud vit aussi dans l'angoisse. Paco, celui qu'elle aime, en aimerait, lui dit-on, une autre. En dépit des affirmations d'un oncle qui veut la rassurer, Salud ne croit plus en la fidélité de son amant. Au deuxième acte, l'infidélité est devenue flagrante : le bien-aimé de Salud est devenu l'époux de Carmela. Scène tragique et fin d'une vie très brève, Salud fait irruption au milieu de la noce, dénonce la trahison de l'infâme Paco et, un couteau à la main, demande à celui-ci de la tuer. Il refuse, elle n'en meurt pas moins... Qu'on nous pardonne cette ironie : la musique de Manuel de Falla mêle avec un prodigieux bonheur folklore et musique de son temps. Falla n'avait que vingt-huit ans lors de la création au Casino de Nice de sa *Vie brève.* En un jour, il s'est placé au premier rang des compositeurs de son temps. Mieux, son nom est devenu synonyme de musique et d'Espagne. Et c'est naturellement d'Espagne que nous sont venues les plus belles visions de cette vie si terriblement brève. Victoria de Los Angeles, d'abord, puis Teresa Berganza ensuite : deux Salud, toutes deux hors du temps. Et depuis que nous avons entendu ces deux versions au disque, celle de Rafael Frühbeck de Burgos, chez EMI, et celle de Garcia Navarro, chez Deutsch Gramophon, nous en sommes à nous interroger : Los Angeles ou Berganza ? Et pourtant, depuis longtemps aussi, en dépit de la présence magnétique de Teresa Berganza, nous savons que la plus grande Salud de la deuxième moitié du XXe siècle, c'est bien la bouleversante Victoria...

Vie parisienne (La)

Jacques Offenbach. Livret d'Henri Meilhac et Ludovic Halévy

Paris, 1866

Créée dans les derniers mois de 1866, à la veille de l'Exposition universelle de 1867, *La Vie parisienne* avait un but bien précis dans l'esprit de ses auteurs : révéler avec un grand éclat de rire aux milliers d'étrangers qui allaient se presser dans la capitale une « vie parisienne » endiablée, caricaturale, conforme à tous les clichés qu'on attendait d'elle. D'où ce fulgurant feu d'artifice qu'est l'opéra bouffe, d'abord en cinq actes (1866) ; puis en quatre actes (1873) du trio Offenbach, Meilhac et Halévy.

Lors de la création, tous les rôles de la pièce étaient joués, mais aussi chantés, par des comédiens du théâtre parlé, à l'exception de celui de Gabrielle, chanté par Zulma Bouffar. La grande Zulma Bouffar. Vous vous en souvenez tous ! Nous l'avions oubliée... Depuis, on a pris la bonne, ou peut-être plutôt la mauvaise habitude de faire chanter *La Vie parisienne* par de vrais chanteurs. Lorsqu'il s'agit de Mady Mesplé et Jane Rhodes au Capitole de Toulouse, on nage encore dans le bonheur. Pourtant, c'est une reprise fameuse de l'œuvre, en 1958 au théâtre du Palais-Royal où elle fut précisément créée, qui est restée dans les mémoires de tous ceux qui ont pu la voir. Là aussi, tous les rôles étaient tenus par des comédiens. Et quels comédiens ! La troupe de Jean-Louis Barrault et Madeleine Renaud, avec ses vedettes inimitables, Pierre Bertin ou Jean Parédès ; ses immenses comédiens, Simone Valère et Jean Desailly. Seul le personnage de Métella était chanté par une actrice qui avait derrière elle quelques jolis rôles chantés : Suzy Delair. Qui ne se souvient de Suzy Delair et de son « Petit Tralala », dans le *Quai des Orfèvres* d'Henri-Georges Clouzot ? Un enregistrement bien incomplet de cette *Vie parisienne*-là nous est resté, sous la direction d'un André Girard à la tête d'un « Grand Orchestre symphonique » ! Mais on peut aussi écouter avec un plaisir immense l'enregistrement qu'en fit un Michel Plasson, au Capitole de Toulouse, avec Régine Crespin, Mady Mesplé, Michel Sénéchal et tous les autres. On peut découvrir une version dirigée par Sylvain Cambreling avec une troupe de comédiens qui firent un malheur à Vienne mais qui ne passent pas vraiment la rampe du disque : on en reviendra alors au Grand Orchestre symphonique d'André Girard, à la Compagnie Renaud-Barrault et à l'immense Pierre Bertin qui nous annonçait sur un air tragique que « son habit a craqué dans le dos, dans le dos » !

Vie pour le tsar (La) *(Ivan Soussanine)*

Mikhaïl Glinka. Livret de Georgi F. Rosen

Saint-Pétersbourg, 1836

L'opéra russe commence avec Glinka. Glinka, né en 1804, quasi contemporain de Berlioz, est ce musicien qui, ayant parcouru l'Europe, séjourné à Rome — on le vit même à la Villa Médicis..., fréquentait en Italie Bellini et Donizetti, s'était lié d'amitié avec Mendelssohn en Allemagne et revint en Russie pour inventer, donc, la musique russe. Ou presque. C'est à Saint-Pétersbourg qu'on donna pour la première fois cette *Vie pour le tsar* rebaptisée *Ivan Soussanine.* C'est au théâtre Bolchoï de Moscou, lors d'un long séjour opératique qui nous fit visiter le célèbre opéra, de ses dessous les plus obscurs aux plus escarpées de ses passerelles lancées au-dessus de la scène, que nous avons appris à aimer cette belle histoire patriotique et populaire. L'opéra russe est né, en effet, dans la Russie profonde. Le héros en est un paysan, Ivan Soussanine, témoin du flux et du reflux des armées tsaristes et de leurs ennemis, les Polonais. Mais, à sa manière, l'opéra de Glinka est intimiste. Au drame national qui lui sert de toile de fond, s'ajoute une intrigue familiale, les amours d'Antonida, la fille d'Ivan, et de Sobinine, son fiancé. C'est à l'occasion du mariage des deux jeunes gens que Soussanine, en véritable résistant, ourdit le plan qui permettra au jeune tsar Romanov, auquel il est personnellement attaché, d'échapper à l'envahisseur polonais. Il y laissera la vie au quatrième acte, mais un épilogue chantera la grandeur de son héroïsme. Assez curieusement d'ailleurs, Soussanine est, certes, un personnage légendaire, mais la plus célèbre de ses interprétations, avant Glinka, avait été écrite quelques dizaines d'années avant l'opéra par le poète Rileïev, qui célébrait certes en lui un héros du peuple russe, mais opposé au pouvoir du tsar. Le malheureux Rileïev, comme Soussanine, paya d'ailleurs de sa vie son courage puisqu'à la tête de l'insurrection de décembre 1825, il fut condamné et exécutée. Glinka, pour sa part, n'avait d'autre vue politique que de chanter la Russie éternelle, ses paysans et leur loyauté à leur patrie.

La Vie pour le tsar, accueillie favorablement par la critique, les milieux intellectuels et notamment Pouchkine, fut néanmoins qualifiée de « musique de cochers » par une certaine aristocratie plus habituée à la musique occidentale. Faute de connaître les goûts des cochers russes dans les années 1830 de l'avant-dernier-siècle, nous célébrerons, nous, ceux de l'équipe réunie en 1958 autour d'Igor Markevitch qui nous fit d'abord découvrir, au disque, l'œuvre que nous avons ensuite aimée à la scène. La distribution était éblouissante : Boris Christoff, Nicolaï Gedda et Teresa Stich-Randall. Il y a sûrement eu d'autres versions plus russes encore, notamment, presque contemporaine, celle du grand Ivan Petrov. Mais Boris Christoff et Teresa Stich-Randall ont beau pencher naturellement du côté de Donizetti que de celui de Moussorgski, ils nous emmènent quand même très loin !

Vienne

La capitale européenne de l'opéra, ou presque. Bien sûr, il y a ces drôles de gens du sud qui font un drôle d'opéra. L'article « Scala », entre autres, dans ce dictionnaire, donnera à ce propos des indications plus que succinctes. Pour le reste, se reporter à tous les opéras italiens énumérés dans le livre. Mais Vienne, où l'opéra italien est aussi très présent, est d'abord la capitale de l'opéra allemand. Il y a d'ailleurs beaucoup de maisons d'opéra à Vienne. Un regard ému d'abord du côté du Theater an der Wien dont le directeur, Schikaneder, créa *La Flûte enchantée*, où il joua, d'ailleurs, le rôle de Papageno. Aujourd'hui, c'est un Luc Bondy qui y poursuit ses passionnantes expériences. Le Volksoper n'est en rien un Opéra-Comique ou un opéra de second rang. Les places y sont moins chères, mais un Richard Strauss a pu en être un temps le codirecteur, on y donna *Tosca* et *Salomé* alors que la censure refusait des œuvres qualifiées de scandaleuses au Hofoper.

Mais c'est bien du Hofoper, devenu Staatsoper, qu'on veut parler ici. Le théâtre de la Hofburg, son ancêtre, fut construit sous le règne de Marie-Thérèse. C'est un opéra de Gluck, *Semiramis reconnue*, qui l'inaugura en 1748. Dans le même temps, le Burgtheater, où l'on avait donné dès le XVIIe siècle quelques-unes des œuvres majeures de l'époque et qui avait connu une période de déclin, reprenait un peu l'avantage. C'est pourtant au théâtre de la Hofburg que l'on monta les principaux opéras de Mozart. Le nouvel opéra, Oper am Ring, fut inauguré en 1869 avec un *Don Giovanni.* Mais c'est à partir de la fin du XIXe siècle que l'Opéra de Vienne s'est placé au premier rang des maisons du monde entier. L'avant-Deuxième Guerre mondiale, quand Clemens Krauss, Weingartner et Bruno Walter en assumèrent tour à tour la direction, fut un temps de miracles et de rêves. Mais les miracles ne durent pas toujours, en 1938, Walter fut contraint de quitter l'Autriche passée sous la botte nazie, de très nombreux chanteurs prirent, comme lui, le chemin de l'exil. En 1943, c'est Karl Böhm qui monta un *Capriccio* fameux pour le quatre-vingtième anniversaire de Strauss et dirigea, le 30 juin 1944, un *Crépuscule des dieux* qui devait marquer la fin des idoles qu'un ordre infâme pensait alors imposer au monde. Ce fut le dernier spectacle donné dans l'ancien théâtre, on en ferma les portes. Le 12 mars 1945, exactement un an après l'entrée triomphale de Hitler à Vienne, un bombardement allié ravageait le vieux théâtre.

On revint au Volkstheater pour dix saisons. La troupe de l'Opéra de Vienne était alors faite de noms de légende. Toutes celles, tous ceux que nous avons passionnément aimés et que l'on retrouve au fil de ces pages, étaient présents. Schwarzkopf, Seefried, Welitsh, Jurinac, Dermota, Patzak, Hotter, Kunz, et tant d'autres... C'est alors un nouvel âge d'or du chant allemand, le disque en a gardé de nombreux témoignages : osera-t-on dire qu'on doute, aujourd'hui, de pouvoir rassembler de telles équipes ? C'est à la lumière de ces quelques voix, et de quelques autres, que nous-mêmes sommes entrés en opéra. Le 5 novembre 1955, on rouvrait l'ancien théâtre, reconstruit sur le Ring à peu près à l'identique, avec *Fidelio.* Karl Böhm dirigeait. La légende en dure encore. Même si certaines années de vaches maigres, elle a du plomb dans l'aile. Les mises en scène n'y sont pas toujours à la hauteur de ce qu'on y entend, Vienne demeure pourtant l'un des rares théâtres au monde à bénéficier, comme ce fut le cas de l'Opéra de Paris sous le règne de Rolf Liebermann, des distributions d'un festival quasi permanent. Deux souvenirs éblouissants au moins de Vienne. D'abord, au début des années 1980, un *Rigoletto* dont nous retrouvons, dans nos notes, que ce fut une « cruelle déception ». Éblouissant, alors, notre souvenir ? Tout simplement parce que nous étions avec une jeune femme que nous connaissions depuis quinze jours et que nous n'avons pas quittée depuis. Les chambres du palais-hôtel Schwarzenberg, un gâteau au chocolat célèbre et pas plus mauvais que d'autres chez Sacher, une visite à un libraire qui s'appelait Nebahy, une expédition ensuite, dans la neige, jusqu'à un burg à la Victor Hugo, quelque part en Basse-Autriche. Puis, dix ans plus tard, en la même compagnie, l'autre souvenir : un *Don Giovanni* de routine, qui touchait au miracle. Tout y était parfait, Ruggero Raimondi était un séducteur cynique et grandiose. Autour de lui, les autres voix étaient superbes. C'est en sortant de cette soirée-là, traversant le Ring, que nous eûmes la conviction qu'il n'était pas une représentation du *Don Juan* de Mozart qui, d'une manière ou d'une autre, ne pût nous apporter « autre chose ».

Ville morte (La) (*Die tote Stadt*)

Erich-Wolfgang Korngold. Livret de Paul Schott d'après le roman, puis la pièce de Georges Rodenbach

Hambourg, 1920

Une de ces perles sombres, grises, mouillées, opalescentes, fluides... Une œuvre rare dans l'histoire de l'opéra, qui connut un prodigieux succès pour tomber quasiment dans l'oubli. Il faut dire que son auteur, Korngold, eut lui-même un bien étrange destin. Véritable enfant prodige qui compose des œuvres déjà importantes à l'âge de douze ans avant d'être joué à l'Opéra de la cour de Vienne à treize ans, il semble devoir faire une fulgurante carrière. C'est à vingt-trois ans qu'il donne sa *Ville morte*, qui lui a pris quand même trois ans de travail. Et puis, après quelques années passées auprès du grand metteur en scène Max Reinhardt, l'avènement du régime nazi l'oblige à traverser l'Atlantique. En 1934, il se retrouve à Hollywood, écrit de la musique de film, dirige des opérettes. Nationalisé Américain en 1943, il meurt quasiment dans l'oubli à Los Angeles en 1957. Mais les photos qui nous le montrent jeune sont étonnantes, ce jeune homme joufflu, au regard limpide, cheveux blonds, pelisse confortable, frac ou smoking bourgeois. Quant à l'œuvre elle-même, sa *Tote Stadt*, elle est particulièrement représentative de son époque. L'écrivain belge Georges Rodenbach écrivit d'abord un roman, dont il fit ensuite une pièce de théâtre. C'est Korngold lui-même, en compagnie de son frère Erich, qui en écrivit le livret sous le pseudonyme de Paul Schott. Nous sommes à Bruges, ville morte de légende, cité des canaux et des brouillards. Un homme y a aimé une femme, Marie, très belle,

elle y est morte. Veuf, Paul a voulu revenir errer au royaume de ses amours. Il vit seul, avec une gouvernante, à l'ombre lumineuse d'un formidable portrait de la morte. Quelque part, dans un coffret, il conserve aussi une longue tresse de ses cheveux blonds. Et voilà que, se promenant dans la ville, il tombe sur une comédienne, Marietta, qui semble le sosie parfait de Marie. Il voudra l'attirer chez lui, le tête-à-tête de Marietta avec le portrait de Marie terrifiera d'abord l'actrice. Puis, provocante, presque agressive, celle qui joue le rôle d'Hélène dans un *Robert le Diable* naturellement maléfique, décide de se donner à lui, mais sous le portrait de la morte. Dans un accès de folie, Paul la tue. Il l'étrangle : avec quoi ? Naturellement, avec la lourde tresse de chevelure blonde ! Le cauchemar s'achève, un « happy end » pas si heureuse que cela nous apprend que ce cela n'était qu'un rêve, le veuf vivra encore longtemps, veuf et malheureux pour toujours.

Élève de Zemlinsky, mais très influencé par Mahler, par Richard Strauss, Korngold a paré sa *Ville morte* d'une musique bellement vénéneuse. Trop de charme, peut-être... Dans les années 1950 et 1960, on a fait la fine bouche. Pourtant, certains passages comme le « lied » de Marietta, sont presque devenus des refrains à la mode. On l'avouera sans plus de précaution : nous aimons *La Ville morte.* On l'a d'abord découverte dans un splendide enregistrement réalisé par Erich Leinsdorf à Munich, avec Caroll Neblett et René Kollo. Sur Neblett aujourd'hui, sur Kollo toujours, d'aucuns ont, là aussi, fait la fine bouche. On dira qu'ici leur lyrisme à tous deux est époustouflant. Et puis, c'est l'atmosphère même de toute l'œuvre qui nous touche si fort. On a pu évoquer Orphée, qui veut faire revenir Marie d'entre les morts. Plus récemment, d'autres avant nous, mais nous le pensons avec eux, ont parlé de *Vertigo*, le film fameux d'Alfred Hitchcock. Qu'on se souvienne, d'ailleurs : à la tresse blonde de Marie correspond, dans le chef-d'œuvre de Hitchcock, l'étrange rouleau en chignon de Carlotta Valdès, la somptueuse, la vertigineuse Kim Novak. Eh bien, ce sont ces mêmes vertiges où nous nous sommes somptueusement laissé entraîner lorsqu'au théâtre du Châtelet, en 2001, Angela Denoke a chanté le double rôle de Marie et de Marietta. Légèrement trop démonstrative, la mise en scène de Inge Levant faisait peut-être fi de l'atmosphère de brume et de mystère d'une Bruges noyée dans les rêves. En 2004, la même Angela Denoke, aux côtés de Torsten Kerl, a triomphé de nouveau dans la formidable et morbide production de Willy Decker à Salzbourg. Dès lors, si ce Dictionnaire amoureux pouvait amener quelques amoureux de plus à la *Ville morte* de Korngold, nous aurions le sentiment de ne pas avoir tout à fait perdu notre temps. Ne serait-ce aussi qu'en souvenir du beau livre de Georges Rodenbach que nous avons lu à quinze ans, découvert parmi les quelques volumes alignés sur les rayonnages verts d'une chambre dite « la chambre jaune » — ou encore « la garçonnière !! » — qui était celle de nos vacances auvergnates.

Vinay, Ramon (1912-1996)

Baryton, puis ténor, chilien

Un phénomène vocal, qui commença par chanter de vrais rôles de baryton, particulièrement lourds : Rigoletto, Scarpia, avant d'entamer, dans les années 1940, une nouvelle carrière, plus éclatante encore, de ténor. Il fut notamment un Otello particulièrement inspiré sous la direction de Furtwängler à l'Opéra de Vienne. Mais surtout, il avait enregistré auparavant, en 1947, le même rôle dans la version littéralement survoltée de Toscanini. Mieux : en 1952, sa gravité naturelle lui permet d'être un des plus grands Tristan de l'histoire du Festival de Bayreuth. Un enregistrement a été conservé d'une soirée de 1952, la distribution en est un rêve : Vinay, donc, Martha Mödl, Ludwig Weber, Hans Hotter et, dans la fosse, Karajan. Écoutez Vinay dans le duo du deuxième acte : c'est l'un des plus grands amoureux de l'histoire du théâtre lyrique. Mais ce n'est pas encore tout : à partir de 1962, cette personnalité protéiforme revient à sa voix originale et redevient baryton. Et voilà Ramon Vinay de retour à Bayreuth, mais dans le rôle de Telramund de *Lohengrin*. Il est aussi Iago, Falstaff, Scarpia, le docteur Schön de *Lulu*. L'étrangeté de la carrière de Ramon Vinay fait de lui une sorte de phénomène. Mais un phénomène doué non seulement d'une voix remarquable, mais aussi d'un sens dramatique aigu, d'une présence scénique qui fut, paraît-il, immense.

Viol de Lucrèce (Le) *(The Rape of Lucretia)*

Benjamin Britten. Livret de Ronald Duncan d'après André Obey

Glyndebourne, 1946

Aussitôt après *Peter Grimes*, Britten donne au Festival de Glyndebourne, le 12 juillet 1946, son troisième opéra. Le premier, *Paul Bunyan*, sur un livret de son ami le poète W.-H. Auden, est probablement la moins connue de ses œuvres. Avec *Le Viol de Lucrèce*, Britten entame sa carrière de compositeur d'« opéra de chambre », aux effectifs orchestraux réduits, à laquelle il restera largement fidèle. Un peu comme Wieland Wagner à Bayreuth, c'est aussi pour des raisons d'abord matérielles que le petit-fils de Wagner choisit au Festspielhaus des productions à peu près privées de décors et Britten, dans une Angleterre d'après-guerre et en plein effort de reconstruction, des effectifs orchestraux réduits. Il en découvrira peu à peu l'avantage puisque, et ce n'est pas forcément trivial !, ce type d'œuvre permet et permettra effectivement de nombreuses productions à travers le monde, tout particulièrement par des troupes d'étudiants.

Déjà, dans *Peter Grimes*, Britten nous parlait d'innocence. Ici, c'est de l'innocence de Lucrèce, épouse de Collatinus, violée par l'empereur Tarquin, qui l'attire pourtant, qu'il est question. L'action se situe, en principe, cinq cents ans avant Jésus-Christ mais la Rome que nous raconte Britten, ou du moins certains de ses héros, est déjà pétrie de morale chrétienne. C'est peut-être la raison pour laquelle le public de la première, sur les vertes prairies du Sussex, se trouva pris à contre-pied.

C'est parce que la Lucrèce choisie pour ce Festival de Glyndebourne s'appelait Kathleen Ferrier, et qu'il nous en est resté un enregistrement qu'à l'époque on qualifiait de pirate, que ce *Viol de Lucrèce*, remarquable pourtant par sa concision et l'économie de moyens qui y préside, se devait de figurer dans ces pages. On possède trop peu de souvenirs de l'illustre chanteuse disparue pour ne pas les épeler un à un.

Kathleen Ferrier était, nous dit-on, mal à l'aise, ne chanta cette saison-là qu'en alternance avec une autre distribution. À ses côtés, Peter Pears est d'un lyrisme étrange et dangereux. Contrairement aux autres opéras de Britten, *Le Viol de Lucrèce* n'a jamais été une œuvre très populaire, bien que donnée en France (Mulhouse puis Paris) dès 1948. La fin tragique de Lucrèce, qui ne peut pas ne pas évoquer la mort de *Didon* selon Purcell, est d'une grande beauté. Une marche funèbre clôt l'opéra, annonçant avec quelques siècles d'avance la naissance du Christ, le Rédempteur. Huit solistes et treize instrumentistes parviennent à donner à cette histoire très sombre ouverte pourtant vers la lumière une intensité dramatique exceptionnelle. La version enregistrée en 1970 par Britten lui-même, avec Janet Baker dans le rôle de Lucrèce et Peter Pears dans celui du « chœur » masculin, est un modèle d'interprétation britannique. Tout semble y être mis parfaitement en place, et pour l'éternité. On voudrait seulement en avoir entendu plus sur la Kathleen Ferrier de la création : « Une créature angélique », selon le compositeur.

Visconti, Luchino (1906-1976)
Metteur en scène-décorateur italien

L'un des plus grands. Les cinéphiles d'occasion parlent avec de jolis tremblements dans la voix — ah ! la scène du bal ! de son *Guépard*. Ceux qui en savent un peu plus évoquent *La terre tremble* ou *Rocco et ses frères*. Mais ici, c'est d'abord de celui qui fit de Maria Callas l'une des plus grandes actrices du monde que nous voulons nous souvenir. Sa *Vestale* de Spontini, en 1954, sa *Somnambule*, son inoubliable *Traviata*, son *Anna Bolena* ou son *Iphigénie en Tauride* font partie d'une histoire de l'opéra qui dépasse de bien loin celle de la musique. Modelant Maria Callas avec passion, Visconti nous a offert d'elle des images somptueuses. Des disques sont restés, hélas aucun film, aucune retransmission du travail fulgurant qu'il réalisa avec elle. À la Scala de Milan, plus tard à Covent Garden, Visconti fait partie de cette poignée de metteurs en scène qui, comme Wieland Wagner à Bayreuth, réinventa une manière de présenter l'opéra. L'enthousiasme avec lequel il s'attacha à faire redécouvrir des œuvres peu connues n'a d'égal que sa relecture de quelques classiques, telle cette *Traviata* déjà citée, ou un *Don Carlo* à Covent Garden. Mais, on osera le dire, certains des grands films de Visconti ne sont-ils pas, eux aussi, des opéras ? Revoyons *Senso*, souvenons-nous de la silhouette d'Alida Valli rasant les murs de Vérone sous la pluie ou déclarant son amour à un Farley Granger pétrifié de lâcheté et nous retrouverons les liens flamboyants qui, d'un écran de cinéma à la scène des plus grands théâtres du monde, peuvent réunir des acteurs, des chanteurs, par la grâce d'un metteur en scène de génie. D'ailleurs, *Senso* s'ouvrait par une scène tournée à La Fenice de Venise, pendant une représentation du *Trouvère*...

Vitez, Antoine (1930-1990)

Metteur en scène français

Comme il nous manque, le cher Antoine Vitez... À sa manière Vitez a inventé une nouvelle grammaire théâtrale. On dirait qu'il a gravé sur les planches de la scène comme dans ses décors une gestuelle originale, dont chaque élément est admirablement codé. Bien sûr, Vitez fut d'abord un homme de théâtre. Mais ses quelques aventures au domaine de l'opéra nous ont laissé de beaux souvenirs. Ainsi, *Les Noces de Figaro* qu'il monta à Florence : dans des décors de Claudine Lemaire, il faisait évoluer ses personnages au cœur d'une manière de labyrinthe dont il nous donnait à tous la clé. Ce fut une grande soirée du sinistre Théâtre communal de la capitale toscane. Nous y étions venus de Paris en nombre, il y eut un dîner qui se prolongea jusqu'à quatre heures du matin dans l'austère préfecture aux grandes et belles fresques de Gozzoli. Vitez découvrait l'opéra. Plus tard, à Milan, il monta un très beau *Pelléas et Mélisande*. Là aussi, nous fîmes le voyage. On vit aussi de lui un ou deux Verdi à Paris, dans des décors hallucinants et claustrophobes de Yannis Kokkos. Vitez possédait entre tous l'art de diriger ses acteurs : il fit, de chacun des chanteurs qui travaillèrent sous sa houlette, de véritables tragédiens.

Vol de nuit *(Volo di notte)*

Luigi Dallapiccola. Livret d'après Saint-Exupéry

Florence, 1940

Avec *Le Prisonnier*, qu'il précède de neuf ans, l'une des œuvres majeures du compositeur Luigi Dallapiccola. Les deux œuvres sont d'ailleurs souvent données au même programme. Souvent, mais rarement... La première représentation en a été donnée en France en 1960, dans une adaptation de Jacques Bourgeois. Plus encore que *Le Prisonnier*, *Vol de nuit* est une œuvre très dense, dépourvue d'effets, où la rencontre d'un dodécaphonisme schönbergien et d'un langage parlé haletant crée une tension extrême. Empruntée à Saint-Exupéry, c'est une histoire grave d'aviateurs prêts à voler jusqu'au bout de leurs vies, parce que tel est leur devoir et (pour Saint-Exupéry), la loi de l'Aéropostale. La critique ne fut pas toujours très tendre pour la morale presque nietzschéenne qui semble prendre à contre-pied l'œuvre généreuse de Saint-Exupéry lui-même. Peut-être que nous, nous nous sommes laissé prendre au jeu de la parole et de la musique tel qu'il s'est déroulé devant nous, nous avions à peine vingt ans, sur la scène d'un Opéra-Comique soudain ouvert à ce qui aurait dû être l'une de ses deux vocations privilégiées : la création contemporaine.

Von Stade, Frederica (née en 1945)

Mezzo-soprano américaine

Belle et vigoureuse Flicka, comme l'ont longtemps appelée ses amis. Pure jeune fille américaine à la bonne santé insolente, jolie petite pouliche dont on a pu voir, sous la neige, le ranch quelque part en Nouvelle-Angleterre. C'est à Paris, ou plutôt d'abord à Versailles, lors de la représentation de gala des *Noces de Figaro*, qui marqua les débuts de l'ère Liebermann au Palais Garnier, que le public français est, d'un coup, tombé amoureux d'elle. Il y avait à côté d'elle Gundula Janowitz et Mirella Freni : il nous a semblé, lors de la deuxième, lors de la troisième représentation auxquelles on a pu assister, que nous ne regardions qu'elle. Son premier air, c'était un halètement de petit garçon amoureux si parfait qu'on l'aurait bien vue, à la fin de sa musique, tomber essoufflée au milieu de la superbe mise en scène de Giorgio Strehler. Chérubin pour la vie, on l'a dès lors vue un peu partout dans le monde. Mais c'est avec une perfection infinie qu'elle a interprété quelques-uns de ces grands rôles de travestis, filles en garçons, qui font le bonheur des spectateurs d'opéra : Octavian, dans *Le Chevalier à la rose*, Sesto, dans *La Clémence de Titus* ou Idamante dans l'*Idoménée* de Mozart. Et on oubliait son Compositeur, dans *Ariane à Naxos.* Chaque fois, le même engagement, la même virilité, oserait-on dire. On l'aura compris, qu'elle chante Mozart, Strauss, Rossini ou la Charlotte de *Werther*, nous l'avons beaucoup aimée, la belle et sportive Frederica von Stade. D'une certaine manière, elle nous rappelle une comédienne canadienne, établie en France, que nous aimons aussi : Alexandra Stewart. Mais pourquoi faut-il que, de même que la jeune Kiri Te Kanawa, surtout lors de ses débuts, elle nous ait souvent paru d'une agaçante bonne santé !

Voyage à Reims, ou l'Hôtel du Lys d'Or (Le)

(Il Viaggio a Reims)

Gioacchino Rossini. Livret de Luigi Balocchi

Paris, 1825

Un disque. Un enregistrement réalisé en 1984 dans la foulée d'une série de représentations au Festival de Pesaro, haut lieu du culte rossinien, et *Le Voyage à Reims* s'est inscrit subitement au firmament de l'œuvre rossinienne.

C'est dire si l'on avait oublié la curieuse pièce de circonstance créée à Paris en 1825 au Théâtre-Italien, en guise de divertissement à l'occasion du couronnement à Reims, précisément de Charles X. Ce n'était d'ailleurs pas, à proprement parler, un opéra, bien que Rossini l'ait qualifié de « dramma giocoso », mais plutôt une sorte de cantate scénique. Très vite, une grande partie du matériel créé en 1825 devait être réutilisé dans une autre œuvre rossinienne composée pour la France : *Le Comte Ory.* Totalement oublié, donc, pendant plus d'un siècle et demi, ce *Voyage à Reims* qui enthousiasma, à Pesaro, des rossiniens venus du monde entier. Et pourtant, après *Le Comte Ory*, *Le Voyage à Reims* avait déjà connu deux étranges résurrections. D'abord, l'une, en 1848, à l'occasion du retour au calme après la révolution de Juillet. Rien que cela ! Et le titre d'alors ? *Andremo a Parigi.* Rien que cela ! « Nous irons à Paris », comme chez Ray Ventura et ses « Collégiens » dans un film des années 1940 ! Puis, six ans plus tard, après Reims et Paris, c'était en Autriche qu'on créait *Il Viaggio a Vienna*, pour célébrer les noces de François-Joseph Ier avec Elisabeth, fille du duc de Bavière, plus connue des amateurs de romans roses sous le nom de Sissi. Fin gastronome, Rossini savait mettre, on le voit, son voyage à toutes les sauces.

On épargnera au lecteur les péripéties qui conduisirent à la véritable reconstitution du *Voyage* original. Pour dire simplement que, sur une trame quasi inexistante, on arrive à un véritable feu d'artifice. L'histoire, en effet, ne ressemble à rien, c'est simplement la rencontre dans une auberge de Plombières, dirigée par une Mme Cortese, d'une quinzaine, ou presque, de visiteurs ou de personnalités venus d'un peu partout en Europe pour se rendre, précisément, à Reims et assister au sacre de Charles X. Et qui, parmi les voyageurs ? Rien de moins que la poétesse, ou plutôt l'improvisatrice Corinne, venue tout droit de chez Mme de Staël. Une Polonaise et une jeune veuve, un officier français qui fait la cour à toutes les dames, un général russe de caractère impétueux, un colonel anglais qui aime secrètement Corinne, un homme de lettres membre de diverses académies, un commandant allemand passionné de musique, un grand d'Espagne également amiral, le médecin de l'hôtel des Bains, la gouvernante de l'hôtel, une jeune orpheline grecque protégée par Corinne, une jeune fille distraite, timide et lente, femme de chambre de son état ; un maître d'hôtel ; un garçon de courses et un valet de chambre nous entraînent dans une folle aventure, qui s'achève aux cris de « Vive la France ! ».

C'est en version de concert que Claudio Abbado a dirigé l'Orchestre de chambre lors de la résurrection de l'opéra de Rossini à Pesaro en 1984. Le disque, puisque c'est à lui que nous voulons en venir, est sorti chez Deutsche Grammophon en 1985. Et ils y sont tous. Tous ceux qui, cette année-là, avaient envie de s'amuser avec nous et avec la musique de Rossini. Les citer ? Pourquoi pas... Cecilia Gasdia, Lucia Valentini-Terrani, Katia Ricciarelli.

Et Eduardo Gimenez, Francisco Araiza, Samuel Ramey, Ruggero Raimondi, Enzo Dara, Leo Nucci... Est-ce assez ?

Voyages de M. Broucek (Les)

Leos Janáček. Livret du compositeur avec Frantisek Gellner

Prague, 1920

Un opéra fou, fou, fou... Nous l'avons vu une fois, nous ne savons plus bien où... Ce devait être une production de l'English National Opera au Coliseum de Londres. Et, curieusement, nous avons été déçu. Pourquoi ? Parce que parmi les trésors d'une discothèque d'introuvables, au milieu des années 1960, nous avions, par quel hasard ? acheté les trois disques microsillons des *Voyages* en question, dirigés par Vaclav Neumann à la tête de l'Orchestre du Théâtre national de Prague. Et ç'avait été un bonheur absolu. Le livret était incompréhensible, d'ailleurs en possédions-nous vraiment un livret ? Les vieux microsillons doivent être encore à la cave, inatteignables... Et pourtant, cette œuvre toute en légèreté, en humour, avait parfaitement passé la barrière de la langue pour un amateur d'opéra qui découvrait éperdument d'autres mondes que ceux auquels il était habitué. C'est que l'histoire est pourtant compliquée à souhait. En fait, l'œuvre, adaptée d'une nouvelle satirique de l'écrivain tchèque Svatoplük Sech, est composée de deux épisodes, qui racontent deux aventures du fantaisiste M. Broucek, quelque part entre opéra-comique et surréalisme. La première aventure, c'est le voyage de M. Broucek dans la lune. Une nuit de pleine lune, à Prague, le brave citoyen tchèque Broucek, pas vraiment heureux dans la vie, se dit qu'il pourrait l'être ailleurs. D'où une science-fiction surréaliste, on l'a dit, où parmi des citoyens de la lune — végétariens, s'il vous plaît ! Broucek ne trouve que surprises d'abord, puis déceptions. La deuxième partie nous plonge en plein XVe siècle : cette fois-ci, c'est de l'histoire-fiction. Au milieu de prédicateurs hussites, entre servantes accortes, antéchrists déchaînés et troupes victorieuses, le pauvre Broucek se fait une fois de plus railler et chasser d'un monde qui n'est pas meilleur que le sien. Bavard, peureux, aventurier en chemise de nuit de flanelle et bonnet de coton, M. Broucek, qu'on imagine ventripotent et tout à fait ridicule, est pourtant un formidable rôle de ténor. Si formidable que les Broucek sont rares sur le marché du théâtre lyrique aujourd'hui. Comme sont rares les productions de cette fantaisie aérienne, dont le personnage principal, pas vraiment sympathique, est devenu une figure emblématique de la littérature tchèque. Quant à dire que c'est un personnage central de l'histoire de l'opéra, ce serait s'avancer bien loin. Et pourtant, nous avons tant aimé les trois vieux disques publiés par Supraphon en 1964... L'ami Gilbert Amy l'a dirigé à Lyon en 1986 : honte à nous qui n'avons pas fait le voyage ! Quand on a commencé son service militaire avec Gilbert Amy à Maisons-Laffitte dans le début des années soixante, le moins qu'on puisse faire est de l'écouter diriger Bruce Brewer en Broucek mal réveillé !

Wagner, Richard (1813-1883)
Compositeur allemand

Richard Wagner est probablement, dans toute l'histoire de la musique, le compositeur sur lequel il a été le plus écrit. On a écrit sur sa musique ; on a écrit sur sa vie ; on a écrit sur ce qu'on osera quand même appeler sa philosophie, ou du moins ses idées ; on a écrit sur ses idées politiques... Idolâtré par les uns, et pas seulement de l'autre côté du Rhin ; haï par beaucoup d'autres, et pas seulement par nationalisme franchouillard chez nous ou en réaction contre l'antisémitisme qu'on a voulu trouver dans ses œuvres littéraires, Wagner est un cas absolument unique dans l'histoire de la musique. On n'aura donc pas le ridicule de tenter de résumer ici sa vie ni sa carrière, ni ses œuvres.

On dira seulement que, parti de très bas, compositeur méconnu qui mena la dure vie d'artiste en Allemagne, mais aussi en France où il s'exila, Wagner a atteint des sommets de notoriété que, de son vivant, seul un Verdi aura connu. Rien d'étonnant, en somme, dans la mesure où l'un comme l'autre s'identifient, un peu trop rapidement d'ailleurs, à l'esprit d'un peuple. L'un comme l'autre ont aussi consacré la quasi-totalité de leur œuvre au théâtre. L'un comme l'autre, ils ont radicalement modifié le développement de l'art lyrique au XIXe siècle.

Alors, on évoquera d'abord en quelques mots Richard Wagner crevant de faim à Paris dans les années 1839-1842, dans l'incapacité de faire jouer sa musique et gagnant sa vie en arrangeant pour piano et chant ou en réinventant l'orchestration déficiente d'œuvrettes mineures du répertoire français. On a retenu une « Descente de la courtille », dont le nom à lui seul est tout un programme.

On évoquera aussi les rencontres manquées de Wagner et Berlioz, Berlioz qui voulut tellement, lui aussi, comme Verdi en Italie et Wagner plus tard en Allemagne, être glorieusement Berlioz en France. Des querelles d'esthétique musicale, certes, mais aussi la méchanceté d'une femme qui s'appelait Marie Recio, la deuxième épouse d'Hector Berlioz, empêcheront la communion de ces deux grands esprits.

On évoquera également les amours de Wagner, sa première épouse, Minna, qu'il abandonna vite ; la seconde, qu'il arracha aux bras de son meilleur ami, le chef d'orchestre Hans von Bülow, et qui, fille des amours de Marie d'Agoult et de Liszt, devint Cosima Wagner, Cosima tout court, pour presque une éternité. On se souviendra aussi du nom de Mathilde Wesendonck, pour qui il écrivit les lieder qui portent son nom sur des poèmes d'elle, et surtout la musique de *Tristan et Isolde.*

On prononcera naturellement le nom de Louis II de Bavière, le roi vierge, le roi cygne, le roi fou qui, dans sa folie de construire des châteaux de rêve au bord de lacs ou au-dessus de lacs, Herrenchiemsee ou Neuschwanstein, finit par mourir noyé dans quelques centimètres d'eau, mais construisit tout de même pour Wagner qu'il protégeait un château qui devint un temple : le Festspielhaus de Bayreuth.

On rappellera les amitiés de Wagner, celles de Nietzsche, naturellement, qui le répudiera en faisant, dans « Le cas Wagner », l'éloge de la *Carmen* de Bizet ; ou celles de Houston Chamberlain, plus douteuse, qui fera éclore les germes d'un racisme pseudo-scientifique chez beaucoup des beaux esprits du temps.

On dira surtout qu'avec le *Ring*, *Tristan et Isolde* et *Parsifal*, il a laissé une demi-douzaine des quelque vingt monuments majeurs, qui ponctuent l'histoire de l'art lyrique au XIXe siècle.

On dira que, comme Verdi à Milan, Mozart à Salzbourg et à Vienne, Richard Wagner a laissé un temple, qui s'appelle Bayreuth, avec une manière d'annexe à Munich.

On se souviendra, enfin, qu'il est mort à Venise.

Pour la forme, on proposera aux lecteurs un survol rapide de ses œuvres : *Les Fées*, composées autour de 1833-1834 mais données seulement à Munich en 1888. *La Défense d'aimer*, composée en 1835 et donnée à Magdebourg en 1836. *Rienzi* ou *Le Dernier Tribun*, composé entre 1838 et 1840 et donné pour la première fois à Dresde en 1840.

Puis, les affaires sérieuses. *Le Vaisseau fantôme*, donné à Dresde en 1843. *Tannhäuser*, Dresde, 1845. *Lohengrin*, Weimar, 1850, conduit par Liszt. *L'Or du Rhin*, Munich, 1869. *La Walkyrie*, Munich, 1870. *Siegfried*, Bayreuth, 1876. *Le Crépuscule des dieux*, Bayreuth, 1876. Le *Ring* dans sa totalité : Bayreuth, 1876. *Tristan et Isolde*, Munich, 1865. *Les Maîtres chanteurs de Nuremberg*, Munich, 1868. *Parsifal*, Bayreuth, 1882.

Et nous en resterons là, tout le reste est dans trop de livres.

Wagner, Wieland (1917-1966)

Metteur en scène et décorateur allemand

Petit-fils de Richard, fils de Siegfried et de Winifred — l'amie anglaise de Hitler, qui dirigea d'une main de fer le Festival de Bayreuth jusqu'au crépuscule de ses dieux à elle —, c'est Wieland qui, à partir de 1951, reprit en main le Festival, avec son frère Wolfgang, de deux ans son cadet. Et c'est Wieland qui inventa le « Nouveau Bayreuth ». En un temps où l'économie était de rigueur, il fit d'une formidable économie de moyens — décors, costumes, éclairages... — le principal atout d'éblouissantes productions. Le hiératisme de ses personnages, le retour au sacré qu'il sut insuffler à la scène wagnérienne en la dépoussiérant de tous les oripeaux dont la tradition l'avait encombrée, donna un nouveau souffle au monde lyrique. À la manière d'une Callas ou d'un Visconti, Wieland Wagner a su rallier à l'opéra tout un public qui l'avait un peu perdu de vue. C'est Wieland Wagner, et son frère Wolfgang, qui firent de leur mieux pour faire oublier le passé très lourd de leur mère Winifred. Et c'est parce qu'il l'aima passionnément que Wieland Wagner inventa avec l'immense Anja Silja un nouveau style de chanteuses, comédiennes impeccables et d'une immense beauté. Les productions de Wieland Wagner du *Ring* ou de *Tristan et Isolde* sont aujourd'hui considérées comme des classiques de la mise en scène d'opéra. Avec la silhouette de deux rochers, à peine une voile, Wieland Wagner a su décrire l'univers de Tristan ; avec quelques ombres seulement, et des lumières mouvantes, les affres de Wotan ou l'amour rayonnant de Siegmund et Sieglinde.

Wagnériens : amateurs de Wagner

C'est une race à part. Une population bigarrée et diverse qui, lorsqu'elle est constituée de wagnériens purs et durs, se retrouve chaque été dans une petite ville de Bavière, pas si petite au demeurant, pour une cérémonie qui dure trois à dix jours. Les messieurs sont déguisés en pingouins, cravate noire et plastron blanc ; les dames portent encore souvent la robe longue. Tout un rituel s'organise autour d'une colline (*voir* : Bayreuth) où l'on tourne en rond toutes les heures et demie, avant de se nourrir quasi exclusivement de saucisses, de moutarde, de bière ou de vin blanc.

Le reste de l'année, les wagnériens purs et durs sont suspendus à l'arrivée de la lettre, postée en Allemagne, qui leur apprendra si oui ou non ils auront le bonheur de participer au rituel de l'été à venir. Dans la vie de tous les jours, les wagnériens se conduisent pourtant comme des gens souvent ordinaires, on les a même vus applaudir Mozart, voire Verdi, jusqu'à Puccini. Mais qu'on donne un *Parsifal* ou un *Tristan* à trois cents kilomètres à la ronde, et la fièvre les saisit. Qu'il s'agisse d'un nouveau *Ring*, quelque part dans le monde, alors beaucoup d'entre eux n'hésitent pas à traverser la moitié de l'Europe, ou plus, pour y assister.

Les wagnériens sont atteint d'une maladie très ancienne, le wagnérisme, puisque même la guerre de 1870 et l'annexion de l'Alsace n'ont pas empêché les plus fanatiques d'entre eux, fussent-ils français, de continuer à se rendre en Allemagne pour leur fête annuelle. Longtemps, leur bible s'est appelée Lavignac, *le Lavignac*, « Le voyage artistique à Bayreuth ». Ce gros volume, cent fois réédité, ou presque, comprend non seulement le résumé des livrets du maître, mais aussi une analyse musicale, le répertoire des leitmotive, au fur et à mesure de leur parution dans les différents opéras ainsi que, en annexe dans les premières éditions, la liste de tous les fidèles (français !) qui avaient assisté, d'année en année, à la célébration du rite.

Quelque peu tombé en désuétude, le wagnérisme français et le militantisme wagnérien avec lui ont connu un nouvel essor dans la foulée des représentations du *Ring* du centenaire, mis en scène par Patrice Chéreau et dirigé par Pierre Boulez. Aux wagnériens de souche, se sont donc ajoutés des wagnériens d'occasion, bavards et papillonnants, mais plus royalistes, dès lors, que le roi. Ce fut presque une forme de snobisme, entre 1976 et 1981, de s'affirmer wagnérien. Mais les plus atteints de ce wagnérisme foudroyant n'ont pas pu passer le cap de 1982. Pour eux, Wagner commençait avec Boulez, certes, mais surtout avec Patrice Chéreau, et s'arrêtait avec lui. C'est avec une attention toute particulière qu'ils prirent bien garde, dans les années suivantes, de ne pas mettre les pieds en Bavière, de crainte qu'on ne les soupçonnât d'avoir applaudi des productions du maître mises en scène par un autre que leur maître à eux.

Depuis, pourtant, les wagnériens continuent à proliférer à travers le monde. Les plus sérieusement atteints portent à la boutonnière le petit cercle, qui veut dire « Ring », signe d'appartenance à la Société des Amis de Bayreuth décrite, elle aussi, sous la rubrique « Bayreuth ».

Les wagnériens les plus fanatiques peuvent aller très loin pour assouvir leur passion. C'est ainsi qu'on put voir, lors d'un *Tristan*, je crois, une charmante jeune personne, bavaroise de la tête aux pieds mais wagnérienne de surcroît, brandir un écriteau à la porte du Festspielhaus avec cette proposition affriolante : « Cinq heures avec vous à *Tristan*, ce soir : une nuit entière avec moi, où vous voulez, quand vous voulez. »

Wagnériens : chanteurs

Encore une race à part. Il y a un demi-siècle, ou plus, qu'on nous explique qu'il n'existe plus de chanteurs wagnériens. La race, espèce en voie de disparition, se serait peu à peu éteinte. Et cela fait un demi-siècle, Dieu merci, que nous entendons encore des chanteurs wagnériens. Il est vrai que l'espèce s'est profondément modifiée avec les ans. Jadis, aux temps héroïques, le chanteur wagnérien était forcément colossal. Il n'y avait que de gros ténors et d'énormes sopranos, des basses plus volumineuses encore. C'était aux kilos de saindoux que l'on reconnaissait le vrai chanteur wagnérien. C'est peut-être l'une des raisons pour lesquelles Maria Malibran, la plus fine et la plus émouvante des chanteuses du XIXe siècle, n'aurait jamais pu être une chanteuse wagnérienne. La seconde raison est qu'à la mort de la Malibran, en 1836, l'œuvre de Wagner se résumaient à deux opéras dont un, *La Défense d'aimer*, avait été joué une seule fois !

Chanteurs wagnériens, dès lors, que ces colosses ou ces nymphes solides qui s'appelaient Ernest Van Dyck, Schröder-Devrient. C'était un temps par trop raisonnable où l'on donnait à la voix tous les moyens de sa puissance, y compris le solide embonpoint qui projette les aigus et affermit les basses... De ces chanteurs wagnériens-là, nous en avons encore quelques spécimens.

Mais avec une autre génération, le chanteur wagnérien a su garder tous ses moyens tout en cessant souvent d'être un colosse empâté dans des cuirasses de carton bouilli. Wagnérien on était, mais on chantait aussi Mozart, Strauss. L'avion n'avait pas encore fait parmi les chanteurs les dégâts qu'il perpétrera à partir des années 1950 quand — un soir à New York, trois jours après à Francfort et le surlendemain à Vienne... les grandes voix de notre temps s'useront à trop vouloir en faire en trop peu de temps. Dès lors, l'entre-deux-guerres radieuse des chanteurs wagnériens produira les plus grands, les Lotte Lehmann, les Germaine Lubin, les Maria Müller, les Frida Leider et les Tiana Lemnitz, pour ne citer qu'une poignée de dames. Chez les messieurs, il y aura le plus grand Heldentenor du siècle, Lauritz Melchior, mais aussi un Max Lorenz, un Helge Roswaenge, qui auront presque le physique de leur rôle. Enfin, du côté des voix gravées, deux noms vont dominer cette période, deux formidables Wotan, mais aussi des Hollandais volant, des Hans Sachs : Friedrich Schorr et, naturellement, Hans Hotter. Avec ces équipes, Bayreuth, Berlin, Vienne mais aussi parfois Paris, New York, Londres connaîtront des grands moments d'un wagnérisme fervent.

Puis viendra la Deuxième Guerre mondiale, l'écroulement du Walhalla. Pendant un temps encore, tel Hotter ou Flagstad, les grands de juste avant deviendront les grands juste après. Puis éclatera la crise. C'est alors qu'on se lamentera : le chanteur wagnérien est bel et bien une race en extinction. C'est surtout de la disparition des grands ténors que l'on se plaindra. Et de comparer les grands du moment aux grands d'avant : nous aimons certains moments de Wolfgang Windgassen, mais ce n'est pas le Melchior du premier acte de *La Walkyrie.* Alors, on fera avec ce qu'on aura, des ténors tout à fait honorables, au physique parfois de rêve, qui ne dureront que le temps de quelques étés sur la verte colline : les René

Kollo, les Peter Hoffmann. Ou alors, des chanteurs venus d'ailleurs viendront éblouir ceux qui n'en ont pas entendu d'autres. On pense, bien sûr, à un Placido Domingo, superbe de vaillance en Siegmund, émouvant dans le rôle de Parsifal qui n'existe presque pas.

Les grandes chanteuses wagnériennes de notre temps sont, Dieu merci, beaucoup moins rares. À Flagstad a succédé Birgit Nilsson. Mais la sublime Anja Silja, vingt-cinq ans, lumineuse, longue et fine, a été amenée par Wieland Wagner à Bayreuth. Puis sont venues Régine Crespin, Rita Gorr, pour ne parler que des Françaises, mais aussi Martha Mödl, Astrid Varnay d'abord, puis Inge Borkh, avant les très grandes de la génération suivante, Hildegard Behrens et Gwyneth Jones, Brünnhilde déchirée, radieuse, humiliée, triomphante. Alors, bien sûr, au Festival de Bayreuth on entend encore une Gabrielle Schnaut et quelques autres, la puissance est elle aussi de retour. Mais le chant wagnérien et les chanteurs wagnériens sont encore vivants. Nous le savons, l'enregistrement vidéo a plus d'un quart de siècle, mais qu'on observe longuement tous ceux qui participèrent au *Ring* glorieux du centenaire, celui de Boulez et Chéreau, et l'on verra qu'à une qualité de chant toujours vivante, s'est aujourd'hui ajouté un jeu de véritable comédien. Chanteurs wagnériens, dès lors ? Une espèce toujours rare, peut-être moins menacée... D'ailleurs, si l'on a besoin de renfort en grosse cavalerie, les écoles de chant américaines nous fourniront les bataillons qu'on écoutera le temps que d'autres, plus rares, trouvent leurs marques et leur premier souffle.

Walkyrie (La) *(Die Walküre)*

Richard Wagner. Livret du compositeur

Munich, 1870

C'est un peu dans *La Walkyrie* (*voir* : Ring) que nous avons appris à lire. Nous voulons dire : c'est avec un enregistrement de *La Walkyrie*, et plus précisément de son premier acte, que nous avons pénétré pour la première fois dans le domaine de l'opéra. Il y a eu le *Don Juan* enregistré par Fritz Busch en 1936 à Glyndebourne. Et, exactement à la même époque pour nous, au début des années 1950, la découverte du premier acte de *La Walkyrie* enregistré par Bruno Walter et la Philharmonie de Vienne en 1936. Comme le *Don Juan* de Glyndebourne, c'est André Tubeuf qui nous a donné le premier acte mythique de cette *Walkyrie*, sans Walkyrie d'ailleurs, puisque le personnage de Brünnhilde n'apparaît qu'au second acte. Mais il y avait une Sieglinde et un Siegmund de rêve, ils s'appelaient Lotte Lehmann et Lauritz Melchior. Le terrible Hunding était Emmanuel List.

Que dire de ce disque, béni entre tous ? Nous l'avons d'abord emprunté, puis acheté une fois, deux fois, trois fois peut-être, sûrement plus même, en 33-tours. Les uns après les autres, nos premiers actes de *La Walkyrie* s'usaient, en quelque sorte, sous nous. Le saphir de trois ou quatre électrophones en labourèrent à mort les sillons. Puis, le CD est arrivé, on en a de plus en plus effacé les bruits de surface, mais ce premier acte dans la version Walter-Lehmann-Melchior est resté une référence absolue. Parlant de *La Walkyrie*, on ne pouvait pas ne pas commencer par le citer.

Pour le reste, le thème même du premier acte de la première journée de la *Tétralogie* nous est également très cher. C'est un Robert Musil, dans son énorme roman, *L'Homme sans qualité* qui nous l'a dit : le seul amour véritable, total, ne peut être que l'amour incestueux d'un frère et d'une sœur. L'amour des deux jumeaux, nés de Wotan et d'une humaine, les Wälsungen, est l'un des plus beaux, des plus purs non seulement de l'histoire de la musique, mais de toutes les littératures. Il est l'amour impossible que seule l'infraction, la barrière brisée permet. Dans une belle nouvelle, Thomas Mann nous a raconté cette même histoire d'amour, inspirée à deux enfants de la bourgeoisie juive munichoise, riches et beaux, par l'ostracisme dont ils sont les victimes mais surtout par la musique de Wagner, qu'ils aiment à la folie. La nouvelle s'appelle *Sang réservé.* À lire, après une écoute de plus de notre premier acte.

Naturellement, *La Walkyrie* ne se résume pas à ce premier acte. À cet égard, le deuxième acte est probablement un modèle de construction dramatique rarement égalé. Et la mise en scène fameuse, déjà citée à plusieurs reprises dans cet ouvrage, du *Ring* du centenaire à Bayreuth, le démontrait de manière éclatante. En un lieu qui est une sorte de bunker au sein du Walhalla, Patrice Chéreau et son décorateur Richard Peduzzi, son costumier Jacques Schmidt, ont imaginé un Wotan, roi des dieux blessé. Il porte à l'œil droit le bandeau noir de tous les Wotan qui ont dû payer de ce prix la lance qui fait leur orgueil. Il est vêtu de noir, une cape rouge, il aime sa fille, elle s'appelle Brünnhilde. Mais il aime aussi ses deux autres enfants, les petits bâtards, Siegmund et Sieglinde. Il devra pourtant les condamner. Et tandis qu'il raconte à Brünnhilde les raisons de ce choix terrible, Patrice Chéreau avait imaginé d'installer au milieu de la scène une manière de long pendule au bout d'un long fil qui tournait, tournait inexorablement. Jusqu'au moment où, dans un paroxysme de désespoir, le roi des dieux déjà brisé prévoyait la fin, « Das Ende ! » de son histoire — et le pendule s'arrêtait. Quant à la scène du même acte au cours de laquelle Brünnhilde tente de préparer à la mort ce Siegmund qu'elle voudrait sauver, elle est d'une beauté plastique souveraine. Le jeune homme, incarné ces années-là à Bayreuth par le très beau Peter Hoffmann, est debout, immobile, tandis que la vierge guerrière le dépouille de ses vêtements d'homme pour l'entourer des bandelettes qui feront de lui un héros mort. Dernier acte de *La Walkyrie* : la fameuse chevauchée d'abord, nous n'en dirons rien, elle est dans toutes les mémoires, a servi à tout et à n'importe quoi, elle illustre aussi bien un moment de la guerre du Vietnam que des publicités télévisuelles. Mais il y a ensuite la scène des adieux de Wotan. Le dieu qui condamne sa fille, parce qu'elle a manqué à l'ordre qu'il lui a donné, à dormir entourée de flammes jusqu'à ce qu'un héros la vienne délivrer. Et là, le duo d'amour, d'amour véritable, entre un père et sa fille, cette fois, puis le long monologue de Wotan, l'invocation au dieu du Feu, constituent des sommets de la musique de Wagner. On n'évoquera les grises mises en scène de l'Opéra de Paris lors des glorieuses tournées d'artistes allemands venus en France en 1955 et 1958, que pour leur opposer la beauté absolue des décors de Richard Peduzzi à Bayreuth. La première année, le rocher de la Walkyrie était une manière de Cervin, incertain. La deuxième année, à partir du tableau célèbre de Boecklin, une *Île des morts* suspendue au milieu des flots, Peduzzi a imaginé un décor de rochers fracassés, de colonnes tronquées devant lesquels, dans les dernières minutes, passe la silhouette d'un dieu accablé, la pointe de sa lance dirigée vers le sol, tandis que rougeoie derrière lui l'incendie du rocher.

Ne pas oublier non plus cette soirée du Palais Garnier où le très bon Franz Mazura fut Wotan pendant le deuxième acte, puis céda sa place, lors de la scène des adieux, à l'immense Hans Hotter qui faisait alors d'autres adieux : à son rôle et au public parisien. Il savait qu'il avait été pendant trente ans le plus grand Wotan du monde.

Wallmann, Margherita (1904-1992)

Metteur en scène et décorateur autrichienne

Pendant vingt ans, au lendemain de la Deuxième Guerre mondiale, elle a été la coqueluche des scènes du monde entier. C'est elle qui créa la première production des *Dialogues des carmélites*, à la Scala de Milan en 1957. À Paris, nous avons aimé, en son temps, son *Don Carlo*. C'était flamboyant, opulent, riche en couleurs, en larges mouvements de foules. Et puis, peu à peu, le style Wallmann a commencé à appartenir au passé. Un passé que nous aimerions bien, plus souvent, retrouver...

Wally (La)

Alfredo Catalani. Livret de Luigi Illica d'après un roman allemand de Wilhelmine von Hillern

Milan, 1892

Qui ne connaît pas *La Wally*, de Catalani, ignore tout de ce que fut cette période musicale étrange de l'extrême fin du XIXe siècle en Italie, où sans jamais vraiment s'opposer coexistaient deux tendances dans le monde lyrique. D'une part, le vérisme, qui triomphera plus tard avec Puccini ; d'autre part, des influences post-wagnériennes que l'on retrouve d'une certaine manière chez Ponchielli et qui triomphe chez Boito. On nous pardonnera cette entrée en matière, mais elle n'a d'autre objet que de souligner le caractère puissamment original du chef-d'œuvre de Catalani. Qu'on ajoute que l'œuvre enthousiasma tellement Toscanini qu'il donna le nom de Wally à l'une de ses filles. Et si *La Wally* de Catalani est peut-être un peu moins jouée aujourd'hui, elle fut donnée régulièrement pendant toute la première moitié du XXe siècle, et dans le monde entier. Les plus grandes voix du temps s'y illustrèrent, une Emmy Destinn, en 1909, précisément sous la baguette de Toscanini ;

l'immense Gigli dans les années 1940 ; au début des années 1950 rien moins que Renata Tebaldi, Renata Scotto, Mario Del Monaco, sous la direction, rien de moins non plus, que Carlo-Maria Giulini. C'est dire qu'on l'a prise au sérieux, la belle *Wally* de Catalani. Heureusement pour l'auteur, d'ailleurs, qui mourut à peine un an après la création à la Scala de son chef-d'œuvre.

Raconter le livret d'Illica ? C'est une histoire des plus compliquées, qui voit s'affronter paysans et chasseurs dans une sombre vallée des Alpes. C'est une tragédie d'amour et de mort, où Wally, fille de paysan, aime un chasseur qui l'humilie, qu'elle veut faire tuer, qui revient et lui avoue son amour, mais qui meurt bel et bien dans une avalanche. Désespérée, Wally se jette à son tour dans le vide... On a failli en voir une belle représentation au Festival de Bregenz, au début des années 1980. C'était Mara Zanpieri, tout de blanc vêtue, qui chantait l'infortunée héroïne de Catalani : ce fut l'un de nos rendez-vous manqués avec quelques œuvres que nous avons longtemps ignorées. En 1968, Renata Tebaldi et Mario Del Monaco ont repris leurs rôles de la Scala. Ce n'était plus Giulini qui dirigeait, mais Fausto Cleva. Le disque a paru chez Decca, c'est du grand et beau chant italien romantique. À découvrir — puis à savourer : vous verrez que *La Wally* ne ressemble à rien que vous connaissez !

Walter, Bruno (1876-1962)
Chef d'orchestre allemand

Avec Toscanini, probablement l'un des deux mythes de la direction d'orchestre de la première moitié du XXe siècle. Comme Toscanini, Walter était un artiste intransigeant qui, comme lui, refusa l'ordre que le régime nazi voulait imposer à l'Europe. À la manière d'un Menuhin, il fait un peu figure d'humaniste, de sage. Avec Klemperer et Fritz Busch, il quitta les territoires allemands dont il ne voulait plus pour devenir, avant et pendant la Deuxième Guerre mondiale, l'un des piliers du Metropolitan Opera de New York. Mais ces considérations politiques ne doivent pas nous faire oublier que Bruno Walter a d'abord été l'un des plus grands chefs de son temps. Les rééditions auxquelles on procède régulièrement d'à peu près toute la musique symphonique qu'il enregistra nous le prouvent amplement. Mais à l'opéra, ses grandes directions de Mozart ou de Strauss font partie de notre légendaire. C'est lui qui ne parvint pas, pour cause de désordre politique, à achever le glorieux enregistrement de *La Walkyrie* qu'il avait commencé en 1935. Mais le premier acte qui nous en est resté, cité à plusieurs reprises dans ces pages, avec Lotte Lehmann, Lauritz Melchior et Emmanuel List, reste au zénith de la discographie de l'œuvre. De même, la passion musicale qu'il éprouva pour une Kathleen Ferrier lui fit enregistrer — tant pis si ce n'est pas de l'opéra... — le plus bouleversant des *Chant de la Terre* de Mahler. Il a écrit une biographie, *Thème et Variations*, publiée en 1946, qui devrait être la bible des musiciens engagés comme lui dans leur siècle. Son amitié avec Thomas Mann, jusqu'aux jours les plus sombres du régime nazi, fait en quelque sorte partie de l'histoire des idées en Europe. Toujours cette histoire des idées, paradoxales et ferventes : ses directions de *Fidelio*, déjà citées à plusieurs reprises, au Metropolitan pendant la guerre. Avec René Maison, Belge et comme lui exilé, et Kirsten Flagstad, dont le mari, resté en Europe, avait choisi, on l'a dit ailleurs, le mauvais camp, les disques qu'il nous a laissés constituent l'un des plus admirables cris de liberté jamais lancés par des artistes.

Welitsch, Ljuba (1913-1996)

Soprano autrichienne d'origine bulgare

Les disques de Ljuba Welitsch, dont la carrière coïncide parfaitement avec le début du microsillon, sont hélas trop rares. Ceux qui l'ont entendue savent ce qu'elle représente : une sorte d'éternelle jeunesse. Bien sûr, elle est d'abord Salomé. La Salomé de Strauss, et elle, nous la connaissons heureusement très bien. Elle a chanté le rôle dès 1944, sous la direction de Strauss lui-même. Mais ce sont deux versions, de 1949 et 1952, toutes les deux enregistrées au Metropolitan de New York, sous la direction de Fritz Reiner qui nous ont laissé d'elle un souvenir sans pareil. Tour à tour haletante et enchanteresse, serpentine et cristalline, Ljuba Welitsch est la petite fille rongée par le désir mais hantée par quelle pureté perdue ? avec laquelle nous ne pouvons plus, aujourd'hui, qu'identifier la princesse Salomé. Il y en a eu d'autres, bien sûr, mais Welitsch en Salomé, c'est une perle étrange, un diamant noir scintillant dans l'univers straussien. On ajoutera que ses interprétations, avec orchestre naturellement mais aussi simplement accompagnée au piano, des « Quatre Derniers Lieder » de Strauss sont à placer au même rang que celles de Schwarzkopf : une perfection absolue.

Ljuba Welitsch a également été Tosca, Aïda, Musette, elle a été une étonnante Jenůfa, selon Janáček, nous disent ceux qui ont pu l'y entendre. Mais elle reste pour nous Salomé. C'est d'ailleurs elle qui fut la Salomé londonienne d'une mise en scène fameuse de Peter Brook dans les décors de Salvator Dali... Hélas, nous ne vivions pas encore à Londres, dans ces années-là, mais un vieux monsieur de nos amis, amateur de beautés presque enfantines, nous en parla longtemps, au Crush Bar de Covent Garden.

Werther

Jules Massenet. Livret de Georges Hartmann, Édouard Blau et Paul Millet

Vienne, 1892

Eh oui : Vienne 1892 ! C'est en allemand, sur la scène du Théâtre Impérial de Vienne, que fut créée l'œuvre de Massenet qui nous touche le plus aujourd'hui. Tout simplement parce que Carvalho, le directeur de l'Opéra-Comique d'alors, trouvait ce *Werther* trop triste pour les milliers de petites Margot, que Massenet savait jusque-là si bien faire pleurer !

Dans un livre de souvenirs qui tient parfois du genre souvenir-fiction, Massenet raconte comment l'idée de son *Werther* lui vint en 1886, lors d'un voyage qu'il fit à Bayreuth pour écouter *Parsifal* en compagnie de son ami, l'éditeur Hartmann. En chemin, les deux hommes s'arrêtèrent à Weimar, où Goethe avait « conçu son immortel roman, *Les Souffrances du jeune Werther...* ». Hartmann tira de sa poche un livre à la reliure jaunie par le temps (c'est toujours Massenet qui nous le dit). Ce livre n'était autre que la traduction française du roman de Goethe... « J'eus à peine ce livre entre les mains, poursuit Massenet, qu'avide de le parcourir, nous entrâmes dans une de ces immenses brasseries comme on en voit partout en Allemagne... Nous nous y attablâmes en commandant des bocks aussi énormes que ceux de nos voisins. On distinguait, parmi les nombreux groupes, des étudiants reconnaissables à leurs casquettes scolaires, jouant aux cartes, à différents jeux, et tenant presque tous une longue pipe en porcelaine à la bouche. En revanche, très peu de femmes... Inutile d'ajouter ce que je dus subir dans cette épaisse et méphitique atmosphère imprégnée de l'odeur âcre de la bière. Mais je ne pouvais m'arracher à la lecture de ces lettres brûlantes d'où jaillissaient les sentiments de la plus intense passion. Quoi de plus suggestif, en effet, que les lignes suivantes, qu'entre tant d'autres nous retenons dans ces luttes fameuses, et dont le trouble amer, douloureux et profond, jettera Werther et Charlotte en pâmoison, dans les bras l'un de l'autre, après cette lecture palpitante des vers d'Ossian : « Pourquoi m'éveilles-tu, souffle du printemps... »

Et voilà, nous y sommes. Le fameux « Pourquoi me réveiller au souffle du printemps... », de *Werther*, peut-être la plus belle page française pour ténor écrite au XIXe siècle. Alors, que nous importe qu'on nous explique ensuite que le *Werther* de Goethe est autrement plus profond que celui que nous offrira Massenet ? Nous le savons bien ! Que nous importe que l'on puisse nous faire doctement remarquer que Charlotte selon Goethe a beaucoup de tendresse pour ce pauvre Werther, mais qu'elle aime profondément son mari, alors que chez Massenet, elle n'a dû épouser Albert qu'à la suite d'un serment fait à sa mère mourante ? Le *Werther* de Massenet restitue d'une manière si convaincante, si touchante aussi, la vie d'une petite ville de province au début du XIXe siècle, fût-elle allemande. La vérité des personnages secondaires est peut-être schématique : et alors ? La passion de Werther pour Charlotte, celle, bien réelle dans l'opéra, de Charlotte pour Werther, font partie des grandes histoires d'amour de l'opéra qui, après tout, n'est qu'une seule et même longue histoire d'amour, cent fois multipliée. Et Debussy, encore lui, aura beau nous dire que *Werther* témoigne d'une « curieuse maîtrise à satisfaire toutes les niaiseries et le besoin poétique et lyrique de dilettantes bon marché..., que c'est toujours l'histoire de *Faust* égorgé par Gounod ou *Hamlet* dérangé bien malencontreusement par M. Ambroise Thomas », *Werther* n'en reste pas moins, à sa manière, fût-elle si tardive, l'un des sommets d'un certain romantisme français. Massenet a peut-être écrit *Le Roi de Lahore* ou *Hérodiade*, mais ensuite, Wagner est passé par là. On a cité le « Pourquoi me réveiller... » de Werther lui-même. On citera naturellement l'air des « Lettres », de Charlotte : « Ses lettres, je les relis sans cesse... ». Un ténor d'un côté, une mezzo-soprano de l'autre, chaque fois une même émotion. Lorsque Carvalho apprit le succès de *Werther* à l'Opéra de Vienne, il écrivit aussitôt à

Massenet pour lui demander de le rapatrier pour lui. Depuis, l'œuvre n'a littéralement jamais quitté l'affiche des théâtres lyriques du monde entier. Depuis le ténor Van Dyck qui créa le rôle à Vienne, il est vraisemblable qu'ils sont peu nombreux ceux qui ne se sont pas, un jour ou l'autre, imaginés en Werther. De même, la plus grande straussienne, mozartienne, sinon wagnérienne de l'entre-deux-guerres, Lotte Lehmann, ne dédaigna pas de chanter Charlotte. Un enregistrement historique du théâtre de l'Opéra-Comique, en date de 1932, nous rend Georges Thill et Ninon Vallin, deux de ses plus fameux interprètes, dans une version devenue légendaire Mais, de tous ceux que nous avons pu entendre, sur scène ou au disque, chanter le fameux « Pourquoi me réveiller... », et l'opéra tout entier d'ailleurs, c'est naturellement Alfredo Kraus qui demeure ancré en nous comme une référence absolue. Alfredo Kraus, ténor espagnol né à Las Palmas en 1927, mort voilà si peu de temps, en 2001...

Pourtant, un soir de magie à Aix, nous avons entendu le jeune — si jeune alors... — Neil Schicoff chanter à perdre l'âme un Werther presque enfantin, pauvre écolier perdu dans le monde des gens de bien, sages et pondérés. Jean-Claude Casadesus le dirigeait, la mise en scène transparente, aérienne, était de Jean-Claude Fall, ma fille Bérénice avait onze ans, elle était près de moi, émue comme moi pour un moment de miracle. Un quart de siècle plus tard, à Pékin, c'est le grand photographe Gao Bo qui nous a chanté, dans sa maison habitée de millions de belles images, l'air fameux de troisième acte de *Werther*.

Wilson, Robert (né en 1941)
Metteur en scène américain

Robert Wilson, Bob pour les intimes, voire pour ceux qui ne le sont pas, a inventé, au début des années 1970, une nouvelle manière de théâtre. Ce fut, avec *Le Regard du sourd* (1971), une véritable révolution. Le silence, la beauté du décor et la suprême immobilité des personnages mis en scène (à Paris, ce fut sur la scène de l'Opéra-Comique) sont aujourd'hui entrés dans la légende. En 1974, il a créé *Einstein on the Beach*. C'était au Festival d'Avignon, un nouvel opéra était en train de naître, sur la musique de Philip Glass. L'immensité bleue de ses fonds de scène, les personnages hiératiques, japonisants auxquels il nous a peu à peu habitués, sont devenus aujourd'hui des figures obligées du théâtre lyrique occidental. Bob Wilson ne recule devant aucune audace : de Strauss à Wagner, mais aussi de Mozart, Gluck et Puccini jusqu'à Debussy, il est l'homme de tous les défis. Mais des défis sages, si l'on ose dire, des défis bellement, somptueusement organisés sinon ordonnés. Bien sûr, il a ses fanatiques ; bien sûr, il a ses détracteurs. Mais son style, tellement personnel, ne peut que passionner ou irriter. Pour les uns, c'est une grandeur étrange et suspendue, pour d'autres une marque de fabrique. Tout au plus pourra-t-on, nous, lui reprocher, cette fascination prolongée, presque juvénile, pour le Japon. Certes, ses japonaiseries ne deviennent jamais japoniaiseries ; certes, immense créateur d'images, Bob Wilson continue à nous enchanter ; certes, on dirait que, de la même manière qu'il a réinventé un style de mise en scène, Wilson invente sans discontinuer des couleurs qui lui sont propres. Mais son statisme peut parfois aller trop loin. Ainsi, à Paris, cette mise en scène de *Pelléas et Mélisande* où Pelléas, à dix mètres de la tour de Mélisande (chauve, d'ailleurs, ou presque...) supplie sa bien-aimée de se pencher et de se pencher un peu plus vers lui avant de recevoir virtuellement une chevelure qui n'existe pas, a pu nous faire sourire...

Notons qu'il existe aujourd'hui une race particulière d'opéra-maniaques — plus maniaques qu'opéramanes, d'ailleurs — qui sont les roberto-wilsoniens. Plus atteintes encore que ceux du sexe masculin sont les roberto-wilsoniennes ardentes.

Windgassen, Wolfgang (1914-1974)

Ténor allemand

L'un des ténors wagnériens les plus connus du XXe siècle, ne fût-ce qu'en raison du nombre impressionnant d'enregistrements qu'il a pu laisser, notamment chez Deutsche Grammophon. Il a, certes, été Tamino, Max, Hoffmann et même Florestan. Mais c'est avec Wagner qu'il a atteint sa véritable notoriété, l'un des premiers Heldentenor de son temps. D'aucuns ont pu faire la fine bouche, le comparer sans enthousiasme à un Max Lorenz, dont il avait, en somme, pris la succession, lui trouver une voix trop légère pour ses rôles. Windgassen était pourtant un artiste enthousiaste et enthousiasmant. Son Tristan, enregistré en 1966 avec Birgit Nilsson sous la direction de Karl Böhm, constitue l'un des piliers des discographies classiques du XXe siècle. La puissance dont il pouvait manquer y est compensée par une vaillance et une clarté remarquables. Mais c'est surtout son Siegfried qui reste dans nos mémoires. Non pas dans une *Tétralogie* intégrale, par ailleurs remarquable, sous les directions de Clemens Krauss en 1953, de Knappertsbusch en 1957, ou de Solti dans la première intégrale de la *Tétralogie* enregistrée en studio, mais par un simple disque, une face d'un 33-tours que nous avons transporté un peu partout dans le monde. Il contient la dernière scène de *Siegfried* lui-même, avec une Astrid Varnay éblouissante en Brünnhilde. Là, Windgassen donne tout son souffle, toute sa voix, tous ses immenses moyens d'acteur pour nous offrir un portrait du fils de Siegmund subitement aussi rayonnant, aussi généreux que son infortuné père, mieux aimé des wagnériens.

Wozzeck

Alban Berg. Livret du compositeur d'après Georg Büchner

Berlin, 1925

Le premier opéra d'Alban Berg, composé en cinq ans, de 1917 à 1922, est dédié à Alma Mahler... C'est ce que l'on pourrait probablement qualifier de « premier opéra de l'ère de la musique contemporaine ». Berg, né en 1885, était encore sous l'influence de Wagner et Mahler. Dans le même temps, sa rencontre avec Arnold Schönberg, dès 1904, lui avait ouvert d'autres horizons. D'où cette œuvre prémonitoire de toute la musique du XXe siècle. Dans un premier temps, Berg va travailler à déconstruire, puis reconstruire la pièce magnifique de Büchner, pour en faire un livret d'une surprenante cohérence dramatique. Puis Berg, qui composait en somme le premier opéra « atonal » de l'histoire de la musique, s'est lancé dans un étonnant travail d'identification de thèmes à chacun de ses personnages et à leurs différentes actions. C'est à partir de ce véritable puzzle qu'il a pu commencer la composition de l'œuvre la plus rigoureuse qui se puisse imaginer.

Mais au-delà de son invention musicale, *Wozzeck* est une œuvre d'une bouleversante humanité. La pièce de Büchner l'était déjà. Wozzeck est un soldat pas très intelligent, pauvre, qui vit avec une femme, Marie, dont il a eu un enfant. Pour gagner quelques sous, il accepte les pires corvées, les pires humiliations. C'est ainsi qu'il fait office de barbier pour son capitaine et de sujet d'expérience pour le médecin du régiment. Chaque fois qu'il le peut, il rapporte quelques breloques à Marie, personnage aussi désemparé que l'est Wozzeck lui-même. Pourtant, Marie regarde trop du côté d'un fringant tambour-major. Bombant le torse, celui-ci parade devant la triste mais jolie maîtresse de l'infortuné Wozzeck. Et Wozzeck de deviner l'infidélité de sa maîtresse. Celle-ci, suicidaire, déclare très vite qu'elle est prête à accepter la mort. Il y a une scène de bal, un étang dans le crépuscule — et finalement Wozzeck enfoncera son couteau dans le corps de la femme qu'il aime pour s'enfoncer ensuite, à son tour, dans l'eau de l'étang. Seul restera en scène l'enfant de Marie, chevauchant un bâton en guise de cheval de bois. D'autres gosses lui annoncent que sa mère est morte, il ne comprend pas très bien, et va finir par les suivre en lançant, d'une petite voix enfantine, cinq ou six fois, des « hop ! hop !... ».

La construction de l'œuvre est en apparence très simple. Trois actes, chacun fait de cinq scènes, coupées par des interludes. Plus rigoureuse encore, c'est en somme la construction de *Pelléas et Mélisande.* Comme dans *Pelléas*, les interludes peuvent presque se suffire à eux-mêmes pour créer un climat. Mais il y a les personnages. Les oppresseurs, d'abord, tantôt vociférant, tantôt glapissant ou ricanant. C'est le capitaine, le médecin, le tambour-major. Il y a l'ami, Andrès, qui, pas plus que Wozzeck, ne comprend le monde qui l'entoure. Et puis il y a le couple Wozzeck-Marie. Wozzeck, chanté par un baryton, est un homme, simplement un homme. Il est tourné en dérision par le monde entier, et commence lentement à s'en rendre compte, à ne pas le supporter. Il va tuer Marie, parce qu'il n'a rien d'autre à faire au terme d'une manière de calvaire sans rémission. Marie, elle, est une femme en même temps qu'une victime. Elle est peut-être un peu Carmen, qui dit oui à la mort. Comme Carmen, elle sait surtout dire non. Mais elle sait aussi prier, elle lit la Bible, s'occupe de son enfant. De même que Wozzeck ne pouvait que tuer à la fin de l'œuvre, Marie ne pouvait que mourir. Les autres, les fantoches déguisés en médecin ou en capitaine, continueront à discuter éternellement : Marie et Wozzeck, eux, ne pouvaient que s'enfoncer dans la nuit.

La première de *Wozzeck* à l'Opéra de Berlin, le 14 décembre 1925, a été très mal accueillie. Il en a été de même, presque un an plus tard, à Prague. Mais en 1927, l'œuvre est donnée en russe à Leningrad ; en 1929 et 1930 elle commence à être donnée dans toute l'Europe. En 1931, la première représentation américaine, à Philadelphie, est un succès. Dès lors, chef-d'œuvre rare et qu'il faut mériter, *Wozzeck* va faire le tour du monde. Il faudra pourtant attendre

1963 pour que *Wozzeck* soit représenté pour la première fois à Paris. C'était Pierre Boulez qui dirigeait, la mise en scène était de Jean-Louis Barrault, les décors d'André Masson. Production emblématique de l'ère André Malraux, ces soirées du Palais Garnier sont presque entrées dans la légende. C'était Heiner Horn qui chantait le soldat, Helga Pilarczyk, l'une des grandes habituées du rôle, qui chantait Marie. Pendant très longtemps pourtant, le tenant principal du rôle de Wozzeck a été l'Allemand Toni Blankenheim, capable de jouer avec une humanité infinie un rôle d'humilié et d'offensé. Dietrich Fischer-Dieskau a, lui aussi, été un très grand Wozzeck. L'enregistrement qu'il en a laissé, sous la direction de Karl Böhm, a longtemps talonné la version Boulez, avec Walter Berry dans le rôle-titre. Nous avons aimé aussi le Wozzeck français de Jean-Philippe Lafont, aussi humain que son Barak de *La Femme sans ombre* moins porté par la désespérance.

Mais peut-être gardera-t-on une admiration toute particulière pour la version de *Wozzeck* que Peter Stein a donnée à Salzbourg en 1999. Ou encore, pour celle de Patrice Chéreau, vue au Châtelet en 1992 dans des décors de Richard Peduzzi.

Zedda, Alberto (né en 1928)
Musicologue et chef d'orchestre

Zedda, c'est Rossini. C'est la redécouverte critique de partitions oubliées ou la lumineuse recréation d'œuvres que l'on croyait pourtant bien connaître. À la tête de la Fondation Rossini de Pesaro, Zedda a tout à la fois créé un Festival, attiré les foules et fourni aux chefs du monde entier de nouvelles partitions. C'est à lui qu'on doit la résurrection d'une *Adélaïde de Bourgogne*, d'une *Hermione* ou d'un *Mahomet II.* Infatigable, Zedda s'est aussi attaqué à Bellini et surtout à Monteverdi, enregistrant sa propre version — et vision... — du *Couronnement de Poppée.* Avec lui, nous avons fait partie du jury d'un éphémère prix Rossini, inventé par Sergio Segalini.

Zednik, Heinz (né en 1940)
Ténor autrichien

L'un des plus extraordinaires chanteurs-acteurs de l'opéra allemand. Mis en scène par Patrice Chéreau à Bayreuth, il a été un Loge stupéfiant dans l'*Or du Rhin* : une espèce de meneur de jeu ricanant, sauvant les dieux tout en sachant parfaitement qu'il les conduisait à leur perte. Mais il a été également un époustouflant Mime, dans *Siegfried*. Il faut le voir, pendant tout le premier acte de la partie la plus ingrate de la *Tétralogie*, touiller la tambouille qu'il prépare à l'intention de Siegfried pour l'aider à tuer le dragon et le faire mourir ensuite : ses gestes saccadés, ses petits rires de côté, sa manière au demeurant parfaite de chanter un rôle que bien des Mime se bornent à plus ou moins parler relèvent du prodige. À le revoir dans les DVD de cette production, on s'émerveille d'une présence rayonnante d'intelligence. Si bien qu'on en arrive presque à oublier que, depuis des débuts à Graz dans un rôle secondaire de *La Force du destin*, il a interprété près de cent cinquante rôles, généralement de composition. Ainsi son Valzacchi dans *Le Chevalier à la rose* ou son plus que dangereux capitaine dans le *Wozzeck* de Berg.

Zeffirelli, Franco (né en 1923)
Metteur en scène et décorateur italien

Il y a un style Zeffirelli, décoratif et surchargé, qu'on aime tendrement ou dont les richesses, au contraire, paraissent quelquefois un peu encombrantes. Et pourtant, quelques-unes de ses productions sont entrées dans la légende. Nous ne sommes pas près d'oublier certaine *Lucia di Lammermoor*, créée d'abord avec Joan Sutherland en 1959 à Londres. De même, son vérisme presque cinématographique dans une double production de *Cavalleria rusticana* et de *Pagliacci* donnés dans les mêmes décors, comme si les deux drames de Mascagni et de Leoncavallo se déroulaient successivement dans le même village. Et son *Rigoletto* ? Des décors superbes mais d'une telle lourdeur que les entractes duraient presque autant que les actes tant ils étaient difficiles à déplacer. Dans notre souvenir, aussi, quelques-unes des dernières apparitions à la scène de Maria Callas, sa *Tosca* de Covent Garden, ses dernières *Norma*, à Paris. Zeffirelli s'est aussi attaqué à l'opéra filmé, d'aucuns ont pu aimer sa *Traviata* de 1983... Il s'y passait beaucoup de choses, on jouait sur le flashback et sur un art du détail poussé à l'extrême dans un décor plus zéffirellien encore que de coutume.

Zémire et Azor

André-Modeste Grétry. Livret de Jean-François Marmontel d'après *La Belle et la Bête*

Fontainebleau, 1771

Tant de tendresse pour *Zémire et Azor*, de Grétry. Tant de tendresse, d'abord, pour Grétry. Ce compositeur pour nous naturellement français, pourtant né à Liège en 1741, a été l'un des véritables créateurs de l'école d'opéra-comique français, avant Boieldieu, Auber et Adam, qui furent ses élèves. Qualifié de

« Molière de la musique », il fait partie de ces « anciens musiciens français » qu'Hector Berlioz se plaisait à admirer, avec un doigt de nostalgie, un peu de condescendance aussi. Mais surtout, Grétry nous a laissé des mémoires, publiés sous le titre *Mémoires ou Essais sur la musique*, qui constituent, en trois volumes bourrés d'anecdotes, un témoignage passionnant sur la vie musicale européenne, et particulièrement française, à la fin de l'Ancien Régime et pendant la Révolution.

On aime donc d'abord Grétry, mais aussi *Zémire.* Tout simplement parce que la première fois que l'on entendit l'œuvre, inspirée de *La Belle et la Bête*, de Mme Leprince de Beaumont, c'était au disque, certes, mais avec la merveilleuse, l'inouïe Mady Mesplé dans le rôle de Zémire, la Belle. Tout, dans cette comédie-ballet en quatre actes, est enchantement. Et l'on ne peut que s'étonner, à l'heure où l'intérêt pour la musique du XVIIIe siècle connaît une telle renaissance, que le chef-d'œuvre de Grétry ne soit pas donné plus souvent. On se souvient d'une représentation en 1994 au théâtre des Champs-Élysées, oui... Nous trompons-nous ? L'œuvre était donnée en suédois... Grétry raconte lui-même comment il se mit au travail, pendant l'hiver 1770, après une grave maladie : « J'eus une jouissance presque continuelle en y travaillant, parce que je sentais que cette production était à la fois d'une expression vraie et forte : il me paraissait même difficile de réunir plus de vérité d'expression, de mélodie et d'harmonie.

« Je ne dis pas que ces trois agents, qui constituent tous les genres de musique, soient portés au même degré dans cet ouvrage ; cette réunion est peut-être ce qu'on ne verra jamais, car ce sera toujours aux dépens des deux autres, qu'on en fera valoir un. Si vous saisissez la vérité d'expression, la mélodie et l'harmonie lui seront subordonnées ; voilà, je crois, la musique dramatique. Si cette vérité d'expression vous est refusée par la nature, si l'échange heureux se présente rarement à votre imagination, c'est sans doute dans les modulations des accords que vous trouverez encore une fois de quoi faire une composition estimable ; voilà la musique d'église, celle des chœurs... Je dis donc que la nature seule donne le sentiment et le goût qui nous rendent maître de l'expression jointe à plus ou moins de mélodie ou d'harmonie ; c'est elle encore qui favorise certains individus, en leur prodiguant les chants les plus simples et les plus suaves.

« Une étude profonde des modulations, fait le bon harmoniste ; il n'est cependant point comme les autres, enfant de la nature, mais enfant d'adoption... »

Et Grétry poursuit comment lui vint l'idée de faire bâiller le personnage d'Ali, dans le duo « Le temps est beau... ». « L'idée m'était venue en faisant la première ritournelle, où le bâillement était indiqué par les notes tenues du basson. Le bâillement d'un esclave qui s'endort dans les fumées du vin a son caractère, comme un oui ou un non articulé dans différentes situations et par différents personnages, a le sien. En cherchant le bâillement convenable, je m'aperçus que je faisais bâiller réellement toute ma famille qui m'environnait. Je lui fis entendre mon duo pour la rassurer sur l'ennui qu'elle me supposait. J'ai souvent vu bâiller au théâtre pendant l'exécution de ce morceau, et j'ai osé espérer que ce n'était pas d'ennui... ».

Humour involontaire, parfois attendrissement, description d'une famille heureuse dans ses Mémoires :

Grétry nous transporte au domaine des rêves dans son *Zémire et Azor*. On l'aura compris, on l'aime deux fois pour cela.

On ajoutera encore qu'on l'aime aussi parce que Grétry a eu une fille, Lucile, morte à dix-huit ans, qui composa son premier opéra à treize ans. On voudrait entendre ce *Mariage d'Antonio*, présenté à l'Opéra-Comique en 1786, quatre ans avant la mort de la petite Lucile, de son véritable nom Angélique-Dorothée-Lucie...

Table des entrées

Dans la même collection

Dominique Venner
Dictionnaire amoureux de la chasse

Jacques Lacarrière
Dictionnaire amoureux de la Grèce

Jean-Claude Carrière
Dictionnaire amoureux de l'Inde

Robert Solé
Dictionnaire amoureux de l'Egypte

Jean-François Deniau
Dictionnaire amoureux de la mer et de l'aventure

Jacques Vergès
Dictionnaire amoureux de la justice

Yves Berger
Dictionnaire amoureux de l'Amérique

Daniel Herrero
Dictionnaire amoureux du rugby

Alain Ducasse
Dictionnaire amoureux de la cuisine

Dominique Fernandez
Dictionnaire amoureux de la Russie

Malek Chebel
Dictionnaire amoureux de l'Islam

Jérôme Savary
Dictionnaire amoureux du spectacle

Philippe Sollers
Dictionnaire amoureux de Venise

A paraître

Claude Allègre
Dictionnaire amoureux de la science

Michel del Castillo
Dictionnaire amoureux de l'Espagne

Patrick Cauvin
Dictionnaire amoureux des héros

Peter Mayle
Dictionnaire amoureux de la Provence

Alain Schifres
Dictionnaire amoureux des menus plaisirs

Cet ouvrage a été composé par
Nord Compo (Villeneuve-d'Ascq)
et imprimé par **Bussière**
à Saint-Amand-Montrond (Cher)
pour le compte des Éditions Plon
76, rue Bonaparte
Paris 6e

Achevé d'imprimer en octobre 2004.

KAPITÄNIN ROBLES

EVA GONZAY

&

JULIA C. BROWN

W0382661

Copyright © 2024 Eva Gonzay & Julia C. Brown

Alle Rechte vorbehalten.

Alle Rechte vorbehalten. Kein Teil dieses Materials darf ohne ausdrückliche Genehmigung der Autorin in irgendeiner Form oder mit irgendwelchen Mitteln vervielfältigt werden. Dies gilt unter anderem für Nachdrucke, Auszüge, Fotokopien, Aufzeichnungen oder andere Arten der Vervielfältigung, einschließlich elektronischer Mittel.

Alle Personen, Situationen zwischen ihnen und Ereignisse in dem Buch sind frei erfunden. Jede Ähnlichkeit mit lebenden oder toten Personen oder Ereignissen ist rein zufällig

Twitter: @EvaGonzay

Instagram: @juliacbrown_writer

Safe creative: 2406158251321

KAPITEL 1

„Los geht's, Damen! Ihr müsst das Tempo erhöhen, oder glaubt ihr, so könnt ihr euer Land verteidigen?“

Hauptmann Sebastián González von der Kompanie San Gregorio der Spanischen Armee schreit seit über zwei Stunden seine Truppe an. Die Gruppe rennt schon kilometerweit, beladen mit Gewehren, Helmen und Rucksäcken. Am Vortag hatte es stundenlang geregnet, und mitten im Winter dringt die Kälte und Feuchtigkeit bis in die Knochen. Die Soldaten verlangsamen ihren Schritt, während ihre Stiefel im dicken Schlamm versinken. Sie sind erschöpft.

„Hauptmann, wir sollten den Flussübergang abbrechen, das Wasser ist sehr unruhig und bestimmt nicht wärmer als zwei Grad,“ schlägt Sergeant Lionel García, der Assistent von Hauptmann González, vor.

„Was ist los, García? Seit wann bist du so eine Memme? Zu meiner Zeit war das nichts, wir hatten nicht mal eine Sicherheitsleine wie diese hier. Also, wir machen weiter.“

„Die Sicherheitsleine wurde nicht überprüft, mein

Hauptmann, wegen des Sturms war es unmöglich," antwortet der Sergeant, der seinem Vorgesetzten nie widerspricht.

Lionel García sucht keinen Streit. Im Gegenteil, er will dem höheren Kommando beweisen, dass er klug und fähig ist, jede Aufgabe zu übernehmen, sobald er befördert wird. Sein Ego ist unermesslich, und sein Wunsch, im Militär anerkannt zu werden, lässt ihn selbst Misshandlungen von untergeordneten Soldaten oder Fahrlässigkeiten seiner Vorgesetzten übersehen. Doch jetzt sieht er die Gelegenheit, sich als großartiger Analyst zu profilieren, also fasst er die Risiken der Übung schnell für seinen Hauptmann zusammen.

„Ich habe gesagt, wir brechen die Übung nicht ab, García. Bist du taub geworden?" Der Hauptmann dreht sich drohend zu ihm um. „Diese Soldaten müssen auf alles vorbereitet sein. Ich will keine Schwächlinge in meiner Einheit."

„Ja, Herr Hauptmann," antwortet García wie ein gehorsamer Schoßhund.

„Wie viele Kilos tragen sie?" fragt González und bezieht sich auf die Strafe, die er vor Tagen der ganzen Gruppe auferlegt hat.

„Alle tragen drei Kilo, außer Korporal Pinares, sie trägt fünf Kilo," antwortet der Sergeant und schaut die Korporalin mit einer Mischung aus Wut und Verlangen an.

Seit Marta Pinares ein Kind war, wusste sie, dass sie Soldatin werden wollte. Sie träumte davon, in einem

Bataillon zu sein, ein Gewehr zu tragen und vor allem diese Uniform zu tragen, die sie so sehr begehrte. Die Korporalin ist schnell, intelligent und mutig – Eigenschaften, die ihr oft geholfen haben, sie aber auch in Schwierigkeiten brachten. Vor zwei Wochen weigerte sie sich, eine ihrer Meinung nach unangebrachte Anweisung von Sergeant García zu befolgen. Als Konsequenz ist sie nun seit vierzehn Tagen auf der Basis eingesperrt, reinigt Toiletten und trägt bei allen Übungen zusätzliches Gewicht. Es stört sie nicht. Sie ist erschöpft und sehnt sich nach einem Teller von den Linsen ihrer Mutter, doch sie bleibt standhaft, auch wenn es sie teuer zu stehen kommt.

„Ihr werdet den Fluss zu zweit überqueren," brüllt der Hauptmann. „Ihr müsst schnell sein. Bei einem Bombenangriff oder einer Verfolgung ist die beste Strategie, durchs Wasser zu gehen. Der Feind verliert jede Spur, und ihr habt eine Chance zu überleben. Zeigt mir, dass ihr es verdient, in meiner Kompanie zu sein!"

„Los, Pérez und Hernández, ihr zuerst! Der Rest stellt euch dahinter, und sobald die ersten das Wasser berühren, folgen die nächsten beiden," schreit Sergeant García, dessen Stimme eher wie die eines Teenagers klingt als die eines Dreißigjährigen.

Die Soldaten beginnen die Manöver mit Knochen, die kurz vor dem Zerbrechen stehen, das Wasser ist fast gefroren. Die reißende Strömung bringt Äste und Steine mit sich, was das Ganze noch schwieriger macht.

Nach zehn Minuten hat fast die Hälfte der Kompanie

den Fluss überquert, als plötzlich ein Soldat, der fast auf der anderen Seite ist, das Gleichgewicht verliert und fällt, seinen Kameraden mit sich reißend. Einer der Soldaten sucht verzweifelt die Sicherheitsleine, findet sie aber nicht. Er rudert mit den Armen, versucht aufzustehen, aber die Strömung ist zu stark. Er beginnt panisch zu schreien, als ihm die Kräfte schwinden und er Angst hat zu ertrinken. Ein Kamerad nähert sich, um zu helfen, aber ein ungeschickter Bewegungsversuch führt dazu, dass mehrere Soldaten fallen und ein Chaos entsteht, das aus der Ferne wie ein Schwarm Fische aussieht, der sich auf ein Stück Brot stürzt.

„Verdammt! Was für Idioten," brüllt Hauptmann González.

„Das ist eine Schande," stimmt ihm der Schoßhund García zu.

„Bleib ruhig, Ferreiro, heb die Arme, damit ich dir helfen kann," ruft Korporal Pinares, die gerade einer Soldatin aus dem Wasser hilft, nachdem diese sich die Stirn an einem Stein

aufgeschlagen hat und eine Blutfontäne ihr Gesicht bedeckt. Danach watet Pinares in den Fluss und versucht, so vielen wie möglich zu helfen.

Fast eine halbe Stunde später ist die gesamte Kompanie aus dem Wasser. Einige sind verletzt, andere zeigen Anzeichen von möglicher Unterkühlung, der Rest ist erschöpft, aber wohlauf.

„Lorenzo," ruft García, der gerade die Soldaten zählt,

um sicherzustellen, dass alle bei Bewusstsein sind. „Lorenzo!“

„Wo ist er?“ fragt einer der Kameraden.

„Er war hinter mir, als Gañez ausrutschte,“ erklärt ein anderer Soldat.

„Verdammt!“ murmelt Marta Pinares, die wie eine Feder aufspringt, ihren Rucksack mit einer einzigen Bewegung fallen lässt und sich ohne auf die Schreie von Sergeant García zu achten in den Fluss stürzt.

„Was zum Teufel ist passiert?!“ schreit Oberst Miguel Gómez Perea, der Chef der Militärbasis und der militärischen Operationen.

„Korporal Daniel Lorenzo ist beim Flussübergang ertrunken, Herr Oberst,“ antwortet der Hauptmann.

„Mach keine Witze, González. Ich weiß, dass er tot ist. Ich will wissen, wie ein Soldat bei so einem einfachen Manöver sterben kann,“ fordert der Oberst, während er seinen Krawattenknoten lockert. Sein Gesicht ist rot und glänzt vor Schweiß.

„Dasselbe frage ich mich auch. Es war eine Übung wie jede andere, den Fluss zu überqueren, wie wir es schon oft getan haben. Einige sind ausgerutscht, und plötzlich hörte man nur noch Hilferufe,“ berichtet Hauptmann González, den Kopf missbilligend schüttelnd, ohne ein Anzeichen von Schmerz oder Empathie zu zeigen.

„Das wird ein verdammter Zirkus. Ich habe bereits mindestens fünf Anrufe bekommen, die Erklärungen

verlangen."

„Es war ein Unfall, nicht viel zu machen," antwortet González ruhig.

„Es wird trotzdem untersucht werden. Niemand spricht, ich bin der Sprecher. Ich werde nicht zulassen, dass diese Basis unter meinem Kommando zum Gesprächsthema wird. Wer war bei dir?" fragt der Oberst und zückt ein Notizbuch, um sich Notizen zu machen.

„Sergeant García, machen Sie sich um ihn keine Sorgen, er tut, was ich sage."

Die beiden Militärs verbringen mehrere Stunden damit, alle Informationen zusammenzutragen, die der Oberst wahrscheinlich benötigen wird, wenn die Familie, die Anwälte und die Ermittler eintreffen, die bei solchen Vorfällen auf einer Militärbasis üblich sind.

„Das Erste, was ich tun muss, ist mit der Rechtsabteilung zu sprechen," sagt der Oberst mehr zu sich selbst als zum Hauptmann. „Die Familie wird das vor ein Zivilgericht bringen wollen."

„Diese Leute haben hier nichts zu sagen," murmelt González, der das Militär im Blut hat und immer wieder betont, dass interne Angelegenheiten intern geregelt werden.

„Der Fluss liegt im Niemandsland, González. Er wird militärisch genutzt, aber er gehört nicht zur Basis, und jeder Anwalt, der etwas auf sich hält, wird diesen Punkt ausnutzen. Das kann ich nicht zulassen, es wäre eine lange und mühsame Untersuchung."

Der Oberst seufzt, als sein Handy vibriert und er die eingehenden Nachrichten liest.

„Lass mich allein, ich muss ein paar Anrufe machen," befiehlt Gómez Perea.

Sebastián González steht schnell auf und salutiert formell vor dem Oberst, hebt die rechte Hand an die Stirn. Mit entschlossenem Schritt verlässt er das Büro, um Sergeant García zu suchen.

Hauptmann González hat sein ganzes Leben im Militär verbracht, Sohn eines pensionierten Obersts und Neffe eines Generals. Er lebte in verschiedenen Ländern, begleitete seinen Vater im Dienst. Sobald er alt genug war, trat er in die Militärschule ein. Er war lange Zeit in Bosnien und im Libanon, stieg schnell auf und ist seit Jahren Kompaniechef auf der Basis. Das Militär ist sein Leben, so sehr, dass seine Frau ihn verließ und ihre beiden Töchter mitnahm—Töchter, die er streng bestrafte, weil der Boden im Haus nicht wie ein Spiegel glänzte—wegen seiner zunehmenden Besessenheit von der Arbeit.

„Mein Hauptmann, wie kann ich Ihnen helfen?" grüßt Sergeant García, steif wie ein Stock bei der plötzlichen Ankunft von González.

„Hast du die Sicherheitsleine entfernt?"

„Ja, Herr Hauptmann," antwortet García stolz.

„Und den Rucksack des Toten?"

„Auch, mein Hauptmann. Alles ist aufgeräumt, keine Sorge," sagt der Sergeant mit geschwellter Brust, das Gefühl

der erfüllten Pflicht genießend.

„Es wird hässlich werden, García, und obwohl sich das schnell klären wird, dürfen wir nicht nachlassen. Ich habe bereits ein paar Anrufe gemacht, außerdem wird sich der Oberst um alles kümmern," erklärt Sebastián González mit seinem ewigen Stirnrunzeln.

„Kann ich sonst noch etwas tun?" fragt García gehorsam.

„Informiere mich über alles, was du siehst, bleib wachsam und halte deine Hose geschlossen, ich kenne dich und wir können uns keinen weiteren Skandal leisten. Niemand darf wissen, warum Daniel Lorenzo gestorben ist."

KAPITEL 2

„Sehr gut, halt ihn gerade," sagt Aitor, der Fluglehrer, mit dem Hauptmann Virginia Robles das Hubschrauberfliegen lernt.

Virginia gibt einen plötzlichen Ruck und stabilisiert das Gerät gerade, als Aitor im Begriff ist, einen Fluch auszustoßen. Stattdessen schnauft er, und sie zeigt ein halbes Lächeln, das ihn dazu bringt, die Augen zu verdrehen. Nach genügend Unterrichtsstunden haben sie ein gewisses Maß an Vertrauen aufgebaut, und Aitor weiß, dass Virginia nicht gut darin ist, Befehle zu befolgen.

„Wen hast du diesmal verärgert?" fragt der Lehrer und neigt den Kopf zur Fensterseite, als sie landen.

Virginia schielt in dieselbe Richtung und sieht überrascht, dass der Generalstabschef des Heeres mit zwei Soldaten wartet, bis der Hubschrauber gelandet ist.

Sie passt ihre Kopfhörer an und beendet die Landemanöver.

„Warum denkst du, dass er mit mir reden will? Wir sind hier zu zweit," sagt sie.

Ein plötzlicher, aus den Tiefen kommender Lacher entweicht Aitors Mund.

„Komm schon, Virginia, wir wissen beide, dass er wegen dir hier ist. Ich habe nichts getan, was das höchste Kommando des Heeres auf mich aufmerksam machen könnte."

„Und ich etwa?" ironisiert sie und schaltet den Motor ab.

„Du hast die Gabe, alle zu verärgern, also ja, er sucht dich," schließt Aitor ab und öffnet die Tür, um auszusteigen.

Virginia lächelt, als er es nicht sehen kann, steigt dann aus und geht direkt auf den Generalstabschef zu, denn ja, sie weiß, dass er wegen ihr hier ist.

Sie tritt vor ihren Vorgesetzten und salutiert. Jorge del Valle erwidert den Gruß und nickt ihr zu, ihm zu folgen.

„Lassen Sie uns einen Spaziergang machen, Hauptmann Robles."

„Natürlich," sagt sie und reiht sich neben ihm ein.

Sie gehen über die Basis, bis sie weit genug von allen anderen entfernt sind, um ohne Sorge vor Mithörern sprechen zu können.

„Also, Virginia," sagt Jorge und duzt sie.

Das erste Mal, als er von ihr hörte, war er Oberst und sie eine frisch angekommene Sergeantin auf seiner Basis. Die ersten Beschwerden über Virginias Rebellion ließen nicht lange auf sich warten, doch sie rechtfertigte ihr Verhalten

stets als Reaktion auf ungerechte oder missbräuchliche Vorgesetzte. Der Unterschied war, dass alle anderen schwiegen und sie sich auflehnte. Jorge mochte sie sofort; außerdem war sie eine hervorragende Soldatin, mit kühlem Kopf und Führungsqualitäten, so dass er sie praktisch wie eine Patentochter behandelte.

„Was machst du hier?“ fragt sie, als sie sieht, wie der Mann, den sie wie einen Vater liebt, sich den Nasenrücken reibt.

„Was ich hier mache?“ Jorge fixiert sie mit durchdringendem Blick. „Du hast einen Versetzungsantrag gestellt. Warum?“

Virginia zuckt mit den Schultern, eine Respektlosigkeit, die vor jedem anderen Vorgesetzten eine Strafe nach sich ziehen würde.

„Das ist nicht das erste Mal, dass ich das tue.“

Jorge lächelt müde und schüttelt den Kopf. „Halt mich nicht für dumm, Virginia,“ sagt er ernst.

„Entschuldigung,“ antwortet die Hauptfrau, denn wenn sie eines für diesen Mann empfindet, dann ist es Respekt.

„Auf dieser Basis läuft eine Untersuchung wegen eines Vorfalls, bei dem ein Soldat ums Leben kam. Soweit ich weiß, sieht es nicht gut aus,“ sagt der Generalstabschef. „Und es scheint mir sehr zufällig, dass du, die nicht nur Soldatin, sondern auch Anwältin ist, genau jetzt dorthin versetzt werden möchtest.“

Jorge verschränkt die Arme und wartet auf eine Antwort.

„Dir entgeht wirklich nichts, oder?“ Virginia lächelt.

„Ich bin nicht in dieser Position, weil ich gut aussehe,“ scherzt er, und sie verengt die Augen.

„Gut aussehend vielleicht nicht, aber du bist sehr interessant. Schade, dass ich nur Frauen mag.“

„Und dass ich dein Vater sein könnte,“ fügt er hinzu und seufzt. „Weich nicht vom Thema ab.“

„Du hast es gesagt, Jorge, ich bin auch Anwältin und möchte nur sicherstellen, dass alles korrekt abläuft. Der Unfall ereignete sich außerhalb der Basis, also ist es eine zivile Angelegenheit, und dennoch hat man es dem Militärgericht übergeben. Sag mir nicht, dass das nicht stinkt,“ sagt sie.

„Es stinkt gewaltig,“ erkennt der hohe Offizier an. „Vor allem, weil der verantwortliche Hauptmann während der Übung, bei der der Soldat starb, Sebastián González war. Es gibt bereits zu viele Gerüchte über seine schlechten Praktiken und seine strenge Hand, als dass man das ignorieren könnte.“

Virginia hebt die Augenbrauen bei dieser neuen Information.

„Ich werde deine Versetzung genehmigen,“ fährt Del Valle fort. „Ich habe angeordnet, dass González von seinen Pflichten entbunden wird, bis die Untersuchung abgeschlossen ist. Er bleibt auf der Basis und übernimmt

administrative Aufgaben. Ich denke, es ist besser, dass du ihn im Auge behältst. Du wirst seinen Platz einnehmen, morgens mit seinem Zug trainieren und den Rest des Tages frei haben, um zu tun, was du für nötig hältst. Sei diskret; für alle anderen bist du nur da, um den Hauptmann zu ersetzen, bis alles geklärt ist."

Virginia nickt.

„Ich habe dir eine Wohnung in der Stadt besorgt, ich weiß, dass du es nicht magst, auf der Basis zu schlafen."

„Danke," lächelt Virginia.

„Dank mir nicht. Geh dorthin und tu, was du am besten kannst. Wenn der Tod des Jungen ein Unfall war, werden wir es bedauern und der Familie unser Beileid aussprechen. Aber wenn es jemandes Fahrlässigkeit war, will ich, dass er dafür bezahlt. Ich habe die Nase voll davon, dass man sagt, im Militär werde alles unter den Teppich gekehrt. Das wird nicht unter meinem Kommando passieren."

„Deshalb bist du ein guter Chef," sagt Virginia und sieht ihn mit unverhohlener Bewunderung an.

„Mach mir keine Komplimente, ich hab genug von deinen Spielchen. Ich weiß, dass du mir etwas verheimlichst. Du hast aus einem anderen Grund um die Versetzung gebeten," sagt Jorge und beobachtet, wie Virginia nervös schluckt. „Beruhige dich, ich werde dich nicht zwingen, es zu gestehen. Ich vertraue dir."

„Danke," sagt sie, und er verdreht die Augen.

„Lad mich zum Essen ein, ich habe seit zwölf Stunden

nichts mehr gegessen," sagt Jorge und legt ihr eine Hand auf den Rücken, um sie zum Gehen zu bewegen. „Ich hoffe, in diesem Kaff gibt es etwas Anständiges zu essen. Du weißt, ich habe einen feinen Gaumen," fügt er hinzu und lacht, ein Lachen, das Virginia erwidert.

„Keine Sorge, ich weiß, wohin ich dich bringe. Aber es wird teuer für dich."

„Nichts ist genug, um das zu bezahlen, was ich mit dir durchmache, also beschwer dich nicht. Übrigens, wie geht es Maria?"

Virginia bleibt abrupt stehen, und Jorge schaut sie aus den Augenwinkeln an.

„So heißt sie doch, oder?" fragt er unsicher.

„Ja, sie heißt so," bestätigt Virginia mit einem halben Lächeln. „Wie lange haben wir uns nicht gesehen?"

„Ich weiß nicht, sechs Monate?" schätzt Jorge.

„Offensichtlich viel länger, denn Maria und ich haben uns vor fast einem Jahr getrennt."

Jorge lacht und setzt seinen Schritt fort. „Ich dachte schon, ich halte dich zu lange aus."

Die Hauptfrau schüttelt den Kopf und zuckt mit den Schultern.

„Übrigens, kannst du mir die Militärakte von González besorgen? Ich möchte wissen, mit wem ich es zu tun habe," fragt sie.

Jorge schaut sie nachdenklich an. „Es wird schwer, sie

zu bekommen, ohne Verdacht zu erregen, aber ich werde es versuchen. Das wird allerdings Zeit brauchen,“ sagt der Generalstabschef.

KAPITEL 3

„Ich bin total überfordert, Marta. Seit Daniels Tod dürfen wir die Basis nicht verlassen, und die Atmosphäre ist seltsam mit all den Leuten, die zur Untersuchung ein- und ausgehen," sagt Unteroffizier Adrián Torres, ein Freund und Kamerad des Verstorbenen.

„Kein Wunder," antwortet Unteroffizierin Marta Pinares. „Ich bin seit fast einem Monat nicht mehr rausgekommen, aber das ist nicht das Schlimmste. Ich habe Angst, dass wieder alles vertuscht wird und Lorenzos Tod ungesühnt bleibt."

Marta und Adrián kennen sich aus der Akademie. Anfangs gingen sie ihre eigenen Wege, doch bald merkten sie, dass sie sich gegenseitig ergänzen konnten. Adrián Torres ist intelligent und gut mit Büchern. Martas Stärke liegt im körperlichen Training und in Kampftaktiken. Die beiden jungen Soldaten lernten zusammen und trainierten täglich, um ihren Traum zu verwirklichen: Mitglieder der spanischen Armee zu werden.

Das Trio wurde komplett, als Daniel Lorenzo Marta um Hilfe bat, eine schwierige Übung zu meistern. Seit diesem

Tag waren die drei unzertrennlich und entschieden sich für die Spezialisierung auf Land-, Berg- und Spezialeinsätze. Nach der Akademie landeten sie auf derselben Basis. Nach der Tragödie sind die beiden verbliebenen Unteroffiziere zwischen Trauer, Nervosität und Wut hin- und hergerissen.

„Wir können nichts tun," antwortet Adrián, der sich ängstlich umsieht. Er vertraut niemandem.

„Natürlich können wir etwas tun!" schreit Marta auf. „Wir müssen etwas tun, Adrián. Hauptmann González ist ein Schwein, und was er getan hat, darf nicht ungestraft bleiben."

„Leiser, Marta," fleht Adrián, immer nervöser werdend. „Hast du nicht gesehen, wozu González fähig ist? Sie haben ihn nicht einmal seines Amtes enthoben, nur suspendiert. Aber er darf sich hier frei bewegen, als ob nichts wäre. Es sieht eher aus, als würden sie ihm wohlverdiente Ferien gönnen."

„Eben deshalb müssen wir handeln. Was, wenn morgen du oder ich das nächste Opfer sind?" fragt sie wütend. „González muss gestoppt werden."

„Es gibt Leute, die ermitteln. Der Druck der Familie wird etwas bewirken," flüstert Torres fast unhörbar.

Marta schnaubt. Sie ist es leid, Ungerechtigkeiten zu sehen, ohne dass jemand eingreift. Im Militär sind Machtmissbrauch und Misshandlung niedrigerer Ränge an der Tagesordnung. Marta hatte Hoffnung, als ein ziviles Gericht den Fall übernahm, aber die war verflogen, sobald

das Militär die Kontrolle übernahm. Sie wusste sofort, dass der Tod ihres Freundes Daniel Lorenzo als Unfall abgetan und die Schuldigen ungeschoren davonkommen würden.

„Morgen kommt der neue Hauptmann," sagt Torres, als er bemerkt, dass Marta schweigend in ihr Glas starrt.

„Weißt du, wer es ist?" fragt Marta monoton.

„Nein, alles, was ich gehört habe, ist, dass er von einer anderen Basis aus Burgos kommt."

Marta wirkt, als hätte man ihr die Seele aus dem Leib gerissen. Sie starrt auf ihr leeres Glas und denkt darüber nach, wie enttäuscht sie vom Militär ist. Seit sie eingetreten ist, hat sie nur Ungerechtigkeiten, Spott und ungesühnte Taten gesehen. Sie fühlt sich wütend und will kämpfen, um diesen Ort, von dem sie immer geträumt hat, zu einem besseren zu machen.

„Wahrscheinlich ist es ein weiterer korrupter Idiot, dem scheißegal ist, was passiert ist," spuckt Marta. „Sie haben ihre Züge gut gemacht. Sie entfernen González vorübergehend, während sie intern so tun, als würden sie ermitteln, um die Familie von Lorenzo zu beruhigen und die Presse zu überzeugen, dass es ein unglücklicher Unfall war. In der Zwischenzeit bringen sie einen anderen Hampelmann, um vorzutäuschen, dass die Ausbildung zum Wohl des Landes weitergehen muss."

„Vielleicht ist der neue Hauptmann anders, wer weiß," sagt Torres und zuckt mit den Schultern.

Marta hat immer gedacht, dass Adrián zu gutherzig und manchmal sehr naiv ist.

„Ich vertraue niemandem. Augen auf, vor allem bei Leuten wie dem Schleimer García."

„Der Sergeant hat es auf dich abgesehen. Bei jedem Manöver scheint er es auf alles abgesehen zu haben, was du tust," sagt Adrián, der das immer schlimmer werdende Verhalten bemerkt hat.

„Soll er nur weitermachen. Er glaubt fälschlicherweise, dass ich unter ihm zusammenbreche," antwortet Marta mit eisiger Stimme.

„Ich habe große Angst. Sie hören nicht auf, uns auszufragen, drängen uns in die Enge und halten uns auf der Basis gefangen. Es scheint mehr ein mentales Spiel zu sein als alles andere."

„Sie wollen nur sicherstellen, dass wir nichts sagen, was sie nicht wollen. Dann geben sie uns das ganze Wochenende frei, damit wir wie Ratten nach Hause rennen, und wenn wir zurückkommen, ist Lorenzos Tod längst vergessen."

„Ich habe gestern Abend darüber nachgedacht, alles hinzuschmeißen," sagt Adrián, während er auf seine Stiefelspitzen starrt.

„Wirklich?" Marta sieht ihn fassungslos an.

„Ja. Du weißt, dass ich Kommunikation und Analyse liebe. Manöver waren nie mein Ding, und ohne deine Hilfe wäre ich nicht hier," sagt Adrián und schenkt Marta ein dankbares Lächeln. „Diese Situation macht mir Angst."

„Mach, was du willst, Adrián. Aber denk darüber

nach. Wir haben viel Mühe investiert, um hierher zu kommen. Warum versuchst du nicht, eine Versetzung zur Luftwaffenbasis in Albacete zu beantragen? Mit deinen Qualifikationen bekommst du das sicher durch."

Marta Pinares sieht echten Schrecken in den Augen ihres Freundes und Kameraden. Sie hat Mitleid, denn er ist ein guter Soldat mit einem brillanten Verstand, der nicht vergeudet werden sollte. Sie versteht jedoch auch seine Panik, dass ein falsches Wort oder eine falsche Handlung seine Zukunft ruinieren könnte.

„Ja, das ist auch eine Möglichkeit," lächelt Adrián.

Doch sein Lächeln verschwindet sofort, als ein anderer Soldat, den er noch nie zuvor gesehen hat, sich ihnen nähert und ihn direkt anspricht.

„Korporal Torres, Sie müssen sich morgen um sieben Uhr im Büro von Oberst Gómez Perea melden."

„Darf ich den Grund wissen?" fragt Adrián nervös.

„Ich kann Ihnen keine weiteren Informationen geben, nur dass es um den Unfall von Korporal Lorenzo geht."

Marta ballt die Fäuste, um den Drang zu unterdrücken, den Boten niederzuschlagen. Dass sie dieses Ereignis als Unfall bezeichnen, macht sie rasend. Doch sie muss klug sein und darf ihrer Wut nicht nachgeben. Sie muss während der gesamten Untersuchung hierbleiben und vermeiden, wegen eines Angriffs auf einen Kameraden von der Basis ausgeschlossen zu werden. Sie zählt innerlich bis zehn und atmet tief durch.

„Ich werde da sein,“ antwortet Torres, so blass wie ein Blatt Papier.

Der „Bote des Teufels“ – so nennt Torres den Soldaten in Gedanken – eilt davon und bleibt vor einer Gruppe von Militärs stehen, die leise miteinander sprechen. Seit der Tragödie sind auf der Basis nur noch flüsternde Stimmen zu hören.

„Keine Sorge, alles wird gut, Adrián,“ versucht Marta ihm Mut zuzusprechen.

„Alles wird gut, Adrián,“ wiederholt er leise zu sich selbst.

Marta Pinares weiß wirklich nicht, ob das stimmt. Wenn Adrián in seiner Aussage lügt, wird Lorenzos Tod als Unfall abgetan, da sie sicher ist, dass nicht nur er die Wahrheit verschweigen wird. Aber wenn er die Wahrheit sagt, wird ihm niemand glauben, und er wird zur Zielscheibe, bis er das Militär verlässt, um diesem Albtraum zu entkommen.

Marta atmet tief durch und ist entschlossen. Sie hat keine Angst. Sie wird alles tun, um sicherzustellen, dass Daniel Lorenzos Name nicht in den Akten verloren geht und sein Tod nicht ungesühnt bleibt.

KAPITEL 4

Kapitänin Virginia Robles kommt am späten Vormittag auf der neuen Basis an. Sie dachte, sie würde nervös sein, als sie das Eingangstor passiert, aber zu ihrer Überraschung ist sie es nicht. Stattdessen verspürt sie ein fast krankhaftes Verlangen, herauszufinden, was bei der Übung passiert ist, die das Leben eines Soldaten kostete und zwei weitere mit Anzeichen von Unterkühlung ins Krankenhaus brachte.

Sie lässt ihren Seesack in dem Zimmer, das ihr zugewiesen wurde. Heute Nacht will sie auf der Basis übernachten, um die Atmosphäre zu spüren.

Zuerst muss sie sich bei Oberst Miguel Gómez Perea vorstellen. Doch als sie gerade den Flur zum Büro des Obersts hinuntergeht, steht ihr plötzlich ein Mann gegenüber. Er mustert sie unverhohlen, verzieht dann den Mund, als er den Rangabzeichen auf ihrer Uniform sieht.

„Ich nehme an, Sie sind Kapitänin Robles," sagt er überheblich, obwohl beide den gleichen Rang haben.

Virginia braucht keine Vorstellung. Sie hat ihn auf Fotos gesehen und weiß genau, dass es sich um Kapitän

Sebastián González handelt, den Ausbilder, unter dessen Kommando das Desaster geschah.

„Genau," antwortet sie schroff.

Kapitän González erkennt sofort, dass die Abneigung gegenseitig ist. Aber er muss seinen Stolz herunterschlucken, denn in diesem Moment kann er sich keine Feinde leisten.

„Ich bin Kapitän González und werde Ihnen gerne die Soldaten vorstellen und bei der Ausbildung helfen," sagt er mit einem gezwungenen Lächeln.

„Das wird nicht nötig sein," erwidert Virginia und setzt ihren Weg zum Büro des Obersts fort. „Ich weiß, wer Sie sind, Kapitän," sagt sie, ohne ihn anzusehen, „und dass Sie von Ihren Aufgaben entbunden wurden." Sie schießt die Worte ohne Umschweife ab. „Ich bin hier, um Sie zu ersetzen, also wissen Sie, dass ich bestens dafür qualifiziert bin und Ihre Hilfe nicht benötige."

Kapitän González presst die Kiefer zusammen, folgt ihr aber weiterhin. „Das bezweifle ich nicht. Ich wollte nur höflich sein. In diesem Fall werde ich Ihnen Sergeant García vorstellen. Er ist mein Stellvertreter und Sie können ihm vollkommen vertrauen."

Virginia bleibt abrupt stehen und fixiert ihn mit einem scharfen Blick. „Ich glaube, Sie haben mich nicht verstanden, Kapitän. Ich will weder Ihre Hilfe noch die Ihres Stellvertreters. Ich bevorzuge es, selbst jemanden aus den Soldaten auszuwählen, der mein Stellvertreter wird. Nehmen Sie es nicht persönlich."

Kapitän González kämpft innerlich mit seiner Wut. Bis heute Morgen wusste er nicht, wer ihn ersetzen würde, und als er sah, dass es eine Frau war, dachte er, er könnte sie mit seinem Charme beeinflussen und kontrollieren. Doch es ist klar, dass er Kapitänin Robles unterschätzt hat. Sie ist ein harter Brocken.

„Ich bin hier, um Oberst Gómez Perea zu sprechen," sagt die Kapitänin und betritt den Vorraum zum Büro des Obersts.

Ein Unteroffizier öffnet die Tür und kündigt, nachdem er sich vor Virginia strammgestellt hat, ihren Besuch an.

„Sie können jetzt eintreten, er erwartet Sie."

Virginia tritt durch die Tür und stellt sich vor ihrem Vorgesetzten stramm, der sie von der anderen Seite seines Schreibtisches aus mustert, während er den letzten Schluck seines Kaffees trinkt.

„Setzen Sie sich, Robles," sagt der Oberst und deutet auf den Stuhl.

Sie sprechen nur wenige Minuten, in denen der Oberst sie auf der Basis willkommen heißt und daran erinnert, dass das Personal aufgrund des Vorfalls etwas nervös ist. Er bittet sie, keine Fragen zu stellen, damit sich die Lage schnell beruhigt. Virginia versteht, dass dies eine subtile Art ist, ihr klarzumachen, dass sie sich nicht einmischen soll.

„Gut, das hätten wir geklärt. Haben Sie bereits Ihren Stellvertreter gewählt?" fragt der Oberst und drängt darauf, das kurze Treffen abzuschließen.

„Ja, ich möchte Unteroffizier Marta Pinares."

„Pinares?" Der Oberst kann seine Überraschung und den abfälligen Tonfall nicht verbergen.

„Ja, Pinares," betont Virginia.

„Darf ich wissen, warum gerade sie?"

Virginia zuckt mit den Schultern, bevor sie antwortet.

„Ich habe ihre Akte gesehen und halte sie für sehr kompetent, das ist alles."

„Ich bin anderer Meinung," antwortet der Oberst und überrascht Virginia. „Pinares war eine enge Freundin des Verstorbenen." Virginia hebt die Augenbrauen bei dieser neuen Information, die ihr sehr nützlich sein könnte. „Im Moment ist sie sehr verwirrt und abgelenkt wegen der Ereignisse. Es wäre besser, wenn Sie jemand anderen wählen."

„Danke für Ihre Einschätzung, aber wenn es Ihnen nichts ausmacht, bleibe ich bei meiner Wahl. Ich bin sicher, dass alle Soldaten des Zuges in gewisser Weise vom Tod dieses Jungen betroffen sind. Pinares ist also genauso gut wie jeder andere."

Dem Oberst gehen die Argumente aus. Er erkennt, dass er die Kapitänin nicht umstimmen kann und ihr die Wahl von Pinares ohne triftigen Grund nicht verwehren kann. Also gibt er schließlich nach. Virginia erhebt sich von ihrem Stuhl, wissend, dass sie nicht einmal eine Stunde auf der Basis ist und bereits zwei der einflussreichsten Personen verärgert hat.

Als Nächstes bittet die Kapitänin Robles den ersten Soldaten, den sie trifft, sie zu ihrem Bataillon zu bringen. Sie findet sie beim Training unter der Leitung von Sergeant Lionel García, der das Kommando bis zur Ankunft des Nachfolgers von Kapitän González übernommen hat. Virginia bleibt im Hintergrund und beobachtet den Mann, der immer als Stellvertreter für Kapitän González agiert. Es fällt ihr auf, dass er eine gewisse Besessenheit von Unteroffizier Marta Pinares zu haben scheint. Er schreit sie ständig an und fordert mehr Geschwindigkeit, obwohl offensichtlich ist, dass die Soldatin die Übung korrekt ausführt.

Die Kapitänin wartet über eine Stunde, bis das Training endet, dann nähert sie sich dem Sergeant und bittet ihn, den Zug zu formieren, damit sie sich vorstellen kann.

„Sie gehören Ihnen, Kapitänin," sagt García und tritt einen Schritt zurück.

„Danke, Sie können sich zurückziehen," antwortet sie höflich.

Sergeant Lionel García scheint nicht beleidigt über ihren Kommentar und dreht sich um, als wolle er eine Aufgabe loswerden, die er nie übernehmen wollte.

Virginia Robles stellt sich vor die Soldaten und überrascht Unteroffizier Marta Pinares als Erstes mit ihrem Beileid für den Verlust ihres Kameraden – etwas, das nicht einmal der Oberst getan hat. Sie lässt einige Sekunden der Stille vergehen und beobachtet die Gesichter der Soldaten. Manche sind stärker betroffen als andere, aber

die allgemeine Stimmung ist von Trauer und Niederlage geprägt. Danach macht sie klar, dass sie hier ist, um Kapitän González zu ersetzen, und dass ab sofort alle Fragen an sie gerichtet werden sollen.

„Das wäre alles. Sie können sich zurückziehen," sagt sie und der Trupp grüßt sie, bevor er sich auflöst. „Pinares, Sie bleiben bitte einen Moment," fügt sie hinzu, als Marta an ihr vorbeigeht.

Marta und Adrián tauschen unsichere Blicke, bevor sie ihrem Kameraden ein Zeichen gibt, weiterzugehen. Virginia wartet, bis alle weg sind und eine absolute Stille herrscht, bevor sie sich an die Soldatin wendet.

„Ich weiß, Sie sind müde, Pinares, daher mache ich es kurz. Ab morgen sind Sie meine Stellvertreterin."

Marta reißt die Augen auf wie zwei Fenster und kann ihre Überraschung nicht verbergen.

„Und Sergeant García?" fragt sie verwirrt.

„Ich wähle mein Team selbst aus. Ich habe Ihre Akte gesehen und sie gefällt mir."

„Ich weiß nicht, ob ich die Richtige dafür bin, Kapitänin," sagt Marta vorsichtig. Sie vertraut hier niemandem mehr, besonders nicht jemandem, den sie nicht kennt und der den Platz eines Mannes einnimmt, den sie für einen Mörder hält. „Es wäre besser, wenn Sie jemand anderen wählen."

Virginia fixiert sie mit einem Blick, der Marta das Herz stillstehen lässt. Sie weiß nicht, ob es an der Härte des

Blicks liegt oder ob sie etwas an der Frau vor ihr fasziniert.

„Das war keine Bitte, Pinares. Sie können jetzt gehen. Wir sehen uns morgen um Punkt sechs."

Die Kapitänin begleitet ihre Worte mit einem Kopfnicken, das Marta wütend macht.

„Die Ausbildung beginnt erst um sieben," erwidert Marta, obwohl sie weiß, dass der Kommentar überflüssig ist.

Virginia sieht sie erneut an und muss sich anstrengen, das Lächeln zu unterdrücken, das sich auf ihren Lippen abzeichnen will. Marta ist eine Rebellin, und das gefällt ihr. Frauen mit Charakter waren schon immer ihre Schwäche, aber sie muss klarmachen, wer hier das Sagen hat. Sie macht einen Schritt auf Marta zu, bis sie so nah sind, dass sie fast den Atem der Soldatin spüren kann. Marta hält den Atem an angesichts der Nähe der Kapitänin.

„Selbst wenn es erst um neun losgeht, erwarte ich Sie um sechs hier, und ich werde das nicht wiederholen," sagt sie, ohne zu blinzeln.

Martas Herz schlägt schneller, ähnlich wie das von Virginia, als die Soldatin ihren Blick für ein paar Sekunden hält, bevor sie nickt und sich zurückzieht.

KAPITEL 5

Unteroffizier Marta Pinares hat eine miserable Nacht hinter sich. Sie wälzt sich auf der winzigen Pritsche in dem Schlafsaal, den sie mit anderen Soldatinnen auf der Militärbasis teilt, hin und her. Eine unbestimmte Beklemmung schnürt ihr die Brust zu, und so sehr sie auch versucht, den Grund dafür zu finden, sie kann ihn nicht ausmachen. Sie redet sich ein, dass es der Tod ihres Freundes Daniel Lorenzo ist und nicht die Ankunft der neuen Kapitänin Robles. Etwas an dieser Frau lässt Marta nicht los. Es ist nicht nur, dass sie ihr misstraut—eigentlich misstraut Marta allen—es ist etwas, das ihren Körper jedes Mal anspannt, wenn ihre Gedanken plötzlich zu ihr zurückkehren.

Sie beschließt, aufzustehen und sich zu waschen. Es ist noch früh, aber sie will genug Zeit haben, um die Kapitänin zu suchen. Am Vortag hatten sie keinen Treffpunkt ausgemacht, also wird sie zuerst eine Runde über die Basis drehen und sich zur Not zur Unterkunft ihrer Vorgesetzten begeben.

Sie hat sie nirgendwo gefunden, und es ist fünf vor

sechs, als Marta mit den Knöcheln gegen Virginias Tür klopft, in der Hoffnung, dass sie da ist, denn sonst wird sie zu spät kommen.

„Guten Morgen, Kapitänin,“ Marta strafft sich, als Virginia die Tür ihres Schlafraums öffnet.

„Rühren, Pinares,“ antwortet Virginia als Gruß. Auch sie hat eine unruhige Nacht hinter sich und es fiel ihr schwer, aus dem Bett zu kommen.

Marta schluckt, als sie ein stechendes Ziehen in ihrem Unterleib spürt, das sie beinahe aus dem Gleichgewicht bringt. Virginia Robles ist in einen militärischen Trainingsanzug gekleidet, der so eng anliegt, dass man die üppigen Brüste nicht übersehen kann, die förmlich danach schreien, berührt zu werden.

„Ich warte hier draußen, Kapitänin,“ sagt Marta, während ihr Herz wild pocht.

Punkt sechs Uhr tritt Virginia, nun in einen Mantel gehüllt, aus der Tür und geht auf Marta zu, die nur wenige Meter entfernt wartet.

„Bringen Sie mich zum Fluss, Pinares.“

„Wie bitte?“ fragt Marta verwirrt.

„Zum Fluss, an dem Lorenzo gestorben ist. Ich muss diesen Ort sehen,“ sagt Virginia mit einem harten Ausdruck.

Marta, die nicht versteht, warum diese Frau zum Fluss will und schon gar nicht um diese Uhrzeit, nickt schließlich widerwillig und dreht sich um, um den Weg zu dem

Wasserlauf zu beginnen, wo ihr bester Freund sein Leben verlor.

„Hier ist es, Kapitänin," sagt Marta, als sie ankommen.

„Erinnern Sie sich an den genauen Ort, wo alles passiert ist?"

Marta blickt sie mit einem Misstrauen an, das sie kaum verbergen kann. Sie denkt, dass Virginia Robles nur eine weitere ist, die bestätigen will, dass die Tragödie ein Unfall war, wie alle behaupten. Sie spürt eine Enttäuschung, die sie nicht versteht. Sie hatte gehofft, die Kapitänin wäre eine von den Guten, die den Vorfall mit Lorenzo untersuchen würde und um...

Eins, zwei, drei, vier, fünf, sechs, sieben, acht, neun, zehn. Atmen.

Das ist die einzige Methode, die Marta hat, um sich zu kontrollieren, wenn sie in einer Situation steckt, die ihr schwer fällt zu bewältigen. Virginias Stimme holt sie zurück in die Realität.

„Pinares, erinnern Sie sich oder nicht?" fragt Virginia, als sie sieht, dass Marta mit leerem Blick dasteht. Sie hasst es, hart zu sein, aber sie muss Marta aus diesem Zustand holen, in den sie nach dem Verlust ihres Kameraden gefallen ist, damit sie ihr helfen kann, die ganze Wahrheit ans Licht zu bringen.

„Hier entlang, folgen Sie mir. Es ist direkt hinter diesem Baum."

„Erzählen Sie mir von diesem Tag. Gab es etwas

Ungewöhnliches?“ fragt Kapitänin Robles, während sie den Ort mit ihren Augen fotografiert.

Marta bleibt still. Sie will nichts sagen, aus Angst, ihre Worte könnten genutzt werden, um zu bestätigen, dass Cabo Lorenzo durch einen von ihr schlecht ausgeführten Manöver gestorben ist.

Virginia tritt näher an sie heran, und Marta versteht nicht, warum sie so nah kommen muss.

„Was Sie mir sagen, bleibt unter uns, Pinares. Ich will nur wissen, was passiert ist,“ sagt Virginia und schaut ihr direkt in die Augen.

„Ich nehme an, man hat Ihnen bei Ihrer Ankunft den Bericht übergeben, Kapitänin,“ entgegnet Marta, wissend, dass sie dafür eine Strafe riskieren könnte.

Kapitänin Robles macht einen weiteren Schritt, bis ihre Nasen fast sich berühren.

„Ich frage Sie, Pinares. Der Bericht nützt mir nichts. Ich will wissen, was wirklich passiert ist,“ sagt Virginia, ihre Stimme hart, bevor sie den Ton etwas mildert. „Ich wiederhole, was Sie mir sagen, bleibt unter uns. Ich erwarte dasselbe von Ihnen.“

Marta atmet tief ein und bereut es sofort. Der süße Duft, der von Virginia Robles ausgeht, verwirrt sie plötzlich, aber sie fängt sich schnell wieder, weil sie keine Schwäche vor der Kapitänin zeigen will.

„Ein Tag wie jeder andere,“ antwortet sie schließlich. „Wir begannen mit dem Training um sieben. An diesem

Tag trugen wir nicht die Sportausrüstung, sondern die Kampfmontur."

„Komplett?" fragt Virginia, für sie ist das wichtig.

„Ja, Helm, Gewehr und Rucksack. Kapitän González sagt, wir müssen trainieren, als wären wir im Einsatz," antwortet Marta mit einer Stimme, die zeigt, dass sie nicht damit einverstanden ist, dass diese Praxis fast täglich stattfindet.

„Wie viele Kilometer seid ihr gelaufen, bevor ihr den Fluss überquert habt?"

„Mindestens fünf."

Virginia bleibt äußerlich ungerührt, aber innerlich brodelt es. Sie weiß genau, dass das Laufen dieser Kilometer, beladen mit einer vollständigen Kampfausrüstung, die über zwanzig Kilo wiegt, einschließlich Gewehr und Rucksack, extrem anstrengend ist. Aber wenn man dazu noch eine Flussüberquerung bei null Grad hinzufügt, wird das Manöver zur Guillotine für den Trupp.

„Gab es noch etwas, das Ihnen an diesem Tag aufgefallen ist?" fragt Virginia, ohne einen Kommentar über das Gewicht der Ausrüstung zu machen.

Marta fühlt sich immer noch nicht sicher. Sie entscheidet sich, zu schweigen und sagt nichts weiter, bis sie den Grund für dieses seltsame Gefühl herausfindet, das sie in Virginias Nähe hat. Sie schüttelt den Kopf und wendet den Blick ab, weil sie Virginias durchdringenden Blick nicht länger ertragen kann.

KAPITEL 6

Die Kapitänin Robles und die Obergefreite Pinares kommen fünf Minuten vor Beginn der Ausbildung an. Beim Eintreffen ist das gesamte Platoon an Ort und Stelle. Einige sind gespannt auf das Training, während andere sich fragen, warum sie sich zur Armee gemeldet haben, statt gemütlich im Bett zu liegen.

„Ich glaube, Sie haben Gesellschaft," bemerkt Marta und deutet mit einem subtilen Kopfnicken.

Virginia folgt ihrem Blick und erkennt den Feldwebel Lionel García, der nur wenige Meter entfernt steht. Die Kapitänin hasst es, überwacht zu werden, und da sie sich nicht sicher ist, was er hier macht, entschließt sie sich, die Sache sofort zu klären.

„Mach du den Anfang," sagt sie zu Marta, die stolz nickt und sich die Gelegenheit, die Übung zu leiten, nicht entgehen lässt. „Ich bin gleich zurück."

„Zu Befehl," antwortet Marta und kann nicht verhindern, dass ihre Augen der Kapitänin nachschauen, als diese sich entfernt.

Der Feldwebel García schluckt nervös und steht stramm, als die Kapitänin vor ihm steht.

„Wollen Sie etwas, Feldwebel?" fragt Virginia, ihre Stimme und Körpersprache lassen keinen Zweifel daran, dass sie seine Anwesenheit nicht schätzt, während sie bei ihrem Platoon ist.

„Ich wollte nicht stören," sagt Lionel, „ich wollte Sie nur informieren, dass Oberst Gómez Perea Sie sehen möchte. Er hat gesagt, Sie sollen sich so bald wie möglich in seinem Büro melden."

„In Ordnung, ich komme gleich. Sie können abtreten."

Der Feldwebel salutiert erneut und dreht sich um, um den Weg zurückzugehen, den er gekommen ist. Virginia wendet sich dem Platoon zu und beobachtet aus der Ferne, dass alle auf der Stelle laufen, während Marta ebenfalls aufwärmt. Nachdem sie sich vergewissert hat, dass Marta die Autorität hat und respektiert wird, entschließt sie sich, die Anlagen aufzusuchen, um den Oberst zu sehen. Sie ist neugierig, was er so früh von ihr

will, und beginnt zu gehen, während sie sich fragt, ob er bereits einen Plan geschmiedet hat, um sie loszuwerden.

„Sie wollten mich sehen?" fragt Virginia, als ihr Vorgesetzter sie eintreten lässt.

Der Oberst hebt den Blick und betrachtet sie mit einem undurchdringlichen Ausdruck von der anderen Seite seines Schreibtischs.

„Ich dachte, ich sei gestern sehr klar gewesen, Robles,"

sagt er ernst.

Sie runzelt die Stirn, genauso misstrauisch gegenüber ihrem Vorgesetzten, wie Marta es bei ihr ist.

„Ich verstehe nicht, Sir."

„Ich sagte, Sie sollen sich nicht in die Untersuchung zum Tod von Obergefreiter Lorenzo einmischen."

Oberst Gómez Perea lehnt sich zurück und dreht einen Kugelschreiber zwischen seinen Fingern.

„Und das habe ich nicht getan," antwortet Virginia ungerührt.

„Ach ja? Können Sie mir dann erklären, was Sie heute Morgen am Fluss mit Obergefreiter Pinares gemacht haben? Denn ich bezweifle, dass Sie dort waren, um ein Bad zu nehmen," knurrt er und versucht, die Geduld nicht zu verlieren.

Die Kapitänin versucht, ihre anfängliche Verwirrung zu verbergen. Ihr Kopf arbeitet auf Hochtouren, bis sie zu dem Schluss kommt – und das ärgert sie sehr –, dass jemand ihnen heute Morgen gefolgt ist.

„Beobachten Sie mich, Oberst?"

„Sagen wir, ich sorge dafür, dass Neulinge meine Befehle befolgen. Und ich möchte nicht, dass Sie sich als Problem entpuppen. Davon habe ich schon genug, und ich beseitige sie sofort."

Virginia Robles weiß nicht, ob diese verdeckten Drohungen bei anderen wirken, aber wenn der Oberst erwartet, dass sie eingeschüchtert zurück zu ihrer Basis

läuft, hat er sich die falsche Person ausgesucht.

„Verstanden," sagt sie mit einem selbstzufriedenen Nicken, das den Oberst zur Weißglut treibt.

„Und? Werden Sie antworten? Was haben Sie am Fluss gemacht?"

„Nichts, ich wollte nur den Ort des Vorfalls sehen, das ist alles."

„Und es erschien Ihnen angemessen, eine der beteiligten Personen mitzunehmen? Sie haben sie gezwungen, ein traumatisches Ereignis nachzustellen, ohne Grund. Wenn das Ihre Methode ist, Ihrem Platoon zu helfen, dann können Sie gleich wieder gehen. Wir brauchen keine Hilfe von außen."

„Ich bin hier auf Befehl, Oberst, und glauben Sie mir, ich finde es genauso wenig unterhaltsam wie Sie, an Orte versetzt zu werden, wo ich nicht willkommen bin. Aber so ist

es nun mal, und wir müssen uns wohl beide daran gewöhnen. Was die Obergefreite Pinares betrifft, denke ich, dass Schocktherapie in ihrem Fall effektiv sein könnte."

„Sind Sie jetzt auch noch Psychiaterin?!" Der Oberst Gómez Perea springt auf und schlägt mit der Hand auf den Tisch.

„Nein, ich berufe mich nur auf eigene Erfahrungen," antwortet sie mit einer Ruhe, die den Oberst noch mehr ärgert.

„Abtreten," sagt er, in der Hoffnung, sie loszuwerden,

bevor sie ihm den Tag vollständig verdirbt.

„Oberst…“ Sie salutiert und dreht sich um, um zu gehen.

Virginia ist dabei, die Tür zu öffnen, als sie wieder die Stimme ihres Vorgesetzten hört.

„Robles,“ die Kapitänin dreht sich mit der Hand am Türknauf um.

„Ich habe mich über Sie informiert und weiß von Ihren wiederholten Befehlsverweigerungen. Ich werde keine einzige davon tolerieren, also seien Sie vorsichtig.“

„Verstanden, Oberst,“ sagt die Kapitänin, bevor sie die Tür öffnet und ihrem Vorgesetzten den Rücken zukehrt. Der Oberst flucht in allen Sprachen, die er kennt, bevor er sich setzt und nach dem Zigarettenpäckchen greift, das er für besonders nervenaufreibende Momente aufbewahrt.

Virginia kehrt zum Trainingsgelände zurück und sieht, dass ihr gesamtes Team an Seilen hochklettert und Holzwände überwindet. Sie tun dies in zwei Reihen unter der wachsamen Aufsicht der Obergefreiten Pinares, die sie nicht aus den Augen lässt.

„Alles in Ordnung?“ fragt die Kapitänin, als sie sich neben Marta stellt.

Marta war so konzentriert auf die Übung, dass sie Virginias Ankunft nicht bemerkt hat, und ihr Herz macht einen Sprung. Sie dreht den Kopf und wirft ihr einen Seitenblick zu, während die ersten Sonnenstrahlen über Virginias perfekter, welliger Pferdeschwanz tanzen.

Die morgendliche Brise streicht sanft über ihren Nacken. Für einen Moment verliert Marta sich in dem Anblick und den Gedanken an diesen Nacken, den sie gerne langsam riechen und dann beißen würde.

„Pinares," drängt die Kapitänin, als sie merkt, dass keine Antwort kommt.

Marta wird steif wie ein Brett und nickt, bevor sie zu einer der Reihen läuft, um das Training mit ihren Kameraden fortzusetzen.

KAPITEL 7

Virginia Robles beobachtet aufmerksam ihre Soldaten. Seit fast zwei Stunden absolvieren sie verschiedene Übungen, die ihrer Meinung nach die Stärke und die Taktik verbessern. Derzeit durchqueren die Soldaten einen Hindernisparcours, der hohe Konzentration und Kontrolle der Atmung erfordert, um erfolgreich abgeschlossen zu werden.

Die Kapitänin versinkt in Erinnerungen an ihre Zeit in der Akademie, daran, wie sie sich bemühte, die Beste zu sein. Und an den Hass, den sie sich bei einigen männlichen Kameraden zuzog, deren Männlichkeit zu bröckeln schien, als sie sahen, dass eine Frau bessere Zeiten erzielte als sie.

Virginia kehrt in die Gegenwart zurück, als sie merkt, dass die Obergefreite Pinares den Parcours vor den anderen beendet und ihn ohne Pause erneut beginnt. Marta ist schweißgebadet, ihr Gesicht rot und sie keucht wie ein Border Collie.

„Pinares," ruft Virginia, als Marta an ihr vorbeiläuft, „halten Sie an und ruhen Sie sich aus. Sie haben den Parcours mehrmals absolviert."

„Mir geht es gut, Kapitänin," stößt Marta keuchend hervor und läuft weiter.

Virginia hebt eine Augenbraue und verfolgt Marta mit den Augen. Marta hat nicht nur ihre Anweisung ignoriert, sondern auch gelogen. Es ist offensichtlich, dass die Obergefreite so erschöpft ist, dass es ihr schwerfällt, die gerade Strecke und das Gleichgewicht zu halten.

„Ich sagte, Sie sollen sich hinsetzen, Pinares!" Virginias Stimme ist scharf wie ein Messer.

Marta bleibt abrupt stehen, der scharfe Befehl lässt keinen Widerspruch zu. Sie beugt sich nach vorne, versucht, wieder zu Atem zu kommen, und die Luft füllt ihre Lungen nur schwer. Für einen Moment verliert sich Virginia in den Schweißperlen, die Marta's Nacken hinuntergleiten, und ein prickelndes Gefühl durchströmt sie.

„Das ist das letzte Mal, dass Sie mir widersprechen. Ich weiß nicht, woran Sie gewöhnt sind, aber wenn ich einen Befehl gebe, wird er befolgt. Ist das klar?"

„Ja, Kapitänin."

„Gehen Sie duschen und ruhen Sie sich aus, Sie sehen furchtbar aus," antwortet Virginia und dreht sich um, um sich ihrem Platoon zu nähern und denselben Befehl zu erteilen.

Die Kapitänin stellt sicher, dass alle ihre Soldaten den Parcours verlassen und sich zu den Baracken begeben. Sie nutzt die Gelegenheit, um in ihr Quartier zu gehen und eine Dusche zu nehmen. Es sind noch anderthalb Stunden bis

zum Mittagessen, und sie braucht Zeit, um ihre Gedanken zu ordnen. In dieser Basis brodelt mehr, als sie zunächst dachte.

Als sie gerade ihr Uniform ablegt, um ins Badezimmer zu gehen, klingelt ihr Handy auf dem Nachttisch neben dem Bett. Innerhalb von drei Sekunden hat sie es in der Hand und antwortet.

„Jorge,“ sagt Virginia, „wie geht es dir?“

„Nicht so gut, wie ich möchte,“ antwortet er seufzend, „aber nichts Besorgniserregendes, nur Jobstress. Erzähl mir, wie läuft es bei dir?“

Virginia lässt ein lautes Schnauben hören, das eher an ein Tier auf dem Land als an einen Menschen erinnert.

„Es sieht nicht gut aus, Jorge. Es scheint, niemand will, dass ich mich in die Untersuchung einmische, und ich tue es auch nicht,“ fügt sie hastig hinzu, „ich habe nur den Ort des Geschehens beobachtet.“

„Es ist normal, dass deine Anwesenheit Unsicherheit verursacht. Denk daran, dass du gekommen bist, um einen anderen Kapitän zu ersetzen. Und ich bin sicher, du hast schon irgendetwas getan, das einigen missfallen hat,“ sagt der Generalstabschef und schüttelt den Kopf. Virginia kann das nicht sehen, aber sie kann sich den Ausdruck ihres Vorgesetzten gut vorstellen.

„Sie überwachen mich, Jorge, und das lässt mich denken, dass es mehr ist als nur Ärger darüber, dass ich von einer anderen Basis komme, um meine Nase in etwas zu stecken, das mich nichts angeht. Ich glaube, sie haben

Angst, dass ich etwas aufdecke, das sie begraben lassen wollen."

„Sei vorsichtig, Virginia. Sebastián González hat viel Dreck am Stecken, aber irgendwie kommt er immer davon. Ein Fehler in der Untersuchung, Zeugen, die sich weigern auszusagen oder ihre Aussagen in letzter Minute ändern. Ich verstehe nicht, warum ihn noch niemand untersucht hat," beklagt sich General Del Valle.

„Vielleicht, weil sein Onkel ein General ist und, obwohl er im Ruhestand ist, immer noch seine Kontakte hat," sagt Virginia. Sie ist sicher, dass Kapitän González von hohen Stellen geschützt wird.

„Ja, das mag sein. Aber dass niemand auch nur die Neugier hat herauszufinden, was mit González los ist... Seine harte Hand und die Tragödien, die ihn umgeben, sind, gelinde gesagt, eine Schande. Das ist nicht die Institution, die ich repräsentieren möchte," sagt Jorge mit deutlicher Enttäuschung in der Stimme.

„Das ist heutzutage leider an der Tagesordnung, Jorge. Es scheint, als gäbe es Straffreiheit."

Der Generalstabschef atmet tief ein und lässt die Luft langsam wieder aus. Er fühlt sich so angewidert von diesen Unregelmäßigkeiten, dass er oft an einen vorzeitigen Ruhestand denkt, um all diesen Müll hinter sich zu lassen.

„Jedenfalls," sagt Jorge, „ich rufe auch an, um dir zu sagen, dass ich die Akte von González habe."

„Gute Nachrichten zum Schluss," beschwert sich Virginia scherzhaft, um die Spannung aufzulockern, „wann

kann ich sie haben?“

„Heute Abend noch, aber ich werde sie dir durch jemanden deines Vertrauens außerhalb der Basis zukommen lassen. Ich möchte nicht, dass dich jemand sieht. Du musst so unauffällig wie möglich bleiben. Glaubst du, das schaffst du?“ fragt General Del Valle. Er kennt Virginia gut und weiß, dass Unauffälligkeit nicht ihre Stärke ist.

„Klar doch,“ antwortet Kapitänin Robles mit einer Lüge, die Jorge nicht glaubt. „Ich erledige die Arbeit ohne aufzufallen, aber sie fühlen sich so bedroht, dass sie mich nicht aus den Augen lassen.“

„Mach es, Virginia. Wenn du zu viel Aufsehen erregst, kann ich nicht viel tun, wenn sie anfangen, Druck auszuüben, um dich loszuwerden.“

„Keine Sorge, das wird nicht passieren.“ Diesmal spricht Virginia sehr ernst. Sie kann es sich nicht leisten, die Basis zu wechseln. Sie muss ihre Mission erfüllen.

„Ich rufe dich später an, um dir zu sagen, wo dir die Akte übergeben wird. Pass auf dich auf, Virginia. Wir sprechen später.“

Kapitänin Robles zieht sich aus und geht direkt unter die Dusche, lässt das Wasser die Angst wegspülen, die sie bei der Erinnerung an Daniel Lorenzos Tod fühlt. Während sie sich einseift, schmiedet sie eine mentale Strategie, um zu verhindern, dass man ihr überallhin folgt und ihre Untersuchung verdächtigt. Dafür braucht sie eine Verbündete, und sofort denkt sie an Marta Pinares. Ihr Herz

schlägt schneller wie ein Motor auf Hochtouren. Virginia schließt die Augen und lässt ihre Hand hinab zu ihrem Geschlecht gleiten, ein so stechendes Gefühl, dass sie eine Hand an die Wand legen muss, um nicht zu fallen.

„Das ist nicht richtig, Virginia," sagt sie sich mental.

Mit diesem Gedanken dreht die Kapitänin den kalten Wasserhahn weiter auf und steckt den Kopf darunter. Der eiskalte Strahl trifft sie frontal und holt sie aus diesen sündigen Gedanken heraus.

„Schneller, Pinares!"

Am späten Nachmittag ist Kapitänin Robles bereit, die Basis zu verlassen. Als sie den zentralen Hof überquert, hört sie Kapitän Sebastián González schreien und sieht Obergefreite Pinares, die den gleichen Parcours wie am Morgen absolviert.

Mit entschiedenen Schritten nähert sich Virginia González und runzelt die Stirn. „Was ist hier los, Kapitän?"

„Pinares hat sich wieder mal zu viel herausgenommen, wie immer," sagt er verächtlich. „Sie stand unter Sergeant Garcías Befehlen, aber irgendjemand muss Zucht reinbringen."

„Und natürlich müssen das Sie sein, oder?" fragt Virginia und verschränkt die Arme. „Ich erinnere Sie daran, dass Sie von Ihren Pflichten entbunden sind, Kapitän," fügt sie hinzu, ohne ihm Zeit zum Antworten zu geben.

„Das hier" Sebastián González breitet die Arme aus, um auf die Basis hinzuweisen, „ist mein Zuhause, Kapitänin.

Wenn ich nichts tue, langweile ich mich, und ich helfe gerne."

„Es läuft eine Untersuchung, González. Wenn Ihnen langweilig ist, kaufen Sie sich ein Sudoku-Buch," sagt Virginia mit einem gezwungenen Lächeln, das zeigt, wie wenig sie seine Meinung interessiert.

„Diese Untersuchung ist ein Ärgernis. Es war ein verdammter Unfall," brüllt Kapitän González und dreht sich zu Virginia, als würde er mit einem Kind sprechen. „Also mache ich Dinge, bei denen ich mich nützlich fühle."

Nützlich, ja.

„Tut mir leid, Kapitän, aber Pinares gehört jetzt zu mir," sagt Virginia und merkt sofort, wie zweideutig das klingt. Sie fängt sich schnell wieder. „Genauso wie der Rest der Kompanie. Sie sind meine Verantwortung und ich kümmere mich um sie. Wenn es Ihnen nichts ausmacht, bleibe ich hier und sorge dafür, dass die Obergefreite ihre Strafe absitzt."

Das rote Gesicht von Sebastián González zeigt, dass das Gespräch mit Kapitänin Robles ihn mehr getroffen hat als ein Tritt in die Weichteile. Vor allem, als sie sich umdreht und ihm den Rücken zukehrt, ohne ihm Gelegenheit zur Antwort zu geben.

Virginia atmet tief durch, als sie aus dem Augenwinkel sieht, wie González wütend den Hof verlässt. Sie verabscheut seine Arroganz und die Art, wie er auf andere herabschaut, als wäre er der König und alle anderen seine Diener.

„Ich bin fertig, Kapitänin. Haben Sie noch weitere Befehle?“ fragt Marta Pinares plötzlich. Virginia hat nicht bemerkt, wann die Soldatin zu ihr gekommen ist.

„Was ist diesmal passiert, Pinares?“

„Ich habe einen Befehl missachtet, Ma'am.“

„Das sehe ich. Erklären Sie mir, was genau Sie getan haben, dass Sie Runden drehen mussten,“ fragt Robles, äußerlich ungerührt wie immer, aber innerlich verärgert, weil ihr Herz in Martas Nähe so heftig schlägt, dass ihr Atem stockt.

„Wir haben Jeep-Übungen gemacht, und am Ende habe ich einen Donut gedreht,“ antwortet die Obergefreite, steif wie ein Brett vor ihrer Vorgesetzten.

Virginia muss das Lächeln unterdrücken, das sich auf ihrem Gesicht ausbreiten will. Marta ist so rebellisch, wie sie es früher war.

„Sie können gehen, Pinares. Aber ich warne Sie, wenn Sie so weitermachen, werde ich Sie persönlich zur Verantwortung ziehen,“ sagt die Kapitänin streng, obwohl sie weiß, dass Marta sonst viele Probleme haben wird.

Marta Pinares nickt respektvoll, verabschiedet sich und geht, um sich frisch zu machen. Robles folgt ihr mit den Augen und schließt fest die Augen, als ein plötzliches Gefühl der Leere sie überkommt, als die Obergefreite aus ihrem Blickfeld verschwindet. Virginia hat nicht erwartet, dass dies passieren würde, dass mitten in einer so wichtigen Untersuchung eine undisziplinierte Soldatin und von niedrigerem Rang sich in ihr Herz schleichen

würde, ohne dass sie es verhindern konnte.

KAPITEL 8

Marta sehnt sich danach, zur Basis zu gelangen. Heute hat die Hauptmann sie unerwartet um vier Uhr morgens geweckt, um zu einer Übung in den Bergen aufzubrechen. Sie verbrachten zwölf Stunden dort, ohne etwas zu essen, wie es auf einem echten Schlachtfeld der Fall wäre. Marta hat die Übungen nicht durchgeführt, denn Virginia, zusammen mit einem anderen Sergeant, der sie begleitete, hatte sie die ganze Zeit als Assistentin, nachdem sie das Bataillon in zwei Gruppen aufgeteilt hatten. Aber das bedeutet nicht, dass sie nicht erschöpft ist, und als sie zurück zur Basis kommen, kann sie nur daran denken, all das Essen, das sie in den Mund nehmen möchte, während sie die letzten Tropfen Wasser aus ihrer Feldflasche schluckt.

„Pinares“, ruft die Hauptmann, als sie fast angekommen sind.

Marta sieht zum Himmel auf und seufzt, bevor sie sich umdreht, um ihre Vorgesetzte anzusehen.

„Essen Sie und nehmen Sie eine Dusche. Um sechs Uhr erwarte ich Sie hier draußen.“

Die Obergefreite möchte in diesem Moment sehr gerne protestieren, aber sie weiß, dass sie nur wertvolle Zeit zum Ausruhen verlieren würde, also nickt sie, bevor sie dem Rest des Trupps wieder folgt.

Um sechs Uhr abends kommt Marta mit weniger schlechter Laune als zuvor am Treffpunkt an. Sie hat gegessen und geduscht und obwohl sie müde ist, hat sie sich erholt. Sie dreht sich um, um die Hauptmann zu suchen, und sieht sie mit einem Rucksack und diesem Trainingsanzug, der Marta in ihren Augen so gut steht, kommen.

„Hauptmann Robles“, meldet sich Marta.

„Ruhe dich aus und folge mir“, sagt Virginia, ohne stehen zu bleiben.

Marta gehorcht misstrauisch und stellt sich an ihre Seite.

„Wohin gehen wir?“, fragt die Obergefreite.

„Zum Fluss“, antwortet die Hauptmann entschlossen.

Virginia ist sich sehr bewusst, dass wahrscheinlich ein paar Wachhunde des Hauptmanns oder sogar der Oberst ihnen folgen, aber sie hat nicht vor, einzuknicken.

„Darf ich fragen, warum?“, fährt die Obergefreite fort.

„Ich brauche deine Hilfe, um eine Lebensleine zu installieren.“

Bei Martas überraschtem Blick ist es Virginia, die weiter erklärt.

„Ich möchte den Fluss überqueren und die gleichen Bedingungen wie die, die ihr hattet, als Obergefreiter Lorenzo starb, nachstellen“, sagt die Hauptmann zum ersten Mal im Du.

Marta fühlt einen Stich in ihrer Brust, als sie den Nachnamen ihres Kameraden hört. Sie ist es gewohnt, dass alle Offiziere auf dieser Basis das Thema als „Unfall“ bezeichnen, ohne auch nur einmal ihren Freund zu erwähnen, und das lässt sie immer mehr Respekt für die Frau empfinden, die neben ihr steht.

Als sie den Fluss erreichen, kann Marta nicht verhindern, dass die Erinnerungen sie hart treffen und sie sich unwohl und plötzlich unsicher fühlt, was sie nie zuvor empfunden hat. Sie sagt sich, dass es wahrscheinlich eine Wirkung der Müdigkeit ist, und löst sich von ihren Gedanken, als sie fasziniert die Hauptmann beobachtet. Virginia legt den Rucksack auf den Boden und holt daraus zwei Seile derselben Länge und Dicke heraus, von denen sie weiß - nachdem sie mit dem Soldaten gesprochen hat, der Sergeant García geholfen hat, sie zu installieren -, dass sie an diesem Tag verwendet wurden.

Die Kapitänin kniet sich hin und bindet denselben Knoten wie Sergeant Lionel García, um die Seile zu verbinden. Sie prüft es und nickt zufrieden, das Ergebnis ist perfekt.

„Gut“, sagt sie und steht auf. „Du sagst, die Lebensleine lief genau hier entlang, richtig?“, fragt die Kapitänin.

Marta braucht einige Sekunden, um zu antworten, die

sie braucht, um wieder zu sich zu kommen, nachdem sie sich vertieft hatte, während sie das Tattoo betrachtete, das unter dem Kragen von Virginias T-Shirt hervorschaute. Sie hat nur eine Linie gesehen und kann nicht erraten, was es ist, aber sie würde es gerne herausfinden, und das bringt sie durcheinander.

„Ja, ja“, stammelt sie, bis sie sich konzentriert. „Genau hier, es ging von diesem Baum zu dem, der gegenüber steht, dem mit dem dickeren Stamm“, zeigt sie der Leutnantin.

„Verstanden. Ich werde den Fluss überqueren und ein Ende an diesen Baum binden. Du bindest das andere auf dieser Seite.“

„Wie Sie befehlen“, akzeptiert Marta und nimmt das Seil, das ihr die Kapitänin reicht.

Die Leutnantin beschließt, darauf zu warten, dass die Kapitänin ihr Seil befestigt hat, bevor sie ihres bindet, damit sie auf ihre Vorgesetzte achten kann, falls sie beim Überqueren Probleme hat. Virginia zögert nicht und setzt den ersten Fuß ins Wasser, spürt sofort, wie die Kälte ihre Finger einfriert.

„Verdammt“, murmelt sie leise und setzt den anderen Fuß.

Die Kraft, mit der das Wasser an diesem Nachmittag fließt, scheint keine Bedrohung darzustellen, aber für heute Abend werden Regenfälle erwartet, und Virginia erwartet, dass der Fluss in den nächsten drei oder vier Tagen anschwellen und seine Wut steigern wird, deshalb muss sie heute die Lebensleine aufstellen. Sie geht weiter hinein und

merkt sofort, dass sie einsinkt. Als sie die Mitte des Flusses erreicht, reicht ihr das Wasser bis zur Taille, und sie muss einige Sekunden lang den Atem anhalten, um die Kälte zu kontrollieren.

„Alles gut?“, fragt Marta, die seitdem angespannt ist, seit die Kapitänin ins Wasser gegangen ist.

Virginia hebt den Daumen ihrer linken Hand und überquert weiter, bis sie schließlich auf der anderen Seite ankommt. Sie schaut kurz zum Himmel, die Sonne ist bereits untergegangen und es wird dunkel, also bindet sie das Seil mit demselben Knoten, von dem sie weiß, dass er gemacht wurde, und steht auf, um Marta anzusehen.

„Du kannst es jetzt festbinden!“, ruft sie ihr von der anderen Seite zu.

Virginia nähert sich dem Ufer, um wieder zurückzukehren, bleibt jedoch stehen und beobachtet die Bewegungen der Ersten Maat. Der Baum, an dem sie das Seil befestigen muss, befindet sich direkt am Ufer, über einem Bereich, in dem die Kapitänin klar erkennen kann, dass das Wasser tiefer ist als dort, wo sie angefangen hat, zu überqueren. Eine Alarmglocke in ihr wird aktiviert, etwas, das sie warnt, aber sie kann nicht entschlüsseln, was es ist.

„Fühlen Sie sich sicher, es zu tun, Pinares?“, fragt sie plötzlich, die Formalitäten wieder aufgreifend.

Marta, die auf den Wurzeln des Baumes steht, das Seil in den Händen, bemerkt, dass sie zittert und ihr Körper von plötzlicher Angst überwältigt wird. Ihr vernünftiger Verstand sagt ihr, dass sie sich umdrehen und sich in

Sicherheit bringen soll, sich von diesen Wurzeln fernhalten soll, die, obwohl dick, über dem Wasser herausragen, und auf festem Boden bleiben soll. Fern von diesen kalten Gewässern, die das Leben ihres Freundes beendet haben.

„Pinares!“ ruft Virginia immer wieder, die Unruhe in ihrer Stimme wächst.

Die Feldwebel schaut sie nur kurz an und nickt. Sie versteht nicht ganz, warum, aber sie will die Kapitänin nicht enttäuschen. Also hebt auch sie den Daumen, um zu signalisieren, dass alles in Ordnung ist, und beginnt leise zu zählen, um sich zu beruhigen.

„Eins, zwei, drei, vier, fünf, sechs, sieben, acht, neun, zehn...“

Es funktioniert nicht. Marta versteht nicht, was los ist, aber sie ist entsetzt. Als sie sich nach vorne beugt, um das Seil um den Baumstamm zu schlingen, knackt die Wurzel unter ihrem Fuß. Erschrocken weicht sie zurück, aber beim Versuch, festen Boden zu erreichen, rutscht ihre Stiefelsohle auf dem nassen Holz aus. Auf absurde und unerklärliche Weise fällt Marta ins Wasser, während Virginia sie mit weit aufgerissenen Augen beobachtet.

Das kalte Wasser umhüllt plötzlich ihren Körper. Es sollte sie zum Strampeln bringen oder dazu, die Füße auf den Grund zu drücken und sich aufzurichten. Doch als sie untertaucht, trifft sie eine Welle von Erinnerungen an jene schreckliche Morgenstunde. Marta hört die Schreie der Soldaten, die um Hilfe rufen, die sagen, dass sie ertrinken, während ein Chaos aus spritzendem Wasser, Händen,

Köpfen und Rucksäcken sie umgibt.

Virginia zögert keine Sekunde. Als Marta ins Wasser fällt, stürzt sie sich wieder hinein und schwimmt so schnell sie kann zu ihr.

„Komm schon, Pinares“, murmelt sie, eine schattenhafte Gestalt über Marta.

Dann spürt Marta plötzlich Virginias Hände unter ihren Achseln, die sie nach oben ziehen.

„Stehen Sie auf“, zischt Virginia mit Mühe. Aber Marta ist wie erstarrt, unfähig zu reagieren. Die Kapitänin muss ihr ganzes Gewicht bis zum Ufer schleppen.

Beide fallen schwer wie Sandsäcke, Marta auf dem Rücken, Virginia auf den Knien neben ihr, durchnässt und zitternd.

„Pinares!“ Ein scharfer Schlag auf die Wange bringt Marta zurück ins Hier und Jetzt. Sie blinzelt und setzt sich ruckartig auf. „Geht es Ihnen gut?“ fragt Virginia.

„Ja, ich glaube schon“, stottert Marta vor Kälte.

Virginia kriecht zur Tasche und nimmt die Rettungsdecke heraus, die sie selbst benutzen wollte, bis sie die Basis erreichen. „Das wird helfen“, sagt sie und legt sie um Martas Schultern. „Jetzt aufstehen.“

Die Kapitänin steht auf und zieht Marta hoch, bis sie beide auf den Beinen sind und Virginia sicher ist, dass Marta allein stehen kann. Marta fühlt sich erniedrigt und verwirrt von dem, was passiert ist.

„Es tut mir sehr leid“, murmelt Marta und traut sich

nicht, Virginia anzusehen.

„Machen Sie sich keine Sorgen. Das Wichtigste jetzt ist, zur Basis zurückzukehren und warm zu werden. Wie wäre es mit einem Wettlauf? Glauben Sie, Sie können mich schlagen?“ fordert die Kapitänin sie heraus und beginnt, auf der Stelle zu joggen. Sie weiß, dass sie sich bewegen müssen, bevor die Unterkühlung einsetzt.

Marta blickt auf und wirkt zunächst ein wenig verwirrt. Doch schnell fängt sie sich wieder, versteht, was los ist, und lächelt halb spöttisch.

„Natürlich kann ich das“, sagt sie und kehrt zu ihrem selbstbewussten Wesen zurück. „Die Frage ist, ob Sie mit mir mithalten können?“ Marta hebt die Augenbrauen, und Virginia lächelt.

„Finden wir es heraus.“

Virginia lässt die Feldwebel zuerst loslaufen und folgt ihr dicht auf den Fersen. Obwohl sie merkt, dass Marta wieder zu sich gekommen ist, will sie kein Risiko eingehen und behält sie im Auge. Der Weg zurück zur Basis ist nicht lang. In fünf Minuten erreichen sie das Ziel. Zwar sind sie nicht wirklich aufgewärmt, aber der Lauf hat die Kälte etwas vertrieben.

„Nehmen Sie eine heiße Dusche und lassen Sie sich Zeit, um sich zu erholen“, sagt Virginia, als sie Marta zur Tür der Frauentoiletten begleitet, die die Soldatinnen nutzen. „Danach kommen Sie in mein Zimmer. Wir müssen über das sprechen, was im Fluss passiert ist.“

Damit wendet sich die Kapitänin ab und geht zu ihrem

privaten Badezimmer in ihrem Zimmer.

KAPITEL 9

Die Feldwebel Marta Pinares kann nicht denken. Sie steht unter der heißen Dusche, und zum ersten Mal in ihrem Leben ist ihr Kopf völlig leer. Alles ist wie eine graue Nebelwolke, die durch ihren Geist schwebt und sie daran hindert, sich auf etwas Konkretes zu konzentrieren. Für einen Moment verspürt sie eine absolute Ruhe, die sie noch nie zuvor erlebt hat. Sie folgt dem Rat der Kapitänin und nimmt sich Zeit unter dem Wasser. Ihre Muskeln sind nicht mehr steif, und die Kälte ist vollständig verschwunden. Sie ist so entspannt, dass sie es kaum glauben kann, und verlässt die Dusche erst, als das Wasser kalt wird. Dann zieht sie sich einen Trainingsanzug an, genau wie den, den die Kapitänin oft trägt, und geht direkt zu Virginias Zimmer, ohne nach Ausreden für das Geschehene zu suchen, was sie selbst überrascht.

„Hallo", grüßt Marta, als Virginia die Tür öffnet.

Die Kapitänin spürt einen plötzlichen Schlag, der durch ihren Körper fährt, sobald sie Marta sieht. Das Haar, das Marta sonst immer zu einem perfekten Zopf oder Dutt gebunden trägt, hängt jetzt offen und nass in

dicken Strähnen an beiden Seiten ihres Gesichts. Für einen Moment hat Virginia das Gefühl, ihr Herz habe aufgehört zu schlagen, und sie bedauert, nicht in ihre Stadtwohnung gegangen zu sein und das Gespräch auf den nächsten Tag verschoben zu haben.

„Kommen Sie rein“, sagt Virginia und tritt zur Seite, um das, was ihr wie die größte Versuchung ihres Lebens erscheint, hereinzulassen. „Wie fühlen Sie sich?“ fragt sie, während der fruchtige Duft, den Marta verströmt, sie irritiert.

„Gut, mir ist nicht mehr kalt. Und Ihnen?“ fragt die Feldwebel.

Wenn Virginia aufgewühlt ist, hat Marta seit dem Öffnen der Tür nicht einmal geblinzelt. Es fällt ihr schwer, sich an die wilde Schönheit ihrer Vorgesetzten zu gewöhnen, besonders weil Virginia nur eine dünne Hose und ein kurzärmeliges Shirt trägt.

„Mir geht es auch gut, danke“, antwortet Virginia und deutet auf das Bett, damit Marta sich setzt.

Ihr Zimmer ist nicht sehr groß. Obwohl sie einen kleinen Schreibtisch und einen einfachen Holzstuhl hat, sind diese mit Kleidung und einigen Unterlagen überladen, darunter auch die Akte von Hauptmann González, die sie noch nicht gelesen hat.

„Entschuldigen Sie das Chaos“, sagt die Kapitänin, fast verlegen wie ein Teenager.

Marta bemerkt das rosige Leuchten auf Virginias Wangen und fragt sich, ob es etwas an dieser Frau gibt,

das sie nicht mag. Sie gehorcht und setzt sich in die Nähe des Kissens, während Virginia so weit wie möglich von ihr entfernt Platz nimmt.

„Also, können Sie mir sagen, was vorhin im Fluss passiert ist?“ beginnt Virginia unvermittelt.

Marta schluckt und schüttelt den Kopf. Sie weiß nicht, was sie sagen soll.

„Ich weiß es nicht.“

„Diese Antwort reicht mir nicht, Pinares. Ich brauche eine logischere Erklärung. Wenn Sie mir keine geben können, sehe ich mich gezwungen, Sie von Ihren Aufgaben zu entbinden. Wenn das bei einer Übung passiert, könnten Sie Ihr Leben und das Ihrer Kameraden gefährden.“

Marta steht auf, empört, und sieht Virginia mit vor Zorn geröteten Wangen an.

„Ich habe versucht, den Feldwebel Lorenzo zu retten, wissen Sie? Ich bin ins Wasser gesprungen, um ihn zu suchen, aber es war unmöglich. Der Fluss hat ihn verschlungen,“ sagt sie mit angespannter Kiefer.

Virginia erhebt sich ebenfalls.

„Ich habe niemals daran gezweifelt. Ich bin überzeugt, dass Sie an jenem Tag alles getan haben, was in Ihrer Macht stand. Aber wir reden nicht über Feldwebel Lorenzo,“ sagt die Kapitänin und tritt näher. „Wir reden darüber, was Ihnen passiert ist.“

Marta will sie schlagen und gleichzeitig merkt sie, dass sie sie auch küssen will.

„Ich habe einen Blackout gehabt," sagt sie endlich. „Als ich unterging, war es, als würde ich alles noch einmal durchleben. Ich war gelähmt, aber es wird nicht wieder passieren."

„Sehen Sie, es war doch nicht so schwer," sagt Virginia zufrieden. „Aber woher soll ich wissen, dass es nicht noch einmal passiert?"

„Weil ich gesagt habe, dass es nicht passieren wird," besteht Marta und macht einen Schritt auf Virginia zu.

Ihr wird bewusst, dass kaum noch Platz zwischen ihnen ist und dass Virginias dunkle, halb geschlossene Augen sie mit einem Glanz betrachten, der ihr den Atem nimmt.

„Ich weiß nicht, ob ich Ihnen vertrauen kann," flüstert Virginia, so ruhig und gleichzeitig provokant, dass Marta sich auf ihre Lippen stürzt und die Sehnsucht herauslässt, die sie seit ihrer ersten Begegnung unterdrückt hat.

Virginia ist von dem Kuss, bei dem sie ihre Hände um Martas Taille legt, um sie nah bei sich zu halten, nicht überrascht. Sie hat ihn sich gewünscht und wusste irgendwie, dass er kommen würde, durch Martas Blicke. Sie lässt sich von Martas Verlangen mitreißen, die mit ungeschickten und verzweifelten Händen ihre T-Shirts entfernt, bevor ihr nackter Rücken gegen die Tür schlägt.

Virginia weiß, dass sie Marta sagen sollte, sie solle sich zurückhalten, aber sie ist so erregt, als Marta ihr die Hose und die Unterwäsche auszieht und sich vor ihr hinkniet, dass sie nur noch keuchen kann.

„Ich wollte das schon seit Tagen tun," gesteht Marta, bevor sie Virginias Unterwäsche zur Seite schiebt und ihre Zunge über Virginias Intimität gleiten lässt.

Die Kapitänin verspürt ein solches Vergnügen, dass ihr für einen Moment schwindelig wird. Doch als ein letzter Ruck sie einen Schrei unterdrücken lässt, gönnt sie sich ein paar Sekunden, um wieder zu Atem zu kommen. Dann zieht sie Marta hoch, führt sie zum Bett und entkleidet sie. Dort schenkt sie der Feldwebel Pinares so viel Lust, dass diese ihren letzten Orgasmus zitternd wie ein Blatt erlebt.

Beide liegen erschöpft im Bett. Marta auf der Seite, mit dem Rücken an Virginias Körper gelehnt, die auf dem Rücken liegt und mit offenen, wie Fenster wirkenden Augen die Decke betrachtet. Sie denkt nach über das, was gerade passiert ist. Sie sollte es bereuen, aber das tut sie nicht. Sie wollte es, sie hat es getan, und sie würde es wieder tun. Während sie darüber nachdenkt, normalisiert sich ihre Atmung, und sie spürt, wie Marta sich sanft zu bewegen beginnt.

Für einen Moment denkt die Kapitänin, dass Marta bereut, was geschehen ist und ihre Kleidung greifen wird, um hinauszustürmen. Doch stattdessen dreht sich die Feldwebel um und sieht ihr nun direkt in die Augen.

„Darf ich ehrlich sein?" fragt Marta, ihre Stimme so sanft, dass Virginia erschaudert.

Virginia dreht sich, nimmt die gleiche Position ein und sieht Marta ebenfalls an.

„Wir sind nackt, Pinares. Wenn das Sie nicht zur

Ehrlichkeit einlädt, weiß ich nicht, was es sonst tun könnte," antwortet die Kapitänin, und Marta lächelt.

„Sie haben recht," gibt die Soldatin zu.

Die Kapitänin will sagen „Wie immer", aber sie hält ihren Hochmut zurück.

„Also?", ermutigt Virginia sie.

„Warum interessiert es Sie so sehr, was mit Feldwebel Lorenzo passiert ist? Verstehen Sie mich nicht falsch, aber hier scheint jeder zu versuchen, es zu vertuschen oder als Unfall abzutun. Jeder außer Ihnen."

Virginia sieht sie ernst an, und einen Moment lang denkt Marta, sie sei zu weit gegangen. Doch gleichzeitig findet sie Virginia unglaublich attraktiv, wenn sie so schaut, zerzaust und mit den Spuren eines langen Tages im Gesicht. Die Kapitänin überlegt, wie sie ihre Beweggründe am besten erklären kann. Schließlich entscheidet sie sich, dass ein Bild mehr sagt als tausend Worte. Sie streckt den Arm zur Nachttischlampe, greift nach ihrem Telefon und entriegelt es vor Martas neugierigen Augen. Als sie findet, was sie sucht, reicht sie es Marta.

„Ich habe mehrere Gründe, Pinares, aber der wichtigste ist dieser."

Marta nimmt das Telefon und bleibt sprachlos, als sie das Foto auf dem Bildschirm sieht. Darauf sind zwei Personen zu sehen, die lachend auf der Treppenstufe einer Veranda sitzen und jeweils ein Bier in der Hand halten. Marta erkennt sie sofort: Einer ist Feldwebel Lorenzo, und die andere ist Kapitänin Robles.

KAPITEL 10

Marta's Gedanken rasen. Sie hält immer noch Virginias Handy in der Hand und starrt das Bild an. Tausend Dinge gehen ihr durch den Kopf, aber sie weiß nicht, was sie fragen soll. Es sieht nicht danach aus, als wären Lorenzo und Virginia ein Paar; ihre Haltung auf dem Foto wirkt eher brüderlich als romantisch.

Sie schluckt und denkt, vielleicht ist er ihr Bruder. Aber sie verwirft den Gedanken schnell, als sie sich daran erinnert, dass sie nicht denselben Nachnamen teilen und Daniel Lorenzo nur von einer Schwester sprach, die Ärztin ist, nicht Militär. Sie muss es wissen.

„Was für eine Beziehung hattest du zu Daniel?“

Virginia lächelt melancholisch und nimmt ihr Handy zurück, um es zu sperren und auf den Nachttisch zu legen.

„Er war wie Familie für mich,“ murmelt sie. „Ich war zehn Jahre lang mit Carlota, seiner Schwester, zusammen. Dani wollte immer ins Militär. Er wich nicht von meiner Seite, stellte ständig Fragen zu Manövern, Helikoptern und Kämpfen. Ich habe ihm seine erste Soldatenuniform

geschenkt, damit er sich bei einer Schulfeier verkleiden konnte."

Marta sieht den Schmerz in Virginias Augen. In der kurzen Zeit, in der sie sie kennt, hat sie die harte Kapitänin noch nie so verzweifelt gesehen. Sie ahnt, was Virginia quält.

„Es ist nicht deine Schuld," sagt Marta und sucht Virginias Blick. „Wie du gesagt hast, Lorenzo wollte immer Soldat werden. In der Akademie hat er sich angestrengt, weil es sein Traum war. Was passiert ist, hat nichts mit dir zu tun."

Virginia schließt die Augen fest und atmet tief ein. Ihre Lungen scheinen zu versagen, weil ihr Gehirn nur Bilder hervorruft, die sie an den Streit mit ihrer Ex erinnern, als sie Daniel half, ins Militär zu kommen. Die Schuld lastet schwer auf ihren Schultern.

„Ich weiß, dass ich nicht schuld daran bin, dass Dani ertrunken ist, aber ich fühle mich verantwortlich, weil er in diesem verdammten Fluss gestorben ist. Hätte ich ihm nicht geholfen, wäre er vielleicht heute ein erfolgreicher Ingenieur in einem anderen Land. Weißt du, dass er auch überlegt hat, Ingenieur zu werden?" fragt Virginia mit einem schwachen Lächeln.

„Das war der Traum seiner Eltern, Robles, nicht seiner. Daniel dachte nur an die Universität, weil seine Eltern immer wollten, dass ihr jüngster Sohn Ingenieur oder Arzt wird, wie seine Schwester. Nach ihrem Tod wollte er diesen Traum erfüllen. Glaub mir, Daniel war stur. Er hätte

nicht aufgegeben, bis er in die Militärakademie gekommen wäre," antwortet Marta, sieht Virginia fest in die Augen und streichelt ihren Arm, um sie zu beruhigen.

Virginia seufzt, als sie Martas Berührung spürt. Diese sanfte, aber eindringliche Berührung sendet eine elektrische Welle durch ihren Körper. Nach der Trennung von Carlota hatte sie sich geschworen, keine festen Beziehungen mehr einzugehen. Sie wollte frei sein, sich zu lösen, wenn sie es brauchte, ohne Erklärungen abzugeben. Das funktionierte gut, bis sie Marta Pinares zum ersten Mal sah und ihr Herz drei gefährliche Sprünge machte.

Sie versucht, sich zu beruhigen. Sie muss sich auf ihren Grund hier konzentrieren: Daniel.

„Verstehst du jetzt, dass ich nicht der Feind bin?" fragt Virginia. „Für mich ist das sehr persönlich. Ich will nur herausfinden, was passiert ist. Ich brauche, dass du aufhörst, mir Steine in den Weg zu legen, und mit mir zusammenarbeitest."

Marta lächelt zufrieden. Der Verdacht, dass Kapitänin Robles etwas verbarg, hatte sie nachts wachgehalten und tagsüber abgelenkt.

„Ich bin auf deiner Seite und verspreche dir, dass ich dir bei allem helfe, was du brauchst. Daniel war ein guter Freund. Er stand immer zu mir, wenn andere Offiziere mich fertig machen wollten. Ich will auch, dass die Schuldigen zahlen."

Virginia runzelt die Stirn. Der Gedanke, dass auch Marta in Gefahr gewesen sein könnte, trifft sie wie ein

Stich.

„Wie meinst du das, sie wollten dich fertig machen?“

„Als wir in die Akademie kamen, war ich sehr gut vorbereitet. Ich habe hart gearbeitet, um hierher zu kommen, und wusste genau, wer ich sein wollte. Schon im Gymnasium habe ich angefangen zu trainieren, um alle Aufnahmeprüfungen zu bestehen.“ Marta wechselt die Position im Bett und lehnt sich gegen die Wand. „In den ersten Wochen habe ich alle Rekorde in den körperlichen Übungen gebrochen, und das kam nicht gut an.“

„Haben sie dir etwas angetan?“ Virginia sieht sie mit feurigem Blick an.

„Am Anfang haben sie mich nur geärgert, aber als selbst die Instruktoren mich nicht mehr klein kriegten, fingen sie an, mich zu schikanieren. Dani hielt zu mir, später auch Corporal Torres. Wir waren immer zusammen, und nur so habe ich die letzten Monate überlebt.“

„Warum hast du es nicht gemeldet, Pinares? Es ist nicht akzeptabel, dass du wegen deiner Fähigkeiten eingeschüchtert wirst.“ Virginia springt aus dem Bett und zieht ihr T-Shirt an. Die Nacktheit, die sie eben noch bequem fand, beginnt sie jetzt zu stören. Sie will zur Akademie gehen und jeden Einzelnen der Männer, die Marta belästigt haben, zur Rechenschaft ziehen.

Marta sieht sie an, teils erstaunt über Virginias unkontrollierte Wut, teils dankbar. Irgendwie fühlt sie sich in Virginias Nähe sicher, als könnte ihr nichts Schlimmes passieren.

„Komm, setz dich," sagt Marta und klopft auf das Bett. „Ich habe es nicht gemeldet, weil ich dem keine Bedeutung beigemessen habe. Es waren nur ein paar Strafen. Aber jetzt, wo ich darüber nachdenke, hilft Schweigen nur, dass diese illegalen Praktiken ungestraft weitergehen."

Virginia nickt nur und setzt sich neben Marta auf das Bett. Als Marta über das Mobbing in der Akademie sprach, hat Virginia den Moment nicht übersehen, in dem Marta erwähnte, dass sie die Schuldigen an Lorenzos Tod finden wollte. Das zeigt ihr, dass Marta mehr weiß, als sie zugibt.

„Ich brauche, dass du ehrlich bist und mir alles erzählst, was du über den Tag weißt, an dem Dani starb."

Marta seufzt, nicht weil sie schweigen will, sondern weil die Erinnerung an diesen Tag ihre Herzfrequenz in die Höhe treibt. Virginia nimmt Martas Hand und bringt sie zu ihren Lippen, um ihr Mut zu machen.

„Wir trugen nicht nur die komplette Ausrüstung, sondern hatten auch zusätzliches Gewicht in den Rucksäcken," beginnt Marta, schüttelt den Kopf und macht eine Pause. „Der verdammte Sergeant García und der Schweinehund von Kapitän González bestraften uns am Tag davor, weil wir ein Manöver nicht erfüllt hatten."

Virginia braucht einen Moment, um die Informationen zu verarbeiten.

„Wie viel Gewicht trugt ihr?"

„Der Rest der Kompanie drei Kilo, und ich fünf. García hat mich besonders ‚lieb'," erklärt sie sarkastisch.

„Das kann doch nicht wahr sein, verdammt!“ Virginia erhebt wütend die Stimme. „Aber warum hat niemand etwas gesagt?“

„Sie überwachen jeden unserer Schritte. Wir dürfen mit niemandem reden und als ich versuchte, mit einem Vorgesetzten zu sprechen, wurde mir nahegelegt, mich nicht einzumischen,“ erklärt Marta, enttäuscht vom Militär. „Der Korporal Adrián Torres ist nicht krank, wie sie dir gesagt haben. Er hat die Basis verlassen, weil er Todesangst hatte. Er fürchtete, dass ihm etwas passieren könnte, weil er Lorenzos Freund war und zu viel wusste.“

„Hier sind zu viele faule Äpfel,“ beklagt sich Virginia. „Torres hat um eine Versetzung gebeten, und ich ahnte, dass seine Gründe nicht ganz ehrlich waren. Aber ich hätte nie gedacht, dass es aus Angst war. Er sollte sich hier sicher fühlen und nicht das Gegenteil.“

„Du kannst auf mich zählen, egal was du brauchst,“ bekräftigt Marta, als sie sieht, wie ihre Kapitänin die Augen schließt und den Nasenrücken reibt, um Ruhe zu finden.

Virginia öffnet die Augen und lächelt.

„Bist du bereit, an meiner Seite zu kämpfen, Korporal Pinares?“

„Ich bin ganz die Ihre, Kapitänin.“

KAPITEL 11

„Ich gebe zu, dass ich keine Lust habe, aber ich glaube, es ist besser, wenn ich gehe," sagt Marta und setzt sich im Bett auf.

Virginia lächelt bei dieser Ehrlichkeit, die sie nicht sicher weiß, ob sie bewusst von der Soldatin kommt oder etwas Viszerales ist, das sie unfreiwillig gesagt hat. Auch sie richtet sich auf, nachdem sie feststellt, dass es bereits nach Mitternacht ist.

„Es wäre nicht gut, wenn man uns zusammen sieht, erst recht nicht in meinem Zimmer," sagt die Kapitänin.

Marta, die bereits aufsteht und ihre Hose hochzieht, dreht sich zu ihr um und fixiert sie mit halbgeschlossenen Augen und einer Unverfrorenheit, die Virginia alarmiert.

„Heißt das, dass wir uns wiedersehen werden?"

„Du musst genauer werden, Pinares, wir sehen uns jeden Tag," provoziert Virginia sie mit einem Blick, der zwischen Spott und Verlangen tanzt.

Marta räuspert sich nervös. Virginia Robles gefällt ihr immer mehr, selbst wenn sie so überheblich ist.

„Ich meine das hier," sagt sie und deutet auf das Bett. Virginia schaut auf die zerwühlten Laken und zieht die Augenbrauen hoch, als ob sie es nicht verstehe. Marta seufzt. „Ich meine Sex, Kapitänin," klärt sie hastig.

„Viel besser, ich mag klare Worte, Pinares," sagt Virginia und schweigt dann, lässt erneut die Korporalin sprechen.

„Also, können wir das wiederholen oder war das nur ein einmaliges Erlebnis?" fragt Marta.

„Willst du, dass es sich wiederholt?" Virginia steht auf und zieht ein T-Shirt an. Sie wird das Zimmer diese Nacht nicht verlassen, aber sie mag es nicht, nackt zu schlafen.

„Ich will," erklärt Marta präzise, und die Kapitänin nickt.

„Gut. Ich will auch, aber es darf nicht wieder hier passieren. Ich stehe schon im Visier des Obersts und des Kapitäns und will dir keine Zielscheibe aufsetzen."

„Ich habe bereits eine," Marta zuckt mit den Schultern. „Kapitän González mochte mich noch nie, und Sergeant García hat es auf mich abgesehen."

Virginia schaut sie überrascht an.

„Warum hat er es auf dich abgesehen?"

„Weil er mich ein paar Mal angemacht hat und ich ihn immer abgewiesen habe," gesteht die Soldatin. „Er und sein Ego vertragen das nicht gut, deshalb trage ich immer zusätzliches Gewicht oder bekomme Strafen für Dinge, die anderen durchgehen."

„Na, na," die Kapitänin kann ein Lächeln nicht

unterdrücken. „Also gehst du durch die Basis und brichst Herzen.“

„Ich breche nichts,“ Marta errötet.

„Ehrlich gesagt, ich verstehe, warum García sich für dich interessiert hat. Es ist schwer, nicht auf dich aufmerksam zu werden, trotz deiner schroffen Art. Vielleicht ist das Teil deines Charmes.“

Marta ist an Komplimente gewöhnt und weiß, wie man sie handhabt und einsteckt, ohne dass sie sie berühren, besonders auf einer Militärbasis, wo die meisten ihrer Kameraden Männer sind. Aber dieses, von ihrer Kapitänin, lässt ihre Wangen explodieren, ihr Herz rasen und sie fühlt sich plötzlich wie ein Teenager. Alles, was die Frau vor ihr sagt und tut, berührt sie auf eine Weise, die sie nicht kontrollieren kann. Die Soldatin, überwältigt, senkt den Blick und räuspert sich. Virginia lächelt und beschließt, ihr eine Pause zu gönnen.

„Also, obwohl ich einige Nächte hier bleibe, habe ich eine Wohnung in der Stadt gemietet. Ab jetzt werden wir uns dort sehen, einverstanden?“

„Seit dem Unfall bekommen wir nicht viele Ausgangsgenehmigungen, das ist ihre Art, zu kontrollieren, dass keiner von uns in Versuchung gerät, mit den Medien zu sprechen oder einem Freund zu viel zu erzählen.“

Die Kapitänin beißt sich auf die Lippen und schüttelt den Kopf, während sie daran denkt, dass der Gestank auf dieser Basis immer stärker wird. Sie hat das Dossier über

Kapitän González, das ihr ein vertrauenswürdiger Soldat außerhalb der Basis beschafft hat, noch nicht vollständig gelesen, aber das Wenige, was sie schon weiß, genügt: Er ist ein Mann, der zu allem fähig ist und sehr gute Kontakte hat, denn offenbar kommt er immer ungeschoren davon.

„Mach dir um die Genehmigungen keine Sorgen, ich kümmere mich darum," sagt Virginia.

„Ich glaube nicht, dass der Kapitän das lustig findet," lächelt die Soldatin zufrieden.

„Der Kapitän sollte in dieser Basis weder ein Mitspracherecht noch eine Daseinsberechtigung haben," entgegnet die Kapitänin verärgert. „Los, geh schon," sagt sie und deutet auf die Tür.

Marta dreht sich um, bereit, sie zu öffnen, doch kurz bevor sie es tut, wendet sie sich zu Virginia und drückt ihr einen Kuss auf die Lippen. Dann geht sie wortlos, und lässt die Kapitänin verwirrt zurück.

Das Erste, was Virginia nach dem Aufstehen und einem Kaffee macht, ist, nach Kapitän González zu suchen. Sie sieht ihn nirgendwo und überlegt kurz, ob der Oberst endlich Vernunft angenommen und ihn von der Basis geworfen hat. Da trifft sie auf Sergeant Lionel García, der ihr sagt, González sei beim Schießtraining. Die Kapitänin verlässt das Gebäude und geht direkt zu einem der Trainingsbereiche. Dort ist Sebastián González, allein, wechselt das Magazin seines Gewehrs und schießt weiter auf eine Zielscheibe hinter Sandsäcken.

„Können wir reden?" fragt sie, als sie sich neben ihn

stellt.

„Kann es warten? Ich bin gerade beschäftigt," antwortet er, während er sie aus dem Augenwinkel betrachtet.

Sie können sich nicht ausstehen, die Abneigung ist gegenseitig und keiner bemüht sich mehr, sie zu verbergen.

„Ehrlich gesagt, nein, ich muss in zehn Minuten mit dem Bataillon raus," sagt Virginia, und Sebastián gibt einen Schuss ab, der sie halb taub macht.

Die Kapitänin spürt, wie das Blut in ihr zu kochen beginnt, und sie macht keinen Versuch, sich zu beherrschen. Bevor er erneut schießen kann, nähert sie sich ihm und reißt ihm das Gewehr mit einer blitzschnellen Bewegung aus der Hand, die der Kapitän nicht erwartet.

„Was zum Teufel machen Sie? Wollen Sie Ärger?" Er steht auf und stellt sich ihr, das Gesicht vor Wut rot.

„Im Gegenteil, ich will nur kurz mit Ihnen sprechen," sagt sie so ruhig, dass er noch nervöser wird.

„Was zum Teufel wollen Sie?"

„Erzählen Sie mir von dem zusätzlichen Gewicht, das die Soldaten trugen, als sie den Fluss überquerten," schießt sie unverblümt los.

„Wer hat Ihnen das gesagt, Pinares?" fragt er in einem spöttischen Ton, der Virginia dazu zwingt, das Verlangen zu unterdrücken, ihm ins Gesicht zu schlagen.

„Ich habe verschiedene Quellen, die es bestätigt haben," lügt sie, „und ich werde Ihnen keine davon verraten."

„Dann haben sie Sie belogen, Kapitänin," sagt er drohend. „Es scheint, dass man Sie hier nicht sehr respektiert, wie ich sehe. Diese Anschuldigungen sind völlig falsch, Sie sollten vorsichtig sein, was Sie sagen."

„Drohen Sie mir?"

„Keineswegs, es ist nur ein freundschaftlicher Rat," sagt der Kapitän und durchbohrt sie mit seinem Blick.

„Sie und ich sind keine Freunde und werden es niemals sein," spuckt sie zurück.

„In dem Punkt sind wir uns einig. Jedenfalls, Sie werden zu spät kommen, Robles. Sie sollten gehen, aber wenn Sie einen Rat wollen, hören Sie nicht auf alles, was man Ihnen erzählt. Es könnte sich gegen Sie wenden. Ich sage es noch einmal, seien Sie vorsichtig," droht er erneut.

„Die Zeiten der Strafen sind im Militär lange vorbei, Kapitän. Wenn ich es beweisen kann, sollten Sie derjenige sein, der vorsichtig ist," sagt sie und gibt ihm das Gewehr zurück, dreht ihm den Rücken zu und geht, deutlich machend, dass sie keine Angst vor ihm hat.

Die Kapitänin schreitet schnell zum anderen Ende des Areals. Sie hat keine Angst, aber sie misstraut einem Mann, der es gewohnt ist, für jede Grausamkeit ungestraft davonzukommen. Die Melodie ihres Handys lenkt sie ab, gerade als sie wieder das Hauptgebäude betritt. Virginia zieht ihr Telefon heraus und sieht, dass es Carlota ist, ihre Exfreundin und die Schwester von Unteroffizier Lorenzo.

„Hallo, Carlota," sagt sie, als sie abnimmt.

„Hallo. Hast du schon etwas herausgefunden?“ schießt Carlota mit erstickter Stimme.

Virginia spürt einen Knoten in ihrer Brust, als sie Carlota hört. Sie kennt Carlota zu gut und auch die enge Bindung, die sie zu ihrem Bruder hatte. Sie weiß, dass es Carlota schwer fallen wird, den Verlust zu akzeptieren, aber sie wird es niemals tun, bis sie die Wahrheit kennt.

„Ich bin dran, hier können die Dinge nicht so schnell erledigt werden, wie wir es gerne hätten, Carlota,“ seufzt die Kapitänin. „Du musst Geduld haben. Ich habe dir versprochen, dass ich nicht verschwinde, bis ich die Wahrheit herausgefunden habe, und ich werde mein Versprechen halten. Aber ich muss vorsichtig sein, ich rühre an viele Dinge und viele Leute werden nervös.“

„Dann ist es also wahr, es war kein Unfall,“ stammelt Carlota.

„Es ist noch zu früh, das zu bestätigen. Aber ich habe Gründe zu glauben, dass, selbst wenn es ein Unfall war, zusätzliche Faktoren dazu beigetragen haben. Aber das alles ist nutzlos, wenn ich es nicht beweisen kann, Carlota. Ich muss weiter ermitteln.“

„Ich weiß,“ sagt sie, „aber ich vertraue dir, Dani hat das auch getan.“

Der letzte Satz trifft Virginia wie ein Schlag. Sie weiß, dass sie keine Schuld an dem hat, was passiert ist, aber ein Teil von ihr kann nicht anders, als zu denken, dass Daniel vielleicht noch leben würde, wenn er sie nie kennengelernt hätte und nie in die Armee gegangen wäre.

„Ich muss auflegen, Carlota," sagt sie mit einem Kloß im Hals. „Es ist besser, wenn du mich nicht mehr anrufst. Ich werde dich informieren, wenn ich kann."

„In Ordnung, pass bitte gut auf dich auf. Ich will dich nicht auch noch verlieren," flüstert Carlota.

„Das werde ich."

Virginia legt auf. Ihre Trennung von Carlota verlief nicht schlecht, die Liebe war einfach erloschen. Überraschenderweise haben sie nach einer Weile eine ehrliche Freundschaft aufgebaut, die Virginia nicht verlieren möchte.

KAPITEL 12

Heute war ein langer Tag für Virginia. Wieder einmal waren sie bei Manövern, und sie fühlt sich erschöpft. Trotzdem hat sie nach ihrer Rückkehr zur Basis weiter nachgeforscht, versucht, mit Soldaten zu sprechen, die ausweichend antworteten oder ihr direkt mitteilten, dass sie Anweisungen hätten, nichts zu dem Thema zu sagen. Sie fühlt Frustration und große Wut, doch nach einem Treffen mit dem Leutnant, der die morgigen Manöver leiten wird – nachdem sie das Ausbildungsprogramm genehmigt hat – ist sie etwas optimistischer. Grund dafür ist, dass sie sich außerhalb der Basis mit der Obergefreiten Pinares verabredet hat. Der Ausrutscher gestern in ihrem Zimmer darf sich nicht wiederholen, nicht nur, weil es unangebracht ist, sondern auch, weil es Marta mehr Probleme einbringen könnte, als sie bereits mit ihren Vorgesetzten hat.

Virginia hat selbst eine Genehmigung unterschrieben, damit Marta die Basis betreten und verlassen kann, solange sie dort ist. Oberst Gómez Perea war anfangs nicht sehr begeistert, doch nach kurzem Überlegen hat er ein Auge

zugedrückt. Schließlich ist es besser für ihn und seine Interessen, wenn die beiden einzigen Personen, die er bezüglich des Unfalls schwer im Griff hat, möglichst viel außerhalb der Basis sind.

Die Kapitänin parkt ihr Auto auf dem kostenlosen Schotterparkplatz in derselben Straße, in der sie eine Wohnung gemietet hat. Sie schaltet die Lichter aus und überprüft ihr Handy.

„Verdammt," murmelt sie verärgert.

Heute Nachmittag, nach den Manövern, hat sie Marta die Adresse ihrer Wohnung gegeben, und sie hatten abgemacht, zusammen zu Abend zu essen. Und obwohl sie es nicht ausgesprochen haben, wissen beide, dass sie die Nacht zwischen den Laken von Virginias Bett verbringen werden. Marta hatte gesagt, dass sie um halb zehn da sein würde, und es ist bereits fünf Minuten nach der vereinbarten Zeit. Das bringt die Kapitänin in schlechte Laune, denn sie hasst Unpünktlichkeit, besonders wenn sie selbst betroffen ist. Sie steckt das Handy in ihre Umhängetasche und öffnet hastig die Tür, um schnell zu ihrem Gebäude zu laufen. Wegen dieser Eile und der Dunkelheit auf dem Parkplatz bemerkt sie ihren Angreifer nicht, der sich auf sie stürzt, sobald sie einen Fuß aus dem Auto setzt.

Der erste Schlag trifft sie am Kopf, hart und trocken, so stark, dass Virginia für einen Moment das Bewusstsein verliert und auf die Knie fällt. Es ist das Schlimmste, was ihr passieren kann, denn bevor sie instinktiv die Hand

zum Kopf führen kann, um den Schaden zu überprüfen, bekommt sie einen Tritt in den Bauch, der sie komplett zusammenklappen lässt und ihr den Atem raubt. Was danach passiert, ist ihr unklar. Sie weiß nur, dass jemand sie von hinten packt und aufrichtet, während ein zweiter Angreifer ihr mehrere Schläge ins Gesicht und auf den Körper verpasst. Als Krönung bekommt sie, als sie wieder auf den Knien landet, einen Tritt auf den rechten Knöchel, der ihr die Sterne vor Augen treiben lässt.

„Hör auf, deine Nase in Dinge zu stecken, die dich nichts angehen, oder du wirst es bereuen, Kapitänin," flüstert eine raue Stimme in ihr Ohr und zieht sie dabei an den Haaren hoch. „Das ist nur eine Warnung."

Plötzlich lassen sie sie los, und sie bleibt auf den Knien, schwankend und so benommen, dass sie nicht weiß, was sie tun soll. Blut rinnt ihr übers Gesicht und tropft auf die Hand, die auf ihrer Knie ruht. Virginia versucht, sich zu orientieren und abzuschätzen, wie weit sie von ihrem Auto entfernt ist, um sich daran hochzuziehen. Da leuchtet etwas neben ihr auf dem Boden auf – der Bildschirm ihres Handys.

Die Kapitänin streckt die Hand aus und greift danach. Zuerst sieht sie nur verschwommene Buchstaben, aber zwischen dem verwirrenden Tanz der Zeichen glaubt sie, Martas Namen zu erkennen und nimmt ab.

„Ich bin auf dem Schotterparkplatz," schafft sie zu sagen, bevor ein Hustenanfall sie unterbricht.

Martas Puls schießt in die Höhe. Sie weiß nicht, was

passiert ist, aber der gequälte Ton in Virginias Stimme lässt nichts Gutes ahnen. Sie braucht keine weiteren Erklärungen. Auch sie hat ihr Auto auf diesem Parkplatz abgestellt, als sie vor zehn Minuten angekommen ist. Sie rennt los und findet Virginia schnell, kniend neben einem Auto.

„Verdammt, was ist passiert?“ Marta rutscht kniend vor Virginia hin.

Als die Kapitänin den Kopf hebt und sie ansieht, stockt Marta der Atem.

„Wir müssen ins Krankenhaus,“ entscheidet sie nervös.

„Nein,“ antwortet Virginia und räuspert sich.

„Nein?“ Marta spricht weiter, während sie Virginia so gut es geht aufhilft. „Hast du dich mal im Spiegel gesehen? Die haben dich überall verprügelt,“ sagt sie wütend.

„Ich bin in Ordnung,“ Virginia steht auf und stützt sich auf Marta, während sie ihr erklärt, was ihr Angreifer gesagt hat. „Du und ich wissen, wer dahintersteckt, und wenn wir ins Krankenhaus gehen, wird die Polizei gerufen. Ich habe keine Beweise, ich kann niemanden beschuldigen, und ich werde dem Kapitän nicht den Gefallen tun, sich eines weiteren Problems zu entledigen. Wir kriegen ihn wegen Lorenzo.“

Martas Herz ist nicht überzeugt von der Entscheidung ihrer Vorgesetzten, aber sie akzeptiert den Befehl und bringt Virginia so gut es geht nach Hause, während sie den Drang unterdrückt, zurück zur Basis zu fahren und dem Kapitän González die gleiche Prügel zu verpassen. Auch

sie zweifelt nicht daran, dass er hinter dem Angriff auf Virginia steckt.

Fast eine Stunde später sitzt Virginia geduscht auf dem Sofa, alle Wunden desinfiziert. Sie hält sich eine Eistüte an den Hinterkopf, während Marta, die ihr gegenüber auf einem Stuhl sitzt, entzündungshemmende Creme auf den lädierten Knöchel aufträgt.

„Du hattest echt Glück, weißt du?“ sagt Marta, während sie sorgfältig Virginias Knöchel massiert. „Sie hätten dich umbringen können.“

„Ich weiß,“ gibt die Kapitänin zu, und beobachtet Marta.

Irgendetwas an Marta fasziniert sie. Es ist nicht nur ihre Attraktivität, sondern auch etwas in ihrem Charakter, das Virginia unwiderstehlich zu ihr hinzieht.

„Danke, dass du mir geholfen hast,“ sagt Virginia leise.

Marta hebt den Kopf, und ihre Blicke treffen sich. Sie sieht Virginia ernst an, schweigt einen Moment und lacht dann plötzlich, was Virginia völlig überrascht.

„Verdammt, du siehst echt schlimm aus,“ sagt Marta und betrachtet Virginias Körper.

Die Kapitänin trägt nur ein T-Shirt und Unterwäsche. Ihr Gesicht ist übersät mit Blutergüssen und zwei Schnitten, einer an der Unterlippe und einer an der rechten Wange. Auch ihre Arme zeigen Abwehrverletzungen, und an der Seite prangt ein großer Bluterguss. Der Schlag auf den Kopf hat sie ebenfalls nicht verschont. Marta hält Virginias Fuß in den Händen, sieht sie an und bemerkt,

dass sie selbst nach einer Prügel immer noch genauso verführerisch wirkt wie sonst.

„Ich hatte schon bessere Tage," erkennt Virginia an und lächelt schmerzhaft.

„Ich werde deinen Fuß verbinden. Trotz des Tritts ist er nicht geschwollen. Ich denke, es ist nur der Schlag," sagt die Soldatin und versucht, sich auf etwas anderes zu konzentrieren als auf das Verlangen, sich auf Virginia zu stürzen und sie zu küssen. „Mit etwas Glück hast du morgen nur noch leichte Schmerzen."

Virginia nickt und lässt Marta gewähren. Sie ist müde und voller Schmerzen, aber trotzdem will sie wach bleiben, um Marta weiter ansehen zu können.

KAPITEL 13

Marta reißt die Augen auf, als sie ein schmerzhaftes Stöhnen von Virginia hört, das sie nicht unterdrücken konnte. Sie haben die Nacht zusammen verbracht, und Marta hat kaum geschlafen, immer aufmerksam auf jede Bewegung der Kapitänin, aus Angst, dass es ihr schlechter gehen könnte und sie nicht zur Stelle wäre. Mit einem Schlag schaltet sie die Nachttischlampe an und sieht Virginia, die auf dem Bett sitzt und versucht, ihre Hose anzuziehen.

„Was machst du da?“ fragt Marta verwirrt, während sie sich aufrichtet.

Sie schaut auf die Uhr und stellt fest, dass sie noch eine halbe Stunde im Bett bleiben könnte.

„Ich ziehe mich an. Ich will nicht zu spät kommen,“ antwortet die Kapitänin.

„Zu spät?“ Marta ist plötzlich hellwach und steht auf, geht um das Bett herum und bleibt vor Virginia stehen. Nur mit Unterwäsche bekleidet. „Du kannst so nicht arbeiten. Du solltest dir ein paar Tage freinehmen.“

Virginia antwortet nicht, sie ist fasziniert von Martas fast nacktem Körper, der die größte Versuchung darstellt, der sie je begegnet ist.

„Hey!“ Marta lacht. „Schau mir ins Gesicht und konzentrier dich,“ fordert sie, halb amüsiert, halb verärgert.

„Es ist deine Schuld, du provozierst mich,“ sagt Virginia, streckt mühsam den Arm aus, fasst Martas Hand und zieht sie zu sich.

Marta, erregt, lässt es für einen Moment geschehen, bleibt zwischen Virginias Beinen stehen, während die Kapitänin ihr einen sanften Kuss auf den Bauch drückt. Ein Stromschlag durchfährt Marta, als würde ein Blitz ihren Körper durchzucken.

„Ich meine es ernst,“ Marta hält vorsichtig Virginias Gesicht in ihren Händen. „So kannst du nicht arbeiten, geschweige denn an Manövern teilnehmen.“

„Die Manöver machen die Soldaten, ich werde nur überwachen. Und du bleibst bei mir, falls ich ohnmächtig werde, weißt du,“ scherzt Virginia, aber Marta findet das nicht lustig.

Die Verbindung, die sie zu Virginia spürt, wird immer stärker. Gestern, als sie Virginia geprügelt auf dem Parkplatz sah, bekam sie einen Schreck und erkannte, dass ihre Gefühle für sie viel tiefer sind, als sie dachte.

„Ich nehme an, ich kann dich nicht umstimmen,“ gibt sich Marta geschlagen.

„Nein, kannst du nicht," sagt Virginia. „Aber du kannst mir einen Gefallen tun und deine Unterwäsche ausziehen."

Marta spürt ihr Herz bis zum Hals schlagen, überwältigt von Erregung. Zuerst denkt sie, es sei nur ein Scherz, aber als Virginia sich auf den Rücken auf das Bett fallen lässt, versteht sie, dass es ernst gemeint ist, und sie kann kaum widerstehen.

„Virginia, ich weiß nicht, ob du das solltest…" stammelt sie, weil sie glaubt, es sei das Richtige.

Die Kapitänin schaut sie nicht einmal an, klopft nur fordernd mit beiden Händen auf die Matratze.

„Verdammt," keucht Marta, bevor sie gehorcht, ihre Unterwäsche abstreift und kniend auf das Bett steigt, Virginias Körper in der Mitte lassend, bis sie auf Höhe ihres Gesichts ankommt, genau dort, wo die Kapitänin sie haben will.

Später sitzen sie schweigend in Martas Auto. Marta fühlt sich nach dem unerwarteten sexuellen Zusammentreffen immer noch wie ein nervöses Wrack. Virginia hingegen ist in Gedanken versunken, erinnert sich an die Ereignisse der letzten Nacht und kämpft gegen die wachsende Wut in ihr an. Sie muss ruhig bleiben.

„Ich denke immer noch, dass es keine gute Idee ist," sagt Marta schließlich.

„Ich lasse mich nicht von ein paar Schlägern aufhalten, Marta," antwortet Virginia entschlossen. „Aber du musst vorsichtig sein. Wenn sie es auf mich abgesehen haben, könnten sie auch auf dich losgehen. Diese Prügel sind

offensichtlich wegen meiner Ermittlungen. Ich komme ihnen zu nahe, und das gefällt ihnen nicht. Bis jetzt haben sie wahrscheinlich schon herausgefunden, dass du meine wichtigste Informantin bist – die Rebellin der Truppe und die beste Freundin des toten Soldaten."

„Ich habe keine Angst vor ihnen," erwidert Marta sofort, was Virginia ein Lächeln entlockt.

„Davon bin ich überzeugt, aber trotzdem werde ich dir Schutz geben."

„Was? Auf keinen Fall," protestiert Marta. „Willst du, dass die denken, ich hätte Angst?"

„Niemand wird etwas denken, weil niemand wissen wird, dass du Schutz hast. Wir machen das ganz diskret, keine Sorge."

Marta öffnet den Mund, um zu widersprechen, aber Virginia hebt die Hand und sieht sie ernst an.

„Das ist nicht verhandelbar, Marta. Es ist entschieden, und ich werde nicht darüber diskutieren," beendet Virginia das Gespräch.

Mit zusammengepressten Lippen nickt Marta wütend. Virginia zieht ihr Telefon heraus und ruft die einzige Person an, der sie vertraut: Generalstabschef Jorge del Valle. Sie erklärt ihm die Situation und bittet um diskreten Schutz für ihre Untergebene.

„Ich werde auch dir Schutz geben," sagt del Valle aufgebracht, nachdem er tief durchgeatmet hat.

„Ich brauche keinen Schutz."

„Ich frage nicht,“ antwortet der Generalstabschef.

Virginia schmunzelt und verzieht vor Schmerz das Gesicht, als sie die Frustration versteht, die Marta wohl empfindet, wenn sie eine Anweisung erhält, die ihr nicht gefällt – genau wie jetzt bei ihr selbst mit del Valle.

„Ich werde ein paar vertrauenswürdige Soldaten zu deiner Basis verlegen, unter irgendeinem Vorwand, den ich mir noch ausdenke. Ihr werdet ihre Anwesenheit nicht bemerken. Und ich schicke ein weiteres Team, das euch schützt, wenn ihr draußen seid. Ich erwarte, dass ihr so viel wie möglich draußen seid. Tot nützt du mir nichts, Robles, vergiss das nicht,“ sagt del Valle, bevor er auflegt.

Virginia, begleitet von Marta, tritt vor ihr Bataillon. Alle Soldaten sehen sie mit erstaunten Gesichtern an, keiner traut sich zu fragen. Die Kapitänin bemerkt, dass ihre Mienen auch Unsicherheit und Angst verbergen. Sie sind nicht dumm und werden bereits ihre eigenen Schlüsse ziehen.

„Wenn ein hoher Offizier verprügelt wird, was kann dann ihnen passieren?“ zischt Virginia leise zu Marta, während sie über das Feld in Richtung eines bewaldeten Gebiets gehen, wo sie heute arbeiten werden.

„Dieser Bastard hat nicht nur dich verprügelt,“ antwortet Marta angespannt, „moralisch hat er alle getroffen. So wird es schwer, jemanden zu finden, der aussagt.“

„Mir reicht es, wenn du nicht aufgibst,“ erklärt die Kapitänin, ohne anzuhalten, obwohl sie bei jedem Schritt

scharfe Schmerzen im Knöchel spürt. Vielleicht ist es keine ernsthafte Verletzung, aber das Gehen ist definitiv nicht förderlich.

Als sie den Ort erreichen, an dem die Manöver beginnen sollen, sind Virginia und alle anderen überrascht, dort Oberst Miguel Gómez Perea in Begleitung von Hauptmann González und Feldwebel García zu sehen.

„Ich hoffe, es stört Sie nicht, Kapitänin Robles," sagt der Oberst. „Es ist ein wunderschöner Tag, und ich wollte an die frische Luft. Was ist Ihnen passiert? Geht es Ihnen gut?" fragt er, nachdem er sie genau betrachtet hat.

„Mir geht es bestens," antwortet Virginia mit festem Blick auf Hauptmann González, der sie zufrieden anstarrt.

„Idiot," murmelt Marta.

„Halt die Klappe, Pinares," befiehlt Virginia. „Es wird mir eine Freude sein, Sie hier zu haben, Oberst."

Dann dreht sie sich um und geht auf das Bataillon zu. Sie zeigt auf einen Haufen strategisch platzierter Betonrohre für die Übungen. Die erste Aufgabe des Tages besteht darin, durch diese Röhren zu kriechen, die Rucksäcke und Gewehre hinter sich herziehend – über dreißig Meter enge, halb vergrabene Röhren. Einige sind schräg angeordnet, andere halb von Laub verdeckt. Unterschiedliche Schwierigkeitsgrade zwingen die Soldaten, sich daran zu gewöhnen, am Boden zu kriechen, um der Sicht des Feindes zu entgehen.

Die Kapitänin erklärt den Übungsablauf laut, zeigt, wo sie beginnen und enden sollen, und übergibt dann an den

Leutnant, der sie bei einigen Manövern begleitet. Er stellt die Soldaten in Dreiergruppen auf.

„Vielleicht könnte Kapitänin Robles eine Demonstration geben, bevor wir anfangen."

Die Stimme des Obersts lässt alle aufhorchen, auch Virginia. Der Oberst wirft ihr einen herausfordernden Blick zu, und Virginia erkennt, dass sie sich geirrt hat. Nicht der Hauptmann hatte die Prügel angeordnet, sondern Oberst Gómez Perea selbst.

„Hurensohn," flüstert Marta, die zur gleichen Schlussfolgerung gekommen ist wie ihre Kapitänin. „Tu das nicht, du bist nicht in der Verfassung dafür," fleht sie Virginia an.

„Ich werde ihnen nicht den Gefallen tun, zurückzuweichen, Marta. Das ist, was sie wollen."

„Aber..."

„Nichts da," unterbricht die Kapitänin sie.

Mit angespannten Muskeln und dem Wissen, dass es schmerzhaft wird, schultert Virginia den Rucksack, greift nach dem Gewehr und nimmt tief Luft. Dann rennt sie auf den Eingang des ersten Betonrohrs zu. Marta und die anderen sehen erstaunt zu, wie sich die Kapitänin durch die Röhren windet, rollt und so schnell vorankommt, dass niemand glauben würde, dass sie vor wenigen Stunden von zwei Schlägern verprügelt wurde.

KAPITEL 14

„Verdammt!“ flucht Kapitänin Robles, nachdem sie die Tür zu ihrem Zimmer geschlossen hat.

Virginia lehnt sich gegen die Wand und atmet tief durch. Ihre Stirn ist mit Schweiß bedeckt. Sie hat den plötzlichen Befehl des Obersts stoisch ertragen, aber jetzt durchzuckt ein gewaltiger Schmerz ihren Körper. Ihre Beine zittern, ihr Rücken schmerzt, und ihr Kopf fühlt sich an, als würde er jeden Moment explodieren. Sie hat keine Ahnung, wie sie die Übung und die anschließende Instruktion mit dem Bataillon ohne Ohnmacht überstanden hat. Sie weiß nur, dass ihr Geist gegen den Fall vor den korrupten Offizieren dieser Basis gekämpft hat.

So gut es geht, schleppt sie sich ins kleine Badezimmer und beginnt, sich auszuziehen, wobei sie die Schmerzensschreie unterdrückt. Sie dreht den Wasserhahn auf und stellt sich unter die Dusche, betend, dass das heiße Wasser wenigstens einen Teil des Unbehagens lindert. Gerade hat sie sich in ein Handtuch gewickelt, als sie mehrere Klopfgeräusche an der Tür hört. Stirnrunzelnd,

da sie niemanden erwartet, schaltet sie sofort in den Alarmmodus.

„Ich bin es, Unteroffizier Pinares, Kapitänin," ertönt es von der anderen Seite, ohne dass Virginia fragen muss.

„Was brauchen Sie, Pinares? Jetzt ist wirklich kein guter Zeitpunkt," sagt die Kapitänin und fürchtet, dass Marta nicht allein ist.

„Es ist ein persönliches Anliegen, Ma'am. Wenn Sie erlauben, dauert es nur ein paar Minuten."

Virginia ahnt, dass Marta nur nachsehen will, wie es ihr geht. Obwohl sie sich danach sehnt, Marta zu sehen, ist sie so schwach, dass sie sich am liebsten ins Bett legen und ausruhen würde. Aber sie weiß auch, dass Marta sich sonst große Sorgen machen würde. Sie geht zur Tür und öffnet sie, bleibt aber dahinter stehen.

„Kommen Sie rein, Pinares," sagt sie mit befehlender Stimme.

Marta betritt das Zimmer und ihre Augen weiten sich, als sie den Zustand ihrer Vorgesetzten sieht.

„Verdammt, Virginia! Komm her," Marta tritt vorsichtig näher und fasst sie sanft an der Taille, „Setz dich aufs Bett. Du siehst schrecklich aus."

„Vielen Dank," sagt Virginia mit einem gequälten Lächeln. „Und ich dachte, du magst mich."

„Lass mich dich ansehen," murmelt Marta und ignoriert den Kommentar. „Ich weiß, dass du nicht ins Krankenhaus willst, aber wenigstens lass mich dich in die

Krankenstation bringen."

„Ich habe Nein gesagt, Marta. Das ist nicht verhandelbar. Ich werde mich nicht vor diesen Bastarden schwach zeigen. Und du solltest nicht hier sein. Je weniger sie uns zusammen sehen, desto besser."

„Du bist so verdammt stur," schimpft Marta. „Es könnte gefährlich sein, wenn dich kein Arzt sieht. Und mir ist es egal, ob sie uns sehen, ich musste wissen, wie es dir geht. Draußen sah es so aus, als würdest du jeden Moment umkippen."

Virginias Gesicht verhärtet sich.

„Ich bin Kapitänin der Armee, Pinares. Ich mache das schon seit Jahren, und das ist nicht das erste Mal, dass ich in einem solchen Zustand bin. Es sind nur Prellungen und Schwellungen. In ein paar Tagen wird es besser."

Marta sieht sie ernst an. Sie mag Virginia, aber manchmal würde sie ihr am liebsten eine Ohrfeige geben, um sie zur Vernunft zu bringen.

„Entschuldigung, Kapitänin. Sie sind die Erfahrene und ich nichts weiter als eine Unteroffizierin."

Virginia seufzt und schließt für einen Moment die Augen.

„Es tut mir leid, Marta. Ich wollte nicht so mit dir sprechen, aber du musst verstehen, dass es für mich sehr wichtig ist, hier auf der Basis und auf den Beinen zu bleiben. Ich weiß genau, dass der Oberst, der Hauptmann und sogar Sergeant García mich hier weg haben wollen und

alles tun werden, um mich zu brechen.“

„Es waren sie, Virginia, das weißt du, oder?“ fragt Marta und bezieht sich auf die Prügel, die die Kapitänin erlitten hat.

„Ich weiß, aber wir haben keine Beweise, und uns darauf zu versteifen, ist Zeitverschwendung. Wir müssen weitermachen und unsere Untersuchung fortsetzen,“ sagt die Vorgesetzte.

„Aber bevor wir irgendetwas machen, werde ich deine Wunden versorgen. Wir müssen verhindern, dass sie sich infizieren,“ sagt Marta fest. „Wo ist das Verbandszeug?“

Virginia blickt sie an und hebt eine Augenbraue, sagt aber nichts. Sie zeigt nur auf die Tasche, die sie immer mit allen möglichen Medikamenten bereit hat.

Marta nimmt vorsichtig das Handtuch ab, das Virginia umhüllt. Für einen Moment flackert Erregung in ihren Augen, als sie Virginia nackt sieht. Schnell konzentriert sie sich wieder, zieht Handschuhe an und beginnt, jede Verletzung an Virginias Körper und Gesicht zu säubern.

„Hier, diese Schmerzmittel werden den Schmerz lindern,“ sagt Marta und reicht ihr zwei weiße Kapseln aus einem Paket. „Du solltest schlafen. In ein paar Stunden kann ich dir Abendessen aus der Kantine bringen, damit du weiter ruhen kannst.“

„Ich werde heute Nacht in der Wohnung in der Stadt schlafen, und du kommst mit,“ erklärt Virginia und schiebt sich mühsam unter die Decke, um eine bequeme Position zu finden. „Morgen wirst du Schutz haben. Ich will nicht,

dass du heute allein hier bleibst."

„Auf keinen Fall. Ich brauche keinen Schutz und werde ganz bestimmt keinen Typen ertragen, der mich ständig überwacht," sagt Marta und steht wütend vom Bett auf. Ihre Ohren sind rot vor Zorn. „Ich bleibe diese Nacht bei dir, aber das andere kannst du vergessen."

„Das ist ein verdammter Befehl, Pinares. Du wirst Schutz haben, und damit basta," sagt Virginia mit langsamer, eiskalter Stimme.

Die beiden halten sich im Blick. Marta ist wütend, ihre Atmung geht schnell. Virginia ist nervös, wie schon lange nicht mehr. Ja, sie war in letzter Zeit oft nervös, aber nicht wegen einer Frau. Nicht aus Angst, dass diesem Mädchen, das sich in ihr Herz geschlichen hat, etwas zustoßen könnte und sie es nicht verkraften würde. Die Kapitänin will nicht ihre

Autorität über Marta in persönlichen Angelegenheiten durchsetzen, aber die Unteroffizierin ist so stur und stolz, dass dies die einzige Möglichkeit ist, sie zur Vernunft zu bringen und zu schützen.

„Wie Sie meinen," sagt Marta.

„Auch wenn du es nicht siehst, du bist in großer Gefahr, Marta. Siehst du, was sie mir angetan haben? Glaubst du, sie werden nicht auch hinter dir her sein? Sie wissen, dass du Dani's Freundin warst und jetzt immer bei mir bist. Es ist nur eine Frage der Zeit, bis sie dich angreifen."

Marta nickt, obwohl sie immer noch nicht überzeugt ist, um Virginia zu zeigen, dass sie es versteht. Sie will ihrer

Kapitänin oder ihrer Freundin, sie weiß es nicht genau, sagen, dass sie keine Angst hat, dass sie bereit ist, bis aufs Äußerste zu kämpfen, aber es wäre vergeblich, denn ihre Vorgesetzte ist eine Frau, die sich, wenn sie sich etwas in den Kopf gesetzt hat, nicht umstimmen lässt.

„Komm, mach dich fertig. Ich werde ein paar Stunden schlafen und dann fahren wir in die Stadt. Es wäre besser, wenn du zuerst gehst, dann komme ich nach. Achte darauf, dass dir niemand folgt," sagt Virginia mit ruhiger Stimme und beginnt, sich dank der Tabletten zu entspannen.

„Mach dir keine Sorgen, wenn mir jemand folgt, werde ich versuchen, ihn abzuschütteln. Ich werde zuerst in eine Bar gehen und dann in einen Supermarkt. Mit dem, was du im Kühlschrank hast, überleben wir keine Nacht," lächelt Marta. „Ich werde vorsichtig sein."

„Nimm die Wohnungsschlüssel, sie sind in meiner Jacke," sagt Robles und zeigt darauf.

Marta durchsucht die Taschen, zieht einen Schlüsselanhänger mit einer Kugel hervor und steckt ihn in ihre Hose. Sie ist bereit, das Zimmer zu verlassen, kann es aber nicht ohne einen Kuss auf diese Lippen, die sie in letzter Zeit verrückt machen.

„Wir haben gesagt, nicht hier auf der Basis," weist Virginia sie zurück, als sie Martas Absicht erkennt.

„Nur ein Kuss," antwortet Marta mit feurigen Augen.

Virginia seufzt und lächelt. Marta greift an.

„Deine Zunge macht mich wahnsinnig," murmelt

Marta und trennt sich von Kapitänin Robles, so erregt, dass sie fürchtet, sich nicht mehr beherrschen zu können, wenn sie nicht sofort das Zimmer verlässt. „Wir sehen uns später. Ruh dich aus."

Kapitänin Robles beobachtet, wie die Soldatin hinter der Tür verschwindet, und sofort fühlt sie ein tiefes, unergründliches Leeregefühl. Sie weiß genau, dass sie sich darauf konzentrieren muss, alle notwendigen Beweise zu sammeln, um zu zeigen, dass Daniel Lorenzos Tod hätte verhindert werden können und dass die Schuldigen für ihre Beteiligung bezahlen. Doch jetzt gibt es einen Faktor, der sie beunruhigt und manchmal lähmt. Angst. Sie fürchtet, dass Marta ein weiteres Opfer der schmutzigen Geheimnisse auf dieser Militärbasis wird.

KAPITEL 15

„Was zum Teufel ist das?“ schnauft Unteroffizier Pinares und schaut verwirrt umher.

Ein unerträglicher Lärm dringt in Martas Ohren. Es ist dunkel, und sie fühlt sich so erschöpft, dass sie nicht erkennt, dass das Geräusch vom Wecker auf dem Nachttisch kommt, neben dem Platz, wo Kapitänin Robles schlafen sollte.

Am Abend zuvor kam sie mit mehreren Tüten aus dem Supermarkt in die Wohnung ihrer Vorgesetzten und nutzte die Gelegenheit, ein Abendessen zuzubereiten, das sie als anständig bezeichnete. Robles kam eine Stunde später, aber nachdem sie gegessen, sich bei einem Film entspannt und Virginias Wunden versorgt hatten, gingen sie trotz ihrer Müdigkeit sehr spät ins Bett. Sie versteht nicht, warum dieses infernale Gerät ihr immer noch die Ohren zermartert.

„Guten Morgen,“ sagt Virginia, die das Zimmer betritt, um den Wecker auszuschalten. Sie trägt eine sportliche Militäruniform und hat ihr Haar zu einem perfekten hohen Pferdeschwanz gebunden.

„Was machst du wach? Wie spät ist es?“ murmelt Pinares, noch halb verschlafen und völlig verwirrt.

„Wir müssen zum Fluss, komm schon, aufstehen,“ befiehlt Virginia und wirft einen Blick auf ihre Armbanduhr. „Es ist sechs Uhr morgens.“

Marta sieht sie verständnislos an. Alles, was sie will, ist, wieder unter die Decke zu kriechen und die Augen zu schließen.

„Bist du verrückt geworden?“ Marta hat schon immer Schwierigkeiten gehabt, ihre Zunge zu zügeln und weiß nie, wann sie schweigen sollte.

Virginia sieht sie an, wie immer mit einer hochgezogenen Augenbraue. Sie hatte noch nie eine so rebellische Soldatin unter ihrem Kommando wie Marta. Das erregt und ärgert sie gleichermaßen. Sie muss ihr beibringen, die Befehle ihrer Vorgesetzten zu befolgen.

„Pinares, raus aus dem Bett, sofort. Du hast fünfzehn Minuten, um fertig zu sein. Den Kaffee trinkst du unterwegs. Ich werde es nicht wiederholen,“ sagt die Kapitänin und verlässt das Zimmer, ohne ein weiteres Wort zu verlieren.

„Eins, zwei, drei, vier, fünf, sechs, sieben, acht, neun, zehn. Atme.“

Marta wirft die Decke mit einem Seufzer zur Seite und stellt ihre nackten Füße auf den kalten Boden. Ein Schauer kriecht ihre Waden hinauf und weckt sie ein wenig auf, doch die schlechte Laune bleibt. Sie beschließt, eine schnelle Dusche zu nehmen und sich anzuziehen.

Ihr Charakter und der der Kapitänin können gefährlich sein, wenn eine von ihnen oder beide gleichzeitig schlecht gelaunt sind. Ein Frontalzusammenstoß zweier Züge mit voller Geschwindigkeit.

„Wir können los, Kapitänin," sagt Marta spöttisch. Wenn Virginia den Befehlston anschlägt, wird sie gehorchen wie die Untergebene, die sie ist.

„Die Hose macht dir einen fantastischen Hintern," Robles' Stimme triefte vor Lüsternheit, und Marta bleibt kurz stehen. Nach der autoritären Ansprache im Zimmer hatte sie mit so einem Kommentar nicht gerechnet.

Die Obergefreite Pinares beschließt, nicht auf das Spiel einzugehen. Virginia macht sie wahnsinnig. Manchmal benimmt sie sich wie eine eingebildete Schnepfe, dann wieder ist sie feurig oder sehr liebevoll. Marta wird klar, dass es komplizierter ist, mit ihrer Vorgesetzten zu schlafen und – schlimmer noch – Gefühle für sie zu entwickeln, als sie dachte.

„Hatten wir es nicht eilig? Wir sollten besser los, Kapitänin."

„Komm her," fordert Virginia und tritt näher. Sie legt ihre Hände auf Martas Taille, um sie festzuhalten. „Ich weiß, dass du wütend bist, aber du musst anfangen, Befehle zu befolgen, ohne so zu reagieren."

„Reagieren wie?" Marta runzelt die Stirn.

„Frech. Jedes Mal, wenn ich dir etwas sage, widersprichst du, antwortest aufmüpfig und hast immer etwas zu meckern," Virginia sieht ihr direkt in die Augen,

ernst.

„Ich weiß nie, ob ich mit meiner Kapitänin oder meiner Freundin rede," entgegnet Marta.

„Deine Freundin?" Virginias Nasenflügel blähen sich auf und ab, und obwohl sie versucht, ihre Nervosität zu verbergen, gelingt es ihr nicht.

„Nun," stottert Marta, „ich weiß nicht, was wir sind, du und ich."

Virginia weiß nicht, was sie tun soll. Sie mag die Frau vor ihr sehr, aber sie hat keine Ahnung, wie sie eine Beziehung mit ihr angehen soll. Sie ist schon lange Single; das letzte Mal, dass sie jemanden so sehr liebte, war Carlota, und das scheint eine Ewigkeit her zu sein. Außerdem ist da noch die Sache mit Dani. Sie will ihrer Exfreundin Antworten geben und natürlich die Wahrheit ans Licht bringen, was an jenem Tag geschah.

„Darüber reden wir, wenn das hier alles vorbei ist, okay? Dann können wir in Ruhe sprechen und sehen, wohin uns das führt," sagt Virginia. „Was unseren Umgang betrifft, musst du lernen, das eine vom anderen zu trennen. Wenn es um das Militär geht, sind wir die Obergefreite und die Kapitänin. Außerhalb dieses Rahmens sind wir Virginia und Marta. Du weißt, dass wir uns duzen können, wenn wir allein sind, aber wenn ich dir einen Befehl gebe, gehorchst du. Einverstanden?"

„Ja," sagt Pinares verwirrt. Die Nähe und dieser exquisite Duft ihrer Kameradin bringen sie an ihre Grenzen.

„Gut, jetzt lass uns hier raus, bevor es noch später wird."

„Du hast mir nicht gesagt, warum wir zum Fluss gehen," fragt die Obergefreite.

„Ich will eine Überquerungsübung machen, bevor der Wasserstand des Flusses sinkt. Die Temperatur heute ist nur ein Grad höher als an jenem Tag, und mit dem Regen von letzter Nacht haben wir die idealen Bedingungen, um das Manöver zu replizieren, bei dem Dani gestorben ist."

Marta will fragen, ob Virginia den Verstand verloren hat, denn das Manöver unter fast denselben Bedingungen durchzuführen, ist viel zu riskant, und nur die beiden alleine ist noch schlimmer. Sie versucht, ruhig zu bleiben. Virginia hat keine Bitte geäußert, es war ein Befehl, und als solche muss sie, ihre Untergebene, ohne Widerrede gehorchen. Aber Marta ist, wie sie ist, und wird sich nicht über Nacht ändern, doch sie kann ihre Worte mäßigen. Anstatt wie eine Wahnsinnige zu schreien und sich kategorisch zu weigern, spricht sie ruhig.

„Hast du darüber nachgedacht, wie gefährlich es ist, das unter diesen Bedingungen und alleine zu machen?"

„Ja, das habe ich," antwortet Virginia. „Aber ich werde das Risiko eingehen. Ich muss es tun, Marta, weil ich dann einen festen Beweis habe, dass das, was an jenem Tag geschah, vermeidbar war."

„Ich will dich nicht entmutigen, aber ich glaube nicht, dass dieser Beweis vor Gericht Bestand hat," sagt Marta ehrlich.

„Das weiß ich, aber es gibt mir die Sicherheit, dass ich

Recht habe. Dann können die Militärsachverständigen das Manöver unter denselben Bedingungen durchführen."

„In diesem Fall werde ich die Flussüberquerung machen. Du bist immer noch sehr schwach. Wenn etwas passiert, könntest du Schwierigkeiten haben, das Gleichgewicht zu halten oder aus dem Wasser zu kommen," sagt Marta mit fester Stimme.„Ich werde dich nicht in Gefahr bringen. Ich will nicht, dass dir dasselbe wie neulich passiert. Wenn du die Übung wiederholst, könnte dein Verstand in diesen verfluchten Tag zurückkatapultiert werden, und du könntest wieder in einen Schockzustand geraten."

„Das wird nicht passieren. Ich bin jetzt vollkommen in Ordnung und weiß, dass ich es schaffen kann. Wenn Sie erlauben, Kapitänin," sagt Pinares und spricht Virginia als Vorgesetzte an, „möchte ich den Test durchführen."

Eine halbe Stunde später stehen Marta und Virginia am Fluss. Sie haben zuvor eine Holzbrücke überquert, die etwa dreihundert Meter von ihrer Position entfernt ist, um das Gewicht abzulegen, das der Gefreite Lorenzo an jenem Tag getragen hatte. Marta setzt ihren Helm auf und überprüft die Schnürsenkel ihrer Stiefel, bereit zum Überqueren.

„Es fehlt nur noch das Gewehr, aber ich denke, wir können es mit einem schweren Ast simulieren," sagt die Obergefreite und schaut sich um.

„Der hier müsste passen," sagt Kapitänin Robles, die ein paar Meter entfernt war und ein Stück Holz mit Laub in der Hand hält. „Ich will, dass du mir schwörst, dass du sicher

bist, dass du es schaffen kannst, Marta."

Ihre Stimme zittert. Marta weiß, dass Virginia sich Sorgen um sie macht. Sie lächelt warm, möchte sie küssen und ihr sagen, dass alles gut wird, aber sie tut es nicht. Es ist klar, dass sie beobachtet werden könnten, egal wie vorsichtig sie waren, um unbemerkt zum Fluss zu gelangen.

„Mir geht's gut, keine Sorge. An jenem Tag hatte ich den Fluss bereits überquert und bin zurückgegangen, um Ferreiro zu helfen, der sich an einem Stein gestoßen hatte und nicht aufstehen konnte. Heute schaffe ich das auch."

„Gut, dann machen wir es wie besprochen," erinnert Virginia sie, während sie ihr ein Seil um die Taille legt. „Du gehst ohne zusätzliches Gewicht auf die andere Seite mit der Sicherungsleine an deinem Körper. Wenn du dort bist, bindest du die Leine an einen Baum und holst das Gewicht, das wir dort gelassen haben. So können wir die Unterschiede zwischen dem Überqueren mit und ohne Gewicht überprüfen. Ich werde die ganze Zeit auf dich achten. Wenn etwas passiert, komme ich rein."

Marta nickt und überprüft, ob das Seil fest gebunden ist. Sie taucht einen Fuß in den Fluss, und das eiskalte Wasser sendet einen Schock durch ihren Körper. Sie atmet zweimal tief durch und setzt den anderen Fuß hinein, bemüht, sich fest weiterzubewegen. Sie spürt die Kraft des Wassers, das sie drückt, aber mit Geschick bewegt sich die Obergefreite vorwärts, ohne das Gleichgewicht zu verlieren. Nach ein paar Minuten ist sie auf der anderen

Seite und bindet das Sicherungsseil wie geplant an einen Baum, ohne es zu straff zu ziehen. Sie füllt den Rucksack und stellt fest, dass er schwerer ist, als sie in Erinnerung hatte. Eine erdrückende Unsicherheit lastet auf ihrer Brust.

Virginia bemerkt Martas Zögern und wird ebenfalls nervös.

„Alles in Ordnung, Pinares?“

Die Obergefreite hebt den Blick, verwirrt, und braucht ein paar Sekunden, um zu antworten. Sie räuspert sich.

„Ja, alles in Ordnung, Kapitänin. Ich ziehe nur die Gurte fest und überquere.“

Robles ist kurz davor, ihr zu sagen, dass sie es lassen soll, dass sie die Sicherungsleine lösen und über die Brücke zurückkehren soll, aber sie kommt nicht dazu, denn ihre Untergebene tritt entschlossen ins Wasser und beginnt den Rückweg.

Auf halbem Weg scheint Marta das Gleichgewicht zu verlieren und fällt rücklings ins Wasser, durchnässt bis auf die Haut, und ein lähmender Kälteschock durchfährt sie. Virginia unterdrückt einen Schrei, ihre Augen weiten sich, und ihr Herz scheint aus ihrer Brust springen zu wollen.

„Ich bin in Ordnung,“ schreit Marta, wohlwissend, dass Virginia ins Wasser springen wird. „Nicht reinkommen, meine Kapitänin!“

„Wenn Sie nicht in drei Sekunden aufstehen, komme ich zu Ihnen, Pinares. Versuchen Sie, die Sicherungsleine zu greifen,“ befiehlt Robles, während ihr die Ohren dröhnen

und der Kopf schmerzt.

Marta tastet nach dem Seil, das in solchen Momenten das Leben der Soldaten sichern soll. Doch wie an jenem Tag ist die Leine nicht straff und taucht unter Wasser ab, was das Greifen erschwert. Schnell entschlossen, lässt sie den schweren Rucksack fallen. Mit dem Stück Holz, das als Gewehr dient, stößt sie sich ab und schafft es, auf die Beine zu kommen. Sie nimmt sich einen Moment, um das Gleichgewicht wiederzufinden, und macht einen Schritt nach vorne.

„Sehr gut, Pinares, weiter so. Sie haben es fast geschafft," ermutigt Virginia sie, innerlich vor Angst fast erstarrt.

Obwohl ihre Beine sich anfühlen, als wögen sie zwanzig Kilo, erreicht die Obergefreite schließlich das Ufer. Sie zittert wie Espenlaub, und ihre Zähne klappern wie verrückt, als wäre sie nackt auf einem verschneiten Berg.

Die Kapitänin ist bereit und beginnt sofort, Martas durchnässte Uniform auszuziehen. Sie haben eine Tasche mit trockener Kleidung und einer Wärmedecke dabei.

„Hebe die Arme, Liebes," sagt Virginia, als sie Marta das Hemd auszieht. Pinares' Lippen sind blau, und wenn sie sich nicht beeilt, droht eine Unterkühlung. Ohne es zu merken, hat Virginia Marta zum ersten Mal so liebevoll genannt.

„Ich glaube, das Wasser ist heute kälter," keucht Marta.

Virginia bewegt sich so schnell, dass Pinares kaum mitkommt. Wie eine Puppe reagiert sie nur auf die

Anweisungen ihrer Vorgesetzten. Nach ein paar Minuten ist sie trocken, angezogen und in die auf Maximum gestellte Wärmedecke gehüllt.

„Der ganze Arme könnte solche Decken für Wasserübungen gebrauchen, die wärmen echt gut."

„Man soll euch auf niedrige Temperaturen vorbereiten, damit ihr das im Ernstfall aushalten könnt," seufzt Virginia, jetzt etwas entspannter.

„Verdammt, wenn ich in den Krieg ziehe, nehme ich so eine Decke mit," scherzt Marta, um die Spannung zu lindern, die sie bei Kapitänin Robles spürt.

Beide lachen und machen sich auf den Weg zur Basis. Es ist Zeit für das Frühstück und den Beginn der täglichen Ausbildung. Schweigend gehen sie nebeneinander her. Sie haben nicht über die Schlussfolgerung gesprochen, die sie aus der Übung gezogen haben. Doch sowohl Marta als auch Virginia wissen nun, dass das, was sie füreinander empfinden, stärker ist, als sie es je gedacht hätten. Sie können sich nicht vorstellen, was passieren würde, sollte einer von ihnen etwas zustoßen. Jetzt müssen sie sich mehr denn je schützen.

KAPITEL 16

Der Tag auf der Basis war für die Kapitänin hart. Trotz der Tatsache, dass sie diesmal nur Befehle gegeben und sich nicht anstrengen musste, war der Schmerz manchmal unerträglich. Nur dank der Schmerzmittel konnte sie ihn ertragen.

„Du solltest nicht rausgehen, du musst dich ausruhen," knurrt Marta und verschränkt die Arme. Sie kann ihre mürrische Miene nicht verbergen, als Virginia ihr Vorhaben ankündigt.

Der Arbeitstag ist vorbei, und beide sind getrennt zu dem Apartment zurückgekehrt, das die Kapitänin in der Stadt hat. Wieder einmal war Marta die Erste, die angekommen ist. Das Gefühl ist seltsam. Früher misstraute sie ihrer Vorgesetzten wie allen Offizieren auf der Basis. Nun schwärmt sie für sie, sieht in ihr ihren einzigen Halt und besitzt sogar die Schlüssel zu ihrem Zuhause. Auch wenn Marta weiß, dass Virginia das aus reiner Praktikabilität tut, um sie zu schützen, verursacht es bei ihr ein Kribbeln, die Schlüssel in der Hand zu halten.

Sie hat schnell geduscht und eine einfache Mahlzeit

zubereitet, bevor die Kapitänin, nach der Erstellung des Ausbildungsprogramms für den nächsten Tag, im Apartment ankommt. Sie haben sich geküsst, nachdem Virginia die Schlüssel auf den Tisch gelegt hat, als wäre es eine Routine, die sie seit Monaten teilen. Doch als Marta ihr sagte, sie solle duschen, während sie den Tisch deckte, warf Virginia etwas ein, das Marta die Laune verdarb.

„Ich muss kurz raus, ich bin nur gekommen, um mich umzuziehen."

Marta versteht es nicht. Ihrer Meinung nach würde ein einziger Stoß genügen, um die Kapitänin umzuwerfen. Ihr Zustand ist erbärmlich, sie hinkt leicht, und der schmerzhafte Ausdruck ist fast dauerhaft auf ihrem Gesicht.

„Wohin gehst du jetzt?" fragt die Obergefreite und versucht, ruhig zu bleiben.

„Ich muss meinen Vorgesetzten informieren, ich bin nicht lange weg, das verspreche ich," sagt Virginia und gibt ihr einen Kuss auf die Wange. Für einen Moment verliert Marta ihre Entschlossenheit, aber dann fasst sie sich wieder.

„Wer ist dein Vorgesetzter?" fragt sie stirnrunzelnd.

Sie bemerkt gerade, dass sie nicht weiß, wem Kapitänin Robles untersteht, nicht einmal die eigentliche Basis, zu der sie gehört.

„Einer," antwortet Virginia knapp, und Marta verzweifelt.

„Wie bitte? Was ist das für eine Antwort?“ sagt sie und blockiert mit ihrem Körper den Ausgang.

Die Kapitänin seufzt, als sie erkennt, dass Marta nicht aufgeben wird.

„Ich antworte nicht meinem direkten Vorgesetzten von der Basis. Du weißt, dass ich Dani kenne, also habe ich eine Versetzung beantragt, und sagen wir, sie wurde mir vom Generalstabschef gewährt, den ich schon lange kenne.“

„Du triffst dich mit Jorge del Valle?“ fragt Marta, die Augen weit aufgerissen.

„Ja, und darüber sprichst du besser mit niemandem,“ sagt Virginia und lächelt bei Martas ungläubigem Gesichtsausdruck.

„Weiß er von all dem?“ fragt Marta beeindruckt.

„Ja, und er steht auf unserer Seite. Wenn jemand für Danis Tod verantwortlich ist, wird er dafür sorgen, dass dieser jemand bezahlt. Also bitte, geh zur Seite und zwing den mächtigsten Mann des Militärs nicht, auf mich zu warten.“

„Na ja, technisch gesehen wäre das der König,“ bemerkt Marta und rollt mit den Augen, woraufhin Virginia lacht.

„Komm, geh da weg,“ sagt Virginia lächelnd und gibt ihr einen Kuss auf die Lippen. „Ich bin gleich zurück.“

„Sei vorsichtig,“ sagt Marta besorgt.

„Keine Sorge, auf Jorges Befehl hin habe ich auch Schutz.“

Die Kapitänin verlässt das Gebäude und biegt sofort nach links ab, in dem Wissen, dass niemand sie erneut überfallen wird. Sie weiß, dass die Männer, die sie und Marta beschützen, Profis sind, die einen Angreifer ausschalten können, bevor er ihnen nahekommt. Sie geht zwei Blocks weiter und sieht bald das leuchtende Schild einer Bäckerei. Zu dieser Stunde ist sie geschlossen, aber das stört sie nicht, da sie sich nicht im Laden, sondern im Fahrzeug auf der anderen Straßenseite trifft, wo Jorge del Valle im Rücksitz wartet.

„Verdammt, Virginia, die haben dir übel mitgespielt," murmelt Jorge, als sie sich mit schmerzverzerrtem Gesicht neben ihn setzt.

„Nichts, was ich nicht aushalten kann."

Er schaut ihr in das gezeichnete Gesicht und verzieht den Mund.

„Hast du eine Ahnung, wer es war?"

„Ich habe da eine Vermutung, aber beweisen kann ich nichts, also ist es auch egal," zuckt Virginia mit den Schultern.

„Kapitän González?"

„Das dachte ich zuerst, aber ich glaube, es geht weiter und Oberst Gómez Perea steckt auch mit drin."

Jorge del Valle presst die Kiefer zusammen.

„Nun, das ist zu erwarten. Auf einer Basis passiert nichts, ohne dass ein Oberst davon weiß. Was hast du herausgefunden?"

„Mehrere Dinge, aber alles ist nur indirekt. Ich weiß, dass viele Soldaten am Tag des Unfalls auf Befehl von Kapitän González zusätzliches Gewicht in den Rucksäcken trugen, offenbar als Strafe dafür, dass sie am Vortag einen Test nicht bestanden hatten. Außerdem habe ich festgestellt, und das habe ich unter den gleichen Bedingungen getestet, dass die Lebensleine nur ein Seil war, das von Baum zu Baum gespannt war und unterging, als der Obergefreite Lorenzo versuchte, sich daran festzuhalten. Ebenso weiß ich, dass kein Sanitäter in der Nähe war, falls etwas schiefgehen sollte, und dass die Planung des Tests ein komplettes Desaster war. Ich habe versucht, das Ausbildungsprogramm von diesem Tag zu bekommen, aber es ist auf mysteriöse Weise verschwunden, so dass ich nicht sicher sagen kann, ob es wirklich ein geplanter und vom Oberst genehmigter Test war, bei dem González einfach alle Vorschriften missachtet hat, oder ob es etwas Improvisiertes war, um seinen Trupp zu bestrafen."

„Wenn es Nachlässigkeit gab, ist zu erwarten, dass solche Dokumente verschwinden," murmelt Del Valle. „Aber wir haben immer noch die Lebensleine und das zusätzliche Gewicht in den Rucksäcken. Ich nehme an, das hast du aus den Zeugenaussagen. Warum sagst du, es sei indirekt?" fragt Jorge del Valle.

„Weil, obwohl mehrere Soldaten es mir bestätigt haben, keiner außer Obergefreite Pinares bereit ist, auszusagen. Sie haben zu viel Angst, und das wundert mich nicht. Du weißt ja, was mit Verrätern auf einer Militärbasis passiert.

Sieh dir nur an, was sie mir angetan haben, weil ich ermittelt habe,“ sagt sie und zeigt auf sich. „Die Prügel sind nicht nur ein Versuch, mich einzuschüchtern, damit ich meine Nase aus ihren Angelegenheiten lasse, es ist auch eine Warnung an die Soldaten. Außerdem ist der Oberst involviert, der alles vertuscht.“

„Nur mit Pinares' Aussage reicht es nicht aus. Sie werden sie leicht diskreditieren und ihre eigenen Kameraden dazu bringen, zu behaupten, dass sie lügt. Entweder du findest mehr Soldaten, die bereit sind auszusagen, oder wir brauchen ein direktes Geständnis von González oder Sergeant García, den beiden Offizieren, die zum Zeitpunkt des Vorfalls im Dienst waren.“

„Ich könnte versuchen, sie zu provozieren, damit sie reden, und es aufnehmen, aber du weißt, dass das vor Gericht nicht als Beweis zugelassen wird,“ sagt die Kapitänin.

„Du sorgst dafür, dass einer von beiden gesteht, und den Rest überlasse mir,“ befiehlt Jorge Del Valle.

KAPITEL 17

„Diese Tortilla ist wirklich unglaublich," sagt Virginia zufrieden, während sie sich im Stuhl zurücklehnt.

„Ich glaube, das ist das Einzige, was mir in der Küche immer gelingt. Ich habe schon wahre Katastrophen angerichtet, als ich versucht habe, Rezepte aus dem Internet nachzukochen," antwortet Marta mit einem Lächeln und genießt die angenehme Ruhe neben Virginia.

„Das reicht mir völlig aus. Du kannst sie jeden Tag machen, und ich werde sie mit Freude essen."

Die beiden schweigen einen Moment, sich der Bedeutung von Virginias Kommentar bewusst. Kapitänin Robles hat etwas gesagt, das man als Bestätigung ihrer Beziehung deuten könnte. Marta möchte darauf eingehen, weiß aber, dass dieses wichtige Gespräch noch warten muss.

„Also, wirst du mir erzählen, was du mit Del Valle besprochen hast?" fragt Pinares in einem absichtlich beiläufigen Ton, während sie die Teller vom Abendessen abräumt.

„Er braucht mehr Soldaten, die aussagen, und das ist ziemlich schwierig."

„Gibt es keine andere Möglichkeit?"

„Dass González, García oder Gómez Perea gestehen," Virginia schüttelt den Kopf, „das ist fast unmöglich. Diese drei sind so korrupt, dass sie mehr Verbrechern in einer organisierten Bande ähneln als Militärs."

„Vielleicht kann ich García Informationen entlocken," sagt Marta nachdenklich, „und von dort aus weiter vorgehen. Seine Schwäche sind Frauen. Ich habe ihn schon oft abgewiesen, vielleicht treffe ich mich diesmal mit ihm."

Virginia würde lieber einen Schlag ins Gesicht einstecken, als Marta mit Lionel García zusammenzusehen. Aber jetzt ist nicht der Moment für Eifersucht; sie muss sich konzentrieren.

„Ich glaube, das wäre sehr verdächtig, wenn du plötzlich deine Meinung änderst und dich mit ihm verabredest."

„Darum kümmere ich mich. Er ist ein Mann mit so festen wie langweiligen Routinen. Morgen nach dem Frühstück werde ich zum Seitenhof gehen, wo er immer zur gleichen Zeit Kaffee trinkt. Ich werde dafür sorgen, dass er mich sieht, mich anspricht und wieder denselben Blödsinn sagt: ‚Mensch, Pinares, du siehst toll aus. Du hast sicher Lust auf ein Bier, wollen wir heute Abend eins trinken?'" Marta imitiert García's Stimme perfekt, als wäre er ein hormongetriebener Teenager.

Virginia lacht, wenn auch nicht ganz aus vollem

Herzen, weil sie den Gedanken, Marta mit jemand anderem zu sehen, nicht ertragen kann. Doch Martas Parodie ist so gelungen, dass sie ihr Lachen nicht unterdrücken kann.

An diesem Morgen stolpert die Kapitänin fast, als sie den Speisesaal der Basis betritt. Als sie ein paar Stunden vorher aufwachte, war das Bett leer. Sie dachte, Marta wäre im Bad, aber nach ein paar Minuten entschied sie sich, aufzustehen. In der Küche fand sie eine Notiz von Marta: Sie würde früher zur Basis gehen, um sich umzuziehen. Zuerst verstand sie es nicht, denn Pinares bringt immer eine Tasche mit sauberer Kleidung mit in die Wohnung. Aber jetzt, als sie sie sieht, wird alles klar. Mehrere Soldaten beobachten ihre Frau – ja, ihre Frau, denn Robles fühlt, dass, obwohl sie das noch nicht offiziell besprochen haben und sie selbst ziemlich verängstigt ist, das, was sie für Marta empfindet und das, was sie gemeinsam haben, keine bloße Affäre ist. Eine Meute gieriger Wölfe in grüner Uniform verfolgt Marta mit Blicken, die ihre Uniform so eng trägt, dass Virginia sich fragt, wie sie sich darin überhaupt bewegen kann. Außerdem trägt sie ihren Pferdeschwanz höher als gewöhnlich, ihr Gesicht strahlt und sie hat eine geheimnisvolle Ausstrahlung, die sie zur perfekten Femme Fatale macht.

Die Kapitänin Robles versucht, ihre Gefühle zu verbergen. Sie ist eine Mischung aus aufgeregt und wütend – eine gefährliche Kombination, die Marta gerade entfacht hat, indem sie vor ihr stehen bleibt und ihr zuzwinkert.

„Guten Morgen, meine Kapitänin," sagt Marta locker, „ich werde in die Krankenstation gehen, um zu fragen,

wann unsere medizinische Untersuchung dran ist – wenn Sie es erlauben, natürlich."

„Kein Problem," stottert Virginia, kurz davor, dass ihr Herz und ihre Lust gleichzeitig explodieren.

Marta geht hinaus und steuert den Seitenhof an. Sie sieht Sergeant García genau dort, wo er um diese Zeit immer ist. Sie nähert sich ihm langsam, ohne ihm viel Beachtung zu schenken. Alles verläuft genau wie geplant: Lionel's Blick, sein dummer Kommentar und sein erstauntes Gesicht, als sie zum ersten Mal zustimmt, mit ihm ein Bier zu trinken.

„Ich wusste doch, dass du nur die Harte spielst," prahlt García wie der halbe Mann, der er ist.

Marta zwingt sich, nicht die Augen zu verdrehen.

„Um 20:00 Uhr in El Fogón?"

„Ja, klar," grinst der Sergeant.

„Pinares, wer zum Teufel glauben Sie, dass Sie sind, um zu spät zu meiner Ausbildung zu kommen?" brüllt Virginia, als sie Marta auf den Hof zukommen sieht, wo die Soldaten sich auf das Klettern mit Gewehr vorbereiten.

„Tut mir leid, Kapitänin, ich musste länger als erwartet in der Krankenstation warten."

„Drei Runden um den Hof, sofort! Das hier ist kein Einkaufszentrum, wo Sie kommen und gehen können, wie Sie wollen."

Marta weiß, dass Virginia sich verstellen muss, aber der scharfe Ton in ihrer Stimme verrät, dass noch

etwas anderes sie wütend macht. Sie beschließt, später nachzufragen, um keine Verdacht oder Gerüchte zu wecken.

Der Tag vergeht schnell, zwischen Manövern und einigen technischen Klassen. Es ist Zeit für Kapitänin Robles, die Basis zu verlassen. Sie geht in ihr Zimmer, um ihre Tasche zu holen, bevor sie geht. Kaum betritt sie den Raum, klopft es an der Tür.

„Pinares, was brauchen Sie?“ fragt sie, als sie die Tür öffnet und Marta auf der anderen Seite sieht.

Die Soldatin schaut sich um, um sicherzustellen, dass niemand in der Nähe ist.

„Ich habe es geschafft, ich habe mich heute Abend mit García verabredet,“ erklärt sie leise.

„Kommen Sie rein.“

Virginia schließt die Tür und wird sofort von Martas schnellen Bewegungen überrascht. Sie hat Virginia gegen die Wand gedrängt und küsst sie mit unterdrückter Leidenschaft, während die Kapitänin ihre Hände an Martas Hintern legt. Marta öffnet Virginias Hose, zieht sie bis zu den Knöcheln herunter und drückt sich an ihren Körper, als würde sie ihn verehren.

Nach ein paar Minuten küssen sich die beiden Frauen ruhiger und danken sich schweigend für diesen kurzen Moment der Leidenschaft.

„Geht es dir besser?“ fragt Marta, als sie sich auf die Bettkante setzt.

„Ich verstehe nicht," Virginia runzelt die Stirn.

„Willst du etwa leugnen, dass die Schreie auf dem Hof und dein Gesichtsausdruck heute den ganzen Tag über nicht aus Eifersucht entstanden sind?" fragt Marta und hebt die Augenbrauen.

Kapitänin Robles sieht sie für mehrere Sekunden an. Sie mag Marta so sehr, nicht nur wegen ihres offensichtlichen Aussehens, sondern weil sie Virginia so gut lesen kann. Trotz ihrer rebellischen Art ist Marta in ihrer Beziehung sehr zurückhaltend.

„Du hast heute mehr als einen heiß gemacht," seufzt Virginia. „Verdammt, die Art, wie sie dich angesehen haben, war unerträglich. Denk nicht, dass ich eine dieser Frauen bin, die ihre Eifersucht nicht kontrollieren können, aber es gibt Momente wie heute Morgen, da kann ich es einfach nicht vermeiden."

Marta lächelt breit. Virginia schaut sie mit schmalen Augen an.

„Okay, lassen wir das Thema. Du warst eifersüchtig, aber normalerweise bist du es nicht," fasst Marta zusammen. „Wir haben um acht Uhr verabredet, ich werde hier weggehen, damit, falls uns jemand folgt, niemand sieht, dass ich aus deiner Wohnung komme. Das wäre zu offensichtlich."

„Du weißt, dass mir dieser Plan nicht gefällt. Wir wissen nicht, wozu García fähig ist. Sei sehr vorsichtig, Marta."

„Mach dir keine Sorgen, ich habe Schutz. Ich werde

keinen Moment allein sein," erinnert sie Marta. „Ich gehe jetzt, ich will nicht, dass man mich aus deinem Zimmer kommen sieht. Ich werde dir Nachrichten schicken, um dich auf dem Laufenden zu halten."

Die beiden verabschieden sich mit einem keuschen Kuss, der einen bitteren Geschmack der Ungewissheit hinterlässt. Virginia wartet ein paar Minuten und geht dann direkt zu ihrem Auto, während Marta zu den Duschen geht und sich auf das Treffen mit Lionel García vorbereitet. Sie wird sich informell, aber eng anliegend kleiden, leichtes Make-up auftragen und ihr Haar offen tragen. Sie wird all ihre weiblichen Reize einsetzen, um so viele Informationen wie möglich aus dem widerlichen Sergeant herauszuholen.

Um zehn nach acht am Abend betritt Unteroffizier Pinares die Holztür von El Fogón. Sie ist absichtlich zu spät gekommen, hat auf der anderen Straßenseite gewartet, bis ihr Date eingetroffen ist, und ihn dann noch etwas zappeln lassen.

„Ich war schon fast dabei zu gehen, aber zum Glück habe ich es nicht getan. Das Warten hat sich gelohnt," grinst Lionel mit einem lüsternen Blick. Ohne Hemmungen mustert er Marta von Kopf bis Fuß und fährt sich dabei kaum verhüllt über seinen Schritt.

Marta spürt den Ekel durch ihren Körper fließen, aber eine wenig freundliche Kellnerin tritt daneben, um die Getränkebestellungen aufzunehmen und unterbricht den unangenehmen Moment.

„Ich nehme ein Bier," sagt Lionel.

„Zwei Bier," bestellt Marta.

„Warum trinken wir das eine nicht hier und das andere bei mir zu Hause?" platzt es aus García heraus, als die Kellnerin sich umdreht.

„Hast du es eilig?" antwortet Marta kokett lächelnd, nachdem sie sich von dem Kommentar erholt hat. „Hier ist es sehr gemütlich, wir können uns eine Weile unterhalten."

„Unterhalten? Über was denn?"

„Keine Ahnung, wir kennen uns kaum. Dafür haben wir uns doch verabredet, oder?" sagt Pinares mit einem süßen Ton, der überhaupt nicht zu ihr passt.

„Ich dachte, wir hätten uns verabredet, damit du mir einen bläst," spuckt García heraus, seine Augen halb blutunterlaufen und vor Wut funkelnd. „Du gehst doch nur rum und provozierst, du willst doch was."

Marta schwankt zwischen der Versuchung, ihm mit dem Bierglas den Schädel zu spalten, ihm das Spiel mitzuspielen, oder einfach aufzustehen und zu gehen. Sie kann nichts davon tun, weil Lionel García weiterredet.

„Du bist so eine Schlampe, du würdest versuchen, mir Informationen zu entlocken, während ich dich von hinten nehme. Glaubst du, ich bin dumm? Du hast mich nie länger als zwei Sekunden angesehen, und jetzt gehst du plötzlich mit mir aus, genau in dem Moment, wo du ständig mit der neuen Kapitänin am Fluss bist und Fragen stellst, die du besser lassen solltest."

Eins, zwei, drei, vier, fünf, sechs, sieben, acht, neun,

zehn. Atmen.

Pinares steht auf.

„Wenn du noch einmal so mit mir redest, schneide ich dir diesen Mikro-Penis ab und stopfe ihn dir in den Mund, der nur für Dreck gut ist. Du bist ein Versager, Lionel, bleib weg von mir und komm mir nie wieder nahe. Innerhalb der Basis bist du mein Vorgesetzter, aber draußen bist du nur Müll."

Marta stürmt wütend aus der Bar und verflucht ihr Pech. Heute hat sie gesehen, wie García und Hauptmann González sich diskret unterhalten haben. Sicher hat der Sergeant ihm von der Verabredung erzählt und der Vorgesetzte hat ihm die Augen geöffnet. Lionel ist so dumm, dass er nicht einmal daran gedacht hätte, dass das Treffen nur eine Strategie war.

Sie kommt in Virginias Wohnung an und sieht sie auf dem Sofa sitzen und warten. Die Kapitänin springt auf, als sie Martas Gesichtsausdruck sieht.

„Hat er dir etwas getan? Geht es dir gut?"

Marta erzählt ihr alles bis ins kleinste Detail, verflucht dabei alle zwei Sätze den gescheiterten Plan.

„Verdammt, dieser kleine Mistkerl von der Basis," murmelt Virginia, „aber keine Sorge, Marta. Ich habe González' Akte, ich muss sie noch gründlicher analysieren, aber ich habe schon einiges gefunden, das seine Karriere beenden könnte."

„Das reicht nicht, Virginia, verdammt. González muss

ins Gefängnis, was bringt es uns, wenn seine Karriere endet? Das wird Dani nicht zurückbringen," bricht Marta zusammen, die Last und Ungerechtigkeit haben sie zermürbt.

„Ich verspreche dir, dass ich alles tue, was in meiner Macht steht, Liebes," flüstert Virginia ihr ins Ohr und nimmt sie in den Arm. „Es ist unmöglich zu beweisen, dass ihr damals Übergewicht hattet, deine Aussage allein reicht nicht aus. Aber glaub mir, Sebastián González aus der Armee zu werfen, ist ein großer Erfolg, und ich werde nicht aufhören zu kämpfen, bis ich es erreicht habe."

KAPITEL 18

Es ist Samstagabend, und Virginia verbringt den ganzen Tag auf dem Sofa vor dem kleinen Beistelltisch. An diesem Wochenende haben sowohl sie als auch Marta frei, aber obwohl sie gerne die Zeit mit der Obergefreiten genießen und alles für zwei Tage vergessen würde, weiß die Kapitänin, dass das nicht möglich ist. Der Mangel an Zeit hat dazu geführt, dass sie seit dem Erhalt der Akte von Hauptmann González nicht die gewünschte Tiefe erreichen konnte. Seit ihrer Rückkehr von der Basis gestern Nachmittag hat sie sich daher nicht von den hunderten von Seiten getrennt, die über den Tisch verstreut sind.

Viele Seiten sind mit farbigen Haftnotizen markiert. Die gelben Notizen kennzeichnen fragwürdige Aktionen des Hauptmanns, die roten – davon gibt es vier – markieren Berichte, in denen wesentliche Teile geschwärzt wurden.

„Okay, danke," sagt sie, nachdem sie einen Anruf beendet und den Hörer lustlos auf den Tisch gelegt hat.

„Wieder eine Absage?" Marta setzt sich neben sie und stellt zwei Teller mit Abendessen auf den Tisch, in den Freiraum, den Virginia ihr schafft.

„Keine Absage, er war einfach nicht da. Seine Frau sagte, sie würde ihm die Nachricht übermitteln."

Die Kapitänin hat beschlossen, ihr Glück zu versuchen, indem sie die Soldaten kontaktiert, die an den fraglichen Operationen teilgenommen haben, nachdem Jorge Del Valle ihr sagte, dass es eine Weile dauern würde, die geschwärzten Teile der Berichte zu beschaffen. Marta hat sich darum gekümmert, sie zu finden, aber nur wenige erreicht. Und wenn Virginia anruft und sagt, dass sie Kapitänin der Armee ist, legen sie oft auf, ohne den Grund ihres Anrufs zu erfahren. Nur in drei Fällen, wie jetzt, wurde ihr gesagt, dass man sie vielleicht zurückrufen würde, aber sie hat wenig Hoffnung.

„Ich verstehe nicht, wie ein Typ mit so viel Dreck am Stecken immer noch arbeiten kann," schnaubt Marta. „Ehrlich, Virginia, du bist mit Jorge Del Valle befreundet. Vertraust du ihm wirklich? Glaubst du nicht, dass er von all dem nichts weiß, in seiner Position? Denk daran, er hat Zugang zu allen Informationen, wenn er will."

Virginia sieht sie an und schüttelt entschieden den Kopf. Sie zweifelt keinen Moment an der Loyalität ihres Freundes.

„Mit den Ämtern kommen auch die Altlasten, Marta. Jorge ist erst seit etwas mehr als einem Jahr im Amt. Glaubst du, er hat die Zeit, jedes einzelne Dossier zu prüfen und den ganzen Dreck aufzudecken, der seit Jahrzehnten vertuscht wird?"

„Wahrscheinlich nicht," gibt die Soldatin zu.

„Wir haben Glück, dass er in diese Position gekommen ist und nicht jemand wie Gómez Perea. Er hätte mir nicht einmal erlaubt, Nachforschungen anzustellen, geschweige denn sich persönlich zu engagieren."

„Du hast recht, jetzt iss," Marta deutet auf den Toast, den sie nach einem weiteren Rezept aus dem Internet zubereitet hat.

Virginia beißt hinein und genießt den Geschmack, bevor sie Marta ansieht und nickt.

„Verdammt, das ist gut," bestätigt sie und beißt erneut ab.

„Hast du daran gezweifelt?"

„Alles, was keine Tortilla ist, macht mich misstrauisch," witzelt die Kapitänin und kassiert einen Ellenbogenstoß.

„Du kannst ja selbst das Abendessen machen," protestiert Marta.

Virginia neigt plötzlich den Kopf zur Seite, was Marta überrascht, und gibt ihr einen Kuss auf den Hals, der ihr den Atem raubt.

„Wenn wir das alles geklärt haben, verspreche ich dir, dass ich dir mein Spezialgericht koche."

„Und was ist das?" Marta ist ungewöhnlich aufgeregt. Dass Virginia von einer Zukunft spricht, beruhigt sie, weil es bedeutet, dass die Kapitänin auch an das denkt, was sie haben, auch wenn sie selbst noch nicht sicher ist, was für eine Art von Zukunft sie will.

„Ich finde es noch heraus," sagt Virginia und bringt Marta zum Lachen.

„Okay, dann koche ich wohl besser, bis du dein kulinarisches Talent entdeckst."

„Hey, wenn ich will, bin ich eine großartige Köchin," argumentiert Virginia.

Marta öffnet den Mund, um zu antworten, schließt ihn jedoch wieder, als Virginias Telefon aufleuchtet.

„Hallo?" Virginia ist neugierig, weil sie die Nummer nicht kennt.

„Mit wem spreche ich?" fragt die tiefe Stimme eines Mannes.

„Hier spricht Kapitänin Virginia Robles vom Heer."

Es herrscht Stille am anderen Ende, und die Kapitänin schaltet den Lautsprecher ein.

„Sind Sie noch da?" fragt sie und sieht Marta an, die bereits überprüft hat, dass die Nummer zu einem der Soldaten gehört, der an einer rot markierten Mission teilgenommen hat. Ein 58-jähriger Mann namens Gabriel Martín, den sie den ganzen Tag über zweimal angerufen hat, ohne eine Antwort zu erhalten.

Marta zeigt auf den Namen, damit Virginia weiß, mit wem sie spricht.

„Was wollen Sie?" bellt der Mann.

„Mit Ihnen sprechen, Gabriel."

„Ich bin nicht mehr im Dienst, habe nichts mehr mit

der Armee zu tun," antwortet er angespannt.

„Das spielt keine Rolle, ich möchte über eine Mission sprechen, an der Sie unter dem Befehl von Hauptmann Sebastián González teilgenommen haben."

„Ist er nun Hauptmann?"

Virginia und Marta sehen sich erwartungsvoll an.

„Ja, das ist er."

„Ich werde nichts am Telefon sagen. Kommen Sie zu mir nach Hause."

„Jetzt?" Virginia sieht auf die Uhr und bemerkt, dass es schon nach zehn Uhr abends ist.

„Wenn Sie reden wollen, kommen Sie, bevor ich es mir anders überlege oder nie wieder anrufe," bellt Gabriel.

„In Ordnung, geben Sie mir Ihre Adresse."

Virginia notiert sie und steht auf, nachdem sie aufgelegt hat.

„Ich komme mit," sagt Marta und folgt ihr zur Tür.

„Nein, das könnte ihn einschüchtern. Ich gehe allein."

„Verdammt, Virginia," ruft Marta und ihre Stimme erhebt sich. Die Kapitänin dreht sich zu ihr um, ihr Blick eiskalt, und Marta erstarrt.

„Ich habe Angst, dass dir etwas passiert," flüstert Marta schließlich, als Virginia näherkommt und sie sanft an der Taille fasst.

„Ich weiß, mir macht das genauso Angst, dass dir etwas zustößt. Aber ich bin auch geschützt, erinnerst du dich? Es

ist besser, wenn du hier bleibst. Ich verspreche, dass ich sehr vorsichtig sein werde.“

Virginia gibt ihr einen Kuss auf die Lippen, den Marta als unzureichend empfindet, um ihre Besorgnis zu lindern, aber sie akzeptiert es und winkt, als Virginia den Aufzug betritt.

Als Gabriel Martín die Tür öffnet und Virginia eintreten lässt, fühlt sich die Kapitänin, als sähe sie einen amerikanischen Film. Ein alter Soldat, vom Militär im Stich gelassen, lebt so gut es geht von einer miesen Rente. Gabriel rollt mit seinem Rollstuhl zu den zwei Sesseln vor dem Fernseher, deutet auf einen für die Kapitänin und parkt seinen Stuhl neben dem anderen.

„Entschuldigen Sie meine Manieren, möchten Sie etwas trinken?“

Virginia bemerkt die zwei leeren, zerdrückten Bierdosen auf dem Tisch und vermutet, dass er sie getrunken hat, während er auf sie wartete.

„Nein, danke.“

Gabriel überlegt kurz, ob er in die Küche gehen soll, entscheidet sich dann aber, sich vom Rollstuhl in den Sessel zu setzen und starrt Virginia an.

„Was genau wollen Sie wissen?“ fragt er mit der Gleichgültigkeit eines Menschen, der keine Motivation mehr im Leben hat.

„Ich möchte, dass Sie mir von der Mission im August 2001 erzählen.“

„Sie sagten, Sie seien Kapitänin. Warum lesen Sie nicht einfach den Bericht?“ fragt Gabriel, während er sein Bein am Hosenbein packt und es zum anderen zieht.

„Weil der Bericht unvollständig ist. Es wird von zwei Toten und vier Verletzten nach einem Hinterhalt gesprochen, aber die konkreten Ereignisse fehlen.“

Gabriel zieht eine ironische Grimasse.

„Das war zu erwarten,“ sagt er und zündet sich eine Zigarette an. „Möchten Sie eine?“ bietet er Virginia an, die den Kopf schüttelt.

„Warum war das zu erwarten?“ fragt die Kapitänin und Gabriel beugt sich vor.

„Warum interessiert Sie der Fall so sehr, Kapitänin Robles?“

Virginia schweigt und überlegt. Sie weiß, dass sie, wenn sie die Wahrheit sagt, ihre Karten einem völlig Fremden offenbart, dem sie nicht trauen kann. Aber andererseits hat sie keine andere Wahl. Sie hat nichts, um gegen González vorzugehen, also verliert sie auch nichts, es zu versuchen.

„Ich untersuche Hauptmann González. Er ist in Ereignisse verwickelt, die zum Tod eines Soldaten führten, der außerdem mein Freund war,“ erklärt sie angespannt und fängt Gabriels volle Aufmerksamkeit ein, der sie ohne zu blinzeln ansieht, die Zigarette in der linken Hand. Die Kapitänin weiß nicht, ob er Linkshänder ist oder weil ihm an der rechten Hand zwei Finger fehlen, der Zeige- und der Mittelfinger.

„Und was hat das mit der Mission von 2001 zu tun?“ fragt Gabriel.

„Nichts. Aber ich habe keine Beweise für González' Fahrlässigkeit im Fall meines Freundes. Nur eine Soldatin ist bereit, gegen ihn auszusagen. Die anderen haben Angst.“

Gabriel lächelt wieder sarkastisch. „Also suchen Sie in González' anderen Aktionen nach Dreck, um ihn dranzukriegen.“

„So ungefähr, ja,“ bestätigt Virginia.

„Das dürfte nicht schwer sein, Kapitänin. Der Kerl steckt bis zum Hals in der Scheiße.“

„Ja, aber jemand scheint ihn sauberzuhalten, denn nicht nur der Bericht Ihrer Mission ist beschnitten.“

„Natürlich. Wie alt sind Sie, wenn ich fragen darf?“

„Neununddreißig.“

„Sie sind zu jung, um das zu wissen, wenn Sie nicht vorher mit ihm gearbeitet haben. Aber González ist der Neffe von General González, der jetzt natürlich im Ruhestand ist. Ich glaube, er ist kürzlich gestorben. Jedenfalls hat der Onkel jede Sauerei des Neffen vertuscht, und niemand hat Fragen gestellt. Und wie ich sehe, helfen die Einflüsse des Generals diesem Mistkerl immer noch.“

Virginia ist nicht überrascht. Machtmissbrauch gibt es überall, nicht nur im Militär.

„Also, ist bei dieser Mission etwas passiert, das mir helfen könnte?“ fragt Virginia.

„Schauen Sie mich an, Kapitänin," sagt Gabriel und zeigt mit seiner verstümmelten Hand auf seine Beine. „Das hier ist die Schuld dieses Bastards. An diesem Tag starben zwei Kameraden, und vier von uns wurden schwer verletzt. Aber niemand machte ihn verantwortlich, und unsere Aussagen wurden ignoriert. Mir persönlich haben sie Geld gegeben, um mich zum Schweigen zu bringen. Ich brauchte Pflege, und meine Eltern hatten keine Mittel."

„Ich nehme an, Sie mussten eine Vertraulichkeitserklärung unterschreiben," sagt Virginia entmutigt.

„Natürlich, aber mit diesem Vertrag wische ich mir jetzt den Hintern ab," sagt Gabriel und sieht die Kapitänin an, die überrascht ist. „Schauen Sie mich an," wiederholt er. „Meine Frau starb vor zwei Jahren an Darmkrebs, und ich habe keine Kinder. Ich bin allein und meine Rente reicht nicht einmal, um jemanden zu bezahlen, der mir im Haushalt hilft. Wenn ich wegen Vertragsbruch ins Gefängnis gehe, wäre das ein Gefallen."

Virginia kann ein Lächeln nicht unterdrücken. „Was ist an diesem Tag passiert, Gabriel?"

„Ganz einfach," erklärt der Mann. „Wir warteten auf den Befehl, ein Haus zu betreten, in dem angeblich einer von uns festgehalten wurde. Die Quelle war nicht verifiziert, also sollten wir warten. Aber González, damals Sergeant, war in Eile, Punkte zu sammeln, und entschied sich, die Befehle zu ignorieren. Er ließ uns eintreten, und es war eine Falle."

„Was für ein Mistkerl," murmelt die Kapitänin. „Würden Sie bereit sein, auszusagen?"

„Ich kann mehr tun, Ma'am. Ich kann zwei weitere Kameraden überzeugen, dasselbe zu tun. Sie sind genauso am Ende wie ich, glauben Sie mir."

Virginia lächelt wieder. Jetzt hat sie ihn.

KAPITEL 19

Virginia hat drei lange Tage darauf warten müssen, aber sie ist euphorisch, als sie die Tür zu Kapitän Sebastián González' Büro öffnet.

„Kapitänin Robles, haben Sie Ihre letzten Manieren verloren?“ brüllt González, steht von seinem Stuhl auf und starrt sie hart an.

Virginia bleibt unbeeindruckt, als sie bemerkt, dass auch Oberst Gómez Perea im Büro ist. Sie weiß inzwischen, dass beide aus dem gleichen schmutzigen Sack sind, Kriminelle in Uniform. Ruhig setzt sie sich vor González, als hätte sie die Oberhand.

„Guten Morgen, González. Oberst Gómez Perea...“ Sie dreht den Kopf und nickt ihrem Vorgesetzten knapp zu.

„Was wollen Sie, Robles?“ González wird ungeduldig. „Sie kommen hierher, ohne eingeladen zu sein, und mit einer Überheblichkeit, die Ihnen nicht zusteht. Angesichts der Anwesenheit eines Obersts, zweifle ich nicht daran, dass eine Disziplinarstrafe auf Sie zukommt.“

„Sparen Sie sich Ihre Dummheiten für jemanden, der

Angst vor Ihnen hat," spuckt die Kapitänin. „Das bin ich nicht, das habe ich Ihnen bereits bewiesen. Derjenige, der sich um seine Haltung kümmern sollte, sind Sie. Sie sind verantwortlich für den Tod von nicht einem, sondern mehreren Soldaten und laufen herum, als wäre nichts gewesen."

„Wie wagen Sie es, solch eine lächerliche Behauptung aufzustellen, die Sie nicht beweisen können?" Der harte Schlag von Sebastián auf den Mahagonitisch hallt durch den Raum. „Verlassen Sie sofort mein Büro."

„Kapitänin Robles, Ihre Anschuldigung ist sehr ernst, seien Sie vorsichtig mit solchen Aussagen," wirft Oberst Gómez Perea ein, der die Diskussion ungerührt verfolgt.

Virginia hebt eine Augenbraue und schüttelt den Kopf, ein ironisches Lächeln auf den Lippen. Sie atmet tief ein, um ihre Wut zu beruhigen, und öffnet die Mappe, die sie mitgebracht hat.

„Kommt Ihnen das bekannt vor, González?" Robles legt zwei Fotos von Gabriel Martín auf den Tisch. Auf einem ist er makellos in seiner Galauniform zu sehen, lächelnd neben einer blonden Frau. Auf dem anderen sitzt er in einem Rollstuhl, abgemagert, in Lumpen gekleidet, die ihn fast wie einen Obdachlosen aussehen lassen.

Sebastián González' Gesichtsmuskeln spannen sich, als er die Fotos betrachtet. Er erkennt sofort, wer es ist, und sein Körper zuckt unmerklich, sei es aus Angst oder aus Unsicherheit darüber, was Robles weiß.

González ist ein Narzisst, der sich trotz seiner

mangelnden Überlegenheit stets für unantastbar hielt, dank der Unterstützung seines Onkels. Er wird sich nicht einschüchtern lassen; er ist bisher immer ungeschoren davongekommen und glaubt, dass es auch diesmal nicht anders sein wird. In jedem Fall, in dem man ihn zu Fall bringen wollte, hat er die Dinge so geregelt, dass sie ihn später nicht belasteten.

„Viele Soldaten sind unter meinem Kommando gewesen, Kapitänin. Ich erinnere mich nicht an alle," antwortet er ruhig, setzt sich wieder auf seinen Stuhl und lehnt sich zurück.

„Martín erinnert sich sehr gut daran," sagt Virginia und zieht weitere Dokumente hervor. „Dank deiner miesen Leistung sitzt dieser vielversprechende Soldat jetzt im Rollstuhl, allein, ohne Unterstützung. Er steckt bis zum Hals in der Scheiße, und das alles dank dir. Glückwunsch, González, du zerstörst Leben, wo immer du gehst."

„Ich wiederhole," sagt González, bemüht, die Fassung zu bewahren, obwohl seine durchdringende, leere Blick zeigt, dass er kurz vor dem Ausrasten steht. „Du kannst es nicht beweisen. Außerdem haben alle verletzten Soldaten während ihres Dienstes irgendeine Art von Unterstützung erhalten. Es ist logisch, dass ich mich nicht an alle erinnere, aber ich weiß, dass die Vereinbarungen immer vertraulich sind. Kein Betroffener darf darüber sprechen, also bist du wieder am Anfang, Robles."

Virginia lächelt breit. Aus den Augenwinkeln sieht sie, wie der Oberst nervös auf seinem Stuhl hin und her

rutscht, und dass González beginnt, die Ruhe zu verlieren. Die Kapitänin schlägt aus allen Richtungen zu und hat nicht vor, diesen Kampf zu verlieren, den sie eindeutig gewinnt.

„Da irrst du dich, González. In Wahrheit bist du am Anfang, aber am Anfang vom Ende deiner Karriere. Gabriel hat bereits ausgesagt, und seine Aussage liegt jetzt beim Generalstabschef. Und nicht nur Gabriel Martín ist bereit, über das, was bei diesem Angriff passiert ist, zu sprechen; zwei weitere Kameraden, die genauso am Boden sind wie er, tun gerade dasselbe."

„Das ist unmöglich," sagt der Kapitän und ballt die Fäuste unter dem Tisch, damit Robles sie nicht sieht. „Wenn sie irgendetwas über ihre Fälle sagen, landen sie im Gefängnis. Ich glaube kaum, dass sie ihre Freiheit riskieren würden, um eine Lügenmärchen zu erzählen."

„Lügen? Tja, Kapitän, ich habe nicht erwartet, dass Sie sofort die Verantwortung übernehmen, aber dass Sie trotz der Beweise, die ich Ihnen gerade gezeigt habe, stur bleiben, überrascht mich nicht."

Jetzt lächelt Sebastián breit und zeigt Virginia, dass er sich nie schuldig bekennen wird, egal wie viel man ihn anklagt. Die Armee hat ihre Risiken, und wenn man sich verpflichtet, weiß man, dass man verletzt oder sogar getötet werden könnte. Er macht nicht die Regeln, er legt den Feinden keine Waffen oder Bomben in die Hände. Er kämpft trotz der Konsequenzen und sieht sich als Sieger.

„Diese drei Soldaten ziehen das Gefängnis dem Leben

in Elend vor. Sie geben Ihnen und Ihrem Ego die Schuld an ihrem Zustand, und sie liegen nicht falsch," sagt Virginia und beobachtet, wie González' Lächeln zu einem Ausdruck von Abscheu und Wut wird. „Sie haben ihr Leben ruiniert, die Armee hat sie im Stich gelassen, sie mit Geld zum Schweigen gebracht, aber zu welchem Preis? Sie sind lebende Tote, während Sie sich wie ein Gott aufführen. Also ja, ins Gefängnis zu gehen, weil man eine Vertraulichkeitsvereinbarung bricht, ist für sie eher ein Geschenk als eine Folter."

Das Schweigen breitet sich im Büro aus. Man hört nur die nervöse Atmung von González und das unruhige Zucken von Gómez Pereas Bein. Virginia wartet ruhig ab, gibt dem Kapitän ein paar Minuten, um etwas zu sagen. Als er stumm bleibt, fährt sie fort.

„Wenn du nicht sofort von deinem Posten zurücktrittst," sagt sie, ihn wieder duzend, um ihm ihre Verachtung zu zeigen, „werde ich all diese Informationen veröffentlichen. Es werden nicht nur zivile, sondern auch militärische Verfahren eingeleitet. Denk darüber nach. Ich gebe dir eine Chance, die du ganz sicher nicht verdienst. Jemand wie du gehört ins Gefängnis und nicht in diesen Raum."

González greift die Papiere, die Robles auf den Tisch gelegt hat, und zerreißt sie in einem Anfall von Wahnsinn, bevor er sie auf den Boden wirft. Virginia lächelt triumphierend.

„Keine Sorge, Kapitän González, das waren nur Kopien.

Ich habe ein gutes Dossier vorbereitet, das bereit ist, an verschiedene Interessenten gesendet zu werden, die, das versichere ich dir, nur darauf brennen, es zu veröffentlichen."

„Ich werde nicht zurücktreten," sagt Sebastián endlich und schaut zu Oberst Gómez Perea, um Unterstützung zu suchen. Sie sind schon lange Verbündete, und es ist nicht das erste Mal, dass Gómez Perea ihn aus der Patsche helfen soll.

„Ich akzeptiere Ihre Rücktrittserklärung, González, sofort," sagt Gómez Perea plötzlich, während er sich mit einem makellos weißen Taschentuch mit seinen Initialen den Schweiß von der Stirn wischt.

Sebastián trocknet die Kehle aus, seine Augen weiten sich und seine Zunge verheddert sich, als er versucht zu sprechen. Er hat das nicht erwartet, das ist klar, und Virginia beobachtet alles mit zufriedener Miene. Was sie sich am meisten wünscht, ist, dass dieser Mistkerl, der Dani das Leben genommen hat, im Gefängnis verrottet. Aber sie ist nicht dumm; sie weiß, dass es lange dauern wird, bis es zu einem Urteil kommt, ein langer und komplizierter Prozess, der vielleicht im Nichts oder in sehr wenig endet. Für sie ist es schon ein Gewinn, dass dieser Schwein aus der Armee fliegt, entehrt und ohne Pension, sodass er sich nach allem, was er getan hat, um sein Leben kümmern muss.

„Wenn ich zurücktrete, Miguel, dann fällst du mit mir. Ich gehe nicht allein, das versichere ich dir." Sebastián zeigt mit hasserfüllter Stimme auf Gómez Perea. „Entweder

trittst du zurück, oder ich erzähle alles, was ich weiß.“

Das hat Virginia nicht erwartet. Sie hat nach Gold gesucht und eine Rhodium-Fortune gefunden. Jetzt fehlt ihr nur noch Lionel García, und für ihn hält sie die letzte Überraschung bereit.

KAPITEL 20

Obwohl Kapitänin Robles sehr ruhig in das Büro des Kapitäns gegangen ist und zufrieden mit dem Ergebnis herauskam, hat sie den Rest des Tages in Anspannung verbracht. Sie musste weiterarbeiten, ihren Trupp wie jeden Tag anleiten, ohne zu wissen, was hinter diesen vier Wänden geschah, nachdem sie gegangen war.

Sie war wachsamer als je zuvor, hielt Ausschau nach jedem kleinen Anzeichen und war besonders aufmerksam auf Marta, falls diese beiden Wilden versuchen sollten, sich an ihr zu rächen, indem sie die Unteroffizierin angreifen. Denn mittlerweile ist Virginia klar, dass die gesamte Basis von ihrer Schwäche für Marta weiß.

Am Tag nach dem Gespräch mit Gabriel Martín kontaktierte Virginia früh am Morgen Jorge del Valle, um ihm alles zu erzählen. Noch am selben Nachmittag sagte der Ex-Soldat vor dem Generalstabschef aus. Sie und Jorge einigten sich darauf, dass sie González die Möglichkeit bieten würde, zurückzutreten. Beide wussten, dass sie mit Gabriels Aussage den Kapitän eigentlich nur wegen Ungehorsams mit Todesfolge anklagen konnten. González

könnte dasselbe wie Gabriel aussagen und behaupten, er habe eine verdächtige Bewegung gesehen und keine andere Wahl gehabt, als zu handeln. Mit einer solchen Aussage wäre es schwer, ihn zu verurteilen. Deshalb wollten sie lieber, dass er von selbst geht, weit weg von den anderen Soldaten.

Am Abend hatte sie eine hitzige Diskussion mit Marta, weil diese es nicht genug fand. Ihrer Meinung nach war ihr bester Freund tot, und das Schlimmste, was González passieren würde, war, seinen Job zu verlieren. Virginia fühlte dieselbe Wut und wusste nicht, wie sie ihr erklären sollte, dass es sehr schwierig ist, Jahrzehnte der Korruption in den höheren Rängen des Militärs zu beenden, dass dies aber bereits ein Schritt war. Marta beruhigte sich erst, als Virginia ihr versicherte, dass sie González, ob innerhalb oder außerhalb des Militärs, weiterhin im Auge behalten würde.

„Wenn er nur einen Fehler macht, verspreche ich dir, dass ich ihm auf den Fersen sein werde, und dieses Mal wird er nicht davonkommen."

Jetzt bleibt Virginia wachsam, denn obwohl sie gesehen hat, wie González gegen Mittag die Basis verlassen hat, ist Oberst Gómez Perea immer noch da. Das einzige, was sie den ganzen Morgen über beobachtet hat, war, dass kurz nach ihrem Besuch im Büro der beiden Offiziere ein Soldat Sergeant García rief und sie ihn den ganzen Tag nicht mehr gesehen hat.

Der Tag endet, und Virginia steht am Eingang, wartet

darauf, dass Marta das Gebäude verlässt, um mit ihr nach Hause zu gehen. Sie hat gerade mit Jorge del Valle gesprochen, und dieser hat ihr versichert, dass er bis zu dieser späten Stunde noch keine Rücktrittserklärung des Kapitäns erhalten hat, geschweige denn des Obersts. Das macht sie misstrauisch, und sie will ihre Untergebene keine Sekunde allein lassen.

„Was machst du hier?“ fragt Marta neugierig.

„Ich warte auf dich.“

„Wartest du auf mich? Willst du, dass wir zusammen gehen?“ Marta ist überrascht, obwohl ihr die Idee insgeheim gefällt, da es sie stört, ihre Beziehung zu der Kapitänin verbergen zu müssen, obwohl sie nicht genau weiß, was sie eigentlich haben.

„Ja.“

„Warum?“ fragt sie, irritiert von Virginias Knappheit.

„Weil González nicht zurückgetreten ist, und das kann nur bedeuten, dass er etwas plant,“ erklärt Virginia, während sie den Schlüssel drückt, um das Auto zu entriegeln.

Für Marta fühlt sich diese Nachricht wie ein Stein im Magen an, aber gleichzeitig lächelt sie, weil es ihr gefällt, dass die Kapitänin so beschützend ist.

„Bist du besorgt um mich?“ fragt sie von der anderen Seite des Autos, neben der Tür.

Virginia fixiert sie mit einem intensiven Blick, ihre Lippen formen ein leichtes Lächeln. Sie liebt Marta, und

wenn sie nicht vor dem Eingang der Basis wären, würde sie jetzt um das Auto herumgehen und Marta leidenschaftlich küssen.

„Steig ein," sagt sie und macht eine einladende Geste.

„Ist das García?" fragt Marta wütend, als sie denselben Parkplatz erreichen, an dem die Kapitänin angegriffen wurde.

Virginia blickt scharf hinüber, während sie das Auto parkt. Tatsächlich ist der Mann, der mit den Händen in den Taschen neben dem Ausgang des öffentlichen Parkplatzes wartet, Sergeant Lionel García.

„Sieht so aus," sagt die Kapitänin und schaltet den Motor aus.

„Glaubst du, sie haben ihn geschickt, um uns eine Abreibung zu verpassen?" fragt Marta verwirrt, aber ohne Angst.

„Allein? Das bezweifle ich. Außerdem, wenn das der Plan wäre, würde er nicht so dumm sein, direkt auf uns zuzugehen."

„Und wenn es mehrere sind?" Marta schaut in die Rückspiegel, und die Kapitänin überprüft ihre Umgebung, ohne etwas zu entdecken, das ihre Sicherheit oder die ihrer Untergebenen bedrohen könnte.

Als sie die Autotüren öffnen, geht der Sergeant langsam und ohne jede Aggressivität auf sie zu.

„Was zur Hölle willst du, García?" faucht Marta, während sie sich zurückhält, ihm einen Schubs zu geben

und ihn zum Gehen aufzufordern.

„Ich komme in Frieden,“ sagt er und hebt die Hände, seine Augen fest auf Virginia gerichtet. „Ich würde gerne mit Ihnen sprechen, Kapitänin, wenn Sie einen Moment Zeit haben.“

Virginia schaut misstrauisch um sich, nickt dann aber schließlich.

„Immunität, natürlich. Ich weiß, dass ich dort war, aber vergessen Sie nicht, dass ich auch González' Befehle befolgte. Tatsächlich habe ich ihn gewarnt, dass die Sicherheitsleine Schrott war und wir die Übung besser absagen sollten, aber er wollte weitermachen.“

„Du warst immer sein verdammter Schoßhund, García. Tu jetzt nicht so, als wärst du ein Heiliger,“ faucht Marta.

„Vielleicht, aber in dieser Sache lüge ich nicht, Pinares. Ich war ein Idiot, aber ich habe wirklich an den Kapitän geglaubt und dachte, ich könnte an seiner Seite schnell aufsteigen. Als ich merkte, in was ich hineingezogen wurde, war es schon zu spät.“

„Sagen Sie mir etwas, García,“ sagt Virginia. „Womit haben der Oberst und der Kapitän Sie in der Hand? Wenn sie Sie so unter Druck setzen können, um die Schuld auf sich zu nehmen, müssen sie etwas Großes gegen Sie haben. Ich hoffe, Sie sind ehrlich, weil ich es sowieso herausfinden werde. Und wenn mir nicht gefällt, was ich finde, ist der Deal geplatzt.“

„Drogen,“ sagt er ohne Zögern. „Ich war oft auf Drogen, und González hat es ignoriert – bis jetzt.“

Virginia sieht Marta an, aber sie wirkt überrascht.

„Noch etwas?"

„Ich bin gegenüber einer Soldatin über die Stränge geschlagen," gibt er zu, ohne sie anzusehen. „Ich habe sie belästigt und sie hat mich beim Oberst gemeldet."

„Und was ist passiert?" fragt Marta wütend.

„Nichts, nur eine Verwarnung, und sie hat die Armee verlassen. Seitdem, schwöre ich, habe ich niemanden mehr belästigt."

Marta will ihm ins Gesicht schlagen, aber Virginias Hand auf ihrem Bauch beruhigt sie.

„Wer war die Soldatin, García? Ich will den Namen."

„Ana María Lozano."

Virginia setzt sich auf einen Stuhl, lehnt sich zurück und legt einen Arm auf den Tisch, während sie nachdenkt. Lionel García wird immer nervöser, und Marta bleibt angespannt, versucht den tiefen Ekel zu kontrollieren, den sie für diesen Mann empfindet.

„In Ordnung," sagt die Kapitänin schließlich. „Das ist mein Angebot, García. Wir akzeptieren, dass Sie an diesem Tag ebenfalls Befehle von González befolgt haben und selbst ein Opfer sind, im Austausch für Ihre Aussage und diesen Bericht, den Sie mir jetzt sofort geben."

„Natürlich, ja, vielen Dank." Lionel legt den Bericht auf den Tisch und schiebt ihn zu der Kapitänin.

„Ich bin noch nicht fertig," sagt sie mit donnernder

Stimme. „Sie entkommen der Anklage wegen des Todes von Corporal Lorenzo, aber nicht wegen der sexuellen Belästigung der Soldatin Ana María Lozano. Sie werden die Tatsachen zugeben, sich persönlich bei ihr entschuldigen und die Konsequenzen tragen, falls sie Sie anzeigt.“

„Aber…“ stammelt García.

„Nichts aber,“ beendet die Kapitänin. „Sie tun, was ich verlange, und verlassen außerdem Ihre militärische Karriere. Nehmen Sie es oder lassen Sie es, García. Sie entscheiden, übernehmen Sie die Verantwortung für Ana María oder tragen Sie die Schuld für Lorenzos Tod.“

Marta muss sich auf die Innenseite ihrer Lippen beißen, um das tiefe Gefühl der Zufriedenheit, das sich auf ihrem Gesicht abzeichnen will, zu unterdrücken. Sergeant Lionel García hat gerötete Wangen, und Schweißperlen rinnen ihm glänzend und widerlich die Schläfen hinab.

„Einverstanden, wir haben einen Deal, aber ich will Schutz, bis alles geklärt ist. Ich traue González nicht, und schon gar nicht Gómez Perea.“

„Einverstanden,“ sagt Virginia, das Ausbildungsprogramm in der Hand. Der Bericht ist ein unwiderlegbarer Beweis, dass die Übung an jenem Tag nicht die nötigen Sicherheitsbedingungen erfüllte und somit sowohl den Kapitän als auch den Oberst verantwortlich macht.

KAPITEL 21

„Gute Arbeit, Virginia. Du bist ohne Zweifel die Beste in deinem Fach. Wenn du dir etwas in den Kopf setzt, lässt du nicht locker bis du es erreichst," gratuliert ihr Jorge del Valle, Chef des Generalstabs des Heeres.

„Du kennst mich, Jorge. Es geht nicht nur darum, dass dieser Fall persönlicher ist; ich hasse Ungerechtigkeiten. Ich bin zur Armee gegangen, weil ich an die Menschen und ihr Potenzial glaube. Dass solche Leute wie die hier alles zerstören, raubt mir den Schlaf."

„Leider gibt es Hunderte von ihnen," sagt Del Valle bedrückt. „Ich habe nur ein paar der archivierten Fälle durchgesehen und die Unregelmäßigkeiten sind erschreckend."

„Die Armee hat viel gewonnen, seit du Generalstabschef bist. Leute wie González oder Gómez Perea haben hier keine Zukunft mehr," lächelt Virginia, während sie mehrere Stimmen im Ohrhörer hört.

„Ich muss Schluss machen, Virginia. Ich habe jetzt eine Besprechung und die Zeit ist mir davongelaufen.

Treffen wir uns morgen zum Mittagessen? Ich habe etwas vorzuschlagen."

„Lass mich nicht im Ungewissen," murrt Hauptmann Robles, „gib mir einen kleinen Vorgeschmack."

„Keine Chance," lacht Del Valle, weil er weiß, wie ungeduldig Virginia ist. „Wir sehen uns morgen. Ich schicke dir später die Adresse des Restaurants und die Uhrzeit."

Virginia Robles hat keine Gelegenheit mehr etwas zu sagen; ihr Vorgesetzter hat aufgelegt und lässt sie gespannt zurück. Jorge Del Valle ist nicht der Typ für spontane Ideen, also hat er sich wohl schon seit Tagen Gedanken darüber gemacht, was er ihr sagen will.

Die Hauptfrau ist zufrieden. Als sie an der Basis ankam und sah, was los war, wusste sie, dass es sehr schwierig sein würde herauszufinden, was Dani Lorenzo passiert war, geschweige denn, die Schuldigen zur Rechenschaft zu ziehen. Sie ist stolz auf ihre Arbeit und überrascht, weil sie eine neue Berufung innerhalb der Armee entdeckt hat, die sie vorher nicht kannte. Mit diesem Gedanken steigt sie aus dem Auto, das vor der Basis geparkt ist, wo sie die letzten Wochen verbracht hat, bereit, die wenigen Kleidungsstücke und Artikel zu holen, die sie in ihrem Zimmer hat.

Es dauert kaum zehn Minuten, bis sie alles in eine Tasche gepackt hat, die sie auf das Bett legt. Sie lässt ihren Blick durch das Zimmer schweifen und seufzt melancholisch. Es ist nicht so, dass sie diesen

Ort vermissen wird, aber hier hat sie einige der besten Erfahrungen ihres Lebens gemacht, insbesondere Marta Pinares kennenzulernen. Genau diese Unteroffizierin unterbricht ihre Gedanken, indem sie mehrmals an die Tür klopft und sich sofort identifiziert.

„Hast du alles fertig?“ fragt Marta und betritt das Zimmer mit einer Nervosität, die Virginia sofort bemerkt.

„Das riecht köstlich,“ schnuppert Virginia.

„Ich wusste nicht, dass du so romantisch bist,“ sagt Marta und stellt die Tüten auf den Tisch.

„Romantisch?“ Die Hauptfrau runzelt die Stirn, ohne zu verstehen, worauf Marta hinauswill.

„Ich bin ironisch, Virginia.“ Marta verdreht die Augen. „Das könnte unser letztes Abendessen oder der Anfang von etwas Neuem zwischen uns sein, und du denkst an eine Kartoffelomelett.“

„Deine ist aber wirklich gut,“ lächelt Virginia und zeigt ihre Zähne.

Marta gibt sie verloren und zusammen packen sie das Essen aus, stellen Teller, Gläser und Besteck auf den Tisch. Marta wird nervös, weil sie nicht weiß, was passieren wird. Normalerweise kann sie Virginia gut lesen, aber heute Abend bleibt sie ein Rätsel. Virginia wirkt ruhig, und das bringt Marta durcheinander.

Nach einem kräftigen Schluck von ihrem Getränk beginnt Marta mit einer einfachen Frage.

„Was ist mit González passiert?“

„Er ist in Untersuchungshaft. Jorge hat alles sehr schnell geregelt. Als Lionel García aussagte und ich alle Beweise vorlegte, sind sie zu ihm nach Hause gegangen. Der Idiot leistete Widerstand und schrie, sie wüssten nicht, mit wem sie es zu tun hätten. Jetzt wird er zusätzlich wegen Widerstands gegen die Staatsgewalt und Angriff auf einen Beamten angeklagt," erklärt Virginia und beißt genüsslich in eine Teigtasche.

Marta lässt das Stück Rindfleisch, das sie essen wollte, vor Staunen fallen. Beeindruckt von González' Dummheit und Virginias Bewegungen, fängt sie sich wieder.

„Man muss wirklich ein Vollidiot sein. Was passiert jetzt?"

„Ich hoffe, es wird kein langer Prozess. Es gibt viel gegen ihn, aber sie werden dich und mich zum Aussagen rufen. Carlota, Dannis Schwester, will, dass er die Höchststrafe bekommt, aber das liegt nicht in unserer Hand."

„Ich hoffe, er verrottet im Gefängnis. Dieser Mistkerl muss für alles bezahlen, was er getan hat," sagt Marta voller Wut, erinnert sich an Dannis Lächeln und Lebensfreude.

„Das wird er," sagt Virginia und nimmt Martas Hand. „Del Valle wird den Prozess verfolgen, und ich auch. Sobald es öffentlich wird, wird der Mediendruck ihn endgültig erledigen."

Marta atmet tief durch und nickt. Sie fühlt sich unsicher; wenn jahrelanger Missbrauch und Korruption vertuscht wurden, könnte es auch diesmal schiefgehen.

Doch sie vertraut Virginia blind und weiß, dass sie nicht ruhen wird, bis González verurteilt ist.

„Und Gómez Perea?“

„Das ist weniger befriedigend,“ Virginia legt die Stäbchen beiseite und schaut Marta ernst an. „Man kann ihm nichts Schwerwiegendes vorwerfen. Er war sehr vorsichtig und hat keine Spuren hinterlassen. Die gute Nachricht ist, dass er als Verantwortlicher der Basis nicht ganz unschuldig ist. Er wurde disziplinarisch bestraft und in den Ruhestand versetzt.“

„Also kommt er ungeschoren davon,“ spuckt Marta aus.

„Nicht ganz. Alle Vorteile, die er als Soldat hatte und die ihm im Ruhestand zugestanden hätten, wurden ihm entzogen. Er wird nur eine Grundrente bekommen und sonst nichts. Aber ja, er ist frei. Und bevor du fragst, bei Lionel García wartet man darauf, dass Ana María Lozano entscheidet, ob sie ihn anzeigt oder nicht. Er hat bereits gestanden, aber das Mädchen scheint nichts damit zu tun haben zu wollen und hat noch nicht auf ihre Anrufe geantwortet.“

„Dem Bastard sollte man die Eier abschneiden, Virginia.“

„Das würde ich auch gerne, das versichere ich dir. Ich hoffe, Lozano entschließt sich, ihn anzuzeigen. Jede Art von Belästigung ist unerträglich, aber sexuelle Belästigung ist absolut inakzeptabel.“

Die nächsten dreißig Minuten sprechen die beiden Frauen weiter über das Thema, während sie ihr

Abendessen beenden. Virginia versucht, Marta zu beruhigen. Es fällt ihr schwer zu akzeptieren, dass einige Unregelmäßigkeiten schwer zu beweisen und somit strafrechtlich nicht zu verfolgen sind.

Sie räumen den Tisch ab und setzen sich mit ein paar Bieren auf das Sofa. Beide wissen, dass es jetzt Zeit ist, über sie selbst zu sprechen.

„Ich habe mich in dich verliebt, Marta," sagt Virginia plötzlich, ohne dass ihre Kollegin es erwartet.

Marta Pinares erstarrt, sieht sie an, aber bleibt völlig stumm.

„Ich war lange alleine," fährt Virginia fort, „und es scheint, als hätte ich vergessen, wie das funktioniert," sie deutet auf die beiden. „Aber ich möchte dich weiterhin sehen. Wir können es langsam angehen und sehen, was passiert. Ich glaube, wir sind schon ziemlich weit gekommen. Ich möchte, dass es dieses Mal offiziell wird."

„Was meinst du?" stammelt Marta.

„Dass wir wissen, dass wir uns gegenseitig mögen und uns weiterhin sehen wollen. Es sei denn, du empfindest nicht dasselbe," Virginia hatte daran nicht gedacht. Sie war sich sicher, dass Marta etwas für sie empfand, aber das ist eine Sache – etwas Ernsthaftes zu wollen, ist eine ganz andere.

„Doch, das will ich," sagt Marta schnell und lauter, als sie beabsichtigte.

Virginia seufzt und lächelt.

„Dann gibt es kein Problem, wenn wir beide es wollen."

„Aber du musst zu deiner Basis zurück, und ich habe Angst, dass die Distanz das nicht zulässt."

„Ich werde noch ein paar Wochen hier sein. Ich habe lange keine Ferien genommen, und ich denke, jetzt ist der perfekte Zeitpunkt," sie rückt so nah wie möglich an Martas Körper heran, „und das gibt uns auch Zeit, darüber nachzudenken, wie wir es schaffen können."

„Mir gefällt die Idee," lächelt Pinares.

„Mir auch," Virginia stellt ihr Bier auf den Tisch und stürzt sich leidenschaftlich auf Martas Lippen. Endlich kann sie ihren Drang, mit ihr Liebe zu machen, freien Lauf lassen.

Marta hält sie plötzlich zurück, und Virginia verzieht das Gesicht, weil sie es kaum noch aushält.

„Ich bin auch in dich verliebt," sagt Marta schließlich und küsst Virginia, während sie sich rittlings auf die Hauptfrau setzt. Diese Nacht wird keine von beiden schlafen.

KAPITEL 22

„Was?“ fragt Virginia mit einem halben Lächeln und einem Seitenblick auf Marta.

Die Hauptfrau steht vor dem Ganzkörperspiegel im Zimmer und knöpft ihre Bluse zu, die sie für das Treffen mit Jorge Del Valle angezogen hat. Marta steht mit verschränkten Armen da, die Schulter am Schrank gelehnt, und sieht sie mit mehr als nur Zufriedenheit an.

„Mehrere Dinge,“ sagt Marta und tritt näher an Virginia heran, die sich ihr zuwendet und absichtlich die letzten Knöpfe offen lässt.

„Ich höre,“ die Hauptfrau verschlingt Marta mit den Augen, aber Marta behält die Fassung.

„Das Erste ist, dass du verdammt gut aussiehst,“ bemerkt die Oberfeldwebel und das Lächeln der Hauptfrau wird breiter.

„Danke,“ Virginia streicht ihr eine Haarsträhne aus dem Gesicht. „Und das Zweite?“

„Das Zweite ist, dass ich, wenn ich nicht wüsste, dass Del Valle verheiratet ist und zudem eine unverschämte

Menge an Jahren älter als du, sehr eifersüchtig wäre, weil, wie gesagt, du siehst umwerfend aus,“ säuselt Marta kokett, während sie eine lose Haarsträhne der Hauptfrau um ihren Finger wickelt.

„Mich interessieren nur Frauen, Marta,“ Virginia lächelt weiterhin, geschmeichelt von Martas Geständnis, „obwohl mich in letzter Zeit nur eine interessiert, die ziemlich frech, ungehorsam und atemberaubend attraktiv ist.“

Marta, stolz wie ein Pfau, spielt mit einem Knopf an Virginias Bluse.

„Noch etwas?“ fragt die Hauptfrau.

„Ja. Das nächste Mal, wenn du ein Date zum Mittagessen hast, wird es mit mir sein. Ich brenne darauf, mit dir auszugehen, ohne unsere Gefühle verstecken zu müssen.“

Marta rechnet nicht mit dem Kuss, den Virginia ihr gibt – leidenschaftlich, langsam und quälend. Sie folgt ihm, bis beide außer Atem sind.

„Wir werden überall hingehen, wo du willst,“ keucht Virginia. „Jetzt muss ich los, du willst doch nicht, dass der Chef des Generalstabs warten muss, oder?“

„Ich hoffe, dass du bei unseren Dates genauso pünktlich bist,“ sagt Marta, amüsiert zurückweichend.

„Ich bin immer pünktlich, Schatz,“ Virginia verabschiedet sich mit einem Kuss.

Jorge Del Valle, immer galant, erhebt sich, als Virginia das Restaurant betritt, und zieht den Stuhl zurück, damit

sie sich setzen kann.

„Du weißt, dass diese galanten Gesten bei mir nicht ankommen, oder?“ scherzt die Hauptfrau, während sie sich setzt.

„Das ist mir sehr bewusst,“ lächelt der Generalstabschef und reicht ihr die Speisekarte.

Virginia ist nicht sehr angetan von teuren Restaurants, in denen sie die Hälfte der Gerichte nicht kennt, also überlässt sie Jorge die Bestellung.

„Also, was hast du mir vorzuschlagen?“ fragt die Hauptfrau ungeduldig.

„Wir haben nicht einmal den ersten Gang erhalten, und du willst schon über Geschäfte sprechen?“ antwortet Del Valle, während er an seinem Weinglas nippt.

„Lass die Spielchen, du weißt, dass ich keine Geduld habe und mir das Essen auf den Magen schlagen könnte. Was für Geschäfte?“

Jorge lacht über Virginias Bemerkung, stellt dann aber sein Glas ab und sieht sie ernst an.

„Ich möchte die Korruption innerhalb der Basen beenden,“ erklärt der Generalstabschef.

Virginia lächelt und ihre Augenbrauen heben sich überrascht.

„Das ist sehr lobenswert, aber sehr schwierig, Jorge,“ antwortet sie schließlich. „Die Vorgesetzten decken sich gegenseitig, schüchtern das Personal ein, damit niemand spricht, und es sei denn, es gibt einen Soldaten mit dem

Mut von Pinares auf der Basis, ist es schwer, dass die Tatsachen ans Licht kommen.“

„Genau, es ist schwierig, aber nicht unmöglich. Du und Pinares habt es bewiesen, indem ihr die Karrieren von drei korrupten Offizieren beendet habt.“

„Das war etwas anderes, der Tod von Daniel hat alles ausgelöst, es war etwas Persönliches.“

„Willst du damit sagen, dass du es nicht für andere Soldaten tun würdest?“ fordert Jorge sie heraus.

Sie schiebt ihr Weinglas zur Seite, um ihre Arme auf den Tisch zu legen und sich nach vorne zu lehnen.

„Sprich klar, Jorge. Was genau willst du von mir?“

„Ich will, dass du eine Spezialeinheit leitest, die ausschließlich darauf spezialisiert ist, die Basen zu durchkämmen und den ganzen Dreck aufzudecken, den sie verbergen. Eine Art interne Ermittlungsabteilung, aber du antwortest nur mir.“

Virginia hebt die Augenbrauen so hoch, dass sie fast ihre Haarlinie berühren. Sie bleibt stumm, abwägend, was Del Valles Vorschlag alles mit sich bringt.

„Ich wäre wie eine Geächtete, jedes Mal, wenn ich eine Basis betrete, Jorge,“ sagt die Hauptfrau.

„Genau,“ stimmt er zu.

„Gefällt mir,“ sie lächelt, und Del Valle lächelt zurück.

„Die Idee ist, dass deine Anwesenheit auf jeder Basis alle Korrupten in Angst und Schrecken versetzt. Wenn

du erst einmal Unregelmäßigkeiten aufdeckst und für Gerechtigkeit sorgst, wird sich das herumsprechen und viele werden zweimal überlegen, bevor sie etwas tun. Es ist ein Pilotprojekt, das wir noch verfeinern müssen, aber ich möchte es publik machen, damit die Soldaten wissen, dass sie nicht allein sind, dass es eine Einheit gibt, an die sie sich außerhalb der Basis wenden können, eine, die wirklich ihre Interessen vertritt.“

Die Hauptfrau kann nicht verbergen, wie sehr ihr die Idee gefällt.

„Lach nicht so sehr,“ sagt Jorge Del Valle, „du weißt, dass das eine Zielscheibe auf deinen Rücken setzt. Du wirst mehr Schläge und Versuche, dich zum Schweigen zu bringen, riskieren.“

„Das ist mir klar.“

„Und ich sehe, dass es dir wenig ausmacht. Zum Glück sehe ich deine Sicherheit als Priorität,“ sagt er mit einem Augenrollen.

Virginia lächelt erneut und nimmt seine Hand mit Zuneigung, dankbar.

„Du wirst Schutz haben. Ich werde die notwendigen Mittel dafür bereitstellen. Du wählst ein Team, das dir hilft, und ich stelle ein weiteres zusammen, das euch beschattet. Ich weiß noch nicht genau, wie wir das managen sollen, aber wenn du zustimmst, werden wir die notwendigen Besprechungen haben, bis es kein Pilotprojekt mehr ist und offiziell Teil des Militärs wird.“

„Natürlich stimme ich zu, aber das bedeutet, dass ich

keine feste Basis mehr habe, Jorge, ich werde im ganzen Land unterwegs sein."

„Ich weiß, und ich habe dir bereits gesagt, dass du alles bekommst, was du brauchst, dazu gehören auch Wohnungen, wo immer du bist, damit du nicht in der Basis bleiben musst."

„Ich will Pinares bei mir haben," sagt Virginia plötzlich. „Sie hat die gleiche Motivation wie ich und..."

„Du musst sie mir nicht verkaufen, ich habe gesagt, dass du dein Team auswählst. Ich werde mich nicht in deine Entscheidungen einmischen," unterbricht Del Valle sie. „Ich hoffe nur, dass eure privaten Angelegenheiten kein Hindernis darstellen."

Virginia ist von dem Kommentar so überrascht, dass ihre Wangen rot wie Fackeln werden.

„Was zur Hölle weißt du davon?" fragt sie, halb verwirrt, halb beschämt.

„Ich habe euch beide unter Schutz gestellt, erinnerst du dich? Und mir wurde täglich Bericht erstattet. Offensichtlich haben eure Blicke euch verraten."

Jorge Del Valle lächelt amüsiert. Virginia ist sprachlos.

„Entspann dich, Robles. Ich vertraue darauf, dass du das eine vom anderen trennen kannst. Sprich mit Pinares, und wenn sie Teil davon sein will, habe ich kein Problem damit. Wen willst du noch?"

„Jemanden, der die schmutzigen Geheimnisse der Verdächtigen aufdecken kann, der richtig gut ist, Jorge, ein

Spürhund, denn wenn wir sie wegen ihrer Taten innerhalb der Basis nicht drankriegen können, weil sie sich zu gut abgesichert haben, dann kriege ich sie mit denen von außerhalb."

„Ich wusste, dass ich mich nicht in dir täusche. Ich werde die richtige Person finden und dich informieren."

Virginia kehrt in ihre Wohnung zurück, überglücklich und verzweifelt zugleich, ihren neuen Job anzutreten. Als sie eintritt, findet sie Marta gelangweilt auf dem Sofa liegend, wie sie die Kanäle durchzappt.

„Schon zurück?" fragt die Soldatin überrascht. „Ich dachte, ein Mittagessen mit Del Valle würde länger dauern. Wie lief es?"

Die Hauptfrau verengt die Augen und macht ein Gesicht, das Marta sehr neugierig macht.

„Sagen wir, es war sehr interessant," Virginia beugt sich vor und gibt ihr einen Kuss, bevor sie sich neben sie setzt. „Jorge hat mir einen Job angeboten."

„Welchen Job?" Marta setzt sich auf. Eine unkontrollierbare Angst explodiert in ihrer Brust bei dem Gedanken, dass Virginia weit weg geschickt werden könnte.

Virginia erklärt Marta, was sie mit Jorge Del Valle besprochen hat, verschweigt jedoch, dass Marta daran teilnehmen könnte.

„Verdammt, dieser Job ist der Hammer," platzt Marta heraus. „Du hast die Chance, Schweine wie González

fertigzumachen." Ihre Begeisterung ist spürbar, auch wenn sie die möglichen Auswirkungen auf ihre Beziehung erkennt.

„Ich habe freie Hand bei der Auswahl meines Teams, Marta," sagt Virginia ernst.

Marta reißt die Augen weit auf. „Ein Team?"

„Ein Team," bestätigt Virginia.

„Und wen wirst du wählen?" stottert die Korporalin fast.

„Nun, ich muss jemanden finden, der daran interessiert ist, die Korruption im Militär zu bekämpfen," sagt Virginia und zuckt mit den Schultern, als ob sie nachdenken würde.

„Mach keinen Scheiß, Virginia," Marta springt wie eine Raubkatze auf sie und setzt sich rittlings auf ihre Beine. „Lass mich ins Team."

„Willst du dabei sein? Das wusste ich nicht," lacht die Hauptfrau, und Marta beißt sich auf beide Lippen und schüttelt den Kopf.

„Natürlich will ich," sagt sie mit zusammengekniffenen Augen. „Und das weißt du."

„Ich weiß nur, dass du sehr impulsiv und ungehorsam bist, und hier muss immer das getan werden, was ich sage," sagt Virginia.

„Ich habe dir immer gehorcht," Marta verdreht die Augen. „Auch wenn ich murrte, ich habe gehorcht," gibt sie zähneknirschend zu.

„Und was ist mit uns? Kannst du Arbeit und Gefühle trennen?“

Marta verschränkt die Arme wie ein trotziger Teenager. „Das mache ich doch schon, seit ich dich kenne.“

Virginia lächelt und legt ihre Hände auf Martas Taille. „Das stimmt. Also bereite dich vor, Pinares, denn ab jetzt ist dein Job, die Tyrannen zu erledigen.“

„Du weißt genau, dass ich bereit bin. Aber wir müssen dieses Gespräch verschieben, denn wenn du diese Bluse nicht sofort aufknöpfst, reiße ich sie dir vom Leib.“

Ein elektrisierender Strom durchfährt Virginia, und einen Moment später liegt Marta auf dem Sofa, schaut sie lüstern an, während Virginia, die nun rittlings auf der Soldatin sitzt, langsam ihre Bluse aufknöpft und die Hitze in Martas Blick auf ihrer Haut spürt.

Printed in Poland
by Amazon Fulfillment
Poland Sp. z o.o., Wrocław

36954770R00095

N° d'édition : 13823. — N° d'impression : 044302/4.
Dépôt légal : octobre 2004.
Imprimé en France